老妈有喜

上

蒋离子 著

浙江文艺出版社

第一章
别样母亲许梦安

1

宏远初中,302 班。

李云阶垂头丧气地立在窗边。教室里,有三三两两闹作一团的同学,更多的,却是埋头伏案的状态。再过大半年,他们就要中考了。

有个高个男生闪了过来,笑得没心没肺:"喂,李云阶,还在生我气呀?"

李云阶头也没回:"刘思明,你给我滚!"

"我刚看了一个段子,超级逗。"

"你离我远点,不然又有八卦了。"

"现在全校都知道我喜欢你,不算八卦,是事实。"

李云阶忽闪着长睫毛,昂着头:"我不喜欢你。"

"你不喜欢我,是你的事。我喜欢你,那是我的事。我管不了你,你也管不着我呀。"

"你……"李云阶本来白皙的脸蛋涨得通红,硬是被噎得说不出整话。

这时,戴着黑框眼镜的王哲走了过来:"刘思明,李云阶,你们俩放学后到薛老师办公室去一趟。"

刘思明撇撇嘴:"怎么啦?"

王哲摇头:"你还好意思问?咱们班的脸都被你丢尽了!"

"不会是叫家长了吧?"李云阶转身,抚额。

王哲望了李云阶一眼:"事儿是刘思明犯的,你去了,最多也就是配合调查。作为目击证人,我随时可以为你证明,毕竟我是班长,我说的话,老师信。"

刘思明表示不屑:"班长?喊,在我眼里,你什么都不是!"

"我还真不在乎!"王哲又转向李云阶:"我新买了一套卷子,题型特别好,可以跟你分享一下……"

李云阶看了看刘思明,又看了看王哲,双手一扒拉,把他们推到两边:"你们俩烦不烦!"

昨天,是宏远初中秋季运动会的最后一天。长跑冠军刘思明在领完奖牌后单膝下跪,将奖牌双手献给李云阶,用几乎响彻云天的声音吼道:"我喜欢你!"

全校轰动。

李云阶当然不要什么破奖牌,她扭头就跑。据现场目击者称,那速度,不参加百米短跑都可惜了。

撑完今天最后一节课,李云阶慢腾腾地收拾着书包,只恨之前没能好好转发一波锦鲤。虽然李云阶成绩一般,可她才艺多啊,没少在各类才艺比赛中拿奖。平日里,班主任薛一曼总爱夸她,也一直护着她。"叫家长"这种事,对李云阶来说,还是头一回呢。

"走啊,别磨叽了!"刘思明倒是不怵。

"你们家谁来啊?"李云阶问道。

刘思明摇摇头:"老规矩,我爸呗。我妈可受不了这气,分分钟都能跟薛老师撕起来。"

"薛老师这是想干吗?"

"别担心啦。我刚才不是说了吗,我喜欢你,是我自己的事!跟你没关系。"

"别再说那两个字了行不行!"

"哪两个啊?"

李云阶一跺脚,拎起书包就往外走。

薛老师办公室里，两个家长早就到了。思明爸爸老老实实地站着，满脸紧张。云阶妈妈优雅从容地坐着，云淡风轻。见孩子们来了，思明爸爸一把拉过儿子，好一顿数落。云阶妈妈只是给了李云阶一个眼色，示意她到身边来，然后笑了笑，指指女儿，看着薛老师："您觉得我们家云阶好看吗？"

薛老师一愣，随即点点头。

"好看就对了。这世上，人人都喜欢好看的。所以，刘思明喜欢云阶，这事本身没错。刘思明没错，云阶也没错。薛老师，你这怒不可遏的，又是叫家长，又是要通报批评刘思明，是不是有点小题大做了？"

思明爸爸打开了紧锁的眉头，也笑了："是啊是啊，也没多大事。还希望薛老师能网开一面。"言毕，感激地看向面前这个女人，她不但是李云阶的妈，还是家委会委员，她的话举足轻重。

"不是，云阶妈妈，刘思明可是当众对你女儿表白了！这不是小事！"薛老师一下子站了起来。

云阶妈妈仍是坐着，理了理耳后的短发，看向李云阶："要是刘思明向你道歉，你会原谅他吗？"

李云阶其实并不反感刘思明，要是没有"表白门"事件，他俩也算是好朋友。是，这事让李云阶觉得气恼，更觉得丢人，可要是刘思明因为这个被通报批评，她心里多少也有些过意不去。

思明爸爸推了刘思明一把，刘思明朝李云阶鞠了一躬，认真极了："我对不起你，李云阶。我向你表示最诚挚的歉意。"

"扑哧"一声，李云阶乐了："好吧，我原谅你，咱俩还是朋友。"

云阶妈妈十分满意："瞧瞧，这样多好。孩子有孩子的处理方式。李云阶，我给你点赞。"

"那什么，刘思明，爸也给你点赞。"思明爸爸拍拍儿子的肩膀。

薛老师瞪大眼睛："就这样？"

"薛老师，这都快中考了，怎么提高孩子们的学习积极性才是正经事。像这样的小事，您没必要纠结。"云阶妈妈站了起来。

"不是……"

"云阶,我们走。"母女俩朝校门口走去。

"妈,你可真厉害。"李云阶由衷感叹。

"这个刘思明我知道的,你们俩上小学的时候就在一个班嘛。要是因为他一时的冲动受了处罚,影响他的中考成绩不说,搞不好还会影响你的。小事化了呗。哎,我发现这小伙子越长越帅了,看他那样,有一米八了吧?"

"一米七九……不是,妈,你问这干吗?"

"噢,一米七九,不错。"

"你什么意思?你是不是怀疑我和他……"

"你看你,又敏感了不是?妈相信你的眼光,这刘思明是挺帅的,可是我们家云阶喜欢的男孩不仅仅要帅,还得有才华,对吧?"

"那倒是,刘思明是学渣……不对,妈,我怎么觉得你还是在试探我呢?"

"不可能,走,咱姐俩吃海鲜自助去。"

"谁跟你姐俩了?咱是娘俩!"

"我不是说了吗,我们是朋友。"

"别,许梦安女士,我可不缺朋友。"

"好了好了,李云阶女士,咱俩的朋友关系就此终结,这总可以了吧?"

李云阶翻了个白眼:"你都不知道,我们班这些同学,最烦的就是爹妈争着抢着要跟我们交朋友。有这份心,做对称职的父母,比什么都强。"

"我还算称职吗?"

"还行吧,但你也别骄傲,你啊,还有进步空间。"

这时,许梦安的手机响了,她看了眼屏幕,皱皱眉。

李云阶也皱皱眉:"是我小姨吧?她又闹离婚了?"

李云阶的小姨叫许梦心。虽说小姨和老妈许梦安是嫡亲姐妹,但两人的性格截然不同。据老妈说,小姨打小就没什么追求。但是吧,这没什么追求的小姨呢,偏偏就有很多异性追求她。没别的,长得好看呗。

老妈这番话,多少有点 diss(怼)亲妹的意思。论长相,老妈确实没有小姨好看,当然,她也不丑。小姨遗传了外婆的样貌,长得精致,颇像某个当红的偶像歌手,连声音都神似,柔柔的、甜甜的。老妈则遗传了外公的圆脸盘,身材也更高大些,并不符合流行审美标准。好在她走的一直是气质路线,也只能走气质路线。如果说小姨是偶像派,老妈更像是实力派。

海鲜自助餐厅内,柔柔甜甜的小姨正哭得梨花带雨。

在李云阶心里,小姨什么都好,就一点,她哭哭啼啼的时候有些烦人。小姨长得多漂亮啊,哪怕怀孕八个月,挺着个大肚子,却仍不显臃肿。她甚至还化了整套的妆,连大波浪都是刚吹的。这样的大美女,她对生活还有什么可抱怨的?

"我要离婚!"小姨一边往嘴里塞蔬菜沙拉,一边含糊地说着。

"唔……"老妈点点头,"你还想吃什么,我让云阶去拿。"

"大姐,我说的话你没听见啊?我要离婚!离婚!"

这样的话,小姨每隔一段时间就要说一次,怀孕后变得更严重了。其实,小姨已经有一个孩子了,小名叫熊熊,人如其名,完完全全就是个"熊孩子"。李云阶不喜欢熊熊,每次他来家里,总要搞破坏,就想着小姨这次要是能生个女宝宝就好了。当然,儿女双全,这也是小姨和小姨夫的心愿。

老妈和老爸就不一样啦,他们总说孩子一个就够了。

"光这一个还疼不过来呢!"这是老爸的原话。

李云阶有时候觉得老爸、老妈怪烦人的,还想着要是自己有个弟弟或者妹妹,转移一下他们的注意力也不错。不过嘛,最好是妹妹。女孩才可爱。

"云阶,你去拿点吃的。"老妈推了李云阶一把。

"你要吃什么?"李云阶老大不愿意。

老妈正减肥,根本不敢多吃。用膝盖想都知道,她这是打算支开李云阶。

我都15岁了,干吗老是拿我当小孩?李云阶这么想着,还是站了起来。

待女儿走了,许梦安才道:"心心,不是我说你,你以后说话能不能分个场合?当着云阶的面,你这样,合适吗?"

许梦心吸吸鼻子:"让云阶早点知道这世上男人没好货,兴许还是件好事呢。"

"老贾对你有多好,我们全都看在眼里,你这么说,可就有点没良心了。行,我还是那句话,你要真想离,我双手赞成。别每次都咋呼半天,到最后没一点动静,

你不累,我们累。"

老贾其实不老,就是提前谢了顶,有些显老。许梦心平时总这么叫他,许梦安他们也便跟着叫。

许梦心擦了眼泪,白了许梦安一眼。随即她的眼波一转,又挪回到许梦安脸上:"大姐,你的脸怎么看起来灰扑扑的?"

"怎么就灰扑扑了? 我最近有点不舒服,气色不太好。"

"不会是早更了吧?"许梦心捂嘴乐,跟刚才的怨妇相判若两人。

许梦安脸一沉,没吱声。

"不是,多久了……大姐,你可别吓我。"

"两个月没来了。"

"去医院了吗?"

"没去。"

"为什么?"

"不想去。"

"你就那么害怕面对现实? 再说了,也不一定就是早更。大姨妈不来,还有另外一种可能性……"

"你可别吓我!"

"原来你也怕。"

"我跟你能一样吗? 我都 40 岁了。"

"40 岁怎么了? 40 岁生二胎的多了,老贾一哥们儿的老婆,都奔五了,前段时间刚生了个胖丫头,白白嫩嫩的……"

"打住! 要这样,我宁可早更。"

"什么更?"李云阶端了点水果过来。

"早更!"许梦心接嘴。

"什么意思?"

"意思就是女人到了一定年纪,她……"

许梦安抓起个草莓就往许梦心嘴里塞:"就你话多!"

吃完饭,她们把小姨送回了家。看她高高兴兴下了车,又跟没事人一样了。

"妈,小姨的情绪就像夏天的雷阵雨,来得快,去得也快。"李云阶直乐。

许梦安开着车:"这个比喻不错,但是,她高兴不是因为别的,她呢,只要我这个当姐姐的倒霉了,她就高兴。"

"你倒什么霉了?"

"我……我就是这么一说,我能倒什么霉。"

"刘思明的事,你跟小姨说啦?还有我被叫家长,你也跟她说啦?"

"哎,我发现你这小孩心思还挺重。"

"跟小姨说不要紧,但是,你可千万别告诉我爸。"

"为什么呀?"

"我爸啰唆,肯定没完没了。"

"那是你爸在乎你。这世上,他就在乎两件事,一个是他的工作,一个就是你。不过,我可把话说在前面,你跟刘思明交朋友可以,但也要注意分寸。要是让我发现你们俩有什么苗头,我肯定第一个冲出来把它给掐了。"

"停车停车!"

"别转移话题。"

"我没转移话题,你不是要去药房吗?前面就是。"

许梦安靠边停了车,李云阶解开安全带要跟她一块下车。

"你在车上等我!我买点药,很快的。"

两人回家,李临从书房走出来:"可以啊,你们又去开小灶!我就惨啦,兰香请假了,说是有急事要回乡下,害我只能吃方便面。"老爸口中的"兰香"是他的远房表姐,同时也是他们的住家保姆,李云阶10岁那年她就来了,已经算是这个家的一分子了。

"爸,这顿饭是小姨请的,她没请你,可怪不了我们。"李云阶迎上去,踮脚揽住老爸的肩膀,"是吧,妈?"

许梦安没搭理他们,扭头去了卫生间。

"你妈这是怎么了?"

"我哪知道?"李云阶这么说着,心里头也有点紧张,生怕老妈把"表白门"的事告诉老爸。

不多会儿,许梦安从卫生间出来,转向李临:"进房间,我有话跟你说。"

"妈!老妈!"李云阶真急了。

"不是你的事!"许梦安摇头。

"你什么事?在学校里惹祸了?"李临看向女儿。

李云阶连忙摆手:"我没有我没有……"

许梦安拉过李临:"是我的事,不对,是我们的事!"

拉扯间,许梦安手里有东西掉落,是细细窄窄的白色硬纸片,有好几片呢。

李云阶以前没见过这东西,李临眼疾手快,抢在许梦安之前捡起了它们。

"啊,你怀孕了?"李临不无震惊。

"老母亲"怀孕了,李云阶的震惊不比老爸轻。她上过生理卫生课,怀孕是怎么回事,她自然是知道的。她看看面无表情的老妈,又看看表情丰富的老爸,一时不知该说什么好。

许梦安拿出钱包,掏了几张百元大钞给李云阶:"出去逛逛。"

"我去哪儿啊?"

"吃点什么,喝点什么,你自己看。"

"不是刚吃过吗?"

"让你去就去,听你妈的,钱不够我再给你拿点。"老爸看着李云阶。

"够了够了……"李云阶明白他们这是想打发自己走,然后说些大人之间的悄悄话。她刚走到楼下,就碰到了何璐。何璐是她的同班同学,何家是她们上初一那年搬到这个小区的。两人既是同学,又是邻居,一直走得比较近。何璐这人,话不多,老是喜欢黑着张脸,有些高冷,平时没什么交好的同学,李云阶倒是个特例。

"走,请你喝奶茶。"李云阶晃晃手里的钱。

何璐笑笑:"炫富啊?"

"我哪敢在你面前炫富,你爸可比我爸有钱多了。"

何璐的爸爸是做生意的,开着百万豪车进出,他们家确实比李家阔绰。

"那就走呗,反正我也不想在家待着。"何璐道。

"怎么了?"

"我弟来了。"

"你还有个弟弟？以前怎么没听你说过？"

"他以前一直在老家，要上幼儿园就过来了。烦死了，你都不知道，他一来，全家人都围着他转。更可气的是……算了算了，不说了。"

"男孩子就是比较讨人嫌的，我小姨家的熊熊也是，上回把我的乐高弄得乱七八糟，我说他几句，他居然还想打我。要不是我比他大，我可不会忍。"

"就是这话，'你比他大，要让着他'。哦，比他大几岁，我就不是人啦？凭什么呀？"

2

等女儿走了，李临才对许梦安道："要不要去医院确认一下？"

"这不是废话吗？不管要不要这孩子，都得去医院。"

"孩子……你不想要？"

"你想要？"

"要不要，你说了算。"

许梦安坐下，双手抱在胸前，笑看着李临："金蝉脱壳？貌似把主动权交给我，还不是因为你不想管家里的事！"

"看你说的，这生孩子又不是一个人的事，关乎整个家庭。可孩子毕竟是从你肚子里出来的，十月怀胎的人是你，我这么说，是尊重你。要是生呢，政策条件具备……"

"要是不生呢？"

"你要不生，也很正常。你想啊，你刚到新苗传媒没几年，正处在事业上升期；我呢，正铆足了劲儿评职称，45岁之前总得再往上走一步吧，我这都停在'副教授'上多少年了？"

"我还以为你虚怀若谷，不在乎名利了呢！"

"想评上教授，也是为了搞科研，副教授和教授，这学术研究环境能一样吗？"

许梦安两口子跟许梦心两口子,他们夫妻之间的交流方式完全不一样。当然,李临和老贾的性格也不一样。比如吵架这事,老贾和许梦心每回都能吵得轰轰烈烈,不管许梦心说什么做什么,老贾全都有回应。李临也有,可李临的回应每每会让许梦安觉着自己一拳打在了棉花上。她不疼,棉花自然也不疼。

"唉,我就是担心云阶,你说冷不丁突然冒出个弟弟……或者妹妹,她会怎么想?"李临挨着妻子坐下。

"所以,生还是不生,这是个问题。"

两人相互看看,接下来,竟是良久的沉默。

李云阶和何璐拉着手离开了景华苑小区。这景华苑就位于市中心,周边不但有各大商超,好学校也有不少。比如她们就读的宏远初中,就是 H 城排得上号的名校。何璐妈妈就总是跟许梦安念叨:"为了孩子能有个好学校,我们都快倾家荡产了。"

大人们总是过分谦虚,何璐可不这样。iPhone X(苹果 X 型号手机)刚出不久她就有了,偷偷摸摸拿到学校,明里暗里各种炫。这不,李云阶明明是要请奶茶的,再怎么喝,也就几十块钱的事。但何璐不干了,非要把李云阶拉进星巴克。没承想,隔了不久,刘思明也来了。何璐晃晃手机,坏笑着看着李云阶:"他肯定是看到我刚发的微博了,我说跟你在一块呢。"

"在社交软件上发自己的定位不安全,你不知道啊?"何璐让请喝咖啡没问题,可把刘思明招了来,李云阶就不太乐意了。

刘思明大步流星地走来:"走,我请你们俩吃点好的。"

"你来干吗?"李云阶转着杯子。

"我仔细想过,白天当着薛老师的面,我的道歉还不够有诚意。所以,我想再表达一下。"

"哦,光请吃饭可不行。"何璐发话了,"你请我们俩看电影呗。"

"行啊!"

李云阶摇头:"这都几点了,要去你们去,我可得回家了。"

"明天不是礼拜六吗,又不上课。"刘思明笑着。

"我要学钢琴的。"李云阶道。

"不是，你学那么多东西，不累啊？"

"我爸说了，学这些不在于多精通，关键是陶冶情操。"

何璐白了李云阶一眼："那看电影也是陶冶情操。"

"我……"李云阶犹豫了。

"要不这样，你拿我手机给你妈打个电话，跟她说一声。"何璐递过她的 iPhone X，手机壳上全都贴了钻，闪闪发光。

"算了算了，我要是跟她说，她肯定得问我跟谁在一起，要是知道我跟刘思明在一块看电影，她不得疯啊。"

"我觉着你妈挺喜欢我的。"刘思明说。

"你的脸可真大！"李云阶低头想了想，"那十点前必须回家。还有，刘思明，我可不想跟你看电影，主要是何璐想看。"

"我我我，反正都是我。让你做你妈的乖宝宝，行了吧？"何璐看着挺生气，却又一把拉起了李云阶，"走！"

"还有，电影必须由我来请！"李云阶声明。

生李云阶那年，许梦安25岁。现在回过头来看，25岁好像还很年轻。上个月招聘编辑的时候，来了几个二十几岁的姑娘，瞧着都很水灵。不但水灵，她们还非常"拎得清"。说到待遇，"五险"肯定是要的，最好还有住房公积金。说到规划，先好好工作，个人问题可以晚一点再考虑。

25岁的许梦安还不是现在的许梦安，当年的她活得还挺"飘"的。那时，妹妹许梦心才20岁，但是她的目标就特别明确——坚决不嫁给像李临这样的书呆子。李临在妹妹眼里，是无趣而沉闷的。非但如此，连父母都不看好这家伙。可不知怎么了，那会儿，许梦安就觉得非李临不嫁了，她就喜欢他那股子劲儿。

在许梦心眼里是酸秀才的李临，在许梦安看来就是个旷世奇才。云阶出生时，李临正读研究生二年级。经济上出不了什么力，打小在家里又是最受宠的，生活自理能力无限接近零，可以说是稀里糊涂当了爹。除了给女儿取了个颇文艺的名字外，几乎没帮什么忙。李临的母亲去世得早，云阶没有奶奶，云阶爷爷倒是来了，可也没帮上什么忙。反而是云阶的姑姑李静有育儿经验，也比李临他们年长，里里外外一把好手,帮着云阶外婆把许梦安的月子坐了下来。这事,李静每回来H城都要见缝插针地提那么几回,生怕许梦安忘记她这份恩情。

云阶10岁那年,原来请的住家保姆白姐辞职了,李静推荐了兰香。兰香是李静和李临的远房表姐,许梦安又不傻,知道这从没见过面的远房表姐其实就是李静安排的眼线。兰香一进门,就约等于许梦安默许了李静对他们这个小家的远程监控。也许,不只是监控,她还想遥控。

许家人看李临,不是个能过日子的,照顾不了许梦安。巧了,李家人也是这么想许梦安的。磕磕绊绊十好几年,到底是怎么过来的,许梦安不愿细想。她不细想,倒不是对生活不满意,相反,她还是满足于现状的。但是吧,只要她一细想,自己为这段婚姻做出的艰苦卓绝的奋斗,那些妥协后的进击,进击后的妥协,点点滴滴,就会重新涌上心头。

许梦安一开始本是个文艺的人,却被生活改造得现实得不能再现实了。而妹妹许梦心,她那时总是特别现实,现实也确实给了她优渥的生活条件。然而,现在她开始有文艺情怀了,动辄就要让老贾关心她、呵护她,动辄质问老贾是否还爱她,也叩问自己是否还爱老贾。

许梦安和李临结婚的第三年,他们想过离婚。到了第七年,他们差点离婚。直到结婚第十年,云阶大了,两人的事业愈发顺了,一切才开始明朗。那时,许梦安才想到她还是有机会做自己的。除了老妈、老婆,她首先是个女人。三年前,她还有了跳槽的勇气!可谁能想到,女儿都15岁了,她却怀孕了。经历过的,她不想再经历一遍。但这些话,她甚至没法跟学富五车的丈夫交流。谈起哲学、文学以及他的殡葬学,他两眼冒光,恨不得拉着她聊到天亮。可是跟他提家长里短……还不如直接扔个漂流瓶给陌生人。

李临抬手看了看表:"云阶怎么还没回来?"

许梦安把心绪从过往调整回现在进行时,一个"人到中年,有个青春期女儿,肚子里还有个不确定会否生下的胎儿"的现在进行时。手机响了,许梦安微微诧异:"是思明妈妈。"

李云阶他们一出电影院就看到了思明妈妈。思明妈妈实在太夺目,跟往常一样,她烫着极卷的发,涂着极红的唇,脸擦得也极白,把身边一对来看电影的白人夫妇都比下去了。

不能说她不漂亮,但她的漂亮总有点怪。老妈说,有些女人的打扮是为了扬长,有些则是为了避短。这句话,是李云阶有次在刘思明家,看到没化妆的思明妈妈后才明白的。显而易见,她是为了避短。烫卷头发是因为头发太少,涂红嘴唇是因为唇色太暗,擦白脸蛋是因为脸色太沉。只是,李云阶更喜欢这个不避短的思明妈妈。她看起来慈眉善目的,拿了好多吃的出来,忙不迭地招呼着李云阶。

"我妈是家庭主妇,不能跟你妈比的。"刘思明说。

"我觉得你妈人挺好的。"

"唉……"刘思明叹口气,"谁妈谁知道。"

"我妈也有一身臭毛病。"

"所以呀,什么都是别人的好嘛。妈妈们觉得别人家的孩子好,孩子们也觉得别人家的妈妈好。"

"唉……"李云阶也叹气。

可是这回,思明妈妈就没那么慈眉善目了。她载着三个孩子,直奔景华苑。

一开始李云阶还不知道怎么回事,直到思明妈妈给老妈打电话。

好嘛,一天被叫两次家长。

不到五分钟,老妈到了景华苑门口,何璐的妈妈也到了。

"云阶妈妈,何璐妈妈,我把孩子给你们送回来了。"思明妈妈昂着头。

"谢谢你,给你添麻烦了。"许梦安微笑着。

思明妈妈拧着眉毛:"给我添麻烦不要紧,就是希望别再给我儿子添麻烦了。学校的事我都听说了,怎么薛老师还想罚我们家思明?这事要真错了,能是他一个人的错?别的不说,就说这大晚上的,要不是你们家云阶,我们家思明能从家里跑出来去看什么电影吗?"

许梦安还没说什么呢,何璐妈妈发话了:"孩子们看场电影怎么了,至于吗?跟吃了枪药似的。"

"何璐妈妈,这里没有你的事!"思明妈妈瞪着眼睛。

许梦安忙道:"是我让云阶出去看电影的,这事我知道。"

"你知道?"思明妈妈摇头,"你这心可真够大的!不知道这两个孩子不对劲?还把他们往一块凑。去年选家委会委员的时候,我还投了你一票呢,觉得你教女有方……"

"妈!"一旁的刘思明捂脸,"妈,我们回家吧。"

"咳,思明妈妈,你这话我可真不爱听!云阶妈妈不缺你这一票!她当选,那是众望所归!何璐、云阶,你们俩都给我听好了!"何璐妈妈的声音越来越大,"以后,你们俩要彻底跟刘思明划清界限!听到没有?"

"行了,我们回去吧。"许梦安揽过李云阶的肩膀。

何璐妈妈狠狠地剜了思明妈妈一眼,这才拉起何璐往小区里走,不忘继续吐槽:"什么素质!"

"爱子心切,可以理解。"

"我可没你这么善解人意!遇到不讲理的,该怼就得怼,不然人家会得寸进尺的。"

"多大点事……"许梦安笑笑,摸摸何璐的头:"何璐,谢谢你啊,陪了云阶一晚上。"

"我们赶紧回家吧……"李云阶的声音很轻。许梦安转头一看,发现女儿哭了。

女儿回家后就进房间了,谁敲门都不开。李临好说歹说,拿了一直不让女儿多吃的巧克力,才被允许进入房间。

思明妈妈说的那些话确实不好听,可许梦安不愿意和她争执。在她的理解里,大家观念不一样,吵翻了天都不会有什么结果。何况李云阶和刘思明压根儿就没事,就算有什么,要说担心,她这个家里有女儿的应该比思明妈妈担心得更甚吧?

过了好大一会儿,李临从女儿房间出来了。

"怎么样,没事了吧?"

李临笑着点点头:"没什么,就是跟我说,明天她去练琴,必须得我送。"

"你行吗?这都多久没开车了。"许梦安问道。李临几年前出过一次车祸,如今仍心有余悸。好在 H 大学离景华苑不远,他一般都是骑自行车去,既锻炼身体,又节能减排。

"叫个车呗。这样,我先送她去练琴,然后再回来接你,陪你去趟医院。"

"行吧,不管怎么样,去医院检查了再定。"

"睡吧。"

"你说我睡得着吗?"

"天大的事也得睡觉嘛。"

许梦安听了这话,撇撇嘴:"枉我对女儿那么上心,我这敲半天门,怎么劝都没用。你倒好,平时也不见你管她,你说什么她都听。"

"咱俩说过的呀,你是严母,我是慈父。"

"我对她真的严过吗?怎么什么事都是你捡现成的啊。我把她带大,她倒跟你是最亲的。"

"你这是怎么了?平时你不这样啊。这女儿跟爸爸亲,不是很正常吗?要不这样,你把肚子里的生下来,生个儿子,儿子跟妈亲。"

"睡觉!"

李云阶躺在床上,一边咀嚼着巧克力,一边玩着手机,旁边的 iPad(平板电脑)里则放着她最喜欢的综艺节目。手机她当然也是有的,是老妈淘汰下来的旧手机,只是往常老师和家长不让带去学校。她打开 QQ,收到了刘思明发来的信息,满屏的道歉。

"没完了呀!"李云阶把手机一撂,转而拿起 iPad。

看着视频,她笑了:"是易天!"她饭的男子偶像组合叫 Y-POWER,意思是年轻力量,组合里一共有五个人,但她最喜欢的是易天。

此时,易天正在玩一个真心话大冒险的游戏。他输了,主持人问易天有没有女朋友,易天笑着摇头。

这么美好的人怎么可能有女朋友?对方得有多完美才能配得上他!

"无聊!"李云阶说着,关掉了视频。她不清楚自己这是怎么了,反正,现在的她,有些不开心。不,是超级无敌特别不开心。

按说,老妈今天两次替自己解围,自己应该感激的。可是,适才在景华苑门口,老妈为什么不像何璐妈妈那样去怼思明妈妈呢?

刘思明觉得他妈给他丢人了,李云阶也觉得老妈给自己丢人了。

刚才老爸进来劝慰,李云阶想说这些的,又不知道该怎么说。

"刘思明的事,妈妈都跟你说了?"她问老爸。老爸笑着:"说了一些。我跟她意见一致,认为薛老师和思明妈妈都有些小题大做了。"

"那我应该怎么办?"

"不想这些,该怎么样还怎么样。等找着机会了,我跟他聊聊。"

"跟谁?刘思明?你要跟他聊什么?"

"跟他说,喜欢一个朋友有很多种方式,但最正确的方式得是对方接受并喜欢的那种。"

"我可不想让他喜欢我。"

"对了,爸爸提醒你个事啊,妈妈现在还没确定肚子里是不是真的有小宝宝,这事先别往外说……"老爸顿了顿,"表姑过几天就回来了,暂时呢,对她保密。"

"表姑又不是外人。"在李云阶看来,表姑兰香就是家里人,这几年一直照顾着他们的饮食起居。

"你想啊,有小宝宝是开心的事,可万一要是没有呢?让表姑空欢喜一场,这不好。"

"那些小纸条不算数?"

"什么?哦……那叫试纸,不一定准的。这个得医生说了算。"

"医生能看出来是男宝宝还是女宝宝吗?"

"这个……"老爸笑,"男孩女孩都一样。"

"不一样!男孩都跟熊熊、刘思明他们那样那么讨人厌。女孩才好呢。"

"现在还不确定是不是真的有呢。"

"要是有,我希望是妹妹,必须是妹妹!"妹妹多好啊,还可以帮她打扮呢。

老爸又交代了些话,这才离开。

李云阶吃了巧克力、玩了手机、追了剧,还看了会儿漫画,终于沉沉睡去。

次日一早,李临便送女儿去练琴了。许梦安到底坐不住,自己先去了医院。

待李临到医院,检查结果出来了,许梦安确实已经怀孕近三个月。医生没问他们要不要这个孩子,而是直接让许梦安去高龄妊娠门诊。放开二胎后,这家三甲医院特意开设了这样的门诊。可许梦安没去,拉着李临就出了医院。

"你到底是怎么想的?"李临问妻子。

"我……"许梦安正要说什么,手机响了。她接起,语速很快地回应,应该是工作上的事。挂断电话后,她转对李临:"临时有会,我得先回趟公司。等云阶练完琴,你带她在外面转转,中饭和晚饭也都在外面解决吧。"

"看你急的,这档子事都没解决呢。"

许梦安指指自己的肚子:"这事急也没用,我要好好想想。孩子生出来得负责,对孩子负责,对你我负责,还得对云阶负责。你说的,这关乎整个家庭。"

"那我先陪你去公司。"

"不用。"

李临听了这话,便只笑笑:"说我不关心你的是你,我这会儿想关心你了,说'不用'的也是你。"

"我不是这个意思,云阶不是快下课了吗?别让孩子等着急了。"

"孩子见了我,肯定得问啊,问你肚子里是不是真的有宝宝了,我该怎么跟她说?"

"暂时先说没有吧。还有你爸你姐那边,我妈我妹这边……"

"这个我知道。"到底是多年夫妻,默契还是有的。

"吃饭的时候多征求一下女儿的意见,不管她想吃什么,都带她去。"许梦安说着,伸手拢了拢丈夫敞开着的风衣。

"是不是觉得咱们的这个'意外'亏欠了女儿?其实你不用这么想……"

"赶紧去接她!"

3

许梦安风风火火赶回公司,果不其然,又是于海半道截了新苗传媒的大客户,杀了市场部的同事一个措手不及。这于海是许梦安的大学同学，两人毕业后又进了同一家杂志社。只是于海比许梦安有先见之明，早早辞职，创建了蓝海传媒，做了 H 城第一个本土自媒体——H 城百事通。别看"百事通"这名字简单而粗暴，内容可谓包罗万象，成了 H 城人的生活指南。于海也因此挖到了他的第一桶金，从此一发不可收。新苗传媒作为后起之秀，一开始的定位和蓝海传媒差不多。因为二者缺乏差异性，新苗往往只能分到它的残羹冷炙。直到许梦安跳槽到新苗当了内容总监，情况才有所好转。她的对策很简单，于海包罗万象，可她许梦安，只想做细分，于是将目标用户定位在了年轻群体上，还自主研发了"乐活 H 城"App（手机软件），迅速崛起，引领着年轻人的潮流生活。

许梦安跟几个部门总监开完临时会议已是中午，她正准备叫外卖，就接到了于海的电话。

她这周末加班就是拜这人所赐，他倒好，还有脸给她打电话。

"还没吃吧？"于海问。

许梦安道："怎么，心虚了，要请我吃饭？我没空！"

"不就是抢了你们一个客户吗，至于这样？"

两人在于海说的餐厅见面了。于海一身名牌，满脸都写着小人得志。

"吃什么，你随便点！"

"当然是什么贵吃什么。"许梦安坐下。

"被截胡的滋味不好受？"

"吃饭的时候我不想谈工作。"

"当年要不是李临截了我的和，咱俩的关系可不是这种定位。"

"少来。加一块都快 100 岁了，说这些有意思吗？"确实，要不是半道杀出个叫李临的学长，许梦安没准真的会沦陷在于海的猛烈攻势下。

于海叫来服务员点了菜，才问道："上次我跟你说的事，你慎重考虑过吗？"

大概两个月前，于海提出要重金聘请许梦安到他的公司任职的想法，许梦安一直以为是玩笑话来着，没当真，也从未认真想过。对目前这份工作，她谈不上多满意，但是很充实。

"真想挖我？"

"那还有假？"

"给我个理由。"

"理由很简单，咱俩是老同学、老同事，彼此了解脾性，这些年又是竞争对手，互相知根知底。细细算来，咱俩相爱相杀都快二十年了吧？梦安，二十年是什么概念，你想过吗？咱俩要是不合作，不搞点大事情，简直天理难容。"

"呵……"许梦安喝了口水。

今天，李云阶的练琴状态不太好，老师总说她的手指太僵硬，情绪也不够投入。李临来接她时，她正委屈地坐在钢琴旁，一言不发。

"今天就先到这里吧。"老师说完，便把李临叫到了里间。

李云阶嘴巴一扁，眼眶里的泪水直打转。学钢琴是她自己的意愿，比起那些主持朗诵、书法美术、舞蹈声乐，她其实更喜欢钢琴。可不知为什么，她越想学好，就越觉着艰难。爸妈总说，钢琴只是个爱好，喜欢就行。可喜欢的事，就更应该做好呀！想她李云阶，成绩平平，那些个特长，单个拎出来，好像还真没有拔尖的。刘思明都得了长跑冠军呢，可她李云阶，所有参加过的才艺比赛好像都和冠军无缘，总差了那么一点点。

李临从里间出来，让李云阶跟老师鞠躬道了别，父女俩并肩走出青少年宫。

"爸，老师都跟你说什么了？"

"夸你呢，说你有进步。"

"夸我干吗不当着我面，非要跟你私下说？"

"还不是怕你骄傲嘛。"

李云阶突然想起什么："老爸，医生怎么说？有宝宝吗？男孩还是女孩？妈妈呢？"

"这么多问题，我应该先回答哪一个呢？"老爸笑着。

"我妈呢？"

"公司有事，去加班了。"

老妈加班是常态，李云阶点点头。老爸又道："还有，医生说没有宝宝。"

"没有啊……"李云阶止步，看着路边的行人，"要是有就好了。"

"你真的想要个弟弟？"

"是妹妹，我想要个妹妹。"

"为什么呀？"

"我太笨了，连钢琴都学不好，我什么都不好。要是有妹妹，可以让妹妹做你们的乖孩子。"

李临傻眼了，还没等他说什么，女儿提出，她想去看看外婆。

餐厅内，于海还在向许梦安抛着橄榄枝。

"于海，我发现你现在不但小人得志，还变得特别自负。这个话题到此为止，你刚才说的那些，我就当什么都没听到。"许梦安笑笑。

"你忘了？你那会儿还在杂志社，犹豫着不愿辞职的时候，我就跟你说过的，让你出来跟着我干。"

"知道我为什么没答应吗？"

于海耸耸肩："愿闻其详。"

"你是个很好的朋友，但是，你对我来说，并不是一个合适的合作伙伴……新苗的老张，当初找到我的时候，说的可不是什么'梦安，你出来跟着我干'，你猜他是怎么说的？他说……"许梦安顿了顿，"他要把新苗拜托给我。事实上，这三年，他也确实是这么做的。我身为新苗的内容总监，他给予了我充分的权限和尊重，整个公司的氛围也特别好。"

老张是新苗的老板，正如许梦安说的那样，他的主张一直都是放权给公司中高层。

"你都这么说了，我也只得知难而退啦。咱们聊点别的呗。怎么样，最近家里都好？"

"老样子。咱们也有日子没见了，你和婉真都好吗？"

婉真是于海的妻子，说起来，当初他们俩结合还是许梦安给牵的线。去年，他们的第二个孩子出生了，从此，于海就有了两个女儿。大女儿叫婉婉，小女儿叫真真。于海结婚晚，婉婉今年才9岁。两个家庭来往不算少，偶有聚会，婉婉最喜欢跟在李云阶屁股后面，一口一个"姐姐"地叫着。现在，婉婉自己也当姐姐啦。

"一言难尽……"于海的笑容瞬时变得有些苦涩。

外婆家离李云阶学琴的青少年宫不远,老爸建议骑共享单车过去。

李云阶撇撇嘴,心下有些不乐意。她想说自己这些天受了那么多委屈,老爸居然还让她骑车。

"我不喜欢骑车!"

"好,听你的,咱不骑了。我叫个车。"

这就是老爸和老妈的区别。老爸听李云阶的,老妈总让李云阶听她的。

不多会儿到了河间巷,外婆家就住这。在巷口的水果店,父女俩选了些时令水果。

"这个外婆喜欢吃,这个外公喜欢吃!"

看到女儿脸上重新有了笑容,李临这才释怀。女儿虽然已经 15 岁了,但和同龄人相比,算是晚熟的。她还有难得的天真,这份天真,却又正是李临所忧虑的。

还没进门,父女俩就听到了许梦心的声音。李临推开院门,拉着李云阶快步走了进去。李云阶一看,屋子里真的太热闹了。小姨正跟小姨夫吵架,熊熊拖着电话线跑来跑去,差点绊倒了劝架的外公。

外婆看到大女婿来了,连忙拉住他:"赶紧劝劝吧,这两个人又要闹离婚。"

老爸可不擅长劝架,这事应该让老妈来。李云阶心想。

果然,那二位唇枪舌剑太激烈,李临根本插不进嘴。

熊熊大哭起来,外公、外婆便只好腾出空哄他。李云阶觉得脑子里有股热气往上冲,径直走到熊熊跟前,大声喝道:"别哭了!"

熊熊止了哭声,睁大眼睛看着凶悍的表姐。

"再哭就把你扔出去!你都上一年级了,怎么还这么不懂事!"

熊熊只是抽泣着,愣是不敢再撒泼了。

"还有你们!小姨、小姨夫!拜托你们了,吵架能不能回家吵,别当着外公外婆的面!他们年纪这么大了,你们还让他们操心,合适吗?"

李临和两位老人都愣住了。老贾颒着脸,一声不吭。许梦心惊诧地看着李云阶:"你……你一个小孩,你……"

"我已经不是小孩了！再说，就算我还是小孩，那又怎么了？小孩就不能说你们大人说的话了？小孩就得天天开开心心不发脾气了？我……"李云阶说着说着，眼泪就滚了下来，"小孩也挺不容易的……你们这些大人，根本就不知道！"

"哦哟，你们快别吵了，看把我云阶吓的。"外婆连忙过来紧紧抱住李云阶。

李临趁机把老贾拉到了院子里，外公也抱走了熊熊。

许梦心叹口气，走到李云阶跟前："小姨的错，行了吧？"

"小姨，我喜欢以前的你。那时候你还没结婚，喜欢给我扎辫子，喜欢给我买裙子。那时候，你总是笑嘻嘻的……"李云阶哽咽着。

"来，你坐下，我这就给你扎辫子。"

"我不要！"

"要的要的，只是，小姨很久没给人扎过辫子，也很久没给自己扎过辫子了，扎得不好看你可别怪我。不怕你笑话，我今天跟你小姨夫吵架，就是因为他想让我把长头发给剪了。"

"为什么呀？"

"因为……"小姨指指自己的大肚皮，"因为我快生宝宝了。"

许梦心生熊熊时便听了婆婆的话，把一头爱若珍宝的长发给剪了，月子里不能洗头嘛。好，不就是一个月吗，我忍！好，不就是长发吗，我以后再留！

对爱干净的许梦心来说，那简直是惨无人道的一个月。除了不能刷牙、洗头、洗澡，她还像头背负着产奶任务的奶牛，每天被填塞进各种她根本不爱吃的草料。直到现在，一闻到鸡汤的味道，她还是想吐。所以这次，不管婆婆和老贾怎么说，许梦心坚持要去月子中心。头发，不剪！鸡汤，不喝！

何况，家里又不是没有这个条件，她许梦心平时少买几个包就够了。

为了这事，她在家里跟婆婆吵了一架。婆婆从老家过来，就是为了照顾许梦心坐月子的。人家说了，请个月嫂是可以的，但是没必要去月子中心。还怂恿老贾，让他带他媳妇去剪头发。

许梦心跟婆婆辩解，婆婆被逼急了，竟然说："合着你去什么月子中心花的是我儿子的钱，你不心疼，我还心疼呢！"又讲："哪有这样的女人，挺着大肚皮还涂脂抹粉的，这些粉啊口红啊可都是毒药。"

这话一下刺痛了许梦心,她拉着老贾就回娘家了,让自己爹妈来评理。许家二老还什么都没来得及说呢,许梦心就先跟老贾吵起来了。

小姨虽然不开心,但还是给同样不开心的李云阶扎了辫子。是李云阶小时候最喜欢的蜈蚣辫,从头顶开始编,编完了看着特别利落。

"小姨,你知道吗,易天也扎过这样的辫子。"

"当然知道啦,我最近在追的新剧,他还客串了呢。"

"超级帅,对吧?"

"那是,这说明咱俩的眼光是一样一样的。"

瞧着这二位云开雾散了,外婆连忙招呼大家吃饭。吃着吃着,说起了许梦安。李云阶到底是个孩子,不知被谁一带,就把话题带到了老妈去医院检查的事上,外公惊得筷子都掉了。

"咳,没有的事,虚惊一场,梦安没有怀孕!"李临忙道。

"要真的有了,是好事,再生一个,也好给云阶做伴。"外婆说着,给李云阶夹了一块肉。

李云阶忙道:"我怕胖,我要多吃蔬菜。"

"瞧瞧这孩子,一点都不随她妈,倒是像心心。心心也这么臭美。"

"怎么说到我头上来了!"许梦心这话是跟自己妈说的,却一直在打量着李临。

小姨子的眼神让李临有些不舒服,他起身离座,走到院外抽烟。不一会儿,许梦心也来了。李临赶紧把烟掐了,顺手丢进了身旁的垃圾桶。

"我没那么金贵,怀两次了,也没说让老贾戒烟。只是,平时他在家烟瘾犯了,就在书房抽。"

"我没啥瘾,偶尔抽着玩的。"

"真怀上了?"许梦心问李临。

"哪有,没有的事。"

"姐夫,你骗得了爸妈,可瞒不过我。刚才云阶那么一说,你紧张得手都抖了。"

第二章
大人总是道理多

1

"这是出什么事了,怎么就一言难尽了?"许梦安看着于海。

于海犹豫了一下,才道:"婉真想出来上班。"

"以你们家的条件,能一口气请五个保姆,还真不需要婉真留在家里当老妈子。"

"那要这么说,以我们家的条件,也不差婉真上班挣的这仨瓜俩枣。"

"啧啧啧,大男子主义的极致表现。"

"你先听我说完。前年我妈不是没了吗,我爸一个人在老家,我不放心,前段时间把他接过来了,现在跟我们住在一起。住一起,相互照应,我呢,尽尽孝心。家里的事,我爸也可以帮把手,他别的干不了,盯着保姆还是可以的。保姆不是家里人,哪有那么尽心力的,不盯着还真不行……"

于海的妈妈前年因为突发脑溢血走了,未能让妈妈享福,一直是他的遗憾。听了这话,许梦安点点头:"婉真不是那种胡搅蛮缠的,她能理解你的决定。你妈走那段时间,她比你还难过。她亲口跟我说的,说不知道修了什么福分,能遇到你妈这么好的婆婆。"

"是,她们俩关系不错,从没红过脸。按说,就算她们婆媳有矛盾,也属正常,婆婆和媳妇是天敌嘛。可就奇了怪了，婉真居然跟我爸不对付。平时我家的状态就是，保姆看着孩子，我爸盯着保姆，婉真防着我爸。"

"防着你爸？"

"家里边，这个东西不让我爸碰，那个东西也不让我爸动。我跟你说这话，可是真没拿你当外人，她防我爸，就跟防贼似的。"

"夸张了吧？要真这样，让婉真出来上班，不是蛮好的吗？她不在家里待着，你爸也自在些。"

"可问题是，婉婉上三年级了，正是培养学习习惯的关键时候，我爸和保姆可帮不上什么忙。再一个，真真那么小，难道说断奶就断奶？"

"唉……"许梦安叹息。

"唉……"河间巷的小院子里，李云阶外婆家，李临也叹息着。

许梦心压低声音："你们打算怎么办呀？生是不生？"

"还没定呢。你可千万别多嘴……"

"我要是多嘴，还会在这跟你说话？"许梦心眉头紧蹙，"我呢，自己没本事，吃老贾的喝老贾的，全职太太嘛，别说外人，就连我婆婆都看不起我……"

"说什么呢，全职太太就是你的职业，要没有你，老贾的事业能做得这么好？"

"得，姐夫你这话我爱听。不管怎么着吧，我要表达的是，我姐跟我，那完全是两类人。我没什么追求，她可不一样！当年在杂志社，她都快当副主编了，说跳槽就跳槽，这份魄力，一般人能有？好不容易云阶大了，我姐的事业也越来越棒，哦，这个当口，让她再生一个，约等于毁了她的前程。这些年，我算想明白了，这世上哪有什么面面俱到的女人呀？我这种，顾好自己，顾好家，也算是本事了。可不能全世界都是我这样的女人吧，也得有人跟我姐一样，冲锋陷阵，到社会上跟你们男人拼一拼！别看我平时跟我姐经常拌嘴，也没少红脸，但这一点，我还是很佩服她的。姐夫，我说这么多呢，意思就是，生不生，你别干涉，让她自己考虑……"

李临微微震惊，没想到小姨子还有这番高论。他笑道："我就是这么说的，尊重她的决定。"

"我觉得你还是应该尊重婉真的决定。"许梦安对于海说。

于海无奈摇头："婚姻也好，家庭也好，夫妻俩总要牺牲一点自我的。无非是谁牺牲得多一点，谁牺牲得少一点。当年婉真怀婉婉时，我还没什么钱，不是照样让她辞职回家安心生孩子了吗？我为了什么，还不是为了让她少操点心。现在她倒怪起我来了，说要不是我，她就不会跟社会脱节。好像当年她不辞职，现在已经是个女强人了似的。她觉得自己牺牲了，那我呢，我就没牺牲吗？"

"哪来这么多怨气，过日子嘛。"

"嚯，你现在竟是这口吻了，'过日子嘛'。看来，大学时代那个喜欢看雪看月亮，捧着诗集的许梦安早就不在了。别说，我家婉真还特崇拜这样的你，说：'人家许梦安，不是一样边工作边顾家的吗？'还说你把云阶教育得特别好，什么也没耽误。"

许梦安靠在椅背上，妄自笑了起来："看雪看月亮……你不提，我早忘了。"

"我不去想，未来是平坦还是泥泞，只是热爱生命，一切，都在意料之中……"

"汪国真的诗。"

"你看，你没忘。"于海定定地看着许梦安。

许家二老去厨房了，老贾去洗手间了，李临和许梦心还在院子里说话，客厅里只剩李云阶和熊熊。

李云阶顶着蜈蚣辫，吃了外婆做的饭菜，心情大好起来。熊熊却黑着张小脸，还赌着气，谁让表姐刚才凶他！他不知从哪找来一根塑料绳，趁着表姐沉迷电视剧的工夫，绕到她身后，拿绳子勒住了她的脖子。

"啊！"李云阶大叫，扯了塑料绳，站起来伸手一推，把熊熊狠狠推到了地上。

熊熊捶地大哭起来："救命啊！姐姐打人！姐姐打人！"

李云阶急了："熊熊你这是贼喊捉贼！明明是你先拿绳子勒我的！"

一众大人全都跑进了客厅。老贾一手提溜着裤子，一手提溜起了熊熊："怎么回事？"

"姐姐打我！姐姐太凶了！"熊熊哭红了眼，眼巴巴看着大人们。

"明明是你先勒我的！"李云阶百口莫辩。

"云阶，你向弟弟道歉！"李临道。

李云阶不可思议地看着老爸："我没做错,为什么要道歉?!"

许梦心抚着肚子,走到熊熊跟前："到底是怎么回事?你老实跟我说!"

"妈妈……"熊熊抹着眼泪,"我没勒姐姐,我和姐姐玩,她不跟我玩,她打我。"

还没等许梦心说什么,李临便严肃地看着李云阶："弟弟说的是真的吗?"

"你不相信我?"李云阶的眼睛红了,看向外婆："外婆,你总该相信我的吧?"

外婆搓着手。这两个孩子,护谁都不是,便道："小孩子打打闹闹没什么的,这样才热闹。"

李云阶真的气恼了,她狠狠瞪了熊熊一眼,头也不回地跑了出去。

许梦安得知这事时,刚好从餐厅出来,正准备回公司。她一听说娘家闹得乱哄哄,那还得了,赶紧驱车赶了过来。

李临正挨个联系李云阶的同学。许梦心呢,又和老贾吵上了。老贾要打熊熊,许梦心拦着,不但她拦着,许家二老也拦着。

"孩子就是你给惯坏的!你说你,家务有保姆,你平时的任务就是教育孩子,可你把孩子都教成什么样了!刚才我就看出来了,一定是熊熊惹的祸。云阶我知道的,她绝对不可能无缘无故对弟弟发脾气。"老贾气呼呼的,又转对许家二老:"爸、妈,你们别拦着,熊熊这顿打是躲不过的。就算不在你们这收拾他,回家了我照样得收拾他!"

"你敢!贾浩文你可以啊,胆子够大的,居然凶我,居然当着我爸我妈我姐我姐夫的面凶我!"

"要不是看你挺着个大肚子,我还……我……"

"怎么,你还要打我?"

"够了!"许梦安大声呵斥,"我头都大了!你们俩要教育孩子回家教育去,让爸妈清净几天吧,算我求你们了。"

"回去吧。"李临也劝。

老贾脸上有歉意:"可是云阶她……"

"她不会乱跑的,肯定跟哪个同学在一块呢,你们别担心。"许梦安说着,走到妹妹身边:"这都快生了,省着点力气才好,闹什么嘛。"

"大姐……"许梦心低着头,"那我先回去了。"

"嗯,找到云阶了我会跟你们说的。"许梦安说着,把许梦心拉到一边,"有个事差点忘记告诉你,月子中心我给你订好了。这钱我来出……不对,应该这么告诉你婆婆,钱由我们娘家来出。"

"啊?你怎么知道……"许梦心哽咽了,"我正为这个跟他们闹呢。"

"撒泼你最欢,却是半分精明都没有。平日里老贾没少给你家用,也不知道攒点私房钱,整天就知道买买买。"

"月子中心的钱,我到时再还你啰。"

"你敢说,我敢信?"许梦安摸摸妹妹的肚皮,"心心,钱是小事,这才是大事。"

李云阶在何璐家呢,两个女孩躲在房间里,不知叽里咕噜说什么。不多时,何璐妈妈就接到了许梦安的电话。

听说李云阶在何家,许梦安和李临都松了口气。

"何璐妈妈说要留云阶吃晚饭,让我们晚点去接。"许梦安开着车,"我先送你回家,然后还得回公司。"

副驾驶座上,李临苦着张脸:"云阶生着我的气呢。虽然熊熊有错在先,可当着爸妈,还有老贾和心心,我总不能一句重话都不说吧?"

"看把你愁的,女儿三天两头跟我怄气,我说什么了?"

"不是,她这几天怪怪的,总感觉她受了什么委屈。中午我去青少年宫接她,老师告诉我,说她心不在焉,还说……"李临看向车窗外,许梦安接嘴:"还说我们女儿其实不适合弹钢琴,对吧?这话我都不知道听了多少遍啦。这也太功利主义了,怎么,喜欢弹钢琴,还非要考级,非要当钢琴家了?"

"话是这么说,可现在云阶都读初三了,这是很关键的一年,要不然,钢琴就先停一年?我不想给她太大的心理压力。我们俩想得简单,不是那种'唯结果论'的家长,只要孩子喜欢就行……可要是云阶不这么想呢?她其实还是挺想把钢琴学好的。"

"我们找个合适的机会,跟她沟通一下?"

"你跟孩子说吧。"

"怎么说？'云阶,你看你学习挺忙的,要不钢琴课就先别上了?'多招她恨啊。反正,坏人全是我,好人全是你。"

"这说明咱俩配合得好,不像心心和老贾。"

"他们结婚才几年,有可比性吗?且得磨合呢。"

"那什么……"李临顿了顿,"你怀孕的事,心心知道了。"

"你跟她说的?"

"云阶提了你去医院的事,一来二去的,心心她自己就瞧出来了。不过她答应我了,不往外说。"

"嗯。"

"老婆……"李临叫着许梦安。他不知道多久没这么叫她了,日子过久了,夫妻之间好像就不再需要称谓。

"怎么了?"许梦安微微诧异。

"你不是十几年前的你了,那时候你年轻,怎么忙怎么累都可以,但是现在不一样啦,悠着点吧。工作上的事,别太拼了。不管要不要这个孩子,都得注意身体。"

"嗯……"许梦安一时有些恍惚,这样暖心的话和刚才那个称谓一样,丈夫许久都没说过了,"我知道的。"

待许梦安回到新苗传媒,瑞秋就钻进了许梦安的办公室。这瑞秋是新苗的人力资源总监,才30岁出头,保养得当,加之个子小巧玲珑,看着比实际年龄小。许梦安看到瑞秋,就会想起自己三十来岁那些年。那时,还总觉得自己已经老了。到了现在再看,三十来岁明明很年轻。

"你怎么来了?"许梦安问道。按说,今天来加班的主要是许梦安他们的内容中心,以及产品运营部和市场部,跟人力资源部没关系呀。

"公司清静嘛。"瑞秋笑着。她一笑,便会露出两颗小虎牙,这两颗小虎牙让她显得很有亲和力。其实吧,亲和力什么的都是假象,她的岗位和职责,就决定了她必须是个看起来有亲和力的混蛋。毕竟,她的部门关系到大家的薪资福利和升迁,差不多掌握着生杀大权。所以,瑞秋的原则是不跟同事交朋友,直到许梦安进了公司。

"于海可以啊,连已经塞进别人嘴里的沾着口水的肉都能抠出来嚼两口。"瑞秋说着,一屁股坐到许梦安对面。

许梦安直乐:"这话听着怪恶心的。"

"于海是真小人,真小人倒是要比伪君子可爱。"

"你想说什么?"

"只是一点小感慨。真小人好对付,这伪君子可就不一样了。看着面慈心善的,谁知道他心里憋着什么坏。"

许梦安指指桌上的电脑:"我可没空听你的感慨啊。"

"梦安,别老想着工作,有时候也要腾出点时间,好好看看这些跟你在一块工作的人。"瑞秋仍是微微笑着。

"是不是出什么事了?别绕弯子了,赶紧告诉我吧。"

"不绕弯子的话,我就不是瑞秋啦。"她说毕,站起来摆摆手,"走啦。"

话说这许梦心和老贾带着熊熊回了家。在路上,熊熊好不容易憋住了眼泪,看到奶奶,居然又号了起来。贾母忙问,熊熊说是被姐姐打了。贾母心疼不已,便只抱怨:"看个孩子都看不好,还能干什么!"

这话明着是跟老贾小两口说的,其实还是针对许梦心。旧仇未平,又添新恨,许梦心哪能忍?"妈,你这话什么意思?阴阳怪气的。那孩子是我一个人的孩子吗?我这还大着肚子呢。"

"我可不敢再说话了。"贾母只拿眼瞧老贾,"谁能想到啊,老都老了,给儿子帮点忙,反倒还惹人烦了。"

"你们俩够了!"一直沉默的老贾说完,一把拉住了熊熊的衣服,把孩子往房间里拖。

"贾浩文,你要干什么!"许梦心急了。

"我管教儿子,不用你管!"门"砰"的一声就关上了。

"妈,他要打熊熊,你快拦着他点!"

"哎!"婆媳俩瞬间将恩怨抛掉,同仇敌忾起来。

"浩文,浩文!"贾母砸着门,"你要是敢打我孙子,我就跟你拼命!"

"奶奶救我,妈妈救我!"房间里传来熊熊的哭喊声,"疼,爸爸,我疼!"

"疼就对了,疼才能长记性!让你欺负姐姐,让你撒谎!"老贾的声音更大,盖过了熊熊的,"你们俩别砸门了,今天就是天王老子来也管不了我!告诉你们啊,你们越是这样,我打得就越狠!现在不好好管教,将来是要出去惹祸的。与其将来出去祸害人,不如现在就把他打死!"

"别,别……"许梦心挨着门,身体慢慢滑到地上,"我不说了,我什么都不说了……妈,咱们别再砸门了。"

看着满眼泪水的儿媳妇,贾母也哭了:"心心,你说我们娘俩怎么就这么命苦哇!"贾母一边哭,一边拍打着自己的大腿,"早知道我就不来了,我不来,你就不会生气;你不生气,就不会带着我孙子回娘家;你不回娘家,熊熊也不会惹祸;熊熊不惹祸,也就不会被浩文打!全是我的错!"

"妈,这不能怪你。"许梦心拢拢长发,吸吸鼻子,"你来这,也是为了照顾我。"

"可不是嘛,我就你这么一个儿媳妇……"

"那你还想有几个啊?"

"你看你!"

"行啦,你想说什么就说吧。"

"我就你这么一个儿媳妇,你生熊熊时,说要请月嫂,我没同意,我心想,这是我儿媳,别人照顾我不放心啊。结果呢,那个月子弄得你是一千一万个不满意。这回呢,我就想,好,请个月嫂,我来搭把手,顺便跟月嫂学点你们说的那个育儿知识。好嘛,你连月嫂都看不上,直接要去月子中心了。你进了月子中心,那我呢?我这想好的要照顾你坐月子,不就全黄了吗?都说再大大不过月子仇,要是这回我能让你满意了,咱俩不就……"贾母说着说着,也挨着许梦心坐到了地上,"呵,这地上还怪暖和的,难怪你总光着脚。"

"我不是跟你说过吗?咱们家是装了地暖的。放心,凉不着你孙女。"许梦心笑了笑。

"真是孙女啊?"

"我哪知道,这不是大家都希望我这次能生女儿吗?"

"女儿好呀,我这辈子就缺个女儿。"

"那生出来也是我女儿,又不是你的。"

贾母跟没听到似的,自顾自说着:"我倒想过把你当女儿呢。"

"别,咱俩就这么着吧,能把这婆媳关系捋顺就行。还有,谁说月子中心不让你跟着去了?"

"真的啊?"

"当然是真的!"

"那你这头发……"

"妈,得寸进尺了啊。人现在都讲究科学坐月子,不洗头才容易滋生细菌呢。"

这二位就这么聊着,都没注意到老贾已经开了门,正悄咪咪站在她们身后。

"你们俩,我还真挺服气的。"老贾说。

"啊,熊熊!"贾母赶紧跑进去,把宝贝孙子抱了出来,"你爸打你哪儿了?疼吗?"

"打屁股了,爸爸说不许叫疼。"熊熊还真老实了许多。

老贾扶着许梦心站起,转向熊熊:"我还跟你说什么了?"

"给妈妈道歉。"熊熊说着,挣扎着从贾母怀抱里下来,走到许梦心跟前:"妈,我错了,我不该拿绳子勒姐姐。我以后不惹你生气了。"

"没事……"许梦心话还没说完,就被老贾掐了下手臂,"那个,你以后不许再惹祸了! 要是再惹祸,不但你爸要打你,我也不会轻饶你的!"许梦心露出极其严肃的神情。老贾表示满意,随后示意许梦心跟他进房间。

"真打了?"许梦心进房后带上门,第一句话就是问这个。

"子不教父之过,你现在不让我管,等他大了,你就算是求着我管,我都管不动了。"

"我没说不让你管,只是……熊熊是我身上掉下来的肉嘛。"

"拿绳子勒云阶,这是很严重的问题!"

"我回头带上他,去大姐家,让他跟云阶道歉。"

"心心,我说的话你还没听明白? 我发现咱俩现在是越来越难沟通了。"

"我没听明白你就再说一遍啰,至于这样吗?"

"熊熊现在已经是个问题孩子了,现在听明白了?"

许梦心没吱声。丈夫的话,她确实无法辩驳。

老贾苦笑着:"这都怪我。"

"那……那也不能这么讲,你工作忙,孩子毕竟是我在带。"

"心心,前面的事就都不提了,但是接下来,我管教熊熊的时候,你必须跟我统一战线。"

"怎么就战线了,那是咱儿子,又不是敌军。"

"你……"老贾双手撑头,手指插进了额前稀疏的头发里,"大概,等哪天熊熊捅了个我们补不了的大娄子,你才会清醒。"

许梦心来气了:"行行行,以后我都不管了,你管!我怀熊熊的时候你是怎么说的?我明明不想那么早生孩子,你非要哄我,说我生了孩子你还是一样爱我。爱呢?爱去哪儿了?恐怕我用显微镜都找不着你说的爱了!好嘛,我不接受教训,居然还要生……没跟你之前,有那么多人追我,我……"

"心心……"老贾走过来,把妻子揽进怀里。他只是紧紧抱着她,却不知道应该再跟她说些什么。

2 🌐

何璐的房间还是那么漂亮,整体风格是李云阶一直想要的韩式公主风。李云阶也不是没跟爸妈提过,只是被他们双双否决了。他们觉得房间过于花哨会分散注意力。

"而且这也太俗气了。"许梦安说,"云阶,这个风格和你的气质不相称。"

"我什么气质呀?"李云阶问许梦安。

许梦安笑:"温文尔雅啰,一个会弹钢琴的温文尔雅的女孩。内心高贵才是公主,外在那些东西有什么意义吗?"

可是,谁还不是个小公主呢?如果外在不像个小公主,谁知道她李云阶是个小公主呢?

"这种熊孩子,推他都算轻的,换了我,早就揍他了!"何璐在为李云阶愤愤不平。

李云阶摆手:"我哪敢揍他! 我要真的揍他了,我爸妈不得骂死我。"

"对付这种熊孩子,就是不能太客气。你等着!"何璐说毕,开了门,对外间喊道:"何瑞你进来!"不一会儿,一个3岁多点的小男孩进了门。

"去给我们拿点吃的。"何璐指挥着弟弟,"水果、巧克力、薯片,全都要。"

"一个小不点儿,哪儿拿得了那么多东西,我去吧,我去帮帮他。"李云阶连忙站起来。

"拿不动就一样一样拿啰,快去!"

何瑞脸上虽然不高兴,但还是去了。

"怎么样?"何璐笑着,"我有当姐姐的样子吧?"

"我觉得你弟弟蛮乖的,比熊熊好多了。"李云阶一时不知道该说什么。

"他是不熊,但是……"何璐关了房门,低声道,"我奶奶他们太搞笑了,你猜他们说什么?"

李云阶摇头,何璐继续道:"我爸把奶奶和弟弟接到这里的第一天,家里来了好多亲戚朋友。他们说,以后这家里的东西,房子、车子,都是弟弟的。"

那可是一辆豪车,李云阶心想,虽然……她对车子这东西确实没什么概念。何璐爸爸刚买车那会儿,何璐请李云阶坐过的。座椅软软的,车里香香的,好像跟老妈开的那辆真的不太一样。

"为什么呀?"李云阶觉得不可思议。

"你真是个傻白甜! 因为他是男孩! 男孩,传宗接代。"

"那都是封建思想。"

"除了房子、车子,还有钱呢! 奶奶说,钱嘛,是要给璐璐一点的,当嫁妆。我就问她了,我说:'奶奶啊,房子、车子、钱,这些都是我爸赚的,你凭什么替他做主?'奶奶就骂我,说我不知好,说爸妈带我来城里这么多年,什么福都让我先享了。而且呢,我早晚都是要嫁人的,我爸赚的钱跟我没关系。"

"她真的这么讲? 难以想象。"

"我真羡慕你,你们家就你一个孩子,没人跟你抢,没人跟你争。"

李云阶没说话。

"还有啊,你爸你妈,他们人也特别好。尤其是你妈,多知性啊,跟思明妈妈说话的时候不卑不亢,不像我妈,就知道跟人比嗓门。"

"可是……我觉得我妈这样不好。"

"哎,不说这些烦心事了,我给你看点东西!"何璐打开衣柜,拿出一件粉红色的连衣裙,"这个,刚买的,好看吗?"连衣裙上缀满了蕾丝,裙摆蓬蓬的。

"真好看!可惜,平时只能穿校服。"李云阶耸耸肩。

何璐神秘一笑:"易天握手会的时候,我要穿着这条裙子去。"

"易天握手会!什么时候?"易天是两个女孩之间最大的共同话题。

"易天下个月要在上海办签唱握手会,这事你知道的呀!"何璐道。

"在上海啊,而且,而且……我也没有握手券。"

"上海怎么了,离得又不远。至于握手券,说起来还不就是……"何璐做了个数钱的动作,"砸钱吗?"

"我可没钱。"

李云阶没撒谎,她是真的没钱。老爸和老妈给的零花钱虽然不多,但是只要她提出的消费需求是合理的,他们一般都会支持。可是签唱握手会这种事,还是算了吧,她想都不敢想。老爸说"谁年轻的时候不饭偶像啊",还总是提起他饭的邓丽君……至于老妈,每每做出一副她也很喜欢易天的样子,可是,只要李云阶问,易天的歌都有哪些,易天的星座是什么,老妈就会露馅。

"握手券呢,我想办法给你搞一张,钱嘛,我借给你,谁让咱俩是好朋友呢。"何璐倒是大气。

"不行,我妈不让我跟人借钱。"

"那你回家跟她说说呗,你妈对你那么好,一定会答应的。"

"那就更不行了。"

"连易天的握手会都不去,算什么死忠粉,我看你直接脱粉算了。"

"别这么说嘛,等你回来,再跟我好好说说,告诉我易天是不是真的那么帅。"

"那还有假,他要不帅,咱俩能饭他?"

"嗯。"李云阶点点头,"何璐,总有一天我可以跟你一起参加握手会的。"

"吃饭啦!"门外传来何璐妈妈的声音。

"吃饭吃饭!"何璐拉起李云阶就往外走。

这不是李云阶第一次在何璐家吃饭,她最喜欢何璐妈妈做的红烧鱼了。只是,今天围坐在饭桌旁的人里,多了何璐奶奶和何瑞。李云阶忙鞠躬:"奶奶好。"

"理她干吗!"何璐小声说着,按着李云阶坐下。

何奶奶看着很和气,一个劲招呼李云阶吃菜,还夸得停不下来:"这个小姑娘长得好呀,白白净净的。还有这个辫子,老好看了。"

李云阶脸都红了:"谢谢奶奶。"

"听说你也住在这个小区,而且还是璐璐的同学?"何奶奶问。

"嗯,我们很要好的。"

"家里几口人啊?"

何璐坐不住了:"奶奶,你有完没完,查户口啊?"奶奶还当这里是老家呢,逮到人就聊个没完。

"凶的嘞,我就是问问呀。"何奶奶不高兴了。

李云阶忙道:"三口人。"

"没有兄弟姐妹?"

"没有的。"

"那蛮好,让你妈妈给你生个弟弟,你看我们家多热闹……"

何璐妈妈撇撇嘴:"妈,人家父母都是有文化的,爸爸是大学教授,妈妈是公司总监,你当是我们家呢,热闹热闹,跟赶庙会似的。"

"就你话多!"一直没吭声的何璐爸爸说话了。

李云阶赶紧端起饭碗埋头吃饭,一不小心,喉咙里进了根小鱼刺,她愣是没敢喊疼,只是一个劲往嘴里填饭。

妻子加班,女儿在同学家,兰香又要过几天才能回来,没办法,李临只得叫外卖。等了半天,外卖没到,老贾到了。老贾手里提着一堆东西,笑眯眯地进了门:"姐夫,我来转转。云阶回来没?我姐呢?"

李临这人好静,不太喜欢有人来家里。况且,他对这个连襟贾浩文素来没什么好感。贾浩文早年是在档口做服装批发的，算是有点小钱。后来搞起了电子商务，开了家公司，这些年更是风生水起。有钱，会说话，能来事儿，自然比他李临更得老丈人和丈母娘的青睐。每次家庭聚会，老贾总是要迟到一点的，他忙嘛。可是每次呢，老丈人都发话，必须等小女婿来了才能动筷子。丈母娘就更别提了，但凡有点好吃好喝的，都想着小女婿。连李临去韩国考察时给丈母娘买的高丽参，她都转送给了老贾。这种鸡毛蒜皮的事，李临是不想计较的，可心里总归有些不平衡。

"哦，云阶还在同学家，你姐加班。"

老贾晃晃手里的东西："姐夫，我人都来了……你就让我站在门口啊？"

"哦，哦，进来吧。"

"我来呢，主要就是想向云阶道歉的。"老贾把东西放在鞋柜旁。这堆东西里，有李云阶爱吃的水果、零食，还有两盒燕窝。可是，姐夫李临竟看都没有看一眼，只道："我给你倒杯水？"

茶几上明明摆着茶叶，还有一整套的茶具呢，居然就给"倒杯水"？

"行啊，那我就不客气了。"老贾径自坐到沙发上，"姐夫，我没打扰你吧？"

"没有。"李临只好坐下。

"熊熊都老实交代了，他确实拿绳子勒云阶的脖子来着。子不教父之过，我是特意过来赔不是的。"

"弄清楚就好。孩子嘛，还是要教育的。"

"姐夫说得对，所以，我狠狠揍了他一顿。"

老贾都这么说了，李临只得说道："都是孩子闹着玩的，你过于认真了。"

"不认真不行！我心里苦啊。"老贾喝了口水。

"嗯？"听了这话，李临一愣。

新苗传媒内容总监办公室内，许梦安忙完了手头的工作，正准备回家。关电脑的时候，在电脑版的微信端看到于海的留言："中午忘记提醒你，我听说最近张克在挖我们公司的内容总监。当然，这人他是肯定挖不走的，只是，你想想看，他自己有内容总监，却要跑来我这撬人，细思极恐啊。现在，你理解我为什么一定要半路截和了吧？梦安，你啊，自己多留个心眼吧。"

许梦安回了个微笑的表情，在等于海的回复。可是等了小两分钟，于海却再没发信息过来。

张克就是许梦安口中的"老张"，新苗的老板。许梦安笑着，自言自语："于海你又作什么妖呢？"

突然，许梦安想起了什么，心头一紧。是了，瑞秋适才说的那些阴阳怪气的话，那番关于真小人和伪君子的话……

"梦安，还没走呢？"门外是老张的声音，"我可以进来吗？"

"哦，当然可以。"许梦安整理了一下头发，站了起来。

老张微笑着进了门："辛苦了。"

"应该的。"

"这样，忙完这段时间，把年假给申请了，出去散散心。全家都去，费用算我的。不过，仅限于东南亚，要是跑欧洲十国，我可不给报销。"

"老张，你这是……"

"看你感动的。这些年，你为新苗付出那么多，我不该表示表示？"老张还是笑，"早点回去，别让你们家李老师等急了。"

回家路上，许梦安越想越不安。瑞秋说的话，于海发来的微信，以及老张突然提出的让她休假的要求。这之间似乎有着很微妙的联系……

老贾突然说他心里苦，弄得李临有点发蒙。

"你怎么了？"李临问。

"唉……"老贾长叹一口气，"还不就是家里那些破事。你说，都是一个妈生的，这心心和大姐，她们的差别怎么就那么大呢？大姐明事理、懂进退，家里家外一把好手，那是哪哪都好。连我妈，我妈就见过大姐几面，还总念叨她好呢。可是心心呢？结婚前，活泼可爱，漂亮……当然，漂亮这是有目共睹的，关键是对我体贴。结婚后，就跟变了个人似的。我们俩闹离婚的频率都跟春天的降水率差不多了！"

这比喻……李临忍不住笑了。

"姐夫,让你见笑了。我这也是有话没处说。"

"没事没事,谁心里还没个事,理解的。"

"要不怎么说咱们这种关系叫连襟、挑担什么的呢。连襟,心连心;挑担,手拉手!还是姐夫懂我。"

"夸张了,夸张了。"

"有什么夸张的,这是事实!"

"那什么……"李临顿了顿,"前几天我得了罐好茶,咱俩喝点茶?"

"必须的呀。"老贾点着头,心下暗想:喝你李临一杯茶,可真是不容易呀。

待李临泡上茶,外卖到了。老贾一看,脸马上就拉长了,指着那份黄焖鸡米饭:"不是,姐夫,你就吃这个?"

"黄焖鸡米饭挺好的,方便、简单。我对吃的不讲究。"

"咳,这可不行,走,咱俩去外边吃!"

"别了吧,等你姐回来,我们俩还要去接云阶。"

"那你等着,我打个电话,让人送点好吃的。"

"老贾,算了,真不用麻烦了!"

"姐夫,不瞒你说,我今天憋着一肚子气,晚饭压根儿就没怎么吃。我叫点吃的,咱哥俩刚好呢,边吃边聊。"

人家老贾一口一个"姐夫",一进门又是赔礼又是道歉又是推心置腹的,要是自己不领情,可就真说不过去了。李临只好点头:"那你少叫点。"

"少而精,少而精,我懂的。"

老贾混得还真好,不过半小时,某知名私房餐厅的四菜一汤就送到了。有荤有素,还有瓶酒。

"酒就算了吧。"李临忙道。

老贾的神色有些黯淡起来:"明白,姐夫你这还是看不起我。你说,我跟心心结婚这么多年了,你还是跟原来一样,看不上我。"

"没影的事,胡说。"

"除了我结婚那天,咱们就没正儿八经地喝过一次酒,一次都没有!"

"你激动什么……"

"四民分业,士农工商。商在最后嘛,你看不上我也正常。"

"你连这都知道呢?"

"瞧瞧……"

"这'士农工商',其实不是你想的那种意思,它是……"

"咱俩边喝边说,成不成?"老贾看着李临。

3

许梦安回家的时候,李临已经醉得差不多了。看到老贾也在,许梦安不免吃惊——老贾和李临把酒言欢,是之前从没发生过的事。

"大姐,姐,你听我说,今天啊,我跟姐夫,我们哥俩就是高兴,哎,一高兴就喝美了。你可千万别批评他,你要批评他,我第一个跟你过不去!"

许梦安看到半躺在沙发上的李临,无奈道:"老贾,我向你保证,我绝对不批评他。这都几点了,你赶紧回家吧。"

"哎,我这就走……"老贾一边说,一边俯身收拾外卖盒子。

"留给我就行了。"

"那怎么好意思……你加班怪辛苦的,累坏了吧?"

"行啦,赶紧回去吧。"许梦安笑道,心下却想,要是妹妹有妹夫一半明事理,这两人也不会把日子过得鸡飞狗跳。

好在李临喝多了不胡闹,只是昏睡。等老贾走了,许梦安收拾完茶几,这才往何璐家赶。没想到,半道上,母女俩相遇了。

"妈……"李云阶看到许梦安,一下就冲了上来。

"我正要去接你呢。快让妈看看,脖子没事吧?"

"不疼。"

"妈都知道了,这件事是熊熊不对。"

"何璐家,她爸爸妈妈吵起来了。"

"啊?"

"他们把饭桌都掀了,吓死我了!何璐拉着我,我们躲在她房间……我本来想回家的,一直不敢出来,直到他们吵完了,何璐才送我下楼。"

看着女儿有些惨白的小脸,许梦安紧紧拉着她的手,不敢松开。

"别怕,这是他们的事,跟你跟何璐都没关系。走,我们回家。"

李云阶突然剧烈咳嗽起来。

"云阶,你这是怎么了?"

"我……我卡了根鱼刺。"

许梦安赶紧带着女儿去了就近的医院,挂了急诊。鱼刺卡的位置较深,许梦安不得不帮医生拉长女儿的舌头,以便医生找到这根该死的鱼刺。

李云阶哪经历过这种事,许梦安每拉一下她的舌头,她就忍不住要叫出声来,眼泪都出来了。

许梦安也心疼,问医生还有没有别的办法。医生严肃地看着许梦安:"夹不出来的话,就要把喉咙切开,你说哪个更疼?"

李云阶一听说要切喉咙,那还得了,立马从躺椅上跳起来。

好说歹说,许梦安才做通了女儿的思想工作。女儿泪涟涟,当妈的也泪涟涟。医生把头摇成了拨浪鼓:"再不取出来可就更疼啦!"

从医院出来后,李云阶对许梦安说:"妈妈,我现在可算是知道什么叫'如鲠在喉'了。"

许梦安笑了:"下次吃鱼可得注意一点了。"

"感觉我自己还挺勇敢的。我明天告诉何璐,她一定也会这么说的,说我勇敢。"

"那个……"许梦安似乎犹豫了一下,"云阶,被鱼刺卡住这事,还是别跟何璐分享了。"

"为什么呢?"两人站在小区花园的小径上,两侧的灯照得李云阶的脸分外清晰。那是一种清晰的天真,也是一种清晰的青春。

看着女儿,许梦安一时竟不知如何回答。她想起了自己的 15 岁,那时,妹妹许梦心只有 10 岁。也许是因为身为姐姐,许梦安总是懂得很多成年人才懂的道理。待人接物、看人脸色,人情冷暖、恭谦礼让。好像好多事都是应该的,她应该让、应该忍,更应该懂。

都说妹妹要穿姐姐的旧衣服,可许梦心从来不肯穿。反而是许梦安这个当姐姐的,总是在用妹妹不要的发卡、书包和文具。虽然父母尽量做到一碗水端平,可是,孩子多的家庭,都有被偏爱的那个啊。在许家,被偏爱的永远都是许梦心。还记得舅舅曾送给她们一个芭比娃娃,头发卷卷的,有双湖蓝色的大眼睛。说是送给姐俩的,可是,许梦安几乎从来没有碰过它。

"心心比你小,要多让着她。再说,你都这么大了,玩那个干吗!"妈妈说的这句话,许梦安记到现在。所以她自己当妈后,最喜欢的就是给李云阶买玩具。家里堆着好多玩具,有些李云阶甚至一次都没摸过……

"妈妈,为什么呀,我为什么不能告诉何璐?"李云阶再次发问。

女儿的迫切追问打断了许梦安的回忆,她答道:"云阶,我不让你告诉何璐是有道埋的。"

"什么道理?"

"是因为……你是在她家吃饭的时候不小心被鱼刺卡住的。你要是说了,何璐会内疚的。既然问题已经解决了,还是不要让她担心的好。"

"她才不会担心呢。还有,我跟她说了,还可以提醒她,让她吃鱼的时候也小心点。"

原来,女儿还有这样的想法。许梦安的脸颊微微发热,说不出话来。

李云阶想了一会儿,慢慢说道:"思明妈妈说刘思明是因为我才跑出来看电影的,她那么凶,你不跟她吵,这是道理。熊熊拿绳子勒我,爸爸反而骂我,这也是道理。我卡了鱼刺,不能跟何璐说,这还是道理。你们大人怎么会有这么多道理?"

许梦安真的被女儿问住了。

"我只是觉得奇怪,心里也觉得超级委屈。没事的时候,我就是你们的小公主;一遇到事了,你们就都不向着我了,而是在那里说一堆我不懂的道理。"

"所以,你昨天晚上生我气,今天不让我送你去练琴,就是因为这些?"

李云阶没有否认:"我不喜欢这些道理,一点都不喜欢。"

"妈妈向你道歉。"

"我也不是要你的道歉,其实,我也不知道要什么!总之,我这两天心里很窝火,从刘思明要把奖牌送给我,跟我表……表白那天开始,我就特别特别窝火!"

"是妈妈粗心了……云阶,妈妈的15岁离妈妈的40岁已经太久远了,原谅我没办法和你感同身受。"

"外婆讲过的,说你小时候很乖很懂事。"

"也有不乖的时候。"

"是吗?你又要编故事,然后跟我说,你是我的好朋友啦?"李云阶说完,可能是觉得这句话挺有趣的,憋不住自己笑了起来。

"反正,你总觉得我无论说什么,都是在跟你变相讲道理。"

"对,就是这种感觉。"

"本来还想趁这个机会跟你回忆一下我的青春期呢,看来不用了。"

李云阶似乎思考了一会儿,才道:"那我来问,你来答。"

许梦安点点头。

"嗯!第一个问题,你在我这么大的时候,被人表白过吗?"

"这个……"

许梦安母女回家时,李临刚好酒醒。他上前想安慰女儿,发现女儿脸上笑呵呵的,跟没事人一样。

"爸爸!我们回来啦!"

"这么晚了?"李临看了看手表。

许梦安道:"我们去了趟医……"没等许梦安说完,李云阶便抢话:"我喉咙被鱼刺给卡了,医生伸了老长的夹子进去,很费劲才夹了出来。还有妈妈,她一直在旁边拉着我的舌头,喏,给你看看,我的舌头现在还是很长!"

看着女儿伸长舌头的样子,夫妻俩都笑了。

"下回吃鱼得注意点啊。"李临道。

"知道了,爸爸、妈妈,晚安!"李云阶说着,钻进了自己房间。

"没事了?"李临用口型问妻子。

许梦安点点头,也笑呵呵看着丈夫:"你呢,没事了吧?这老贾可真行呀,居然能把你灌醉。"

"他那张嘴……"李临无奈道,"说着说着就把我绕进去了。"

"嚯,这不是你们系主任专门从福建给你带的大红袍吗,连这都祭出来了?"许梦安指指茶几上的小罐子。

"活该他贾浩文家财万贯,哎,也活该我李临有钱不多。难怪你爸妈跟中了蛊似的,就只喜欢他。"

"他这人其实不错,那张嘴,也是被生活磨出来的。"许梦安坐到沙发上,"你也给我泡杯茶呀。"

李临摆弄功夫茶的间隙,许梦安絮叨了起来:"老贾什么出身,你什么出身,你跟他比,好意思吗?人老贾真正穷山沟里出来的,坐高铁到地级市,换汽车到县级市,还要转一班车到镇上……我心想,这回总到了吧?好嘛,老贾把我们塞进他二舅开的小面包车,坐了整整一个半小时,全是盘山公路,这才到的他们村。他家你是没去过,全村上下只有三栋小洋房,其中一栋就是他家的,那房子还是他挣钱盖的!我爸当时就给镇住了,直跟我说,浩文不容易啊,浩文真不容易……"

"我承认,贾浩文这人确实很励志。"

"可不是嘛,赤手空拳到咱们省城闯出了一片天。"

"十分佩服,这总可以了吧?"

"看你酸的。当然啰,你也不差。"

"别,我也就是多读了几天书。"

"除了多读几天书,你还托生到了一个好家庭。"

李临虽不是生在大富大贵之家,但是家境颇为殷实。他家祖上行医,开有医馆,父亲是当地远近闻名的老中医。父亲本想培养李临从医的,无奈李临对此毫无兴趣。李临的姐姐李静倒是对这行极有兴趣,可惜天资不足,到现在还是个门外汉。后来她嫁给了父亲的一名学徒,婚姻很是美满。至于他们的父亲李老爷子,现在是一心颐养天年,很少管事了,李静夫妇便顺理成章地接管了家里的医馆。

"那还多亏了我爷爷,老人家临走前拉着我爸的手,说什么名利皆虚无,人这辈子太短暂了,还是应该让小辈们做点自己喜欢的事。"

"那是因为他享受过名利了,才说这些呢。"

"你真俗。"话这么说,李临却是在笑的。

"帅。"许梦安毫不在意,只是看着正泡功夫茶的丈夫。

"肉不肉麻?"

"我乐意!哎,你猜我刚跟女儿说什么了?"

"我哪猜得到!"李临递了杯茶给许梦安。

许梦安将茶饮尽:"她跟我玩了个游戏,叫'你问我答'。她问我,我在她这个年纪的时候,有没有人跟我表白。"

"有吗?"

"我想破脑袋都没想出来。"

"那就是没有呗。"

"她又问我:'那这个世界上第一个跟你表白的男生是谁呀?'我说:'自然是你爸爸喽。'"

李临摆手:"打住!打住!你再仔细想想,真的是我吗?"

许梦安将空茶杯递过去,示意丈夫给她倒茶:"不是?"

"我提示一下,那人喜欢汪国真的诗。"

"去你的!"

"要是没有我,你现在应该是于太太了。"

"别闹。"

"话题是你挑起的嘛。"李临笑,"多少年前的事了,你们俩当同事那会儿我都不介意,何况现在?于海这人嘛,我就喜欢他一点,什么事都摆在明面上,不装。好也罢,坏也罢,坦荡。咱们结婚那天,他不是也来了嘛,拍着我的肩膀,让我一定要对你好。我说:'这还用你说,许梦安是我老婆,我肯定会对她好。'他告诉我,要我对你好的话不说他难受,说了,就当是把你从他心里正式赶出去了。只有说了,他才能踏踏实实往前走,我和你的日子才能踏踏实实往下过。你看啊,他这个'赶'字用得很妙,既向我服了输,又保全了他的体面。"

许梦安想起了瑞秋说的"真小人",便只一笑。

"哟,这都几点了,赶紧睡吧。"李临道。

"那什么,我跟于海吃了个饭,今天中午。"

"你什么时候跟我汇报过这种事？你们俩吃饭，太正常不过了。"

"你知道我最喜欢你哪一点吗？"

李临乐了："我优点多了。"

"我最喜欢你的大度。现在都流行佛系什么的，其实，那都是你玩剩下的。我跟他吃饭呢，主要是工作上的事，他想让我去他的蓝海传媒。"

"老张能放你走？"

"也许老张还巴不得我自动走人呢。"

"这是怎么说的，是不是公司出什么事了？"

"我一时还吃不准，不过很快就会搞明白的。"

"你也不容易。"

许梦安一愣："说得好像谁容易似的。"

"要是干得不舒心，就回家待一段时间。以咱们家目前的状况，也不需要你那么拼。"

"跟你一样，佛系？"

"欲求少一点，没什么不好。"

"咱俩是无所谓，女儿呢？接下来要是考不上重点高中，是不是需要另作打算？要是出国念书，少不了一笔大开销。我们的原则是云阶开心就好，可问题在于，她现在开心是因为有咱俩，可咱俩能陪她一辈子吗？她的同龄人都铆足了劲儿往前跑，有天她一回头，后边一个人影都没了，全跑她前边去了，她还开心得起来吗？"

李临摇摇头，沉默着。

"唉……"许梦安叹着气，摸摸自己的肚皮，"大的让我操心，这小的……"

"再想想吧。"

"嗯，再想想。"

到了周一，李云阶又变成了那个开心的李云阶。小姨给扎的蜈蚣辫她舍不得拆，一到班里就惹来了不少艳羡的目光，一堆女同学围着她问东问西。周六晚上，她和老妈在"你问我答"游戏之后，老妈告诉她，不要因为被人欣赏、被人喜欢而无措,这世上的美好有很多,要学会去欣赏,更要学会被欣赏。

"那我要跟刘思明划清界限吗?"她问老妈。

老妈说:"你想这样吗?"

"我不想。其实他人挺好的,就是做事情没脑子。"

"妈妈相信你自己能够处理好这个问题。"

李云阶这里已经云开雾散,何璐却一直没来上课。课间休息时,李云阶借了班长王哲戴在手腕上的电话手表联系上了何璐,听她声音好像懒懒的,说是已经跟薛老师请了假。

王哲"嘿嘿"一笑,指着自己的电话手表:"怎么样,还是我机智吧?学校不让带手机,但我这个是手表。云阶,你要是喜欢,等你过生日了,我可以送一个给你。这个不贵,不会让你产生心理负担。"

同学之间很流行参加彼此的生日派对,李云阶的生日总是同学到得最多的,也是最热闹的。还记得去年她过生日的时候,老爸请大家到他任教的大学参观,还请大家去看大学生哥哥姐姐们排的话剧,最后薛老师还让同学们写观后感呢。当然,要是没有观后感这事,那个生日可以说是很完美了。

"啊……谢谢你了,我还是不要了吧。"谁要戴这种长得像手表的儿童手机呀,又不是小学生。

"还有个事,我想跟你谈谈。"

"谈谈?"

"就是……"王哲压低声音,"假如刘思明敢再缠着你,你一定要告诉我。"

"告诉你有什么用?"

"我可以告诉薛老师啊。"

"那我就更不敢告诉你了。"李云阶小声嘀咕,"班长,谢谢你的手表,我回座位了。"

李云阶往自己座位走,看到了坐在最后一排的刘思明。刘思明正看着她,他的神情颓颓的,眼圈黑得像打了一晚上游戏。

"云……"他好像是在叫她,可到底没有叫出声来。

李云阶的小学同学里,上初中后还在一个学校、一个班的,就剩这刘思明了。

可以这么说，她是看着刘思明从一个瘦不拉叽的小朋友长成将近一米八的大高个儿的。她自己呢，自然也长高、长大了。小时候，她特别盼着长大，只是当时并不知道，长大了会有这样那样的意料之外的烦恼。比如，要跟男生保持适当的距离，不然容易被扣上"早恋"的帽子。又比如，她明明当刘思明是最好的同学，可是他呢，他的行为让她"人在终点等，锅从天上来"。那天，她真的是在终点等着他的，等着给他庆祝。得冠军不容易啊，她李云阶参加了那么多才艺比赛，还从没得过冠军呢。

李云阶朝刘思明走去，她还没想好要跟他说什么。不过，这个颓颓的刘思明，让她心里有些小难过。

"云阶！"两个女同学围了过来，"让我们好好看看你的辫子！"

"好呀好呀，没问题。"李云阶说着，又往刘思明那看了一眼。他已经用校服外套盖着脑袋，趴在课桌上了。

中午，李云阶去食堂吃饭的时候已经晚了，座位几乎都被占了。她端着饭盘环顾，看到了不远处的刘思明。刘思明伸手示意了一小下，却又赶紧缩了回去。

犹豫再三，李云阶朝他走了过去。

"这里有人吗？"她指指他对面的位置。

"没有没有。"刘思明一下就乐了，"咳，我还以为你不理我了呢。"

"不能够。"

"对不起啊，也是没想到我妈会那么疯狂。"

"我觉得这事跟阿姨其实没什么关系，关键原因还是你。"

"是，这两天我想来想去，也有点想明白了，那天不应该当着那么多人的面送奖牌给你的。"

"背地里送也不行啊，我是不会收的。那是你的奖牌，又不是我的。"

"不对，在我看来，它就是你的。上小学三年级那会儿，我跟那帮五年级的打架，那回你还记得吗？"

"记得，你都流鼻血了。"

"那回你就说了：'刘思明你怎么这么瘦、这么矮啊，你得锻炼身体。'我听你的，我就天天跑步。你看我现在，多壮，看谁还敢欺负我！当然，关键是我还拿了长跑冠军。要是亚军、季军之类的也就算了，那种奖牌我自己都不要，可它是冠军，我的第一次冠军。我这人，除了帅点高点，别的地方也不突出，就剩跑步了。"

"脸皮够厚，这一点也很突出。"

"不是，奖牌你真不要？"

"不要。你要真的想感谢我，以后做事情之前就先过过脑子。"

"懂了。"

"刘思明，你又缠着李云阶了？"王哲端着饭盘，正气凛然地走了过来。

"怎么哪哪都有他啊？"刘思明苦笑。

王哲挨着李云阶坐下："我来了，不要怕。"

李云阶也笑："班长，我们俩就是聊会儿天，你至于吗？"

"你们在聊什么？"

"这属于个人隐私，无可奉告！"刘思明拿牙签剔着牙。

李云阶早就饿了，便道："好了好了，大家赶紧吃饭吧。"

"李云阶，你是班里的文艺委员，文艺委员可是班干部。我希望你能够明白这一点，跟刘思明这样的后进同学保持一定的距离！"王哲一点都不像在开玩笑。

"牛！"刘思明竖起大拇指，"不就是班干部吗？下个学期选举班干部的时候，我还非要竞选个体育委员给你瞧瞧！我怎么就后进了，我可是咱们学校的长跑冠军！"

"体育委员光体育好有什么用。"王哲不紧不慢的，甚至还喝了口酸奶。

"真的吗？他说的是真的？"刘思明问李云阶。

李云阶点点头："至少这个学期期末考试的时候，你的所有科目都得及格，上不了及格线，是不能竞选班干部的。"

"哎哟，还有这破规定啊。"刘思明挠头，"拿了冠军还不够吗？真是太过分了。"

"你行吗？"王哲不无挑衅。

"我……我怎么不行！我当然行！云阶，你等着，我还非当这个体育委员不可了。"

第三章
一宝有难八宝援

1

　　每周一是许梦安最忙的时候。她刚开完九点半的公司例会，就马不停蹄地赶到小会议室参加十点半的部门例会。部门例会其实就是选题会，可这段时间，总是没有能让许梦安特别满意的内容。春节前，他们做的"父母逼婚""小夫妻到底回谁家过年"等内容，看似贴近年轻人，但都是前些年的冷饭，反而败给了蓝海传媒那边中规中矩的"寻找丢失的年味"系列。

　　蓝海的内容总监叫黄思思，因为于海的缘故，许梦安跟她见过几面。第一次见面是在某次行业大会上。据说，这黄思思才30岁不到，真正称得上是年轻有为了。她戴着副黑框眼镜，看着平淡无奇，话也不多，只安安静静跟在于海身边，但她眼神里的野心是藏不住的，这眼神，让许梦安想起了自己刚到新苗的时候。

　　"许总监，你提的这个二胎的策划，它真的符合我们的定位吗？要知道，我们面向的主要是年轻群体。现在有好些年轻人，别说二胎，连头胎都不想要。"一个编辑说道。

　　直言不讳才能产生头脑风暴，这也是许梦安一直以来提倡的。

　　另外一个编辑突然捂嘴乐："别说生孩子了，我连婚都不想结。结婚成本多高呀。"

"关键是婚后,又要照顾老公孩子,又要处理婆媳关系……"女编辑小荷接嘴,"想想都可怕。"

"哎,哎,市场部的杰西卡不是刚休完产假回来上班吗,那身材……"男编辑阿木站了起来,手舞足蹈,"整个一'H'形。"

"咳……"许梦安轻轻咳嗽,示意那家伙点到为止。这种言论虽则无心,但它是对女性的不尊重。

果然,小荷站了起来,对阿木表示了鄙夷:"说什么呢!你们怎么对女人要求这么高呢,又要生孩子,又要人家生完孩子保持体形。"

"我就是顺嘴那么一说……"阿木投降。

小荷不依不饶:"杰西卡容易吗?那三个月的产假,她丢了多少客户,你知道吗?为了事业,她之前就一直不敢要孩子。这都快35岁了,实在没办法,才开始备孕的。35岁是什么概念?高龄产妇!生孩子本来就是有风险的,何况她还是个高龄产妇。我听说,一开始她是打算顺产的,生了快一天,愣是没生出来,又改的剖腹产,相当于吃了两次苦头……"

"那我祝你早日脱单,早点结婚生子,你才25岁,保证不用剖腹!"

"就是你这样的男人太多,我才打定主意不结婚的。"

"人许总监总比你有能力多了吧,不是照样结婚生孩子吗?看把你嘚瑟的!"

"那你问问许总监,现在要是让她生二胎,她愿意吗?"

会议室里所有的人都看向了许梦安。

许梦安笑笑:"既然二胎的选题已经被大家否了,这里就先不做讨论。咱们回到正题上来,小荷,你先说说你准备的选题吧。"

他们都很年轻,有的,比黄思思还年轻。而他们的上司,也就是许梦安本人,又确确实实是个不再年轻的已婚妇女。她欣赏他们的直言,哪怕有时候,他们会冒着得罪上司的风险。但是,该说还得说,该问照样问。选题会百无禁忌,什么都可以说,什么都可以问——这是她来新苗上任内容总监后定下的规矩。

接下来,讨论变得越来越激烈,而许梦安呢,她连插话的机会都找不到了。事实上,她也无话可插,此时,她的头脑有些空白,或者说,她已经跟不上他们天马行空的思维模式。看着这些年轻的面孔,她深切意识到,自己真的老了。

等许梦安开完会回到办公室都快中午十二点了。办公室里，瑞秋带着两份外卖在等她："你要再不回来，我可是准备先吃了。"

"点的什么？"许梦安笑着落座。

"都是你爱吃的，赶紧享用吧。"

许梦安吃了两口，抬头，刚好跟瑞秋视线相对。两人都笑笑，几乎异口同声："有话要说？"

"你先说。"许梦安道。

瑞秋擦了擦嘴巴，才道："刚路过小会议室，无意中听到你们的激烈讨论，挺有意思的。"

"就这？"

"当然不是，我是想给你们提供点素材。对了，你关注过丁克族吗？"

许梦安点点头："不要孩子，专注自己的生活，没什么不好。结婚与否、生子与否，都是个人选择。说实话，我挺佩服他们的。"

"我就是丁克。我们夫妻俩都是。不对，我还是，但他已经不是了。"

瑞秋这话，让许梦安感到讶异。讶异的倒不是丁克这事，而是瑞秋跟她说起了私生活。她们俩属于比较聊得来，但彼此都还掌握着分寸的同事。说是同事，好像又比一般同事亲近些，但要说是朋友，好像又有着刻意保持的距离感。平时，许梦安跟瑞秋唠叨家长里短较多，可是瑞秋，她几乎不太提及自己的婚姻生活。许梦安只知道，瑞秋有个非常帅气的老公，他偶尔会接送瑞秋上下班，自己和他勉强算是打过照面。

"我跟他结婚的前提就是，我们已经达成了丁克的共识。谁也没想到，这才没过几年，他就后悔了。"

"这种事情不少见，好在你们年轻，还来得及。"

"你的意思是，我应该妥协？"

"我可不是催生。再说，就你这种性格，你要不想生，谁能催得动？"

"你们可以做一期丁克呀。"

"你跟我说这些，真的是为了提供素材？"

"不然呢？我像是那种跟人大吐苦水的人吗？生活就是这样，再顺风顺水，也总夹杂着一些不如意。好些事呢,根本就不足与外人道。对了,你刚才想跟我说什么来着? 我已经说完了,该轮到你了。"

"我吗?"许梦安顿了顿,才慢慢问道,"老张在挖蓝海的内容总监黄思思,这事你早就知道了吧?"然而,这句话一出口,她就有些后悔了。在其位谋其职,身为人力资源部的总监,瑞秋怎么可能不知道老张在人事上的新主张?

瑞秋没说话,微笑着。

不说话,既可以理解为默认,也可以理解为否认。

"于海告诉我的。"许梦安也笑。

"我知道。"

知道什么? 知道许梦安已经知道她知道老张的新主张,还是知道于海会把他知道的都告诉自己? 许梦安在脑子里,自己跟自己玩了一次绕口令。

"事是我去谈的,人是我去找的。很遗憾,黄思思没有答应,她不想屈居人下当你的副手。同时,我也很欣慰,欣慰她没有答应。以黄思思的才干,即便答应了,又怎么会安心当你的副手呢?"

是,如果黄思思来了,对许梦安是一种威胁。

"你提醒过我的……真小人,伪君子……"

"不不不,梦安。"瑞秋站起来,"我的原则是闲时切莫论人非,何况是老板的是非,一定是你理解错了。不过,副总监的位置总不能一直空缺着吧,你不是想在部门内部提拔吗? 有人帮你分担一些也不是坏事。与其去外面找,还不如你身边这些知根知底的,是吧?"

这就是职场上的瑞秋。看破,不说破,一切点到为止。之前的内容中心副总监已经离职半年,那个位置确实是空着的。许梦安曾提议在内部提拔,无奈始终没有发现最合适的人选。她也曾放话出去,每一个部门成员都是考察对象。许梦安认为自己这么做,是严谨,是负责,是慎之又慎。可是,在老张看来,想必又完全是另一回事了。老张会觉得她许梦安排外,在搞小团体,在拉帮结派,所以,他需要找个人来制衡她。而且,新苗的产品定位是年轻群体,许梦安已经年过四十,真的不再年轻了。

"晚饭有安排吗?"瑞秋一边收拾着外卖盒,一边问许梦安。

"我请你。"

瑞秋一笑,露出她的两颗小虎牙:"对呀,我就是想吃你请的。"

晚饭安排在了一家新开的西餐厅,牛排是瑞秋的心头好。两人刚刚坐定,许梦安就接到了妹妹的电话。那头问许梦安在哪,她如实说了。未承想,不过一刻钟,牛排还没上呢,妹妹就杀了过来。

许梦心的不请自来,很是让许梦安尴尬,也让瑞秋不悦。瑞秋是见过许梦心的,不但见过,还掐过。

那次好像是许梦心又在跟老贾闹离婚,她气冲冲地跑来新苗传媒找许梦安,恰好呢,许梦安开会去了,人不在办公室。见许梦心哭哭啼啼的,路过的瑞秋好心提醒,说这里毕竟是工作场所,让她冷静点。许梦心不干了,当下就拉长了脸:"你谁啊,这是我姐的办公室,你管得着吗? 我都要离婚了,这么伤心的事,你还刺激我,你怎么这么狠心!"

"我是谁不重要,重要的是你是谁。你以为这是你家,哭闹就算了,还撒泼? 我可不是你姐,更不是你妈,你离婚也好,伤心也罢,跟我有什么关系!"

在瑞秋看来,全职太太有两种。一种是真心在为家庭付出,拿全职太太当事业来干的。确实,如果大后方稳定了,她们的丈夫才能安心在外面冲锋陷阵,她们的贡献并不比男人们小,甚至比男人们付出得还要多。可还有一种,就是许梦心这样的,打着"全职太太"的幌子享乐,在家里闲得发慌,只会惹是生非,逛逛商场是一天,烫烫头发又是一天。所以,瑞秋对许梦心这种类型的女人没什么好感,同样,许梦心也很是看不惯瑞秋的拿腔拿调。

"你怎么来了?"许梦安哪有不知道这些的,便只看着妹妹,"要不你先回吧,我跟瑞秋,我们这谈工作呢。"

说话间,服务员端着牛排过来了。许梦心看了眼牛排,说道:"我来都来了,就跟你们一块吃呗。那什么,瑞秋,你不介意吧?"

"当然不介意。"瑞秋低着头,开始专心切她的牛排。

"我这也是突发状况,不然不会打扰你们的。"许梦心解释着。

瑞秋没搭腔,心想:你哪次不是突发状况? 你这种女人,分分钟都是突发状况!

"我老公出轨了……"许梦心眼圈一红，又要哭。

许梦安和瑞秋都吃了一惊。尤其是许梦安，妹妹这些年是没少闹着要离婚，但都是夫妻俩观念不同、生活方式不同，不过是磨合期的一些小问题嘛。但是妹夫出轨，这可就是原则性的大问题了！

"什么时候的事？和谁？你有证据吗？"许梦安问。

"我……我要是知道那个小三是谁，我要是手里有证据，我……我还来找你干吗？"

"不是，我的意思是，这种话不能随便说的。"

"所以啊，你现在跟我回去，最好把姐夫也叫上，我们一起质问他！"

听了这话，瑞秋忍不住笑出声来。许梦心翻着白眼："你笑什么？"

"对不起。"瑞秋努力憋着笑，"你手里什么都没有，就叫上一堆人去质问他，这种行为是不是有点……我直说了啊，是不是有点蠢呢？"

"她这话什么意思？"许梦心不解，看向姐姐。

许梦安摇着头："瑞秋是说，你这样容易打草惊蛇。万一老贾真的在外面有人，你这么做，不就惊动他了吗？到时候你再想找什么证据，上哪儿去找？"

"那我应该怎么办呢？我就说不能要二胎，现在好了吧，他给我来个孕期出轨……"许梦心说到怀孕，突然想起了什么，"对了，大姐，你想好了吗？"

"什么？"

"还有什么，就是你肚子里这个孩子，你……"

许梦安想示意妹妹噤声，但已经来不及了，因为瑞秋举着刀叉的手定格在了一瞬间，她全都听见了。本来嘛，女职员怀孕，最敏感的就是人力资源部。

"你没跟她说啊？"许梦心的脸都石化了，喃喃道，"你们不是挺好的吗？"

妹妹大学毕业后就没上过一天班，她怎么会知道，职场里并没有什么无话不说的朋友。

"是个意外。"许梦安极力淡定，切着牛排的刀一偏，划拉过盘子，发出了有些刺耳的声音。

虽然许梦心没有职场经验，但她还是看出了姐姐的无措。她自知惹祸，匆匆忙忙地找了个借口离开餐厅。许梦安和瑞秋仍坐着，切着她们各自的牛排。许梦安不知道该怎么说,瑞秋也不知道该说什么。两人相互看看,又都笑了。

"所以,我是该恭喜你吗?"瑞秋终于打破了沉默。

"我还不确定是不是要生。要还是十几年前就好了……"

许梦安和瑞秋是要好的同事,这种"要好"建立在她们不存在竞争关系的基础上,更是建立在不伤害彼此利益的基础上。现在,这种微妙的"要好"被许梦安的意外怀孕破坏了。并且,能够看出来,瑞秋对许梦安的刻意隐瞒是有些介怀的。

于公,瑞秋是人力资源部总监,女职员怀孕这种事,一度弄得她手忙脚乱。产假是要给的,工作环境是要有利于胎儿生长的,工作氛围是要轻松愉快的。这倒还好,都属应该。但是放开二胎以来,有好几个比许梦安年轻的职员在毫无征兆的情况下突然就告诉瑞秋她们怀孕了。怀孕了,意味着眼下这个女职员便只能当半个员工用了,紧跟着,还有三个月的产假。于是,瑞秋的部门就需要找人暂替她们。等暂替她们的人很好地取代了她们,好吧,她们休完产假,回来上班了。生过孩子的女人,大多眼里心里就只有孩子。什么加班、什么应酬,不存在的,一句"我要回家给孩子喂奶",全部都能合理有效地给你否了。

于私,瑞秋刚跟许梦安分享过自己的隐私:她是丁克,和丈夫有了分歧。前几天,她还话中有话,巧妙提醒许梦安对老张留个心眼。可是她许梦安呢,相比之下,她真的就不够坦诚了。

"我这几天总想起怀云阶时的事。"许梦安继续说着,"那时我也才 25 岁,差不多是小荷这样的年纪。你看小荷,无论如何,我们都没办法把这样一个女孩和怀孕生子联系在一起。也不知我哪来的胆量,好像我们那代人差不多都这样。我的头一份工作在杂志社,你知道的嘛,中规中矩。婚姻呢,也差不多是这样,既然恋爱了就是奔着结婚去的。那么结婚第二年,顺理成章孩子就该出生了。李临呢,是懵懵懂懂当了爹;我吧,其实就是无知无畏。我挺想像当初那样的,怀了就生,生下来怎么都能养大,日子也怎么都能过。可惜,我仍无知,却不再无畏。"

"干吗呢,跟做演讲似的!"瑞秋耸耸肩,双手一摊,"是,刚才你妹妹那么一问,我知道你怀孕了,心里确实有些不舒服。可是谁又没个苦衷呢?你这,不知道生还是不生。我呢,我是不想生,但是我老公逼着我生。绕了一大圈,还以为自己是个事业还算成功的女性呢,结果倒好,硬是跟生孩子杠上了。"

"谢谢你的理解。"

"别，我现在就把难听的话说在前面。你要是不生，好，就当我什么都不知道，咱俩之间也没有这些对话。等你做完手术，该休假休假，该调养调养，事假、病假、年休假，怎么都行。你要是生，必须早点告诉我，我好做准备。"

"我倒是想听听你的建议。"

"我？你问我？我是个丁克，连一个孩子都不想要，更别说两个了。当然，你女儿还是很可爱的。孩子嘛，看看别人的都可爱，要是我自己有了，谁知道会怎么样。在我看来，最有风险的投资就是生孩子。不过，从职业的角度看，我建议你在做决定之前，应该先明晰一下你未来的规划。梦安，你已经40岁啦。"

"是啊，我已经40岁了。"

许梦安惴惴不安地回到家，看到李临正开着免提，跟人视频通话。屏幕上，一个圆脸的女人正说着许梦安听不太懂的方言。不消说，肯定是李临的姐姐李静。

镜头扫到了许梦安，她撑开疲惫的嘴角，微笑："姐。"

"唉，梦安啊，刚下班吗？"李静把方言改成了普通话，挥着手："那什么，李临你把手机给梦安，我好久没跟她聊天了。"

上礼拜不是刚聊过吗？许梦安想着，却还是接过了李临递来的手机。再看李临，憋着坏笑，一脸如释重负的样子。

李静的儿子今年刚上大学，她丈夫平时又忙，家里一般就只有她自己。她有事没事就喜欢给李临两口子发视频通话，不接还不行，不接，她就一直发。接了更惨，不陪她聊半小时以上的天，她还不高兴。要命的是，还必须是视频通话，换成语音通话都不行。

"姐，我这刚到家呢，要不我让云阶先跟你汇报一下她这段时间的学习情况，咱俩晚点再聊？"许梦安对着手机说道。

"我跟云阶已经聊过啦，就剩你了。怎么样，你最近工作还是那么忙？梦安啊，钱是赚不完的，女人还是要以家庭为重。"

"嗯，我知道的。"

"兰香也是，说请假就请假，也太不拿自己当外人了。她这么一走，你们三个吃什么？我可都听说了，今天晚上你不在家，李临和云阶，他们俩吃的可是外卖。

那外卖能吃吗？用的什么油、什么肉，谁知道呢！要我说，你再忙，也应该早点回来，给他们俩做点吃的。姐对你要求不高啊，就简单地弄个四菜一汤，花不了你多少时间……你怎么不说话呀？是不是姐这么说，你不高兴了？"

"没有没有，我以后争取早点下班。"

"这就对了！"

李临的课很少，时间也相对自由，怎么不让他做啊？这话许梦安也只能放心里想想，不然李静这里会有一堆的大道理在等她。什么"李临是大教授，教授的手怎么能做家务呢"。要是许梦安再反驳，"李临在老家的时候，我们家可没让他干过一点活，他上大学那会儿，我还定期去他学校帮他洗衣服呢""我这个当姐姐的没本事，最大的本事就是培养了这么个优秀的大教授弟弟""不信你问问李临，要是没有我，他能有今天吗"，这之类的话就都从李静嘴里出来了。

终于等到李静说"再见"了，许梦安已经累得睁不开眼。一双柔软的手抚上了她的肩膀，轻轻按压着："体谅一下。我妈走得早，她是我姐，长姐如母。"

李临的母亲在他上高一那年病故了，李静也确实做到了"长姐如母"，对弟弟倍加呵护。

"是。我也是当姐姐的，怎么会不懂……"许梦安有气无力，"只要她不来我们家长住，怎么着都行。"

"那可说不准。"李临笑着。

许梦心接到姐姐的电话时，她刚把熊熊从学校里接出来，要带他去吃比萨。姐俩约好就在餐厅见面，许梦安便把李云阶也带上了。熊熊一看到李云阶，就直往妈妈身后躲。

"你还有脸躲啊，赶紧向姐姐道歉。"许梦心道。

李云阶摆手："不用了。"

许梦安看起来有点严肃，指指不远处的儿童玩乐设施："云阶，你带弟弟到那边去玩，我跟小姨说点事。"

"啊？"李云阶老大不愿意。

"不要，我不要跟姐姐玩！"熊熊更不愿意。

许梦心把熊熊揪到身前："让你去就去！你要不去，回家让你爸揍你！"

一听说又要被揍，熊熊才可怜巴巴地走到李云阶跟前。

李云阶面无表情："走吧。"

等两个孩子走了，许梦心才道："大姐，我不是故意的，我还以为那个瑞秋知道你怀孕的事呢。"

"还是说说你的事吧，老贾到底什么情况？"

许梦心的神情一下黯淡下来："我发现老贾最近有问题，手机不给我看了，突然变得爱打扮了，还嚷嚷着要去植发。"

"我可没听出问题来。"

"我看过文章的，这就是男人出轨的征兆。"

"那些毒鸡汤，没事少看！"

"就是你们公司做的公众号上看到的嘛，姐，你这可就有点打脸了。"

许梦安尴尬："那又不代表我的观点。心心，夫妻之间最忌讳无中生有。老贾的为人，我还是知道的，不至于……"

"那天瑞秋说的有道理，我不能打草惊蛇。当务之急是搜集证据，对吧？"

"当务之急是养好身体，你都快生了！"

"我知道。"

"你知道什么，你什么都不知道！"

"我最烦你这样了！好像你什么都懂，我就什么都不懂。在你眼里，我是不是特别缺心眼呀？"

"我这是为你好！"

"你哪次不是这么说的。"许梦心说着，恨恨地切着比萨。

2

过了两天，何璐终于来上课了。

"没事了吧？"课间的时候，李云阶和何璐站在教室外面的走廊上聊天。

"没事！你真的相信我生病了？"

李云阶一愣。

何璐笑得很是得意："我没病，都是装的。特简单，就是先弄个暖宝宝往胳肢窝那里一塞，然后再量体温，一准发高烧！咳，我就是不想来上课。"

"那我在你 QQ 上给你留言，还给你微博发私信，你怎么总不理我？我还以为你生我的气呢。"

"我干吗要生你的气？真受不了你这种玻璃心。"何璐翻了个大白眼。

"那天要不是我在你家吃饭，你妈妈和你奶奶也不会吵架，你爸爸也就不会发脾气……"

"他们老这样，我都习惯了。自从弟弟和奶奶来了，吵架什么的，都是家常便饭了。吵呗，我巴不得他们天天吵。"

"怎么有点唯恐天下不乱的意思？"

"乱才好，这样他们就没工夫管我了。我想怎么样就怎么样！"何璐说着，从口袋里掏出一支笔，"我也买了，好看吧？"

"好看。"

这支是凌美的钢笔，漂亮的玫粉色，笔的一头还缀有穿着裙子的布朗熊。李云阶也有这么一支，是老妈送的，听老妈说，布朗熊的凌美可难买了。

"那天他们吵完架后，我就装病，我爸心一软，给了我一大笔零花钱，不但够买这支笔，我周六去上海的钱都有了。之前我还挺讨厌弟弟的，现在想想，他来了也不是坏事，至少，我可以想买什么就买什么，我可以想干吗就干吗了。"

是啊，易天的上海签唱握手会就在周六。

"搞不好我也可以去呢。"李云阶笑着，"易天在微博做了个抽奖，转发微博就有机会得到握手券。我转了！不转不是天线宝宝！"

"天线宝宝"是易天粉丝团的代称。

"我看你是个脑残宝宝。那条微博我看了，不说几百万，至少有几十万人在转。握手券只有十张！你有这样的运气吗？"

"你这人真没劲！"李云阶转身回教室。

"何璐你干吗呢！是不是惹云阶生气了？"刚从洗手间回来的刘思明看到了

这一幕。

何璐冷笑："哪敢呀，李云阶是你们所有人的小公主，我可惹不起！"

"看你，我就是随便问问。"刘思明本来想怼何璐，一想到自己下个学期就要竞选体育委员了，可不能错失宝贵的一票，便只好忍着。

"想对李云阶好的人多了，你算什么！"何璐可是从来不忍，她也不需要忍，"别的班的就不说了，光是我们班，那班长有多喜欢李云阶，你没看出来啊？就班长那竞争力，分分钟把你秒成渣渣！"

"王哲算什么！李云阶怎么会喜欢戴电话手表又长得像老干部的人！王哲整个就是一分裂！你可别闹了。"

"说得好像你知道李云阶喜欢什么似的。老干部多稳重啊！"

"是是是，我不知道，你知道，你是云阶的好闺蜜。"

"我当然知道啰。"何璐昂着头，只拿眼看刘思明。

"明白，我请你看电影！"刘思明觍着脸笑。

"看电影就不必了，谁还买不起电影票呀。不过，我要是帮了你，你得记着这份情。"

"记着记着，牢牢记在心里。"

"我听说你要竞选体育委员了？"

"咳，消息传得还挺快，是有这事。怎么说呢，我好歹也是长跑冠军，咱有实力！"

"我投你一票。"

"真的啊？"

"我投你一票，还打算帮你一个大忙，我会告诉你，李云阶现在最大的心愿是什么，还会告诉你，你该怎么帮她实现心愿。至于条件嘛……"

"你随便开！"

"你知道我最烦上体育课了，还最怕跑步。等你当了体育委员，必要时给我放放水。我就这要求，简单吧？"

"以权谋私……这个……"

"不行就算了，我不强求。"

"行，绝对行！这都是小事！"

"这还差不多。"何璐笑了，"告诉你吧，李云阶想要一张易天签唱握手会的握手券。"

"就这事？这事我知道啊，我还转了易天的微博呢，要是中奖了，我一准把握手券给云阶。"

"就你这倒霉蛋，你能中？"

"难不成你有办法搞到票？"

何璐笑看着刘思明："你觉得呢？"

一阵清脆的上课铃声响起，何璐扭头走进教室。刘思明追了上去："何璐，何璐！"

这天，李云阶他们小组做值日。刘思明跟她那组的同学换了一下，陪着她，又是擦桌子又是扫地的。

"等会儿你留一下，有事。"他悄声对她说。

"干吗？"

"现在人多，不能说，等他们走了，我再告诉你。"

"有病。"

话是这么说，李云阶还是留下了。等教室里就剩他们俩，刘思明神神秘秘地掏出一个信封，递给了李云阶。李云阶脸一红："什么呀？"

"放心，不是情书，我没那么土。"

"不管是什么，我都不要。"

"要是不收，你会后悔的。我给你几个关键词：易天，签唱会，上海……"

"什么什么！"

"还不快拿着！"

李云阶拿了过来，飞速打开，果然是易天上海签唱握手会的握手券！

"你怎么会有这个？"李云阶问刘思明。

刘思明笑着："我运气好呗，转发易天微博抽的奖，抽到我了。"

"中奖名单里我没看到你呀！"

"我用的是小号。"

"哪个是你小号？"

"你可真逗，要是告诉你了，还能叫小号吗？"

"你运气可真好，我也转了，但是我没中奖。"李云阶看起来很是失落。

"这好事不能总轮到你吧？"

"我哪有什么好事！"

"你又好看，又会那么多才艺，又……"

"行了行了。"李云阶说着，把握手券重新装进信封，塞到了刘思明手里，"臭显摆。"

"你不要？"

"不是我的东西，我不要。"

"哦，那行，你不要我就扔了。"

"扔了？"

"我又不喜欢易天，握他的手干吗？"

"可也不用扔了吧？"

"撕了也行。"

"别呀……"

"你看，我给你，你不要；我要扔了，你又不让。李云阶，我发现你变了，上小学时你可不这样。"

"要不然这样，如果你放着真的没用，我问你买。就是……我也没多少钱，分期付款可以吗？"

刘思明摇头："谈钱多伤感情，我可不卖。这样吧，咱俩交换。"

"交换？你想换什么？"

"前几天你那本新手账本很好看，我就换它了。"

"它不值钱……"

"你看，你又谈钱。拿着吧，别浪费了。"

"我把我那支布朗熊的笔也给你吧。笔加手账本，应该差不多了。"

布朗熊那支可是李云阶最喜欢的笔了。"不行不行。"刘思明忙摆手。

"好吧,那我不换了,握手券我不要。"

"那支笔是粉红色的,我用着不合适嘛。"

"不换了!"

"换换换!"刘思明妥协着,"我要了,行吧,笔和手账本,我都要。"

"这还差不多。"李云阶笑了。

李云阶也有握手券了,于是,她跟何璐开始了她们的大计划。

易天的上海签唱握手会在周六下午。在外过夜,对李云阶和何璐来说,都是从没有过的,也是绝对不会被家长允许的。所以,当天去,当天回,这是重要前提。从 H 城到上海,乘坐高铁需要一个半小时,一个来回,在路上的时间就要花三个小时。这还没算上她们搭地铁去高铁站的时间。

"晚上十点之前能够到家吗?"李云阶有些不安,问这话的时候,她甚至还没想好怎么跟父母说。撒谎,她以前也有过。但是跟这件事比起来,那都是些无关紧要的小事。那些事,无非是偷偷带过手机到学校,多吃了几块巧克力等等。上海,她倒是经常去的,不过都是跟父母一起。仔细一想,要是不算上学校组织的集体活动,在没有父母陪同的情况下出远门,对李云阶来说,还是第一次。她不是没有想过跟父母说实话,她说了,他们未必就会拦着她,不让她去。可问题是,握手券是哪来的呢?

"跟刘思明换的。"

"刘思明怎么会有握手券?"

"他抽奖得来的。"

"你用什么跟他换的?"

"布朗熊钢笔和手账本。"

"啊,你知道布朗熊有多难买吗,那可是我送给你的礼物,你这孩子……"

"妈妈,我真的超级想去的,你就让我去吧,求求你了。"

"那你跟谁一起去呢?"

"何璐。"

这种时候,老爸一般都不说话,而是看着老妈。那么,老妈就会说:"反正是周末,妈妈陪你们去吧。"

不让她陪着,呵呵,这事肯定得黄。让她陪着……握手会带老妈?得了吧,还不得被何璐笑掉大牙。

不管怎么样,总得想办法呀。

"妈妈,咱俩聊聊天呗。"这天晚上,李云阶走进书房,乖乖地站在许梦安对面。

女儿主动提出要跟自己聊聊,这种事,得有段时间没发生了吧?上一次,好像还是女儿第一次来"大姨妈"的时候。算起来,那是去年的事了。

晚熟有晚熟的好处。在这之前,李云阶的女同学们大多都有这种经历,平时少不了会交流。对这事,她是有认知的。而且,除了许梦安平时的灌输,学校在这方面的教育也是很不错的。在李云阶她们看来,这是一个女孩必需的经历。迟迟没有等到"大姨妈"的李云阶,甚至还有那么点小失落。所以当她发现来潮的时候,没有恐慌,反而是欣喜。而且吧,现在的女孩不比许梦安当年。许梦安还记得自己第一次来月经时,吓得都快哭了。最后还是许母发现的这事,遮遮掩掩、偷偷摸摸地给了她一包卫生巾。估计这当妈的也紧张,看起来慌兮兮的,连怎么使用卫生巾都没告诉她。

"终于来了!"李云阶迫不及待地告诉了许梦安。

女儿很高兴,因为她终于跟同龄的女孩们一样了。

许梦安也高兴,但更多的却是忧虑。一种很复杂的忧虑。

女儿已经长大了,从生理学的角度上讲,她是个女人了。但是,在当妈的看来,她还是那个小小的女孩。那一刻,许梦安有些后悔。她后悔没有满足女儿的心愿,帮女儿把房间装饰成公主风。那些或明或暗、或深或浅的粉红,随着李云阶年龄的增长,有一天,她将不会再喜欢。没准等她十七八岁的时候,甚至还会爱上深沉的黑色和灰色。但是,这种粉红,她会永久怀念。

"坐吧。"许梦安看着女儿粉嫩的小脸蛋。她确实应该跟女儿好好沟通一次了。

女儿坐下,小脸愈发红了:"没打扰你工作吧?爸爸说你在加班。"

"我刚准备休息呢,不影响的。这样,我去给你拿点水果,咱俩边吃边聊。"

"不用了不用了。其实我也没别的事,就是呢,我不想练琴了。"

练琴的事,钢琴老师跟许梦安两口子谈过,他们俩自己也讨论过。这方面的天赋和条件,女儿确实差了一点。让她继续练,担心她越练越没信心,徒增压力。不让她练,又怕她有想法。今天,她居然主动提起了?

"嗯,妈妈理解,你上初三了,课业比较多。"

"妈妈,我不是说以后都不练了,是说明天……"李云阶的脸微微涨红,看起来有些紧张,"我是说明天不练了。"

许梦安顿了顿,柔声道:"当然可以,我等会儿就联系老师,向她请假。这样吧,明天不练琴了,也不写作业了,我们出去玩玩。你想去哪儿,告诉妈妈,妈妈来安排!"

"我有安排了!"小姑娘的脸涨得更红了,"我自己的安排!"

"可以啊,你自己安排就更好了,这样妈妈才能安心加班。"

"你……你就不问问我有什么安排吗?"

"让我猜猜……肯定是跟何璐她们一块去玩,逛街看电影什么的。"

"嗯……差不多吧。"女儿似乎放松下来了,"我们班有个女生过生日,她的名字叫……"

"去吧。"

"啊?"李云阶略微有些发蒙。按照何璐编的"剧本",那个过生日的女生是郭彩彩。首先,郭彩彩这人平时沉默寡言,在班里没什么存在感,也很少有家长知道她。再一个,这郭彩彩的父母都在外地,她跟她奶奶住一块。据说,他们家长的那个微信群里(万恶的家长微信群,一想起这个,就连王哲都一脸愤慨),郭彩彩的父母都没在,她奶奶呢,又不会用微信。也就是说,提郭彩彩是安全的,因为许梦安和何璐妈妈既想不起来郭彩彩到底是哪个,更找不到她的家长来对质。

老妈笑着:"礼物准备了吗?"

"哦……礼物是要买的……还有,郭彩彩家在郊区,有点远了,我们可能要早点去……然后晚点回家。"

"没问题。妈妈等会儿给你点钱,三百够吗?"

"够了!那什么,妈妈你休息吧,我也睡了,明天还得早起呢!"

从书房回到自己房间后,李云阶提着的心终于放下了,她甚至有些不敢相信。不管怎样,明天,她就能见到易天了,不但能见到易天,她还可以跟他握手了!整整十秒!

这个晚上,李云阶醒来好几次,时间对她来说,变得异常漫长。好不容易熬到天亮,她穿上了自己最漂亮的那条裙子,走出家门,与何璐会合了。

李云阶跟着何璐坐上地铁,很快就到了高铁站。一路上,既没有她担心的父母突然追来的画面,地铁也没有停运,一切顺利极了。

过安检的时候,何璐看着紧张的李云阶直笑:"又不是没坐过高铁,你怕什么?"

"我还是怕,怕我妈知道这事……"

"要不你还是别去了,我怎么觉得你去了会给我惹事呢?"

"别啊,那我不紧张了。"

"放轻松点,多高兴的事,被你弄得一惊一乍的。"

"啊!"

"又怎么了?"

"刘思明!刘思明怎么在这?!"

"哪呢?"何璐一笑。

"就在那边呢,他也在过安检。"

李云阶只知道她跟何璐的大计划,却不知刘思明跟何璐也有个大计划。那就是,何璐想办法帮刘思明搞到了两张握手券。是的,上海之行,刘思明也参加!

多好的机会啊,既能给李云阶一个惊喜,还能一路保护她。

两个女孩过了安检,刘思明很快也进了候车室。

"刘思明!你怎么在这?"李云阶错愕。

刘思明笑着:"我得保护你们俩!还有,我连攻略都做好了……"他说着,掏出一本手账,正是李云阶交换给他的那本,翻了开来,念道:"到了高铁站,坐地铁到……"

"我不太想去了……"李云阶犹豫着。

何璐看了看时间:"李云阶,你别是疯了吧?还有 15 分钟就要上车了,而且,今天下午,咱们就能见到活的易天了!现在你突然说不去了……你跟我闹着玩呢?"

"可是刘思明……"

"刘思明去,主要是为了保护我,和你没关系,这总可以了吧?"

候车室广播里发出了检票通知,刘思明和何璐焦急地看着李云阶。

李云阶看着怀里易天的海报,咬了咬牙:"检票!"

3

"开快点啊!"思明妈妈在副驾上急得手舞足蹈,"气死我了,真的是气死我了!"

"还不是你教的好儿子,这会儿急有什么用。前边红灯呢,能闯吗?"思明爸爸也憋着气。

"对,儿子是我一个人的,和你没关系!"

"你跟我斗气干吗?莫名其妙。"

"我跟你说啊,等会儿见到了李云阶和何璐的家长,你可得跟我统一战线。"

"这两个女孩真够可以的,把我们家思明搞得团团转。"

"还不是随你。"

"哎,你怎么说话呢!"

"开车!绿灯了!你倒是开啊!"

许梦安和李临都在何璐家,何璐的父母也正在互怼。

两家的家长都接到了思明妈妈的电话,说是三个孩子组团去上海了,具体情况见面再说。何璐妈妈给何璐打电话,人根本不接。李云阶就更让人着急了,她直接就关机了。

急促的敲门声响起,何璐爸爸开了门。思明妈妈简直是扑进门的,连鞋也没换:"可以啊,你们两家的女儿,一个讹我儿子的钱,一个讹我儿子的人!要是我家思明出了什么事,我跟你们没完!"

"联系不上孩子我们也很担心,你先别急,坐下慢慢说。"许梦安忙道。

"就是你！就是你害的！我跟你说过的,让你女儿离思明远点。你呢!你都干了些什么!"

"好好说话有那么难吗?"何璐妈妈上前。

"还有你!你女儿可以啊,都学会讹钱了!"

何璐妈妈怒了:"讹你娘的屁!信不信我撕了你的嘴!"

思明妈妈一看这架势,还得了!撸起袖子就要上手。

两方的爸爸正要去拉架,何奶奶不知从哪冒出来,横在了两方的妈妈中间,对着思明妈妈就吼:"胡说八道的玩意儿,有本事冲我来!"说毕,何奶奶便往地上一躺,拍着胸脯大叫起来:"打人啦!光天化日之下,冲到我家里来打人啦!"

思明妈妈自认吵遍社区无敌手,哪能想到今天会在何家遇到"扫地僧",她当下就傻眼了。思明爸爸连忙去扶何奶奶:"大家都别激动……老人家您先起来,我们来这是因为几个孩子的事,不是冲您,也不敢冲您。"

许梦安也去搀何奶奶:"奶奶,身体要紧,先起来好不好?"

"红口白牙的,话可不能乱说。"何璐爸爸发话了,然后转向李临:"是吧,李老师?"

李临忙道:"是啊是啊,咱们是来解决问题的,眼下最重要的是联系到几个孩子。"

"我可没胡说,你们看!"思明妈妈拿出一个手机,滑开来,凑到许梦安他们面前,"这里头有我家刘思明买的什么握手……握手卡?握手券?反正就是门票!有他买门票的转账记录!票是问何璐买的,两张。两千块钱一张呢!还有他跟何璐的聊天记录,明明白白的,全都有。为了买这两张票,为了去上海,他把我刚给他买的球鞋卖了,还讹了他爷爷三千块钱。这聊天记录里可是说了,他是为了给李云阶一个惊喜!这不是讹钱是什么?这不是讹人又是什么?"她说毕,便哽咽起来,"要是我儿子出了什么事,我也不活了。我这辈子就指着儿子活,他是我的命。你们这是要了我的命呀!"

几个家长传着刘思明的手机看,一个个眉头紧锁。

"我的亲娘,这些孩子是要去跟谁握手?怎么握个手还要买门票?"何奶奶倒吸了一口凉气,打破了尴尬的沉默。

何璐妈妈不耐烦地回答着:"易天,一个明星。"

"可别是个骗子!你们还愣着干吗,赶紧去上海,把他们找回来!我的宝贝孙女要是被骗到哪个山沟沟里,我也不活了!"何奶奶大哭起来。看到奶奶哭,一旁早被吓坏的何瑞也哭了。

"瑞瑞啊,你姐姐丢了……"

"哎呀,妈,你就别添乱了!何璐丢不了!"话是这么讲,但何璐妈妈也是急得直跳脚。

许梦安对思明妈妈说:"奶奶说得对,我们还是去上海,先把他们找回来再说吧。"

"你是怎么教女儿的,你还有脸……"思明妈妈仍是一脸怒气。

许梦安早已急红了眼,却只得强迫自己冷静下来:"现在不是发脾气的时候,孩子们不是坐高铁去的吗,咱们赶紧找找,找找思明手机里有没有买高铁票的记录。还有,对,还要搞清楚这个握手会具体地点在哪儿。"

易天签唱握手会的活动场馆门前人山人海。李云阶和何璐被挤在人堆里,她们的手紧紧牵在一起,而高大的刘思明就在她们身后护着。

易天永远也不会知道,为了能够见到"活着"的他,为了能够握一握他的手(哪怕仅仅是十秒钟),有两个女孩费尽心思瞒过了她们的家人。而她们身后的男孩,为了圆他喜欢的女孩的心愿,卖掉了他最心爱的球鞋,还连哄带骗地从他爷爷那搞到了三千块钱,只为了买两张握手券。当然,易天更不会知道,孩子们的父母正匆匆赶往这里。

"易天!易天!易天!"人群里,有人呼喊着。何璐把早就准备好的易天的灯牌举了起来,而李云阶怀里则藏着一张易天的海报。

"你说,易天会答应给我们签名吗?"李云阶问何璐。

"肯定的啊,我们可是他的死忠粉!"

"他什么时候才能到啊?待会儿他从哪儿进场,是这个门吗?"

"你傻啊,他要从这进场,还不得引起骚乱!肯定还有别的门,至于是哪个门,还能让我们知道?万一有那些不理智的,冲上去不小心伤害到了易天,你不心疼?"

"是啊,有道理。"

"挤什么挤!"刘思明横着眉毛,推开了一个总往李云阶身边靠的男孩。10 月底的上海,白天仍带着几分燥热。又值正午,太阳直射着李云阶的小脸蛋,刘思明用双手给她搭了个凉棚。李云阶抬头,感激地看着刘思明。突然,她眼角的余光扫到了一群熟悉的身影。

"不好!"她跺着脚,"爸爸妈妈,我们的爸爸妈妈全都来了!"

许梦安是第一个看到李云阶的。母女俩视线相对,许梦安知道大事不妙,连忙大喝:"李云阶,你们都给我站住!"

"怎么办,怎么办!"李云阶眼泪都快急出来了。

"跑啊!赶紧跑!往队伍前面挤啊!"

"快跑啊!"刘思明一手拉起李云阶,一手拉起何璐,"赶快进场!他们没握手券,他们进不去的!"

三个孩子挤进人群,玩命似的往前蹿着。

"什么情况,排队知道吗?有没有素质!"有好几个正排队的大女孩拦住了他们,并将他们团团围住。

"大姐姐们,请你们帮个忙,我们的爸爸妈妈就在后面,他们是来抓我们回去的……我们不想回去,我们要参加握手会!"何璐连声说道,"谢谢几位姐姐了,大家都是天线宝宝,一宝有难八宝支援……"

"没问题,交给我们了!"几个大女孩迅速让开,并堵在了家长们面前。

思明爸爸是退伍军人,眼疾手快,一下从一个大女孩身侧溜了过去。他一个箭步蹿了上去,抓住了刘思明的肩膀。

刘思明把李云阶和何璐往前一推:"你们先走!前面的哥哥姐姐们,一宝有难八宝支援!谢谢大家了!"随后,他狠狠一个下蹲,紧紧抱住了爸爸的大腿:"你要是不让她们进场,我会恨你一辈子的,我说到做到!"

"刘思明,你是不是傻!"思明爸爸挣扎着双腿,试图用力掰开儿子紧箍的手,"再不松开我打你了啊,别以为我不敢打你!"

"打死我好了!"

此时,许梦安他们已经拼尽全力挤了上来。思明爸爸对他们说道:"你们快往前挤,她们就在检票口那,估计现在还没进场,还来得及。"

就在许梦安他们正要往前跑的时候,几个保安扒拉开人群挤了进来。

"保安叔叔,救命啊,这些都是人贩子,全是人贩子,他们要拐走我!救命啊!"刘思明灵机一动,"你们来得太及时了!"

"你们跟我去一趟!"一个保安队长模样的大高个儿瞪着家长们,随即转向其他保安:"全部带回保卫处,马上!"

何璐爸爸赶紧上去递烟,队长手一拍,烟和打火机都掉到了地上。

"保安大哥,你看我们长得像人贩子吗?"何璐妈妈忙道。

队长皱皱眉:"要是人贩子长得就像人贩子,这倒好了!"

"你给评评这个理,就算我们是人贩子,我们贩一个这么大的孩子干吗?这孩子都 15 岁了!"思明爸爸也瞪着眼。

"他们不是抓我,是想抓我的同学,女同学!我正跟他们英勇搏斗!"刘思明接嘴。

"刘思明!信不信我打断你的腿!"

"保安叔叔,你听到了吧,他还要打我!救命啊!"

"到底什么情况?你们全部跟我走!哎哎哎,你胆还挺大啊!"保安拦住了蠢蠢欲动的何璐妈妈,"往哪儿跑呢!先把问题说清楚!不然我可就打电话报警了!"

"对,报警,报警抓他们!"刘思明大声建议。

边上一堆"天线宝宝"也嚷嚷着:"报警,报警,报警!"

更有甚者,带头喊着:"一宝有难八宝支援!一宝有难八宝支援!"

人潮涌动着,呼喊声一浪高过一浪。

六个家长无奈地看着彼此,他们全都快哭了。

刘思明终于松开了爸爸的腿,他骄傲地站了起来,环顾着那些帮助着他们的"天线宝宝",点头向人群示意。他微笑着,眼睛里有闪亮的泪光。这一刻,他觉得自己胜利了。这次胜利,比得了长跑冠军还要让人激动。他像个英雄,保护了李云阶和她最好的朋友何璐。不,他就是英雄本雄!

李云阶和何璐在"天线宝宝"们的护送下，终于安全进场，两个女孩都有些惊魂未定。

"怎么办呀？等我们回家，爸爸妈妈会骂死我们的。"李云阶按着胸口。

何璐定了定神："太刺激了！你不觉得刺激吗？"

李云阶没说话。

"我就不信你没感觉到刺激！李云阶，我算是看出来了，你平时乖宝宝的样子都是装出来的，其实你心里住着个小恶魔呢！"

"哪有……"李云阶吐吐舌头，"不过，刚才进场的那一瞬间，我确实挺激动的。"

"等回到家了，他们骂也好，打也好，全都没用！因为我们俩已经见到易天了，还跟易天握手了。这个计划，我们成功了！还有什么比这更让人开心的呢？"

"嗯！"李云阶点头，"为了易天，就算挨骂也值得！就是，刘思明惨了，他见不到易天……"

"刘思明又不是冲着易天来的。哎，我有时候特别羡慕你，不但羡慕，简直嫉妒。你说刘思明怎么就对你那么好呢……实话跟你说吧，握手券不是他抽奖得来的，是我帮他买的，我问黄牛买的。"

李云阶难以置信，她看着何璐："你怎么可以这样！"

"黄牛卖给我一千五一张，我转手卖给刘思明两千。他也没废话，第二天就把钱转给我了，听说是卖了双球鞋，还问他爷爷要了点儿。这说明什么？说明他是真的喜欢你！"

"何璐，你不觉得你这样很过分吗？"

"我也不单单是为了挣点零花钱，你知道的，我们家又不缺钱，主要是想测试一下，看刘思明是不是真的喜欢你……"

"你才是恶魔！"

"好，我是恶魔，我承认。早知道我就不帮你弄握手券了！"

"我会把钱给刘思明的。"

"那是你的事。"

"还有，我要……我要跟你绝交！"

何璐愣住了："你说什么?"

"绝交!"李云阶低头。

"这可是你说的啊! 行啊,绝交就绝交,我何璐又不少你一个朋友!"何璐的眼圈红了。

"易天! 易天! 易天!"场内有人在呼喊。

"易天来了!"何璐揉了揉眼睛,踮起了脚。

李云阶循着何璐的视线望去,舞台左侧,出现了一个略显消瘦的身影。

灯光突然暗下来,激昂的音乐响起。李云阶觉得自己的掌心全是汗,而有人则抓住了她的手。她一扭头,发现是何璐。

两个女孩眼里都噙着泪,适才的不睦,那些关于绝交的话,全都因为易天的即将出场而变得不再重要。她们的手紧紧地攥在了一起。

"对不起,云阶,我就是想和你一起来签唱握手会,真的。"

"下次别再这样了。"

"嗯。家长们那边……我会去认错的。"

"是我的错。"

"是我的错!"场馆保卫处办公室里,刘思明虽然耷拉着脑袋,但嘴巴还是很硬,"是我一个人的错!"

队长把这伙人带回来后,几经了解,刘思明之前说的那些话很快就站不住脚了。何璐妈妈和许梦安请求队长带大家进场,把何璐和李云阶带出来,这也是思明妈妈的要求。不管怎么样,她们必须给怒气冲冲的思明妈妈一个说法。

可是李临不这么想。只见他朝思明父母鞠了一躬:"是我教女无方。"

"哎……我去,李老师,你这是干什么!"何璐爸爸摇头,"这不就是几个孩子贪玩吗? 有什么大不了的! 再说,孩子们现在也找到了。是,虽然云阶和何璐还没出来,但至少她们是安全的。那什么,思明妈妈,还有思明爸爸,我理解你们的心情。这样,不就是四千块钱嘛,我这就给你们微信转账……"

"不是钱的事!"思明妈妈抬起了下巴。

"那这样,我们家出钱,请大家在上海住一晚,顺带着明天再玩一天。来都来了嘛。"

"就你钱多!"何璐妈妈白了何璐爸爸一眼。

思明妈妈冷笑着:"你还真够心大的。玩? 你还有心情玩?"

"我只有一个请求……"李临示意何璐爸爸噤声,对思明妈妈说道,"能不能让云阶和何璐参加完这个握手会? 等她们参加完握手会,要骂要罚,怎么都好,各家孩子各家管教,我们两家也会给你们家一个满意的交代。"

许梦安看着丈夫:"李临你……"

"梦安,这是两个孩子的心愿! 连刘思明都要拼命帮她们实现的心愿,我们当父母的,为什么不能帮?"

"太感人了……"一旁的刘思明"哇"地哭出了声。

第四章
无非就是怎么选

1

如果这个计划的目的就是和易天握手，那它毫无疑问是成功的。

易天跟李云阶想的差不多，但又有些不一样。她无法形容那种小小的心理落差，就好像她小时候特别想吃外婆蒸的银鱼鸡蛋羹，但外婆真的给她做了，味道其实也不过如此。曾经想象的十秒钟是那么漫长，可是现实里的跟易天握手的那十秒，短暂到她甚至没来得及掏出怀里的海报。易天比屏幕里的要瘦，而且也没那么白。他挺直的鼻梁原本是那么好看，像她喜欢的漫画里的男主角，可是凑近了看，鼻头似乎有些偏大，鼻孔也是……

"刚才易天问我的名字了。"何璐说，"虽然他没有我想象中那么完美……但他人还不错。"

"对啊。"李云阶点点头，"到底是易天啊，他怎么都是好的。"

随后，两个女孩在保安队长的带领下，跟他们的父母会合了。结果跟她们预料的似乎不太一样。

听说刘思明早就被他父母带走了。而她们的父母并未多说什么，只是沉默着，领回了孩子，坐上了何璐爸爸的车。

何家的这辆七座商务车，李云阶之前从没见过，它看起来跟之前那辆豪车一样高级。再瞧何璐，此刻她的脸上却是一点得意的小表情也没有。她只眨了眨眼，然后打了个哈欠，示意李云阶和她一起装睡。

除了开着车的何璐爸爸，车上所有人似乎都在装睡。李云阶知道，这种情况往往被称之为"暴风雨前的宁静"。可她没想到，一回 H 城后，父母把她放在了外婆家，然后就走了。

是的，他们什么也没跟她说，就这样走了。

何璐给李云阶发过 QQ 消息，说是刘思明被他爸爸给打了，何璐自己呢，则和父母大吵了一架。可是她李云阶，既没有被打，也没有被骂。她宁可被打一顿、骂一顿，就这样把她往外婆家一放，算是怎么回事！

熊熊也在外婆家，他正缩在沙发上玩 iPad。

"熊熊，你在玩什么？"李云阶问表弟。

"干吗？"熊熊眼皮都没有抬一下，"我不跟坏姐姐玩。"

坏姐姐……是啊，她李云阶现在已经是个坏姐姐了。

"你来啦！"小姨从房间里走出来。

父母只在工作很忙的时候才把李云阶放在外婆家，自从家里有了保姆，这种情况便越来越少了。可是看小姨的表情，好像她早就知道李云阶会来似的。

外婆笑眯眯地走过来，看着李云阶："晚上你爸妈有事，说忙完估计就很晚了，索性让你在外婆这过夜了。"

这是什么意思？父母真的要对他们的宝贝女儿不管不顾了吗？他们就对她那么失望吗？

"云阶，你跟我睡。"小姨拉过李云阶的手。

熊熊充满敌意地看着李云阶："那么大了，难道自己不能回家吗？干吗要跟我妈睡觉！你自己没有妈妈的呀？"

李云阶一下就来气了："回家就回家！外婆，我走了！"

"熊熊你给我闭嘴！"许梦心抚着大肚皮，叨叨着，"作业都写完了吗？玩玩玩，整天就知道玩！"

"你们大人可以玩 iPad、玩手机，我怎么就不能玩了！"熊熊上一年级后，口齿愈发伶俐了。

"你是学生,学生的任务是学习! 我要是不管你,你爸又该对我撒气了!"

"那你挠他呀!"熊熊说着,"咯咯"大笑起来。

"好啦好啦,云阶跟我睡。"外婆揽过李云阶的肩膀。

吃过外公给做的鸡蛋面,李云阶跟着外婆进了房间,她很喜欢房间里那股子淡淡的檀香味。外婆跟老妈不一样,她特别喜欢收拾房间,所有东西,哪怕是一条旧旧的枕巾,也洗得干干净净。

"喏,试试看。"外婆不知从哪取出了一条米白色的连衣裙。

李云阶洗完澡把它换上了,居然很是合身。

外婆满意地点点头:"穿着当睡裙吧。"

"这是谁的裙子呀?"连衣裙虽然香香的,但一看就是旧的啦。

"还能是谁的,这是你妈|六七岁时穿的。"

"是妈妈的……"李云阶摸着裙子上的小花边,"挺好看的。"

"所以我一直舍不得扔,每年都会翻出来,洗一洗,晒一晒。看到你妈妈和你小姨的一些旧衣服,我总能想起她们小时候。"

"她们……我妈小时候什么样?"

"什么样……"外婆挨着床沿坐下,"反正没少让我操心。"

这时,外公刚好走进门取他的睡衣。由于李云阶留下过夜的缘故,晚上他只能在客房睡。外公听了外婆的话,直乐:"大姐像云阶这么大的时候,闹过一次离家出走的,你还记得吧?"

外公和外婆总喜欢叫老妈"大姐",连小姨都不一定这么叫! 小姨跟老妈要好时,一口一个"大姐",开玩笑或者闹别扭时就直呼"许梦安"。

外婆捂嘴笑:"怎么能忘! 还给我们俩留了信呢。"

"都写了什么?"李云阶问道。

"写了不少呢,整整两张信纸。当时我气坏了,看了一眼就给撕了。"外公努力回忆着,"引经据典的,文笔还不赖,难怪她现在能吃这碗饭。要是不撕该多好,现在拿出来给你看,你妈一定会羞得想找个地洞钻进去。哦,有一句我还记得,反正就是向往自由什么的吧。"

外婆仍是笑着："向往什么自由啊，没过两个小时就回来了。问她去哪儿了，她怎么也不吭声，反正就是自己跟自己在那赌气。"

"为什么啊？"李云阶不解。

"还能是什么，青春期都这样，叛逆呗。"外公说着，取了他的睡衣，离开了房间。

"你妈跟你小姨啊，她们那时候可没你这么乖巧。尤其是你小姨，三天两头惹祸，把我和你外公气的，我们俩是整夜整夜睡不着，就差没把她给扔出去了！"

可不是吗？她李云阶现在不就被父母给扔出来了吗？

李云阶低着头："我知道，所有的爸爸妈妈都喜欢好孩子。"

"不对哦，是所有的爸爸妈妈都喜欢自己的孩子。"外婆说着，把台灯调暗，"睡吧，云阶。"

"搞不好我就是被老妈扔在这的呢。"李云阶小声喃喃。

"瞎想什么呢，你妈是真有事。"

"什么事？"

"他们没说，我也没问。"

"那你倒是问问她啊！要不你现在给她打个电话吧……"

"你妈又不是小孩了，哪能什么事情都跟我说。时候不早啦，别想了，快睡吧。"

李云阶没法不去想，可她就是想破脑袋都想不到，她的老妈此刻正躺在医院的病床上。而她的老爸，则站在医院的走廊上，一支又一支地吸着烟。

"姐夫，情况怎么样了？"老贾拍拍李临的肩膀。

李临诧异："你怎么来了？"

"刚才心心给我打电话，说姐姐和你在医院。心心让我来看看，还说要是姐姐晚上能回家住的话，让我送送你们俩。"

"心心都是怎么跟你说的？"

"也没说什么。"

李临只定定地看着老贾。

老贾才道："咳，我都知道了。一家人，你别跟我见外。你看，这平时我和心心可没少麻烦你们。心心怀这胎的时候，也发生过这种情况。一开始嘛，是说孕酮低了，后来又讲胎位不正。医生都这样，连唬带吓的。再看心心现在，各项指标都正常了，胎儿没问题，她自己呢，也整天活蹦乱跳的，好着呢。"

"谢谢你啊，老贾。"

"我可真是服了你了。姐夫，我这说半天，就是想问问，姐姐到底什么情况……你跟我这儿说客套话，这是干吗呢？要是你没跟我说实话，我没法跟心心交代，她比我着急，出事的是她亲姐！"

"先兆流产。"

"孩子还在吗？"

"还在。"

"哎哟，差点没吓死我。姐夫，你躲这抽闷烟，就为这个？这都不是什么大问题，该治疗治疗，该保胎保胎。"

"顺其自然吧。"

"你说什么？"

"我说，顺其自然。"

老贾本来轻松下来的表情瞬间凝固："什么叫顺其自然？不治了？孩子不要了？"

"这孩子本来就是个意外，我们俩一直没想好。也许，我们犹豫的同时，肚子里的孩子也在犹豫……"

"才三个月的胎儿会犹豫？脑子都没长全呢！我可真受不了你们。再说了，孩子犹豫什么？有什么可犹豫的！你们家，你是大学教授……"

"副的。"

"这个时候就别谦虚了，'副'字早晚都会去掉的。还有我姐，她是高管，是什么内容总监，不带'副'字那种。你们，那可都是成功人士！再者，家里两套房，还不算你们去年在海南投资的那套！不说多有钱，至少衣食无忧了吧。孩子一出生，那什么都是现成的！爸爸妈妈是有文化的体面人，家里经济条件不错，就冲这些，还有什么好犹豫的？我看，犹豫的就只有你们俩！"

"老贾，你激动什么……"

"自私!"老贾看起来非常生气，"除了你们俩自私，没别的解释!"

"我们也是想对孩子负责。"

"什么叫负责? 有了，生下来，才叫负责! 我跟你说不清楚，这样，我找我姐去，我得跟她谈谈!"

"别，"李临拉住了老贾，"她的情况刚稳定点。"

"是是是，我激动了……"老贾叹了口气，"孩子的事，放到谁家，那都是大事。要我看，这事不能你们俩说了算。必要的时候，我会提议咱爸召开家庭会议的。你别不当回事，你知道的，在爸跟前，我还是说得上话的。"

许家的"家庭会议"是两个女儿没结婚时就有的，许父为了彰显民主，家里那些个大大小小的事，总喜欢拿出来议议。李临对此有些反感，许梦安她们已先后结婚，有了自己的家庭，干吗要把一些鸡毛蒜皮的事情拿出来掰扯。说是民主，其实嘛，就是许父还想当他的"大家长"。可不管怎么说，老贾晚上来了医院，又说了这么些真心实意的话，李临是又感激，又感慨。

"老贾，这段时间我算是弄明白了一件事，心心当年一定要嫁给你，可不只是因为你有钱。你这人，重感情，有家庭观念，不错。"

"那是当然，有钱确实是我的优点，但我的优点不只是'有钱'……"老贾说着，突然摇摇头，"可惜，心心她还是觉着我不靠谱。最近不知抽了什么风，居然怀疑我在外面有人。"

"怎么可能呢? 你要是有了别人，还会大晚上跑来医院，把我们的事当成自己的事，比我们还急吗? 你对我们好，就是因为你对心心好。这么简单的道理，她怎么就不明白呢?"

"姐夫，"老贾竖起大拇指，"你懂我，你是真的懂我。走，我现在就送你们俩回家。"

"让你姐在医院观察一晚吧，就这么回去，我不放心。"

"那你呢?"

"这里让陪房，我就在这待着吧。"

老贾陡然深沉起来："真羡慕咱爸。"

"这怎么说的?"

"你看啊,我对心心好,你也对我姐好,咱爸这两个女婿,算是选对人了。"

李临忍俊不禁:"这话你什么时候跟爸也说说,让他高兴高兴。"

"要是你们的孩子能保下来、生下来,咱爸啊,他就比什么都高兴。他这人就爱热闹。心心刚怀二胎那会儿,把他给开心的,见人就说自己又要当外公了。开枝散叶,是天大的喜事。要不怎么怀孕叫'有喜'呢?老人家啊,最喜欢的就是添人进口。孩子,还是得保啊,姐夫……"

见李临没吱声,老贾又道:"那我先回家了啊。"

"早点休息。"

"我倒是想好好休息,可心心跟我冷战呢,带着熊熊回了娘家。要不是因为姐姐这事,她连我的电话都不接。他们娘俩都不在家,你说我睡得着吗?"

李临把老贾送到医院门口,这才折返回病房。

"老贾刚才来过。"李临对许梦安说。

许梦安点点头:"他倒有心。"

"我们俩聊了一会儿,他说的那些话,还算是有点道理的。"

"都说什么了?"

"孩子的事。梦安,咱们从上海回来,一下高速,你发现不对劲了,就着急忙慌地把云阶往爸妈家送,又着急忙慌地来医院,我就知道了,这孩子,其实你还是想保的。"

"那你呢?"

"刚才我就想,云阶出生那年,我才30岁不到。我这人你最了解,从小到大,都是别人照顾我,即便当了爹,也还那样。云阶是怎么长大的,她怎么就突然长到15岁了?居然还学会组团骗爸妈了!还有那个小子,刘思明,对我们家云阶那叫一个死心塌地。他爸都要上手打他了,他死都不让我们去追云阶,非要让云阶参加完那个握手会。我挺佩服那小子的,但是吧,我心里又特别气。小子,那可是我女儿,我还没好好疼她呢,有你什么事……"

许梦安笑了起来。李临继续道:"要是你肚子里这个能保住,也是给我一个机会,让我再当一回爸爸,当一回……会照顾人的那种爸爸。"

"你都把我惹哭了……"

李临拉过许梦安的手:"一个字,保!"

2

李云阶一早就醒了。她起床的时候,外公正准备出门遛狗。

这狗叫许富贵,但它一点也不贵。它不是什么品种狗,瞧着就是灰不灰、黄不黄的一只"中华田园犬"。外公一直对外声称许富贵有金毛血统,可是,金毛才不长这样,好像谁没见过"正品"似的。

许富贵品种存疑,也不甚可爱,可它在家里的地位比熊熊还高。有次熊熊作弄它,被外公狠狠骂了一顿,连外婆都不敢护着她的宝贝外孙。自从李云阶记事起,许富贵就在了。小学阶段,她但凡写什么"最喜欢的小动物""家有宠物"之类的作文,主角一准就是许富贵。

"富贵!"李云阶唤着它,它回头,冲她"汪"了一声。

"一起走走?"外公笑着问道。

走走呗。也许,接下来她就要被寄养在外婆家了。平时该上学上学,等到周末了,就这样陪外公遛遛狗,再陪外婆逛逛超市,好像也不错。最重要的是,还没有老爸老妈管着呢。反正……他们也不想管她了!

没想到,遛完许富贵回来,老爸已经在外婆家了。李云阶往外公身后一躲,不想看到老爸。

"爸。"在老丈人面前,李临总是毕恭毕敬。

"噢,来了?"

"嗯。"

他们俩不尴尬,李云阶都替他们尴尬。相比之下,小姨夫跟外公就亲近多了。

趁着他们还在那里没话找话,谈论着天气和院子里的花草,李云阶溜进了客厅。熊熊正指着一个背包问小姨:"姐姐以后都要住在外婆家了?我也要住!"

"没有没有。"小姨急急忙忙解释着。

来不及了,李云阶全都听见了,也全都看见了。那是她的旅行背包,不会认错的,是某知名网红的同款,去年她生日的时候老爸给买的。她愤愤地看了熊熊一眼,冲进了外婆的房间,许富贵赶紧跟了进去。

"呜……呜……"许富贵用嘴巴顶上了房门,还低吼了好几声。

李云阶摸摸它的头:"还是你最好。"

"云阶,我能进来吗?"门外是老爸的声音,"我给你带了换洗衣服和课本,你在外婆这里再住两天。我跟外公说过了,要是他有时间呢,就送你去上学;要没时间,其实你自己也能行。公交车站离这不远,到学校也就半个多小时。爸爸连公交卡都给你带来了,就在包里。"

李云阶再也忍不住,开了门,许富贵一下就蹿了出去,差点没把老爸绊倒。

"你们就那么讨厌我?"李云阶看着老爸。

李临进了门:"你怎么会这么想,不是跟你说过吗,爸爸妈妈最近很忙……"

"我不信!"

"云阶……"李临迟疑着,"上海回来之后,妈妈就生病了。"

李云阶愣住了。李临继续道:"我一直想找个时间好好跟你聊聊,但是,妈妈生病的事情不能让外婆和外公知道,他们会担心的。可是妈妈需要人照顾,这兰香表姑又不在家,你小姨马上就要生宝宝了,只有爸爸了。"

"怎么会……"李云阶拧着衣角,喃喃自语,"难道妈妈是被我气的?"

"不是不是,就是流感,有点严重。不让你回家,也是怕传染给你。"

"那你呢?"

"爸爸是成年人,身体素质也比你好,我不怕的。"

"妈妈一定很生气吧……"李云阶低头。

李临微笑:"所以,你知道自己做错啦?"

"我……去上海的事,我想跟你们说的,可是,一旦我跟你们说了,肯定就去不成了。即便能去,也是你们陪着去。我都那么大的人了,你们陪着,像什么?"

"都过去了。事情呢,也解决好了。我跟你妈已经向刘思明的父母道歉了,刘思明买握手券的钱,何璐爸爸一定要他来还,我们没让,所以,这钱也由我们家出面还了。人刘思明又没跟易天握手,干吗要他出钱,对吧?"

李云阶终于坐下了,她仰头看着老爸:"嗯,是我的错。其实跟刘思明没什么关系的。"

"那刘思明也有不对的地方,他卖了球鞋,还从他爷爷那骗钱,对吗?"

"嗯。"

"至于何璐,她也有错,还当起了中间商挣起了差价。"

"她这么做,也是因为想和我一起去上海来着。"

"云阶……"李临挨着女儿坐下,"你很善良,也很可爱,所以,你会有很多的朋友。比如刘思明,再比如何璐。他们对你好,保护你,跟你分享,爸爸是很欣慰的。刘思明呢,回家后没少挨揍,听说还宁死不屈,把错全都揽到他一个人头上了。还有何璐,把何家闹了个翻江倒海,她倒是没认错,但是她坚称你们三个人谁都没错。你们现在还不是成年人,要是成年了,还这么是非不分,那还了得!今天刘思明为了你去骗钱,那以后呢?以后你要还有别的心愿呢?那些心愿大到会让刘思明变得又极端又危险呢?你会害了这些朋友的。"

李云阶琢磨着老爸的话,努力点着头:"我明白了。"

"朋友之间是会相互影响的,这句话,一定要记好了。"

"记住了。我认错,我也认罚。"

李云阶哪里会知道,就这短短一番话,是老爸和老妈商量之后打了腹稿的。话说重了,女儿会逆反;话说轻了,女儿会不当回事。

李临顿了顿,才道:"怎么罚你,等妈妈病好了再说。你安安心心待在外婆家,过几天我们会来接你的……怎么样,易天真的跟海报上一样帅吗?"

很显然,老爸看到了李云阶放在床头的海报。李云阶吐吐舌头:"还行吧。"

"那也算是不虚此行了。"

"你饭的邓丽君,她没有办过握手会吗?"

"没有。但我为了听她的歌,讹过你姑姑,让她给我买了个录音机。那录音机现在还在你爷爷家放着呢。"

"我想听听她的歌。"

"邓丽君的?"

"嗯。"

"行啊,你把手机拿来,我给你推荐几首。"

门外，许母正附耳偷听。

"这是干什么呢！臊不臊？"许父从后面绕过来，轻拍了一下老伴的肩膀。

许母回头，眉头全都拧到了一起："我就知道大姐有事瞒着我，果然……"

父母和孩子之间，有一种特别微妙的东西，它叫"我知道但我装作不知道"，有时候也叫"我知道你知道但我装作你不知道"。许母把前前后后的事情一串，就猜了个八九不离十：许梦安怀孕了，而且胎象不稳。李临还傻乎乎地从丈母娘那拎了一堆吃的回来，鸡鸭鱼肉、燕翅鲍肚，都快把她的冰箱清空了。末了，还是老丈人给叫的车，那堆吃的愣是塞了大半个后备厢。

老丈人显得相当热情，两人站门口等车的时候，没少跟李临说话。

"最近在忙什么呢？"老丈人背着手看天。

"老样子。"

"你也是，研究什么不好，研究尸体……"

"爸，那不叫研究尸体，这个学科有自己的名字，叫殡葬学。"

"叫什么都一样，不就是研究尸体的吗？我那老亲家的心可真够大的，你们家祖上就开始行医了，救死扶伤，悬壶济世，那是有口皆碑啊，到了你这，居然让你去研究这种玩意儿……"

"爸，我说了，那叫殡葬学。"

"行了行了，我就不该提这个话茬。"

"生老病死嘛，这种学问总得有人做不是？"

李临只顾着做他的学问，哪里知道人一旦到了许父这样的年纪，对类似"死"这种字眼是很忌讳的，包括"殡葬"。见老丈人不吭声，李临又道："爸，我还是跟您详细说说我的专业吧。不是有句老话吗，'人死为大'，我们这个专业呢，它……"

死死死，又是死……许父本不想听，但转念一想，还是沉着脸耐住了性子。没有放开二胎之前，有些事，许父想过，但是不愿多想。现在放开二胎了，两个女儿又都怀上二胎了，那么，关于之前的设想，就有了拿出来讨论的空间。没有儿子，是许父的一个遗憾。虽然，他从没表达过这样的遗憾，拥有两个女儿似乎也很知足。

其实，当年许梦安到了婚配年龄时，许父和许母商量过的，是不是可以招个上门女婿什么的。但是儿子这东西，人李家也没有富余啊，就那么一根独苗，怎会愿意？再看许梦安一副非李临不嫁的样子，许父便也没提这茬。再到许梦心时，人家玩的是闪婚，连商量的余地都不给许父留。好在，两个女婿的老家都在外地，还都在 H 城安了家。女儿们说是嫁人了，但回娘家很是方便，方便到小女儿每次和小女婿吵了架，都要往娘家跑。不求孩子们尽心尽力伺候自己终老，活着的时候，他们能多多陪伴，就已经是最大的福分啦。结果万万没想到，还有更大的福分在等着自己！是了，两个女儿都有二胎了，只要有一个孩子姓"许"，那许家也算是后继有人啦！当然，如果可以的话，两个都姓"许"就更好了。小女婿那里，思想工作应该是好做的，这个大女婿嘛，往后也要多笼络……

"嗯，好好研究，爸看好你。"许父重重拍着李临的肩膀。

李临和许梦安结婚那么多年，还是第一次被老丈人表扬。他有些激动："爸，其实这个行业还是很不错的，我带的那些学生，就业前景都非常好，比如这个遗体美容……"

"好啦，"许父笑着，"你的车到了，咱爷俩下回慢慢聊。"

"哎，爸，那我先回了，云阶就麻烦二老了。"

"说的什么话，云阶想住多久住多久。你呀，也要常来。"

李临笑得跟朵花似的，把丈母娘给准备的东西一样一样往后备厢里搬。

"照顾好大姐！"

"爸，我会的！"

到了下午，小女婿贾浩文来了，跟小女儿两人叽里咕噜躲房间里说了半天。接着，小两口就亲亲热热带着熊熊回家了。许家二老早就习惯他们这样了，便也高高兴兴地送他们出门去。

熊熊老大不高兴，看着许母："外婆，我们就这样回去呀？"

许母正纳闷，熊熊转对老贾："大姨夫走的时候，带了好多东西的，连你给外婆买的燕窝也带走了。"

"就你话多！"许梦心拍了下熊熊的后脑勺。

熊熊可委屈了："姐姐可以住这里，我却要回家。大姨夫带走那么多好吃的，

我爸什么都没有……"

"哎,这孩子,信不信我给你暴打一顿!"老贾吼了一嗓子,转向许母:"妈,这孩子真的太皮了,不打不行。"

"人孩子也没说错什么,我确实给你姐夫带了好多吃的。你姐现在身体不好,兰香又不在家,就那些吃的,你姐夫会不会做还另说呢。"许母摊手,"你们小的时候,我犯愁;现在你们大了,我更犯愁。这当了妈,总有发不完的愁……"

"你怎么还叨叨上了。"许父使着眼色,"大姐的身体能有什么问题,过几天就能养好了。"

许梦心跟丈夫一对视,心下也明白,其实二老都知道姐姐怀孕的事了。

"爸说得对,我们不用太担心。"老贾忙道,"姐的身体素质好着呢。"

李云阶站在院子里看着这伙人,他们兴许没注意到她,但他们说的话,她可是全都听到了。

老贾本是安慰许母,却惹出了许母的眼泪。许母一边拭泪,一边说着:"大姐今年整好 40 岁,这 40 岁的身子骨可没法跟心心比……要是保得下来还好,要是保不下来,少不了还得受罪……"

"受罪? 受什么罪? 不是流感吗?"李云阶走了过来,"真的那么严重?"

众人看到李云阶,忙都敛了略显沉重的神色。

许梦心笑对李云阶:"你外婆就这样,一点点小事就夸张得不得了。上次熊熊发烧,一两天没有好,她就嚷嚷着要带熊熊去上海的大医院呢。简直浮夸! 在她嘴里,小流感都能变成绝症,她……"

"心心!"老贾正色,"你说什么呢!"

"呸呸呸……"外婆抹着眼泪,"呸"个不停。

绝……症……李云阶只觉得双腿微微在打战,她没再说话,转身跑回了房。

次日是礼拜一,又该上学了。李云阶一到教室,就被一群女生围住了。定睛一看,有他们班的,也有别的班的。

"李云阶,听说你们去易天的握手会了,这也太厉害了吧!"

"你们跟易天合影了吗? 早知道就让你帮我要个签名了!"

"云阶,我关注你微博了,咱俩互关一个呗。"

"哎,周末我们要去逛街,你有时间吗?我请你看电影!"

"看电影有什么意思!李云阶,我们组团'开黑',我带你上'王者'!'吃鸡'也行!"

李云阶无措地站着,微笑着,不知道先跟谁说话,更不知道要跟她们说什么。

何璐背着书包,大踏步走了进来:"这是干吗呢,都不上课了?"

何璐在学校素来一副"生人勿近,熟人别惹"的样子,那群叽叽喳喳的女生很快就散了。不多时,刘思明也来了。他兴冲冲地跑进教室,脸上满是得意。

他跟李云阶不一样,他在校门口就被好些男生给围住了,也是一通问,羡慕的、嫉妒的、要跟着刘思明混的,什么样的都有。

李云阶看起来郁郁寡欢,不管刘思明跟何璐说什么,她只是闷不吭声。

"怎么了,你爸不会也打你了吧?"刘思明问李云阶。

"那倒没有。"

"想来也不会。那天要不是你爸拦着,你们俩早就被揪出来了。你爸说的那些话,特别感人。"

"他都说什么了?"

"他要跟我一起守护你的愿望。"刘思明拍拍自己的胸脯,"我们俩都做到了。"

"别'中二'了,"何璐没好气地看了刘思明一眼,"要是没有我,你就是想帮忙也帮不上。"

"我谢谢你还不行吗?刚才我被他们围着,差点连教室都进不来。我刘思明现在出名了,比长跑冠军那次知名度还要高……"

李云阶突然道:"快别提这事了,我妈都被我气病了。"

"啊?"刘思明和何璐异口同声,看着李云阶。

"我爸把我送到了外婆家,外婆急得直哭。"

"什么病那么严重?"何璐问道。

"说是流感,可我不信。"

刘思明接嘴:"到底是什么病,你回去看看不就知道了吗?"

"可是他们不让我回去。"

何璐指指李云阶的鞋:"脚长在你身上,干吗要听他们的!"

"可是……"

"你怎么那么多'可是'啊,受不了!"

可是,可是,可是……这个词在李云阶脑子里晃荡了一天,连薛老师找她谈话,她都分了神。他们去上海的事,薛老师全都知道了。离开老师办公室后,李云阶恍恍惚惚,她根本不记得薛老师到底说了些什么。批评、责备、失望,大概是这些,好像又不止这些。反正,等李云阶回过神来,才发现自己已经跟着何璐坐上了开往景华苑的公交车。

何璐一直在说话,说薛老师让他们写一千字的检讨书,这种行为相当于体罚。她还说,要是弟弟没来,她也不用坐公交车,爸爸或者妈妈,总有一个会来接她。

"我怎么在这……"李云阶终于说话了。

何璐大笑起来:"你不会是穿越了吧? 别告诉我你现在已经不是李云阶了! 说,你到底是谁!"

"我"到底是谁,这个问题李云阶确实认真考虑过。那还是她上小学的时候,有段时间,她感觉自己跟周围的一切都没有关联,只是一个孤单的个体。

"别乱想了,你妈一定不会有事的,等下你到家就能看到她了嘛。要不要我陪你回家?"何璐止了笑,语气里不无关切。

"没事,我自己能行。"脚是自己的,应该自己回家,也能够自己回家。

3

客厅里空荡荡的,李云阶轻声唤着老爸,可是无人回应。她蹑手蹑脚走向了父母的卧室,拧开了门把手。隔着门缝,她瞧见了躺在床上的老妈。

卧室里光线昏暗,李云阶看不清楚老妈的面容和表情,只觉着薄毯子下面的老妈很瘦很瘦,就好像一不注意,都不会发现毯子里面躺着人。

妈妈是不是得了什么绝症? 昨天,当这个念头从李云阶脑子里冒出来的时候,她自己都吓住了。

"呸呸呸!"李云阶已经学着外婆,在心里默默"呸"了不下三百次。只是,不管再"呸"多少次,也"呸"不走她的担心。老妈有时候是挺烦人的,但再烦人,她也是自己的妈妈。

一阵风吹过,把卧室的门吹开了。许梦安醒来,睁开眼,看到了站在门边的女儿。小小的人就站在那,正打量着自己。

"是云阶吗?"许梦安掀开了毯子,问道,"你怎么回来了,不是先让你在外婆家住几天吗?"

李云阶没吱声。

"握手会的事都过去了,爸爸说你已经意识到自己的错误了。"许梦安继续道,"妈妈不会骂你的,你过来吧。"

这时,李云阶才走了进去。她走得很慢很慢,一边走,一边打量着许梦安。

"你回家,是因为担心妈妈?我没事,差不多已经好了,再休息一天就能去上班了。"

"到底是什么病?"李云阶说话了。

"不是说了吗,流感。"

"流感不是这样的。"

"真的是流感,妈妈让你在外婆家住,就是不想传染给你嘛。"

李云阶犹豫着,才道:"善意的谎言也是谎言。妈妈,你没跟我说真话,你得的不是流感。"

"那你以为我得了什么病?"

"你们大人这么做是不对的!你是我妈妈,我是有权利知道真相的。"

"云阶,你这到底是怎么了?"许梦安越听越不对劲,爬下床来。

"我们班胡小凯就没有妈妈。他妈妈生病的时候,所有人都在骗他。就连他妈妈没了,他们还想继续骗他呢,说他妈妈出国了……"李云阶深吸一口气,"我以后再也不撒谎了,不骗你们了,你们也不要骗我,好吗?"

"你是不是以为我得什么不治之症了?"

李云阶别过头,豆大的泪珠从脸上滑落:"不管你得了什么病,一定能治好的。"

"你傻不傻呀……"许梦安一把抱住了女儿,"妈妈的身体好着呢。你还没上大学、没结婚呢,我怎么可以出事!我真的没事……"

晚上是李临做的饭,虽然笨手笨脚,但也算是勉勉强强折腾出了四菜一汤。一家三口吃过饭,李云阶提出不回外婆家了。不但这样,她还主动帮着收拾了餐桌,甚至还学会了用洗碗机。

都说女儿是要富养的,许梦安之所以支持这个观点,和她小时候的成长环境有关。许父和许母退休前都只是普通职工,加之有两个女儿,方方面面都有些拮据。身为姐姐,许梦安总是把好东西都让给妹妹。不仅如此,她还分担着许母的家务。妹妹出生后,许梦安的父母开始叫她"大姐"。这声"大姐",亲昵在后,责任在前。

李临正犯愁,刚想提出先请个钟点工过渡一下,没想到,兰香回来了。

这兰香做事一向风风火火,走得急,回得更急。这次提前回来,事先连招呼都没跟许梦安两口子打。她一面把大包小包往里拿,一面急急地换着鞋,嘴里还说着:"可算是回来了!"

许梦安他们还没来得及跟她打招呼,她一眼就看到了厨房里的李云阶:"哎哟,云阶你这是在干吗!厨房你不能进!你的手是弹钢琴的手,怎么能干这些……放那儿!表姑跟你说话,你没听到啊?放着我来!"

许梦安跟进了厨房:"兰香姐,你怎么回来了,家里的事都办好了?"

"差不多了。还不是你们那个不争气的表姐夫,好死不死,跟人打了一架,差点被派出所给拘了。我回去那是说了一堆好话,就差给人跪下了。人家看我这可怜相,才答应赔钱了事。"

要不是兰香的丈夫无所事事、懒惰成性,她也不必离开老家到李临家当保姆。可即便是兰香出来讨生活,养着她的丈夫,他仍旧不知感恩,一喝酒就闹事。闹完了,还得兰香回去给他收拾烂摊子。去年有一回,这个所谓的表姐夫在微信上认识了个女网友,来来回回的,表姐夫就上了人的套,先后给对方转了不少钱。他哪有钱,还不都是兰香给他的。兰香气得一个礼拜没起床,末了咬咬牙,告诉许梦安,日子还得过,就当这钱给丈夫治精神病了。

别人的家事,许梦安哪敢多言,只是怒其不争,又暗暗为兰香抱不平罢了。每每想到这些,许梦安心里对兰香的一些个不满也就都没了。

"别弄了,你这刚回来,先休息。"许梦安道。

"休息过了,我在火车上睡了五六个小时呢,休息得够够的。"

"我不是让你坐高铁回来吗?没买到票?"

"又不赶时间,花那个钱干吗?"兰香笑着,转对李云阶道:"云阶,表姑给你带了很多好吃的。"

"谢谢表姑,我给你倒杯水吧。"

"路上都喝饱了,我带着大水杯呢。"

兰香絮叨着老家的种种,絮叨完了,才发现许梦安有些不对劲。

"梦安,你这是怎么了呀?脸色蜡黄,别是病了吧?"兰香不无关切。

一个屋檐下住着,许梦安知道怀孕的事是瞒不过兰香的。兰香不是李云阶,她是一个有生活阅历的成年女性。于是,许梦安便唤了李临,拉着兰香,几个人进了书房。兰香听完了,一拍脑门:"是我糊涂!我早就该发现的。你们俩也是,这么大的事,知道了干吗不给我打电话?我糊涂,你们更糊涂!"这个时候,兰香不再是保姆了,确确实实又变成了关心着这对夫妻的表姐,哪怕是远房的。

"表姐夫那边的事更重要……"李临道。

没等李临把话说完,兰香就红了眼:"重要个屁!你们要给我打电话了,我什么都不管,一准就回来了。那个混蛋,就让他在牢里蹲着,蹲一辈子才好。蹲在里头,我倒还省心了。都是两个孩子的爹了,干的那些事,孩子们都觉着他丢人。也就是你们俩,还一口一个'表姐夫'地叫着。"

"别哭了,瞧你,家里的事不都解决好了吗?"许梦安按了按兰香的手背,"日子总会好起来的。"

"指着他是不能够了,我现在就指着大明啦。"

"不还有大萍呢吗?"

大明是兰香的儿子,大萍是兰香的女儿。

"大萍……唉,"兰香叹着气,"大萍早晚不得嫁人呀。不说这些啦,梦安,姐心里不舒服,你们俩办事不地道啊……"兰香顿了顿,眼里有愤怒,也有委屈,"那么大的事都不告诉我,枉我还拿你们当自己人!"

"我不说,主要也是怕你担心。"

"我静姐也不知道吧?"

兰香口中的静姐就是李静,其实她们岁数一样,李静只比兰香大半个来月。

"噢……都没说,谁都不知道。"许梦安忙道。

李临在一旁笑:"梦安连她娘家那边都没说。"

"你们这样讲,我就明白了。现在胎还不稳,怕说了大家空欢喜一场。"

"对对对。"李临接嘴。

"得亏我忙完了家里的事,提前回来了。你们俩把心放到肚子里,有我在,不稳也能稳。现在不都讲究食疗吗,我天天给梦安做好吃的,炖各种汤,不消一个月,什么都能补回来。"

许梦安和李临对视了一眼,她才道:"表姐,少不了又要麻烦你了,这可真是……"

"别说这种话。"

"是这样的,我跟李临商量过,现在你这工作量挺大的,一天下来特别辛苦,从这个月开始,每个月再给你多加五百。钱不多,可能也体现不了你的劳动价值,就是表达我们的感谢。"

兰香没说话,似乎在想着什么。

李临忙帮腔:"倒也不单单是梦安。云阶上初三了,学习越来越紧张,压力也越来越大,她的饮食也要更用心。兰香姐,往后就更得辛苦你了。"

"亲兄弟明算账嘛。你们给我加工钱,我只会更卖力。行,你们俩看着办。不过,你们可别误会,不是表姐贪财,是家里最近实在有点周转不开。人穷了,志就短,没办法的,真的没办法的。"

"怎么了?"李临忙问。

许梦安别过头,略有些无奈。她实在太了解兰香了……

兰香低着眉眼,又是一声长叹:"还不是大明,说是上高中了,同学都有手机,就他没有,让我给买,还要买苹果的。我说:'买是买不起的,把我卖了都买不起。要么我回城里问问你表舅,有没有那种卖旧手机的地方,就是那种二手的,让你表舅领我去转转。'大明还算懂事,说:'好的呀,旧的苹果也是苹果,只要是苹果就行。'"

李临之前的手机内存太小,刚换了一个新的,这事兰香自然是知道的。李临刚想说什么,许梦安接过了话茬:"按说李临这个当表舅的,给大明买个手机也是应该的。可是,兰香姐啊,大明才上高中,一个高中生,用那么贵的手机,好像不太合适吧?你看云阶,她用的就是我的旧手机。"

"是的是的,我也是这么跟大明讲的。我说云阶家里虽然有钱,但是她一点都不娇气,也不去跟同学攀比的。"兰香拉着袖口已经脱线的衬衫,"我的好弟媳,说到底,我没有你这样的福气。男人不争气,两个孩子也不争气……"

许梦安终究还是心软了,也便遂了兰香的意:"李临那有一个苹果手机,虽是旧的,但也还能用,我让他寄给大明吧。另外,再让他给大明寄点书。多看书,少玩手机才是。"

"你这当舅妈的说得在理,我一定转告大明,要他好好念书。不过手机我是不能白要的,这个钱,你们从我工钱里扣。"

"这话说的,"许梦安笑着,"我们能扣表姐的钱吗?这些年,你的工钱,没有少的,只有多的。"

兰香整个人都愉悦起来,也笑着:"这趟回老家,老家的亲戚问起你来,我那么一说,大家都讲李临是个有福的。我这个表姐,也沾了光,也是有福的。"

"兰香姐啊,"许梦安看着兰香,"我怀孕这事,我也高兴,李临也高兴。但现在的情况……"

"懂,先别往外说,谁也不告诉。"

"我姐那边……"

"可不能让她知道,她知道了还得了!我还不了解她?她要是知道了,就等于所有亲戚都知道了。这万一要是……哎哟,我这张嘴,我是说……对吧,要真有个什么……到时候你们回老家,他们要问起来……那样不好,不合适。"

许梦安松了口气,想起了什么:"还有,云阶也不知道这事。"

"云阶也不能告诉?"兰香压低了声音。

"暂时先别说吧。"

"行。"兰香答应了。待兰香离开书房,李临便笑:"都加工资了还不满足。今天要手机,明天还不定要什么呢,你就这么纵着吧。"

许梦安不乐意了:"她可是你们家的亲戚,又是你姐姐钦点来我们家帮忙的。再说,兰香姐也挺可怜的。"

"可怜那也是她自己作的。她老公我们就不说了,就说那个大明。他当他妈在外面做什么大生意呢,张口就要个苹果手机。就她这么教孩子,将来能有好?吃苦头的还不是她?"

"李少爷,你就别站着说话不腰疼了。有时候呢,你也得从你这书房里走出去,了解一下什么叫作民间疾苦。我们俩再烦心,摆在面前的也是选择题,无非就是怎么选,选什么。可是兰香姐呢,她连做选择题的机会都没有。"

"我说不过你。对了,你别急着回去上班,医生让静养。该请假就请假,新苗没你想的那么需要你。"

许梦安笑笑:"是啊,地球离了谁都会转。可问题是,除了地球,人类暂时还没找到更适宜生存的星球。所以,不是工作离不开我,是我离不开工作。"

"刚还说自己有的选呢!"

"对呀,我可以选择努力工作或者更努力工作。"

李临无奈:"黑的白的、圆的方的,统统你说了算,行了吧?"

许梦安嘴上这么说,但还是多请了两天假。老张也没多问,只让她好好休息。倒是瑞秋,主动打电话过来,很是嘘寒问暖。

话说兰香加了工资,又给大明讨到了苹果手机,自是美滋滋,照顾起许梦安来也就越发无微不至了。这天李云阶从学校回来,嚷嚷着让整理衣柜,要把穿不了的衣服捐出去。许梦安要去帮着整理,被兰香给拦下了。

"你好不容易休息几天,什么活都不用干,安心养着才对。"兰香一边说,一边走进了李云阶的房间,顺手把门一关,将许梦安挡在了门外。

只见李云阶的床上堆满了衣服,眼花缭乱的。兰香心下感叹,这孩子周一到周五都穿校服,哪里需要置办这么些衣服。

"这些都不要了?"兰香不可置信地看着李云阶。

"嗯。"

"那你这是往哪儿邮啊?邮给谁?"

"微博上有地址的,给偏远山区的小妹妹。我跟我妈说过了,她同意的。"

兰香抖开一件红色羽绒服:"这不是好好的吗? 怎么不能穿啦?"

"喏,"李云阶套进去一只胳膊,"袖子短了。"

"你啊,随你妈,个子高。让我看看,哟,你比你大萍姐高出一个头呢。"

"好久没见到大萍姐了。"李云阶叠着羽绒服。

兰香叹口气:"她可没你这样的福气。再一个嘛,她自己也不争气。书读不好,也只有去打工了。云阶,表姑求你个事,你看你这些衣服全都好好的,要不我挑几件给大萍吧。"

"啊,她才不要穿我的衣服。她不会喜欢的。"

大萍都20岁了,怎么会喜欢李云阶的衣服?

"什么喜欢不喜欢的,衣服,能穿就行。你往偏远山区献爱心,还不如直接献给你大萍姐。"

"大萍姐自己会赚钱,偏远山区的小妹妹还没有经济能力。"李云阶据理力争。她觉得,这些衣服应该给更需要它们的人。

兰香便笑:"表姑家要花钱的地方太多了,你表姑父又是个不争气的,光靠表姑一个人可不行。这往后大明要上大学,学费还不知道在哪儿呢! 等大明大学毕业,该结婚了吧? 结婚不得买房? 没房子,谁愿意嫁给他呀? 我现在还能动动,再过几年老了,背一驼、腿一弯,就是想出来伺候人也是不能够了……到时候还不是靠大萍?"

李云阶想了一会儿,才问:"大明哥上大学也好,结婚也好,那是他的事,干吗要靠大萍姐? 干吗要靠你? 靠他自己,不行吗?"

听了李云阶的这一串问题,兰香笑了。

"表姑,你笑什么,我说得不对吗?"李云阶觉得莫名其妙。老妈跟李云阶说过的,他们会给她提供好的环境,但她的未来究竟会怎么样,还是取决于她自己。她都想好了,等上了大学,就勤工俭学,不再问爸妈要钱。所以,她真的理解不了大明为什么不能靠自己。

表姑还是笑:"都这样的啊。"

"都这样?"

"你爸上大学那会儿,你姑姑还经常去他学校给他洗衣服呢。当姐姐的哪有不向着弟弟、帮着弟弟的。"

"不会吧……"李云阶抚额,"我爸那么过分吗?"

"他是弟弟,你姑姑是姐姐。当姐姐的为弟弟付出,这都是应该的。我记得有一回,你爸还小,十来岁吧,被人欺负了,你姑姑拎着扫把就上去追,追了整整三里路,总算帮你爸把这口恶气给出了。"

"我爸上大学、买房子,也是姑姑挣的钱?"

"那倒不是。你爷爷有钱啊,你爸自己也争气,还找了你妈这样的好女人。"

李云阶心下默默为大萍姐打抱不平,虽然她对这个姐姐并无好感,有几次来家里,说话什么的很是粗鲁,没经过她的同意就动她的钢琴。

"表姑,那就让大明哥也争气一点好了。"

"咳,你这孩子……要不你姑姑总跟我念叨,让你妈妈再生一个。不过,等你妈肚子里的宝宝出来,你当姐姐了,我刚才跟你说的,你自然也就懂了。"

"什么?"

"啊,"兰香飞快站起,"我可什么都没说!"她转身走了两步,却又回来拿起了那件红色羽绒服,"我替大萍谢谢你啊。"

李云阶一把抓住了兰香的手:"你刚才说什么? 再说一遍!"

兰香没了主意:"我乱讲的,没有的事。"

"行,我问我妈去。"李云阶倔脾气上来了。

"别,别,我告诉你还不行吗?"兰香坐下,拉过李云阶的手,"反正你早晚都得知道。你妈要给你生小弟弟了,这是好事。有了弟弟,你就能更懂事了。往后你们长大了,好多事啊,都能有商有量的。再说了,你爷爷留下来的家业,总不能真的全都给你姑姑家吧? 是,你姑父是入赘的,他们的儿子也姓李,可到底不一样些。你要是有了弟弟,好些事,它就顺理成章了嘛。"

后面这些话,李云阶听得半懂不懂,只问:"你都知道我妈怀孕了,我怎么不知道?"

"你弟弟不老实,你妈怕他在肚子里不稳当,所以才没往外说。"

"弟弟……你怎么知道是弟弟!"

"我也没说就是弟弟,这不是大家都希望是弟弟吗?"

李云阶站起来,把床上所有的衣服都扒拉到了地上,愤愤地看着兰香:"我不要什么弟弟!"待兰香回过味来,李云阶已经离开了房间。

"妈!我有话问你。"李云阶连门都没敲,就冲进了许梦安的卧室。

卧室里空无一人。她噙着泪,又跑到了书房。书房里也空无一人。

李云阶啜泣着:"爸爸! 爸爸你在吗? 你们都去哪儿了?"

兰香跑出来:"他们可能是出门了吧。"

"你别理我!"李云阶说着,往墙角一蹲,抱着双臂就哭了起来。

第五章
去当你的乖乖女

1

许梦安在开车,副驾上坐着李临。她接到了妹妹许梦心的电话,说是紧急情况,老贾出轨的事马上就要有实锤了。现如今,许梦心在一家酒店守株待兔,就等着抓老贾的现行了。许梦安一听,这还得了。且不说老贾出轨这事是假是真,万一妹妹激怒了老贾,又或者真的上演了捉奸在床的一幕,妹妹挺着个大肚子,要有个肢体冲突,谁负这个责?

尽管许梦心穿着不起眼的黑风衣,还戴了帽子、墨镜和口罩,但许梦安还是一眼就看到了她。李临苦笑:"搞得还挺专业。"

"少说风凉话,还是先把她给劝回去吧。"

许梦心哪能听劝,便只是哭,还带着一股子坚毅不屈,颇有要跟老贾鱼死网破的意思。

"我就知道他一定有问题,"许梦心边哭边含糊不清地说着,"他跟我好之前,还有个女朋友的。那女的原来是他同学,两人还是老乡,也谈了好几年了。后来嘛,那女的好像去北京发展了,两人自然也就散了。老贾跟我说,他们俩分手后就没联系过了。他这么说,我还真就信了……万万没想到啊,今天吃了晚饭,老贾去洗澡了,我看了一下他的手机……"许梦心说不下去了。

"这里面肯定有误会,老贾不是那种人。"李临忙道。

"我也希望是误会,但它不是啊。我不是查了他手机吗?好啊,这女的开了房,说在这里等他。我那叫一个气,恨不得马上就手撕了贾浩文。可我一想,不行啊,上回瑞秋和我姐说了,得有证据。两人都开房了,这不就是现成的证据吗?喏,我连摄像机都带来了。"

许梦安总觉得这事有些不对劲:"没准不是你想的那样……"

"还能是哪样?孤男寡女,开房,贾浩文还洗了澡,把自己打扮得人模狗样地出了门……还能是哪样!我就奇了怪了,那女的年纪比我大,长得也不好看,贾浩文这是图什么呀?"许梦心说着,看了看表,"差不多了,他已经进房间快半个小时了。这个时候去砸门,时机刚好。"

"冷静点……"许梦安拉住妹妹。

"我压根儿就没让你们来,这是我的事。"许梦心嘴巴一扁,看向了李临:"姐夫,你看我姐,但凡我跟老贾吵架,但凡我说老贾的不是,她就只管数落我,从来都是护着老贾的。你说她是我亲姐吗?"

李临哪干过这种事,自是不愿跟着上楼去砸门的,他心里直发怵:"心心啊,咱们坐下来好好将将……"

"将什么将!要是晚了,他们衣服都穿好了,我不就扑空了吗?"许梦心说毕,扭头就往电梯口走。

"跟上去啊,还愣着干吗!"许梦安拉起了李临。

"1816,对,1816,就是这了。"许梦心指指房门。

许梦安拉住了许梦心正准备按门铃的手,轻声道:"要进去可以,我们俩也会陪着你进去。可是你得答应我,不管是真是假,你都得冷静。不为你自己,也要为你肚子里的孩子想想。要是真的,别说你,就是我,也不会轻饶老贾的。有问题,咱解决问题,不能动粗,这是前提。可要是假的,你误会了老贾,这你们俩回家后,老贾怎么收拾你,我是不管的,你到时别跑到我跟前哭。你就是哭死了,也是活该。"

"瞧瞧……"许梦心摇头,也是压低了声音,"姐夫你瞧瞧,这就是我姐,亲姐!胳膊肘往外拐的亲姐!"

李临只是无措:"你姐说的也有道理。"

许梦心冷哼一声,按下了门铃。

"谁啊?"门内传来了老贾的声音。

许梦心狠狠瞪了许梦安一眼:"我没骗你吧!"说毕,她又捏着嗓子,柔声对门内道:"服务员,送水果。"

"来啦!"

许梦心掏出了早就准备好的摄像机,在门开的那一瞬间,便奋不顾身地钻了进去。许梦安和李临对视一眼,也跟了上去。

老贾确实在,许梦心说的那个老贾的前女友确实也在。可许梦心万万没想到,人前女友不但自己在,她的老公和孩子也都在。

原来,前女友一家是来 H 城旅游的,老贾想尽地主之谊,请他们一家吃饭,晚上他到这,就是来亲自邀请的。而且,这中间还有笔业务要谈。前女友的老公是做服装代工的,老贾还打算跟人合作呢。

场面一度非常尴尬,便是平时巧舌如簧的老贾,此时也装起了哑巴。他苦不堪言,按捺着愤怒,跟着许梦心他们离开了房间。一出酒店,他就跟许梦心吵了起来:"好了,这下好了,丢脸丢到姥姥家了!"

"你不是说你们俩没联系了吗?"许梦心恼羞成怒。

"我要说还有联系,就你这性格脾气,你不得疯啊?他们来了,你知道我为什么不告诉你吗?我就是怕你多心!这日防夜防,到底还是没防住……你这样,让我以后还怎么跟人谈合作?"

"你防我……你为什么要防我……"许梦心说着,转对许梦安道:"你听到了吧,你一直护着的好妹夫,原来这么多年了,他一直在防着我!"

"够了!"许梦安再也忍不住了,"许梦心,你闹够了没有?要是闹够了,就跟着老贾回家!"

"我不回家!我去爸妈那儿!"

"我求你修修心吧,到了爸妈那儿,又得折腾他们。为了你,他们操了多少心?每次一有点什么事就哭哭啼啼往娘家跑,像话吗?"

"这话真好笑,许梦安,难道我回我爸妈家,还得经过你同意不成?"

"你已经结婚,有自己的小家庭了。心心,我不求你做一个多么多么称职的家庭主妇,但是,你能不能踏踏实实过日子,给老贾多一点信任呢?"

"又开始教我做人了!"许梦心冷笑,"是,你多成功啊。你跟那个叫瑞秋的,你们都一样,你们全都看不起我!不是,你以为你是谁啊,谁给你的这种优越感?我好着呢,用不着你指指点点!"

"许梦心你给我闭嘴!"老贾横在许梦心和许梦安中间。

许梦安苦笑着:"老贾,李临,今天你们俩都在,你们替我做个见证,往后这许梦心的事,不论大小,全都和我无关!"

"那我谢谢你了,谢谢你全家!"许梦心说完,扬长而去。

李临推了老贾一把:"还不快去追!她挺着大肚子呢!"

待老贾和许梦心走远了,李临把许梦安拉到了酒店边上的一家小咖啡馆。

许梦安黑着脸,一声不吭,只是盯着面前的那杯橙汁。

"心心就这脾气,你是她姐,应该知道的啊。"李临只得劝。

许梦安摇摇头:"反正我是她姐,我就应该什么都知道,就应该什么都让着她。"

"她这也是急的。老贾也是,有什么不能说的,非要藏着掖着,本来没事的,现在都变有事了。你也别上火,晚点我给老贾打个电话,也劝劝他……"

"不许打!我说了,他们的事,我再也不管了,你也不许管。"

"好好好,我不管,就算他们求着我管,我也不管,行了吧?"

"你怎么一点主见也没有啊,我说什么你就是什么!"

"那我应该怎么做?这到底是管还是不管啊?"

看着李临为难的样子,许梦安觉着有些好笑:"行了,咱俩在这争什么。"

"就是的,这整件事,我最无辜嘛。"

"再这么下去,他们俩迟早要出问题。我说心心多少次了,她从来就不知道改。他们刚结婚那年,有次老贾出去应酬,喝多了,她直接把老贾关在家门口,差点没把老贾冻成肺炎……这人和人的感情都是相互的,就她这么对老贾,时间长了,老贾还能对她好吗?就拿今天这事来说,不是老贾事先不告诉心心,而是他压根儿就不敢告诉。"

"各有各的命，这就是他们的相处方式嘛。这些年，他们吵吵闹闹是不少，但也没真的怎么着。再说了，心心要回娘家也好，怎么都好，你也确实别管太多。哎，我就发现，你们这些当姐姐的，就喜欢瞎操心……"李临发现自己这话说得有些不合适了，就只干笑着。

许梦安摸了摸自己的肚子："你说，咱俩要是告诉云阶，她要当姐姐了，她会是个什么反应……"

"那还有不高兴的吗？她平时没事总爱跟何璐、刘思明他们凑一块，为什么？不就是因为太孤独吗？你再养一阵，肚子里这个妥妥的了，咱把这事跟她一说，她肯定特别高兴。"说话间，李临手机响了，他接起电话，只是"嗯啊哦"的。许梦安没问什么，只拿眼看他。李临把手机揣进口袋，才道："兰香姐来的电话，说是不小心说漏嘴了，云阶知道了。"

"知道什么了啊？"

李临一指许梦安的肚子："还能是什么……"

许梦安肚子里的孩子是个意外。因为是意外，她对二胎这件事其实一点准备都没有。在她和李临的人生规划里，完全没有"老来得子"这样的打算。前段时间，他们夫妻考虑的都是要不要这个孩子，如今决定要了，想努力把孩子保下来，才发现更大的麻烦来了——兰香说李云阶在家里大闹。

"等会儿到了家，我跟女儿沟通。"李临拍着胸脯，"她就是有点小情绪，没什么的。"

没什么的……什么叫"没什么的"？许梦安可不这么想。

正如她所料，夫妻俩回到家，李临刚想上前劝女儿，就被女儿的一声怒吼给喝退了。

"所以，我们小孩不能骗人，你们大人就可以？"李云阶啜泣着，看着许梦安，"我还以为你真的生病了，特别难过！你这叫什么？这叫欺骗我的感情！大骗子！"

"云阶，你能不能先听妈妈说几句……"

"我不想听！"李云阶说毕，就往门口走。

兰香自是去拉李云阶："有话好好说嘛，这都几点了，你要去哪儿啊？"

"不用你管！我爱去哪儿去哪儿，你管不着。"

女儿这副样子，活脱脱就是另一个许梦心。许梦安一时没忍住，也怒了："李云阶，你怎么跟表姑说话呢？你什么时候也变得这么任性了？"

"她管不着我，你也是！"

李临忙上前道："云阶，爸爸妈妈不是不告诉你，而是这事确实来得突然，它……"

"你让开！"李云阶伸手一推，李临差点撞到鞋柜上。

"让她走！"许梦安低吼。李临错愕地看着妻子。

许梦安将门打开，转对女儿道："走吧。"

李云阶咬紧嘴唇，连鞋都没换，就跑出了家门。

李临想去追，被许梦安拉住了："除了何璐家，她还能去哪儿？别追了。"

"坐下来好好聊聊嘛，没必要这样。"

"你就知道惯着她。她这种行为叫什么？叫目无尊长！"许梦安说着，走进卧室，狠狠地带上了房门。客厅里，只留下面面相觑的李临和兰香。兰香很是尴尬："你看我干的这事……都是我不好，我这就去何璐家找云阶。"

"晚点再去吧，你现在过去，她能理你吗？"李临一边说，一边掏出手机，"我啊，还是先给何璐爸爸发个微信，确定一下云阶是不是真的往他们家跑了。"

"那……那什么，梦安不会怪我吧？"兰香搓着衣服下摆，神色有些慌张。

"已然这样了，怪你也没用。"

"燕窝差不多炖好了，我这就给她送进去。顺便，我也跟她赔个不是……"

李临根本没兴趣再跟兰香聊下去，背着手走进了书房。

知女莫若母，李云阶确实是跑来何璐家了。

"他们都这样，我已经习惯了。"何璐的手指在键盘上翻飞着，她正跟人在 QQ 上聊天，"你哭也没用。你以为你发发脾气，掉掉眼泪，他们就会不要这个孩子啦？你信不信，过了不了多久，中考一过，咱俩的命运就差不多了。"

"什么意思？"李云阶吸着鼻子，看着何璐，"你别聊了，好好跟我说话行不行！"

"好好好,我陪你说话,你跟我赌什么气!"何璐把键盘一推,"就咱俩的成绩……主要是我,你努努力没准还能成。至于我嘛,那是肯定考不上重点高中的。到时候怎么办?"

"怎么办?"

"去国外上高中啊。"

"我妈是说过这事……"

"这都是有预谋的。为什么我弟弟从老家过来了?为什么你妈怀孕了?那就是因为,他们这伙人,早就想好了,哎,等我们初中一毕业,把我们往国外一送……多省心。他们剩下的时间和精力,那就都是弟弟们的了。哦,还有什么房子啦、车子啦、票子啦,就都跟我们没关系了。"

"早就计划好的?"

"要不怎么有个词叫'计划生育'呢?"

"这也太可怕了,不可能!我爸也说了这事比较突然……"

"到现在了,你还信他们的话?我看你也别叫李云阶了,改名吧,改成李天真。"

"何璐,你快告诉我,我现在应该怎么办啊?"

"我要是知道,就不会混得这么惨了。你别看我整天在家里吃五喝六的,好像谁都不怕,可我要是真的有本事,早就离开这个家了!不过,我已经开始攒钱了。"

"攒钱干吗?"

"李云阶你是我见过最天真的少女。有钱我们才能主动出击啊。他们不是要撺我出国吗?别等他们撺了,我自己走。"

"你……你要离家出走?"

何璐一笑:"我可没拉你入伙,那是我自己的事。他们让我委屈,我就让他们内疚一辈子。你璐姐办事,就是这么简单直接。与其出国受罪,打工刷盘子学英语,还不如天高任鸟飞,去一个我想去的地方。"

"你要去哪儿啊?"

"我可不敢告诉你。你这人,容易叛变。"

李云阶揉着已经哭肿的双眼:"何璐,我来找你,就是想着和你说说话,没准心情能好点。你倒好,还对我冷嘲热讽的……"

"好啦,我这不是在给你想办法吗?"

"那你倒是说啊。"

何璐背着手,在屋子里来回踱步:"你这个弟弟不是还没生出来吗?"

"什么意思?"

"不明白? 我都说得这么清楚了,你居然没听明白?"

李云阶点点头。

"唉,"何璐叹气,"可以不生,对吧? 你跟你妈说说,让她不要这个孩子。"

"这也太……"

"残忍,是吧? 我就知道你会这么说。今天你心软了,明天他们就该对你残忍了。就这么简单。"

"何璐,我生气是因为我妈怀孕了居然瞒着我,并不是我不想要弟弟……当然,我不喜欢什么弟弟,最好是个妹妹……"

"行啦,你回去吧,回去当你的乖乖女。有一天,当你发现,你爸妈不再那么喜欢你了,不再对你好了,那个时候,可就晚了。"

李云阶眼里蓄着泪,转身离去。刚出何璐家单元门,就看到了兰香表姑。表姑垂着手站着,可怜巴巴地看着李云阶:"你看这事闹的,你生气,你妈也生气,都赖我,都是我不好。不行你就骂我几句吧。"

刚刚在家时,李云阶很是气恼,让表姑别管她的事了,但是现在……表姑还是来接她了。表姑这人爱贪小便宜,还喜欢嚼舌根,毛病是不少,可是,李云阶的衣食都是表姑在料理,有时候,她比老妈还贴心,自己当然不能骂她。所以,表姑这么一说,倒弄得李云阶有些不好意思起来。

"穿上点,天还有点凉呢。"表姑递过外套。

李云阶边穿边问:"你怎么知道我在这?"

"你妈说的呀,你妈说云阶是个乖孩子,不会离家出走的,肯定在何璐家玩呢。"

"看来下回我要跑远一点了。"

"哎哟,祖宗,你还敢来下回? 就刚才,你跑出来了,你妈那叫一个生气,愣是把自己关在房里了，谁去都不理。还有你爸，也黑着脸进了书房，现在还没出来呢。"

"我就是生气。"

"有什么好生气的，有个弟弟多好。你别看你大明哥不争气，平时对我吆五喝六的，但是大萍说的话，他可是听呢。大萍让他往左，他不敢往右。大萍让他站着，他就不敢坐着。"

"是啊，大萍姐要赚钱给大明哥买房子的嘛，大明哥当然要听话。"

兰香乐了："姐姐帮了弟弟，弟弟有能力了也会帮姐姐，这是好事呀。"

李云阶可不想跟表姑聊家常，聊起来她就会没完，便问道："表姑，你说我妈为什么要骗我呀？"

"一开始我也不知道，她连我都瞒呢。末了还是我自己看出来的，问了，她才告诉我。你说她骗你，倒也不全是，这些天，她的身体是真的不舒服……"兰香没再往下说，"回家吧，咱们先回家。"

李云阶看着兰香："你往下说啊，怎么又不说了？"

"等会儿她又要嫌我多嘴了。"

"这回我保证保密。"

"女人从怀孩子到生孩子，这中间可得受不少罪。云阶，我这么跟你说吧，现在你妈肚子里的孩子，就好像种了一棵葡萄苗。芽儿是抽了，但能不能长成葡萄……还不一定。"

"这个我懂，薛老师上次请假，同学们说她就是……"那个词李云阶实在说不出来，顿了顿才道，"就是肚子里的小宝宝没掉了。"那次，薛老师足足休息了半个月才来上班，这么一折腾，人都老了好几岁。

"要不怎么说你们城里孩子什么都懂呢。"

"我妈也可能会……会像薛老师那样？"

"所以她才没敢跟我们说嘛。"

李云阶没再说话，只是默默往前走着。

"你这是去哪儿呢？等等我。"兰香连忙追了上去。

"还能去哪儿，回家！"

2

老贾和许梦心回家了。她倒是没再哭,不但没哭,她还没闹。只是,不哭不闹的许梦心,让老贾更瘆得慌。她坐在梳妆台前,眼睛直勾勾盯着床头墙壁上挂着的婚纱照。婚纱照上,是更年轻的她和还没有脱发的老贾。老贾拿了睡衣要去客房,原以为许梦心会拦着,可是她并没有。她仍是呆呆傻傻地坐着,就好像这个房间里除了她,根本就没别人了。

"心心,要不要吃夜宵?妈给你包点馄饨,今天买的肉特别新鲜。"贾母走了进来。

"妈,你怎么又不敲门!"老贾皱着眉头。

"我……"贾母本想解释,但是她一眼就看到了有些异样的儿媳妇。

老贾一手拉着贾母离开,一手带上房门。

"心心这是怎么了?"贾母在门边站住了,忙问。

"还能怎么,又不痛快了呗。"

"她现在挺着大肚子呢,你也不知道让让她。"

"妈……"老贾无奈一笑,"我还要怎么让她?"

"媳妇是你自己选的,现在后悔啊,来不及了!"

见老贾讪讪然,贾母悄声道:"小英跟我说,说心心最近是有点不对劲,有点神道,跟她那堆化妆品都能说上半天话……这个,别是产前抑郁症吧?"

小英是老贾他们家的保姆,因为许梦心不喜欢家里有外人,所以小英并不住家,只是白天过来。

"你懂的倒多。"

"小英说的,她见多识广。"

"别听她瞎说,她可真够碎嘴的!你也是,她说什么,你就信什么啊?"

"我这不也是担心你媳妇吗?小英讲,有个新闻,说是一个女人刚生了孩子,抱着孩子跳……"

"好了!妈,你还没完了!"

"贾浩文你进来!"是许梦心的声音。不知什么时候,她已开了房门,笑盈盈地站在他们母子面前。母子俩都吓了一跳,贾母忙把儿子推进了门。

许梦心回转身走进去,把门反锁了,还是笑:"咱俩离了吧。"

"你开什么玩笑……"

"没开玩笑,我现在特别特别冷静。真的,贾浩文,这日子没法过了。"

"我不是跟你解释了吗?你自己也看到了,人全家都在酒店呢,我就是想跟她干点什么,那条件也不具备啊。"

"和你那个前女友没关系,就是,我累了。"

"别呀,心心。这样……"老贾掏出手机,"我这就拉黑她,从此老死不相往来。"

"我说了,跟她没关系……"许梦心靠在墙上,"贾浩文,你一定特别恨我吧?"

"这是怎么说的,没影的事,我爱你都来不及,怎么会恨你!"

"今天我让你丢人了,不但让你丢人了,我自己也丢人了。你瞧见我姐那副趾高气扬、高人一等的样子没,都是一个妈生的,她有什么资格看不起我?"

"你可真是误会咱姐了,她说你两句,也是为了咱俩好。"

"没有,她是打心眼里瞧不上我。我什么都没有,只有你,现在,我连你都快没了……"许梦心的笑容早就没了,眼泪水直往下流,"你当年向我求婚,说得多好听,什么都依着我,什么都让着我,不允许我受一点点委屈。可是现在呢,我算什么?我什么都不是!哦,不,我就像头奶牛,奶完了一个娃,又冒出来一个娃……在这个家里,连小英都可以对我冷嘲热讽,还跑到我婆婆那里去嚼舌根……贾浩文,你口口声声说爱我,你们,你们这些人口口声声说为我好,可是,你们看不起我!全部,统统,都看不起我!"

"啊!"老贾抱着自己的脑袋,就往墙上撞去。这一刻,老贾觉着,许梦心没抑郁,他倒是抑郁了。

李临听到外边有响动,知道是女儿回来了,便走出了书房。李云阶没搭理他,径自回房了。李临又走进了他和许梦安的卧室,见许梦安正立着耳朵听。

"放心吧,她回来了。"他摇摇头,"早知道这样,你把她气走干吗?"

"都是惯的,她是惯的,心心也是惯的。"

"你现在这个身体,不能太激动。"

"我没激动。你看云阶刚才那个样子,跟心心发脾气的时候有什么区别!"许梦安歪在床头,"早不怀晚不怀,女儿都这么大了,我突然又要当妈了。别说女儿了,有时候连我自己都不敢相信。"

"怨我,都怨我。"

这一晚上折腾下来,许梦安很憋屈,只能拿李临出气:"不怨你怨谁!"

李云阶倒是没再哭了。她只是躺在床上,一遍又一遍地玩着一个无聊的小游戏。可她的脑子里,跟放电影似的,回忆着关于父母的种种。这是她人生中第一次感觉到被欺骗、被愚弄,还有被忽视、被冷落。

父母说,一个孩子就够了,有李云阶就够了。但是,他们现在不再这么想,他们变了。如果真的像何璐说的,这是父母早就计划好的,那在他们开始这个计划之前,为什么不先跟她商量?她是他们的女儿,是这个家的一分子,可是他们呢,仍旧把她当成一个什么都不懂的小孩。只要他们跟她说:"云阶,你看,我们想给你生个妹妹。"哪怕说的是弟弟,她也未必就不能接受。然而,他们什么也没说。老妈怀孕这事,居然还是从表姑那得知的。再看老妈,她又摆出那副"你不懂事,你应该懂事"的样子,强迫着李云阶去接受那些所谓的大大小小的道理。那……平白无故多了个弟弟,这事,李云阶又跟谁去讲理呢?

何璐说,她的弟弟来了之后,一切都变了,一切也都毁了。兰香说,姐姐就应该帮助弟弟。所以姐姐大萍要捡李云阶的旧衣服穿。而大明呢?这个大明李云阶见过,毫不夸张地说,他身上任何一样穿戴都跟 H 城的同龄男孩没区别,甚至,比有的男生穿的还要高级。

李云阶很想敲开父母的房门,现在就去敲,马上就去敲,一刻都不愿等,她想问问他们,假如他们只能拥有一个孩子,他们会选谁。是选择已经给他们当了 15 年女儿的李云阶,还是妈妈肚子里的"葡萄芽儿"。

一阵急促的敲门声响起:"妈,开门! 妈,我没带钥匙!"

许母开了门,发现是许梦心:"心心你这是怎么了……"这话也是多余,小女儿肯定是跟小女婿吵架了呗。只见许梦心宽大的外套里是一条睡裙,捏着个手机,连随身的包包都没带。

"我饿了,你给我做个泡饭吧。对了,上回你自己做的肉松还有吗?我想吃。"许梦心并不想跟许母解释什么,"吃完了我得好好睡一觉。妈,我累了。"

许母哪还敢再问什么,按照小女儿的吩咐急急地跑去了厨房。除了泡饭、肉松,又现炒了两样可口小菜,还给榨了果汁。直到小女儿吃了、喝了,看着她睡下了,许母才回自己房间。

"心心又回来了?"许父翻了个身,"唉……我就说嘛,白天的时候眼皮直跳,肯定要出什么事。"

"看把你愁的,能出什么事。他们俩不是总闹吗?又不是什么新鲜事。浩文也是,不知道让让心心,心心这都快生了……"

"大姐怀孕了不告诉我们,大了嘛,我们管不了啦。这小的呢,一天天作,我们就是想管,人也不听啊。你说咱俩啊,老都老了,还得瞎操心。"

"知道是瞎操心就好,赶紧睡吧。"

第二天一大早,许父牵着许富贵,一人一狗刚迈出大门,就瞧见了巷子那头的贾母。贾母一手拎着水果篮,一手拎着她的小皮包,挺着瘦瘦的小身板,走得还挺快。不消说,她这是要来许家。

"亲家公!遛狗啊?"没等许父打招呼,贾母便主动问起好来。

"你怎么来了?"许父一面说,一面转对门内道:"心心妈,亲家母来了!"

许母赶紧放下手里正洗的衣服,迎了出来。

贾母已经进门,拿皮包的手覆上了许母的手:"哟,手怪凉的。"

"洗衣服呢。"许母笑。

许父如蒙大赦:"那个,我先去遛狗,亲家母,你留下吃中饭。"

"必须的嘛,来都来了。"贾母笑着,"你赶紧去吧,富贵都等不及了。"

许富贵冲贾母"呜呜"了两声,对她的理解表示感谢。

贾母打量着小院,瞥了一眼许母正洗的那堆衣服,又瞧了一眼边上的洗衣机:"别把自己弄得那么操劳,那不是有洗衣机吗?"

"有些衣服就得手洗,手洗干净。"许母笑道。

"你要是忙不过来,我让小英过来帮你。"

"不用了不用了。"

"我跟你讲,这小英一个月拿我们家不少钱,活倒是没干多少。我来了之后,她就更轻松了,我正要给她找点活儿干呢,不然也太对不起我家浩文给她的工钱了。真的,亲家母,咱们是一家人,你不用跟我客气。"

"我自己能行。"

"唉,咱们都一样,闲不住。说实话,要让我什么都不干就在家闲着,我可真是一分钟都坐不住。对了,心心呢?还睡着呢吧?"

"可不是嘛……她挺着个大肚子,我这当妈的也不忍心说她不是。再说了,这还早呢,让她多睡会儿吧。"

"医生讲了,这都快生了,不能老是躺着,也得多动动。顺产总归是最好的。心心那么爱美,要是顺不下来要剖,肚子上弄条疤,她不得难受啊。"

"我也总说她。我说:'心心哪,虽然你们家有保姆,还有那么好的婆婆照顾着,但你也得帮着做点家务,就当是运动嘛……'哎,咱们别站在院里了,赶紧进去坐吧,坐着聊。"

贾母笑了笑,跟着许母进了客厅。

"本来我早就过来了……"贾母道。许母一愣,心想,这才七点多,还不早啊?

"可是熊熊不愿意去学校,我哄了他半天。孩子说,爸爸受伤了,要在家里照顾爸爸,还怪懂事的呢……"

"浩文受伤了?什么时候的事?"

许母只知道女儿哭哭啼啼回了娘家,可没说贾浩文受伤的事呀。

"心心没跟你说?"贾母一屁股坐下,昂头看着许母。

"咳,心心只说想回家住两天……"

"亲家母,我都不知道该怎么开这个口。"

"怎么了这是……浩文到底出什么事了?"

"心心发脾气,浩文劝她,这可好,劝不动就算了呀,他偏不,急得直撞墙,脑袋上那么大一个包!"贾母比画着自己的拳头,"真的,我没夸张,那个包比我拳头还大……吓得我直哆嗦。"

"怎么会弄成这样……"

贾母摇着脑袋:"浩文就这样,心心再胡闹,他呢,也只会跟自己过不去。"

许母本还想趁机兴师问罪的,小女儿这半夜跑回娘家,必是在婆家受了气。贾母这么一点,许母那些话是再也说不出口了。

"咱们都是当妈的,"贾母笑了笑,拉住许母的手,"儿女受委屈了都心疼。可话又说回来,心心嫁给浩文之后啊,我们家是真的没有让心心受一点委屈的。就拿你们家大姐来说,脾气性格都是最好的,又有学问,可她也得出去工作挣钱嘛。我还听说你们大女婿还是个不管事的,里里外外,还不都是大姐在料理!可是心心呢,一毕业就遇到我们家浩文了,浩文没让她上过一天班,这家里的事也不用她操心,她还有什么不知足的呢?"

"回头我说说她。"

"让她在你们这多住几天吧,我让小英把她的衣服什么的打包送来……"

打包……这是什么意思,婆家要往外撵人了吗?

见许母没吱声,贾母再道:"我主要也是为了心心肚子里的孩子着想。万一她跟浩文再闹出什么事,伤到了浩文也就是我心疼,要是不小心伤到孩子了,心疼的可就不是我一个人了。这个理,亲家母你能明白吧?"

"这倒是的……"

"我听说大姐给心心订了月子中心,不如……就让心心在娘家多住些日子,等差不多要生了,到时候嘛,再直接去月子中心。"

许母迟疑着,一时不知该如何回应。

"怎么,我住在哪儿,住多久,还需要别人来做主吗?"许梦心从房间里走了出来。

兰香做了李云阶爱吃的三明治,又给许梦安和李临另熬了小米粥、蒸了杂粮馒头。餐桌上西式的、中式的早餐,摆了满满一桌。许梦安不愿再休假,今天就要去上班了,便也早早起了床,想着吃过早饭,先把女儿送到学校。可惜,李云阶根本就没理会父母,拿了个三明治就要出门。

"云阶,你妈说了,她送你去上学。"李临道。

"不用。我坐何璐爸爸的车,"李云阶强调着,"豪车。"

何璐爸爸忙，能够送女儿的时间本就不多，儿子念的国际幼儿园跟女儿的学校一个东一个西，顺不到，即便有了时间，几乎很自然地，也就选择了送儿子。儿子比女儿小嘛。

别看何璐爸爸读书少，但他能把生意做到省城，也算是个有点见识的人。他跟何璐奶奶不一样，没有那些个重男轻女的思想。这个儿子是何璐奶奶当年非要他们生的，为了这事，何璐妈妈没少生气。等儿子生出来了，奶奶非说她要亲自带，坚持要把何瑞留在老家。好了，现在何瑞要上幼儿园了，总不能还待在老家吧，于是，祖孙俩就都过来了。全家团圆本是好事，却也打破了原来小家的平衡。婆媳关系本来就紧张，如今为了何瑞，更是天天闹别扭。何瑞这孩子，奶奶带大的，跟妈妈不太亲。当妈的一看这情况，不行啊，何瑞可是我儿子，我的！

这两个女人除了围着何瑞转就是吵架，别说何璐有想法了，就是何璐爸爸都受不了了。对女儿，何璐爸爸素来是宠溺的，她要什么他买什么。而今因为儿子的到来，何璐爸爸添了一份歉疚，手就更松了，三天两头给女儿塞零花钱。没想到，这零花钱也没起什么大的作用。昨天，薛老师特地跟何璐爸爸在微信上聊了一次，说何璐最近学习成绩直线下降，整个人都有些心不在焉。薛老师语重心长，要他对孩子多上点心。

何璐爸爸载着两个女孩，车子刚开出地下车库，就瞥见了推着自行车的李临。

"李老师，你今天也够早的。"何璐爸爸开了车窗。

"噢，早啊。"只见李临往车里看了一眼，"麻烦你了啊，云阶还要你来送。"

"送一个也是送，送一对也是送。她们姐俩感情好着呢。"

"是，是。"

再看那李云阶，只是低着头，就跟没看到她爸爸似的。待李临骑着车走了，何璐撇撇嘴，对李云阶说："你早就该这样了，别理他们。"

"璐璐你说什么呢！"何璐爸爸喝道。

"爸，你不知道，云阶妈妈怀孕了，这事一直瞒着云阶呢。"

"啊？"李家两口子可都四十出头了，居然要上二胎了？等这小的大学毕业，他们俩就该去老年合唱团了吧？不对啊，这偶尔跟他们交流的时候，他们可从没透露过……

何璐爸爸挺纳闷的,但还是说着:"大人的事,你们小孩少操心。你们懂什么?"

"对,我们才15岁,我们什么都不懂。可我听奶奶说,你15岁就知道给女孩写情书了,有这事没有啊?"何璐翻着她标志性的小白眼。

"瞎说什么呢!系好安全带,我们走了!"

何璐朝李云阶挤挤眉眼,两个女孩直乐。

"爸,我晚上不回家吃饭,你回头跟我妈说一声。"何璐突然道。

"不回家吃?"

"云阶不是心情不好吗?我想请她吃个饭。"

"应该的,钱够吗?"

"够是够了,不过,你再给我一点,我也不介意嘛。"

"你这孩子……"

李云阶听了这话,一愣,摆着手:"不是,我……"

"你不用跟我客气,吃饭的事,咱俩昨天不都说好了吗?不许反悔啊!"

什么昨天,什么吃饭,何璐压根儿就没提过啊,她这是要干吗?

3

话说这儿子撞破了头,贾母满心愤懑,觉着自己一脑袋的精明没处发挥,一大早就来到了许家。没承想,她还没完全施展开技能,就被儿媳妇将了一军。

许家客厅内,那许梦心一手叉腰,一手抚着肚子,冲着贾母嚷嚷:"我爱住哪儿就住哪儿,爱住多久就住多久,不用你费心!"

"哎呀,你怎么跟你婆婆说话呢。"许母忙扶着许梦心坐下,"一大早的,这是跟谁过不去呢!这都马上就是两个孩子的妈了,怎么还这么不懂事!"

许母这话听着是数落女儿,可看她又是轻拍女儿的肩膀,又是挤着眉眼的,完全就是在演戏。

贾浩文当年第一次带许梦心回老家时,贾母就对她有些不满意,只是没摆到明面上来说。这个许梦心，花枝招展不说，还特别懒。按说初次到未来婆家，怎么也应该表现一下吧。可是她呢，每天睡到中午才起床。什么都不干，可要求还挺高。这个菜咸了，那个汤淡了，水果不新鲜，干果有点潮，一张涂得鲜红的小嘴"叭叭叭"，那叫一个没完没了。儿子生意做大不容易，在外打拼这么些年，受了不少罪。贾母想的是找个能持家的儿媳妇，也好照顾儿子的生活起居。其实吧，自从儿子发达了，十里八乡也有不少人主动来说亲，那些姑娘虽然没有许梦心好看，但她们都是真心想嫁进贾家的。一嫁进来，就可以住城里的大房子，跟着贾浩文享福，要啥买啥，就这条件，什么样的姑娘找不到？可是儿子呢，就跟吃了迷药一样，还非许梦心不娶了。现在可好，这不知足的儿媳妇都敢叉着腰跟自己这个当婆婆的对骂了！儿媳妇是这样，她亲妈也没好到哪儿去，只知道护短。这一大家子人，除了许梦心的姐姐，就没一个是明理的。

"心心，你听妈的，乖一点，冷静一点。你婆婆说你两句没什么，她是长辈……"许母仍在打圆场。

许梦心愈发嚣张了，只道："不是谁老谁就占理的。"

贾母觉得非常可笑："你跟我论理是吧，行，那咱俩论论。浩文头上撞个大包，是因为你！我还听说，他本来谈得蛮好的一单生意，也被你搅黄了。你非但对他不管不问，还连个错都不认。哪怕你说句好话呢？这夫妻过日子要是这样，能长久吗？我现在不说你，不跟你论论，这往后浩文要是对你彻底死了心，你就是跑到我这来，求着我帮你说话，那都不好使了！晚了！"

"也别等他对我死心了，我看这样吧，痛快点，我和他今天就去把手续办了。"

"办什么手续？心心你别这样……"许母都快哭了。

"还能是什么手续，离婚呗！"

贾母一听要离婚，更来气了："都是一个妈生的，差别也太大了。许梦心，但凡你有你姐一半懂事，你跟浩文也不会过成这样。"

"别跟我提许梦安！还有，我跟老贾过成什么样了？我觉得我们挺好的，告诉你吧，我这就回家，回我自己家。"

"你家？"贾母讪笑，"就不说房子了，那个家里有一样东西是你挣钱买的吗？"

"老贾没跟你说吗？那套房子，包括他婚前买的另外两套房子，全都加上我的名字了。我们结婚之后还买了两个商铺呢，哎，也有我的份。按照法律，夫妻关系才是最铁的，老贾的财产就是我的财产。"

"他是我儿子！"

"我没说他不是呀，我们不会少你一分赡养费的，放心吧。"

"你给我闭嘴！"许父从外面回来了，"许梦心你作够了没？我真想拿面镜子给你自己看看，你现在这副样子跟泼妇骂街有什么区别。你知道你在跟谁说话吗？你婆婆，浩文的亲妈！浩文平时对我们可不薄啊，你就这样对他妈？你就这样对熊熊的奶奶？"

"亲家公，你可算是回来了。"贾母看到许父在为自己撑腰，一时竟哽咽了。

许父很少发脾气，这么上火还是头一次，许梦心一下就被镇住了。

许父转对许母道："你带她进去，我向亲家母赔礼道歉。"

"那倒不必……"

许母几乎是半拉半拽，才将小女儿拉进了里屋。

"亲家母，你坐，有什么话，你坐下慢慢说。"许父给贾母续了茶，"就冲她刚才那副样子，我肯定轻饶不了她！就让她在我这待着，什么时候她想明白了，认错服软了，什么时候再回去。"

贾母一看许父这态度，可以说很是端正了，也完全没有偏袒许梦心的意思，才将事情原委一五一十道出。许父听毕，只是盘着手里的佛珠，一时竟不知如何应对。小女儿许梦心自幼就备受宠爱，做父母的总是竭尽所能满足她的要求，包括嫁人这件事。她7岁那年说要学舞蹈，家里便给置办了最好的舞蹈服和舞蹈鞋，学了不到一个星期，累了，哭了，不学了；她12岁那年说要弹古筝，因为这个乐器弹起来看着特别美，好，报班，买古筝，倒是坚持了一个月；她17岁那年说自己成绩不好，想学美术，送去美术班像模像样学了半年，后来算是没辜负众望，考进了一所美术院校，险中求胜，成绩只比分数线高一分。接着，大学毕业没多久，工作还没落实呢，就遇到了贾浩文，要跟人结婚。

贾浩文年少得志，人看着也精神，长得不算多帅气，胜在嘴皮子利落，为人处世也算周全。关键是，这家伙是苦出身，他的奋斗史很是打动许父。比起那个整天死气沉沉的殡葬学讲师（当时李临还是大学讲师）大女婿，这个准小女婿简直太靠谱,也太完美了。本以为小女儿找到了终身依靠,就能踏踏实实把日子过起来了。可是怎么都想不明白,衣食无忧,俨然是个小富太太的许梦心,还是把生活和婚姻弄得一团糟……

"亲家母,心心这样,是我的责任,错全在我,我向你道歉。"许父竟哽咽了,"她现在怀着孩子,你有气就冲我来吧。"

"唉……"贾母摊摊手,表示无话可说。

这是许梦安休假结束后,第一天回公司上班。一到办公室,就被部门的几个下属给围住了。听他们汇报完这几天的工作情况,又安排好了下一阶段的工作,签了一堆文件,又收了一堆文件,如此种种,就耗费了半天时间。等他们走了,许梦安半靠在大班椅上,脑子里有点乱。也许,这几年在新苗,她真的已经习惯大包大揽,什么都要过目,什么都要把关,结果呢,底下这班人里,她连个合格的副手都培养不出来。瑞秋提醒得对,再这么下去,老张对许梦安的成见会越来越深的。

正想着瑞秋的话,瑞秋便到了。

"你可算是回来了,"瑞秋笑着,在许梦安对面坐下,"情况怎么样了?"

"暂时保住了。"

"决定要了?"

"不知道。"

"什么叫不知道? 梦安,你可不是优柔寡断的人。"

"我觉得有些对不起云阶……"许梦安看了一眼办公桌上一家三口的合影,"她似乎也很难接受。瑞秋,你是独生子女吧?"

"是,我小时候就特别希望自己能有兄弟姐妹。"

"我有妹妹……"

"我知道的呀,你那个妹妹,可真是有点让人头疼。"

"她从小就这样,昨晚我跟她吵了一架,差点没把我气炸。想着我小时候,看着我妈挺着大肚子,我一开始还特别高兴。直到妹妹出生,我才发现,这个小东西啊,把这个家所有能拿走的不能拿走的,统统都拿走了,而那些……原本是属于我的。我爸妈真的太宠她了,她之所以会这么作,一多半责任在我爸妈身上。"

瑞秋微笑着:"你担心自己有了二胎,就会忽略和冷落云阶?"

"是啊,之前我跟李临说好的,云阶也知道,我们从没想过要再生一个。15 年了,云阶一直都是这个家唯一的孩子,我怀孕这事对她来说,真的太意外了。"

"那你跟她好好沟通一次。"

"她拒绝跟我们交流,今天早上甚至都不让我送她去学校。"

"所以,有的小麻烦不及时解决,就得面对更大的麻烦。"瑞秋站起来,"晚上老张请大家吃饭,说是很久没聚了,你这边……没问题吧?"

"我能说不去吗? 就算是鸿门宴我也得硬着头皮上。"

"你啊,想太多了。"瑞秋仍是笑。

许梦安不回家吃饭,李临居然也有应酬,更奇怪的是,连李云阶都说要跟同学一起吃饭。兰香把晚饭的食材往冰箱里一塞,满脸不高兴。本来嘛,兰香都想好了,晚上给大家做点好吃的,找机会帮着说和说和。多大点事? 这当父母的想再要个孩子,难道还要征求李云阶的意见不成? 都是惯的。要是她家大萍敢给她甩脸子,别说她会生气,她家那口子早就一巴掌呼过去了。有文化是好,有文化能在城里站住脚,有好的工作,有花不完的钱……可这有文化的人,做起事情来怎么就那么磨叽呢?

"表姑,你跟我爸妈说一声,我就不给他们打电话了。"李云阶在电话里如是说。

"好好好。"兰香嘴上应着,心下却觉着这孩子着实不太像话,"你吃完早点回来,到时候你妈该着急了。"

"我跟何璐在一块呢,这是何璐的手机,有什么事你就打这个号码。"

"我知道了。"

何璐……何璐这女孩就更不像话了! 前几天在菜市场遇到何璐妈妈了,她身边还跟着个老太太,说是何璐奶奶。何璐奶奶拉着兰香没少叨叨,说这个何璐就差上房揭瓦了,什么都跟她对着干。

何璐也常来李云阶家的,冷着张脸,十几岁的丫头,打扮得比大萍还老气。有次还在脖子上贴了个什么文身纸,涂着暗红色的嘴唇,活脱脱一个女流氓。

兰香急啊,咱家云阶这么乖,怎么好跟这种女孩来往。没想到许梦安和李临都只是笑笑,说不能妨碍李云阶交朋友。兰香心下愤愤然:行,我不管了,等出了什么事,你们就知道我说得对了!

李云阶不回家吃饭,兰香自然是要跟许梦安汇报的。听了兰香的转述,许梦安没当一回事,只觉得女儿还在怄气。没准,等女儿在外边和同学吃吃饭,看看电影什么的,她自然也就冷静了。等她冷静了,再跟她好好沟通一次。可是许梦安哪里知道,他们的宝贝女儿是陪着何璐见网友去了。

何璐的这个网友是在微博上认识的,还是个"大V",平时喜欢发发搞笑段子,人气挺高的。何璐一开始给人发私信,也没想到对方会这么热情,一点名人的架子都没有。而且,对方居然提出要请她吃饭。

要说何璐,平时确实很无畏,什么都不怕,什么都不忧,可她长到 15 岁,见网友还是头一次。她好说歹说,做着李云阶的思想工作,说是让李云阶陪着一起去。李云阶对这种事情没有兴趣,只是,她一点都不想回家,便答应了何璐。

这次见面,大 V 安排在了一个韩式烤肉馆,两个女孩一放学就赶过来了。对方倒是姗姗来迟,看着挺老,但穿得挺潮。虽说跟他微博上的自拍有些不符,但还不算太油腻。

"哟,璐本璐,这位就是你说的那个好闺蜜吧?"大 V 很是亲和。

璐本璐是何璐的微博账号。"对啊,她叫李……"

"我叫李子。"李云阶忙道,她可不想被陌生人知道自己的真名。

"家里有喜事吧?"大 V 笑问。

李云阶纳闷:"什么?"

"他会看相、算命,可厉害了。"何璐道。

大 V 看着一本正经,对李云阶道:"你这个面相,叫作……面带红润气色亮,不见大喜必见财。你还是学生,发财是不可能的,那一准就是家里有喜事呗。"

何璐忙问:"她妈妈怀孕了,算是喜事?"

"那是当然。"

"这也太准了吧,你赶紧给我看看。"

"把手给我。"

"啊?"

"我给你看看手相，这手相看得更准，更全面。"

"行啊！"何璐说着，伸出了自己的手。

本来坐在两个女孩对面的大V站了起来，挤到了她们中间，然后极为自然地捧着何璐的手掌，反复端详了起来。

"李云阶！何璐！你们在干吗！"一个男人的声音响起。

李云阶忙转头，好嘛，她爸李临正怒气冲冲地站在身后。

原来，李临也在这家韩式烤肉馆吃饭。请他吃饭的是他几个刚毕业没多久的学生，年轻人嘛，都喜欢热闹，选了这家烤肉馆，想跟老师好好叙叙旧。

这李临刚坐下没多久，一转头，不免一愣。不远处靠窗的位置，低着头静坐着的不正是李云阶吗？她身边那个浓眉大眼的姑娘是何璐呀。如果仅仅只有她们俩也便罢了，可奇怪的是，她们对面坐了个成年男子。那男的一脸络腮胡，看着跟李临年纪相仿。一开始李临搞不清楚状况，只是冷眼观察，直到坐在李云阶对面的那个男人突然换了位置，挤到了李云阶和何璐中间……

李临走了过去，再看那络腮胡，居然拉着何璐的手。

"李云阶！何璐！你们在干吗！"李临说着，便把女儿扯到自己身后，怒对络腮胡道："把手拿开！"

"不是，你是谁啊？"那家伙还挺横，"我这给小妹妹看手相呢，有你什么事？"

"李老师好，这是我朋友，他给我看手相呢。"何璐笑着。

"何璐你给我过来！"

何璐没见过这么凶的云阶爸爸，虽有些不情愿，但还是把自己的手拿开了："李老师，这真是我朋友。"

"站起来！站到我身后！"李临再道，"马上！现在！立刻！"

李云阶只拿眼看何璐，示意她也走过来。何璐一脸无奈，只得依言。

络腮胡站起来，拍拍屁股要走，被李临拦住了："我不管你是谁，但是我告诉你，这两个女孩还是初中生，还不满16周岁！"

"我听不懂你在说什么……"

"我知道你懂，还不快滚！再不滚，我可就报警了！"

"别啊，李老师，他说请我们吃饭，单还没买呢……"何璐委委屈屈的。

李临根本没在听何璐的话，只是狠狠盯着络腮胡。

这会儿工夫，李临的那几个学生全都聚拢了过来。络腮胡见李临他们人多，只得悻悻。

"什么人哪！"他双手插兜，扬长而去。

"你们俩给我听好了！"李临看着两个女孩，"这男的没安什么好心，往后要是让我知道你们还跟这样的人有来往，我饶不了你们！"

"老爸……"李云阶嘟囔，"他不是什么坏人，真是何璐的朋友。"

"朋友？什么朋友？"

"他是我一个网友，人家微博上有几十万粉丝呢，是大V……"

"你知道他真名叫什么，在哪里上班，家里都有些什么人吗？"

"啊……"何璐被问住了。

"这个男的，就是专门骗你们这种什么都不懂的小女孩的！"

李临的一个女学生拉着李云阶的手："你爸真没吓唬你。好在今天被我们撞见了，要不然，真的就……看星座、看手相，骗取你们的信任，再有下次，可不是吃个饭那么简单了……"

"你别再往下说啦，看把小师妹吓的。"一个男学生忙道。李临的学生都喜欢叫李云阶"小师妹"。

"爸爸……"本来发蒙的李云阶，这才醒过味来。

"走吧，我先带你们俩回家。"

李临先送了何璐回家，见何璐爸爸不在，便什么都没说。李临跟何家打的交道不是太多，但也算知道何璐妈妈的性格。要是直接跟她说了晚饭的事，她肯定会抓狂。

"李老师……"何璐追下了楼，可怜巴巴的，"谢谢你。"

"下回别这么大意了，不管干什么都得留个心眼，别冒冒失失的。"李临道。

"这个事，你既然没告诉我妈，我爸那里，能不能也帮我保密？"

"对不起，何璐，这事我还真得找时间跟你爸聊聊。我要是不跟他说，以后你要是出了什么事，他会怪罪我的。行了，上楼吧。"

"李老师……"何璐都快哭了。

H城某高档餐厅内,新苗传媒的高层齐聚一堂。老张居主位,可他特意空出了身边的位置,待许梦安到了,一定要让她坐到他身边。许梦安推辞不过,便也就坐了。

"喝点什么?"老张问众人。

有要红的,有要白的,有要啤的,只有许梦安,摇着脑袋:"给我来杯果汁就行,我这流感刚好,真喝不了酒。"

"别闹啊,许姐,"说话的是市场部总监武杰,"我可从没见你临阵脱逃过。就那回,你好像也是感冒了,带病上阵,愣是把我们一桌人全给喝趴了。别人不知道你的量,我们还不知道吗?"

老张笑着:"今天嘛,就是简单聚聚,很随意的。这样吧,梦安,你多少来点,来点红的。我这存了瓶好酒,让他们给拿来。"

"瞧见没有,刚才我说要喝红的,老板可没说取存酒。老板,你偏心眼我不敢有意见,可多少也要避着我们点嘛。"一旁的瑞秋说话了,"要我说,这个红酒,不能给许梦安喝。她要喝了,我不答应,我也不高兴。"

"还吃醋了,"老张直乐,转对瑞秋道,"当老板也不容易啊。我让他们取了存酒,就给你一个人喝,这总可以了吧?"

"所以说,会哭的孩子有奶吃。梦安,你就老老实实喝你的果汁吧,活该。"瑞秋道。

果汁终究还是上了。许梦安知道瑞秋刚才是在给自己打掩护,心内涌出一丝感激,刚想说点什么调节下气氛,却隐隐觉着胃里有东西在翻滚。"呕"的一声,差点就把刚刚喝的果汁全都吐了出来,许梦安忙起身去洗手间。

众人面面相觑,唯有瑞秋,仍气定神闲地喝着她好不容易才讨来的好酒。

"这又是不能喝酒又是吐的……我们的许总监不会是怀孕了吧?"武杰道。

老张蹙眉:"不会吧?"

于是,众人又都看向了瑞秋。瑞秋笑笑:"你们也太八卦了吧。哦,一呕吐就是怀孕,电视剧看多了?"说毕,她端起了酒杯,"来来来,我们别干喝啊,这样,我们先敬老板一杯,祝老板生龙活虎、活色生香。"

"就你最皮。"老张笑了笑,也举起了酒杯。

第六章
我们只有一个家

1

　　许梦安回家已经挺晚的了，一进门，就被李临拉进了书房。听完李临描述的烤肉店的画面，她登时气得要捶地。何璐叛逆、任性，经常跟她爸妈对着干，这些事，许梦安是知道的。可她万万没想到，这个孩子居然已经发展到私下去见什么网友的地步了。两个女孩要不是刚好碰到了李临，还不知道会发生什么事呢。细思极恐！

　　李临见许梦安要离开房间，拉住了她："你先别去，孩子已经被我训了一路了，你这会儿再去跟她说什么，她肯定要反感的。"

　　"她反感什么？我是她妈！"

　　"那你要跟她说什么？"

　　"让她以后少跟何璐来往。"

　　"我就知道你要跟她说这个，可问题是，你说了，她能听吗？她跟何璐是同学、朋友，她们要来往，你拦不住的！再说了，她这个年纪，正是叛逆的时候，你好好说也许还行，你要是不让她做这个不让她做那个的，她就有可能跟你对着干。"

　　听了这话，许梦安才冷静下来："云阶她吓坏了吧？"

　　"可不是嘛……她吓坏了，我也吓坏了。"

"她这个年纪,对什么都好奇,对什么都敏感,明明是个孩子,却总觉着她自己是大人了。"

"也怪我们,平时给她灌输的那些东西,让她认为这世上全是好人。我们哪,把她保护得太过了。"

"这一个都管不好,两个……"许梦安摸摸自己的肚子,"两个孩子,我们能行吗?"

"咱俩不都说好了吗? 你犹豫了?"

"现在不只是云阶这情况,还关系到我的职业规划,关系到方方面面很多事。也许,瑞秋说得对,如果眼前的小麻烦不解决,将来还会有更大的麻烦。"

"你能听瑞秋的吗? 她这一把年纪了还不要孩子,能跟你感同身受吗?"

许梦安本想反驳,手机响了,是许梦心打来的。她笑着摇摇脑袋,直接把电话给挂了。一旁的李临笑道:"你这是何必呢?"

"她还能有什么事,准是回家后老贾数落她,她不高兴了。这思来想去的,还是想跑到姐姐我这来找安慰。我又不欠她的。我跟她说了多少次,她就没一次听我的,她……"许梦安话还没说完,李临的手机响了,他一边掏手机,一边道:"准是心心,你不接,她打到我这儿来了。"

许梦安凑过去一看,果然是许梦心来电。"你也不许接,不许再惯着她!"

李临没听妻子的,接起了电话,然后,他的脸色越变越难看。

"出什么事了? 不是,真出事了?"许梦安忙问。

"马上去医院!"李临拉起了妻子的手,"爸中风了! 在医院!"

许梦安只觉得脑子里"嗡"了一声,她什么都没来得及想,就被李临拉出了书房。

兰香看他们要出门,自是要问,这一来一去,惊动了房间里的李云阶。

"你们要去哪儿?"李云阶看着老爸和老妈。从他们的神情来看,一定是发生了非常严重的事。

"他们要去医院,你外公病了。你别裹乱,赶紧回房。"兰香道。

"外公病了? 我也要去医院,我也要去……"李云阶说着。

"你……"许梦安一手撑着门框,一手扶在李临肩上,"穿件外套,一起去吧。"

一路上，许梦安并没有把车开得飞快。上车的那一瞬间，她立时稳住了自己的情绪。中风她知道，黄金抢救时间是三个小时内。按照李临的转述，许父送往医院还是及时的，完全在黄金抢救时间内。再者，出了这么大的事，许母和许梦心她们肯定比自己要慌乱。要是她也慌了，她们就更乱了。

"到了医院，不许哭。"许梦安这话显然是跟李云阶说的，"外公不会有事的。"

来不及了，李云阶早就哭红了眼睛。李云阶没有奶奶，爷爷又在老家，外公和外婆对她来说，是除了爸妈之外最亲的人。外公是那么疼爱李云阶，她小时候，他总带着她到处去玩，逢人便说这是宝贝外孙女。但凡李云阶在爸妈那受了委屈，外公是一定会出来主持公道的。他的公道很简单：云阶说的，就是真的；云阶做的，就是对的。只是，这些年李云阶大了，大了之后跟外公似乎就没那么亲近了。况且小姨生个熊熊，熊熊变成了外公和外婆的大宝贝。

"人到了一定年纪，身体就没那么好了，会有些突发状况，要去医院治疗。外公会好起来的，没你想的那么严重。"李临道。

"所以，每个人老了都会这样？你们也会这样？"李云阶突然问道。

李临被问住了，许梦安也不知该如何回答。良久之后，李临才答道："只要我和你妈妈好好锻炼身体，就不会发生这种情况。"

"那你们可要多锻炼。"

"所以我每天骑自行车上下班啊。"李临说着，"这生老病死，是自然规律。我们只能……"

许梦安咳了一声。她认为这种时候，跟李云阶说这些不合适。

可能是专业的缘故，李临把"死"看得很淡。在他看来，也要适时给女儿做"死亡教育"，好让她正确理解生与死的关系。但许梦安还是觉着不舒服，她希望女儿理解这一切的过程是自然而然的。就像她自己一样，也是慢慢长大，慢慢懂得……又或者，她其实根本就不懂。因为在这一刻，她在努力控制着情绪，驱车前往医院的这一刻，她的内心感受着巨大的恐惧。怎么就这样了？怎么自己突然就40岁了？怎么她的父亲就老了、中风了？怎么她的女儿就青春叛逆期了？怎么她就意外怀孕了？……无数的问号，而她自己，一个都回答不了。

急救室外，站着许母、许梦心、老贾和贾母。见许梦安他们一家三口来了，许母趔趄着扑上去，抱住了大女儿。大女儿比小女儿要懂事，更是家里的主心骨。主心骨来了，许母也就安心了些。

许梦心也抚着肚子走了过来，一脸赧然，不敢直视姐姐的眼睛，只说："你可算是来了。"

许父的身体一直硬朗，对体检什么的很是排斥。上一次体检还是两年前，被老贾生拉硬拽、连哄带骗才去做的。谁也没想到，就这么个倔老头，早上还乐呵呵出门遛狗，说中风就中风了。

话说这贾母离开许家后，许父心里就一直不太舒服。倒不是觉得贾母怎么着，相反，他认为她说的那些关于许梦心的种种，原本就是事实。所以，贾母有怨气、有怒气，一点都不为过。甚至，贾母还算是克制的了。反之，如果拿头撞墙的是许梦心，而不是老贾，许父和许母未必能比贾母冷静。许父对许梦心很是发了一通脾气，许梦心一开始还顶撞，后来这气势渐渐也就弱了。不承想，等吃了晚饭，看了两集电视剧，许父就出事了。

"大姐，我求你个事。"老贾也走到了许梦安身边。

许梦安看了老贾一眼，只见他脑门上肿了个大包，隐隐可见淤青。

"你这是……"

"这不重要。"

老贾虽然没有回答，可看许梦心那样，他脑门上的包肯定跟她有关系。

许梦心羞愧地低着头，更不敢拿眼看姐姐了。

"你刚才说什么事？"许梦安问老贾。

"求你个事，你把两位老妈，还有心心先送回家，然后呢，你自己也在家待着，好好休息。这里，有我和姐夫，你就放心吧，一有消息我就马上给你打电话。"老贾一片赤诚。

这就是老贾有的，李临一辈子都不会有的东西。许梦安说不出那是什么，或许叫"会做人"。老贾的"会做人"，总是能让家里人感觉到妥帖、窝心。他甚至还用了个"求"字。

"我不会走的，我要留下来陪我爸。"许梦心说话了。

"你就别添乱了，你和大姐，你们都怀着孩子，尤其是大姐，这都还不稳定……"老贾轻声道。

许梦安把老贾拉到一边,也是低声:"我妈肯定是不会走的,看你妈那样,也怪担心的,就让她们都留下吧。还有我和心心,我们就更不用说了,爸爸出了这种事,还不定会怎么样,怎么能走……等结果出来吧,你放心,我们没有那么脆弱。"

"你这边,我是放心,就是心心……"老贾叹气,"你没来之前,她就一直在那自言自语,说她害了她爸,都是她不好。"

"嗯?"

"我们俩吵了一架,这脑门……我自己撞的,一时冲动,气的……"老贾继续道,"今天一大早,我也是没想到,熊熊奶奶跑爸妈那边去了,也不知他们说了什么,反正之后爸就狠狠骂了心心一顿。心心就觉得,这事跟她有关系。姐,你可千万别动气,你的心情我理解。可我敢保证,熊熊奶奶也好,心心也好,她们肯定都不是故意惹爸生气的……"

铺垫半天,原来是为了说这些。

"现在不是说对错的时候,一家人,也没理可说。爸爸没事最好,爸爸要有事,该我们做子女的承担,我们也跑不了。"许梦安道。

"是,是……"

"梦安姐!"婉真不知何时出现在了许梦安身后,紧跟着婉真的,还有于海。

"你们怎么来了?"

"出了这么大的事,你怎么不说啊?"婉真道,"要不是于海有你妹妹的微信,我们都还不知道呢。"

妹妹也是,没个轻重,连老爸生病都要发个朋友圈。她这个毛病总改不了,不管家里的大事小情,都恨不得全发出来让所有人知道。

"是我非要来的,于海还不让来呢,说我们这是来添乱……"婉真说得情真意切,"梦安姐,你看我们能帮上什么忙吗?"

于海看了许梦安一眼,转对婉真道:"你别跟着操心了,不会有事的。"

"谢谢你们俩。"许梦安拉住婉真的手,只觉得她的手冰冰凉的,再看她脸上,气色似乎不太好。

婉真当年是杂志社的实习生,学校出来后就跟着许梦安了。只是,后来因为婉真在杂志社的编制问题未能落实,转而去了一家企划公司。但两人的关系一直不错,常有联系。许梦安瞧着婉真不错,于海又单着,就动了撮合他们的念头。一来二去的,这两人还真成了。婉真怀孕后就从企划公司离职了,之后又赶上于海的事业做得风生水起,索性就当起了全职太太。

同样是全职太太,人婉真做得比妹妹许梦心好多了,可即便如此,家庭生活里总归还是有不少烦心事。许梦安想起上次于海跟自己倾诉的种种,心下不免有些唏嘘。于海也好,许梦安自己也好,人到中年,摆在面前的生活便无法泾渭分明。所以,四十不惑,它根本就是个伪命题。

及至深夜,许父从急诊室被转进了重症监护室,被确诊为缺血性脑中风,用医生的话来说,算是暂时捡回了一条命。重症监护室是不允许陪床的,众人只好先离开医院。

许梦安怕许母忧虑,打算到娘家陪她,可是妹妹坚持要把许母接到她家,说是由她来照顾,贾母和老贾也连声附和。征求了许母的意见后,许梦安便也答应了。

回家路上,李云阶突然问道:"外公住院了,外婆去小姨家了,那许富贵怎么办?"

这乱糟糟的一晚,没人会想起那条叫许富贵的狗,除了还是孩子的李云阶。

许梦安掉转车头:"我们先去看看许富贵。"

因为父母都不在,院子里变得有些寂寥。一看到李云阶一家,许富贵就扑了上去。它不停地嗅着他们,好像要从他们身上找寻许父的味道。

许富贵到家近十年了,当初,还是许梦心把它从某个流浪动物保护组织抱回来的。可是,身为这只狗的主人,她很快就厌倦了遛狗、喂狗这种劳心劳力的事。她结婚离家后,自然而然的,许父就成了狗的新主人。

"呜……"这只老狗低吼着,蹭着李云阶的手心。

"爸爸,今天我想住在外婆家,可以吗?"李云阶看向李临。老爸总是好说话一些的。

李临瞧了妻子一眼,只见她蹲在地上,正轻抚着许富贵的头。

"云阶说要住这……"他想征询妻子的意见。

妻子微微抬头,眼里闪着晶亮的泪花:"好。"

李云阶睡进了外婆的房间,许富贵"呜呜"着要进房陪她。她把它的毯子铺在床下,它竟乖乖卧着了,只拿它那双有些混浊的眼睛定定地看着她。

"是只丑狗,但还算是乖狗。"李云阶也看着它,"放心吧,外公过几天就能回家了。"

许梦安取了些许父的换洗衣物,又到处在找他的保温杯。

"先休息吧,明早再找,就这么点地方,还怕找不见吗?"李临跟在许梦安屁股后面。正满屋子乱转的许梦安一扭头,脑门就碰到了李临的鼻头。

"你不想帮忙我不怨你,但是我求你不要帮倒忙,别跟着我,也别在我面前瞎晃,行不行啊!我还有好些东西要找的。除了保温杯,手机充电器也要带上。对了,还有 iPad,爸要追那部新播的谍战片的……"许梦安拍了拍脑门,撸起袖子,"拖鞋、牙膏、香皂,全都装上,再把那套饭盒找出来,带汤碗的那套,到时候用得上……"

"好了!"李临扣住妻子的肩膀。

许梦安原本叉着腰的手垂落下来,整个人软软地靠在了丈夫身上。

"爸不会有事的……"李临知道失去至亲的滋味,更知道许梦安正强压着不安。

李母走时,他还是个高中生。当时他住校,是姐姐李静来叫他回家的。看着李静红肿的双眼,李临便什么都知晓了。母亲患有红斑狼疮,久治不愈,对李家祖传的中医馆而言,这不失为莫大的讽刺。李临明白会有那么一天,但不明白那天为什么会来得这么早。从那之后,他开始探究生命本身的意义。对每个生命体来说,死亡才是最终的归宿。这也是他选择殡葬学专业的原因。

李临是看淡生死的,何止生死……好多东西,在他来说,都淡了。所以,他需要面前这个女人,他的妻子时时警醒他,他为人子、为人夫,更为人父。他的肩上还有好多哪怕他不愿承担,却又必须承担的东西。他扶着妻子坐下,紧挨着她:"医生都说了,警报暂时已经解除,现在就是尽最大的努力避免后遗症。你看,我们学校的刘教授也中风过,现在除了左手有些不方便,其他都好好的。再说了,就算……我是说,最坏的打算,就算最后半身不遂,我们可以让兰香姐过来照顾爸爸,或者另外再找个人,怎么都能解决。有我们,有老贾他们,能让爸受苦吗?"

"要给爸爸找最好的医生,用最好的药。"许梦安显得有些任性,看起来就像是另一个许梦心。

夫妻过日子,到了女儿都已经 15 岁的现在,是早已摸清彼此脾性了的。可这些年,许梦安变了很多,变得"端着"了,变得不再轻易在李临面前表露情绪了。像这样的失态,对她来说,并不常见。当然,李临能够理解此时的她。

"这还用说吗?"李临拍拍妻子的肩膀,"该怎么治疗、怎么照顾,你说了算。"

许梦安刚想说什么,只觉得喉咙一动,直接干呕起来。李临手忙脚乱倒来热水,又从冰箱里找了些水果。看着被丈夫切得奇形怪状的橙子,许梦安的眉头皱得更深了。许父的病,不消说,后遗症只在严重程度的高低,必是要人照料的。找保姆是自然,可为人子女的,怎么都不可能找个保姆就撒手不管吧?

再者,李云阶的问题接踵而至,摆在跟前的就是中考。

还有许梦安自己的工作……她满以为自己不会那么早被替代,老板却已经在物色新人,看中了蓝海传媒的黄思思。黄思思真年轻啊,不但年轻,她还长了一张看起来人畜无害的脸。那张美好而平静的脸,像极了许梦安认为的自己现在拥有的美好而平静的生活。然而,真相是这样吗……

"李临……"许梦安的神情有些奇怪,每次她连名带姓叫丈夫时,总是有要事商量。又或者,每次她说出自己的决定前,就没想过真的要跟他商量。

李临没吱声,静静地等着妻子后边的话。

许梦安抿了抿嘴:"我觉得……要不,这个孩子还是不要了吧。"

"你说什么?"李临怎么也没料到,妻子的重大决定会是这个,他们之前明明说好了的。

许梦安抚着肚子,低着头,不敢跟李临对视:"二胎,我不生了。我不想生了。"这对她来说,真的是个极其艰难的决定,艰难到,她差点咬破自己的嘴唇。

"砰",他们身后传来一阵响声。夫妻俩回头,看到了穿着睡裙的李云阶。

"我渴了,出来找点喝的,你们还没睡啊?"女儿看着他们,"妈妈,你要不要陪我睡,许富贵在打呼噜,听起来怪恐怖的。"

"啊,好……"许梦安点点头。

"走吧,快点!"李云阶捡起掉在地上的饮料瓶,走过来,一把拉住了许梦安的手。

母女俩上次同睡一张床，还是去年出去旅行的时候。李云阶招呼老妈躺下，还极为妥帖地给她盖上了被子："妈，她多大了？"

"嗯？"

"你肚子里的小妹妹。"李云阶固执地认为这是个妹妹。

"三个月吧……"

"三个月我知道，大概像一颗葡萄。我们生理课上有照片的，就是那种宝宝在肚子里长大的过程……"

"云阶，快睡吧。"许梦安转身，她并不想给女儿解答这样的问题。

李云阶躺下了，嘴里嘟囔着："刚才你们说的话，我都听到了。"

"偷听大人讲话可不是什么好习惯。"许梦安心里咯噔一下，却仍故作镇静。

"我仔细想过，最近这段时间，我确实没有以前那么听话了。去参加易天的握手会，跟着何璐去见网友，这些都是我不对。所以，有了新的小孩，希望她比我乖吧。"

"妈妈没有生你的气，这些事都过去了。"许梦安转过身来，用胳膊撑起脑袋，看着女儿。

"这个新的小孩，你应该生下来的。虽然，我一直弄不明白你们为什么还会要小孩。毕竟，你们总说，有我一个就够了……"

"不是你想的那样。云阶，妈妈不知道该怎么跟你说。这个宝宝，对我来说是意外。"

"不是计划好的？"

"就是因为没有计划，我才会这么手足无措。"

"唉，老妈，你这个没有计划，搞得我也很头大呀……"

妈妈也会累，妈妈也会疼，妈妈也会哭。这些事，是许梦安十来岁的时候才懂得的。在那之前，她总以为许母是无所不能的。许母能把简单的生活过得有滋有味：一块本该扔掉的旧桌布，改改缝缝就变成了花围裙；一条巴掌大的小鲫鱼，加了豆腐炖汤，全家人都尝到了鲜味；一个烂了半边的苹果，切切晒晒就是香甜的苹果干……在那个物质不太丰盛的年代，许梦安从没觉得自己家的生活比别人家差太多,而许梦心呢,则完完全全是个万事不愁的小公主,这全都得益于许母的持家有道。还记得那年,妹妹许梦心刚上小学,发了水痘,起了满脸的红疹,痒得整夜不能入睡,还发了高烧。妹妹忍不住拿手去挠,许母便拉过她的手,说:"要是痒就挠妈妈,妈妈不怕破相,但是心心那么好看,心心不能破相。"妹妹哭得更厉害了,一脚踹向了许母的小腹。许母在厨房给妹妹做蒸蛋的时候,一面盯着锅,一面直掉泪。

"妈,妹妹把你踢疼了吧?"许梦安忙问。

许母拭泪:"不疼不疼!妈妈没用,没照顾好心心。可是啊,我就恨不得心心的水痘发在我的身上……大姐,妈妈真没用啊。"

再有几年,许父上班的工厂效益不好,老是不能按时发工资。家里呢,一边是马上就要上大学的许梦安,一边是嚷嚷着要换大电视的许梦心,很是捉襟见肘。许母见家附近的小夜市人还挺多的,就动了摆摊赚点外快的心思。每每等她下班,做好一家人的晚饭,就骑着个小三轮去夜市了。袜子、内衣裤、小饰品、灯泡,反正她的摊子上什么都有。

"算下来,今天足足赚了五十多呢。"许母最喜欢的就是收摊后回家数钱,"照这么下去,很快就能给心心换大电视了。"

然而,摆摊这种事,刮风下雨不能出摊、上边管得严了不能出摊,还会遇到用假钱的,许母的付出总是比得到多,多很多……第一次收到假钱时,许母急得直骂人,骂许父,骂许梦安,连最疼爱的许梦心也难以幸免。两年后,许母的夜市摊子居然有了不少熟客和回头客。只是,夜市这片地要盖楼房了,这份外快终究还是没能继续赚下去。楼房动工那天,许梦安陪着许母过去凑热闹,许母笑着笑着就流泪了。那时,许梦安的作文里,总是在写母亲。坚强的母亲,伟大的母爱。可是,在她自己当母亲之后,她才发现,母亲也会软弱,母爱并非万能……

"妈妈,你到底有没有在听我说话!"李云阶看着许梦安。

许梦安收拾好思绪,小指头挑了挑女儿的发梢:"在听的。"

"我说,你这么没有计划,你头大,我也头大。可是有了宝宝,不生下来,这叫作不负责任。"

"云阶,这是妈妈的事。何况,妈妈都已经40岁了,身体条件……"

"懂,高龄产妇嘛。"

"你们这些小孩,是不是什么都懂啊?"

"差不多吧。"

"妈妈现在不想讨论这个话题,有点困了。"

"逃避是解决不了问题的。"李云阶说得一本正经。

许梦安本是想笑的,可是,她实在笑不出来。

次日许梦安和李临赶到重症监护室外的陪护区,发现许梦心早就在那了,她还带来了家里的钟点工小英。

这个陪护区是专门给病人家属准备的,不过三四十平米的空间,满满当当地摆着上下铺。

"我没让妈过来,真要有什么事,她过来也没用。哦,老贾来了,正排队交钱。你们俩要上班的,这摊子事就别管了。有什么要商量的,我会给你们打电话的。"许梦心坐在一个下铺的床沿,看起来异常冷静。小床上还摆着个大包,有种许梦心要在这"抗战"到底的感觉。

还没等许梦安说什么,许梦心再道:"我问了,家属进监护室都是定时定人的,每次只能进一个……"

"16床的家属,可以进来了。"一个护士走进了陪护区。

16床正是许父。许梦心看着姐姐:"我去。"

"好。"

过了好一会儿,许梦心才从监护室出来,冲姐姐、姐夫点点头:"爸知道是我,虽然说不了话,但一直朝我眨眼睛。医生说了,按照爸爸目前的情况,再过两天应该就能转到普通病房了。"

"心心,你大着肚子,在这不方便。"李临道,"这样,你跟你姐都回去,我和老贾留下。"

"姐夫,我刚才说的话你没听见吗?你们去上班,这里有我和老贾。"

李临还想说什么,许梦安却道:"那行,我们先走,有事及时打电话。"

"小英,你帮我送送他们俩。"许梦心转对小英道。

这小英不过二十三四岁的样子,为人却是个老练的,微笑着:"别担心,这里还有我呢。我会照顾好心姐的。"

待出了医院，上了车，李临才问许梦安："让心心在医院，你放心？"

许梦安笑笑："我要不让她在那待着，她一定会跟我闹。别看她那样，其实心里难受着呢，就觉得爸是被她给气病的。咱俩晚上再来换他们吧。她都快生了，还真能让她挤在那个空气都不太流通的陪护区？"

"嘴上说不管妹妹了，其实，你比谁都疼她。"

"就你话多。我先送你回学校，我呢，也去趟公司。咱俩把手头工作安排一下，就该请假了。接下来，是场持久战。"

"我……"

"怎么了，不方便请假？"

"不是，你昨天说的那些话，我慎重考虑过，我觉得你的决定还是有些草率了。"

"这孩子来得不是时候。"许梦安本来挂了前进挡，又倒退回了停车挡，扭头看着副驾驶座上的丈夫，"而且，做手术的话，不能拖。时间越长，我恢复得就越慢。家里家外，事情那么多，我真的耗不起。"

"可是……"

"李临，这件事没有可是。"

2

许梦安要请半个月假，这件事很快就在新苗传开了。有说是请病假的，有说是休年假的，有说是许父病危的，还有个说法，是许梦安怀孕了。没人关心内容中心的许总监是否流感难愈、是否休假游玩、是否孝感动天，比起这些，怀孕这事更具有八卦的特质，也更易于被传播。

许总监疑似怀孕，别的部门看热闹，可这内容中心难免就暗流涌动了起来。第一个坐不住的就是阿木。阿木是内容中心最资深的员工，还是前任总监的心腹，用"前朝遗老"来形容他一点都不过分。他自认能力不输给部门里的任何一个人，包括许梦安。无奈的是，自己一直得不到升迁的机会，只当了个聊胜于无的小主管，管的呢，还都是些鸡毛蒜皮的小事。副总监的位置空缺很久了，许梦安说是要内部提拔。那么既然是内部提拔，您倒是提一提啊！没想到她老人家口风那叫一个紧，一点风声都不走漏。照说，这论资排辈，也应该排到阿木了吧？要是许梦安真的怀孕了，当务之急应该就是提拔副总监了。想到这里，阿木是又激动又担心。激动，不消说，他的胜算最大；至于担心……以许梦安的性格和做派，谁知道她会不会半路搞出一匹黑马来？

这会儿，阿木正在茶水间里泡咖啡，见小荷也在，便巴巴地凑了上去。

"小荷，你说那事到底是真的还是假的？我看他们说得有模有样，说许总监都怀孕好几个月了……"阿木笑着。

小荷把手里的水杯往桌上狠狠一撂："他们是谁？"

"就……就他们呗。"

"我看你就是他们，他们就是你。我说阿木，你有闲工夫八卦，干吗不抓紧时间找个女朋友呀？"

"小丫头挺横啊，那你脱单了吗？"

"咱们有可比性吗？"小荷讥笑，"我今年才25岁，不谈恋爱，是因为我自己不想，暂时呢，不愿意把时间精力花在这上面。可是你呢？你都三十好几的人啦，家里逼得急，你自己也心急如焚，只要看到适龄单身女子就恨不得扑上去问人家对你有没有兴趣。前台新来的莉莉，她跟我说过好几次了，说你老是约她吃饭，她都快找不到借口拒绝了。我是主动单身，你这叫被动单身，你跟我比？"

"扯远了啊。"阿木仍是堆着笑，"许总监平时对你那么好，就没跟你透露点什么？"

"要不说你找不到女朋友呢，也是活该单身。就你这智商，我刚才说了一大堆，白说了？"

"你说什么了？"

"我转移话题，就是不想跟你一起八卦，懂了吗？不懂的话，回家吃两个月的核桃，把脑子补好了再来跟我交流。跟你这人说话，费劲！"

"哎，你……"阿木词穷。

小荷转身离去,他看着她的背,暗想:可千万别让我当上副总监,我上任后的第一件事就是开了你这个牙尖嘴利的家伙!

"我说,别想了,你可没权力开除我,因为呀,就算要提拔副总监,也不会是你。"小荷突然一个回头,直乐,"嘴巴张那么大干吗,我还不知道你是怎么想的吗?你把川姐忘了?人家虽然来得比你晚,可能力并不比你差哦。"

阿木愤愤,气得拿咖啡杯的手都抖了。小荷嘴里的"川姐"叫凌美川,被借调到市场部小半年了。阿木一时得意忘了形,也没能冷静分析局势。凌美川只是"借调",那就说明她分分钟都有可能杀回内容中心。那个女人,可比小荷之流难对付得多。她话不多,可做起事情来从来不给自己留退路,是个不动声色的狠角色。还记得当时,市场部缺人,凌美川是主动要求借调的。这事阿木直到现在才醒过味来:姓凌的根本不是为了体现什么哪里需要就往哪里搬的"螺丝钉精神",表面上看,是她清高,不觊觎空缺的内容中心副总监的位置,可实际上,人家玩的是"曲线救国"。这一举动,不但博得了许梦安和老张的欣赏,还算是在市场部锻炼过了,履历上又多了不可小觑的一笔!

阿木不免摇头叹气,端着咖啡往办公室走。经过小会议室时,隔着落地玻璃,看到了许梦安和瑞秋。他正探头探脑呢,门开了,凌美川竟从里面走了出来。看到阿木,这女人只是笑笑,扭脸就走了。

小会议室内,瑞秋看着许梦安:"你到底是怎么打算的啊?"

许梦安抚额,只道:"没想好,想不好。"

"有那么难吗?"

许梦安顿了顿,才说:"凌美川是不错,但短板也很明显。她这人没什么团队精神,除了她自己,别的人她谁也不在乎,谁也不信任。这当了副总监,不但是我的副手,大小也是个领导了,心里眼里只有她自己,不太合适。还有阿木,能力、资历确实上得了台面,就是他这人……"

瑞秋一笑:"我知道,阿木太急功近利,而且在新苗的年头比较长,老油条了,工作上呢,确实也有点疲了。"

许梦安摊手:"所以,挺难的。"

"是人都有缺点,关键还是看你怎么用。梦安,新苗有今天,你是功臣,你在专业上的表现我是服气的。可现如今,开疆拓土对新苗而言不是最重要的了……你是总监,得有总监的样子嘛。"

"就是说我不会管人呗。要不这样,先把凌美川调回内容中心。我请假的这段时间呢,把手上的事分分工,让她和阿木都分管一点……"

见瑞秋没吭声,许梦安继续说道:"瑞秋,你可能不理解,这个部门是在我手里壮大的,怎么说呢,它就像我的孩子,交给谁我都不放心。但是,我又很清楚,孩子会长大,孩子从来就不属于当妈的。"

"受不了了啊,女文青又开始抒情了。"瑞秋笑。

"你没有孩子嘛,你不懂的。"

"嘚瑟。就你有孩子,你还有俩孩子,行了吧!当妈还当上瘾了。"

"请半个月假,不只是我爸的病。我是想……"许梦安看了看自己的肚子,"应该做决定了。"

"这个孩子你不要了?"

许梦安点点头,没再说话,扭脸看向了窗外。

李云阶仰头,一群鸟雀掠过灰蓝色的天空。她正和何璐坐在跑道边的草地上,看着同学们一圈又一圈地从她们面前跑过。领跑的是刘思明,自从他放话出来要竞选体育委员,整个人就跟打了鸡血一样。

坐在李云阶她们身后的,还有两三个女生,也正围着说话。女生嘛,每个月总有那么几天是有特权的,这些特权里,他们最喜欢的就是上体育课的时候可以光明正大地坐在一旁聊八卦。

"那么,你还是会让你妈生弟弟喽?"何璐摆弄着手机。

李云阶似乎不想聊这个话题,只是说着:"你还带手机啊,薛老师三令五申不让我们带。听说301班有一个被抓了,手机都给没收了。"

"没收了就再买,怕什么?再说了,手机是我的私人财产,不是他们想没收就能没收的。我问你呢,你真的想要个弟弟?我之前跟你说了那么多,全都白说啦?"

"我的心情挺复杂的。乍一听说我妈真的怀孕了,我非常生气,想着这么大的事,为什么不先跟我商量……"

"得了吧,这事还能跟你商量?"

李云阶学着何璐翻了个小白眼。何璐乐了:"这是我的招牌动作,你少学。就是学了,你也学不到其中精髓。"

"还能不能好好聊天了!"

"你往下说嘛。就烦你这公主病。"

"不过,我妈说不要小葡萄了……哦,小葡萄是我给那家伙取的名字。"

"取名字……"何璐直摇头,"就小区那只流浪猫,本来跟我们没什么交情的,你非要给它取个名字,叫什么许荣华,还说跟你外公的那条狗是一对,富贵荣华……行,取就取吧,可这名字一取,你和那只猫的感情就深了……"

"别提许荣华了。"李云阶瞬时红了眼圈。

"许荣华又不是我们开车撞死的。小区里那么多流浪猫,有的比它还惨呢。"

"小葡萄不是许荣华,她是我妹妹,跟我一样,她也是我妈的孩子。"

"但愿是个妹妹。"何璐笑笑。

每个月的这几天本就容易感伤,李云阶的情绪显得更低落了:"我外公生病了,还在重症监护室,老妈挺担心的。虽然他们跟我说外公一定会好起来的,但我能感觉到,这个病不简单。连于叔叔和婉真阿姨都来医院看外公了。昨晚我跟老妈一起睡的,她一整夜都没睡好,翻来覆去的,我也是。她不但担心外公,也纠结小葡萄的事。可是我呢,我什么忙都帮不上……"

"这是他们大人的事嘛。"

"可问题是我也不小了,马上就要上高中了。"

"那你能做什么呢?"

"老妈嘴上说不要小葡萄,其实心里也是舍不得的吧。我想再劝劝她。"

"你呀,"何璐把手机往裤兜里一塞,"你早晚都会后悔的。"

"可是……"李云阶还想说什么,那边体育老师已经在吹口哨了。

"走吧,集合完就该下课了。"何璐拉起了李云阶。

体育课后是班会课。初一、初二年级时,班会课是李云阶最喜欢的。比如上个学期,有节班会课就是薛老师让大家谈谈自己的偶像,李云阶和何璐准备了一堆易天的资料，什么海报啦、照片啦、视频啦，教室里响起了一阵又一阵的尖叫声和掌声。可是这个学期的班会课，画风全变了，主题都是跟学习有关的，什么"调整心态，备战中考"之类的，大家对这样的主题都没什么积极性。因为这种班会课太乏味，参与互动的同学总是寥寥无几，每次呢，薛老师都要让李云阶提前准备发言。没办法，谁让她是文艺委员呢？

李云阶磕磕巴巴背完了事先准备好的稿子，那些雄心万丈的话，每一句都不是她真心想要说的。她知道学习很重要，考上重点高中也很重要，可不知为什么，她总觉得除了学习，生活当中应该还有些别的什么。老妈说，考上好高中，考上好大学，是为了李云阶今后的人生有的选。如果是为了"有的选"，她想选的明明是当个钢琴家。不过，照现在的情形来看，她的这个梦想其实已经破灭了。

"李云阶，你刚才讲得真好，那篇稿子能给我看看吗？我想学习一下。"王哲推了推眼镜，站在李云阶课桌前。

和李云阶同桌的朱可馨捂着嘴笑："班长，你还要跟我们学习呀？"

王哲没搭理朱可馨，只是看着李云阶。

朱可馨是学习委员，她和王哲的成绩不相上下，大概是存在着竞争吧，两人的关系一直不太好。初三之前，李云阶都是跟何璐一桌的，直到这个学期，薛老师才把她的位置挪到了朱可馨边上。老妈说这是薛老师用心良苦，希望李云阶近朱者赤。这话没错，朱可馨嘛，她确实是姓朱。可不知为什么，李云阶跟这位新同桌总是要好不起来。她也曾向新同桌请教难题，可是人家呢，遮遮掩掩的，就好像揣着什么重大机密，说出来要杀头的那种。就这样，还不如去问王哲呢。王哲这人虽然古怪点，但起码对人坦诚，有什么就说什么。

"喏，拿去好了。"李云阶从桌肚子里掏出了那份稿子。

王哲笑着接过，又道："我妈给我报了个补习班，还不错，你要不要一起？"

"啊……"李云阶讪讪，"什么补习班？"

"还能是什么，肯定是外面的补习班呗。自从前两届闹着要取消周末的补课，大家只能到外面上补习班了。这些人也真无聊，自己不想学，还不让我们学。"朱可馨撇撇嘴。

"你们……你们都在外面上补习班？"李云阶看着这两位学霸。

王哲道："所以啊,我建议你跟我一起……"

"怎么就跟你一起了! 你们又在聊什么呢!"一身汗味的刘思明小跑着过来,跟阵小旋风似的。

"没你的事,我们在聊补习班。李云阶要跟我一起去上补习班。"王哲脸上不无得意。

李云阶忙摆手："不是,我……"

"算我一个!"刘思明的大手掌"啪"一下拍在了课桌上。

3

许梦安把部门的人叫到一起,临时安排了个短会。看到原先借调到市场部的凌美川也在,众人面面相觑,却也心知肚明,这凌美川八成是回来跟阿木抢那个副总监的位置的。阿木自是不悦,可又不好摆在明面上,便只跟着打哈哈。这位许总监,平时看着虽然和风细雨、面慈心善,可她做起事情来绝不手软,更不会存在什么商量的余地。果然,许梦安没半句废话,花了十几分钟就把工作安排好了,刚要离开会议室,老张便走了进来。其他人看到老板来了,也都识趣离开。待他们都走了,老张才微笑着道："有什么要帮忙的,你尽管跟我说。我有个朋友,是中医院的主任医师,他的科室就能帮中风患者做康复训练。"

"谢谢你,老张。"

"梦安,你到新苗三年了,可以这么说,新苗这棵'苗'就是在你手里成长起来的。我内心是很感激你的,没拿你当外人,所以,也希望你别把我当外人。"

许梦安不知道老张这话里埋着什么扣,兴许跟公司风传的她怀孕的事有关。可是,既然自己并不打算要这个孩子了,自然就没必要跟老张说了。

"怎么会,我只是不想把私事带到工作中来。老张,你多虑啦。"许梦安也微笑着。

"我相信,一切问题你都能处理好的。赶紧回去吧,好好照顾你父亲,也要照顾好你自己。"

待许梦安赶到医院，小英已经不在重症监护室的陪护区，许梦心孤零零地坐在窄小床铺的边缘，看起来快快的。见姐姐来了，许梦心的表情仍没多大变化，只是示意姐姐过去坐。

"现在这些钟点工脸可真大，我说给她加钱，她还不干，说是有安排了。"很显然，许梦心说的这个"她"是小英。

"人家是钟点工，又不是护工。小英本来只在你家里干干家务，冷不丁让她来医院陪护，她当然不会愿意了……"许梦安道，"没事的，我们请个护工就行了。"

"护工老贾已经请了，我只是气不过嘛。我对小英多好啊，除了工钱，什么衣服、包、化妆品，算起来也送了她不少。我没拿她当外人，她呢？她是怎么对我的？"

这句"我没拿她当外人"让许梦安想起了适才老张说的那些话。许梦安笑笑："不过就是个雇佣关系，你搞那么复杂干吗？再说了，就算不是雇佣关系，世上也没那种道理，说你对一个人好了，那个人就非得对你好……"她许梦安在新苗这几年，全心全意，披荆斩棘，老板也未必见得是拿真心待她的嘛。

"不是吗？不应该吗？"许梦心不解，看着姐姐。

"心心，你都老大不小了，这种道理……"许梦安本想说教，到底还是忍住了，"好了，没必要因为这些生气。爸爸情况还稳定吗？"

"还好的。"许梦心抬手看表，"喏，等会儿可以进一个人，你去看看他吧。"

"你去也一样……"

"大姐，你又来这套。我最烦你这套，搞得好像你比我大度，什么都让着我似的。爸是因为我才变成这样的，我很担心他，所以早上我一定要先进去！可是现在，你怎么也应该去看看他了吧？你不想见他，那他还想见你呢……搞不好，他想见的只有你呢。"

许梦安错愕，她实在不理解妹妹的脑回路，这都是什么鬼逻辑！

"你从小就比我懂事，爸爸也更宠你，更信任你，他当然更喜欢你了。我呢，只会惹祸，只会给他添麻烦。"许梦心低着头，"我都恨死自己了。什么抓老贾的现行，老贾他根本就没做什么对不起我的事。要不是我无理取闹，我婆婆也不会闹到爸爸那里，他也不至于变成这样……"

"别自责了。"

"你知道吗？你们越是这样，我心里就越难受。真的，哪怕你骂我一顿，都比这样好。我捅了那么大的娄子，你们居然没有一个人站出来数落我！妈还安慰我呢，说没事的没事的，和我没关系。有没有关系我心里没数吗？我骗得了自己吗？"许梦心的声音越来越大。

许梦安看看陪护区里的其他病人家属，示意妹妹冷静。

"我就是堵得慌，没想跟你发脾气。我现在是个罪人，哪有资格发脾气……"许梦心压低了声音。

"16床的家属，可以进来了。"护士走进来道。

许梦心推了姐姐一把："去啊。"

父亲安静地躺在病床上，只是睁大眼睛看着许梦安。他的嘴角变得有些歪斜，嘴边溢出了一些口水。许梦安拿纸巾要帮他擦擦口水，他扭过了头，拒绝着她的好意。

这老头，无论什么时候都那么逞强。"爸，我刚才问过医生了，明后天就能转到普通病房。"许梦安收回了自己拿着纸巾的手。

"唔……"父亲想说话，却连说话都变得十分艰难。中风的后遗症有很多，包括口歪眼斜、语言不利、半身不遂等。好在，就目前的情况来看，父亲并没有瘫痪。

"妈在心心家，等你转到普通病房了，我再带她来看你。还有富贵，你也别担心它，昨天云阶要住你们那，我们离开前，给它留了很多狗粮和水。"许梦安知道父亲最挂念的是谁，是什么。

"唔，唔……"父亲努力抬手，指向了许梦安的肚子。

许梦安一愣，然后笑了："你也知道了？"

父亲点点头。

"是啊，既然妈都猜到了，怎么可能不跟你说。"

"撑！"

父亲想说的应该是"生"，也许，他已经感觉到许梦安不想要这个孩子了。

"撑，撑！"父亲强调着。见许梦安不说话，他便伸手去拉她，大概是方位感有些模糊,他没能够到她的手。于是,她伸手,握住了父亲那双冰凉的大手。

"大……大姐,"父亲准确无误地吐出了这两个字,并且继续说着,"撑。"

许梦安只觉得眼睛一热,泪水瞬间喷涌而出。

大概父亲是怕许梦安听不懂,就用手指在她手心上比画着,画来画去,果然就是个"生"字。

父亲还有话说:"唔唔,我……我带……我带!里……里不……不……哈!"

"我知道,你是说,有你在,我什么都不用怕……"许梦安已然泣不成声,"爸,我不怕。"

李云阶刚跟何璐走出学校大门,就看到了等在一边的老爸。

何璐见李云阶一直往自己身后躲,便悄声问:"怎么回事?跟你爸翻脸了?"

"不是……"

老爸很久没来学校接过她了,别是外公那边出什么事了吧?

"李老师,你怎么来了?"何璐主动打着招呼。

李临笑着:"来接你们啊。这样,我叫了车,我们先送你回景华苑,然后我要带云阶去她小姨家。"

"别别,我自己骑个共享单车就好。"何璐忙摇头。前几天她带李云阶去见网友的事,云阶爸爸已经跟她爸说过了,害她被一顿臭骂。那么爱管闲事,叫他一声"李老师",不过是看在李云阶的面儿上,他还当真了。

待何璐走了,李云阶才怯怯地问老爸:"外公没事吧?"

"已经好多了。我们先去小姨家,外婆在那,她说想你了,要你陪陪她。"

"爸,你怎么跟什么都没发生一样……"等车的时候,李云阶问老爸,"外公还在医院里,你倒这么淡定。"

老爸还是那么微微笑着:"爸爸也急,但是着急也没用。事情出来了总要一件件慢慢解决嘛。"

"一件件? 还有别的事?"

"我只是打个比方。"

"另一件事和小葡萄有关?"

李临愣了一下。李云阶又道："我妹妹，小葡萄，你们的新孩子。"

"连名字都取好了？"

"不要转移话题，我知道妈妈不想要她。爸爸，你可不能什么都听老婆的，像何璐爸爸，他就不听何璐妈妈的。"

"云阶，"李临的表情变得有些严肃，"我们应该尊重妈妈的决定。"

"你这到底是尊重妈妈的决定，还是你自己不敢做决定？"女儿就这么盯着他，有些咄咄逼人。

李云阶真的已经不是小孩了。

"我觉得你们非常不负责任，"女儿继续说着，"妈妈说这是意外，好，我相信她。所以，我原谅你们了。可是，既然小葡萄已经在她肚子里了，她就应该生下来。你们认为我什么都不懂，爸，其实我都懂。我知道孩子是怎么来了，也知道如果妈妈现在不要小葡萄，小葡萄有多可怜，而妈妈自己又要吃什么苦头……我本来不想说这些的，但我憋不住。你们老说什么'云阶呀，爸爸妈妈是你的好朋友'。好，既然大家是朋友，我们之间的关系就应该是平等的，我就可以给你们提建议，不，是意见！这件事，我有意见！"

李临完完全全被镇住了，他既惊诧又感动，是很久没有过的百感交集。

这时，他的手机铃声响起，是网约车到了。

"先去小姨家吧……"他喃喃，第一次在女儿面前语塞。

"爸，我就问你一句话，咱们俩今天就跟妈妈摊牌，就说我们要留下小葡萄，你敢不敢，你怕不怕？"

刹那间，李临的视线模糊了，噙着泪，却又忍不住想笑："我不怕。"

"这才是我爸爸，什么都不怕的爸爸。"女儿终于笑了，"走，我要去陪外婆了。"

许梦安从重症监护室里出来，脑子里一直回旋着父亲说的"有我在，你什么都不用怕"。这句话，父亲有二十几年没跟自己说过了。记忆里，他最后一次说这句话时，还是许梦安上大一那年。她知道家里的经济状况，父母上班的工厂效益不太好，妹妹又在上初中，于是，她就利用课余时间打工，想减轻家里的负担。父亲发现她在打工后，很严肃地跟她谈了一次，谈到最后，他说了那句"有我在，你什么都不用怕"。

是，自从妹妹出生，父母便要求许梦安像个"姐姐"，并迅速适应"姐姐"这个身份，看起来，他们更疼的是妹妹。但是反过来看，妹妹说的也没错，正是"姐姐"的身份，让许梦安博得了父母更多的信赖。打小就没怎么让父母操心过的许梦安，现如今，就更不该让他们为她忧虑了。

以前在杂志社的时候，许梦安采访过一个火灾幸存者，那人讲述了自己在重症监护室的经历。他说，躺在病床上时，什么都够不着，什么都摸不着，迷迷糊糊，就好像黑白无常已经站在身边，分分钟都可能带走自己。他说，倒也不是畏惧死亡，身上插满各种管子的感受并不比恐惧本身好过。他担心的，是自己的亲人。要是他走了，他们怎么办？躺在重症监护室病床上的父亲，想来也是这种体验。而他担心的，竟是大女儿肚子里还未出生的孩子。

父亲竟是懂得许梦安的，他懂得她的犹豫和徘徊，他能预知她的决断……

"大姐，你在想什么呢？我问你话，你没听见？"许梦心伸出手掌在姐姐眼前晃，"喂，梦游啦？"

"啊……"许梦安回过神来，"你问的什么？"

"爸说话了吗？"

"算是说了吧。"

"你全都听明白了？"

许梦安点点头。

"他都说什么了？"

"没什么。"

"是没什么，还是你不方便告诉我？算了，我不纠结这个了。其实，爸也跟我说话了，我没听懂，也没琢磨明白。"妹妹摇摇头，"那么爱说话的老头，他往后出门还怎么跟人聊天吹牛……"

"可以做康复训练的。"

"都是我害的。你放心吧，不管怎么治疗，费用全部由我来承担。等爸出院了，我会给他请个护工，让护工到家里照顾他。"

"你们家的钱也不是大风刮来的,所有费用我们两家平摊。"

"什么你们家我们家的,我们俩姓许,许家才是我们家。我们只有一个家。"

许梦安本就累积着情绪,此刻鼻子又开始泛酸了,便只抬头看天花板。

"对不起啊,大姐。"许梦心把头靠在了姐姐肩膀上。

"你对不起我的事多了,我怎么知道你说的是哪一件。"

"每一件。以后,我再也不跟你翻脸了,你说什么我就听什么……你是大姐嘛。"

"我才不信。"

"我自己也不信。这不是看你快哭了,我想哄哄你吗?"

"滚。"许梦安破涕为笑。

要不是外婆"急召",李云阶才不愿意去小姨家呢,没别的,就是因为熊熊这孩子实在太"熊"了。果然,刚进小姨家的门,就听到了熊熊的哭喊声。他坐在客厅地板上,身边散落着玩具车的残骸,手里正撕着一本崭新的作业本。站在他身边的是手足无措的熊熊奶奶,外婆则坐在沙发上唉声叹气。

"这是怎么了?"李临问两位老人。

贾母无奈地笑着:"男孩子就是淘气。这不是放学回家写作业,有道英语题不会,问我们俩呢。我们哪会呀,平时都是他妈在教的嘛,可是现在他妈在医院……我说了,别着急,妈妈马上就回家了,他还是不愿意,哭着喊着要妈妈……"

"云阶,你教一下熊熊。"李临道,"我先去趟医院。"

还没等李云阶反应过来,老爸便走人了。李云阶看了眼外婆,外婆朝她挤了挤眼睛,便站起来走到熊熊奶奶身边。

"亲家母,我有点头疼,药放在楼上了,你陪我上去一趟。"外婆道。

如今贾母自觉有愧于亲家,忙不迭就应承了。两个老太太往楼上走,外婆还没忘回头再冲李云阶挤眼睛,又朝熊熊努努嘴。

这是……外婆是想让李云阶收拾熊熊?李云阶忍不住想笑,只得暂时先绷着,待老太太们消失在楼梯转角,才一个箭步蹿到熊熊面前,一把提溜起了他的衣领。熊熊刚想开口大叫,李云阶把眉毛一横:"你要敢叫,小心我告诉你爸!"

"除了拿我爸压我,你还会干吗!"熊熊的小脸憋得通红。

"揍你!"

"你不敢的。"

"那就试试!"

表姐的神情可怕至极,熊熊不想冒这个险,只道:"你别揪着我了,我快被勒死了。我们俩都挺可怜的,就别互相伤害了。"

李云阶松开了熊熊的衣领。

"我要有妹妹了,你也快有弟弟了……"熊熊又一屁股坐到地上,"真不知道这些大人是怎么想的。"

"连你都知道了?"

"我妈说的呗。"

李云阶叉腰:"别转移话题,把你的作业拿来!"

"你给我写呀?"

"我教你写!"

熊熊撇撇嘴,还是站了起来,一边翻着书包,一边嘟囔:"神气什么,你不就是比我多读了几年书吗?"

"那你就更没什么好神气的了。你爸有钱不假,可那些钱是他的,跟你没关系。"

熊熊愣了半晌,唉声叹气道:"本来是跟我有关系的,可是啊,我马上就要有妹妹了……"

"写作业!"李云阶做了个要拧熊熊耳朵的假动作。

熊熊翻开了作业本:"唉……妹妹不好,姐姐更差劲。"

李临刚进医院,就在交费的地方遇到了老贾。老贾刚从队伍里挤出来,满脸是汗,正要从夹在胳肢窝下的手包里掏纸巾,李临从裤兜里拿出一包湿纸巾递过去:"辛苦了,辛苦了。"

"姐夫,你不用来这的,该上班上班,我在就够了。"老贾擦着汗,略有些狼狈。

人来人往的,李临把老贾拉到一旁,才道:"我都好说,倒是你,你比我忙。"

"钱是赚不完的,老丈人只有一个。"老贾什么时候都不忘表忠心。

李临忙道:"说到钱,爸的医药费我也得出。"

"又瞧不起我了?"

"我要是真的瞧不起你,就不说这话了。"

老贾想想也是,才说:"现在都是小头,再说了,医保还能报一部分的。你真要出,等医保报销完了,咱俩再摊。姐夫,大头在后边呢。唉……"老贾终究没把话说下去,他没说的那部分,李临怎么会不解?接下来,老丈人的护理、康复,这都不是一两天、一两年的事,它分明是场"持久战"。

"是,梦安跟我都商量过的。"李临道。

"万幸爸有我们照应着,咱家人多,再多使使钱,总能让他少吃些苦头。"老贾笑了笑,"听说跟爸同一天送进来的老太太,也是中风,也在重症监护室,到现在,她的亲人都没来过医院。"

"怎么?"

"老太太的老伴早就过世了,倒是有个儿子,那小子出国啦,在国外拖儿带女的,还不定什么时候能赶回来呢!医院里,这种糟心事太多了。再有钱有势,一旦重病,最需要的还是身边有自己人哪。除了自己的亲人,谁能那么周到?这也是我当初一定要心心再生一个的原因……"老贾一严肃起来,嘴角便开始耷拉,"家里有兄弟姐妹,遇事也好有个商量。我就特别羡慕心心,有个好姐姐,当然喽,还有个好姐夫。"

"爸的事都是你们在张罗,我和梦安倒没怎么出力。你这么讲,我惭愧。"

"姐夫,我现在还有能力,能用得到就最好了。万一哪天我要是落魄了,搞不好还要你救济呢。"

李临一时不知该如何回应,便道:"走吧,先去跟她们姐俩换班,让她们早点回家。"

李临和老贾到陪护区,看到亲亲热热的许家姐俩,两个男人都松了口气。

第七章
兄弟和而家不分

1

许梦心带着姐姐回到她家，两人还在门厅就听到了熊熊和李云阶的玩闹声。原来，李云阶辅导熊熊写完作业后，这一大一小两个孩子组队打起了《王者荣耀》。李云阶对玩游戏这事没什么兴趣，除了前几年流行的《奇迹暖暖》。为了跟同学们有共同话题，《王者荣耀》她也下载了，但是不怎么玩。没想到，这个她本来觉着超级乏味的游戏，因为和熊熊这样的高手组了队，竟然变得有趣起来。熊熊还给李云阶买了好几个皮肤，还教她装备铭文来着。

许家姐妹"共识"甚少，但对孩子沉迷游戏这种事，她们的态度是一样的。尤其是许梦心，父亲患病本就烦心，加之跟老贾有了隔阂，种种情绪一下就上来了，她连鞋都没换就冲了过去，一下把儿子的手机打落在地。再一看那手机，分明是婆婆的。之前小英跟许梦心提过，贾母微信钱包里充了好些钱，说是专门给孙子花的。想来，就是花在玩游戏上了！《王者荣耀》许梦心自己也玩，还"氪"了不少"金"，她怎会不懂其中的套路？此刻，许梦心只后悔自己对儿子太过纵容，细想起来竟从未好好管教……

熊熊还当妈妈会继续纵着他，嬉皮笑脸地去捡手机，许梦心抬腿就是一脚，把手机踹出去老远："别以为我不会揍你！"

熊熊先是一愣，然后把脸凑了过去："你打吧。"

许梦安刚想过去拦，已然来不及了，许梦心已经伸手给了熊熊一巴掌。

"小姨你太过分了！"李云阶一把拉过已经被打蒙的熊熊，将他护在身后。

让李云阶意外的是，挨了打的熊熊竟没哭，而是扭头钻进了娱乐室。许梦安和许梦心也要进去，眼疾手快的李云阶冲到前边，把她们俩拦在了门口。

"姐姐，你进来。"房里传出熊熊的声音。李云阶没好气地看了许梦心一眼，才走了进去，顺手关上了房门。

"你打他干吗？"许梦安也没好气。

许梦心讪笑："真逗，我不管教不是，管教也不是。"

"凡事都有方式方法，再说了，这……"许梦安没再往下说。她跟妹妹前几天刚吵过架，这才和好没多久，老父亲还在重症监护室里躺着，这种时候，姐妹俩不能失和。

听得楼下有响动，贾母和许母自是忙不迭跑了下来。

贾母看到地上的手机，再看熊熊的房门紧闭着，立时就猜了个八九不离十。

"是我把手机给孩子玩的，有什么就冲我。"贾母捡起了手机，对许梦心说。

许母笑了笑："心心也是为孩子好。玩手机本来就不是什么好事。"

"孩子也是有样学样。"贾母说这话时，直拿眼看许梦心。许梦心正欲发作，姐姐却把她拉进了边上的茶室。

老贾和许梦心的这套房子是排屋，地上地下共有三层。一楼除了客厅、厨房、餐厅，还有保姆房、娱乐室和茶室。娱乐室多半是许梦心在用，除了安装的家庭影院，还摆着跑步机、椭圆机等健身器材。至于茶室，这自然是老贾的主场，每每有客人来，他总喜欢耍弄他那套泡茶的功夫。

屋里隐隐有烟味，许梦心皱皱鼻子，许梦安忙去开窗。

"你听她说的那话，什么叫有样学样……"许梦心一屁股坐下。

许梦安也坐下，柔声道："这个问题我跟你说过的，当着孩子的面，尽量少玩手机。"

"大人和孩子能一样吗？哦，这也不能玩，那也不能玩，日子过得多无聊！"

其实，妹妹之所以这样，多半还真是闲的。可这样的话，许梦安不能说。她只得道:"不是不让你玩,就是当着熊熊的面,多少以身作则一点。樊教授我跟你提过的,你姐夫他们学校的。樊教授她……"

"她为了给孩子创造一个良好的环境,把家里的客厅都改成阅览室了,电视也扔了,一家人从不玩手机,iPad 和电脑是用来学习的。这事你都说两百遍了。我不是什么樊教授,我是许梦心,她能对自己下狠手,我不能。人生短暂啊,大姐,我干吗要活得那么累?"

"那你这样,活得就轻松了?"许梦安看着妹妹。

"总比你好。你就像个巨型圣母,顾及这个人的感受,顾及那个人的感受,但从不顾及你自己的感受。二胎的事,到现在还没想明白吧?"

"想明白了。"许梦安摆弄着茶具,准备泡点茶,说出来的话微微打着战,"我不要这个孩子。"

"不要? 真的不要?"

"你和瑞秋虽然都没明说,但你们话里话外不也是这么劝我的吗,你这会儿大惊小怪干吗?"

"大姐,我……"许梦心竟吞吞吐吐起来。

娱乐室内,李云阶坐在跑步机上,安慰着熊熊:"游戏我也玩了,不是你一个人的错,等一下我会跟你妈说的。"

熊熊眨巴着大眼睛:"她从没打过我,这是她第一次打我。"

"别哭了。"

"我没哭!"话是这么讲,但熊熊的眼圈早就红啦,"姐,我能相信你吗?"

"啊?"

"我是想问,要是我拜托你帮忙,你会答应吗?"

熊熊确实招人烦,但是现在哪个孩子不玩游戏呀,况且人家作业都写完了,小姨至于发那么大的火,还动手打人吗? 看着可怜兮兮的表弟,李云阶心里颇有些不是滋味。她清了清嗓子:"那个……得看是什么忙了。首先,我要声明,我是不会帮你写作业的,教你倒是可以。"

熊熊耸耸肩:"作业我自己能搞定,百度一下就好了嘛。"

"那你刚才闹什么？哭天喊地找妈妈的……"

"你管不着。你就说，你会帮我吗？"

"你总得先告诉我是什么忙吧。"

熊熊犹豫了好一会儿，才道："走，去我房间。"

许梦安这边，茶已经泡好，只是，她和妹妹似乎都无心品茗。

"大姐，我了解你，你这人，要么磨磨叽叽不做决定，可要做了决定，谁也劝不动。是，前段时间，我确实想劝你，劝你不要二胎。但是现在……我不这么想了。"许梦心说着，拿出手机，刷出一张照片，"你看这个。喏，这照片上，是两个躺在病床上的老人，坐在这中间的是他们的儿子，一手拉着老爸，一手拉着老妈。我看着照片，就想到要是我只有熊熊，那以后熊熊的压力得有多大啊。照片上这个人遇到的问题，他没准也会遇到……"

"养儿防老这都是老思想了。"

"你还没明白我的意思？我没指望熊熊给我养老，我是说，我不想成为孩子的负担。哪天我要真的变成负担了，多一个孩子，他们也可以共同来扛，就像我们现在这样。爸病了，但是他有我们，只要我们有商有量，剩下的事就都好说。"

许梦安沉吟良久，才道："我刚才去重症监护室看爸，你不是问我他说了些什么吗？他让我把孩子生下来。"

"你就听他的吧。这孩子虽然是意外，但也是缘分。"

"心心，你能让我再想想吗？"

"真受不了你……"许梦心摇头。

"别的都不说，就说云阶，我要是生下这个孩子，对她的影响是最直接的，也是最大的。"

"她一准是个好姐姐，你看她刚才护着熊熊的样子。"

许梦安一笑："我是当姐姐的，我知道'姐姐'意味着什么。要忍让，要分享，要……"

"大姐，你这话什么意思？"许梦心霍然站起。

"你急什么……"

"我全都听明白了,你是觉得自己当姐姐憋屈了,不想让云阶憋屈。我怎么你了,有我这样的妹妹,你有什么不乐意的呀?"许梦心说着,竟哭了起来。

李云阶跟着熊熊,两人来到了他的房间。许梦心家的装修本就奢华、浮夸,但熊熊这个重新装修不久的房间,还是让李云阶大开了眼界。尤其是房间正中那张汽车造型的儿童床,看起来是新换的,连车灯都有。

只见熊熊一番翻箱倒柜,神神秘秘地摸出来个卡通钱包,往李云阶面前一摆:"就是这个,我想请你帮我保管。"说毕,他打开钱包,里头全是纸币,基本都是百元大钞,"刚好三千块,我的全部家当。"

"嚯……"李云阶惊叹,"你比我有钱多了。"

"那当然,毕竟我爸比你爸有钱。"

"你……"

"姐,这是我攒的压岁钱。唉,其实还有一部分在我妈那,说是帮我存着,不过,我不信。"

"你干吗要我帮你保管呀?"

"这个家很危险。"

李云阶忍不住笑出声。

熊熊严肃极了:"等有了妹妹,所有东西都要跟她分享了,包括我的零花钱。放家里不安全,除了你,我也不认识什么可以帮我的人。你也看到了,刚才我妈都对我动手了。"

"你想太多啦。"李云阶话是这么说,可这心里突然也有些不舒服起来。最近这段时间,何璐也好,兰香也好,他们话里话外,无不透露着同样的信息,这些信息,总结起来就是刚才熊熊说的那句"所有东西都要分享了"。

"你要是不愿意帮我,那也行,不过你得替我保密。"熊熊说毕,叹了口气。

李云阶一看表弟都这样了,瞬时心软,忙道:"行吧,我先把钱带回去,什么时候你这警报解除了,我再交还给你。"可她实在想不通,小恶魔似的表弟居然会如此信任她。她本来想问的,忽然又想起了正事。

"以后别再惹你妈生气!"她又是那个凶巴巴的表姐了,"你要闹,也得等过几天,等外公的病好了,到时候,你怎么作都跟我没关系。现在大家都在担心外公呢,你得乖一点。"

"外公会死吗?"

"当然不会!"李云阶抬手,做了个要打熊熊的姿势,"赶紧'呸'掉!"

"呸呸呸。"熊熊这会儿倒是很听话,"我也希望外公早点好起来,他对我最好了。"

"外公长命百岁的。"

"很少有人能活到 100 岁。"

"你……"李云阶气恼至极,"你这个抬杠精!"

"我也很爱外公,但我说的是事实。你们总不让人说真话……"熊熊还委屈起来了。

是啊,很少有人能活到 100 岁。李云阶当然明白这个道理,可这个道理实在是太残忍了。她希望那只叫许荣华的猫还活着,她希望许富贵能活很久很久,更希望身边所有的人都能长命百岁。想到这些,李云阶鼻子发酸,掉下泪来。

熊熊递过去一张纸巾:"你们女人真烦呀。"

许梦心也哭了,泪眼涟涟地看着许梦安:"是,有时候我确实很讨厌你,特别是你讲那些大道理、浑身上下每个毛孔都散发着优越感的时候。但是,你毕竟是我姐呀。闺蜜不要好了,可以撕,撕完了甚至能此生不复再见。可咱俩是有血缘关系的,打断骨头还连着筋呢,怎么撕都撕不散的。没想到,我这对你掏心掏肺,一片赤诚,你呢,你嫌我是个累赘……"

"心心,别说了,我现在不想讨论这个问题。"许梦安叹气。

"你要是因为工作、事业而不要这个孩子,我理解,不但理解,我还会支持你。我跟姐夫说过的,也跟你说过,要这个孩子之前一定得慎重考虑。只是,如果你是因为我这个不争气的妹妹而拒绝给云阶生妹妹……追根溯源,就全成我的不是了!"

"你想多了。"

"爸生病,是被我气的,这个我认。可你不要孩子,怎么也成我的错了?"

"我没这么说。"

"你就是这个意思!"许梦心说毕就抚着肚子想站起来,却觉得腹内一阵绞痛,两条腿跟灌了铅似的,"呀……呀,我是不是要生了?"

许梦安还当妹妹在作,讪讪然:"预产期还没到呢……"

"不行了不行了……"许梦心看到自己的小腿肚上已经有流出的羊水,"我的天哪,真的要生了,早产了,我要死了……"

许梦安这才发现事情不妙,忙要喊人,许梦心喝住了她:"大姐,保大,要是出了事,一定要保大!我还想活……熊熊不能没有我……"

"你嘴里能不能有句好话!妈!亲家母!心心要生了!快准备一下,去医院!"许梦安一边说着,一边往外跑去。

小姨要生孩子了!李云阶忙拉着熊熊下楼,要跟着去医院。大人们哪还顾得上这些,要去就去吧。如此,一行人浩浩荡荡来到了医院。医院门口,老贾和李临早就等在那了。一上担架车,许梦心便拉着老贾的手,念叨起了那几个在心里惦记着的关键词:"不剖腹,保大,月子中心!"

"都听你的,全都听你的。"老贾一面给许梦心擦着汗,一面小声安抚。

胎儿已经 34 周,医生不建议保胎,生是肯定要生了。坚持要顺产的许梦心,被频繁的宫缩折磨得痛不欲生,只好上止痛泵。眼见羊水越来越少,要再不剖,情况可就更不明朗了。捏着手术同意书的老贾,跟热锅上的蚂蚁似的,就差在地上翻滚了。许母和贾母哪敢擅作主张,末了,还是许梦安一声令下:"剖!"

李临只拿眼看许梦安,他觉得老婆大人管得太多了。可这生死攸关的事,当姐姐的怎么可能不管不顾?李临无法理解许梦安,许梦安呢,她也无法理解妹妹对顺产的执着。剖腹产怎么了?肚皮上有道疤怎么了?这个还能比她自己和孩子的性命更重要吗?

许梦心得知老贾签了同意书,鬼哭狼嚎,发誓等孩子出来了,要生剥了老贾的皮。

"别号了!要想母子平安,就听医生的,听我们的!"许梦安低吼着。

"许梦安,我恨你!"这是许梦心被推进手术室前说的最后一句话。

"我妈妈会死吗?"熊熊仰着小脑袋,严肃地看着李云阶。姐弟俩此时正坐在医院小花园的木椅上,李云阶奉了老妈的命,带表弟出来溜达溜达。

李云阶手里拿着一堆零食,这是她刚刚给表弟买的:"不会的。你要不要吃点?"

熊熊摇头:"少拿我当小孩哄。"

"我可不敢,毕竟,你是存有巨款的人。哎,熊熊,咱俩来玩个游戏吧?"

"没兴趣。"

"咱俩猜猜看,你妈妈生的到底是弟弟还是妹妹,好不好?"

"生个西瓜最好。"

"你怎么这样……"

"搞不懂,生孩子那么危险,她干吗还要生个没完!"

"她要是不想生孩子,哪来的你?"

"要是她问问我的意见,我还不想来这个世界呢。"

"这个世界不好吗?"

"本来蛮好,西瓜现在要出来了,就不好了。"

"噗……"李云阶忍不住笑,"我给我妹妹取了个名字,叫葡萄。挺好的,葡萄、西瓜……"

"一点都不好!"熊熊说完,站起来就跑,李云阶抱着那堆零食追了上去。

2

许梦心的第二个孩子终于出生了,当然不会是西瓜,而是一个四斤五两重的女婴。婴儿有轻度肺炎,剖出来就放进了保温箱。

老贾没跟贾母他们似的兴冲冲地跑去看孩子,而是守在许梦心身边。

许梦心大概是累了,一言不发,半张脸埋在被子下。

"心心,医生说了,你最好是过几天再去月子中心,先在这边观察观察……"老贾的声音有些沙哑。

"呜……"被子底下，传来许梦心的呜咽声。

"是不是很疼？我真没用，让你吃这样的苦头。等你好了，好好打我一顿。"

"我打你干吗……"

"出出气。要么我们出国玩几天，你想去哪儿呀？"

"哪儿都去不成，我得在家当奶牛。呜呜……贾浩文，我这辈子全毁了！"

"不会的不会的，有我呢。"

"就是被你给毁的。"

老贾紧紧攥着许梦心的手："不管你信不信，刚才在手术室门口，我特别希望躺在里边的人是我。心心，你给我生了儿子，又生了女儿，以前，我拿你当公主，从今天开始，我会把你当皇后，不，皇太后……你说什么我都听你的，真的。你要不信，我给你立个字据。"

"抱抱我……"许梦心含糊不清地说着。

老贾没听清："啊？"

"抱我！"

"哎，哎……"老贾俯下身去，轻轻抱住了许梦心，然后，这个大男人便没羞没臊地哭了起来。

李云阶隔着保温箱，看到了黑黝黝、皱巴巴的小表妹。新生的婴儿，跟她往常在影视剧里看到的好像不一样。那些婴儿，好像更粉嫩一些。老妈说，刚生出来的小孩都是这样的，李云阶那时也这样。不过，跟李云阶那时不同的是，小表妹一生出来就躺进了保温箱。

"真丑。"熊熊瞅了妹妹一眼。

"这是你妹妹，你怎么能说她丑？"李云阶拍了一下熊熊的脑袋。

熊熊的白眼翻得跟何璐有一拼："我才不要这么丑的妹妹。你喜欢你抱回家好了。"

"怎么说话呢！你爸是不是很久没揍你了？"

刚才还一脸神气的熊熊，听了表姐的话，表情一下就黯淡了。

"大西瓜！"熊熊只得拿亲妹出气。

"什么西瓜？"贾母和许母走了过来。两个老太太每隔一会儿就要来看看婴儿。

"我说她很丑,她……"熊熊叫嚣着。

李云阶打断他的话,说道:"熊熊给妹妹取了名字,叫西瓜。"

老太太们笑了起来,连声道:"蛮好,蛮好。"

李临担心许梦安的身体,便提出先送她和女儿回家。老贾也劝,说医院里没必要留那么些人。许梦安得知父亲那边情况稳定了,明天就可以转到普通病房,妹妹这里呢,亦是母女平安——医生说了,小西瓜在早产儿里,还算不太让人操心的,只需要在保温箱里观察一个礼拜。如此这般,许梦安才答应李临。

一家三口回到家已是后半夜,兰香还没睡,得知许梦心喜得千金,高兴得一蹦三尺高。

李临和许梦安回卧室,李云阶跟了进去。

"妈妈,我和爸爸有话跟你说。嗯……我们能谈谈吗?"

许梦安抬头,看着李云阶。女儿小脸蛋上的表情,认真、专注,还带着不由许梦安反对的决绝。

李临笑道:"也没多大事……"

"爸!"李云阶颇有些怒其不争,"关键时候,你可不能尿啊。"

"我没有啊。"

"你们俩这是怎么了?"许梦安问。

"爸,你来说。"李云阶道。

李临犹豫着,才慢慢说道:"我想再要个孩子,云阶也想要个妹妹。我说完了。"

李云阶竖起拇指,转对李临道:"这才是我爸。"

许梦安哭笑不得。

"生吧,妈妈。我可喜欢小妹妹了。"

"谁也保证不了就是妹妹嘛。"

"小姨想给熊熊生小妹妹,不就真的生了个小妹妹吗?"

"不对啊,听你这口气,要是我生个男孩,你不得跟我闹啊?"

"那倒不至于,只是会有点失望。真要是弟弟,我就好好管他,让他乖一点好了。"

许梦安笑里带着泪："云阶，妈妈什么都想到了，就是没想到你这么懂事。"

"那你答应我们了？"李云阶充满期待地看着老妈。

老妈点点头："行吧。"

李临揽过许梦安的肩膀："把那'吧'字去掉。"

"行。"

"太好啦。"李云阶靠在了老妈肩膀上，"希望小葡萄比小西瓜可爱一些。"

"当然，小葡萄肯定跟你一样漂亮。"李临笑着。

这时，响起了敲门声。李云阶拍手："准是表姑！她刚才说夜宵快做好了。"

小丫头蹦跳着去开门，好一会儿才发出声音："姑姑！"

什么什么……姑姑！许梦安一个晃神，胖乎乎的李静就已经走到了他们跟前。李静笑嘻嘻的，摊开双手，仿佛要拥抱全世界："Surprise（惊喜）！"

李家是有规矩的人家。首要的一条就是：父子和而家不败，兄弟和而家不分。李静虽然是女儿身，但自小个性就强硬，李父是把她当儿子来培养的。后来，李父又把得意门生招为女婿，直接就是入赘的，一个是因为李临对行医没兴趣，不能继承家业；再一个，李父也是了解女儿的性格的，觉得李静是个能成事的，把家交给她，他放心。

李静对李临，那叫一个无微不至，要是有什么"感动中国的十大姐姐"榜单，她肯定能入围。可是一旦涉及李家的事，李静又总以长姐，噢，不，以长兄自居，要李临跟着她的节奏走。尽管姐弟俩早已各自成家，可家训的那句"兄弟和而家不分"，一直是李静放在嘴边的话。在她看来，弟弟小家这边的事，就是她李静的事，李家的事。兰香的"汇报"里说得很具体了，亲家公中风了，这边忙得团团转。李静听兰香的口吻，吞吞吐吐，像是还有话没讲完。才两三个来回，就套出了许梦安已经怀上二胎的事。开枝散叶，这可是天大的事李静哪还坐得住，匆匆把家里的琐碎一打点，自己开着车就过来了，跟李临他们是前后脚进的门。

客厅茶几上，一字排开，全是中药。李静站在边上吩咐着兰香："这可是老爷子的安胎秘方，梦安怀云阶的时候，也是开的这个。一天两次，必须得用明火煎。

不是我放马后炮,心心要是肯喝这个药,也不至于早产。"

见许梦安和李临讪讪然,兰香则是怯怯的,李静才道:"不是兰香告诉我的,是我自己猜到了,问出来的。"

李云阶好奇地看着这些中药:"怀孕又不是生病,干吗要喝这些,闻着就怪恶心的。"

"去去去,睡觉去。这都几点了,你明天不上学了?"李静一指头戳到李云阶的脑门,李云阶吓得连忙溜回房。

李静转对兰香道:"你也早点休息吧。"

"唉,唉。"这是他们李家的事嘛,兰香还是很识趣的。

待兰香走了,李静坐到沙发上,吩咐弟弟和弟媳也坐。

"梦安怀孕了,瞒着我,这事我就不跟你们计较了,翻篇了。接下来,首要任务就是怎么平平安安把孩子生下来。我来你们这呢,一个是代表爸爸来探望亲家公的,你姐夫也发话了,有需要的话,可以接亲家公去我们那,只要他出手,什么后遗症,一准都能给治好了……"

"谢谢姐姐。"许梦安忙道。

李静咳嗽了一声。李临轻轻推了许梦安一把:"先让姐姐把话说完。"

许梦安头都大了,也只得乖乖道:"姐姐,你说……"

"除了探望亲家公,我最主要的任务还是照顾梦安。这样,我都想好了,兰香呢,过去照顾亲家公,我留在这,照顾你们……"李静笑着,"好在我家华华上大学了,医馆里又有你姐夫,要不然哪,我还真腾不出手来。"

许梦安看了李临一眼。李临也笑:"姐,我们怎么好意思麻烦你。老丈人那边,我跟妹夫都商量好了的,该请人请人,兰香姐不用过去的。"

"读书是好事,可是书读多了也有不好。外边请的人,能有兰香好吗? 好,即便你们真的请外人,我也同意,但多个兰香,搭把手,不是更好吗?"

"用不了那么多人,云阶外婆身体还不错……"

"李临你怎么回事,百善孝为先,这个道理你应该懂的啊。亲家公已经病了,要是亲家母再累出个好歹,谁负责?"

李临被噎得说不出话来,忙示意许梦安,请求支援。

许梦安笑了笑："姐，我这离生还早着呢，家里那边哪离得开你呀。再说了，你总在我们这，我姐夫不得想你啊。"

"都老夫老妻了，不论这些。哟，不早了，先睡吧。等天亮了啊，第一件事就是去医院，去看看亲家公。你们该上班上班，这边的事，就都交给我了。哦，家里钥匙给我一把，还有楼下那门卡。"

许梦安还想说什么，李临忙摇头。

"她就是一时兴起，待个几天自己就会走的。"回卧室后，李临一边给许梦安按着肩膀，一边柔声说着。

"你说的这话，自己信吗？"许梦安觉着又好气又好笑，"我不是不让姐姐住在这，三五天，半个月，都可以。但她的脾气你我都知道嘛，到时候弄得……我们不痛快还好说，可万一搞得她自己也不开心就不好意思了。我跟你分析下局势……"李临的手劲越来越轻，许梦安一扭头，他都快睡着了。

"喂，李教授！"许梦安轻轻拧了下他的胳膊。

"啊，都行，都行。"

"我说什么了，你就都行。醒醒，你先听我说话嘛。"

"我醒着呢。"李临做了个撑开眼皮的动作。

许梦安摇摇头："先说我的工作，老张那边本来就想弄个人来替代我了，压力很大的。再说家里，我爸这样了，云阶又快中考了。整个就是内忧外患。姐姐这一来……搞得我措手不及的。"

"交给我了。"

"行不行啊？"

"男人不可以说不行嘛。"李临说着，一只手在许梦安背上摩挲。

"拿开！"许梦安嗔笑，"我这怀着孕呢。"

"我就是看看，不买。"

"滚。"

李临把脑袋靠在妻子肩头："说正经的啊。按说你们女人是最了解女人的，我怎么觉得你一点都不了解我姐呢？"

"什么意思？"

"她来这是为什么？"

"照顾我啊。我很感激的，可是……"

"你往深了想，再想想。"

"还能为什么……"许梦安纳闷。

李临一笑："我姐是个要强的人。可是如今，她那边，医馆有姐夫，上上下下的事，她都有些无的放矢。华华呢，上大学了。这孩子最讨厌的就是姐姐什么都要管，这回好了，终于放飞自我了，儿大不由娘嘛。姐姐就是还想管华华，华华也不听她的了。咱爸呢，老年生活多乐和啊，一会儿去旅游，一会儿又去参加什么中医论坛，时不时还开开讲座，享受着呢。好了，到现在，我姐成孤家寡人了，心里肯定没着没落的。"

"所以，她跑我们这施展来了？"

李临点点头。许梦安抚额："你要不说这些还好，你这一说，我怎么觉得更糟糕了呢？前途渺茫啊，李教授……"

"唉，不能这么悲观，要心怀希望！"

"我不管，她是你姐，你来搞定。"

"必须的啊。"话虽如此，李临显然也没什么底气。

对女人来说，生孩子是一道鬼门关。这句话，没有生过孩子的女人永远也体会不了。就好像，她们体会不了为什么女人当了妈都会变。孩子吃不掉的、不爱吃的，她们吃，跟在孩子屁股后面捡着吃。孩子穿的戴的都得比自己的要好，钱不够就先紧着孩子。孩子婴儿期时，每天都会仔仔细细观察他们的大小便，看到一坨自然成形、软硬适中的大便，她们就能开心大半天。最讨厌汗臭味的她们，孩子一生病，就挤在医院里挂号、交费、拿药。和老公吵了架，和婆婆闹不和，一想到孩子，就总是一忍再忍……"为了孩子"，这四个字，意味着没有底线的牺牲和充满了悲悯的自我感动。可说到底，对她们而言，一切的付出都是值得的啊。从那个小小的肉团降临人世时，从那张小小的嘴里喊出第一声妈妈时，从那双小小的手伸向自己时……每一个这样的时刻，都能坚定她们继续付出的决心。

"妈妈，我的生日就是你的受难日。"李云阶 10 岁生日那年，给许梦安准备了礼物。收到礼物的许梦安,差点没当场落泪。

是啊,受难日。妹妹的早产,让许梦安想起了自己的受难日。漫长的产程、极致的痛楚,这些本应刻在回忆里的体验,似乎都淡了。确切地说,伴随着李云阶的第一声啼哭,它们就变得不再重要。看着妹妹刚出生的小女儿,再看看马上成年的李云阶,许梦安都想不起来女儿是怎么长大的了。其实,即便没有李临和李云阶的劝解,肚子里的孩子,许梦安还是会生的。从小外甥女诞生的那一刻起,她就做出了决定。生命中的所有体验都是美妙的,既然她许梦安的人生里,安排了这么一次意外怀孕,她也应该去接受、去面对,去把一切看起来"搞不定"的统统"搞定"。说起来,不过就是……为母则强。

很多很多年前,许梦安觉得自己的人生是在进入婚姻后重新开始的,生了李云阶,又觉得当了妈才算"新生"。现如今,40岁的她又要当妈了。40岁再言"新生",想来是件不太可能的事。但是这些天,她感受着腹中胎儿的生长,渐渐发现,生命的意义,它本身就是把无数的不可能变为可能。

从老张办公室里走出来时,许梦安脸上带着一丝笑意。她很好奇老张此刻的表情,或许是错愕,或许是猝不及防? 尽管,他刚才嘴里一直在说"恭喜",在说"不错啊,又要当妈了"。

"心情不错?"瑞秋端着杯咖啡,走进了许梦安的办公室。

许梦安微笑着:"刚想跟你说来着,我要销假,接下来照常上班。"

"老张跟我说了,说你怀孕了……"瑞秋大笑,"还问我之前知不知道。我说,我是管人事的没错,可我不是计生办的呀。"

"他不定怎么恨我呢。"

"哎,哎,你说这话可有点小人之心了。刚刚他还嘱咐我呢,说你其实没必要销假,多休息几天没问题的。工作归工作,撇开这个,他也还算有人情味。"

"之前没打算要这个孩子,休息也就休息了,调整个一礼拜甚至一个月都没问题。可我现在要生,就得考虑长远一些了。先把工作理顺,等我休产假时,才不至于出乱子。"

"原谅我的八卦之心,我就想问问,你怎么又变卦了?"瑞秋睁着大眼睛,看着许梦安。

许梦安喝了口水,才道:"我一直以为到了这个年纪,自己的生活应该可以十拿九稳了。可是,仔细想想,谁的人生是十拿九稳的,哪个人生阶段又是能够十拿九稳的?与其畏惧明天的不可测,不如做好准备去接受和面对那些不可测。我爸劝我,李临和云阶也劝我,连心心都变了,她说,给云阶生个弟弟或妹妹,将来也有个照应。我真的很难想象,这样的话会从心心嘴里说出来……瑞秋,也许你无法理解我的决定,但是,我希望得到你的支持。"

"说心里话,我真的理解不了。你也知道嘛,我是丁克。不过,我相信你能处理好所有问题,公司里的,家里的。只是啊,我在想,这个社会是怎么了,怎么会对女性如此苛刻,要面面俱到,要家里家外都顾着。女权这条路,走了这么久,我们到底是给自己争取了权利,还是揽上了义务……"

"权利和义务缺一不可嘛。"

"还是你豁达。"瑞秋笑着,"对了,副总监的位置到底是给阿木还是凌美川,你得抓紧时间定下来了。"

许梦安用手指轻轻叩击着桌面:"是啊,生活就是这样,没的选烦恼,有的选仍烦恼。"

"行了啊,酸不酸,掉一身鸡皮疙瘩。中午吃什么呀,你现在可是重点保护对象,不能瞎对付了啊。"

"中午啊……中午我有约了。"许梦安突然想起来,今天中午,婉真约了她吃饭。

在新苗附近的一家餐厅,许梦安见到了婉真,她的气色看起来更差了。

"梦安姐,你说我现在出去的话,还能找到工作吗?"婉真说明了来意,"你这边要是有好的机会,帮我留意留意。"

婉真怀上头胎后就回归家庭了,掐指一算,她已经有十年没上过班了。

见许梦安不语,婉真再道:"我对薪水没有要求的,真的,哪怕从一个小文员做起。"

"上次于海跟我提过的,说你想出来上班。你别急,先吃点东西。"许梦安的脑子飞速运转,想着可推荐婉真到哪里去应聘。

"我能不急吗……"婉真的眼圈都红了,"再这么下去,我都要脱离社会了。

别说于海,我都看不起自己。"

"你不能这么想,全职太太也是工作。"

"是,全职太太是工作,但老公就是我的老板!老板现在想辞退我了。"

"怎么会……婉真,你不要疑神疑鬼。"

"对不起,梦安姐,我激动了。"婉真深呼一口气,才道,"于海几乎每天都很晚才回家,不是应酬,就是加班。他以前也忙,但再忙都不会像现在这样。他心里可能已经没有我,没有这个家了。"

婉真不是许梦心,如果不是遇到了特别严重的问题,她是断然不会跟许梦安说的。许梦安给婉真倒了杯果汁:"工作的事,我帮你想办法,于海要是不同意,我去跟他说。"

"我知道你也很忙,可是我真的没主意了……"

3

"我知道,剖腹产就是切开肚子,把小孩拿出来。"刘思明看起来有几丝得意。本来在走廊上聊得正欢的李云阶和何璐,双双转身翻着小白眼。

刘思明转着手里的笔:"干吗呀,我说的是常识。"

"我们在这说悄悄话呢,你插什么嘴,一边去!"何璐推了刘思明一把。

刘思明大大往后退了一步,撞到了人。他一回头,那人正是薛老师。

薛老师拉长着脸:"这都什么时候啦,一个个自由散漫的。"

"对不起啊,薛老师。"刘思明耷拉着脑袋。

"上课!"

"这不还没打铃吗?"刘思明话音刚落,上课铃声就响了。李云阶和刘思明慌忙跑进了教室,何璐倒是不紧不慢的。

王哲站起来,刚想叫"起立",薛老师就扬着手示意他坐下,然后把手里的一叠卷子重重地往讲台上一扔。底下那些个窃窃私语马上就停止了,李云阶等人连大气都不敢出。他们知道,薛老师这是要放大招了。

果然,薛老师蹙着眉:"这次摸底考试,你们的成绩一塌糊涂!特别是语文!以前哪次考试,我们班的语文平均分不是排第一的?这一次呢,直接掉到第四了!连前三都没排上!叫到名字的,上来领试卷……"

李云阶成绩平平,真要论起来,她的语文成绩还算是几个科目里比较不错的。但是这次,她也没考好,光是作文就失了不少分。薛老师念到李云阶的分数时,表情显得更严肃了。上课前还沉浸在表妹降生喜悦中的李云阶,这会儿,是再也高兴不起来了。熬到下课,还不得消停,王哲屁颠屁颠地跑了来,开门见山:"云阶,上次我跟你说的补习班的事你再考虑考虑呗。回头你跟你妈说说,让她也给你报一个……"

"别烦我啦。"李云阶拿课本盖着脸。

"喂喂喂,没听到吗?别烦她。"刘思明也来了。

李云阶取下课本,怒目圆睁:"你也别烦我!"

"李云阶,薛老师让你去她办公室一趟。"学习委员朱可馨走了过来。这次考试,朱可馨的语文成绩是全班最好的,此时,她的脸上有得意,也有幸灾乐祸。

从教室到薛老师办公室的这段路并不远,不过是从一栋楼穿到另一栋,可是今天,李云阶觉得它特别漫长。漫长到,她不得不停下来歇一歇。

终于走到了。好在这间共用的办公室里现在只有薛老师一个人在,李云阶长舒了一口气。

"知道我为什么叫你过来吗?"薛老师问。窗外有阳光洒在薛老师脸上,那些细小的绒毛泛着柔和的光泽,这样的她,看起来比之前在教室时温柔多了。

李云阶这才壮着胆子跟薛老师对视,答道:"我知道的。"

"你这心思最近也不知放哪了,这都初三啦,要是再不努力,你爸妈该有多失望。还有我,真的,作为你的班主任和语文老师,我不要求你考第一,但也不想你落后太多。我让你跟朱可馨同桌,就是希望在这初中最后一年,你能近朱者赤,把成绩提上来一点……云阶,女孩子仅仅长得可爱是不够的,我说这话,你能理解吗?"薛老师一片真诚。

李云阶心里更难过了,只喃喃说着:"能吧。"

"回头我跟你妈好好聊一下。"

"别!"李云阶瞬时打起了精神,"薛老师,我妈最近挺忙的。"

"还有什么比孩子的事更重要?"

"有……"李云阶顿了顿,"另一个孩子的事。"

"什么?"

到了下午,许梦安手边着急的工作忙得差不多了,想起来要给于海打个电话,说说他跟婉真的事。当然,怎么说,说什么,这些都挺难拿捏分寸的。许梦安跟于海交情不浅,两家人也走得近。可即便是这样,那毕竟是人家的家事。许梦安正打腹稿呢,薛老师来电话了,说让她得空去一下学校。

"薛老师,有什么就在电话里说呗。"许梦安道。

那头沉默了一下,才说:"云阶最近的成绩直线下降,心思好像也不在学习上了。我觉得有必要跟你好好聊一下。"

薛一曼是个很负责任的班主任,这一点,毋庸置疑。还没等许梦安说话,薛一曼又道:"我知道你工作忙。听说云阶的外公病了,而且,你又怀了二胎……"

"薛老师,你怎么……"

"我怎么知道的,对吧? 云阶告诉我的。"

"这孩子……"

"15岁了,就不能再把她当孩子看了。他们这代人,是在信息爆炸的时代成长起来的,好些事,他们比我们都懂。要二胎是你的选择,我也不好说什么,就是,你这练小号,不能把大号给废了吧?"

许梦安眉头紧锁:"薛老师,让你费心了。"

"光我费心有什么用。"

"前几天王哲妈妈给我推荐了个补习班,我正考虑要不要让云阶去……"

"是啊,人家王哲妈妈对孩子的教育真的没话说。你们只看到王哲学习成绩好,但你们不知道,这里面王哲妈妈付出了多少。云阶妈妈,这教育不单单是学校的事,有一大块还是要你们家长来抓的。你是家委会委员,在孩子的教育问题上,就更应该以身作则、配合学校嘛。"

"是,是。"许梦安忙道,"薛老师,我回头一定深刻检讨。"

"我要你的检讨干吗,现在我们首先要找出影响云阶成绩的主要原因,只有把源头找到了,才能对症下药……"

薛一曼不疾不徐地说了一堆,等她那边挂断电话,凌美川便走了进来。她摊开手里的文件夹,道:"许总,我认为这个方案存在着很大的问题。"

这就是凌美川呀,一个凡事都喜欢用"我认为",很少用"我觉得"的女人。"认为"是笃定和坚定,听起来很客观;"觉得"是犹豫和自谦,听起来挺主观。

"既然我回内容中心了,就得把手里的活干好,"凌美川又道,"我不想像某些人一样和稀泥。"

许梦安亦不打算跟她客套,只说:"把你的想法和建议拟好,发我邮箱。"

"昨天就发了,你没看到吗?"

这是要给许梦安下马威了?"我知道了,你先去忙。"许梦安道。

凌美川笑了笑,将文件夹放在许梦安桌上,转身便走。

"静姐,其实你不用买这么多东西的。"兰香拎着大包小包,跟在李静身边,两个女人正走进医院大门。

"你懂什么,这都是礼数。"

"那么小的孩子,你给人买对金镯子……这也太那什么了。"

"不都说许梦心嫁了个有钱人吗,我就是想让她看看,她姐姐嫁的也不是什么阿猫阿狗。"

"这话说的,李临可是大教授。"

"有才……"李静笑了笑,比了个数钱的姿势,"还得有财。这叫竞争力。许家二老一直不待见李临,那是他们没眼光。要我说,跟李临比起来,那个贾浩文就是个土财主。"

"是的是的,那个人可俗气了。"

李静整了整印满商标的丝巾,将手里的名牌包塞到兰香怀里,掏出纸巾,俯身轻拭了一下锃亮的皮鞋。

兰香不住地点头:"瞧瞧,这才叫气派。"

李静拎回包包,昂了头:"走着,先去看亲家公。"

一进病房，李静就握住了许母的手："亲家母，我来晚了！"

许母忙道："这是怎么说的……你来看老头子，我已经很高兴啦。怎么样，家里都还好？"

"好着呢。"

"你看，你还亲自来一趟，给你添麻烦了。"许母只觉得一阵头疼。

"说什么呢，都是一家人。兰香，快把东西放下啊。"李静边说边从包里掏出个红包，"一点点心意。"

嚯，看红包厚度，少说也有三五千。许母忙推："不行的不行的，东西我们收下，这个……这个不能要。"

"你要不收，我可翻脸了！"李静道。

"唉……你真有心。"许母哪敢跟这位姑奶奶翻脸，她可是领教过对方的厉害的。当年许梦安坐月子时，李静以大姑姐的身份亲自过来照顾，虽是一片好心，但也搞得许母不知所措。李静这人，处处都得占着理，表面上看着客客气气，可是呢，她似乎谁都看不起。李静自诩出身中医世家、书香门第，不是抬出她的老中医父亲，就是拿李临说事，况且，人家还有百依百顺的老公和乖巧伶俐的儿子。唉，这么一个把日子过得十全十美的女人，确实也有资本目中无人，对周遭的一切指指点点……

"我这次过来，一是探望亲家公和心心，再一个嘛，我是专程过来照顾梦安的。这一次，我要待到她生孩子，再结结实实地陪她坐完月子。咱们坐个大月子，三个月，一天都不能少。"李静很是热情洋溢。

"啊！"许母听了这话，不只头疼，还添了头晕。

"亲家母，你把心放到肚子里，既然我来了，就一定把梦安照顾得好好的。好啦，我先去看心心，"李静笑着，"心心好福气啊，儿女双全了，我要向她道喜。"

许母本想拦着，李静已经带着兰香走了。

许梦心刚生完孩子，情绪有点不稳定，剖腹产的伤口还在愈合期，加上没有奶水，她整个人变得十分敏感，还不许任何亲朋来探视。李静到了病房，见老贾和贾母守在一旁，许梦心则躺在床上，整张脸都埋在被子里。

"心心，姐姐来看你啦！"李静一边说，一边掏出红包和早就准备好的金手镯。

被子里那个身体好像动了一下，除此之外，半点回应也无。

"这是怎么了？"李静看向老贾和贾母。

贾母关键时候还是贴心的，只说："云阶姑姑，谢谢你来看心心。她的身体还很虚弱，一时半会儿不想见人。就让她歇着吧。"

"哟……"李静皱皱眉，"我就一直说嘛，剖腹产是最伤身体的……"

"姐姐，我求你了，可别提剖腹产了。"老贾轻声道。

"怎么了？ 这是……"

老贾开始往外撵人了："快走吧，姐姐。"

"不是，我是来看心心的，你们这是怎么了？"

"你走！"被子里那个人发出一声低吼。

"心心，你这是在跟谁闹别扭呢？ 有什么不开心的，就告诉姐姐，姐姐帮你……"李静偏又是个不会看眼色的，任凭贾母和老贾如何挤眉弄眼，自是岿然不动。

许梦心把被子掀了，抬高了音量："老贾，我跟你说过的，谁也不许来看我！"

"是，是。"老贾急得眼都红了，转对李静道："姐姐，快走吧，以后我再跟你赔不是。"

"这到底是个什么道理！ 我给你们的宝宝准备了红包，还准备了一对金手镯，梦安生了孩子也不过是这个礼。我怎么你们了啊，你们就要赶我走！"李静想不通，"心心，你刚生完孩子，气性可不能这么大，很伤身体的。剖腹产本来就很伤元气，你再一动气，伤了肝，这心肝肺是连着的……"

"云阶姑姑，我真的谢谢你了，这样，我送你到楼下。"贾母苦着脸。

兰香倒是看出端倪了，忙劝："静姐，要不我们先走，改天再来。"

"改天再来？ 别说改天，就是改地了我也不会再来！"李静转身，继而小声嘟囔，"还真以为自己是富太太了，瞧不起谁啊。"

"啊！"许梦心嘶吼着，掀开被子，趔趄着走到李静跟前。她肿着眼泡，眼睛里全是血丝，头发乱蓬蓬的，嘴唇也脱了皮，跟变了个人似的。

李静着实吓了一跳，直往后退。

许梦心颤颤巍巍地伸出手指，都快怼到李静的鼻尖了："滚！ 你给我滚！"说毕,她又指向老贾:"把东西全都还给她!"

李静越想越气,一路都摆着扑克脸。回到家后,就让兰香给许梦安打电话,要她早点回来,好跟她论论这个理。无奈许梦安不接,李静便亲自给弟弟李临打了电话,说自己来这是照顾弟媳妇的,不是来受气的。

李临跟许梦安其实在一块呢,两人正往医院赶。因为,贾母来电,说李静把许梦心给气着了,气得剖腹产的伤口都裂开了。

"要是我们心心出了事,我也不会让你们好过的!"这是贾母的原话。

唉,唉。李临只是叹气。他知道姐姐惯会惹祸,谁承想,她一来就放了个大招……

医院里,许梦安和李临自是说了一火车的好话。许母也劝贾母,还掏心掏肺,表明了立场:"我也不喜欢她,但有什么办法呢?李临的妈妈走得早,长姐如母嘛。她心是不坏的,就是有点那什么……唉,反正我也说不清楚,我跟她亲近不来的。不像咱们老姐俩。"

贾母倒还好说,只是这许梦心,一直不肯见姐姐和姐夫,连个道歉的机会都不给他们。

老贾将许梦安夫妻送到医院停车场,神情愈发颓败:"早前我妈说心心抑郁了,我还不信。这回,我是真信了。这事,客观来说,不怨云阶姑姑。当然,也不能怨心心。都是我的错,是我没及时发现问题。"

"别这样说……"看着老贾,许梦安心里颇有些不是滋味。是,老贾这人或许圆滑,或许市侩,但他对许梦心真的是一片赤诚。

"我问过医生了,心心这情况……疑似产后抑郁,但还有待确诊。她觉得自己生完孩子变丑了,有点不能接受。而且,她对剖腹产一直就非常排斥。"老贾低头,不再吭声,"她心里有怨也有恨,她这些情绪,我不是很能理解,但是如果连我都不理解她,还有谁能理解,还能要求谁来理解?大姐、姐夫,心心有冲撞到云阶姑姑的地方,你们俩多体谅,回去之后,替心心向她道个歉。让你们俩为难,是我最不愿意看到的……"

"好了,老贾。"李临拍了拍妹夫的肩膀,"这段时间为了爸的病,你跑前跑后,心心又生了,少不了又是你操心着。咱们之间,就不要说那些客套话了。如果心心真的产后抑郁了,我倒是可以推荐个心理医生,人家专门就是研究这个的,也算是业内翘楚了。这事,交给我来办。"

"真的吗?"

李临点点头。老贾很是感激,又巴巴地送姐姐和姐夫上了车,这才折回病房。

"好啦,他们都走了。"老贾垂手站在许梦心病床前。

许梦心仍是暴躁:"我谁也不想见!"

"小西瓜呢,小西瓜也不想见吗?她今天好多了,笑起来特别像你。"

许梦心沉默了。

"还有熊熊,问了我好几次,说妈妈什么时候才能出院呀……"

"能让我安静一会儿吗?我很累。"

老贾尝试着靠近许梦心:"我就在边上坐着,不说话。"

"把你的手给我。"

"好……"老贾伸过自己的手。

许梦心抱着老贾的手臂,狠狠地咬了一口。老贾只闷哼一声,便不再发出任何声音。这是他答应了妻子的,他就在边上坐着,不说话。

从医院回家的路上,许梦安对李临说:"你刚才那样,倒是有点姐夫的样子了。"

"姐夫应该什么样?"李临反问。

"包容、理解,能扛事。"

"这段时间,老贾真心不容易。我要是能帮上忙,也是应当应分的。"

"以前你可不这么想,你也从没这么说过。你说一大家子人搅和到一块,烦得很,恨不得跟我娘家,跟老贾两口子划清界限。"

"这话过了啊。"

"你知道咱爸为什么偏爱老贾吗?因为老贾是真的把我们当家人。"

"我不是?"

"你也是,但你……"许梦安笑笑,"算了,不说了。"

"咱俩别在这说相声了，家里那位姑奶奶该怎么对付，你想好了吗？"

"你不是说，你姐你能搞定吗？"

李临叹了口气："试试看吧。"

两人回到家，只见李云阶独坐在客厅，沉着张小脸。

"你们怎么才回来？"李云阶问。

许梦安换了拖鞋，才道："去了趟医院。"

"爸……"李云阶走到李临身边，小声问，"姑姑跟你说了没，她什么时候回家呀？"

"她才刚来，我怎么好意思问，你这孩子。"

"姑姑太气人啦，刚才一直在问我学习上的事，说了一堆乱七八糟的。"

"她说什么了？"许梦安忙问。

李云阶把声音压得不能再低："她说，要是我考不上重点高中，就送我出国念书。我不愿意的。她又讲，不愿意的话就去读那种寄宿高中好了，管得严，没准还能考个好大学。我才不去呢！"

"姑姑就是随口说说的……"许梦安拉过李云阶的手，"就算你愿意去，你爸还舍不得呢。"

"那你呢？"

"我也舍不得啊。"

"才不会。"

"别瞎想了，快去睡觉，这都几点啦？"

"那……那你们赶紧让姑姑早点回家吧，她唠叨得我头都大了。"

"嘎吱"一声，李静住的那间客房的门开了，李云阶吐了吐舌头，连忙跑进了她自己的房间。

李静走出来，双手抱臂，看向李临："你来一下。"

李临无助地看向许梦安，许梦安用口型说了个"加油"，还做了个同款手势。

李临进了房，李静把门关了，问道："什么情况，不是让你们早点回来吗？"

"姐，心心剖腹产的伤口开裂了，我们那会儿在医院呢，走不开的。"李临到底不敢跟姐姐说重话。

"怎么会这样?"

李临看着李静,想给她个眼神,让她自己体会。

看着弟弟有些复杂的小眼神,李静不可置信地指着自己:"是因为我?"

"嗯……"

"怎么可能! 我干什么了呀,我这还一肚子气呢。哦,我带了那么大一个红包,还有那对金手镯,为了选一对好看的,我跟兰香腿都逛断了……这可好,人家不但不领情,还讹上我了!"

"没人讹你,姐,心心现在是特殊时期,你不能跟她一般见识。"

"就她那样的,什么时候我都不会跟她一般见识。"

"那不就结了,那你还生哪门子气嘛。"

"不是,我……"李静这才回过味来,绕了一圈,掉进自己挖的坑里了。

"医院呢,你暂时别去了……"

"当然不会再去!"

"还有啊,"李临顿了顿,"过几天我想回老家一趟,咱们一块回。"

"什么意思?"

"想家了。"

"我明白了,是许家那伙人让你撵我回去了吧?"

"不是的……唉……"

"要回你回,我可不回! 许家给你什么好处了,现在你居然连亲姐都不要了!"

第八章
炸鸡大战药膳汤

1

姑姑到底还是没有走,不但没走,还颇有常住的趋势。然而,这还不是最让李云阶烦恼的。最让她烦恼的是,她要去上补习班了。这意味着,每周一节的钢琴课要取消了;更意味着,她的父母没有信守承诺。初二快结束时,老妈和老爸曾答应过李云阶,不会像别的家长一样,送她去上什么补习班。

"课堂上认真听讲,课后完成作业,这些就够了。我们不会给你压力的。"老爸是拍着胸脯保证过的。

李云阶也是最近才知道,别的同学到了初三,很多都不再上什么兴趣班,而是主动或者被动地选择了补习班,只有她和少数几个人还在坚持。老爸和老妈一直在说"成绩不是最重要的",李云阶本以为他们和别的父母不一样,现在看来,世界上所有的父母都是一样的!

她原想跟他们解释,考试成绩下降,是因为这次各科试卷,尤其是语文试卷,那些题型太古怪、太刁钻。可这么一解释,妈妈肯定要说她在找借口,说她没有责任感。这个周六,是李云阶最后一次上钢琴课了。答应过会送她去青少年宫的老妈再次失信,说是要加班。老爸倒是要送,被她断然拒绝了。当年她想学钢琴,第一天送她到这里的正是老妈,如今是最后一天了,那么,也应该是老妈来。这对李云阶而言，像一个仪式。虽然，这个仪式本身没有任何意义，也改变不了什么。

琴房里，音韵悠然。黑白琴键在老师修长的手指下，变成了一个个跳跃的音符。李云阶试图全神贯注，却愈加恍惚起来。

掌声雷动，舞台聚光灯下，一个年轻的女人一手捧着奖杯，一手拿着话筒。她笑得恰到好处，也美得恰到好处。那种美，不张扬但绝对惹眼，不炫耀却无法低调。白色修身礼服包裹着的，是正值韶华的躯体，微微昂起的脸蛋，则满是胶原蛋白。这是一年一度的 H 城文化产业盛会，年轻女人获得的是最佳创意奖。

"没想到啊，黄思思打扮打扮，还有那么点意思。"阿木转对身边的许梦安道。

这个颁奖礼，许梦安原是不想来的，毕竟，新苗只拿了个微不足道的小奖。可不知怎么，她临时改了主意。

黄思思亲吻了一下奖杯，款款说道："感谢蓝海传媒，感谢所有的同人。当然，我最想感谢的是于海，我的于总……"

于海就坐在许梦安前排，在起哄声中，他站了起来。因为黄思思说了，希望于总能上台跟她分享喜悦。他慢慢上台，慢慢走向黄思思，而黄思思看起来有些急不可耐，她上前两步，抱住了他。

阿木摇头："辣眼睛……许总监，他们俩不会真的有什么吧？"

"嗯？"许梦安看向阿木。

"他们的事，在蓝海早就传疯了。"

"他们怎么了？"

"听说于海为了这个黄思思，家都不爱回了，在闹离婚呢。"

"不可能。"话是这么说，许梦安的心里还是咯噔了一下。她之所以改变主意来参加这个颁奖礼，就是知道于海也会来，她想找机会跟他面谈，聊聊婉真的事。

散场时，许梦安正琢磨着去跟于海打招呼，他倒是主动过来了。

嗯，不但他来了，黄思思也来了。

"前辈好。"黄思思一贯很谦逊，向许梦安问好。

许梦安笑着："恭喜了。恭喜你，也恭喜于总，有你这么好的帮手。"

"怎么样，要不要一起吃个饭？"于海问许梦安。

许梦安抬手看了看表："不用了。你看你有时间吗？我有点事想跟你聊聊。不会耽误你为黄小姐庆功，十几分钟就够了。"

没等于海回应，黄思思便道："那你们聊，于总，我在车上等你。"

一边的阿木愣了一下，才道："哦，那什么，许总监，我……"

"你不用等我了，直接回吧。"

"从下周开始，云阶暂时停课，主要是因为初三了，课业太繁重……下面，我们欢迎她为我们演奏一曲。"钢琴老师示意李云阶，让她做好准备。

本来这个课是"一对一"教学的，但是，今天下午刚好是青少年宫汇报演出的彩排，老师的所有学生都来了。如果不是要上补习班，这个汇报演出，李云阶是一定要参加的。

李云阶忐忑着，向众人鞠躬。她演奏的是《致爱丽丝》，可以说，今天是她表现最为完美的一次。

"非常好！云阶，课业不忙的时候，在家里偶尔也要练练。等中考结束了，你再回来。"老师微笑。

中考结束就是高中，要是如姑姑所说，得到国外念高中，或者去什么寄宿学校，怎么还可能跟着老师练琴？李云阶点着头，只是沉默。

"李云阶！你真厉害！"何璐鼓着掌走进琴房，她身后还跟着刘思明，刘思明的怀里抱着一束鲜花。

"你们怎么来了……"李云阶诧异。

"还愣着干什么！"何璐推了刘思明一把。

刘思明挠着头，走向李云阶："给你的。"

"什么呀？"李云阶有些不好意思。

何璐道："拿着吧，你不是喜欢仪式感吗，我们给你仪式感！你妈没时间来，我们来。"

"你们……"李云阶话没说完，鼻子就开始发酸。

许梦安和于海来到会场旁的休息室，两人坐下。

"你这是怎么了,干吗这么看着我?"于海问道。

许梦安的眼神里有探究,甚至还带着几分不满:"婉真托我给她找工作,这事你还不知道吧?"

"嚯,她还没完了。我得说说她了,不像话!好在她找的是你,要是找了别人,我可丢不起这个人。"

"我在跟你聊婉真的事,你关心的却是自己的脸面?你老婆受了委屈,你不闻不问,想的只有你自己……于海,我真的不知道你会变成这样。"

"那我应该是什么样?我原来又是什么样?许梦安,你了解实际情况吗?你知道我受了什么委屈吗?"

"你还委屈了?刚才在台上,你笑得跟朵花似的,不知道有多得意。你现在整个人的状态,走出来就是一个大写加粗的成语。知道这个成语是什么吗?小人得志!"

"你……"于海被怼得无话可说。

许梦安再道:"我问你,你和黄思思……是真的?"

许梦安笃定一点,那就是空穴不会来风。听阿木那口吻,于海和黄思思似乎已经成了公开的秘密。于海是许梦安的老同学、好朋友,婉真又是许梦安给于海介绍的。这件事,以许梦安的个性,是不能不管的。既然要管,就应该管到底。

"你都听到什么了?"于海问许梦安。

许梦安沉着脸:"别管我听到了什么,我就想知道,这到底是怎么回事!"

"好……"于海的表情也变得严肃起来,"既然你问了,我也没什么好隐瞒的。我确实喜欢黄思思。"

许梦安原以为于海会辩驳、解释,没想到,他立马就承认了。

"然后呢?你准备怎么办?"她问他。

"人这一辈子,说长不长,说短不短。遇到喜欢的人,并不容易。"

"我不想听这些,我就想知道你接下来的打算。婉真怎么办,你两个女儿怎么办?"

"我没想过要跟婉真离婚。这么跟你说吧,我也没想过要跟黄思思有什么实质性的进展。"

"柏拉图？"

"或者说是互相欣赏。"

"明白了，精神出轨。"

"干吗要用那个词？我对黄思思有好感，不代表我就对婚姻没有责任感了。"

许梦安觉得一阵作呕，是真的想吐了，忙拿纸巾捂嘴。

"你……"于海似乎猜到了什么。

"对，我怀孕了。"

"你疯啦？"

"现在谈的不是我的事，明白？"

于海摇头："跟你的事比起来，我这根本就不叫事。"

"如果跟女下属搞暧昧都不是事，如果背叛了妻子都不是事，好，那我今天确实是对你有了重新的认识。"许梦安站起来，"婉真为你，为你们这个家，付出了多少、牺牲了多少？这些，你想过吗？"

"她为我付出，为我牺牲，所以，我就应该歉疚，对吧？"

"不应该吗？"

"那我曾经为你付出那么多，你歉疚过吗？"于海直视着许梦安。

比萨店里，刘思明正忙着堆沙拉塔。每次他都能把沙拉堆得又高又稳，这也算是他的特长之一。不远处，靠窗的位置，李云阶跟何璐对坐。

"不只是你，我和刘思明也要去上补习班了，"何璐看起来很无奈，"无一幸免。"

李云阶看着欢天喜地堆着沙拉塔的刘思明："看他那样，跟没事人似的，真羡慕他。"

"他高兴着呢，本来嘛，一个礼拜只有五天能见到你，现在好了，天天都能见到了。"

"别闹，我烦着呢。"

"还有王哲，要是知道你要跟他上同一个补习班，不定会乐成什么样呢。李云阶，你怎么这么招人喜欢啊？喂，我问你，刘思明和王哲，要是让你选，你会选谁？"

"为什么要选?"

"少装乖乖女啊。"

"就算要选,干吗非要在他们俩中间选?我妈说了,等考上大学,优秀的男生多了去了。"

"你妈说,你妈说……什么都是你妈在说。受不了。"

"刘思明对我是挺好的,但我对他也不错啊。我跟他从小就认识,当然要对彼此好。至于王哲,虽然是个学霸,但人家不高傲,班里这些同学,他谁不关照?上次你没交作业,他还给你打掩护呢。男生对女生好,就非得是那种'好'吗?"

"就算是那种'好'又怎么了?每次跟你聊天,你总是这样,非要跟我抬杠。"何璐愤愤然。

"我没有……"李云阶不知道该怎么说,"你别生气了。我只是觉得有点难过,一想到马上就要中考,可能要跟大家分开,心里就……何璐,我真的想回到过去,这个初三,太难熬了。"

刘思明小心翼翼地捧着沙拉塔过来了,这一次,他堆得比以往都高。他以为李云阶看了会开心的,没想到李云阶红着眼眶,何璐亦闷闷不乐。

"当当当当,两位女神,快来看看我堆的沙拉塔,绝对是全场最佳。"刘思明说着,把沙拉塔放到了桌上,一个不稳,塔从中部断开,掉了一地的沙拉。

"没事,没事,你们别难过,我再去堆一个!"这个高高大大的男孩子,说完就跟一阵风似的旋走了。

"那我曾经为你付出那么多,你歉疚过吗?"

于海这句问话,让许梦安哑口无言。不管是大学时代,还是毕业后在杂志社成为同事,于海确实在方方面面对许梦安照顾有加。特别是许梦安没有和李临确定恋爱关系时,于海几乎从不掩饰对她的喜欢。那种被喜欢的感觉,许梦安虽已淡忘,但不可否认,它也是过往的一部分。甚至,她也曾心安理得地享受着他为她做的一切。当时她还是年轻女孩,年轻女孩的价值,一多半是建立在旁人的欣赏之上的。她也不例外。她本以为,随着时间的推移,于海和她已经成了朋友。她还做过一个选题,就是关于异性之间是否存在友情的,很显然,她的观点是"存在"的，还认为，她跟于海就是极好的例子。

"于海，我不知道你在说什么。"

"你知道我为什么喜欢黄思思吗？就是因为她像你，她像那时候的你。"

许梦安哑然失笑："所以，是我的错？"

"我没这么说。我只是很怀念当时的你我。梦安，我再也不可能拥有那种感情了。纯粹的，没有任何杂质的。"

"太可笑了。你精神出轨，居然是因为对方像我？首先，我没看出来她哪里像我。其次，你管不住自己，不找自己的原因，反拿我当垫背的。对不起，我不愿意！最后，你连你的妻子，你的枕边人都不能善待，你没有资格谈感情！"

"很好，你的逻辑思维能力仍然让我佩服。"

"打着'感情'的幌子背叛感情，你欺骗的不仅仅是婉真，还有你自己！"许梦安说毕，转身就走。于海追了几步，终究还是停下了。

许梦安突然回头："每个全职太太都应该得到尊重，婉真不是你的老妈子。如果你不珍惜她，好，我会给她找一份合适的工作，让你看看，能当好全职太太的女人，也一定能在职场上出人头地。不管她已经在家带了多久的孩子，不管她和社会脱节到了什么地步，只要她愿意出来，只要有好的机会，她就可以从头再来！"

2

李云阶从比萨店出来已是下午，她跟何璐、刘思明道了别，打算去医院看看外公。外公的嘴巴仍然歪着，口齿依旧不清，但气色比之前好了很多。他看到外孙女来了，咧着嘴笑，一边笑，一边用纸巾擦去嘴边溢出的口水。老妈说，外公接下来可能都会这样，这是后遗症。

"你妈妈刚刚来过的，"外婆问李云阶，"你怎么没跟她一起来？"

李云阶沉默着。外婆皱眉："出什么事啦？你们娘俩吵架了？"

"吵架倒是没有，就是她不让我学钢琴了。"

"为什么啊？"

"初三了呗,要送我去上补习班。"

"那就等考上高中再学。"

"我自己……我也不想学了。"

外婆愣了一下:"不是学得蛮好吗?"

"很一般。我条件不好……"李云阶伸出自己并不算修长的手指,"手指头不灵活。我这个人嘛,也笨,没什么悟性。"

"你喜欢弹钢琴吗?"

李云阶点头。外婆笑:"喜欢就好。你妈给你买了那么贵的钢琴,怎么可能不让你学?就是你现在学习紧张,暂时先停一下。你小姨小时候学过的东西可多了,没有一样是她真正喜欢的。后来说喜欢画画,大学也念的是美术专业,可是吧,我瞧着,她现在也不喜欢了。"

"哦……"李云阶半懂不懂。

"自己真的喜欢,才是最重要的。喜欢了,遇到点难处,总能解决。这要是不喜欢了,即便天天送你去学,你也学不好嘛。好啦,时间不早了,你妈还等你回家吃饭呢,要给你做炸鸡来着。"

"你怎么知道?"

"她说的啊,说很久没给你做好吃的了。"

李云阶家的厨房,此刻正站着三个女人。

许梦安要做炸鸡。兰香不让许梦安下厨,接过了锅铲。李静夺过锅铲,关了火:"油炸的东西最好少吃!大人吃也便罢了,怎么能给小孩吃这种垃圾食品?我炖了药膳的,再过一会儿就该好了。"

许梦安本想说,女儿要去上补习班了,这顿饭是慰劳女儿,给女儿加油打气的。那些味道奇奇怪怪的药膳,别说女儿了,连许梦安和李临都咽不下去。刚才她还看到兰香往嘴里塞榨菜呢,说最近总感觉嘴里寡淡,吃什么都没味道。李静一腔热忱,试图改变所有人的饮食习惯,却不知,这些人正叫苦不迭。

兰香打着圆场:"静姐,这个炸鸡也不是天天吃,偶尔吃一次没事的。再说了,这是云阶喜欢吃的。这孩子吧,虽然不挑嘴,但喜欢吃的东西不多。咳,她现在学习压力大,总得做点她想吃的。"

"学习压力大,就更应该注意饮食了。我是培养出了两个大学生的,李临、华华,现成的例子。他们高考前,那都是我给调配的饮食,结果不都考上好学校了吗?李临还是大教授呢!什么爱吃不爱吃的,吃了对身体有帮助才是对的……"李静开始叨叨。

"这是我的厨房。"许梦安也不看李静,径直从她手里拿过了锅铲。

空气在一瞬间突然安静。"这是我的厨房",简单一句话,听起来不带任何感情色彩,却把什么都说尽了,一下触碰底线,也戳痛了李静的心。

许梦安也想有耐心,可是,一天下来,她真的太累了。她出席了那个闹哄哄的颁奖礼,跟于海吵了一架,去医院探望了许父,还跟老贾聊了聊许梦心的情况。很显然,妹妹的情况并不乐观。因为,妹妹还是不愿意见她。她许梦安也是人,一个有血有肉、会哭会笑的人。她已经年过四十,精神上也足够独立,不需要谁来安抚情绪。但是现在,她只想在自己的厨房给女儿做顿好吃的,怎么就不行了?

"炸吧,炸!别光炸鸡啊!"李静冷笑,打开冰箱,一样样往外掏食材,"把这个鱼也炸了吧,还有虾,还有肉!"

兰香最是左右为难。没有李静引荐,她是得不到这份保姆的工作的,何况,老家好些事都离不开李静的帮衬。可是许梦安呢,是兰香的雇主,人家每个月是要给自己发工资的。这些年,因为"为难",好多事她都犯过愁,尽力两边讨好。可是,以往那些事,都不是明面上的,李静和许梦安的好些矛盾,如果闹到兰香这,她总能暗戳戳地就给解决了。这两个人还从没像今天这样正面交锋过。

只看那许梦安,面不改色,一锅油已经炸开,正往里面放裹了面包糠的鸡。这道菜是她特地去朋友的"啤酒炸鸡"店学来的,没少花功夫。

"好,这是你的厨房,我走,我现在就走,"李静顿觉威信全无,换了套路,"我回老家。是啊,你生孩子,我操的什么闲心……"说着说着,她便倚在门边拭泪。

"兰香,准备番茄酱。"许梦安完全没管李静,转而吩咐兰香。

李静瞪了兰香一眼:"去给我收拾行李,我要回家,现在就回。"

兰香摊手,她觉得自己才是锅里的那只炸鸡。不过,炸鸡可真香啊,完完全全盖过了这几天一直萦绕在这个家里的中药味。

"好香啊,今天总算开荤啦?"李临终于从书房出来了。他今天也没闲着,上午去医院照顾老丈人,下午在家里写论文,此时已饥肠辘辘。

李静见弟弟来了,以为搬到了救兵,正欲诉苦,却看到他走到许梦安身边:"还有吗?多炸点,馋死我了。"

"砰"一声,厨房的门关上了,李静已经离开。兰香忙打开门追出去,把她拉进了房间。

"什么情况?"李临问许梦安。

许梦安抬头:"炸鸡大战药膳汤,第一回合,稳了。"

李临蒙了一下,忍不住笑起来。

"去吧,去哄哄她。"许梦安又道,"闹着要回家呢。"

"你这是何必呢?真的要吃,我们可以出去吃。"

"我的女儿想学钢琴,我却要送她去补习班,好,为了她能考个好学校,没办法。可是,我的女儿爱吃炸鸡,这么简单的事情,我怎么就不能满足她了?"许梦安看着李临。

李云阶回到家,看到桌上的炸鸡,也很吃惊。甚至,老爸还允许李云阶尝了一口他杯子里的啤酒。苦苦涩涩的,倒没什么意思,滋味远不如可乐。

饭桌上,就只有老爸、老妈和李云阶,姑姑和表姑一直没出来吃饭。

"云阶,今天妈妈有事,没有陪你去上钢琴课,妈妈向你道歉。"老妈说。

李云阶心里本是怨愤的,可老妈这里,又是好吃的,又是好听的……好嘛,老妈又在扔糖衣炮弹,但她李云阶呢,还偏偏就吃这一套!李云阶一面大口咬着炸鸡,一面暗骂自己不争气。

"云阶,人生就是这样,会有好多身不由己。怎么说呢,谁也没有绝对的自由。我只能说,送你去上补习班,是为了你将来能有更多选择。"许梦安对女儿说着,"我也不知道你能不能理解,总之,好好努力,我们一起撑过去吧。等你中考了,小葡萄也出生了,你要给葡萄做表率的。"

李云阶没说话,只是埋头吃。

"你妈跟你说话呢。"李临给女儿续了杯可乐。

"哦，我听到了呀。"李云阶抬了抬眼，站起来，"反正就是做个乖乖女嘛，我也一直都是这么做的。你们说什么，我就做什么喽。我吃饱了，该回房间写作业了。"

"你这孩子……"许梦安站了起来，她觉着女儿的话听起来阴阳怪气的。

李临示意妻子噤声。待女儿进了房间，许梦安才自嘲道："这顿炸鸡吃的……得罪了你姐姐，在女儿这里，我也没落到好。"

"明天就都好了，没事的。"李临只得劝慰。

许梦安笑了笑，拿纸巾抹了嘴："我也吃饱了，该回房间补觉了。你看着收拾吧。"

"不是，我……"

"兰香姐正劝你姐呢，她今天可没时间洗碗。哦，对了，该让她们出来喝药膳汤了，不能浪费。"

许梦安的话里，带着一股子挑衅的意味，她很少这么讲话的。李临有些错愕，还想说点什么，妻子已经离开了餐厅。待他蹩脚地收拾了碗筷，回到卧室，发现妻子已经躺下了。她正睁着眼睛，盯着天花板。

"累着了吧？"李临走过去，挨着床沿坐下。

许梦安的声音里满是倦怠："都说四十不惑，可是，好些事情，我是越来越想不通了。"

"是因为姐姐？"

"我还不知道她的脾气吗？"

"那是因为什么？"

"我做错了一件事，一件大事。我不该把婉真介绍给于海的。"

"到底什么情况？"李临不解，"他们俩不是挺好的吗？"

"于海出轨了，我问过他，他承认了。"

"啊？"

医院里，老贾正小心翼翼地扶着许梦心的肩膀，两口子站在小西瓜的保温箱前。保温箱里，小西瓜睡得正香甜，一双小脚丫微微抖动着。

"你看西瓜的眼睛,是不是很像我?"老贾笑着。今晚,他终于做通了妻子的思想工作,她愿意来看看孩子了。

许梦心看起来仍有几分木然:"她眼睛都没睁开呢。"

"睫毛多长呀,我的睫毛就很长。"

许梦安瞧了瞧老贾稀疏的头发:"你也就剩睫毛了。"

"看你说的……"老贾转而柔声对保温箱里的女儿道:"西瓜啊,妈妈是开玩笑的,以后你可不许跟妈妈学。爸爸秃了,那是因为要工作,要赚钱嘛。爸爸要赚好多好多钱……"

"真的要叫她西瓜吗?"

"熊熊给取的嘛,西瓜,蛮好的,多可爱啊。"

"我想回病房了。"许梦心转身。这时,西瓜突然发出了一声啼哭,她醒了。

"心心,西瓜睡醒了,你看看呀,她舍不得你走呀。"老贾说着。

许梦心犹豫了一下,才回转身来。

小西瓜看到妈妈,瞬时止了哭声,竟露出了笑容。

老贾忙道:"西瓜笑了!她这是高兴呢,妈妈来看她了。"

许梦心微微下蹲,用一种很复杂的神情看着她的女儿。女儿的眼神很清亮,像是自带了美瞳,眉眼之间,果然是有些像老贾的。老贾没秃、没发胖前,五官很端正,是个极有精神的男人,充满了活力,看起来什么都打不倒。当然,那时候的许梦心,是年轻的许梦心,没生过孩子的许梦心,肚子上没有刀疤的许梦心。可是现在,这个刚刚生下二胎的女人,穿着宽大的睡衣,整个人都松垮了。

没生熊熊之前,她是心心念念要成为辣妈的。事实证明,她也做到了。甚至,在怀上西瓜后,她也保持着非常好的状态。没显怀之前,好多刚认识的人都还以为她没结婚呢。那个时候,她总是骄傲地抬着下巴,说:"我儿子都上小学啦。喏,肚子里又有一个。最好嘛,是个女儿。儿女双全,凑个'好'字。"然而,现在的许梦心,她的感觉一点都不好。

老贾抓过许梦心的手,慢慢放到保温箱外壁上。她本想抽回手,却不禁被西瓜的笑容所吸引。

"这是我的女儿?"许梦心仿若做了一场大梦,这场梦,现在才醒。

"西瓜是我们的女儿。"

"我生了个女儿?"

"是,你是我们家的大功臣。"

许梦心凑过自己的脸,仔仔细细打量着小西瓜。

"心心,一切都会好起来的。"老贾坚定极了。

"我想回家,我们什么时候才能带西瓜回家?我想熊熊了……"

"傻瓜,你还在月子里呢,不过,明天,我们就可以带着小西瓜去月子中心了。我和大姐给你订了最好的月子中心,选了最贵的套餐。"

"真的吗?"

"当然是真的。心心,你是最好的,所以,你也值得拥有最好的,所以……我也要给你最好的。"

"老贾,对不起……"许梦心落泪了,"我也不知道是怎么了,我知道你对我好,但我总是伤害你。我不是故意的,老贾,我真的不是故意的。"

"说什么呢,我可是你老公。别哭了嘛,月子里不能哭的,不然妈该说你了。"

"让我哭嘛。"

"西瓜看着你呢。"

许梦心抽泣着,强忍住泪水,望着小西瓜。小西瓜抬了抬手,似乎在跟妈妈打招呼。

"嗨,小西瓜,欢迎你来我们家。"许梦心终于笑了,"我是妈妈呀……"

"这毕竟是他们之间的事,你还是少过问吧。"李临劝许梦安。

许梦安从床上坐起:"婉真做错什么了?相反,她对家庭尽职尽责,照顾着那么一大家子人。于海真的太过分了,你是没看到他的嘴脸,就好像一切都是心安理得的。连出轨都能振振有词。"

"振振有词?他都说什么了?"

"他说……"

于海说的那番话,什么喜欢黄思思是因为她像年轻时的许梦安,这些话,自然是不能跟李临讲的,以免引起不必要的误会,虽然当年于海确实追求过许梦安。

见妻子没再往下说,李临再道:"你把婉真介绍给于海的时候,也不知道会发生这种事,你又不是预言家。别自责了,你啊,就喜欢什么都往自己身上揽。"

"不管怎么样,我先想办法给婉真找个工作。他们俩要是离婚了,对婉真的伤害是最大的。以我对婉真的了解,她要是知道了于海在外面的这些事,那是非离不可的。别看她平时话不多,文文静静的,但她是块硬骨头,不会服软,也绝对不会原谅于海。"

"可是婉真在家待了那么多年,还能找到好工作吗?"

"怎么不能!"

"你呀。"

这时,许梦安的手机响了,竟是贾母来电。

"大姐呀,我是熊熊奶奶,"手机那头很是急切,"熊熊发烧了……"

贾母是给熊熊洗完澡之后才发现他发烧的,她很自责。如今,儿子天天待在医院照顾儿媳和小孙女,贾母实在不忍心再给他添堵了。何况孙子是跟着自己的时候生病的,她很是内疚,也害怕被儿子责怪。可是,这个精明的老太太,在村里,在家里,里里外外那都是一把好手,到了医院吧,就成傻子了。上回她身体不舒服,执意要一个人去医院,结果什么排队、挂号、取化验单的,搞得她头都大了,愣是在医院里团团转,耗了半天。左思右想,贾母便只得求助许梦安。许梦安在贾母心里就是"妥帖"的代名词,就好像许家的大姐什么都能处理好,她不怕麻烦,也不怕棘手,任何事都能做得顺顺溜溜的。

李临跟许梦安一边说着话,一边从卧室走出来。经过餐厅的时候,发现李静和兰香在吃饭。毕竟,还有那么大一锅药膳汤没喝完,不能浪费。

"姐,熊熊病了,我们俩去一趟。"李临急忙汇报。

李静放下手里的调羹,微仰着头:"开车去?"

"嗯。"

"你开还是她开?"李静看了许梦安一眼,"你不敢开车,她这怀着孕,能不开车最好不开,大晚上的,不安全。"

"我们叫个车好了。"

李静转对兰香道:"帮我把包拿来。"

"不是,姐……"

"你就别去了,去了也不顶事。我开车送你老婆!唉,这一天天的,你们俩啊,总有操心不完的事。"

李临和许梦安对视,许梦安顿了顿,才道:"那就辛苦姐姐了。"

开的是李静的车,一路上,两个女人都没说话,各自沉默着。到了贾家,贾母看到李静,难免诧异,更觉得有些尴尬。前几天,因为李静来医院看许梦心,发生过不愉快,还害得许梦心剖腹产伤口开裂。再看那李静,跟没事人似的,一把从贾母怀里接过熊熊:"走啊,赶紧去儿童医院,还等什么呢!"

许梦安是了解大姑子的,她一点都不觉得意外,搀了贾母:"走吧。"

李静这个人,对人与人之间的界限感很是模糊,却是个极有责任感的。还有,她易怒,可是呢,她的脾气来得快去得也快。

正如李静说的那样,她比弟弟李临顶事。因为有她,熊熊很快就被送到了急诊室。熊熊体温不算高,是贾母太紧张了,医生给开了些药。许梦安取了药,李静一把拿过,翻看着,检查着,末了才道:"可以吃。"

待两人把贾母和熊熊送回家,已经很晚了。许梦安和李静并肩往停车场走,路灯很亮,照在李静的头顶,有缕白发很是分明。

"姐,让你费心了。"许梦安道。

李静止步:"你是个孕妇,而且是高龄妊娠,这些,本不该由我来提醒。人的精力是有限的,哪有面面俱到,什么都能做好,谁都能照顾得到的……"

"是。"

"别跟我在这'是',嘴上说说有什么用。"

许梦安笑:"也对,你嘴上说回老家,不也没回吗?"

李静瞪了许梦安一眼:"你放心不下你许家的事,我也放心不下我李家的事,大家……彼此彼此吧。"

"好,彼此彼此。"

"梦安,我知道你有好多烦心事,而且,让你烦心的,好些都不是你自己的事。"李静笑笑,"我在你这个岁数的时候也这样,上有老、下有小嘛,中流砥柱嘛。当时觉得特别糟心,可是吧……等到现在再回头看,其实那个时候挺好的,充实,一天到晚总有忙不完的事,好像还挺享受的。不过……慢慢来,悠着点吧。"

"好啦,我们回家。"

兰香见李静和许梦安相安无事地回了家,一颗悬着的心才放下。

想来有文化的女人到底是好的,根本不知道她们什么时候会翻脸,也根本不知道她们什么时候又和好了,不像兰香村里的那些女人,一翻脸就会撕破脸。撕破脸的话,就不好看了。

李云阶也听到了老妈和姑姑回家的动静,她还在写作业。她翻着书本,这本教科书上,密密麻麻地写满了她做的笔记。别人用功读书,她也未必松懈,怎么就考不过他们呢?她忍不住滑开了手机,点开了QQ。QQ上有条新留言,是一起学琴的小稚发的,说过几天青少年宫的汇报演出,跟她表演四手联弹的同学临时有事,没法上台了,想让李云阶代替。李云阶不知该怎么回复,手指头在手机上很是戳了一顿,打了"不好意思,我再也不弹琴了",打了"好的,我先问问我妈"……反反复复,又全都删了个一干二净。

3

一礼拜后,许父出院,兰香被李静"发配"到了许家小院,承担起了照顾许父的重任。

照顾病人和照顾李临一家,在兰香看来,这是两个概念。很显然,前者的工作量更大些。兰香心里有些别扭,琢磨着该怎么表达希望李家这边能给加点工钱的意思。没承想,那个"土暴发户"老贾还真是个爽快的,要和李家分摊兰香的工钱。这工钱算下来,比在李家时还多了一千。兰香自是美滋滋,简单收拾了点衣物,就兴冲冲奔赴许家,准时上岗了。结果许母这个不让兰香碰,那个不让兰香动,反而嘱咐她去给许梦心送吃的,连送的这碗鸡汤都是许母自己做的。兰香觉得有些好笑,便道:"云阶外婆,那月子中心里什么没有啊,我听说吃的全都是科学搭配的,有好几个人在伺候心心呢。"

"他们管他们做,我管我做,不碍事的。鸡是我托人找来的,正宗土山鸡,那个什么月子中心，他们还没有这种好东西呢。"许母还是不服气。

没办法，兰香只好取了鸡汤往月子中心去。

以前，兰香只知道城里的有钱女人，她们生孩子要么请月嫂，要么去月子中心。也听说过月子中心的花费如何大，服务如何好，但她还从没进来过呢。那前台的女孩听说兰香是预约过的，便带着她往电梯口走。这地方装修得高档不说，还很是温馨，兰香不自觉放缓了脚步，连大气都不敢出，生怕打扰了谁。进到电梯，兰香终是忍不住，发出一句感叹："住在这里，一个月少说也要两万吧？"

那女孩"扑哧"就笑了："贾太太的套餐是我们这里最好的，打完折九万。"

"多少？"

"九万啊。"

"啊……"兰香伺候人吃喝，做一年也赚不到九万。别说九万了，就算只给兰香两万，她也一定把许梦心当姑奶奶伺候着。

人和人哪，还真是没法比。兰香生了两个孩子，都是在镇上卫生院生的。生完就回家，不外乎是比平常多喝了些鸡汤。生女儿时，家里境况极差，整个月子里就吃过一次鸡。孩子爸作死，还天天出去跟人打牌，好像生孩子这事，跟他没半毛钱关系。想到之前许梦安他们闲谈，说起许梦心可能产后抑郁的事，兰香直撇嘴。就这条件还抑郁？那自己不是早就抑郁死了？

到了许梦心住的房间，贾母和老贾都在。那两人只是杵着，自有月嫂照看孩子，还有两个穿着护士服的女孩在服务许梦心，想是要给她擦身子。

许梦心根本没搭理兰香，倒是老贾，叮嘱兰香把鸡汤放下，带着她和贾母去了另一间房。

什么叫九万啊，九万只能住一个月啊，别说有三间房了，就是有十三间都不为过。

这一间是个小客厅，沙发很软。兰香一坐下就站不起来了，便干笑着："蛮好，确实蛮好。"

许梦安回娘家看过许父便急匆匆要走，刚走到大门口，就被许母拦住了："礼拜六呢，你这是要去哪儿？你都40岁了，不比年轻的时候，这还怀着孩子呢，能不能安生点？你要不愿意待在这陪你爸，就回家躺着去。云阶姑姑不是要照顾你吗？好的呀，那就让她好好照顾一下你。"

许母这话，夹枪带棒的。许梦安自然能够理解亲妈，这段时间，她真的太不容易了，有情绪才是正常的。

"那个兰香，以前看着还好的，上午刚到这就开始作妖。什么衣服要这么洗，什么菜要这么做。她哪是来帮忙的呀，简直就是来挑刺的！"许母继续说着，"花那个钱请她，不值！"

"妈，你这可真是误会兰香姐了，她就是不想闲着。"许梦安忙道。

"我能照顾你爸！不会耽误你们上班，也不需要你们来扮孝子！"

"妈……"许梦安揽过许母的肩膀，"说什么呢。我也想留下来陪陪你们，可我今天约了人谈事。这样好了，晚饭我过来吃，你跟兰香说下，多弄点菜。我们一家子都来。"

"你那个大姑姐也来啊？"

"那我能把她一个人留在家？"

"她哪是来照顾你的呀，她就是来当姑奶奶的。"

"看你说的……"

"妈这是心疼你！"

"我知道了，你最心疼我。"

许母这才笑了："知道就好。晚饭等你们，先把事情忙完再来，不急的。"

许父拄着个拐，慢腾腾走过来，许富贵围着他直打转。

许梦安和许母要上去扶他，他站定，摇着头："我……我仍行！"

他说的是"我能行"，这三个字，是他中风后的口头禅。

"爸，那我先去忙啦？"许梦安柔声道。

"去！"

许梦安约的不是别人，正是婉真。前几天，许梦安给婉真联系了一份地产策划的工作，今天，要带着她去面试。没承想，待许梦安到了人公司，等了半个小时，这婉真才姗姗而来。

这家公司的策划部经理是许梦安的朋友，面试本就是看在她的分上，见婉真那么磨叽，经理已有些不满。许梦安好说歹说，总算是让婉真走了个面试的过场。

"梦安姐，对不起啊……"从房地产公司出来后，婉真一直很歉疚，"我也想早点到的，可家里那个小的，一直缠着我。"

"没事，下回再有这样的事，一定要安排好时间。"

"嗯。你看我今天穿得还行？"

"行啊。"许梦安笑，"就是下回换块手表吧，你这块表这么好，人家哪敢用你啊。"

"这是于海送我的。"婉真说到丈夫，神情更黯淡了，"我是不该再戴着它了。"

"你出来上班的事，我跟他聊过了……"

"其实……"婉真笑了笑，"其实我都想明白了，我要工作是我的事，跟他没关系。"

"是。"

"之前，我想出来工作，是不想被他看轻。现在，我不这么想了。我去咨询过律师，如果我有工作，两个女儿的抚养权才有胜算……"

"你说什么呢！"

"梦安姐，你知道的那些事，我也知道了。所以，我打算跟于海离婚了。"

婉真说她知道了，许梦安并不意外，或者说，这是她早就料到的。可是，再听婉真往下说，许梦安感觉自己的三观都被刷新了。

原来，于海出轨，并非婉真自己察觉，而是于海的出轨对象黄思思告诉她的。黄思思给婉真发微信，说她和于海才是真爱。如今于海正犹豫是否要离婚，很是纠结，让婉真放过于海，给他一条生路。

"我思来想去，也别纠结了，其实，这也是放我自己一条生路。"婉真看起来倒是心平气和。

很多年前，婉真决定离开杂志社时，她也是这么心平气和。这是一个看起来柔弱，内心却极度强大的女人。她的个性，和妹妹许梦心正好相反。

婉真又道："即便没有黄思思，我这日子过得也不尽舒心。她的出现，反而让我坚定了离婚的念头。"

"于海怎么说?"许梦安问。

"他能怎么说呢?不承认,不离婚,却还是照样不回家。非常理直气壮,也非常让人气愤。要不是因为两个孩子,我现在已经搬出来了。可是……"婉真笑笑,"我总不能就这么搬出来吧。我也想清高,房子什么的我可以不要,但是孩子们呢?"

"于海说他跟黄思思还没到那一步,只是相互欣赏。"许梦安道。

"梦安姐,这些话,你信吗?"说着,婉真掏出手机,将黄思思跟她的聊天记录拿给许梦安看,"这里面有照片,在黄思思的公寓拍的。难道于海穿着睡袍在一个单身女人家里待着,只是为了干劈情操?"

"我去找他聊聊。"

"你现在怀孕了,且不说你平时工作忙,这你爸病了,云阶又快中考了……我的问题,是单线程的;你的,可是多线程的。梦安姐,你帮我找工作,我就很感激了,接下来,还是靠我自己吧。没什么的,律师我都找好了。"

"对不起,婉真……我……"

"我知道你想说什么,你要说,是你把我介绍给于海的。可当初要是我自己不愿意,谁介绍都没用。婚是我要结的,孩子是我要生的。他让我辞职在家带孩子,也是我自己答应的。我也想找个冤大头来承担这一切,但是,我心里很清楚,能够承担的只有我自己。"

"可是……"许梦安不愿意看着婉真跟于海就这么离了,"也没有必要说马上就离婚,总得先把事情的来龙去脉弄清楚。也许,于海不是我们想的那样。"

"你知道吗?在杂志社做你实习生那会儿,我特别羡慕你。"婉真自说自话般,似乎不愿意继续之前的话题,"你很知性,待人也好,你身边的人都信赖你、喜欢你。所以,于海喜欢过你,这在我看来,一点都不奇怪。我要是男人,才不会甘心只跟你做同学、当同事、交朋友。"

"那都是多少年前的事了……"

"告诉你个秘密吧,你说要把于海介绍给我时,我可开心了。"婉真笑了起来,"你们大概都不知道,我刚到杂志社不久就喜欢上他了。我以为,人的喜好是会变的。现在看来,我的,没有变;于海的,也没有变。那个黄思思,果然是有些像你的。”

“你这么说，我心里就更难过了。”

“你总说，人要为自己的选择负责。这些，都是我自己选的。我就是很好奇，应该说，这件事，我和于海都很好奇，就是，当年……你为什么选了李临，而没有选于海呢？”

此时，两个女人已经坐在了一家小咖啡馆里，许梦安举着咖啡杯的手微微颤抖了一下。

嘈杂的后台，一群化着舞台妆的女孩正叽叽喳喳，李云阶也挤在她们中间。穿着白色小礼服裙的她，一头长发挽在脑后，细细的脖颈往上，是妆容精致的脸蛋。

“李云阶，你可真好看。”几个女孩不免发出感叹。

李云阶用眼角余光扫到了镜子里的自己。是啊，她可真好看。

“你今天替同学来表演，这事跟家里说过了吧？”钢琴老师走了进来，看向李云阶。

“啊……”李云阶站了起来，面露微笑，“说过的。”

这是何璐教她的，说谎第一要义：相信。

“你自己都不相信，怎么能让别人相信？”一小时前，在补习班里，何璐给李云阶吃了定心丸，“补习班这边，有我们几个帮你顶着，你就大胆地去吧。”

“好，准备一下，该上台了！”钢琴老师拍着手，“加油！”

加油！李云阶在心里这么告诉自己。

这是她第一次参加这么隆重的表演，却也是最后一次。她已经打定主意，在这之后，再也不碰钢琴了。

婉真问许梦安为什么没有选于海，这个问题，许梦安一时不知该怎么回答。她想说，感情的事很复杂，有的异性，是只能做朋友的。恋爱的前提是情生意动，很显然，于海没有给她这种感觉。她还想说，感情的事也很简单，她第一次看到李临的时候，就觉得他们之间会有故事……只是，在于海的妻子面前谈论于海和自己的过往,这多少让许梦安有些尴尬。40 岁之后,许梦安曾告诉自己,要事事妥当,要处处恰当,要把控情绪,要懂得自律。对她来说,生活中的一切都是沿着既定轨道飞驰的高铁,继续往前奔,就能到达目的地。但是……

"梦安姐,是你的手机在响吗?"婉真的问话打断了许梦安的思绪。

"思明妈妈?"许梦安拿过手机,看了眼屏幕。自从"握手会"事件后,思明妈妈颇有跟许梦安老死不相往来的劲头,像这样主动打电话过来的情况,不得不让人诧异。许梦安不但有诧异,隐隐的,还有一种不祥的预感。

果然,在思明妈妈那里,许梦安得知,女儿第一天上补习班……就翘课了。跟着她一起翘课的,还有何璐和刘思明。

秋日的午后,暖阳洒在何璐的双肩,她跟一群打扮时髦的同龄人站在一块。随着劲爆的音乐响起,他们的肢体仿佛被点燃,做着各种让刘思明眼花缭乱的动作。之前,刘思明只知道何璐会跳街舞,但没有想到,她跳得这么好。高冷又毒舌的何璐跳起舞来,跟变了个人似的。

其实,刘思明今天没想翘课的,他还要留下来给李云阶打掩护呢。可是,这个数学补习老师的课实在太无趣了,让人昏昏欲睡。好在何璐机灵,想了个"肚子疼"的借口,要刘思明送她去"医院",两人才欢天喜地地跑了出来。

这两个得意忘形的家伙忽略了一件很重要的事,那就是王哲也在上补习班。王哲知道李云阶他们要来上补习班了,甚至还给李云阶占了座。这个座位就在王哲边上,是仅次于他的座位的一块"风水宝地"。坐在这,离讲台近,能够听清楚老师说的每一句话。而且,光线刚刚好,不会暗,也不会刺眼。没有想到,李云阶没来!王哲很痛心,颇有些"我本将心向明月,奈何明月照沟渠"的况味。要是李云阶再这么下去,还得了?她的成绩本来就不好了……这种时候不打小报告,更待何时?于是,正气凛然的王哲做出了他认为的最理智的选择。

许梦安和思明妈妈在音乐广场碰面了,思明妈妈自然是没有好脸色。两人在广场一角看到了刘思明,何璐等人正教他跳舞呢。只看到那何璐鼓捣着刘思明的胳膊:"太僵硬了嘛,放松点,对,往前来点,往我这边来点。"

这姿势,两个孩子都快抱上了。思明妈妈以迅雷不及掩耳之势冲了上去,一把推开了何璐,何璐被推倒在地。

"你谁啊!"边上的几个孩子走了过来,"凭什么打人!"

"刘思明你是要气死我啊,是不是我死了你才会高兴!"思明妈妈很快用语言表明了身份,"好好的补习班不上,跑这来跟这些……跟这些乱七八糟的人混在一块!"

"妈,你这是干什么!"刘思明觉得特别丢人。

思明妈妈的那句"乱七八糟"彻底惹怒了这些孩子,加上她刚才又对何璐动了粗,一干人立时围住了她。

许梦安扶起了何璐:"你们可别闹事啊。"

"谁让她推我!"何璐翻着小白眼。

"云阶呢?"

"我怎么知道!"何璐轻轻甩开许梦安的手,加入了围堵思明妈妈的大军。

孩子们跟思明妈妈开始了唇枪舌剑,从自由谈到人权,从艺术谈到舞蹈,从减负谈到补习。别说思明妈妈了,就是许梦安,也听得大开了眼界。这哪是一群孩子,这分明就是一群辩手。每个孩子都有自己的想法,每个孩子都在表达自己的想法。那些想法,是许梦安小时候不曾有过的。

这场"辩论会"接近尾声时,众人才发现刘思明早就走了。孩子们笑,对思明妈妈道:"瞧见没,你把你儿子气走了。"思明妈妈撒丫子赶紧去找,孩子们就跟什么都没发生似的,开了音乐,要继续跳舞。

许梦安一把拉过何璐:"你总得告诉我云阶在哪儿吧?"

何璐摆出一副事不关己的样子。

"我保证不骂云阶,这总可以了吧?"许梦安妥协了,她没有想到,自己会对一个孩子妥协。

何璐抬手看表,笑:"行,反正就算我跟你说了,也来不及了。"

"什么就来不及了?"

"云阶在青少年宫,今天有个汇报演出,她跟人表演四手联弹,可精彩了。"

"她为什么不跟我说?"

何璐耸耸肩:"你们当妈妈的都这样喽。告诉你们了,这个不许那个不能;不告诉你们,你们又讲'怎么不跟我说'……反正,你们说什么都是对的! 你们是真理! 你们至高无上!"何璐说毕,摆动着肢体,游鱼般跃入了跳舞的人群。

许梦安看着何璐,看着这些孩子,愣了半晌,才转身离开。

第九章
没有硝烟的战争

1

　　李云阶深呼吸着，和小稚一起上了台，鞠躬，掌声响起。她们坐到钢琴旁，舞台的灯全都暗了下来，然后，有束光打到了钢琴上，打到了她们身上。黑白分明的琴键此时看来，既熟悉又陌生。

　　掌声止了，全场安静，小稚朝李云阶点点头，她们要开始表演了。

　　这曲子对许梦安来说并不陌生，是电影《不能说的秘密》里，湘伦和小雨的四手联弹。她自认不是古板的母亲，也乐于去接受新事物。她知道什么是"弹幕"，甚至还去了解过"二次元"。可是，此时，站在台下的她，感觉自己跟女儿隔着好几个"次元"。

　　"你也来了?"悄声说话的是小稚妈妈，"两个孩子弹得真好。"

　　"是啊……"许梦安低声应着，她没有想到，舞台上的女儿是如此有魅力。那袭小白裙，那在琴键上翻飞的手指，那陶醉的神情，那在灯光下丝丝分明的黑发。

　　李云阶是美好的，这样的美好，让许梦安觉得自己把什么给她都可以。可是呀，她竟然连女儿要继续学琴的心愿都满足不了。

　　"我们一定要好好努力，将来给云阶最好的生活，让她由着自己性子活，想做什么就做什么!"这番话，是许梦安刚生下李云阶时，对丈夫李临说的。如今想来，竟有几分嘲讽。许梦安曾以为自己会是标新立异、打破传统的母亲,她要跟孩子交朋友,她要让孩子快乐,她是新时代的好妈妈……

掌声雷动,小稚妈推了许梦安一把:"赶紧上台献花啊!"

"花……"许梦安没有花。

"我早就准备好啦。"小稚妈笑着,"两个孩子都有!"

李云阶没有想到老妈会来。老妈的表情怪怪的,像是在笑,又像是在哭。想拥抱李云阶,却又在躲。

啊,可能怀孕的女人都这样吧。何璐说过,她妈妈怀二胎的时候,就很是阴晴不定。

"妈,这花是给我的?"李云阶看着跟木头人似的许梦安。

"啊,祝贺你,云阶……"许梦安将花束放到女儿怀里,"你今天真美。"

"我知道。"女儿笑了。

刘思明觉得很生气。这不是妈妈第一次让他丢人,毫不夸张地说,妈妈每一次出现在小伙伴们面前,都能做出让人大跌眼镜的事。所以,当妈妈找到他时,他根本就不想跟她说话,一句都不想说。

妈妈一直在絮叨,还是那些他听得不要再听的胡话,什么"我把你拉扯大有多不容易",什么"你爸只顾自己,家里全靠我",什么"为了你和你爸,我舍不得吃舍不得穿",什么"我这辈子全指着你活"……

"你可以不这样啊。"刘思明终于说话了,"我求求你,你自己另外想个活法吧,别为了我,行吗?"

思明妈妈傻眼了。

刘思明又道:"我又没让你对我好,我和我爸也没让你舍不得吃穿。我们家很穷吗?上个月你股票跌了,我亲耳听到你跟我爸说的,说是十几万没了。那么你少炒股,多给自己买点新衣服不就好了?"

"你是想气死我啊!"这句话思明妈妈总爱挂在嘴边。

"你在这个家,那么不开心,那么生气,那你可以走嘛。"

"你说什么?"

刘思明知道自己有些过分了，但他实在无法继续忍受。他忍受不了妈妈在自己面前可怜兮兮的样子，难道说，妈妈这样，都是他造成的吗？

"唉……"刘思明叹着气，拎着书包就要走。

"你去哪儿？你等等我！"思明妈妈抹着眼泪跟上去。

"我回家啊。"

"那……那我们一起回家。"

"你不是讨厌我和我爸吗？"

"我……"思明妈妈噙着泪，"你这个死孩子。"

"到底回不回啊，回的话，我就叫车了。"

"先去趟超市，妈买点你们喜欢吃的菜。"

"唉……"刘思明又叹气，"就不能买点你自己喜欢吃的吗？"

思明妈妈真的没想过这个，自从她当了妈，就已经忘记"自己"是谁，谁是"自己"了。如果说许梦安和李云阶隔着"次元"，思明妈妈和刘思明之间简直就是隔山隔海。只是，直到现在，思明妈妈仍浑然不觉。

"老妈，这花不是你准备的吧？"坐在副驾驶座上的女儿问许梦安。

许梦安只好笑笑。

女儿又道："你不喜欢大红大紫嘛，如果是你选，肯定不是这个样子的。"

"所以，你是打算先声夺人喽？我还没问你翘课的事呢，你倒计较起花来了。"

"翘课是既成事实，你怎么罚我都无所谓。因为，我今天真的是太开心了。"

"记得前几年，我女儿有什么都会跟妈妈分享的，我们俩有说不完的话……"

"记得前几年，我老妈总是那么温和，我们俩也有说不完的话……"

前边是红灯，许梦安停了车，拉了手刹，看着女儿："有些规则还是要遵守的，比如，遇到红灯就得停。再比如，既然你答应了去补习班，就应该按时上课。"

"我知道的，下不为例。再说了，我都讲过的，以后再也不碰钢琴了。"

"钢琴课只是暂停，妈妈没说不让你学。"

"我不想学了。"

"我不想跟你吵架,我是在跟你沟通……"

"别沟通了,按照规则,现在是绿灯,我们应该往前开了。"

许家小院很久没这么热闹了,兰香炒了几个小菜,李静给炖了药膳汤,不服输的许母也拿出了自己最拿手的红烧系列:红烧肉、红烧鱼,这些个菜颜色够好看,本身就透着一股子喜庆。不过,李静颇有微词,表示"少盐少油"才是健康饮食,还拿出养生公众号的文章给许母看。许母摇头,告诉李静,说许梦安说了,养生的前提是养心,心情好了,身体才能好。两人差点没掐起来。

熊熊也在,正带着李云阶打游戏。自从许梦心生完西瓜,奶奶和爸爸便只围着她们转。在外婆家待着,对熊熊来说,是最开心也最放松的时刻。

"哎哟,别出射手了,我们这边已经有射手了!我就是射手,后羿,你没看到啊?"熊熊很不满,"姐,你到底会不会玩啊?"

"行,那你自己玩,我不玩了。"李云阶也有些闷闷不乐。

"你出个肉嘛,喏,蓝胖子,你就选这个。"

"太丑了,我不喜欢。"

"不丑啊,等这局打完,我给你买个皮肤,粉红色的,可萌了。"

"那还差不多……"

许梦安一边给许父剪指甲,一边跟李临絮叨:"什么时候你跟云阶谈谈吧,我现在说什么她都不听。我们没说不让她学琴,只是这段是非常时期,过去了就好。"

"哎,刚才我姐说,她美国有个朋友,就是做留学咨询的。云阶的英语成绩还算可以,努努力,考个托福……"

"你忘了?我们答应过孩子的,不让她去国外,不让她去读寄宿学校。"

李临挠头:"要是她考不上重点高中……"

"所以才要上补习班啊!是咱俩醒悟得太晚了。就云阶他们班的王哲,成绩都那么好了,照样上补习班,还请私教。我特意给王哲妈妈打了电话咨询,人家说了,孩子还小,送去国外不合适,上大学之前,都应该把孩子留在身边。孩子的事,王哲妈妈可是什么都亲力亲为的,王哲学到哪,她就跟着学到哪,我还听说,她连奥数题都会做。"

"这也太夸张了吧。"

"王哲之前语文有点弱,作文特别容易失分。王哲妈妈了不得啊,把这几年的中考作文题研究了个遍,手把手教孩子。薛老师还打算让王哲妈妈开个讲座,跟我们这些家长分享一下心得。我说,你好歹也是个副教授,就不能在这些地方下下功夫?"

"饶了我吧。"李临笑了,"我这个副教授又不是研究教育的,我研究的是殡葬学,跟死人打交道的……"

许梦安赶紧使眼色,来不及了,许父的脸瞬时就僵了。他本就听不得"死"这个字,何况现在病着,更觉心塞。

"样孩子寄几学!"许父发话了。

"听到没,爸说了,让孩子自己学。"李临转对许梦安道。

许梦安撇撇嘴:"我没聋。"

"痛!"许梦心皱眉,"能不能专业点啊!"

站在许梦心面前的是月子中心的催乳师。

老贾是背着身子立着的,许梦心不想让他看到自己的狼狈相。

"心心,这就是月子中心最专业的催乳师,人家是专家……你多少忍耐一下吧?"老贾柔声说着。妻子的情绪比刚生孩子那几天好多了,但她还是有些焦虑。那种焦虑,甚至都不需要用语言来表达。老贾一天至少要检查五次,看看屋子里的窗户有没有锁紧。他真的害怕妻子会想不开,尽管,他有些不明白她为什么会这样。姐夫李临说要给许梦心介绍心理医生,老贾不是没有侧面跟妻子提过,只是,她非常排斥,就像排斥她面前的催乳师。

"我没病,我只是痛,哪哪都痛。"她这样告诉老贾。

催乳师垂手站着:"我还是那个建议,婴儿的吮吸是最催乳的,我们可以做一下尝试……"

许梦心的眉头皱得更紧了:"我都没奶水,西瓜能吸到什么!"

"就是因为没有,才需要婴儿吮吸。你要实在不愿意,我再帮你按摩一

下……"

"不用了!"许梦心大喊,"我累了。我想睡觉。"

催乳师走到老贾身边,老贾这才道:"那个……要不你先走,我再跟她聊聊。"

待催乳师离开房间,许梦心低声道:"把西瓜抱给我。"

"西瓜正睡着呢。"老贾忙道。女儿跟月嫂在另外一间房,确实在睡觉。

许梦心笑了,只是笑容有些凄楚:"她一定很恨我吧?"

"这是怎么说的……"老贾隐隐不安,他知道妻子的情绪又上来了。

"当妈的怎么可以没有奶水,没有奶水,我连一头合格的奶牛都不算。我现在还剩下些什么?什么都毁了,什么都不是。"

许梦心的身体微微颤抖,老贾轻手轻脚地走过去。这段时间,他几乎耗尽了所有的耐性,但是,他仍然需要保持克制和冷静,在妻子面前,他不能够有任何情绪化的言行。所有窝在心里的憋屈、烦闷,老贾便只有这边得了闲,抽空去公司处理日常事务时,全都宣泄给他的员工。员工们都知道老板最近很上火,见到老板就躲躲闪闪,生怕一伸头就得挨一刀。

几个股东没少提醒老贾,旁敲侧击,说生孩子是女人的事嘛,何况又住进了那么好的月子中心,让老贾把精力多多放到公司这边。老贾当场就翻脸,直言"我的女人生孩子,对我来说就是天大的事,哪怕公司明天就要破产了,都没有她重要"。老贾宠妻是出了名的,在公司却又是块硬骨头,众人便也不再劝。只是,这个时候的老贾并不知道,有件事情他一语成谶。

"心心,你别难过,等西瓜醒来,最想见到的人肯定是你。再说了,妈已经去搞下奶的汤了,等喝了汤,一准会下奶。"老贾的语气还是那么平和。

"我涨,涨得发慌,痛得不行了。真的,不是我不配合,刚才那个什么破专家,她一碰我我就痛,更痛了……这几天喝了多少汤了,有用吗?生熊熊的时候,怎么就不堵?我就说不要生二胎吧,你非要。肯定是因为剖腹产。对,要不是剖腹产,我会有奶水的!现在没奶,不能怪我的!"

"没人怪你,谁敢怪你,我跟谁急!"

"别急,别急,"贾母拎着个保温罐走进来,"秘方来了。"

许梦心瞧了婆婆一眼:"妈,这又是什么汤呀?"

"好汤！不好搞的。你喝就对了。"

老贾顺手接过保温罐，打开来，腥味扑鼻："鱼？"

"差不多吧，快点让心心喝，趁热。"

许梦心有些不情愿，还是捏着鼻子喝了小半碗。

"怎么样，味道还行吧？"贾母忙问。

"到底是什么……"许梦心看着婆婆。

"是……咳，你就别管了，我说了你也未必知道。"

"你要不说，我就不喝了。"

"是那什么……"贾母压低声音道，"泥里来的。"

"泥里？"许梦心更诧异了。

"我生浩文时，也没奶水，就喝过这个汤……"

"到底是什么！"许梦心把碗一放。

"哎呀，妈，你快说吧！"老贾也急了。

"是……是蚯蚓。"

"什么?!"许梦心和老贾都以为听错了。

贾母苦笑："蚯蚓嘛，有什么好奇怪的！"

"呕……"许梦心马上就吐了，吐了个翻江倒海。

许梦安接到老贾的电话，他说自己实在没主意了，许梦心又跟贾母怼起来了，这一回，事情闹得有点大。没有办法，正在许家小院吃晚饭的许梦安不得不扔下一桌子人，急匆匆赶到了月子中心。

贾母一看"大姐"来了，眼圈立时红了，拉了许梦安的手："我也是好心哪，想着心心堵得难受，想着西瓜不能光吃奶粉，这才搞来的秘方……"

一来二去，许梦安才弄明白缘由，便让老贾先送贾母回家。

"她居然挖蚯蚓煲汤给我喝，太恶毒了！"许梦心仍处于"战斗"状态。

这是妹妹生完西瓜后，许梦安第一次跟她独处。

"还有你！"妹妹没忘记声讨姐姐，"我为什么没有奶水，就是因为剖腹产！要不是你让老贾签字，我是可以顺产的！你们全都不安好心！特别是你！我知道，我老公比你老公有钱,我的日子也过得比你好,所以你心里憋着坏呢,你等着看我笑话呢!你笑吧,好好笑,笑啊!"

"你除了冲老贾、冲你婆婆、冲我发火,还有没有别的路数?"许梦安很淡定。

见妹妹没吱声,许梦安又道:"要是没有别的路数了,行,就冲我来吧。我就坐在这,你想说什么就说什么,随便你说,也随便你骂。"许梦安说完这些,便坐到了妹妹身边。

"你走!滚!"妹妹别过头。

"你要我笑,我还真的笑不出来。你要我滚,我也做不到就这么滚蛋。没别的,我就问你一句,如果今天躺在这个月子中心的人是我,如果今天遇到了问题的人是我,你会笑话我吗?你能对我不管不顾吗?但凡你说能,行,那我就笑,那我就滚,我笑着滚!"

许梦安初到新苗上任时,在其运营的一个自媒体公众号上,设计了针对熟龄女性互动的版块。这些女性,在上面谈论生活、工作,但她们絮叨得最多的还是婚育问题。由许梦安牵头,搞过几次线上和线下的活动,其中参加活动的女性里,就不乏产后抑郁症患者。据一份调查报告说,在分娩后的第一周,约有50%—75%的女性出现轻度抑郁症状,10%—15%患产后抑郁症,而产后一个月内抑郁障碍的发病率是非分娩女性的三倍。诚然,这种情况跟女性产后体内激素的变化有关,但更多的,还是心理因素。许梦安算是有些了解这个群体的,可是当她自己的妹妹这样时,她真的有些不知所措了。

许梦心躲避着姐姐的目光,这几天,她几乎不敢正视任何人。她觉得自己变得又胖又丑,最要命的是,她连奶水都没有。她嘴里埋怨着所有人,可是她心里,却坚定地认为所有人都在埋怨她。

"都能过去的……"许梦安拉过许梦心的手。

"你别看着我!"

"你生熊熊的时候,也胖了一点,你还记得吧?可是半年后,你就完全恢复体形了,甚至比生孩子之前更好。心心,你不要有任何压力。生活没有变,你也没有变。"

"不,全都变了。你不用安慰我。你走吧,我想一个人待着。"

"熊熊刚才还问起你呢,说想来看看你。"

"别……"许梦心低着脑袋,"我现在这个样子太丑了。"

一直把自己定位为"辣妈"的许梦心,她是熊熊的骄傲,他最喜欢妈妈出现在小伙伴们面前,这样,就可以让他们看到妈妈到底有多漂亮了。今年的第一次家长会,怀着西瓜的许梦心便惊艳出场,在挺着大肚皮的情况下,仍美过了熊熊班级里所有的妈妈。

"孩子想你了。"

"现在不行,真的不行,我求你们了。"许梦心从暴躁变得低落,原先的气势汹汹也变成了楚楚可怜,"你知道吗,我肚皮上不但有刀疤,还全是妊娠纹,像一个皱巴巴的橘子……不,连橘子都不如。"

"会好的,再说了,这个……别人也看不到……"

"我能看到,我自己能看到!"

"好,好,我答应你,不带熊熊过来。"许梦安伸手去抚摸妹妹有些凌乱的长发,"我给你梳梳头吧。"

许梦心躲闪着:"你别碰我,让她们来!花了钱,就是让她们来伺候我的!你走!你走吧,大姐,算我求你了。"

许梦安本想说,漂亮真的没有那么重要,可转念一想,也许,对妹妹来说,美貌本身就是她所有自信的来源。她不该也不能再激化妹妹的情绪了……

2

从月子中心出来的时候,许梦安对自己的工作产生了质疑。这些年在新媒体行业,以创造优质内容自居的她,也许,有意无意中,也创造了不少带来不良影响的话题。比如,去年,他们就做过一个"辣妈"选题。这些主动报名参加"辣妈"选美的妈妈们,她们无不是保持了姣好的身段。据说,得了亚军的那位,在选美前还做了个抽脂。因为这样,还引发了不少争议。

这个社会对女性的要求太高了,怎么会苛刻到要求一位刚生了孩子的母亲还保持着未生育前的身材？可是许梦安们，又何尝不是其中的推波助澜者呢？

"梦安……"有人在叫她。许梦安定睛，见于海正站在她的车子旁边。

"让开！"许梦安指指自己的车，示意于海别挡着她。

"对我，你就苦大仇深到这种地步啦？我刚才去看许伯伯了，他们说你在这里。"

"那我替我爸谢谢你。"

于海笑："咱俩能聊聊吗？"

"不能。"许梦安倒是干脆利落。

"所以，你相信黄思思跟婉真说的那些话，也相信婉真跟你说的那些话，却不相信我？咱俩大学时就认识，后来又是同事，现在又是同行，这么多年的情分，你连解释的机会都不给我？"

许梦安看着于海，笑："你为什么要跟我解释？你应该跟婉真解释！"

"你知道我为什么要跟你解释！"

"对不起，我不知道。"

"梦安，你知道你在我心里的位置……"

"别，于海同学，于总，老于，原先我还以为咱俩是朋友，但是，很抱歉，我这个人对朋友是有标准的。显然，你不符合标准。"

于海苦笑："我一直以为，你是最了解我的人。同样，我也足够了解你。虽然你从来没有喜欢过我。你嫁给了李临，而我也娶了婉真。虽然，咱们加起来都快100岁了……可我还是要说，你是我的朋友，挺重要的那种。别人怎么看我，怎么说我，我无所谓，真的无所谓，但是你……"

许梦安沉默着。于海又道："今天，婉真的律师把离婚协议给我了。咳，说来也可笑。我和婉真就在一个屋檐下，她要跟我离婚，居然是叫了她的律师来跟我谈。然后，在我爸和两个女儿面前，她装得跟什么都没发生一样。也是在今天，我出门前，她甚至把我的鞋子都擦好了。"

"她绝望了，对你，对你们的婚姻。"

"是，她绝望了……我承认，黄思思的问题，是我没处理好，我搞砸了。但是，我和黄思思真的没到那一步！就是因为没到那一步，所以她才急了，才去挑衅婉真。"

"于海,你真够可以的。轻轻一推,责任又全都在黄思思身上了。那么,接下来,你是不是要跟我说,说黄思思逼着你娶她,逼着你跟婉真离婚了?而你,于海,在整件事里,是最无辜最可怜的?"

"我没这么说……梦安,我不想离婚,也不能离婚!"

"'不想'和'不能'表达的可是两种意思。不想,说明你心里还有婉真;不能……可就不一定了。"

"我不是在跟你咬文嚼字。"

"有人把婚姻当外套,大家都有一件,那么,自己最好也有。你可能就是这种人。但是婉真不一样,对她来说,婚姻是她的全部。于海,犯了错就要认,该承担的你推不掉。要是你真的'不想'离婚,就得把你的姿态拿出来。"

"怎么拿?我跟婉真说过的,解释过的,她不听。你告诉我,接下来我还能做什么?"

许梦安顿了顿,才道:"跟黄思思保持距离,或者,让黄思思离开你的公司。这个,你做得到吗?"

黄思思离开于海和他的公司,是一个月之后的事了。这一个月里,许家发生了好些事,让许梦安无暇再去顾及于海和婉真的婚姻问题。

妹妹许梦心终于坐完了这个对她和她身边所有人而言,都是千辛万苦的月子。神奇的是,离开月子中心回到家的那天,许梦心终于有了奶水。小西瓜不用再吃奶粉,而许梦心也不必再遭受肿胀的痛楚,皆大欢喜。只是,许梦心依然闷闷不乐,她的焦虑不安并未因此得到缓解。

熊熊有一个多月没见到妈妈了,便只远远躲在一边。小西瓜倒是好看了不少,但是,身为哥哥的熊熊对她还是喜欢不起来。比起家里,他更愿意在外婆那待着。

贾母是最忙的,什么都得顾着,什么都得管着,一身的本事终究有了用武之地。不过,她的年纪毕竟摆在那,精气神已不如前,差点被一场流感打倒。得流感期间,她不再被允许接触熊熊和小西瓜,为了这个,她没少赌气。贾家的钟点工小英借此坐地起价,正赶上许梦心闹情绪,一气之下便把小英给开了。眼下,对老贾来说,找个合适的住家保姆是当务之急。贾母推荐了老家的亲戚,竟全都被许梦心给否决了。许梦心说了,要找就得找最专业的,没文化、不认字、不懂育儿知识、没有接受过相关培训、不具备资质的,统统不要! 一番折腾,最后还是月子中心给推荐了一个保姆。这保姆叫阿珊,40 岁出头,是个有亲和力的,从业多年,完全符合许梦心的要求。还别说,阿珊来家里第一天,就帮着解决了不少麻烦。

如此这般,对妹妹家的这摊子事,许梦安才略略放松起来。当然,我们的女主角许梦安永远也不会闲着,她还是那个处处都得操心的"大姐"。兰香到许家小院"上任"后,李静就彻底占领了许梦安的厨房。不仅是厨房,她的触手还伸进了家里的各个角落。李临不消说,长姐为母嘛,在姐姐和妻子中间,他总是"打酱油"多过"打圆场"。至于李云阶,她的心情也是相当复杂。对老妈,她有埋怨;对姑姑,她有厌烦;对老爸呢,好吧……老爸现在的角色,都变得可有可无了。他一下班就钻进书房,好几次李云阶跑去书房找他,他根本没在工作,而是在玩扫雷之类无聊的单机小游戏。父女俩视线相对时,眼里都藏着想说又不想多说的种种。许梦安和李静之间,有一场没有硝烟的战争。至于这对父女,他们谁也不想成为这场战争的炮灰。自然地,他们也不想充当谁的武器。

无奈身不由己,李云阶的学习问题很快就被提上了"议程"。老妈和姑姑就李云阶应该在哪上高中展开了激烈的争论。李云阶觉得十分可笑,上学的人明明是她,她们吵个什么劲? 李云阶匆匆装了些衣物就跑到了外婆家,到那一看,熊熊也在。熊熊看到拖着小行李箱的表姐,笑得很得意,颇有些幸灾乐祸。

孩子们来,许父是最开心的。他近来也慢慢接受了现实,知道病魔这东西如果无法战胜,不如与之共存。走路不利索,仍然挂着拐出门遛狗。好在许富贵岁数大了,不再像前些年那么闹腾。一人一狗,走得很慢,也走不远。许母不放心,一开始总要跟着,被许父叽里咕噜骂了一通。这老头,骂人的时候中气倒是足,也没那么磕巴了。

"介个!"许父晃着手里的 iPad,对两个孩子笑,"好!"

原来,许父最近学会了用画板功能,想说什么,就划拉在 iPad 上。这会儿,他展示的是他的画作。画的正中间坐着个老头,显然就是他自己。他左手边站着的高个女孩是李云阶,右手边圆滚滚的应该是熊熊。好嘛,地上还坐着两个婴儿呢。

不消说啦,一个是小西瓜,一个是还没出生的小葡萄。

"热闹!"外公对自己的画作很是满意。

两个孩子对这幅画作的兴趣都不大,熊熊还小,还没学会掩饰自己的不满,撇撇嘴就走了。至于李云阶,她实在不忍伤外公的心,便竖起了大拇指:"给外公点赞。"

"花!"外公说道。李云阶纳闷:"什么花?"

外婆笑着走过来,对李云阶道:"你外公啊,他是想让你把画发到我们家的微信群里。"外婆说着,凑过脑袋打量外公的画作,"画得是不错。云阶,我跟你说啊,你外公当年可是在厂里搞过宣传工作,出过不少板报的。咦……老头,你这画不对啊,我呢?你跟孩子们在一起,那我在哪儿?没你这样的啊。"

外公一指画的左上角,有个端着水果的女人,画得很小,但确实是外婆。

"勤劳!"外公看着外婆,"里最辛服。"

外婆的脸都红了,笑着:"我不辛苦,看到你现在恢复得越来越好,我高兴。"

许梦安看着微信群里许父的画作,一时间,各种情绪涌上了心头。极少发朋友圈的她,把这幅画发了上去。

"爸爸恢复得不错嘛,我看到他的画了。"李临进房了,手里是给许梦安准备的滋补品。这是李静千叮咛万嘱咐,一定要许梦安睡前服用的。

"妈妈和兰香把他照顾得很好,老张给介绍的康复医生也不错。其实,最重要的是,爸爸的心态调整得好。"

"心心那边,你不用操心了;爸这边呢,也恢复得越来越好,你终于可以安心养胎了。"

"我能安心吗?"许梦安指指画作里的"李云阶","这孩子又跟我赌气呢。"

"云阶说了,她就是想外公了,去陪陪他。"

"过两天我就去接她。不早了,睡吧。最近我睡得沉,你帮我调个闹钟,我怕起晚了。"

次日早上,许梦安还是起晚了,等她赶到公司,发现部门的人正在高声谈论着什么,见了她,一个个又都不说话了,瞬时四散。

"什么情况?"许梦安拉住了小荷。

小荷轻声道："许总监,你……你大概还不知道吧?"

"有话就说。"

"黄思思要跳槽到我们公司了,现在……她就在老张办公室。"

嗯,这个,许梦安还真的不知道。

瑞秋摊着手走进了许梦安办公室,见许梦安正喝着一杯柠檬水,瞧着颇有些气定神闲。

"我也是今天才知道,确切地说,是看到黄思思出现在公司,才知道。"瑞秋说道。

许梦安没说话,只是看着瑞秋笑。瑞秋无奈:"你要是不相信我,那也没办法。可是,这件事,真的跟我没关系。"

"我都不急,你急什么?"许梦安是个遇事不慌的主,"老张要是认为黄思思能替代我,可以啊,没问题。"

"不至于,即便黄思思真的过来了,也不能取代你的位置。这个女人不简单啊,不显山不露水,把于海那边搅得乱七八糟。"

"嗯?"

"你没听说? 不会吧?"女人总是热衷于八卦,瑞秋也不例外。

"了解一点点,但是不多。"

"逼婚不成,就恼羞成怒、倒戈相向喽,也不是什么稀奇的事。说是留了个烂摊子给于海,他那边,因为黄思思的'出走',整个内容中心都大换血了。我估摸着,于海这会儿正欲哭无泪吧。所以嘛,兔子不吃窝边草,这话还是极有道理的。"

于海和黄思思的事,真的是个公开的秘密了。

瑞秋继续道:"于海那边的人告诉我的,说这个黄思思在于海身上花了不少心思。不过嘛,到底还年轻,爱情至上,一时被冲昏了头脑,做的一些事呢,真的蛮可笑的。"接着,瑞秋说到黄思思如何制造机会让于海送她回家,又如何把他灌醉,拍了照片发给婉真等等。

"于海夫妻俩正闹离婚,这件事你要还说不知道,就有些说不过去了啊。"瑞秋笑。

许梦安不知道瑞秋适才的话里,有多少是真相,又有多少是演绎的成分,唯一能确认的是,黄思思此刻既然坐在老张的办公室里,她到新苗任职,不过就是时间问题。

"你是不是得罪黄思思了?"瑞秋突然问道。

"我跟她就见过数次面,哪来的'得罪'一说?"

"那就奇了怪了。"瑞秋坐下,似乎在想着什么,"之前老张想挖她,我找她谈过的,她不愿意屈居你之下。可是现在,她居然主动来找老张了。你不觉得,她就是冲你来的吗?"

"这中间有什么逻辑吗?"

"不如说是我的预感和直觉。"

黄思思当然是冲着许梦安来的,这一点,十分钟后,当黄思思出现在许梦安面前时,便都了然了。

"梦安,这位黄小姐,你应该认识吧?"是老张带着黄思思过来的。

许梦安微笑:"认识谈不上,久仰倒是真的。"

"许总监客气了。"

老张笑道:"梦安,你刚好缺个副手,以后啊,黄思思就是你的副手。"

"荣幸之至,欢迎你加盟新苗。"许梦安伸手,却见那黄思思并没有跟许梦安握手的意思,只道:"能跟许总监一起工作,是我的荣幸才对。"

"新苗有你们,内容中心有你们,是我张某人的荣幸!"

"张总,我能跟许总监聊聊吗?"黄思思转对老张问道。

待老张走了,黄思思看着许梦安,笑道:"是不是很意外?"

"这么说,黄小姐是给我送惊喜来的?"许梦安坐下,打量着面前这个年轻女孩。

黄思思穿着一件青灰色的连衣裙,长发挽在脑后,戴了副黑框眼镜。她的妆容很淡,唯一出彩之处便是涂了橘色系的口红。这抹橘色,让她显得生动了不少。

"往后,还请许总监多多指教。"黄思思仍是微笑,拉开椅子坐下。

"不敢。"

"还是多指教吧,毕竟,你那么喜欢对别人的生活指手画脚。"

这句话,让许梦安想起一个月前,她给于海的建议,让他跟黄思思保持距离。

见许梦安并无回应,黄思思又道:"给她出谋划策,帮她找工作、请律师,还怂恿她给全公司的人发我跟她的聊天记录……许总监,你的手伸得可真够长的。"

这个"她"指的就是婉真。许梦安笑了起来:"给于海公司的人发你们的聊天记录?婉真这么干了?"

"不是你教的吗?"

"不管是别人教的,还是她自己想的,这件事,她干得很漂亮。"

"你……"

"黄小姐,"许梦安站起来,"还是让我来告诉你我到底干了什么吧。他们说你是主动离开于海公司的,但我知道,其实真相根本不是这样,对吗?"

黄思思的脸色变得有些难看。

许梦安再道:"于海不想离婚,他离不开婉真,也离不开他们的孩子。他让我给他出主意,你猜我是怎么说的?我说,那么,就让黄思思离开好了。"

"你凭什么干涉于海的决断?"

"问得好。那我问你,你凭什么认为他会选你?黄小姐,你还年轻,你的年轻,对于海而言,至多是锦上添花。一个男人到了这个年纪,有太多东西要追逐,你觉得很重要的,在他看来,真的没有那么重要。"

"你会后悔的。"

"我猜得到。我猜到你来新苗,就是想跟我死磕,最终将我取而代之。那之后呢?取代我之后呢?于海就能离婚,就能娶你?黄小姐,年轻很好,我真的非常羡慕你,甚至还有些嫉妒。有时候我会想,如果我年轻的时候有你的才干,有你的平台,我肯定会比现在更好。可是呢,这年轻也有不好的地方。年轻,容易迷失,容易错乱,容易被一些本不该在意的人和事绊住了前进的脚步。"

"我没兴趣听你说这些。"

许梦安抬手看表:"哟,我也没时间陪你聊天了。本来想带你见见我们部门的人,但是今天实在太忙了。对了,你打算什么时候来上班,我还等着你来给我排忧解难呢!别让我等太久。"

黄思思转身离开,差点跟正躲在门边偷听的小荷撞了个满怀。

许梦安无奈地看着小荷,小荷尴笑:"许总监,我……"

"担心我?"

"本来有点担心,现在……我一点都不担心了。你是这个!"小荷竖起大拇指。

说许梦安一点都不慌乱,那是假的。除了慌乱,她也切实地感受到了危机,感受到了自己并没有想象中那么重要。她能够理解老张。她已年过四十,这几年,新苗几乎透支了她所有的才干;她在管理上有所欠缺,连一个合适的副总监都培养不出来;她怀上了二胎,很快就会需要一个漫长的产假……还有,等她生下这个孩子,她的时间和精力就会变得不够用。从发现自己意外怀孕,到犹豫,到保胎,再到现在趋于平稳,肚子里的小葡萄已经四个月了。可是,许梦安却从未感到像此刻这么疲惫过。一定是孕激素在作祟,她这样告诉自己。

天下攘攘,皆为利往。这八个字是于海总爱挂在嘴边的,它很极端,也很无情,却是于海们和老张们的人生哲学。这也是许梦安只能"为他人作嫁衣裳",而永远成不了于海或者老张的原因。它更是大多数女人的软肋,却又是她们身上最宝贵的东西。女人,总是感性。

3

李临正在女儿的学校,他被许梦安发配到这,参加王哲妈妈的讲座。台上这位女干部模样的母亲,传授着她的"教子有方",滔滔不绝,可总结起来,就是一句话——如何把孩子培养成学习机器。李临好几次都想站起来怼她,到底还是忍了下来。他已过了跟人争论的年纪,再者,跟这种打了鸡血,坚定地认为自己的观点是对的,并形成了体系的人来说,任何争论都没有意义。

孩子,为什么不能让他们只是孩子?每次李云阶上完补习课回来都是满脸倦容。她卧室里的灯总是亮到很晚,小小的人独坐在书桌旁,做着各种真题。客厅里那台钢琴,她已很久没碰。李临很怀念那个天真的,爱笑爱撒娇,看起来并没有那么懂事的女儿。可是,掠夺了这种天真的,恰恰又是他们为人父母者。

"成人不自在，自在不成人！"王哲妈妈高声总结着，"家长们，或者说，各位盟友们，让我们一起努力，让孩子们变得更加优秀。我相信，他们所有人的未来都是辉煌的！"

掌声雷动。

一定要优秀吗？一定要辉煌吗？如果孩子成长为普通的成年人，就不被允许了吗？这世上，各行各业，能站在金字塔尖的总是少数，甚至是极少数。你们这么要求孩子，那你们自己呢？你们优秀吗？

李临背着手离场，薛老师迎了上来："李教授，你有时间也开个讲座，谈谈你的教育理念。"

"对不起，我没时间。"李临断然拒绝。

何璐妈妈追了上去："李老师，你等等我！"

"哦，你也来了。"李临转身。

"何璐她爸爸忙呗，这种事，一准都是我来。"何璐妈妈说完这话，发现说得不太合适，有些尴尬。

李临笑笑。反正，在他们家，他永远都是最闲的那个嘛。这就是他的人设。

"那个，李老师，你坐我的车？"

"不用了，我骑车。"

"我车上有东西，要给云阶妈妈的，她不是……"何璐妈妈压低声音，"她不是怀孕了吗？我准备的补品，好东西，要拿给她的。"

补品……李临一听这两个字就头疼。为了让许梦安喝下李静准备的那些个汤汤水水，他已经竭尽全力。

"谢谢你了，真的不用。"李临说完，就急匆匆走了。

"哎……"何璐妈妈有些气恼，自语道，"什么人嘛，装什么清高。"

何璐妈妈一个转身，却撞到了王哲妈妈身上："那个，不好意思啊。"

王哲妈妈面无表情："没事。"

"你刚才在台上推荐的那几本真题集，书名我没记住，你能发我微信吗？"何璐妈妈忙问。

"那几本真题集主要是针对尖子生的，你们家何璐暂时用不上。"

一边的思明妈妈笑了，看着何璐妈妈："行啦，咱们的孩子呀，都不是那块料。不过嘛，我们家思明好歹是体育特长生，你们家何璐……你还真得多用点心了。"

何璐妈妈气急："光四肢发达有什么用！"

"是，你们家何璐脑袋瓜子灵光，还知道讹思明的钱。"

"过分了啊，谁讹钱了！"

"你忘了？我提醒你一下，上海的那个握手会，门票钱。你能忘，我可忘不了！"

两个妈妈顿时吵得不可开交，最终还是薛老师出面，拉开了她们两。

李临本想等李云阶放学一起回家的，可是，女儿表示还要在外婆家多住几天。她倒好，还有个外婆家可以躲，李临呢，还得回家继续"清扫战场"，谁知道李静和许梦安今天又会出什么幺蛾子，又会发起什么样的"战争"。

果然，李临一进家门，就发现李静搞出了新花样，她把家里的窗帘全都给换了。家里的装修是简欧风格的，窗帘多以灰色系为主。李静之前提过一嘴，说灰扑扑的，看着多不喜庆，太压抑。没想到，她居然真的给换了！

"姐……"李临都快崩溃了，"你什么时候去定做的窗帘，这事，你跟梦安商量过吗？"

客厅里，花团锦簇图案的落地窗帘非常抢眼。

"梦安那么忙，就不劳她费心啦。你看，多漂亮啊，她一定很喜欢。"李静脸上有几丝得意，"快去你们房间看看，房间那块更漂亮，是牡丹花开，吉祥！"

"姐，那什么，原来的窗帘呢？"李临在心里估算了一下，如果换回原来的，大概要多少时间，他必须赶在许梦安回来之前换完……

"原来的？原来的扔了。"

扔了！居然扔了！"扔哪儿了？"

"给装窗帘的师傅了，让他带出去扔的。怎么了？"

"怎么了……姐，你是真糊涂还是装糊涂，你把家里的窗帘给换了，考虑过梦安的想法吗？"

"窗帘旧了，不好看了，就换，不是很正常吗？"

"你非要我直说……"李临挠头，"这是我跟梦安的家，她才是这个家的女主人。这个，你不会不知道吧？"

"不就是换个窗帘吗，你就害怕成这样？李临啊李临，你可是教授，你怎么会怂成这样？"

"我……"

"我回来啦！"两人正说着，许梦安进门了。从玄关走到客厅后，她觉得自己的眼睛都快"瞎"了。

"窗帘……是谁换的？"这句话她问得多余，明摆着就是大姑子李静。

果不其然，李静昂着下巴道："我换的！"

许梦安不喜大红大绿，这一点，李静明明是知道的。

其实，跟这些大红大绿的窗帘并无太大的关系，让许梦安受不了的是李静的掌控欲。今天是窗帘，明天可以是别的事。两人上回起纷争，是因为李云阶的升学问题。

你要管我的老公，行，他是你弟弟，你管吧。可是，这里是我的家，李云阶是我的女儿，你做的这些事，真的已经过界了……许梦安很想把这些话告诉李静，但是，类似的表达不是没有过，李静根本就听不进去。

看到沉默着的许梦安，李临心里更慌了，只道："姐也是好意，觉得窗帘有点旧了，都是小事。"

李静一根手指戳到李临鼻尖，张嘴要说话，却突然双腿一软，跌倒在地。

"姐！"这一回，许梦安也慌了。李静瘫倒在地，双目紧闭，根本没有任何回应。

李临伸手去掐姐姐的人中，隔了一会儿，她终于有了意识，听到许梦安要叫救护车，挥手阻止："不要，我没事！"

李静都这样了，许梦安就是有再大的委屈和气愤，此时也不好再发作了。两口子扶起她，送她进房休息。好嘛，她住的这间客房倒还挂着旧窗帘。

不知怎的，许梦安的鼻子突然有些发酸。她知道，李静是真的认为自己选的窗帘好看，也肯定选了顶好的材质，客房之所以不换窗帘，只是为了省钱——反正，平时都是李静自己在住。

李静掏出个药瓶，只往嘴里塞药丸，连水都没顾上咽，就又把药瓶藏好了，像是怕小两口看到。

许梦安拉了李临出来，两人商量，怕是李静得了什么病，只自己藏着掖着不跟他们说。要是姐姐身体不适，姐夫肯定了解，可以试着联系一下他。

姐夫欧阳的性格跟李临很像，都是对自己的专业十分投入的人。不同的是，欧阳平时打交道的都是病人，而李临研究的是死人。李临未继承祖业，李父都没意见，但是欧阳对此颇有微词，觉得李临过于散漫，无甚追求，才去搞这种在他看来十分可笑的研究。所以，李临不是很愿意跟姐夫打交道，更别说打电话给他了。末了，还是许梦安联系的他。

打完这通电话，许梦安心里愈发不是滋味起来。原来，李静跟她丈夫已经分居小半年了。姐夫还以为，他们知道这件事。

许家小院内，几个人正围着天井的小桌吃饭。H 城的深秋，夜里已凉意十足。可许父坚持要在天井摆桌吃饭，他就是想看着孩子们绕着小院跑来跑去。现在他自己行动不便，看着孩子们蹦跳也是好的。只是，李云阶和熊熊都乖乖坐着，埋头吃饭，别说蹦跳了，连话都不说。

"多吃点，等吃完饭再写作业。云阶啊，熊熊有不会做的题，你教教他。熊熊啊，你要虚心向姐姐请教的，听到没有呀？"外婆给两个孩子夹菜，一只鸡，两个鸡腿，姐弟俩刚好一人一个。

"我吃饱了。"李云阶把鸡腿夹给了熊熊，"全都给你。"

"瞧见没，到底是当姐姐的，知道让着弟弟。我家大萍也这样，有什么好的，一准都是给她弟弟……"兰香笑着。

李云阶看了兰香一眼："表姑，我把鸡腿给熊熊，不是因为他是我弟弟，只是因为我吃饱了。一个鸡腿，又不是什么别的，干吗要让来让去。"

"我还不想吃呢！"熊熊又把鸡腿夹回李云阶碗里。

"是啊，现在日子好了，孩子们不稀罕这些了……"外婆放下了碗筷，又要讲那些过去的事了，"我们家那时候可没有这种好日子，别说鸡腿了，一块豆腐都要让的。你们外公夹给我，我夹给大姐，大姐又夹给心心，到心心碗里的时候，豆腐都碎了……"

李云阶和熊熊四目相对,那种生活离他们俩都太远了,他们实在无法想象。

"碎了也好吃。"这时,许梦心走进了小院,"妈,还有饭吗?"

李云阶抬头,包裹得严严实实的小姨就立在饭桌旁,她一手抱着小西瓜,一手提着个大包。

"心心……你怎么来了?"许母忙往外看。

"别看了,就我一个人。我就是饿了,想回家吃饭!"许梦心道。

兰香忙抱过许梦心怀里的小西瓜:"饭菜都有的。"

"她哪吃得惯你做的这些呀,"许母笑,"行,我去厨房炒几个菜。心心你别急啊,妈妈手很快的。"

兰香心下很是不悦。怎么,自己做的菜许梦安都吃了好几年了,她许梦心就吃不得?

"坐!"许父朝许梦心招手。

"爸……"许梦心走过去,蹲在许父跟前,眼泪水一下就涌了出来,"爸,我想跟你们住……那个家,我是一天都不想待了。"

正要去厨房的许母忙转身:"啊?"

许家一团乱,李家这边也没好到哪儿去,李临跟许梦安正为李静犯愁。

"姐夫说,他们之间也没有什么原则性的问题,听他说完,我总结了一下,不外乎是姐还想管着他,但是……姐夫现在的身份、地位,早就跟姐不对等了,哪还管得住?"许梦安道。

李临顿了顿:"他不会是外边有人了吧?"

"你可真够……"许梦安摇头,"这夫妻之间的感情出现问题,就非得是哪一方出轨啊?听姐夫那意思,他们俩早就有问题了,只是之前华华还没上大学,怕影响孩子的学习成绩。现在嘛,姐还住在家里,姐夫呢,搬到另外一套房子里去住了。"

"这跟离婚有什么区别?"

"区别大了。中医馆姐夫在管,这些年,他在里面投入了多少心血?说句不夸张的话,他这半辈子都献给了你们李家。要是离了婚,就咱爸的脾气,他要做的第一件事就是把姐夫从中医馆赶出去。说句不好听的,姐夫对医馆的感情,比对姐的深……再者,姐夫这一走,你们李家的家业怎么办?靠你姐还是靠你?"

"李家长李家短的,你就那么喜欢把自己当外人吗?"

"哎,李临,我要是把自己当外人,会在这跟你商量姐的事?犯得上吗?"

"我就想知道,现在我们能做点什么,应该怎么做。"

许梦安沉默了一会儿,才道:"我先找姐聊聊吧,只是,她未必会跟我说真话。比起这个,我倒是更担心她的身体。"

李临的眉头皱得越来越深:"就怕跟我妈一样。"

"不可能!"

李母当年罹患红斑狼疮,病故时,差不多就是李静现在的年纪……

许梦安走进了李静住的客房,手里端着一碗面:"姐,晚饭就吃这个了,你吃得惯吗?"

李静微抬头,有些诧异地看着许梦安。

只见许梦安笑着:"面是我做的,怎么啦,你不信啊?"

"番茄鸡蛋面?"

"还加了点榨菜。"

"李临吃了吗?"

"吃了,吃了两大碗。"

"这碗你拿走吧,看着怪油腻的,我不想吃。"

许梦安道:"行,我端走。对了,我刚才给姐夫打了个电话……"

李静一下就慌乱了:"你给他打什么电话!他都说什么了?"

"你先把面吃了,我再告诉你。"许梦安笑盈盈的。

"你……"李静到底还是接过了这碗面。

许梦心一哭,许家二老就都乱了。

看着跟疯子一样的小姨,李云阶忙带着熊熊往屋里躲。

两个孩子进了屋,熊熊笑:"你怕什么,她又不会挠你。"

"不是，我是觉得……反正是他们大人的事，我们小孩不要管。"李云阶喃喃。

"我都习惯了。等下我爸会来接她的，放心吧。"

"熊熊……你别难过。"

"我为什么要难过？奇怪！"熊熊拿起一旁的手机，"咱俩'开黑'啊，我带你上'王者'。"

这一次，熊熊猜错了，他爸并没有来接他妈。当然，他怎么都不会猜到，妈妈的痛哭流涕跟家里的保姆有关系。

话说，许梦心千挑万选的保姆叫阿珊。事实证明，阿珊确实很优秀。来家几天，不但把小西瓜照顾得妥妥当当，还颇受贾母的器重。老贾的一个客户送了两条丝巾给他，他带回家来，分别给了贾母和许梦心。贾母嫌花色太艳，转手就送给了阿珊。阿珊推不过，想着不过是条丝巾，便收下了。可许梦心不知道这些缘由啊，她看到阿珊戴着的丝巾，想起老贾送自己的那条，气得当场就发飙了，笃定阿珊的丝巾是老贾送的。阿珊百口莫辩。许梦心偏又想起阿珊是如何亲手教老贾给小西瓜洗澡，又是如何手把手教老贾换尿布……是了，就昨天晚上，阿珊给小西瓜涂婴儿油的时候，老贾也凑上去了，两人有说有笑，亲热得不得了。这阿珊虽然年过四十，可是人家身材好啊！跟现在的许梦心比起来，阿珊简直充满了魅力。

许梦心越想越气，先是骂阿珊，接着又跟贾母怼了起来，还打电话给老贾，让他赶紧滚回家，她要跟他离婚！

老贾接电话的时候正在公司开会，不小心触到了免提，许梦心的河东狮吼唤醒了会议室里每一个昏昏欲睡的人。然后，所有人都被"贾总跟保姆搞到了一起"的狗血洒得满脸震惊。

人的忍耐都是有限度的，老贾也是人。他当着所有员工的面把手机给砸了，然后摔门而去。

其实，他不知道应该去哪儿。公司，他没脸再待。家里，他不想回去……如果，那个地方还能称之为"家"的话。从妻子怀孕到生产，再到坐月子，直到他砸手机前，他总是一忍再忍，付出了他能付出的所有。妻子从月子中心回家后，一切变得更可怕了。他提过去看心理医生，却总是被她一句"我没病"给怼了回去。他本以为，她会慢慢好起来，只要他继续对她好。但是啊，也许正是因为他对她没有底线的付出，才让她变本加厉。

老贾一直没有回家，他的电话也已经打不通了。得不到回应的许梦心，只拿阿珊出气。阿珊也受不了了，她一个接受过专业培训的保姆，在哪找不到饭吃？真的犯不着受这样的委屈。她把东西一收，把丝巾一扔，什么都没说，就这么走了。

贾母看着已经失控的许梦心，急得没了主意，想到要给许家的人打电话。许梦心不让，抱着小西瓜就往外跑，说是要回娘家。

回吧，赶紧回吧。这哪是儿媳妇啊，这就是一个行走的祸害啊。

"好吃吧？"许梦安看着李静。李静碗里的面已经不剩多少了，她甚至还喝了好几口面汤。

吃饱了的李静面色红润了些，情绪也稳定下来了。

"你姐夫都跟你说了？"李静问道。

"是。"

"也好，反正，这种事也瞒不了多久的。"李静说着，"别这么看着我，分居是我主动提出来的，我不是什么弃妇，你不用可怜我。"

"其实，我更关心你的身体。刚才你那样，李临和我都吓坏了。"

"死不了，要死，也不会死在你们家。"

"姐，你非要这样说话吗？"

"更年期的小毛病，急了就会这样。"李静拿出抽屉里的药，"你看，这就是药店卖的几块钱一瓶的谷维素，镇静的，缓解更年期症状。我没得什么绝症，且得活着呢，搞不好活得比你都长。"

"那倒好了，你活得比我长，替我管着李临，蛮好的。"

"更年期又不是什么光彩的事，女人到了更年期，那就说明她老了。我只是不服老，不是有意瞒着你们。我总想着，自己还能做点什么……"

"姐，你做得够多的了，尤其是为了李临和我。"

"听明白了，嫌我管得太多了。"

"关键是……你选的窗帘，这也太乡土了吧。这种花色不好找吧，你至少得穿越回十年前,那时候的窗帘店,估计卖的都是这种。所以,在没穿越的情况下,让你给找到了,真心不容易的。"

"损我?"

"我不敢。"

"你说,人真的能穿越吗?"

"嗯?"

"我闲着看了几本穿越小说,真带劲,嗖一下,就回到了古代。我不想回古代,回到我二十来岁的时候就行了。"

许梦安笑了:"姐,谁都想年轻,可是,人都会老嘛。早晚有一天,我也会到更年期的。"

敲门声响,然后李临走了进来,他挤眉弄眼的,示意许梦安出去。

"有什么就在这说,你这是怎么了?"李静看着弟弟。

"咳……"李临无奈极了,"刚刚云阶打来电话,说心心在爸妈那边大闹,还把熊熊给打了。"

第十章
人生并没有捷径

1

小姨疯了，小姨真的疯了。

李云阶不懂，熊熊到底做错什么了，小姨要下这样的狠手！

两个孩子本来在屋里玩游戏，都挺开心的。李云阶提出，再玩半小时就去写作业，熊熊也答应了。等小姨吃饱饭进屋，熊熊也没干别的，就是多看了她一眼，她就发脾气了。

"你看着我干吗？"小姨问熊熊。别说熊熊蒙了，连李云阶都蒙了。

"我……我没有啊……"熊熊无措。

"我现在是不是变得特别特别丑了？"

"没有，没有……"熊熊和李云阶把头摇成了拨浪鼓。

小姨脱下外套，里面是一套松松垮垮的睡衣。她伸手拨拢着长发，两侧腰间就露出了一截子白花花的肉。那些肉耷拉着，跟现在的小姨一样，像是都泄了气。

李云阶试图移开自己的目光，但实在无法移开。小姨真真切切变了，变胖了，变粗鲁了。她的双下巴，她的小雀斑，她腰间的肉，她一直在冒汗的额头……所有这些，都跟过去那个小姨搭不上边。

熊熊的小脸上也满是惊诧，他张着嘴，都快吓哭了。

"喏,我再给你们看个好东西。"小姨撩开了睡衣,露出了她的肚皮,"这就是代价,就是当妈的代价！瞧见没,它像不像个丑陋的大橘子？喏,这里还有道疤呢……"

"啊！你走开！"熊熊尖叫着。李云阶赶紧抱住熊熊,遮住他的眼睛："小姨,你在干什么……我求你了,你别这样……"

许梦心走到两个孩子跟前,用力拽过熊熊,劈头就是一巴掌："这都是生你们生的！你为什么要怕！你嫌我丑了,是吧！"

李云阶一边呼喊着外婆,一边使劲推开了许梦心,拉着熊熊就跑。

两个孩子跑到了储藏间,李云阶把门给反锁了,熊熊"哇"的一声就哭了。

"熊熊别怕,熊熊不要怕……"李云阶抱过小表弟,自己也忍不住哭了起来,"你疼吗？"

"我不疼……就是,姐,你告诉我,我妈她怎么就疯了呢？"

这个问题,李云阶无法回答。

许梦安、李临和李静赶到许家小院时,许梦心已经砸掉了所有她砸得动的东西,许父急得几欲昏厥。许母毕竟年纪也大了,根本拉不动许梦心,况且她怀里还抱着小西瓜。至于兰香,踩到了许梦心砸碎的瓷器,左脚趾鲜血淋漓。

"作孽呀！"兰香看到许梦安,哭着嚷嚷,"当真是作孽呀。那么好的日子,有什么过不去的……"

"别嚷了！"李静喝道。

"爸……"许梦安看到全身都在哆嗦的许父,失控到落泪,"爸,没事的,我们来了。"

"大……大姐,"许父的声音在颤抖,"我匪……我后匪！"

许父说的是"后悔"。他后悔自己对小女儿太过宠溺,把她惯成了现在这副样子。

"没事的,不是你的错。"许梦安柔声说着。

李静正指挥着李临："先把你爸妈,还有小西瓜带回卧室,让云阶和熊熊也过去,跟他们说,好好在卧室里待着,轻易不要出来。"

"唉,唉……"李临自是忙不迭应着,"云阶呢？熊熊呢？"

两个孩子听到外头有动静，连忙跑了出来。

"妈！""大姨！"他们都抱住了许梦安。

看着两个孩子，许梦安的心都碎了。

"别怕，没事的。云阶，你做得很好。熊熊，你也很勇敢。现在，你们先去陪外公，等我把这些事情都处理好了，你们再出来，好吗？"

"我爸呢……"熊熊呜咽着。

"你爸公司有事，晚一点会来的。"许梦安一直联系不上老贾。

"梦安，你也去陪他们。"李静道。

"姐，我……"许梦安为难，她不可能对自己的妹妹不管不顾。

此刻，许梦心霸占着客厅，还在里面砸东西。一边砸，一边威胁着众人，让他们不要靠近她。

"你现在是孕妇。"李静看起来非常淡定，"你要相信我和李临，心心这里，我们能搞定。"

李临也道："姐什么场面没见过？她可以的。"

许梦安只得点头。

待李临把一干人等安排妥当，掩护着李静到了客厅，许梦心蓬着头发，讪笑着："许梦安呢，她不来救火啦？不行啊，她可是我们这个家的顶梁柱、救世主、白莲花，她不来怎么行呀？她不来，我们这个家就要毁掉啦。"

"所以，许梦心，你到底想要什么？"李静问道。

"我不知道，如果非要回答，我可能想去死一死。"

"哦。"李静拍掉沙发上的不明碎片，随意坐下，又转对李临道："你站着干吗？你也坐。"

"你们滚！"许梦心叫嚣着。

"别呀，我们是来帮你解决问题的。既然，你刚才提到你不想活了，那我问你，你有确切方案了吗？"李静问道。

许梦心傻眼了："暂时……暂时还没有。"

"那我提供几个给你，仅供参考。对了，我先说明一下，我嘛，祖上行医，我爸、我老公，那都是远近闻名的医生，这方面，我懂得比较多。还有你姐夫李临，他研究的是殡葬学，哎，就是研究人死了之后的那些个事。可以这么说吧，在你要解决的这个问题上，我们俩都是专家。"

"你有病吧?"许梦心气坏了。

"我家开医馆的，这种事，我见多了。我列几个啊，跳楼、跳河、割腕、喝药，你比较倾向哪个?"

"我……"许梦心的脸涨得通红，"喝药!"

"喝药啊，喝药我见过。上回有个女的，跟老公吵架，就是喝的百草枯。不过，百草枯这种农药，喝下去一时半会儿可解决不了问题，它就是慢慢地把你的肺纤维化，寸草不生嘛。那女的，喝了才不到小半瓶，送去医院，折磨了快半个月才没的。中间她家属来过我们医馆，说西医那边宣告没救了，让我们想想辙。我们又不是卖仙丹的，肺都烧坏了，还怎么想辙……最后，那个女的，一天天、一点点，呼吸越来越困难，每一秒钟都在后悔，后悔当时太冲动，喝了药，然后她……"

"别说了! 别说了!"许梦心瘫倒在地。

老妈一来，李云阶就安心了。外公吃过药，情绪终于稳定下来。外婆大概是累了，靠着床沿睡着了。兰香表姑的脚趾包扎好了，正哄着小西瓜入睡。

许梦安一手拉着李云阶，一手拉着熊熊，柔声安抚着他们。

"妈妈为什么会变成这样? 太可怕了。"熊熊的眼神里仍带着恐惧。

"你妈妈她……"许梦安想了一会儿，才道，"她病了。这个病怎么跟你们解释呢，就是，她不能控制自己的情绪，甚至不能控制自己的言行了。就好像……"

"就好像我妈妈被恶魔附体了。"熊熊接嘴。

"嗯，所以，我们要想办法，帮她把那个恶魔赶跑。"

"生完孩子，真的会那样吗?"李云阶忍不住看向老妈的肚皮，"小姨的肚子……"

"有的会这样，有的不会。那叫妊娠纹，因为肚子里的小宝宝每天都在长大，慢慢地，就把妈妈们的皮肤撑开了。撑开的皮肤，需要一段时间来恢复弹性。"

"太可怕了，真不懂她为什么还要生孩子。"熊熊道。

"对女人来说，生育孩子是权利，养育孩子是义务。而且，孩子是父母感情的结晶……"许梦安很有耐心，但她并不确定孩子们能否听明白。

一片狼藉的客厅里，许梦心瘫坐在地，李临想去扶她，李静冲李临直摇头。接着，李静坐到了许梦心身边："心心，你要真的不想活了，不管他们是什么态度，反正我是不会拦着你的。只是嘛，你再仔细想想，你一走，你家老贾还年轻，肯定是要再娶的。前脚轰轰烈烈送你走，后脚就给俩孩子找个后妈……"

"他敢！"

"他敢不敢的，你不是都已经没了吗，还能化成厉鬼不成？大家都是女人，说句掏心窝子的话，你也好，你姐也好，包括我，那活得都不容易。哪有什么顺风顺水的，不过是，遇到坑了，不小心掉下去，再爬上来往前走几步喽。"

"那要是爬不上来呢？"

"我们都向你伸手了，可是你呢，你反而捡起坑里的小石子砸我们。看你砸的，你爸气，你妈急。还有熊熊，多大点的孩子，人又没做错什么，听说你上手就是一耳光。还有你姐，怀孕都四个月了，非要赶过来，生怕你出什么事。好，这些人你都不在乎，你都无所谓，那小西瓜呢，孩子还在吃奶……"

"我就是累，我真的太累了……"

"我知道，我生过孩子，也算是过来人嘛。"李静拉过许梦心的手，转头示意李临去倒水，"我当时难产，差点没死过去。你要不信，可以问李临。"

"我没不信……"

"生过孩子的女人，那都是鬼门关走过一遭的，像你，还走了两遭。我觉得，你比我强。真的，姐没哄你。你看，咱俩这样不是聊得蛮好吗？你听我句劝，好日子在后边呢，千万别想着一了百了。"

"我……"许梦心低头，"我也没说要去寻死。"

李临把水杯递给李静，李静将杯子放到许梦心嘴边："喝点水，润润嗓子，'哇哇'一晚上了，嗓子都哑了吧？"

"嗯……"许梦心接过杯子，猛地灌下半杯。

"现在你告诉我，你目前最大的问题是什么，那个坎是什么？你说出来，我才能帮你。"

"我就是觉得自己太没用了,什么都做不好。而且,我现在整个人都变形了,老贾肯定不喜欢我了。还有熊熊,我在熊熊眼里一直是最漂亮的,是他的骄傲。"

"李临说,之前他给老贾推荐过心理医生,你不愿意去看,有这事没有?"

"我没病。"

"要我看,你的问题就是产后抑郁。这个问题一天不解决,你就一天不得安生,还有你边上这些人,也都不得安生。丫头,别倔了,要是所有心理问题靠发发脾气、砸砸东西、打打孩子就能解决,还要那么多心理医生干吗?专业的问题就应该交给专业的人去解决。"

李临的手机响了,他掏出手机:"是老贾!"

"赶紧接啊。"许梦心倒急了。

"老贾,你在哪儿啊?"李临接起电话,语速飞快,"好,好,我这就来。"

李临挂断电话,对许梦心道:"人就在门口呢,我去开门。"

等李临跑出客厅,李静搀起许梦心:"走,姐给你收拾收拾,脸皮都哭皱了。"

"姐,你这人其实蛮好的。"

"那当然。"李静笑了。

李临开了门,忙拉老贾,老贾甩了下胳膊:"那个,我知道她在里面,我就不进去了。"

"不是,为什么啊?"

"姐夫,别人不知道为什么,你还不知道吗?心心干的那些事,我实在是怕了。现在,全公司都在传,说我跟家里的保姆搞在一起了。我本来不想回家,在外面转了半天……等我回到家里,发现我妈都给气病了,老太太说再也不管我的事了,闹着要回老家。"老贾的眼睛里布满了血丝。

"我只知道心心回娘家这边,把爸妈吓得不轻,可真的不知道是因为这个……"

"不是!不是!我没跟保姆乱搞……唉,姐夫,是心心误会我了。"

"噢……那误会化解就好了,没什么的。"

"我……"老贾急得话都说不出来了。

这时,许梦安走了出来:"这次到底是因为什么啊?"

见大姐也来了，老贾便将事情原委都讲了。许梦安眼尖，一下看到老贾脚边的行李箱，那里头放着的怕是他给许梦心准备的衣物。

"你这是……"许梦安有些明知故问，可她不得不问。

老贾直言："明天我要送我妈回老家，心心就暂时住在这吧。拜托大姐这几天帮心心物色个保姆，我也真是没主意了。"

"老贾，"许梦安知道妹夫这段时间过得有多憋屈，只道，"这都没问题。可你人都来了，就不进去看看她吗？"

老贾沉吟了一会儿："不……不了。我现在不想见到她。大姐，熊熊和小西瓜在哪儿，让我看孩子们一眼就好。"

那许梦心整理好了妆发，跟着李静正往外走呢，乍一听到这话，她就再也走不动了。

接下来几天，李静只让许梦安和李临安心上班，许家这摊子事，她给安排得井井有条。头一件事就是给受了轻伤的兰香放假，以示安抚。李静唯恐兰香回老家后会嚼舌根，便又耐着性子跟兰香分析利弊。兰香哪有不懂的，只拍胸脯应承，绝不乱说话。

再一件，就是家里这些砸坏的东西，该换的换，该修的修。李静说了，这钱得许梦心掏，不能再纵着。

最后，李静把保姆的问题也解决了。这回是从家政服务公司找的，姓张，众人便只唤她"张姐"。

张姐50岁上下，为人是个爽利的，一来就投入到了本职工作中，抱着小西瓜，爱不释手。小西瓜本是认生的，说来也怪，被张姐抱着，倒显得非常安稳。

担心李云阶和熊熊受惊吓，李静提出要请大师给孩子们"收惊"。李临觉得可笑至极，许梦安倒没拦着。她不拦着，不是她相信这一套，而是大姑子的一番好意不能辜负。本来，许梦安还挺担心大姑子的，担心分居让她有精神压力，担心她更年期的种种症状。可是吧，忙碌着的大姑子，似乎把这些都抛诸脑后了。这可真是一个闲不住的女人啊。更让许梦安想不到的是，前段时间都扬言"老死不相往来"的妹妹和大姑子，这两人如今好得都要穿同一条裤子了。许梦心是谁的话都听不进去,只听李静的。李静劝许梦心去看心理医生,一番循循善诱,许梦心居然同意了。许梦安一面让李临联系心理医生,一面给老贾打电话。

手机那头,老贾语气淡淡:"你们安排,钱的事有我。"

这样的老贾,许梦安从没见过。他稀松平常的语气,跟他往日的言行判若两人。老贾,怕是绝望了吧?许梦安对妹妹又添了一重担忧……

算来,许梦安已经怀孕超过 16 周,是时候做"唐筛"(唐氏综合征筛查)了。这日,李临给许梦心预约心理医生去了,许梦安便独自去了医院。

"你一个人?"医生问许梦安。

"哦,我老公今天有事。"

"回头见了他,我得好好批评他了。这要二胎又不是你一个人的事。好多男人都这样,头胎的时候对老婆宝贝得跟什么似的,到了二胎,就觉得瞎矫情什么呀,又不是没生过孩子。可是,这高龄妊娠不比你头胎的时候,风险相对要大……"

许梦安笑了:"我会转告他的。"

"看出来了,都是你惯的。"

"医生,这检查结果怎么样,都好吗?"这是许梦安最关心的问题。

"血清检测是好的。不过,我刚才也说了,高龄产妇风险大,我是建议做进一步检查的。这样,先做个无创 DNA 检测,如果情况不好,再做羊水穿刺。哦,羊水穿刺才能确诊。可别说医院憋着坏让你们做各种检查,这怀上二胎不容易,你是当妈的,得对孩子负责。我是医生,我也得对你负责。"

"我明白的。谢谢您。"

"上次给你的那本册子,你看了吧?"

"看了,封面上写着'高龄妊娠必读'嘛,我不敢不读的。"

"医学上的手段,可以让高龄难育甚至是高龄不育者看到生育的希望。当然,更别说帮你安全度过孕期了。可是,我们做的这些,都比不上你自己的努力和你家人的配合。合理饮食、合理运动……还有啊,尤其是你还在上班,工作压力大,那些什么加班、应酬之类的,能避就避吧。"

"是……"许梦安回应得有些心虚。这次检查,她只请了半天假,等会儿还要回公司，有个重要的会要开。有次，许梦安看到一句话，觉得很有意思。它说，这40岁以上的女人生孩子，不仅仅需要掌握充分的医学知识，还需要很多的金钱和强大的心脏。她觉得，这些东西，自己好像都不是很缺，她缺的好像是别的。但是，自己缺的到底是什么，她没时间和精力去细想，也不敢细想。

2 🌍

下午的会，公司中高层都得参加，议题有两个：一个是欢迎黄思思入职；再一个，是围绕内容中心下一步的工作，各部门该如何积极配合。会上，黄思思倒是一脸谦卑，表示会当好许梦安的副手，为新苗鞠躬尽瘁。许梦安只得表态："内容中心又多了一员猛将，我们对接下来的工作更有信心了。"

老张带头鼓掌，一派其乐融融。

黄思思没怎么样，凌美川却坐不住了。待许梦安汇报完内容中心下阶段的工作计划，凌美川举手示意，表示她有话说。只见凌美川不卑不亢，很是从容，站起来道："许总监，你刚才谈到我们那几个针对女性的自媒体号，说什么正能量，什么拒绝毒鸡汤，这些观点都很棒，当然，也非常理想化。你有没有想过，我们新苗毕竟是开门做生意的，不但要对员工负责，更要对股东负责。如果没有流量，我是说，内容本身吸引不了流量，那这个内容再优质，它又有什么意义？"

之前开部门例会的时候，许梦安说过同样的话，凌美川对这些可是没有任何异议的。想来，她是故意憋着，等着老张和其他部门主管在的时候放大招。可是，这么干，她图的是什么呢？

"我们已经到了转型期。尽管，我来新苗的时候，就一直强调要做优质内容，可是，有时候为了刚才你说的'负责'，我也做出了诸多妥协和让步。现在，新苗不应该再靠什么博人眼球的标题，什么八卦狗血的内容了，想健康、长远发展，就必须拿出真正的好东西来。"许梦安说完，长舒一口气。

"明白，讴歌时代，讴歌女性嘛。"凌美川不无讥讽地说。

许梦安盯着凌美川的眼睛："这个时代不伟大吗？难道它不值得被讴歌吗？

当代女性不伟大吗？难道我们不值得被讴歌吗？"

"好！"老张笑了，"很久没有这样的讨论了。开会嘛，就是提出问题、解决问题。那个，思思，你有什么高见？说说看。"

黄思思微笑着，朝众人点点头："既然被点名了，我就简单说几句……"

这是黄思思第一天到任。她到任前，新苗就有了很多风言风语。最普遍的说法就是，许梦安现在怀孕了，过不久就得回家生孩子。黄思思呢，以后是要接替许梦安的位置，成为内容中心总监的。所以，黄思思一来，就成了新苗备受关注的焦点。此时，众人正屏气凝神，等待着听她的高论。

"我刚来，还不是十分了解情况。不过，我十分欣赏凌美川这样的职员，敢于直言，敢于发表不同见解。"黄思思笑容温婉，缓缓道，"要是我们部门所有的职员都有这样的精神和勇气，何愁做不出优质又有流量的内容。当然，我也很佩服许总监，她的想法非常具有前瞻性……"

会议结束后，瑞秋拉着许梦安去她办公室，问道："傻眼了吧？"

"嗯？"许梦安不解。

"你真的没察觉到什么？要我说，这个凌美川已经成了黄思思握在手里的刀子。"

"怎么会……"

"一猜就知道，黄思思一定是许诺了凌美川什么，比如，等她坐上你的位置，就提拔凌美川当她的副手什么的。"

许梦安真的有些蒙了。

瑞秋又道："你啊你，脑子里就只有内容。凌美川本来是你的人，你怎么就不知道笼络……"

"我要是知道……"许梦安苦笑，"我还是不知道吧。不知道，才是我。"

宏远初中 302 班教室里，正进行着一次模拟考试，这个点，考的是语文。既是班主任又是语文老师的薛一曼，背着手，穿行在教室。她穿了柔软的平底鞋，踩踏时几乎不会发出任何声音。她身上没有涂抹任何香味过重的护肤品，更别说香水了。她这么做，一个是不想分散孩子们的注意力，再一个，也是为了方便"潜伏"，更好地监督他们,以防他们作弊。自从 305 班发生了一起集体作弊事件后,学校便对这种事越管越严了,一旦发现,严惩不贷。所以,这次模拟考,除了由各班级任课老师监考外,还安排了不少考场纪律监督员。

楼道外,三三两两的监督员正走过,驻足在了 302 班门口。就在这时,不知从哪发出了一阵窸窸窣窣的纸张翻动的声音。薛一曼的直觉告诉她,大事不妙。

果然,还没等她反应过来,两名考场纪律监督员已经站在了李云阶和朱可馨的课桌旁边。

"你们俩,站起来!"监督员们非常严厉。

两个孩子都有些惊慌失措,一个监督员伸手一掏,从李云阶的桌肚子里掏出了一本册子。薛一曼赶紧走过去,凑脑袋一看,好嘛,册子上,密密麻麻全是打印的考点。李云阶在作弊!

"不,不是我!"李云阶小嘴一扁,眼泪马上就掉了下来。

"不可能是李云阶!"坐在后排的刘思明霍然站起。

薛一曼怒道:"刘思明你给我坐下!"

许梦安从薛老师办公室出来的时候,只觉得双腿巨沉,她怎么都没想到女儿会作弊!

李云阶站在办公室门口,刘思明、何璐和王哲围着她。见许梦安出来了,刘思明几个连忙凑了过去。

"云阶妈妈,云阶真的没作弊,我要是骗你,我体测考零分!"刘思明信誓旦旦。

何璐道:"我刚才问云阶了,那本册子不是她的!"

"事情一定要弄个水落石出!不管怎么样,我是相信李云阶的!我用班长的身份担保!我用我的人格担保!"王哲很是气宇轩昂。

"李云阶,你跟我回家!"气头上的许梦安根本不在意孩子们的话,拉了女儿就走。李云阶没有抵抗,始终沉默着……

对于作弊,许梦安是零容忍的。她一直给女儿灌输的就是,人生从来就没有捷径。女儿一旦学会了投机取巧,以后走上社会,最终害的是她自己。现在,她可以无视考场纪律、无视规则，将来，她就有可能违法乱纪。

回家路上，母女俩一路无话。李云阶知道，她说什么都没用，老妈已经笃定她就是那个作弊的人。薛老师也是这么想的。

此时的李云阶，终于明白什么是窦娥冤，什么是六月飞雪。她就是长了一百张嘴，站在老妈和薛老师面前，也是说不清的。她让她们失望了。可是，同时，她也对她们十分失望。失望到，她不愿做任何辩解。

因为许梦心最近都住在小院，李静怕李云阶添乱，几天前就把她给"驱逐"回家了。她就算是不想回家，就算是想去外婆家躲躲，也是不能够了。那么，就让暴风雨来得更猛烈些好了。

李临看到许梦安黑着个脸回来了，身后跟着同样黑着个脸的女儿。

"这是怎么了？"李临悄声问许梦安。

"你问你的宝贝女儿吧。"许梦安说毕，把鞋一换，便往主卧走去。

李临不解，看向女儿："你妈她……"

女儿冷冷一笑，也是把鞋一换，扭头就回了她自己的房间。

李临思来想去，还是先去了主卧。

"把门关上！"妻子的语气很不好。

"哎……"李临可不敢惹她，只得依言。

"你的宝贝女儿，她居然作弊！"

"怎么可能……"李临是不相信的。

"证据确凿，被考场纪律监督员逮了个正着。你是没看到薛一曼那张脸，她气得表情都扭曲了，一直在跟我说，她有多失望……你知道吗，你女儿就要被通报批评了，记大过！"

"你冷静点，总得先了解清楚吧？"

"还要怎么了解，我说了，证据确凿。这孩子，现在不得了，居然把所有考点打印在一个小册子上，居然藏在桌肚子里伺机抄题……我……"许梦安觉着一阵头晕，"我太难过了！心痛！李临，我们平时都是怎么教育她的，怎么她就变成这样了！"

"我还是不相信，真的，云阶绝对不可能作弊。"

"你就继续宠着她吧。被父母宠溺的后果会怎样,你不用看别人,看心心就知道了!"

302班的教室里,三个孩子正围坐在一起,神情皆有些凝重。长久的沉默后,刘思明一拍桌子:"问,班里每个同学,我一个一个问过去,不说实话就揍他们,揍到那个人站出来承认为止!"

"蠢!你这样,非但救不了云阶,连你自己都得搭进去。要我说,这事就得暗查,哎,暗戳戳地来。悄无声息的,最终一定能把那个人渣给揪出来!"何璐建议。

王哲无奈地看看刘思明,又痛心地看看何璐,才道:"刘思明确实蠢,何璐呢,何璐你是傻。我先给你们分析一下当前的局势。首先,留给我们的时间不多了,听薛老师那意思,明天就要通报批评李云阶了……"

"你那么会分析,倒是分析一下我们应该怎么办呀!"刘思明非常不服气。

王哲露出一丝得意:"定性作弊的关键证据就是那本册子,对吧?我们要做的,就是把那个册子拿过来。但凡犯罪,就不可能不留下罪证。我敢肯定,册子是关键线索。"

"册子在哪,怎么搞?"何璐疑惑。

"册子在薛老师办公室,至于怎么搞……"王哲挠头,"我一时也没想好。"

何璐讪讪然:"真是帅不过三秒。"

"现在都放学了,办公室的门肯定锁上了。难不成我们要撬锁吗?"王哲道。

"我问你,办公室的钥匙,除了薛老师,还有谁有?"刘思明突然问道。

"啊!"王哲一下站起,"保卫室!"

"那就这样!"何璐压低声音,扒拉过两个男生的脑袋,"王哲,你是班长,你说的话,大家都信。你就跟保卫室的人说,说薛老师的备课本落在办公室了,让你取了给她送回家,她晚上备课要用。然后……懂了吧?"

"不行不行,万一保卫室的人给薛老师打电话求证怎么办!"王哲忙道。

刘思明推了王哲一把:"胆小鬼!你不去我去!"

"别别别,刘思明,你去了,保卫室的人一准不信。这事,还非得王哲去不可。王哲,你到底有没有把李云阶当朋友,你是不是完全信任李云阶,可就看这一把了!"

王哲犹豫着:"让我……让我再想想。我现在特别紧张。"

"云阶,能开开门吗? 该吃晚饭了。"李临站在女儿门口。

"我吃不下。"女儿的声音从房间里传来。

"那你让爸爸进门,把事情的经过跟爸爸讲讲,好不好? 爸爸相信你的。"

女儿带着哭腔:"你相信我有什么用! 薛老师和我妈,她们都不相信我,认定作弊的人是我! 就你一个人相信我,这根本就没用!"

"你妈正在气头上,等她想明白就好了。等她明白过来了,就知道她冤枉你了!"

"不吃就别吃! 你也不用叫她了!"许梦安走过来,厉声道,"犯错了不知道认错,还吃什么饭!"

"好啊! 我李云阶发誓,我就是饿死,也不会再吃这个家里的一口饭!"房间里那位,也不甘示弱。

"哎呀,行了……"李临真是里外不是人。

就在这时,许梦安的手机响了,薛一曼来电。薛老师没说别的,只让许梦安带李云阶去学校一趟。还没等许梦安挂断电话,李云阶就打开了房门:"走吧。"

薛老师联系许梦安之前,李云阶已收到了何璐发来的微信,说是找到真凶了。原来,何璐他们按照计划,由王哲出面,从保卫室那里拿到了薛老师办公室的钥匙,开了门,找到了那本册子。在册子上,王哲发现了几处用铅笔做过记号、写过字,最终却用橡皮擦去的痕迹。通过痕迹,他发现了重大线索——字迹当然不是李云阶的,这本册子的主人另有其人。

此刻,薛老师正在破案呢,何璐、刘思明和王哲立在办公室门口,窃窃私语。

"你说,她要是不承认,怎么办?"这是刘思明最担心的。

何璐翻着小白眼:"证据确凿,她能不认吗?"

"我只是没料到会是她……"王哲说这话时,不无痛心。

薛一曼也很痛心,她怎么都没想到,自己把册子往朱可馨面前一放,这孩子就什么都认了。这个女孩可是302班的学习委员,整个班,只有她的成绩能跟王哲较高低。薛一曼以为朱可馨会狡辩、会解释，可是，她笑着就承认了。

"薛老师，册子是我的，我认。"朱可馨甚至都没躲避薛一曼的目光，"我怕被抓包，顺手就把册子塞进了李云阶的课桌。"

"可馨……"同在办公室里的，还有朱可馨的妈妈。薛一曼的痛心，还有一部分跟可馨妈妈有关。朱可馨没有爸爸，自小就由她妈妈独自带大。家境并不优渥的她能进宏远，靠的不是学区房或者赞助费，而是成绩，实打实的成绩。

"为什么？"可馨妈妈难以置信。

"不只是这次，好几回了。不同的是，这次被抓了。就这样。是记过还是留校察看，或者直接退学，你们看着办吧。"

看起来，朱可馨是如此轻描淡写，她好像早就准备好了。

薛一曼的手都哆嗦了："你是学习委员！你是尖子生！朱可馨同学！"

"从上个学期开始，我就觉得考高分有些费劲了。就是因为你们总认为我必须考高分，你们总认为我必须优秀，我才想着，不能让你们失望。薛老师……"朱可馨的表情这才有些沮丧起来，"我不想优秀了。你们赶紧处罚我吧。"

"处罚是肯定的！"

"那就好。"

"你看看你的态度！朱可馨，你这像是在认错吗？"

"薛老师，什么是对，什么是错？跟你们想的一样，就是对的吗？跟你们想的不一样，就是错的吗？我不懂，我也不想懂了。反正，尖子生又不差我一个，以后，你们就不必总盯着我了。你们累，我也累……"

突然间，"啪"一声，可馨妈妈赏了女儿一记响亮的耳光。

朱可馨夺门而出时，撞上了正准备敲门的李云阶。紧跟着，可馨妈妈也从办公室里快步走了出来。她一看到李云阶一家，立时就站住了。

"对不起，对不起。"可馨妈妈鞠躬。

许梦安忙道："别这样。"刚才，何璐已经把事情的真相告诉许梦安了。

"云阶妈妈，你是家委会委员，你帮我跟薛老师求求情吧……可馨要是被记大过，她就完了！"可馨妈妈都快跪下了。

"我……我试试吧。"许梦安知道可馨妈妈很不容易。

一直不愿意跟许梦安说话的李云阶开口了："我说我没作弊,你不相信我。现在,朱可馨都承认作弊的人是她了,你居然要为她求情? 为什么? 我是捡来的吗?"

孩子的世界是这样的,黑的就是黑的,白的就是白的。是非曲直,在他们眼里,就是很简单的一件事。坏人是要被惩治的,好人不应该被冤枉。灰太狼再可爱,但主角永远都是喜羊羊。

女儿的眼神纯净又明亮,问出了那句"为什么",许梦安一时无言。

许梦安是母亲,可馨妈妈也是母亲。同样是母亲,可馨妈妈要付出的却是许梦安的双倍,甚至超过双倍。有一次,家委会成员们陪着薛老师去家访,去过朱可馨家。一间小超市,楼上有个隔层,那里就是她们母女的家。可馨妈妈自豪地告诉大家,她已经存够了首付的钱,马上就要在 H 城买房了,到时候,她们母女就真的能安定下来了。

尽管经济上捉襟见肘,但朱可馨的花费并不比李云阶他们少。该买的衣服、文具、书本,可馨妈妈毫不吝啬。即便是补习班,也是选的最好的。可以说,朱可馨是她母亲的全部,全部的希望,全部的寄托。可馨妈妈起早摸黑,所有的动力也源于这个从未让她失望过的女儿。要是朱可馨被记了大过,这位母亲所遭受的打击……简直难以想象。

许梦安心下有了打算,她准备跟其他家委会成员联系,联名提出要求,要求对朱可馨从轻处理。这个孩子不是无药可救,不能就这么毁了。

看着几个孩子,再看着那本册子,薛一曼的情绪也很是复杂。她有惭愧,惭愧自己的武断,没有弄清楚真相,就咬定作弊的是李云阶;她有痛心,为学习委员朱可馨痛心,这孩子到底是怎么想的,她的成绩明明已经足够优秀! 当然,她也很生气,班长王哲居然都学会骗人了,骗的还是学校保卫室! 可是,不管怎么样,李云阶是被冤枉的,身为她的班主任,薛一曼需要承担主要责任,也必须向她道歉。

"云阶,老师向你道歉。"薛一曼拍拍李云阶的肩膀。

李云阶没有说话。许梦安忙道:"薛老师都向你道歉了,你这孩子……"

"那你呢,你向我道歉了吗?"李云阶再次向许梦安抛出了问句。

女儿在挑战许梦安的权威,并且,是当众挑战。

今天，权威遭受挑战，对许梦安来说，有两次。一次是在下午的公司会议上，凌美川用带着讥讽的语气告诉所有人，许梦安的方案并不可行；再一次，就是现在，女儿要许梦安向她道歉。

许梦安自认为开明，也不是死要面子的人。比如，每次部门开选题会，大家的发言总是百无禁忌。可这百无禁忌的前提是"就事论事"，凌美川很显然不是在"论事"，而是憋着坏让许梦安下不来台。此时，眼前的女儿，虽不是憋着坏，但她是故意的。她的小眼神里，甚至还带着些许挑衅的意味。

许梦安不能低头。一低头，她身为母亲的威信便会荡然无存。

"回家再说。"许梦安对女儿道。她的语气很沉稳，并不是在跟女儿商量。

3

没有得到老妈的道歉，发誓再也不吃这个家里一口饭的李云阶，到底还是回了家。

"你想吃什么？爸爸给你做？"对做饭，李临显然没什么底气，"要不然，我给你叫个外卖？"

李云阶发现老爸跟进了房间，她一指门口："你出去。"

"云阶，你听我说……"

"出去！"

李临来到了书房，许梦安正忙着联系家委员成员，希望大家能够写封联名信，以期学校对朱可馨宽大处理。

妻子是善良的，不但善良，她还热心。但她这种圣母的行为，严重伤害到了女儿。

"许梦安！"李临径直走过去，夺过妻子的手机。

"我正打电话呢，你干什么！把手机还给我！"

"别打了！该怎么惩罚朱可馨，薛老师和学校，他们自有定论。刚才在学校，我憋着一直没说。朱可馨自己作弊不说，还陷害云阶，你非但不站在云阶这边，你还帮朱可馨求情……你让云阶怎么想？还有，孩子没要求别的，就希望你能真诚地给她道个歉，你呢？你就一句'回家再说'。好，现在已经回家了，你说了吗？你跟女儿沟通了吗？没有！不就是道个歉吗，有那么难？"

许梦安看起来很是冷静："不是难不难的问题，是能不能的问题。你没看见刚才女儿的眼神吗？她这是在挑衅我。"

"为人父母，也不是什么都对的，有很多地方，我们确实做得不好，不到位。错了就是错了，我们冤枉她了。你知道这样的事情会对孩子造成多大的伤害吗？刚才别说是我了，就连薛老师都看不下去了。她还发微信给我，让我和你谈谈，说你的做法不妥当……"

李临话没说完，突然听到了门外传来的钢琴声。这个家里，会弹钢琴的只有李云阶。可是，她已经很久没有弹琴了。许梦安和李临缓缓走到客厅，看见发誓不再碰钢琴的李云阶此时正坐在钢琴旁。她看起来是那么专注、投入，一遍遍弹奏着《瓦妮莎的微笑》。许梦安从怀李云阶起，到李云阶出生后的那几年，最常听的曲子就是《瓦妮莎的微笑》，可以说，它是李云阶决定学钢琴的初衷。

这首曲子李云阶以前也总弹，但从没弹得像今天这么好。李云阶觉得自己的情绪传递到了指尖，每一根手指都像是在琴键上跳舞。她什么都看不见，甚至，什么都听不见。她只是想弹，想把心中所有的感觉都表达出来。

听女儿弹到第八遍时，李临想上去唤她，却见她合上了琴盖。

"云阶……"这曲子勾起了许梦安无数的回忆：李云阶刚出生时、会走路时、第一天上幼儿园时、第一天练琴时……

李云阶并没有回应，旁若无人地从许梦安和李临身边走过。

"李云阶，你站住，我有话跟你说。"许梦安拦住了女儿。

女儿轻轻推开了许梦安的手："我跟你无话可说。"

无话可说的李云阶，她从未觉得如此沮丧。每次都一样，在老妈的那些大道理面前，做出牺牲和遭受委屈的肯定是她李云阶。她真的不懂，想象着如果被陷害、被冤枉这种事发生在何璐身上，何璐妈妈会作何表现。

何璐妈妈一定会跟可馨妈妈理论的，不但要理论，还会让学校狠狠惩罚朱可馨。难怪小姨总是要说老妈圣母，可不是嘛……好，就算老妈要当圣母，那么，你冤枉我了,错怪我了,是不是应该向我道个歉呢?居然也没有!

李云阶辗转反侧,再也无法入睡。她索性起床收拾衣物,准备明天就去外婆家。等收拾好了,已是深夜,她这才想起来,自己连晚饭都没吃。

为了整洁,为了让李云阶养成良好的生活习惯,她的房间里是不允许放零食的。所以,就算她想找点东西果腹都寻摸不见。饿肚子的滋味真难熬啊,简直是百爪挠心。她实在扛不住了,蹑手蹑脚走过去,打开了房门。

老爸端着一碗粥正站在门口。看他那样,已经站了一会儿了。

老爸笑着:"饿了吧?"

"我不饿!"

"这不是你妈做的,是你姑姑做的,特意嘱咐我给你留的夜宵,还温热的呢,赶紧吃。"

李云阶犹豫着,老爸却径直走进房间,把粥放在了她的写字台上。

待老爸走了,李云阶终于大口吃了起来。反正是姑姑做的,又不是那个女人做的,吃就吃了!吃饱了才有力气,有力气了明天才能去外婆家!

主卧内,许梦安也还未入睡,见李临进得门来,她忙问:"她吃了?"

李临点点头:"既然这么心疼女儿,你之前又是何必呢?"

"你不懂,咱俩不能什么都顺着她的心意。我妹如今这样,就是因为她自小在我爸妈的宠溺下,过得太顺风顺水了,现在一点小挫败都会让她抓狂,抗击打能力和抗压能力几乎为零。"

"这是两码事。云阶没做错什么。"

"我也希望云阶这辈子都能顺风顺水,可是,我们俩会老的,能保护她一辈子吗?现在社会竞争多激烈,女儿早晚是要走出家门的,她得学会调节情绪,也要学会适应环境。我倒觉得,让她经历这么一次,不是坏事。"

李临笑了笑,在床对面的沙发上坐下,饶有兴味地打量着妻子:"遇到什么糟心事了?"

"你指的是哪件?最近咱们家的事,哪件不糟心?你姐,我妹,咱爸,还有女儿……"

"我是问,你最近在工作上,是不是遇到什么问题了?"

"没有。"

"你骗不了我。而且,我听说,黄思思跳槽到你们新苗了。"

"连你都知道了?"

"我又不是两耳不闻窗外事。老张到底什么意思啊?他这么做,可不厚道。"

"商人,在商言商,没什么好说的。你们真有意思啊,你、瑞秋,甚至包括我们部门那个小荷,一个个的,都觉得黄思思马上就要占了我的位置了;一个个的,都觉得我许梦安就要这么认怂了……我告诉你啊,我不怕,她要有真本事,放马过来好了。还有啊,咱俩不是说好了吗,工作上各顾各的,谁也别管谁,我的事,你少管。"

"行啊,"李临深呼吸了一次,"我以后再也不管你了。"

听完丈夫这句话,许梦安愣了半晌,突然嘴巴一张,哭出了声。

"我没让你不管我,你怎么一点都不理解我呢……"许梦安啜泣着。她一边哭,一边用力吸着鼻子,拼命想止住眼泪,却根本止不住。

前一秒还铁骨铮铮的许梦安突然就变了画风,李临看得直发蒙:"你这又是怎么了……"

多少年了,妻子从没有这样哭过,她这副样子,让李临心里有些怵。他递过纸巾,她伸手,一下就把纸巾拍在了地上。

是了,他想起来,妻子第一次怀孕时,也这么号啕大哭过。也就是这个时候,他才记起来,妻子现在又是个孕妇了,她的肚子里孕育着他们的第二个孩子。只是,这段时间,妻子每日里风风火火,根本就不像个本该安心静养的孕妇。她总是在用行动告诉所有人,她跟以前并无区别,她还是那个什么都能搞定的许梦安。

瞬间,李临便理解了妻子。理解了她今天的固执,理解了她此刻的情绪。

"老婆……"李临挨着许梦安坐下,"对不起。是我不对,我不该说这种话。"

许梦安啜泣着:"你哪有不对啊,你们都对。全是我的错。"

"你最近压力太大了,"李临又抽了一张纸巾,擦拭着妻子的眼泪,"缓一缓吧。把力气都用尽了,接下来就该走不动了。要是工作不开心,就休息一段时间吧。"

"公司里还有好多事要处理,我走不开的。"

"哎……对了,你上午不是去做'唐筛'了吗,医生怎么说?"李临换了个话题,这也是他最关切的。

"验的血清,是好的。可是医生说,高龄妊娠不一样,最好嘛,再做进一步检查。"

"你要是真的把自己当成高龄孕妇就好了。问题就在这,你既不认为自己高龄,有时候,还会忘记自己是个孕妇。你得认识到,你跟以前不一样了……"

"有什么不一样的!"许梦安说毕,把脑袋靠在了丈夫肩膀上,"我还是我。"

李临拉住妻子的手:"现在冷静下来了?"

"好多了。心心的医生,你联系得怎么样了?"许梦安一问出这个,李临就知道,那个理性的"大姐"又回来了。

"约了明天,放心吧。"

"你之前说这个医生是你同学的朋友?哪个同学啊?我认识吗?"

"咳……"李临犹豫了一下,"是梅一朵的朋友。"

"是她啊……"许梦安道,"我当然记得,梅一朵是你的研究生同学。对了,她结婚了吗?"

"结了吧。"

"结了?多遗憾呀,那会儿她是怎么说的,说这辈子非李临不嫁?"

"差不多行了啊,什么陈年老醋你都吃。"

"她还在美国?"

"对啊。"

"那就好……"许梦安笑了。

女儿执意要去外婆家,许梦安同意了。当然,就算不同意也没用。许梦安自己是从那个年纪过来的,也曾经为青春期的妹妹揪心过。十五六岁的半大人,正从孩子往成年人过渡……嗯,父母仍将他们当孩子,而他们,却认为自己已经是大人了。也就是说,李云阶已经有了她的"主见"。

"到了外婆家,要听话。如今她那里人多事杂,好些时候是顾不到你的,你到时别耍小性子。熊熊和小西瓜都在,你是他们的姐姐,他们是要拿你当榜样的。"

是李静送李云阶去许家小院的,她在路上没少念叨。

李云阶一改往常乖乖女的形象,耿直地表达了一直想说的:"知道了姑姑,你别再碎碎念了,念得我头都疼了。"

是的,李云阶决定不当"乖乖女"了。今天白天,学校对朱可馨作弊事件的通报出来了,不是留校察看,也不是记大过,而是警告。

仅仅只是"警告"。据说,是考虑到朱可馨同学之前的优异表现,也考虑到302班家委会成员的联名请求,学校愿意给她一个改过的机会。

看到这份通报,别说李云阶了,刘思明第一个就站出来抗议了。然而,抗议无效。再瞧那朱可馨,跟没事人似的,反而在笑。她甚至很自觉地把座位搬到了最后一排的角落,那个角落,本是属于后进生的。李云阶的同桌又变成何璐了,这对她来说,算是一件高兴的事。

薛老师当初让李云阶跟朱可馨坐一块,是为了李云阶能够"近朱者赤",谁能想到,同桌不是"朱",而是彻头彻尾的"墨"。

对302班的孩子们来说,朱可馨最让人痛恨的并不是作弊,而是陷害同学。大家纷纷表示着不满和鄙夷,坐在角落里的朱可馨,只是微微笑着。

"你记住了,以后,你不能再当包子,不能再当'乖乖女'。就是因为你之前太没用,她才敢嫁祸给你。"何璐对李云阶道,"还有你妈,她太让人失望了。还家委会委员呢,我回头跟我妈说,下次再也不选她了!你知道吗,我妈知道你这事之后,气得不得了。她觉得你妈这事做得特别不地道,真的!"

"我真羡慕你,你妈无论什么时候都站在你这边。"

"也分什么时候吧,有时候她也挺拎不清的。"

刘思明和王哲也跟两个女孩站在一堆,王哲突然插嘴道:"你们说,薛老师会不会惩罚我们啊……骗钥匙的事……"

何璐"扑哧"一下就笑了:"她敢?她要是敢惩罚我们,就让你妈搞联名,你妈也是家委会的呀。反正,以后不管谁犯了错,家委员搞个联名就没事了嘛。"

王哲挺着胸脯:"那是的。我妈还夸我们来着,说我们足智多谋,查出了真相。不过,她说了,骗钥匙这事不可取,绝不能再犯。但是因为事情紧急,她就暂且原谅我一次。"

连看似古板的王哲妈妈都这么明智……李云阶的脸都红了,直替自家老妈害臊。同样都是当妈的,这妈和妈之间的差距可真大啊。

"有什么好怕的!"刘思明也笑了,"这件事,我们又没做错!是吧,云阶?"

"嗯。"李云阶轻声回应。接着,她略抬头,眼角余光扫到了坐在角落里的朱可馨。朱可馨木然坐着,嘴角仍带着那丝瘆人的微笑……

"你这孩子怎么回事?姑姑跟你说话呢,你怎么还学会顶嘴了?"李静有些气恼,"我问你话呢,你在想什么啊?小脑袋瓜一天天的,想起一出是一出,非要住外婆家……你那事你爸都跟我说了,没什么的,不是咱干的,身正不怕影子斜。何况这事情也已经搞清楚了嘛,你应该高兴才是。"

"姑姑,你不觉得你很烦吗?"李云阶看向车窗外。

"哎,你……我是为你好!"

"我挺好的。往后,你们谁也别为我好了,我自己就挺好的。你要是还想送我去外婆家,就别再说话了;你要是实在不想送,没事,路边放我下来,我自己叫个车。"

"送送送!我送你!这都是什么事啊。一定是我上辈子欠你们一家子的……"

"谁让你是姐姐呢,我爸还要拿你当榜样呢,就像熊熊拿我当榜样一样。对吧,姑姑?"

李静气得差点一口气没上来,一脚猛踩油门,把车开得飞快。

听说李云阶要来了,熊熊很是开心,早就等在门口了。李云阶一下车,他就奔了过去:"姐!我帮你拿行李。"

"算了,还是我自己来吧。告诉你啊,以后,我就都住外婆家了。"

"我知道!"

自从许梦心那晚"被恶魔附体",打了熊熊后,熊熊对李云阶就很是感激。不但感激,还生出了敬佩。这些天,小院里虽然人来人往,熊熊却很是孤单。他想奶奶和爸爸,而疼爱着自己的外婆又忙着照顾外公和小西瓜……嗯,院子里所有人都围着小西瓜转。李云阶来了，熊熊一下就觉得有伴了。

"哟，云阶来了！"许母小跑着过来，抱住了外孙女，"外婆都知道了，你受委屈了，回头我骂你妈，好好骂她！"

"外婆……"李云阶嘴巴一扁，眼泪就像关不住的水龙头，"我心里可难受了。"

"踏踏实实在我这住着，你妈要再敢这么对你，我就不要她这个女儿了！"

"外婆对我最好了……"

李静直摇头："老太太，你可别这么宠着孩子了，都宠上天了。"

"云阶是我外孙女，怎么宠都不为过！"许母有些不高兴了。

"心心呢？"李静问道。白天，她和许梦安陪着许梦心去了一家心理诊所，经过一系列测试和诊断，许梦心确实是患了产后抑郁症。

"看完医生回来，她好多了，在屋里看书呢。"

"看书？"李静一边说着，一边走进院内，朝许梦心的房间走去。

老妈有喜

中

蒋离子 著

浙江文艺出版社

第十一章
我们要心存善意

1

这个房间很暖和，可是，如今的许梦心最怕的就是太暖和。生完小西瓜后，许梦心对温度就变得异常敏感，一热就冒汗，一热……剖腹产的疤痕就有些发痒，一热她总是紧张得说不出话来。

"我能脱掉外套吗?"许梦心小心翼翼地问顾医生。

顾医生是个男医生，看起来很和气。他点点头："当然可以。"

待许梦心坐下，顾医生却拉着许梦安到了房间外边。

许梦心竖着耳朵，分明听到医生在问"她的丈夫没来吗"。如果没有理解错的话，"她的丈夫"，"她"是指许梦心，"丈夫"是指贾浩文。

是的，老贾没有来，老贾在老家。恶魔封印住了她，也封印住了她的丈夫。在她最需要他的时候，他选择了逃避。除了逃避，她想不出任何合理的解释。

"老贾怕是不要我了吧"，这个念头在许梦心的脑子里闪来闪去。因为这个，她的身体抖得更厉害了。

"心心，你别怕。"还在房间里的李静柔声说着。

顾医生又进来了，他朝李静看看，李静转身带上房门走了。

"这样，你放轻松，先说说你的情况，好吗?"顾医生也坐下了。

"我……"许梦心还是紧张,额头上的汗越来越密。

"是产后心情不好还是产后抑郁,这个,我得先了解基本情况,还需要你做些测试才能诊断。你别紧张,你看……"顾医生指指桌上的一个文件夹,"这里边有好多都是你这种情况,你不是一个人。"

"都是生了孩子才这样的?"

"对,还有的,是老婆生了孩子,老公抑郁的。"

"爸爸也会产后抑郁?"

"会啊。我这么跟你说吧,抑郁并不可怕。既然你来到我这里,我肯定有办法跟你一起解决问题的。不过,你得把你的感受告诉我。来,你试着深呼吸,跟着我的节奏,呼气……吸气……呼气……对,很好。"

跟着顾医生做完了深呼吸,许梦心感觉自己好一些了。

"我就是……"许梦心组织着语言,"很累,特别累。我好像一点都不爱自己的宝宝。不,不是她不可爱,我一开始没有奶水,我不是好妈妈。宝宝应该也不爱我,她跟保姆都比跟我亲。还有我老公,他不要我了……他也不爱我了。我们家熊熊,我的儿子,他现在看到我就躲。他们都不爱我了。我变得那么丑,我能理解的,只是,我接受不了。"

顾医生微笑着:"嗯,我都听到了。其实,很多女人生完孩子后,都适应不了生育前后的变化。只是,有的人敏感一些。敏感的人,反应就大,反应大了,情绪就容易失控。梦心,你很幸运啊,及早地发现了自己的变化。也有人呢,他们讳疾忌医,错过了治疗的黄金期。这样,我们先来做点测评,很简单的,你怎么想的,就怎么选,怎么填……"

许梦安望着已经关上门的诊室,眼里满是焦虑。

"老贾到底怎么回事啊?"站在许梦安身边的李静突然问道,"这都回老家好几天了,心心看医生,多大的事啊,他都能不回来?"

"我给他打电话了……"许梦安显得有些无力,"说是明后天就回来。"

"关键时候撂挑子,这可不行啊。"

"姐,其实我们应该理解老贾。就心心前段时间闹的,换成一般男人早受不了了。让他们俩暂时分开,冷静冷静,也不是什么坏事。"

"难怪云阶要生气,你这人哪,你怎么谁都能理解啊?你那么会理解,请你把这些理解多给点你妹妹好不好?她才是最可怜的。"

"你急什么嘛,怎么说着说着还上火了……"

"你不急?"

"这事急也没用。"

"女人啊,一天的公主,十个月的皇后,剩下的,全是遭罪。"李静感慨了起来。

许梦安按按李静的手:"夸张了啊。我们是陪心心来看抑郁症的,你怎么也抑郁起来了?"

"梦安,这段时间我瞧着你,是真心不容易。"

"那不是还有你帮我吗?"

"但愿是'帮',但愿能'帮'吧。"

"别神神道道的啊。"

很快,许梦心的诊断结果出来了,确实是产后抑郁,属于情况较为严重的那种。许梦安和李静一看到"有自杀倾向"那几个字,就都慌乱了。顾医生又叮嘱她们,如今除了药物治疗和心理疏导,家人的安慰和支持是最重要的。可要是许梦心开始吃药了,小西瓜就得断奶了。李静琢磨着是不是要跟老贾商量一下,许梦安当机立断,表示妹妹必须进行药物治疗……

李静朝许梦心的房间走去。房门虚掩着,透过门缝,李静发现许梦心果然在看书。

"心心,我能进来吗?"

"进来吧。"

李静推门而入:"还真在看书呢,看的什么?"

"我姐给我拿了几本小说,说看着解解闷。"许梦心有些不好意思,"我做做样子的,其实根本不爱看书。"

"不爱看就别看,不给自己添堵了。"李静顺手把那本书一扔,"药都吃了?"

"吃了,然后结结实实地睡了一觉。自从生完孩子,我很久没睡得这么香了。就是吧,醒了之后被小西瓜吵得头疼,她想吃奶,一直哭一直哭,可是我……"

"别犯愁,现在的奶粉营养很均衡的,差不到哪儿去。再说了,我那辈人,还有喝米汤长大的呢。孩子没那么娇气,你要先把自己保重好。"

"我最爱听你说话了。"

"行,那我就陪你说说话。"

许梦心低头沉吟了一会儿,突然问道:"姐,你说老贾还会回来吗?"

"必须的啊,他老婆孩子全在这儿呢,能不回来?"

"可是,不知道为什么,我总觉得他不会再回来了。以前他对我那么好,我没觉得有什么。现在,他不在我身边了,我才明白自己不能没有他。"

"他也不能没有你!"

许梦心的声音变得很轻:"如果他不要我了,我该怎么办呀……"

这个周六,李云阶按时去了补习班。刘思明、何璐、王哲他们几个也都来了,独独朱可馨的位置空着。何璐附到李云阶耳边,小声说着:"朱可馨今天怕是来不了啦。"

"怎么……"

"你还不知道吧。昨天在学校里,有人往朱可馨的书包里泼了奶茶,把她的书全都弄脏了。我也是昨天晚上听 301 班的人说的。"

"谁干的?"

"301 班的毛茜茜呗,她们俩早就有矛盾。这朱可馨当早读纪律巡查员时,没收过毛茜茜的漫画书……"

"那都是去年的事了,不至于吧。"

"是,毛茜茜以前不敢惹朱可馨,可是现在,朱可馨都这样了,还有什么不敢惹的。"

"一码归一码,往人书包里泼奶茶,这也太那什么了……"

"你还帮朱可馨说话?"

"不是,我只是觉得,这两件事之间根本就没有联系。"

"反正我心里挺痛快的。"

"我……"李云阶不知该跟何璐说什么,好像她说什么都不是。

如今的朱可馨，在班里再也没人搭理，跟个隐形人似的，独来独往。尽管，朱可馨从没跟李云阶道过歉，当着全班同学的面念检讨书的时候也是有气无力，没有半分诚意……可是，李云阶觉得，朱可馨已经得到惩罚了，虽然这个惩罚太轻，让大家觉得极不公平。

不公平可以说，可以理论，但毛茜茜借着这事踩了朱可馨一脚，又算是怎么回事呢？李云阶有些郁郁寡欢起来，刘思明提出课后去吃炸鸡，都被她给婉拒了。待回到许家小院，熊熊高兴地迎了上来："姐，我爸回来了！"

小姨夫真的回来了，他还从老家带了一些好吃的、好玩的给大家。据说，那边的石雕很是出名，他给李云阶带了座小小的石牛。石牛不过手掌大小，却雕刻得栩栩如生。两个牛角朝天，特别霸气。

"你要中考了，这个给你，图个好彩头，牛气冲天！"小姨夫笑得很开心。不过，李云阶发现他跟以前有些不一样了。他以前也笑，但是笑起来脸上没有那么多褶子。她不敢相信，短短几天，小姨夫就变老了。

所有人都得到了小姨夫的馈赠，连小西瓜的新保姆张姐也有。

最快乐的自然是小姨，跟小姨夫两人逗着小西瓜，那小西瓜咯咯直笑。

到了吃晚饭时，老爸、老妈和姑姑也来了。往常，李云阶是极喜欢聚餐的，超级热闹，大家说说笑笑，她也可以无拘无束地吃喝。可是她这段时间一直在跟老妈打冷战，饭桌上，便只低头吃饭。

小姨夫说了些乡间的见闻，外公听得很认真，说等他身体好了，是一定要去那边玩的。

"好呀。"小姨夫拍着手。

"老贾，等吃完饭，咱就回家吧。"小姨笑道。

"啊，"小姨夫喝了口酒，"不急，不急。"

小姨的笑容一下僵在了脸上，把碗筷一放，马上就起身走了。姑姑忙去追，而老妈，则把小姨夫叫到了外边。

"吃唤，吃唤！"外公拿筷子敲着碗。

外婆一边朝外边看，一边应着外公："唉，吃饭。大家多吃点。"

许梦安觉察出了老贾的异样,尽管,他仍跟往常一样,跟家里人打成一片,也还是那个颇受老丈人喜欢的女婿……

"出去走走?"许梦安建议。小院的巷子出去,是有个公园的,挨着江的缘故,夜景很美。

"唉……"老贾往前走了几步,推开了院门。

两人沉默着走到江边公园,许梦安才道:"你也别有压力,心心的毛病能好的。医生说了,只要我们家属配合,不会有什么大问题。你也蛮辛苦的,就让心心再在爸妈这边住一段时间吧。咱爸爱热闹,家里人越多越好,不碍事的。"

"大姐……"老贾欲言又止。

"有什么就说,我不是外人。"

"我挺害怕的。"

"嗯,这个,我们都知道,所以,你在老家待了这么多天,爸妈也都不怨你。爸还说,是他太宠心心了,把她给惯坏了。"

"我……"老贾挠头,"我该怎么跟你说呢?"

"怎么想就怎么说。哪怕你告诉我,说你跟心心这日子过不下去了,你要跟她散。没事,我都能接着。"

"行,大姐,不瞒你说,我确实考虑过跟她离婚。"老贾叹着气。

听了这话,许梦安并不意外,只等着老贾继续往下说。

果然,老贾再道:"连我妈都说,要实在过不下去,就离吧。这些天在老家,我左思右想,脑子都快炸了。"

"你既然还叫我一声大姐,就别弯弯绕绕的。我也不瞒你说,这些天,我想过最坏的结果,不外乎就是你们俩离婚。离婚是大事,但也不至于说,真的谁离了谁就活不下去。但是真要离,前前后后的事,就都得想明白了。前边那些事,要想想,想想你们的过去。这后边的事,也要想想,想想你们还有没有未来。"许梦安一口气把心里想的话都说了出来。

"我……"老贾拍了下光溜溜的脑门,"不能就这么算了!"

许梦安没听明白,什么就算了?什么又不能算了?

"我要是现在撂下她,我算是个什么东西?不对,不对,我要是现在撂下她,我就不是个东西！所以，不能就这么算了，我不离婚。这抑郁症，要是能治好，大家都高兴。要是治不好，也是她和我的命。只要孩子不跟着受委屈，我苦点没什么。我苦惯了，不怕的。"

"老贾，"许梦安竭力克制着情绪，眼圈还是红了，"听了你这番话，我就放心了。你给我记住了，心心不只有你，她还有我们。"

老贾抱着脑袋，哇哇就是一顿哭。许梦安也没拦着，也没劝，她明白，这段时间，妹夫确实很难。或者说，老贾跟妹妹结婚以来，他就一直承受着莫大的压力。妹妹向来就作，别说老贾，就是有血缘关系的许梦安，有时都恨不得把妹妹吊起来打一顿。何况，妹妹现在还得了产后抑郁症……

"都会好起来的。"许梦安拍拍老贾的肩膀。

老贾哽咽着："大姐，我想一个人在这待会儿。"

"好。"

李云阶听得小姨房中传出哭声，不顾外婆反对，跑了过去。姑姑正劝小姨，嘱咐李云阶去倒杯热水。热水倒来了，小姨吃了药，这才稍稍安稳下来。

李云阶还是担心小姨，姑姑却支使她离开。她刚走出房门，就撞见了老妈。老妈的眼睛红红的，看着李云阶。

"小姨没事了？"老妈先说话了。

"唔……嗯。"李云阶这就要溜走。

"云阶，你等等。"老妈拉住了她的手。

"我还要去陪熊熊。"

"外婆这边人多，你先跟我们回家，行吗？"

"我要留下来照顾小姨。"

"小姨不用你照顾。"

"还有外公，我得照顾外公。"

"他有外婆和兰香表姑照顾。"

"小西瓜……"

"小西瓜有保姆的。你还是不想回家，对吧？"老妈仍然盯着李云阶。

李云阶低头看着脚尖,咬着小嘴唇:"对,我不想回家。"

"就是因为我没向你道歉?"

"对。"

"好,那你听好了,李云阶,你要是想用这种方式来威胁我,我告诉你,没用!"

"有用没用,这是我的态度。"

"好多事,不是说你哭闹一番,你作一下,就能如愿的。你用这种方式,绝对不可能得到你想要的。即便得到了,也没有任何意义。"

"你可真行,"李云阶抬头,对上了老妈的目光,"我不过是想要你的一句'对不起',你都能说出那么多大道理来。"

"云阶,你怎么跟你妈说话呢!"姑姑走了出来。

李云阶沉着脸,转身就跑。

"你也是,跟孩子说这些干吗?"李静对许梦安道。

许梦安往妹妹房里看了一眼:"心心睡着了?"

"嗯,吃了药的缘故。"李静给带上了房门,柔声道,"让她好好歇着吧。"

李云阶气冲冲走到外婆房间,外婆不在,老爸正给外公剪指甲。外公嘴里嘟嘟囔囔的,李云阶没听清楚他在说什么。

老爸笑:"你外公呀,眼里只有你小姨夫,一直在问他去哪儿了。"

"老贾!好!"外公说的这一句,李云阶倒是听明白了。

外公看了李云阶一眼:"生气,不好。"

"我没生气呀。"李云阶辩解着,"我才不跟她一般见识。"

"你妈让你回家,你不愿意?"老爸问道。

李云阶拿纸巾给外公擦了下口水:"我就是想留在这陪外公嘛。"

"咦……"外公很嫌弃地甩头,"我寄几,我可以!"

外公说完,看了眼手边的 iPad。李云阶知道,外公这是要发表长篇大论了。

果然,她把 iPad 递给他后,他滑开写字板,写写画画了一番,让她看。

老爸凑过来看,朗声念着:"听你妈妈的话,你妈说得对。严父出孝子,慈母多败儿。"

李云阶撇撇嘴："什么呀。"

许梦安跟着李静行至天井，今晚的月色不错，如果没有那么多糟心事，应该可以好好放松一下的。天井里除了花花草草，正中间摆了套桌椅。天气好的时候，许父很爱张罗着在这吃饭。

兰香切了些水果来，招呼许梦安和李静坐下，又给泡了壶茶。许富贵靠在许梦安脚边睡着了，肆无忌惮地打着呼噜。很多很多年前，它还是只小奶狗。妹妹在这天井里教它蹲下和握手的情景，仿佛就在昨天。妹妹将一个小皮球扔到地上，小奶狗便去追，许父捡起小皮球，说妹妹这么大的人了，怎么还像个孩子。

是啊，许梦心就像个孩子。她得到了许许多多的爱，却还渴望得到更多。她这三十来年，顺风顺水，身边所有人都围着她转。在家里，备受父母和大姐的宠溺；在学校，拥有无数追求者；出社会，不……她从没有出过社会。许梦心一迈出校门，就认识了"许梦心至上"的贾浩文。如果架着梯子真的就能上天摘星星，贾浩文一定会去摘一颗给许梦心的，哪怕拼上性命。

被保护得好好的许梦心，总以为美貌和爱是不会变的。她能一直美下去，她也永远都会被宠着爱着——贾浩文爱我，所以我可以欺负他、压榨他，提出任何要求；贾浩文爱我，所以我说什么都是对的，我做什么都是对的；贾浩文爱我，所以他就必须忍受我的坏脾气；贾浩文爱我，所以不管我怎么对他，他都会留在我身边……明明已经是两个孩子的妈，许梦心却比李云阶还天真。

"梦安，"李静打断许梦安的思绪，"云阶就要中考了，按我说，还是回家住比较合适。你跟个孩子较劲，犯不着嘛。"

许梦安顿了顿，才道："姐，你知道我最担心什么吗？我现在最担心的不是云阶的成绩，而是这孩子的心智。她是被大家宠大的，我怕宠出另一个心心……不能由着她了，得让她知道，想吃糖就得靠自己的努力，而不是哭闹。没有人欠她的，也没有人必须是爱她的。"

"你啊，李临是读书读傻了，你是读书读……"李静到底没再往下说。

"我知道，女子无才便是德！"兰香插嘴。

许梦安笑道："这都什么跟什么呀。"

这时,老贾进门了,一双眼肿着,愣头愣脑地冲到许梦安跟前:"大姐,我明天就把心心和孩子接回去。"

"不急的……反正爸妈这里还算宽敞。"

好在许家小院真的还算宽敞,大大小小共有四间卧室。如今,许梦心住了一间朝南的,这里本来就是她的闺房,她出嫁后仍保留着。许母每天必是要打扫的,谁知道小女儿什么时候又哭哭啼啼跑回娘家来了。

李云阶和兰香同住一间,这间卧室比许梦心那间小,也没那么敞亮,是许梦安之前的闺房。保姆张姐带着小西瓜住在李云阶她们隔壁那间。再有一间,是许父和许母的。许母在自己屋里支了张小床,小床是给熊熊的。

"不,不能再给爸妈添堵了。你们坐着,我去心心那屋,陪着她,"老贾笑着,"万事有我。"

李静叹了口气:"嫁给你,心心有福气。"

"有福气还得惜福……"这话是兰香说的。

李静剜了兰香一眼,兰香借着要去续开水,哧溜跑了个没影。

2

既然都还能喘气,日子总是要过下去的。无非是:能走的,继续往前走;走不动的,就先停一停。

老贾把许梦心和孩子们接回了家,保姆张姐自然也跟过去了。快小半个月了,倒也相安无事,还没发生过需要许梦安他们去"救火"的事情。即便如此,许梦安还是每隔两天就去妹妹家一趟。

李云阶仍住在许家小院,兰香每天都会在微信上向许梦安报备这孩子的情况。放学回来开不开心,晚饭吃了多少,功课写到几点,如此种种,事无巨细。

许梦安便跟李临开玩笑,说这兰香之前到底是搞"情报工作"的,果然十分专业。不同的是,兰香之前是为李静服务的,现在呢,她在为许梦安服务。

这日,许梦安拿到了无创 DNA 检测的报告,一切无虞,就等过段时间做"排畸"(排除畸形胎儿可能的检查)了。她给李临打了电话,李临提出在外面撮一顿,以示庆祝。想来,他也是吃怕了李静那些养生菜,想调剂调剂。两人商量了一下,由李临出面,打电话给李静,就说晚上他们夫妻俩都要加班,不回家吃饭了。

夫妻俩在餐厅见面时,都忍不住觉得有些好笑,吃顿饭,怎么还弄得像秘密接头似的。等上菜的时候,许梦安掐指一算,两人单独约会吃大餐这种事,好几年都没有过了。平日里,要么是一家三口出来吃饭,要么是大家庭的聚会,再不然就是朋友聚会,"二人世界"已经是一个离他们特别遥远的名词。

这家餐厅,其实是李临胡乱选的,毕竟,不管在哪里吃,都比喝家里那些个清汤寡水要强。没想到的是,餐厅的环境和菜式都不错,不知不觉间,竟营造出了些许浪漫的色彩来。

"这里还挺有情调的。"李临不禁感慨。

许梦安笑:"是啊,菜也不错。"

"浪漫""情调",它们跟"二人世界"一样,是早就跟这对夫妻沾不上边的东西,不再是他们生活的必需品。他们不会再扯着嗓子去问对方"你到底还爱不爱我",也没有人费尽心思要给对方什么惊喜(没有惊吓就很好了)。他们只是肩并肩走着,有时候被生活推着走,有时候被对方拉着走。

"这段时间,你辛苦了。"许梦安举起了装满柠檬汁的水杯。

李临也举起了红酒杯,笑道:"你最辛苦。"

这顿饭,李临聊了好些他学术上的新研究,以往总嫌这些话题枯燥乏味的许梦安,居然也耐心听他讲了。而不太爱发牢骚的许梦安,也抱怨起了工作上的种种。比如,黄思思和凌美川如何手段了得,明里暗里给许梦安施压等等。接着就是给彼此打气,还捎带着回忆起了美好的过去,都快说到他们刚恋爱的时候了。就在这个节骨眼上,不知谁把话题一带,又带回了家长里短。

不知不觉,他们俩说起了李静,不免一阵唏嘘。这个姐姐,如今已完完全全把这当成了自己的家。虽然在许梦安的一再坚持下,那些花里胡哨的窗帘总算是换下来了,但是吧,李静可不会让自己闲着,好些个事,惹得李临都不堪其扰了,许梦安还要反过来劝他。

"她和姐夫的事,我问了,问她接下来是怎么考虑的。你猜她怎么说?"许梦安问李临,李临摇摇头。许梦安继续道:"她说就这么过也挺痛快的,谁也不用管谁,图个自在。对了,这事他们现在还瞒着华华,华华呢,他以为父母的感情仍然很好,不知道他们已经分居了。"

"分居不是个事,这瞒着孩子也不是个事吧?"

"姐和姐夫,现在就属于什么呢,他们谁也不给对方台阶下,谁也不服软。要我看,他们也没到非分开不可的地步,咱俩再想想办法吧。"

"心心那边刚消停点,你就开始张罗姐的事了,要我说,你也是闲不住的。"

"我不张罗,等着你张罗啊?他们俩要真的离婚了,第一个崩溃的就是你爸。你爸70多岁的人了,要出点什么事,怎么办?"

"行行行,我全力配合。"

"真够敷衍的。有你这样当弟弟的吗?那可是你亲姐!"

"有你这样的弟媳妇就够了。"

"少来。"

"我在夸你呢。怎么样,心里直乐吧?想笑就笑呗,绷着干吗?"

许梦安一指服务员送来的账单:"这顿饭那么贵,我可笑不出来。"

"我请还不行吗?用我的私房钱请。"

"那还差不多。"许梦安乐了。

买完单,走出餐厅,两人上了车。为了让细节更饱满,李临还编排了一个"他打不到车,让许梦安去学校接他"的故事,打算用来搪塞李静的盘问。没想到,等回了家才发现,李静根本没工夫也没心情盘问他们,因为,李静的老公,也就是他们的姐夫,欧阳大医生来了。

他们进门前,李静跟欧阳似乎正说着什么,听得动静,那两人立时就收声了。

"姐夫……"许梦安忙打招呼,"你怎么来了?"

"我来这边开会,想说来拜访一下你们,没想到你们都不在家。"欧阳笑着。

年逾五十的欧阳,头发已经白了一大半,但正是这白发,让他平添了不少风度。再看他的穿着,茶色衬衣外面是一件简单的黑色夹克,搭配着同色系牛仔裤,脚下是茶色反绒皮休闲皮鞋。这一身看似平常,却拿捏住了恰到好处的沉稳和雅致。本身的气度和服饰的加成,让身形细瘦的他显得特别有精神。

许梦安听李临说过,说当年李静觉得欧阳其貌不扬,本是不太想嫁的。可是现在看来,云阶爷爷看问题确实长远,老头子认准了这个女婿,不仅仅是因为欧阳为人可靠,还看中了他身上各个方面的可塑性。

"李临,梦安,华华妈这些天给你们添麻烦了。"欧阳是个极重礼节的人,说这话的时候,他早就站了起来,眼看就要鞠躬了。

"别……姐夫,千万别这么说,"李临连忙阻止,"你快坐。"

"唉,我坐,你们也坐。我这有些话,刚好要跟你们说。"欧阳一摆手,示意李临两口子就座。摆手间,既有着云阶爷爷的仙风道骨范儿,还有着不容他们拒绝的威严。

那两口子忙坐了,心里其实都在打鼓,不知道欧阳到底要跟他们说什么。

许家小院,李云阶在房里写作业。她一边咬着笔头,一边不耐烦地翻着书本,看起来心事重重。手机响了,她按了接听键,却没有马上说话,而是打开房门环顾了一下四周,将房门反锁了,才轻声对着手机道:"情况怎么样了?"

那头是刘思明的声音:"不怎么样……"

"你知道我外婆家在哪儿吗?"

那头似乎停顿了一下,才道:"咳,我当然知道啊。你要请我来玩吗?"

"你……我是说,你到我外婆家的巷子口等我,我半小时后出来,咱俩见面说。"

"那你小心点……还有,晚上凉,穿件厚点的外套。"

"知道了!"

待许梦安和李临坐定,两人才发现李静一直低着头。

欧阳清了清嗓子:"我18岁高中毕业后,就跟着父亲学医……"说到"父亲"这个词的时候,欧阳的眼里多了几丝敬仰,"老爷子觉得我人不笨,勉强算是个可造之才,将他的医术倾囊传授给我,还送我去医学院深造。当然,我最感激的是老爷子把最疼爱的女儿交给了我,让我有了自己的家庭……"

"行了吧,别假惺惺的了。"本是沉默的李静打断了欧阳的话。

许梦安忙道："姐，你先让姐夫把话说完吧。"

欧阳笑了笑："我欧阳建国自问从未做过对不起老爷子、对不起李家的事，可是你们的姐姐……见笑了，有些话，其实不应该跟你们说的，不过，既然你们都已经知道了，我又何必再遮遮掩掩。我和华华妈分居的事，我之前就跟梦安说过的。可是，你们知道我们为什么要分居吗？"

"为什么啊？"李临问。

"这就是问题所在，因为，我也不知道为什么，"欧阳还是在笑，"这得问你们的姐姐了。"

许梦安和李临看向了李静。

李静拢了下头发："好，既然话都说到这一步了，索性就摊开来讲。"

"富贵，你可千万别叫啊，"李云阶踮着脚，从许富贵身边走过，"要是乱吼，信不信我把你给炖了。"

许富贵本来好好地躺在院门边上，恪尽职守的，没想到这个小丫头居然想把它给炖了。它轻轻呜咽了一声，表示了自己的不满。

"我出去一小会儿就回来，你乖。哎哎哎，你别出来啊，别跟着我，回去！"

"呜……"许富贵收回了前腿。

那等在巷口的刘思明看到了李云阶，兴奋地直挥手："云阶，我在这儿呢！"

以往，刘思明只知道李云阶是班里最漂亮的，才艺又多，笑起来也好看。可是今天白天的一件事，让刘思明开始佩服起了李云阶。他们晚上约在这儿见面，也是跟那件事有关。

今天白天的一幕，刘思明忘不了，李云阶呢，直到现在仍心有余悸……

中午李云阶他们刚进食堂，王哲就急匆匆地跑了过来。

"吵起来了！"王哲一指餐厅角落那堆人。

"怎么回事！谁跟谁啊？"刘思明问。

王哲看起来很着急："301班的人，堵着朱可馨……"

"准是毛茜茜她们，朱可馨活该！"何璐道。

李云阶抿着嘴唇："毛茜茜怎么还没完没了了！"

何璐一笑："这就叫痛打落水狗，谁让朱可馨那么讨人厌。"

"你……"李云阶话没说完，突然朝那个角落走去。

"李云阶，你想干吗？"何璐问道。

李云阶没有回答，走得更快了，刘思明急忙追了上去。

毛茜茜正往朱可馨的饭盘里倒辣椒粉，白米饭上，已经撒了满满一层。

"学习那么辛苦，又要作弊，没少花力气吧。来，大家都是同学，我给你加点料，补充点营养。"毛茜茜说毕，大笑起来，她边上那几个女孩也笑了。

李云阶没跟毛茜茜她们打过交道，但她知道，这群人在学校里很出名，像这种霸凌同学的事情没少干。只是，她们以前霸凌的都是低年级生。

"你们……"李云阶张嘴说话了，"你们在做什么！"

"这不是李云阶吗？来得正好。喏，让我们一起给朱可馨补充营养。"毛茜茜甚至递过了手中装着辣椒粉的罐子。

李云阶不知哪来的勇气，一下把罐子打翻在地。毛茜茜等人愕然，连朱可馨都不可思议地看着她。

"李云阶你有病吧？"毛茜茜反应过来，瞬时怒目圆瞪。

"有病的是你们！"刘思明赶到，挡在了李云阶身前，"欺负同学算怎么回事！"

"有没有搞错，朱可馨可是陷害过李云阶的！刘思明你少管闲事啊。"话是狠话，但是看到人高马大的刘思明，毛茜茜再没了底气。

"朱可馨是我们班的，你们欺负我们班的同学，我就得管。"刘思明也瞪着眼睛。李云阶忙附和："对，我们要管的。"

"茜茜，我们走吧……"跟毛茜茜一起的那几个女生忙劝。

待她们走远，李云阶深吸了一口气。

"怕什么，有我在，她们还能上天不成？"刘思明很得意。

"李云阶你……"何璐也来了，她似乎气炸了，指着李云阶，"你吃饱了撑的啊！"

"不是，何璐，我……"

何璐根本不听李云阶的解释，满脸愤怒地走了。再看那朱可馨，跟没事人似的，用筷子拂去了白米饭上的辣椒粉，竟然还吃起饭来了。

朱可馨陷害了李云阶,没有一句道歉。今天,李云阶又出手替朱可馨解了围,同样,也得不到一声感谢。

"呵……"连李云阶自己都觉得有些可笑。

"我觉得你做得对。"刘思明突然道。

"嗯?"

"如果我是你,我也会这么干的。没别的,就是,做人要仗义。"

做人要仗义。或许正是因为这句话吧,所以,现在他们俩又要开始"行侠仗义"了。今天是李云阶他们组做值日,她发现了掉落在朱可馨课桌旁的一个纸团,摊开来,发现上面写着几个字:我走了。

"我借着去她家超市买东西,问她妈妈了。阿姨还说朱可馨去同学家了。就朱可馨的情况,还有哪个同学愿意跟她来往,这不是撒谎吗?"刘思明道。

"你说朱可馨会去哪呢?她不会是……"李云阶被这个猜想给吓着了,再不敢往下说。

"云阶,下一步我们应该怎么办啊,还找不找朱可馨了?"

"找啊,当然要找!走!"

"去哪儿找啊?"

李云阶都快哭了:"我怎么知道……我也不知道啊……"

李静说要摊开来讲,短暂的沉默之后,她才继续道:"欧阳心里有李家,有医馆,有老爷子,有华华,他心里有好些事、好些人,只是,独独没有我。"

"姐……"许梦安瞬时理解了这句话的含义,所以,她也真的不知怎么接话。

"姐夫,你倒是说几句啊。"李临认为,这个时候,欧阳是应该站出来为他自己辩白的。

欧阳仍是微笑着,保持着良好的风度:"我不懂。"

"你不懂没关系。就是因为你不懂,所以我才会跟你分居。"

"你这样,"欧阳居然笑出了声,"你这样我就更费解了。华华妈,你……"

"华华妈,华华妈……我没有名字的吗?"李静一下站起,狠狠地看向了欧阳。

欧阳也站了起来,顺手拿起了他的真皮手包:"我本来以为,当着李临夫妻的面,我们可以开诚布公地、冷静地谈一谈,你要还是这样,我觉得今天的谈话可以结束了。就到这里吧。"

"姐夫! 姐夫,别急着走啊。"许梦安道。

李静怒了:"让他走! 又不是我让他来的! 欧阳建国,你现在就滚!"

李临想送一下欧阳,都被李静给拦住了。

欧阳一边说着"见笑""打扰",一边退到了门外。

听得房门关上的声音,李静颓然坐下。灯光下,她的圆脸泛着层莹白的亮,只是,再亮,也阻止不了衰老和地心引力。她有了深刻的鱼尾纹、恼人的三下巴、360度环绕立体式的颈纹。不过,她的眼神仍然清澈。

"姐,别想太多了,早点睡吧。"许梦安小声安抚。

"让我一个人待会儿,好吗?"

"好……"许梦安忙拉了李临,两口子去了主卧。

3

已近 12 月的 H 城,夜里凉意十足。李云阶拢紧了外套,紧紧跟着刘思明,两个人一路行走在大街上。他们第一次意识到,自己生活的这座城市是如此巨大,巨大到,让他们像一对无头苍蝇,只是到处乱转。最后,他们决定去朱可馨家,跟可馨妈妈说明情况。

可馨妈妈听完孩子们的话,一开始是不信的,只是拼命给女儿打电话。

要是朱可馨的手机能打通,李云阶他们也不用费这个劲了。

"不可能的,可馨一直很乖的,怎么可能会离家出走……"可馨妈妈说着,疯了似的跑上二楼。过了两分钟,她几乎是滚下楼梯的,大叫着:"她真的走了! 她连换洗衣服都带上了!"

不知怎的,听到朱可馨带了换洗衣服,李云阶倒是宽心了些,最起码,那句"我走了",是这种走,而不是那种"走"。

"阿姨,她能去哪儿呢,你好好想想。"刘思明道。

"车站!"

"哪个车站,汽车站还是高铁站?"

"我不知道,我不知道!"

李云阶走过去:"阿姨,你得冷静,你是最了解朱可馨的……"

"汽车! 晚上有一班汽车是去那的! 快,现在还来得及。"可馨妈妈眼都红了,整个人的状态是崩溃的。

"刘思明,快去叫车!"

刘思明刚掏出手机,就接到了妈妈的电话。思明妈妈一听说这事,赶紧让自家老公开车过来。

幸好刘思明家跟朱可馨家离得近,思明爸爸十分钟后就到了。在车上,从可馨妈妈断断续续的叙述中,大家了解到,朱可馨应该是打算回老家找她爸爸。她的父母已离异多年,爸爸早就在老家组建了新的家庭。这些年,别说抚养费了,爸爸一次都没来看过她。

可馨妈妈一边哭一边絮叨着,她的心真的被女儿给伤透了。自己含辛茹苦,独自把女儿养大,为了她,几乎倾尽所有,没想到,女儿一句话不说,就去找她那个不负责任的爸爸了。

"这孩子到底是怎么了,我对她那么好,恨不得把自己的心掏给她,她是说走就走,连个招呼都不跟我打!"可馨妈妈的眼泪怎么都止不住。

"阿姨,别哭了。"李云阶小声劝慰,"我们一定能找到朱可馨的。"

"为了省人工,小超市我只请了一个人,跟我两班倒,累得我自己一身毛病,都不敢去医院检查。不指望别的,就指望可馨能够考上重点高中,将来再考个好大学,有份好工作。她作弊,我都没舍得骂她,想着她改了就好。那么多人为她求情,就是希望她能改过,这孩子没良心啊,辜负了我,也辜负了你们……"

听着可馨妈妈的絮叨,拉着可馨妈妈粗糙的手,李云阶的鼻子直泛酸。

众人到了汽车站,果然,朱可馨挤在检票口,马上就要上车了。

不管可馨妈妈多么声嘶力竭地吼,朱可馨就跟什么都没听到似的,她甚至还戴上了耳机。

思明爸爸一个翻身就越过了围栏,大踏步朝朱可馨走去……

兰香发现李云阶不见时，已近晚上 11 点。自从许梦心回家后，李云阶便搬到了许梦心之前住的房间，不再跟兰香挤一间，兰香的"特工"工作也略比以前费劲些了。可是，她绝对不是知难而退的人。所以，兰香以送夜宵为由，想了解一下李云阶的动态。敲了门，门内无人回应。趴窗口看，被子鼓鼓囊囊的，难道这孩子已经睡着了？不会啊，往常这个点，李云阶应该还在复习功课呢。

兰香拿了这间房的钥匙，轻手轻脚走了进去，到床边一看，好呀，被子里哪有人，塞着的分明是衣服和枕头！这可是重要情报！而且十万火急！万一李云阶要是出了什么事，兰香她也担待不起啊。没有一丝一毫犹豫，兰香迅速拨通了许梦安的电话。

朱可馨知道自己躲不过了，只是淡淡地摘下耳机，跟着思明爸爸往外走。

等在不远处的可馨妈妈按捺不住了，冲上去就要打女儿。

朱可馨走得飞快，早早就把脸凑过去了："打吧，给我来个痛快的。"

可馨妈妈的手在空气中绕了绕，终是垂了下来，转而紧紧抱住了女儿："你这是要我的命啊。"

思明爸爸看着来往的吃瓜群众，忙道："有什么话回去再说吧。"

"对对对，先回家。"李云阶附和着。

就在这时，朱可馨推开了妈妈，走到李云阶跟前："怎么哪都有你，你到底想干什么！"

"我……我看到你写的字条了，我以为你要……"李云阶一时词穷。

朱可馨冷笑着，甩手就将李云阶手里捏着的手机拍落在地："你记住了，以后我的事，不用你管！"

刘思明一看这架势，心想这还得了！飞身上前护住了李云阶。他没留神，一脚踩在了那个掉落的手机上。

可馨妈妈忙道歉，一个劲冲李云阶点头哈腰。

"还不快走，还嫌不够丢人吗?!"朱可馨拉走了妈妈。

刘思明捡起了被他踩破的手机，递给了李云阶。李云阶的眼睛都红了，隐隐有泪光,只是倔强地不让眼泪流出来。

"人找到了,你们俩也算做了件好事。走吧,云阶,我送你回去。"思明爸爸道。

许梦安刚把车开到巷口,就遇到了送李云阶回许家小院的思明爸爸和刘思明。

"云阶,你去哪儿了？打你手机也不接！"许梦安连忙下车。

李临更是迅速跑到了李云阶跟前,只见女儿神情颓然,手里还拿着已经碎屏的手机。

思明爸爸拉住许梦安,把事情的前因后果都跟她讲了一遍。

待他们父子俩走了,李云阶自顾自往巷子里走,许梦安两口子跟了上去。

兰香开的院门,她听了许梦安的话,不许惊扰许家二老,只得在这里等消息。她看到许梦安和李临来了,也看到了他们拖着的"小尾巴"李云阶。

"啊,云阶,你可算是回来了,急死我了……"兰香喜不自禁。

"小点声……"许梦安道,"我们进去再说。"

许富贵本是趴在一边的,见了李云阶,便直往她身上扑。

李云阶蹲下,抱着许富贵的臭脑袋,眼泪终究是憋不住了。这一天折腾下来,她想不明白的事实在太多了。

"你看着去弄点吃的,清淡点就好。"许梦安嘱咐兰香。

兰香关了院门,点着头："有馄饨皮,肉馅也是现成的,我包几个馄饨。白天熬了猪油,可香了,放点猪油和葱花,再弄点碎油渣,味道美着呢。"

李云阶回到房间,父母也跟了进来。

"刚才思明爸爸把情况都跟我说了,云阶,今天这件事,你做得很棒。只是,如果在你出门前,能先跟我们说一声,就更好了。"许梦安坐在床边。

这里是妹妹的闺房,姐妹俩都没出嫁时,许梦安总爱在这里待着,姐俩闲聊、说笑,度过了一个个有趣的夜晚。当然,她们也经常吵架。那个现在还摆在床头的相框,底部有些开裂,就是有次她们吵架时,妹妹随手摔破的。相框里放着的,是姐妹俩的合影。

"老妈……"李云阶终于说话了,甚至还叫了声"老妈","我觉得自己很可笑。"

李临接嘴道:"怎么了？是不是还有什么我们不知道的?"

李云阶坐到椅子上,吸了吸鼻子:"白天,有人欺负朱可馨,我看不过去,帮了她。她连一句谢谢都没有,看起来,还有些埋怨我多管闲事。晚上这事,她就更生气了。我是不是真的多管闲事了?"

许梦安顿了顿,才缓缓说道:"那妈妈问你,如果今天这事发生在别的同学身上,你还会管吗?"

"会的吧。会的。"

"为什么要管呢?"

"欺负同学这种事,我最痛恨了。还有,离家出走也是不对的,她就这么走了,她妈妈得有多伤心啊。"

"你管这些事,是因为你有正义感,你善良,并不是为了得到谁的感谢和报答。妈妈这么理解,对吗?"

李云阶歪着脑袋,想了一会儿:"是的。"

"那不就行了吗?"许梦安笑了,"妈妈跟你讲过的那个故事,你忘记了?"

"丛飞叔叔!"

"对,丛飞叔叔的故事。他是一位了不起的慈善家啊,也是妈妈最佩服的人之一。他帮助了无数人,患病后,他还立下遗嘱,要将自己的眼角膜捐献出来。我们做不了慈善家,但是,我们都应该心存善意。我们做任何事,要先问问自己的这里……"许梦安指指自己的胸口,"问问我们的内心。值不值得,不是用一句感谢或者一些回报来衡量的。"

"所以,你们家委会联名为朱可馨求情,也是因为这个?"李云阶问。

"可以这么说,但也不仅仅是因为这个。确切地说,可能是因为……我也是母亲吧。可馨妈妈付出了太多,她比我辛苦,也比我伟大。我想为她做点什么。这事,我没考虑到你的感受,是我不对。"

"你要是早跟我说这些,我也就不会那么生气了。"通过今晚,李云阶终于知道可馨妈妈有多不容易了。

李临乐了:"你妈倒是想说来着,可你也没给她机会嘛。"

许梦安继续道:"还有朱可馨,初一、初二的时候,她的成绩一直特别稳定,也很刻苦。作弊,只是她一时糊涂的举动。学校应该给她机会改正错误的,如果直接给记了大过,她可真的就毁了。往后啊,你们还是得拉她一把……"

这时,兰香端着托盘进来了,托盘上放着三碗馄饨:"都饿了吧,赶紧吃。"

许梦安取过一碗馄饨,递到女儿手里:"妈妈跟你说声对不起,我不该冤枉你作弊,也不该那么情绪化。"

"看在馄饨的分上,我就原谅你好了。"女儿笑了。

等到周六下午,李云阶便回家了。

许父和许母自是不舍,拉拉扯扯的,一直送外孙女到巷子口。

李云阶走在前头,二老跟着,后边是来接孩子的许梦安和李临,连许富贵都出动了。这架势,街坊邻里还以为李云阶要出国念书了。

家里没什么变化,只是姑姑好像不再那么啰唆了,话都变少了。不过,这样也好,省得她老是念叨。

到了晚饭时间,李云阶提着小心脏,就怕姑姑又给整什么养生汤、养生菜,没想到,餐桌上竟然有她最爱的炸鸡。

吃了饭,李云阶进屋写作业,老妈神神秘秘地溜了进来,微笑着,拍拍她手里的纸袋:"唉,我给你看看小葡萄的照片吧?"

"嗯? 什么照片?"

"今天上午我去医院做了四维彩超……"老妈掏出张纸,"这就是我们的小葡萄。医生说,葡萄非常健康。"

什么呀,"照片"上明明就是个小肉团。

"这是小葡萄的手,这是脚。还有这个鼻子,挺挺的,很像你的。"老妈笑。

"隔着肚皮拍的?"

"对啊。"

李云阶看向老妈的肚皮:"葡萄在肚子里面,也是这样,闭着眼睛睡大觉?"

"睡醒了也闹腾,也会动……"老妈笑着,"你伸手,跟葡萄打个招呼,试试看?"

"我……我还是算了吧,这样蛮奇怪的。"

"来吧。"老妈拉过李云阶的双手,放到了她隆起的肚皮上。

啊,老妈的肚子已经挺大的了,之前李云阶居然没有发现。

"我跟葡萄又不熟,怎么打招呼啊?"李云阶不敢用力,只是将双手轻放在老妈肚皮上,就跟抚摸外婆那只青瓷花瓶似的。

"随便说点什么。"

"你……你好?"

"多说几句嘛。"

"这样打招呼,还是有点怪。算了吧……啊,等等,动了,葡萄睡醒了!"

"这是胎动。"

老妈说这句话的时候,显得很温柔。这种温柔,李云阶已经很久没在老妈脸上看到过了。

许梦安仍记得,她怀李云阶时,第一次体会到胎动的感觉。她的身体里住着一个生命,这个生命正通过"胎动"展现着活力,更是属于他们之间的联系。像信号,不,是暗号,只有他们才懂得的暗号。不过,小葡萄的胎动,带来的却是另一种感受。这不仅仅是个暗号,还让许梦安和李临消除了顾虑,毕竟,高龄妊娠,对母亲来说风险相对要高,对孩子来说,也一样。

"葡萄你好,我是李云阶。那个……咱俩还不认识,等你出来吧。等你出来了,我再带你玩。"李云阶柔声说着,"就这样吧,下次聊。"

"下次聊?你当打电话哪。"许梦安乐了。

李临正从门口经过,也乐了:"聊完了就出来吃水果吧,你姑父从老家寄来的砂糖橘,特别甜。对了,云阶,你姑父寄了很多,你姑姑又说她不爱吃,可是我们几个也吃不完啊,你给何璐拿一点去。"

李云阶低头不语。自从她在餐厅帮了朱可馨,何璐就没搭理过她了。

"去吧,有好吃的好朋友一起分享嘛。"许梦安笑道。

"老妈,你又来了,这个道理连熊熊都知道,我会不知道吗?"

"光知道有什么用!"

"受不了你们,好,我去还不行吗?我现在就去。"

李云阶走到客厅,才发现老爸早就准备好了两小篮子的砂糖橘。

姑姑在边上直皱眉:"拿走,拿走,快拿走,闻着都头晕。"

李云阶吐吐舌头,连忙拎了东西走出门去。

何璐妈妈见李云阶来了,高兴极了:"你可有时间没来了,听你妈说,你这段时间都住外婆家。哟,怎么还带东西来了,真是个懂事的孩子,比我们家何璐强多了。"说毕,何璐妈妈高声往屋里喊:"璐璐,李云阶来了!"

隔了一会儿,何璐才从她房间里探出脑袋,显得有些无精打采,挪揄着:"哟,小圣母来了?"

李云阶有些尴尬,只得硬着头皮走进何璐房间,反手关上了房门:"你就非要这么说话吗?"

"我只是觉得,咱俩不是一路人。"

李云阶也不管了,一屁股坐下,抬头看何璐:"我们能聊聊吗?"

何璐一下就笑了,当然,是讥笑:"别来这套啊,我最烦人家跟我说'聊聊'了。'聊聊'就是谈心,我爸妈也总这样,动辄要跟我谈心。可是,云阶,你有没有想过,谈心的前提是,说话的双方心得在一块,心都不在一块了,还有什么可聊的?"

"朱可馨其实很可怜的,"李云阶根本不在乎何璐说的这些,仍自顾自说着,"她爸妈离婚了,她妈带着她来这边,又要赚钱,又要养她。何璐,她跟我们不一样,她是单亲家庭。"

"单亲家庭的又不是只有她一个,就她唱的这一出,还离家出走呢,当自己是戏精啊?"

"你都知道了?"

"刘思明跟我说的。"

"那你……"

"放心,朱可馨闹离家出走这事,我可没往外传。就你刚才跟我说的那些话,刘思明已经跟我说过一遍了。你们俩真逗。刘思明还说,我是你最好的朋友,我这整天不搭理你的,你心里肯定很难过。他求我来着,还说要请我吃比萨。好像谁没吃过比萨似的。"

"他真这么跟你说啊?"

"对啊,我就跟他讲,搞不好人李云阶现在的好朋友是朱可馨了呢,我算什么呀。"

"我的好朋友是你。"

"你说什么? 我可没听见。"

"我说,我的好朋友是你,只有你一个,行了吧?"

何璐翻着小白眼:"那倒不必,我是最好的那个就行。"

"这下不生气了吧?"

"好一点了,不过,要是你明天陪我去看漫展的话,就更好了。"

"漫展?"李云阶脸上瞬时有了神采,"太好啦! 我肯定要陪你去的。"

H 城一年一度的漫展是极热闹的,何璐和李云阶每年都会参加。

"就咱俩,不许带别人。"何璐这个人,有时候还是挺小气的。

"好,就咱俩。"两个女孩伸出手指,郑重其事地拉着钩。

第十二章
池塘虽浅风浪多

1 🌐

李静他们的老家盛产几样水果,每年李静都会给弟弟家寄当季当地的水果。譬如到了 12 月份,砂糖橘一上市,李静总是迫不及待地要去挑选最好的,妥妥帖帖地给弟弟寄来。

老家的砂糖橘,甜而不腻,酸而不涩,而且还不带渣,不但李临一家爱吃,李静自己也是很喜欢的。可是,欧阳寄来的这些砂糖橘,却很遭李静嫌弃。

李临看着剩下的几十斤砂糖橘很是困扰,许梦安就打电话给老贾,让他来拿。

老贾到的时候,都快傍晚了,匆匆忙忙,脸上全是汗。

一问才知道,许梦心嚷嚷着要吃车厘子,可现在哪是吃它的时节,老贾找了好多家水果店才找到勉强还算新鲜的。兜兜转转,这就耗去了大半天。

"要吃什么倒好说,总能买到。"老贾笑了笑。

怕是老贾话里有话,许梦安便道:"今天我本来是要去你们家的,上午产检做大排畸,下午又去接云阶来着,就没过来。怎么样,心心的情况还好?"

"就那样吧。"

许梦心回家后,老贾又请了个保姆,负责照顾熊熊。熊熊和小西瓜都有人看顾,为的就是许梦心能好好调养身体。好在老贾能赚钱,虽则金钱不是万能的,可是，金钱总能解决一部分问题。许梦安无法想象，如果妹妹要独自带两个孩子，那将会是个什么局面。

"又闹了？"李静关切地看着老贾。

老贾犹豫了一下，才道："也不算闹，没和我闹……"

许梦安急了："那是跟谁？"

"昨天晚上，她跟我讲，说亲眼瞧见张姐给小西瓜喂药。振振有词的，说喂的是安眠药，等小西瓜睡了，张姐自己好偷懒。"老贾看着很无奈，"张姐的人品我们都知道的，怎么可能会干这种事。"

李静忙道："就是，张姐那家家政公司是很好的，我找她之前，还问过她之前的雇主，每个人都对她赞不绝口。不然，我也不会自作主张，替你们请了她。"

"这次心心倒是没作了，我说不可能，让她不要瞎嚷嚷，她说……"老贾几乎笑出了声，"她让我等着，说是要找证据给我看。随便她吧。"

许梦安见老贾都这么说了，自己纵然有些旁的想法，也不好再表达，也只笑笑。老贾这就要走，李静吩咐李临送老贾下楼。

砂糖橘终于去掉了一大半，许梦安选了个大的，剥了皮递给李静："真不吃啊？"

"不吃。"

"姐，你心里是怎么想的，我多少也能明白点。可是，你也不至于这样……连人家寄来的砂糖橘都不吃，砂糖橘得罪谁了，它们跟谁说理去？"许梦安说毕，塞了几瓣到嘴里，酸甜口，很适合她现在的口味。

"我心里是怎么想的，你明白？"李静并不相信。

许梦安也不急着说话，慢条斯理地吃着砂糖橘。

姐夫欧阳确实很好，好到让人挑不出任何毛病来。公公年纪大了，不太管事，医馆的事已全权交给了姐夫。这些年，医馆不但被他经营得井井有条，各方面效益也非常不错。不得不说，他是个优秀的继承人。公公说了，医馆虽由欧阳管着，但李临也是有股份的。这一点，李临和许梦安结婚时，公公就明确过。欧阳每年年底，都会让许梦安回去一趟，把整年的经营状况、各项收支，事无巨细地向她说明。所以，欧阳真的是个坦荡荡的君子。尽管李静总说，儿子考上重点大学是她的功劳，但是许梦安他们都知道，这根本离不开欧阳从小给华华灌输的各种观念。华华也算是个小富二代了，可全身上下，连件贵点的衣服都没有。

许梦安还想起来个事，华华18岁那年的生日，欧阳带他去了某奢侈品店。欧阳选了个包，问华华好不好看。华华一看价格，直咂舌，莫不是老爸要送包给他？华华点头："好看的，很好看。"欧阳说："那就买吧，我自己刚好缺个包。"

买完了，欧阳带着华华去了一家运动品牌专柜，看到有打折，花了几百块买了个包，这次，倒是真的送给华华的。华华问了，说："老爸，这不对啊，你自己买个包花两万多，我这买个包连你的零头都没有。"欧阳说："我花两万也好，二十万也好，那是我自己赚的。我就是想告诉你，想过好的生活，就得靠自己。你要是想靠别人，对不起，谁也靠不住。"

这件事，许梦安和李临还讨论过呢。李临觉得欧阳太偏激了，何苦来哉。许梦安倒是很欣赏，觉得欧阳委实教子有方。

是，这就是欧阳，好女婿、好姐夫、好父亲、好男人的人设。当然，在外人眼里，他也是个十足的好丈夫。但是，对李静而言，欧阳也许少了些什么。就像她抱怨的，欧阳的心很大，装着很多人、很多事，唯独没有装进他的妻子。

也许，欧阳只是"丈夫"，却不是"爱人"。李静想要的，是一个哪怕不那么完美，但是心里真正有她的爱人。

此刻，许梦安把这些话都跟李静说了，李静才知道，弟媳妇是个明白人。

李静叹气："我在欧阳眼里，是他尊敬的老爷子的女儿，是华华的妈妈，仅仅就是这样，再没别的了。以前我事情多，忙里忙外，也没顾得上想这些，觉得，差不多就这么过吧。反正，大家都觉得我的生活很好，啥都不缺。华华上大学后，我突然变了，我的想法变了……"

李静哽咽起来，许梦安给她倒了杯水："姐，你慢慢说。"

"梦安，你说，我除了是老爷子的女儿、李临的姐姐、华华的妈妈、欧阳的妻子，我能不能也做一回自己呢？"

"你当然是你自己！"

"我这大半辈子，光为别人活了。欧阳也是，他好像生来就是为了李家……就我们俩，能不能把这些都放下，为我们自己活一把呢？"

"姐，我没想到，你还把思考上升到哲学高度了。"

"损我？"

"夸你，真的。不管怎么说，反正，我支持你。"

"我以为分居，能让欧阳把这些都想明白，看样子，他还是什么都不明白呀。"李静苦笑。

到了周一上午，是新苗传媒内容中心的部门例会。许梦安怀孕、黄思思到任，这两件事掀起了不少风浪。只是，风是明面上的，你来我往的事情没少发生。那些个浪，则是藏在水底暗涌。内容中心的人，因为这些，自然而然分成了几个派系。一派是以凌美川为代表的"挺黄系"，唯黄思思马首是瞻；一派是以小荷为代表的"挺许系"，只听许梦安的；还有一派，就是以阿木这种老油条为代表的"观望系"，或者说"事不关己系"。

有人的地方就有斗争，女人多的地方更甚。一个例会，开得硝烟弥漫。凌美川非常强势，颇有些咄咄逼人。小荷也寸步不让，极力阐述自己的观点。那黄思思偶尔不冷不热说几句，不时还要戳戳许梦安的痛处。许梦安岿然不动，瞧着很是淡然，还带着点笑看风云的意思。不过，他们都不知道，许梦安心里是有些失望的。这种失望，是对新苗的，对老张的，也是对黄思思的。要内斗，她许梦安无所畏惧，可是，内斗必然是要产生内耗的。与其把精力浪费在这种事上，不如多做点对新苗有益的事。

会议总算开完，许梦安回到了自己的办公室。孕五月了，她不再孕吐、厌食，变得特别容易饿，也容易累。坐久了，双腿就倍觉沉重。外表上看，她跟过去的区别无非是肚子大了些、身形圆润了些，也换上了平底鞋，但其他方面，她是一点都没变的，就算有变化，她也不愿意被人瞧出来。

有人敲门，竟是阿木。

阿木手里拎着个纸袋，笑嘻嘻地走过来："许总监，这是给你的。"

"给我的？"许梦安笑了笑。

"防辐射孕妇装，适合你。"

"据我了解，你还单身呢，懂得倒挺多。"

"没有,刚好我有朋友是卖这个的,我顺手给你带了一件。"

原来,阿木是要用这件防辐射孕妇装来表忠心。他也急了、慌了,不想再观望了。

见许梦安沉默不语,阿木又道:"许总监,以往我有做得不对的地方,你大人不记小人过,就别跟我计较了。这往后,我一定跟着你好好干。你指哪,我打哪。"

"我没觉得你以前的工作有什么不到位的地方。坦白讲,我之前一直在你和凌美川中间犹豫,并不是质疑你的工作能力。比起她,你少了一点工作的激情。其实我也理解,职业倦怠期,每个人都有。所以,我一直在等。"

"等?"

"当然,现在说这些也没有意义了。黄思思是副总监了。"

"我听说……"阿木压低声音,"我听说黄思思许诺凌美川了,等她当上总监,就会提拔凌美川。"

"这么说,你是不相信我呗。不相信我能坐稳这个位置,对吧?"

"没有没有,我要是不相信你,我就不会……嘿嘿,"阿木笑着,"我今天就不会来找你了嘛。"

"你要是让我给你什么许诺,阿木,咱们认识也有日子了,我可不是那种会给人画饼的上司,我什么许诺都给不了你。但是,我这里有句提醒:既然这是一份工作,升职也好,加薪也好,实力才是最重要的。"

"是,是……"

"孕妇装放这吧,虽然,我不信防辐射这一套,但这毕竟是你的心意。对了,"许梦安打开抽屉,取出两张票来,"这是两张演唱会的票,别人送我的,我没时间去,给你吧,别浪费了。"

"这……"阿木瞄了一眼,是某个当红男歌手的,还是 VIP 区,票价可不便宜。

"听说前台那个小姑娘特别喜欢这位歌手,是人家的铁粉,你刚好可以带上她。凡事都要主动嘛,对吧?"

"谢谢,谢谢许总监。"阿木接过了演唱会门票。

这两张门票其实是瑞秋给许梦安的,让她送给阿木,好拉拢他。许梦安一直犹豫着,有她自己的考虑。她不想在阿木他们面前表露什么,主动去笼络谁,她本不屑这么做的。可是今天，阿木来表忠心，要是她再端着，怕是又要树敌了。

当年离开杂志社，许梦安就是受不了那班子人的尔虞我诈，明明就是一个小池塘，还非得翻出浪来。没想到，若干年后的今天，她要面对的，还是这些破事。

老张明里暗里告诉许梦安，说既然黄思思来了，希望许梦安能够多多提携后辈。

"梦安啊，再过几个月，你又要当妈了。产假不产假的，咱不论这个，你愿意休息多久都没问题。把身体养好了，踏踏实实的，啥也别想，等休息好了，你再回来。内容中心这边，有黄思思在，我相信应该不会有什么问题的。"老张满脸都堆着笑，再笑，嘴角都咧到耳朵根了。

"休息多久都没问题"，嗯，好一个"休息多久都没问题"……

阿木走后，许梦安有些昏昏欲睡起来，想着与其在公司待着，不如出去走访一下客户，便来到了婉真上班的那家房地产公司。

这家房地产公司和新苗有不少业务往来，公司的策划部主管很欣赏许梦安的才干，当初跟新苗确定合作关系，正是出于对许梦安的信任。

主管一看许梦安来了，说的头一句话就是夸婉真的。

"你推荐的这个婉真，还真是挺让我刮目相看的。她之前没做过地产策划，我还有些担心呢，说心里话，要不是碍着你的面子，我是绝对不可能收她的。结果，她一来我这，为了对工作尽快上手，连中午都不休息，经常啃着三明治埋头做文案。这段时间以来啊，她不但掌握了一应办公软件，还独立完成了一个不错的方案。"主管笑道。

许梦安也笑："那就好。婉真底子很好的，适应能力也强，我推荐的人嘛，错不了的。"

"可惜呀……"

"嗯？"

"我是真想好好培养她，没想到，她前几天跟我提出，想转去销售部。"

"为什么啊？"

"她说，做销售薪水高，能积累更多人脉。要不然，你找她谈谈？"

"也好。"

在这家房地产公司的小会客室里,许梦安见到了婉真。

婉真清瘦了不少,但显得蛮有精神。她穿着一身黑色职业套裙,长发结结实实地盘在后脑勺,透着一丝不苟的严谨。婉真见许梦安正盯着自己的左手腕,一下就笑了:"梦安姐,你上回说了,说我戴那么贵的手表,人家怕是不敢请我的。所以,我换了个手环,百十来块钱,能看时间,还能计步数,特别好。"

"手环挺好看的。你快坐吧,咱们有段时间没见了。我刚才在你们主管办公室,听他好一通夸你。"

"我也没做什么,况且,现在我过得特别充实。"

"听说你想换部门?"

婉真点点头:"做销售虽然底薪少,但是有提成啊,我想去试试。我现在的情况,咳,其实挺缺钱的……我要是在经济上比较独立了,争夺两个孩子的抚养权时才更有胜算。"

"真的要离吗?"

"如果一个蛋糕被苍蝇给叮了好几口,这蛋糕,你还会要吗?"

"可是于海毕竟不是蛋糕,他是人……"

"这就更不能容忍了,蛋糕没有主观意识,躲不了,也逃不了,可是人有啊,他本来是可以避免发生这种事的。我现在一想起于海穿着睡袍躺在黄思思床上的照片,就觉得他们很恶心。我不可能跟一个让自己恶心的人过一辈子。"

"你有没有想过,那是黄思思做的套,于海其实跟她没有发生什么实质性的关系?"

婉真显得有些激动:"你怎么知道那是套,你怎么知道他们没发生过关系?好,即便那是套,于海不也乖乖钻进去了吗?"

是啊,这黄思思和于海,到底有无实质性的关系,除了他们俩,谁也不知道真相。

"梦安姐,你别劝我了,你要真的关心我,就去劝劝于海,让他赶紧把离婚协议签了,让我跟孩子安安心心过日子……"婉真继续说道,"我现在只要一个'干脆利落净',这么拖拖拉拉的,我耗不起。"

许梦安看着婉真疲惫的面容,很是心疼,一干劝她"慎离"的话,也不好再往下说。

从婉真的公司出来,许梦安不知不觉便把车开到了蓝海传媒。事先,许梦安并没给于海打过电话,不知道他是否在办公室,抱着碰碰看的态度,她还是上楼了。没想到,于海真的在。他看到许梦安,很是诧异:"哟,许总监,稀客。"

"路过你这,上来看看。"许梦安微笑道。

"别站着了,走,去我办公室坐坐。"

许梦安上一次造访于海这里,还是一年前的事。只是隔了一年时间,他的办公室竟重新装修了一遍。那时候,这里摆着的还是富丽堂皇的红木沙发,还有什么博古架呀,贵妃榻呀,墙上挂着书画,随处都是各种古色古香的玩意儿。今天再看,居然变成了复古工业风。墙是灰的,书架也换成了铁艺的。一张大大的原木办公桌横在最中间,一应装饰也都是类似风格的。茶桌和茶具倒还保存着,不过,旁边添了个咖啡机,磨咖啡豆的机器都是手摇的,很是精致。

"你现在情况特殊,咖啡是不敢给你喝的,要不喝点茶?刚得了上好的小金柑,你会喜欢的。"于海道。

许梦安笑着坐下:"给我倒杯白开水好了。"

"难得来一趟,就不叙叙旧吗?"

许梦安皱着鼻子:"你这装修的频率也太夸张了。"

"确实还有点味。"于海忙去开窗。

"我呢,刚从婉真他们公司过来。听他们主管说,婉真适应能力挺强,最近还想转做销售。"

"你跟我说这个干吗?"

"哦,你要不想听婉真的情况,我还可以跟你聊聊黄思思。毕竟,人家黄思思现在是我的副手。"

"她们俩的情况,我谁的都不想知道。"

"要不老话总说,脚踩两条船,早晚会翻船呢。"

"许梦安你少幸灾乐祸啊,我们还是朋友吗?"

"以前是,现在,顶多就是个熟人。"

接着,于海长吁短叹,开始跟许梦安抱怨起婉真来。

　　婉真这人,不声不响,态度却很是坚定。你于海不是不同意离婚吗? 好,那就先拖着,但是,你必须滚出这个家。所以,于海已经从家里搬了出来。他父亲颇有些怒其不争,赌气回了老家。

　　女儿是两个人的,那么,请保姆的钱还是要于海来掏的。这笔钱,婉真算准了于海不会赖账。

　　好,义务呢,于海是承担的,可是他连去看看女儿的权利都被剥夺了。每次去看女儿,婉真总是找各种借口。这个周末要带女儿去上海迪士尼乐园,下个周末要去郊外野餐……如此这般,于海离家后,见到女儿们的次数趋近于零。

　　有一回,于海实在忍不住了,想着既然你不让我看,那我就去大女儿的学校,我在校门口等。没想到,大女儿婉婉见了于海,竟是一脸不屑,表示再也不想见到他。

　　"我没有这样的爸爸。"这是婉婉的原话。

　　这句话,对一个父亲来说,它的杀伤力无异于一枚炸弹。

　　想他于海,拼死拼活那么努力,不就是为了给妻女更好的生活吗? 现在可好,不说妻子,连女儿都不认他了。

　　然后,婉真发话了:"行,你要真的还想当一个好爸爸,想让女儿们认你,想见女儿,那就把离婚协议书签了,咱们把手续给办了。到时候,按照协议书的规定,你定期来探视女儿,我一准不拦着。"

　　精明了半辈子的于海,就这样,被婉真给摆了一道。

　　跟许梦心徒有其表的咋咋呼呼不一样,婉真确实是个"胸中有丘壑"的女人。

　　"那你接下来打算怎么办?"许梦安问于海。

　　于海很是坚定:"拖着,能拖多久是多久。"

　　"这怎么行,我看婉真那意思,是非离不可了。"

　　"我没招了,反正,就是两个字——死扛。"

　　"这会儿死扛了,人黄思思勾搭你的时候,你怎么不死扛?"

　　"你……"于海气得无语。

2

宏远初中每年都会有元旦文艺会演。以往的两年,但凡有类似的演出,身为文艺委员的李云阶,总是早早地就开始排练节目。他们班的小合唱团,在学校里还是很有名气的,拿过好几次奖。

但是今年情况特殊,初三了嘛。薛老师在这学期刚开学时就说过,以后再有这种演出,排个简单点的节目就好,不要太兴师动众了,搞得大家没有心思学习,就不好了。所以,两个月前,在开班会的时候,几个班委就商量过,班长王哲提出,让李云阶和朱可馨表演个快板。朱可馨文笔很好,写过这种快板段子,也是极爱表演的。这件事,朱可馨当时自然是同意的,大家也都一致鼓掌通过。眼看离元旦越来越近,就剩一个月时间了,李云阶难免心焦,不知道怎么跟朱可馨开口提这事,要是提了,她还愿意写快板吗?她还愿意一起演出吗?

"她要不想演,那就拉倒,有什么好说的。"何璐说。

李云阶笑问:"那你演?"

"杀了我算了,脸涂得跟猴屁股似的站在台上出洋相,给钱我都不干。"

"我在想,我到底应该怎么跟她说呢?"

"既然你们是早就商量好的,还有什么可说的,该怎么排练就怎么排练呗。要我说,你就当那些事都没发生过好了,就直接问她:'喂,朱可馨,你的快板准备好了吗?'看她怎么回答。"

"对,我就应该当作什么都没发生。"

这天放学后,何璐陪着李云阶来到了朱可馨家的小超市。可馨妈妈看到李云阶她们,高兴得不得了,又是给她们拆薯片,又是给她们开饮料的。朱可馨皱着眉下楼,还是那副苦大仇深的样子。

"我们路过,没别的事,就是想问问你,你的快板准备得怎么样了?"

"有什么好准备的。"朱可馨没好气地道。

"可馨,你怎么这样,李云阶问你话呢!"可馨妈妈也苦着脸,"还不快请同学们上楼坐坐。"

朱可馨冷哼了一声,转身往外跑。

"这……"李云阶没了主意。

"追啊,"何璐摇头,"这会儿你倒怂了!"

两人一顿追,在一个街心公园里追到了朱可馨。

朱可馨双手叉腰,看着李云阶,大口喘着粗气:"李云阶,你怎么回事啊,甩都甩不掉是吧! 你不觉得你这样很烦人吗?"

"你跑什么!"没等李云阶说话,何璐就开始吼了,"李云阶欠你的啊,你还真把自己当回事了! 怎么了,同班快三年了,这都要毕业了,你打算做缩头乌龟啦? 朱可馨,我本来没看不起你的。作弊确实不好,你认了错,也已经受了罚,这其实不丢人! 丢人的是像你现在这样,在班里闷不吭声,连个屁都不敢放! 现在全班就我们几个还搭理你,你还跟我们嘚瑟? 你算什么呀!"

"何璐你太过分了!"朱可馨说毕,蹲到地上,捂着脸,再不说话。

李云阶小声对何璐道:"你说这些干什么……"

"我要不说,她能嘚瑟死。"

李云阶慢慢走到朱可馨身边:"别蹲在这了,人来人往的,多难看呀,你还穿着裙子呢。"

"啊!"朱可馨一下站起。

李云阶笑了:"何璐说话就这个风格,你别在意。我们俩今天不打算回家吃饭了,附近有个西餐厅,我妈带我来过,环境挺好的,你要不要一起?"

何璐没忍住:"不是,李云阶你……"李云阶朝何璐挤眉弄眼。

朱可馨想了好一会儿,才道:"算了吧。"

"哎呀,走吧,那儿的牛排可好吃了。"李云阶顺手挽住了朱可馨的手臂。

"好吃是好吃,你带钱了吗?"何璐问道。

李云阶看向何璐:"你不是有钱吗?"

"不是,凭什么呀?"

朱可馨说话了:"那个,我吃不惯西餐的。这一片我比你们俩熟,那边有一家串串,挺好吃的。我请。"

"AA 吧,AA 最好。"李云阶提议。

"随便啦,只要不在家里吃饭,只要看不到何瑞,我吃什么都行。"何璐把书包往身后一甩,"走着。"

"什么?"朱可馨诧异。

李云阶说着:"何瑞是何璐的弟弟……"

"就你多嘴!"何璐推了李云阶一把。

串串店里人很多,朱可馨选了个靠窗的,还算干净的位置,招呼那两人坐下了。

"快板我早就写好了,"朱可馨对李云阶说,"你要是还想演,就再找个搭档。"

李云阶不解:"你写都写了,干吗不上台?"

"我是被学校通报批评过的人,到时候会拖你们后腿的。"

"说起这事,我就特别纳闷。朱可馨,你成绩都那么好了,干吗要作弊?"何璐果真是想到什么就说什么的。

"我……"朱可馨低头,"你们也知道,我爸和我妈分开了,我打上小学开始,就跟着我妈到了这边。我妈对我特别好,就有一点,她几乎每天都要跟我念叨,说她为了我,受了多大的委屈,吃了多大的苦头……李云阶、何璐,这种感觉你们没体会过,不会懂的。我妈每次说这些,就好像在告诉我,要是没有我,她的生活会比现在好很多。或者说,我根本不应该待在她身边。"

两个女孩相互看看,不知道应该说些什么。

朱可馨继续说着:"我没看起来那么爱学习,也不够聪明。我的成绩好,那是我拼了命学的,我要是不拼命,我妈就会难过,她一难过,又会没完没了地说那些话。可是,我也会累的,我不是学习机器。真的,我不想拼命了,也拼不动了。所以……这个学期的好几次考试,其实我都打印了资料,只是没想到,这次会被抓。"

"你傻不傻啊,干吗要管你妈说什么,你妈还能有我奶奶啰唆?"何璐道,"我现在就是,不管她说什么,我就当什么都没听见。"

"我知道了,朱可馨,你是因为压力太大了。"李云阶说。

朱可馨点点头,再道:"大概吧。还有,我不是故意陷害你的,当时我真的太紧张了,那本册子不知道往哪藏,这才……对不起,真的对不起……"

李云阶微笑着："我早就不怪你了。"

"谢谢你。"

"真要谢我，就陪我上台，咱俩一起演出吧，好不好？"

"我再想想……"

何璐皱眉："磨磨叽叽的，真受不了。我就问你，你到底想不想演？"

"我怕上了台，底下的人给我喝倒彩……"

"谁要敢喝倒彩，我就让他们倒着走回家！"

朱可馨愣了一下，然后笑了起来，李云阶也乐了。

朱可馨答应跟李云阶一起表演快板，这对李云阶来说，是一件开心的事。初三的生活实在太沉闷了，孩子们总是要找点出口的。譬如刘思明，他的出口是跑步，绕着操场跑，绕着街道跑，跑起来的时候，他就是风一样自由的男子。何璐呢，她的出口是看漫画，课间看、课后看，有时候上课也会偷偷看。至于王哲就比较特别了，像他这种真正热爱学习的人，不需要出口。当然，如果疯狂做题不算的话。

这天李云阶排练完回家已经挺晚的了，刚到楼下，就看到了匆匆忙忙的老妈。姑姑跟在老妈后面，嚷嚷着让她跑慢点。要不是老妈的肚皮比以前鼓了，还真瞧不出她是个孕妇。

"妈，你这是要去哪儿啊？"李云阶叫住了老妈。

没等老妈说话，姑姑便道："去你小姨家，有事。"

"什么事？"

老妈皱眉："别问那么多，赶紧上楼，等你爸回来，你们俩叫点外卖。"说毕，老妈拉着姑姑就走了。

许梦心又出事了。老贾打电话给许梦安，说许梦心一口咬定保姆张姐给小西瓜喂了安眠药，如今正跟张姐对质。

"这是我从她房间里找到的安眠药，这还不算证据吗？"许梦心看着老贾。

老贾苦笑："心心，你冷静一下，刚才张姐说了，这是她自己吃的。她睡眠不好。"

"是啊是啊，我这有病历的，药是医生给我开的。你怎么好冤枉我的？"张姐在一边说着。

张姐为人老实忠厚，怎么可能会干这种事？别说老贾了，李静第一个就不信。当初她去家政公司给小西瓜找保姆时，可以说是层层把关过的。张姐从业多年，零投诉、零差评，还得到了家政公司的力荐。

许梦心看到许梦安她们来了，上前就道："你们也不相信我吗？我真的没冤枉她！之前只是怀疑，但我今天确实看到她往小西瓜的奶瓶里放药粉。"

"心心，凡事都要有证据……"李静劝道，"你是不是看错了？再仔细想想。咱们不能放过一个坏人，但是，咱们也不能冤枉好人的。"

"姐，"许梦心晃着许梦安的肩膀，"你不信我？你为什么不信我？"

许梦安一边安抚，一边用眼角余光打量着张姐，只见那张姐下意识地往后藏，双腿也有些哆嗦。

其实，上次老贾来家里跟许梦安提起这事时，她就已经心存疑虑。事关孩子，哪怕许梦心只是怀疑，老贾也应该重视起来。

"姐没有不相信你，只是……你再想想看，你还有没有别的证据？"许梦安说这话的时候，瞥了眼妹妹手里的手机。

许梦心愣了片刻，转向张姐："我在你房里搜到了药，本以为你会认的，没想到你是个不见棺材不掉泪的。好，既然这样，我这有段视频，是你往奶粉里下药的视频，我这就放给大家看！"

张姐没说话，仍是缩手缩脚站着，只拿眼睛看老贾，似在向他求援。

"你别闹了。"老贾对许梦心道，"一天天的，怀疑这个，怀疑那个，非要把家里的保姆一个个都赶走，你心里才舒服。我真的受够了！"

"贾浩文！"许梦心控制不住，伸手去挠老贾，许梦安一把拉住了她。

"张姐，"许梦安笑了笑，"我知道你不想被冤枉。既然心心说她手机里有视频，那么，我现在就报警，让警察来解决。如果警察来了，看了视频，做了调查，认定确实是你做的，那该你承担的，你逃不掉；如果你没做，那也正好可以还你一个清白。"

"不可能！"张姐跺脚，"她不可能有视频！我关着门的，她怎么可能拍到呢……"

一瞬间，众人都傻眼了。许梦心没想到张姐真的就这么认了，而老贾和李静更是目瞪口呆。

许梦安死盯着张姐，张姐自知失言，已是浑身发抖，扑通就跪下了，嘴里直嚷："给我条生路，给我条生路！"接着，张姐便交代，她是如何掩人耳目，把安眠药磨成粉末，混进小西瓜的奶瓶里的。

"我实在太累了，听他们说，这样孩子能睡得安稳点，我就一时鬼迷心窍了。这是我第一次，真的，我之前没干过这种事……"张姐仍是跪着。要不是许梦安和李静拉着，老贾已经上去打人了。

"你要是累，可以说，可以告诉我们，为什么要害我女儿！"许梦心质问着张姐，"你还有良心吗？你也是当妈的，要是别人这么对你的孩子，你会怎么样？你知道吗，我现在连杀了你的心都有！"

到了这里，许梦安倒宁愿这是桩冤案，那样的话，至少小外甥女没有受到任何伤害。

李静连忙联系了家政公司要求索赔，家政公司一听，这还了得，唯恐贾家把事情闹大，负责人飞奔着就过来了。几番盘问，确定了张姐这是初犯。负责人略松了口气，要这张姐是个惯犯，还不知会牵连出什么来。老贾不屑于家政公司提出的赔偿，当即就报了警。警察了解完情况，便将张姐带回去调查了。

老贾错怪了妻子，不停地道着歉。许梦心根本就没工夫搭理他，紧紧搂着小西瓜，就好像一放下孩子，孩子就会被谁给拐跑似的。

"不请保姆了，以后，什么保姆都不要了。这是我的女儿，我要自己带！"许梦心喃喃着，"让刘婶也走吧，小西瓜和熊熊有我就够了。"

刘婶是熊熊的保姆，她初到城里，对这份工作很是珍惜。不算专业，但总是尽心尽力着的。她一听许梦心这话，知道自己就要失业了，忙道："我不会使那些坏心眼，我自己是当妈的，我女儿如今也正怀着二胎，我要是做那些缺德事，是要遭报应的。你们就留下我吧。往后，我不但照顾熊熊，也可以照顾小西瓜。"

"像张姐这样的保姆固然有，但也是极少数，不能因为这个，就一竿子打死。"许梦安劝妹妹。

李静也道："是啊，心心，你一个人忙不过来的。"

"要不然，我把我妈请过来……"老贾建议。

许梦心听了这话，忙道："那还是让刘婶留下吧。"

"哎，哎，我要是做那些丧良心的事，出门就被车撞死！"刘婶很是感激。

次日一早，许梦心和老贾便带着小西瓜去医院检查了，好在孩子没什么问题，两人都松了口气。自此，许梦心便片刻不离身地抱着小西瓜，哪怕上洗手间也要搂在怀里，谁劝都没用。

许梦心怀上二胎后，就不再跟老贾亲热，如今，别说亲热，连亲近都没有了。她的心里眼里，除了女儿再没别人，连之前饱受宠爱的熊熊也被冷落在了一边。有一晚，老贾看到许梦心把小西瓜放在她胸口睡觉，便多了句嘴，说孩子还是自己睡婴儿床好，跟大人一起有风险，容易磕着碰着。何况，让孩子这么趴着，许梦心自己也没法好好休息。

许梦心现在变风格了，发脾气不再连珠火炮，而是一言不合就开干。对，她直接把老贾赶出了卧室。老贾叫苦不迭，到了楼下，见熊熊正在看着他。

熊熊穿着套不太合体的家居服，前襟沾了番茄酱，额前的刘海都快盖住眼睛了。大概是因为这个，看着他的脸蛋都小了不少，只有一双大眼睛还圆滚滚的。他一手拿着手机，一手拿着薯条，见了老贾也不躲。以往，熊熊玩手机、吃零食，老贾是要管的。要不是许梦心、贾母、许家二老等一味护着，熊熊也不会有这么些毛病。但再看现在的熊熊，他已经完完全全地肆无忌惮起来，像是算准了老贾再没工夫管教他。

"你给我站住！"老贾呵斥着。

熊熊叹了口气："我本来就站着的啊，又没想跑。"

"手里拿着什么？"

"给你好了。"熊熊把手机和薯条都塞给了老贾，"我不稀罕。"

"你的手怎么回事！"老贾瞥到儿子的右手上有血迹。

熊熊直把手往身后藏，老贾费了好大的劲才掰开儿子的手心，见其上赫然有一道不深不浅的伤口。老贾一阵心疼，却仍板着脸："怎么弄的，你又跑哪儿调皮捣蛋去了？"

"爸,我要跟你说实话,你可别告诉我妈。"熊熊的眼里汪了泪,"就是,我刚才找番茄酱的时候,把我妈最喜欢的沙拉碗给打碎了……我想用胶水粘起来的,可是,怎么都不行……还把手给弄破了。爸,我太笨了。我现在应该怎么办啊?"

"你……刘婶呢!她跑哪儿去了?"

"去给那只西瓜洗衣服去了。"

"什么那只西瓜,那是你妹妹!"

熊熊试图抽回自己的手:"你们全都是喜新厌旧的坏蛋!"

熊熊这么一动,手心的伤口便又流血了。老贾不由分说抱起儿子,跑到厨房找消毒水,想着等消完毒再简单处理下伤口。到了厨房,只见地上果然碎着一只碗,边上还有瓶502胶水。其实,熊熊已经把这只碗还原得差不多了,只是,有一小部分碎成了碴,再也没办法修复。老贾实在没法想象,怀里这个小小的人儿,他是如何惊慌失措地去寻找胶水,又是如何诚惶诚恐地一片片粘着碎片……

自从家里多了个孩子,最被忽视的并不是老贾自己,而是熊熊啊。老贾忧心妻子、挂心女儿,公司那边还有一堆事情需要他去处理,他的时间和精力被无限透支,可是,却没有一星半点是分给儿子的。

惭愧、内疚,这些情绪让老贾感到疲乏而无力。现在的他,就像那只碎裂在地、无法修复的碗。他的情绪也有些崩了。

"刘婶是怎么看孩子的,这也太粗心了吧!"老贾叫着,"瞧她给你穿的,破破烂烂的。还有你的头发,也该剪了……气死我了!熊熊,你傻不傻啊,光长个不长脑啊。碎就碎了,再给买一只不就行了。"

"这是限量版,是我妈自己做的,买不到的。她说过,这只碗是无价之宝。"

"你别管了,她这会儿也想不起这只破碗来,要是她问起来,你就说是我弄碎的好了。"

"爸,你这是在撒谎。撒谎是不对的哦。"

"老子是在给你打掩护!"

"算了吧,你这都自身难保了。"

"你这孩子……"

能怎么说儿子呢,人没说错,老贾现在确实是自身难保啊。

此时的许梦安正从妹妹的心理医生那回来,一脸心事重重。如果说,妹妹之前的问题是拒人于千里之外,尤其是对小西瓜,她似乎特别害怕接近这个孩子。现在则刚好相反,她的眼里只剩这个孩子了。

"对许梦心来说,她需要一个适应的过程。在这个过程里,她不但会不断否定身边的人,还会否定她自己。怎么说呢,她的心理需要重建。所以,你们作为家人,首先要做的就是减轻她各方面的负担,生活上的、精神上的。"顾医生非常有耐心。

"保姆给孩子喂药这事,又给了她一个打击。其实,她整天抱着孩子不撒手,我也特别能理解。"许梦安道。

李云阶3岁那年,许梦安和李临带她去动物园玩。当时是节假日,人特别多,李云阶走丢了。好在她没跑远,还在园内,被一个好心人送到了广播室。失而复得,只会倍感珍惜,何况,差点失去的是自己的亲生骨肉。

顾医生说着:"这应该是她的应激反应。你们也不用太担心,给她一点时间,也给你们自己一点时间。合适的时候,你们也可以带她出去走走。多运动,晒晒太阳,呼吸下新鲜空气,这些对她都是有好处的。"

"她觉得自己变成了丑八怪,根本就不愿意出门。不过,我会想办法的。"

"有你这样的姐姐,她肯定能走出来的。对了,我看你应该有五个多月了?"

"对,我这是意外怀孕,也是二胎。"

顾医生笑着:"别给自己太大压力,一切顺其自然就好。"

"我?"许梦安也笑了,"我挺好的,没什么问题。即便有,也都能调节。"

"如果压力大,也要及时疏解才是。"顾医生仍是微笑。

许梦安拿纸巾按了按脑门上渗出的那层薄汗:"我真的没事。"

3

人生总是充满意外。许梦安当年遇到李临是意外,两人从恋爱走到婚姻,虽则水到渠成,却也是某种意义上的意外。如今,她怀上二胎,更是个大大的意外。所有意外堆叠在一起,才有了现在的许梦安,40岁的许梦安。十几年前,她总想,到了不惑之年,生活应该是安稳的。但是,生活总是在用各种"意外"告诉她,安稳从来就不会是一种常态。

比如,这天早上,许梦安刚到公司,小荷和阿木就匆忙来到了她的办公室,他们说,黄思思反了。许梦安听了这话,一开始觉得很好笑,什么叫"反了"?意思是黄思思要公然跟她唱反调了?可是,再听小荷他们说下去,许梦安脸上的笑容便渐渐消失了。

去年年底,许梦安将短视频开发作为下一阶段的主要任务。新苗主打的乐活H城App,也开辟了短视频版块。在这个版块里,用户可以自主上传短视频,在分享和互动中,得到新的体验。

事实证明,许梦安是极有远见的。短视频为乐活H城吸引了不少新用户,还增强了老用户的黏性。可没想到,黄思思居然越过了许梦安,直接向老张提议,说是要把短视频版块从乐活H城独立出来,做一个全新的App。是的,她连方案都做好了,甚至,还牵头做出了这个App的内部测试版。

黄思思的这个做法很大胆,许梦安并不是没有考虑过。只是,现在时机还未成熟,乐活H城也还需要这个版块来提升用户活跃度。贸然将它独立出去,势必要冒很大的风险。当下,新苗要做的是稳中求进,没必要那么激进。

让许梦安惶恐的并不是黄思思的来势汹汹,而是,黄思思从提案到与技术部、市场部等沟通,再到内测版的出炉,许梦安等人竟全然被蒙在鼓里。

平日里,一点小八卦,大家都免不了要在茶水间里交头接耳。职场中,每个人都有秘密,但是,换句话说,其实,每个人又都没有秘密。黄思思这个女人,竟然有本事一路打通环节,搞定了老张和各个部门,简直滴水不漏。在这个时候,许梦安才恍然,她真的小瞧了黄思思。

还记得第一次见到黄思思时,她站在于海身边,只觉得她人畜无害,眼里藏着这个年纪该有的冲劲和野心,但绝无任何咄咄逼人之处。当然,那时候许梦安就能预见,黄思思不是等闲之辈。可是,让许梦安没想到的是,黄思思来到新苗,发表"让许梦安下台"的宣言,不是冲动、不是任性,也不是受了情伤后无的放矢的怨愤,而是一次有计划、有目的、有策略的行动。

黄思思来真的了,许梦安不能再沉默。

李临刚合上讲义,刘院长就笑呵呵地走进了阶梯教室:"不错,不错,你的课还是那么精彩。我刚才遛了一圈,发现你的教室学生最多,出勤率最高。"

"刘院,这是有事啊?是不是我的新实验室没批下来,又黄了?"

"看你,怎么老往坏处想。来,到我办公室坐坐。"

到了刘院长办公室,他也没什么废话,直接给了李临一份红头文件,是关于学院特聘教授的通告。李临看着那份红头文件,一时怔住了。

刘院长笑看着李临:"怎么样,有没有一种如虎添翼的感觉?"

"什么时候的事……我之前怎么一点风声都没听到。而且,我也从没听她提起过。"

"哎,我的李教授,以前呢,大家是挤破脑袋要出国。可是,今时不同往日,有不少人就像梅教授一样,心系祖国,早晚都是要回来的。"

"嗯……"李临还是有点蒙。

"是梅教授主动联系的我们,我们自然是求之不得啊。"

"她主动联系的学校?"

"对,她还说,尘埃落定之前,先对你保密,要给你个惊喜。"

"这个……"李临有些尴尬,"这么多年的老同学了,有什么惊不惊喜的。"

"真的就只是老同学?"

"刘院长你别开玩笑。"

"你主攻的是殡葬礼仪服务,梅教授主攻的是防腐整容和设备方向,你们俩这么一联手,咱们学院的殡葬教育专业一定能在全省,乃至全国拔得头筹。"

"我跟她没法比,她早年就是教授了。"

"你也快了!"刘院长拍拍李临的肩膀,"先不论你的能力,这就是轮也该轮到你了嘛。"

"那……"李临顿了顿,"那既然梅一朵来了,我那个实验室项目是不是也应该推进一下了?"

刘院长大笑："你呀你,我问你,你跟她有年头没见了吧?"

"十年了。"

"你都十年没见你这位老同学、老朋友了,关心的居然还是你的实验室。"

"我倒是想关心点别的,可人家梅一朵根本不需要我关心嘛。"

确实,李临的这位老同学,她在专业上的造诣一直在他之上。如果说,他完全是凭借喜好选择的殡葬学,她则完全是因为热爱。喜好和热爱是不一样的。只有热爱某事,才能心甘情愿为其付出和牺牲。当年她出国深造时,年纪已经不小了,早该成家了,可她硬是顶着各方面的压力,做出了她自己的选择。当然,命运对她也不薄,到美国后不久,她就找到了她的人生伴侣。

刘院长沉吟了一会儿,才道:"此言差矣。"

"什么情况?"

"她下个月就回国了,是一个人带着孩子回来的。"

"她丈夫呢?"

"问题不就在这呢吗,你应该也知道,她现在是离异状态。这独自带着孩子回国,方方面面的,我们不得多照应照应她吗?你们俩老交情了,你比我们了解她,我们既然把她请回来了,就应该想办法把她留下,对吧?"

"梅一朵离婚了?"

"你不知道?"

"我不知道啊。"李临不无诧异,"她既没提离婚的事,也没说要回国。"

"你们到底是不是同学啊?"

李临笑笑:"你这么一问,现在连我自己都有点怀疑了。"

顾医生正准备下班,便看到助理带着李临进来了。李临笑,顾医生也笑。待支开助理,顾医生才道:"无事不登三宝殿,说吧。"

"梅一朵要回国,这事你早就知道?"李临问道。

顾医生坐下,饶有兴味地看着李临:"你怎么不去问她自己?"

"大均,你就别跟我绕弯子了。"

许梦心的这位心理医生叫顾大均,他跟李临本是旧识。不过,李临也没跟许梦安撒谎,这顾大均确实是他通过梅一朵认识的。十年前,被逼婚的梅一朵经历了几次相亲,顾大均便是相亲对象之一。只是,顾大均后来发现"落花有意流水无情",及时知难而退了。

当年的一次同学聚会,梅一朵曾带着顾大均出席过,众人皆以为她找到了合适的伴侣。也就是通过那次聚会,顾大均结识了李临。再后来,梅一朵去了美国,顾大均和李临偶然有过几次碰面,便不咸不淡地联系着。说不上深交,但又不仅仅是熟人。他们中间到底是有根线连着的,这根线,就是离家去国的梅一朵。

前年,顾大均的妻子出了车祸,撒手人寰,加之他们一直没有孩子,他就成了孤家寡人。亡妻的身后事,李临没少帮着料理,他的专业态度让顾大均很是敬佩。李临说,对死亡和死者的敬畏,就是对生命本身的敬畏。通过这事,顾大均倒觉得李临是个可以相交的人,这两年才来往得密切了些。

不过,他们往常是极少提及梅一朵的。顾大均是聪明人,怎能不知梅一朵当年拒人于千里之外根本不是为了学业,而是因为李临。她去美国进修,也有逃离伤心地的意思。至于李临,他又不是驽钝的人,怎会感知不到这一切?他故作不知,是不想大家难堪。再说了,他能怎么说呢,当时的他,早已为人夫、为人父,何况婚前便婉拒过梅一朵的,他选择了许梦安,就是最好的表态。他总不能说:"梅一朵,你快点结婚吧,快点找个人嫁了吧,别等我了。"那未免太自恋,也太可笑了。他只能旁敲侧击地告诉她,顾大均是个不错的人选。尽管,她最终并没有选择顾大均。

此时,顾大均的神色变得有些凝重:"一朵离婚,是去年的事了。一开始她也没跟我说。我和她嘛,偶尔就是邮件往来。有次,她发邮件给我,聊到了离婚这事。她遮遮掩掩,还说是帮她朋友咨询。我直接就问了,这才知道,她的婚姻状况并不乐观……"

梅一朵的前夫是美籍华人,和她是同事。开始几年,夫妻关系还算融洽。她也是很久之后才发现前夫有暴力倾向的,可是,那时候,他们已经有了女儿。前夫对梅一朵拳脚相加渐成家常便饭,她不堪忍受,终于摆脱了这段婚姻。

"我给她做了很多心理疏导,她才算是走出来了。不过,对她来说,换个环境是好事。"顾大均道。见李临缄默不语,便又问道:"是歉疚?"

"我……"

"你没必要这样。不过,即便你有这样的心理,也很正常。"

"我不是你的病人。"

"只要是人,多多少少就都有些问题。无非就是,有的人选择去面对、去正视,有的人选择了逃避。还有啊,一朵将她的人生推倒重来,不是什么坏事。"

"不是歉疚,如果你非要研究我现在的心理,其实,是惋惜吧。我一直以为她过得很好,她也应该过得很好。"

顾大均不说话了,只是笑笑。及至送李临到门口,他才想起了什么,道:"对了,你妻子的精神压力有点大,你要多关心她才是。"

"怎么?"李临顿时紧张起来。

"我现在还不敢确定,不过,能感觉到,她整个人就像一根绷着的弦。"

"大概是工作上的事吧。她一贯要强,即便怀着孕,也不肯放松片刻。我跟她谈过,但我的话,她未必能够听进去……"

许梦安还没有下班,她坐在老张办公室里,跟他面对面。她到新苗三年了,这三年,她披荆斩棘,她也无往不利。她本是想跟他论论的,谈谈她对新苗的付出,谈谈她对他的信任。可是,她又深切地明白,最终能够让自己站得住脚的,绝对不是涕泪涟涟地回忆往昔,也不是理直气壮地历数功劳,而是能力。

"老张,我现在应该还是新苗的内容总监,对吧?"许梦安不温不火。

"当然。"

"那么,我需要公司给我解释一下这个。"

许梦安说毕,打开手机,是黄思思那个短视频 App 内测版的界面。

"你那么认真干吗?"老张笑着,"黄思思刚来,我们也想看看她的能力。新苗新苗,就是要不断有新的苗子进来嘛。"

"黄思思提案,你直接授权,技术部和市场部全程参与,偏是我这个内容总监对此一无所知。然后,你就给我这样的解释?"

"梦安,你急什么……你看你,不要搞一家独大嘛。都是一个部门的,他们又都是你的人,把他们培养好了,你才会轻松。实不相瞒,我之所以直接授权给黄思思,就是怕你有异议。"

许梦安笑了:"这么说,内容中心这些人不中用,都是我一家独大的缘故?"

"你冷静下来好好想想,你有时候是不是过于大包大揽了?这当上司,要懂得用权,更要懂得授权。是,这件事,我没考虑周全,向你道歉。但你也看到了,内测版做得非常好,再过两三个月,就能推出正式版。总不能因为你对某个人有意见,或者需要照顾你的情绪,就影响整个项目的推动吧?"

"老张,我再强调一次,我现在还是内容中心的总监。"许梦安缓缓道,"我对谁都没有意见,我的情绪也不需要你们来照顾。我来找你谈这事,就是想表明两点:一、黄思思越权了,这有违新苗的管理制度。二、这个项目太过激进和冒险,我不赞成将短视频独立出乐活 H 城。对了,这是我反对的理由,书面的!"

许梦安说完,将手里的文件夹轻轻一放,站起来就走。等憋着气走到停车场,才发现自己今天并没有开车来上班。她现在显怀了,李静和李临都不让她再开车,李静更是没收了她的车钥匙。

尽管,许梦安认为,这才怀孕五个多月,并不影响驾驶。她只是怀孕了,不是缺胳膊少腿,她希望身边的人不要给她贴上"需要被照顾的孕妇"这种标签。在行动确实不便的时候,她自己会说。

怀李云阶的时候,许梦安刚在杂志社站稳脚跟,跟现在一样,在工作上,她一秒都没有松懈。是,怀孕期间,女性的生理和心理都会经历巨大的变化。不过,如果身边这些人保护过度,限制了孕妇的一些自由,反是好心办了坏事。

"许总监,要不要我带你一段?"一辆白色的车子停在了许梦安面前,车窗半敞,露出了黄思思的脸。

"好啊。"许梦安笑着打开副驾驶座的车门,很坦然地坐了进去。

黄思思大概没想到许梦安真的会坐进来,脸上有些微微的诧异。

许梦安问道:"我家在景华苑,你知道怎么走吧?"

"噢,当然知道,好地段。"

"你的新项目很不错,App 的内测版也堪称完美。"许梦安目视前方。

黄思思愣了愣,拉下手刹,踩了油门:"承蒙夸奖。"

"只是,如果你还在于海那就好了,他能最大限度地把这个项目做好。"

"许总监,你这话,我可就听不懂了。"

"听不懂没关系,到我家还有段路,我可以好好给你分析分析。"

"是吗?那就受教了。"

"于海为人强势,认定了要做,就会清除一切障碍,让项目零阻力地往前推进。可惜,你现在是在新苗。我只能说,你还不了解新苗。"

"愿闻其详。"

"老张这人优柔寡断,董事会那边呢,细枝末节的事,又总是要横插一脚。今天,老张觉着你的项目好;明天,他又会有新的想法。简单来说,于海知道自己要什么,知道自己在做什么、想做什么,而老张不知道。黄思思,你没必要给自己招惹麻烦。至于我,我不希望乐活 H 城因此遭受损失。"

黄思思笑出了声:"怎么,你刚才说不动他,所以,跑我这里来……等等,如果我没理解错的话,你这话是不是有威胁我的意思?"

"等等……"许梦安学着黄思思的口吻,"好像是你让我上车,说要送我回家的吧?"

"有意思。"

"我知道,你说你要取代我的位置,只是句气话。你的目的,既不是取代我,也不是为了给你自己一个更好的平台,或者说,这二者不是你的目的,而是你的手段。你真正想要的,是跟于海唱对台戏,跟他对着干。最好,有一天能把他干趴下,让他不得不正视你,甚至仰视你,对吧?"

一阵急促的刹车声响起,黄思思的车子在路边停了下来。

"这么说,我猜对了?"许梦安扭头看向黄思思。

黄思思双手紧握方向盘:"你是不是觉得自己特别聪明?"

"这不叫聪明,我也是女人。你的私生活,我不想多评价了。但是,你这个项目确实不错,让我不得不重新审视你。赶在蓝海传媒之前,做出 H 城第一个短视频社交平台,抢占先机。且不说结果,就这个过程,它本身就会给于海造成威慑。"

"当然,他即便是想做,也来不及了。没有意外的话,这个 App 两个月后就会正式上线。"

"我问你,平台一旦全面开放,审核机制该如何搭建?大量内容的流入,如何避免同质化？还有，如果于海反扑，以他的能力和魄力，你想好怎么应对了吗？一个在感情上受了伤害的女人，她发誓要让那个男人追悔莫及，爆发力确实不容小觑。可是，同样的，一个被前员工抢占了先机和市场的老板，他也会翻脸不认人，分分钟教你做人的。"

"你就那么了解于海？"

"当然，我们认识实在太久了。尤其是我到新苗后，他没少跟我对着干。他是什么路数，我能不知道？"

黄思思笑着："那你想过，他为什么要跟你对着干吗？"

"蓝海和新苗本来就是竞争对手，市场就这么点大，这是必然。"

"不对……也对，但是，还是不对。这一回，你错了。"

"怎么？"

"和我一样，我想让他高看我一眼，让他追悔莫及。而他呢，他不过也是想让你高看他一眼。以你的聪明，应该能理解这句话的意思吧？"

许梦安蒙了一下。黄思思继续说着："别装糊涂了，他心里一直还有你。于太太其实挺傻的，她跟我较什么劲呢？我在于海那，什么都不是。"

"他和我是朋友。"

"是啊，朋友。我还真没见过这么好的朋友。于海其实不喝咖啡的，你不知道吧？因为你爱喝，他的办公室里一直放着咖啡机。哪怕是重新装修了，哪怕旧的那台还好好的，也不忘换一台更好的。新的这台，还是我给他买的。明明是自动的，带着磨豆功能呢，结果，他给我看了篇你写的小文章，里面提到了手摇磨豆机，他让我再加一台这个……"

许梦安摇头："黄思思，你的想象力很丰富。"

"我在他手底下工作那么多年，从没见他喝过咖啡，也从没见过他跟别人喝咖啡。"

"开车。"

"许总监，于海的婚姻摇摇欲坠，罪魁祸首不是我，而是你。你刚才说，你不想评价我的私生活，讲真，我和于海的事谁都可以评头论足，唯独你不可以。因为，你没有资格。"

"胡说八道！"许梦安伸手去开车门，只是车门被锁住了，怎么也打不开。

"你别激动。不把你安全送到家，我是不会让你下车的。仔细想想，谁的人生不是这样呢，上了什么车，什么时候上车，什么时候下车，这些，事事处处都不会由人。如果想掌控人生，手里就得握着方向盘……噢，一点突发的小感慨。你坐稳了，我们走着。"

第十三章
夫妻本是同林鸟

1

许梦安刚走到楼梯口，就看到了李临。

"今天这么晚下课吗？"许梦安一边按着电梯，一边问。

"哦，学院里有点别的事，耽误了。"

电梯门开了，走进电梯后，李临发现妻子的脸色有些难看。他不无关切："你这是怎么了？"

"一言难尽。"

"要是工作压力太大，你真的可以考虑一下休假。你总觉得孕妇跟普通人没区别，别的不说，你的年纪毕竟摆在那……"

"是啊，我的年纪毕竟摆在这。到了，回家吧。"许梦安勉力挤出一丝笑容。

妻子的状态，让李临很是犹豫，不知道是否应该将梅一朵回国的事告诉她。不过，最关键的并不是梅一朵回国，而是，她即将成为他的同事。要是不跟妻子说，有天她知道了，定会多心；要是说了，以她此时的状态，搞不好会有诸多臆想。毕竟，既然梅一朵打定主意回国，又要跟李临做同事，为什么不早点告诉他？她到底在想些什么？她的葫芦里卖的什么药？

李临想的这些，许梦安也能想到。也许，她还会想更多……所以啊，这位老同学,哪是在给李临惊喜,分明是要给他惊吓。

见弟媳妇郁郁寡欢,饭也没吃几口就回卧室了,李静准备了些水果,让李云阶给送进去。

"妈,你吃那么点可不行呀,姑姑说,就算你不想吃,小葡萄也要吃的。"李云阶极为认真地看着许梦安。许梦安笑着:"我只是有点不舒服,没事的。等会儿我要是饿了,再吃点夜宵呗。"

"你听说没有……"李云阶神神秘秘地道,"大萍姐要结婚啦。"

"咦……"

大萍是兰香的女儿,在许梦安印象里,这姑娘不过 20 岁出头。

"姑姑刚才跟表姑打电话,我听到的。大萍姐的男朋友要去提亲……"说到这儿,李云阶笑了起来,"妈,这都什么年代了,怎么还要提亲啊? 我还以为是古装剧里才有的呢。"

"这是习俗,有的人家会比较讲究。再说了,谈恋爱是两个人的事,结婚可不是……结婚是两家人的事。"

"姑姑说,表姑这是在卖女儿,还骂她了呢。"

"小孩子家家的,你知道什么呀,别瞎说。"

"真的,我亲耳听到的,表姑说,要大萍姐的男朋友拿一笔钱,十几二十万呢。要是拿不出来,她不同意他们结婚的。"

"这是表姑家的事。"

"我就是觉得好笑,表姑也管得太多了,大萍姐都是成年人了。大萍姐好惨,要赚钱给弟弟买房,还要把自己卖给她的男朋友……"

"云阶,"许梦安一手扶着女儿的肩膀,注视着她的双眼,"咱们家有房子,等你和葡萄长大了,喜欢住就住,不喜欢住,你们有能力了,可以自己买。暂时买不起,就租。你们恋爱也好,结婚也好,只要是你们自己看中的人,爸妈不会有任何意见。"

"真的吗?"

"你害怕我们把你卖了呀?"

李云阶低头:"那可说不准。"

"你的小脑袋里都在想些什么嘛,恋爱啊结婚啊,这些对你来说还早着呢。眼下最重要的就是……"

"又是什么'好好学习,考个好学校'之类的。"

"你看,你都知道呀。快去复习功课。"

"反正,什么事你最后都能扯到学习上。我本来还想跟你聊会儿天呢,算了。"李云阶不高兴了,走的时候,把适才拿来的水果又端了起来,"你不吃我吃。"

李云阶走到门口就撞见了老爸,老爸看起来鬼鬼祟祟的。

"作业都写完了?"老爸问。李云阶冷哼了一声,自顾自走了。

"这孩子……"李临进了门,顺手把门给关了,转向妻子:"有个事想跟你说。"

"是兰香的事吧?"

"嗯?"

"大萍的婚事嘛,既然男方要去提亲,兰香姐总得回家张罗吧。我会预支半年的工资给她,回了家,少不了得打点。她常年在外面,她那个老公还不定把家里折腾成什么样。未来亲家来了,家里怎么也要像个样子的。爸妈那边,我们再给物色个阿姨吧。要求不高,手脚利落,身体健康就行。回头我让你姐帮忙找找。"

妻子的思路总是这么井井有条。

"你安排就行,不过……我要说的不是这事。"李临只觉一双手无处安放,揣兜里不是,拿出来也不是。

看着有些紧张的丈夫,许梦安笑笑:"还有什么事?"

"事情比较突然,总之,我是如实告知,望你能客观对待。"

许梦安更觉有趣了:"说呗。"

"是梅一朵。"

"哟……"许梦安坐直了身体,"人家来找你啦?"

"别开玩笑,我正经跟你说事呢。"

"那就一次性把话说完,别跟挤牙膏似的。"

"她离婚了,要带着孩子回国,挺不幸的,前夫家暴。回国后,她会来我们学校任教。"

"你也刚知道吧?"

"你怎么知道我是刚知道的?"

"我还不了解你? 要是她早就跟你说了,你会不告诉我吗?"

"哎哟……"李临如蒙大赦,"许梦安啊许梦安,我真的小瞧了你。"

"你以为我会怎么样?"

"我怕你乱想。"

"李临,我发现你这人挺自恋啊。是,梅一朵以前对你确实是一片深情,非你不嫁,各种作。她还给我写过信呢,说这世上只有她对你是真爱,只有她懂你。可是现在不一样了,她经历过婚姻,在美国生活了十年,回过头来再看你,早就物是人非事事休了。"

"是,是。"

"复读机啊你,是是是的。她在外面生活了那么久,回来总有不适应的地方。再说,单亲妈妈不容易。既然人家回来了,跟你成了同事,咱该帮忙就帮忙,没什么的。"

"有你这些话,我就放心了。"

"家里家外的,让我操心的事多了。我要是为这点小事跟你掐,咱俩早就崩了。"

"你饿不饿,我去给你把饭菜热热?"

"行了,别献殷勤了,有这工夫,你还是督促一下你女儿的学习吧。她最近心不在焉的,咱们得盯紧点。"

这次月考,李云阶的成绩并不理想。怎么说呢,她原先在班里的排名一直就处于"上不上,下不下"的状态。这一次倒好,直接排到了中档。要命的是,下个学期还要体能测试! 体能测试的那几项里,800 米跑简直就是李云阶的噩梦。一想到这些,她就怎么也高兴不起来。

李云阶开始觉着学习费劲是上初中后。她的各科目学习成绩跟她的各项才艺表现一样,没什么不好的,但奇怪的是,就是没有拔尖的。有几次考试,何璐的英语分数都比李云阶要高。何璐说,那不过是她运气好。李云阶可不这么看。比起其他科目,何璐最喜欢的是英语,平时没事总爱哼个英文歌什么的。只是"爱学习英语的好学生"的设定会让何璐看起来没那么酷,她自己当然不愿意承认了。

朱可馨给了李云阶一份学习计划表,说她之前就是照着这个严格执行的。李云阶一接过写得密密麻麻的表格,登时就有些眩晕了。朱可馨以前真的是在拼命啊,连上洗手间的时间都有限定,小号一分钟,大号不超过三分钟。

"我都想明白了,考不考得上,都是我的命。我不想拼了。"朱可馨说。

李云阶本想说些"不能让你妈妈失望"之类的话,可是,以前那个心事重重的朱可馨和现在这个,大家更喜欢的显然是后者。

还有啊,作弊事件后,朱可馨不再担任学习委员,不再是那个整天板着脸的女生,那时候的她,好像班里谁都欠着她十份作业似的,可招人烦了。

孩子们记性好,但是,忘性也大。就这样,"朱可馨作弊事件"呢,渐渐地,就被302班的同学们抛诸脑后了。

因为李云阶的缘故,朱可馨现在也算是何璐的朋友了。不过,这两人总是有些不对付,没事老爱互怼。此时,三个女孩的QQ群里,她们俩又吵起来了。李云阶索性关了对话框,翻开了一套语文模拟卷。这套卷子还是王哲推荐的,说是"题型很好"。他说这话的时候,就跟何璐在说"裙子很美"的状态一样,有种非常欠揍的小傲娇。怎么就"题型很好"了,李云阶可是一点都没看出来。譬如这道阅读题,让回答"读了本文,你得到了什么人生启示",她是半个字都写不出来,很希望有人能给她启示启示。

这几个月以来,许梦安的睡眠质量不太好。这会儿,她被丈夫的鼾声惊醒了,轻手轻脚下了床。她走出房来,看到客厅里灯还亮着,李静坐在沙发上,戴着副老花镜,正研究着手机。大概李静自己也觉出大家并不爱吃什么养生餐,用手机下载了个菜谱App,没事的时候总爱拿出来看看。

"姐,你怎么还没睡?"许梦安问道。

李静朝李云阶房间的方向努努嘴:"那位还用功着呢,我本来想着,万一她要是饿了,好给她准备夜宵。刚问了一嘴,人根本没工夫搭理我,说是什么都不想吃,她烦着呢。"

"都是惯的。姐,我不是说了吗,你别太操心这些。孩子要是饿了,家里现成有吃的,给她准备的零食和水果还少吗?"

"哟!"李静一拍脑袋,"你也该饿了,我去给你下碗面。"

"别……"许梦安话还没说完,李静就跑进了厨房。不消十分钟,一碗清清爽爽的面条就摆在了许梦安面前,李静还准备了一小碟腌豆角。

"其实,这种腌制的东西最好少吃,盐分太高,不健康。不过,偶尔吃点应该没事,开开胃吧。"李静道。

这段时间的朝夕相处,让许梦安对李静有了新的认识。李静这人,其实很简单,为人爽直,不藏着不掖着,也是掏心掏肺对人好的。

"对了,姐,我刚才听云阶说,说是大萍要结婚了?"许梦安搅动着碗里的面条,腌豆角果然让她胃口大开。

李静又是叹气又是苦笑地道:"我都没脸说。"

"这不是喜事吗?"

"喜事都快变丧事了……"

"怎么?"

"大萍找了个男朋友,一个厂子的。听大萍说,小伙子人很实在,对她也好。那么,都是年轻人,一来二去的,就擦枪走火了……大萍怀孕啦。"

"怀孕了? 这么快?"

"大萍还小,结婚的事,本来不急的。两个人再好好干几年,攒点钱再说嘛。可是这一怀孕,肚皮一天天大了,再不领证,说不过去吧?"

"那是自然的。"

"兰香和她那口子,拿大萍怀孕说事,狮子大开口,直接问人小伙子要 20 万。小伙子家境不好,父母根本帮不上忙,不拖后腿就够好的了。他自己一个月就赚三五千,不吃不喝也得存个三五年吧? 等存够了钱,他们的孩子都会打酱油了。"

许梦安蹙起了眉头。李静继续道:"兰香振振有词,说要是大萍不嫁人,还能帮家里赚几年钱,她这一怀孕,损失大了……把我气得不行。她自己这辈子就不争气,现在还要把大萍给毁了。"

"大萍人在哪儿呢?"

"愁的就是这个。她也是的,一言不合就和男朋友一起辞职了,跟人回老家去啦。说是,你们不让我嫁,那我就自己嫁。兰香急得没办法,说要请假,跟大萍爸去抓人呢。大萍就威胁他们,说他们要是去了,她就死给他们看。"

"可别出什么事,我还说给兰香姐预支点工资……"

"千万不要,不管你给她多少钱,她转手就会给大萍爸。那家伙就是个无底洞,多少钱都能给败光。她眼里,只有老公和儿子。我只心疼大萍啊,多好的姑娘啊,怎么就生在那种家庭了!"

"你也别上火,事情总有办法解决的。"

"兰香不想人财两空,让我当和事佬,让我劝大萍呢。"

"怎么劝?"

"怎么劝? 不劝! 不但不劝,我明天还要给大萍打笔钱,让她好好养着,安安心心把孩子生下来。"

"你可真行……"许梦安笑了。

2

这天,黄思思拿着她的项目,在内容中心的例会上,假模假样地向许梦安汇报了起来。许梦安知道,这一定是老张授意的。她本想再坚持,可是瑞秋的建议是不要徒劳了。既然她把项目的风险和弊端都上报了,也已尽到职责,那么,不如顺着那些人的心意,顺水推舟也罢。

会后,阿木和小荷跑到许梦安办公室,他们对她的行为很是不解。她不想多解释,阿木愤愤然,表示绝对不能认尿。

待这两人义愤填膺地走了,许梦安接到了于海的电话,说要约她吃午饭。她本不想去的,可是他说,有重要的事情要跟她谈。

"听说黄思思做了个项目……"手机那头,于海的语调很是意味深长,"我想跟你谈的,就是这件事。"

两人约在了新苗附近的一家西餐厅,许梦安步行就能到。

于海打着手势叫来服务员,待许梦安点完单,他给自己点了杯咖啡。

"别喝了，换一个吧。"许梦安道，转向服务员："给他来杯红茶。"

于海道："怎么啦？我喜欢咖啡。"

许梦安笑笑："我不喜欢，现在闻不了那个味。"

"你这也变得太厉害了吧，还记得以前……"

"我没工夫跟你忆当初，有事说事。"

"说得好像你分分钟上下几百万似的。公事归公事，也要先让我跟你念念旧吧。因为，我等下要说的这事，一旦说开，咱俩可就势不两立了。"

服务员还立在一边："先生，给您上咖啡还是红茶……"

"必须咖啡啊。"于海说着，挥手让服务员走了，转头对许梦安道："那会儿你在学校外边的咖啡馆打工，年纪也跟这个服务员差不多吧？那家店的咖啡卖得还挺贵，你总舍不得喝……"

在咖啡馆打工是许梦安上大一时的事，那会儿父母要供她和妹妹上学，家里确实有些捉襟见肘。普普通通一杯咖啡就要十几二十块，许梦安怎么舍得喝？有天许梦安生日，于海带着一帮子同学来了，说要给她庆祝，又是蛋糕又是咖啡的，把咖啡馆里能点的都点了一遍。

"这玩意儿有什么好喝的，跟喝中药似的！"于海猛地灌下去大半杯，逗得大家直乐。

咖啡本身不过如此，但"喝咖啡"是许梦安当时特别向往的生活状态。她向往着将来有份不错的工作，经济独立，咖啡嘛，想什么时候喝就什么时候喝。

于海的家境很一般，相对来说，还是许梦安家里宽裕一些。为了凑够给许梦安过生日的钱，于海各种乱七八糟的活没少接，什么派传单、贴小广告。这喝的哪是咖啡，分明是他的血汗。许梦安心里极其过意不去，待于海过生日的时候，用积攒了很久的钱，给他买了份在当时来说很是贵重的礼物。

对现在的许梦安而言，"喝咖啡"不再是享受，仅仅是一种习惯，或者说是为了提神。如今的她和于海，早就实现了学生时代的种种理想，也过着在别人看来不错的生活。只是，他们的忧虑和困顿，并不比当年少。

许梦安看着小口品着咖啡的于海，想起黄思思跟自己说的那些话，一时有些无措。她想要表明的，是她以为于海早就了然于心的。

"好了，谈正事吧。"于海清了清嗓子。

许梦安放下手里的刀叉："说。"

"哦，我打算起诉新苗。"

"什么仇什么怨，我们怎么冒犯你了？"许梦安故作镇静。

"黄思思那个项目，是她在我们公司的时候就牵头做过的，知识产权不属于她个人，更不属于你们新苗。喏，"于海掏出来一份文件，"这是相关产权归属证明。黄思思涉嫌泄露商业机密，不过，我要起诉的不是她，而是新苗。新苗窃取我公司的知识产权，证据确凿。"

许梦安笑了笑："我应该说点什么？"

"我这是正式告知，相关程序已在启动。"

"在这？和我？不不不，于海，请你直接将律师函发到我们公司，我们自然会有人跟你对接。这个人，不会是我。"

"贵公司的行为严重侵犯了我们蓝海的利益。"

"那么，你在包里放录音笔，也侵犯了我的个人隐私。"

"你……"于海有些惊讶。

"拿出来吧。"

于海摇摇头，果然从包里掏出了一支录音笔。许梦安顺手接过来，把它关了。

"于海，你在套路我。什么证据确凿，怕是证据还不够起诉的吧？"

"在商言商，希望你能理解。"

"很好，希望以后，我们都能在商言商，公事公办。不过，在这之前，我很好奇，如果黄思思真的涉嫌泄露商业机密，你为什么不起诉她？"

"我不想为难她。绝交还不出恶语呢。"

"是你不想为难她，还是你不想亲自为难她？假设啊，假设我公司真的侵害了贵公司的利益，这一切是黄思思带来的，那么，我们新苗第一个要处理的就是她，这个逻辑，没错吧？"

于海笑而不语。

"这一招，听起来很复杂，不过就是四个字——借刀杀人。你就那么狠吗？"

"那个项目不是她一个人的，是属于我们公司的，是团队的。"

"我对此一概不知,不知道你说的到底是什么项目,也不知道你刚才说的都是什么意思。"

"那个 App 都内测了,你会不知道?"

许梦安盯着于海的眼睛,一字一顿地说:"不知道。"

"你是新苗的内容总监!"

"听你这口气,还要起诉我不成?"

"许梦安!"于海笑,"可以啊,成长得挺快啊。"

"拜你所赐吧。赶紧吃,多吃点,吃完了好回去研究怎么起诉我们。知识产权的官司可不好打呀,道阻且长呢。"

"你说,"于海打量着许梦安,"你这样的人,怎么就不能待在我身边呢?没法和我白头偕老,这是你的不幸,我就不说了。怎么你就不珍惜跟我共事的机会呢?唉,我可还给你留着位置呢。"

"想知道原因?"

"想啊,太想了。"

"于海,我还是那句话,咱俩不是一路人。以前不是,现在不是,以后也不是。"

许梦安到公司后,就把黄思思叫到了办公室。

"无耻……太无耻了!"黄思思的脸都青了,双手握成拳,尖尖的指甲抠到了肉里,"这是我的 idea(创意)!"

"你跟我说实话,它是不是你从蓝海带过来的?"

"我确实跟于海说过这个案子。"

"不对,你没说实话。"

黄思思沉默着。许梦安又道:"如果你骗我,我没办法帮你。"

"你为什么要帮我?"

"我不想让公司遭受损失。帮你,只是顺便的事。这个回答,你满不满意?"

黄思思木然坐下,缓缓道:"在蓝海的时候,我提交过方案,也进行了几次内部讨论。"

"好，那你研究过蓝海的劳动合同吗?"

"我……"

"据我所知，蓝海跟新苗一样，员工入职的时候，在劳动合同里就加入了知识产权的限制条款。只要是在职期间，你的项目就归公司所有。这叫职务作品。本来，你离职后，第一时间去注册，还能避免这种事情的发生……可是现在，应该是来不及了。于海虽然没有什么充分的证据，但是，这个项目他肯定已经去注册了。所以，他要起诉的是新苗，不是你。"

"我没想到他是这样的人!"

"大家彼此彼此吧。你现在或许有情绪，觉得自己看错了人，觉得自己做错了事，失望、难过、焦虑、痛苦，但这些解决不了任何问题。"

黄思思抬头，看着许梦安:"我去找他!"

"你……"

黄思思再没耐心听许梦安说什么，转身匆匆离去。

许梦安也站了起来，她有必要去老张办公室一趟了。

老张怎么都没想到会有这样的插曲，直言看错了人。

以前，许梦安觉得老张这人张口闭口跟员工谈感情、谈理想、谈未来，挺重情义的，何况她还偏偏就吃这套。但是，愈是相处，愈是觉着老张表现出来的性格，不过是他外边的一层皮。他要拿黄思思来制衡许梦安的时候，说黄思思是人才，要委以重任，还给了越级授权;现在，黄思思惹了祸，他又说"看错了人"。总之，她许梦安该汇报的已然汇报，具体该怎么应对，就让老张自己琢磨去吧。

许梦安刚从老张办公室出来，就遇到了瑞秋。瑞秋拉过许梦安，小声说:"你妹妹来了。"

"她怎么来了?"

"我是在前台那边遇到她的，前台让她给你打电话，她打了，没人接，正在那闹。我把她领进来了，在你办公室呢。"

"我手机在充电呢，她……你们俩还真有缘分，每回她来都能被你撞上。"

"小荷给她泡了茶，拿了点水果，稳住了。对了……"瑞秋的声音更低了，"我刚才看黄思思气冲冲跑出公司了，出事了?"

"说来话长，我还是先回办公室吧。咱俩回头再聊。"

许梦心一见姐姐来了，嘴巴一扁，眼泪便夺眶而出了。

昨天，妹妹在微信上跟许梦安说了，说是在家里闷坏了，要抱着孩子出去转转。妹妹那个社区有个亲子微信群，之前也搞过几次线下活动，但她一直没有参加过。这次她主动提出，许梦安当然是举双手赞成的。许梦安想来想去，妹妹的眼泪怕是跟这次线下交流会有关系。

"我今天遇到我大学同学了……"妹妹终于说话了，"在那个活动上。要是知道她也在，我就不去了。"

"她怎么啦？"

"我没想到，她居然也能当我的邻居！前几年还说自己穷，交不起首付，连小两居都供不起。现在好了，得意得不行，说自己一手事业，一手家庭，创业了，发达了，结婚了，全款买的排屋，还是婚前买的！"

"既然你们是同学，她日子过好了，你也应该替她高兴。"许梦安微笑着，"再说了，心心，你的生活也很好，不比她差。"

"是，本来我是挺开心的。可是她说话太伤人了，说什么女人一定要有自己的事业，没有事业的女人，就没有家庭地位。还说花男人钱不叫本事，自己买花自己戴才叫本事！"

"人家这话也不是针对谁的……"

"针对啊，怎么不针对！而且，她针对的是我！上大学的时候，我跟她的关系就有点僵。我结婚的时候邀请她了，她都没有来，摆明了看不上我。我怎么了？姐，我就是喜欢老贾，喜欢他的人，也喜欢他的钱，我做错什么了？"

"你跟你同学，谁都没有错。她有事业，你也有事业，你的家庭就是你的事业。"

"我就是气。"

妹妹越来越激动了，许梦安打算转移一下话题，便问："小西瓜呢？"

"在家，刘婶和老贾看着呢。"

"这样，咱俩等下一起吃个饭，我给老贾打电话，打个招呼，省得他担心。"

许梦心摆手："别,你不提老贾还好,一提我就更气了。"

"他又惹你生气了?"

"就我那个同学,今天还说起投资的事了。说是有家民宿不错,让我也投点钱。钱也不多,就二三十万,我当场就答应了。回家我问老贾拿钱,他怎么都不同意!"

"就二三十万",这句话是如此轻描淡写。从没为钱担忧过的许梦心永远也理解不了,就在她身边,兰香母女俩,如今正为了一笔差不多数额的钱,反目成仇。

"投资了就会有回报,我也想赚钱啊。"许梦心继续说着。

"投资有风险,可不一定会有回报的,要是亏了呢?"

"亏就亏了呗,老贾做生意不也这样吗? 有赚钱的项目,那就有不赚钱的。说白了,他现在就是舍不得给我钱了。昨晚还跟我碎碎念,让我别大手大脚,别老是买买买。"

许梦安仍然耐着性子劝:"心心,投资的事,咱们再了解了解,这不着急。你真的想赚钱,等身体养好了,再从长计议。"

"养不好了……"许梦心已经把手里的纸巾揉得稀碎,"看我这一身肥肉,也难怪老贾舍不得为我花钱了。"说着,又梨花带雨起来。

许梦安担心妹妹回自己家又要生事,借着一起回家看看许父的由头,拉着她来到了许家小院。

早就得到通知的许母,正张罗着火锅。火锅的底座是一只红泥制的小炉,瞧着有年头了。今天上的是鸳鸯锅,一边是清汤,一边是麻辣。牛羊肉切得极薄,锅里滚一滚就好。几个油碟也是精心调过的,其中芝麻酱的香味非常诱人。

姐俩入了座,许梦安才发现兰香一直没有出现。问了许母,说兰香感冒了,吃了药在屋里躺着,不出来见她们姐俩,是怕传染给她们。许梦安知道兰香这是害了心病了,琢磨着吃了饭去看看她。

H城的冬夜,清冷里带着湿气,吃火锅是再好不过的。这么聚着吃饭,姐俩都没带老公和孩子,倒是很久很久没有过啦。火锅升腾着水雾,许梦安只觉得老爸、老妈和妹妹都显得朦朦胧胧,这久违的场景,让她想起了少时的许多事。

"心心,你爱吃牛肉,多吃点。跟你说呀,火锅呢,外面的都不健康,还是在家吃最好。你想吃了就给妈打个电话,什么时候都能给你准备。"许母不停地给许梦心烫肉,怕烫生了,又怕烫太熟了,一双眼盯着肉,一双筷子轻轻地在锅里搅动,嘴里重复着"作孽作孽,心心吃苦头了"。

"你,你也吃。"许父对许梦安说。

"我吃着呢。"

许父拍了许母一下,再朝许梦安努努嘴。

许母把一筷子牛肉夹到了大女儿碗里:"大姐,你也要多吃点。"

"好。"

"大姐"是懂事的,她的懂事仿佛与生俱来。在许母这里,大女儿不只是女儿,她更是个帮手。而现在,这个帮手还成长为了整个大家庭的顶梁柱。顶梁柱是不需要太多疼爱的,像小女儿这样的才需要。

大概是吃了喜欢的饭菜,许梦心的情绪总算好起来了,只管躺在沙发上玩手机。这么看来,还是没结婚来得好,要是不结婚,就可以一直住在娘家,不用为那些鸡零狗碎的事情烦心。

兰香正在房间里打电话呢,隔着门缝看到许梦安来了,连忙挂断。

"可以进来吗?"许梦安问。

"噢,是梦安啊。"兰香忙站起来,"我感冒了,也没顾上招呼你们。你别靠我太近,传染给你就不好了。"

兰香本来就瘦,此时见了,因为凹陷的双颊,更觉憔悴。大概是休息的缘故,她只穿了套夹薄棉的家居服,粉紫色的,还簇着白色的蕾丝花边。

许梦安只觉这套家居服面熟,兰香拘谨地拉了拉衣领:"这衣服是你妈给我的,说是心心的,穿了几次就不要了。我看着怪可惜的。"

"我妈也是,这都不合身。天冷了,你自己去店里选套合身的,我送你。"

"不了不了,"兰香忙道,"别花这种冤枉钱。"

"那个……"许梦安坐下,"兰香姐,大萍的事我都知道了。"

"我没脸了。"兰香只站着,"把孩子养成这样,我是真没脸了。"

"这是你的家事,按说,我们也不好讲什么的。就是,我看你这样,怎么说呢,你这样下去总不是办法。先宽宽心，我们一起想想办法吧。"

"我跟静姐说了一嘴，被她骂了一顿，我再不敢麻烦你们了。"

"现在到底是个什么情况？"

"你来之前，我刚跟大萍爸打完电话，让他松松口，好歹先把孩子的婚事给办了。他就是不听我的……"兰香无力地坐下，"我能怎么办嘛，在家里，我又不是能做主的。"

"要是按礼俗办，男方给彩礼也是应当的。你看啊，能不能根据对方的实际情况，你们两边再商量商量？"

兰香见许梦安说话公道，听口吻也确实是想帮忙的，这才卸下心防："静姐没有女儿，哪知道我们这些有女儿的，我们的心思。"

许梦安便笑："是的是的，大萍也有不对的地方。"

"就是这话，哪能就这么跟人走了，还是怀着孩子……到了人家里，人能好好对她吗？怎么，这是上赶着要跑我家里来当儿媳妇了？以后吃了苦头，就晚了！"

许梦安点着头。兰香的话匣子打开了："原想着，大萍再打几年工，我这也努努力，我们娘俩一起攒点钱，把老家的房子修修，再给大明存笔上大学的钱，然后啊，我们就一起回老家。等回到老家，给她选个好人家，离得近些，我们娘俩也能常见面，她还能帮衬帮衬我。没想到她……"

"缘分的事情是算不到的，她自己喜欢就好。"

"我也没说不让她嫁，就是养了这么大的女儿，说走就走了，就跟拿刀扎我似的。要是大萍爸有本事，我也不会这么为难。什么彩礼不彩礼的，要是有钱，让我陪嫁个宝马奔驰的都不在话下。"

许梦安忍不住笑起来，兰香自己也笑了。笑着笑着，两人又都敛了笑容。因为，她们聊的这些事，实在没有什么可乐的。

兰香又道："我家里，现在就靠我们娘俩呢。大萍一嫁人，就等于卸了我一条胳膊。"

"大萍爸那边，看着找些事情做才好。"

"我劝过的，没用。但凡有用，我们家的日子也不会过成今天这样。"

"你也别急，自己保重身体吧。我爸恢复得不错，你请个十天半个月的假，回去跟大萍爸再议议,总能想到办法的。"

兰香很是感激:"我这……我都不知道说什么好了。"

"我妈还给你留着饭菜,要是等会儿你饿了,自己热热。我先走了,还要送心心回家。"许梦安说毕,按了按兰香的肩膀,转身走到了门口。

"梦安,你等一下……"兰香叫住了许梦安。许梦安回头,见兰香吞吞吐吐。

"兰香姐,怎么了?"

"你刚才说要给我买套这种夹棉的睡衣……"

"是啊。"

"我不要,就是,你能给大萍买一套吗?听说那边比咱这里要冷,她这都怀孕了,总要穿得暖和点。"

听了这话,许梦安登时哽咽:"行啊,你说了算。"

"唉,唉,我就说,我到了你们这里,我也是个有福的。"兰香的眼里闪着晶莹,嘴唇微微哆嗦着,"我就希望,大萍也能有福。"

3

许梦安姐妹俩刚走到巷子口,就看到了老贾的车。老贾有好几辆车,眼花缭乱的。许梦安能记住这辆,不是因为别的,而是因为这辆最为低调。

许梦心皱眉:"他非开这辆干吗,让街坊邻里看了,还以为我们家怎么了呢。再说了,这车他们公司的人谁都开过,里面一股子味儿,我可受不了。"

"就非得让全世界都知道你嫁了个有钱的老公,你才高兴,是吧?"许梦安有些无奈。

"你怎么说话呢,等会儿还要送你回家的,你要是坐得惯,我无所谓啊。"

"咱妈在夜市摆摊那阵子,你坐在她那辆三轮车后头,也没见你嫌七嫌八。"

"许梦安你过分了!我说错什么了?我就是嫁了个有钱有本事的,我就是要让大家都知道,怎么了?这年头就是这样,钱就等于本事,没钱一切都白搭!有钱了,谁都会高看你一眼;要是没钱,就等着受气吧。就那个兰香,还不就是因为嫁了个穷光蛋吗？穷得都要卖女儿了！谁能看得起她？"

见老贾已经下车，许梦安的声音变得低沉："许梦心你给我听好了，产后抑郁症是一回事，张嘴闭嘴看不起这个看不起那个又是另一回事。那就不是心理有问题，是脑子有问题了！"

许梦心拽住姐姐的手腕，正欲发作，姐姐却轻轻甩开了她的手，扭头走了。

"大姐，大姐，我送你回家……"老贾迎过来，忙不迭说道。

许梦安道："不用了！"

直到许梦安消失在转角，老贾才问许梦心："大姐这是怎么了？你俩又吵架了？"

"怎么了？你还好意思问？那么多车，你非要开这辆来，脑子抽风了吧！"

"我……"这么冷的天，老贾却冒了一脑门的汗，只道，"我没想那么多，随手就开过来了。走吧，上车，回家再说。"

"鬼才跟你回家，你给我叫辆车。你这个，我不坐。"

老贾没办法，只得滑开手机叫车。等车时，许梦心仍在那碎碎念，老贾将脖子里的围巾解下来，想给她挂上，被她推开了："上面全是烟味，我不要！"

老贾笑笑，重新将围巾圈到自己脖子上，道："心心，你就那么嫌弃我吗？"

许梦心没有说话。老贾又道："要是有一天，我连这样的车都没得开了，你会怎么样呢？和我离婚？"

"什么意思？"

"人有旦夕祸福。生意上，我顺风顺水那么些年了，也许，往后我就会摔跟头了，会摔一个让我翻不了身的大跟头。真的到了那种时候，你撑得住吗？"

"贾浩文你神经病吧。"

"都说夫妻本是同林鸟，大难临头各自飞。心心，不管你怎么做，我都能接受的。"

"别开玩笑了，不可能！"

"不可能什么？我不可能千金散尽，还是你不可能离开我？"

"你疯了……"

"有一天，你过不了现在这种生活了，出入没有豪车，家里没有保姆，甚至，连住的地方都没有……也许，你都想象不出来吧。是啊，你怎么想象得到……"

"你真的觉得，我嫁给你，就是为了你的钱？"

"应该不是吧，至少，不全是。"

"不全是？原来，我许梦心在你眼里就是这样一个女人……"

"给你叫的车来了，上车吧。"

不远处，一辆黑色奔驰打着双闪，看着确实比老贾今天开的这辆要高大上。

"我不走，你先把话说清楚。"许梦心看着老贾。

"人的忍耐都是有限度的。我说这么多，意思很明确了，你慢慢悟吧。"

"你他妈给我说清楚！你说不说啊！"许梦心伸拳头砸向老贾的胸口。

老贾握住妻子的拳头："那你听好了，离婚协议我已经让律师在拟。我知道，在这种时候跟你提离婚，并不是很合适。可是吧，要是不离婚，我这里就不合适了。你就这么想吧，想着以前都是我贾浩文为你奉献、为你牺牲，这一回，为了我往后的日子还能过得下去，你也牺牲牺牲。"

"你太无耻了……"许梦心只觉得双腿发软。

"上车吧。"老贾说着，搀起许梦心的胳膊，径直走向了那辆奔驰。

许梦安叫了辆车，刚坐上没多久，就接到了黄思思的电话，说想见见她。

黄思思把见面地点定在了许梦安家附近的清吧。虽然是清吧，可是，挺着肚子的许梦安坐那，还是有些突兀。

黄思思是早就到了的，桌上的酒杯都快空了。

"不好意思，我就是想喝一杯，才选了这里。"黄思思道。

许梦安笑了笑："你不用管我，我喝柠檬水就好。"

"我找过他了。"

"嗯。"

"嗯？"

"那我应该怎么说呢？如果，你找他有用，就不会在这喝闷酒了。"

"他一直都这样吗？"

"是，又不是。怎么说呢，要看跟谁吧。"

"如果是你,他就会放过新苗?"

"不是你,更不会是我。我在他那,真的没有你想象的那么重要。是,我承认,上大学时,他追求过我,为我付出了很多。就算他现在还有一星半点的怀念,怀念的也不是我,而是他那段青春。"

黄思思苦涩一笑:"我本以为,我和他还是有感情的,至少是有过的……"

"你知道感情为什么可贵吗?它的可贵之处,不是暧昧,不是刺激,也不是带来的那一星半点感动,甚至,也不是喜欢和被喜欢的快慰。而是,真的感情,是能够拿出来和个人利益一较高下的。"

"那我和他,算什么?"

"你真的在乎这个?"

"当然在乎,我爱他!"

"现在,新苗极有可能面临一场诉讼,而你自己,你的职业生涯也会因为这个带来污点。你在乎的居然是你和于海还有没有感情,他是不是还爱你?"

"许总监,你知道我最不喜欢你的一点是什么吗?你这个人太理性了。你觉得我不懂爱,觉得我很幼稚很可笑。可是在我看来,你也什么都不懂。"黄思思说着,又给自己倒了杯酒,"不醉不休,是件多痛快的事啊。你活到这个年纪了,怕是还没体会过吧?"

其实许梦安会喝酒,从小就会。她的酒量和大高个都算是遗传了许父的基因。许父的酒量极好,真正的千杯不倒。不过,在许梦安15岁那年,许父曾因酒精中毒,被送去医院急救。急诊室门口,许母说,酒量好的人才更容易酒精中毒,就像很多溺水的人其实水性也很好一样。

"会喝酒没什么稀奇,会喝酒,还知道悠着点,还记得喝酒伤身,这才了不起。"许母说。

这句话,许梦安记下了,一直记到今天。所以,黄思思并没有说错,许梦安真的没有喝醉过。在许梦安的世界里,所有东西都是适可而止的。"会喝酒"是一回事,"喝多少"又是另一回事。在许梦安的人生里,到目前为止,有悖她人生哲学的只有两件事,一件是她从杂志社辞职,再一件,就是将肚子里的意外留了下来。

黄思思说,许梦安从来没体会过不醉不休的滋味。许梦安并未反驳,只是陪着面前这个年轻的女孩,看着她一杯又一杯地喝着酒。说真的,要不是关乎新苗,许梦安并没有义务帮助这个女孩。那天,在黄思思车里,她曾对许梦安说,要将方向盘握在自己手里。而现在,这个司机,很显然是在醉驾了。

任性和恣意妄为是要付出代价的,黄思思是这样,妹妹许梦心也会这样。

许梦心恍惚着回到了家里,老贾差不多是跟她同一时间到的。刚才在路上,她坐在他给叫的专车里,他那辆小破车就一直跟在后边。

"老贾不是在开玩笑,他是真的要离婚"这个念头,在许梦心的脑子里疯窜,她的上下牙都在打战。她想跟他理论,想和他吵架,想伸出双手挠死他……可是,她却什么都做不了。现在的她,哪怕多说一句话、多走一步路、多吸一口气,都觉得无力。

老贾见妻子慢慢往楼上走,步伐有些摇摇欲坠。他想去扶她,却还是缩回了手。也许,接下来很长一段时间,她都要一个人走了。

刘婶正哄小西瓜睡觉,见许梦心进屋了,忙站起来。

"小西瓜睡着了?"许梦心问刘婶。

"刚还闹呢,现在好点了。"

许梦心走向了女儿的婴儿床。这张粉红色的婴儿床是得知怀孕后置办的,当时,她和老贾一致认为这次怀的是女儿。果然,心想事成。

她回想着和老贾走过的这些年,她有无数这样的"心想事成"。刚认识那会儿,他的事业还没那么成功,公司也没做大。他第一次带她去奢侈品专柜的时候,她还有些怯生生的,选了个看起来没那么贵的包。

"总有一天,我会让你想要什么就有什么。"老贾信誓旦旦。

后来,许梦心成了奢侈品专柜的常客。两人结婚了,许梦心想生个儿子,不为别的,就是因为她听说儿子跟妈亲。果然,她有了熊熊。

她住着豪宅、坐着豪车、拎着名包、戴着名表,她全身上下都在闪光。当姐姐还舍不得买贵妇级面霜时,她已经在用它擦手。她曾渴求的,几乎都得到了。但是,在她的愿望清单里,几乎没有出现过"婚姻美满"这件事。因为,她一直认为,她的婚姻是美满的,这是个前提,这不需要她再许愿。哪怕产前和产后,她的情绪几度失控,心态完全崩塌,也曾担心老贾会嫌弃自己……只是,嫌弃和抛弃,这分明是两个概念啊。然而现在,老贾实实在在地告诉了她,他已经让律师起草离婚协议,他要离开她了……小西瓜踢了踢小脚,许梦心以为孩子醒了,探头去逗,却发现孩子的小脸上有个细微的淤青。

"怎么回事!"许梦心怒对刘婶。刘婶慌了神,就差作揖了:"不是,不是……"

"小西瓜怎么了,你对她做什么了!"

"我给孩子涂了药了,涂了药就会好的……"

"我问你,这是怎么弄的!你跟我说实话!"

"不是,不是我,真不是我。"

"这个家里,除了你,还有谁……"许梦心话没说完,心里却咯噔一下。

"是……"刘婶垂手,"是熊熊。"

熊熊是在睡梦中被妈妈拎起来的,他从来不知道妈妈的力气能有这么大。要不是爸爸来得及时,熊熊的屁股已经开了花。

许梦心到底还是被刘婶给拖走了,老贾把门关了,看着满脸惊恐的儿子。

"熊熊……"老贾蹲下,嘴唇动了动,流出两行清泪,"你真的欺负妹妹了?"

熊熊摇着头。

"你跟爸爸说真话,算爸爸求你了。"

"我……我没有。我是想逗她玩来着,手机不小心掉到她脸上了……"熊熊也哭了,"我没有骗人!"

"好,我相信你。"

"爸爸,你别哭。"

"我不哭,你也别哭了……"老贾抱住儿子,"我问你,你能好好照顾妹妹吗?"

熊熊犹豫着:"我说能的话,你会高兴点?"

"你听爸爸说……就是,爸爸可能要离开你们一段时间。爸爸一走,你就是家里唯一的男子汉了。我把妈妈和妹妹交给你了,你能照顾她们吗?"

"你要去哪儿啊?出差?"

"差不多吧!"

"那等你回来呗……"

"可能要去一段时间吧,没那么快回家。"

"多久?一个月?"

老贾摇头。熊熊拿袖子擦了擦眼泪和鼻涕,又问:"好几个月?"

"大概吧。"

"那我试试。"

"我就当你答应我了。"

"可是,怎么照顾啊?"熊熊睁大眼睛看着老贾。

老贾微笑着:"不惹妈妈生气,在妈妈生气的时候,哄哄她。帮着刘婶照顾妹妹,既然你是哥哥,就要有哥哥的样子,要学会让着妹妹。"

"要是妹妹不听话呢?"

"你也可以批评教育她。"

"这个我喜欢。"

"但是不能动粗。"

"记住了。"

"还有……"老贾摸摸儿子的头,"好好读书。等你长大了,要做个有出息的人。你也得想想你长大后要做什么,你的理想是什么了……"

"我还没想那么远呢。"熊熊也笑了,"爸,等你回来再帮我想吧。"

"唉……"老贾一低头,泪水又溢了出来。

"爸爸……"是熊熊的声音,"爸爸,你醒醒,出事了!"

老贾飞速从床上弹起,瞄了眼床头的座钟,此时是早上六点。

"怎么了?"老贾忙问。

"我妈她……"熊熊跺了跺脚,"我也说不清楚,你跟我下楼看吧。"

熊熊拉着老贾,一路到了厨房。厨房内,许梦心正切着西红柿,她微笑着抬头:"你们怎么也起那么早,再去睡会儿吧,早饭还没好呢。"

熊熊摊摊手,示意老贾,这就是他要表达的那件"说不清楚"的事。只见许梦心将长发挽在脑后,身上套着花色围裙,看着颇有资深主妇的干练。料理台上的白瓷盘里,摆着已经切好的各色菜蔬。还有揉好的面团、做面包的小模具、黄油、葡萄干等等。榨汁机已准备就绪,看起来,要榨的应该是边上那两只橙子。

当年买下这套排屋,许梦心对厨房的装修很是上心。因为这个,老贾不惜重金,买齐了厨房一应家电,不求最好,只求最贵。可惜,这些家电,许梦心全都没有亲自使用过。许梦心之前不喜欢保姆住家,请的是钟点工,三不五时地,她会站在厨房里指点指点,不过都是瞎指挥。出了小西瓜被下安眠药的事之后,除了刘婶,她更是谁都信不过,连钟点工都不让进门了。可这刘婶哪会用烤箱这些时兴的玩意儿,有一回差点没把那只黑不溜秋的不粘锅给洗坏了。

"你们别傻站着了,又帮不上忙。"许梦心冲着老贾笑,笑里带着点娇嗔。

老贾一句话都不敢多说,拖着儿子就往外走。他的背有些酸痛,不,是刺痛,就好像,许梦心的眼睛仍在盯着他。

反常,太反常了……

第十四章
不过只是梦一场

1

李云阶赶着去上早读课,刚吃毕姑姑准备的热汤面,就被老妈房里传出的叫声吓了一大跳。

"不会是要生了吧?"李云阶咂舌。

"瞎说!"李静忙扔了筷子去敲门。

原来,许梦安水肿得厉害,本来笔直的小腿肿成了象腿,一双脚更是连宽松的拖鞋都穿不进去了。李临慌得没了主意,李静去摁许梦安的小腿,一摁一个坑。

李云阶也要伸手去摁一摁,被李静狠狠打了下手:"上学去!"

"妈,疼吗?"李云阶问老妈。

老妈摇摇头:"你去上学,我没事。"

没事? 怎么可能没事……李云阶本想说些宽慰老妈的话,却又不知从何说起。她下了楼,一眼就看到了刘思明。因为担心李云阶的中考体测成绩不达标,两人约好,从今天开始,由刘思明当陪练,先把她的800米跑速度提上去。本来两人还约了何璐的,只是,她对类似的事情向来没有什么兴趣。

"准备好了吗?"刘思明笑着问道。

"还行吧。"

"自信点！"

"不就是跑个步吗，还要怎么自信？"

"800米跑，考验的是耐力和速度，其中也有不少技巧。我先给你讲讲……"

李云阶直乐："别说，还真有点体育委员的意思。"

"现在还不是呢，等下个学期，下个学期我一定要高票当选，让你看看我为你打下的江山。"

"滚！"

"好了好了，你严肃点！"

"是你不严肃！"

"我跟你说跑步呢，你能不能认真点了？"

"你说呗。"

"先讲这个跑步过程中的姿势，不能含胸不能弯腰，得把背挺直了。来，你先做一个我看看。双脚张开与肩同宽，上半身挺直！"

挺直上半身，对李云阶这样正处于青春期的少女来说，其实是件蛮不好意思的事。当然，这一点，刘思明是不会懂的。他见李云阶纹丝不动，仍是微微含着胸，便去扳正她的双肩。这一幕，恰好被站在窗边的李临看到。从他的视角来看，是毛手毛脚的刘思明正跟女儿搂搂抱抱。

"你跟公司请个假，今天说什么都不能去上班了，我先走了！"李临拿了包，急急地往外走。

"还早呢，你……"李静话还没说完，李临就跑出了门。

刘思明对李云阶很是不满意："你别那么僵硬，放轻松。压力是要有的，但也别太紧张。我跟你说，有我在，你绝对可以……"

"你们在干吗呢？"是李临的声音。

刘思明打着招呼，双手扔扶在李云阶的肩膀上："噢，李老师早。"

李临没好气："松手！"

"爸，你吃错药了吧？刘思明在教我跑步呢。"李云阶昂头看向李临。

"不是，你们俩……我……"

"丢不丢人啊？刘思明，我们走。"李云阶说着，拉住了刘思明宽大的校服衣

摆,"走啊!"

看着两个孩子的背影,李临更觉可气了。女儿这是在嫌弃他?再看那个毛头小子,居然还扭头朝他做了个鬼脸。

15岁的女孩,说大不大,说小不小,正是让父母最为之忧虑的年纪。早就应该找刘思明聊聊的,只是,这段时间以来,被家中各种琐事缠身的李临,跟妻子一样,关注点早已不在女儿身上,或者说,不仅仅在女儿身上。

李临顿了顿,卷起袖子,就朝两个孩子跑去。

"这个李临,太不像话了!"李静一边数落着弟弟,一边收拾东西要送弟媳去医院。许梦安本来没觉得怎么样,听李静一说,心里多少也有些不是滋味起来。本来嘛,怀头胎的时候,李临忙于学业,无暇顾及她的感受,更别说是照顾她的饮食起居了。之前他还信誓旦旦地说,这一次,要尽到好丈夫、好父亲的责任,现在还没怎么着呢,只是个水肿,他就立时跑得没影了……越想越气的许梦安,眼圈都红了。

"别哭啊,回头我说他。"李静仍是义愤填膺,"都是我给惯的,看吧,现在惯出毛病来了。等他回来,看我怎么收拾他!"

许梦安极力想把泪水憋回去的,李静的话,却犹如火上浇油。她低头看着自己肿得不成样子的脚,再也控制不住情绪,只是抽泣。

李临一路小跑,追上了还未出小区的李云阶和刘思明。

看着老爸,李云阶有些恼怒:"你到底想干什么?还要我怎么解释?我800米成绩不过关,从今天起,刘思明陪我晨跑。听明白了吗?"

"我就是想跟刘思明聊聊。"李临道。

刘思明一点都不怵:"我还以为什么事呢,聊呗。李老师,你想聊什么?"

"你很能跑?"李临笑了笑。

"一般吧,也就是全校长跑第一,302班未来的体育委员。"

"是吗?那这样,咱俩比比?"

刘思明和李云阶都乐了。

"李老师，咱俩比……不合适吧，我得尊老。"刘思明道。

"试试看嘛。"

"既然是比赛，总得有奖品吧？"

"要是你赢了，说明你确实很厉害，那么，我就相信你能提高云阶的 800 米跑成绩。要是你输了嘛，说明你也不过如此。"

刘思明很是不以为然："行啊，比就比，现在就开始吧。"

李云阶一副等着李临出洋相的样子，拍着手："开始呀。"

"今天不行，今天我还没准备好。"李临指指自己的休闲鞋，"这样，明天就是礼拜六了，等你们补完课，咱俩夜跑。"

"跑街？"

"跑山。"

"好！"刘思明很干脆，脸上写着志在必得。

李云阶看出老爸是来真的了，便问："爸，你要玩这么大吗？"

"不就是长跑冠军吗？我天天骑自行车，体能还会输给他？"

"我只能说，爸，你可真是勇气可嘉。"李云阶竖起了大拇指。

许梦心居然会做饭！这个，别说老贾了，就连熊熊都大吃一惊。

父子俩围坐在餐桌旁，看着许梦心从厨房端出各种食物，眼花缭乱。煎的、炸的、烤的、煮的、炒的，把偌大的餐桌摆了个满满当当。

"早餐而已，就不用搞那么复杂了吧……"老贾小心翼翼。

"一日之计在于晨。早餐是最重要的一餐，不能将就的。你们俩，一个要上学，一个要上班，都应该多吃点。"许梦心说毕，充满期待地看着这对父子。

这些吃的，味道倒是都不差，只是老贾吃得战战兢兢。

刘婶站在一边笑："为了这顿早餐，西瓜妈妈一晚上都没睡，光菜谱就研究了一两个小时，说什么，要做就要做到最好。我想帮忙，她都不让。"

"说这些干吗……"许梦心挨着熊熊坐下，伸手想摸摸他的脸蛋。

熊熊本能地躲开，毕竟，昨天晚上，妈妈还"吊打"了他。

"别怕，妈妈知道自己冤枉你了，你只是不小心才伤到小西瓜的。来，多吃点，

想吃什么,妈妈给你夹……"

"我吃饱了,"熊熊说着,跳下椅子就要跑,"我去上学了。"

"噢,噢,我送你去学校。那什么,我也吃饱了,我先走了。"老贾忙不迭起身。

许梦心也不生气,仍是笑吟吟的:"知道啦,你走吧,晚上早点回家。"

"唉。"老贾说完,总觉得哪里不对劲,直到牵着儿子出了门,才想起来——昨天晚上,他分明是向妻子提出了离婚的。

李静早年曾立志学医,理想虽未达成,但是始终自诩业内人士。孕妇水肿,可大可小。比如许梦安这种情况,如果休息一下,她的小腿水肿就能消退,倒是没什么大碍的。要是一直不消退,就要考虑妊娠合并肾脏疾病、妊高征等。

许梦安本还不愿去医院,听了李静这些话,才勉强答应,然后打电话到公司,临时安排了一下工作。

没想到,许梦安和李静刚到医院不久,瑞秋就来了,手里还捧着束花。

"老张差遣我来看看你,说是你要有什么需求,尽管提。"瑞秋笑道。

"没什么事。"长裙遮盖着许梦安的双腿,不仔细看,她跟以往并没有什么不同。

瑞秋没再多说什么,跟李静一起,陪着许梦安做了各种检查。李静去取化验报告单的时候,瑞秋和许梦安便坐在妇产科候诊区等。

看着来来往往的大肚婆,瑞秋忍不住叹气:"有时候我真的不懂,你说,这女人生孩子到底是为了什么?"

"往大了说,是基因传递的本能,是繁衍后代;往小了说,成为母亲,总归还是大多数女人的心愿。"许梦安道。

"我还是无法接受。"

"没人能干涉你的决定。生,或者不生,决定权在你自己手里。"

"梦安……"瑞秋顿了顿,"我可能要离婚了。"

"你老公提的? 就因为你不想要孩子?"

"谁也没提。就是,我自己觉着,既然如今已经不是志同道合的两个人——我还是坚定的丁克,他已经不是啦,那么,还是早点散了的好。早点散了,他还可以再娶,那样,他就可以当爹了。"

"我该说点什么?"

"这些事,我自己都能解决。别担心。"瑞秋又笑了,露出两颗小虎牙,"倒是你,你好好休息几天,别死撑了。"

"我真的没事。"

"那摊子事,你怎么看?"

"黄思思?你都知道了?也是,你怎么会不知道……"

瑞秋点点头:"这姑娘真够可以的。"

许梦安皱眉:"她的事,我怎么看不重要,重要的是老张怎么看。"

"于海醉翁之意不在酒啊,想借着所谓侵权,杀我们一个措手不及,顺便把我们给收购了。"瑞秋看向许梦安。

"别说,这还真是他的风格。"

"我这么严肃,你就说一句'这还真是他的风格'?"

"那我能怎么说?新苗的抗风险能力,你我都心知肚明。"

"老张的意思是,我们先下手为强。"

"难不成要起诉蓝海传媒?怎么起诉?别开玩笑!"

"不,是追究黄思思的责任。"

许梦安先是一愣,接着,脸上带了丝苦涩的笑容:"黄思思干出这种事,责任是一定要追究的。只是……"

"你又开始圣母了。"

"只是,追究责任不是一种手段。至少,它不是与于海对抗的手段。"

"难道你有别的办法?"

许梦安笑笑:"算是有吧。"

早已过了下班时间,老贾还在办公室里磨蹭。桌上的烟灰缸里堆满了烟头,烟灰撒得到处都是。他看着边上的全家福,微微发怔。

这张全家福,作为家庭新成员的小西瓜还未来得及入镜,他本想等小西瓜满百天,拉上全家人再去拍一张的。

很多年前,年轻的贾浩文只身来到 H 城,当时还是服装档口小工的他,从未想过他将来能住大房子,能娶漂亮老婆。别说大房子和漂亮老婆了,那会儿,他的理想就只是养活自己。好在他吃苦耐劳,什么都愿意干,这一行里的东西,他也就什么都懂了。萌生出自己干的念头时,他才 20 岁,"开一个属于自己的档口",这件事对他来说,几乎没有任何犹豫。可是,他没有钱。

钱是个好东西啊。没钱的时候他是这么想的,有钱的时候他也是这么想的。为了筹到启动资金,他想尽了办法,甚至借了高利贷,盘下了属于他的档口。那个不到两平方米大的档口,就是他人生新的开始。

这之后,电子商务风生水起,他成了站在风口上都能飞的猪。

接着,他遇见了许梦心。她跟档口一样,是他本遥不可及的。但是,他同样没有犹豫。为了打动许梦心的芳心,他使出浑身解数。许梦心觉得他没有文化,他就看书、学习,硬是自考了大专。婚后,他还自考了本科。

许梦心的出现,激发了贾浩文的斗志,他变得比之前更努力。顺理成章地,他拥有了属于自己的公司。很多时候,他都觉得这一切就像一场梦,他不敢相信自己能够拥有这些。如今再看,果然就是梦一场。

是啊,一场梦,梦一场。老贾创建的网上商城获得了巨额投资,他确实有些飘了,一路高歌猛进,谁能想到,资金链断裂快得就像是一夜之间发生的事。再过几日,公司就会面临清算,相关业务已经暂停……

和许梦心离婚,快速分割还未来得及被清算的个人资产,确保妻子和孩子以后的生活,这是摆在老贾面前最重要的事。既然是梦,梦醒了也没什么可怕的。但是,许梦心还应该活在梦里。自从老贾第一眼看到许梦心,就知道,这样的女人,必须让她活在梦里。他没有办法告诉她,他的公司濒临倒闭,他也将承担巨额债务。他害怕她会离开,那不如,他先离开她。

许梦心一直在等老贾。

刘婶已经把饭菜热了两遍,许梦心只让刘婶跟熊熊先吃。

小西瓜又胖了些,肉乎乎的小手抓着妈妈的发梢,不时露出可爱的笑容。这孩子的眉眼跟老贾像极了,他年轻时,也算是个帅哥。不说是许梦心的理想丈夫,但也离理想不远了。好看、多金、长情，哪个男人又能同时具备这些优点呢？只能说，这些优点，贾浩文都算是有，但其中最让许梦心动心的还是长情。

当年的许梦心，是大学校花级别的人物，走到哪儿都不缺鲜花和掌声。可是，正因如此，她身边狂蜂浪蝶多，但真正对她展开攻势并持续发力的，大概只剩老贾了。谁能相信，这么美的女孩，在遇到贾浩文之前，居然没有谈过一场真正的恋爱？

他们是在共同朋友的生日派对上认识的，是老掉牙的桥段，那朋友是许梦心当年的闺蜜兼室友，一直暗恋贾浩文。闺蜜本想借着自己生日向贾浩文表白，没想到，这小子一眼就看上了许梦心。贾浩文当时刚失恋，对爱情已有些心灰意冷。怪就怪在，只是一眼，真的就只是看了许梦心一眼，他就觉得自己应该把她娶回家。

"妈妈，你不饿吗？"熊熊已经吃饱了，他放下筷子，对妈妈的行为很是不解。

许梦心摇摇头："我在等你爸。"

"爸爸不会是今天就走了吧？"

"他能走去哪儿，这是他的家。"

"他跟我说要出差，要去一段时间的。"熊熊走到许梦心身边，"是真的吗？"

"不会的，我说了，这是他的家，他哪儿都不会去。"

老贾终究还是回来了，他一进门，刘婶就迎了上去："西瓜妈妈做了好多菜，就等你回来了。"

"噢……"老贾透着股不耐烦，连眼睛都没往餐厅方向看，"我吃过了。"

"可是你之前没跟她说……"

"我还能事事都跟她汇报吗？"老贾换了鞋，一抬头，看到了许梦心。

许梦心微微笑着："没事，只要你还想着回家，在哪儿吃都行。"

老贾轻轻"嗯"了一声，便钻进了一楼的茶室，顺手就把门给关上了。许梦心先是敲门，里面并无声响。她去拧把手，发现丈夫已经把门反锁了。

刘婶看到转过身来的许梦心，她的眼睛里雾蒙蒙一片。

"他要跟我离婚，你信吗？"许梦心问刘婶。

"怎么可能……不可能。"

"对,我也不信。"许梦心吸吸鼻子,"该给小西瓜洗澡了,走吧。"

"唉,唉……"刘婶欲言又止,只是跟在许梦心身后。

2

李临进了卧室,发现许梦安躺在床上玩 iPad。白天在学校时,他就给她打过电话,想问她的水肿怎么样了。但她一直没接。还是李静联系了他,说已经去医院检查过了,排除了妊高征等,只要控制盐分摄入、注意休息,就能减轻和避免。

"你早上急吼吼地干吗去了? 梦安对你都有想法了。她这个岁数生孩子不容易,我不指望你有多贴心,至少,你得关心关心她吧?"李静在电话里斥责着李临。

"早上,是云阶的事……"李临很难跟姐姐说清楚。晚饭时,他没少对妻子献殷勤,可她只是冷冷的。倒是女儿,不无戏谑和调侃,说着他跟刘思明的比赛。看妻子那样,多少也猜到他早上匆匆离去的原因了,但她仍是不苟言笑。

"别玩 iPad 了,我给你揉揉腿。"李临凑过脑袋。

"我在看资料。"床上的妻子照旧冷若冰霜。

"我……"

"你去书房睡吧,把柜子里的被褥抱上。"

"不是……"

"去啊。"

妹妹有些反常,这一点,是许梦安今天下午在她的朋友圈里发现的。这个十指不沾阳春水的女人,居然在朋友圈里发了她做的饭菜。

妹妹自小聪明,除了功课,其他事情几乎一点就通。这样的饭菜,对照菜谱做出来,对她而言自然是不难的。让许梦安疑惑的并不是妹妹居然亲自下厨这件事,而是,她为什么要亲自下厨?

刚才李临进房要给许梦安揉腿时,她并没有在看资料,而是在跟妹妹聊天。妹妹那边很是兴奋,继续晒着饭菜的照片。许梦安反反复复输入着"你没事吧",又反反复复删去。不管怎么说,妹妹愿意去尝试着做一个合格的家庭主妇,这是好事。可是这件好事却让许梦安感到了隐隐的不安。

这一晚，许梦安总觉得心神不宁。从早上的水肿，到和瑞秋的谈话，再到妹妹的反常，都让许梦安无法冷静。

其实，她对李临本身没有什么怨气。不过，肚子里憋着的这团火，总要有地方喷才好。放眼身边这些人，能供她泄愤的也就只有丈夫了。

千头万绪，总得先理出一条来。思来想去，还是工作第一。毕竟，眼下新苗极有可能遭遇重创，要是能渡过危机，一切就都好说。要是不能，那么许梦安只有两条出路，一条是新苗被蓝海收购后，甘当于海的下属；再一条，就是她自己另谋出路。

要是放在三年前，另谋出路这种事，她定是不惧的。可是，她现在已经40岁了。40岁的职场女性，成熟稳重的外表下，其实都揣着危机感。往上走，有局限性；往下看，如今的年轻女孩个顶个有才干。

才干倒还在次，首先抵不过她们年轻。年轻，就意味着无限可能。许梦安不怕老，她忧虑的是自己将失去这种"无限可能"。就好像，苦苦奋斗，单枪匹马闯过的路，就这样走到了头。当年她从杂志社辞职，许父倒是极力支持，不过，许母说过一句话，说不管杂志社怎么样，好歹有编制，是个铁饭碗。

"妈，我们那本杂志现在都没人看啦。"许梦安笑。

许母也笑："没人看有什么要紧，还有人给你发工资就够了。女人嘛，一辈子就是这么一回事，什么事业，什么打拼，都不如安安稳稳重要。你这出去了，到外面去上班，人家公司是个人的，说不定哪天就垮了呢？到时候你怎么办？要是你还想回杂志社，那可就不能了。"

"妈，你就让我试试吧。"

"你们姐妹俩，一个叫梦安，一个叫梦心，不是因为别的，是因为，我和你爸，就希望你们这辈子都能过得安安心心。你们的日子过得踏实了，我们才能安心。"

"人家给我开的是年薪，好几十万呢。"

"你现在也不差，细水长流呢。"

许父咳嗽了一声："行啦，别啰唆了，这是孩子自己的事。"

"反正，大姐都决定好了，我还有什么可说的。我满以为大姐会在杂志社待到退休的。"许母老大不高兴。

在杂志社待到退休？嗯，退休了，李云阶就该结婚生孩子了，然后，许梦安就会重复着许母的生活，给女儿带带孩子，给丈夫做做饭。闲时呢，出去旅旅游。还有啊，老太太们三五成群，约起来跳跳广场舞什么的。不，这不是许梦安要的……

怀孕后，许梦安的睡眠就不太好，这一晚，却是结结实实地失眠了。到了凌晨，才迷迷瞪瞪睡了一个小时，复又醒来，睁大眼睛熬到天亮，熬出了一个对抗来势汹汹的蓝海的对策。

如果于海胜诉，对新苗来说，经济赔偿是有限的。他之所以这么做，不外乎是想让新苗的声誉受损，导致新苗客户流失，这才是最大的损失。所谓危机公关，是危在旦夕，却也是机不可失。与其等着被起诉后才应对，还不如现在就把危机摆到桌面上来，大大方方来解决这件事。至于解决的办法，不能让新苗受损，不能伤了跟于海的和气（如果还有和气），可能的话，许梦安还想保一保黄思思。

许梦安简单整理了一下思路，整件事情变得越来越有条理。她这才心满意足地起床，一看小腿，水肿也已消了大半。

李云阶去补习班了，李临也不在家，家里只剩许梦安和李静。

李静见弟媳起床了，忙道："我给你弄点稀饭，清淡些。"

"李临呢？"

"说是买装备去了，晚上不是要跟云阶的同学赛跑吗？"

"行不行啊？"

"他就是这么死心眼。"

"姐，吃完饭我想去看看我爸。"

"我送你过去。"

"不用了，你看你，自从到了这，就没好好休息过一天。我自己打个车就行。"

"那不行，我也有日子没过去了，正想着去看他老人家的。"

许梦安知道推不过，便道："我还想去心心那边一趟。"

听了这话，李静的表情变得奇奇怪怪："心心昨天发的朋友圈，你看到了吧？"

"正是为这个。"

"也许是好事呢……"

"姐,要真是好事,你就不会是这表情了。"

李静略尴尬:"你别什么都往坏处想。心心突然转了性子,开始顾家了,也不是不可能。"

"她是我妹,我还不知道她吗?"许梦安沉吟了一下,"要不然,我先联系一下老贾,了解下情况。"

许梦安抓过手机,点开微信,脸上的表情瞬时就僵住了。

"你这是怎么了?"

微信对话框那端是于海,信息是他昨晚就发了的,只是许梦安一直没点开看。

"于海说……"许梦安抚着肚子,一时有些站不稳当,李静忙扶她坐下。

"别急,有话慢慢说。"

"于海说,老贾的公司出事了。"

"老贾这么能干,能出什么大事啊。看你一脸紧张的样,难道他的公司还会破产不成?"见许梦安不说话,李静愣住了,"难道真的……那心心怎么办啊?"

"是啊,心心怎么办!"许梦安说着,竟干呕了起来,胃里没有食物,呕出的净是酸水。这股子酸水,呛得她有些头晕,只觉得天旋地转……

刘婶见许梦安和李静来了,忙引着她们坐了,说许梦心刚抱着小西瓜去了衣帽间。许梦安上了楼,见衣帽间的门敞着,小西瓜正坐在婴儿车内,咿咿呀呀挥着手,看起来特别兴奋。

这个衣帽间,是许梦心非常引以为傲的存在。半面墙的包、半面墙的鞋,还有整整两组柜子的衣服。正中间摆了斗柜和展示柜,斗柜是放丝巾、帽子等的,展示柜里则堆满了各种首饰。

"你怎么来了?"许梦心比画着自己身上的连衣裙,"这是我刚买的,好看吗?晚上我要跟老贾去看歌剧,就穿它了。"

连衣裙是红色丝绒面料的,领口缀着碎钻,颇有些艳俗。要是换作没生二胎前的许梦心来穿,大概能穿出它的质感来。可是,现在的许梦心胖了不少,一低头,连双下巴都出来了。而连衣裙过于修身的腰线,硬是把她的肚皮勒成了两截。

"好看。"许梦安微笑着。

"我还得搭双鞋,大姐,你帮我看看啊。对了,还有包……"许梦心一指摆满了各种名牌包的那半面墙,"选个黑色的吧,小羊皮的手包,怎么样? 对,应该会比较搭啦。"

这里的一切,都是许梦心一样一样积攒起来的,是她的乐趣所在,也是她的收藏。许梦安无法想象妹妹离了它们会变成什么样。她一边逗着小西瓜,一边对妹妹道:"挺好的,很合适。反正,你的眼光一直比我好。"

"那是当然,我选老公也比你有眼光。看,边上这个 LV(路易·威登)是老贾当年送我的第一个包,还有第一个 Chanel(香奈儿),第一个 Hermès(爱马仕)……每个包都有属于它的故事。"

"心心,说到老贾,他不在家吗?"

"一大早就出去了,没办法,忙着赚钱嘛。"

看来,妹妹对老贾公司的事仍一无所知。

见姐姐没搭腔,许梦心又道:"我呢,以前确实是比较任性,不过现在,我都想好了。往后啊,我也要学着做做家务,对老贾体贴点。"

许梦安挨着摆在展示柜前的双人小沙发坐下,招呼妹妹也来坐。妹妹笑着贴过来,指点着展示柜里的各种首饰。这些首饰,在灯光下闪闪发亮。许梦安其实能够理解妹妹为什么对它们如此着迷,女人,似乎天生就喜欢带着亮光的东西,比如钻石。在消费主义大行其道的今天,妹妹也不过是那群拥趸当中的一个。她们的自信是需要用"亮光"来武装的,好让她们成为精致的女人。

许梦安看过一个网络上的帖子,说是要成为精致的女人每个月到底要花多少钱。一开始还有人一本正经地分析,不外乎是化妆品、服饰、健身、养生等等。再后来,这个帖子就变成了炫富帖。少有的几个人持反对意见,说真正精致的女人应该是有脑子的,肚子里是有墨水的,见识远比外表重要。马上就有人跳出来驳斥,说大家都那么忙,谁有时间来了解彼此的内涵,外表的漂亮和精致才是王道。

每个人都有自己的生活方式,许梦安本身对此没有意见。如果有条件成为公主,用钻石和黄金来铸一座城堡都行。无奈的是,这些希望自己精致的女人,大多数并不具备耗巨资从头武装到脚的条件。

求而不得固然烦恼,可是,得到之后又失去,才是最痛苦的。老贾一旦出事,房子、车子全都难保。能留下的,怕就只有许梦心这一屋子的奢华了。不过,到了那种时候,这些奢华又有什么意义呢? 只是徒增伤悲罢了。

"大姐,"妹妹突然把头靠在了许梦安肩膀上,"有件事我一直没跟你说……老贾吧,他突然说要跟我离婚。"

许梦安一怔。妹妹又道:"我知道,他说的是气话,是我把他给气成这样的。你说,我现在开始改,还来得及吗?"

"你都说了是气话嘛。夫妻之间,哪有不吵架的,他怎么可能会跟你离婚。"

"就是嘛,我也不信。"妹妹的声音很轻,"他要是真的跟我离了,我怎么办呀?熊熊和小西瓜怎么办呀?"

"要是真的离了,你还有我,有爸妈。"

"大姐,我就知道你会这么说。知道归知道,但我心里还是挺暖的。"

"心心,你上次说的投资民宿的事怎么样了?"

"老贾不给钱,我有什么办法。"

"这样吧,你再去了解了解,要是靠谱,咱们一起投。我一直想做个副业来着。"

"太好了!"

许梦安看着妹妹,这个年过 30 的女人,还是一如既往地天真,尽管,她已经是两个孩子的母亲了。

李静带着许梦心和两个孩子去了许家小院,许梦安找了个借口来到了老贾的公司。

老贾果然在,他对许梦安的到来并不意外。又或者说,他其实一直在等她来。

"我也是今天才知道,于海跟我说的。老贾,虽然你公司的事,我跟你姐夫帮不上什么忙,但多几个人商量总是好的。你应该早点告诉我们的……"

许梦安在老贾对面坐下,老贾给许梦安拿了瓶水,才道:"大姐,事已至此,说什么都没有意义了……"

装修豪华的办公室里,桌上、地上,随处都堆放着大摞大摞的文件和书籍,看着一片狼藉。老贾的女助理急匆匆进门,警惕地打量着许梦安。老贾挥手让助理

走了。助理离开的时候，连门都没帮忙带上。老贾笑笑，自己过去把门给关了，转身对许梦安道："一直觉得我是个好老板，也事事处处为他们着想。到了现在，却连一个为我着想的都没有。一首《凉凉》送给我自己。"

"别这么说，再想想办法……"

"过几天就要开始清算了，我想在清算之前，跟心心把离婚手续给办了。离婚了，她就不用跟我一起承担这些了。"

"老贾……"许梦安来之前想了很多话，现在，竟是一句都说不出来了。

H城有座森林公园，植被丰富，景致极好。每到夏日的夜晚，那条绕山而上的小道上总是聚满了散步的人群。李临和刘思明的赛跑地点就安排在这。因为是冬夜，山道上没什么人，倒也十分合适。

李云阶、何璐和朱可馨早早就等在了山顶。

"你爸疯了吧?"何璐裹着身上的羽绒服，对李云阶道。

朱可馨也觉着冷，牙齿直打架，哆哆嗦嗦说着："那可不一定，李老师既然敢和刘思明比赛，就说明他还是有信心的。"

"反正，我赌刘思明赢。"

"那我就赌李老师赢吧。输的人请一顿麻辣烫。"

"麻辣烫? 你也就这点出息了。"

朱可馨没再搭理何璐，转向李云阶："对了，你呢，你觉得谁会赢?"

李云阶不知道，好像谁赢她都开心，又好像，谁赢她都不开心。她觉得老爸太幼稚了，却又想看看他到底能不能做到。

山脚下，李临认真地做着准备运动，各种热身。刘思明远远地骑着自行车过来，咧嘴直乐。

出门之前，思明爸爸得知儿子要跟云阶爸爸赛跑，悄悄叫住了儿子，告诉他，这个比赛，他不能赢。

"当爹的都不愿意在孩子面前坍台嘛，你就让让他好了。"

听了爸爸的话，刘思明很是鄙夷："既然是比赛，有什么让不让的。我可不让。"

刘思明把自行车一锁："李老师，那我们开始吧。"

"你就不先热热身吗？"

"你想听真话吗？"

"当然。"

"我要是再热热身什么的，那可就是欺负你了。"

"咳，你这孩子……"

"我可不是孩子。"

"嗯，反正，你们这些孩子总爱把自己当大人。行，那我们开始吧。"李临颇有些摩拳擦掌。

两人这就开跑，刘思明始终领先，跟李临保持着不远不近的距离。他无数次回头看，只见李临不紧不慢、不温不火，甚至还带着点小悠闲。

"李老师，你这么跑，可是要输的。"刘思明忍不住温馨提示。

"你懂什么，我这叫蓄势。"李临一本正经。

刘思明苦笑着，自顾自往前跑，等跑到半山腰，发现连李临的人影都寻不见了。他更觉有趣，便叉腰站在那里等。足足等了十几分钟，李临才追上来。

"李老师，你这根本就不叫跑山，连爬山都比你快。"刘思明一屁股坐到地上，"我不想跟你比了，这样的比赛，即便我赢了，也没意思。"

"你还挺倔。"李临挨着刘思明坐下，"实话告诉你吧，这个比赛，我肯定是会输的。但是不知道为什么，我就是想跟你比比。"

"听不懂，你们大人的世界太复杂了。"

"我好久没跑步了，连这双跑鞋都是今天刚买的，怎么可能赢过你嘛。"

"那你不是在玩我吗？"

"一开始，我也认为输赢挺重要的，但是现在，我突然觉得，嗯，输赢也没那么重要了。"

"我可不这么觉得，你这样，既不尊重比赛，也不尊重我。"

"我向你道歉。"李临笑着拍拍刘思明的肩膀，"你是不是特别想赢？"

"必须的啊。我要是输了，以后谁陪云阶练长跑？"

"你对云阶挺好的。"

"那是……"刘思明挠头,"李老师,我对她,就是同学之间的那种好,是朋友。你可千万别误会。"

"你把自己的奖牌送给她,闹得全校轰动,你差点被通报批评……为了陪她去上海参加易天的握手会,你把最心爱的球鞋都给卖了……说实话,我还有点佩服你呢。"

"咳……"刘思明脸都烫了,被小道两侧的路灯一照,红里透着亮。

"我不想老生常谈,但是,作为云阶的父亲,又不得不老生常谈。思明,你们还小。不管你们认为自己有多成熟,多懂事,在我们看来,你们都还是孩子。学生,要做学生该做的事。我的话,你能明白吗?"

"说来说去,不就是不能早恋嘛。"

"你们的未来长着呢,有一天,你们是要跑上人生的赛道的。到了那个时候,如果你跑得比云阶快了,愿意回过头来等等她,愿意扶她一把,多好呀。或者,云阶跑得比你快了,也未可知,她也应该会帮你的。朋友之间,就是相互协助,相互扶持。现在你们共同的目标是中考,你们得先把这一关闯过去。"

"李老师,你说的这些,我多少也能明白吧。我就是想知道,这以后,我到底能不能陪云阶晨跑了?"

"你说呢?"

"我不知道呀。咱们这个比赛,好不正式……"

"很明显,你赢了嘛。"

"嘿嘿……"刘思明笑了。

两人慢慢跑到山顶,到底还是刘思明先越过了终点线,等在这里的三个女孩欢呼着。

李云阶走到李临跟前,递了瓶水给他:"我就说你会输的嘛。那么爱出风头,看吧……喝点水,擦擦汗,我们回家吧。"

"输了,但是输得高兴。毕竟,我还是跑完全程了,没有气馁哟。"

李云阶微笑着:"好,为你打 call(应援)。"

李云阶和老爸嘻嘻哈哈地回到家,姑姑见了,忙让他们噤声,随后又朝主卧努努嘴。不消说,一定是老妈的心情又不好了。自从老妈的肚皮大了起来,她的情绪就变得有些不稳定。老爸的神色也因此变得紧张起来，擦了把汗就往主卧钻。

"我妈又怎么了？"李云阶问姑姑。

姑姑有些不耐烦："小孩子问那么多干吗，作业都写完了吗？"

"姑姑，你好烦。"李云阶皱眉。

"我这是为你好，等你将来长大了，就会明白，靠谁都没用。这女人呢，还是得自己有本事，不然就会跟你小姨似的……"李静突然意识到不能跟孩子说这事，立时住了嘴。

"小姨怎么了？"

"没怎么，快去写作业！"

3

"趁着跑步，我跟刘思明好好谈了一次。别说，他不笨，我的意思他应该能明白了。"李临对许梦安道。许梦安只是"嗯"了一声。

李临这才发现，妻子的脸色极差，问道："怎么了，是不是哪里不舒服？"

"老贾全都跟我说了，他的公司早在半年前就出了状况。陆陆续续地，除了一套对他来说聊胜于无的单身公寓，剩下的房产，包括那几辆好车，全都拿去银行抵押贷款了。资不抵债，眼下，公司正面临清算和解散。"许梦安尽量让自己冷静下来，跟李临说着老贾的事。

李临以前觉得老贾为人有些浮夸，又是个惯爱炫富的，多少有些看不上。加上许父对老贾过于偏爱，不时拿老贾跟李临比，李临每每还有些不痛快。但是，自从许父中风，许梦心产后抑郁，这段时间以来，李临对老贾可以说是有了大大的改观。如今老贾遇到这样的大麻烦，李临亦倒吸了一口凉气。

"老贾那么能干，一定能东山再起的。所谓千金散尽还复来……"李临说着。

"要是有那么容易就好了。现在，他要和心心离婚，不希望心心跟着承担债务。只是，公司那边的事，他还瞒着心心。都说夫妻本是同林鸟，大难临头各自飞。老贾了解心心……她根本没有勇气和能力陪他熬过非常时期，大概，他也不

认为自己能够熬过吧。"

"心心会答应跟老贾离婚吗?"

"我不知道。作为姐姐,我不希望她承担这些。可是,换个角度,既然是夫妻,能一起享福,也便要一起吃苦。这个时候离婚了,于情于理都说不过去。但是,我对自己的妹妹没有任何信心。她从小就是被宠大的,所遭受的最大的打击就是这次生完孩子之后发胖了,没有以前那么漂亮了……便是这样,她都得了产后抑郁。突然就要失去优渥的生活,这是她绝对不能承受的。"

"可是,她早晚都得知道。"李临叹息着。

"我真的害怕,害怕她会出事。熊熊和西瓜都还小,要是当妈的有个什么三长两短……"

李临拉过许梦安的手:"别急,总会找到出路的。心心现在人在哪儿?"

"我让心心带着孩子们待在娘家了,说是咱爸想他们了,希望他们陪在身边。你知道吗?心心本来还买了歌剧的票,今天晚上要约老贾一起去看的……"

"老贾还有心情去看吗?"

许梦安摇摇头,脑袋无力地靠在了丈夫肩上。

老贾和许梦心正走出剧院。

"外面冷,快穿上。"老贾给穿着红色丝绒连衣裙的妻子披上了大衣。

这件大衣是高定款,许梦心如今穿来已经太小,勉勉强强才扣上了扣子。

"我太喜欢这件大衣了,本来还想再去定一件合身的,可是,那样的话,我就没有动力减肥了。"许梦心笑着。

"这样就挺好。"

"你不是一直想来看歌剧吗,说是要附庸风雅。怎么啦,现在不喜欢了?"

老贾本不想来,转念想到,也许,这是他们最后一次约会了。华丽绚烂的歌剧,应该能让并不圆满的结局显得不那么残忍。不过,演员谢幕的瞬间,他觉得这根本就无济于事。

"我送你回爸妈那。"老贾对妻子说道。

许梦心紧了紧丈夫脖子上的围巾:"我也想在家里陪你,可是大姐非让我去陪爸爸,你可不能生气啊。"

"不会。"老贾说着,拂去妻子搭在脖子上的手,往停车场走去。他走了很久都没听到妻子的脚步声,不得不停下来等她。

这家剧院,他们刚结婚时常来,那会儿,还没有这个停车场。停车场内,陆陆续续有车辆驶出。直到只剩老贾那辆破车,妻子才出现。

"我去买吃的了。"妻子手里拿着两只烤地瓜,递给了老贾一只。

滚烫的烤地瓜握在手里,让寒冷的冬夜有了些许温暖。

"谢谢。"

剧院不远处,有条步行街,是他们恋爱时总爱光顾的。那条街上有个寡言的老伯,他别的不卖,只卖烤地瓜。这么多年,他的摊子一直都还在。许梦心这种"仙女",自然是不喜欢吃烤地瓜的,因为吃了这个,容易放屁,但是老贾喜欢。

"所以,你现在都跟我用'谢谢'了吗?"妻子直视着老贾的眼睛。

捧着烤地瓜的老贾哽咽了:"心心……"

"刚才去买烤地瓜的路上,我一直在想,不对劲,反正,总有地方不对劲。贾浩文是不会和我离婚的,这辈子都不会! 你告诉我,是不是出什么事了?"

老贾沉默着。

许梦心继续道:"我想过很多种可能,会不会是你外面有女人了,那个女人逼着你跟我离婚……但是,我冷静下来分析过,这种可能性很小。贾浩文,我希望你能说实话。你瞒不住我的,即便现在瞒住了,我也早晚都会知道的!"

"你真的冷静吗?"

"从来没有这么冷静过。"

"好,心心,你听好了,我马上就要身无分文了,不但如此,我还会背负债务。我不愿意你跟着我吃苦。"

"果然……"许梦心握着烤地瓜的手微微颤抖,"是你不愿意我跟着你吃苦,还是说,你认为我不会跟你吃苦?"

"不是这样的……"

"别不承认了,你就是这么想的! 而我……"许梦心将手里的烤地瓜扔在地上,"而我确实就是这种人啊。就是这种,只能同甘、不能共苦的老婆。恭喜你,你猜对了。"

妻子的眼神很是冷冽,老贾没有见过这样的她。

"不管怎么样,我会尽力安排好你和孩子们的生活……"

"怎么安排?"

"还有套单身公寓能够保住。"

"我许梦心像是可以带着两个孩子挤在单身公寓里的女人?你想什么呢,贾浩文,我拜托你清醒一点!"

"对不起,对不起,对不起……"老贾拼命鞠着躬,"向你求婚时,我保证过的,要给你最好的生活,我食言了。"

"保证过的,就必须兑现,是吗?"

"本该兑现的。"

"那我保证的,就可以不兑现吗?"

"你……"

"在咱俩婚礼上,当着证婚人的面,我保证过这辈子只爱你,要和你不离不弃,这些话,就不用兑现了吗?贾浩文,你这个混蛋,你凭什么不让我兑现!你凭什么赶我走!我不走!"

新苗传媒的项目发布会安排在 H 城一家新开业的酒店,蓝海传媒的老板于海也收到了邀请函。一开始,于海怒不可遏。新苗的这个新项目,在他看来是属于蓝海的,而他们,居然如此堂而皇之。冷静下来后,于海想到,这件事情并不简单。至少,它不像表面上看起来那么简单。

于海本不愿参加,却又很想看看新苗这边到底在搞什么鬼。到了会场,许梦安亲自出来迎他了。只见她穿着件绛紫色的连衣裙,除了隆起的小腹和脚上的平底鞋,其他一切如常。这个女人还真没把自己当孕妇。

"欢迎于总。"许梦安笑得又温婉又大方。

有段时间,于海沉迷过宫斗剧,喜欢看女人们各种掐架和算计。他总结出来,能笑到最后的,往往都是很少显山露水的。要是许梦安进了宫,以她的性格和处事,一定能活到大结局。

"你们可以啊，这就准备开发布会了？不先等等我们的律师函？"于海止步，看着许梦安。许梦安也站住了脚，继续微笑："你们的律师函，等我们的发布会开完再寄也不迟嘛。"

"梦安，虽然我不知道你到底在搞什么鬼，但是，我劝你一句，新苗不是你的，你没必要为它殚精竭虑，你现在还怀着孕呢。我也真是服了李临，你的肚子都这么大了，还不让你回家休息。"

"新苗不是我的，但是，工作是我的。"

"看看你，整个人都憔悴了，值得吗？"

"于总，这边请。"许梦安不想继续聊这个话题。她确实有些劳累。这几天，妹妹一直带着孩子们和保姆住在娘家。她一面要安抚妹妹的情绪，一面还要帮老贾隐瞒许家二老。

发布会很快就开始了，老张发表了慷慨激昂的演讲，再由许梦安代表内容中心发布了新苗的新项目。这个项目根本不是那个短视频 App，而是一个专注于职业女性的自媒体平台。

于海傻眼了，可更让他傻眼的还在后面。因为许梦安非常诚恳地告诉所有人，他们原本是要发布短视频 App 的，但是，在最后关头，项目的负责人黄思思提出，这个项目牵涉到蓝海传媒，一旦发布，有侵权嫌疑。许梦安既表达了黄思思的悬崖勒马，又表达了对蓝海传媒的歉意。

"虽然，这个项目，我们前期投入已经逾百万，但是，我们最终做出了艰难的决定，那就是，无论如何，不能侵害蓝海的权益。我们选择了放弃。知识产权问题，一直是我们行业内的大难题。我们新苗愿意从自身做起，从这件事做起，还希望社会各界继续监督我们。"

许梦安的话音刚落，全场就响起了热烈的掌声。于海的脸已经僵了，他没想到会被许梦安给反将一军。当然，最让他头疼的还是黄思思也上了台。

黄思思当场向于海道歉，表示愿意承担她的行为所带来的一切后果。黄思思话音刚落，就有媒体记者站起来要于海表态。

表态……他于海还能怎么表态，许梦安和黄思思，这两个女人一起把他架到了炉子上，他整个人都在火烧火燎，却不得不维持着风度。

"新苗给业内做出了良好的表率,让人敬佩。"

许梦安不就是想逼他说这句话吗,好,他说还不行吗?只是,他说完了,台上这个挺着大肚子的女人似乎仍不满意,她笑道:"无论于总提出什么要求,只要能表达我们的歉意的,只要我们能做到的,一定满足。"

好一招"先下手为强"!

接着,许梦安和黄思思被一群记者给围住了。不消说,这个发布会一结束,H城内就会有铺天盖地的关于新苗和这两个女人的新闻。

用这样一个小小的发布会,既让于海进退维谷,又着实推广了一把新苗的职业女性的交流平台,无耻,但是高明!两个女人站在台上侃侃而谈,简直就是新苗和那个职业女性平台的代言人!

于海离席时,许梦安甚至亲自送他到门口。

"了不起啊,许梦安。"于海感叹。

"都是跟你学的。"

"路还很长,你也别得意得太早。"

"只要你还在行业内,我就一刻都不敢放松。"

于海上了车,在后视镜里看到许梦安正轻轻挥着手,极有礼貌地在给他送行。

"许总监……"黄思思走到许梦安身边。

"我忘了,应该让你送他的。"

"不必了。我现在终于明白为什么他那么尊重你了,因为你值得被尊重。总有一天,我也能得到这样的尊重。"

"言重了,我也是没有办法,才想了这么个歪招。现在算是解了围,就让一切回到正轨吧。"

黄思思犹豫了一下,才道:"许总监,我现在正式向你提起辞职申请,书面的辞职信明天就呈交给你。"

"我该怎么做?挽留你,还是潇洒地在你的辞职信上签字?"

"签字。"

"好。"

"你不问问为什么吗?"

"新苗本就不是你的舞台，你的舞台会比这更大。其实我很羡慕你，羡慕你的年轻，羡慕你会拥有无限可能的未来。"

"我想自己干了。"

"创业？"

"对，我和凌美川，我们想自己做点什么。"

"所以，你不但要自己走，还要拐走凌美川？"

"抱歉……"

"那我祝福你们吧。"

黄思思笑着："许总监，你不加入吗？你真的要一直待在新苗？"

"想挖我？"

"不敢不敢，现在还不敢。"

"要是往前个三五年，没准我会加入。只是……"许梦安指指自己的肚子，"人不能事事求全，我还是个母亲。"

"两个孩子的母亲。"

"对。"

"你羡慕我年轻，我也羡慕你所拥有的，那种年纪本身赋予的东西。我说不上来那是什么……"

"成熟？"

"不仅仅。大概是你明明知道生活和工作会有很多不如意，但你，似乎从不打算放弃对它们的热爱……"

许梦安笑了。

第十五章
果然不喜欢我了

1

这天，月考成绩公布了，李云阶仍旧没有什么进步，从名次上来看，还后退了好几名，都快跌进班级中后段了。如果这段时间，李云阶没有付出努力也就算了，可她实在不懂，为什么努力了那么久，成绩还是没有进步。她环顾着四周，同桌何璐的英语成绩居然比她足足高出十几分。至于王哲，依然是班级第一。而朱可馨，在没有作弊的情况下，名次也挤进了前五。更可气的是，刘思明居然每门功课都及格了，尤其是他的数学，远超及格线，很是被老师表扬了一通。

"云阶，你别气馁，调整一下心态，放轻松就好了。"薛老师安抚李云阶。

李云阶只是闷不吭声，她觉得自己特别丢人。不但觉得丢人，还感到特别可气。何璐火上浇油，一脸不屑地说她自己的英语成绩有了提高，纯属运气好。

等放了学，何璐邀请李云阶坐她爸爸的车回家。何璐爸爸早就等在门口了，满脸都堆着笑，一面说着"我家璐璐真厉害""考得不错"，一面跟李云阶打招呼。

其实，何璐对自己的成绩还是很在意的，不然也不会名次一出来就急着跟家里人汇报。

"我要去外婆家，自己坐公交车就好。"李云阶道。

"干吗呀？让我爸送你去外婆家嘛。"

"不用了！"

看着李云阶的背影，何璐也有些生气了："什么人嘛，自己考不好就拿我撒气。"

"哟，李云阶这次没考好？"何璐爸爸问道。

"比起没上补习班那会儿，她反而还退步了。所以我说，补习班是全世界最可恶的存在。"

"话不能这么说，这补习班一上，你的英语成绩不是上去了吗？这英语好了，才方便给你办出国留学的手续。"

"要这样的话，我还宁可不好呢。我不出国。"

"你这孩子……"

"给我开车门啊，还回不回家啦？"

何璐爸爸只得憋着火气，笑嘻嘻地给女儿开了车门。

李云阶倒不是因为生气才不坐何璐爸爸的车，应该说，不全是。她是真的要去外婆家，何况，她也不愿意麻烦何璐爸爸绕路。

挤上了公交车，李云阶只是紧紧抱住自己的书包，这里面有熊熊之前存在她这儿的钱。为了书包里的这笔钱，她已经提心吊胆了一整天。

到了外婆家，熊熊很快就迎了上来，把李云阶带进了储藏间。

"带来了吗？"熊熊压低声音问。

李云阶觉着特别可乐，便笑："干吗呢？咱俩又不是特务接头。"

"哎呀，姐，你急死我了，到底带来没有嘛。"

"带了带了，"李云阶打开书包，拿出仔仔细细用报纸包着的钞票，"全都在这儿了，三千块，一分都不少。"

熊熊接过来，像模像样地数起了钱。

"你这是什么意思，信不过我？我还能拿你的钱吗？"李云阶看着熊熊。

"没有没有，我就是……"熊熊仍低头数着钱，"这笔钱很快就要上交了，我以后就是想数钱，也没机会了。"

"嗯？被你妈发现了？"

"不是,是我要主动上交。"

"什么情况……"

"姐,你别装不知道了。"

"到底什么情况?"

熊熊把钱包好,捂在怀里:"我爸的公司破产了。往后,我爸就跟你爸一样了,不对,是连你爸都不如了。"

"你……"李云阶欲发火,却又只好忍着。要是小姨夫真的破产了,这件事还蛮严重的,她不忍心再跟表弟抬杠。

"你妈有工作,我妈没有。而且,她还比你妈爱花钱……"熊熊叨叨着,小表情看起来很是可怜。

李云阶本想说,就算你上交了这点钱也没什么意义,还不够你妈做几次指甲的,但这样的话实在是太伤人了。

"怎么会这样……"李云阶也跟着叨叨,"不可能啊,你爸那么有钱,那些钱总不至于说没就没了吧?"

"你要是不懂什么是破产,可以自己去百度。"

"熊熊,你也别太难过。你爸那么有本事,没钱了还可以再赚。"

熊熊没再说话,抱着怀里的钱走了出去。

"熊熊,你干吗呢?鬼鬼祟祟的,怀里拿着什么呀?"是外婆的声音。

"没什么……"

"没什么?来,我看看……"

"外婆,我……"

李云阶忙跑出去:"外婆,这是我给熊熊买的书。"

熊熊感激地看了李云阶一眼,两个孩子似乎都极有默契地认为,熊熊家破产的事不能被外婆和外公知道。

"你什么时候来的?没听你妈说你要来啊……"外婆疑惑地看着李云阶。

"那个,熊熊,你先回屋看书。看不懂的,我等会儿再来教你。"李云阶先把熊熊给支走,继而对外婆道:"外婆,我想来就来了,是不是没做我的饭?"

"你能吃多少饭,跟喂猫似的,还能少你这一口吗?这样吧,我让兰香再给你蒸个蛋。"

"兰香表姑回来啦?"李云阶前几天听李静说过兰香去找大萍的事。

"回来了……"外婆附到李云阶耳边,"你可不能在她面前乱说话,不许提大萍。"

"嗯。"

许梦心正抱着小西瓜看电视,眼神有些恍惚,熊熊叫了她半天,她才听到。

"妈妈,"熊熊坐到许梦心身边,"我跟你说话呢。"

小西瓜伸手来抓熊熊,熊熊有些不耐烦,只好递过去一根手指让妹妹拽着。

"是熊熊啊。"许梦心笑了笑。

熊熊把钱塞到小西瓜怀里:"这个给你们。"

"这是什么?"

"我存的钱。你们女人花钱的地方多,给你们。"

"你这个孩子……你……"

"妈妈别生气,我当时是想,我要有妹妹了,得给自己存点钱。不过,你不开心的话,我存着它也没用。"

"你把钱给我,就是为了让我开心?"

"这几天你总不开心……我知道是怎么回事,但是我还小,还不能赚钱。"

"妈妈不需要你的钱,傻熊熊。"

"爸爸说,我要哄你和妹妹嘛。"

许梦心腾出一只手揽住了儿子:"妈妈是很难过,难过得像脱了水的鱼。可是,妈妈不会让自己难过太久的……"

"明天会更好。歌里唱的。"

"这首歌妈妈会唱,唱给你听好了。"

"好!"熊熊鼓着掌。

许梦安和李临都在微信上接到了女儿的月考成绩单。两人通了电话,打算把女儿带出去吃个饭,跟她好好聊聊。没想到,许梦安快下班时,接到了李临的电

话,说是学校那边临时有事,一时走不开,晚饭怕是约不成了。许梦安刚把李临的电话挂断,就接到了许母的,她告诉许梦安,李云阶在她那。

"大姐,你也回来吃饭吧,心心他们都在,多热闹。"许母发出了盛情的邀请。

自从老贾出了事,妹妹的态度让许梦安很是诧异。首先,妹妹并没有同意离婚。其次,她没哭也没闹,只是带着孩子们在娘家住,就跟什么都没发生过似的。每次见了许梦安,也总说她没事。

"多大点事,我都不怕,你有什么可紧张的。"妹妹说。

许梦安倒宁愿妹妹哭闹几次,哭闹了,反而就正常了。妹妹现在的状态……实在太过反常。

"许总监,外面有个姑娘说是你家亲戚,我看她那样……也不像是跟你有什么关系的,没让进。现在人在前台呢。"小荷进门通报。

"姑娘?说她叫什么了吗?"

"说是叫大萍。"

"她怎么来了?"许梦安拎了包,急急地往外走。

大萍果然杵在前台那儿,怯生生的,穿着一件明显不合身的灰色薄羽绒服,脚下的球鞋上全是泥。这件羽绒服还是许梦安的,有次清理旧衣服,被兰香给要了去。

"舅妈……"大萍艰难地叫出了这个称呼。

大萍告诉许梦安,她和男朋友在老家坐吃山空,两人都有些为未来担忧。这次回城里,是想找工作的。但是,他们又不愿意被李静和兰香知道,思来想去,只好求助许梦安。

大萍的脸色略好了些,说着:"我只知道你在这栋楼上班,我和我妈有次路过这儿,她告诉我的。但是,我不知道你在哪一层嘛,就一层一层问过来。好在,只问了五六层,就找到你了。"

许梦安带着大萍下了楼,在门口见到了大萍的男朋友。小伙子黑瘦黑瘦的,但长得还算精神。他穿着件黑色夹克,里边是一件白色衬衫,洗得雪白,竟连一丝褶皱也没有。见了许梦安,小伙子只是鞠躬。

"舅妈,这就是连树,你叫他小树就可以。"大萍介绍着。

许梦安微微笑着："走吧，先带你们俩去吃饭。"

"我就说我舅妈不会见死不救的，怎么样，这回你信了吧！"大萍推了小树一把。小树又朝许梦安鞠了一躬："给您添麻烦了。"

到了附近的餐厅，许梦安让小两口点菜。大萍这个也要，那个也要，许梦安也只管让她选自己爱吃的。小树在一边劝大萍，说是三个人吃不了这么多，愣是让服务员去掉了好几个肉菜。

小树话不算多，但许梦安对他的印象很不错。

"我妈来找过我，"大萍咀嚼着一块红烧肉，"被我给赶出来了。反正，从今以后，我的死活跟她都没关系。"

"别说这些气话，"小树给大萍递了纸巾，提醒她擦擦嘴角的油，转对许梦安道："舅妈，我都想好了，还是得出来打工。钱多钱少，都是要赚的，老在家待着不是那么回事。大萍的父母那边，我也想再努努力。我不是没有用，只是，我现在就这么点本事……以后，我会好起来的。"

"那你们是怎么打算的？"许梦安问。

"原来的工厂是回不去了，我想着自己搞个小店面，做早点。"

想来，是手头钱不够吧。许梦安看着有些为难的小树，主动提出："要是钱不够，我帮你们想想办法。"

"不是的不是的……"

"舅妈，我们不是来借钱的！"大萍喝了口汤，"是租的店面，那个房东说要我们找本地人担保。店面可好了，隔成两层的，楼上还可以住人，我们连住的地方都有了。"

吃完了饭，大萍和小树一定要带许梦安去看店面。店面不过十来平方米，在一个老小区门口。大萍说的"楼上"，不过是木板隔成的夹层，楼梯摇摇晃晃，在夹层里，连身子都站不直。

大萍很雀跃："舅妈，你说这里好不好！我们卖点豆浆、油条、包子什么的，这个活不累，又能赚钱！"

"我不会让你累着的！"小树说完这话，有些不好意思地低下了头。

许梦安揽过大萍："好，我给你们做担保。"

小树千恩万谢,还要鞠躬,被许梦安给拦住了。

"你们开店是好事,但是,小树说得对,为了你们的事,跟父母搞得那么僵,总归是不对的。大萍,你妈那里,我找个合适的机会跟她聊。你也别倔。"许梦安道。

大萍点点头:"那……那我听舅妈的。"

李临很少参加学校的接待活动,平日里也少有应酬。今晚,是刘院长非要拉上他的,盛情难却,他只好不情不愿地跟了来。到了吃饭的地方,李临才发现满满当当坐了一桌子人,都是一个学院的老师。

刘院长并没有马上开席的意思,只是跟大家各种寒暄。等服务员端了茶水来,刘院长一下站起:"来了,来了!"

李临抬眼看,只见一个中年女人跟在服务员后面。女人的个子很是娇小,左手腕上挎着包,右手腕上搭着件大衣,一头微卷中长发带着几分俏丽,明黄色的毛衣衬得肤白如雪,搭配着黑色牛仔裤和同色短靴。

对于异性,李临从不细细打量,这些年的一心钻研,让他在这方面变得过分冷静。有时候,连许梦安都嫌弃他,说他可以出家当和尚去了。可是,这个中年女人一进门,李临的目光就锁定在了她的身上。她不是别人,正是李临的老同学和老朋友,又即将和他成为同事的,传说中的梅一朵。

李临没有办法把记忆里的梅一朵和现在的梅一朵联系在一起,可是,眼前的这个女人,确确实实又是梅一朵本人。别的都能改变,那双眼睛是不会变的。

"李教授好!"梅一朵笑着朝李临挥手。

梅一朵回国了,她的回国和她的"准备回国"一样,都是她给李临准备的惊喜。她需要一个惊艳的亮相,和当年她有些悲壮却狼狈的逃离形成鲜明的对比。她想告诉他,不管经历了什么,她始终还是她。也希望,他仍记得。

"来来来,李教授,你敬梅教授一杯嘛。"刘院长笑道。

李临不太喝酒,但杯中早已被斟满了红酒。这杯酒要是不敬,还真说不过去。用刚才刘院长的话来说,梅教授的加入对整个学院,乃至整个学校都是大事,大好事。

当然,这是于公。于私的话,他跟梅一朵也是多年的交情了。虽然她出国后,他们的沟通变少了，但不能否定，他们还是朋友。

"梅教授，我敬你。"李临站起来。

梅一朵也站起，缓缓举杯："李临，你还是叫我一朵吧。这杯，我先敬你。"

"客气了……"

梅一朵浅笑，一边往跟她对坐的李临身边走，一边对众人说着："大家可能不知道，李临对我来说，是个很重要的人……"

本有些喧哗的包厢瞬间安静了下来。李临不知道梅一朵接下来要说什么，忙道："先把酒喝了吧。我干了，你随意！"

"我话还没说完呢，你急什么。"

"对嘛，让梅教授把话说完。"刘院长道。

梅一朵继续说着："我们是本科同学，又是研究生同学，师出同门。我们的研究生导师邱教授学生不多，他最喜欢的学生里，李临算一个，我梅一朵勉强也算一个。上学时，李临一直比我优秀，我只能望其项背啊。这些年我在国外，求学也好，研究也好，包括生活……支撑不下去的时候，总会想起李临，可以说，是他一直在鞭策着我。你们说，他对我而言，是不是一个重要的人？"

在刘院长的带头下，大家纷纷鼓掌，李临也跟着鼓掌。

待掌声陆陆续续歇了，刘院长道："说得太好了！我为你们的同窗之谊深深感动。来，我敬你们俩一杯。"

"等我先跟李临喝完杯中酒吧。"梅一朵看着李临。此时，她已经走到了李临身边，一直站着的李临微微躬了身体，轻碰了一下她的酒杯："欢迎回国。"

梅一朵笑笑，仰头把杯中酒喝尽。

2

许梦安带着大萍来到了许家小院，兰香见了大萍，又气又急，连哭带吼。

"干什么干什么，大萍怀着孩子呢，别吓着她。"许母忙拉大萍坐下，用身体护住她。

许梦安把兰香拖进里屋,将大萍和小树的打算都跟她说了。

"他们主意还挺大……"兰香嘟囔,"做买卖哪有那么容易,要是赔了本怎么办?老贾的生意总做得大吧,还不是……"兰香收了声,面露尴尬。很显然,她知道得太多了。

"谁跟你说的?"许梦安问。

"静姐跟我提了一嘴……你放心,我没跟你爸妈说,当着心心的面,我也装作什么都不知道。"

"那就好。兰香姐,我现在就想问问,大萍的事,你到底是怎么想的?"

"要是他们铁了心要一块过日子,我还有什么可说的。真的要做买卖,那小树是个肯吃苦的,大萍跟了他,日子总归能够过下去。可是,大萍的肚子一天天大起来,这都显怀了……再不结婚,说不过去啊。丢人!"

"那就张罗起来,让他们把婚事办了?"

"哎哟,我真的做不了主的,要问大萍爸。那个……我回头跟他说说,彩礼先少收一点?再不济,让小树先打个欠条?"

许梦安刚想说什么,大萍推门而入,对兰香道:"我要是卖不出好价钱,你不甘心是不是?我这些年赚的钱几乎都给了你,还不够吗?"

"你看你这孩子……"兰香要发火,碍着许梦安,又不能发作。

"有什么话好好说,都别急。"许梦安当着和事佬。

大萍坐下了,倒是没那么激动了,只道:"舅妈,你是不知道,从小到大,我在家里,吃的用的那都是最差的……"

"瞎说!"兰香插嘴。

大萍狠狠看了兰香一眼:"你给大明买衣服,几百块一件根本就不心疼。到了我这,我就得穿你到处拣来的旧衣服。我身上的羽绒服还是你从舅妈这里要来的呢。我就不明白了,小时候我不会赚钱,没办法,要你们养活,行,你们给什么我就穿什么。怎么我自己能赚钱了,我还得穿旧衣服呢?"

"咱们家就这个条件……你弟还要上大学呢。"

"就他的成绩,能上什么狗屁大学!"

"不是,大萍,你就那么看不上你弟弟吗?"

"我弟不坏,他是被你给宠坏的! 他和我爸,都是被你给宠坏的!"

"瞎嚷嚷什么啊,让你舅妈听了笑话我们……"

母女俩继续唇枪舌剑,许梦安不再拦着了,她觉得,这或许就是这对母女的沟通方式吧。只要还有沟通,好些问题就总能解决。

许梦安带上房门离去,一眼就看到了躲在窗下偷听的李云阶。

李云阶吓得要跑,被许梦安给拽住了:"不学好!"

"我就是路过嘛……"

"走,我刚好有话跟你说。"

许梦安带着女儿到了许母的房间,才道:"知道我要跟你说什么吗?"

"还不就是月考的事呗。"

"哦,你还知道。知道就好。"

"我有什么办法。上课没开小差,回家认真写作业,周末还去补习了呢,我挺用功的。"

"首先你这个态度就不端正。什么叫'我有什么办法'? 这学习出了状况,老师和家长会帮着你一起解决的,怎么会没有办法?"

"果然……"李云阶笑笑,"妈,你果然是不喜欢我了。"

许梦安一愣。李云阶继续道:"你现在要么不跟我说话,一跟我说话,就全是这种调调。你这次生的要是儿子,说不准我就是第二个大萍。"

"说什么呢!"许梦安眼睛一瞪。

"我说什么……我说什么你不是能听明白吗?"李云阶说毕,扬长而去。

女儿的态度,让许梦安一时怒火中烧。她跟上前去,想说女儿几句,无奈许父和许母都拦着。

"不就是一次考试嘛,有什么要紧的。"许母搂抱着李云阶,一脸宠溺。

"好好说!"许父说话越来越利索了,手里挂着的拐杖晃了两晃,都快戳到许梦安的脚背了。

许梦安懒得跟二老讲道理,转向李云阶:"跟我回家!"

"我不回!"

"不回也得回! 你现在还学会跟我讨价还价了!"

"姨妈……"熊熊不知什么时候出现在了许梦安身边,拽了拽她的衣袖,眼里含着泪,"姨妈,我想让姐姐留在这。"

"熊熊乖,姐姐今天得跟我回家。"

"我不!"看这情形,熊熊马上就要哭出声来了。

许梦安彻底缴械投降,给了李云阶一个"迟早都要收拾你"的眼神。

待许梦安走了,熊熊拉了李云阶说悄悄话:"怎么样,我演得还行吧?"

"你刚才……"李云阶很是诧异。

"人生如戏,全靠演技呀,你连这都不懂? 我要是不哭,姨妈肯定得拉你回家,你回了家,少不了一顿臭骂。"

"可以啊,熊熊。"

"别放在心上,也别谢我。你帮了我,我也得帮你。"

李云阶哭笑不得:"一套套的,比你爸还能说。"

熊熊听了这话,沉着小脸就跑了。

"云阶,你帮外婆看看……"外婆捂着眼睛走过去,"我这眼里是不是进东西了,有点疼,眼皮还直跳,别是要出什么事吧?"

"怎么会……"李云阶拉下外婆捂着眼睛的手,轻轻撑开她的眼皮,"我给你吹吹。"

李云阶眼里进东西时,外婆总是这么处理的,又温柔又暖心。

"好了好了,没事了。"外婆使劲眨了眨眼,"不疼啦! 真好,我外孙女这么懂事,这就说明外婆没有白疼你。"

"等我妈生下小葡萄,你们就都不会疼我了吧?"

"干吗非得叫小葡萄? 家里又是西瓜又是葡萄的,跟开水果店一样。你叫云阶,这个孩子嘛,就叫云……反正也得带个云字吧,好听。"

"我叫云阶,他叫云梯好了。"

"你这孩子……"

前边又是红灯,这一路,李临已经遇到六个红灯了。

给梅一朵安排的接风宴结束后,刘院长一定要李临送梅一朵回家,边上那些个人也跟着瞎起哄。没办法,李临只好叫了个车。有同事刚好跟他顺路,一头钻进了副驾驶座——这本是他想坐的位置。

李临给梅一朵开了车门,梅一朵倒是大大方方坐进去了。两人在后排坐定,一开始也都没说什么,直到副驾驶座的那个同事下了车。这个时候,梅一朵突然提出,她想先送李临回家。

"听说你们早就换了大房子,我得先去认认门。"梅一朵笑着。

"这都挺晚的了,改天吧,改天我们专程邀请你到家里来做客。"

"邀请我? 你们?"梅一朵歪着头,"是你还是你们呀? 许梦安能同意吗?"

其实,这就是李临当年没有选择梅一朵的主要原因。梅一朵当年的外号是梅超风,因她姓梅,行事作风又颇有些咄咄逼人。

"这话怎么说的……你刚回国,自然是要来家里坐坐的。"

"不用啦,我把你送到你们小区门口,远远地看着你走进去就行了。"

"你这是……"

"我这是何苦? 李临,我不苦。我挺好的,真的。"

李临还能说什么,只好吩咐司机先去景华苑。只是,这一个又一个路口,一个又一个红灯,让李临觉得无比烦闷。车上狭小空间里的梅一朵看着来势汹汹,他却完全不知她为何而来。

"云阶应该长成大姑娘了吧?"梅一朵问道。李临点点头:"就快中考了。"

"许梦安还在杂志社混着?"

"出来了。"

"在家待着?"

"没有,她现在在一家传媒公司上班,干得不错。"

"唔,算她还有点见识。要还在杂志社,这会儿就该生锈了。人挪死,树挪活嘛。我当年要是不出国,你们刘院长也不会摆那么大阵仗给我接风洗尘的。"

"对,所以,你出国深造是个明智的选择。"

"说起来,也得感谢许梦安。"

李临知道,这接下来准没好话了,心里只盼着快点到家。说真的,他已经很久没有这种迫切地希望早点回家的心情了。

梅一朵果然还有话要说,她稍稍靠近了李临一些,压低声音:"要不是她横插一杠子,咱俩的儿女也该中考了,我也不用出国了,也不会受罪,也不会离婚,也不会带着孩子灰溜溜回国……"见李临沉默,梅一朵笑了,"别装了,我离婚了,这事你会不知道?顾大均早就跟你说过了吧。"

"梅教授,你现在是荣归故里。"李临正色道。

"嗯,我这一走,确实是年头太久了,你都叫我'梅教授'了……"

"师傅,前边就是了,你就在这里停吧。"李临忙道。

车子终于停在了小区门口,李临开了车门,一眼就看到了前边停着的一辆出租车。那出租车的门开了,一个孕妇正有些艰难地从里头钻出来。

等等,那不是许梦安吗?李临忙走上前,将妻子扶稳当了。

梅一朵见李临连一声告别都没有,这些年反复在脑海里演绎的层层叠叠的小怨恨便再也摁不住了,匆匆忙忙下了车。只是她万万没想到,许梦安也刚刚回家。是了,那个高挑的背影,除了许梦安还会是谁?梅一朵还没准备好跟许梦安见面,刚想转身走,许梦安却先转身了,两个女人都愣了一下。

"梅一朵?"许梦安随即笑了,"你真的回来了?"

"噢……"梅一朵没想到许梦安还挺热情,"我刚回国。"

"梦安,今天我在外面吃饭,就是刘院长要给梅教授接风。一开始我还不知道呢,后来才……"李临忙道。

梅一朵微笑:"要不怎么给你这个老同学惊喜呢?哟……"她的视线突然停留在了许梦安的肚子上:"许梦安,你怀孕了?"

"是。"许梦安把包往李临身上一挂,一手撑住自己的腰,"你看今天挺晚的了,就不邀请你去家里坐啦。我们再约时间吧。"

"行啊,我还给云阶准备了礼物呢。今天出门急,忘记带来了。"

"那我先替云阶谢谢你。李临,你赶紧给叫个车。"

"不用,我自己能行……"梅一朵说着,朝李临挥挥手,"学校见。"

李临不无尴尬,只得应着:"啊,回见……回见。"

"可以啊,这都过去十来年了,她还惦记着你。"许梦安一直在笑。

李临开了房门，毕恭毕敬地将妻子迎了进去。他什么都不想说，反正，这种时候，在妻子这里，他说什么都是错的。

妻子坐到沙发上，又道："她这趟回来，别是冲你来的吧？还别说，现在的梅一朵，跟以前有那么点不一样了，看起来状态还不错。"

"梦安，我不想跟你开玩笑。"

"我没跟你开玩笑。你上回跟我说她要回来，来你们学校，你们俩要成为同事什么的，我还真没觉着有什么。可我今天看她那样，是不是有点来者不善？"

"那是她的事。"

"你也觉出来了？"

李临也坐下，自然地将妻子的双腿抬起，把她的小腿架在自己的大腿上，轻轻按压着："她就是这么个偏执的人。你也知道，当年她出国，多少和我有点关系。可我能怎么办，不喜欢就是不喜欢……"李临抬眼看妻子，"喜欢就是喜欢喽。"

许梦安抿了抿嘴："少来！"

"她现在的情况我也跟你说过……"

"知道，遭受过家暴，离婚了，一个人带着孩子回来的。"

"所以……"

"行啦，说得好像我会把她怎么着似的。"

"也不是这个意思，我是说，大家都平常心就好。就还是那样，当她是个老朋友，能照顾得到的地方，就帮帮忙；要帮不上忙，那也没办法。"

"你打算怎么帮她啊？"

"之前我不是跟你提过吗，就我介绍给心心的医生，顾大均，顾医生，他算是我跟梅一朵共同的朋友。那会儿，顾大均很喜欢梅一朵的，只是后来梅一朵出国了，他们俩自然也就没成。"

"顾医生是单身？"

"他太太去世了。"

"你想撮合他们俩？"

"没准能成呢。"

"你想听我的意见吗？"

"当然,我跟你说这事,就是想听听你的看法嘛。"

"这种事……如果顾医生心里真的还有梅一朵,他自己会去争取的。可反过来说,要是梅一朵还是瞧不上人家,顾医生再争取也没有用。"

"你都把我绕晕了。"

"两个字:随缘。你啊,还是少管这些吧。你以为媒人是那么好做的?有心思还是先管管你女儿吧,她今天又跟我抬杠了。"

李临叹了口气:"你说,是不是我们逼得太急了……"

"这段时间,她没少用功。你心疼她,我也一样。可是,哪个中考的孩子不是这样的?我听何璐妈妈说,连何璐都知道用功了。咱俩还是老样子,我是严母,你是慈父,我敲打完了,你再给做做思想工作。只能这样了……哎……"许梦安挺直了身体,"小的又不老实了,在我肚子里面转圈呢。"

"我看看……"李临把手放在妻子肚皮上,"这么调皮,搞不好云阶要有弟弟了。"

"你可千万别在云阶面前说什么弟弟。刚才在我妈那,兰香姐和大萍在吵架,被云阶给听到了。兰香姐对儿子有多偏心,你又不是不知道。云阶听了,心里难免会有些想法,觉得我们将来也会那样……"

"大萍来了?"

李临这么问,许梦安便将大萍和小树的打算告诉了他。

"倒都是好孩子。"李临不免有些慨叹。

"大萍亏就亏在没上大学……"

两人唏嘘了一阵,话题又回到了女儿身上。

李临说:"这段时间,我们确实忽视云阶了。"

"家里家外,发生这么多事,我也是人……"许梦安轻抚着肚皮,"我真的做不到面面俱到。"

"要不你休息一段时间吧,别上班了。"

"休息?新苗这边,黄思思和凌美川都离职了,新项目又已经启动,我要是就这么撂挑子了,不能够吧?"

"说白了,你还是离不开工作。人最大的痛苦,无非是什么都想要,什么都想做好。还是得学会取舍嘛。"

"我让你做女儿的思想工作,你倒先在我这发挥上了。我累了,睡觉!"

"你看你……"

许梦安轻轻推了李临一把:"睡觉去!"

小西瓜已经甜甜入睡,许梦心给她掖了掖小被子,自己找了件羽绒服披上,轻手轻脚地走出了房间。躺在门边的许富贵被惊醒,呜咽一声,跟着许梦心往院子里走。

说来也奇怪,如果许梦心不在,这个家里,谁都可以是许富贵的主人。但是,只要许梦心回来了,许富贵指定黏着她,轰都轰不走。其实,许梦心从来没有好好照顾过这只狗,她做的唯一一件事,就是把它带回了家。

"富贵,还是你最好。"许梦心半蹲着,抚摸着许富贵的脑袋。

"心心……"背后传来许父的声音。

"爸!"许梦心转身,"你怎么还没睡?"

"失……失连!"他说的是"失眠"。

"我扶你进屋,外面冷。"许梦心道。

"坐。"许父并没有回屋的意思,而是坐在了一边的木椅上。许梦心只好陪他坐下,许富贵马上扭着身体跑过来,甩着长尾巴,挨着这对父女的脚边,顺势躺下。

"这个,是你的。"许父举起拐杖,绕着院子指了一圈。

"嗯?"

"房子,你的。"

"爸,我自己有房子,大房子! 我要你这个破院子干吗?"

"骗子!"

许梦心一愣,随即笑了笑:"没到那一步。真的,不管你从谁的嘴里听到了些什么,就是吧……那些传话的人总喜欢添油加醋。真的没到那一步,老贾可能干了。"

"浩文,好孩子。"

"是,他很好。"

"你妈,我没跟……没跟她说。"

"嗯,"许梦心红着眼眶,"小问题而已。做生意就是这样的,起起落落呗。"

"心心坚强。"

"也没那么坚强……摊上了,就只能坚强。"许梦心把脑袋靠在父亲肩头,"爸,你陪我在这待一会儿吧。"

许父点点头:"浩文没钱,我还……我还有。我,养你们。"

"别闹啊,你一个月退休工资还不够我买个包的呢,口气还挺大。我不需要!别说话了啊,再说话我不理你了。"

"唉……"

3

老贾一家正式从排屋搬出来那天,恰逢元旦。

新的一年开始了,前段时间忙着善后、忙着应对的老贾,彻彻底底闲了下来。这种"闲",是前不着村后不着店的恐慌。他很喜欢那首《从头再来》,以前每次去KTV总要唱。现在,他终于明白,当时能敞开唱这首歌,只因他是个成功者。成功了,才可以唱"天地之间还有真爱",哪怕明知陪在身边的多是狐朋狗友;成功了,才可以唱"看成败人生豪迈",豪了才能迈,豪迈了才能从容看待自己过去的成败;成功了,才可以唱"只不过是从头再来",因为从头再来对那时的他来说简直易如反掌。而他现在失败了,身为失败者的他是唱不出《从头再来》的。从头再来这件事,对他来说,真的太难了。

妻子比老贾想象的要强大。就好像,她在一夜之间换了个人。

昨晚,许梦心独自在衣帽间收拾东西,能够带走的其实不多——她所心爱的都是奢侈品,奢侈品是有价的,有价的东西是可以变现的。丈夫除了一无所有之外,还欠下了 1500 万债务。

许梦心以前对钱无甚概念,事实上,此时的她也一样。但有一点可以明确,欠着 1500 万债务的家庭,女主人不应该戴名表、背名包。老贾费尽心思留下的那套单身公寓,在她的授意下,也给卖了。家徒四壁者,好歹还有个家。可是,她和老贾连四壁都没有了。

骄傲没用,至于傲娇……这个词跟那些奢侈品一样,从此都跟许梦心无关了。所以,许梦心接受了父母的邀请,决定举家搬回娘家。前几日,保姆刘婶得知自己即将被辞退,抱着小西瓜哭了很久。姐姐说,刘婶的工资她来付,但是许梦心觉得窘迫归窘迫,骨气还是要有一点的,便坚持要辞退刘婶。

老贾杵在排屋门口,许梦心抱着小西瓜立在他身边。小西瓜什么都不知道,甚至,在她眼里,来来往往搬着东西的大人们十分有趣,她笑出了声。但已经上小学一年级的熊熊,他可是什么都知道的。搬家这天,他没有出现。他唯一的要求是,希望把卧室里那张汽车造型的床留下。爸爸已经没有车了,至少,他熊熊还有一张汽车床。

"不早了,大姐他们该来接我们了。"许梦心说。

"让我再看一眼吧。"

"再看,这房子也不是我们的了。"

李静载着许梦安和李临,正往老贾他们这边赶。许梦安在 H 城还有一套房,虽然没有现在住的这套大,但也有一百平方米左右,三室一厅,妹妹一家住着正好。不过,妹妹并没有接受许梦安的建议。

宏远初中的元旦文艺会演上午就开始了,下一个就要上台表演的是李云阶和朱可馨,她们站在舞台一侧的幕布后,不时透过缝隙打量着台下。

台下的观众很多,朱可馨的妈妈抢到了绝佳的座位,正笑眯眯地等着她的女儿上台。不过,李云阶的家长还没到。

"没事的,到时候你爸妈可以在学校官网看视频,咱们的节目肯定会录进去的。"朱可馨试图安慰李云阶。

家长来不来,这是个态度问题。往年的元旦文艺会演,李云阶的亲友团声势是极为浩大的。父母不用说,肯定会来,还有外公、外婆和兰香表姑呢。有一次,连老爸的学生们都来了。

李云阶知道,今年情况特殊,小姨家出了大事。今天,小姨他们要搬家。可是,家里有那么多人,至少可以派个代表来吧？这个想法,她昨天就想告诉老妈的。那时,老妈他们正商量着小姨搬家的事。话到嘴边,她又觉得挺没意思的。要是家里人真的在乎她,应该会安排好的。谁能想到,他们并没有安排。也许,李云阶要表演快板,这件事对他们来说本身无关紧要。甚至,再这么下去,李云阶这个人对他们来说都会变得无关紧要了。

主持人报幕了,朱可馨推了推李云阶:"别想了,该上台啦。"

心不在焉的李云阶恍恍惚惚上台去,她都不知道自己到底在表演什么。底下乌泱泱的观众,没有一个是属于李云阶的。哪怕,刘思明正举着李云阶的灯牌高高站立着。是的,他精心准备了一块灯牌,上面写着"李云阶加油"。

李云阶差点就忘词了,更别提表情和语调之类的。下台的时候,她还摔了一跤。要不是朱可馨眼疾手快将她扶起,她出的洋相会更大。挡不住底下还是有人喝了倒彩,那些带着讥讽的笑声钻进李云阶的耳朵里,像是扎进她心里的刀子。

薛老师说,如今初三了,这种表演无非就是走个过场,名次不重要。但是,李云阶不这么想。这段时间以来,几次考试,李云阶总是发挥不好。身为文艺委员,今天的表演对她来说,多少有些想翻盘的意思。她想通过这个来证明自己,告诉所有人,她也有优势。结果……

老贾踏进了许家小院。这是他落魄后第一次来老丈人家,不是以客人的身份,而是以寄居者的身份。

两位老人还是很热情,比以往更热情。这种热情,让现在无比敏感的老贾感到了不安。他宁愿他们冷眼待他,他能够安然接受的。

许母准备了一桌子菜,满满当当,基本都是老贾爱吃的。

"啥也别想,踏踏实实住着,你们肯来,你爸是最高兴的！他就喜欢家里热闹!"许母说完,另外那些人便附和着,连不大会说场面话的李临都连着附和了好几句,许父更是点着头:"热闹,好！喜欢!"

这顿饭,吃得老贾如坐针毡。他匆匆扒拉了两口,就借着要给小西瓜换尿布,抱着小西瓜离席了。

"他吃饱了吗？怎么才吃这点?"许母看向许梦心。

"行啦,就你话多,他这么大人了,吃没吃饱自己不知道吗?"

"不是……我别是说错什么了吧?"

"妈,你别管这么多了。"许梦安道。

"我能不管吗?都这样了,我能不管吗?"许母不知哪来的气,顺手把碗筷一推,眼泪水就下来了,"接下来,我心心的日子该怎么过哟……"

接下来的日子该怎么过?这个问题,许梦心想过无数次。她无法忘记许母得知老贾落魄时的表情,错愕、惊慌,还有不知所措。如果,遭遇这种事的是大姐,许母应该不会这样吧。因为,大姐不靠老公,而她许梦心,是完完全全靠老公的。

以往许梦心对许梦安的一些行为很是不屑,认为大姐的要强纯粹就是自讨苦吃。大姐夫家境很好,工作又体面,一家子人的生活是完全不成问题的。可是大姐呢,她非要从杂志社辞职,非要出去跟人拼杀。

当然喽,这种不屑里,隐隐也有羡慕,甚至还带着嫉妒。因为,大姐是许梦心不可能成为的那种女人。许梦心曾跟大姐夫说过,这世上的女人,有的像她许梦心这么活着,可有的也得像许梦安那样活着——冲锋陷阵,去跟男人拼一拼。

这些话说来简单,可是"拼一拼"是需要能力的。它需要的不仅仅是主观意识,更需要客观条件。很显然,我们的许梦心并不具备这样的客观条件。以前的许梦心,只是个任性、骄纵,除了年轻漂亮外一无是处的女人。现在,她连年轻漂亮都没有了。还有那些能够让她更年轻更漂亮的装饰品:昂贵的首饰、手表、名包,以及存放这些的衣帽间,以及衣帽间所在的大排屋,统统都没了。能够证明许梦心富有过的,只剩一套还没结束的价格不菲的产后修复课程。她曾不以为意,有一搭没一搭地去上过这个课。她觉得,这套课程太严苛了,而且见效慢。她需要的是一根仙女棒,"嗖"的一下就能变回从前。

只是,这个世界没有童话。现实就是现实,它是残酷的、狰狞的,更是不由分说的。它扑面而来的时候,从来不考虑当事人的承受能力。迎头的痛击,可能会让人倒下。要重新站起来,需要的也不只是勇气。

如何继续生活……又回到这个让人头疼的问题上来了。贾浩文不知道,许梦心更不知道。最起码,他们暂时还不知道。

大姐前几天跟许梦心说过,好多事情都有着它们的规律。譬如,盛极必衰,又譬如,否极泰来。如果真的到了人生的低谷,那么,只要往上爬,爬到哪里都算是成功。可是怎么爬呢?算了,先歇歇吧。

吃过午饭,许梦心抱着小西瓜睡了个绵长的午觉。在睡梦里,她带着两个孩子坐摩天轮。摩天轮下面的城市,云遮雾绕,他们什么都看不到……

这不是李云阶第一次坐摩天轮。文艺会演结束后,刘思明看她郁郁寡欢,便带她来到了游乐场。他仍傻傻地带着给她定做的灯牌,她抢过来扔了,他又跑去捡回来。"李云阶加油",这是灯牌上的字,五颜六色的灯光显得那么招摇,又那么刺眼。

"为什么非要加油?加不动了,想停下来喘口气行不行?"

"行啊!"刘思明说,"我这就带你出去玩,想去哪儿就去哪儿!你说个地方吧。"

H城新建了一个巨型游乐场,是李云阶一直想去,但又一直没去成的。想来想去,她只想到这一个地方。

"哇,好高啊!云阶,你快看,可以看到我们学校!"摩天轮里,刘思明特别兴奋。

"也就那样吧。"李云阶显然还沉浸在另一种情绪中。

"别不开心了,多大点事。"

"事大了……"

"不就是考试没考好吗,不就是表演的时候出了点小差错吗,怎么了呀,这就颓了?你看人家朱可馨,作弊被抓,多丢脸啊,不照样挺过来了吗?"

"别安慰我了。"

"我真没安慰你。云阶,你在我心里是最棒的。"刘思明又举起了灯牌,"闪闪发光!"

"我又不是你,没心没肺。"

"谁说我没心没肺了?哎,你知道为什么我这次考试进步了吗?"

"为什么呀?"

刘思明笑着:"我心里有目标啊。我的目标是,下个学期能当上体育委员!"

"你也就这么点出息了。"

"你呢,你有什么目标?"

"能考上一中喽。"

"那是你父母的,你自己的呢?"

"我……"李云阶摇头,"我不知道。"

"那就再想想呗。"

"嗯,再想想……"李云阶看向摩天轮下面的城。

许梦安拖着疲惫的身体回到了自己家,她想亲手给女儿做顿晚饭。这边炸鸡刚下锅,她就接到了公司的电话。新项目上马,一切都没有想象中那么乐观。习惯了什么都大包大揽的她,感觉到了从未有过的压力。

李静接过了许梦安手里的锅铲,把她给撵出了厨房:"别在这瞎表现了,赶紧忙你自己的去吧。"

和许梦安预感的一样,果然还是新项目的事。来电话的是小荷,说之前答应给他们写专栏的王老师临时改主意了,说是要等等。

许梦安这个小小的部门是无法产出大批量的优质内容的,所以,新苗这边签约了几个专栏作家,王老师便是其中之一。这王老师是专门研究女性情感问题的,有些观点辛辣又前卫,颇有些拥趸。

"别是蓝海半路截和吧?"许梦安忍不住抱怨。

"这次不是蓝海……"小荷顿了顿,"是黄思思她们。"

"动作可够快的,她的公司还没正式营业吧?"

"这个我就不知道了,反正据小道消息说,是黄思思让王老师改了主意。"

"她给王老师开什么条件,这个你清楚吗?"

"王老师你还不知道吗?人根本就不缺钱。总之,她什么也不缺……要我说,她就是缺心眼。"

"别乱讲……"许梦安还是很尊重王老师的,"一定是哪个环节出了问题,慢慢找,总能找到。"

"许总监,你的意思是,我们还要去找王老师谈,还要跟她死磕?"

"你知道黄思思为什么能抢走王老师吗？别的原因我们还不知道，但有一点可以确定，那就是黄思思现在毫无退路了。毫无退路的人，是有那股子狠劲的。我们少的就是这股子劲。"

"许总监，你可从来不少……"

"这是要跟我抬杠？"

"不敢，不敢。"

"记住，情绪解决不了问题。"

"嗯……"

情绪解决不了问题，可是，只要是情感动物，就会有情绪。看到晚归的女儿，将"情绪解决不了问题"视为座右铭的许梦安到底还是有了情绪。全家都在等李云阶回来吃饭，好，就算不回来，至少也得跟家里人说一声吧。学校虽然不让带手机，但到了初三，大多数家长对孩子带手机这事就都选择了睁一只眼闭一只眼。何况，今天是元旦，学校有文艺会演，孩子们并没有课。

结果还是李临给刘思明发了微信，刘思明说他正跟李云阶在外面吃大餐。

"这就是你说的，跟刘思明好好谈过？"许梦安枪里的子弹上了膛，第一枪就瞄准了李临。

"总不能不让他们来往了吧？"

"我也没说不让孩子们来往，但是，你女儿不回来吃饭，是不是要先跟我们打个招呼？"

"你……"

李静打着圆场："一点小事，你们俩倒先吵起来了。回头孩子回来了，好好跟她说嘛。"

"要是跟她说有用，我就……"许梦安皱眉，"咱们准备了这么多菜，在这等了半天，好嘛，人家直接在外面吃大餐了！都不用跟家长报备了！"

许梦安最近胃口好了不少，确实经不起饿，肚子早就咕咕乱响了。

"不等了，先吃！看把她惯的！"许梦安抓过筷子。

李静给李临使眼色："还不快把这几个菜拿到微波炉里去热热。"

等三个人安安静静吃完晚餐，李云阶才回来。这孩子回到家里，也不跟父母、姑姑打招呼，换了鞋就往自己屋里走。

"你给我站住。"许梦安道。李云阶跟没听到似的，继续往前走。

李静急了："云阶，你妈跟你说话呢。你这么晚才回家，她都急坏了。"

"这是我家，我爱几点回就几点回。"李云阶看着李静。

"反了你了！"李临话是这么说，却一个劲朝女儿挤眉弄眼，"还不快跟你妈道歉。"

"我又做错了？"李云阶问道，"是不是我现在无论做什么都是错的？"

本是坐着的许梦安霍然站起，她的大肚子显得分外醒目："所以，你这么晚回家，事先连个电话都不打，你都没觉得自己做错了？"

"我马上就要 16 岁了，难道连决定什么时候回家的权利都没有？再说了，今天是元旦，学校好不容易放假一天，我就不能自己安排了？有什么好担心的，我又不是出去干什么坏事！你们用得着联系刘思明吗？你们到底什么意思！"李云阶跟连珠炮似的，张嘴就停不下来，这是摆明了要跟老妈宣战。

李临听了这些，赶紧拽着女儿进屋，不料许梦安横在了女儿面前。她的脸上有愤怒，更有无奈："信不信我关你禁闭！"

这话一出，李静倒不觉得有什么，李临父女却都错愕了。所谓关禁闭，是指把李云阶反锁在柴房里。这个处罚在这个家里相当于极刑，只在李云阶 6 岁那年用过一次。那时候，还没搬来这套房子。那年李临夫妻俩带着女儿去商场玩，回来的时候，发现女儿手上多了个亮晶晶的戒指。原来，在许梦安试戴首饰的时候，女儿看到这个东西闪闪发光，很是有趣，顺手就给藏口袋里了。夫妻俩赶紧去商场把戒指给还了，少不了跟人各种道歉。许梦安当时年轻，处事还没这么冷静，硬是把女儿打了一顿，关进了黑乎乎的柴房。要不是李临搬来老丈人和丈母娘当救兵，李云阶怕是已经在里面哭晕过去了。

关禁闭这事，给李云阶留下了不可磨灭的阴影。没想到，在隔了快十年的现在，老妈居然还要来这套！

"你现在有了新的孩子，所以，你就可以这么对我了……"李云阶哭了，"我恨你！"

"云阶……"李临抱住了浑身发抖的女儿。他不知道为什么妻子会突然提起关禁闭,他们曾说过,永远也不再提这件事的。

"梦安你别这样,孩子挺懂事的,就是偶尔有点叛逆,这很正常,这个年纪嘛。"李静看到李云阶吓成这样,忙劝许梦安。

"姐,你听到没有,她恨我!我怀胎十月生下她,又把她养大,无论什么时候都尽心尽力,她现在跟我说,她恨我!"许梦安说毕,开始大喘气,差点一口气没上来。

"我不但恨你,我还恨你们所有人,所有大人!"李云阶推开了李临,转身往外面跑去,连拖鞋都没换。

时候已经不早了,何璐妈妈看到站在门边的李云阶,很是诧异。

"阿姨,我能在你家借住一晚吗?"李云阶顾不得什么了,眼泪汪汪地看着何璐妈妈。

"啊,是不是出什么事了?"

"也没什么……"

何璐抱着包薯片走出来:"这还用问吗,肯定是跟她妈吵架了呗。云阶,你赶紧进来,我跟你说,别说今晚了,我们家,你爱住多久就住多久。"

"这个……"何璐妈妈面有难色,"我还是先给云阶家打个电话吧。"

何璐才不管这些,拉起李云阶就往卧室走。

两个女孩在房里叽里咕噜说着话,趴在门边的何璐妈妈多少也听明白了些。她本以为许梦安能耐很大,真的能搞定工作、搞定老公,还能搞定女儿和肚子里的二胎……现在看来,也不过如此。

李临硬着头皮跑到何家,李云阶根本就没出来见他,是何璐给当的"发言人",说是云阶妈妈必须亲自来接,还得道歉,不然,休想接走李云阶。

那何璐在何家,完完全全是混世魔王般的存在。她父母说道了她几句,还被她给吼了回去。

"李老师,你看,璐璐倔,云阶比璐璐还倔……要么,就让云阶先在我们家对付一晚上,明天再说?"何璐妈妈建议。

何璐爸爸则尴尬地说着:"你看,我们家璐璐也不听我们的……"

"我就说了,孩子不能宠,该打就得打!"何璐奶奶不知什么时候出现了,骂骂咧咧的。

"那你打我好了！来啊，打我啊！"何璐把脸凑了过去，"怎么不见你打我弟弟啊？"

李临到底还是把李云阶给带走了。父女俩走到自家单元楼下，李云阶死活不肯上楼。"我不会跟你回家的！"她表明了自己的态度。

嗯，这个家里的女人都很有态度。李临出门前，许梦安正坐在那里暗自垂泪，而李静，面对怀着身孕的弟媳妇亦不忍裹乱，只拿李临出气。到了女儿这儿，小姑娘一脸无畏，根本就没把当爹的放在眼里。

"你饿吗？"李临突然问。李云阶一怔："啊？"

"附近新开了一家烧烤店，听说不错，我一直想去吃吃看。"

"好吃的也没用，你别想贿赂我！"李云阶说完这话，又忍不住笑了起来。

还好还好，女儿这里，还是能用一顿烧烤搞定的。

说去就去，父女俩很快就到了烧烤店。李云阶拿过菜单，把能点的都点了一遍，像是泄愤般。李临便也由着她去，总之，吃完这一顿，她能跟他回家就好。

李云阶走了，可是何家的战争才刚刚开始。何璐奶奶听得孙女这么跟自己说话，立时坐到地上，那叫一个哭天喊地。何璐的弟弟何瑞平素跟奶奶是最亲的，看到奶奶这样，扑进她怀里就是一顿哭。

何家的食物链是这样的，没事的时候，爸爸、妈妈、奶奶、何瑞、何璐，从下到上依次排开。可一旦有点什么事，就会变成爸爸、何璐、妈妈、奶奶、何瑞，也是从下到上依次排开。这个时候，何瑞便成为了站在食物链顶端的人。毕竟，他有奶奶和妈妈两大护法。而何璐呢，她只有一个怕麻烦的爸爸。

不过，何璐这次不想跟那两个女人理论，她已经受够了。弟弟开心时，她们最常做的事就是问他喜欢奶奶多一点还是喜欢妈妈多一点；弟弟不开心了，她们左一句"心肝宝贝"，右一句"心头肉"。

何璐冲进洗手间，过了五分钟，湿漉漉地跑了出来。那几个大人都傻眼了，连何瑞都止了哭声。是的，何璐用冷水把自己浇了个透，哪怕屋里有地暖，她仍冻得牙齿打架。

"你作死呀!"何璐妈妈痛哭起来,"你不作到我去寻死,你就不高兴……哪天我死了就好了……"

何璐奶奶慌得从地上爬起,这一回,她是再顾不得孙子了,忙着到处找浴巾,冲进洗手间后,结结实实摔了一跤。老人家骨头松,哪禁得起摔,这一跤,摔得她是四脚朝天,哼哼唧唧。

何璐爸爸扔了条浴巾给女儿,慢慢扶起老妈,嘴里嚷着:"哪天都不太平,这个家,该死的人是我! 你们索性弄死我好了!"

第十六章
打断骨头连着筋

1

烧烤店里，李临父女俩吃得正欢。薄薄的牛肉在铁板上烤熟了，蘸了特制的调料，吃起来特别美味。还有什么烤鸡翅、烤鱼，这些都是李云阶爱吃却又极少吃的东西。李临要了瓶啤酒，还给女儿叫了瓶冰可乐。女儿小口喝着可乐，嘴里说着："痛快！"

李临不禁提醒："女孩子还是要文雅一点的。"

"干吗非得规定女孩子这个不能做那个不能做的！"

"今天破个例，你爱做什么就做什么吧。"

"我也没说非要做什么。"

李临笑笑："云阶，能跟爸爸说说，你今天为什么会这么生气吗？"

"一杯可乐就想听我的心里话？我的心里话可值钱了，无价懂不懂？"

"咱俩之间谈钱，多伤感情。"

"所以我说无价呀。"

"让我猜猜……是不是因为我们没去你学校的元旦文艺会演？"

女儿的神色黯淡了下来，想来就是因为这个了。李临犹豫了一下，再道："云阶，爸爸妈妈以为你懂的。今天情况特殊，小姨搬家嘛。"

"小姨可怜,熊熊可怜,兰香表姑和大萍姐姐也是可怜的。可是我呢,谁来可怜可怜我?你还好,可是你看我妈,最近对我什么样,你没看出来吗?以前她还会跟我聊聊天,现在连铺垫都没有,直接就开骂了。就刚才,还说要关我禁闭呢!"

"那是气头上的话,听听也就过了。"

"过不去!她没怀孕之前可不这样。真的,她那会儿对我也严,但好歹还算讲道理。"

"今天的事她也有错,我回头让她跟你道歉。"

"道歉有什么用!这是我过得最糟心的一个元旦了!"

"那我再给你点份牛肉,你心里会舒服一点吗?"

"爸,没用的。"李云阶打了个饱嗝,"我现在什么都吃不下了!"

"我们回家?"

"回家可以,但是我不想见到她。"

李临好不容易把女儿哄回了家,进得卧室,却见许梦安的脸色比之前更难看了。一问才知,刚才何家人来电话,说是何璐奶奶摔得不轻,何璐爸爸和何璐妈妈送她去医院了。

"别想了,明天我们去医院瞧瞧吧。这祸也不是云阶惹的,是他们这家人吧,本身就有很多问题……"李临道。

"你就别说他们家了,先把自己家的问题捋一捋吧。"

"这云阶答应跟我回家,思想工作可不好做。你要怎么批评教育她,总得明后天再说吧。要我说,你的脾气最近也是越来越那什么了,怎么一点就着呢?有什么不能好好说的,非要提那些不该提的?"

许梦安不再言语。

微醺的李临躺倒在床上,不料妻子却轻踹了他一脚:"回你自己房间去!"

"不是,我又得睡书房啊?我又怎么了,你就那么不待见我……"

"你不去我去。"

"行,行,你们都是女王,我谁都惹不起。"李临懒懒起身,到底还是溜了。

家长都不在,偌大的家里,就只剩何璐姐弟俩。淋了冷水的何璐裹着被子坐着,一边玩手机,一边打喷嚏。门缝开了,钻进来个小人,不用说,肯定是何瑞。

"我们会回家的。"何瑞很认真地看着何璐,"我和奶奶,我们回家。"

他嘴里的"回家",应该是指"回老家"。他一直跟奶奶生活在老家,说起来,进城也才小半年。

何璐冷着脸:"关我什么事。"

"我不许你欺负奶奶。"

"谁欺负她了!"

那小人儿不知哪来的勇气,龇着牙,凶狠得像头小猛兽:"我说了,不许你欺负奶奶!"

"你想跟我打架是吧? 好,别以为你小,我就不会打你!"

何瑞看着何璐,他的样子一点都不"包子",甚至还有点嚣张。

"你不会打我的,因为你不敢!"何瑞说。

何璐被弟弟挑衅了,气得连打了好几个喷嚏。

"活该!"何瑞大笑。

"你这熊孩子,反了你了!"

"我不怕!"

"信不信我把你轰出家门!"

"这里不是我的家。"

噢,原来在何瑞看来,这里不是"家"。巧了,她何璐也是这么想的。

爸爸和妈妈很晚才回来,但是,奶奶并没有回来。他们说,奶奶住院了。

"你没事吧?"爸爸拿着个水杯来找何璐,"你妈给你泡的感冒冲剂,喝一点,身体第一,别耽误你学习。"

"她泡的? 我不喝!"何璐仍在赌气。

"你妈其实挺关心你的,还有你奶奶,她也特别心疼你。要不是为了给你拿浴巾,奶奶也不会摔倒……"

"我又没让她拿!"

"璐璐,你这么讲就不对了……"爸爸大概真的是很累了,放下杯子,挨着床头柜,一屁股坐到了地板上,"大家都很关心你,只是你自己还没感觉到。"

"她们眼里只有我弟弟,重男轻女!"

"男人有什么好呀,你看,我是男人,在这个家里,我是最受气的。"

何璐想笑,却只是忍着:"是吗? 我没觉得呀。"

"弟弟还小,她们疼爱他,这很正常。"

"那是疼爱吗? 那是偏爱!"

"璐璐,你弟弟以前一直在老家,不像你。你呢,从小就跟着爸爸妈妈,所以吧,你妈总觉得对不起你弟弟。"

"那她生弟弟之前,有没有想过对不起我呢?"

"爸爸不是李老师,不会讲什么大道理。你知道,爸爸也没念多少书。我就是觉得,你得跟你弟弟好好的,两个人得一条心。我跟你妈总有老的那天,爸爸不会赚钱了,妈妈也做不动家务了,到那个时候,这个家就要靠你们俩了,我们也要靠你们俩了。"

"我又不是这个家里的人,我早晚是要嫁人的嘛。谁继承了你的钱,谁给你们养老喽。"

"噢……"爸爸低头想了一会儿,"我女儿这是在跟我谈生意?"

何璐的脸都红了:"没有没有,我就是生气,特别生气!"

"你要是因为这个生气,爸爸今天就告诉你,弟弟有的,你也会有。"

"真的吗?"

"真的。"爸爸站起来,朝何璐笑笑,"其实,爸爸现在也挺生气的。你好好想想,不管你想要什么,只要是爸爸能力范围内的,是不是都给你买了? 我对你奶奶、你妈妈,都没这么好过。都说女儿是爸爸的贴心小棉袄,可是,我的这件小棉袄……真的伤了我的心。爸爸妈妈把你养大,可从来没记在小账本上,说这个花了多少钱,那个花了多少钱……但是你呢,你要拿了钱才愿意给我们养老……璐璐,爸爸觉得自己特别失败。"

何璐愣住了,而爸爸仍是笑着:"把感冒冲剂喝了,早点睡吧。"

"爸……"

爸爸没再说话,转身走了。

元旦期间,许梦安是有假期的,但因为新项目的事,一早就接到了公司的电话,不得不过去开会。临出门前,她再三交代李临,得买点东西去医院看看何璐奶奶。待许梦安走了,李云阶告诉李临,她也要去探望何璐奶奶。老人家摔伤了,这事虽然跟她没有直接的关系,但她总觉得心里有愧。要是她不去何璐家,就不会发生这种事。李静直夸李云阶懂事,给准备了各种补品,让父女俩拎去医院。

在何璐奶奶的病房里,李云阶见到了何璐。何璐正气呼呼地削着一只苹果,一边还叨叨着:"这也不吃,那也不吃,不吃东西怎么行!"

看到李家父女来了,何璐奶奶很是感激:"这是怎么说的,还辛苦你们跑一趟,让你们破费了……"

"应该的,应该的。"李临也不太会寒暄,说完这话,借着打电话走出了病房,叮嘱李云阶多陪何璐奶奶聊聊天。

"你爸妈怎么不在?"李云阶问何璐。

何璐叹口气,附在李云阶耳边,小声道:"我爸生我气了,说是今天我必须留在这照顾奶奶,单独照顾!"

"你什么时候怕过你爸呀。"李云阶也压低了声音。

"我这不是怕他,是不想给自己找麻烦。"

"不过,照顾奶奶也是应该的,我还经常给我外公剪指甲呢,我外公的指甲长得特别快。要只是剪指甲就算了,他现在学会发朋友圈了,一天不给他点赞,他就给我发语音……又气又好笑。"

"你吃水果!"何璐奶奶招呼李云阶。

"好,谢谢奶奶。"李云阶说完推了身边的何璐一把:"你奶奶人蛮好的呀。"

何璐翻着小白眼:"就那样。"

李临出了病房,在过道里转悠,一眼就看到了过道那头的梅一朵。梅一朵抱着个六七岁的小女孩,也看到了李临。

"你怎么在这?"两人几乎同时开口,又都朝对方走去。

"笑笑发烧了,一直不退,只好来医院了。"梅一朵道。

小女孩很有礼貌："李叔叔好。"

前几天，梅一朵把女儿带到学校来，可爱的笑笑很快就博得了众人的喜爱。这孩子不但长得可爱，嘴巴还特别甜。

"挂上号了吗？"李临问。

"挂上了，正准备去做检查呢。要不是退不了烧，我根本就不想带她来医院，这要是在美国……"

"别拿美国那套说事啊，孩子不舒服，该来医院检查还是得来。"

"太麻烦了嘛，什么都得检查一遍。"

李临抬手看了看表："得，这家医院我比你熟悉，我带你们吧。单子拿来我看看……先验血，走吧，我记得验血是在另一栋楼……"

"难怪，我说怎么半天都没找着呢。"

"这是住院部。"

"好在碰到你了。"梅一朵笑着，"笑笑，还不快谢谢李叔叔。"

"谢谢李叔叔。"这孩子是真乖巧。

"来，叔叔抱你吧。"李临伸手抱过笑笑。

从病房出来的李云阶和何璐看到了这一幕，她们正要给何璐奶奶买馄饨去。

"噢……你爸抱着个小孩呢……"何璐揉揉自己的眼睛，"谁家小孩？"

小孩长什么样，李云阶并没有细瞧，可老爸边上那个阿姨确实有些扎眼了。那阿姨穿着件玫红色系带大衣，脚下的高跟鞋足有九厘米高。可即便是这样，她还是比老爸矮了大半个头。她正仰着头跟老爸说话，看起来怪滑稽的。

李云阶掏出手机，给老爸打了个电话。远远地，瞧见老爸一手抱着那小女孩，一手滑开了手机。

"爸，你去哪儿了呀？"

"噢……我去附近办点事，等下就来接你。你好好陪何璐奶奶，乖乖在病房等我，别乱跑。"

好呀，说谎都不打草稿。李云阶挂断电话，无奈地看了何璐一眼。

何璐道："我有一个大胆的想法……"

"把你的什么破想法都憋回去！"

李临想得很简单，既然遇到了需要帮忙的梅一朵，那他就不可能不管。只是，他为什么要对女儿撒谎呢？很难说，也说不好。潜意识里，他认为如果说了实话，女儿知道了，也就意味着许梦安知道了。许梦安知道了，她会作何感想……这又是另一桩麻烦事了。

精致的中式包间内，服务员正极有耐心地上着菜。这个餐厅以养生茶和养生餐闻名，所有餐食都是单人份的。许梦安点的是其中最贵的那一种套餐，这种套餐有个很好听的名字，叫"和为贵"。嗯，确实很贵。

上到第八道菜的时候，王老师才略微舒展了一下眉头："可算快完事了。"

"王老师，对这里的菜不满意吗？"许梦安问。在她的印象里，王老师喜欢穿茶服，手上不离佛珠的，颇有看破世事的感觉。按说，这里的养生茶和养生餐，她应该也会喜欢的。

"一顿饭，本来半个小时能吃完的，非得弄得这么拖沓，浪费时间，约等于谋财害命。"王老师道。

"那我的罪过可不小呀……"

"小许，咱们开门见山吧。"

"既然老师都这么说了，我也不在这绕弯子了。我就想知道，老师为什么不跟我们签约了。我问这话没别的意思，我也明白，这是您的决定，我尊重您的决定。"

"你觉得生活有意思吗？"

"嗯？"

"你的我不知道，也没兴趣知道，就是我自己的，嗯，挺没意思的。"

"这是怎么说的……"

"你看，我什么都有了，钱、地位，人前像个人样……就好像，成功的人就应该是我这样的。"

"那当然，大家都很仰慕王老师。"

"听说过那句话吧，'我们终其一生，就是要摆脱别人的期待'。我就是不想再做什么成功的王老师了。王老师也可以失败。"

许梦安半懂不懂地点着头。王老师笑了："你一点都没听明白，对吧？"

"我没有您的境界。"

"看，就是这话，境界……成功了，随便干点什么都叫有境界。"

许梦安也笑："王老师，我刚才不太懂，现在懂了，您想做自己。"

"对，我不愿意被什么东西给绑架了。我的人设是知性、理智的王老师，可谁又知道，我也有任性、感性的时候呢？"

"可是，这跟您和黄思思合作，有什么关系呢？"

"因为黄思思活得认真且真实啊。你……"王老师还是笑，"小许，你这个人，太淡定了。比如今天，你其实是气恼的，因为我在跟你们签合约时临时改了主意。可是，你的做法是，装作什么都没发生，请我吃这种'佛系套餐'，跟我天南海北地瞎聊，要不是我让你开门见山，你还不一定会直说呢。"

许梦安再也笑不出来了。王老师继续道："许梦安，真正的你是什么样子的，怕是连你自己都忘记了吧？"

"您把我给问住了。"

"我说的话，你大可不必在意。活在这世上，遵守规则、隐藏自我，总比打破规则、彰显自我要更容易些。但不知为什么，我觉得，你骨子里，其实更喜欢的是前者……该上最后一道菜了吧？"

"是。"

万幸的是，笑笑被及时送来就医，再晚一点，就要转成肺炎了。梅一朵很是感激，拉着李临要请他吃中饭。李临自是婉拒，他还得去病房接女儿呢。

父女俩一人骑一辆共享单车，吭哧吭哧往家里赶。本落在李临后面的李云阶，不知哪来的力气，硬是追了上来。

"爸，我想跟你谈谈。"女儿喘着粗气道。李临刹车："怎么啦？"

女儿从车上下来："那是谁啊？"

"谁是谁？"

"你知道我问的是谁，你居然还反问我谁是谁……"

"不是，你到底说的是谁？"

"我没瞎。"

"你……"李临一下明白了,"你看见了?"

"对。而且,你还在电话里对我撒谎。"

"那个阿姨是我的同事,叫梅一朵。还有那个小女孩,叫笑笑,是梅阿姨的女儿。梅阿姨你不记得了?当年总爱抱着你,逗你玩来着。"

"不记得。"

"不记得也正常,那会儿你还小呢,比笑笑还小。前几天我带回家的礼物,那条围巾,就是梅阿姨给你的。"

"我说呢,那围巾也太难看了点。"

"好看难看的,都是人家的心意。"

"可是,你为什么要骗我呢?"女儿直视着李临的眼睛。

"就是没时间解释了嘛,笑笑发烧,要化验什么的。"

"我问你,你跟梅阿姨就只是同事?"

"不然呢?"

"我怎么知道!"

"除了同事,我们还是老同学、老朋友。"

"唔……我妈认识她?"

"必须认识啊。"

"好了,骑车,回家。"

"云阶,你这问半天,是以为我和梅阿姨……"

李云阶很认真的样子:"现在暂时解除警报了,没事了。"

"怎么就警报了!冤不冤哪!"李临无奈,"这事你回家可别跟你妈说啊。"

"嘀嘀嘀……"

"又怎么了?"

"恢复警报。"

"信不信我揍你?"

"警报升级!"

"唉……"

李云阶白了李临一眼,跨上自行车就骑走了。

2

这"佛系套餐"确实难吃,所以,许梦安并没有吃饱。不知道从什么时候起,在许梦安的生活里,吃饭不再是吃饭本身。外面的应酬自不用说,每次吃饭都是有它的目的的:公司聚餐,是为了鼓舞员工的士气;和客户吃饭,是为了能够友好合作下去。可是,有时候吧,家里的饭也变味了。比如她昨晚亲自下厨,就是想借着吃饭跟女儿聊聊天。当然,天没聊成,还和女儿大闹了一场。

许梦安回到办公室,给自己点了份麻辣烫。等外卖的时候,她一边琢磨着王老师的话,一边喝着咖啡。没有咖啡因的咖啡,其实不再是咖啡。喝它,无非是心理作用。仿佛没有它,就无法继续工作。尽管,这只是一杯假咖啡。

真实是需要付出代价的,许梦安没有这样的勇气,也不再具备这样的条件。她只能谨小慎微。

微信提示音响,是于海。于海也很谨小慎微,问许梦安在哪。得知她在公司后,才说他路过新苗,想上来看看她。

他不是空着手来的,还提着一盒猕猴桃。那盒子不大,正中央是透明的,可以看到每个果实都浑圆匀称,像是模子里打出来的。

这就是于海,他买东西就喜欢买最好的。如果钱不够,或者东西不够好,他就等。听说为了等到他那辆万中无一的车,他整整耗费了两年时间。

自上次新闻发布会之后,他们俩还是第一次见面。

"新年快乐。"于海笑着。

许梦安挺着大肚子给他倒茶,被他给拒了:"不用,我自己来就好。"他熟门熟路地找杯子、找茶叶、倒水。

许梦安这里不比于海的办公室,她来新苗的时候是这样,现在还是这样。所以,哪怕于海来的次数不多,但他仍然记得这里的陈设。

"不糟心啊,大过节的,还在办公室里待着?"于海笑着坐下。

"习惯了。"

"我以前可烦过节了，各种节都烦。一过节，就是没完没了的应酬，各种礼尚往来。今年冷冷清清的，蛮好。"

"怎么了？"

"放心，鄙公司的运营一切正常，只是，老板我今年不想过节了。我昨天去自驾游了，一个人开着车，漫无目的的那种。"

"不错。"

"岂止是不错，简直太不错了。你说，这出人头地到什么份上才算完？钱嘛，赚不完的；事情嘛，做不完的。这一切，总得有个头吧？我想明白了，往后我要学会享受生活，真实的生活。"

"真实？"许梦安笑。今天是第二次有人跟她聊"真实"了。

"或者说是某种回归？"

"真要回归，你还是先回归家庭吧。"

"我想，"于海喝了口茶水，"但是，回不去了。等民政局上班，我就跟婉真去办手续。"

"怎么……"

"她心意已决，再这么耗下去，对她，对我，都不好。"

"婉真都没跟我说这事。"

"她现在主意大了，哪还需要跟人商量。前段时间，她居然卖了套别墅给我一个哥们儿。好嘛，都知道利用资源了。"

"婉真一直都很优秀，各个方面。是你低估了她的能力。"

"是，做我老婆，让她屈才了。这样说，你高兴了？"

"我一点都不高兴。我是你们的媒人，你们要是离婚了，就说明我这个媒人不称职。"

"你是媒人，又不是什么调解夫妻矛盾的街道大妈。就算你是大妈，也不关你的事……"

这时，许梦安的麻辣烫到了，小荷送了进来。

"你就吃这？"于海很是惊诧。

"想吃就吃了。"

"那什么,姑娘,你给我找个碗来。"于海对小荷道。小荷皱皱眉:"啊?"

"吃你们许总监一点麻辣烫,你还有意见啊?"

待小荷给于海找来碗筷,他毫不客气地从许梦安碗里夹走了大半的食物。

小荷笑着走了。

"别说,这家麻辣烫确实不错,有点咱们学校二号食堂的风味。"于海说。

他们当年上大学时,学校有好几个食堂,唯有二号食堂是对外承包的。可能是这个缘故,二号食堂的东西总是更美味些。

"怎么就二号食堂的风味了,这家麻辣烫不过是下料足,油也多。什么东西这么做都香。"

"这就没劲了啊。"

"我只是实话实说。"

"那你还吃?"

"偶尔为之,有什么关系。"许梦安不想吃了,擦了擦嘴,"真的不能挽回了?"

"谁和谁?你和我?"

"滚。"

"是,非离不可了。"于海想来也吃不惯这种油腻的食物,到底没能继续往下吃,把碗筷一推,"婉真说,不离的话,我这辈子就别想看到我的两个女儿了。"

"要不我去找她聊聊……"

"聊也没用,算了吧。你自己这都乱得跟什么似的,我和她的事,你就别操心了。我不会亏待她,我的财产该怎么分割就怎么分割,把我这个人割走一半都无所谓,只要她善待我们的女儿。"

许梦安长长叹了口气,一时不知道该说什么。于海和婉真结婚那天的事,许梦安还记得很清楚,就像是没多久前发生的。那是她见过的最美好的婚礼,比许梦心的还要令人难忘。许梦心和老贾是什么贵就用什么,于海不一样,前面说了,他是什么好就用什么。不是所有贵的就是好的,同样,也不是所有好的就是贵的。于海给婉真准备的婚礼,是着实用了心思的,这些心思,本身无价。婉真喜欢百合花,他就用百合铺了一整条厚厚的花毯;婉真喜欢听民谣,他就请了她最爱的民谣歌手到场助兴;他抱着她走过花毯时,全场落下了百合花瓣雨,众人无不惊呼……

可是现在,这样一对佳人,居然要离婚了。

于海站起身来:"对了,你妹夫现在什么情况?"

"嗯?"

"总得做点事吧。"于海递过去一张名片,"我朋友,做服装的,让你妹夫去他公司试试看。"

"谢谢你。"许梦安接过名片。

于海看了许梦安一眼:"别什么事都自己扛着,你早就过了耍酷的年纪了。"

今天的晚饭,大家是约好了在许家小院吃的。热闹的家宴是许家二老最喜欢的。他们想得特别周到,来吃饭的每个人都能在餐桌上找到自己爱吃的菜。今年情况特殊,餐桌上除了梦安、梦心两家人,还多了李静、兰香、大萍和小树。

梦安姐俩及家人,那都是自己人,李静、兰香他们就不一样了,总归算是客人。哪怕兰香现在在许家当保姆,但元旦假期嘛,人家也是休息的,那就还是客。因为这样,便又添了好几个菜。许母不让兰香下厨,兰香不答应,照旧忙得脚不沾地。那小树是个机灵的,没少跟前跟后,各种帮忙。李静自是不在话下,准备了一大锅养生汤,还支使着李临干这干那。许家姐俩,一个怀着孩子,一个带着孩子,只得在屋里陪许父聊天。大家各忙各的,最清闲的还是大萍和李云阶。

大萍拿了捧瓜子在嗑,有一搭没一搭地跟李云阶聊着天,问的不过是些学习怎么样,学校里有没有帅气的男生之类的话。换作以前,李云阶是不理的。可这段时间以来,她老是听姑姑念叨说大萍可怜,父母不争气,弟弟又不乖巧。慢慢地,她对大萍也就有些同情起来。

"你喜欢你弟弟吗?"李云阶问大萍。

大萍吐了瓜子壳,才道:"有什么喜欢不喜欢的,他是我弟弟,我没办法。谁让我是当姐姐的呢?就当是我上辈子欠他的好了。"

"人没有上辈子,当然,也没有下辈子。"

"我读书没你多,但我不傻。我就是打个比方。"

"好吧……"

"哎,云阶,你希望你妈妈肚子里的是弟弟还是妹妹?"

"自然是妹妹。弟弟多皮呀,我不要。"

"这可由不得你。我弟一生出来那天,我就知道,我这辈子全完了。"

李云阶给大萍开了瓶柠檬茶:"尝尝。酸酸的,可好喝了。"

大萍喝了一口,表示满意,继续着之前的话题:"云阶,你是在套我的话吧?"

"没有没有。"

"实话跟你说吧,我在家里是没什么地位,爸爸不疼、妈妈不爱,但我弟弟,他还是很怕我的。其实吧,我也没干什么,就掌握一个原则……"

"什么原则?"

"我想想该怎么总结啊……对了,两个字:强势! 他弱我就强,他强我更强。他现在最听我的话了。"

"噢……"李云阶若有所思。

"往后有什么需要咨询的,你直接在微信上找我就行。我微信你有吗?"

"还没有……"

"赶紧啊,拿手机扫我呀。"

"好嘞!"

许梦安是在客厅里找到老贾的,老贾跟熊熊在玩游戏,想来战事正酣,父子俩的神情极为专注。

"那个……老贾,我有点事想跟你说。"许梦安不得不打断他们。

老贾让熊熊拿着手机去了院子里,才道:"大姐,有事啊?"

人一落魄,最直观的就是神色。老贾本就稀少的头发紧贴着头皮,眼窝深陷,连肤色都黯淡了不少。

许梦安在老贾身边坐下,一股子呛人的烟味直冲进她的鼻腔,她下意识往边上挪了挪。

老贾笑笑,主动远离许梦安,很自觉地坐到了和她隔着茶几的对面。

"按说,我现在说这事可能还太早。不过,有机会的话,我还是希望你能够抓住。是这样,我朋友给我推荐了一家公司,也是做服装的,电商,很适合你。"许梦安慢慢说道。

"哪个公司?"

许梦安递过名片,老贾愣了下,然后笑了:"大姐,这家公司……怎么跟你说呢?我先不讲它的规模大小吧,就说一个事,公司是我原先的一个销售经理开的。那家伙离开我那之后,一直在抢我的零散客户,存活到了今天。嗯,也确实不容易。他打算让我过去干什么呀?"

"我朋友说,如果你愿意过去,想让你负责一个部门。"

"开多少钱呢?"

"这个数吧。"许梦安伸出三根手指。

"三十万?"

"嗯,不算奖金什么的……"

"三十万,打工的话,算多了。"

"你能这么想,我很高……"

"不过,大姐,我不想给人打工。靠打工,我猴年马月才能还完那些债,猴年马月才能让我的老婆孩子有房子住?"

许梦安深吸一口气:"老贾,凡事都要慢慢来的。"

"大姐,你能想着我,我很高兴。是,我现在落魄了,寄人篱下了,很需要钱。就算是走投无路,没办法了要去打工,但是……"老贾摇摇头,"但是,我也不是随便什么公司都会去的。"

"你要不去,就当我什么都没说吧。"

许梦安话音刚落,许梦心就抱着小西瓜进来了:"你们俩聊什么呢?"

老贾站起来,走到许梦心身边,一边伸手逗女儿,一边说着:"大姐怕我吃你爹妈的白饭,给我找了份工作呢。"这话阴阳怪气,许梦安很是不悦,她正准备说点什么,老贾就冷着脸扬长而去了。

"大姐……"许梦心皱着眉头,"这才多久啊,我家老贾还没缓过来呢,我都舍不得让他出去上班,你怎么就……"

"不是,我怎么还……"许梦安苦笑着,"我就是个建议,你们俩至于那么大反应吗?"

"我们家的事,你能不能少管点。这个那个的,怎么一出接着一出啊。"

"许梦心,你把话给我说清楚,我怎么了!"

"一会儿要把你那套老房子给我们住,一会儿又要帮我付保姆工资……显得你现在比我有钱还是怎么着?"

"你太过分了!"

"我不想跟你吵架。"

"心心,难道你就准备让老贾继续这样下去吗?"

"过段时间,他总能想到办法的,你着什么急? 他是做大事的人,你给他找的什么小破公司,他能去吗?"

"行,那你们就这样吧,就在爸妈这住一辈子吧。"

许梦心的脸色也变得很难看了,她笑了笑:"我算是明白了,你担心我霸占了这个房子是吧? 我还跟你说,爸说了,这房子是留给我的,没你的份! 从前就没你的份,现在也没有,以后更不可能会有! 哎,我许梦心就是这么没本事,就要在这住下去,住到老,住到死! 没办法,谁让我爸妈就偏心我呢? 气死你!"

"你给我闭嘴!"许梦安说毕,夺门而出。

正跟大萍嗑瓜子的李云阶,一眼就看到了跟跟跄跄的老妈。

"妈,妈,你怎么了……"

"我要回家!"

"妈!"

"回家!"许梦安只顾着往门口走,李云阶本想去屋里喊人的,怕来不及,扭头追上了老妈:"妈,你等等我!"

熊熊坐在台阶上玩手机来着,眼睁睁看着姨妈跑出门去,又眼睁睁看着表姐跟了出去。本是到处巡视的许富贵急得直吠,它这一吠叫,屋里的那些人全都跑了出来。

"这是怎么了?"许母忙问大萍。

大萍扔了手里的瓜子:"舅妈说要回家,云阶也跟着走了。"

"回家? 饭都没吃,她们回什么家!"

许梦心和老贾对视,两人这才觉出自己之前有多冲动。

"那个,肯定是大萍听岔了……大姐没准就是带着云阶出去散散步什么的。"老贾道。熊熊接嘴:"我也听到啦,姨妈确实说要回家的。"

"不可能! 老贾,咱俩去找找吧。她们俩肯定就在这附近转悠呢。"许梦心忙说。

"对,对。"

3

许梦安挺着个大肚子,跑得不快,李云阶很快就追上了她。

"妈!"李云阶扶住有些站不稳的老妈,"你没事吧?"

冷风从巷口刮过来,打到了母女二人的脸上。就着昏暗的路灯,李云阶发现老妈脸上挂着泪珠。

"别哭啊……是不是小姨惹你生气了?"李云阶试图去拥抱老妈,无奈隔着老妈的大肚皮,怎么都环抱不过来。

许梦安擦了泪:"没事。你陪妈走走吧。"

"嗯。"此刻,女儿很是乖巧。

母女俩走到巷口,许梦安拉着女儿走进了一家甜品店。这家店开了有些年头了,一直严格控制着女儿糖分摄入的许梦安还从未带女儿来过。

"想吃什么就点。"许梦安告诉女儿。李云阶点点头又摇摇头。

"算了,还是我来点吧。要两杯热奶茶,全糖。再来一块提拉米苏,一块黑森林蛋糕……云阶,你看这样可以吗?"

"太多了……"

"那就这样。"许梦安转向店员。

"妈,你到底怎么了? 咱们别在这吃东西了,该回外婆家吃晚饭了。"李云阶拿出正在响铃的手机,"看,我爸都给我打电话了。"

"别接,我就想在这待会儿。"

"大家会担心的。"

"那就让他们担心好了。"

"原来妈妈也这么任性……"李云阶听了老妈的话,没有接电话。

"妈妈除了是妈妈之外,也是人。妈妈也会生气、难过,也会不知道该怎么办,也会有很多没办法解决的问题。"

李云阶沉默着,她不知该如何回应。

许梦安又道:"就像昨天的事,妈妈确实有不对的地方,不该说什么关你禁闭的话。错就是错,我不解释了,我向你道歉。"

"妈……"李云阶鼻子泛酸,"我知道你就是说说的,你不会真的关我禁闭。"

"你要是再这么横冲直撞,那可说不准。"

"哎哟,你不会的啦……我也没想跟你顶撞,就是吧,我昨天心里确实是有些难过的。文艺会演,你们都没来。"

"昨天你小姨搬家……"

"你是姐姐嘛。"

"对,我是姐姐。我不能不管她。"

"这就是我为什么不想当姐姐。"

店员将吃的喝的都送了上来,许梦安喝了口奶茶:"嗯,好喝,难怪你那么爱喝。"

"是吧……"李云阶吐吐舌头,"我也很少喝啦。"

"我们小时候,家里条件不好,我最喜欢吃的就是橘子罐头。有一次我生病了,家里亲戚送了两罐来,我舍不得吃呀,宝贝得不得了。等我想起来要吃它时,发现它早就被你小姨给吃掉了。我特别生气。"

"小姨好过分哦。"

"她巴巴地跑来跟我道歉,掏出不知从哪来的棒棒糖,说只有一支,给我吃。"

"你就这样原谅她啦?"

"嗯。现在想想,我让着她,不是我比她大……云阶,你现在还体会不到,等小葡萄出生,也许你会懂……又或者,很多很多年后,你跟小葡萄都成年了,你才会懂。就是吧,血缘关系是种很奇妙的东西。我跟你小姨,会争会吵,也会相互diss,可是,我们毕竟是打断骨头连着筋的姐妹……"

"啊,是小姨……"李云阶一下站起。

许梦心不知什么时候站在了许梦安身后。

"大姐,"她一只手抚在许梦安肩上,"对不起。我说话太冲,没过脑子。"

"你要是有脑子,那就不是你了。"许梦安并未回头看妹妹。

李云阶低头喝奶茶,只当什么都没听到。

许梦心道:"老贾也知道自己错了,他在门口等我们呢。我们回去吃饭吧。"

"好,我会回去的。不过,我得告诉你们,你们的事,我再也不会管了。"

"也没说不让你管……"

"心心,这是你的生活。记住,你只有把自己的生活安顿好了,我们这些外人才不会对你指手画脚。"

"我记住了。大姐,我们走吧,回家。"

李云阶让店员把蛋糕打包了,跟着老妈和小姨出了门。小姨夫就站在门口,风吹得他的脸蛋通红。他搓着手:"大姐,我错了,你打我一顿吧。"

"回吧,爸妈该担心了。"

许梦安回到小院,只当什么都没发生。众人吃着饭,许父只比先前更偏疼老贾,什么好吃的都让许母往老贾碗里夹。饭吃到一半,许母给每个小孩派了红包,连大萍和小树都有。

"又不是过春节,你发红包干吗……"许梦心看着厚厚的红包,知道这里面的钱少不了。

"妈给了,就收着吧。"许梦安自然明白妈妈的用意,她这是找由头接济妹妹一家。就这么给妹妹钱,妹妹和妹夫肯定不能要。所有孩子都有红包,那他们也便不能不收。

"这是怎么说的,连大萍和小树都有……他们不是孩子了!"兰香叨叨着。

许母笑着:"都是小辈嘛。"

小树忙站起来鞠躬,大萍见状,嘴里叼着肉就站了起来,一鞠躬,那肉就掉到了地上。

"不像话!"兰香道。

李云阶拉着熊熊也站起来了,领头说着:"谢谢外公外婆,新年快乐!"

"快乐!"许父高兴极了。

"来来来,家和万事兴,我们大家一起来一杯!"李静提议。

吃过饭,许梦安一家便回去了。刚到单元楼门口,许梦安就看到何璐等在那。李云阶忙迎过去,两个女孩一阵耳语。

"何璐,上楼坐坐?"许梦安道。

"噢,噢,不用了……"何璐看起来神神秘秘的,塞给李云阶一个小盒子,就急匆匆地走了。

待许梦安他们都走了,老贾搬出足浴盆,要给岳父大人泡泡脚。这个全自动足浴盆是老贾给许父买的,非常高档。又因为太高档,许家二老总是忘记该摁哪些按钮,使用率并不高。

"妈,你下次记好了,先摁这个红色的,这个是总开关。"老贾一边将许父的双脚往盆里搬,一边嘱咐着站在他们身旁的许母。

许母笑着:"我这记性……不过,你们住在这了,我也就不用费心记了。"

"我们还能住在这一辈子呀?"老贾也笑了笑。

"是,是,瞧我……你早晚还能赚大钱的!"

"浩文,能人!"许父竖着大拇指。

"那是! 爸,水温可以吗?"

"可以! 好! 舒……舒服!"

许梦心哄睡了小西瓜,正准备去洗漱,老贾进门了,手里还端着杯牛奶。

"刚热过的,小心烫。"老贾把牛奶递给妻子。

许梦心将牛奶摆在一边,看着丈夫:"大姐也是为咱们好,今天的事,咱俩确实有错。"

"我不是认错了吗?"

"嗯……"

"心心,我想过了,我还是得自己干。给别人打工,什么时候都出不了头。"

"可是……"许梦心沉默了一会儿,"不管干什么都需要本钱,咱们家现在哪有钱……"她说着,拆开了刚才许母给两个孩子的红包,两个红包加起来得有小几千块钱了。换作以前,几千块钱在她这里根本不算钱。可是现在,这些钱,可以给小西瓜买不少尿不湿了。

"我妈这哪是给所有小辈发红包啊,这是想尽办法帮我们呢,怕我们坍台,才给孩子们全都发了红包。"许梦心有些哽咽了。

"等我赚了钱,百倍千倍还给她。"

"钱钱钱,你眼里就只有钱吗?我欠他们的不是钱……"

"可我们现在缺的就是钱,不谈钱,谈什么?"

"你刚才说想要自己干,那你打算做点什么呢?"

"生意上的事,跟你说了你也不懂。资金的事,我会想办法搞定的,你就等着我东山再起吧。"

许梦心抓过了丈夫的手:"你也别太拼,还是先缓缓……"

"我能缓,你能吗?孩子们能吗?熊熊的私立学校,学费一年就要十几万。还有小西瓜,小西瓜现在哪哪都需要用钱。心心,我自己苦点没事,但是我不能让你们受苦,不行,一点点都不行!"

"熊熊可以换学校的……"

"不可以!"老贾很是激动,被妻子握着的手捏成了拳头。

许梦安洗完澡,胡乱往脸上涂了点护肤品就想往床上躺了。最近,她很容易疲劳,犯困是种常态,觉得自己怎么都睡不够。这时,有人敲门。

"妈,我能进来吗?"

是女儿的声音。许梦安开了门,小姑娘眉开眼笑的。

"妈,给你的!"李云阶将手里的小盒子递给了许梦安,"算是新年礼物吧。"

"是什么?"

"你拆开看看嘛。"

许梦安拆开盒子,看到了一管口红。

"何璐帮我买的,说是孕妇口红,你可以涂。你看你最近……都没怎么化妆了。"

女儿说得没错,这段时间,许梦安真的有些疏于装扮了。肚子越来越大,她的行动也愈加不便起来,整个人的状态都有些慵懒。

"谢谢宝贝。"许梦安一面感动,一面却又自责,"妈妈都忘记给你准备礼物了。你想要什么,跟妈妈说,妈妈回头给你买。"

"我想要……我想要你美美的。"李云阶想起了那个浓妆艳抹、穿着"恨天高"的梅阿姨,"你别老穿那么素,也买几件好看的衣服穿穿嘛。"

"你嫌妈妈难看啦?"

"没有没有,妈妈,你买几件鲜艳点的衣服嘛,裙子什么的。总之,好好打扮一下自己。"

"行啊。"

"还有个事,我想了解一下。"女儿的小表情变得非常认真。

"什么事?"

"咱们家是你管钱,没错吧?"

"对啊……你是要买什么吗?"

"我就是了解一下嘛。你管钱就好。你得管好了。"

何璐跟李云阶说过,只要女人掌握着家里的经济大权,男人就不敢胡闹。嗯,既然是老妈管钱,李云阶就放心了。

"神神道道的。"许梦安笑着。

"妈,我给你涂上口红试试吧?"

"好呀。"

李云阶给老妈涂了口红,老妈的气色果然好了许多。

"老爸,你快来看! 我妈可漂亮了!"李云阶拉来老爸。

李临也笑:"你妈漂亮我知道啊。"

"但愿你知道吧。"李云阶说着,走出了主卧,又回头一笑,"爸爸妈妈新年快乐!"

兰香听了李静的建议,决定跟大萍去她和小树的小店看看。舍不得打车的小树,还是头一回用叫车软件,折腾了好一会儿,才叫到车。

"阿姨,您上车,小心着点。"小树帮着拉开了车门。

"花这钱干吗?"兰香嘴里是这么念叨,脸上却是带着笑的,美滋滋地钻进了车里。车子七拐八拐,进了一个半旧不新的开放式小区,大萍他们的店就在这个小区里。小树拉了卷帘门,店子虽小,却也搞得整整齐齐。除了厨具等,靠墙还摆了两张折叠小餐桌。

"你们就住这?"这是兰香最关心的。

"哪能住这呀,我们住楼上。"大萍牵着兰香的手往楼上走,到了楼上,兰香发现自己站不直身体,一站直就会磕到脑袋。楼上也不大,摆着一张床、一张写字台,边上还有个简易衣柜。衣柜歪歪扭扭的,都快散架了。

"连窗户也没有呀……作孽……"兰香都快掉眼泪了,"萍啊,你受苦了。"

"没什么的,小树说了,等我们正式开张,赚了钱,给我买个空气净化器。"

"那东西多少钱?"

"好一点的也要一千多吧。"

"一千多啊……"兰香抿抿嘴唇,"要不妈给你买一个?"

"你? 拉倒吧,我可不敢指望你。"

"你……"

"大萍,快下来,你看谁来了!"是小树的声音。

"谁啊?"大萍吼了一嗓子。

"你弟弟来了!"

大萍和兰香异口同声道:"大明?"

母女俩下了楼,来人果然是大明。那大明笑嘻嘻地说:"妈也在这?"

"你这死孩子,你怎么来了!"兰香责怪道,"也不提前跟我说一声,我好去车站接你!"

"我是来给姐姐送好东西的。"大明很是得意。

"什么啊?"大萍诧异。

大明从书包里掏出了个信封:"户口本啊! 没有户口本你怎么结婚? 我偷了家里的户口本,给你送来了!"

屋里那几个人都愣住了,兰香最先反应过来,一拍大腿:"要死啊!"

大萍虽然跟父母闹着别扭,但她和弟弟大明是一直都有联系的。偷户口本的事,大明算是蓄谋已久了。他的逻辑很简单,姐姐怀孕了,必须得结婚,这结婚就是领证,没有户口本就领不了证。那么,只要搞到被老爸锁在箱子里的户口本,姐姐这婚就一定能结成。等姐姐和小树哥领了结婚证,到时候老爸再怎么反对就都没用了。怎么,他还敢跟法律叫板吗?

元旦放假,大明回了家,摸清楚了老爸的作息规律,直接就撬开了箱子。姐姐在微信里跟大明提过,说他们要开店了,还把具体位置跟他说了。那还等什么?大明揣着户口本就来了,走之前还没忘记顺走家里的几千块钱现金。

大明是连夜坐火车来的,到了 H 城,他先去传说中的星巴克喝了杯咖啡,朋友圈、QQ 空间什么的,发了定位晒上一波。毕竟,他在镇上那所高中的人设是个小富二代。他跟同学吹牛,说自己的妈妈和姐姐是在城里做大生意的。大家瞧着他平时的穿着打扮,还有一应用度,自然是深信不疑。于是,就有同学问大明了,说大城市的人都爱去星巴克喝咖啡,那大明有没有去过。大明当然要说去过啦,这是面子问题。面子比天大。

喝完星巴克,大明还逛了逛商场,没少买东西,很是逍遥。这不,新款的球鞋上市了,一问价格,一千大洋。行,反正他有钱,买!直到天都黑了,大明才想起来自己的主要任务是给姐姐送户口本。

“你爸会打断你的腿的!”兰香都快崩溃了。

大明才不怕:“他打断我的腿,看谁给他养老送终。”

“哎呀,你这是要气死我啊!户口本给我,我给你爸寄回去……”

“不可能!”

大萍也慌了,这偷了家里的户口本,相当于是跟父亲宣战了。这战争一旦爆发,最先波及的还是母亲。她大萍有小树,没什么好怕的,至多此生不跟可恨的父亲来往。可是母亲不一样,母亲还得继续跟那个男人过下去……

“大明,你听姐的,明天就回家。回家了,把户口本给他还回去,就说你是瞎胡闹,逗他玩的。他肯定不会打你的,这个我知道,顶多就是数落你几句。他说什么,你就听着,别跟他犟嘴……”大萍劝弟弟。

大明露出鄙夷的神色:“姐,你怕什么?你到底在怕什么?”

“大明,”本是沉默着的小树说话了,“这婚姻大事,还是得父母同意……我会慢慢攒钱,等攒够了,我会去你家提亲的。"

"就靠这?"大明环顾着小店,"等你攒够钱,我外甥都会跑了!好,就算你攒够了钱,你给了我爸,他也是拿去赌,不赌也会被人骗光……姐夫……"

小树听了这称呼,脸都红了。

"我这么叫,没毛病吧?姐夫。"

抹着眼泪的兰香抬头:"别瞎叫!"

"叫就叫了!怎么了?他真心对我姐好,那他就是我姐夫!姐夫,你是不是男人,是男人你就应我一声!"

大萍推了小树一把:"你倒是应啊!"

"唉,唉……"小树忙应。

大明对小树使着眼色,朝兰香那边努努嘴。小树了然,立刻双膝跪地,一个头就磕到了地上。这个头,是对着兰香磕的。

"妈!"小树叫着兰香。

"我……你……你们……"兰香抓着头发,"你们是要愁死我啊!"

许母看到兰香带着大明来了,很是惊讶。兰香先将大明安置在自己屋里,给打了个地铺,再到许母这说明原因。

"我也是没办法了……孩子们大了,现在谁都不听我的了。"兰香抹着泪。

许母叹口气:"儿孙自有儿孙福吧。路是大萍自己选的,既然由不得你,你不如就放手不管了。"

"小树人是不错,但家里实在是穷,连我家都不如嘛。"

"穷啊富啊的,这种事情谁说得准。我那小女婿以前总有钱吧,现在呢?我心心可怜啊,太可怜了。我晚上给她炖了燕窝的,她就是不喝,说这个东西太费钱。以前哪,她可是每天都要喝的。"

"你是没看到大萍住的地方啊,连窗户都没有。大人还好说,以后她要生下孩子,孩子怎么办?"

"是啊,孩子……熊熊和小西瓜都还小,就是两台碎钞机……多少钱都不够他们碎的。"

两人长吁短叹,各说各话,就这么啰啰唆唆到半夜。

这晚,许梦安允许李临睡主卧了,夫妻俩一夜无话,都睡得很踏实。次日是元旦假期最后一天,两人临睡前商定,要带着女儿出去玩玩,帮她解解压。没想到,第二天一早,这个计划就泡汤了。因为,大萍的父亲来了。

他们是被这个男人疯狂的砸门声吵醒的。李静去开了门三两句话倒是把大萍爸爸给唬住了。这个一身酒气的家伙冷静下来后,只说要找兰香他们。

"大明偷了家里的户口本和钱,肯定是兰香教他的!他们这是要让我单过,这是不想管我了……"他居然还挤出了几滴眼泪。

李临让许梦安带着李云阶出去,他实在不想妻女被打扰。待妻女走了,他才对大萍爸爸说:"你要是肯跟兰香姐好好商量,那我就让她过来见你。你要还像刚才那样张牙舞爪的,我是不敢叫她来的。"

"她在哪儿呢?"大萍爸爸问。

李静道:"如今梦安的爸爸身体不好,兰香去了那边照顾老人家。"

"不对啊,她从没跟我提过。"大萍爸爸若有所思,"照顾病人的话,是不是工资比在你们这高啊?"

"那是自然的。"李临说着。

"难怪不告诉我!她这是要造反啊……"

李静很是气恼:"怎么,你吃她的用她的还不满足,她还得事事跟你汇报吗?"

"男人是天,女人是地,不能乱了规矩!我只是时运不济,等我发大财了,早晚把她接回去,不再让她伺候人!"大萍爸爸说着,嘿嘿直笑,"静姐,我最近看中个项目,特别好,你要不要投点闲钱?"

"去你的吧!"李静再忍不住,"滚蛋!你赶紧从这里滚出去,马上,立刻!"

第十七章
学着做个明白人

这大早上的,许梦安被搅乱了清梦,带着女儿离了家,两人逛起了商场。

兰香和大萍这对母女也没闲着,她们正送大明去火车站。到了火车站,大明把大萍拉到一边,塞给她一沓百元纸币,瞧着有小两千。

"本来比这多的,我没管住自己,喝了咖啡吃了大餐买了球鞋,所以……就剩这么点了。多了少了,好歹也是钱,你拿去用吧。"大明道。

大萍把钱又塞回给了大明:"你从爸那拿的? 我不要。"

"给你就拿着!"大明直接把钱塞进了大萍的衣服口袋,"他哪有钱,他的钱还不就是你跟妈赚的吗?"

"你知道我跟妈辛苦,还乱花钱……"

"我就是不想让人知道爸是个不中用的懒货。如果我不买点装备,是要被人欺负的!"

"又瞎说了。"

"我瞎说什么了,我说的都是大实话。还有啊,我告诉你吧,他现在就等着姐夫给他钱呢,说要去做个什么大项目。那个套路,跟他以前搞的传销差不多。我说了,那是骗人的,他就是不听! 你们以后要真赚了钱,一分都别给他,也别给妈。

爸没用,妈更没用,她除了听我爸的话,还会干吗?"

"别这么讲,没有妈,就没有咱俩。"

"我就是气话……"大明摇摇头,"姐,我都想好了,要是考不上大学,我就去学门手艺。我喜欢车,就学个修车吧。大马路上跑着那么些车,总得有人修不是?我饿不死。"

大萍打量了一下弟弟,乐了:"修车可脏了,就你?"

"你住在那个鸟笼子里都不怕,我怕什么脏。"

"还是得读书,不管什么大学,考上就是好的。你看云阶爸爸,就是读书好,才当了大学教授,走出去不知道有多体面。"

"就知道你会这么说!"大明有些气愤,觉得姐姐不理解自己。

大萍柔声道:"姐有时候也生你的气,爸妈疼你,不疼我嘛,家里什么好东西都是紧着你。可是,只要是和你念书有关系的,不管要多少钱,我都努力攒。我没能上大学,你要再不上,且不说你自己,就说咱妈,她这辈子还有出头的日子吗?"

"好啦好啦……"大明有些不耐烦了。他抬手看表,无意中瞥到了不远处的兰香,她正拿着手机跟人通话。

"不好!"大明惊呼。昨天晚上,他们几个人商量好的,把手机都给关了,目的是不接大明爸爸的电话。

如大明所料,兰香就是在给丈夫打电话。她没忍住,觉得还是应该跟他说道说道。丈夫的态度倒是出奇的好,说万事好说,他也在 H 城,夫妻俩见面聊。

"好久不见了,虽然是老夫老妻,我还怪挂念你的哩。"这一回,他嘴巴是甜的。

"大明啊……"兰香朝姐弟俩走来,"你爸说他也在这,你先别忙着回去了,咱们一家人在城里聚聚。他发了点小财,说要请我们吃好的!你跟学校请个假,明后天再跟你爸一起回去吧。"

大明和姐姐对视。没办法,这种胡话,也只有他们这个傻瓜妈妈会信。

大萍推着弟弟,悄声道:"你赶紧走。"

"我不能走!我走了,你怎么办?妈怎么办?"

"这个你就别管了，他还能生吃了我们不成？再说了，有静姨，有舅舅、舅妈，他们能不管我们？你到底回不回去！"大萍板了脸，"你要不回去，我……我立马跟你姐夫回他老家去，你这辈子都别想见到我了！"

"你威胁我？"

"赶紧走！"

李云阶跟着老妈来到了商场，两人一直逛到中午，然后，瑞秋阿姨来了。

和小姨相比，李云阶更喜欢瑞秋阿姨，无论什么时候看到她，她总是在笑。可是今天，她的笑容好像变少了。

三个人来到一家餐厅，许梦安给李云阶点了比萨，又将瑞秋拉到了另一张桌子旁坐下。

这两人怕是要说些不适合小孩听的话……嗯，在老妈这里，她李云阶还是个小孩，尽管，等过完农历新年，她就 16 岁了。

"怎么想起买房了？"许梦安问瑞秋。

瑞秋的观念向来比较与众不同，她除了是个坚定的丁克外，还是个坚定的"租房党"。在她的概念里，什么买房置业之类的事，大体都跟自己无关。有次她跟许梦安聊到以后的养老问题，她说，等她和老公年纪大了，两人就环游世界去，把没去过的地方都走一遍。

"我老公前段时间不是一直想逼我生孩子吗？我自然是不愿意的。这都什么事啊，我们之前说好的，以后都不要孩子。他家里人逼我也就算了，结果，连他都'叛变'了。我们俩没少闹，差点就离了。冷静下来后，我跟他沟通了几次，他的想法嘛，被他妈给影响了。其实，他妈妈说的话也没错，老人家主要是担心她儿子以后的养老问题……"

"现在都解决了吗？"

"暂时算是吧，所以，我们决定买套房，让老人家安安心。于海的老婆现在不是在卖房子吗？你让她帮我留意一下。"

"马上就要变成于海的前妻了。"

瑞秋一怔："他们真要离？"

许梦安点点头:"婉真很坚持,磨得于海也没了办法。"

"还真是……让人意外。我一直认为,像这种全职太太是没有勇气离婚的。"

"你对全职太太是不是有什么误解?"

"当然不是啦。"瑞秋笑了笑,"全职太太有好多种,这位于太太一定是那种尽职尽责的。所以,对她来说,婚姻不仅仅是婚姻,还是她的事业。一旦离婚,她不但失去了婚姻,也失去了事业。"

"她现在有了新的事业,听说她的业务做得很不错。"

"有时候我在想,咱们这么拼是为了什么?为了显得我们独立,还是为了别的?一心经营家庭的,她的婚姻仍然免不了遭遇变故。而像我们这样的职业女性,我们的婚姻也是……"

"谁的婚姻没问题?"

"最起码,你的还没有。"

许梦安莞尔,却只是沉默。

瑞秋又道:"我着急买房,讨他欢心,也不仅仅是因为我婆婆。"

"怎么?"

"他最近跟他的一个女同事搞得火热。"瑞秋像是在说别人的事,"我们不要孩子就是为了享受二人世界,谁能想到,这个世界里还会有别人闯进来……"

李云阶啃完半个比萨,老妈跟瑞秋阿姨的"不适合小孩听的"谈话总算是结束了。这之后,她们又坐了过来,象征性地吃了点东西。饭后,瑞秋有事先走了,许梦安想着给熊熊和小西瓜也买点礼物,就带着女儿来到了商场的一家童装专柜,正选着衣服呢,一眼瞥见了从更衣室里走出来的梅一朵。梅一朵不是一个人,她手里还牵着个粉雕玉琢的小女孩,想来,这就是她的女儿了。

没等许梦安打招呼,梅一朵就先笑着走过来了。两人寒暄着,梅一朵对身旁的女儿道:"叫人呀。"

"阿姨好,姐姐好。"小姑娘很听话。

"笑笑好。"李云阶脱口而出。

许梦安微微一怔,才笑道:"笑笑真可爱。"

待梅一朵母女离开了专柜，许梦安问女儿："云阶，你见过笑笑？"

"啊，我……我没有见过。"

"没见过？那你怎么知道她叫笑笑？"

女儿的表情极为不自然起来："我猜的。"

"你撒谎我是看出来了，但我实在不知道你为什么要撒谎。"许梦安无奈。

李云阶答应过老爸的，他在医院帮梅阿姨的事不能告诉老妈。可是吧，撒谎这种事，撒了一次，就要用千百次去圆。

面对老妈的质问，李云阶觉得自己圆不下去了："噢，我差点忘记了，我确实见过笑笑。上次我跟爸爸去医院看何璐奶奶，遇到过梅阿姨和笑笑的。"

"你什么时候记性变得这么差啦？"

"可能是学习学傻了吧。嘿嘿，妈，我还想去看看鞋子，你给我买双新鞋呗。"

许梦安知道这里面肯定有问题，当然，不是女儿的问题，而是李临的问题。但是，女儿这里，许梦安是不能再继续追问下去了。因为女儿正是敏感的年纪，问多了，反而会让她有压力。

火车站里，见大明走了，兰香也没说什么，只让大萍把小树叫出来，让他跟大萍爸先见见面。大萍平时稀里糊涂的，关键时候却比兰香清醒多了："妈，也不急于这一时……"

"你爸说了，只要你们俩是真心要一起过日子，就什么都好说。"兰香劝大萍，"没什么好怕的。我看你爸这回态度变了，挺好说话的。他还讲，眼下他手里有个大项目，等做好了，我就不用再给人当保姆了。要请你们吃饭，这可是他亲口说的，是他自己赚的钱！"

"呵呵……"大萍心内愤愤，却知这一次是再也躲不过，横竖就当渡劫了，"也别去什么餐馆吃饭了。要不这样吧，你看他来了，按理说，是要去舅舅家走动走动的。可眼下舅妈怀着孩子，去了倒不好，会打扰到她。不如，我们买点菜，去云阶外婆家做顿大餐。这样一来，我们一家子既坐到一块了，还顺便回请了许家这些人。云阶外婆还给我和小树包红包来着，回请一顿很应该！"大萍慢条斯理地说着，听来极有道理，"也别吃中饭了，这都几点了，哪还来得及，咱给安排晚饭吧，怎么样?"

其实,大萍之所以这么说,是她想着父亲当着许家一众人的面不敢造次,或许她和母亲能躲过一劫。

兰香听了大萍这番话,很是欣慰:"你到底是长大了,比我考虑得周全。光买菜可不行,既然你爸来了,又是第一次上人家家里去做客,咱再买点别的。"

"那就提一点保健品好了。"

"这你就不懂了,许家二老什么保健品没有,要咱买? 送礼这件事,可是有门道的。熊熊爸爸跟我说过一嘴的,叫什么同一种类里选最好的……"

"什么意思?"

"比如我们真的要送保健品,打个比方,送人参好了,那就得买最好的人参。买得次了,反不讨好,还遭人嫌弃。"

"那我们可买不起。"

"所以啊,我们就买水果好了。再贵的水果,还能比人参贵吗? 巷子口有家水果店,云阶外婆办了会员卡,全场九折,卡还在我这呢。那里有进口的水果,礼盒装着的,拿得出手!"

大萍实在不愿再跟母亲讨论这种问题了,便道:"那就赶紧的吧,咱们中午随便填下肚子,然后就去买菜!"

"急什么嘛……"兰香晃着手里的手机,"我总得先跟你爸商量一下。"

大萍爸爸很快就同意了,兰香就叮嘱他要好好整理一下自己。

"那我去理个发! 再买套衣服,买双鞋,不能给你丢人!"大萍爸爸说,"就是这城里现在买什么都要手机付款了,我只带了本存折,有钱都花不出去。你先往我微信上转两千块钱,回头我取了钱给你五千。"

"你现在连存折都有啦?"兰香喜出望外。

"我不是说了吗,发了点小财,你不信还是怎么?"

"信,我信!"挂断电话,兰香又是给大萍爸爸转账,又是将许家小院的地址发给他的,手忙脚乱之余,还没忘催促大萍跟小树联系。

大萍在边上看着,心里堵得慌,恨不能把母亲的手机给砸了。

"这顿饭,说起来是回请许家,实际上嘛,还不是为了小树,这菜钱总得他出吧？他还什么都没干呢，就得了云阶外婆一个大红包……"兰香碎碎念。

"好好好，菜我们买，水果也我们买，绝对不让你亏一个子儿。不过，我爸让你给他转钱，你可是一点都不含糊啊……"

兰香跟没听到似的，说道："哟，我得先跟云阶外婆说一声，跟她打个招呼！对了，还得把静姐还有李临一家子都叫上！"

许母接到兰香的电话，自然是欣然应允的。客人都上门来了，哪有不接待的道理。许梦心却皱着眉头："无事不登三宝殿，到时候别给自己找麻烦就是了。这都是哪门子的穷亲戚嘛，什么乱七八糟的！虽然我没见过这个人，但是随便想想都知道，他绝对不是什么好人！"

"要说穷，还有人比咱穷吗？"老贾笑笑，"咱就别看不起谁了，只要他们别看不起咱，这就算是好的了。"

"你倒是什么都往自己身上安！"许梦心把小西瓜往老贾怀里一送，"换尿布去。"

李静根本不想跟大萍爸爸这种人渣多说一句话，别说说话了，连面都不想见。无奈兰香在电话那头苦苦哀求，说今晚这顿饭关系到大萍和小树的终身幸福，希望李静能去坐镇。

其实，兰香心里也没什么底。丈夫的态度虽然来了个 180 度的大变化，可是，他的为人，她哪有不知的？要是有个两三杯白酒灌下去，还不定会怎么样呢。

兰香原是李家的远房亲戚，要是她男人真的在许家搞出什么事来，李家的脸面怎么挂得住？李静思来想去，只得拉着李临过去。两人联系了许梦安，让她逛完街，带着云阶直接到许家小院吃晚饭。

"又吃饭？"许梦安问李临，"昨天不是刚吃过吗？"

"是兰香安排的，她男人不是来了吗……说是想回请咱，连菜都买好了。"

自从兰香到了许家二老那边，所有事情无不尽心尽力。属于她分内的工作，她做得很好；不属于她分内的，她也不推。这许梦心一家搬过去时，兰香还跟许梦安表过态，说一定会帮许梦心带孩子。因为这个缘故，妹妹坚持要辞掉刘婶时，许梦安也就没再多说什么了。兰香和她丈夫要请客,不去就是不给面子。许梦安着实不忍伤兰香的心,也就答应了。

大萍和小树陪着兰香去买菜,反正有小树掏钱,兰香净选好的、贵的,说这不但是她的脸面,也是为了给小树长脸。

"你爸爱吃海鲜,像这种大螃蟹,清蒸了最好!他平时在乡下可是吃不到。"兰香挑挑拣拣,挨个翻着螃蟹。

"妈,咱是请许家人吃饭。"大萍提醒。

"你爸不得吃?他那么大的女儿都给出去了,"兰香瞄了小树一眼,"你们连几只螃蟹都舍不得买?"

"买,多买几只。"小树笑道,"妈,您尽管选,别光选爸爱吃的,也选点您爱吃的。"

"怎么就妈啊爸啊的了,一切,等吃过这顿饭再说。"

"唉,唉,我全听您的。"

大萍知道,这顿饭,至少得吃她一台空气净化器,可能还不止。请云阶外婆他们吃,她心甘情愿,但是请她爸……她真是有一百一千个不愿意。

2

三个人买了菜,又到巷口水果店选了几样进口水果,大包小包拎进了许家小院。临吃晚饭时,大萍爸爸到了。他春风满面地进了门,手里也提着东西,是两盒花花绿绿的点心。

"人来就好了,怎么还提东西啊?兰香刚才已经买了好些水果。"许母笑道。

"老太太,这只是我的一点心意,不值什么的。"

大萍爸爸可谓焕然一新,别说兰香,连大萍都吓了一跳。眼前这个男人,哪还是好吃懒做的样子!干净利落,头发清清爽爽,连胡子都刮了,除了时新的衣服,还搭了双锃亮的皮鞋。

小树连忙上前，怯生生地叫了声"爸"。

"唔，你就是小树?"大萍爸爸打量着这个年轻人。

"是，是。"

"性子确实急了点。急着当爹，也急着认爹。"

小树的脖子根都红了，只能硬着头皮周旋。

对小树，大萍爸爸颇有些严肃，但对许家这些人，他却很是谦恭有礼，进客厅屁股还没坐热，就嚷嚷着要去许父房里看他。

许梦心瞧着他那样，又瞧着胡子拉碴的老贾，不无讥笑。老贾知道妻子在笑什么，面有讪讪，又不好发作。见许梦心不愿搭理兰香这一家子，老贾本想和她一起回房躲躲的，不料，老贾这还没来得及抬脚，就被大萍爸爸给拉住了。

"这是我小姨夫吧?"大萍爸爸笑着。

"啊?"

"这是我们乡下的礼数，我们跟着云阶叫。云阶叫你们什么，我们就叫你们什么，准没错……"说着，他又极恭敬地对许梦心道："这一定是小姨。"

"别，"许梦心觉着有些作呕，"这都不挨着。我们还有事，就不陪你了，你自便。"

许梦心两口子出了客厅，老贾笑道："你看你，何必呢?"

"我倒不是嫌弃他穷，他穷还是富，跟我有半毛钱关系吗？你没看到他那张脸啊，每个毛孔都写着算计。巴巴地冲上来，叫你小姨夫，叫我小姨，这是干什么呢？正经的事一件都不做，吃他老婆的，吃他女儿的，接下来，还要吃他女婿的……这种吃白饭的烂骨头，我不爱搭理，看着就烦。"许梦心言毕，才觉察到这话又要让老贾多心了。果然，老贾低下了头："是，我现在可不就是个吃白饭的烂骨头吗？"

"你又玻璃心了！我发现跟你说话越来越费劲了！"

见妻子生气了，老贾只得收起碎得稀烂的玻璃心："好啦好啦，是我不对。"

"知道就好！别人怎么看我们无所谓，但是我们自己得先看得起自己。"

"你说的都对，全都对！"

来者是客，许父没等大萍爸爸进房看他，亲自出来见了。他一进客厅，大萍爸爸就忙不迭上去扶,熟络得像是认识了半辈子:"见到您,我就安心了……"

"啊,哦……"许父不明就里,随口应着。

大萍爸爸指指站在一边的拘谨的大萍和小树:"喏,这两个孩子的事,想来您也是知道的,愁得我是一宿一宿睡不着。"

"是啊,我也愁……"兰香插嘴,大萍爸爸横了她一眼,吓得她赶紧噤声。

"按说,大萍找到合意的人,我们也是高兴的。但什么事情都该讲个道理。您是长辈,一看就是讲究人,好些礼数啊,比我这个小辈懂。我正愁没人好商量呢,这不是遇见您了吗,所以啊,今天来您这,我算是安心了。我得好好向您请教。"

许父中风后,家里的那些大事小情渐渐也就无人再同他商量,他也做好了退居二线的心理准备,偶尔有别扭,但基本都还过得去。这忽然遇见个人,还拿他当回事,要向他请教,他能不开心吗?

"礼数,要的!"许父的声音都洪亮起来了。

有了许父这句话,大萍爸爸便将大萍是如何跟小树私订终身,而且还怀了身孕;又是如何跟家里闹翻,不顾一切跟着小树回了家;大明又是如何偷了户口本和钱的事……林林总总,全都告诉了许父。接着,大萍爸爸话锋一转,转到了兰香身上:"我料大萍和大明也想不到要去拿家里的户口本,这肯定是兰香在背后出主意。我家兰香心太软了,经不住大萍他们哄骗。而且吧,这女人眼皮子还特别浅,只看到眼前,看不到以后……"大萍爸爸说着说着还叹起气来,"要是大萍真的跟小树领了结婚证,名不正言不顺的,在婆家怎么做人?"

大萍爸爸说得很是情真意切,惹得许母都在拭泪。

"你们不对!"许父看着大萍和小树,憋不住发话了。

"唉,我也没什么可说的了。就一点,大萍是我女儿,为了培养她,花的钱、花的心血,那都不说了,说了也没意思……我就是想论论这个理。小伙子啊……"大萍爸爸转向小树,显得语重心长,"你娶谁家的女儿都得经过人家父母同意吧? 你别以为把我女儿肚子搞大了,我女儿就必须得嫁给你了! 我跟你说,我们家可不怕!"

"爸……不,不,是叔叔……"小树很是紧张,还有点害怕,"叔叔,我今天过来,就是想跟您商量的……"

"老爷子,您瞧见没,他要跟我商量。"大萍爸爸又转向许父。

许父的表情有些凝重,只道:"结婚!"

"结婚是没错,但结婚也得有规矩,有礼数,不是说两个年轻人怎么高兴就怎么来的呀。"

许父点点头,一边的许母轻声道:"这是人家家里的事,你就别吱声了。"

大萍爸爸站起来作揖:"老爷子、老太太,这确实是我的家事,我也是没主意了,才到了你们这,请你们给主持公道的。我们一家人,在这人生地不熟的,你们是大萍表舅的老丈人、丈母娘,那就是我的长辈!你们要是不管,在这城里,可就没人能管,也没人敢管了!"

许父和许母面面相觑,许父张嘴想说话,被许母给挡了。

许母对大萍爸爸道:"这样,你先坐下来,先听听孩子们的想法。"

兰香看了看小树:"你倒是说啊。"

小树顿了顿,从外套的内衬口袋里掏出了两样东西,一样是户口本,一样是银行卡,毕恭毕敬地递到了大萍爸爸跟前。

"叔叔,户口本在这,原封不动交还。什么时候您觉得合适了,再把它给大萍,我们俩再去领证。还有这张银行卡……"

"小树!"大萍疾呼,"不可以!"还户口本是商量好的,可是银行卡又是怎么回事?这个,小树事先可没跟她提过。

小树给了大萍一个坚定的眼神,继续对大萍爸爸道:"卡里有五万块钱,原是我们俩开店用的。这五万,里头还有两万是我们家跟人借的。现在,都给您了……密码是大萍身份证号后六位数。"

"说得好像我是来问你要钱的似的。"大萍爸爸说着话,顺手就接过了户口本和银行卡,"算是彩礼吗?"

"是,是彩礼。"

"大萍妈,之前我们说的,彩礼是多少钱来着?"大萍爸爸看向兰香。

兰香支支吾吾:"十几……十几二十万吧……"

"说清楚点。"

"二……二十万。"

"对呀，是二十万。这是五万，还差着十五万呢，怎么说？"大萍爸爸问小树。

小树抿了抿嘴唇："您给我点时间，我能赚到的。"

"空口无凭的，我可不敢信你。这样，你打个欠条给我。"

许父一惊……这彩礼打欠条，他活大半辈子了，连听都没听说过。孩子们确实有些胡闹了，但是，这当爹的嘴上说着不是为了钱，他在一边瞧到现在，大萍爸爸还不就是冲着钱来的吗？

大萍心里有无数话想说，小树使劲拉着她，唯恐她冲动冒失。

兰香这才知道，丈夫是有备而来，是憋着劲儿要出他心里那口气，也是一定要拿走小树的钱的。而且，什么发了财要请他们吃大餐，什么都有存款了，什么跟孩子们好好商量，这些全都是骗她的。她又一次上了他的当，跟她之前上过的无数次当一样。

"行，我这就给您打欠条。"小树对大萍爸爸说道。

大萍甩开了小树的手："你不欠他的，我也不欠他的，我们俩，谁都不欠他的，为什么要给他打欠条！"

"这里没有你说话的份！"大萍爸爸手里有了这张银行卡，瞬时失去了耐心，露出了本来面目，"赶紧让他打欠条。他打了欠条，签字画押了，户口本你拿走，爱什么时候领证就什么时候领证！"

许父站了起来，拿拐杖戳地："冷……冷静点。"

许母眼见要出事了，推了推凑在这里一边玩手机一边看热闹的熊熊："把你爸叫来，快！"

老贾和许梦心很快就过来了，他们到的时候，大萍正指着她爸的鼻子骂。

"我连高三都没念完就出来打工了，赚的钱几乎全都给了你。你要拿钱去做事也是好的，可是你做了什么？除了赌，就是……"大萍的声音很大，是撕扯着嗓子的，"就是去外面胡搞……还有我妈，我妈跟我一样，每个月都给你打钱，稍微晚两天，你就不乐意了。我们供弟弟读书，那是应当的，弟弟还小，弟弟也应该读书。可是，我们干吗要供你呢？你有手有脚的，我们干吗要供你呢？什么彩礼，你不过是想拿了钱自己去享受！继续好吃懒做，继续花天酒地罢了！"

许梦心听了这些，气得牙痒痒。

大萍爸爸一时词穷，也伸手指着大萍的鼻子："你胡说！"

"我胡说……妈，你给大家看看！"大萍去扯兰香的衣领，"你这脖子上，去年春节被他用烟头烫伤的那串疤还在，你给大家看看！"

大萍爸爸听了这话，抬腿要走，被老贾给拦住了。

老贾没什么好脸色："急什么，先把话说清楚。"

兰香捂着脖子："没有的事，没有的事，大萍你别乱讲。"

大萍已然泣不成声："妈，你能不能争气点啊！我求你了，我真的求你了。"她说毕，直接就跪在了兰香面前，咚咚就是磕头，"我求你了……"

许母扶起了大萍："孩子，我们不哭，别哭……"

许梦心走到兰香跟前，掰开她的手，一把扯开她的衣领。果然如大萍所说，兰香的锁骨上方，竟被烫出了一排疤，整整一排！密密麻麻，少说也有十几个！

"人渣！"许梦心跺着脚，"报警，马上报警抓他！"

许父一屁股坐到椅子上，内心的情绪已不是愤怒能够表达的，他是真没想到，兰香的男人居然是这种人。

大萍爸爸见状，推开老贾拦在他跟前的手臂就要溜。大萍扑过去，一把抱住了他的腿："把银行卡还给我们！把钱还给我们！我和小树的店还没开张，不能就这样了，不能！"

老贾刚要拉开他们，大萍爸爸便一脚把女儿踹倒在地。所有人都愣住了，只有小树，他像离了弦的箭一样冲上去，跟大萍爸爸扭打在了一起……

许梦安和李云阶到许家小院时，李静和李临也才到不久。

"熊熊，我妈给你买了新衣服，你……"李云阶高兴地冲进屋子，却发现大人们的神色都有些凝重，"那个，熊熊呢？"

"他在自己房间呢，你去找他吧。"外婆摆摆手。

"好吧……"

等李云阶走了，许母才把之前发生的事告诉了许梦安。

"你爸气得够呛，我怕他有个闪失，让他进屋躺着了。老贾报的警，大萍爸爸还有小树，都被派出所的人带走了……"许母叹着气。

"大萍呢?"许梦安问,"还有兰香、心心、老贾他们呢,他们人在哪儿?"

许母没说话,李静看了许梦安一眼,替许母答了:"都在医院。"

"大萍她……"许梦安有种不好的预感。

"孩子没了。"李静是攥紧了拳头的,"要不是那个人渣在派出所,我非打死他不可!"

"我得去趟医院!"许梦安道。

许母摇头:"好了,你就别添乱了,你现在是什么情况,自己不知道吗?挺着个大肚子,你去什么医院!"

"亲家母说得对,梦安,你就别去了,我跟李临去一趟。"李静说完,拿了包,拽着李临就走。

医院里,大萍病房外,兰香先是哭天抢地,哭着哭着大概是哭不动了,便靠着墙根坐在地上,一动不动。

"兰香姐……"许梦心犹豫了很久才走过去,蹲在兰香身边,"大萍还年轻,孩子还会有的,你别太难过。"

"你说,他怎么下得去手?那可是他的女儿,亲生女儿……我满以为他会改的,这些年,我一直在等他改。我想,只要我好好对他,我什么都听他的,他会改的……"

"那个人渣,以后你别跟他过就是了。我说句心里话……兰香姐,你早就不该跟他过了,他配不上你。既配不上你,也不配有大萍这么好的女儿。往后,你们就让他自生自灭吧。"

兰香点点头:"我彻底死心了。这一回,真的死心了。我要是还那么糊涂,大萍第一个跟我过不去!为了他们姐弟俩,我得学着做个明白人!"

"你什么都别怕,有我们在。老贾说了,那个人渣要是还敢来,来一次打一次。"

"心心……"兰香拉过许梦心的手,"有你这句话,我就知足了。你们一家子都是好人,让我过来照顾你爸,其实活也没见得比以前多,但你们还是给我加了工资。这一回,你姐啊,又给我加了一次……让我帮着照顾熊熊和小西瓜。其实,这都不用她说。不管你们是不是拿我当自家人,我是早就不拿自己当外人了的。"

"还疼吗?"许梦心看着兰香的脖子。

"不疼……比起大萍现在吃的苦头,我这不算什么。咱都是当妈的,孩子没了,才是最疼的……"兰香小声啜泣着,"要是我不给她爸打电话就好了,我应该听她的话,躲着她爸的……都是我不好……我害了大萍!"

李静和李临来医院后,两人亦是安慰兰香。他们几个说着家乡话,许梦心听得半懂不懂,也插不进嘴,便陪着老贾去给大萍办住院手续。

对生过两个孩子的许梦心来说,妇产科本是个熟悉的地方。可是,以往她来这里,她的身份是孕产妇,是众星拱月般的存在。她的眼里没别的人,也没别的事,只有她自己。这一次,看着来来往往的孕产妇和家属,许梦心有了不一样的体会。她说不上那是什么,只觉有些恍若隔世。

办完手续,老贾给许梦心接了杯热水,两人坐在候诊区休息。

"要还是以前就好了。"许梦心喝了口水,"要还是以前,我要给大萍开一家店,不卖包子和豆浆,卖点别的,总之,我可以让她不用那么辛苦。"

"你们姐俩心眼都好。"

"心眼好有什么用,还得有本事。"

"你不用有本事,我有就行……我会再起来的。"

"你的是你的,我的是我的,我自己也得有。老贾,我好像突然间明白了好些事……"

"别傻了,你要什么都明白了,还要我干吗?"

许梦心笑笑。

老贾从怀里掏出张银行卡:"这是小树的,我给抢回来了,你拿给大萍吧。"

许梦心接过来,晃着这张卡:"能相信吗?五万……为了五万,他连自己的女儿都伤害。"

"那就不是人!"

"五万……也就够我以前买一两个包。在大萍这儿,却是一条人命。"许梦心摇着头,"老贾,我不懂我以前为什么要作,我有什么可作的!我住着大房子,出入是豪车,有个好老公,还儿女双全……我到底有什么好作的!"

"你不作,真的,我就喜欢你那样。"

"瞎说……"许梦心依偎进老贾怀里,"你可讨厌我了吧?"

"怎么可能! 你知道吗,我要跟你离婚,你说你不愿意,就咱俩看歌剧那个晚上……我真的可感动了。那晚我就想,就是豁出我这条命去,我也要让你重新过上以前的生活,不,要比以前更好。"

"咱俩还没散,就好。"

"嗯!"

3

兰香和大萍买的那些菜还堆在厨房,网兜里十几只大螃蟹正张牙舞爪。许梦安没动这些,只做了几样简单的菜蔬,跟许母他们几个胡乱对付了一顿。许梦心和老贾还在医院,小西瓜大概是想妈妈了,一直在哭。许母陪着许父,生怕他被气出个好歹来,寸步不敢离开。许梦安便承担起了照顾小西瓜的重任。

老妈一会儿给小西瓜泡奶粉,一会儿给小西瓜换尿布,看得李云阶眼花缭乱。

"把湿纸巾给我递来,还有痱子粉……"老妈吩咐着李云阶,"你小姨也太粗心啦,小西瓜的屁股都红成什么样了。"

小西瓜扭动着,一点都不配合,只是哇哇大哭。

"啊,小孩还真是麻烦。"李云阶抱怨。

"你哄哄她嘛。"

"怎么哄?"

"算了,"老妈笑着,"还是我自己来吧。"

老妈抱着小西瓜在房间里来回踱步,但她挺着大肚子,看起来还是有些费劲的。

"那个……我可以抱她吗?"李云阶问老妈。

"可以啊。来……"老妈把小西瓜轻轻放在李云阶怀里,"这只手托着她点……对……别说,你还挺有姐姐的样子。"

"我本来就是姐姐。"

"那你以后也会帮我照顾小葡萄吗?"许梦安问女儿。

"要是葡萄是女孩,我就会。"女儿说,"我不喜欢弟弟。"

"那可说不准。"

"啊,小西瓜笑了。"

小西瓜果然止了哭声,正冲着李云阶笑。婴儿的笑容总是那么天真无邪,小西瓜这么一笑,好像这个家里之前发生的所有不快都烟消云散了。

"哟,云阶都会抱妹妹啦。"许梦心进得门来,"让我看看……不错,像那么回事。"

李云阶被夸赞了,很是得意:"我要抱给外婆看一下!"

"去吧,小心着点!"许梦安叮嘱。等李云阶出了屋,许梦心将房门关了。

"大萍怎么样了?"许梦安问妹妹。

"孩子都成形了,就这么没了。她哭,兰香姐也哭,惹得我心里也很不是滋味。"

"大萍还年轻,养一段时间,就能恢复的。"

"是,我也这么劝她们。"妹妹挨着许梦安坐下,"大姐,我有个事要跟你商量。"

"我不是说了吗,以后你们的事,我都不管了。"

"真不管了?"

"真不管了。"

"我不信。"妹妹看着许梦安,"你说得对,我确实应该好好打算一下了。生活还得过下去,不能逃避。"

"放心吧,我相信老贾能扛过去的。"

"不,不能让他一个人扛。"

许梦安一愣,又听妹妹道:"你那么喜欢工作,想来,工作也是有趣的吧……我想找份工作。"

"你在家里照顾好两个孩子,这就是你的工作。"

"要是以前,没问题,我会安心待在家。可是现在,情况不一样了。两个人赚钱总比一个人要好一些吧。只是,我从没上过班,暂时也想不出自己能够干什么……不过,孩子的事我是考虑过的。爸爸的身体现在没什么大问题了,基本生活是能够自理的。回头我跟妈商量商量,让兰香把主要精力放在照顾小西瓜上。兰香的工资,我来出。至于熊熊,他都上小学了,主要是每天的接送,这个,我和老贾可以轮着来。"

妹妹的话一点都不像开玩笑。许梦安半是高兴半是忧虑:"虽是这么说,你要真去上班了,回到家里也没法闲着,孩子们的事,该你管还是逃不了。"

"嗯,我知道。反正,我想试试看。活人总不能被尿憋死嘛,老贾要找出路,我也得找。"

"那你想做什么呢?"

"我好歹也是正规大学美术专业毕业的……回头我问问我那些同学吧。"

"行,不过,兰香的工资我这边给,你别为这个犯愁了。"许梦安说着,拿出手机,"我再给你转点钱,不多,先把眼下你们一家人的生计解决一下。"

"又要救济我了?"

"如果你真的想走出家门,走进社会,那么,学会接受别人的帮助,其实也是一项技能。钱我都给你记着呢,等你有了如数还我就是。"

"还不清的……"许梦心靠在姐姐肩膀上,"我欠爸妈的,欠你的,太多太多了……"

"把你自己的日子过好了,就是对爸妈最好的报答。"

老贾在厨房洗螃蟹,他觉得就这么放着太可惜了,横竖蒸了给大家当个夜宵也好。正洗着,李临走了进来。

"姐夫,你别在这待着,这里脏,你看,地上全是水,小心滑。"老贾对李临道。

李临抓过一只螃蟹:"这玩意儿还得洗吗?"

"得用牙刷刷呢。"

"啊,"李临的手被蟹钳给夹了一下,"这怎么刷啊?"

老贾笑着夺过李临手里的螃蟹:"你别管了,等着吃就行。"

"那个,你先别刷了,我有事跟你说呢。"

"怎么啦？神神秘秘的，做什么对不起我姐的事了？"

"瞎说。你回头把你银行卡号发我一个，我给你转点钱，不多，你周转一下吧。"

老贾惊得手里的牙刷都掉了。李临笑笑："这是干吗……至于吗？"

"你要借钱给我？"

"你姐跟我说过了，她会给心心一笔生活费。但是，给心心，是她的心意。至于我……"李临压低声音，"这是我的私房钱，给你了，你别往外说。包括对心心，那都得保密。你自己拿去周转就是了。"

"你居然还有私房钱？"

"这么些年，也就藏了这点，小十万吧。你看得上看不上，我就只有这些了。"

"我不要。"

"懂了，这是嫌少。"

老贾忙摆手："不是不是。"

"老贾，你知道，我这个人，往常是不太管事的，家长里短的，想起来就头疼。可说到底，只要还是一家人，好些事，我也就不能不管。给你这钱，说起来是帮你，其实，也是我宽慰自己的方式吧。别让我内疚了，赶紧把卡号发我。"

"姐夫……"

"行啦，以后你发达了，你也可以接济我嘛。"

"唉……"

"注意保密！"

"明白！"

许梦安一家离开许家小院时，时候已经不早了。李云阶吃了螃蟹，竟有些闹肚子，到了家，李静给弄了些药。好一通折腾，一家人才各自睡下。

李临和许梦安有一搭没一搭地说着话，聊的不外乎兰香和大萍，老贾和许梦心。聊到感慨处，心里都有些难过。世事难料。有些事，是能用钱来解决的，可是还有一些，不能够。那些能用钱解决的事，他们夫妻只能尽力而为，剩下的，他们便也帮不上什么忙了。

不知怎的,两人谈起了彼此的工作,很自然地,也就提及了各自的同事。

"云阶见过梅一朵啦?"许梦安问这话的时候,是笑着的。

李临有些尴尬:"就那天,去医院看何璐奶奶,遇上了。"

"噢……"

"事情是这样的,梅一朵的女儿那天病了,发着高烧。她对医院不熟悉,我帮把手,带着她们去化验检查什么的。"

"噢……"

"那个,我不是故意瞒着你的。本来就是件小事,你知道了,怕你多想。"

"噢……"

"你别老说'噢'啊,倒是说句整话呀。"

"我应该说什么? 是,本来就是件小事,你不告诉我也没什么,可是你让女儿帮着你说谎,好像不合适吧?"

"就是怕你多心,真的。你看,你现在还是多心了。"

不知怎么,许梦安想到了瑞秋白天说的那些话。瑞秋说,她也没想到老公会出轨,而且,出轨对象还是他的同事。

"什么兔子不吃窝边草,男人一旦用下半身思考,别说窝边草了,连窝都能给啃干净。我是怎么都想不到会是她,其实我跟她也算是认识,看着挺规矩的人……"瑞秋说。

"也许没你想的那么严重,你老公只是关照一下年轻下属,走得近了些……"

"什么年轻下属,那是他上司!"

"比他大?"

"倒是没大几岁,人家也是已婚的……这才可怕! 要是年轻女孩,跟黄思思那样的,会逼着于海离婚。这离婚成本多高啊,于海们总得思量思量。但这已婚的,她可不想我老公离婚。不离婚才好! 各自都有稳定的家庭,空了约出来找点乐子,就是这么回事。可气就可气在这里!"

"那你就打算这么……忍着了?"

"当然不是。等我找到确凿证据再说,现在,我只当什么都没发生。"

李临见妻子不言语,忙道:"梦安,这就是件小事,咱别上纲上线了吧?"

"睡吧。"许梦安关了床头的灯,把思绪从她和瑞秋的对话中拉了回来。

那大萍爸爸是个欺软怕硬的,到了派出所,竟连句整话都说不出来。他和小树算是互殴,两人都伤得不重。次日,老贾配合派出所出面做他们俩的工作,最终算是调解了,各治各的伤,谁也别要对方的医药费。

一出派出所,大萍爸爸又嘚瑟起来了,嚷嚷着要小树给误工费,说医药费和误工费是两码事。嗯,这个他倒是很清楚。

"那行,咱再进去论论。你要小树给你误工费也行,你先把大萍的医药费和误工费给结了。"老贾板着脸。

"她是我女儿!"

"打人犯法,不管你伤的是谁!"老贾愤然,"要不然,我早就把你打骨折了!"

大萍爸爸自知惹了大祸,再不敢多言。可是,捉襟见肘、口袋空空的他,又不得不觍着脸去找兰香。知道小树要去医院,大萍爸爸非要跟着去。小树甩不开这人,没了办法,又不能再跟他起冲突,要是横生出别的事来,小树是再无力承受了。

这两人到了医院,大萍听说爸爸来了,死也不见,只抱着小树哭。兰香把大萍爸爸给买的一挂香蕉拎出病房,让他拿回去。

"兰香……"大萍爸爸耷拉着脑袋。

"你把户口本给我。"兰香的声音冷冷的。

"我……我不能给……"

"我知道你没钱花了,你把那户口本给我,我马上给你转两万块钱。这笔钱,我本来是打算给大萍置办嫁妆的。"

大萍爸爸犹豫着,终究还是将户口本递给了兰香。

兰香将户口本放进口袋,才道:"以后,你一个人过吧。"

"我错了,兰香,我真的错了……"大萍爸爸几乎都要跪下了,"我不是人,我真的不是人!我发誓,我再也不问你要钱了,我回家之后,就踏踏实实找个地方打工,哪怕是搬砖,我也去!"

这种话,兰香听过起码几百遍,她是再也不会信了。

"你回去吧,以后咱俩各过各的。大明,我肯定是要管的,我要供他上大学。

你,我不会再管了,我也管不了。"

"你还是不相信我……你要不信,我可以立字据! 要么,让许家二老来当见证人?"

"你还有脸提他们? 你跑人家家里闹的这一出……"

大萍爸爸红着眼圈:"是我考虑得不周全。兰香,千错万错,都是我的错,我全都认。我就想跟你商量个事,就一件,你听了,同意也好,不同意也罢,我马上就走,马上就回家。"

兰香无奈:"你说吧。"

"眼下大萍这样,孩子都没了,我担心小树会不要她。"

"小树是个好孩子。"

"好不好的,往后的日子长着呢,最难测的就是人心。要是小树不要大萍了,大萍怎么办?"

兰香没吱声,她不知道丈夫到底要表达什么。

大萍爸爸又道:"村里的老李,在外面包工程的,去年不是离婚了吗?"

"这和大萍有什么关系?"

"老李想再娶……"

兰香瞪大眼睛看着丈夫,她觉得全身的血液都在往脑门冲:"老李? 那个没比咱俩小几岁的老李? 人家都有两个孩子了,你要把大萍嫁给他?"

"老李家有钱,不缺吃不缺穿的,大萍能嫁过去,是她的福气。"

"老李打算给你多少彩礼呢?"

"他说把我欠的债都还了,再给二十万……有这二十万,我那个项目就能做起来了,到时候你就不用给人当保姆了,我一定会好好对你的!"

"你走!"

"兰香,兰香,你听我说……"

"你走! 滚啊!"

"别啊,你说要给我钱的,两万块呢……你转了我就滚,马上滚……"

兰香打发走了丈夫,想找个地方大哭一顿,却发现自己再也榨不出眼泪来了。她以前总以为,他是她这辈子的依靠,他是这个家庭的指望。她嫁给他时,想的是两个人好好把日子过下去。她是没读过什么书的、头发长见识短的、一无是处的女人，她本以为嫁给了他，他会领着她，好好过完这辈子。他们家里并不宽裕，但她不害怕吃苦。她这种女人，哪会害怕吃苦呢？

他第一次动手打她时，她刚生下大萍，甚至还没有出月子。他发脾气，是因为她生了女儿。生女儿，成了她的罪过，让她一度在村里抬不起头。他酗酒，她说了几句，他说"还不是因为你生了个不带把的"；他滥赌，她说了几句，他说"有本事你给我生个儿子啊"；他在外面找女人，她说了几句，他说"我看到你们娘俩就心烦"……她想，也许生个儿子就好了。可是，他对她的折磨，并未因为大明的出生而有丝毫改变。当然，他们窘迫的生活也没有丝毫改变。村里好些人家都盖起了新楼房，出去打工的那拨人，有的甚至开着小汽车回来了。只有兰香一家人，越过越苦，越苦越过。所以，当李静说，她城里的弟弟家需要一个保姆时，兰香二话不说就答应了。兰香想得很简单，她能赚钱就好了，他就不会对她恶语相向，就不会对她动粗了。没有想到，他变本加厉，开始了对她的盘剥。

她早就习惯了，习惯了生活带给她的一切。可是，他伤害大萍，这件事不能忍。当反抗的念头从兰香的脑子里冒出来时，她自己都吓了一跳。但是啊，她已经没有什么可失去的了，除了一双儿女，她再没别的可在乎。

"大萍，你妈这辈子就这样了，但你不能够。"兰香对女儿说。

"妈，我们能过好的！我这辈子不该这样，你这辈子也不能继续这样！"

当然不该！当然不能！没有人必须向生活低头，也没有人生来就得认命——不问出处，也不问来路；不分年龄，更不分性别。

兰香和大萍是这样想的，许梦心也是这样想的。用许梦安的话来形容，妹妹是一个从没踏进过社会的女人。然而，现在，她终于迈出了自己的第一步。

第十八章
没义务教你做人

1

　　富太太许梦心要出去找工作了？没人会信，连老贾都不信。许梦心背着包要出门应聘这天，许家二老犹豫了好久，由许母出面拦住了她那兴致勃勃的小女儿。

　　"心心啊，今天天气不好，改天再去吧。"许母想来想去，半天才憋出这句话。

　　"我倒是想改天，只是这改了，人家不一定有时间见我呢。"

　　许梦心要去的是老同学吴人杰开的艺术培训中心，听说对方这些年做得风生水起，有两个原本在中学教美术的老同学都跳槽到他那了。

　　吴人杰一听说许梦心要到他这找工作，一开始也不信。许梦心的态度还算诚恳，但没好意思细谈自己的处境，只说自己不想和社会脱节，出来找点事情做做。

　　"钱有的，我和你爸有退休金的……"许母再道，"这个……熊熊和小西瓜的花销总是够的。"

　　"唉，跟你说不清楚，也不只是为钱。"

　　"那是为什么？"

　　"你就当是为钱吧，我懒得解释。"

　　许梦安接到许母的电话，一时哭笑不得。按说，妹妹想出去找工作是好事，可是在许母这，就好像天都快塌了，一会儿害怕小女儿被人骗，一会儿担心小女儿被人欺负。

"心心哪受过委屈啊。结婚前,在家里什么都没干过的;这结婚后,浩文对她有多好,你又不是不知道……她这出去上班,不得受气啊?"

"妈,她现在还没开始上班呢!你先心疼心疼我行不行,我可是天天上班。"

"你不一样嘛。"

"是是是,我不一样,我就活该受气受委屈。妈,心心不是小孩了,你操心不过来的。让她出去上上班,对她没坏处。"

妹妹的转变,许梦安是欣喜的,但是,她并不认为妹妹非得出去干一番什么大事业。老贾出事后,许梦安找妹妹的心理医生顾大均聊过。顾大均认为许梦心需要自我重建,她不但得重新认识自己,更该重新认识身边的人和这个世界。

许梦心到了那家艺术培训中心,背着她留下来的唯一一只还能上台面的包。

昔日校花上门,培训中心的负责人吴人杰不无热情。许梦心虽然发胖了不少,眼角也有了细密的纹路,但不管怎么说,在学生时代,她可是很多男生心目中的女神啊。这几天,吴人杰没少打听许梦心的事,听说,她老公的公司遇到了一点问题。什么"出来找点事情做做",她还不是因为没办法了,需要出来赚钱养家了呗。

"梦心,我是怎么都没想到你会来找我……"吴人杰笑道,"这里的情况我大致跟你介绍过了。要不,你也说说你的情况吧?"

"我的情况?"

"按说,你能来我这,是我的荣幸,我这边确实也缺美术老师,但我不知道你考证了没有……"见许梦心不说话,吴人杰又补充:"教师资格证。"

"你这……你这也要教师资格证啊?"

"看你说的,我办的也是正规培训机构嘛。"

"我……"许梦心哪有什么教师资格证,能把毕业证混到手就谢天谢地了。

"没有的话,我也很难办呀。"

"那你这里还有没有别的工作?"

"这个嘛……"吴人杰笑笑,"只要你来,就都好说。我来想办法吧。"

"真的吗?"

"我能骗你吗？咱俩这么多年同学了。我这边还缺个招生的,我看你就很合适。"

"招生啊……"

"薪水的话,试用期一个月,月薪五千。等转正了,底薪加提成,做好了有一万左右吧。少是少了点,但我们庙小,希望你理解一下。"

"一万?"许梦心笑了,"比我想象的要多。谢谢你了,老同学。"

"行,那就这么说定了。晚上有个饭局,你也去。"

"今天晚上?"

"不方便?都是跟咱们培训中心有业务往来的,介绍给你认识认识嘛。"

"好吧。"

妹妹及时向许梦安报告,说是应聘很顺利,次日就能上班了。许梦安一面替妹妹高兴,却一面起疑。妹妹几乎没有什么工作能力,怎么可能那么顺利?就算不看她的能力,可她结婚早,婚后便跟那帮大学同学没什么来往了,交情之类的也无从谈起。

"大姐,等我拿了工资,请全家人吃饭!我都想好啦,好好工作,不懂的就多向同事请教。吴人杰说了,招生这一块是上升空间最大的,年底还有奖金呢。"妹妹在电话里说着,"没想到,我许梦心也要上班了!咦……你怎么不说话?"

"没事,我在替你高兴呢。"

"是吗,我怎么没觉出来?我都能找到工作,你不相信是吧?别说你了,我自己都不信。不过,我那老同学说了,我那么聪明,没有什么是学不会的。"

"晚饭我请,给你庆祝一下。咱们好久没出去吃饭了吧,你想吃什么?"

"晚饭我有安排了。就这样啊,我先挂电话了。"

"心心……"那边妹妹已经把电话给挂了。

"许总监,"小荷拿着个文件夹进门,看起来无精打采的,嘴里叨叨着,"我真的搞不懂人事部的意思。"

许梦安知道小荷话里有话。昨天,公司关于内容中心副总监的任命下来了,阿木将担任这个职务。

其实,小荷心里很清楚,这不仅仅是公司和人事部的意思,也是许梦安的意思。她之所以这么说,倒不是因为和阿木有什么竞争关系,论年资,她离副总监的位置还有些距离。她这股子怨气是冲许梦安来的,认为许梦安选错了人。

阿木终于当上了副总监,任命文件一下来就开始嘚瑟。他本身在部门里人缘就不太好,小荷这拨年轻人是有些看不惯他的,他这么一嘚瑟,他们的意见就更大了。可是,对许梦安来说,既然任命了,就要选择信任和支持阿木。老张总说她不放手,不愿意培养别人,她也颇有些"这次我就放手给你看看"的意气用事,把手里的好些事都交给了阿木。

"他什么都不懂,还在那瞎指挥。"小荷愤愤然。

许梦安敛了笑容:"还有别的事吗?"

"啊?"

"这里不是茶水间,是是非非的,留着你们下了班再去讨论吧。"

"可是……"

"我不想再说第二遍了。"

小荷委委屈屈地走了。许梦安没有精力去解释,也没有必要去解释。瑞秋说,上下级之间是要有距离感的。如今的许梦安,正在努力保持这样的距离感。

许梦心美滋滋地回到小院,跟父母把情况都说了,二老很是欣慰。到了傍晚,外出办事的老贾回来了,正碰上要出门的许梦心。她化了很明艳的妆容,喜笑颜开的。

"这就要去吃饭了?"老贾问道。他早在微信里得知妻子找到了工作,而且今晚还有个饭局。

"对啊,怎么样,我状态还可以吗?"

"美美哒! 这样,我送你过去吧?"

"算了吧,这叫怎么回事啊,我又不是熊熊,上个学还要人送。"

"我这不是担心你嘛。"

"放心,我坚决不喝酒。难道我连这点数都没有?"

到了餐厅,许梦心看到了等在门口的吴人杰,跟着他进了包厢。

包厢里头已经坐了不少人，有男有女。众人见了他们，纷纷站起，一口一个"吴总"，叫得很是热络。

"这是我的大学同学许梦心，当年校花级的人物，也是我年轻时候的女神！她呀，从今天开始，就正式加盟我的培训中心了！"吴人杰向大家介绍着许梦心。

"漂亮！确实漂亮！"一个胖乎乎的男人竖起了大拇指。

"什么漂不漂亮的，我都是两个孩子的妈了。"许梦心道。

胖男人身边的一个年轻姑娘笑道："那就是风韵犹存嘛。"

"哎，不会说话，这叫风采更甚！生过孩子好啊，结了婚生过孩子的女人才更懂生活，更有女人味。我喜欢！"胖男人的眼睛一直盯着许梦心。

许梦心不喜欢别人对自己评头论足，而且是当着这么多人的面，她的脸瞬时就冷了下来，闷不吭声地坐下。

饭桌上的几个女人都很年轻，许梦心打量一圈，她怕是其中最老的了。那几个女人端着酒杯，一口一个"姐姐"地叫着许梦心。

"我不喝酒。"许梦心摆手，"谢谢了。"

"不喝就不喝吧，没事没事。"吴人杰道。

胖男人嬉皮笑脸："还是我们吴总怜香惜玉。"

众人一通大笑，许梦心根本不知道这有什么可笑的。要不是为了工作，刚才胖男人盯着她说那些话时，她早就翻脸走人了。

女人们很活跃，想来全是海量，酒过三巡后，对男人们的称呼不再是"某某总"，直接进阶到了"某某哥"。男人们开始肆无忌惮起来，荤段子满场飞，什么刺激就说什么。许梦心觉得自己格格不入，却只能故作淡定。

快结束时，吴人杰和胖男人结伴去了洗手间。两人方便完，勾肩搭背地走到包厢门口，都在笑。胖男人指指包厢："怎么，吴总最近换口味了？"

"自己送上门来的，我哪有不要的道理。"

"谁信啊。我看她那样，满脸写着不解风情，能是自己送上门的？"

"那都是装的。她老公破产了，走投无路，到我这来是讨口饭吃的。只是原来当惯了阔太太，还在跟我装呢。让她装呗，我跟你说啊，不出一个月，我一准把她搞定。"

"行不行啊?"

"这还用说……"吴人杰笑着,"当年她谁也瞧不上,我们在她眼里,全都是穷小子。谁能想到也有今天? 搞定这种女人还不简单,砸点钱就行了。"

"吴人杰。"是许梦心的声音。

"啊!"吴人杰赶紧转头。

包厢的门开了,许梦心脸上堆着笑,还怪甜美的:"你过来嘛。"

"不是,梦心,我刚才说的都是醉话……"

"你说什么了? 我什么都没听见。我喝多了,头有点晕,你过来一下,我有话跟你说,好多好多的心里话。"许梦心轻轻摇晃着手里的杯子,身子半靠在门边,醉眼迷离地看着吴人杰。

众人屏气凝神,都等着看大戏。他们谁都没想到,看起来很是矜持的许梦心居然这么奔放!

胖男人推了吴人杰一把:"还不快去!"

吴人杰乐了,笑嘻嘻地走到许梦心跟前:"女神,我来了,我这就送你回家。你要不想回家呀,我带你去个好地方。"

"好的呀,我也想送你去个好地方呢。"

"去哪儿啊?"吴人杰一双手就快扶上许梦心的腰了。

"我要送你去……"许梦心将手里的酒泼到了吴人杰脸上,"我要送你去死!"

这个世界有它的规则。有些规则是摆在明面上的,有些却不是。

这晚的饭局,当吴人杰和胖男人去上洗手间后,许梦心喝下了她成年后的第一口酒。他们说,不喝就是不给面子。

"那我就喝一小口吧,我酒精过敏……"许梦心说。她16岁那年喝过一次酒,在同学的生日派对上。后来因为酒精过敏,被送去医院。看到哭成泪人的许母,这个小小的少女当时就暗暗发誓,这辈子再也不喝酒了。

"有了一口,就有一杯;有了一杯,就有一瓶嘛。出来玩,不都是这样吗?"刚才说许梦心"风韵犹存"的年轻女人笑着,吐了个白色的烟圈,"我们都这么拼了,你更应该努力啦。"

许梦心举着杯子,走到那女人跟前:"你这话什么意思?"

"姐姐,什么意思呀,就是你想的那个意思,满意吗?都是出来混的,怎么姐姐你就比我们高贵吗?"

"什么叫出来混的?"

有人在拉那女人了。

"哎呀,算了算了,她喝多了,你别跟她计较。"也有人劝许梦心。

许梦心忍了,想着这辈子再不可能跟这群人吃饭。她走到门边的垃圾桶旁,想把杯子里的酒倒了,于是,就听到了门外吴人杰和胖男人的对话。

果然,她许梦心在吴人杰眼里并不高贵,不但不高贵,还非常之不堪。是个用钱就能搞定的女人,还是个不出一个月就能搞定的女人。他让她来上班,既不是感念同学交情,更不是看中她的才能,仅仅就是想"搞定"她。

许梦心用红酒泼完吴人杰,顺手把杯子给砸了,拿了包和外套就走,全程再没说过一句话。愤怒,说不出口;委屈,也说不出口。而那些旁观者,包括吴人杰,他们也没敢发出任何声音。

离开餐厅,坐在出租车上的许梦心,觉着自己的五脏六腑都在疼,可是,她却没能掉出一滴泪来。她想发声大喊,却发不出一丁点声响。

她以前以为剖腹产留下一道疤是苦难、生完二胎后身材变形是苦难、老公一夜之间负债累累是苦难、寄居在娘家靠家人接济是苦难……但,真正的苦难,分明是——她以为自己高贵,却被他人轻贱。

李云阶写完作业已经快 11 点了,倒不觉得累,只是肚子有些饿了。这段时间,她每天都在晨跑。刚开始几天确实挺辛苦的,全身都酸痛。而且大早上的,外边特别冷,脸蛋冻得通红。但是坚持了小半个月后,她发现运动是件挺快乐的事。每次跑完步,总觉得神清气爽,精神状态都好了不少。

家里是给李云阶备了夜宵的,她合上书本,走出房门,一眼就看到了客厅里的小姨。小姨正跟老妈和姑姑说话,她抬头看到李云阶,微笑着点点头,算是打了个招呼。

她们几个说的,一定又是那种不能给小孩听的悄悄话。

"噢,云阶饿了吧? 粥还温在锅里,我去给你拿。"姑姑说。

李云阶忙摇头:"不用啦,我自己去吧。"她在厨房里把粥喝了,跟小姨说了"再见"才转身回房。离开前,她多看了小姨一眼,见小姨眼圈红红的。她想问原因,又不知怎么问,末了,她冲小姨做了个"加油"的手势。

待女儿回房了,许梦安才道:"心心,工作可以再找的。"

"我没事。"妹妹学着女儿做了个"加油"的手势,"没什么了不起的,我一定能找到一份好工作。"

"工作的事,我可以帮你……"

"你们谁也别为我操心了,就让我自己来吧。还有,我今天晚上吃饭遇到的这些破事,你们可千万别告诉老贾。老贾那暴脾气,非得去找吴人杰算账不可。"

"就算老贾不找他算账,我也会去找他算账的!"

"大姐,我都想明白了。找他算账如何,不找他算账又如何? 我是气,可是气没有用,哪怕把他打个半死,在我这,我也不会有什么改变,我还是那个什么都不会的许梦心。所以,算了吧,他根本不值得我生气。他不配。"

"恶人自有恶人磨。心心,这样的人,早晚都会摔跟头。"李静道。

"嗯!"许梦心点点头,"跟你们说完,我心里好受多了。我该回家了。"

李静要开车送许梦心,却遭到了拒绝。许梦心笑着站起来:"我自己能行。"

这是许梦安第一次从妹妹嘴里听到这样的话。

"姐,我突然开始相信一句话了。"许梦安对李静道。

"什么话?"李静问。

"命运的所有安排都是有道理的,好的、坏的,都会引着人往前走。"

"你这话我听不懂,我只知道,你妹妹啊,她变了。只是,她这么一变,反而更让人心疼了……"

老贾一直在院子里等妻子,天实在是太冷了,他抱了个暖手袋,缩着脖子,像个小老头。许梦心进门,看到这样的老贾,不禁觉得有些好笑。

老贾忙上前,将暖手袋放到妻子手里:"冻坏了吧?"

"我打车回来的,不冷!"

"晚上怎么样啊？吃得还好吗？这种应酬挺没意思的吧？"

"超级无聊。"

夫妻俩一边说着话，一边往屋里走。等进了屋，许梦心有条不紊地放了包、脱了大衣、换了鞋，才道："老贾，这份工作很没意思，我不想干。"

老贾一愣："不想干就不干！你出去上班这事，我本来就持中立态度的。唉，也不是中立，其实……你最好别去上班。不说熊熊，小西瓜还没过哺乳期呢。"

是啊，小西瓜还没过哺乳期呢。许梦心白天去吴人杰那个培训中心的时候，看到了一个扛着背奶包过来上班的妈妈。许梦心还跟她聊了，她说现在像这种上班族的"背奶妈妈"很多，这叫职场与哺乳两不误。每天午休的时候，她先用吸奶器将奶水储存起来，下班了再带回家。她甚至还给许梦心展示了一整套设备。

"我可以当背奶妈妈啊。"许梦心对老贾说。

"不是，你还是要去上班？"

"这份工作我不喜欢，但我可以换一份喜欢的。"

"那你想好找什么样的工作了？什么才是你喜欢的？"

"我……"许梦心回答不出来了。

转眼到了1月底，李云阶迎来了她的期末考。往年这种时候，她总盼着期末考，考完了就是寒假，接着是春节。不管怎么说，过年实在是件开心的事呀。

李云阶过的上一个春节就很是让她的同学们羡慕，因为，正月里，她跟着家人出国旅行了。家里所有人都去了，除了老爸、老妈、外公、外婆，还有小姨一家。她还记得熊熊在飞机上哭闹，差点没把人烦死。但那次旅行还是很美好的，尤其是那个碧海蓝天下的异国小岛，连外婆都被老妈和小姨哄着穿上了泳装。也就是在那个小岛上，小姨和小姨夫宣布，他们打算再要一个小孩。于是，熊熊又哭了。大人们忙着庆祝，李云阶陪哭叽叽的熊熊用沙子堆了一下午的城堡。城堡很美，她拍了好些照片。最后，几个浪头打来，将它冲了个一干二净。

"我们还会回来的！"李云阶曾对着海浪呐喊。

"我再也不会来了！"熊熊也大声说着，他天生就是个"杠精"。

也许，他们真的不会再去那个小海岛了吧。最起码，今年春节是不会去了。

今年,好多事都变了。外公生病、老妈怀孕、小姨生女、小姨夫破产……老妈说,这世上的事从来就没有不变的。所以,才会有塞翁失马焉知非福,才会有福祸相依,才会有可测和不可测叠加起来的生活,就像打开一盒口味未知的糖果。

"春晚的名单确定了,Y-POWER 会参加哦。"何璐很高兴。

今天下午,她俩考完了最后一门物理,算是个小解放。

"哦。"

"哦? 你是不是没听到我在说什么啊。Y-POWER,易天的那个男团!"

是啊,易天……几个月前,他们几个为了去上海参加易天的签唱握手会,还掀起过轩然大波。不知怎么,从上海回来后,李云阶对易天的喜欢就变得不再那么狂热了。

"我听到了。"

"你这是怎么了?"

"我在想事呢。"

"有什么可想的。"

"你知道我在想什么?"

"不知道啊,那你在想什么?"

"我自己也不知道。"

"你……算了算了,我告诉你件事啊,今年我要回老家过年。"

"为什么?"

"我奶奶喽,非要回去。老家可没劲了,总共就只有一条街,街上连肯德基都没有。你呢,你们家去哪儿旅行过年?"

李云阶摇摇头:"怕是哪儿都不会去了。"

"那也比我强。快看,你妈来接你了。"

果然,老妈挺着个大肚子跟一堆家长站在门口,她已经很久没来接李云阶了。

"妈,你怎么来了?"李云阶走向老妈。她发现好几个同学都在看老妈,窃窃私语的。是喽,挺着大肚子的老妈确实有些惹眼。

"今天我特地提前下班来接你,走,带你去吃饭。你华华哥来了!"老妈微笑着,丝毫不在意那些略带异样的眼光。

华华哥是姑姑的儿子,他已经是个大学生了。这个哥哥就是那种"别人家的孩子",什么都好,长得好,学习也好。李云阶对他,又是佩服,又是讨厌。佩服是因为人家确实很优秀,讨厌是因为姑姑和老妈总是把他挂在嘴边,什么"你华华哥加入学生会了""你华华哥演讲比赛得第一名了""你华华哥篮球也打得好呢"……不过,华华哥对她还是挺好的。每次回老家时,他总带着她出去玩。

2

李静知道儿子华华会来,但没想到丈夫欧阳也来了。瞧那意思,父子俩是来接她回家过年的。当着儿子的面,李静不好说什么,只道弟弟、弟媳这边暂时离不开她。儿子还不知道她和欧阳分居的事,两个大人仍假装什么都没发生,时不时地给对方夹个菜什么的。

"云阶,中考其实就是考心态,你放轻松就可以了。"餐桌上,华华正跟表妹说着话。

"哦……"提什么不好,非提学习,李云阶显然不太感兴趣。

"你回头有不懂的地方,可以请教一下华华啊。"老妈还要继续这个话题。

李云阶讪讪:"寒假我还得上补习班呢,天天上补习班还不够吗?"

华华笑问:"补习班上到什么时候呢?"

"腊月二十八喽。"

"那正好,等你上完补习班,你们一家回老家过年吧。"

华华说完这话,几个大人面面相觑。华华又转向李临和许梦安:"舅舅、舅妈,你们去年就没回老家,爷爷没少念叨呢。"

"还是华华懂事。"欧阳笑道,"我怎么就没想到这么安排呢?华华妈,你觉得怎么样?"

"哦……看他们俩的意思呗。"李静把问题抛给了李临和许梦安。

许梦安微笑着:"我们也想回老家的,但我娘家这边的情况……有些一言难尽。姐知道的。"

"梦安确实走不开。"李静道。欧阳点点头："那就过完春节再回来。"

大人们纷纷附和着，华华看着李静："所以，妈，你是真的不想回家过年了？"

"我……"李静被问住了。

"还有你，爸。"华华又看向了欧阳，"妈说不回家过年，你就这样，什么都不说了？咱们来之前是怎么说的，你忘了？我们是来接妈妈回家的。"

欧阳和李静都有些尴尬，许梦安忙道："先吃饭吧，吃完饭慢慢商量。"

"舅妈，我一直觉得你是个明白人，他们演戏，你就别跟着演了。"

"华华……"许梦安夹菜的筷子悬在了那盘清蒸鲈鱼上。

"我这次放假回家就发现问题了。我爸总说忙，老是不在家，还有，家里连他的换洗衣服都没几套了。你们这是离婚了？"华华放下了手里的筷子，盯着爸妈。

李云阶正喝果汁，一口果汁还没咽下去，差点呛到。

"怎么可能，你瞎说什么呢！吃饭！"欧阳板着脸。

华华不依不饶："妈，那你告诉我，你跟我说句实话。"

"没有，没有离婚。"李静的声音很轻。

"哦，那我劝你们俩还是早点离了吧。"华华面无表情地道，"早离早轻松，演戏多累呀。"

据说，每年高考结束后，都会掀起一股小小的离婚浪潮。这些办理离婚手续的夫妻，大都是一起生活了 20 年上下，感情早就出现问题的，只是"为了孩子"，才一直凑合着过。他们会说："再忍忍吧，等孩子考上大学就离婚。"

为了孩子？孩子可不这么想。父母感情出现状况，最先感知到这一点的或许还不是他们自己，而是他们的孩子。

华华就是这样的孩子，其实，他什么都知道。他已满 18 岁，父母仍旧拿他当孩子便罢了，可他觉得，他们分明是在拿他当傻子。如果说所谓"完整的家庭"只是父母貌合神离在演戏，这样的家庭，跟破裂又有什么区别呢？

上高三那年，是华华最难熬的一年。因为这一年，父母的恩爱"戏份"更重了。前一分钟，他们还在客厅里小声争执，后一分钟，华华出现了，他们便开始谈论起了天气和电视节目。他们还在爷爷和所有亲戚面前扮演完美夫妻：家境殷实,男主外、女主内,孩子又那么优秀,他们夫妻简直成了众人的楷模。

可是,只有华华知道真相。他知道父亲是那么不愿意进家门,有好几次,他发现父亲下班回来后在车库里待着,父亲宁愿这么干坐在车里都不回家。

华华还知道母亲心里藏着许许多多的怨恨,这种怨恨刻在了她的脸上,用再昂贵的化妆品都粉饰不了。

既然都不开心,为什么还要在一起呢?如果真的是"为了孩子",身为他们孩子的华华觉得自己的罪过实在是太大了。他似乎不该出生,不该来到这个家庭……整个高三,华华都活在极其压抑的家庭氛围里,他看着父母演戏,也陪着父母演戏,还要装作"这个家确实很幸福"的样子。到了大学,他遇到了喜欢的女孩,两人开始交往。也就是这个学期结束时,女孩的父母来接她,顺便跟华华吃了个饭。就是简简单单的一餐饭,让他明白了什么才是幸福的家庭。幸福的家庭是有互动的,他们眼神里的东西骗不了别人。他看着这家人亲亲热热,不免想起了他自己的家。华华跟女孩说了父母的事,女孩说,他的家庭没准还可以再"抢救"一下。所以,这次放寒假回来,他的主要任务就是"抢救"家庭。

一直隐瞒着孩子,孩子却早就看穿一切。这件事,对李静来说,本身就有些可笑。可笑之余,甚至还有些可悲。除了这些,她还感到委屈:我这个当妈的,为了不影响你学习,一直忍受着无趣乏味的婚姻,到头来,你却只是一句"早离早轻松"?关键是,儿子那句"早离早轻松",她还找不到任何反驳它的言语。离家到H城,过年都不愿意回去的人,确实是她啊。从头到尾,身为丈夫的欧阳可是从来没说过一句"分居""离婚"之类的话,是她把他轰出家门的。

李静悲从中来,眼泪就在眼窝里打转。可是看那欧阳,他仍旧是风度翩翩、任何时候都冷静异常的欧阳。

"没人要离婚,你好好吃饭。"欧阳对华华说。

李静站起来,一拍桌子:"我要离婚!"

"云阶,你跟哥哥去问下鲜榨的橙汁还有没有……"许梦安看了看李云阶。

李云阶拉了华华:"走吧。"

华华不想走,经不住表妹生拉硬拽,只好跟着她离开了包厢。

"又是这一套喽,大人说话,小孩不许听。"李云阶对华华说。

两个孩子根本没有去问什么橙汁的事,而是坐到了餐厅门口的等候区。

"我也是大人。"华华表示不满。

李云阶道:"他们才不会这么想……你刚才干吗要那么说话啊,弄得大家都挺尴尬的。"

"我都替他们尴尬这么久了,他们也该感受一下什么叫尴尬了。"

"到底发生什么事了?"

"我爸和我妈分开住了。"

"这个我知道啊,因为你妈要来照顾我妈,我妈要生二胎了呗。"

"不是这种分开。我说了你也不懂。"

"是分居了?"

"看来是我低估你了。"

"其实,你是害怕他们真的就这么分开了吧?你嘴上说让他们早点离婚,但你心里根本不是这么想的,对吗?"

华华没说话,只是低头看脚尖。

"他们的事都特别复杂,我们就是想管也管不过来。"李云阶掰着手指,"不过,我也不希望姑姑和姑父分开。"

"是吗?"华华笑笑。

"他们要是真的分开,你就没家了。"

餐厅包厢内,李静正在痛哭流涕,历数着欧阳的种种。这欧阳还真能沉住气,闷不吭声,好像李静说的这些都跟他没关系。

"姐夫,你倒是说句话啊。"李临看不下去了。

欧阳在医馆里大小是个馆长,惯爱打官腔:"好,我简单说两句……"

李静止了哭,看向欧阳。欧阳清了清嗓子:"离婚,不可能。别的不说,老爷子那里首先就没法交代……"

"别动不动就把我爸搬出来说事!现在说的是咱俩!"李静打断欧阳的话。

"不说老爷子也行,那就说华华。我们离婚了,华华怎么办?你让孩子怎么想?"

"姐夫……"许梦安插嘴,"姐的意思是,你自己是怎么想的?咱今天不提云阶爷爷,也不提华华,就谈谈你和我姐。"

"我是怎么想的?"欧阳站起来,"日子还是这么过。都这把年纪了,就别折腾了。你们这个姐姐,有时候我实在是不懂她,她想起一出是一出嘛。"

"你要是懂我,我就不会跟你分居了。"

"你们看,她又绕回来了。"

"欧阳,咱们结婚这么多年,你从来就不懂我,更别说心里有我了。这就是我为什么要跟你分居,为什么想和你离婚……"

"你是这么想的?"

"难道不是吗?"

欧阳长叹了一口气:"你说什么就是什么吧。吃饱了吗? 要都吃饱了,就散了吧。华华妈,咱俩加起来 100 多岁了,别让人看笑话。"

"笑话? 咱们要继续这么过下去,才是笑话!"

这顿饭吃得不欢而散,只是,当着孩子们,几个大人仍要装作什么都没发生。李静再生气,看在儿子的面儿上,照样要开车送他和欧阳去酒店。

李临一家三口叫了车,站在路边等。

"妈,姑姑和姑父真的会离婚?"李云阶问老妈。

老妈有些不耐烦:"你问那么多干吗?"

"你就不管管吗?"

立在一旁的老爸笑了:"你妈哪能什么都管呀,她管得过来吗?"

"就是,我连你都快管不住了。"老妈道。

"没劲。"

老妈摸摸李云阶的头:"姑姑他们没事,他们是大人,能够处理好自己的问题。"

但是老妈绝对没有想到,姑姑他们刚到酒店就出了状况,这事还和大萍爸爸有关。

话说这大萍爸爸灰溜溜回了老家,反省了几天,本想拿着兰香给的两万块钱去做小买卖的。谁能想到,这小买卖还没开张,就又被那群狐朋狗友给哄上了赌桌。两万块全都输光不算，还欠了一笔赌债。

到年关了，村里好些外出打工的人都拖家带口回来了，一个个都有些衣锦还乡的意思。大萍爸爸看在眼里，又是眼馋，又觉凄凉，联系了兰香，人家根本不接他的电话，搞不好连号码都换了。至于儿子大明，虽说放了寒假，但他一直都没回来，不用说，一定是去 H 城找兰香和大萍去了。大萍爸爸越想越气！兰香他们倒好，一样过年，一样团圆，剩了他这么个孤家寡人，家里是要什么没什么，别说酒肉，粮都快断了。总之，这个年是没法过了。思来想去，他笃定兰香的态度突然变得那么强硬，肯定和李静有关。李静一直就看他不顺眼，没少揶揄，上次他去 H 城李临家找兰香，更是直接把他给轰出来了。

就在他准备去 H 城找李静理论时，几个债主上门讨钱来了。他哪有钱啊，一把鼻涕一把泪，说是李静离间得他妻离子散，就差家破人亡了。人家哪管这些，没钱是吧，没钱打一顿再说。

大萍爸爸遭了好一顿打，越想越气，心想：你李静瞎搅和，不让我安生，我也不让你安生！于是，这天他到了 H 城，跟踪李静的车子，一路到了她跟李临他们吃饭的餐厅。看到人多，他有些发怵，到底没敢现身。后来又跟到了欧阳和华华住的酒店，待李静落了单，到酒店地下车库取车，准备回李临家时，他就出现了。他上去就是一顿臭骂，要李静赔钱。李静心里本就不痛快，遇到这样的无赖更是气不打一处来，两人很快就吵了起来。没想到，急了眼的大萍爸爸居然动手了！李静平时风风火火，看起来什么都不怕，可要说打架，她哪是大萍爸爸的对手。

好在华华发现妈妈的手机忘在了酒店房间里，催促着爸爸去送。欧阳一到车库，就看到大萍爸爸正掐着李静的脖子，很是穷凶极恶。欧阳一面打电话给华华让他叫保安，一面冲上去，对着大萍爸爸的下盘就是狠狠一脚，两个男人很快就扭打在了一起。等保安赶到的时候，李静正瑟瑟发抖地瘫在地上，欧阳则拼了命地拖住大萍爸爸的腿，不让他逃跑。

这对夫妻都受伤了，进了医院。李静还好，除了受到惊吓外，反抗大萍爸爸时被拖在地上，导致身体部分软组织挫伤。欧阳就没那么幸运了，鼻梁和右手手腕都有不同程度的骨折。他的左眼挨了大萍爸爸一拳头，肿得核桃大，都睁不开了。

李临和许梦安赶到医院,见到华华正在病房门口玩手机。

"什么情况?"李临忙问。

"都这样了,两人还在里面吵架呢。"华华说得漫不经心。

李临抬脚要进去,被许梦安给拉住了。

华华又道:"就怕他们不吵,能吵说明还有沟通的空间。没事,让他们吵吧。"

"华华说得对。"许梦安点点头,"吵架也是一种沟通的方式。对了,大萍爸爸在哪儿呢?派出所?"

华华叹了口气:"我爸说事情不能做太绝,人家是穷途末路,逼急了还不定会怎么样,没让我们报警。人在隔壁病房待着呢,我爸下手也不轻。我刚去看了一眼,医生讲,他身上还有好些伤,看着不是今天的,怕是来之前,已经被谁给揍了一顿。确实也是穷途末路了。"

许梦安和李临对视了一眼,李临摇头:"这就是自作孽不可活。"

"咱俩去看看吧,可别再出什么事。还有,这事先别跟兰香他们说。"

"你圣母也就算了,还得拉上我,这都是什么跟什么呀。"

大萍出院后,她和小树的早餐店开业了。两人踏踏实实做小买卖,生意还不错。兰香自然欣慰,还答应小树,这个春节去他老家,在那边,把他和大萍的婚礼给办了。这种时候,许梦安不想大萍爸爸搞出什么幺蛾子来。

病房内,大萍爸爸整个人都蔫了,新伤加旧伤,身上就没好的地方。见李临夫妻俩来了,他挣扎着坐起,很是紧张,不知道他们来干吗。

"按说,是你先动的手,我们是可以报警的。"许梦安道,"但我姐夫不让。这都是看在兰香的面子上。"

"是,是……我现在特别后悔,太冲动了,我也是走投无路了,被逼急了……"大萍爸爸站起来作揖。

"谁逼的你?"

"他们……"

"你自己知道,其实没人逼你。这是你自己种的因,如今自食其果而已。兰香这些年是怎么过的,你又是怎么对她的?"

"我改,我一定改。"

"你不用在这跟我们保证，甚至都不用跟兰香保证什么，要改，也是为你自己，还是先想想你接下来的路该怎么走吧。我们谁都没义务教你怎么做人。我只跟你说一句话，你是两个孩子的父亲，你做什么，孩子们可都看着、记着呢。"

大萍爸爸流下两行清泪，只木然站着。

3

另外一个病房内，气氛也不太好。欧阳躺着，李静坐着。

李静只是有些皮外挫伤，其实不用住院。不过，华华说了，等她跟欧阳谈好了才能出来。要么回家过年，要么马上离婚。

欧阳的鼻梁打上了绷带，一张脸只露出眼睛和嘴巴，看着有些好笑。李静打年轻的时候就喜欢看他出丑。没别的，就是因为这个男人太面面俱到了，太过于完美了。一个人怎么可能没缺点，怎么可能不犯错？但凡是人，总有闹笑话的时候吧？当年，欧阳来到李家的医馆，要拜李父为师。李静还记得那天，外面下着大雨，一个浓眉大眼、长相周正的小伙子走了进来。他收拢了那把破雨伞，把雨鞋给换了，穿上了一双干干净净的布鞋，微笑着跟她打招呼。

"你谁啊？"李静问他。

"我是欧阳，来当李医生的学徒。"

"你都会什么呀？"

"就是什么都不会才要当学徒。"

"我爸可不是谁都收的。"

"没事，我等。"

"要等出去等。真要有诚意，你就在那门口等上三天三夜吧。"

"行，那我出去等。"欧阳说完，打算换上雨鞋，要去门口等。

李父走过来，指着李静："你又作弄人！"李静撇嘴："谁让你不收我当徒弟！别的阿猫阿狗你都收，偏是你女儿，你不收！"

"欧阳，你把药名四季歌背给她听听吧。"李父对欧阳说道。

欧阳仍是带着笑意,不疾不徐地背诵着:"春风和煦满常山,芍药天麻及牡丹;远志去寻使君子,当归何必问泽兰。端阳半夏五月天,菖蒲制酒乐半年;庭前娇女红娘子,笑与槟榔同采莲……"

李静打断:"这个我也会!"

"那我问你,你为什么要学中医?"李父看着女儿。

"这话问得稀奇,咱们家就是干这个的。"

李父笑了,转向欧阳:"你呢,你为什么要来当学徒?"

"悬壶济世。"

"悬壶济世",这词李静也知道,她只是没说出口而已,她觉得说这话太冠冕堂皇。"悬壶济世"可不是随随便便就可以说的,要做到更是不易。可是,欧阳真的做到了。任谁都不得不承认,他是个好医生。这些年,他治好的病人数不胜数,还培养了一批中医人才。但他再忙,只要不出差,还是会每天去坐诊。有时,连李父都感慨,欧阳做的这些,连李父自己都未必能做到。去年医馆发生过医闹,挡在最前面,不让当事医生受伤害的也是欧阳。为了解决这件事,他索性住在了医馆。他一面安抚当事医生,一面安抚病人家属,这场医闹最终得以妥善解决。

"师妹。"躺在病床上的欧阳突然说话了。刚才他们吵了半个多小时,基本上都是李静在说话。后来李静也说累了,整个病房便安静了下来。但现在,欧阳在叫她。"师妹"曾是她逼迫他叫的。如李父所料,李静真的跟中医没什么缘分,她空有热情却没有天资。渐渐地,她那份热情也消逝了。

"师妹,"欧阳又叫了一声,"当年老爷子问我愿不愿意当他女婿时,我犹豫过的。"

"他跟我说,要把我嫁给你,我毫不犹豫地告诉他,我不愿意!"

"我犹豫,因为我们是完全不一样的人。"

"我不愿意,也是因为这样。"李静显然又是在说气话。她当然是喜欢欧阳的,就她这种性格,要是不喜欢对方,怎么可能会嫁?别说是李父来说,就是月老亲自来说都没用。

欧阳说道:"你说我心里没有你,这话我是不同意的。当初我犹豫娶你,是因为有顾虑;后来打消这种顾虑,是因为我心里有你;现在,你要跟我离婚,我不愿意,还是因为我心里有你。"

李静愣住了。欧阳又道:"我总以为,我们过了几十年,好些话是不用说的。来 H 城这一路上,华华跟我讲,说我是个好医生,但不是个好丈夫,也不是个好父亲。这些年,家里家外的事情你没少管,我就觉得,好多事,有你在就够了。有你在,我就可以踏踏实实行医。但你管多了吧,说实话,我也会烦。有时候我想说你几句,一看你这么辛苦了,那些话到了嘴边就都咽下去了……"

"我现在不是不管你了吗! 我什么都不管了! 你爱怎么样就怎么样吧。"

"人就是这样,你管,我觉着烦。你不管了,我又想你管了。老爷子还问呢,问你过年回不回家……"

"他干吗不直接问我?"

"每次你们俩通电话,你都要说他,让他别老是往外跑,这个不能吃那个不能做的,他都怕了你了。"

"还有这种事?"

"他报了个团,过年要出去旅游。"

"他都没告诉我!"

"要是告诉你了,你会让他去?"

"他去哪儿啊? 跟哪些人一起? 去多久? 他……"李静说着说着,有些尴尬起来。欧阳发出了笑声:"你看,你就是这样。对老爷子、对我、对华华,包括对李临,你都是这样。你累了大半辈子,就不能歇一歇吗?"

"我为你们付出那么多,到头来,却是这样?"

"你不也想做自己吗? 梦安告诉我的。"

"我想过,可是……我妈去世后,管家的就是我,我都习惯了。爸老了,却越来越孩子气,好些事都跟我对着干。还有你,你现在是成功人士、知名医生了,我管不着了。至于华华,他去上大学那天,瞧他那高兴的样儿,恨不得买几串鞭炮庆祝,庆祝他终于脱离了我的魔爪……"

"原来你也知道啊。"

"我没那么傻。现在冷不丁,你们全都不用我管了,那我怎么办? 我倒是想做自己,可是……没有你们,我什么都不是!"

欧阳挣扎着坐起，走到李静身边，拍拍她的后背："没有你，我也什么都不是。你回家继续管我吧，我服从管理。"

"瞎话。"

"我欧阳从不说瞎话。"

"你这么说也没用，我是不会跟你回去的。"

"你不回去，我们就留下，我们在这过年。"

"我还是要跟你离婚的！"

"过年比天大，过完年再说嘛。"

李静到底还是跟着欧阳和华华回家了，许梦安和李临都松了一口气。当然，李云阶是最高兴的。姑姑这一回去，李云阶就少了个管她的人，不用吃那些可怕的养生餐，也不用听姑姑碎碎念了。

许家小院那边，兰香也要去小树家过年。许梦安想临时请个保姆，被许母给否了。许父的情况已经好多了，他现在不但不要人照顾，还会力所能及地干点零碎家务，就当是在做复健了。

许梦心虽然找了份新工作，每天朝九晚五，但老贾的时间还是很富余的，可以帮着照顾两个孩子。老贾说是跟朋友一起弄了个网店，看他那样儿，也没什么劲头，三天打鱼两天晒网。也是，做惯了大买卖的他，要从零开始，不管从哪个角度来说，都会有些不适应的。

"请什么人啊，家里的事，我能做，老贾也能做，连你爸都能做一点，别费这个钱了。大姐，你们那边也别请了，你们一家索性都过来吃饭。过年嘛，就是要这样，大家都在一块才好。"许母对许梦安说，"我看心心最近上班上得蛮开心，我要给她改善改善伙食，她多辛苦啊……所以啊，你们来，也就是多几双筷子的事。"

好吧，许梦安带着丈夫和女儿回娘家吃饭，还沾的是妹妹的光。可不管怎么说，妹妹能找到份好工作，大家确实都替她开心。听妹妹说，那是家大公司，外企，她现在是文员来着，做好了很快就能升职。许梦安问公司的名字，妹妹说了一个，又讲是新公司，许梦安未必会知道。

兰香过两天就要带着大萍和大明一起去小树的老家了，说是年前就在那边办婚礼。许梦安提前结了工资和奖金给兰香，又给大萍封了红包。许母送的是床品多件套，大红色的，很喜庆。许梦心虽然捉襟见肘，但也送了支口红给大萍。大萍没用过这么好的口红，美滋滋的，当场就要涂给大家看，逗得众人大笑。

送走了兰香这一行人，许家小院冷清了不少。见老贾忙着给小西瓜换尿布，许梦安把妹妹拉到了一边。

"老贾的网店开得怎么样了？"许梦安问道。

妹妹一笑："不怎么样，他都不想干了。这个我倒不发愁，他那么聪明，干什么不行？就是吧，他妈听说我们不回去过年，要来这边呢。"

老贾出事后，一直没跟贾母说实话，贾母还不知道儿子如今已经不是什么大老板，而是窝在家里给他女儿换尿布的家庭主夫了。许梦心不是没想过跟老贾回老家过年，可是，老贾是出了名的好面子，往年只要是回去了，村里的老老少少他全都要送礼物。送礼还不够，他还要大摆流水席，吃上个一两天。现如今这种情况，他们一家四口自己的年都要在她娘家"蹭"着过，哪还撑得起那样的大排场？贾母不知儿子的变故，又很想熊熊和小西瓜，他们不回去，那就只好她来了。老贾婉拒了几次，贾母还以为是许梦心的意思，她就更要来了。

"那就让她来吧，她早晚都得知道。"许梦安对妹妹说，"与其让别人告诉她，还不如你们自己说。"

"道理是这样，可老贾这个人……就是死要面子活受罪。昨天他一个老乡过来问他借钱，我们都这样了，他居然还给了人3000块，说是不用还了。他就怕在老家人面前坍台，怎么都要撑着的。"

"你婆婆是他亲妈，在她面前总不用装了吧？"

"那是你不了解我婆婆，她一旦知道，就等于全村人都知道了。村里那些人，多多少少也都问老贾借过钱，她肯定会一家家讨要过去的。我们太了解她了。"

"她什么时候到啊？"

"明天吧。唉，明天我还得上班呢，老贾去接。接过来再说吧，我头都大了。"

到了第二天，已经放寒假的李临和李云阶早早就来到了许家小院，父女俩拎了一堆菜和水果。

这都是许梦安吩咐的，说是贾母要来，多买点菜，也算是给许母减轻点负担。

许母正犯愁,这亲家母来了,知道老贾如今这情况,还不知道会闹出什么来……

"我小姨呢?"李云阶问外婆。

"上班去了啊。"

"我听熊熊说,小姨在一家大公司上班。"

"对啊,"提到这个,许母的眉头舒展开来了,"我以前都不知道你小姨这么有本事!"

第十九章
许梦安请了产假

1

H城一家大型商场,一楼某化妆品专柜,有个打扮入时的女人正在挑选彩妆。

"姐,你的气色不错,适合这个色号……"有个导购递过去一管口红。

女人白了导购一眼:"你叫谁呢,谁是你姐?"

"对不起,女士。"导购换了称呼。

"什么破眼神,就你这眼神,还敢给我选口红?"女人说着,扭脸就走。

导购很是委屈,对身边的同事抱怨:"那我该叫她什么? 她看着本来就比我大,叫'姐'是尊称嘛。"

同事笑道:"别看她穿成那样,身上的东西十样有九样是假的。每次来,都是补个妆就走,什么都不买。你别管她。"

"我知道。"

"你也看出来了?"

"她手上那个圣罗兰的流苏包,流苏那么短,都拧在一起快打结了,谁看不出来? 还有她的鞋子,仿的华伦天奴,鞋上的铆钉一看就很次。哦,她的卡地亚'LOVE(爱)'手镯也是假的。还有她的……"导购说着说着就收了声,毕竟,公司有规定,不能说客人坏话的。

"你倒是很懂行啊。"同事笑笑。

"没什么懂不懂的，只不过这些东西我都有过真的……"

"什么?"

"啊，没什么，我是说，我都看见过真的。"导购说着，脸上的表情变得有些尴尬，"不好意思啊……我又要去那什么了……"

"赶紧去吧，你这个'背奶妈妈'也真是不容易，我看你跟奶牛没区别了，上着班还得抽空给孩子挤奶。"

"谢谢你，谢谢。"导购微微鞠躬，然后拎起背奶包，走得飞快。

是，这个导购就是许梦心。她不是没去大公司找过工作，但她没有任何工作经历，年龄又摆在那，不尴不尬的 30 来岁。当然，如果她此时刚刚大学毕业，工作经历之类的都不会成为问题。遗憾的是，她已经是两个孩子的母亲了。其实，许梦心还去小公司找过工作。然而，连小公司都不愿意收她。哪怕她说，她做个文员就可以——

"文员是吧? 好，那办公软件你都会吗?"

"哪些软件?"

"Office(办公软件)。"

"这个我知道。我……我会!"

"会做 PPT(演示文稿)?"

"什么是 PPT?"

"你刚不是说你会用 Office 吗?"

有那么一瞬间，许梦心觉得万念俱灰。她想过向姐姐求助，她知道，只要她开口，姐姐一定能给她找一个差不多的工作。可是，她现在是要强的许梦心，想证明自己的许梦心。她不允许自己的人设有任何崩塌，她，要靠自己。

听姐姐说，婉真走出家庭后，变成了一个特别厉害的房产销售经理。婉真是个狠角色啊，她跟于海离婚，不但拿走了两个女儿的抚养权，还分走了于海的一半家产。等等，销售经理……销售不就是卖东西吗? 婉真卖房子，她许梦心没那么大的本事，但她可以卖别的啊。她最懂的就是化妆品和服饰，她的方向应该是这个!

于是,许梦心决定去应聘化妆品专柜导购。果不其然,这里才是她的主场,面试的时候,她从个人肤质的差异性说到各大化妆品品牌的差异性,真可谓是滔滔不绝,一下就把考官给镇住了。

"你什么时候能来上班?"

"随时,马上。"

就这样,许梦心得到了她人生中第一份真正的工作。她本身有点自豪,却隐隐觉着,导购并不是特别上得了台面的工作。她还是有钱人的太太时,对导购们很是有些看不上的。这些家伙,一个月工资还不够她许梦心买一套化妆品的,但那小嘴叽叽叽,听起来好像什么都懂。

"女士,你最近皮肤有些干燥哟,试试我们新推出的奢享面霜吧?"

"好用吗?你自己用过?"

戏弄他们,对许梦心来说,算是购物过程中的乐趣之一。而现在,风水轮流转,她自己也要当导购了。当家里人问她找到了什么样的工作时,她就开始胡诌,说自己在一家外企,可厉害了。

撒了一个谎,就要用无数谎言去圆。但接下来怎么圆,其实,她根本就没有想好。不过,她也没有时间和精力去想啊。导购这工作,比她想象的还要辛苦。一站好几个小时,来了客人,要上去招呼。好些客人都只是"看看不买",或者干脆让她帮忙给补个妆。

"小妹,你给我画的眼线很不错。"

"要给你拿一支吗?我们这款是防水的,而且特别容易上手。"

"下次吧,下次。谢谢你噢。"

"哦……"

心里有一万句骂娘的话,却还得笑嘻嘻地把客人送走——

"女士,下次还来啊,来了找我,我叫心心。"

最让许梦心困扰的是,她除了是一名导购,还是一个"背奶妈妈"。她不得不见缝插针给小西瓜存奶。好在商场有母婴室,那里很干净也很安静。哪怕挤奶器吸得她生疼,她也都忍下来了;哪怕背着奶包挤地铁,差点遭遇猥琐男的咸猪手,她也都忍下来了。

再忍忍吧,等熬过一个月试用期就能转正了。转正了,就可以拿提成啦。她问了做得好的同事,每个月底薪加提成也有一万多块呢。一万块,可以解决好些问题了。以前,她从没想过这点钱能派上那么多用场。

大萍和小树的早餐店开业后,许梦心去过一次,她问他们每个月大概能赚多少。小树特别骄傲,说除了房租、成本等,怎么也有好几千。大萍正拆着小树给她买的空气净化器,说楼上再也不会不透气了。许梦心跟着大萍去楼上看,看着那个没有窗户的逼仄小阁楼,她心里就跟翻了浪似的……

"你们就住这……"

"住着蛮好的。"大萍说,"我们也开始接外卖订单啦,小树在学做卤味,以后啊,我们上午就做早餐,下午就做卤味,赚的钱肯定能翻倍的。小姨,我跟小树要发达了。"大萍也跟着云阶,管许梦心叫"小姨"。

"嗯,你们一定会越来越好的。"许梦心使劲点着头。

大萍一定要留许梦心吃火锅,锅底都是小树自己调的。

"哇,有牛肉!"大萍就差鼓掌了,"小姨,你多吃点!"

被切成薄片的牛肉层层叠叠地摊在盘里,看着确实诱人。

买个1000块钱的空气净化器是开心的,火锅有牛肉是开心的。对大萍来说,开心真的是件特别简单的事。这种开心的程度并不比许梦心以前买了个几万块的包要弱,甚至,前者比后者更强烈。

此时,许梦心已经拎着背奶包走出母婴室了。不远处她上班的专柜里站着好几个客人,这可是许梦心拼业绩的好机会。她还在试用期,试用期的考核里就有一项是业绩。许梦心连忙走过去,侧身将背奶包往小角落里一放,站起来,转身对客人们微笑:"欢迎光临。"

"是你……""心心……"

说话的人分别是瑞秋和许梦安。这两人看到穿着制服、戴着工号牌的许梦心,简直不敢相信……

许梦心知道自己的谎言再也圆不下去了,没有办法,只得硬着头皮,继续站在她们面前。

同事看着许梦心,问:"这两位客人你认识?"

"对，"许梦心僵着的脸略松弛了些，抽动着嘴角，竭力在笑，"这是我姐和她的同事。"

"哦，我们是特意过来的。"许梦安很快反应过来，"别愣着了，快给我们介绍介绍你们的新品，好像新出了一款粉底液，孕妇能用吗？"

"那个，不是买精华液送面部按摩仪吗？给我来两瓶。"瑞秋道。

许梦心很感激，感激姐姐和瑞秋没有给她多余的时间来难堪。

"好，我这就给你们拿！"

许梦安和瑞秋选了几样化妆品，许梦心给精心包好，又将她们送到商场门口。这家商场离新苗传媒不远，许梦心早就想到会遇到姐姐，只是没想到会这么快。

"这份工作挺好的，这里暖气开得很足，母婴室也很方便。还有啊，福利待遇也不错，时不时还会发点化妆品小样呢，这么下去，我连买化妆品的钱都省了。"许梦心对姐姐和瑞秋说道。

许梦心所在的这个品牌只能算是二线，消费群体多是许梦安和瑞秋这样的女性。富太太时期的许梦心路过这，根本不会多看一眼，更遑论用它的产品。

"行，我们会经常来的，有什么打折之类的活动，别忘记通知我们。"瑞秋笑道。

离开商场，许梦安看着有些怅然若失，瑞秋拍了拍她的肩膀："我知道你在想什么，其实你根本就不用担心你妹妹，她能搞定的。"

"导购是要服务顾客的，我就怕她受不了气。"

"谁不受气？只要是人，就都有受气的时候。你今天不也受气了吗？"

今天新苗出了件大事，这也是中午瑞秋把许梦安拖出来逛街散心的原因。

上午许梦安刚好请假去产检了，事先交代过，让阿木来主持例会。没想到，因为新项目的事，阿木和小荷他们直接在例会上吵了起来。小荷等人提出辞职，阿木叫嚣着，让他们全都滚蛋。他以为他们不敢，却不知道这些小年轻素来是敢说也敢做的。等许梦安回到公司，他们内容中心闹的笑话已经传遍整个新苗，连老张都知道了。阿木这种职场老油条，有好事了往前冲，一出乱子就往上面推。果不其然，他就把过失全都推给了许梦安。

许梦安刚开始没觉得怎么样。本来嘛,当上司的就是要承担责任,阿木是她的副手,这副手做错了事,她自己也脱不了干系。没想到,老张劈头盖脸就指责了许梦安一顿,还说什么"既然要生二胎了就好好回家养着""我又不是不给你假期""自从你怀孕后你们部门便一团乱""你的项目你自己要盯紧"……

许梦安也气啊。她是怀孕了,可该她干的工作一点都没少,反而还比以前更努力了。没别的,她就是想着,她过段时间就要请产假了,想把手上的工作都给理顺。特别是那个职业女性的交流平台,它是新项目,前期需要付出大量的时间和精力,更离不开公司的支持。但不知为什么,做着做着,倒变成她内容中心一个部门的事了。现在更有意思了,项目成她许梦安一个人的了!

"行啊,那我今天就请假!"许梦安也撂了话。

瑞秋知道许梦安心里有气,才拉着她出来逛街。

"原来我们只有于海的蓝海传媒这一家竞争对手,现在嘛,黄思思的公司也开张了。她的公司虽然刚起步,但各方面都特别关注,不用说,接下来肯定是风生水起的。原先给咱们背书的S集团,现在对咱们没兴趣了,人家想改投黄思思……"瑞秋对许梦安说。许梦安有些诧异:"S集团和我们的合作出岔子了?"

"所以老张才会冲你发火嘛,他不是针对你,是有气没地方撒。新苗现在一口气弄了好几个新项目,都是长线,资金压力可想而知。我还听说了个小道消息,不一定正确,跟你分享一下呗。"

"卖什么关子呀。"

"于海想收购咱们公司,这事你应该是知道的吧?"

"他确实觊觎已久。"

"老张可能要松口了。也就是说,新苗大概要改朝换代了,往后啊,于海要当我们的老板了。"

许梦安知道,瑞秋虽然说是"小道消息",但她这人,没什么根据的话向来是不说的,口风比谁都严。既然她都这么说了,这事怕是八九不离十了。

见许梦安沉默,瑞秋又道:"你跟于海是老同学嘛,他收购新苗,对你没坏处的。"

"他要真的当了我的老板,我立马辞职。"

"不至于吧?"

许梦安笑笑,没再言语。

老贾去车站接到了贾母,母子俩站在路边等出租车。

贾母看着脚下的大包小包,嘴里直抱怨:"你也不知道开辆车来。"

"车子送去保养了嘛。"

"那么多车,全都送去保养了? 我看你就是故意的,就是不希望我来。是不是你老婆给你出的主意,故意在这挤对我呢?"

"妈,你这想象力不是一般的丰富。对了,咱一会儿是去心心娘家……"

"去他们家干吗?"

"我那房子重新装修,暂时先在心心娘家住段时间。"

"装修? 你造什么孽啊,房子好好的,花那种钱干吗?"

"换个风格。"

老贾带着贾母进了许家小院,许母和许父自然是热烈欢迎。

亲家相见,很是亲切,没少嘘寒问暖。二老昨天已经得到了许梦心的最新指示,对老贾破产的事,一定要三缄其口。大家统一口径,就说老贾和许梦心的排屋在装修,他们一家在这过渡一下。

熊熊看到奶奶,飞奔着就过来了。贾母一会儿亲亲熊熊,一会儿亲亲小西瓜,忙得不亦乐乎。待把小西瓜哄睡,贾母才想起来怎么保姆不在。老贾便说,保姆回去过年了,如此云云,暂时算是把老母亲给糊弄过去了。

"心心去哪儿了? 又出去玩了?"贾母问儿子。

"她……咳,她现在上班了。"

这种事肯定瞒不住,贾母要在这待到过完年才走,许梦心天天早出晚归的,她能瞧不出端倪吗?

"上班? 她上什么班,小西瓜还没断奶呢。你们是怎么想的? 浩文啊,不是妈说你,你们又不缺钱,你……"

老贾拿起手机:"哟,我先接个电话……"

听说儿媳妇居然去上班了,贾母可是坐不住,走进厨房,想从许母那里了解情

况。看着堆满了新鲜鱼肉的料理台,贾母对许母道:"都是自己人,不用弄那么多菜。"

"都是孩子们买的,说是你来,一定要好好招待。"

"浩文买什么都是应该的嘛。"

"噢,这是李临买的。"许母脱口而出。

"浩文也是,太不像话了,一家大小都在你这住,连菜都不买!"

"没有没有。"许母忙摇头,"谁买都一样,都是一家人。"

"亲家母,心心怎么想起来去上班了呀?"

"浩文之前没跟你说吗?"

"我刚知道……这么大的事都不告诉我,非要我问了才说!"

许母心想,还有更大的事没告诉你呢。

许母和贾母在厨房里聊天,李云阶和熊熊也没闲着,姐弟俩正组队打《王者荣耀》,也是有一搭没一搭地说着话。

许家二老得了许梦心的指示,熊熊也跟他们一样——妈妈说,如果保密工作做得好,她过年会给熊熊一个大红包。熊熊现在太需要一个特别大的红包了,他都后悔把自己存着的钱上交了。表姐李云阶说,要当英雄就得付出代价。

妈妈说,熊熊给她的3000块钱,全都给妹妹买尿不湿了。于是,熊熊每次看到妈妈拎着尿不湿回家,都会问:"是用我的钱买的吗?"

"是是是。"妈妈很敷衍。

那笔钱,熊熊存了有些日子。存钱,就是怕妈妈生了二胎后,他自己失宠,什么都要跟妹妹分一半。现在看来,他完全是多虑了。因为,他连那一半的宠爱都快没了。这个家里,所有的人都围着小西瓜转,包括那只叫许富贵的狗。许富贵看到小西瓜,眼神都会变得特别温柔,想伸出小爪子碰碰,却又不敢。许富贵对熊熊可不这样,跟熊熊玩得不好了,它哼哼着扭屁股就走。连本该和熊熊同一阵营的表姐都变了,她一来这边,最先去看的肯定是小西瓜。

"你怎么没去上补习班?"熊熊问表姐。

"改成一对一辅导了,专攻英语,从明天开始。"

"初中生真可怜。"

"你早晚也得上初中。"

"我一点都不喜欢上学!"

"那可不行……"表姐说着,皱了皱眉头,"烦不烦啊,干吗这种时候给我打电话。"游戏正激烈呢,这种时候接电话肯定影响输赢。

"别接了呗。"熊熊道。

表姐没听他的,一边接起电话,一边往里屋走。

"什么呀……"熊熊有些不高兴了,"接个电话还要背着我。"

给李云阶打电话的是刘思明。刘思明参加了一个街舞比赛,要她去给他助威。待李云阶从里屋出来,熊熊嬉皮笑脸地道:"你是不是谈恋爱了?"

"什么乱七八糟的! 我没有!"

"小心我告诉你妈。"

"随便!"

"游戏还玩不玩了?"

"不玩了!"

老贾抱着小西瓜进来了,李云阶迎了上去,一脸笑容:"小西瓜,姐姐抱抱!"

熊熊一脸黑线,这表姐也太偏心了吧!

2

贾母从许母嘴里没问出什么,心下有些不痛快。无论怎么说,儿媳妇出去上班这件事都不合理。要说许梦心跟她姐姐似的,是职场女强人,行,孩子还没断奶她就要上班,这没什么,当婆婆的肯定要支持。可是这许梦心……儿子对许梦心可以说是有求必应,多少钱都舍得给她花。她什么本事都没有,上了班,一个月能赚多少钱? 就她赚的钱,给她自己买两件衣服怕是都不够。专心在家带孩子,有什么不好? 难道这里边还有别的隐情?

到了傍晚,许梦安和许梦心两姐妹都回来了。许母准备的饭菜很是丰盛,众人却都各怀心事,一顿饭吃得很是辛苦。贾母实在忍不住,说起了许梦心的事。

"心心啊,这好好的,你怎么想起来去上班了?"贾母开门见山。

没等许梦心说话,许梦安便道:"她也是不想跟社会脱节,出去上班,也能多认识些人。老是在家里待着,反而容易东想西想。再说了,心心要是变得能干了,往后也可以帮帮老贾。"

"妈,你尝尝这个羊肉,特别鲜……"老贾给贾母夹了菜。

贾母皱着眉:"心心,那你是在哪儿上班啊?"

"我……"许梦心张嘴了,没等她继续往下说,许梦安忙道:"在一家外企。"

"外企?"贾母当然知道外企是什么意思,"这么说,还是大公司?"

"算是吧。"许梦心感激地看了姐姐一眼。

"要我说,心心啊,你有心出去上班吧,不是坏事,但这事不能着急,好歹等小西瓜断奶吧。你爸妈、你姐,还有浩文,他们都不心疼你,我这个当婆婆的还心疼你呢。你这又要给孩子喂奶又要上班,忙得过来吗?"

贾母这番话倒是情真意切。老贾笑着:"知道你疼儿媳妇啦,赶紧吃饭吧。"

老贾心里也知道,那些事,怕是再也瞒不住了,但他真的说不出口。他一直是母亲的骄傲,甚至是整个村子的骄傲。他不想让母亲失望。

"妈,我能应付的,不会耽误小西瓜吃奶。我有背奶包呢。"许梦心对贾母说,"很好用的,好多上班的妈妈都用这个。"

"这是孩子们的事,咱就不管啦,随他们去吧。我这个当外婆的,现在身体还结实,小西瓜也好,熊熊也好,我都能帮着带带。再说了,带孩子,老贾都比我在行了,小西瓜就喜欢爸爸抱呢。"许母说道。

许父给了许母一个眼神,许母这才意识到,刚才的话有些多余了。

贾母没再说什么,埋头继续吃饭。等吃了饭,她把儿子和儿媳叫进了他们的房间。房间原本就是许梦心的闺房,只是跟以前相比,这间房凌乱得有些不像话。床上堆满了衣服,地上散落着孩子们的玩具。想是他们谁都没时间收拾。

"妈,"老贾低头站着,"你别生气,心心上班的事我们不是故意瞒着你的。"

"对对对,"许梦心附和着,"我也是一时兴起,哪天没兴趣了,说不定就不去了。"

"想是还有别的事情瞒着我吧?"贾母笑笑,"反正你们俩结婚后,日子都是你们自己在过,我就是想管你们也不让我管。可是,管不管的,咱都是一家人,对吧?"

"那是当然的……"老贾道。

"你们瞒着我的这件大事……你老丈人、丈母娘,还有大姐,他们全都知道了吧?"

"什么……"

"他们全都知道了,我怎么就不能知道?"

"妈,我听不懂你在说什么。"

贾母没搭理老贾,转向许梦心:"心心,他没听懂,那你听懂了吗?"

许梦心看了老贾一眼,才对贾母道:"妈,既然你都猜到了,我们也没什么好瞒着的了。"

贾母身子轻微往后仰了一下,长叹着气。这口气,长得她都不知该怎么收回来。老贾登时就跪下了,结结实实地双膝着地,听声响就像是地上会被砸出一对坑来。

"你给我站起来!"贾母厉声道,"男儿膝下有黄金,别随随便便下跪!钱没了可以再赚,没钱不丢脸!你现在这样才丢脸!"

"妈,妈……"老贾仍是跪着,许梦心便去扶他:"起来吧,把什么都告诉妈。"

贾母隐隐已察觉,只是还不敢确定,如今听了许梦心这句话,心内已经了然。

"到什么地步了?"贾母问儿子,"你先站起来!"

老贾没法再隐瞒,只得一五一十全说了出来。贾母听毕,又是摇头又是点头,站也不是坐也不是。

许梦心安抚着婆婆:"妈,事情已经这样了,愁也没用。"

"还要难为你出去上班……"贾母嘟囔着,"你哪会赚钱呀……你赚的那点钱顶什么用啊。西瓜还那么小,你怎么舍得扔下孩子……"

贾母嘴里满是对许梦心的责备,却一脸心疼地抱住了她,边哭边说:"让你吃这种苦头,是浩文没用……心心,你受委屈了……"

许梦心知道,婆婆的这些眼泪很复杂。它的成分更多的是对儿子遭受事业重创的痛惜,剩下的,才是对许梦心的痛惜。可许梦心不想去计较了,她知足了。现在的她很累,精力、时间,所有的一切都在透支,她也想哭。可是她累,她的家人们谁又曾顺风顺水?

她记得,大姐为了考上理想中的大学是如何努力。大姐说,知识可以改变命运。大姐还说,少壮不努力,老大徒伤悲。

她也记得,父亲上班的工厂效益还好时,他是如何没日没夜,自己加班不说,每每还给工友代班,就为了多赚那一点点钱。

她还记得,母亲踩着三轮车去摆夜市摊的情景,那时她还是个年幼的孩子,只觉得好玩,坐在三轮车上嘻嘻哈哈,却不知她的体重给母亲增加了负担。

这前面二三十年,她过得轻松,不过是这些人在为她负重前行。当然,这里面也有她的丈夫——她以前不甚珍视、珍惜,却是真心实意对她好的丈夫。

"妈,没事,能挺过去的。"许梦心对贾母说。贾母没想到儿媳妇会反过来安慰她,一双眼哭得更红了,只抽泣着,再说不出话来。

"心心她婆婆不会是知道了吧?"小院内,许母悄声问许梦安。

许梦安揽住许母的肩膀:"心心现在不一样了,她自己能解决。"

"有什么不一样的,你们不管变成什么样,在我眼里都一样。"许母叹了口气,"我就想着,你们还跟熊熊那么大就好了。那时候生活条件虽然差一点,但也没有这些个乱七八糟的事。"

"过日子哪能没烦恼。"

"这话我不知道吗?可是心心不一样啊,她是一天苦都没吃过……"

"妈,你又来了……"

"心心上班的那个公司你去过没有?你最好去看一下!到底是什么工作啊,怎么老是要站着,不是坐办公室的吗?"

"你怎么知道她老是站着……"

"她那双鞋子,鞋底都穿薄了嘛。"

"她刚到公司,总得干点跑腿的活。都是这么过来的,你别担心了。"

"你认识的人多,跟心心的老板打个招呼,让她别老是跑腿呀。"

"我的亲妈……"许梦安有些无奈,不知怎的,眼里却是噙着泪,"我又不是如来佛祖,有那么神通广大?"

"她是你妹妹!"

"她哪是我妹妹,她是我祖宗。"

"你……"许母拍打了一下许梦安的手臂,却又笑了,"你啊你……"

"我该回去了,"许梦安道,"家里还有一堆事呢。"

"云阶这回期末考……没考好吧?"

"你也看出来了?"

"孩子什么都写在脸上,不像你们,现在是什么实话都不跟我说了。"

"这都是哪儿跟哪儿嘛。"

"按说,你肚子里这个快出来了,云阶呢,又到了最关键的一个学期,你是不是可以考虑一下,请个假什么的。"

"这些我自己会掂量。"

"你会什么? 你也就是看着什么都会!"

"没有你这么当妈的,你就这么看我啊?"

"别逞强,哪有人什么都能做好的! 人哪,有一两样出挑的地方就行了。这山外有山、人外有人的,强中还有强中手,比来比去有什么意思。"

"我没有……"

"好了好了,回去吧,反正我说什么你都不会听。"

这次期末考,李云阶的成绩创了新低,英语成绩更是惨不忍睹,这也是为什么许梦安要给女儿安排一对一的英语补习。

许梦安一家三口在巷口等车,李云阶支吾着,似乎有话要说。

"怎么了?"许梦安问女儿,"有话就说。"

女儿摇摇头:"其实也无所谓啦。就是补习的事,能不能改到明天上午?"

"你下午有事啊?"

"刘思明有个街舞比赛。"

"跟老师约好的时间,能随便改吗?"

女儿没再吱声,而是看向了李临。李临忙道:"要不跟老师商量一下……"

"这个英语补习老师是名师,他有多难请,你不是不知道。"许梦安显然有些生气了,"改到上午,难道人家上午没安排?是你们说改就能改的吗?"

"你别激动,这少上一节课多上一节课也不会怎么样……"

"李临,这都什么时候了,云阶没几个月就要中考了!"

李云阶一时头大,她最怕爸妈因为她吵架了,忙道:"算了算了,我不去给刘思明捧场了,这总行了吧?"

"就你这个态度,别说补习了,就是再上一遍初中都没用!"许梦安怒道。

妻子的话说得太重了,女儿的脸登时就拉长了,李临只好两边劝。劝来劝去,结果倒好,这两人谁都不理他了。

等叫的车子到了,三个人上了车,相互间再没一句话。

李静还没回老家时,每天晚上都会给许梦安他们准备夜宵。养生汤是给许梦安两口子的,李云阶这里则是面条、馄饨、饺子之类的,每天都不重样。娘家的这顿晚饭,许梦安心事重重,有些食不知味,这会儿到了自己家,居然有些怀念起李静的养生汤来。李临听到妻子的肚子作响,知道她饿了,便琢磨着给她做点什么吃的。

"算了吧,随便叫点外卖,你去问问云阶想吃什么。"许梦安显然对丈夫的厨艺没有信心。

"我刚问了,她还在赌气,根本不理我。你刚才对她说的那几句话,有点过了啊……"

"马上就要中考了,她还分不清轻重缓急。"

"教育这件事,跟学校有关,跟孩子有关,可大部分责任,还在于家长。云阶没考好,咱俩身上也有原因,不能全怪她。这些道理,你明明比我懂的。"

"道理谁都懂,可是……"许梦安皱眉,"今天何璐妈妈建了个微信群,把我给拉进去了,说是跟大家商量下送孩子出国留学的事。"

"我们不是答应云阶不送她出国了吗?"

"看云阶现在的情况,重点高中是没戏了。"

"你舍得送孩子出去?过了年她才16岁!国外没有你们想的那么好,留在国内上个普通高中也不错。那么点大的孩子,去了异国他乡,父母不在身边,还要建立新的社交圈,到时候更容易出状况！要是在我们身边,不管出什么状况,好歹我们能第一时间知道。可她要是在国外……"

"我没说一定要送云阶出国,只是,这也是一条路子,了解一下没什么不对。"

"我刚才说了,教育是多方协力的,孩子有困难,我们应该想办法和她一起解决问题,而不是往外推……"

听了丈夫这话,许梦安不高兴了:"李临,孩子都是我在管,你出什么力了？不出力也罢,你居然还叉着腰在这里说什么我把问题往外推！"

"我发现你最近特别容易上火。好了,我错了,我不该说这样的话,行了吧？"

"现在是寒假,你也放假了,按说也应该管管孩子的功课了。可是你倒好,还是三不五时地往学校跑。"

"我那个新的实验室在建,很多事我得自己盯着。你也知道,这个实验室我等了多久……"

"实验实验,除了你的研究,你眼里还有什么！"

"许梦安我发现你现在越来越像你妹妹了,一点就着……"

"你什么意思？"

"没意思,什么都没意思。我就只有一句话想说:你说我眼里只有工作,那你呢？你这都快生了,云阶也快中考了,怎么就不能请个假回来待产,回来照顾一下云阶？没你这么当妈的。"

"你说什么？"

"我说……"李临的声音越来越轻,"没……没你这么当妈的。"

"我……"许梦安按压着快要爆炸的情绪,"你,马上在我面前消失！"

李临也不犹豫,快步走到门边,突然想起什么,回头说道:"明天开始,咱不去你妈那边吃饭了,不自在。"

"李临,你想火上浇油是吧？不去我妈那边吃饭,谁做饭？你做饭？"

"我做就我做。"

"行,这句话你再说一遍,我给你录下来。"

"幼稚！"

"到底谁幼稚！"

"我先消失，保证消失得无影无踪，不在你跟前晃荡。晚安！"

"气死我了，李临你……"

李临一想到以后每天要去许家小院开伙，心里便有些不愿意。小院现而今氛围总是有些怪，老贾丧着脸，许梦心则跟打了鸡血似的。许家二老围着老贾小两口转，一个比一个小心翼翼，生怕说错什么、做错什么。相比之下，李临倒是有些想念以前那个爱炫富、爱吹牛的妹夫贾浩文。

李云阶摊开书本又合上，合上又摊开。她的手边是被揉成团的期末考试成绩单，那些数字是如此刺眼，刺眼到她不愿多看它们一眼。听到主卧传来关门声，还有老爸的脚步声，不用想，老爸肯定又被老妈"驱逐"到书房去了。这两人肯定又吵架了，不是为别的，一准是为着李云阶桌上这张成绩单。

"云阶，明天你真的不来看我跳舞啊？"刘思明发来微信语音信息。

李云阶回了个抓狂的表情，什么话都不想说。

"那……那明天还晨跑吗？"刘思明没完没了。

李云阶对着手机，没好气地说："不跑！"

许梦安跟老张说要请假，请长假，话是这样，但第二天她还是起了个大早。

李临还算兑现诺言，给一家人准备了简单的早餐。当然，除了牛奶，其他都是外面买的。

"上午我去学校，刚好带云阶去转转，下午我会送她去补习班的。晚饭你别担心，反正你准时下班，回来饿不着你。"李临对许梦安说道。这是李临的本事，不管头天晚上他们怎么闹别扭，隔天他都能跟没事人似的，就当什么都没发生过。

他能这样，许梦安可不能，她还生着气呢。所以，她根本没搭他的腔，随便吃了两口早餐，拎着包就走了。

许梦安到了公司，发现老张早就在她办公室等她了。老张站在书架旁，那上面陈列着这几年许梦安给新苗拿下的各种奖杯和奖牌。

"梦安，你说做人怎么才算成功呢？"老张抚摸着那些奖杯。

"这个问题太深，我回答不了。"

"还跟我生气啊？我说的都是气话，你别往心里去。"

"不敢不敢,你是老板。我要是真的生气,今天就不会来了。"

"你坐嘛。"老张说毕,自己也坐下了。

许梦安只得依言,她问道:"老张,你这是有事?"

"你应该都知道了?"

"我应该知道吗?"

"自从我创业以来,得到了很多,但也失去了很多。别的不说,我这几年就没参加过孩子的家长会。我那孩子,你也见过,再过几个月就要高考了。孩子前段时间跟我闹,说我不是个合格的父亲。我特别沮丧。我那么努力,不就是为了让他过上更好的生活吗? 我累了……"

"所以……"

"所以,我答应了于海,把新苗给他。"

3

李云阶跟着老爸来到了他的学校。说实话,她小时候还挺愿意来这的,每次总有一堆大哥哥大姐姐领着她玩。现在大了,再跟着老爸过来,就觉得自己像是他拖着的小尾巴。她不是小朋友了,完全可以自己安排时间,他非要拽着她来,她心里很是有些不痛快。

到了老爸办公室没多久,那个梅一朵梅阿姨也领着她女儿来了,就是那个叫笑笑的小姑娘嘛。笑笑还真是自来熟,才见了李云阶一面,就姐姐长姐姐短地叫着,还要姐姐教她写作业。

梅阿姨仍旧穿得花枝招展,身上的香水味有些刺鼻,一笑起来,就露出了极为整齐的两排大白牙。不得不承认,她笑起来还是很好看的。

"云阶,我送你的围巾,你喜欢吗?"梅阿姨问李云阶。

"噢,噢……"李云阶有些尴尬,"还行吧。"

其实,那条围巾她一次都没戴过,上面印满了 logo,有种恨不得让全世界都知道它是名牌的感觉。她觉得没准小姨会喜欢,本想转送给小姨的,一时忘了。

"我跟梅阿姨要去下实验室,你和笑笑就待在这里,不要乱跑。"老爸说道。

什么什么! 还没等李云阶说话,老爸和梅阿姨就走了,留下她和笑笑大眼瞪小眼。

"姐姐,你是不是不喜欢我啊?"笑笑问道。

"何……何出此言……"

"这句话是什么意思?"

"意思是,你干吗突然这么问啊?"

"反正没人喜欢我,我爸爸也不喜欢我,至于妈妈……外婆说,我是妈妈的拖油瓶……你不喜欢我,也没关系的。"

"没有没有,我没有不喜欢你。要不我开个动画片给你看?"李云阶掏出手机,"《小猪佩奇》怎么样?"

"那个太幼稚了,我不看。你还是教我写作业吧。"

梅阿姨不太讨人喜欢,但笑笑还是可爱的。李云阶坐下,摸摸笑笑的小脑袋:"你和你妈刚从美国回来,是吧?"

"对呀。"笑笑点着头。

"那你爸爸呢? 还在美国?"

"嗯,妈妈和他分开了。"

"对不起。"

"为什么要对不起,再好的朋友也会分开的。我回中国之后,跟原来的朋友也都分开了。妈妈说,分开了,才会有新朋友。你爸爸就是我妈妈的新朋友。"

李云阶愣了一下:"噢……"

许梦安办公室里,她和老张的对话还在继续。

"预产期是什么时候?"老张问道。

"4 月份吧。"

"那就快了,还有两个多月,也该给你放假了。"

"就是不知,我该请什么样的假? 是产假,还是再也不用回来上班的那种长假?"

老张长叹了一口气:"也许是我认怂了,也许是我对公司前景不再看好,也许,我提我儿子的事,只是想给自己找个冠冕堂皇的理由……总之,梦安,我感到很抱歉。是我让你来新苗的,你没有放弃,我却先放弃了。"

"我只能说,我能理解,但我并不认为这是最好的选择。"

"如果你要走,我答应给你的股份,一分都不会少你;如果你要留下,不管是你的工作能力,还是你跟于海的关系,他都会重用你的。"

"我现在不想别的,走还是留,我手上的项目都必须先做完。一个人过于理想化,总是要受挫的,很不幸,我就是这么一个人。我仍相信,新苗还没有到我们该放弃它的地步。虽然,这种相信,它本身已经毫无意义。所以,就算我马上要请假,请的也一定是产假。其他的,等项目走上正轨再说吧。"

"好!"老张看着许梦安,"到现在,我还是那句话,我没有看错你。关于收购,具体的,我这边会跟于海对接……趁着这段时间,你回家好好休息一下,等生完孩子再回来吧。只是,到那个时候,我就不再是你的老板了……"

这时,许梦安的手机响了。"说曹操曹操就到。"她晃着手机,笑了笑。

"是于海?他还挺心急的。"

于海约了许梦安喝下午茶,还是在往常他们见面的那家咖啡馆。跟以前一样,于海早早就到了,见许梦安来了,忙起身给她拉椅子。

"我本来想着,等正式拿下新苗,我再来一个华丽出场。不过,老张他应该跟你沟通过了。嗯,老张这人就是这样,做事太古板,不浪漫。"于海道。

许梦安坐下:"如果你喜欢浪漫,你接手新苗那天,我们会集体站在门口迎接你。鲜花、掌声,你想要的,都可以有。"

"这个是当然。"于海笑着,"我是不是有点小人得志了?"

"你向来如此。"

"我很好奇你此刻的心情,怎么样,愿意跟我分享一下吗?咱们也算是相爱相杀 20 年了,这一回,应该是我赢了?"

"把'相爱'两个字给去掉。"

"你老是这么端着,我不喜欢。"

"我活着,可不是为了谁喜欢的,尤其是你。"

"你以前也这么跟你老板说话?"

"我答应留下,不是因为谁是我的老板,而是我手上的项目,那个职业女性平台。这个项目我认为很有意义。"

"对老张特别失望吧?没事,我都想好了,以后新苗这边,我全权交给你来管,你就是老板。"

许梦安看着于海:"这算什么?"

"我知道你有理想、有抱负,可你缺少破釜沉舟的勇气,也需要有我这么一个人在你背后推你一把。我只能做到这样了,剩下的,看你自己。"

"为什么?"

"没有为什么。"

"我不接受。"

于海并不生气,转动着咖啡杯里的小勺子:"很多很多年前,我让你做我女朋友的时候,你也这么说,说你不接受。我想问为什么,你回答:'于海,我们不一样。'可你从来没告诉过我,我应该怎么做,才能变成跟你一样的人。"

"你又来了,我没心情怀旧。"

"你一定要跟李临在一起,好,我输了,但我不服气。所以,后来你选择去杂志社上班,我也做了同样的选择,不为别的,就是因为那里有你在。我以为你会改变心意,一直在等你。没想到,你最后还是跟李临结婚了……行啊,我祝福你们,我认输!"

"够了,我该走了!"许梦安站起来。

"许梦安!你就不能等我把话说完吗?我离开杂志社,也是为了躲你,后来发现,越是想躲,越躲不掉……其实,我也没别的奢望了,毕竟,你都快是两个孩子的妈了,而我,也经历了婚姻,也是两个孩子的爸了……我就想着,这辈子还能得到你的认可,让你发自肺腑地说一句'于海,你让我刮目相看'……"

"好,我说,我现在就说。于海,你让我刮目相看。这样,行了吗?"

于海苦笑:"你走吧。"

离开咖啡馆之后，许梦安的内心很平静。她的一位大学老师曾评价她，说她是个每临大事有静气的人。但李临却讲，其实她是个对一切都不甚热情的人。做任何事之前，她都没带什么期盼，于是，她也就不至于太失望。李临补充，这是她的自我保护机制。

每个人都有自我保护机制。许梦安的，也许就是这个。她满可以递交辞呈，拿到属于她的股份，挥挥手，不带走一片云彩，就此潇洒离开新苗。只是，她不甘心。那个职业女性平台项目，是她两年前的构想，如今看着它一步步成型，不能就这么落空。她太了解于海了，她知道，如果他收购了新苗，对这种长线项目，他肯定不会持乐观态度。那么，这个项目极有可能会面临流产。他过于急功近利。

当初许梦安产生这个项目的构想，原因很简单——随着职业女性在社会中的角色愈发重要，她们正以前所未有的面貌展现在世人面前，她们充满能量，也有无数的职场故事可以分享。这些人，可能是创业者，也可能是高管，或者就是普通的白领。她们需要一个平台，在这个平台上，她们通过相互分享得以成长。

有了初步的想法，许梦安便带着团队不断完善，将这个项目取名为"云上"。之前为了给新苗和黄思思解围，许梦安在新闻发布会上首先推出的是"云上"的自媒体公众号。而那个公众号只是第一步，后面，还会有一系列的动作。

在许梦安的计划中，最终"云上"会是一个独立的交流平台，除了社交外，在平台里，有各行业的学习资料，包括文字、音频、视频等等，还有相关讲座和论坛的直播，甚至还可以有家长里短、职场八卦。这是一个全新的模式，她愿意和新苗一起摸索，直到实现她最初的理想。

团队里的人问许梦安，为什么名字一定得是"云上"。其实，这里面有她的私心。她的女儿叫"云阶"，这个项目，也是她的孩子。她希望自己的孩子都能够健康成长。而今，她的"云上"项目，其平台开发和架构马上就要告一段落，进入测试环节了，老张却将新苗卖给了于海。她甚至能想象得到，于海会怎么评估这个项目……

回到办公室后，许梦安叫来了内容中心的所有人，大概交代了一下接下来的工作任务，告诉他们，她即将回家待产。本来一直在闹不和的阿木和以小荷为首的那拨年轻人全都愣住了。他们知道，许总监是早晚要请产假的，但是没想到她会请得这么早、这么突然,按说,她的预产期还没到。

"接下来,公司会有一系列变动,想必大家都听说了吧?"许梦安微笑着。

阿木点点头:"看来是真的了。"

"什么变动,怎么了?"小荷睁大眼睛看着许梦安。

"新苗要换老板了。"

"谁啊?"

"于海。"

"蓝海传媒的于海?"

"还能是谁……"

他们几个开始窃窃私语,许梦安示意他们安静,而后说道:"不管老板换成谁,我都还会再回来的。我只是请产假,并不是请一去不复返的长假。等我回来,我们的'云上'项目还会继续往前推进。"

"许总监,这个不用你说,我们知道你对项目的投入和付出,你不在公司这段时间,我们也会照常推进的。"阿木拍着胸脯道。

"阿木,你是新苗的老员工了,我没来的时候你就在了。从一个普通员工到如今的内容中心副总监,你靠的也不仅仅是年资,你是个有能力的人。我不好为人师,只是,有些话,还是明说的好。职场里,明哲保身没错,但是,我不希望你忘记你入这行,你选择新苗的初衷。"

阿木沉吟:"是……我记住了。"

"还有你,小荷,你们这些年轻人……"许梦安转向小荷,"年轻人有坚持、有想法,这是很好的。可是,要分清楚什么是坚守,什么是钻牛角尖。我推荐阿木升任副总监,就是考虑到他比你们老成,懂得好多职场规则。那些规则,好也罢,不好也罢,懂了,才更容易达成目标。我希望你们能配合阿木。阿木呢,你也要学会尊重这些年轻人,这些在你眼里,可能是职场小菜鸟,但却有着无限工作激情和灵感的年轻人。你也曾是他们。"

"嗯。我明白。"阿木道。

"许总监,你放心吧。"小荷的眼圈都红了。

"我还会回来的。"许梦安站起来,"有什么,随时都可以跟我沟通。"

"许总监……"小荷终于忍不住哭出了声。

"你这是干什么，我只是请个产假。"

小荷哽咽着："我就觉得你像我妈，特别好。"

"过分了啊，我只允许自己像你姐。"许梦安抽了张纸巾给小荷。

阿木他们都笑了起来，小荷便也破涕为笑。

许梦安离开办公室，去了瑞秋那里，看见她桌上摊着一堆表单。

"许总监，产假的流程我都替你办好了，你签个字就行。"瑞秋笑着。

"你最贴心。"

"老张说，你休完产假还会回来。我猜到你会留下的。"

"当然，我的事情还没做完。"

"可是，我不想留了。"

"怎么？"许梦安眼里闪过讶异，"你要离职？"

"跟公司没什么关系。是我老公……他跟那个女人的事，算是解决了。我们俩决定离开这个城市，换个环境重新开始。我都没想到自己会原谅他，但我确实是原谅了他。"

"准备去哪儿？"

"暂时还没想好。"

"不买房啦？"

"不买了。"

"那孩子呢？还是不要吗？"

"顺其自然吧。如果真的有了孩子，那就生。"

"挺好的。"

"你知道我最喜欢你哪一点吗？"

"哪一点？"

"你这个人，所有在别人看来奇奇怪怪的人和事，你好像都不觉得稀奇。不但不觉得稀奇，你还会去理解和包容。或许，这就是母性？"

"人生不易，每个人都有自己的生活方式。"

"那就请继续'圣母'下去吧。这就是你，这才是你。"

傍晚,李云阶从补习班出来,看到了站在门口的老爸。

他们中午是在老爸学校的食堂吃的,一起吃饭的还有梅阿姨和笑笑。吃完了饭,梅阿姨主动提出,要开车送李云阶去补习班。老爸居然点头同意了,他倒是乐得自在,不用他送了嘛。那一路上,梅阿姨问东问西,问的都是"你妈什么时候生""你有没有兴趣去美国上高中""你爸妈是不是经常带你去旅行"等等,李云阶根本不想跟她多说话。

"梅阿姨,你在美国待了那么多年,那边的人不是很讲究隐私吗?"李云阶道。

"抱歉,"梅阿姨笑着,"我冒犯你啦。"

"没那么严重。"

"看来,你母亲把你教育得很全面。"

"我妈是最棒的!"

"在每个孩子眼里,母亲都是最棒的女人。"

"在我爸眼里,我妈也是最棒的女人。"

梅阿姨顿了一下,仍是笑着:"是喽。"

这会儿,补习结束,老爸到底是来接李云阶了。见女儿满脸不高兴,李临忙问:"怎么了? 是不是你没用心听课,老师批评你了?"

"没有!"女儿把包一甩。

"有事说事,别闹情绪。"

"那我说了你可不许生气。"

"我不生气。"

"老爸,那个梅阿姨,我不喜欢。我总觉得她来者不善。"

李临忍不住笑:"人家怎么来者不善了?"

"你看她长那样,要是演电视剧,就是很典型的反面角色。"

"她长什么样又不是自己能决定的……不要以貌取人嘛。"

"爸,你跟她到底什么关系啊?"

李临拍了下女儿的脑袋:"你整天都在想什么! 我和她原来是同学,现在是同事,还能是什么关系!"

"那你干吗对她那么好？中午吃饭的时候，你还问她什么快过年了，家里有没有什么需要帮忙的之类的……"

"笑笑的爸爸在美国，她妈妈一个人带她不容易，既然我是她妈妈的朋友，不能什么都不管吧？"

"笑笑的爸爸在美国是没错，可是，你是我爸爸，又不是她爸爸！"

"越说越过分了。"

"我还懒得跟你说呢。"

"赶紧回家，你妈做了饭，在家等我们呢。"

"不去外婆家吃了？"

"你妈说她请假了，接下来，我们都不用去你外婆家蹭饭了。"

第十九章　许梦安请了产假

223

第二十章
又是一年春来到

1

许梦安正在厨房里忙碌着。李静在的时候，许梦安也会打打下手，偶尔做一两道拿手菜，就算是给李临父女做了顿饭。所以，给家人做一顿完完整整的饭，对许梦安来说，应该是很久没有过了。何况，李静没来之前，家里还有兰香。

家务是烦琐的，这一点，许梦安深知。她想起女儿小的时候，那会儿，她和李临并没有条件请保姆，什么都要他们自己来。这个"他们"里，其实又仅仅只是她自己。对于四体不勤五谷不分的丈夫，她也不指望他能帮上忙。好在杂志社的工作压力并不算大，可即便如此，上了一天班的她回到家里，仍是忙里忙外，每每连洗澡的力气都没有了。因为这些缘故，她是很佩服曾是全职太太的婉真的。不过，现在的婉真也很优秀。优秀的女人，不管是当全职太太，还是冲出家庭成为职业女性，她们总会在自己的领域出彩。也许，等做完"云上"项目，还应该再做一个全职太太的交流平台……

"我们回来啦！"是丈夫的声音，"都做什么好吃的了？"

"全是你们俩爱吃的，赶紧去洗手吧。"

一家三口围坐在餐桌旁，李临举起了酒杯："云阶，今天是个值得庆祝的日子，因为你妈终于放假了。你妈说了，这次的假期特别长，等你参加完中考，她再回去上班。"

"是，接下来，我就有时间好好照顾你了。"许梦安对女儿道，"当然，还有肚子里的小葡萄。"

女儿不紧不慢地举起一瓶可乐："还不就是管着我吗？"

"今天补习得怎么样？老师还不错吧？"许梦安笑问。

李临说的那些关于教育的大小道理，许梦安自然是明白的。她知道，这段时间，她对女儿的管教有些放松了。放松便罢，很多时候，她甚至还失去了耐心。

"一般般。"

"来，我们干杯！"李临忙道。

刚吃过饭，李云阶就说要出门，说是朱可馨在楼下等。

趁着女儿换衣服的间隙，许梦安探头往窗外看，楼下站着的可不只有朱可馨，她边上还有不少人呢。对了……中间那个高高大大的男生不正是刘思明吗？

"你就让她去吧。刚回来的路上，刘思明给她打电话，话里话外的，我听那意思是，刘思明要过来给她表演节目。"李临悄声跟许梦安说，"想是下午刘思明比赛，云阶没去，这是要送演出到家门口呢。"

许梦安笑："我什么时候说不让云阶出门了？"

"这个年龄段的孩子，要顺毛捋……"

"我能不知道吗？"

"好好好，你什么都知道。"

很快，女儿便从她房间里出来了。她穿了件白色的大衣，戴着顶红色的毛线帽，两种颜色都很衬她的肤色，看起来非常娇憨可爱。

"等一下！"许梦安叫住了女儿。

女儿一脸紧张："啊？晚上还要补习吗？那可不行，我跟朱可馨都约好了！"

"外面冷，把围巾和手套戴上。"

"嗯……那我走了。就是，我可能要晚点回家。"

许梦安给女儿戴上了围巾，又将手套塞到她手里："去吧，好好放松一下。什么都别想，该玩的时候玩，玩好了才能好好学习。"

"那个……谢谢妈……"女儿笑着跑出门了，李临也笑嘻嘻地凑到许梦安跟前:"怎么样,还是唱红脸比较讨喜吧?"

"那行啊,接下来你负责唱白脸。"

"我可唱不了。对了,你们老张挺够意思的,给你放这么长的产假。这前前后后的,等你生完孩子、出了月子,怎么也得半年吧?"

"算是老张给我放的假,但好像,又不算。"

"嗯?"

"于海要收购新苗了,很快,他就会是我的老板。"

"等等,你说什么?"

"装什么呀,你不全都听明白了吗?"说着,许梦安指指餐桌,"去把碗筷给收了。"

对于海,李临还是有几丝佩服的。当年许梦安和李临确定恋爱关系后,一直在追求许梦安的于海倒是没有什么过激的行为。但没想到的是,许梦安大四那年去杂志社实习,于海竟然也去了。直到许梦安结婚多年后,于海才成家。

之前,许梦安还在杂志社时,于海就发出过几次邀请,要她出去跟着他干。李临不知道妻子是怎么想的,总之,她是有一千一万个不愿意。哪怕后面真的从杂志社出来了,也是去了新苗传媒,而不是选择于海的蓝海传媒。可这于海,如今居然把新苗给收了。转了这么一大圈,许梦安到底还是得跟他共事。

"不是,于海到底是怎么想的啊?"李临问妻子。

"我怎么知道。"

"你不是一直不想跟他共事吗?"

许梦安有些不耐烦:"我手里的项目总得继续往下做吧。我说,咱俩能不能不聊工作了?我刚放假,让我享受一下假期生活,不行吗?"

"你要是不愿意,这个班你就别上了……"

"我脸上写着不愿意了?"

"你不是说你跟于海'道不同'吗?既然不是同道中人,又何必委屈自己在他手底下工作呢?"

"我问你,你那实验室建一半,突然不让建了,你会怎么样?"

李临笑道:"好啦,我们今天不谈工作。"

许梦安也笑："明白就好。"

两人结婚前就曾约定,对彼此的工作百分百支持,绝不干涉。这也是他们能够走到今天的原因之一。

"哟,差点忘了,大萍今天结婚。"许梦安看到了大萍发的朋友圈。虽是在小树老家的村子里摆酒宴,但看照片,桌上堆满了酒菜,还挺热闹的。照片里,大萍穿着雪白的婚纱,挽着小树的手臂,正敬酒呢。还有这对新人跟兰香、大明的合影,母子俩乐呵呵的,尤其是兰香,笑得嘴巴都合不拢了。

"兰香姐一桩心事算是了啦。"李临感叹。

许梦安想起什么,说道："我听姐说,姐夫给大萍爸爸找了份工作。"

"大萍爸爸那副样子,又能干什么呢？"

"说是让他到医馆当杂工。"

"那我明白了,这肯定是我姐的主意。你跟我姐一样,你们俩就应该去街道上班,该管的不该管的,你们都给管上。"

"懒得跟你说话!"

冬夜的广场并不萧瑟,这里还有不少正跳广场舞的大妈。刘思明他们的街舞队一铺排开来,完完全全就是一群异类。

李云阶从没见过这样的刘思明。他脱下羽绒服后,里面是一件松松垮垮的大T恤,搭配着T恤的则是同样宽大的牛仔裤。他压低鸭舌帽的帽檐,嘴角上扬,像是在笑。

随着音乐声响,街舞队员们开始跳动。那首音乐很熟悉……

"是易天的歌! 是《创世界》!"朱可馨说。

对,确确实实是易天的歌,这也是李云阶最喜欢的一首歌。歌里唱着"我们无畏我们破陈旧,我们年轻我们创世界",每次都能听得人热血沸腾。

此刻,刘思明他们的街舞也让李云阶热血沸腾。她以前不知道,刘思明居然还会做"地板动作",他的四肢是如此灵活而有力量,简直像是在满场飞。别说李云阶和朱可馨了,连广场上原本跳着舞的大妈们都聚拢了来,她们全都被感染了。

一曲终了,刘思明扔掉鸭舌帽,摆着特别炫酷的 pose,眼睛则看着李云阶。

"刘思明!"李云阶不禁喊出声来,"刘思明你是最棒的!"

在队友们的起哄下,刘思明潇洒地走到李云阶跟前:"你愿意跟我一起跳吗?"

"我……"

没等李云阶回答,刘思明就拉起了李云阶的手,带着她走向了队友们。李云阶还没反应过来,音乐声再次响起。这次的舞蹈毫无章法,大家都跳得很随意。在刘思明的带领下,李云阶也开始挥动自己的双手。她跳出了一身汗,却也把积压在内心的不快全都发泄了出来……

刘思明和李云阶一起送朱可馨回家后,两人慢慢往回走着。刘思明推着辆单车,李云阶跟在他身侧。月色下,李云阶的脸白里透红,有种说不出的可爱。

"云阶,我骑车带你一段吧。"刘思明说。

"啊?"

"不行吗?"

"我怕我太重了……"

"怎么可能!"

李云阶坐上了后座,寒风略有些凛冽,正刮着她的小脸蛋,可是她一点都不觉得冷,内心反而涌出了一丝丝暖意。

"我真希望就这么一直骑下去,一直带着你。"刘思明说。

李云阶笑了:"怎么可能!"

"怎么不可能,咱俩要是都能考上一中,就什么都有可能。"

"你是体育特长生,只要你成绩维持现状就一定能被一中录取。但是我不一样……"

"你要对自己有信心! 千万千万不能放弃,知道了吗?"刘思明说完,停下了车子,扭过头来看着李云阶,又重申了一遍:"不能放弃!"

李云阶回到家已经很晚了,见客厅里灯还亮着。

"妈,你还没睡?"李云阶一眼就看到了老妈。

老妈迎上来,帮李云阶脱去帽子、围巾和外套:"怎么样,玩得开心吗?"

"很开心。我跳舞了,街舞!"

"你还会跳街舞呢?"

"刘思明教我的。"

"那就好,再过一个星期就是春节了,你再坚持坚持,好好把英语补习课给上完。"

"嗯,老师挺有水平的。妈妈你说得对,是我自己的态度问题。离中考没剩几个月了,我想再试试。我不能就这么放弃。"

"妈妈知道你不会放弃的。云阶,我也得跟你说声对不起。我这段时间太忙了……"

"你什么时候不忙呀?"

"接下来啊。接下来就好了,我有一个特别特别漫长的假期。"

女儿的长睫毛忽闪了几下,有些哽咽:"可是,等小葡萄一出来,你就不再是我一个人的妈妈了。"

许梦安也哽咽了,张嘴想说什么,却一个字都吐不出来。

这天是腊月二十八,许梦心早早就要出门。贾母跟许母,她们像两尊门神似的挡在门口。她们无法理解,怎么她们的心心还不放假。毕竟,再过两天可就是春节了。

是啊,正因为马上就是春节了,许梦心得抓住最后几天的机会,做好她的业绩。但这些话,她没办法跟两个妈妈解释。在这个家里,导购是她的隐藏身份,掩护着导购身份的是她的外企职员身份。

到商场没多久,有个大姐就来了。这个大姐上次来买化妆品的时候认识了许梦心,两人互加了微信,算是点赞之交。

"心心,你给我选几套礼盒,包漂亮点,我要送人的。"大姐直接指定要许梦心接待,"然后你再给我补个妆。"

"姐,没问题。这样,礼盒我让我同事准备着,我先给您把妆补了。等妆补好了,东西也准备妥当啦,不耽误您的时间。"

这是个大单子,能一个人把提成给拿了自然是好的,可是,自从许梦心上班以来，跟她搭班的同事阿媚没少提供帮助。所以，许梦心是很愿意跟阿媚分享的，相互关照嘛。

阿媚忙不迭应着："姐，我这就给您拿新年礼盒。您要几套？"

"先来八套吧，多给我点赠品啊。"

"行。我们新出的一系列香水特别好闻，低调不张扬，很适合您的，我们送您两组香水的中样。"许梦心笑道，"一组有三瓶呢，味道都不一样，很划算的。"

"好啊。"大姐是个痛快人。

许梦心麻利地给大姐补起妆来，阿媚则开始往外拿礼盒。

就在这时，有人走进了柜台："心心，你果然在这……"

许梦心抬头，那人正是贾浩文。

原来，许母的一个老同事在商场见到过许梦心，人家难免会诧异，怎么许家小女儿在商场上起班来了？两人上午在菜市场遇到了，那人跟许母那么一聊，许梦心在当导购的事就全都被她抖搂出来了。许母回家后，放下购物袋就要去商场一探究竟，被老贾给拦住了。老贾不相信，可许母讲了，说她的老同事说得有鼻子有眼的，不像是编瞎话。老贾这才急匆匆赶了过来，直奔许梦心上班的专柜。

许梦心见了老贾，倒也不慌。反正，这件事他早晚得知道。

"有什么等会儿再说，我还得上班呢。"许梦心皱皱眉头。

老贾急得额头直冒汗："你怎么能在这上班呢？你跟我回家！"

"有事？"

"回家！"

大姐和阿媚都打量着老贾，她们的目光让他觉得浑身不自在。

"我是许梦心的老公，现在要带她回家。这个班，她不上了！"老贾叫嚣着。

许梦心放下手里的化妆刷，径直走到老贾跟前："要么，你到门口去等我，等我忙完了，我来找你；要么，我直接叫保安把你给轰出去！"

"你……"

"那我叫保安了！"

老贾知道自己拧不过妻子，愤愤然走了。

许梦心做了个深呼吸，转身对大姐和阿媚说道："这是我老公，今天早上我们吵了一架，没想到他还没完没了啦，追到这来了。烦人。"

"能吵就说明还有感情嘛。我和我家那口子，就是想吵都吵不起来。"大姐表示理解。

"就是觉得挺烦人的。"

"没事，两口子哪有不闹别扭的。"

"阿媚，我们的雾面唇釉还有货吗？送大姐一支25号的吧，算是咱俩给大姐的新年礼物。"许梦心问阿媚。

阿媚很会打配合："25号复古玫瑰色可没剩几支啦，年前不会再补货了。"

"这才能说明我们的诚意嘛，对吧，大姐？"

大姐笑了："我感受到你们的诚意啦。"

许梦心给大姐补完妆，又跟阿媚一起拎着那些礼盒，送大姐到了地下车库。等两人回到柜台，阿媚才道："心心，你没跟我说实话，你老公根本不是普通的工薪阶层。"

"他就是个跑销售的。"

"你还骗我。干我们这行的，眼睛最尖，眼睛也最毒。你老公的穿着，那双鞋，那条皮带，还有那件羽绒服，哪样不是名牌？旧归旧，可再旧，这身行头加起来也不便宜！"

"你好八卦哦。"

"是不是他在外面有人了，所以你跟他赌气，才来我们这上班的？"

"你是不是已经脑补了一整出豪门弃妇的桥段？"

阿媚尴尬地笑着："我就是好奇。"

"回头我再跟你说吧。总之，我的故事……绝对不是你喜欢的那种戏码。我去门口啦，先把他给打发走。"

2

许梦心到了商场门口，老贾果然还在那杵着。

"走吧……"许梦心拢拢身上单薄的制服,"去隔壁咖啡馆坐一会儿,别站在这了。对了,我只有15分钟,你别跟我扯那些没用的,我的时间很宝贵的。"

两人进了咖啡馆,老贾的眼睛红红的,只是闷不吭声地坐着,像是受了极大的屈辱。

"你来这,怎么事先不给我打电话?"许梦心问。

老贾沉默,许梦心继续道:"你刚才差点害我丢了个大单子。快过年了,正是我这边最忙的时候。趁着这段时间,我得把业绩做上去……"

"跟我回家!"老贾还是重复着那句话。

"觉得我丢人啦?"

老贾又沉默了,许梦心一笑:"刚开始的时候,我也觉得丢人。但我现在不这么想了。我的工作挺好的,风吹不着雨淋不到,制服也好看。每天跟化妆品打交道,我愿意,我也擅长。我靠自己的本事赚钱,它不丢人。"

"你要出来工作,我不反对,不但不反对,我还支持。可是,你不能干这个吧?要是被人知道我贾浩文的老婆在当柜姐,别人会怎么说我?"

"不是柜姐,是导购。当然,如果你非要叫我们柜姐,也没问题。别的我不想多说了,我就问一句,贾浩文,你是从档口小工开始起家的,那会儿,你觉得自己丢人吗?你有过几个臭钱就认为自己高人一等了?有钱人就跟那金字塔尖似的,能有多少?剩下的就都是普通人,干着普通工作、过着普通日子的普通人!做普通人不好吗?普通人就要被看不起?"

打发走了老贾,许梦心整理一下妆容,回去继续上班。阿媚那颗八卦之心跃跃欲试,缠着许梦心问个不停。家里的事,许梦心还从未对外人说过,这对她来说是个坎儿。那些突如其来的变故,本身并不光彩,说出来,就相当于把自己脸上最后一层面具给扯了。可是,许梦心还是决定告诉阿媚,不为别的,她只是想从此活得坦率。说出这一切,并没有她原先想象的艰难。相反,说完之后,她自己也轻松了不少。

"没什么的,这种事情多了,做生意的嘛,都是起起落落喽。"阿媚说,"别看咱们这大商场里,好些人看起来超级有钱,其实,有些都是在充门面,打肿脸充胖子的。某些开豪车的,银行存款还没有我这个骑电动车的多呢。"

"真的啊,你有多少存款?"

阿媚眼睛一斜,表示无可奉告。许梦心便笑:"开玩笑的啦,我才不想知道。"

"我高中毕业就出来打工了,省吃俭用的,自然能存下钱来。前几天我看中了一套单身公寓,特别好,离咱们这也近……"

"你要买房?"

"对啊。"

"你早晚都是要结婚的嘛,干吗要买房,给自己增加压力。"

"这你就不懂了吧,我现在买了,是婚前财产。以后不管嫁给谁,我都有底气。老娘什么都不怕,老娘自己有房!吃人嘴软,拿人手短,靠自己才是最痛快的。"阿媚说完,跟许梦心笑作一堆。

笑归笑,许梦心想的却是:唉,我结婚前怎么就考虑不到这些呢?我结婚前,脑子里到底装的都是些什么呀?但凡我有份工作,有点自己的小事业,老贾出问题后,我们也不会这么手足无措……许梦心不免感慨:"我要是早点明白你这些道理就好了。"

"放心吧,你上过大学,又什么都懂,我们这里啊,只是你的一个停靠站,你早晚是要飞走的,说不定以后还要你提携我呢。"阿媚安慰许梦心。

"我……我行吗?"

"要励志!你现在就很励志。"

"原来,我这样……也算是励志了……"

"当然……哟,来客人了。"阿媚和许梦心迅速调整好状态,微笑着,双双迎了上去。

等许梦心下班回到小院,一进院门,就看到了李云阶。不用说,肯定是许母又把大姐一家叫过来吃晚饭了。

说吃晚饭只是个由头,还不就是想集体"批斗"她,让她不要再做导购了吗?大姐自然是跟她统一战线的,不过,也难保大姐被父母磨得没办法,临时倒了戈……怎么办?都到这一步了,只得硬着头皮上啦。好在许梦心有备无患,一样样从纸袋里掏东西,在座的每个人都有小礼物。东西都不贵,但很实用。比如,她送给许梦安的就是一件哺乳衣,过段时间刚好就能用。

　　"我不是有意要骗你们,就是怕你们担心,才信口胡诌,说我在外企上班。我现在这份工作不比在外企差,挺好的。我连试用期都没过,但是老板还是给我发了个大红包,说是过年了,我表现不错,希望过了年我还能好好干。"许梦心说完这些,瞬间觉得如释重负。

　　许母又是嚷嚷着心疼,又是擦拭着眼泪,惹得贾母也哭了。

　　许梦安看了老贾一眼,老贾沉默了一会儿,才道:"既然心心喜欢这份工作,那我就得支持她!"

　　许梦安又看了妹妹一眼,许梦心讪讪:"我不求他支持,他别添乱就行。"

　　"好了好了。三百六十行,行行出状元。不管干什么,只要自己喜欢,那就一定能干好。"李临最近还挺会说话的。

　　许父表示赞同:"说得对!来……来一杯。"

　　"大家举杯吧,祝爸爸妈妈还有熊熊奶奶身体健康,祝我们心心工作顺利!"许梦安举起了手里的杯子,"同时,我也要宣布一件事:从现在开始,我要休产假了。"

　　"好,好!"许母的眉头这才舒展开来,"早就应该请假了嘛。"

　　吃完了饭,许梦心把姐姐叫进了房间,拿出精心包装好的口红:"这支口红是新出的,卖得特别好,我给你留了一支。"

　　"又有礼物?"

　　"就是因为别人只有一份,你有两份,才要单独拿给你喽。"

　　"这么说,我收了这支口红,还不能声张?"

　　"你要怎么声张呀? 就是个小东西,别闹。"

　　"你以前也经常送东西给我,各种护肤品、彩妆,多得我都用不过来。但是这次的礼物,我觉得意义不一样。"

　　"那是,这还是我人生中第一次用自己赚的钱给你买礼物。"许梦心笑着,"感不感动?"

　　"感动。说吧,是不是有事求我?"

　　"没劲了啊。"

"赶紧说。"

"你给我介绍点客户呗。"

"我就知道……"许梦安乐了,"还当是什么事呢,这个简单。"

"对了,你这产假是不是请得有点早了?"

"就是累了,想早点回来待产。云阶马上就要中考了,我也得盯着点。索性,就提前请假了。"

"那就好。你说啊,现在我出去上班,你倒回家生孩子了。"

"上班挺累的吧?"

"累是挺累的,但是,每天都挺充实。尤其是卖出东西之后,那感觉,比以前买了个限量包还激动。"

"成就感?"

"对,成就感!"

"心心,说实话,你说要出去上班什么的,我还只当你是三分钟热度……直到那天在商场遇见你,我才知道,这回你是来真的了。但我还是担心,担心你吃不了这个苦,担心你受委屈……妈和老贾,他们也都跟我想的一样,你回家前,我们几个还聊呢。不过,爸还是挺支持你的,他说让你出去闯闯也好,还说以前他们太宠着你了,这回,他们也得改。"

许梦心听了这话,眼泪一下就出来了:"让你们担心了。"

"我们再担心也没用,既然你开始上班了,一切就得靠你自己。我只希望,你遇事不要自己扛着,有什么我们能分担的,你别藏着掖着。"

"大姐,我明白的……"许梦心抓住姐姐的手,"还是你最了解我,你也对我最好。"

"但愿下回咱俩吵架的时候,你还能记着你现在说的这句话。"许梦安笑道。

"你烦不烦啊?"

"你看,你又来了……"

这个没能出去旅游的年,对李云阶来说,有些无聊。不过,好在外婆这边人多,还算热闹吧。

惊喜也是有的,比如,大年夜这天,爷爷突然来了。老妈说,爷爷是闲云野鹤,是风一样的男子。她说得没错,每次爷爷来看大家,总是来无影去无踪。老爸会念叨,问爷爷来之前干吗不先打个电话。爷爷就笑着捋捋他银白的山羊胡,说他年轻的时候哪有手机啊,都是写信来着,他不喜欢用手机。

李老爷子是去欧洲旅游的,到 H 城转机,没想到航班延误了。他老人家转念一想,咦,好像儿子就在这里嘛,这才顺道过来的。李老爷子都不用猜,既然儿子没有回老家,肯定是拖家带口在老丈人这边吃年夜饭。

这李老爷子七十来岁的人了,满头银发,却很是精神抖擞。他甚至都没打车,机场大巴转地铁,就这么一路倒过来了。

见老亲家公来了,许父和许母很是高兴,忙不迭加碗筷。李老爷子也不客气,坐下就吃,还喝了半斤白酒。喝到尽兴处,就嚷嚷着要派红包。他嘴上说不爱用手机,微信却是玩得极溜,临时建了个微信群,饭桌上的人都给拉了进去,派了起码有十几个红包。

几个老人闲聊,猜起了许梦安肚子里小葡萄的性别。

"这胎最好是男孩,这样啊,大姐就是儿女双全了。"贾母道。

李老爷子抿了口酒:"健健康康,母子平安就好。"

贾母又道:"云阶爷爷,我听说你会把脉,是男孩是女孩,你一把一个准。那你干吗不给大姐把一个?早点知道,也好早点给孩子准备东西,衣服被褥什么的。"

"哎,这种事,早知道晚知道有什么区别嘛。"李老爷子只是摆手。

许梦安很欣赏公公这点,他几乎不过问李临和李静的生活,无论什么时候都保持着距离感和分寸感。就拿他的"来无影去无踪"来说,其实,他哪是不爱用手机,只是怕事先给他们打了电话,反而打乱了他们的节奏。

许父要留李老爷子住一晚,他偏不,说是航空公司给安排了酒店,那里自在。许梦安只得出面,说回她那边去住,现成的客房,次日再送他去机场,他这才勉勉强强同意了。到了许梦安这边,老爷子又单独给李云阶发了红包,这回不是用微信了,而是给的现金,用红包袋装得严严实实。

"爸,你刚才就给她发过了,她抢了不少呢,别惯着她。"许梦安道。

李老爷子不乐意了:"这是我的钱,我愿意给孩子。大过年的,孩子高兴,我更高兴。"

"谢谢爷爷。"李云阶急急地就接过了红包袋。

"我记着云阶是正月里生的?"李老爷子问许梦安。

"是,正月十五。"

"好啊,就快满 16 岁,马上就是大人了。"

"我现在也不是小孩了!"李云阶插嘴。

李老爷子笑问:"真的不是小孩啦?"

"不是了。"

"行,那你把红包还给我。"

"啊? 那可不行。"

"你看,可不还是个小孩吗?"

李临直乐:"云阶,你是说不过你爷爷的。"

"小孩不好?"爷爷看着李云阶。

李云阶叹了口气:"也好,也不好。"

"我看挺好。我活到这个岁数了,就希望自己还是个小孩。所以,你看爷爷我什么都不管,就跟个小孩似的,满世界去玩。"

"我又不能满世界去玩,马上就要中考了,我哪儿都去不了。"

"考试嘛,顺其自然……"

"爸,你别给孩子灌输那些思想。"李临忙道。

李老爷子瞟了儿子一眼,转向孙女:"读书这件事,多少还是靠一点天分的。你爸属于那种还算有天分的,他就觉得所有人都应该是他那样的,什么书本拿来,一看就明白。但他不知道,还有一些人啊,少了那么一点点天分。那读书不拔尖的怎么办呢?"

"怎么办呢?"李云阶很好奇。

"蛇有蛇路,鼠有鼠道。只要懂那些为人的道理就好,读书倒还在其次……"

"爸!"李临急了。

"行行行,你爸嫌我啰唆了。"

"爸,时候不早了,该休息了。"许梦安道。

李老爷子抬手看表："早着呢，还没过 12 点，我得守岁。李临，你领着云阶下饺子去，我跟梦安说会儿话。"

李老爷子平时不太发号施令，可他一旦这么做了，李临也不敢不遵从。他带着女儿进了厨房，客厅里只剩李老爷子和许梦安。

"我早就该来的，你爸住院的时候就该来。只是嘛，后面你姐来了，她比我能顶事，我也乐得撒手。"

"爸，你别这么说。你今天能过来，我爸都不知道有多高兴。"

"我刚给你爸看了脉象，没什么大碍，继续去做复健，注意饮食就好了。那些乱七八糟的保健品，好多就只是心理作用，不管用的，都断了才好。"

"嗯。"

"你爸病了，你妹妹家又遭了变故，云阶要中考，你还怀了二胎，这里里外外、方方面面，全都指着你。我自家的儿子嘛，我了解，过起日子来，他比我还不顶事。这段时间，你是真不容易。"

"爸，你干吗突然跟我说这些……"这可不是李老爷子一贯的路数。

李老爷子长叹了口气："李静和欧阳的事，你们早就知道？"

"这个……"

"婚姻没那么复杂，就是个相互扶持，老来有个伴，善始善终吧。我的话，你姐向来是不听的。她为这个家付出了很多，我也不忍数落她。我就想着，你得空了能跟她聊聊，你就这么告诉她，我看人是不会错的。她嫁给欧阳，李临娶了你，都是我李家的福气。"李老爷子微笑着。

"爸，我会跟姐姐说的。"

"我老啦，孤家寡人，就希望多活几年，还能多走几个地方。你们可能不理解，尤其是你姐，没少说我，担心我这个，担心我那个。但是啊，云阶奶奶走之前，就一直埋怨我，说我都没时间陪她出去走走。如今，我去过的地方，只当她也去过了吧……"

"爷爷，马上就到 12 点了！"李云阶笑嘻嘻地从厨房跑出来。

电视机里的春节联欢晚会上，主持人们正倒数计时——

10、9、8、7、6、5、4、3、2、1……

又是一年春来到。

3 🐎

新年新气象。对许梦安来说是这样，对许梦心来说，也是这样。

许梦安暂别了职场，开始了安心待产的生活。而许梦心，则以非常优秀的业绩度过了试用期，正式成为一名导购。

不过，对李云阶来说，她枯燥、乏味的初三生活并没有丝毫的变化。她等来了一些好消息，也等来了一些不太好的消息。

好消息是，王哲得到了保送一中的名额。本来朱可馨也有同等资格的，可惜她曾因作弊被通报批评。朱可馨的心态倒是不错，再没有了钻牛角尖的想法。她常把"努力就好，结果不重要"挂在嘴边，但是啊，他们都知道，这个结果真的很重要，关乎他们的未来。不然，黑板右下角也不会每天更新倒计时，那行"离中考还有某某天"对有些人来说是激励，但对另外一些人来说就是压力。

不太好的消息是，何璐可能要出国念书了。原本打死也不愿意出国，觉得出国就是去刷盘子的何璐，到底还是妥协了。她去的是美国，嗯，换个角度想，她的英语口语向来不错，到了那边应该能够很快适应。

李云阶还能较为乐观地看待何璐出国的事，但何璐自己不能。在何璐看来，父母送她出国的意图很明显——只有她离开这个家，他们才能专宠何瑞。何璐心里是有个大计划的，但这个计划，眼下跟谁都不能说，包括李云阶。

许梦安休产假的第一个月，还未能适应眼下的角色和身份。尤其是李静又过来了，家里大大小小的事都不肯让许梦安操心，至此，许梦安成了个超级大闲人。她有心管管女儿的功课，可女儿离中考已经没多少日子，管多了容易造成压力，当然，完全不管也不可能，这中间的平衡点实在太难找寻。而且，她和丈夫在这件事上有了分歧。

李临觉得，都到这种时候了，女儿初中阶段该学的知识点早就学完，且反反复复做过各种真题，经历了大大小小的模拟考（真的可以说是三天一小考，五天一大

考），"抓学习"已经没什么意义，不如给她营造一个相对轻松的氛围，让她轻装上阵。但是许梦安认为，"临时抱佛脚"总比不抱要好。况且，李临的话里话外，总是透着他对女儿升学的事并不上心的意思。

自从李临的实验室建好，他的工作比以前忙碌了许多。有了实验室，他研究的新课题就能尽快完成；新课题完成了，努努力，今年应该就能评上教授了。对看似虚怀若谷的李临而言，他唯一的执念大概就是成为名副其实的李教授。

每个人都有执念。如果说李临的执念是成为教授，那梅一朵的执念就是成为李教授的太太。她把自己前半生的幸与不幸都归结到了李临身上，这次从美国回来，就是要给他们的故事画一个圆满的句号。

很多很多年前，梅一朵曾在李临面前自惭形秽。可是，现在的梅一朵早已不是当初只知道一头往前冲的傻姑娘了。她留过洋，是领域内的知名专家，是正儿八经的教授。那段过往的婚姻虽则悲摧，可是也让她成熟。女人和女孩，是完完全全不同的概念。何况，现在的她，是个在各方面都非常优秀的女人。要不是她回国到李临的学校任教，恐怕，他的实验室也没那么快建成。

就像许梦安无法理解李临的执念一样，李临也理解不了梅一朵的执念。不，不对，李临此刻还根本不知道梅一朵有这样的执念。这天，李临在实验室忙到很晚才下班，还没走出校门，就看到了梅一朵的车。

"别骑自行车了，这都几点了，走，我送你回家。"梅一朵的车窗开了，露出她精致的脸蛋。

李临忙道："不用，真不用。你还得回去照顾笑笑呢，赶紧回吧。"

"笑笑外婆来了，不用我操心。再说了，笑笑也不是小 baby，是个大孩子了，就应该培养她的独立意识。上车吧。"

李临再推不过，便老老实实拉开了后座的车门。

"唉，坐前边儿来，咱俩说说话。"

"啊？"

"怕什么，我还会吃了你不成？我是说，咱俩谈谈那个新课题。你以为我要干吗？"

李临有些尴尬，只得坐进了副驾驶座："走吧。"

"就这样?"梅一朵笑看着李临。

"嗯?"

"你呀……"梅一朵说着,附身过来,都快贴到李临身上了。

李临的背紧紧靠着座椅,已然退无可退:"不是,梅一朵,你……"

梅一朵带着笑意,伸手去拽安全带,一拉、一扯、一扣,行云流水。

"你呀,也不知道系安全带。"

"噢……"李临如释重负,"我自己来就好。"

"来什么来啊,我都给你扣好了。咦,你脸红什么?"

"热的。"

"热吗?"

"我……我接个电话!"李临的身子竭力往车窗方向移。

"接呗。"梅一朵这才调正自己的身体,双手放在了方向盘上,目视前方,"是许梦安给你打的吧?"

还真是许梦安。这段时间,许梦安几乎每天都会催李临回家,不外乎就是:怎么还没回家?什么时候回家?我们都在等你,你回来了再开饭。

刚开始,李临还觉得挺暖心的。毕竟,以前的许梦安可从来不会催自己回家,要说催,也是他催她,她可是个不折不扣的工作狂,很少到点就下班的。但她催的次数一多,他难免也会烦。跟她提了一次,她说什么"你不是要给云阶营造轻松愉快的氛围吗,这老爸都不回家吃饭,氛围能愉快吗"。她的话,他确实无法反驳。

李临接起电话:"哎,对,我在回家路上了。没有……我今天没骑车,梅教授送我来着。是……刚好顺路。"

"不顺路,我特地送的。"梅一朵突然在一边大声说着。

"不是,梦安,梅教授跟你开玩笑呢……对,对,好……"李临说着,挂断电话,转向梅一朵:"梦安向你问好来着,说谢谢你送我回家。"

"唔……"梅一朵点点头,"坐稳了,我让你体验一把什么是速度与激情。"

还没等李临反应回来,梅一朵一脚油门,车子跟箭似的蹿了出去。

"妈……"李云阶看着微微发怔的老妈,"我爸还没回来?"

老妈回过神来,笑着:"在路上了。"

李云阶沉思了一会儿,挨着老妈坐下,看起来似乎有话要说。

老妈用探询的目光看着李云阶。

"是这样,我刚才听你跟爸爸打电话,你提到那个梅教授……梅教授就是梅阿姨,对吧?"李云阶问道。

"对啊,怎么啦?"

"你不觉得梅阿姨怪怪的吗?"

"云阶,妈妈跟你说过的话,你忘了?"

"我知道,不要嚼舌根……我没嚼舌根,就是,不把这些告诉你,我心里难受。"

"你这孩子……到底发生什么了?"

"她回国,是来跟爸爸交朋友的。"

"他们本来就是朋友,这有什么问题?"

"笑笑说,她妈妈只有和她爸爸分开,才能去交别的朋友,而爸爸就是这个'别的朋友'。妈,这回你听明白了吗?"

许梦安愣住了,李云阶继续道:"你看梅阿姨,每次都打扮得那么好看,一笑就露出两排大白牙,穿着'恨天高',涂着大红唇……整个就是反面人物嘛。这些,我都跟爸爸说过的……"

"哎呀,你这个孩子……你脑子里到底在想什么嘛。"许梦安笑了起来。

"我不是孩子了,这件事到底要说几遍! 不管是电视里演的,还是身边发生的,这种反面人物破坏别人家庭的事还少吗?"

原来,女儿说半天,担心的是这个。

"我暗示过你的,"女儿的眼圈都红了,"让你也打扮打扮,还给你买了孕妇口红。你看,你这几天又不涂了……"

"云阶……你放心,你说的那种事绝对不可能发生,真的,我向你保证。"许梦安轻拍着女儿的后背。

"我可不想像华华哥那样,去上个大学,然后发现爸爸妈妈都快离婚了。"

"不可能!"

"你发誓。"

"好,我发誓。"

"你认真点!"

"我很认真了嘛。走,我们先吃饭。"

"不等爸爸了?"

"不等了,我饿了,肚子里的小葡萄也饿了,哭叽叽的小云阶也饿了。"

"我没哭! 我不小!"

"好好好,你是个大人了嘛。"

梅一朵的车子停在了景华苑门口,李临正欲解开安全带下车,她说话了。

"方便的话,什么时候我请你们一家人吃个饭?"

李临尴尬回应:"应该是我们请你的,你看,最近事情多,梦安快生了,云阶要中考了,一时没顾上。"

"是啊,我还等着吃你们的请呢,你们久久不请,我只好厚着脸皮说我请喽。"

"到时再说吧。"

"干吗要到时呀,明天就是礼拜五了,就定明天晚上。你们全家都来。你姐不是也在你们家吗,让她也来。"

"我回去跟梦安商量一下。"

"李临,这种事都要跟她商量呀? 你们家到底谁才是一家之主啊?"

"她呀。"李临笑笑,解开了安全带,"谢谢你送我回家,我先走了。"

梅一朵心内愤愤,却只得笑着:"明天见,吃饭的事,我等你消息。"

"行。"

老爸总算是回家了,他到家的时候,李云阶都快吃饱了。饭桌上,老妈和姑姑聊起了月子中心。嗯,又是小葡萄的事。小葡萄即将出生,是这个家这段时间最重要的话题。老妈和姑姑已经陆陆续续买了不少小葡萄要用的衣物。那些小衣服和小鞋子确实很萌,但是李云阶一看到它们,就没来由地烦躁。

"我吃饱了。"李云阶把碗筷一放。

"还有汤呢,再喝点汤。"姑姑说。

"不喝。让我妈多喝点,她肚子里还有小葡萄呢。"李云阶气哼哼地走了。

"我说,以后吃饭的时候,你们俩能不能不要聊天了?"李临对李静说道,"叽叽喳喳的,别说云阶要生气,我听着都头大。"

"你冲姐姐干吗?有本事你冲我啊。"许梦安叨叨着。

"我没冲谁,就是你们老是小葡萄小葡萄地在那里说,让云阶怎么想?我就是提个建议,你火气那么大干吗?"李临解释着。

"好啦好啦,我知道了,你给我少说几句吧。"李静看着李临,"这从梦安怀孕到现在,也没见你出什么力气,话倒是比谁都多。赶紧吃,吃完把碗筷给收了。"

李临叹了口气:"哎呀,姐,我发现你现在偏心眼得很。"

"要是你怀孕了,我也偏心你。"

许梦安乐了:"姐,李临也没说错,往后我们确实要注意点,别让云阶有什么想法。回头我会跟她好好聊聊的。"

"是,李临没错,你也没错……要不怎么说这夫妻之间的事,外人最好别插手呢,你看,我这劝架劝半天,你们俩倒是谁都没错,全是我的错了。"李静话是这么说,但脸上是堆着笑的,"我来之前,你们姐夫跟我说了,让我把自己的位置放正确,照顾梦安就是照顾梦安,其他的事,最好别管。我发现,他的话没毛病。"

"你又不是外人……"李临道。

"别在这假模假式地客气了,我当然是外人了,难不成我还能在你们家过一辈子啊?"

"你要是想,也可以嘛。"

"我倒是想,你姐夫能愿意,华华能愿意?"

"哟……你跟姐夫,你们俩……没事了?"

李静的脸瞬时红了,嘴里却嚷嚷着:"我不管你们的事,你们也别管我的事嘛。"

饭毕,李静到底还是没让弟弟洗碗。李临便将许梦安拉进了卧室,说起了梅一朵请吃饭的事。

"你不提她还好,提起她,我……你知道刚才云阶跟我说什么吗?她说这个梅阿姨怪怪的,怕是要破坏我们的家庭。"许梦安道。

李临傻眼了，许梦安摇摇头："我们是真的不能再把云阶当孩子了。她什么都知道。"

"是啊。"

"不过话说回来，这梅一朵到底想干什么？又是回国，又是跟你当同事，又是送你回家，又是要请我们吃饭……李临，我提醒你，你可得给我稳住了。"

"你还不了解我啊？"

"就是因为我了解你，才这么说的。你明白我的意思吧？"

"不明白。"

"你是老好人，不懂拒绝的老好人。"

3月，正是春光明媚的时候。周末的商场，人来人往。在一层的某化妆品专柜，身着粉红色制服的许梦心和阿媚正忙着向顾客们推荐新款面霜。

"你的细纹一点都不明显啦，不过嘛，换这款面霜用用，也能起到预防作用。皮肤最重要的就是保湿，真的，那些说得天花乱坠的，什么祛斑、提拉紧致、美白祛黄，这都是建立在保湿的基础上的。这款面霜吧，保湿，但是清爽不油腻，天气热了用刚刚好。"许梦心一边说一边笑，"我给你涂一点点到手背上，你感觉一下。不用多，薄薄一层就够。这瓶30毫升的，看着小，其实能用好久了……"

"是啊，你看我们心心，最近就在用这款，皮肤水嘟嘟的。"阿媚笑道。

许梦心清瘦了不少，那套粉红色的制服穿在她身上很是好看。加之她把长发在脑后挽成了整齐利落的圆髻，整个人看起来极有精神。她只化了淡妆，唇色亦是淡粉色的，站在一堆浓妆艳抹的顾客里，反而出挑。

待许梦心忙完，抬头才看到了不远处一直在打量自己的许梦安。

"大姐，你怎么来了？"许梦心忙迎上去。

许梦安微笑着："我来给小葡萄买小衣服，顺便过来看看你。这都快中午了，你总得吃饭吧？走，我们到楼上餐厅随便吃点什么。"

"要不你先去吧，我还得理理货，不能让阿媚一个人在这忙，她白天要上班，晚上还要上学呢。"

"上学？"

"我怂恿她报了个夜校,混个大学文凭嘛。那句话怎么说来着,你以前老是挂在嘴边的……"

"个人增值。"

"对,就是这个词。我先去忙了,你上楼找家餐厅,今天我请客。"

"行啊。"

等菜上齐了,许梦心才到。

"哇,这么多好吃的。不瞒你说,商场食堂我都吃腻了。"妹妹笑得很开心。

许梦安看着妹妹这样,一时有些心疼:"难怪你最近都瘦了。"

"瘦了才好呢,连产后恢复的钱都省了。大姐,你是不是在家待着特别无聊,才想着出来闲逛的?"

"有点吧。"

"下个月就该生了,没事还是在家待着吧。姐夫不担心,我还担心呢。"

"赶紧吃,话那么多。"

"我不是吃着呢吗……你也吃啊。"

"我没什么胃口。"

许梦心咽下嘴里的菜,喝了口饮料,正色问道:"实话告诉我,是不是家里出什么事了?"

"什么呀。"

"肯定有事。我还不知道你? 一个人出来逛商场,又要跟我吃饭什么的,怕不是有事要跟我商量?"

"什么都没有。"

"你骗不了我。"

"好好吃饭,废什么话。"

"是云阶惹你生气了?"

许梦安沉默着。

"是云阶姑姑?"

许梦安还是沉默。

"是姐夫?"

许梦安神色一动,许梦心笑了:"那就是姐夫了。姐夫怎么你了,他不会是出轨了吧?"

"倒也没那么严重……"许梦安总算说话了。

"我去……孕期出轨,送他去做化学阉割都不为过啊!"

"我说了,没那么严重。"

"严不严重的,你总得先跟我说说吧。"

H大学内,一个规模不算小的仪式正在举行。今天,学校的现代殡葬协同创新中心科技创新重点实验室正式揭牌了。实验室的建立,就是为了构建产、学、研协同创新的平台与模式。李临推进这个项目已有长达五六年的时间,所以,此刻的他,比在场的任何一个人都要激动。这一点,在李临的着装上就能充分体现。因为,他穿了齐齐整整的一套西装,皮鞋都擦得锃亮。站在他身边的是穿着纯白色呢子套裙的梅一朵,衣服是白的,却偏偏搭了双正红色的靴子,喜笑颜开的。

"哟,这不知道的,还以为你们俩这是结婚呢。"刘院长打趣。

刘院长的话是无心的,大概就是为了调节气氛,那梅一朵的脸蛋却红了。

"我是没关系啦,我单身,这话要是让李太太知道了,李教授回家就得跪键盘了。"梅一朵说着。

"没有没有……"李临根本不在意这个,他在意的是等一下自己还要上台发言。做课题他是一把好手,给学生上课也没问题,可当着一众领导的面讲话,他还是有些紧张的。

"下面,让我们有请实验室的发起人李临先生上台!"主持人发话了。

李临抬脚要上台,被梅一朵给拉住了。

"哎,领带都歪了。"梅一朵说着,就伸手去调整李临的领带。

"我……我自己来就好。"

"别紧张啊,慢慢说。"

"哦……"

商场五楼的餐厅里,许梦心笑成了一朵花。

"哎哟,我当是什么事呢。大姐……"许梦心尽力忍着笑,"你还记得吗?上回老贾那前女友来,我怀疑老贾跟她开房,还带着 DV 去拍,你是怎么跟我说的?要信任老贾,要相信自己……咱俩还吵了一架呢。"

"你再笑我拿热茶泼你了啊!"

"这是怎么了嘛,你也得了疑心病?"

"我本来什么都不想跟你说的,是你要我说的。我说了,你又笑话我。"

"好,我不笑你了……"许梦心话没说完,又笑了,"天道好轮回啊,现在你知道我当时在家闲出病来的感觉了吧? 我跟你说,你这多半就是闲的。姐夫的为人,你还信不过啊? 你们结婚十几年了,他在外面可是一点点花头都没有的。"

"那车子开着上街,车子不撞人,还有人自己撞上车的呢。"

"话说回来,提高警惕是没错啦。毕竟,那个女的现在跟姐夫是同事,一天之中姐夫跟她待在一起的时间搞不好比跟你还长。如果对方又是带着目的来的,防着点总归是对的。"

"怎么防?"

"哟,你这是向我请教?"

"我随口一问。"

"你那么随便,那我就不教你了。"

"我还不稀罕呢。"

许梦心勉强收了笑,握住姐姐的手:"我说,亲爱的大姐,你什么都不用做,真的,你跟原来一样自信就行了。"

"我现在不够自信了?"

"有点,但还不是太严重。"

"不是,我怎么就不自信了?"

"听说你现在动不动就给姐夫打电话,喊他早点回家吃晚饭?"

"有问题吗? 云阶快中考了,我快生了,他不应该早点回来?"

"没人说他不应该……就是,你这么想,想想你没休产假前,你在公司里加班,姐夫给你打电话催你回家,你是什么心情?"

"这个……"

"现在才懂啊? 你这叫什么? 你这叫聪明一世,糊涂一时。"

第二十一章
身体开出一朵花

1

补习班刚下课,何璐就拉住了李云阶。

"给你妈打个电话,晚上别回家吃饭了,我都安排好了。"何璐道。

"去哪儿吃啊?"

"这个你就别管了。总之,你跟着我去就行。"

"你不说去哪儿,我可不去!"

何璐无奈,附在李云阶耳边:"我搞了个联盟,今天第一次开会。"

"什么联盟?"

"反二胎联盟。"

"啊?"

所谓的"反二胎联盟第一次代表大会"安排在了何璐爸爸的一个废弃厂房。工厂在郊外,要不是何璐带着,李云阶根本就找不到。

工厂门口早就有两个跟李云阶她们年纪差不多的男生等着,见何璐来了,很是毕恭毕敬,一口一个"盟主"。李云阶听了,忍不住笑出声来。何璐飞了一个白眼过来,李云阶便收了笑容,跟着他们进了门。

人还真的来了不少,看年纪,从小学生到高中生都有。厂房中间摆着的长桌上,放满了吃的喝的,众人围坐着,见何璐来了,立时站起鼓掌。不明所以的李云阶便也跟着鼓掌。

何璐示意大家安静,在长桌的首座坐下了,拉着李云阶坐到她身边。

"给你们介绍一下,这是我最好的朋友,她跟我一样,都是二胎家庭的受害者。"

"何璐,我……"李云阶觉得何璐这话不太对劲,甚至,这里的整个氛围都不太对劲。

"让我们欢迎她!"

掌声又响了起来。何璐再次示意大家安静,随后朗声说道:"好,现在,让我们回到主题。首先,我非常感谢大家的支持,作为联盟的发起人和盟主,我对联盟今后的发展有着义不容辞的责任。大家也都知道,我是个非常可怜的二胎受害者,因为弟弟的出生,我的很多权利都被剥夺了,什么都要跟他分享……"

"对,一旦父母有了二胎,这个二胎就要分我的零食、分我的玩具、分我的家产!盟主已经来不及了,但我们还有机会!"有人站起来叫嚣着,"我们要反二胎!"

"反二胎!反二胎!"看来,这个口号的呼声非常高。

何璐继续道:"先安静,先听我把话说完!既然是联盟,就有相互帮助的义务。据我所知,在座的各位,都是父母打算要二胎,或者担心父母要二胎的。独木难成林啊,小伙伴们!以后,我们就要利用联盟的力量,想尽一切办法来阻止二胎。"

"说得没错!我们支持!"

"要开展对抗活动,就需要经费。我初步考虑了一下,一个人先交两百块会员费,这个不为过吧?"

有个男生马上站了起来:"没问题!我先交!支付宝还是微信,我马上给你转!"

"都行!"何璐笑了。

李云阶算是听出来了,何璐他们这是要反啊……可是,李云阶怎么都想不明白,已经有了弟弟的何璐,她为什么要纠集这么一帮人反二胎。

何璐告诉李云阶,她想在出国前干件大事,一件让她父母为之震撼的大事!

那么……现在她干的,确确实实是一件大事。这件事大到李云阶回到家之后,还觉得自己的双手在哆嗦。

其实,反二胎联盟一开始只是个 QQ 群。当然,那时候它的名字还不这么叫。何璐是无意中加入的,发现里面的人跟自己很是"志同道合"。再后来,她自己建了个同城 QQ 群,人拉人的,来了很多父母打算要二胎的同城网友。这里面,有宏远初中的学生,还有别的中小学的学生。算起来,得有五六十人。

"反正我的生活就这样了,马上就要被父母扔到美国去了。但是,我这个联盟还可以帮到别的人嘛。"何璐告诉李云阶。

李云阶劝何璐:"但我总觉得哪里不对……要不你把会员费退给他们吧,这个什么联盟……会给你惹祸的。"

"李云阶,你别傻了好吗?我的今天就是你的明天,懂吗?"

"我……我妈答应我了,不会送我出国的。"

"是,她未必会送你出国。但是别的事呢?你们家小葡萄还在你妈肚子里呢,可是你应该能感觉到你们全家都在围着这个未出生的孩子转了吧……"

"你的这个联盟也改变不了什么……至少,对我来说,它改变不了什么。"

"真的改变不了吗?至少,可以让那些家长把视线转移到我们身上来吧?关注,你懂不懂?我们需要的是关注!"

"反正,反正我是不会加入的。"

"随你的便。"

"何璐,你听我说嘛。"

"你是乖乖女,我知道,我不强迫你。联盟不会强迫任何人。但是,咱俩以后呢,还是别来往了,各走各的路,就此友尽!"

"你要跟我友尽?"

"怎么了,不行吗?"

"咱俩那么要好……你说过的,我是你最好的朋友!"

"李云阶,现在你只有两个选择,要么加入我的联盟,要么跟我友尽。"

"就非得这样吗?朋友之间有不同的观点和想法,不是很正常吗?"

"对我来说,我的朋友必须得跟我想法一致。"

"好……我明白了。我现在就走。"

"不送。"

"不用送！"

李云阶气呼呼地从废弃厂房出来，她想叫个车，这边却连网都没有。

刘思明接到了李云阶的电话，他是飞奔着跑下楼去打车的。找到李云阶时，她正蹲在路边哭。天色已晚，好在这条路虽然偏僻，但两边立着灯，不然李云阶遇到坏人都不知该往哪儿跑。

"刘思明，你怎么才来！"看到刘思明，李云阶哭得更伤心了。

"没事没事……"刘思明比李云阶还难过，"别怕啊，我来了，我们这就回去。"他向李云阶伸出了他宽大的手掌，"回去吧，你看，车就在那边等着我们俩。"

李云阶睁着泪眼，看着那只大手。她犹豫了一下，将自己的小手放了上去。

这是刘思明第一次牵李云阶的手，如果，小学时期的打打闹闹不算的话。直到上了出租车，李云阶脸一红，才将自己的手拿了回去。

"那个……"两人异口同声。

"你先说……"两人又异口同声。

李云阶看着黑黢黢的车窗外，道："何璐是不是疯了？"

刘思明直点头："我听说过这个联盟，咱们学校有不少人加入呢。只是没想到，何璐是盟主……盟主，她还真敢！"

"她有什么不敢的！给她个梯子，她都敢上天。"

"现在怎么办啊？要不要告诉薛老师？"

"我……"李云阶犹豫了，"我要是告诉薛老师，不就变成叛徒了吗？"

"也是。你别为她的事犯愁了，这马上就要中考了，她是无所谓，反正要出国了。你不一样。"

"哎呀，我知道了！考试考试考试，你怎么比我妈还烦。"

"对不起。"

"不是，你跟我说对不起干吗？"

"还不是因为我让你感到烦了嘛……"

"别说话了！越说越烦。"

刘思明努力点头,手指在嘴边做了个拉拉链的动作。

李云阶回到家,家里正大乱,老爸居然喝醉了!

老爸会喝点酒,但是,他是一个非常克制的人,李云阶几乎从没看到他喝醉过。姑姑一边碎碎念一边拖着地,客厅里弥漫着一股子特别难闻的气味,不用说,老爸肯定是刚吐过。

老妈则给老爸灌着醒酒汤,问姑姑:"这醒酒汤管用吗?要不要去医院?"

"怎么不管用?"姑姑很自信,"我爸的方子就没有不管用的。"

"云阶回来了?"老妈终于发现了惊慌失措的李云阶。

"噢……我……我跟何璐吃饭去了……"

"我知道啊。"

"我爸干吗了这是……喝酒了吧?"

没等老妈发话,姑姑便冷哼一声:"说是实验室搞起来了,同事聚餐,庆功宴嘛。你别在这站着了,回屋去。"

"好……"

门铃响了。

"云阶,你去开下门。"老妈吩咐李云阶。

在门边的可视电话里,李云阶看到了小姨:"小姨来了。"

"可真够添乱的,早不来晚不来,现在来。"

"那我到底开不开门嘛?"

"人都在楼下了,能不让她上来吗?"

许梦安知道,妹妹上门一定是有事。她们俩中午还在一起吃饭来着,她这会儿来,肯定不是"路过""聊聊天""看看姐姐"之类。况且,她来之前连电话都没打。以往这种情况,一准就是她跟老贾吵架了,过来诉苦。

许梦心一进门就捂起了鼻子:"我的天……"

"心心,你来得正好,搭把手,咱俩把李临弄屋里去。"李静还真是不客气。

许梦心只得依言。细心的许梦安早就发现,妹妹的眼圈泛着红,怕是刚哭过。

今天许梦心下班回小院时,在巷口遇到了鬼鬼祟祟的老贾,他身边还跟着几个男人。她是揪着老贾的耳朵才问出来,原来,他在外面借了高利贷,那几个男人是来讨债的。

"他前几天还拿了钱给我,让我把熊熊的兴趣班给报了,剩下的钱把兰香这个月的工资给发了。我还纳闷呢,他的网店一直做得半死不活,只见他往里砸钱,还没见他赚钱……"看得出来,许梦心在极力抑制自己的情绪。

"借了多少?"看起来,许梦安比妹妹要焦虑。

许梦心伸出五个手指头。

"五万?"

"你也太看不上老贾了,要是五万我也不会这样了……他这连本带利得还五十万。"

"借来的钱都去哪儿了?"

"问到点子上了,这才是最让我寒心的。"

那李静听了,不禁插嘴:"别是拿去赌了吧?"

"不是赌,但也跟赌差不多了。是……"许梦心终于没忍住,啜泣起来,"是被朋友给骗走了。"

"老贾是个精明的人,怎么可能……你要说这事发生在李临身上,发生在欧阳身上,我还信……但老贾他是个生意人……"李静嘀咕。

"如今他是小生意看不上,给人打工也不愿意。是啊,以前经手的都算是大买卖了……不但这样,我现在的工作他也很是瞧不上眼的。他一心想着找个机会翻盘,这回是急了,慌不择路,才上了当。"许梦心叹息。

许梦安向来是奔着解决问题去的,便问:"那个朋友人在哪儿? 先揪出他来再说。"

"跑没影了呀。钱嘛,是以老贾的名义去借的,生意却是那个人去谈,说是眼看就要来一批大货了,倒手就能赚翻倍,拿着钱去提货了……提的哪门子货,已经联系不上他了! 那家伙无父无母,也没成家,居无定所,连找都没地方找去。"

"报警! 对,先报警!"李静道。

"已经报警了。就是……"许梦心看起来有些支支吾吾。

许梦安了然:"高利贷逼着还钱,这事比较麻烦,对吧?"

"嗯……"许梦心简直想把自己的脸塞进沙发垫子里,"我和老贾什么都不怕,就怕那些讨债的来骚扰老人和孩子。要是爸妈知道这些,一定会急坏的。"

"钱的事,我来想办法。但今天我可没现钱,家里的钱都放在理财里……"

"大姐……我又不是来借钱的,不是的……"许梦心一边说着,一边有些不安地瞥了李静一眼。

李静拍拍脑袋:"哟,冰箱里还有水果,光顾着说话,忘记拿给心心吃了,我这就去拿。"

待李静去了厨房,许梦心才道:"这不是小数……况且之前姐夫已经借给老贾十万了,这回要是再借,就算你同意,姐夫能同意吗?"

"等会儿,你刚说什么?"

"啊?我怕姐夫不同意嘛。"

"不是,是上一句。"

"姐夫借给老贾……借给老贾十万……我不该提这件事的。完蛋,我算是把姐夫给卖了。"

"你姐夫居然有私房钱?"

"我不知道,我什么都不知道。"

"他从没告诉过我。"

"他让老贾瞒着我们来着,我也是今天才知道的,老贾顺嘴交代出来的……"

许梦心都快走了,李静才端着水果出来。

"心心,别想太多,车到山前必有路,先把自己身体顾好。这样,姐给你弄点养生的食材……"李静絮叨着,许梦心忙道:"那个,姐,我先走了。"

等许梦心走了,李静才对许梦安道:"按说,这事不归我管……"

"我还不了解你啊,有什么就说吧。"许梦安笑了笑。

"你倒是阔气,五十万说借就借……"

"那要是遇到这事的是李临,你能不帮?"

"帮是肯定要帮的,但是有些话得先说清楚。你们家都是老老实实上班的,工薪阶层,五十万也不是小数目!"

许梦安没说话,李静挨着她坐下:"梦安,钱可以借,也应该借,但是,贾浩文必须给你打借条。没有借条,他就没有压力,我的意思你明白吧?别最后你这个好人还变恶人了……你们家的情况别人不知道,我还不知道吗?这笔钱很快就要派上用场的……"

"嗯,我听明白了,我会让老贾打借条的。"

"明白明白,我看你什么都不明白,"李静摇摇头,"这样,我先给你转三十万。"

许梦安看着李静:"姐,你这是……"

"我和你姐夫没什么花销啦,华华都上大学了。我有钱。"

"我知道你不缺钱,可是……"

"可是什么可是,就这么定了。等你肚子里这个出来,花钱的地方多了!还有啊,男人手里藏着点私房钱什么的,太正常不过了,你睁只眼闭只眼得了。再说,李临也没乱花钱,不也是借给老贾了吗?"

"嗯……"

"今天他喝多了,是高兴来着,随便数落两句就行了,不许揪着不放啊!"

许梦安无奈:"姐,你可真行。我还真以为你现在偏心我呢,说来说去,还是偏心你弟弟嘛。"

"那没办法,我认识他比认识你早。"

李临酒醒后发现自己在书房,他已经不记得自己喝了多少酒。只记得,自己差点就跳上了餐桌,要给大家献舞一曲。最后,是梅一朵拉住了他。梅一朵说,别跳桌子啦,咱俩来一曲吧。好啊,他痛快地跟她跳了起来。

我一定是疯了吧?此刻,李临不断拍打着脑袋。酒后失态,酒后失态啊。是,他是真的记不清到底喝了多少酒,但他仍然清晰地记着梅一朵的香水味……

"醒了?"许梦安不知什么时候站到了李临面前。

"噢……我没事,我还好。"

"你是没事,你把姐和我累得够呛。特别是姐,客厅的地板至少清理了五遍,现在客厅里还有味。"

"他们非要敬我酒,一杯又一杯的……"

"能站起来吗?"

"能啊!"李临掀开被子站起。

许梦安伸手捂鼻子:"身上的酒味还是这么重,赶紧去洗澡,洗完了我有事跟你商量。"

"唉,我这就去。"

许梦安没有责难,这对李临来说,简直是如蒙大赦。

2

许家小院内,老贾一边抱着小西瓜,一边教熊熊打游戏。见许梦心进门,老贾一拍熊熊的屁股:"都几点了,作业写完了吗? 还玩呢!"熊熊拉长着脸跑开了。

许梦心抱过小西瓜,皱着眉:"你说熊熊干什么? 还不是你让他玩的!"

"妈在给爸泡脚,兰香在收拾房间……我这要管大的,又要管小的,也蛮不容易的,你理解一下嘛。你去过大姐那儿了?"

"去了。"

"她怎么说?"

"没等我说借钱,她自己就提出来了。"

"我就说大姐一定会借钱给我们的。"

"你小点声! 你是不是巴不得这事捅到爸妈那边?"许梦心抱紧了小西瓜,"回房间再说。"老贾自是忙不迭跟着去了。

小西瓜白白胖胖的,两只小手正玩着许梦心的长发,嘴里咿咿呀呀说个不停,说着说着自己还笑了起来。许梦心这段时间可谓身心疲惫,可是每次看到软萌可爱的一对儿女,她就觉得一切都是值得的。

"老贾,这样下去不是办法……"许梦心抚摸着女儿的小胖手,"我们总不能一直到处借钱吧?"

"是,我那个网店还在……我刚才想了一下,还是得有档口,不行我们就先去搞个档口。不过,现在的租金比较高,眼下我的情况怕是……但是啊,但是我一个哥们儿,刘总你还记得吧? 他建议我做加工厂,他愿意帮我……当然喽,我以前也没少帮他……"

"什么哥们儿,什么朋友!老贾,你还不明白吗?那些都是酒肉朋友!你不能再眼高手低了,什么开档口,什么做加工厂,趁早打消这些念头吧。当时就应该听大姐的,先老老实实找个公司上班,走一步算一步,至少踏实,至少不会上当受骗!"

老贾捶着自己的脑袋:"我是真的不知道他会骗我……这小子,我要是能找到他,我一定剥了他的皮!"

"你要再这么下去,你自己不说,我就得先脱一层皮。连我都能低眉顺眼地去给人推销化妆品,有时候还得受气,你怎么就不能去上班了?"许梦心的眼泪瞬间就涌了出来。

"当着孩子的面,别哭嘛。"

许梦心摇头:"你妈回老家之前怎么交代你的?踏踏实实,重新开始,只要人好好的,钱还会有的。你全都忘了?"

"我没忘……我哪敢忘?只是,看着你每天那么辛苦,我心里跟针扎似的。心心,我娶你,是要让你享福的,到头来,这个家里最受累的人却是你。我就想着一定要快点赚钱,越快越好。还债、买房,把两个孩子养大,尽量不让你受委屈……"

"欲速则不达。这个道理你不懂啊?"

"我一时失心疯了,我一时糊涂了……你别生气了,我明天就去找工作。只要人家肯收我,什么工作我都干。"老贾给许梦心擦着眼泪,那小西瓜也学着爸爸,伸出小胖手摸着妈妈的脸。

许梦心狠狠拍了下老贾的手,转而亲了亲女儿的脸蛋,说道:"也没让你什么工作都做,总得是适合你的,有发展前景的吧?"

"是,是……反正,这回我全听你的。"

李临洗了澡,仔仔细细刷过牙、漱过口,确定自己身上没什么酒味了,才巴巴地端了李静早就准备好的燕窝,送进去给许梦安。

"姐说你快生了,要多补补。"李临道。

许梦安蹙眉:"补倒是不用,你别气我就行。"

"醉酒在我是偶发事件嘛。"

"坐下吧，有事跟你商量。"

"别啊，家里什么事你做主就行，不用跟我商量。"李临仍是站着。

"你借了十万给老贾？"

"噢……老贾这人不行啊，嘴不严……"

"你这人倒是可以。"

"我总共就藏了这么点钱，全给他了。"

"老贾出了点事，借了高利贷，讨债的直接上门了……心心刚才来过，我答应她了，借她五十万。"

"哦……"

"一笔理财前几天刚到期，本想放着用的，毕竟，要生孩子了，方方面面都需要花钱。但是心心的事，我也不能不管。"

"我没意见。"

"真没意见还是假没意见？"

"我要是有意见，说了也没用，不如不说……"

"那就别说了。"

李临这才挨着许梦安坐下："我们都不帮心心，还有谁能帮？总不能让她哭着闹着去找爸妈吧。按说，你们各自都成家了，好些事，我们即便帮，也要根据我们自己的能力来……你的做法我未必理解，但是我呢，我只能无条件支持。"

"这话倒是实在的。"

"我什么时候不实在？"

许梦安一笑："晚上这顿酒，梅一朵没少灌你吧？"

"都是同事嘛，实验室她也有份，肯定在的。"

"答非所问。"

"你这么问，也是多余……"

"可是我什么都不问，好像也不对吧？"

"行，那你想问什么就问什么，我保证有问必答。"

许梦安掐了李临的胳膊一把："我没那心情。"

李临抓过妻子的手:"不过,有件事还真得跟你商量。我下个月可能要出差,临时决定的。也不只有我,还有梅一朵,还有刘院长,我们三个都去。我本来想推掉的,你预产期就在下个月……"

"你这么说,就是推不掉呗。"

"出差是中旬,预产期是在下旬,总没那么凑巧吧?"

"那可说不准。"

"行,回头我跟院长说说,我不去了。"

许梦安叹了口气:"算了吧,你都这么说了,想来这事对你挺重要的,该去就去。"

"我就知道你会同意的。"

"我就知道……什么当个好爸爸之类的话,你都是哄着我玩的。"

妻子这么一说,李临想起妻子险些小产的那个夜晚。在病房里,他曾劝她努力保住孩子,说什么"要是你肚子里这个能保住,也是给我一个机会,让我再当一回爸爸,当一回会照顾人的那种爸爸"……

"我不去了。明天就跟院长说。"李临郑重道,"哪也不去。"

"真的?"

"当然是真的。"

"这还差不多……"许梦安笑了。

这天晚上,老贾思来想去,不管自己以前的脸有多大、多重,眼下家里的情况就摆在面前,脸是必须得放下了。要是他再这么混着,想着干一票大的,别说妻子了,就是妻子的娘家人都会被他给拖下水。之前大姐给介绍过一家公司的,那公司是老贾之前的员工开的。员工姓王,从老贾这边出去后自立门户,明里暗里没少抢老贾的客户。风水轮流转哪,就这么个人,老贾现在要去给他打工了……

既然这张脸已经无甚重要了,老贾决定先去姓王的那边看看。次日上午,他出了门,直奔人家的公司去了。没想到,一到公司楼下,就看到了于海。

"于总好。"老贾硬着头皮上前打招呼。

于海晃着车钥匙,笑道:"贾总?"

"别,叫我老贾吧,我现在什么都不是了。"

"我刚还跟王总提起你,他那边求才若渴啊。听说你不愿意来,他还惋惜了好一阵的。"

"本来是……本来确实是不想来的。"

"这回考虑清楚了?"

"算是吧。"

看到于海,老贾算是明白许梦安口中的那个朋友就是他了。原来,这个工作竟是于海帮忙找的。

"谢谢你于总,让你费心了。"老贾说道。

"好好干,谁都有不顺心的时候,过去就好了。"

"唉!"

"对了,"于海看着老贾,"你大姐快生了吧?"

"预产期在下个月。"

"你说啊,也不知道她是怎么想的,都这个岁数了,说生就生。"

老贾不好多说什么,只道:"也不算晚。"

"要她就是个家庭主妇,怎么生都没事。现在我们蓝海正缺人呢,可她倒好……"

"蓝海?"

"你还不知道啊,我收购了新苗。"

这个,老贾还真的不知道。但是吧,于海年轻时一直追求大姐,老贾却是知道的,许梦心没少跟他说。

"那什么,恭喜你了,于总。"

"别于总于总的了,我比你大几岁,你叫我于哥就行。这样,你也别上去了,我现在给王总打个电话,让他下楼来。我组个局,咱们一起吃个饭,饭桌上就把你的事情给谈了。"

"这个……"

"我跟许梦安多少年的朋友了,她妹夫就是我妹夫,都是自己人嘛。"

于海还真不客气,老贾还能说什么,只好点头道谢。

王总倒是很快下楼了，看到老贾，难免有些讶异。

"说曹操曹操到，刚才咱俩不还念叨他呢吗？我一出电梯，就看到他了。"于海笑道。

老贾尴尬，干笑着："王总，我……"

姓王的还真是发达了，整个人胖了一大圈，眯眯眼笑着，握住了老贾的手："你还是叫我小王吧，听着自然。"

"不行不行，你现在……我现在……是吧？"

"不是，贾总，不，我还跟以前一样，叫你贾哥吧……贾哥，你要这么说，咱俩可没法往下谈了。"

"怎么呢？"

"什么你现在，什么又我现在，咱们不以成败论英雄嘛，多俗啊。"

"是有点俗……"

"别的也不说了，我以前怎么给你干的，你现在就怎么给我干。那句话怎么说来着，做人就是做个心态，对不对啊？识时务者为俊杰嘛。"

"对……"老贾面上若无其事，心里已经跟沸水似的在扑腾。

"都别站着了，找个地方吃饭去吧，边吃边聊。"于海道。

"啧，还是不一样……我以前到贾哥那找工作，好家伙，好几轮面试呢，差点没把我给吓回老家。可是你看贾哥，有于哥这么好的朋友，什么都给他搞定了……唉……"王总仍在说个没完。

于海看着老贾的脸红一阵白一阵的，便拍了拍王总的肩膀："行啦，你就少说几句吧。"

许梦心有了个小账本。上面零零散散记着各种收支，再往后翻，赫然是他们给大姐打的借条。旧债未还，又添新债。一家子人，老的是不用她管，只有他们贴补她的。可是小的呢，熊熊下个学期的学费还不知道在哪儿，小西瓜的开销也不小……

"我说，你把烟给戒了吧。"许梦心指指账本上买烟的一项，对老贾道。

老贾正窝在床上对着笔记本电脑改方案，本来就一个头两个大了，听了这话，自然是满脸不乐意："连烟都不让抽啦？"

"我以前是一天一张面膜，现在是一个星期一张，还是平价的那种。我都能戒面膜，你怎么就不能戒烟了？"

"你那个不是必需品。再说了，你天生丽质，用不上那玩意儿。"

"烟是必需品？"

"我刚上班，工作压力大嘛。姓王那小子，不得了啊，翻身农奴把歌唱，整天欺压我。昨天那个酒局，一个劲把我往前推，好像把我喝死了他才会高兴……还有销售部那几个年轻人，面上'贾总贾总''领导领导'这么叫着我，一个个却很是看不上我，觉得我什么都不懂……喏，就这份方案，是他们弄的，交上来我一看，这不是在糊弄我吗？我还是得自己改……"

"絮絮叨叨的，没完了？我就是让你少抽点烟，你话还挺多。"

"少抽点我同意……戒烟？下辈子再说。"

许梦心无奈，合上账本："我跟你说个事，哎呀，你先把电脑给关了。"

老贾只得听妻子的，合上笔记本电脑，端正坐好："又有什么新指示啊？"

"你听说过代购吗？"

"知道啊。你要买什么？"

"不是买东西，我是想……我现在这个工作吧，满打满算，一年也就这么点钱，奖金再多也发不了财。我正发愁呢，今天听阿媚提了一嘴，说代购这一行不错。原先有个同事，就是辞职去做了代购，生意很好的，一年几十万没跑。"

"听明白了，你想辞职去做代购。"

"聪明。"

"心心，代购可比导购辛苦，你得先搞清楚几件事……首先，你得有顾客，有稳定的客源，人家得信任你。再一个，代购可是得三天两头往国外跑的，女儿还小，你整天不着家，合适吗？"

"我知道不合适……"

"既然都知道，这个话题到此为止。我得改方案了。"

"哎……你……"许梦心脸一沉，扭头就走。

不是老贾没有耐心，是他实在没有时间陪妻子闲聊了。手里的方案明天还得交呢,王总憋着坏,想看他的笑话——案头工作并不是他的强项。确实嘛,档口小工出身的老贾肚子里墨水不多。这些年他虽然在努力提升自己,通过自考拿到了本科文凭,参加过大大小小的培训,诸如 EMBA 之类的——那个圈子里,大家都这样嘛,仅仅有钱是不够的,还得学着当个"儒商"。但是吧,他的基础实在太差了……还没落魄前,他的工作内容可以简单概括为两个字,那就是"吹牛"。跟投资人吹牛聊未来、跟合作伙伴吹牛聊共赢、跟员工吹牛聊理想……这都是嘴皮子功夫,如今让他正儿八经从销售开始干,吹牛可没用,要的是业绩。

表面上看,王总真的没亏待老贾。销售部总监,带着头衔空降到公司的。可没过两天,公司上下都知道了,这位贾总监原来是王总的老板。老贾成了王总举着的一块牌子,上书四个大字——逆天改命。是啊,前老板变身打工小弟,小弟逆袭成了老板,可不就是小弟的逆天改命吗?

老贾很气,但是,老贾很缺钱。

最近,妻子有很多类似刚才那样天马行空的想法,当代购还算是实在的了,她甚至想过要做什么美妆博主。老贾便笑,说你都是两个孩子的妈了,谁要看你教化妆啊。取笑完了,他又略略感到一丝悲凉。妻子这样,还不就是因为缺钱吗?每思及此,老贾在公司里受的各种委屈,便也都忍了。姓王的当众挪揄老贾,提起当年老贾是如何趾高气扬时,老贾竟然也能跟着说笑了,说的笑的都仿佛不是自己的事。老贾苦啊,这苦涩的滋味,比早年在档口扛包打杂还要难以下咽。老丈人说,人嘛,由俭入奢易,由奢入俭难。大概,就是这样的吧……

许梦心气哼哼地来到客厅,见许母和兰香正摆弄着一些小衣服。

"刚要跟你商量呢,这些衣服都是小西瓜的,我们俩给洗干净了,想着小葡萄可以穿。"许母笑道。

"妈……"许梦心挨着她坐下,"大姐不一定会要这些……"

"穿过洗过的才软呢,穿着对小孩子好的。"兰香接嘴。

"行行行,你们看着办吧。哟……"许梦心突然凝神,"大姐的预产期就是这两天了吧?"

"我让她早点去医院住着,她偏不……"许母叹气,"她还当自己 20 来岁呢,早些年,她这个年纪的,都好当奶奶了。"

许梦心笑道:"哪有你这么说自己女儿的!不是她不想住院,是医院床位紧张。她这不是好好的吗,医院现在能收她?"

"对了,大姐说她不进月子中心了?"许母问道。

"噢,云阶快考试了,大姐怕住月子中心冷落了云阶,已经联系好月嫂了,就在家里坐月子。有云阶姑姑、有月嫂,你就别操心这事了。"

"还不是因为你爸……但凡你爸身体好点,我也应该过去照顾大姐的。"许母说着说着,眼圈就红了。

"行啦,我爸现在挺好的。你没法过去照顾大姐,是因为你得帮我照顾两个孩子……妈,这么想想,咱确实是挺对不住大姐的……"

兰香说话了:"一家人,哪有什么对不对得住的……"

许梦心刚张嘴想说什么,她的手机响了,是李临来的电话。

"别是大姐要生了吧?"许梦心嘟嚷着接起电话。

果然,许梦安已经被送到医院,开了三指,进了产房,没意外的话,今晚就该生了。

3

老妈要生孩子了。李云阶的情绪非常复杂,好奇、期待,担心、忧虑,这些复杂的情绪交织在一起,又让她变得很是兴奋。她在产房外来来回回地走,每推出一个产妇,都以为担架床上躺着的是老妈。

"我妈怎么还没出来啊?"李云阶焦急地看着老爸。没等老爸说话,姑姑便道:"你别急啊,想当年你妈生你的时候,从正月十四一直生到正月十五呢。"

"啊?那不得疼死……"李云阶说完这句,马上"呸"了起来。"死"不是吉利话,不能讲,尤其是这种时候。

"能不疼吗?所以,孩子的生日就是母难日。"姑姑说毕,也探头看向了产房的门。老爸一直沉默着,要是他的手脚没在发抖,坐在那,真的就像一尊佛。

"爸……"李云阶走到他身边。

"啊,我没事,我没事。"老爸抬头。

"爸爸,你是不是特别紧张啊?"

"能不紧张吗?在产房外边等,这对他来说,也是头一遭。因为啊,你出生的时候你爸不在,在学校里赶论文呢。打他手机,他居然关机了⋯⋯说是赶论文期间,谁也不能打扰到他⋯⋯"姑姑说着。

"姐⋯⋯"老爸脸上很是挂不住,"你说这些干吗?"

姑姑才不管,继续说着:"最后还是我,直接去你爸的学校,把他给揪回来的。不过,我们赶到的时候,你妈已经生下你了。我一看,这孩子长得真好啊,得取个好名字。我们往医院赶的时候,看着天上的朝霞特别美,我说,要不就叫李红霞好了⋯⋯"

"我的天!"李云阶抚额,"幸好我爸妈没听你的。"

"你爸确实不肯听我的,他说了一堆有的没的,结果,你就叫'云阶'了。"

"我知道,云阶的意思是,云彩是通往天空的阶梯。"李云阶道。

"其实跟红霞的意思也差不多⋯⋯"姑姑笑了。

"差多了!"

几个人这么说着话,都稍稍不紧张了些。

这一次生孩子,许梦安是早早做了准备,很是研究了一番无痛分娩的。但她没有想到,无痛分娩并不代表真的"无痛",它确实是减轻了疼痛,可是在宫缩加剧后,疼痛再次加剧了⋯⋯

这些疼痛,勾起了她第一次生孩子的回忆。那时候真的是无知无畏,许母和李静一直在给她灌输,女人总是要生孩子的,生孩子哪有不痛的。痛苦,就是生产的标配。仿佛不痛苦才是不对的。

"露头了,快了! 再加把劲。吸气、憋气、用力⋯⋯"医生很温柔。

许梦安是学过拉玛泽生产呼吸法的,可是此时,这些早就被她给抛在脑后。她只觉得浑身酸涩、疼痛,身上的每一个细胞都要爆裂开来。

"别紧张!"医生一边说着,一边伸手到了里面,护住了小葡萄的脑袋,"侧切。"

要侧切? 还没等许梦安反应过来,医生已经给她做完了侧切。侧切的疼痛跟其他的比起来,简直不值一提。

"好,头出来了!你再用点力,用一点点力,让宝宝的身体出来……对,用力,来……"

许梦安几乎用尽了身上最后一丝力气。

"出来了!"

出来了……小葡萄终于出来了……就在孩子出来的那一瞬间,许梦安觉得一切都安静了下来,不再疼痛、不再焦灼、不再紧张,就好像,身体里开出了一朵花。

孩子发出了响亮的啼哭声,像是在告诉许梦安:妈妈,我来了。

"是个男孩。"边上的护士抱过孩子,给许梦安看了一眼,又匆匆抱走了。

小葡萄是男孩啊……妈妈给李云阶生了个弟弟……不,妈妈是给他们生了个男孩。这些"他们",包括兴高采烈的外婆、姑姑、小姨、小姨夫、表姑,当然,也包括老爸。他们一个个喜笑颜开,如果医院可以点鞭炮的话,他们早就点了。

姑姑和表姑尤为高兴,表姑都快跳起舞来了。她手舞足蹈地跟姑姑说着话:"你们老李家风水好啊,到底是个男孩!"

"是啊是啊,希望他快快长大,长大了好跟他爷爷、跟他姑父学医。"姑姑笑得牙花都露出来了。

"我就说李临两口子是有福的嘛,这回怎么也得回老家摆两桌。"

"摆两桌哪够,起码要摆他个百八十桌!"

小姨在给外公打电话,爸爸在给爷爷打电话,他们跟约好了似的,在电话里说着同一句话:是个男孩!

是个男孩……不是男孩的李云阶退到了一边,看着这堆乱哄哄的人群,没人注意到她的离去。她走进了老妈的病房。病房的床头柜上堆着鲜花,很喜庆,每一个花瓣都在庆祝老妈生了个男孩。

"妈……"李云阶垂着手。

"看到小葡萄了?"老妈问,她是微笑着的。

李云阶摇头。

"对不起啊,是个弟弟。我知道你喜欢妹妹。"

"他们喜欢男孩。"女儿也在笑,但女儿的笑容很酸涩。

"他们喜欢小葡萄,他们也喜欢云阶,跟男女无关。"

"是吗?"

"当然。"

"还疼吗?"

"好多了。"

"妈,我心里觉得难受……"女儿的眼泪很快就掉了下来,"你怎么就生了个男孩呢?你怎么能生男孩呢?我不喜欢!我不要!"

许梦安最担心的事到底还是发生了,她挣扎着坐了起来:"云阶,你听妈妈说,你多了个弟弟,这是值得高兴的事……"

"我不高兴!"

"云阶……"李临走了进来,"你怎么在这?大家都去看弟弟了,你也去看看。"

"我不!"女儿的脑袋摇得像个拨浪鼓,"我不看!我不看!"

"你听妈妈说,你别这样……"许梦安只觉得侧切的伤口隐隐作痛,她努力想下床,想抱抱女儿。

"别碰我!"女儿觉察到了许梦安的举动,"不许靠近我!"

"云阶你过分了啊,你妈刚生完弟弟……"李临呵斥着女儿。

"弟弟,弟弟,现在你们眼里就只有弟弟了!"女儿说完,跑出了病房。

李云阶跑了好久才拦到一辆出租车,不过,她又能去哪里呢?都说有父母的地方才是家,可是她的父母都在医院庆祝着小葡萄的诞生。那个包裹着的婴儿,她只急匆匆看了一眼……

出租车师傅打量着李云阶:"小姑娘,你到底去哪儿啊?"

"我……我……我去外婆家……"李云阶实在不知道去哪里,只得报了许家小院的地址。

师傅点点头,一脚油门,车子往前驶着:"跟爸爸妈妈闹别扭了吧?"

"你怎么知道……"

"我女儿也跟你这么大,也总是跟我闹别扭。别哭啦,都是一家人,哪有什么说不开的事嘛。"

"你们家也有二胎吗?"

"啊?"

"没什么,你赶紧开车吧。"

车子停在巷子口,没想到许富贵正站在那。

"富贵,你在这干吗?"

"呜呜……"许富贵闷哼着。

"走,我们先回去。"

"呜……"

是熊熊开的门,许富贵倒好,一猫腰,从狗洞里钻进去了。

"你怎么来了?"熊熊有些诧异。

"外公呢?"

"在他自己房间呢,高兴得跟什么似的。"

"家里就你们俩?"

"那些人不全都去医院了吗,小西瓜也去啦,多好,特别清静。"

"那就好。"李云阶这才往里屋走去。

熊熊跟橡皮糖似的黏了上去:"听说你妈给你生了个弟弟,真的假的?"

"别烦我!"

"那就是真的喽?"

"信不信我揍你!"

熊熊吐吐舌头,再不敢吱声,背着表姐,第一时间给妈妈打了电话,说表姐跑外婆家来了。医院那头李临他们正到处找人呢,听说李云阶已经在许家小院,众人都松了口气。李临、许母等自是要留下来照顾许梦安,许梦心抱着小西瓜在医院本身就不太方便,就由老贾护送着,这一家子先回小院了。许梦心离开前,许梦安是千叮咛万嘱咐,一定不能对李云阶说重话。

院子里,李云阶正垂头丧气地坐着,手里拿着不知从哪里来的小木棍,对折对折再对折,直到没法再折。许富贵像是能够感觉到李云阶的情绪,只是趴在她脚边,睁大眼睛看着她,一动不动。

"姐……"熊熊坐过去,"事情已经这样了,你生气也没用。"

"你知道我为什么生气啊?"

"傻子都能看出来嘛。我是过来人,我告诉你,都一样的,真的,男孩女孩都一样,葡萄西瓜都一样,他们眼里就只有小的,没有我们大的……"熊熊说着,长长叹了口气。

"唉……"李云阶没再说话,只是摸摸许富贵的脑袋,"还是富贵最好。"

许梦心抱着小西瓜进门了,跟在后边的是老贾。老贾路上一再跟许梦心说,现在外甥女心情不好,不管大姐顺利产子这事有多开心,尽量别写在脸上。

"难不成我们要在云阶面前演戏演一辈子?像熊熊,一开始不也哭天抢地吗?现在他对小西瓜挺好的,一口一个'妹妹'。要我说,处理这事,就得把云阶当大人,得跟她谈,把话都说明白了,她就通透了。"许梦心对老贾说道。

老贾苦笑:"你这段时间忙着做业绩,也没怎么注意观察熊熊吧?"

"怎么了?"

"你看,你完全没看出来。熊熊对妹妹好,血缘使然,这是一个原因。但更大的原因是,他知道,要是他不对妹妹好,我们会生气。孩子大了,会察言观色了,都知道小心翼翼了……我有时候看着熊熊,就特别心疼……"

"你是说,他在我们面前对妹妹好,那都是装的?"

"也不全是,就是……熊熊的天真可爱好像一夜之间都没有了。我们总对他说,他是哥哥,要护着妹妹,却忘记了,他也是一个需要我们保护的孩子。孩子就只是孩子,熊熊是,云阶也是,在这种问题上,是没有办法把他们当大人来看,去谈去沟通的……"

"你懂的还挺多。"

"我最近在看书嘛。"

"谁信!"

"真的,我最近在看一个育儿专家的书,人家说了,我们要通过自己的言行举止告诉熊熊,妹妹不是负担,是责任,而且,这个责任不是他一个人的,是整个家庭的……我们得先把责任担负起来。"

许梦心不可思议地看着老贾:"你还真研究了?"

"我骗你干吗?"

"可以啊,老贾。"

老贾笑了,妻子夸他的次数屈指可数,今天应该算一次。

说着话,两人便进了院子,外甥女李云阶果然在,正跟熊熊说话呢。

"云阶,你跑得倒是比我们快。"许梦心笑,"早知道就跟你一起过来了。"

李云阶没吱声。老贾笑道:"医院里空气不好,别说云阶了,我都待不住。"

"云阶,要不,让你姨夫先送你回家?"许梦心试探着问道。

"我不回家。"这回,李云阶倒是回答得干脆利落。

熊熊在一边道:"干吗呀,姐姐不能住这吗?"

"就是,我不能住这吗?"

许梦心不好发作,便劝:"云阶,你爸说,等他忙完医院那边的事,就来接你回家的。你别生气了嘛,你是大姐姐,不但是熊熊和小西瓜的姐姐,还是小葡萄的姐姐。姐姐就要有姐姐的样子……"

"谁爱当姐姐谁当去,反正我不爱当。"李云阶扭脸道。

"那你总得回家呀,听你姑姑讲,你现在每天早上都起很早,要背单词,还要晨跑……这都快 12 点了……"

"这是我外婆家,我愿意待多久就待多久。"

"你……"

"好了,就让云阶在这住一晚吧,你让李临把云阶的书包送来就是了。"老贾忙道。

"那……"许梦心犹豫着,"那也行吧,我这就给姐夫打电话。"

李云阶像是完全在状况外,自顾自走进了客厅。熊熊看了许梦心一眼,也是扭脸就走。接着,许富贵呜咽了一声,竟也跟着孩子们走了。

"哎呀,富贵你……"许梦心哭笑不得。

第二十二章
他们要的是王子

1

李临到了许家小院,送了女儿的书包过来。只是,女儿拒不见他。

老贾拉着李临说了一堆话,不外乎就是接下来怎么让李云阶接受小葡萄。没想到,现在在亲子教育这个问题上,老贾都能给李临上课了……

"这事我们考虑得不周全,不该在云阶面前表现得重男轻女,让她多心了。"老贾道。

李临摇摇头,不知道该怎么说。说实话,李临从来就没有什么重男轻女的思想,只是,头胎是女儿,这一胎得了儿子,儿女双全,换作任何一个父亲都是喜悦的,这种喜悦,真的无法掩饰。

而今自媒体盛行,人人都可以在网络上发声,也总是有着各种政治正确。譬如,同样是生二胎,像老贾这样头胎是儿子,二胎得了女儿的,他的喜悦就是合适的、合理的。再看李临这种头胎是女儿,二胎得了儿子的,他的喜悦就是建立在重男轻女的基础之上的,就是政治不正确。揪着"重男轻女"这四个字不放,才是骨子里认同这种观点的。这都什么年代了,就不能把这四个字放下吗?

女儿哭着跑出病房后,许梦安也哭了,李临劝了几句,越劝她的情绪越激动。她才刚刚生下小葡萄,身体很虚弱,这种时候是不能有过激情绪的。李临有些手足无措，只好拉着她的手，小声安抚。夫妻俩视线相对，想的其实都是同一些问题——他们自认从未亏待过女儿，她是他们的掌上明珠。他们在能力范围内，给了她最好的生活条件，给了她最好的教育资源。他们总是循循善诱，告诉她，要宽厚，要善良，要包容。可是，当弟弟小葡萄出生后，她还是无法接受现实。独生子女真的就是自私的吗？如果说女儿的行为是自私，那么，是不是他们对她的教育出了问题？

"李临来了？"是老丈人的声音。他的口齿愈发清晰了，要不是仍挂着拐，看上去跟常人已无太大区别。

"噢，爸，你还没睡？"李临连忙迎过去。

许父看了老贾一眼，转向李临："去我那，有话说。"

"唉……"

到了许父房内，许父一指，桌上摊着张纸，上面写着一些字。

"孩子，名字。"许父道。

名字倒都是好名字，可见老丈人很是花了些心思的。只是，每个名字前面的姓都是"许"。这些"许"字写得特别大、特别粗，非常醒目。

小葡萄出生前，李静跟李临谈过一次，意思是，许家这边肯定是想让孩子姓许的，如果是个女孩，那倒无所谓，要是男孩，必须得姓李。

李临不懂姐姐的执着，就好像，此刻的他也不懂老丈人的执着。他只好将纸折了又折，放进随身的口袋："爸，名字都很好，我回去跟梦安商量商量。"

"我跟你说，我……"

"爸，你的心情我理解，你的意思我也懂。"李临笑着，"这都几点了，你再高兴也得睡觉不是？"

许父这才安心，朝李临竖起了大拇指："好！你很好。"

受到老丈人这么直接的夸赞，对李临来说，还是第一次。他怀里揣着那张写满名字的纸，慢慢走出了小院。那条短短的巷子，此时却变得有些漫长。

许梦安刚发现自己怀上二胎时，她百般纠结过，可是李临并没有。李临的生活哲学是顺其自然，有了就生。在教养女儿上，他花的时间与精力比妻子少，他也想借着第二个孩子弥补些什么。想象总是丰满，现实却总是骨感。就在今天，当儿子真正降临到人世,李临才意识到自己身上的压力和负担。且不说接下来儿子的养育问题,就是眼前,女儿的叛逆和对父母的不理解、老丈人和姐姐各自心里的小算盘,就够李临喝一壶的了。

在高龄产妇中,许梦安的分娩过程算是顺利的了。护士给小葡萄洗了澡,将他放在了许梦安身边。催奶师也在,正鼓励着许梦安给儿子喂第一口奶。

许梦安微微有些不安,但神奇的是,小葡萄一吮吸,奶水很自然地就出来了。边上的许母、李静和兰香都松了口气。也正是儿子的吮吸,让许梦安强烈意识到,她真的是两个孩子的母亲了。如果这时,女儿也在身边就好了……

"云阶跟李临回家了吗?"许梦安问李静。

"哦,我刚给他打电话了,说是回家了,你放心吧。"李静不想让弟媳妇担心,"李临还说,云阶什么事都没有。能有什么事嘛,你们俩多了个儿子,她也多了个弟弟,是好事嘛。"

"那你也回去吧,顺道送送我妈,就是要麻烦兰香姐留在这了。"

"我叫个车,让兰香跟你妈一块回去,我留下。"

"姐,其实……"

"我来你们这儿,就是等今天的。哦,今天你都生了,我甩手走了,这算什么嘛。"

没办法,许梦安只得听李静的。请的月嫂明天才能来,这个夜晚,就暂且让李静先陪着自己吧。

众人都走了,小葡萄在边上的小床里亦睡得香甜。陪护床上,李静对着手机,看什么看得出神。一切都显得安安静静。

分娩的过程是痛,顺利产子是痛快,但是此时,许梦安的感觉是累,说不出口的累乏。

"你睡吧。好好睡一觉。"李静轻声道,"难得葡萄是个省事的孩子,你看,也不闹,乖得不得了。"

"我睡不着……"

"真睡不着啊?那我陪你说说话吧。"

"嗯。"

"我把孩子的时辰给一个朋友了，人家是起名大师，给孩子起了不少好名字，我正选着呢。"

"离上户口还有日子呢，不急。"

"我老李家又添了个男孩，你不急，我可是急……"

因为欧阳是入赘的，华华便跟了李静的姓，所以她才有这么一说。

许梦安没吱声。其实，前段时间，许母暗示过她，转达了许父的意思，说这个孩子最好姓许。

李静继续说着："要不我念几个名字给你听听，你看看有没有喜欢的。李鹏程怎么样？鹏程万里。还有李卓尔，卓尔不群……李卓尔好呀，叫起来洋气，对吧？"

"姐，我困了……"

"困了？"

"名字的事，再说吧。"

"哦……"

许梦安真的睡着了，不但睡着了，她还做了一个特别长的梦。梦里，云阶和小葡萄都长大了，姐弟俩牵着手，笑嘻嘻地朝她走来。两个孩子都很高，眉眼既像李临，却又有着许梦安的神采……

生命是有趣的，因为，生命可以延续。从生物学的角度来说，生命的延续就是血脉的延续，而血脉就是基因。一个孩子，他的基因一半来自父亲、一半来自母亲。继续追溯的话，他父母的基因又来自他们各自的父母。生育本身，其最本质的目的就是延续自己的基因，然后，能够最直观代表家族基因的东西应该就是姓氏了。姓氏……小葡萄的姓氏……小葡萄应该跟谁姓？许梦安本来美美的梦里，陡然插入了这个问题，她被惊醒了。床边站着个 30 出头的女人，正笑盈盈地看着她。

"噢，你来了……"许梦安挣扎着要坐起。

那女人伸手去扶她："小心着点。我刚看过了，宝宝很健康。问过医生，他们说你的状况也不错。从今天起，就由我来照顾你们了。"

女人叫白曼，是许梦安请的月嫂。前段时间，为了去月子中心还是请月嫂，许

第二十二章 他们要的是王子

275

梦安一度纠结过。但考虑到李云阶中考在即，不想让她徒生孤单，这才决定请月嫂。可是时间匆促，中介那边的金牌月嫂几乎都被订走了。中介推荐了白曼，说是准金牌，好学又肯吃苦。李静嫌白曼太年轻，许梦安却认为年轻才好，这样彼此之间还好沟通一些。

"趁着孩子还没醒，我先给你洗洗……"白曼对许梦安道。

李静皱皱眉："你照顾孩子就行了，梦安这边有我。我刚晾了热水，这会儿温度刚刚好。"

"病房里有热水器，其实不用煮沸水晾凉。"

"月子里可不敢这样……"李静有些不高兴了，"到时落下病根，找谁说理去？"

那白曼不再理会李静，继续对许梦安道："带软毛牙刷了吗？"

"什么？"李静忙道，"你要让她刷牙？"

"月子里不能刷牙是陋习。这产妇分娩时，体能消耗过大，产褥期的抵抗力是不太强的，容易被病菌入侵。不做好口腔清洁，以后反而容易牙龈酸痛，还会导致牙齿松动……"

"说得一套一套的，这老一辈留下来的规矩，还有不对的吗？"

"大姐，你听我说，这个刷牙……"

"谁是你大姐！"李静暴脾气又上来了。

生李云阶时，许梦安的月子就是李静跟许母一起照顾的。两人也总有分歧，许母性子软，每每总是李静占了上风。但是，在刷牙、洗头、洗澡这些问题上，李静和许母的意见是完全一致的，那就是——不能，统统不能。

那时许梦安什么都不懂嘛，她们都说不能了，她还能说什么呢？只得任凭她们摆布。这一次，说什么都要科学坐月子了。李静嘴里的老规矩，不能刷牙、洗头、洗澡，房间不能通风之类，是因为以前生活条件不比现在，没有热水器、吹风机、空调，洗漱等确实多有不便，也易着凉。所以，现在都提倡产妇在身体状况良好的情况下，多下床走动，做好个人清洁。这不但有益于产妇的生理健康，也有益于产妇的心理健康。总之，许梦安不想对老规矩妥协了。

"梦安，坐月子的事你还得听我的……这女人要是月子里害了病，下半辈子就要吃苦头啦!"李静转向许梦安。

许梦安苦笑,没接李静的话茬,只对白曼道:"我准备软毛牙刷了,就在那个洗漱包里。"

"你⋯⋯"李静瞪着许梦安。

"人家白曼是专业的,我听她的。"

白曼见许梦安都这么说了,忙搀了她进洗手间。

"心心在月子中心的时候,那边也是这一套嘛,可以刷牙、洗头,可是她呢,不是照样害了心病⋯⋯"李静小声嘟囔,这样的话,她倒是还不敢大声讲的,"我们那一辈,坐月子都是按着老规矩来的,怎么到了你们这,就成陋习了呢?"

洗手间里,许梦安已经刷完了牙。她对白曼轻声道:"我姐也是为我好,你别介意。"

"这种事啊,干我们这行的,遇到的多啦。不理解没关系的,我把你照顾好了,她就能理解了。既然是陋习,就没那么容易改。但是吧,现在去月子中心或者请月嫂的人越来越多了,就说明社会还是在发展的,大家的观念还是在变的。要科学育儿,也要科学度过产乳期,对吧?"

许梦安满意地点着头。白曼的性格倒是很好的,说话也是轻声细语,许梦安当即对她另眼相看起来。接着,白曼又给许梦安洗了脸,擦拭了身体。白曼的态度很专业,所以,许梦安也并未觉得有什么尴尬的地方。洗漱完毕,许梦安整个人都精神了不少,暂且把搁置在心头的那些事都放下了。

话说李云阶一到教室,何璐就迎了上来。李云阶自从参加了何璐的"反二胎联盟第一次代表大会"后,差不多就跟何璐撕破了脸,两人就没说过话了。朱可馨从中调和了几次,但李云阶跟何璐都很倔,一副绝不向对方轻易低头的样子。

"喂⋯⋯"何璐搭腔了,"听说你妈生了?"

李云阶把书包往桌肚子里一塞,掏出一本书来,挡在自己面前。何璐伸手,把李云阶的书给抽了去。

"你干什么呢!"李云阶有些生气。

"你妈给你生了个弟弟,对吧?"

"你怎么知道？"

"景华苑的人都知道了，业主群里你爸还给我爸他们发红包了呢。"

发红包？老爸居然高兴到到处发红包？

"哦。"

"哦？你可真能忍！"

"别烦我啦，上课了。"

"晚上我们联盟有个活动，你要是愿意来，放学了跟我一起去。你小心眼，但是我何璐呢，我不计前嫌。"

"上课了啦！"

"我等你。"何璐说完，笑着走开了。

今天的几堂课，李云阶明显心不在焉。迷迷糊糊中，她还被老师抽中回答问题，要不是同桌朱可馨暗中支援，都不知道会出什么洋相。自从李云阶跟何璐闹翻，何璐申请调换座位，于是，朱可馨又成了李云阶的同桌。

何璐在学校里本来就是风云人物，谁都不敢惹她。自从她成了"反二胎联盟"的盟主，更是一呼百应，各个年级都有她的拥趸。听说他们联盟还制订了一整套的反二胎方案，还有个十六字方针，什么"不哭不闹、冷静沉着、调动周边、积极应对"之类。别说，还真有成功案例。初一的一个学妹，在联盟的指导和帮助下，运用各种策略，最终让父母放弃了要二胎的念头。自此，何璐的名头就更响了，每每课间，她总是跟一群联盟成员聚在一起。

放学时，老爸来接李云阶了。他站在校门口，正低头看手机，掩不住满脸笑意。

李云阶也滑开了自己的手机，打开微信朋友圈。果然，极少发朋友圈的老爸，破天荒地发了一条，文绉绉一大堆，总结起来就一句话——我有儿子了。底下不少人评论点赞，尤其是外公的评论，很是激动，那股子洋溢热情都快破出屏幕了。

"云阶！"老爸总算是抬头看到李云阶了。

李云阶面无表情，从老爸跟前走过。老爸追了上来："你等等我……"

许梦安还要在医院住两天，陆陆续续地，有不少朋友、同事来看她。于海来了,连于海的前妻婉真都来了。来就来吧,这两人还是前后脚来的。冤家见了面,少不了相互揶揄。许梦安只觉头疼,赶紧叫白曼打发他们走了。

其实,于海和婉真争执的点还在孩子。他们离婚后,两个女儿的抚养权是归婉真的,协议上说好,于海可以定期探视。可是,于海每次见到女儿们,总觉得她们对他有些敌视。他各种讨好,她们则是各种嫌弃。他认为这是婉真在背后捣鬼,自然是要质问的。

婉真如今已是业绩爆表的房产销售经理,口才十分了得。有理有据、咄咄逼人,三言两语便弄得于海很是没有面子。当着许梦安的面,于海也不好失态——毕竟,现在他可是她的老板——只得趁势离开。结果,于海和婉真又在医院停车场里撞见了。婉真开的是辆簇新的白色奥迪Q5,微笑着倚着车门,饶有兴味地看着于海。一身红裙的她,长发勾勾卷卷,画了很细致的妆,跟她的车倒是很般配。及至此刻,于海才不得不承认,婉真确确实实不再是以前的婉真了。

"可以啊,这才多久,就变女强人了。"于海笑了笑。

"多亏了你。我们新开发的别墅群,你的朋友,王总、赵总、刘总,一人买了一套。怎么样,于总,你要不要也来一套?我这边有优惠,保证给你最低价。"

"我就算是要买,也不会找你。"

"于总什么时候变得这么小家子气了?"

"婉真,到底是谁小家子气?"于海一时怒火中烧,"刚才当着梦安的面,我都没脸说……前几天我带着两个孩子跟一帮朋友吃饭,她们俩可是当众怼我,一大一小,一唱一和,跟说相声似的!我也是要脸的……"

"她们怼你什么了?"

"说我不称职,不是个好爸爸……"

"那你是个好爸爸吗?"

"我……"

婉真仍带着笑:"不是好爸爸,这不算丢人;可你不是,还不肯承认;不肯改变,这才丢人。"说毕,她自顾自上了车,车子绝尘而去,留下了气鼓鼓的于海。

2

李云阶走得飞快,李临紧赶慢赶,才得以跟女儿并肩。

"今天别去外婆家了,跟我回家。"李临道。

女儿跟没听到似的,傲娇地昂着小脑袋。

"云阶,你能不能听我说几句……"

女儿终于停下了脚步,盯着李临:"我原来以为你们并不重男轻女,你们跟何璐奶奶他们不一样。现在看来,其实你们都一样!"

"我们没有……"

"骗谁呢! 我不是傻子! 你到处跟人说你有了儿子,恨不得全世界的人都知道。好啊,既然你们那么喜欢儿子,还要我这个女儿做什么? 你们欢天喜地,考虑过我的感受吗?"

"对不起,云阶……"

"对不起没有用。我算是明白了,你们以前对我的好,全都是假的!"

"你怎么能这么说呢? 爸爸高兴,不是因为小葡萄是男孩……你出生的时候,爸爸一样很高兴,不信你可以问姑姑、问妈妈……"

"姑姑? 妈妈? 她们比你还高兴呢。还有外公、外婆……还有爷爷……所有的人都在高兴,只有我,我不高兴,我一点都不高兴!"

"云阶,你别这样,爸爸理解你的心情,可是,我向你保证,大家还是会跟以前一样爱你。你现在当姐姐了,这是一件值得开心的事……"

"没有这样的道理! 你们开心你们的,我也有权利不开心,不是吗? 难道你们还要逼着我去接受小葡萄吗? 难道你们还要逼着我开心吗? 我不,我就不!"

"爸爸不是这个意思……"

"我不想跟你说话,别跟着我了。"

"你要去哪儿?"

李云阶指着车流:"你要是再跟着我,我就冲进去,我就一头撞死!"

"李云阶,你太任性了!"

"你不信吗？好，你不信的话，我就撞给你看！"

李临红着眼，拉住了女儿："好好好，爸爸不跟着你了。可是，你总得告诉爸爸，你要去哪儿吧？你是去外婆家，对吧？爸爸同意了。"

"我不回家，我也不会去外婆家。至于我去哪儿，用不着你操心！"

李云阶用力甩开了老爸的手，伸手拦下一辆出租车。

"云阶！"李临大喊着，准备跟上去。

"别再跟着我！"李云阶狠狠瞪着李临。

"好……"

李云阶上了车，掏出手机，拨通了一个电话："何璐，你在哪儿？"

李临刚拦下另一辆出租车要去追女儿，就接到了李静的电话。李静在电话里大吼大叫，说是跟许梦安的月嫂吵起来了，许梦安居然拉偏架，护着那个月嫂。接着，李静又来老一套，嚷嚷着要回老家。要换作以前，姐姐要回家，李临绝对不会拦着，可是，眼下妻子要坐月子，女儿要中考，家里也确实需要姐姐帮忙，李临实在硬气不起来。他这边实验室刚建起来，千头万绪，况且还有教学任务，年内还要评职称，林林总总，工作上的事已经让他很是烦心，家里可千万不能出什么乱子了。有姐姐在这，他心里总是安稳许多的。

李临在电话里安抚完姐姐，让她在医院等他，接着赶紧给何璐爸爸打电话，一问，李云阶果然联系了何璐，要往她家里去。李临这才松了口气，赶紧前往医院，想着先把姐姐和月嫂之间的冲突给解决了。

李静和月嫂白曼之间起争执，是因为白曼给出的那份月子餐食谱。李静认为这份食谱完全不能满足产妇的营养需求，白曼逐一解释，说得头头是道，李静一时语塞，这才恼羞成怒。等李临赶到的时候，李静仍拉着白曼在病房门口争论。

"现在她的乳腺还没有完全疏通，吃得过于营养反而会造成堵塞。等过几天乳腺通了，才可以吃催奶的食物。"白曼很坚持。

"我李家是中医世家，我懂的会比你少吗？"

"我服务过很多产妇，月子餐的食谱基本都是这样……"

"你看，问题出来了吧？要因人而异，不是每个产妇都适合这么吃的。梦安是高龄产妇,这高龄产妇身体本来就虚,所以需要补。"

"可是……"

李临实在不想再听下去了,忙走近她们,一面让白曼进去照顾许梦安母子,一面将李静拉到一边。

"你来得正好。我问你,这月嫂是我们花钱请的吧?怎么花了钱,我还得受她的气呢?这是个什么道理?"李静怒对李临。

"我的姐,人家是专业的,你就不能撒开手让她来照顾梦安和小葡萄吗?"

"梦安生云阶的时候就是我照顾的,当时云阶外婆也在,连她都没有对我指手画脚,反而是我说什么她就做什么……"

"我记得你们俩也没少掐……"

"说什么呢!"

"这一回既然请了月嫂,就得信任人家,人家让做什么,你配合着点就行。何况你的身体也不太好,别把自己给累着了。"

"我懒得跟你论,待会儿我跟梦安聊。"

"别……算我求你了,别让她再操心这些事了。从怀孕到现在生下这个孩子,前前后后发生多少事,这好不容易生下来了,我们就让她安生几天吧。"

"不是,你这话什么意思?"

"姐,我很感激你。真的,特别特别感激。这段时间,你也没少跟着提心吊胆,你也知道梦安有多难。你为梦安做的,为我这个小家做的,我全都记在心里。我是希望,既然咱们请了月嫂,你也能趁机轻松几天。"

李静的眉头这才略舒展开来,顿了顿,对李临道:"对了,还有个事,我得先给你打个预防针。"

"怎么啦?"

李静压低声音:"你老丈人、丈母娘没跟你说什么吧?"

"说什么呀?姐,你能不能一次把话说完。"

"行,那我就直说了,也没什么不能直说的。其实就是一句话,孩子得姓李。"

"离上户口还早……"

"梦安也是这么说的。我算是听出来了,你们这是合起伙来糊弄我呢。"

"姐啊,你就别添乱了,你看,爸都没说什么呢,你倒是……"

"咱家老爷子是什么性格,你不知道吗? 他根本就不管这些事。"

"那不就行了? 他都不管,你也别管了……"

"我能不管吗?"

"华华不是姓李吗? 这就够了。"

"那能一样?"

"怎么不一样?"

"华华也不是学医的,姓李不姓李的,反正就是这么一回事。但是葡萄还小,还可以培养……"

"这样,你先回家休息……"

"急着撵我走?"

"不是不是,哎哟……"李临撞墙的心都有了,"姐,我跟你说个事,你可千万别告诉梦安。就刚才,云阶跟我大吵大闹,说我们偏心,说我们重男轻女。这会儿,她正赌气,在人何璐家里。她这个事,我还不知道怎么解决呢! 你先别添乱了,我现在是一个头两个大,哪哪都是事,可哪件事我都解决不了。总不能让梦安去解决吧? 她刚生完孩子……"

"云阶这样,还不都是被你给惯的!"

"是,都是我给惯的,你们没惯。"李临渐渐失去了耐心,脸色有些不好看起来。

"好啦,我去何璐家一趟,你在这陪着你的老婆儿子,这总可以了吧?"

李临忙作揖,如释重负。

李静探头往病房方向看了看,再道:"这个白曼,你得盯着点。"

"我知道了。对了,你见了云阶,可别说重话。"

"怎么着,我现在连怎么说话都要你来教啦?"

李临本想再嘱咐几句,姐姐都这么说了,他也只得作罢。

病房里,许梦安也在生闷气。她第一次坐月子时,许母碍着面子,没把对李静的不满表现出来。这一次,是请了月嫂的,怎么还是弄得那么不愉快呢?

因为李静? 好像是,好像又不全是。这位大姑子,劳心劳力、掏心掏肺,许梦安怎么忍心数落她？但人家月嫂是专业的,说的话有道理,做事也小心,许梦安更不可能听大姑子的话把月嫂给轰走……

"哟,小葡萄醒了。"白曼笑道。

李临刚好走进门来,忙俯身抱过了躺在婴儿床上的儿子。

"像你。"李临对许梦安说着。

许梦安快快地道:"这么点大,哪儿看得出来像谁啊。"

"姐就这样,你别生她的气嘛。"李临当然知道妻子闷闷不乐的原因。

"云阶呢?这会儿早该放学了吧。"

"哦……回家了,我让姐回家给云阶做饭去了。云阶好着呢,说是这两天作业多,就不过来看你了。反正你也快出院了嘛。"

"不错,你现在也知道哄我骗我了。"

"梦安……"

"她是我女儿,她怎么想的,我能不知道?"许梦安说着,叹了口气。

李静到了何璐家,少不了被何璐妈妈拉着说话,东拉西扯,话题总是围绕着许梦安和她的儿子。其实,来的路上,李静想过,到了何家,尽量避免聊这些,怕李云阶听到会多想。可是何璐妈妈各种恭喜,李静是想绕也绕不开。

果然,李云阶跟何璐正贴着门,偷听客厅里大人之间的谈话。

何璐摊手:"怎么样,你都听见了吧?"

"不用听,这回,我全都感觉到了。"李云阶道。

"残酷的现实就摆在你的面前,接下来该怎么办,你自己好好想想呗。"

"我不知道。我只是觉得很委屈,很难过。原来,我的父母家人一直都在骗我,我也从来就不是他们的小公主。不对……他们要的不是公主,而是王子……"

姑姑在敲门了:"云阶,你在里面吧?我来接你回家了。"

何璐低声问李云阶:"你要跟她回去吗?"

李云阶笑了笑:"不然呢?我还能去哪儿?原来以为外婆家是我的避风港,现在看来,外公和外婆也未必是真的疼爱我。我倒是很羡慕你,你快出国了,可以暂时离开你的父母和弟弟……"

"我……"

"我走了。"李云阶说着,打开了房门。

出了电梯之后,李云阶一直走在李静前面。春末夏初,夜里有些微凉。小侄女穿着校服裙,没穿袜子,一双光腿露在外边。自从弟媳妇快临盆,家里所有人几乎都围着她转。人的精力都是有限的,大家难免就对小侄女有些疏忽起来。

"云阶……"李静紧赶慢赶地追了上去,"这种天气,你怎么就穿裙子啦?连双袜子都不穿,小心着凉。就快考试了,要是感冒了,会影响学习的。"

"除了考试,是不是就没别的可说了?"

"对不起,姑姑刚才说话直了点。姑姑其实是在关心你。"

"不用了,你还是去关心你的宝贝侄子吧。毕竟,他才是整个李家的希望。至于我,用何璐奶奶的话来说,女孩子早晚都是要嫁人的。能不能考上好的高中,能不能考上重点大学,这些事情,现在都不重要了……"

"你怎么可以这么说!"

"那我应该怎么说呢?姑姑,我就是觉得很奇怪,你自己是女的,我妈也是女的,外婆、小姨,当然,还有何璐的奶奶和妈妈,你们都是女的,你们居然也会重男轻女!"

"我们没有重男轻女……"

"知道小葡萄是男孩之后,你们都快乐疯了。"

"我们高兴,是因为小葡萄顺利出生了。"

"别骗我了,我不是三五岁的小孩子,我都已经 16 岁了!要是在旧社会,这个年纪的我,已经被你们卖给谁家当媳妇了吧?"

"你……你说这种话有点过分了啊!我们怎么对不起你了?尤其是你爸妈!你从小到大,他们都尽力给你最好的生活,你吃的、穿的、用的,哪样亏待你了?别的不说,就说你的钢琴课,好几百块钱一节!李云阶,你能不能懂事点!"

"别跟我提钢琴!"李云阶说完这话,把书包往肩膀上一甩,大踏步往前走了。

"你等等我!你去哪儿?"李静连忙追上去。

李云阶哪儿也没去,她只能回自己的家,一头钻进了属于她的房间。最起码,这个房间现在还是她的。它不像何璐的房间一样,是粉粉嫩嫩的公主风,但是,至少它还是温馨的。

李静敲了好几次门,说是给做了好吃的,可是,李云阶一点都不想看到姑姑,也一点都不想吃饭。去年这个时候,妈妈没有生二胎,爸爸也没有那么忙,做菜超级好吃的兰香表姑也还在。只要是妈妈不加班的晚上,大家总是围着餐桌谈笑风生。那时候,李云阶没觉着这有什么,对她来说,这只是某种日常。如今再看,怕是这种日常,往后都不会再有了……

李云阶打开 iPad,翻看着以前的照片。照片上,爸爸和妈妈都笑得很开心,当然,李云阶自己也是。iPad 里还存着一些视频,有好多是她在家里弹钢琴的。爸爸说,要拍下她练琴的视频,等以后她当了钢琴家,这些视频会变得非常珍贵。

钢琴家……她这辈子都不会成为钢琴家了。别说钢琴家,她连自己的家都快没有了。她沮丧地把 iPad 放在一边,抱紧双膝,泪水不自觉地就滑落下来。

因为许梦安还未出院,白曼给准备的月子餐是她从自己家里带来的。晚饭是红曲大米粥,还有两样清口的小菜。

"第一周主要是排恶露,所以不适宜食用太滋补的食物。我们的月子餐,看起来花样很多,其实就是围绕着'一排二调三补四养'来的。还有啊,低盐少油、荤素搭配是关键。"白曼耐心地向李临解释着,李临半懂不懂,但他能看出来,这个叫白曼的年轻月嫂绝对不像李静描述的那样。

许梦安喝了不少粥,胃里暖了,人也通畅不少。白曼这才抱了小葡萄过来,说是孩子的吮吸有助于疏通乳腺。本有些不安分的小葡萄,嘴巴一触碰到妈妈的乳头就安静了下来。他每吸一口,许梦安便觉着有些生疼。

"我已经约好催乳师了,她明天就会过来。"白曼道。

许梦安点点头:"要不今天晚上你先回吧,我先生在这就可以了。"

"还是我留下吧,这是我的工作。"

"我有点话想跟我先生说……"

"噢,"白曼笑,"也该让你们一家人好好享受下温馨时刻了。这样,我先出去转转,等会儿再回来。"

"我家里还有个大女儿,她没来,就算不得一家人。"许梦安的神情又黯淡了下来,白曼不知道该怎么接话,便只微笑着走出门去。

"云阶那边,你不用太担心,我等下回家会找她谈的。"李临柔声对许梦安道。

"这个问题不是一两天就能解决的。云阶已经习惯了家里只有她一个小孩,又是中考的关口,眼下最重要的是稳定她的情绪。我问过医生了,后天就可以出院。等我回家了,再慢慢和她沟通吧……"

"唉……"

"对了,我爸是不是跟你说了,他希望葡萄跟我姓?"

"说了……"

"你姐这边,也提了一嘴,说葡萄得姓李……"

"嗯……"

"你是怎么想的?"

"啊……"

"你是不是除了'唉嗯啊',就说不出一句整话来了?"

"我……"李临低头。

许梦安并不想因为孩子跟谁姓的事和丈夫吵架,可是,丈夫的态度让她很是恼火。其实,就算他和李静一样,表明自己的态度,说孩子必须姓李,许梦安也不会生气,她反而会心平气和,跟他说清楚她的立场和角度。孩子随父姓是延续了几千年的传统,按照习俗,一般情况下,这都是件没有异议的事。当然,也有像李静和欧阳这样的,因为欧阳是入赘的,他们的孩子理所应当就姓了李。

葡萄如果姓李,李静自然欢喜,不过许父那边落了空,难免会失落。可要是让葡萄姓许,且不说李静会抓狂,许梦安更担心的是李云阶和葡萄之间的姐弟关系。本来,女儿就对葡萄有些不待见,葡萄要是姓许,姐弟之间将来怕是会有隔阂。以后要是吵架,说不定就会冒出"你姓许,我姓李,我们不是一家人"的话来。再一个,许父他们定然会偏爱葡萄一些,因为,这个孩子姓许嘛。这种偏爱,对李云阶不公平,也不利于葡萄的成长。

在许梦安这,孩子跟谁姓她都没有意见,姓氏无非就是一个符号。但是,身为女儿、妻子和母亲,她想得更多的是家庭的和睦,希望能够找到一个两全的办法。但是丈夫呢,他非但不帮自己出主意,还只知道打哈哈……

从妻子意外怀孕到顺利产子，李临感觉自己的生活也发生了巨变。只是，这种改变落在他的身上，好像看不出来什么，他仍是那个"佛系中年"。他不是妻子，妻子的牺牲和付出是显而易见的，她甚至请了一个漫长的产假。他能想见，当她重回工作岗位后，将会面临的种种不适应。

一个 40 岁的职场女性，有勇气生二胎，无论怎么说，都是值得敬佩的。可是，又有谁会注意到她的丈夫呢？又有谁会关心他的情绪呢？如果不是要陪在妻子和孩子身边，此时，李临应该是在上海参加行业论坛。为了这个论坛，他做了很多准备工作，他也希望自己的研究能够被各方面关注……但话又说回来，当初鼓励妻子生下小葡萄的也正是他自己啊。眼下，妻子和大姐向他抛出了难题：他的儿子应该跟谁姓。就好像，这种事情，他真的能做得了主似的。在他看来，儿子姓什么都行，哪怕不姓李、不姓许，哪怕姓张、姓王、姓赵、姓钱。

"我的意思是，这件事，你定就行。"李临终于向妻子表态了。

不过，在许梦安看来，丈夫的这个态，约等于没有表。她微微张了张嘴，有无数的话想说，终究还是一个字都没能说出口。自从跟李临恋爱，到结婚，到生女，再到如今生子，大大小小的事，许梦安做过无数次主。但是这一次，她累了。她盼着李临能够站出来，能够把眼下棘手的几件事都给解决掉。可他……

见妻子脸上已有不悦，李临站起："既然月嫂在这，那我先回……"

"回去吧。"妻子不耐烦地摆着手。

李临刚出医院的大门，就接到了梅一朵的电话。她说他们从上海回来了，给他带了不少资料，正准备给他送来。

"明天吧……等明天上班。"李临道。

梅一朵在电话那头笑："我都快开到景华苑门口了，你出来取一下呗。"

"我还没回家呢，在医院。"

"是是是，我们都知道你又当爹了，恭喜恭喜。我不急呀，我在车里等你好了。对了，要不要我来医院接你？"

"不用了不用了，我这就往回赶。"

李临赶到景华苑门口，果然看到了梅一朵的车。她开了车门，拎着一袋资料朝他走来。

　　"老师和师母也来了，我本来想邀请他们过来玩的，但是师母身体不太好……不过，我跟他们说了，说我们俩下回专程去北京看他们。"梅一朵一边笑着说话，一边把资料袋塞到李临手里。她口中的老师是邱教授，他是李临和梅一朵的研究生导师，退休后便带着老伴去北京了，如今跟他的儿子生活在一起。

　　"老师给我打过电话，只可惜，我这次没法抽身。老师表示理解。"李临笑道。

　　"我们聊了很多以前的事。师母还感叹呢，说她一直以为咱俩能结婚。"

　　李临只得干笑。梅一朵又道："我跟师母讲，我和李临呀，没有缘也没有分。师母说，她只记得咱俩那时每次去他们家吃饭，我总往你碗里夹肉。我只得回师母，说你不懂得欣赏我。师母说你是个愣头青。"

　　"这都是什么时候的事了，老提这些做什么。"

　　"提不提的，这些事都在。你能忘，我不能。"

　　"时候不早了，我该回家了，谢谢你给我送资料。"

　　"别啊，"梅一朵拉住了李临的胳膊，"我这还有别的东西给你呢。"

　　"嗯？"

　　"本来想去医院看看许梦安的，但她这么不待见我，我也不想自讨没趣了。所以，我给你儿子买了个礼物，你转交一下。"

　　"不用……别那么客气。还有，梦安怎么会不待见你呢？没有的事。"

　　"收着。"梅一朵从包里掏出个首饰盒。

　　"这是……"

　　"一个小金锁，不值多少钱。"

　　"太贵重了吧？"

　　"我说了，不值多少钱，你收着就是了。"

　　"不，不行，我们不能收。"李临说着，便把首饰盒往梅一朵手里塞，梅一朵自然是不肯要的，来来回回地，两个人的手差点抓到了一块，首饰盒也掉到了地上。

　　"这么多年同学，不知怎么，你跟我是越来越生分了……"梅一朵蹲到地上，轻轻捡起首饰盒，等她站起来时，眼里已经有了泪光。

　　"一朵，我没有……就是，这个金锁实在太贵重了，要是别的，我肯定就收了。"李临很局促，很不安，一双手都不知道该往哪放了。

"这是我的心意。看到你现在生活得这么好，夫妻和睦，有儿有女，我真心替你高兴。是，我有时候嘴上没把门，说话太直率。但你也知道，我那都是玩笑话。我是个什么样的人，你还不知道呀？李临，我就希望你能好好的。你好了，我心里也就踏实了。"梅一朵说毕，一手抓住李临的手掌，再次将首饰盒放在了他的掌心。

"那……那我就代孩子谢谢你了。"李临要是再不收，场面就更难应付了。

"这就对了。"梅一朵终于恢复了笑脸。

"姐夫……你在这干什么……"是许梦心的声音。李临忙回头，见许梦心牵着熊熊，母女俩正目不转睛地盯着他和梅一朵那两只还没来得及松开的手。

还是熊熊的面子大，听说他来了，李云阶才愿意开房门。李静又嘱咐熊熊拿了吃的进去，熊熊便陪着表姐吃起了各种美味。姐弟俩席地而坐，摊在他们面前的有炸鸡、可乐、比萨、薯片、水果等等，眼花缭乱的。

"干吗不吃呀？不吃才是傻子。"熊熊劝表姐，"有什么大不了的，你得学学我，看开点……"

"噗……"李云阶觉得表弟这副小大人的样子有些好笑。

"你姑姑打电话给我妈，说你不吃不喝，她们俩都急坏了。"

"真的假的？"

"当然是真的。所以姜还是老的辣，你比我聪明多了。你不哭不闹，直接就来一招'不吃不喝'，把他们先给镇住。"

"什么呀……外面都还有谁？我爸也回来了？"

"回来了。我妈正教育他呢。"

"什么情况？"

"刚才我们来的时候，在小区门口看到你爸了，他正拉着一个阿姨的手。"

"啊！"

"别嚷嚷。我妈不让我跟你讲这些的，说不许告诉你，也不许告诉你妈。"

"哪个阿姨？是不是穿得很鲜艳，还穿着超级高的高跟鞋，涂着大红嘴唇的那个？"

熊熊点点头。

书房里，许梦心坐在大班椅上，李临站在一边。

"姐夫……"许梦心很是痛心疾首，"你不应该啊。"

"心心，这件事情不是你想的那样。"

"之前我姐跟我提过一嘴，说她怀疑你有问题，我听了还笑话她，说她胡思乱想。"

"真的不是你想的那样！"李临很无辜，"她就是我同事，来给我送资料的，喏，资料就在这。还有这个小金锁，是她送给葡萄的。我不肯收，推来推去的，这才造成了误会。"

"你看着我的眼睛！"

"哎哟，心心，你真是够了。"

"你敢不敢看着我的眼睛说你没有骗我？"

李临只得直视许梦心："这样总行了吧？"

许梦心点点头，表示满意："那我就相信你一回。这件事，我可以暂且先不告诉大姐。只是暂且！要是你还不老实，到时候可别怪我。"

"没影的事嘛。"

"那个女人我知道，叫梅一朵。当年要不是我姐，没准你就跟梅一朵结婚了。我听我姐说过好几回的，说梅一朵追你追得紧。不是好些年都没消息了吗，她这是从哪儿冒出来的？"

李临只得如实相告。

许梦心听得直皱眉："听起来，人家就是冲着你回来的，你可得小心着点。"

"这个话题到此为止啊，本来什么事都没有，被你这么一说，好像我怎么着了似的。"

"真的什么事都没有？"

李临这次学乖了，主动看向许梦心的眼睛："没有！"

"这还差不多……"许梦心笑了，"姐夫，我帮了你，你也得帮帮我……"

"什么就你帮我了，我什么都没干，你要是想告诉梦安就告诉好了，我……我又不怕。"

"你看,你这么说可就没意思了。再说,我让你帮的都是小忙,举手之劳。"

"怎么了?"

"我现在兼职做代购了,这事你听说了吧?"

"没有……"

"行,那你现在总知道了吧?"

"你原来那份工作不是干得挺好的吗?"

"导购继续做,代购是兼职呀。我在发展客源呢,想请你把我的微信号推给你那些同事、朋友什么的。你说,这算不算是举手之劳?"

"除了工作往来,我很少发微信的……"

"明白了,你这是拒绝我了。"

"不是……"

"那你到底是帮还是不帮?"

"我帮还不行吗?服了你了。"

"姐夫,生活不容易啊。你看,你跟我姐,衣食无忧,不像我们,还要整天为钱操心。你们这样,你就更应该珍惜当下,把日子过好,不要有别的心思……"

李临摇头:"你又来了……"

"给你打打预防针嘛。"

李云阶房间里,姐弟俩还在边吃边聊。

"我爸跟梅阿姨拉着手?"李云阶难以置信地看着熊熊,手里的薯片捏成了碎片。熊熊点点头:"你可别说是我跟你讲的。"

"我爸怎么这样!"

"反正大人的事,我们也管不着嘛。"

"那要是你爸也这样呢?"

"不用我,我妈第一个上去挠破他的脸。"

"对噢……这件事,可千万不能被我妈知道,不然她得有多生气啊。"

"刚才还说恨你妈,恨她给你生了个弟弟呢……"

"这是两码事。于海叔叔跟婉真阿姨就是因为这种事离婚的。他们的女儿，婉婉和真真现在跟着婉真阿姨生活。婉婉老是在 QQ 上跟我吐槽，说她爸爸就是个人渣……我可不希望我爸妈也离婚，我爸也变成人渣。熊熊，我不能跟你去外婆家了……"

"为什么啊?"刚才姐弟俩商定，李云阶先跟着熊熊回外婆家，借此表明她拒不接受小葡萄的立场。

"我得看着我爸，防止他变成人渣。"

"怎么看啊?"

"这个我就不知道了，反正，我暂时是不能离开这里了。"

"也好。不过，如果你要继续在家待着，那你得做好准备。"

"什么准备?"

"哄孩子啊。比如像我，小西瓜哭了，我就得哄她。当然喽，我比你小，所以他们没让我学换尿布。但你不同，你是大姐姐嘛，换尿布、泡奶粉这些，你是一定要学的，跑不掉的。"

"我?"李云阶指指自己，"让我给那个臭小子换尿布? 想什么呢!"

"可臭了，真的……他们每次给小西瓜换尿布，我都躲得远远的。"

"咦……快别说了。"李云阶不自觉地捏住了自己的鼻子。

"特别是小西瓜哭鼻子的时候，我的妈呀，哭得我耳朵都快聋了。"

"小婴儿都这样?"

"都这样吧，我爸说，我小时候也这样。姐，你小时候也爱哭吗?"

李云阶没搭腔，继续捏着她的薯片。熊熊自说自话:"真想回到小时候呀。"

"瞎说什么呢，你现在才多大……"

"自从当了哥哥，我就没有小时候了。"熊熊拿过李云阶手里的薯片，自顾自捏了起来。

李临和许梦心走出书房，李静急忙迎了上去。

"你们俩什么情况，神神秘秘的，有什么不能在这说的!"李静直言。

其实，李静最担心的就是许家派许梦心当说客，好让小葡萄姓许。要不是李云阶不吃不喝,李静才不会让许梦心过来。

"你问我姐夫吧。"许梦心摊手。

李静看向李临,李临便笑:"还不就是云阶的事,我们正聊呢。心心的意思是先把云阶带过去住一阵。"

这时,李云阶的房门开了,她走了出来:"我哪儿都不去!"说完这话,她转身又把房门给关上了,留下几个大人面面相觑。

"随她吧,"许梦心摇着头,冲着外甥女的房门喊:"熊熊,我们该回去了。"

不一会儿,熊熊探头探脑地出来了,嘴里还叼着块比萨。

"你倒吃上了,你姐姐呢,她吃了吗?"许梦心问儿子。

"吃了。吃得比我还多呢。"

"行,那咱们娘俩的任务算是完成了。我们先走了。"

"别啊,"李静将许梦心拉到一边,"姐求你个事。"

"怎么啦?"

"心心,你看啊,"李静压低声音,"你能不能跟你爸说说,葡萄的名字……"

"取名是吧?放心吧,我爸都取好了,不是全拿给姐夫了吗?你们再选选呗。"

"不是,我……"

"时候不早啦,要是云阶明天还不吃饭,我再带着熊熊来。"

第二十三章
姜果然是老的辣

1

许梦心当然知道李静想说什么,但是,这种事她真心不愿掺和。等她带着熊熊回到了许家小院,刚进门没多久,老贾也回来了。

自从老贾开始上班,是三天两头都有饭局,经常喝得烂醉。许母颇有些微词,都被许梦心给挡了回去。许梦心觉得丈夫这回总算能够放下那个空无一用的架子,踏踏实实去上班了,她就应该无条件支持。

见老贾跟跟跄跄,许梦心一面扶着他进房,一面招呼兰香做醒酒汤。一进房,老贾就瘫倒在床上,呜呜咽咽地哭了起来。

"你这是怎么了?哭什么啊……"许梦心只得小声安抚。

"我委屈!我太委屈了!"

今天晚上的饭局,老贾确实受了不少委屈。要说工作上,苦点、累点,老贾咬咬牙都能扛。让他最受不了的还是王总那副颐指气使的样子。是,王总给了老贾不错的薪资待遇,直接让他当了销售部门的总监。但这并不意味着,姓王的就可以羞辱他老贾了吧?

晚上的局,老贾一开始以为是跟公司业务有关,一进包厢,才发现全都是他以前的老熟人。一个个的,刚开始还客客气气,一口一个"贾总"那么叫着,直到姓王的叫老贾给大家端茶续水、递烟倒酒。好,老贾忍了,横竖就是一顿饭,吃完也就散了,没关系,再忍忍。不料姓王的变本加厉,喝了点酒,便借着老贾工作上的一个小失误,大放厥词,各种斥责,搞得众人瞠目结舌。到最后,别说老贾,一起吃饭的那些老熟人都看不下去了。要不是他们拦着,老贾都快上手了。

"没事,心心,我明天跟王总道个歉,班还是得上……"老贾坐起来,擦擦眼泪,"我又尿了,你又该看不起我了。"

"不上了。"

"嗯?"

"我说,你这个班,不上了。明天,你大大方方去辞职,炒了他的鱿鱼。"

"不是,心心,这个班我不能不上……"

"我看出来了,那个王总请你去当什么销售总监,就是为了欺负你。小人得志!还不就是以前他在你手底下干活,如今他翻身你落难,他想摆摆威风吗?在这种人的公司里上班,你以后也不会有什么发展的,不如早点辞职。他要摆威风是吧,想得美,咱们不给他这个机会!"

"可是……"

"你听我的。有的气可以受,有的不能。我们不能被人当猴耍,明白吗?"

老贾又是点头又是摇头,一时不知该用什么言语来表达他此刻的心情。

许梦心拉过老贾的手:"我现在上着班,才知道赚钱有多难,才知道出去社会上跟人打交道有多不容易。老贾,我当个柜姐都这么辛苦,何况你以前要管着那些人,要做那么大的生意……有时候我总想,要是还能回去就好了,回到咱俩刚认识的时候。倒不是说我多向往以前那种要什么就有什么的日子,我是说,要还能回去,我一定会珍惜你赚的每一分钱。"

"心心,你这么说,我就更无地自容了……"

"人都有时运不济的时候,没什么大不了的。对了,"许梦心的眼泪也快掉出来了,却只吸了吸鼻子,继续道,"跟你说个好事。我前段时间不是跟你提过吗,想做代购。你虽然不同意,但我还是悄悄地做起来了。我找了个上家,人家生意做得大啊,三天两头往国外跑。我说了我的情况,对方说,如果我的月销售额能达到她的要求,她愿意带带我,给我供货。她那边什么奶粉、尿布、化妆品都有,货源很多的，我另外注册了个微信号，把我现在的客户、以前的熟人全都加了一遍，你猜怎么着？"

"怎么着？"

"卖了不少货呢。"

"我对你是彻彻底底服气了。"

"这才哪儿到哪儿啊，我都想好啦，等上了轨道，我就不当柜姐了，当全职代购，自己去拿货，不让上家在中间赚差价。"

"行，不管你做什么，我都支持你。"

"你赶紧去洗澡吧，洗完早点睡。我也困了，你看我，上下眼皮都在打架了。明天我们大学同学会，我得早点休息，美美地去参加。"

"同学会啊……"老贾听了，心下有点担忧。

以前许梦心去参加同学会，哪次不是一身贵气，可如今，家里连一辆像样的车都没有。

"本来我不想去的……"

"那就别去了。"

"不行，那些同学都是我的潜在客户，我不能不去。"许梦心一脸期待，"我可不能错过商机，明白了吧？"

"那我明天真的去辞职啊？"

"当然是真的。人穷志不短！你直接就跟王总说，说老子不伺候了！"

老贾伸手将妻子揽进怀里："我上辈子一定修了不少桥，铺了不少路，这辈子才能娶你当老婆。"

"知道就好。"许梦心摸摸老贾的脸，"相信我，我们能熬过去的……"

许梦安终于带着小葡萄出院了。出院这天刚好是周末，李云阶也在家。

尽管她一直把自己关在房间里，可是房间外面的情况她听得一清二楚。家里不但多了"串"葡萄，还多了个月嫂。不多会儿，外公、外婆、小姨一家全到齐了，连爷爷都来了。要不是熊熊拉着李云阶，非要拽她出来，她可能要在房间里待一辈子了。见她出现，小姨便自作主张，抱过小葡萄，说是弟弟要姐姐抱抱。

这么多双眼睛看着,不抱抱葡萄,倒显得李云阶没风度了。她象征性地接过弟弟,这个刚出生的小婴孩就像一团软肉,轻飘飘的,没什么分量。

"多好呀,云阶有弟弟了!"小姨夫这就要给李云阶和小葡萄拍合影。好在小葡萄很快就不情愿起来,张嘴哇哇大哭,李云阶忙把他递给了月嫂。

准备出院前,许梦安组织了一次很严肃的家庭会议。参加会议的除了李临,还有许父、许母、许梦心和李静,连兰香都到场了。大人之间都商量好了,从今往后,在李云阶面前必须"三不说"。这个"三不说"分别是:重男轻女的言论不说,"大的要让着小的"之类的话不说,"姐姐要照顾弟弟"之类的话也不说。总之,在这个家里,谁也不能给李云阶压力。要让她意识到,弟弟并没有分走大家对她的宠爱;更要让她意识到,弟弟不是负担,弟弟是她的小伙伴。

当然,众人的观点并不一致。许家二老和李静认为许梦安两口子小题大做,他们觉得姐弟之间的感情是天然就有的,李云阶现在不适应,给她一段时间,她就能习惯。李静还提出,"大的要让着小的"和"姐姐要照顾弟弟"等言论不但要说,还要经常说,这是理念的灌输嘛。

老贾的角度不一样,他赞同许梦安的想法,可他也有自己的补充意见和担忧。那就是,如果真的严格按照"三不说"来,最终会不会让李云阶变得没有责任感。

许梦心无所谓,她觉得这个会开得有些多余,她甚至无法理解李云阶哪来的那么多情绪。会开到一半,许梦心还差点跟许梦安吵起来,姐妹俩又勾出了些往日的不愉快……

无论如何,在许梦安的竭力坚持下,众人算是勉强达成了一致。

许梦安出院的头一天晚上,李临背负着使命,跟女儿长谈了一次。

其实,那根本也不叫什么谈话,基本都是他在说话,女儿根本没搭腔,看起来对他很有意见。当妻子问及谈话效果时,李临便只能蒙混过关,说都聊好了,没问题,女儿的思想工作差不多已经做通。

其实,李临根本不知道,女儿对他有意见不仅仅是因为他们给她生了个弟弟,其中还有他在小区门口跟梅一朵拉拉扯扯的因素。李云阶说什么都无法接受父亲是这样的一个人,在她心里,她已经给他贴上了"不良"的标签。

是啊,这个家变了。父亲的形象瞬间不再那么高大,母亲的宠爱被弟弟剥夺。

李云阶倒希望自己一直是个灰姑娘,希望自己从来就不曾享受过公主的待遇,那样,从一开始,她或许就能习惯。

这边许梦安提出了"三不说",另外一边,何璐则给李云阶支了一招"三不做"。所谓的"三不做",便是赌气任性的事不做,照顾弟弟的事不做(包括但不限于换尿布),认怂示弱的事不做。第二点比较好理解,但是第一点和第三点李云阶就有点蒙了。何璐解释,这种时候,如果李云阶过于任性,反而会遭到父母的嫌弃,何璐自己就是个很好的例子。至于第三点嘛,就是不能服软,别让家里人觉得李云阶好应付……要真的学不会,掌握一个原则就可以,那就是"摆臭脸"。

"摆臭脸你总会吧?"何璐有些恨铁不成钢。

李云阶点点头:"这个倒是会……"

小葡萄回家的第一天,晚餐也显得分外丰盛。不过,葡萄还小,什么都不能吃,估计这会儿正躺在老妈怀里吃奶。餐桌上摆着的几乎全是李云阶喜欢吃的菜,连可乐都是两升半装的大瓶。大家不停地给李云阶夹菜,很快,她的碗里就堆满了鱼和肉。

爷爷送了李云阶一台全新的笔记本电脑,外公也不逊色,当着众人的面表态,说等中考结束后,要给李云阶买一部新手机。外婆、老爸、姑姑、小姨、表姑、小姨夫……所有人都堆着笑,连小姨怀里的小西瓜都在冲李云阶笑!

唉……真是够了!李云阶正尴尬,不知谁起了个话题,说起给小葡萄取名的事来。这下好了,一桌子人乱纷纷的,你一言我一语,就跟开辩论会似的。趁着乱,李云阶赶紧溜出了家门。刚出了单元门,就看到了刘思明。

"你怎么在这?"李云阶诧异。

刘思明挠头:"也没别的事,就是路过你们这,进来转转……想着你要是有空,就请你看个电影。"

"这都什么时候了,谁有工夫看电影……"

刘思明拍拍自行车后座:"走吧,我知道你心情不好。"

李云阶犹豫着。

"我又不会把你给卖了,赶紧上车!"

两人到了附近的电影院，随便买了两张票，嚼着爆米花等开场。

"别皱着眉头了，多大点事。我想有个弟弟还没有呢。"刘思明道。

"反正，我家现在一团乱，跟你说了你也不懂……"李云阶看着刘思明，"你看过宫斗剧吗？"

"看过啊。"

"此刻，我的心情就像是一个被打入冷宫的娘娘。而且，家里所有人都还装作我没被打入冷宫，对我分外热情，这种感觉，比直接打入冷宫更可怕。我这么说，你能明白吗？"

"我要是说我不明白，你会骂我吗？"

"那倒不至于，毕竟，你爸妈没给你生弟弟喽。"

"你不会被打入冷宫的，永远都不会。你爸妈怎么想的我不知道，总之，在我这里，永远都不会。"

"你在说什么啊。"

"我……你就当我什么都没说吧。电影开场了，我们进去吧。"

小葡萄到底应该跟谁姓？这个问题终于还是摆上了桌面。

许父的口齿虽然比刚生病时好多了，但是也伶俐不到哪里去，好在许母挺身而出，临时变身为许家的发言人。李家这边，李静本想着李老爷子来了，有人撑腰了。没想到，李老爷子一听是这事，找个借口就开溜了，那叫一个跑得快，李静拉都拉不住。没办法，她只能硬着头皮顶上。老贾和许梦心默契地选择了当吃瓜群众——这种时候还是沉默比较好，免得殃及他们。不过，好在他们家的小西瓜早就上户口了，小西瓜自然是姓贾的。

双方都没错，双方都有理，最终，大家都看向了如坐针毡的李临，等着他表态。

房间里，许梦安听得动静，是又气又好笑。她倒是想看看李临怎么处理这件事。于是，许梦安不顾白曼让她安心静养的嘱咐，悄悄下了床，附在门边听。

"我觉得……事情是这样的，我觉得吧，妈说的都没错，葡萄确实应该姓许。"李临说话了。

"你说什么？"这是李静的声音。

"但是呢，我姐的话也有道理……葡萄姓李，也是合理的……云阶跟他是姐弟，姐弟俩最好是一样的姓……"

李临说来说去，还不是跟什么都没说一样吗？他要死撑着不表态还好，他抛出这种模棱两可的说辞，搞得两边的人更气恼。许父把拐杖戳得咚咚响，李静说话的声音都高了八度。

一边是老丈人和丈母娘，一边是一母同胞的姐姐，李临哪边都不能得罪，哪边都惹不起。要不是老贾从中调和，帮着说了些场面话，搞不好两边都要撕破脸了。

"这个事……我回头再跟梦安商量一下吧。"李临最后道。

许梦安在里间听到，只是摇头。

后来，外边的声音太过嘈杂，许梦安也没有兴趣再听。小葡萄刚回家，大概是不习惯，大概是被惊扰，放声大哭起来。一直在房内陪着许梦安母子的白曼倒是很淡定，她一手抱着小葡萄柔声哄着，一手扶着许梦安。

家丑不可外扬，许梦安跟白曼眼神对视，有些尴尬。

"好好休息。"白曼道，"来，躺着吧。月子里，最重要的就是先把你自己照顾好。"

"让你见笑了。"许梦安挨着床坐下。

"这种事我看多啦。"白曼笑，"家里多了个孩子，不但大的那个孩子不适应，家里人也还不太适应，难免会有些口角的。你们家还算是文明的了，我见过两边为了孩子跟谁姓打起来的。本来添人进口是好事，结果搞得很僵，那两口子险些就散了。"

"只要孩子健康，跟谁姓都行。"

"是啊，只要孩子健康，跟谁姓都行。"白曼轻轻拍打着小葡萄，小葡萄终于安静下来了。

"看你这姿势，谁敢相信你还没有孩子……"许梦安笑道。

白曼看着许梦安："我有孩子。"

"中介那边说你还没有结婚……"

"我结过婚，也有过孩子。只是，没出月子我就离婚了。"

"不好意思……"

"没什么,我一般也都不说这些,毕竟,这些事情跟我的工作没什么关系。"

"是……孩子多大了? 男孩女孩?"

"女孩。上小学了。"

"你一边工作,一边带孩子,够辛苦的了。"

"不……"白曼将已睡着的小葡萄放进婴儿床,"孩子有妈妈了。我跟她爸爸离婚后,我没要抚养权。后来,她爸爸再婚了。我跟她爸爸说好的,别让孩子知道我的存在。"

许梦安一时不知该说什么。白曼走到窗边,将空气净化器调到静音模式,又顺手拉上了窗纱。这个人,好像从来就不肯让自己闲着。

"月子里,我自己的情绪也有点失常……那会儿我还不知道有产后抑郁症这种说法,家里人总认为我在没事找事。加上,孩子一出生,我身体就不好……这个那个的,我跟我前夫没少吵架。吵多了,那点感情也就淡了。抚养权是我自己放弃的,没别的,就是她爸爸有工作,条件比我好,能让她生活得好一些。那会儿,我既没有工作,娘家家境也不好……可以说,一离婚,我就一无所有了。"白曼像是在说别人的故事。

"只要孩子过得好,别的都好说。"

"是啊,这种事情,怕是只有当妈的人才能理解。好在,我现在这份工作整天就是在跟孩子相处,我挺喜欢的。"

"咱俩虽然认识没几天,但我能感觉到,你是真心喜欢孩子。"

"嗯。"白曼微笑着,"时候不早了,我把小葡萄抱过去,你也该休息了。"

之前说好的,小葡萄跟着白曼睡另外一间房,这样不影响许梦安休息。

"今晚先把孩子留下吧。"

"可是……"

"要是我自己搞不定,我再叫你。"

"行吗?"

"别忘了,我可是两个孩子的妈了。"

"好,那我先去帮你把外面的事情给搞定。"

许梦安听了这话,不禁哑然失笑。果然,白曼到了外边,三言两语就把许家众人给劝走了，家里瞬时恢复了安静。等家里安静下来，李临才发现女儿不见了。

"不会是又把自己关屋里了吧？"李静说着，便去李云阶房间敲门。敲了半天，门内根本没动静。李静拧了拧门把手，门一下就开了，里头空无一人。

"不在啊……"李静皱眉，"这孩子到底去哪儿了？"

李临忙给女儿打电话，却发现，女儿的手机铃声在家里响了起来。

不一会儿，李静将李云阶的手机从房里拿出来："喏，你看看吧。"

"看什么？"

"看看你的宝贝女儿到底在干什么！"

"我从来不看云阶手机的……"

"要是你再不看，出了什么大事我可不管。"

"到底怎么了？"

"到底怎么了？你女儿反了！"

李临纳闷，接过手机，那屏幕上有微信信息提示。这信息来自一个微信群，群名赫然是"反二胎联盟"。

2

何璐到底还是把李云阶拉进了她的"反二胎联盟"。

这晚，李临第一次窥探了女儿的手机。天真的女儿曾告诉过他，她的手机密码很简单，就是她的生日。那会儿，她绝对没有想到，一直尊重她隐私的父亲有天会用这个密码解开她的手机。

联盟不但有微信群，还有 QQ 群。看着那些聊天记录，李临简直不敢相信这些头像背后是孩子们。

——爸妈还在讨论生二胎的事，我决定离家出走了！

——大赞，我要和你 CQY。

——OK！

——666。

李临百度了半天,才知道"CQY"是"处 Q 友"的意思,就是加 QQ 好友。至于"666",是很牛、很厉害的意思。想当年,李临年轻时刚接触互联网,最时髦的词不外乎"网上冲浪"了,真的是每一代都有自己的网络流行用语啊!看来自己真的落伍了……等等,离家出走!有孩子要离家出走!看着满屏的支持和鼓励,李临的眉头越皱越深了……

这是部科幻片,李云阶向来对这种电影没什么兴趣,刘思明倒是看得津津有味。边上一对小情侣正窃窃私语,刘思明还很严肃地警告他们,要他们注意观影礼仪。

"算了……"李云阶小声劝刘思明,她可不想惹麻烦。

"电影院又不是他们家!"刘思明撇嘴,"要谈恋爱回家谈去。"

小情侣有意见了,那个男生先说话了:"看你们俩这样,还是中学生吧?你们小小年纪不好好上学,跑这来谈恋爱了?作业都写完了?"

"你说什么呢!关你什么事!"刘思明一下站起。

男生也不示弱,站了起来,个头不比刘思明矮,还显得特别壮。

李云阶生怕出什么事,拉起刘思明就往外走。

两人跑出影厅,刘思明愤愤:"你拦着我干什么,刚才那个人就是欠收拾!"

"你就非要惹事?万一你们俩真的打起来,你打得过人家吗?"

刘思明一笑:"喂,李云阶,你是不是担心我被他揍?"

"我巴不得他把你给打趴下!"

"口是心非!"

"谁口是心非了!"

"哟……"刘思明看了眼自己的手机,"全是未接来电……"

"你妈给你打的吧?你出来的时候跟你妈说了吗?"

"不是我妈……是……"

"那还有谁?"

"是你爸。"

"谁爸?"

"你爸……"

李临思来想去，还是把女儿的手机拿给了许梦安。这件事，与其等产生后果之后被她知道，还不如现在及时汇报。

许梦安大为错愕，没有想到何璐居然搞了个这样的组织，更没有想到女儿也加入了……她用女儿的微信加了那个扬言要离家出走的孩子，套话出来，那孩子叫小婧，是宏远初中一年级的学生。这会儿，小婧已经背着包离家了，怎么也不肯把行踪告诉"李云阶"。许梦安急了，一面让李临去找李云阶，一面由她自己出面给薛一曼打电话。当然，他们也没忘记联系何璐的父母。

薛一曼接完许梦安的电话，整个人都慌乱了。且不说小婧离家出走这事，就是她班级里的何璐组织了这个什么联盟，这件事，就够她喝一壶的。马上就要中考了，这种时候班里出这种事，无异于扰乱军心。她让李临赶紧拿着李云阶的手机去学校，又联系了学校的几位主要领导，通知了小婧的班主任。

小婧的父母根本没想过女儿会离家出走，两口子还在家里看电视剧呢。待他们到女儿房间一看，果然，女儿和她的大背包都不见了，写字台上放着一张信纸，整整齐齐地写着三个字——我走了。一个 14 岁的小女生，大晚上闹离家出走，她能去哪儿？小婧的父母几乎发动了所有的亲戚朋友，学校这边也想了各种措施，第一时间报了警。事态越来越严重，跟滚雪球似的，不出一个小时，这条新闻就上了本地的诸多媒体头条。不少自媒体更是用了各种吸睛标题，比如《叛逆少女离家，只因父母要二胎》《震惊！我市一初中女生成立"反二胎联盟"》《要生二胎的小心了，你的大宝很有可能在"造反"》等等，让人咂舌。

许梦安便在新苗运营的几个本地自媒体号里看到了类似这样的新闻。她赶紧给阿木打电话，让他把新闻撤下来。这样的新闻，无非是为了博人眼球、吸引流量，对事件本身没有任何有利的推动。阿木支支吾吾，许梦安算是明白了，她请假之后，内容中心的事怕是连阿木也无法做主了……没办法，许梦安只得打电话给于海。于海认为许梦安小题大做，他的意思是，别的媒体都是这么做的，没什么大不了。这个年代，流量为王。谁有流量，谁就能变现。说着说着，他又提起了最近他牵头做的几个大新闻，许梦安越听越气，直接挂断了电话。

本来,所谓的"反二胎联盟"只是孩子们的闹剧,学校和家长配合一下,把事情悄无声息地解决掉就好。可是一旦上了新闻,接下来怎么收场,就谁也控制不了了……也不知是谁把这个事捅出去的,简直不安好心!

不多时,就传来了新的消息,小婧找到了。这孩子就窝在家附近的黑网吧里,留下字条只是为了吓吓父母,好让他们放弃生二胎的念头。

小婧无恙,但何璐和她的"反二胎联盟"算是彻底玩完了。薛一曼跟几个校领导赶到了何璐家。当着众人的面,何璐矢口否认,坚决说自己不知道这件事,也根本就没有什么联盟——这是联盟成立之初,大家约定好的,谁也不能出卖彼此——直到李临拿出了李云阶的手机。

李云阶和刘思明出了电影院,远远地就看到了李静的车。李静一言不发,让两个孩子上了车,待送刘思明回家后,她带着李云阶到了何璐家。

"来何璐家干什么……"李云阶惴惴不安。

姑姑仍是板着脸:"去了你就知道了。"

是何璐妈妈开的门,一进门,李云阶就看到了满屋子的人。还没等李云阶反应过来,那何璐扑上去,揪着她的衣服就痛斥:"李云阶,你居然出卖我!"

李云阶像个木头人般,就站在那里,一动不动,唯有一双眼睛盯着李临手里本属于她的手机,那眼里含了泪光。她没有出卖何璐,出卖她们的是她的爸爸。但是,她百口莫辩,不知该怎么辩,也不知该从何辩起。这是李云阶从来没有应对过的场面,在她面前的,有她最好的朋友何璐,有她的家长,有她的老师。就好像所有她认识的人全都立在了她的面前。他们每个人都看着她,等着她开口,等着她告诉他们,这个联盟确确实实是何璐发起的。

"我不知道。"这是李云阶进门后说的第一句话,也是最后一句。在这之后,不管谁问她什么,她都保持着沉默。她不记得他们还问了些什么,还说了些什么,她的眼前一片模糊,整个人都有些恍惚。不知是姑姑还是老爸拉着她出了门,拉着她进了电梯。走出单元楼后,一阵夜风吹来,她才觉得清醒了。

"云阶……"是老爸的声音。李云阶回头,看到了并肩站着的老爸和姑姑。

"所以,你们还想干什么?"李云阶问他们,"偷看了我的手机,告发了我的朋友,接下来,你们还想干什么?"

"你这个孩子,你居然还反过来问我们! 你……"李静怒目圆睁。

"姐,你给我住嘴!"李临很少对李静发脾气,这次是例外。

李静看着黑着脸的弟弟,瞬时也不敢再吱声。

"对不起……"李临把手机放到女儿手里。女儿攥紧手机,晃了晃手臂,将手机狠狠地砸了出去。听着手机砸到地上的声音,李临都不用去捡,就知道手机已经裂成了两三瓣。

"你的手机是我看的,你有脾气冲我来!"李静对李云阶道。

"这个世界上只有一个人知道我的开屏密码。"李云阶这话说得不温不火、不轻不重。说完,她就昂着头走了。

"你去哪儿……"李静嚷嚷。

"她还能去哪儿……她不会乱跑的,肯定是回家了。姐,我求你了,你别再说话了……"李临就势蹲下,"她现在一定恨死我了。"

"这能怪谁!"李静虽然在跟李临说话,眼神却一直追随着李云阶,"你在这个家里,有点丈夫的样子、父亲的样子吗? 平时云阶都是梦安管的,你现在要管,她还肯听你的? 你啊你,连小葡萄姓什么都做不了主,什么都要跟你老婆商量……你就不能男人一回? 你女儿这样,跟你有很大的关系! 我跟你姐夫也宠孩子,但我们家华华,他要是敢这样,敢不把我们放在眼里,我们肯定……"李静说着说着,扭头看李临,见李临捂着头,整个人都快瘫倒在地了。

"你怎么了?"李静忙过去扶。

"有点头晕……"

"走,赶紧去医院!"

"不用了。"李临挣扎着站起来,"回去吧,回家。"

"姐给你把把脉。"

"我说了,不用! 什么都不用!"

李云阶开了门,径直走向自己房间。

"云阶……"是老妈的声音。老妈坐在客厅沙发上,头发乱糟糟的,穿着松松垮垮的哺乳衣。

李云阶不想答应，嗓子里的"嗯"字硬生生咽了回去。

"从何璐家回来了？这是我的主意，跟你爸没关系。任何一个母亲看了那些，特别是小婧离家出走这事，她都不可能不过问，不可能不去管。我知道，你气冲冲回来，一准是在楼下跟你爸吵架了。你不用跟他吵，如果真的要理论，你来找我。"老妈说话很温柔，可她说的每一句话都沉甸甸的。

"我什么都不知道，我也没什么好理论的。"

"要是你无话可说，那以后，你就不能再因为这件事生我们的气。要是你有话想说，我捍卫你说话的权利。"

"捍卫我说话的权利？妈，我在这个家里连最基本的隐私权都没有了，我还有什么说话的权利？我不清楚你们接下来打算怎么做，但是，如果何璐因为这个被学校处分，我第一个跟你们没完！"

"妈妈跟你说过，要是朋友做错了，你应该帮忙改正……"

"她做错什么了呢？小婧离家出走，又不是她教唆的！那些人要成立联盟，拥护她当盟主，要不是她，也有别人来做这件事！"

"那么，你也拥护她？"

"不……我一开始并不。一开始，我跟你们想的一样，觉得什么联盟之类的，这种事很胡闹。但是，我加到群里之后，发现大家平时更多的是在相互打气。我不懂，妈妈，我真的不懂，只许你们生二胎，就不许我们有情绪吗？我们有了情绪，就不能找个地方发泄一下吗？"

这时，李临和李静也已回家，而母女俩的对话还在继续。

许梦安站起来，看着女儿："我生葡萄，就让你这么无法接受？"

"我无法接受的是你们的态度！就因为你生了个男孩，你们所有人的态度就好像集体中了大奖！嗯，你们中奖了，高高兴兴的，但是在我面前，还得藏着掖着，还得转过头去捂着嘴偷笑……老妈，大清早就亡了，不是封建社会了，生儿子这种事，就值得你们开心成这样？对不起，我 get（接收）不到你们开心的点，我也完完全全理解不了！对不起，我不是男孩，我让你们失望了！"

"云阶，你……"许梦安不知该怎么继续这个话题了。

李静厉声道:"李云阶,我跟你说啊,你要再这么跟你爸妈说话,他们不揍你,我先揍你!"

李临忙走过去拉住女儿的胳膊:"云阶,你先回房,你妈累了,有什么明天再说,好不好?爸爸错了,全是爸爸的错……"

"你走开,我没有你这样的爸爸!你这个骗子,我和妈妈那么相信你,你这个大骗子!"李云阶用力甩开李临的手。

"爸爸错了,不该看你的手机……"

"你不但不该看我的手机,你也不该跟梅阿姨不清不楚!"

"云阶你在说什么呢!怎么又说到梅阿姨身上了!"许梦安的声音微微颤抖。

李云阶笑了笑:"不信你可以问小姨,我爸跟梅阿姨在小区门口拉拉扯扯,小姨全都看见了!我爸就是个大骗子!"

"不是,没有……"李临的头越来越晕了。

李云阶确实是生老爸的气,气到想爆炸,气到摔了手机还不够。老爸最近的种种行为已经破坏了他原先在李云阶心目中的形象。他和梅阿姨牵手这事,李云阶本来没想这么快就告诉老妈的,她也知道,道听途说的不一定就是真的。可是眼下,对她来说,最重要的是先想办法给何璐解围。她根本没有心思跟老妈理论什么,她太了解老妈了,一旦开始理论,老妈便会没完没了。而要迅速结束这段谈话,最好的办法就是三十六计里的调虎离山。只有转移父母的注意力,才能给自己争取更多的时间。

来不及了!必须尽快想办法了!手机没了,但是,李云阶还有电脑。网络在,她就能联系到自己想联系的任何一个人。她快速登录 QQ 后,一时愣住了,"反二胎联盟"的群被解散了……

客厅内鸦雀无声,还是李静首先打破了平静:"那个……我说两句吧。童言无忌,云阶乱讲的,梦安啊,这种话可不能信。"

"什么时候的事?"很显然,许梦安的问句是抛给李临的。

李临只得坦言:"就是你刚生完孩子还在医院的那几天,我回家,梅一朵来给我送资料。就在小区门口,她非要送礼物给小葡萄,我不肯收,推来推去的,刚好就遇到心心了。"

"礼物呢?"

"礼物……噢,噢,我忘记拿给你了。我这就去找……"

"别找了。"许梦安说着,站起来,转身回房。

李静伸出手指,指着李临的脑门:"什么情况,谁让你乱收人东西了!"

"我冤不冤哪! 不是,怎么矛头全都转向我了? 姐,我……"

"该!"李静说完这话,也扭头回房去了。

看着空落落的客厅,李临又是摇头,又是叹气。

女人果然都是情绪动物。他的亲姐姐在生气,气他没有管教好女儿;他的亲女儿在生气,气他侵犯她的隐私;他的亲老婆在生气,气一件莫须有的事情……这个家里,哪哪都是气,唯独容不下他心里的那些个气! 可是,即便这样,他还得想办法让她们都把气给出了。往哪儿出? 自然是往他身上出呗。

李临先回到主卧,许梦安正坐在床边给小葡萄喂奶。

"还记得吗? 云阶刚出生的时候也这样,晚上总是睡不安稳,要醒来吃好几次奶。那时候你姐不让我们用尿不湿,说是对孩子不好,让我们给孩子把尿。我睡得迷迷糊糊,被云阶的哭声吵醒,我想推你起床,让你去看看云阶是饿了还是尿了,你呢,你还给我装睡……"许梦安轻声说着。

"我那会儿什么都不懂。"

"是,你那会儿什么都不懂,现在云阶已经 16 岁了,你还是什么都不懂。你妈在的时候,你妈惯着你;你妈走了,你姐接着惯着你;咱们结婚了呢,我从你姐手里拿过了接力棒,由我继续惯着你。李临,你是两个孩子的父亲了……是,你马上就是正儿八经的教授了,很了不起,你对学术的专注,我也很敬佩。但你想过没有,你有今天,除了你的努力,还有你身边这些人的牺牲和付出……"

"我知道,我都知道的,为了我,你付出了很多。要不是家里这些事,你的事业可以做得更好的。"

"李临,我很累……千头万绪的,感觉哪儿都需要我,又感觉哪儿都不需要我。我想停下来歇歇,但根本由不得我。我不指望你能有所改变,就希望你别给我添堵。"

李临心里实在不太好受。妻子适才的话,在他听来,是对他的否定。他虽没像她那般为家庭尽心力,可也不能够说他撂挑子不管吧?

"那我应该怎么做?"他问妻子。

"怎么做?"妻子的声音仍然很轻,声音轻并不代表没有夹杂情绪,"梅一朵的事暂且不说,我现在根本没工夫管这种破事。咱们先说说云阶……是你跟我说的,说孩子的工作你去做。结果呢,你做得怎么样?我们的女儿加入了'反二胎联盟'……这种事,我们居然到今天才发现!还有小葡萄跟谁姓……真的,我真的无所谓。你就不能拍拍胸脯,当着两家人的面把事情定下来吗?你要是足够坚决,不管你做什么决定,他们即便心里有想法,也不会再说什么的。你反而又把这事抛给我了!你倒是想做好人,哪边都不得罪。"

"你说完了吗?"

"什么?"

"你累,我也累。我回书房了。"

"李临你……"

小葡萄吃完了奶,不知怎么,突然啼哭起来。

"请了月嫂的,你就不能把孩子给她带吗?"李临摇头。

"我是孩子的妈妈,我想跟他多待一会儿!"

"你……"

有人敲门,门外传来白曼的声音:"葡萄怎么了?我听到他在哭。"

"还不快开门!"许梦安对李临道。

白曼进得门来,抱过了小葡萄,一番打量,忙道:"不会是黄疸吧?"

"昨天刚做过检查,医生没说有问题啊。"许梦安慌了。

"赶紧去医院。"

"好!"

白曼叹了口气:"葡萄爸爸跟我带着孩子去就行,你就别跟着去了。"

"行,我去叫我姐,她开车。"李临说着就出了门,一边走一边喊着李静。

"葡萄爸爸不会开车?"白曼看着许梦安。

许梦安顿了顿,才道:"会,但是之前出过一个小车祸,也就一直没让他开。"

等李临他们带着孩子一走，家里就只剩许梦安和女儿了。

"云阶，你睡了吗？妈妈刚才脾气急了，好多话都没跟你说。你要是没睡，开一下门好吗？"许梦安轻轻叩门。

李云阶忙盖上笔记本电脑，犹豫了一下，才打开了门："你不是要照顾你儿子吗？我正写作业呢，没空跟你聊天。"

"小葡萄去医院了。"

"啊……他……他去医院干什么？"

"现在还不知道，等看过医生才知道。我……我能进来吗？"

李云阶看了看表："我只能给你10分钟，最多10分钟。"

"好。"许梦安点点头。

3

就在刚才，李云阶通过QQ分别联系了刘思明、朱可馨和王哲。本来她不想向王哲求助的，但她对其他两个人的状态、水平实在有些担忧，刘思明，头脑简单、四肢发达，还容易冲动；朱可馨呢，如今更是一门心思备考，除了考试，她的脑子里是再也没有别的了。

几个人临时建了QQ群，李云阶没看错王哲，他一出现，马上就开始制订"作战方案"。何璐的联盟确实真实存在，而且新闻都满天飞了。现在只能抓住一点，那就是这个联盟的性质。性质决定后果。再说了，联盟本身也没做过什么伤天害理的事，更多的时候只是大家在群里吐吐槽。王哲说，这个性质就跟学习小组一样，是互助，只是这个小组的名字取得比较唬人罢了。

学习小组？互助？这么一定性，李云阶顿时觉得豁然开朗起来。王哲不愧是学霸，脑子就是比李云阶他们几个好用。

接下来，王哲的建议是：第一步，退会费；第二步，组织联盟里的人写联名信。当然喽，这封信得由王哲来写，他们负责在下面签名就好。

嗯，联名信这招当初朱可馨作弊被抓时，李云阶的老妈就组织家委会成员用过的,效果拔群。只可惜,何璐的头像一直暗着,想来应该是被她父母给管制住了,不方便上网。眼下联系不上她,退会费的事只能暂缓。那么就直接进行第二步,组织那些家伙写信,替何璐求情。

联盟的人,李云阶接触得并不多,她把加过 QQ 的几个拉进群,跟他们简单说了一下这件事。好家伙,那些成员你拉我、我拉你,整整齐齐地,整个联盟的人瞬间又聚到了群里。

人多了有好处,人多力量大嘛。可这人一多,嘴就杂。这封信该怎么写? 小伙伴们各有各的想法,完全不听王哲的。李云阶正跟他们在 QQ 群里讨论得热火朝天呢,老妈就来敲门了。这种时候不开门,倒显得李云阶心里有鬼了。她略略思索之后,将老妈请进房来。

老妈进房后,没有征求李云阶的意见,自顾自坐了下来。

李云阶的笔记本电脑没有盖严实,QQ 提示音一直在响。

"忙着?"老妈看了眼电脑,问道。

"噢……学习小组来着,在讨论一道很难的数学题。那个,我说了,只给你 10 分钟。"

"你一直说你不是小孩了,今天,我就把你当成大人,跟你聊聊。我要说的话,其实很简单。你跟我们讲隐私权,我也跟你讲讲我们的权利和义务。我跟你爸,包括你们那个联盟里的每对父母,都有决定是否再要一个孩子的权利,当然,一旦我们决定要二胎,相应的,也要承担照顾孩子的义务。权利和义务是一致的。在权利层面上,你作为我们的孩子,不能干涉什么……"

"我没干涉。"

"对,你不但没干涉,你还支持我生下小葡萄。我跟你说这些,不是来苛责你的。权利,我们享有了,按照我们的意愿拥有了第二个孩子。但是在义务上,我跟你爸,我们做得都不好。没有人天生就会当父母,你在适应家里有了个弟弟的同时,我们也在适应多了个孩子这件事。我希望你能给我们一点时间。"

"还有别的话要说吗?"

"我不认为自己重男轻女,你爸也没有。我们努力工作,会尽力给你们创造条件。我之前就跟你讲过,父母是负责为你打造成长和学习的环境的,确保你能享受到较好的教育。但是，父母没有义务给孩子买房、买车，对你和你弟弟，我都是这个态度。你和葡萄将来能过什么样的生活，取决于你们自己的努力程度。"

李云阶看起来半懂不懂，只是轻轻点了下头，随即说道："已经过去 5 分钟了，你还有 5 分钟。"

"如果我没猜错，你在忙的是何璐的事？"

"何璐……她的事跟我有什么关系……"

"行，要是你认为靠你们几个就能把问题解决，就当我什么都没说吧。"许梦安起身，"我的话说完了，不占用你的时间了。"

待许梦安走到门口，女儿叫住了她："妈……"

许梦安回头。女儿低着头："你怎么知道……"

"没什么难的。假如我是你，我也会帮我的朋友。我来你房间之前，你正跟刘思明他们商量对策吧？"

"何璐没做错什么……是，也许是有那么一点点错，但她的联盟没干坏事。"

"我知道。"

"那……那你有什么好办法吗？"

"你相信我的话，就先把你们的打算告诉我。"

"我……"李云阶犹豫了，谁知道老妈是不是在套话。

"学校的处分是免不了的，但现在最重要的还不是学校的处分，而是那些弄得沸沸扬扬的新闻……夸大的新闻报道会让这件事的性质改变……我说的这些，你可能不理解，我换个说法……"

"我能理解。那样的话，何璐就会变成新闻人物，会有各种麻烦。"

"是。"

"我不希望何璐有麻烦。我们……我们打算写联名信来着……"

"可以。媒体那边，就由我来想办法吧。"

"你……你真的会帮我们？"

"难道你要我给你写保证书？"

"不是，我就是觉得……"

"好啦，10 分钟差不多到了吧，我该走了。我还得跟你爸打电话，问问小葡萄的情况。"

"那个……小葡萄生病了?"

"可能是小儿黄疸,你刚生出来那会儿也有过。"许梦安说着,打开了房门。

"妈,你等一下。"李云阶顿了顿,"不管怎么样,我还是得替何璐谢谢你。"

"嗯,妈妈收到你的感谢了。"许梦安话音刚落,她的手机就响了,是李临来电。李临在电话里告诉她,小葡萄得的是母乳性黄疸。所谓母乳性黄疸,就是母乳中含有的孕二醇激素抑制了新生儿肝脏中葡萄糖醛酸转移酶的活力,致使血液中的胆红素不能及时进行代谢和排泄,于是血液中的胆红素浓度增加,出现新生儿皮肤和巩膜的黄染。

"医生说葡萄不能吃母乳了,暂时得吃奶粉。"李临说道。

许梦安看着肿胀的前胸,一时怔住了。

"妈,你怎么了? 是不是小葡萄那边有消息了?"是女儿在问。

许梦安一面挂断电话,一面转向女儿:"没事,你忙完了早点休息吧。"

小葡萄暂时不能再喂母乳,许梦安和李静却又为选购什么样的奶粉起了争执。之前准备的奶粉,是李静托朋友从国外代购回来的。要是长期吃,一个是代购不方便,再一个,许梦安认为有些国产品牌在安全和营养上并不比国外的差。李临实在不愿妻子再为此伤神,终于拍了一次板,让李静听许梦安的。

选奶粉事小,但是一下子断了奶,许梦安才是最难受的,不得不每天用吸奶器。看着机器吸出来的乳汁白白浪费掉,儿子却要去吃奶粉,一种无力感陡然而生。据说,每个产后抑郁的母亲都是从有了"无力感"开始的,许梦安未免有些替自己担忧起来。然而,眼下她还有件事要办,那就是帮何璐。她列了个计划,首先是组织家委会成员跟学校沟通。出了问题,对何璐做出任何处分,对事情本身并无益处。想彻底解决,还是得疏导。许梦安不便出门,只得通过电话和微信跟校方沟通,提出了请育儿专家、青少年心理学专家来学校开讲座的建议,这些讲座,不但学生要听,家长也得听。校方对她的建议很重视,很快就采纳并开始实施。

还有个麻烦,就是那些恨不得事件持续发酵的自媒体,比如蓝海和新苗。当然,新苗现在也是于海的了,他一接手,便把蓝海那边的做派带了过来,恨不得分

分钟搞个大新闻——流量变现嘛。

许梦安是个极不情愿把私人交情带到工作中的人，可是，这次不跟于海谈交情怕是不行了。她实在太清楚于海的为人，他是见了血就非得上去吸两口的苍蝇。当年在杂志社时，采访一个高危的烧伤病人，他上去就问："你全家就只剩你了，你现在一定很难过吧?"听了这话，许梦安登时就傻眼了。于海却说，这叫深挖，这是专业。这件事，其实也是许梦安一直不愿意跟海共事的主要原因。

"他们只是一群孩子，我身为母亲，不愿意见到他们再受任何伤害。"许梦安给于海打了电话。

于海道："这是个社会问题，我认为我们的报道是客观公正的。"

"什么反二胎联盟，那只是孩子们的闹剧，他们只是需要一个宣泄情绪的地方。你把问题放大了，这才是最大的问题!"

"我不知道你为什么要管这事……梦安，你好好坐月子不行吗?"

"不行……"许梦安迟疑着，"我告诉你吧，我女儿也是所谓的联盟成员。现在你知道我为什么要管了吧?"

"怎么……"

"要报道要追踪没问题，可是导向必须是正确的。你看看你们出去的几篇东西，猎奇的成分大于本身的新闻价值，不过是为了博人眼球。你觉得你们是在就社会热点问题进行分析、讨论，其实，你们是在引导大家往另外一个方向走。"

何璐退还了所有会费，这个举动，差不多就是在宣告联盟解体了。由王哲执笔，并附着众人签名的信还是有用的。学校不愿扩大影响，引发更多的问题，只让何璐写了书面检讨。至此，李云阶才松了口气。

这天，何璐交完检讨书，看到李云阶在薛老师办公室门口杵着。

"在等我?"何璐走过去。李云阶笑着点头。

"对不起，李云阶，我不该说你出卖我的。要不是你们，搞不好我都被开除了。"何璐的声音很轻。

"如果咱俩换过来，你也会这么做的。走，我们回家吧。"

"回家。"何璐揽过了李云阶的肩膀。

李云阶回到家里,发现外公和外婆也在,沙发上满满当当坐了一圈子人。

"哎,云阶,你回来得正好,妈妈有事要请你帮忙。"许梦安招手让李云阶过去。

"啊?"李云阶云里雾里,慢吞吞走了过去。

"这样,我有个提议,我们把给小葡萄取名的任务交给云阶。"许梦安微笑着站了起来。

"行不行啊?"李静也只得笑。

许母和许父对视,许父点点头,算是答应了。如此,许母才道:"那就让云阶取吧,我们没意见。"

李静道:"既然云阶外婆都这么说了,我也没意见。"

面对这么重要的任务,李云阶一时觉得有些不堪重托:"我?"

"你可以的,爸爸妈妈相信你。这是你的弟弟,由你来取名最好不过了。"李临也笑了。

"我一点准备都没有呀。"李云阶还是有些为难。

"你看,姑姑这取了好些呢,给你参考一下嘛。"李静掏出一张纸,她还真是有备而来。许母见状也不甘示弱,从许父口袋里也掏出了一张纸:"云阶,这是你外公取的名字,你也给看看。"

李云阶分别接过两张纸,笑了:"李鹏程、李卓尔、李向阳……许浩林、许一竞、许庆? 这些名字都不怎么好听呀。"

"好不好听还是次要的,重要的是得姓李!"李静强调。

许母一笑:"要我说,姓许挺洋气的。"

"木!"许父补充道。

许母点头道:"对了,葡萄五行缺木,名字里得带木。"

李云阶一拍脑门:"有了!"

"有了?"众人看向她。她站起来,很是得意:"我想了一个特别好的名字,名字里有许也有李,还有木!"

"快说啊。"李静急切地催道。

"许木子。木子就是李,带木了吧?"

"这个名字好啊!"许母大呼,就差鼓掌了。

许父频频点头,竖起大拇指:"云阶,点赞!"

李静无奈地看着李临,李临轻声嘟囔:"这是云阶取的嘛,我觉得挺好的。"

"那就这样了,葡萄的大名就叫许木子!"许梦安也很满意,这个让他们烦恼多时的难题总算是有解了。

白曼抱了小葡萄过来,对李云阶道:"小姐姐抱抱我们木子吧。"

"啊?"李云阶低头看,葡萄正睁着那双黑葡萄般的眼睛看着她。

"我听你妈说了,葡萄的小名是你取的,现在你又给取了大名,当然要抱抱他啦。"

好个老妈,不但解决了小葡萄跟谁姓的问题,还给她李云阶下了个套!

姜,果然还是老的辣。

"好啦,我抱抱许木子,就抱一下哦……"

老妈有喜

下

蒋离子 著

浙江文艺出版社

第二十四章
李云阶上高中了

1

国庆假期,超市里挤满了人,几个收银口都排起了长队。队伍里,一个小年轻和插队的老太太起了冲突。

"你这就是典型的坏人变老!就你赶时间啊,我们这些排着队的,人人都赶时间。"小年轻很是气愤。

老太太也不甘示弱:"不让插队说就是了,你嚷嚷什么!再说了,我年纪大,你们让让我怎么了?"

"就不能惯着你们!要都跟你一样,这个社会还有没有秩序可言了?"

"我怎么了?不就是插个队,至于吗?"

"哎哎哎,我说,你们俩要吵架到后面吵去,我们还等着结账呢。"一个高大微秃的男人走过来,他手里边还抱着个孩子。

"不是,大哥,你给评评理,你说,这个大妈是不是错了?"小年轻看着男人。

男人点点头,笑着:"让她再排就是了,你也别太得理不饶人。谁都有老的那一天,插个队,也没十恶不赦到哪个地步,咱就别不依不饶的了。"

男人说毕,转向老太太:"大妈,你看啊,人小伙子说得有道理,要想咱们生活的这个环境好,咱就得讲秩序。年轻人嘛,气盛,说话没个轻重,你别跟他计较。

那边有个队，人不多，你上那儿排去，多好。"

"我这就去！懒得跟他计较！"老太太推着购物车走了。

小年轻皱眉："我还不想跟你计较呢。"

"行啦。"男人拍拍小年轻的肩膀，"多大点事。"说罢，又屁颠屁颠走到了队伍最后边。

一个小男孩正站在购物车旁："爸，你又多管闲事了。上次人家剥大白菜叶子你也管，差点没跟人打起来。"

"熊熊，爸爸这叫维护社会秩序，你个小屁孩懂什么呀。"男人正是老贾，他怀里抱着的则是小西瓜，小男孩自然是熊熊了。

好不容易轮到老贾他们，他娴熟地掏出会员卡，跟收银员说着话："提个意见，你们家今天这虾可不太新鲜啊。"

收银员看了看那半袋子虾："先生，要是这虾新鲜就不打五折了。"

"哎，你这话说的……"

"国庆节搞活动，有积分兑换的，等会儿您拿着会员卡到那边柜台办。"

"都有什么啊？"

"纸巾。"

"怎么又是纸巾啊，对面那家超市可都换鸡蛋了。"

收银员无奈："那您是换还是不换？"

"换，当然要换，聊胜于无嘛。对不对呀，小西瓜？"老贾摸摸女儿的下巴。

小西瓜被逗得咯咯直笑，旁边的熊熊则是一脸黑线。爸爸自从不上班之后，就彻彻底底变成了另外一个人。嗯，不但爸爸变了，妈妈也变了。妈妈越来越忙，有时候连饭都顾不上吃。好不容易国庆假期，大家都放假，她偏不，说国庆节加班工资多好几倍呢。除了上班，妈妈还兼职做起了代购，手机老是叮叮当当响个不停，一会儿这个包多少钱，一会儿那个口红断货了。

熊熊觉着妈妈可烦了，当然，最让他烦心的还是看不到表姐了。自从表姐上了高中，因为是寄宿学校，每个星期只能回家一趟。即便回家，她也不太会过来小院，人家现在有自己的亲弟弟了。因为是国庆假期，表姐一家说是要来小院吃饭，爸爸这才带着他和小西瓜出来买菜的。想到这里，熊熊又稍微开心了一点，他非常喜欢听表姐说她的高中生活。

李云阶一家正往许家小院赶。李静开车，李临在副驾驶座。后座除了李云阶，还有小葡萄和许梦安。

李临坐在车上还在工作，膝盖上摊着笔记本电脑，噼里啪啦地打着字。许梦安则一手接电话，一手轻抚着小葡萄的脑袋。嗯，连小葡萄都很忙，他忙着啃自己的小胖手。唯有李云阶，她看起来有些无所事事。

她现在是个高中生了，虽然高中生活才开始不久，但她就忍不住回忆起了初中生活。那时候多好，小伙伴们都在一个班，好事坏事都能凑在一起干。她还记得他们去上海参加易天握手会的情景，仿佛就在昨天……万幸的是，何璐的父母打消了送她出国的念头，而何璐也非常争气地考上了一中。嗯，何璐、刘思明、朱可馨、王哲，当然还有她李云阶，如今都是一中的学生。不同的是，朱可馨和王哲在重点班，何璐、刘思明、李云阶在普通班。朱可馨和王哲分在一个班，何璐和刘思明也在同一个班。李云阶呢？她落单了……

"是，我知道这件事很急，但今天是假期，我陪家人也很重要……行，你先把方案发我邮箱，我过会儿再看……"

老妈还在接电话，老爸扭头，示意老妈小点声。老妈挂断电话后，冲老爸说着话，那样子显得十分不满："你就不能下车了再忙吗？"

"下车了还能工作吗？到了你妈那，心心家的、咱家的，加起来一堆孩子，这个跑来那个跳，这个哭来那个叫的……"

"你学学人家老贾，现在带孩子那叫一个优秀。我听说他现在都可以带着两个孩子出去遛弯儿买菜什么的了。"

"说到这点，我还是很佩服他的。"

"光佩服有什么用，你也得学着点……"

"不是，我……"

"行啦，"李云阶摇头，"你们别吵了，烦不烦哪。"

老爸和老妈这才收了声。

"呀……啊……"小葡萄舞着双手。

"咦……"李云阶捂着鼻子,"臭臭的……许木子你又拉大便啦?"

小葡萄咧嘴笑:"呀……啊……"

"妈,你快管管他,他肯定是拉了。"李云阶对老妈说着。

老妈很是淡定:"我知道,可总得到外婆家才能给他换尿不湿吧?"

"臭葡萄!"李云阶伸手要开窗,姑姑不知哪只眼睛看到的,忙道:"云阶你别开窗,小心葡萄冻着,要感冒的!"

"这才 10 月份啊,姑姑!"

"小孩子不像我们,很容易感冒的,你没看到我空调都不敢开吗?"

李云阶还想说什么,老妈冲她摇了摇头。她再一看,老妈已经悄悄将车窗开了条缝隙。母女俩对视,都笑得心领神会。

许梦安很久没这么打量女儿了,而女儿也已经很久没这么笑过了。自从她上了高中,刚开始还会每天打电话回来,微信上经常发发表情包什么的。可是这两个礼拜以来,她很少再主动联系家里。每个周末,女儿回到家里,大多时候都是躲在她自己的房间里。周六晚上钢琴老师来家时,女儿才会慢悠悠地钻出房间,怎么看都是一副心事重重的样子。

可是,许梦安也不能问什么,她明白,这个年纪的女孩多多少少总会有些心事。女儿不再是那个愿意跟她分享喜怒哀乐的孩子,她希望女儿尽快长大,私心里却想着娘俩永远都能像以前那么亲热。她知道,这或许已经不可能。每只学会了展翅的鸟儿,终将要飞离巢穴,李云阶是这样,许木子将来也会是这样……

过去的小半年,对许梦安来说,不可谓不艰辛。也有准备要二胎的同龄女性向她请教,问她讨要经验。其实,她哪里有什么经验,不过是兵来将挡水来土掩。

高龄产子,对身体固然是个大挑战,但这还在其次。重要的是,家庭结构的改变、内心的冲突,这中间有着种种不能言说的琐碎。当然,生二胎对许梦安的工作也有着不小的影响。出了月子,回到新苗后,许梦安发现一切都变了。众人看似还尊重她,却仅仅是流于表面的敷衍。这种敷衍,从上到下,从于海到小荷等人。她还是许总监,却成了个吃闲饭的人。于海甚至还提醒大家,许总监刚生完孩子,如今是两个孩子的妈,眼下是要把重心放在家庭生活上了,千万不要累着许总监。

一开始，许梦安还挺感激的，但是时间一久，便发现于海的提醒其实是对她的某种不信任和不尊重。她认为自己能够权衡好家庭和工作之间的关系，她也是这么做的。但是，别人不这么想。在许梦安出月子前，于海购置了一层办公楼，把蓝海和新苗都搬到了一块。新苗看起来还是新苗，新制的亚克力 logo 就挂在公司门口，却只是形同虚设。于海给了许梦安一间特别大的办公室，带隔间，里面什么都有，包括会客室和卫生间，唯独不像是干活的地方。只要她愿意，她可以待在里面看电视、睡觉、喝茶，干什么都不会有人管着。在每一次的会议上，于海总会忆当初：当年他和许总监是大学同学，当年他也曾和许总监共事，许总监是他见过的最有能力、最有智慧的女性。那些话，繁花似锦，堆在了许梦安的脑袋上，却又像是一架长长的梯子，直接把她给架了上去，架得她空空荡荡。如果不是为了"云上"项目，许梦安分分钟都想走人。她想把辞职报告摔到于海桌上，告诉他，她不干了。可是，项目还在推进，她不能就这么离开。

　　那期间，即将中考的女儿也很让许梦安头疼。许梦安的状态常常是哄睡了小葡萄，便拿本书去女儿房间陪着她。女儿在写作业，她在看书。好几次，她看着看着就打起了瞌睡，差点没把头撞在桌角上。每天早上，许梦安会早早起床，帮着李静做早饭。为了给女儿搭配合理的膳食，许梦安还去请教了营养专家。有时候小葡萄闹到半夜，她刚把他哄睡着，自己才眯了一小会儿，天就亮了。如此往复，白天还要上班，她都不知道自己是怎么坚持下来的。

　　没有人理解许梦安为什么要这么做，包括李临。直到女儿顺利考取了一中，虽然不是重点班，但以女儿往常的成绩来说，已然是稳定发挥了。许梦安的一桩心事总算是放下了。不过，许梦安怎么都没想到，女儿放暑假的那两个月，才是这个家里最闹腾的时候，用鸡飞狗跳来形容一点都不过分。

　　先是别的同学都有毕业旅行，李云阶也要。好，那就去旅行吧。可别的同学都有父母陪同……许梦安哪腾得出时间？李临也忙着呢，评职称在即，他还想利用暑假这段时间好好用功。结果，就因为这个毕业旅行的事，闹得一家人都很不开心。好在李老爷子现身，带着李云阶去了趟韩国，李云阶这才作罢。

　　旅行回来之后，李云阶也没闲着，三不五时地在家里使小性子，各种跟小葡萄不对付。她大了，不比从前，什么话都会跟父母说。许梦安和李临唯有对她比以前更好,但精力总是有限的,难免会有疏忽的时候……

小葡萄黄疸好了,但后来又感染了肺炎,一家人急得团团转。许梦安更是医院、公司、家里三头跑,跑得筋疲力尽。那段时间,她几乎站着都能睡着。李临也没闲着,里里外外忙活,比以前算是强多了。但是他也有怨言,觉得既然妻子的工作没有以前那么忙了,就该把心思多放点在家里。为了这个,许梦安跟他大吵了一架。是,于海确确实实架空了许梦安,让她彻底闲了下来。但是,她不能就这么瞎对付,不能就这么装糊涂。她要是懈怠了,不就正中于海的下怀了吗?于海就是想让她习惯这样的工作方式,弄得她最后没有一点主见,全都得听他的,唯他是从。这些话,她没有办法跟李临说,职场里面的那些个门道,他是永远都不会明白的。

还有,小葡萄满月后,许梦安本想再跟白曼续签两个月的,李静就是不同意。李静和白曼在许梦安坐月子期间就不太对付,李静自然是巴不得这个月嫂早早离开,哪还愿意多留月嫂两个月?许梦安到底还是妥协了,在心里念了两百遍"家和万事兴"。她提出,白曼走了之后,请个保姆。李静却说,保姆能做的事她全都可以,不用费那个钱。李临居然也同意,说是合适的保姆不好找,既然姐姐愿意,那也没什么不好意思的……他好意思,许梦安可不好意思。从她怀孕到现在,李静一直都在身边照顾。一提起要给她算工资,她就跟他们翻脸,说他们不拿她当一家人。许梦安只得拼命给李静买礼物,从首饰到包包,全都没少送。李静要的自然不是这些,她要的是一家之主的感觉……难不成,她要一直待在这个家里吗?许梦安简直不敢往下想。

"妈,我们到了……你在想什么呢?到外婆家啦!"是女儿的声音。

今天是国庆节,妹妹许梦心打来电话,说是要请他们一家过去吃晚饭。

许梦安一大家子进了门,发现大萍和小树也在。妹妹现在考虑问题倒是周全,还会顾及兰香的感受了。大过节的,让大萍和小树过来陪陪兰香,总比兰香在一边看着他们许家人团圆要好。

老贾正在厨房里忙活,别人要帮忙,他还不让,说这顿饭必须由他亲自下厨。这老贾一开始还想出去上班的,也想过继续创业,整一出东山再起。但是,他一直没找到合适的工作,也没什么好的项目,便待在了家里。如今,许梦心的收入节节攀升,老贾进化成了超级奶爸,这两人看起来倒也和谐。

"心心呢?"许梦安问许母。

许母皱皱眉:"一直在忙,下班回来后就把自己关房里了。"

"今天还上班?"

"国庆节,工资翻倍,她能不去?"许母摇头,"你说啊,这家里有你这么一个工作狂就够了,现在又多了一个她。"

"心心现在有本事了,不比以前强呀?"

"女人要什么本事嘛,一个女人有了本事,多半都是她的男人没本事,逼得她不得不……"

"行啦,妈,你讲这种话干什么……"

"我就要讲!"许母压低声音,"贾浩文他还真好意思哟,天天在家里闲着,钞票也不出去赚,让心心这么辛苦。"

"妈,这种话,以后再不要讲!让老贾听了他要多心的。"许梦安一面说着,一面往妹妹房间去。

许梦心的房门半掩着,许梦安还没走到门边,就听到了妹妹打电话的声音。

"怎么会是假的呢,我给你小票了呀……和你在专柜买的不一样?只是产品批次不一样,这很正常的……你要退货?之前说好的,不退不换。你这洗面奶都拆封了,都用了,让我怎么给你退……你总要等我先查查货吧?"许梦心抬头看到了姐姐,"这样,我晚点联系你,小问题嘛,你别急。要真的是假货,我肯定给你退。"许梦心放下手机,转向姐姐:"麻烦死了。"

"要退货啊?"许梦安笑着坐下,打量着妹妹。

"嗯,这批货好像是有点不对劲,我也不能确定。你知道的,我也是问上家拿的。"

"你卖出去多少了?"

"这款洗面奶,我卖出去十几支了吧。等会儿我自己拆一支看看,要真的是假的……"许梦心叹了口气,"该退就给人家退。"

妹妹清瘦了许多,长发已经剪短,看起来十分利落,也很显精神。她说着话,一面就抓过边上的计算器,敲击了一番。

"要是假货,就全都得退……不管了,到时候我找上家理论去。我这信誉不能做没掉吧? 她要是坑我,我也不会饶了她的。刚才给我打电话的小姑娘,她还是个学生,一支小小的洗面奶都舍不得在专柜买,找的我们代购,就是为了能够省点钱。如果买了假货,她不得心疼死啊? 我能不给她退吗?"许梦心边说边笑,看起来倒不觉得眼前这个事有多麻烦。

"别把自己弄得太辛苦了,妈刚还和我说呢,说你今天还去加班……"

"今天商场搞活动,客流量比平时大,这都不去加班,更待何时?"

"你这又要上班,又兼职做代购,忙得过来吗?"

"所以啊……"许梦心还是笑着,"我打算辞职了。"

"辞职? 做得好好的,怎么想起来辞职了?"

"你看,我现在做代购,客源挺稳定的。我呢,接下来不打算再问上家拿货了,我想自己做。"

"你要自己去国外拿货?"

"我不行吗? 他们能做的事,我怎么就不能做了?"

"不是,心心,你听姐姐说,代购终归不是长久的工作,也不稳定……"

"你这口气跟妈一模一样。当时你要从杂志社辞职,妈就是这么讲的:'哎哟,这去私人的公司上班,不稳定的,大姐你要考虑好……'"

许梦安忍不住笑起来:"学得还挺像。"

"别为我操心啦,我自己心里有数。"

"我的意思是,既然你现在有客源,索性开个实体店,就做日化。钱的事情,我们大家一起想办法。"

"我不但要开实体店,还要开网店,不过,不是现在。钱呢,也不用你们担心。我是想着,等代购做好了,积累了第一桶金,我再开店。"

妹妹现在都有自己的职业规划了,许梦安很是有些感慨。老贾事业上的溃败反而成全了妹妹,几乎让她在一夜之间成长了。成长对有些人来说是个极为漫长的过程,可是,对另外一些人,它却只是一个瞬间。某天某时某刻,因为发生了某事,突然就醍醐灌顶了。而这种"突然",其实又是种种"必然"决定的。

2

终于开饭了，兰香不肯上桌，说是要看孩子。老贾将小西瓜放在推车上，又抱过了李静怀里的小葡萄，说是他来看。

"这怎么行……"李静觉得有些不好意思。

"是啊，你赶紧去吃吧，孩子给我。"兰香忙道。

"没事，就让他看着孩子吧。"许母有些不耐烦，"这个家里谁不辛苦，谁不累，我看也就他闲点。"

老贾听了，嘴角动了动，回转身去逗孩子了。

许梦心却不高兴了："妈，我们老贾怎么闲着了？今天这桌子菜是他买的，是他做的，小西瓜他也没少带。还有熊熊，熊熊的作业也是他辅导的吧？想说话就好好说话，不会说呢，你就少说几句……"

"是，是，"兰香忙打圆场，"熊熊爸爸没少干活，挺好的。"

许梦心抬了抬眼睛："他是我老公，他好不好我不知道吗？用不着你们告诉我！"

许母把碗筷一撂，横了眉："我说都说不得了？"

"妈，吃饭吧，吃饭……"许梦安道。

"大姐啊，你说这饭我还吃得下吗？你看心心，她这是什么意思嘛？"

"吃饭！"许父黑了脸，"吃！"

"既然心心把话都说到这份上了，我也不用藏着掖着了……"许母仍不罢休。

"妈……"许梦安拉住许母的手，试图阻止她继续往下说。

"大姐，你让妈说，别拦着！"许梦心也将碗筷撂下了，转向李云阶："你跟熊熊一起把弟弟妹妹带去客厅。"

李云阶蒙了："啊？"

"小姨说话不管用了？"

"噢……我……那什么，熊熊，我们走……"

待孩子们走了，老贾走到许梦心身边，按住她的肩膀："火气别那么大，这是干

吗呢……"

许梦心推开老贾的手："贾浩文，你没听出来啊，我妈这是在说你呢！"

"我知道……"

"你知道个屁！"

"哎呀……"许母拍了拍大腿，眼泪马上就出来了，"我说都不能说了……他天天待在家里不出去赚钱，我说都不能说了……我为我心心好，不想她那么辛苦那么累……我心心一个人干两份工作，瘦成什么样了啊……我就想着浩文也能出去工作，给心心分担分担……我说错什么了呀？大姐啊，我说错什么了，你妹妹要这么对我！"

"妈……"许梦安都不知道该说什么了。

李静本想安慰许母，转念想到这毕竟是人家家里的事，硬是忍下了。

"妈，是我的错，都是我不好。我没用。"老贾低着头。

"贾浩文你给我闭嘴！"许梦心一下站起，"既然今天大家都在这，行，那我就把话说开了！以前我家老贾能赚钱的时候也没少孝敬爸妈，家里头多少事都是他担着，他嫌我吃闲饭了吗？他没有！哦，现在我才赚了几个钱，你们一个个就觉得我辛苦了，就替我抱屈了！再说了，老贾他也没闲着。要不是他在家忙这忙那，我也没办法安心工作。妈，我吃什么苦了，你要这样针对老贾？"

许梦心这话一说完，众人只是沉默。尤其是老贾，他杵在那，眼睛都泛红了。

"妈也就是随口一说，心心，你想多了。说好吃团圆饭的，高高兴兴才是。你看，这大萍和小树来一趟不容易，他们俩今天是关了店来的，生意都不做了，总不能不让人吃饭吧？"许梦安微笑着。

"是啊，"小树带着点拘谨，举杯站起，"这一桌子，我跟大萍是小辈，我们俩先敬大家一杯……"小树一边说，一边拉起大萍。

"坐，坐！"许父举了杯。

许梦心示意老贾坐下，跟着众人举了杯。待她把杯子里的酒喝尽，撂了杯子，缓缓道："爸，妈，我们明天就会去找房子。我们要搬走。"

"你说什么？"许母手里的杯子一下掉到了地上。

许梦心想要搬走，这并不是临时起意。要换了以前，跟父母住在一块是她最喜欢的。父母宠溺她，在家里什么活都不让她干，她爱干吗就干吗，很是自在的。每回跟老贾吵架，她总要往娘家跑。可是，自从她拖家带口搬进了娘家，情况就完全不一样了。刚开始，她没有工作，吃喝全是父母接济的。时间长了，她也无法再心安理得。老贾又一直没能赚到钱，如今更是全职奶爸，每每还要受许母的气。许父呢，嘴上不说，但他总归也会有想法的。

　　许梦心也知道，今天许母说的这番话，是真真切切在心疼她。但是这话并不公道，摆明了在偏袒她。老贾虽然没赚钱，但他对这个家的付出并不比以前少。只是在许母这里，男主外女主内，女婿就应该出去工作，而女儿最好能够清闲点。

　　"你要搬出去……为什么啊？"许母不停在问。

　　许梦心笑了笑："妈，我们住在这，本来就是暂时的。其实到外面租个房子也很方便的，我们想租个离熊熊学校近点的房子。"

　　"这怎么行，不用花这种钱的……"许母絮叨着。

　　许父看了许母一眼，才转向许梦心："再说！吃饭。"

　　许梦心正欲说什么，许梦安按住了她的手，冲她轻轻摇头。

　　客厅里，孩子们还饿着肚子坐在那里，等着大人们说完他们该说或者不该说的话。

　　"他们在吵什么啊？"熊熊半懂不懂，"看着都累。吃饭就吃饭喽，食不言、寝不语。"

　　"没什么，"李云阶苦笑，拍了拍怀里的小葡萄，"家家有本难念的经。我们家也这样。"

　　"他们老说我们小孩不懂事，我看他们才不懂事。"

　　"嗯……"李云阶低头看小葡萄，"许木子你怎么又吃手，脏不脏呀？快拿出来！"

　　一边推车上的小西瓜倒是乖巧许多，正看着动画片，不时发出咯咯的笑声。

　　"姐，你跟我说说你们学校的事呗。"熊熊说道。

　　"有什么好说的……"

"一定有很多漂亮小姐姐吧？"

"熊熊你才多大啊，就满口的漂亮小姐姐了。"

"那一定有很多颜值爆表的小哥哥！"

"不知道。"

"你刚去学校那会儿可不这样，你跟我说了好多你们学校的事呢。现在你是怎么了嘛，我问你你也不爱说了。"

"好好看电视，我现在什么都不想说。"

"你是不是谈恋爱了？"

"乱讲！"

"我知道的，你那个男朋友叫刘思明。"

"你再讲我要发火了！"

"那我不讲了嘛。"

"讨厌鬼！"

熊熊如今不太敢招惹表姐，便只得低头继续玩手机。

刘思明……李云阶听到这个名字就更生气了。这个爱出风头的家伙，军训的时候就在高一年级段出了名。李云阶他们班一个女生站军姿的时候晕倒了，他们班的男生还没怎么着呢，倒是刘思明跑出来，把那个女生给背去了医务室。从此，女生们就都知道了这号人物。说是个子高，有颜值，人还特别好。据跟刘思明同班的何璐说，课间的时候，经常会有别班女生过来，要一睹刘思明的风采。

相比刘思明，李云阶就显得太籍籍无名、太平淡无奇了。在宏远初中时，李云阶不说是校花，至少也是个班花吧。而且，她会的才艺多，人缘也好，是众星捧月的存在。可到了一中之后，她才知道，这个世界上居然有这么多优秀的女孩。就说她这个班吧，有好几个女生都比她漂亮……好，外表是肤浅的，不提这个，可就算是才艺，能歌善舞的也多了去了，她李云阶真的不算什么……

这次的迎新晚会，李云阶他们班排了个大合唱，她居然被老师安排在了第二排！以前她可是从来都站在第一排最中间的，站的是 C 位！第二排……这对她来说，真的是太丢人了！而站 C 位的居然就是被刘思明背去医务室的那个女生……她叫钱依依，是班里的文艺委员，也是军训期间极少数没被晒黑的女生之一。别说男生了，就是李云阶第一次看到钱依依时，也暗暗惊叹怎么会有这么好看的女生。听说钱依依从小就学芭蕾舞和美声，跟刘思明一样，是一中的特招生。

本来嘛，刘思明背钱依依也就背了，反正他一直就这么仗义，一直就这么乐于助人。问题是，他这么一背，居然背出绯闻来了。大家都传，说他们俩是一对！

是，的确有很多女生跑去一睹刘思明的风采，可当她们听说刘思明已经和钱依依互相有好感时，就都望而却步了。为什么？因为对方可是钱依依啊，怎么可能比得过？

李云阶有心问刘思明的，话到嘴边，却又还是咽下了。她怎么问？她站在什么角度问？有天晚自习后，她跟何璐一起回宿舍，远远地就看到女生宿舍楼下站着个男生，正是刘思明。何璐还笑，说刘思明是在等李云阶。结果，太讽刺了，人家等的分明是钱依依，还往钱依依手里塞了个什么东西。看到这种情形，李云阶是再也没有什么可问的了。国庆假期前，刘思明还来找过李云阶，说是假期里他们街舞社有活动，邀请她去参加。李云阶断然拒绝了，连话都不想跟他多说。

"云阶，熊熊，你们俩赶紧去吃饭吧！"兰香表姑进了门，"你们自己都是孩子，怎么能让你们看孩子嘛。"

李云阶回过神来，将怀里的小葡萄递给表姑，小葡萄却哇哇大哭起来，怎么都不愿意被表姑抱走。

"小葡萄喜欢姐姐呢。"兰香笑着，还是硬生生把小葡萄给抱过去了，"姐姐要去吃饭啦，表姑抱抱。"

"他那么点大，哪里知道我是他姐姐。"李云阶说着。

"怎么不知道，他在你妈肚子里时就知道自己有姐姐。这叫什么？这叫血缘关系，这叫打断骨头连着筋。我家大萍和大明啊，他们姐弟俩……"

李云阶忙拉了熊熊离开，她可不想听表姑讲什么老皇历。

许梦安知道妹妹的脾气，但这回妹妹说要搬走，倒不是因为任性或者冲动，也不是真的在跟许母闹别扭。相反，妹妹这是懂事了，不愿再给父母添麻烦，也不想二老跟老贾有什么不睦。吃完了饭，许梦安劝过许母，让她尊重妹妹的决定，又给许父泡了脚，这才领着一家人离开。他们到了景华苑门口，许梦安看见了一个熟悉的身影。车子开近了开窗一瞧，那人竟然是大萍爸爸。大萍爸爸挥舞着双手，唯恐许梦安他们瞧不见他，嘴里嚷着："停车！停车！"

这大萍爸爸自从上次胡闹之后，兰香是彻底跟他划清了界限，就差一道离婚手续了。是李静和欧阳好心，收留了大萍爸爸，就安排在医馆里打杂。

欧阳对这家伙很是关照，让他把欠下的债务都整理出来，一笔都不能落。还跟他说好，医馆这边管吃管住，每个月发点生活费，大半的工资都由欧阳保管，然后呢，按照那个债务清单，一笔一笔帮他慢慢还。但凡有来要债的，碍着欧阳的面子，又看到了人家明明白白列好的债务清单和还款计划，也都没再找麻烦了。

大萍爸爸自是感激不尽，除了拼了命工作，也没别的可报答的了。还真别说，这人虽然粗野无知，却很是忠心耿耿。打杂的时候在后勤管仓库，他一上岗，仓库里连只苍蝇都飞不进去，别人来领一卷纸巾都要写清楚用途，不然他就跟人死磕。发现谁的东西领得多了、领得过于频繁了，他还留个心眼，给人记下来，分分钟都要去查清楚。

这次他是路过 H 城的，医馆组织优秀员工出去旅游来着，回来时在这边转车。本来呢，今天就要坐高铁回去了，可是他得知一个消息后，说什么都要留下来，心急火燎地就奔许梦安家去了。到了景华苑，门口保安见他不修边幅，说话也冒冒失失，说什么都不让他进。他又没有李静他们的电话，便只好站在门口死等。他不是没想过去许家小院找人，但是，他实在是没脸见兰香。

许梦安下了车，大萍爸爸一句寒暄都没有，直接说道："出事了出事了！欧阳大哥出事了！"

原来，医馆来了批医闹，欧阳被打伤了。这件事，欧阳千叮万嘱，是不让人告诉李静的。但大萍爸爸可不这么想。且不说欧阳跟李静是夫妻，哪有丈夫出事瞒着妻子的道理？再一个，医闹的事还没解决，欧阳又伤着了，总得有人主持大局吧？除了李静，还有谁能担此重任？

李静这人风风火火，可要真出了事，她的思路却是异常清晰的，先问了欧阳的伤情，又询问了医闹的原因。倒是大萍爸爸，慌得跟什么似的，颠来倒去，好一会儿才把事情讲清楚。

事情就发生在几天前，有天上午，几个人抬来个老大爷，说是各大医院都去看过了,没用,想来看看中医。几个中医师苦口婆心地对家属说,病人情况危急,还是送到市立医院去比较好。家属嘴上答应得好好的,扭脸全都跑光了。等大家商量好,由欧阳拍板,先送老大爷去市立医院,毕竟人命关天。可还没等救护车到,老大爷就一命呜呼了。

好嘛,人还在的时候家属全都没影了,这人一走,那些家伙又全都跑出来了,拉着横幅,带着专业医闹,浩浩荡荡总共有一二十人,像是排练过似的,开口就是要赔钱。这伙人见东西就砸,见人就推搡,来势汹汹,十分嚣张。欧阳唯恐事情闹大,第一个冲在前头,立刻就被打倒在地,颈椎骨骨折,好在没有伤到神经,不然就有可能瘫痪了。

"回家。"这是李静听完大萍爸爸的陈述后说的第一句话。许梦安和李临忙给李静收拾东西,李静却是有条不紊,把家里各种琐碎之事都交代好了,才让大萍爸爸给拎了行李下楼。李临带着妻儿,一家人站在车库里送李静。

"姐,这大晚上开车,你得小心点,别开太快了。"许梦安叮嘱。

李静道:"放心吧,家里有一个已经出事了,我可不能再出事。对了,老爷子还在外边玩,这事先别跟他说。等处理好了,我自己会告诉他的。"

"姑姑……"李云阶想了半天,才说出一句,"姑姑再见。"

"别跟你爸妈倔,别欺负小葡萄,听到没?"李静对李云阶说着。

"知道了。"

李静发动了车子,大萍爸爸却迟迟没有上车。他走到许梦安身边,犹犹豫豫地从随身的包里掏出了个塑料袋,递给了她。

"这是给兰香娘俩的,我在景区买的,不是什么好东西,好东西我也买不起……反正,要是她们肯收,就收着;要是不肯收,你扔了也行……"

"这是什么?"

"就是你们女人戴的丝巾,花花绿绿的,我也不会挑,随便选的。"

"好,我一定转交给她们。"

"嗯……"大萍爸爸欲言又止。

许梦安顿了顿,算是猜出了他的心思,才道:"她们都挺好的。兰香刚体检过,各项指标比我都强。大萍和小树的店开得不错,小两口也勤快,说是等忙过今年,就准备怀孕,好让你们抱外孙了。"

"咳……"大萍爸爸挠挠头,"我……我是没福气抱了。"

"福气这种事,都得靠自己不是?"许梦安微笑着。

"唉。"

送走李静和大萍爸爸,许梦安心里颇有些不是滋味。李静在这里时,许梦安觉得她什么都要管,什么都要过问,是盼着她早点回家的。可是,她真的就这么回去了,许梦安心里竟觉得空落落起来。不知姐夫的情况到底怎么样,也不知姐姐回去之后会遇到什么样的麻烦。而他们这边,许梦安和李临都得上班,必须得请个保姆了。说实话,无论什么样的保姆,都不会跟李静一样尽心尽力。小葡萄跟许梦安姓的事拍板之后,李静着实不高兴了一阵,但这种不高兴是冲许梦安的,她对小葡萄的疼爱只会更甚。小葡萄感染肺炎那阵,许梦安忙得脚不沾地,李静也跟着奔忙。医院里,交费、取药、拿化验单,李静都跟阵旋风似的,抢在许梦安前头去。小葡萄难过得直哭,她也跟着掉眼泪。

许梦安想到这些,鼻子直泛酸,抱着小葡萄坐在床边出神。

"梦安,好在是国庆假期,咱俩都休息,趁着这几天,赶紧把保姆找到。要是假期里找不到合适的,到时你先请几天假,等找到了,你再去上班吧。"

李临挨着许梦安坐下,许梦安本就有些郁郁,听了这话,立时就不高兴了:"都是上班,怎么就不能是你请假呢?"

是啊,夫妻都在职的情况下,都是上班,孩子需要人照顾了,怎么就不能是爸爸请假呢?

为这个问题苦恼的,不仅仅是许梦安一个人,还有很多当了母亲的职场女性。

李临果然如许梦安想的一样,说工作忙,脱不开身,不好请假。这些话翻来覆去,许梦安已经听了太多。生女儿时,李临忙于学业,好,学业重要。如今生了儿子,李临又忙于事业……怎么就他有事业,许梦安就没有事业,不需要事业吗?那个在许梦安举棋不定、不知该不该生下小葡萄时,曾信誓旦旦地说这次要陪伴着妻子和孩子、要做个合格丈夫和父亲的男人,他把这些话都忘了吗?

他能忘,许梦安却不能。

"对不起,这个假,我也请不了。"许梦安这句话说得很慢,却每个字都掷地有声。她一边说着，一边卷了自己的被子要离开房间。

"你这是干什么？"李临忙问。

"不干什么，就是，今天晚上，我累了，你陪孩子睡。"

"我……"李临还从没单独带小葡萄睡过觉。

许梦安一句废话都不想说，扭头就走，哪怕小葡萄已经发出了咿咿呀呀的哭声。

也许，李静走了真的不是一件坏事。在这段时间里，生活如果不能教会李临怎样才是合格的父亲，至少，也会让他明白，想成为一个合格的父亲到底要付出和牺牲什么。

3

许家小院，许梦心房间内，老贾正给她揉着肩膀："妈说的话其实有道理，我一个大男人，老在家里待着算怎么回事……"

"我这气刚消，你又要惹我是不是？"许梦心拍开老贾的手。

老贾这人有一点好，他能瞧出来妻子这是口是心非。他那双手跟橡皮糖似的，又黏上了她的双肩，揉得比之前更有力道了。

"心心，你别生我们的气，你要是气坏了，心疼你的还不是我们吗？"

"花言巧语。"

"字字肺腑，真的，连标点符号都不带哄你的。"

"行啦，接下来该怎么过，我有打算。我的打算，你要听吗？"

"听啊，你说什么我都听着。"

"光听着啊？"

"要不这样，我去拿个小本本记下来，深入学习，深刻领会……"

"差不多行了啊，多大年纪的人了，想学人当小奶狗啊？"

"我倒是想呢，可是小奶狗应该没有脱发的吧。"

"知道就好。你给我听好了，明天，你就去中介那里找房子。要求是干净整洁,最好有车库。车库我放货用的。还有啊,必须得离熊熊的学校近,附近呢,最好有三级甲等医院。要不然,专门的儿科医院也行。"

"这是……"老贾有点听不懂。

"离医院近,两个孩子有点头疼脑热的,我们也不用跑远路来回折腾了。"

"考虑得太周全了。"

"商场的工作呢,我是要去辞掉了……"

老贾的两只手不动了。许梦心笑着:"有意见?"

"没有没有。"

"没有你倒是继续揉啊,轻点。"

"唉。"

"往后我就是专职代购了,每个月至少要出去一趟。但是吧,这不出去的时候,一般也都待在家里,发发货,发展发展新客户什么的。我在家的时候,孩子也好,家务也好,我不会不管。可我不在家的时候,家里的事就全都得靠你。你能完成任务吗?"

"这个倒是没问题。现在的问题是,你这老是往国外跑,我怕你太辛苦。"

"辛苦不辛苦的,不在讨论范围内。还有,你在家呢,除了带孩子,我这边的事你也得帮衬着点。你能说会道,就帮我稳定客源,有个专业的词来着……对,客户关系主管,我封你当主管……"

"这就当官了?"

"高兴吗?"

"能不高兴吗?"

"高兴怎么不笑呢?"

"我笑了……"老贾倒着脑袋看许梦心,嘴角拉得老长。

"一边去!"许梦心拍了下老贾发量稀疏的脑袋。

"还有什么吩咐吗?许总,许老板。"

"其他的,我临时想到再补充吧。所以,你没闲着,我不会让你闲着,你只要明白这点就够了。"

"那妈能同意我们搬出去吗?"

"同不同意的,早晚都得搬走。早点搬走,对大家都好。"

"我刚才看到妈在那里唉声叹气……"

"我还不知道我妈?就让她坐那想,想久了,她自然就能明白。"许梦心话是这么讲,却还是站了起来,"算了,我去看看吧。"

许母独坐在院内,趴在她脚边的许富贵见许梦心来了,颤颤巍巍地站起来迎上去。许富贵老了。可这个小院里,老的不只是许富贵。

许梦心挨着母亲坐下,母亲不说话,她也不说话。

初秋的夜晚,有风穿过弄堂,刮得小院的门咯吱作响。

"唉……"许梦心叹了口气,"要搬走了,还有点舍不得呢。"

"舍不得那就别搬!"许母说话了。

"那辆三轮车放哪儿了?"

"哪辆?"

"当年我爸厂里效益不好,发不出工资,你骑着去摆夜市摊那辆,还在吗?"

"早就坏了!"

"本来我搬家可以用的。"

"说来说去,你还是要搬走……"

"妈,咱们几个都没有那种命,那种坐在家里享福,被老公养着的命。但我现在回头去看,想的却是,幸好我家老贾落了难,他不落难我都不知道自己还有别的路可以走。被人养着,不愁吃穿,是很美,可是,妈,只有宠物才是被圈养的,当然,还有猪……"

"说的什么呀,乱七八糟。"许母憋着笑。

"你和姐姐都能凭本事活着,我怎么就不能了?"

"你现在的本事大了去了,都要搬走了嘛。"

"我总得有自己的家吧。"

"行啦,我知道留不住你。走吧。"

"不急,我还没找好房子呢。"

"租个好点的房子,钱我给你贴补……"

"妈!"

"好好好,我一分钱都不给你。妈之所以说那些话,是因为这段时间你实在太不容易了。当妈的都希望自己的儿女好,希望你们活得轻松点,活得自在点。"

"只要是活着,没有人是轻松自在的。"

"是呀……"

虽然白曼在的时候,较好地培养了小葡萄的作息,但这妈妈不在身边,小葡萄还是有些不适应,夜里醒来好几回。李临以为儿子饿了,忙给泡奶粉。他平时只知道泡奶粉有讲究,却不知到底有什么讲究,便巴巴地跑去敲书房的门,想问许梦安。房内只传来一句:"知道了。"人家根本不开门!只给他发了条微信,说的是泡奶粉的注意事项。李临按照那个注意事项把奶粉泡好了,可是小葡萄根本不吃!不饿的话,应该就是尿了,给换片尿不湿吧。这个他还是会的,也给换过几回。结果,换完尿不湿之后,小葡萄没安静两分钟,就又哭了。李临故意抱着哭哭啼啼的儿子在书房门口转悠,许梦安倒好,愣是一点反应都没有。

这女人狠起心来真的太可怕了,老公不管也就算了,连儿子都可以不管!

没办法,李临悻悻回房,想尽办法哄儿子。哄得差不多了,刚把他放在婴儿床上,好家伙,他又哭了。如此折腾了一晚,天都亮了,儿子总算睡得香甜起来。李临呢,他刚有点睡意,就听到了房外边的响动。他走到外头一看,许梦安和李云阶,这对母女正收拾行李箱呢。

"妈,这套不行,别带了,拍照片的话,颜色太暗。咦,大花纱巾,你带这个干吗?"

许梦安拿起纱巾,举在脑袋后边:"喏,海风一吹,像不像仙女?"

"哪有这么老的仙女……"

"你们这是在干什么?"李临有种不祥的预感。

"自驾游啊,去海边。"李云阶道。

"就你们俩?"

"妈说了,反正爸爸你也放假,让你在家里带小葡萄。"

"过分了啊,许梦安。"李临瞪着妻子。

许梦安笑看着女儿:"云阶,妈妈过分吗?"

"平时都是妈妈和姑姑在带，妈妈好不容易放假了，出去玩两天，不过分。"女儿道。

"你看，还是你女儿公道。"

当着女儿的面，李临也不好再说什么，只得眼睁睁看着这对母女高高兴兴出了门。她们出门之前可说了，要是玩得开心，就多玩几天，不定什么时候回家的。

李临都快崩溃了，突然想起自己还有后援团，他第一时间给丈母娘打了电话。

"妈，我想求你个事……"

"赶紧说吧，我忙着呢。"丈母娘的声音里透着点不耐烦。

"就是……那个吧，梦安带着云阶自驾游去了，我姐呢又回老家了，医馆出了点事，她得回去处理。然后现在家里就我和小葡萄，我等会儿还得去学校呢，总不能带着孩子过去吧，所以，想请你帮我看一天孩子……你看你方便吗？"

"哦，不方便。"

丈母娘这个电话挂得可真是快，李临看了眼怀里的小葡萄："儿子啊，咱爷俩怎么就落到这个地步了呢？"

许母挂了大女婿的电话，许梦心在边上直笑："妈，你回答得太僵硬了，不自然。"

"大姐只说，无论如何不能答应你姐夫，又没给我台词。我这心里真不落忍，你说大姐也是，怎么就能这么狠心。你姐夫什么人她不知道吗？把孩子扔给他，那不是开玩笑吗！不行，我晚上得去一趟，万一小葡萄有个好歹，怎么办？"许母皱着眉头道。

"别，你要是晚上过去了，大姐的计划不就泡汤了吗？她就是想让姐夫体验一把带娃的艰辛。"

"心心啊，这男人带孩子……总归是让人不放心的。"

"瞎说，我家老贾就带得挺好。"

"浩文……"许母眼睛一亮，"要不晚上让浩文去看看？你姐只说不让咱俩过问，没说不让浩文管吧？"

"你倒是不客气，把我老公都给安排上了。"

"你想啊，浩文过去了，一个是看看你姐夫到底是怎么带孩子的，再一个，也让他给你姐夫洗洗脑嘛。"

"说得好像有几分道理……"

李临今天确实是有工作,而且,也都约好了来帮忙的学生。他瞄了瞄无精打采的儿子:"行吧,没办法了,我只能带你去学校了。"

带孩子出门可没那么简单,光收拾那个妈咪包就得花不少工夫。吃的、喝的、用的,鼓鼓囊囊塞了一大包。李临将小葡萄塞进了自己身上的背带腰凳,一手拎了妈咪包,一手推着婴儿车,这就出了门。好巧不巧,刚出单元门就遇见了何璐爸爸。看着李临这样,何璐爸爸忍不住大笑起来:"李老师,你这是……"

"去学校。"

"带儿子去啊?"

"他妈出去玩了。"

"你可真行。"何璐爸爸竖起了大拇指。

李临知道,人家根本不是在夸他,分明是在嘲笑。他没闲工夫计较这些,只想快点去学校把活给干了。

"要不我送送你?"何璐爸爸道。

"不用,我叫车了。"李临只是走得飞快,一路上碰到不少邻居,无不侧目,他却埋着头,只当没瞧见他们。

办公室里,几个学生老早就等在那了。看到小葡萄,学生们想问又不敢问,女生们倒是逗起了孩子。

"老师,小葡萄真像你。"一个女生正摸着小葡萄的小脸蛋。

李临笑道:"能不像吗,这可是我儿子。"

"哟,你怎么把儿子也带来了?"进门的是梅一朵。

李临没想到梅一朵今天也会来学校,便尴尬地笑着:"梦安有事,我呢,也顺便体验一下带娃的乐趣。"

"带孩子这种事哪会有乐趣!"梅一朵说着,就把小葡萄抱了起来,"真乖,阿姨送你的小金锁怎么没戴呀?"

李临不禁抚额,他又忘记把那个金锁还给梅一朵了。

"小孩子嘛,戴那么贵重的东西干吗……"李临道,"把孩子放婴儿车上就行,别抱着了。"

"行,我啊,连车带人,全都拿走了。"

"啊?"

"我是在家闲着没事才来学校转转的,你不一样,我知道,你在赶论文,时间紧迫。这带着孩子,容易耽误事,所以,孩子我给你看着吧。"

"不用了吧,真不用。"

"唉,你们李老师啊,老是跟我见外。"梅一朵转向那几个学生。

学生们干笑着,他们也不知道该说什么。

梅一朵话毕,果真把小葡萄放回婴儿车上,就势推出了门。

李临忙追出去:"这怎么好意思……"

"你是不是觉得特别不好意思?"

"是啊,不能让你给我看孩子嘛。"

"要真觉得不好意思,这样吧,晚上请我吃饭。"

"啊?"

"抠成这样? 还是说,许梦安没给你零花钱?"

"没有,没有。"

"给句痛快话,要真不想请,也没关系,我不差你这顿饭。"

"请……我请。"

第二十五章
没有完美的母亲

1

来这座海滨小城是女儿的主意。许梦安产后身材并未恢复,并不方便穿泳装,更没有心情来度假。沙滩上,满坑满谷全是人,海里更是跟下饺子似的。

女儿身着一套橘红色的泳装,头发齐齐整整梳在脑后,身段修长,真真正正的青春无敌。看着穿上泳装的女儿,许梦安意识到,这位,可真的不再是孩子了。

许梦安回想起自己青春期,也总是有着这样那样的小心思、小心事,林林总总不能为外人道。那会儿她特别喜欢写日记,屁大点事都能洋洋洒洒写上几页纸。当然,她也有着自己的秘密。像那个年龄段的女孩一样,她喜欢着一个健康、爽朗、明亮的男生。说到男生,女儿倒是很久没提刘思明了……

"挺有雅兴?"是于海的声音。

许梦安头都没回,仍然躺在沙滩椅上,目视前方:"不应该啊,以于总的身份,如果是到海边度假,至少也得是马尔代夫吧?"

"看你朋友圈发的照片,觉得这里也不错,就过来转转喽。"

许梦安这才回头,于海竟是独自一人。他穿着背心和花色鲜艳的沙滩裤,戴着副大黑墨镜。

"你不游啊?"于海笑问。

"算了吧,自带好几个游泳圈呢,没什么心情。"

"也是,你看我穿的这一身。早几年,穿这一身还挺潇洒,现在,穿上之后,就跟早上出门遛弯的老大爷似的。"

"你一个人?"

"不然呢?"

"又是说走就走的旅行?"

"倒也不全是。知道你们家李临没来,我想过来,乘虚而入。"

"闭嘴吧。"

"玩笑都开不得了吗?"于海一屁股坐在沙滩上,"许梦安,我那颗心早就死了,你还有什么好担心的。"

"我担心什么了?"

"晚上我带你们娘俩吃海鲜去。"

"不用。"

"干吗呢,跟贞洁烈女似的。我要想怎么着,平时在公司里有的是机会,还得跑这来?"

"我不是这个意思。"

"自从我收购了新苗,你更是拒我于千里之外了。以前呢,咱俩还能交交心,不算无话不说吧,但至少也是朋友。我现在挺后悔的,我干吗呀,收购新苗给自己添堵。"

"你是于总,我的上司。"

"现在可都放假了。我眼巴巴地跑来,你就这么赶我走?"

"于海,你自己玩去吧。我是想趁这个机会,多陪陪云阶。"

"我去哪儿啊?"

"这沙滩上多的是漂亮姑娘。我相信,只需要给你半天时间,你就不会单着了。"

"我对这些没兴趣。"

"嚯……这话你自己信?"

"我就不能上升到高级趣味?"

"脸皮倒是高级厚。"

"妈……"李云阶从水里钻出来了，披着条大浴巾，朝许梦安走来。

"云阶！"于海站起来，朝李云阶挥手。

李云阶一脸狐疑："于叔叔，你怎么在这？"

"过来办点事，顺便来海边转转，没想到这么巧，就遇到你们了。云阶，晚上叔叔带你去吃海鲜。我跟你说啊，那家海鲜，如果不是我带着去，你们可吃不着。"

"好啊！"

"有什么好吃的……"许梦安嘟囔。

梅一朵选了家看起来特别高档的餐厅，一进门，就有服务生跟他们打招呼："李先生、李太太，晚上好。"

李临一脸尴尬，那梅一朵却是笑着的："李先生订的位置在哪儿？"

"靠窗的，这边请。"

服务生在前边带路，梅一朵小声对李临说："你请客，自然要用你的名字订位置喽。"

嗯，简直无法反驳……

两人坐下了，梅一朵仍爱不释手地抱着小葡萄。李临倒是恨不得儿子在此时哇哇大哭，最好来个满地打滚，各种不情愿，也好让他有借口早点回家。结果呢，这小子倒好，坐在梅一朵怀里很是乖巧，睁着大眼睛到处打量。

"坐不住啊？"梅一朵笑着。

"没有没有，这里挺好的。"李临忙道。

"咱俩多久没单独吃饭了，一算得有十来年了吧？不对，你女儿都 16 岁了……嗯，咱们有近 20 年没这么吃过饭了。"

"那你就多点些菜，点贵的，别客气。"

"我在美国，决定回来之前，想了好多次这种情景。"

"什么情景？"

"你又在这跟我装傻。当然是想咱俩吃饭的情景了。只是，怎么都没想到，这顿饭啊，还多了这么个小家伙。"梅一朵摸摸小葡萄的脸。小葡萄的笑点也怪，居然咯咯笑了起来。不过,儿子的笑声让李临不再那么尴尬,他说着:"一朵,你有没有想过接下来的生活?"

"嗯?"

"你看啊,你回国之后啊,一个人带着笑笑,最好呢,能够找个人照顾你们。要是有合适的,你是不是也应该考虑一下你的个人问题?"

"怎么的,你要给我介绍对象?"

"那人你认识,"李临道,"也不能说是我给介绍。"

"顾大均啊?"

"对。"

"他是我的心理医生,这个你知道吧?"

"知道。"

"心理医生是不能跟病人有别的关系的,这个你知道吧?"

"这样啊……这个简单,你换个医生就行。"

"什么东西都能随随便便换吗?"

"我不是这个意思……我是说,大均人蛮好的。我那小姨子,产后抑郁,都是找他帮的忙。而且,你们俩也认识这么多年了……你们……"

"还能不能好好吃饭了?"

"行,那我不说了。"

"点菜!"

餐厅虽说就在海边,但绕来绕去的,没来过的还真找不到。

"阿海私房菜?"李云阶念着门上的招牌,"于叔叔,这是你开的店?"

于海只是一笑:"你猜呢?"

三人进到餐厅,餐厅内的布置跟外边一样,很是低调内敛,虽则素朴,但装修什么的都透着股格调,每一样装饰品都在说着这里并不便宜。

来之前,许梦安就想好了,这餐饭不能让于海请,等会儿她先悄悄把账结了就行。可是,当她看到吧台上放着的一个铁艺摆件,登时就了然,这家店怕还真是于海开的。因为,在他的办公室里,放着一个一模一样的。

"于哥来了?"迎上来一个女人,看样子应该是这里管事的人。

"让你家那口子用点心,今天我请的可是贵客。等菜都上齐了,让他也来喝两杯。"

"没问题。"女人话毕,上来一个服务生,把于海一行带进了一个包厢。

于海进包厢后,拉开了窗帘。落地窗外,便是海景。

"真是你开的?"许梦安问道。

"算是吧。"于海坐下,"所以,千万别想着悄悄去买单,心安理得地吃我的请吧。"

待菜上齐,刚才那个女人果然带着个男人进门了。

看到这个男人,李云阶和许梦安都有些诧异。李云阶诧异的是男人的长相,他的左脸像是被烫伤了,坑坑洼洼的,初见甚是吓人。但她知道,以貌取人是不对的,便只跟妈妈和于叔叔一样,微笑着站了起来。可许梦安诧异的并不是男人的长相,而是,她见过他。

"你怎么在这?"许梦安问道。

男人叫小五,很多年前,他还只是个少年。许梦安认识他,是因为一场火灾。在那场火灾中,才上大一的小五失去了所有家人。当年许梦安和于海还在杂志社,杂志有个社会纪实版的专栏由他们俩负责。这个小五,是他们的采访对象。

"许老师,好久不见。"小五倒是笑容坦然,跟常人无异,也并没瞧出来他有什么外貌上的自卑感。

小五长高了,也壮了,跟那个曾在重症监护室里奄奄一息的男孩判若两人。

"大学毕业后我没能找到工作,于哥说他想在这边开个餐厅,让我来打理。没想到,做饭这事还挺有趣,慢慢地,我就自己掌勺了。"小五道。

边上的女人笑了:"整天让我抛头露面的,你还好意思说了。"

小五拉了女人的手,给许梦安介绍:"这是我老婆,现在餐厅的生意都是她在管。"

"都坐下吧,也别说什么生意不生意的了,我说了,今天来的是贵客,我们都陪人家好好喝一杯吧。"于海道。

从小五口中，许梦安得知，正是当年杂志上的那篇报道，让他遇到了很多好心人。他被烧伤的其实不止脸部，身上还有多处。植皮手术需要巨额费用，这笔费用就是一个看了那篇文章的慈善机构捐助给他的。听得出来，他很感激于海和许梦安。

李云阶津津有味地听着这些故事，感觉到老妈真是一个让她骄傲的人。只是饭吃到一半，老妈说喝得有些头晕，想出去透透气。老妈离开之后，于叔叔端了茶水，说是出去帮她醒醒酒。

餐厅后头有个小院，种着些花花草草，许梦安正坐在木头长椅上，逗着一只小野猫。于海将茶水递给她："这里不错？"

"不错。"

"在这附近，我买了个小房子。"

"大别墅就大别墅，我又不仇富。"

"好，确实是栋别墅。我曾幻想着，哪天我老了，就带着婉真来这住，面朝大海，春暖花开什么的。"

"你们俩……其实真的不用走到那一步的。"

于海挨着许梦安坐下："梦安啊，第一眼见到你的时候，我以为陪我面朝大海的人会是你……"

"我没心情跟你开玩笑。"

"你先听我说完嘛。后来，我跟婉真结婚了，我也是真心喜欢她的。我知道，像你我，这辈子只能是朋友了。其实吧，婉真她明白我心里有你。可她这人，有一点好，她会装傻。她傻乎乎地对我好，傻乎乎地守着我跟她的家。前几天我来过这，去看我的小房子……哦，大别墅。奇怪了，我进门的第一个念头是，如果婉真也在就好了，她才是陪我面朝大海的人呢。她让我忘记了你，可是……"于海笑了两声，"如今，她却让我费尽心思都忘不了她。所以，她又不傻。"

"她现在单身，你也是，重新开始还来得及。"

"不说这些啦，我怎么会跟你说这些，大概，我也醉了吧。"

"我问你，你跟小五是怎么联系上的？"

"这些年，我跟小五一直有联系呀，这小伙子人不错，就是一开始吧，脸上身上给烫成那样，多少有点跟这个世界格格不入。大学毕业了吧，他发现找工作这事有点费劲。我呢，刚好想盘下这间餐厅，就问他愿不愿意来管事，他很痛快就答应了。别看他这样，还挺招女孩喜欢的。就他这老婆，本地土著，愣是看上他了，哭天抢地要嫁给他。他们小两口那小日子过得美滋滋的，幸福感可比我强多了。"

"怎么一直没听你说起？"

"没碰到合适的机会嘛。再说了，这个，好像也不值得特地拿出来说。我还以为你早忘记小五了呢。"

"怎么能忘……"许梦安沉吟着，"我还记得咱俩去重症监护室看他，他恢复意识了，你冲上去就问他失去家人有何感想……"

"那是我的工作，咱们那个专栏，做的都是类似的报道，读者就爱看这个。"

"为这事，我一直对你有想法。"

"你想的全都没错，我当时就是想做一篇惨兮兮的报道，越惨越好。我这人，急功近利嘛。"

"你也知道啊？"

"我可不是那种粉饰自己的人。"

"你帮小五，不是因为愧疚啊？"

"我这人，能对谁愧疚？还有啊，我帮他，他也帮我了啊。要不是他，我这小餐厅能这么红火？"

许梦安不说话了。

于海一拍脑门："哟，我是不是错过在你面前装好人的机会了？失策失策。"

"行了啊。"

"梦安，我知道你很善良。但善良不会是这个世界唯一的通行证，有些善良，只是让自己心安理得些。而且……对没有能力的人来说，善良只是软弱。我从没想过做什么善良的人，也不标榜什么问心无愧。至多是如今有了能力，能帮就帮、利人利己罢了。"

"所以说你是真小人。"

"真，总比假要好。"于海说毕，扔了串钥匙给许梦安。

"什么？"

"别墅钥匙啊。"

"给我干吗?"

"去住啊。"

"我不去。"

"放心,我住酒店,别墅,你跟云阶住。进去吧,吃完了饭,我送你们过去。"

　　李临的这餐饭终于吃完了,吃得他简直怀疑人生。对坐的梅一朵,分别从三个论题、六个大点、十二个小点,阐述了她不愿意跟顾大均处对象的原因,听得李临是昏昏欲睡。买完单,梅一朵非要送李临父子回家。送到小区门口了,又说李临一个人不行,她要帮他把小葡萄抱上楼。小葡萄这孩子也是怪了,跟梅一朵亲得不得了,非要她抱。

　　"怎么了呀,不敢请我去你家?"梅一朵问道。

　　"这么晚了,不方便吧?"

　　"你心里有鬼?"

　　"哪有,没有,没有。"

　　"你心里没鬼,就堂堂正正请我上楼喝杯茶嘛。不敢呀? 许梦安的家教这么严?"

　　李临还能说什么呢? 到家没多久,小葡萄就被梅一朵给哄睡着了。可梅一朵根本没有走的意思,非要李临给她泡茶。李临只得拿出上好的龙井,像模像样地在那说了半天茶道。

　　喝了两道茶,门铃响了。李临一看,楼下站着的是老贾。

　　"姐夫,开门,我救急来了。"电话门禁里,老贾说得很恳切。

　　"没事,我自己能行……你……你回去吧。"

　　要是让老贾看到梅一朵,可不定他会怎么想呢。

　　"姐夫,我来都来了,你总得让我上楼吧。"

　　"可是……"

　　"是妈让我来的,她说了,要是我不完成任务,她就自己来……"

　　我的天,那还是赶紧让他上楼吧。

第二十五章　没有完美的母亲

031

老贾很快就上楼进了门,忙忙地换鞋:"怎么样,伺候孩子这差事不容易吧? 大姐心可真大,就这么把孩子交给你了。姐夫,没事啊,我就是来火速支援的,孩子在哪儿呢? 孩子他……我去,这是哪位啊?"

原来,老贾猛抬头时,看到了客厅里笑盈盈的梅一朵。

2

等梅一朵走了,李临跟老贾解释了半天,但是,这些解释听起来怎么都是越描越黑。

"姐夫,你别跟我说这些。我就问你,有没有擦枪走火?"老贾气得连喝了好几杯茶。

"什么呀……没有没有,什么都没发生。不是,我跟她真的就是同事。"

"你对天发誓。"

"我不但可以对天发誓,对地发誓都行。"

"看着我的眼睛!"

"你们两口子真的够了,怎么都是一个套路啊?"

"你要是跟我们大姐玩套路,就别怪我们套路你!"

"老贾啊,我要是做了对不起你姐的事,我明天出门就被雷劈死。"李临不得不直视着老贾。

"不够狠。"

"好,那我要是做了对不起你们大姐的事,我就评不上教授,这个行吗?"

"这个够狠……"老贾叹了口气,"我就相信你一回吧。"

李临松了口气:"我还以为妈不管我了呢,还是她老人家想得周到,派你来支援。"

"孩子在哪儿呢?"

"睡着了。这一天可真不容易。说句良心话,要不是梅一朵,我都不知道怎么办。"

"就刚才那女的,穿得花里胡哨的,她会带孩子?"

"你小瞧她了啊。她是单亲妈妈,一个人带着孩子……"

"她单身?"

"要不然怎么是单亲妈妈呢?"

"那可就危险了。姐夫,你得提高警惕啊。这就跟咱们出门似的,我们车开得好好的,没奈何别的车要撞我们……"老贾说完才知失言,"对不住啊,姐夫,我不该提什么撞车的事。"数年前,李临开车去上班时,出过一次车祸,两车相撞,对方全责。对方倒没什么事,李临呢,惨了点,脑出血,差点就一命呜呼了。出了这事之后,他就再也不敢开车了。

"没事……"李临笑笑,"老贾啊,我还真挺佩服你的。你说你都是怎么熬过来的?我们家云阶大了,现在又住校,倒不用我们太操心。可我就是管这个小的,我都快崩溃了。你厉害啊,熊熊和小西瓜,你都能带,还带着出去逛街……"

"不止逛街,我还带他们去过游乐园呢。带孩子这事,确实不容易,但我习惯了,也就那样吧。姐夫,我猜……你今天带着孩子出去,觉得崩溃,不只是因为带孩子辛苦吧?"

"这话怎么说?"

"你是怕一个大男人抱着孩子出门,会被人指指点点,对吧?"

"没有……"

"以前心心老说我大男子主义,我没当回事。可自从我当了这个什么奶爸之后,我发现自己原来确实有些不像话。我们男人,不能只管播种,不管……"老贾拍拍自己的嘴,"我讲话粗鲁了。我的意思是,这孩子不只是妈妈的孩子,也是爸爸的孩子,谁带不是带呢?"

"我没说不带,就是最近事情确实比较多……"

"我给你推荐几本育儿书,对了,我还有个奶爸群,现在就拉你进群。"

"别……我不太用微信……"

"干吗啊,大家一起交流交流,不是挺好?我们还有定期的线下聚会呢。"

"我……"

"姐夫,你呀,还是抹不开脸。想想我,不说我以前是你这样的知识分子、大教授,好歹也算是霸道总裁吧?我有天带着孩子出门,遇到了以前的几个老客户,差点没被他们奚落死。可是怎么的吧,日子是我自己过的,关他们屁事!"

"你又粗鲁了。"

"话糙理不糙。"

"行行行,你拉我进群吧,我说不过你。"

"我跟你说啊,"老贾摆弄着手机,"这个奶爸群里什么样的人都有,其中也有你这样的知识分子。还有的呢,原来跟我一样,也有自己的事业。但是呢,我们的老婆比我们能干,那么,我们就退居二线,担负起了照顾孩子的重担……姐夫你愣着干什么,你手机呢?我已经把你拉进群了!"

李临无奈,只得掏出手机,点开微信确认过奶爸群,顺手就点开了朋友圈,这回,他可是真的愣住了。

"怎么了?"老贾凑过头去看,"嚯,大姐出手不一般啊,带云阶去海边玩一玩,娘俩大别墅都住上了。这种地方,住一晚上可不便宜。"

李临看到的是女儿的朋友圈,九张照片,每一张的背景都是海边的大别墅。有张她们母女的合影,许梦安笑得特别开心。

"不是她们租的!"李临没好气地道。

"不是租的?"

"没见云阶写的那行字吗,于叔叔的大别墅。"

"于叔叔?哪个于叔叔?"

"还有哪个……"

"于海?"

"肯定是他嘛。"

老贾也愣了半晌,然后抓住了李临的手:"姐夫,这里面肯定有误会,大姐不是那样的人。"

"我说什么了啊,你就这样……不是,你什么意思啊?"

"没有……我就是……反正,大姐不是那种女人。"

"我算看明白了!我请梅一朵喝个茶,你就那么不相信我说的话。你大姐这都住上于海的海边大别墅了,你就说这是误会!老贾啊,是谁说的,咱俩是挑担,挑担心连心。你过分了啊。"

"姐夫，如果啊，我是说如果，大姐真的要做什么对不起你的事，她……她干吗要带着云阶呀？这个逻辑，你仔细想想，它是不成立的啊！"

李临凝神："问题是，她走之前也没说还有别人啊。我特意问了一句，都有谁，她说的，就她们娘俩来着。往常她跟于海也会一起吃个饭喝个茶什么的，她多少都会跟我提一嘴，这回她可什么都没说……"

老贾的表情也凝重起来了："这个于海，对大姐倒是真没话说。我之前那个工作，就是她托于海给找的……"

"还有这事？"

"你不知道？"

"我不知道！"

"我这……我这不是火上浇油吗？姐夫，你冷静点，事情绝对不是我们想的那样。这样，你现在给她打个电话，问问她。"

"你是不是傻……我问她，要真有什么，她能跟我说实话？"

"那这样，给云阶打，小孩子嘛，不会骗人。"

"我不想打！谁的电话都不想打！"

"姐夫，这个问题不弄清楚，你今天晚上是睡不着的。再说了，要是不弄个水落石出，你误会了大姐，这样也不合适……"

李临犹豫了一会儿，才拨通了女儿的电话。

"爸！你没过来真是太可惜了。今天晚上，于叔叔带我们去他的餐厅吃了海鲜，我们现在正在他的别墅里呢。"小孩子果然有什么就说什么。

"噢，那挺好的，玩得开心点……"李临结结巴巴的。

老贾在一边轻声道："倒是问啊，问！"

"云阶啊，你们就住这个别墅了吧？"

"对，接下来几天都住这了。"

"你妈呢？"

"哦，我妈跟于叔叔在楼下。不跟你聊了，我这还打着游戏呢，不然队友该举报我挂机了！"女儿说完就挂了电话。

在楼下……许梦安跟于海在楼下……李临攥着手机,整张脸都黑了。

老贾很晚才回小院,他回来时,许梦心已经睡着了。要不是他坐在床边唉声叹气,她也不会被吓醒。

"贾浩文你有病啊,吓死我了!坐这干吗呢,不睡觉了?"许梦心坐起身来,没好气地看着丈夫。

"出事了。"

"着火了啊?"

"差不多吧,后院着火了。"

许梦心抱住了小西瓜,连忙下床:"那赶紧打119,赶紧去救火啊!啊,先去兰香那屋,我得把熊熊先救出来!还有我爸,我爸腿脚不方便!你是个死人啊,着火了你不声不响坐在这!要是他们出了事,我是要让你陪葬的!"

"心心,你冷静点……不是真的着火,是……"老贾拉住妻子,欲言又止。

"你这是要急死我?"

"姐夫后院着火了,大姐她……"

"你给我把话说清楚!"

"你小点声,别把孩子给惊醒了。"

李临看着熟睡的儿子看得出神。他的脑子里跟走马灯似的,回想着他跟许梦安从前的点点滴滴。他实在想不出妻子背叛自己、背叛婚姻的理由……当然,他也完全没有想到。

不,许梦安是不会做这种事的。这句话一次又一次在他的耳畔回响,可是这份坚定,却一次又一次被女儿那句"我妈跟于叔叔在楼下"打散。

其实,于海跟许梦安认识得早,他们认识的时候,李临还没出现在许梦安的视线范围内呢。再细想起来,从大学时代直到现在,于海几乎从没离开过他们的生活。于海跟婉真离了婚,又收购了新苗,给许梦安放了个那么长的产假,她回去上班后几乎是把她当菩萨供着,减轻了她的工作压力……李临不敢再往下想。

许梦心在房间里来回踱步,老贾抚着下巴看着她:"想好了吗,我们到底应该怎么办?"

"要真像你说的,梅一朵跟姐夫单独待着,大姐跟于海去了海边……那他们俩这婚姻……名存实亡了啊。"

"我看姐夫那眼神,挺真诚的,他跟那个女的应该没什么……"

"你的意思是大姐有问题?"

"没有没有,大姐怎么会有问题。"老贾别过脸去。

"你这表情就是在说大姐有问题!"

"真没有!"

"老贾,我许梦心是个很公道的人,要是大姐真的有问题,那是她的错,她欺负人,我绝对不会包庇她的。"

"心心啊,现在我们根本不知道事情的真相到底是什么……你别冲动。"

"几点了?"

"两点多……"

"睡觉。"

"睡觉?你睡得着啊?"

"睡不着也得睡,咱们五点起床,去一趟。"

"去哪儿?"

"找我姐。"

"心心啊……"

"我说了,睡觉!到底是怎么回事,明天我们到了那,一看便知。要是大姐她真的……那就别怪我不客气了。"

"可是,我们也找不见那个什么别墅啊。"

"说你蠢你还真蠢,云阶发朋友圈的时候有定位,而且,那别墅上还写着门牌号呢,怎么会找不见!"

"怎么去啊?"

"开车。"

"车呢?咱家现在没车……"

"你不会想办法?"

窗外的海浪声极有规律,正伴着许梦安沉沉入睡。她已经很久没有这么轻松过了,所以,今晚,她的睡梦也格外香甜。从查出怀孕、确定要生、小心保胎……再到今夜之前,许梦安几乎每晚都不得安然入睡。尤其是小葡萄出生以来,哪怕月嫂白曼和大姑子李静都在时,身为母亲的许梦安也总是小心翼翼,从来不敢踏踏实实睡觉。家里人谁都不知道,那段时间,她偷偷咨询过心理医生顾大均。因为,她生怕自己患上产后抑郁症。顾医生总劝她,世上没有完美的人,母亲也一样。要允许母亲有缺点,也应该允许母爱有瑕疵。

"没有女人生来就是母亲。"顾医生这样说。

睡梦中,许梦安回到了小时候。她变成了跟女儿差不多年纪的少女,她们成了朋友。她把自行车骑得飞快,就像在云朵里穿行。直到,一阵刺耳的上课铃声将她惊醒……许梦安睁开眼,切切实实听到了铃声,原来是门铃在响。她抓过睡袍,理了下蓬乱的头发,急急忙忙下了楼。隔着猫眼看,门外站着的竟是妹妹。难道还是在做梦?

"大姐!你在这里吗?大姐,开门!"确确实实是许梦心的声音。

许梦安掐了自己一把,只觉生疼,这才慢悠悠开了门:"你怎么来……"

妹妹将许梦安推到一边,径直冲了进来。

"心心,什么情况,你怎么来了?"许梦安还是有点恍惚。

"人呢?"

"嗯?"

"于海呢?"

"什么于海?"

"大姐呀……"许梦心回头,"你怎么这么糊涂……你让我怎么说你才好。我跟你说吧,老贾也来了,但我没让他进来,就是怕你尴尬,怕你坍台……"

"等等,你让我缓缓,你们这是几个意思?"

"都这样了,你还想瞒着我吗?你看你……"许梦心指着许梦安敞着的睡袍,"你这个样子……"

"你,怀疑我跟于海?"

"原先是怀疑,但是现在……我跟老贾,我们可是开了两个小时的车过来的。一路上我都在祈祷,大姐千万不要在那个破别墅里,大姐千万不能犯错……你理解我的心情吗?"

许梦安摊手:"不理解。"

"你都四十几岁的人了,能不能成熟点! 好了,现在说什么都没有意义了。这样,我们坐下来,你跟我说实话,接下来你打算怎么办?"

"那你觉得我应该怎么办呢?"

"你要是飞蛾扑火,非要跟这姓于的一起过,行,你痛痛快快跟姐夫把离婚手续给办了,我倒还欣赏你的干脆利落。"

"我要是不离婚呢?"

"你要是不离婚,那你就太对不起我姐夫了。我帮理不帮亲。"

许梦安忍不住大笑起来。

"你还有脸笑! 等会儿我再跟你算账,我先把那姓于的揪出来!"许梦心说着就满屋子乱蹿。

"人家根本就不在这。"

"跑了?"

"跑什么跑。我是说,这个别墅是他借给我和云阶住的,他自己住酒店呢。你要不相信,那我把他酒店的地址给你,你再跟刚才似的,去砸门,把他给叫醒,请他过来跟我对质,请他过来接受你的拷问。"

"大姐,我……"

"我好不容易轻松一晚上,做了个好梦,你全都给我搅了。"

"真的……真的没有发生什么啊?"

"你还不信是吧,行,你找去吧。"

"别,我……你看我这闹的。大姐,亲爱的大姐,我错了还不行吗?"

"简直丧心病狂。"

这时,楼上突然传来一声尖叫,是李云阶发出来的。

"云阶!"许梦安急急忙忙往楼梯上走,"发生什么事了! 你在哪儿呢?"

许梦心也跟了上去。

李云阶正跑下楼梯，看到老妈和小姨，她捂着脸站定："我完蛋了！"

"你怎么了？捂着脸干吗？"许梦安问道。

"妈，我长痘痘了，我变成丑八怪了！"

3

李临一晚上都没睡，等略微有了睡意，儿子又醒了。

都说爸爸和妈妈不一样，妈妈怀胎十月，跟孩子之间的感情是一早就建立了的。可是爸爸，他需要等孩子出生，跟孩子相处一段时间之后才能意识到——原来，我当爸爸了。李临虽然是"又当爸爸"了，但他的心路历程大体也是这样。

前些日子，家里有月嫂，李静也在，小葡萄的事还真轮不到李临过问。后来孩子感染肺炎，他做的，也无非是在医院陪陪老婆孩子，偶尔跑个腿，其余的事情都是姐姐和老婆在张罗。他就是想插手，都不知该从何处下手。此刻，儿子就睡在身侧，长长的睫毛耷拉着，小嘴微微噘着，怎么看怎么可爱。这孩子的五官是像极了许梦安的，简直如一个模子刻出来般。

今天，李临泡奶粉、换尿布都熟练了许多。做完这些，他就接到了丈母娘的电话，很是嘘寒问暖。当然，她最关心的是小葡萄。

"你今天去学校吗？"丈母娘问他。

"不去。"

"那就过来吃饭吧。"

李临磨磨蹭蹭，出了门才发现忘了带妈咪包。折返回家拿了，却又没推婴儿车。等要带的东西都搞定，结果倒好，小葡萄居然没抱下楼。如此折腾，待他们父子来到许家小院时已是中午。

小院内，许梦安竟笑眯眯地站在那，拿了把剪刀，正修剪着花花草草。许富贵原本是绕在她脚边的，见李临来了，它懒懒散散地迎了上去。

"你……你怎么回来了？"李临诧异。

许梦安也不答话，放下剪刀，接过李临怀里的小葡萄，仍是笑着。

李临有些无措，便喊着："云阶！云阶呢？"

女儿捂着半张脸从客厅里跑出来："爸，我们回来了，我没心情玩！"

李临迎上前，揽过女儿的肩膀："你脸怎么了？"

"长了好大的痘痘！丑死啦。"

"很正常，爸爸那时候也长……那个，云阶啊，就你们回来了？"

"还有小姨和小姨夫……"

"他们怎么……"

"我们回来得急，还没跟于叔叔告别呢，太没礼貌了。"

"于叔叔他……"

"于叔叔人超级好，不但请我们吃了海鲜，还把自己的别墅让给我们住，他自己住酒店。"

李临蒙了一下，这时，老贾走过来，一把拉着李临进了客厅。

"姐夫，姐夫……我们去看过了，确实什么都没发生。"老贾轻声道。

"不是……老贾啊，谁让你们去的！"

"心心说一定要去看看，查明真相什么的。"

"哎哟，我真的是……你们俩……我都不知道该怎么说了！"李临探头往外看，院子里，许梦安还是笑眯眯的，逗着她怀里的小葡萄，"你姐一定气坏了吧。"

"那倒没有。云阶哭着喊着要回来，大姐也就答应了。所以，她们俩就跟着我们一块回来了。"

"她就没说什么？"

"谁？"

"你们大姐啊，她就没说什么吗？"

"没有啊。姐夫，既然什么事都没有发生，你也就可以安心了嘛。"

"安心？我怎么安心？她肯定会剥我一层皮！"

"怎么呢？"

"老贾啊老贾，不是姐夫说你，你有时候脑子也是转不过弯来。她知道我那么不相信她，怀疑她跟于海……她不得跟我大发脾气？"

"不至于吧,这说明你在乎她啊,不是坏事。再说了,我看大姐那样,不是挺高兴的吗?"

"暴风雨前的宁静,听说过吗?"

"不会不会,不可能……"老贾的神色慌张了起来,"姐夫啊,我该给小西瓜换尿不湿了,那个……我就不陪你了。"

"这回跑得倒是快!"

吃饭的时候,许梦安这里仍然跟什么都没发生似的,有说有笑。好几次李临跟她视线相对,她却故意别过头,就跟没瞧见他一样。李临隐隐已有不好的预感,恨不得现在就找个键盘,当着她的面跪下,只求她解气。

许梦安这人一般不发脾气,即便吵架,相对于许梦心来说,也是属于比较"文明"的那种。但有时候吧,李临还宁愿妻子有话就说,这样,就省得他猜来猜去了。要是许梦心和老贾不去于海的别墅找许梦安,这事还都好说。可他们这么一闹,就搞得李临很被动了,怎么看他都是他们的幕后主使。还不知接下来会有什么样的暴风骤雨在等着呢,李临这么想着,这顿饭自然也就食之无味起来。

饭毕,李云阶跟着许梦心进了屋,还不是为了消灭那颗该死的痘痘。

"没事,小姨给你擦点芦荟胶,等这颗痘成熟了,挤出来就好。"许梦心说着,"一颗小痘痘嘛,瑕不掩瑜,云阶还是个大美女。"

"我们学校美女多了去了,我哪排得上号!"李云阶照着镜子,忍不住伸手去抠那颗痘痘。

许梦心狠狠打了下李云阶抠痘痘的手:"小心留疤!手怎么那么痒。"

"小姨,你不是卖化妆品的吗?除了芦荟胶,你再给我点别的。"

"好好好,我给你配一套保湿祛痘的。"

"我还要美白!"

"保湿工作做好了,自然就会白。这女人的保养啊,就是要早点开始,等人老珠黄可就来不及了……"

"别让她跟你学臭美!"许梦安抱着小葡萄走了进来,"长一两颗痘痘再正常不过了,平时注意清洁和饮食就行。"

李云阶白了老妈一眼:"好啰唆。"

这时,李云阶的手机响了,眼尖的许梦安发现来电话的是刘思明。只见女儿直接挂断电话,把手机翻过来盖到了桌面上。

"干吗不接电话啊?"许梦心问。

"不想接!"李云阶说着,站起来抓起手机就走。

许梦心还想问,被许梦安给拦住了:"让她去吧。"

"这个刘思明……就是那小子吧?"许梦心笑问许梦安。

"你也瞧见了?"

许梦心点点头:"这种事,你可不能瞎管。就跟洪水似的,只能疏,不能堵。"

"噢,我差点忘了,早恋你有经验。"

"什么呀,贾浩文可是我第一个男朋友。上高中时,我哪懂什么嘛。确实也有玩得比较好的男生,可那种,又不算男朋友,也根本不是早恋。"

"生女儿最担心的就是这个。"

"反正我家小西瓜还小,早着呢,我不操这份心。"

"回头我跟云阶聊聊。"

"别,千万别。"

"要真等出了什么事,可就来不及了。"

"那你准备怎么跟她聊? 孩子都 16 岁了,她什么不懂? 你说得过她吗?"

许梦安皱着眉,转出门去,这就打算去找女儿。

李临巴巴地跑过来:"孩子我来抱吧。"

许梦安把小葡萄往李临怀里一放:"回头我再收拾你。"

李云阶敷起了面膜,坐在院内的青石台阶上,一手摩挲着许富贵的脑袋,一手轻轻拍着她自己的脸蛋。

许梦安挨着女儿坐下:"长痘痘了敷面膜反而不好。"

"妈,你有完没完呀?"

"回家了我给你煮点金银花茶,可以喝,也可以敷脸。当然啦,要想皮肤好,最重要的还是保持好心情。你看你外婆,脸上就擦点基础保养品,还是这些年我们给她买了,她才用的。她跟别的老太太比,是不是看起来状态好多了? 其实没别的,就是她比其他人乐观。"

"你到底想说什么?"

"我发现我家小公主不太开心,所以,我希望她能开心点。"

李云阶撕了面膜:"我挺开心的。"

"国庆还有几天假期呢,你们几个小伙伴就没说约着出去玩玩?"许梦安试探性地问着女儿。

"我跟他们都不在一个班了。妈……"李云阶的神色变得有些黯淡,"早知道这样,我还不如出国念书呢。"

"到了新的学校,新的班级,就会有新的朋友。只是呢,我家云阶比较慢热,交朋友这种事要慢慢来。"

"何璐加入了英语协会,天天跟那帮人混在一起。王哲和朱可馨是学霸,自有他们的学霸新朋友。我呢,我……"李云阶把手里的面膜搓成了团,"我觉得高冷一点蛮好的。以后我就走高冷路线了。"

"那刘思明呢?"

"你问他干吗?"

"你们几个人一直都是好朋友嘛,我随口一问。"

"他啊,爱出风头的家伙,我不想提他。"

"闹别扭了?"

"老妈,你可真够八卦的。"

"妈妈读中学时也有不少小伙伴,只不过,后来大家到不同的地方上大学,从事着不同的行业,又各自成家了,渐渐也就离得有些远了,再不会像学生时代那样,整天黏在一起。虽然是这样,但我们每次开同学会,大家都亲亲热热的。因为啊,学生时代的友情是最纯粹的,也是很值得珍惜的。"

"你又想套我的话。"

"怎么呢?"

"你刚才问刘思明,现在又说这些话……妈,你这一套我太熟悉了,我已经免疫了!放心吧,鬼才跟刘思明整天黏在一起呢。我这么说吧,就算以后我们毕业了,上了不同的大学,再见面,我保证,我肯定会跟他形同陌路。"

"你们俩不是好朋友吗?"

"以前是,现在,不是了。这个答案,你满意了吧?"李云阶说着,转向许富贵:"我们走! 换个清静的地方待着。"

许富贵呜咽了一声,看看许梦安,又看看李云阶,到底还是跟着李云阶走了。

妈妈说什么都对、乖乖听妈妈话的女儿,早就长大了。许梦安看着女儿的背影,有一点点欣喜,更多的却是失落与焦虑。她正准备起身,有人轻轻按住了她的肩膀,不用说,这只手定然是丈夫的。

"梦安……"李临说话了,"我不知道老贾和心心会过去。你看,你好不容易出去玩一次……"

许梦安头也没回:"于海的餐厅和别墅都不错,而且,这一次,我还发现自己有些事情误会他了。嗯,如果心心他们不过来,确实是一次难忘的旅行。"

"你们……"

"我们怎么样?"许梦安这才回头看李临,"你和梅一朵喝着茶聊着天不也挺美的吗?"

"老贾怎么什么都说……"

"行啦,我没心情跟你聊这些。"许梦安站起来,"你接下来几天还要加班?"

"我……"

"跟你说吧,我急着回来,倒不是因为心心他们过来找我,也不是云阶闹着要回来。华华联系我了,说姐夫的情况不是很好,我想着回老家一趟。"

其实,欧阳一出事,许梦安便想着要回去。再者,小葡萄出生以来,李静多次提出,让带上孩子回老家转转,好让人知道李临又当爹了。于情于理,都应该走一趟的。只是,李静临走前交代了,医馆那边的事情处理好之前,不让许梦安他们回老家。但许梦安左思右想,医馆发生这么大的事,华华又说他父亲的情况不妙,她和李临怎么都应该回去看看的。

"我给姐打过电话的,她说一切都好,怎么……"李临皱眉。

"她能跟我们说实话吗? 再说,在她眼里,你比华华还小呢,她是怕你担心。"

李临瞬时更觉羞愧。妻子事事比他考虑得周全,他完全没有想过要回老家,要关心一下姐姐和姐夫。

"我知道你忙,忙着写论文,忙着做研究,忙着搞项目……"许梦安继续道,"可是再忙,也应该抽时间回老家一趟。姐姐和姐夫怎么对你的,这个不用我强调吧?"

"我……我尽量安排。只是,咱们回去了,云阶和葡萄呢?"

"带着。既然要去,就全家一起去。"

许梦安做事素来高效,她订了当天下午的高铁票,到了傍晚,一家四口便已抵达老家。是华华来接的他们,李静还不知道弟弟一家会来。

"华华哥哥!"李云阶打着招呼,她很久没见到表哥了。

华华只是匆忙点头,没顾上回应表妹,便把舅舅和舅妈拉到了一边。

"我给你们安排了酒店,先送你们过去。"华华道。

李临纳闷:"干吗不直接回家?"

"他们在医馆闹完还不算,又让人来家里闹,乱糟糟的,你们最好别过去。"

"那你们呢?"许梦安问。

"我跟我妈提过,说索性住酒店,随便那些人怎么闹。可是,她说越是这样,越要在家住。要是住酒店了,反而让他们觉得我们心虚。这件事,从头到尾医馆就没有任何责任,但是那些医闹……"华华的眼睛都红了,"我爸还在医院躺着呢,他们根本不顾忌这些……"

"打伤你爸的那些人呢?"李临问,"难道就没人管了?"

"打伤爸爸的两个人倒是抓起来了,但他们人多,根本不在乎这个。"

许梦安忙问:"你爸的情况到底怎么样? 这是我们眼下最关心的。只要人没事,剩下的事总能解决。"

"他……"华华欲言又止,"之前本来已经脱离危险了,昨天又进了重症监护室……"

酒店房间里,李云阶无措地看着小葡萄。这小子倒是没心没肺,或许,他根本没意识到爸妈不在身边这件事。他躺在床上,抓着个玩具就往嘴里送,咿咿呀呀地好像在说着什么。

老爸和老妈跟着华华哥哥去医院了,说是去看受伤的姑父,便把小葡萄临时交给了她看管,这让她很是头疼。小葡萄刚出生没多久时,只是一团哭叽叽的软肉,李云阶即便想抱也不太敢抱。何况,她根本就不想抱。如今这团软肉胖大了不少,倒是没那么爱哭了,却变得很闹腾,一刻都歇不下来似的。

"弟弟"对李云阶来说,是个陌生的词汇。虽然小姨家有个熊熊,可那位是表弟,他并不跟李云阶生活在一起。此刻,她正端详着她的弟弟,感觉自己的情绪有些复杂。当时,老妈差点就不打算要这个小家伙,她还劝过老妈,说什么他们要为自己的行为负责。那时的李云阶,还不知她嘴里简简单单一句话,对父母来说,却是他们后半生必须承担的对弟弟的养育之责。特别是老妈,她的辛苦,李云阶全都看在眼里。所以,开学前,她和何璐他们一样选择了住校。

在通校还是住校这个问题上,父母都说征求李云阶自己的意见。外婆和姑姑没少暗示,话里话外,都是让李云阶住校的意思,好减轻父母的负担。李云阶对"弟弟"这个词很陌生,却知道"姐姐"就意味着懂事,她必须懂事……

去医院的路上,华华大概说了一下目前的情况。欧阳昏迷,李静除了照顾他之外,还要解决那起医闹事件,她从 H 城回来后几乎就没合过眼。

李静看到弟弟和弟媳来了,倒也不惊讶,扭头就训斥起了华华:"不是说了吗,让你别告诉舅舅他们,你就是不听!"

华华自是委屈的,只拿眼看许梦安。

许梦安微笑着:"姐,是李临和我一定要回来的,跟华华没关系。"

"就你们俩?"李静显然是在担心云阶和小葡萄。

"孩子们也来了。云阶好久没回老家了,小葡萄呢,他是头一次回老家。"

"他们在哪儿?"

"在酒店。"

"那你们别在这待着了,赶紧回酒店吧。住一晚就走,我可没工夫陪你们。"

"姐……"李临说话了,"我们是回来帮忙的,你怎么这就赶我们走了……"

李静老大不高兴:"你们能帮什么忙,来了也是添乱。"

"姐夫情况怎么样了?"许梦安问道,"我们能看看他吗?"

"他……"李静的神色愈发黯淡了,嘴里念叨着,"他不会就这么死了的,且得活着呢。"

"妈,你说什么呢!"华华不高兴了。

李静愤愤:"他这个人就是心软,要是我管事,医馆就不会出这种事!是,我们开医馆就是为了治病救人,可要是全天下的医生都跟他似的,连自己都保护不好,弄得只剩半条命,还拿什么去治病、去救人!人家怎么不把老人抬到别家去,非要往我们家医馆抬?就是因为他们知道你爸对病人好,不会见死不救……"

"好了,姐,你别上火,姐夫不会出事的,医馆也不会。我听华华说你回来之后就没怎么休息,这样,等会儿让李临留在这,你跟我回酒店,先休息一下。"许梦安轻拍着大姑子的后背,"你要是不休息好,倒下了,这摊子事还能指望谁?你刚才说得对,我和李临确实帮不上什么忙,搞不好还要添乱。老爷子那边呢,这些事咱不能告诉他。还有华华,华华还是个学生。里里外外,全都要靠你的。你就听我的,好歹跟我回酒店,哪怕休息三五个小时,行不行?"

李静犹豫着,没有吱声。

李临忙道:"姐,医院这边有什么消息,我肯定第一时间给你打电话。"

"妈,你就听舅妈的吧,我跟舅舅在医院待着。"华华附和。

李静终于点头。待她跟着许梦安走了,李临去找了姐夫欧阳的主治医生。医生告诉李临,欧阳被打伤后只是做了个简单的治疗、拍了个CT就要走,固执地认为"就是拧了下脖子,不会伤到什么神经",说什么都不愿意再做别的检查。

"我都不知道欧阳是怎么撑下来的!就这样,他还要去医馆坐镇,避免那些人再来打砸……他硬是撑到李静回来才倒下的。送过来一检查,跟我之前担心的一样,神经受到了损伤。"看样子,这医生是跟李静夫妇相熟的,"不过你放心,你姐夫暂时已经脱离危险了。"

"那就好,那就好……医生,谢谢你了。"

"谢我倒不必,要我说,你,你们李家,都得感谢人家欧阳。不知道的人,以为欧阳入赘到李家,占了多大的便宜。也只有我们这些他的朋友才明白,这些年,他对李家的付出,用鞠躬尽瘁来形容是一点都不为过。"

李临面有愧色。那医生笑了笑:"我经常听欧阳提起你,说他有个当了大教授的小舅子。不管是什么教授,人不能忘本。这李家的医馆,不说开了百年,至少也有六七十年了……"

“63年。”

“是啊，63年了。你真的应该常回来看看的。我是个外人，只是我把欧阳当朋友，对你也有些直言不讳……”

“有什么话，你尽管说。”

“如今医馆出了事，被人给讹上了，那可是一帮唯恐天下不乱的专业医闹，你不能不管吧？”

李临没说话，只是凝重地看着桌上姐夫的病历和各种化验单。

许梦安给李静另外开了一间房，让她看过云阶和小葡萄，便守着她，直到她入睡。李静真的是累了，躺下没多久就睡着了，鼾声如雷。

李静的鼾声一直这么惊天动地，但此刻听来，每一声都让许梦安感到心疼。许梦安不知道李静是如何应对种种的，昏迷着的姐夫、一团乱的医馆，两件事，哪怕只摊上一件，都会让一个普通女人手足无措。而躺在许梦安面前的李静，无论从哪个角度来看，都是一个很普通的中年女人。她观念陈旧、喜欢唠叨，她掌控欲强、多管闲事，除了父亲、弟弟、丈夫和儿子，她这辈子并没有什么可以拎出来讲的值得骄傲的事。但是，如今许梦安不得不承认，这几个男人便是李静的骄傲。对女人而言，她的几种身份，女儿、姐姐、妻子、母亲，李静都做到了极致……

有人敲门，许梦安唯恐惊醒李静，忙去开了门。门边站着的是李临。

“你怎么从医院回来了？”

“我跟姐夫的主治医生聊过了，姐夫暂时不会有什么危险。梦安，我有个事想跟你商量。”

“怎么了？”

“我想在这边多待几天，等医馆的事解决了，我再回家。”

这还是李临第一次提出他要为家里做点什么，许梦安很欣喜。可这也意味着，她接下来一段时间得独自带孩子。女儿住校，不用她太操心，但儿子不能离人。何况，许梦安自己还有工作……想想虽已脱离危险却仍在昏迷的欧阳，再看看疲惫不堪的李静，许梦安没有任何理由不支持丈夫的决定。她咬咬牙，答应了。

于海听说许梦安要请假，二话没说就同意了。这份痛快在许梦安意料之内，反正,除了手上那个"云上"项目,她暂时也没有别的活。对"云上",于海似乎一直都没有明确表态,只让她继续完善方案。许梦安领着两个孩子回到了 H 城,先到的小院。许母一听这些,忙招呼兰香过来。

"大姐,这兰香本来是在你那的,是你爸病了才来我这的。你看啊,眼下你爸的身体一天天好转了,我照顾得过来。而且吧,心心他们找到房子就会搬走,她说了,两个孩子他们自己带。这样吧,还是把兰香安排到你那。"许母对许梦安道。

是啊,许梦心一家子马上就要搬走,那兰香就更不能离开了。许母面上不说,偶尔为着兰香做的菜咸了淡了这种小事跟她拌嘴,但许梦安能看出来,这段时间兰香帮了不少忙,许母心里其实是很感激的。因为有了兰香,许母终于有时间出去跳跳广场舞,跟她的那帮老姐妹逛逛街什么的了。许梦安不愿意因为自己的缘故,而让母亲的晚年生活过得太辛苦。

"没事,我先请两天假,回头找个保姆就好了。"许梦安道。

兰香笑着:"这请了保姆,边上也得有人在。心心刚生小西瓜那会儿,中介推荐的保姆,还给小西瓜吃安眠药来着……不知根不知底的,多少还是有些不放心。"

"慢慢找吧,我想着,等找到合适的保姆了,到时候云阶姑姑就不用再过来了。人家也有自己的家庭,也得过她的日子,老是围着我们这个家,说不过去的。"

"妈是担心你一个人看孩子,忙不过来!"许母到底还是不放心。

"没什么好担心的,我又不是头一回当妈。"话是这样讲,但许梦安心里还是有些打鼓的,"我先带孩子们回家了。"

"你再想想嘛,要不然,我两头跑,上午买完菜,给二老做好饭了,我就去你那!"兰香拉着许梦安的手。

许梦安看着兰香,突然想起一件事,便道:"兰香姐,你就别操心啦。对了,我从老家给你带了点东西,在车上,你随我去拿一下。"

兰香跟着许梦安他们到了巷口的停车场,许梦安让云阶抱着小葡萄先上了车,才从后备厢里取出几个袋子。

"这都是老家的土特产。"

"我闻着有腊肉?静姐就是贴心,想着我爱吃这个。"

许梦安笑着："我姐这段时间可没工夫给你准备这些……"

兰香不语了。

"你知道是谁给你的，我就不多说了。"许梦安继续道，"这些吃的，你别留在小院，带过去给大萍他们。"

兰香每个星期有一天假期，这天她往往都会去大萍和小树那边帮忙。这小两口已经不做早餐了，专做外卖，做的一些卤味、熟食等等，销量还不错。有了流水，他们的日子不再那么局促，小树就做主在小店附近另租了套小两居，还专门给兰香准备了房间。

"我……我不要。"兰香把袋子往许梦安手里塞。

"对了，还有别的呢。"许梦安打开一个袋子，"两条丝巾，说是这次出去旅游的时候给你和大萍买的。"

"他倒享福了，还旅游呢！"

"我听说，他到医馆工作之后，各方面表现得都还不错。这次医馆出了事，他比谁都急。我姐夫瞒着我们，要不是大萍爸爸来找，我们都还不知道呢。兰香姐，按说，我不该多嘴的……"

"我知道，你这是为了我好。"

"接下来你的日子该怎么过，那得看你自己。别人为你好，都不如你为自己好。"

"我都想好了，就踏踏实实在你们家干活，哪天我干不动了再退休！"

"你愿意，大萍他们能愿意吗？"

"我又不靠他们养老！梦安啊，得亏我听了你的话，自己买了社保。等我老了，我也是有工资领的，不怕。"

"等大萍当了妈，你不得去照顾？"

"她又说暂时不打算要孩子了。这两个孩子还真敢想，说是等在这城里买了房再说。随便他们吧，唉，我反正也管不了他们。我现在就想着，大萍两口子把日子过好，大明能考个好学校……我就知足了。"

"大明没提辍学去打工的事了吧？"

"早就不提了！好在他有姐姐和姐夫，有他们俩帮衬着，这孩子往后的路不会走歪的。好好学习，天天向上嘛。"

"兰香姐，我该走了，这些东西……"许梦安晃晃手里的几个袋子。

"不要白不要！他以前那么对我们，我们吃他几块腊肉、戴他两条破丝巾，怎么了？我不亏心的！"

"那就拿着。"许梦安乐了。

兰香接过东西，眼里仍有忧虑："要是你忙不过来了，一定要打电话给我，我来搭把手。"

"知道啦。"

等许梦安他们到家，天已经全黑了。一进家门，小葡萄就放声大哭起来。这一路舟车劳顿，别说他一个尚在襁褓中的孩子了，就是许梦安也觉得万分疲累。倒是李云阶，兴致勃勃地拿了包要出门。

"你要出去？"许梦安一面安抚着怀里的儿子，一面问女儿。

"噢，何璐那有祛痘的药膏，她让我去拿。"

"你……"许梦安想说什么，却又止住了，只道，"早点回来。"

去何璐家可用不着化妆，也不用在鞋柜里选了半天才挑出一双鞋……看女儿这样，八成是在骗她这个当妈的。

"那可说不准，何璐说有个剧不错，'安利'我好长时间了，我去她家，跟她一起追剧来着。妈，要是晚了你就别等我了，早点睡吧。"女儿笑嘻嘻地说着，没等许梦安接话，她就带上了房门。

第二十六章
办法总比困难多

女儿好像是一夜之间学会化妆的，这让许梦安困惑，也让她焦虑。她自己是大学毕业之后才慢慢开始化妆的，要分清楚各种瓶瓶罐罐的用途，要搞明白各种口红色号，对她而言并不容易。

但女儿这代人不一样，打开手机，不出三秒就能找到一个美妆达人的教学视频。前段时间还有个段子，说是小学生都开始用贵妇级面霜了，而且人家是拿面霜来擦手的。海量的信息加上充足的物质，让这代人变得有些满不在乎。

女人都是爱美的。许梦安自诩是个开明的母亲，如果贸然干涉女儿化妆，是有违她的人设的。况且，自从多了个儿子，她一直认为对女儿有亏欠。所以，女儿刚上高中时，要她这个当妈的给买眉笔、眼线笔、粉底液、粉饼等物件时，她都答应了。答应是一回事，可是，亲眼看到女儿化了全妆，手法甚至比自己还熟练时，她的心情是复杂的。而且……大晚上的，她这是要去哪儿？

李云阶当然不是去何璐家，她是要去赴班花钱依依的约会的。钱依依的邀约，不但来得很主动，也来得很突然，说是想请李云阶看电影。当然，她还约了其他好几个女生。这些女生跟钱依依一样，都是原来一中初中部的，她们都是老同学了，所以，她们的小团体意识很强。钱依依的主动邀约，对一直不太合群的李云阶来说,无疑是个惊喜。

电影还没开场,李云阶如约先来到了影院边上的游乐场。钱依依跟几个女生正在夹娃娃呢,李云阶还没说什么,就有女生吩咐她去买水。

"都要可乐!冰的。"那个女生连正眼都没给李云阶。

"好……"李云阶并不情愿,但她想到毕竟是人家钱依依买的电影票,她买点可乐也是应该的。

"我不喝可乐,减肥呢。给我买杯果汁,鲜榨的那种。"钱依依操作着娃娃机,脸上洋溢着微笑。

有女生笑着:"你还减肥? 依依,你就给我们留条活路吧。"

她们笑作一团,李云阶实在不知道这句话的笑点在哪儿,便默默去买了可乐和果汁。

钱依依接过李云阶递过来的果汁,两个女孩来到边上的休息区。

"李云阶,谢谢你,我还以为你不会来呢。"钱依依还是在笑,她一笑起来脸上就会有两个浅浅的小酒窝,看起来更甜美了。

"这个电影,我也挺想看的。"

"你化妆啦?"

"啊,我随便弄的。"

"其实你很漂亮的,刚开学的时候我就注意到你了。只是嘛,你平时都比较高冷,好像不太喜欢交朋友。我嘛,最喜欢跟漂亮的女生交朋友了。"

李云阶有些不好意思起来:"我这个人有点慢热吧。我好几个初中同学也在一中,只是,我跟他们不是一个班……怎么说呢……"

"恋旧,对吧?"

"嗯。"

"李云阶,你刚才说的几个同学里,刘思明也是其中之一?"

"他啊……是的吧。"

"我还听到不少八卦,说他特别喜欢你,曾经还向你当众表白过,真的假的?他的胆子可够大的。"

"没有没有,没有的事。"

"我就说嘛,以我对他的了解,他好像不会这么冲动。"

"你……"李云阶拧着吸管,"你对他的了解?"

"自从上次军训我晕倒,他背我去医务室……我跟他就是朋友了。这事,你不会不知道吧?"

李云阶一时语塞。原来,今天晚上钱依依请她看电影的目的是这个,是为了刘思明。她有些恼怒,也有些后悔。刚收到邀请时,她完全没有考虑那么多。是啊,她早就应该想到的……

"这事,我知道。"短暂的沉默之后,李云阶说话了。

"白天我们还在一块玩呢,我去看他跳舞了。没想到,他除了长得帅、心地善良、擅长运动之外,还会跳街舞呢!那个关节舞,太炫了,"钱依依放下手里的果汁,双手比画着,"库次库次的,看得我一愣一愣。"

刘思明居然带钱依依去看他跳舞了!"然后呢?"李云阶看向钱依依。

"什么然后?"

"我的意思是,你还想说什么,索性一次性说完呗。"

"我能有什么意思,不就是电影还没开场,跟你在这闲聊嘛。"

"钱依依,我原本以为你请我看电影,是真的想和我交朋友来着。现在看来,并不是……"

"你看出来了?"

李云阶发出一声轻笑。钱依依点点头:"好啊,那我就告诉你,我喜欢刘思明。对,我喜欢刘思明,刘思明也喜欢我。这下你明白了吧?"

"哦。"

"哦?"

"那我应该说什么呢?钱依依,好了,这件事我知道了,你们爱怎么喜欢就怎么喜欢,和我没关系。"

"怎么会没关系?我是希望,以后你能跟他保持距离,毕竟,你可是个恋旧的人。"

"这个你就放心吧,刘思明假期前就约过我,我没搭理他。"

"很好。"

李云阶强压着情绪，只说："我还有事，要先回家了。"

"别啊，电影还没开场呢。"

"不看了，我不想看了。"

那几个女生走了过来，钱依依又恢复了笑容，她拉了李云阶的手："她有点事要先走，我送送她。"

到了电梯口，李云阶甩开钱依依的手。

钱依依笑看着李云阶："其实你挺在乎刘思明的。"

"我跟他就是同学，没什么在乎不在乎的。"

"好，李云阶，你最好记住你今天说的话哦。不过，就算你在乎也不能怎么样，是吧？不管从哪个方面来说，我钱依依都比你强，刘思明又不是傻子。"

是，刘思明不是傻子，钱依依也不是傻子。反正，全世界，只有她李云阶是傻子。电梯门开了，李云阶快步迈进去。门关上的瞬间，她的眼泪就止不住地流了下来。

许梦安把儿子哄睡后，自己也迷迷糊糊地打了个盹，醒来一看表，已经快10点了，不知道女儿回来了没有……

"云阶……"许梦安发现女儿的房门虚掩着，里头亮着灯，便轻轻推门进去。

躺在床上的女儿翻了个身，她肯定还没睡着。

"你什么时候回来的？妈妈都不知道。"

女儿还是没回应，反而用被子蒙住了头。

许梦安走过去，拉开了被子，发现女儿额前的刘海都湿了，她在哭。

"能告诉妈妈发生什么了吗？出去的时候不还是高高兴兴的，怎么回来就掉眼泪啦？"许梦安温和地询问着。

"我跟你说了你也不懂。"女儿总算出声了。

"你不说，怎么知道我不懂。"

"妈……我求求你别烦我了，让我安静待着！"女儿坐起身来，"总之，我说不清楚！而且，这些事，跟你说了也没用！"

国庆假期最后一天，李云阶要回学校了。许梦安本想送女儿过去，可是人家根本就不领这个情，提溜着她的小行李箱，坐何璐家的车走了。在楼下送女儿时，许梦安有种"儿行千里母担忧"的感觉，尽管，女儿只是在本市上寄宿高中；尽管，到了周末女儿就会回家。

何璐妈妈站在许梦安身边，不时伸手逗逗小葡萄："这孩子长得像你，好看。"

许梦安没言语，视线还是跟着渐渐开远的车子。

"你现在就这样，等云阶上了大学，不得天天在家哭鼻子啊？"何璐妈妈笑道。

"孩子大了，总是要离家的。这些我都知道，只是……"

"哎哟，"何璐妈妈拍着脑袋，"看我这记性，忘记把祛痘膏给何璐装上了，她说要带到学校给云阶用的。"

果然，女儿在骗自己，那天晚上，她根本没去何璐家拿什么祛痘膏。

"没事，小姑娘嘛，脸上长几颗痘痘很正常的。"许梦安道。

"我听说云阶爸爸回老家了？"

"是啊。"

"云阶姑姑回去了，她爸又不在家，那你……"

"我正找保姆呢。"

"现在靠谱的保姆可不好找。需要帮忙你就跟我说，我现在呢，女儿住校，儿子上幼儿园了，总算是没以前那么忙啦，解放了。你啊，也就辛苦这几年，等小葡萄上幼儿园，就好啦。"

"眼下也只能这么想了。"

"我没上班都忙得够呛，别说你还上着班了。"何璐妈妈拍拍许梦安的肩膀，"有没有后悔生二胎？"

这个问题，许梦安不想回答，也不知该怎么回答。

"你是意外怀孕，我呢，我是一开始不想生，何璐奶奶非逼着我生，一定要让我给何家生个儿子。她越是这样，我就越是反感。但我跟你不一样，我没有工作嘛，好多事都不能自己做主。而且，何璐爸爸呢，他又不护着我。我到底还是妥协了……"何璐妈妈自说自话般，"可是也怪了，生下何瑞后，我的那些个怨恨全没了，之前的种种不快也就都忘了。要我说，咱们女人就是不长记性，生孩子，从十月怀胎到生产，再到抚养他们长大，桩桩件件，没有一件是省心的。可我们呢，生了一个,又生一个……"

"是啊……"许梦安摸摸小葡萄的手,小葡萄攥着她的一根手指,攥得紧紧的。她不禁陷入沉思。这两天,都是她独自带小葡萄,有心跟闷闷不乐的李云阶沟通,哪怕随便聊几句,可往往总是,等她终于忙完了小葡萄的事,小葡萄睡下了,她自己也已浑身乏力了。

以前,许梦安难免会自嘲"我老了",不过说实话,打心底里,她认为自己还算是年轻的,还可以拼一拼。但是,自从生了二胎,她那点心气在慢慢被磨损,也许,过不了多久便会荡然无存。岁月不饶人。这一点,是许梦安生下儿子后最大的体会。在这之前,她考虑得更多的是生下二胎,家庭结构发生变化后,女儿能否接受、经济条件是否允许等问题。不过,如今对她来说,最大的问题竟是时间和精力,她甚至开始担忧自己的健康状况。

当年生下女儿后不久,许梦安就恢复了身材。年轻嘛,恢复得自然也就快。她自己整日里风风火火,忙前忙后,也根本没有工夫关心产后身材变形这种事——没当回事,反倒迅速瘦回了产前的体重。但是,这次生孩子,完全就是两码事了。产前她就没停止运动,孕妇操、孕妇瑜伽,对饮食也极力控制,不摄入过多的脂肪与糖分。生之前她还有腰呢,众人也都赞她除了肚子,哪哪都没胖,保持得好。可孩子一出生,被撑大的肚皮却很难再收回去,上面的妊娠纹也有些触目惊心……这些都还是面上的,关键是许梦安的体质也变了。她变得爱出汗,变得特别容易疲劳,动辄偏头痛。李静说这是因为许梦安没按老规矩坐月子。但许梦安明白,一切都是因为她年纪大了,身体没那么容易恢复了。

何璐妈妈一直在说话,从牛肉的价格说到周边一个新楼盘的开盘价,从她刚买的美容院套餐说到她丈夫公司最近的经营状况,但她说得最多的仍然是她的两个孩子。当她说到何璐时,不免有些唉声叹气起来。

"没上高中前,我跟璐璐的关系就有点僵,这下好了,她住校了,好不容易到了假期,她回来了,我跟她总共说了不到十句话,还都是'吃饭了'这种……"

"上高中了,学习压力更大了,孩子们也不容易。"其实,许梦安也有跟何璐妈妈一样的烦恼。

"是啊,不过,我家璐璐自从上次那个联盟的事之后,倒是老实了许多。说真的,要不是她搞什么反二胎,我还不知道我们生何瑞对她有那么大的影响。"

"所以,我们家现在特别注意,尽量不让云阶觉得她受冷落。"

"这世上,只有当父母的体谅儿女的,当儿女的体谅父母的总归是少。你要说何璐不懂事吧,好像又不是。之前她奶奶住院,她也没少担心。看我照顾她奶奶辛苦,还偶尔搭把手什么的……"何璐妈妈叹了口气,"可要说她懂事吧,这孩子却总是犯浑……"

两个当妈的并肩走着,午后的阳光正好,洒在她们肩头,有种暖洋洋的现世安稳。而她们的生活是否真的安稳,恐怕也只有她们自己才知道。

李云阶跟何璐很快就到学校了,两个女孩刚下车,就看到了站在不远处的刘思明。刘思明穿着件大 T 恤,戴着顶鸭舌帽,一手摘着挂在耳朵上的耳机,一手朝着两个女孩走来的方向大力挥着。

"傻子,别理他。"李云阶对何璐嘟囔。

何璐笑着:"他说他打你电话,你一直不接,发你微信、QQ 你全都不回,他甚至还去你微博给你发私信了。"

"他有病。"

"你们……吵架啦?"

"没有。"

"那你们……"何璐眼睛骨碌碌地转,"是因为钱依依?"

"什么呀,那是他们的事,跟我有什么关系。"

"我还是觉得你误会刘思明了,真的,他以前对你那么好……"

"以前是以前,现在是现在。"

刘思明已经走到了两个女孩跟前:"在说我坏话?"

李云阶拉着小行李箱要走,刘思明用力拉住箱杠:"你就打算一辈子都不理我了?"

一辈子这种事,对李云阶来说太遥远了。当刘思明问出口时,她觉得有些好笑。跟钱依依没看成的那场电影,让李云阶意识到,她不再是那个可以傲娇的小公主。让她难过的其实不是刘思明本身,可她又说不出是什么。

一切都变了。家里、学校里,她的生活。

如果她能跟她的老妈聊聊,就会知道,这是差不多每个人都会经历的心路历程。那就是,终有一天,我们会意识到,世界不是单线程地围着谁转的,走出狭小的自我天地之后,没有人会是生活的主角——我们要承认,我们都是普通人。不过,此刻的李云阶还没能想到这些。她跟我们这些成年人一样,经历着我们曾经经历的困惑。那些迷思、那些不安,它们原本就是青春的一部分。

"松开!"李云阶对刘思明道。这个傻大个还死攥着李云阶的行李箱不放。

何璐推了刘思明一把:"好啦,人来人往的,多难看,别人还以为你们怎么了呢。有什么话晚点再说。"

"李云阶这是怎么了?"刘思明不解。

"你要想知道,就去问钱依依好啦。"何璐道。

"问她干吗,和她有什么关系?"

何璐翻了个大白眼:"傻!"

2

许家小院。院内堆满了大大小小的箱子。

许家的掌上明珠许梦心要搬走了。这场景,让许母想起许梦心出嫁那天。也是在小院,也是满院子堆着她要带走的东西。那天,许母的心情是欣喜、不舍,还有些许忧虑。今天,她的心情却更复杂了些。她从来没想过小女儿会变成这样……不,她不是觉得这样不好,而是……那个十指不沾阳春水,那个心心念念只有名牌包,那个浑身上下挂满珠宝的小女儿……她就好像一夜之间消失了。

许母这大半辈子,自己没有片刻想过坐享其成这种事,为家庭、为孩子,再难再苦都是咬牙硬撑。但是,如果有可能,许母希望许梦心还是那个坐享其成的女人,她应该像她的名字一样,活在梦里。但面前的许梦心呢,头发是越剪越短,都快露出后脑勺了。她一手抱着小西瓜,一手叉着腰,咋咋呼呼吩咐着老贾打包东西。人家还挺会过日子的,连昔日她根本不穿的一箱子旧衣服也要带走,说是以后可以在家里穿。

许父拄着拐杖,沉默着,谁也不知道他心里在想什么。

许富贵不一样,它丝毫不掩饰自己的情绪,像个无赖一样躺在一个大纸箱里,许梦心怎么轰都轰不走。

"心心啊,要不你们再住一段时间,你看富贵,它都舍不得你们搬走。"许母知道自己这话很可笑,但她忍不住还是想说。

"妈,我们那边房租都交了……"许梦心把孩子递给兰香,弯腰去抱许富贵,"嚯,富贵你最近又胖了不少,我都抱不动了。"

"好几十斤呢,你别抱它了,小心闪着腰。"

许富贵前爪搭在许梦心肩上,不断伸舌头舔她,她也无所谓,只是紧紧地抱着它。

"妈,富贵到底几岁了?"

"不记得啦。反正,你带它回来那年,你和老贾还没结婚呢。你爸不喜欢狗,差点没给扔出去。后来倒好,见你不管富贵,你爸倒是天天带着出去遛,遛出感情来了……"

"富贵……下来!"许父呵斥着。

许富贵呜咽了一声,这才从许梦心怀里跳下来。大概是年事已高,它的身体不再灵活,跳下来时摔了个真真正正的狗啃泥。快满 1 岁的小西瓜挣扎着下地,嘴里嚷着"疼疼",她是在心疼许富贵呢。虽然她走路还不稳当,学说话倒是快的,前阵子只会朝许母喊"婆",这几天都会叫"外婆"了。

"外婆……"小西瓜睁着大眼睛,抱住许母的腿,"疼疼。"

"富贵不怕疼。"许母笑着,"来,外婆抱抱。"

"妈,你别老抱她,让她自己走两步。"

"走路要慢慢来嘛,急什么。"

许母刚弯腰,小西瓜已经摇摇晃晃地朝许父走去。

"外……外东!"小西瓜像只可爱的小企鹅,张开双臂。

"不是外东,是外公!"老贾纠正。

"外东!"小西瓜并不服气。

众人都笑起来,唯有熊熊,正埋头整理着他自己的东西。

许梦心走到儿子身边,摸摸他的头:"舍不得离开这里?"

"没有。"

"不高兴了?"

"也没有。"

"新家离你学校很近……"

"妈,我想换个学校。"

"为什么啊?"许梦心问这话的时候,其实根本没把儿子的话当回事,以为他只是在跟她赌气。

"我们家都这样了,我还上什么贵族学校嘛。"

"不管你上什么样的学校,爸爸妈妈都供得起。所以,你只管好好念书,家里有没有钱,这不是你考虑的问题。"许梦心的表情变得严肃起来。

"我……"熊熊把手里的玩具狠狠扔进纸箱,"我懒得跟你说话!"

"这孩子,你怎么跟你妈说话呢!"老贾走过来,"心心,你别生气啊,回头我再收拾他。"

许梦心摇摇头:"赶紧整理东西吧,一会儿搬家公司的人该来了。"

他们租房的预算有限,地理位置是首要考虑,别的在其次。老贾跟人房东软磨硬泡,低价租下了一套房。房子在三楼,已有些年头,也带车库,里面装修倒还过得去,就是没有电梯。

为了省钱,他们只用了搬家公司的车,大大小小的物件都由老贾自己扛上楼。

"熊熊,这些都是你自己的玩具,你得自己搬上楼。"许梦心吩咐儿子。

"哦。"熊熊说毕,搬起一个小箱子,走了几步,还没到楼梯口就摔倒了。

"怎么回事啊,妈妈跟你说多少遍了,走路要长眼睛的,你……"许梦心伸手去扶儿子,一眼瞥见他的后脖颈,"你脖子怎么回事?"

熊熊忙将一只手绕到脖子后头,紧紧捂住。

"把手拿开!"

"我不!"

"不拿开我让你爸揍你！"

"打死我好了。"

许梦心不由分说拿开了儿子的手，只见那后脖颈上青紫一片。

"你是不是跟人打架了？你要是不老实说话，我这就给你们班主任打电话！"许梦心厉声道。

"妈，你不要给老师打电话……不要……"熊熊的眼睛都红了。

"到底怎么回事！"

"我……是他先动手的，我没打他！我知道我们家穷，赔不起医药费，我不敢打他……"

熊熊刚上幼儿园时，老贾为了儿子不被人欺负，说过"要是谁打你，一定要还手，咱们家赔得起医药费"这样的话。许梦心没想到儿子还记着……

"不许哭，你告诉妈妈，是谁打的你。现在，马上，立刻，告诉我！"

许梦心和老贾一番盘问，熊熊才道出事情的原委。原来，他们班上一个叫小谷的孩子，课间嘲讽了熊熊，说他家里破产，没资格上贵族学校。熊熊听了自然发火，那小谷脸上挂不住，居然动起手来。熊熊后脖颈上的伤，就是被小谷给踹的。

"我这就去找小谷家长！"老贾撸起了袖子。

许梦心忙拉住他："这事你别管了，交给我来处理。"

"你怎么处理？要我说，让熊熊也照着小谷后脖颈上踹一脚，这事就算解决了。"

"我就知道你这暴脾气。这样，我先给李老师打电话，明天上午，我送孩子去学校，把对方家长也叫过去，当面解决。"

"心心……"

"怎么了，信不过我？"

"我没有……"

"我保证不会让孩子再受委屈。你等着瞧好吧。"

"可是……这口气我不能忍！"

"别站着了，那么多箱子呢，该拆封拆封，该收拾收拾。怎么，孩子被人欺负了,我们的日子就不过了?"

次日上午,许梦心打扮得漂漂亮亮的,带着熊熊进了班主任李老师的办公室。李老师这人,许梦心还是了解的。熊熊刚入学时,许梦心见别的家长都对李老师大献殷勤,她也不敢怠慢,请吃饭、送东西,前前后后花了不少心思。只是今年因了家中变故,倒是疏于打点了……

小谷妈妈和小谷姗姗来迟,那小谷倒也认,一脸铁骨铮铮,说就是他打的熊熊。小谷妈妈呢,一口一个"我们道歉,我们赔钱",但是脸上写满了不屑。李老师这里,明显是向着小谷的,只劝许梦心息事宁人。许梦心没再说什么,而是笑了笑,突然朝小谷走去,一把揪住那孩子的衣领,随后扬起了她的手,作势要扇小谷的脸。小谷妈妈整个人从椅子上跳了起来:"你疯了!"

那李老师也慌了:"贾子昂妈妈,你冷静点!"贾子昂是熊熊的大名。

"小谷妈妈,你刚才说,小谷打了我家熊熊,你都已经道歉了,也愿意出医药费,是吧?"

"是……是啊……你快放开我孩子!"

"既然这样,我给你孩子一巴掌,再向你道歉,再给你点钱,你也应该能接受吧?"

"你……"

许梦心这才松开小谷的衣领,转向李老师:"我们家不接受这么没有诚意的道歉,不过,医药费该怎么给就怎么给。我昨天已经带孩子去医院做了全面的检查,喏,病历和票据就摆在桌上。放心,我不多拿他们家一毛钱,但该他们掏的,一分都不能少。有必要的话,我会让医院出具验伤报告的。另外,作为受害方的家长,我要求学校严肃处理这起恶性校园霸凌事件,记大过都是轻的! 还有,小谷必须当着全校师生的面向我家孩子道歉,并保证,他以后不再欺负包括熊熊在内的所有同学!"

"你以为学校是你家开的,你想怎么解决就怎么解决吗?"那小谷妈妈仍是嘴硬,但气势明显弱了不少。

"你要不同意,那也行,我没任何意见。不过嘛,以后你家孩子要是在学校里出了什么问题,比如鼻青脸肿啦,断胳膊断腿啦,你到时候可别心疼……"许梦心说着，拉住熊熊的手，"熊熊，你记住了，要是小谷不当着全校师生的面向你道歉，这个梁子咱们就算是跟他结下了。你还记得爸爸跟你说过的话吗？"

"爸爸……爸爸他说，我不欺负别人，但也不怕被别人欺负。要是有人打我，要我还手，打伤了他赔得起医药费。"

"是这话。这顿打，你可不能白挨……"

"我……"小谷妈妈揽过小谷，一句话都说不出来了。

李老师轻轻咳嗽了几声，才道："两位家长是来解决问题的，都冷静点。"

"李老师，你可是位好老师，你给评评这个理嘛。噢，还记得去年，我们家熊熊刚入学，我在瑞亚请你吃饭的时候，你自己亲口说的，说你是整个年级段最负责任的班主任，你往后一定会照顾好熊熊……"

"我听不懂你在说什么。"

"哟，你怎么啦，脸色怎么那么难看。你不记得瑞亚了？不可能嘛，你问问小谷妈妈吧，她肯定知道，瑞亚算是咱们这最高档的餐厅了。噢，我想起来了，你还说那里的鱼翅捞饭好吃呢。对了，那顿饭的发票我还留着……"

"你……你一定是记错了。那个……小谷妈妈，是这样的，小谷打人，这件事是一定要给贾子昂妈妈一个交代的。我认为贾子昂妈妈刚才提出的几点要求是合理的……"

"你刚才可不是这么说的……"

"我刚才说什么了吗？从头到尾都是你们两个家长不冷静，一直在吵个不停嘛。"

从李老师办公室出来后，许梦心没让熊熊去教室，而是领着他到了学校附近的比萨店。这孩子喜欢吃比萨，只是她很久没带他来了。

"妈，我今天……我今天不上学了？"熊熊咬了口比萨，问得小心翼翼。

"不上了。你不上学，我也不上班，今天，就咱俩，出来好好吃、好好玩。"

"不带爸爸和小西瓜？"

"不带。"

"嘿嘿……"熊熊总算是笑了。

"知道我为什么要请你吃比萨吗？"

熊熊摇头。

许梦心微笑着:"妈妈向你道歉,是妈妈粗心了,没有发现你受伤。"

"妈妈……"

"但是,熊熊你也有错,知道自己错在哪儿吗?"

"我……我错在没跟你说实话。"

"知道就好。"

"哎,妈,我今天突然发现你好厉害!"熊熊看着许梦心,脸上带着点小傲娇。

"妈妈原来也不厉害,是你们让我变得厉害的。"

"我听不懂。"

"妈妈的意思是说,因为有你和小西瓜,所以,妈妈就算是不厉害,也必须变得厉害起来。"

"嗯。"这句话,熊熊听懂了。

"熊熊,你爸爸以前有钱,但他不是生来就有钱的。你爸爸现在是没钱,可这也不代表咱们家以后就会这么一直穷下去。再说了,穷,一点都不可怕。妈妈没跟你说过吧,你爸他刚进城的时候,连件像样的衣服都没有呢。他每天一大早就得起床去档口上班,什么脏活累活都干。穷虽穷,但他有志气,也有勇气……"

"我也要有志气,我也要有勇气。"

"你再看我,我原来什么都不会,现在不也挺能干的吗?"

"妈妈最厉害了。"

"生活条件不好,通过努力,总能改善。自身能力不足,通过奋斗,总能提升。这是生活给我们的磨砺,仔细想想,其实也很有趣。"

"像玩游戏升级打怪!"

"对,就像游戏……熊熊啊,现在呢,我们家遇到个特别大、特别难打的关卡,但是只要一家人紧紧抱团,就一定能过关。"

"妈妈……"熊熊低头,"我以后会懂事一点,不让你担心了。"

"这话妈妈不爱听。你给我记好了,以后遇到事情,一定要及时跟爸爸妈妈说,好事要分享,不小心干了什么坏事,或者再有人欺负你,你也得告诉我们,我们好跟你一起承担,把问题给解决了。听明白了?"

"嗯!"熊熊点着头。

许梦心带着儿子回家后,发现大姐也在。大姐一手抱着小葡萄,一手拾掇着一株富贵竹……等等,家里怎么会有富贵竹?这一定是大姐买的了。

"回来了?"大姐笑着,"我给你买了点花花草草,算是庆贺你们乔迁新居。"

"这是租的房子,不用花那么多心思啦。等哪天我们买了房子,你再庆贺也不迟。咦,老贾呢?"

"他抱着小西瓜出去买菜了,说是要给你和熊熊做顿好吃的,我也正好跟着沾沾光,打算留在你们家吃晚饭。对了,我听老贾说了一嘴,熊熊怎么样了,没事吧?"

"大姨,我没事!"熊熊嬉皮笑脸的,"以后再也没人敢欺负我了。"

许梦心摇摇头:"都玩一天了,你先回屋看书,今天落下的课你自己得想办法补上,知道了吗?"

"知道啦!"熊熊说着,转身走进属于他的那间小卧室。

"都解决了?"许梦安悄声问妹妹。

许梦心点点头:"那当然。你是没看到对方家长的嘴脸,我差点就要上去挠她了……"

"我刚还跟老贾念叨呢,我们就怕你冲动。"

"大姐,我总结了一下,即便是冲动,那也是分两种的。一种是盲目的愚蠢的冲动,一种是理智的睿智的冲动。很显然,我属于后者。"

"你的脸皮可真够厚的,说你胖你就喘上了。"

"真的,今天在李老师办公室,我要是不跟他们斗智斗勇,别说熊熊了,我自己都得窝囊死。"许梦心便将上午在学校那一幕,绘声绘色地告诉了许梦安。

"可以啊!"许梦安不可思议地看着妹妹,"你现在什么事情都能自己搞定了。"

"你不也一样吗?姐夫不在家,云阶姑姑也不在,你一个人带孩子,也挺不容易的吧?"

"是,我正找保姆呢。"

"找到了?"

许梦安无奈摇头:"哪有这么容易……"

白天,在中介的安排下,许梦安见了几个保姆。这些保姆,有的年纪太大,有的呢,看许梦安急着找人,便漫天讲条件,说什么只看孩子,其余家务一律不干。是,许梦安找的是看孩子的保姆,但有些细碎的家务也是希望有人能搭把手的,她也愿意适当加点工资。可对方一上来就这么精明,许梦安反而打起了退堂鼓。在许梦安看来,找保姆首要的是人品,其次是身体健康,最后才是工作能力。但人品这种东西,岂是见个面,聊几句就能看出来的?

中介口若悬河,说自己这边的保姆都是顶好的,又是各种资料、雇主反馈,乱七八糟地就往许梦安手里塞。中介愈是这样,许梦安就愈是不快——是了,人家也是看她着急,想着糊弄糊弄就促成这笔生意。

除了去中介公司,许梦安还联系过之前的月嫂白曼。人家如今是金牌月嫂,档期都排到明年了,哪有工夫来给她看孩子?甚至,她想起了许梦心之前雇用的保姆刘婶。要不是老贾公司出了事,许梦心坚持要辞退刘婶以节省开支,如今刘婶应该还在给许梦心看孩子。刘婶自己倒是很愿意来帮许梦安,无奈她女儿不让,说是老娘得给她带孩子,让许梦安再想想别的办法。

"要我说,孩子还是得自己带。"许梦心道,"大姐,你是怎么打算的我不知道。但我和老贾呢,我们都商量过了,他把重心放孩子身上,再辛苦一年,等小西瓜两岁了,就可以送去托班。那时候,我们也就省心了。好的保姆哪有这么容易找,要是找个不靠谱的,家里还得专门留个人看着保姆呢!前段时间,我婆婆知道我们搬出来了,还说要过来给我们带孩子,被我严词拒绝了。为什么?我还是那句话,自己的孩子,还是得自己带。"

"你有老贾,我可没有。"许梦安笑着,"孩子自己带,你说得轻松……就我跟你姐夫这种情况,我们俩谁来带?难不成让你姐夫辞职?"

许梦心没吭声,只是看着许梦安。

"你的意思是我辞职?"许梦安问道。

"这可是你自己说的。"

"根本不可能。"

"你激动什么,好像这么说说,你就真的会跑去辞职似的。"

"谁要辞职?"老贾一手牵着小西瓜,一手拎着购物袋走进门来。

"没人辞职,做你的饭去!"许梦心道。

小西瓜摇摇晃晃地朝许梦安走去,指指她怀里的小葡萄:"弟弟。"

"对,你是姐姐,小葡萄是弟弟。"

"弟弟,弟弟……"小西瓜笑个不停,抱着小葡萄的脸,凑上去就亲。

看到软萌的小西瓜,许梦安很是喜欢,不免转头对许梦心发起了感慨:"这小丫头总让我想起云阶小时候。孩子还是不长大的好,不像现在,云阶她是处处跟我对着来。"

"我在云阶这么大的时候,也整天跟咱妈对着干。你还记得吗?我那会儿特别喜欢一条裙子,好不容易从咱爸那里骗了钱买回家……"

"你那条裙子也太短了吧。"

"怎么短了!咱妈也实在是过分,愣是给我改成了过膝长裙。结果呢,这条被改过的裙子,我一次都没穿过!青春叛逆期嘛,都这样。家长管得太过,反而适得其反……"

"这些我都知道。"

"你要是真的知道,就不会在这里感伤,说什么孩子还是小时候可爱了。要我说,孩子就应该快快长大,最好见风就长。他们都长大了,我也好安心做自己的事,过自己的生活了。"

"反正你有一堆的歪理在等我,我说不过你。"许梦安话音刚落,她的手机就响了。电话是小荷打来的,接完电话后,许梦安这就要带着小葡萄走。许梦心和老贾自是不让,一定要留她吃晚饭。

"晚饭我就不吃了,这样吧,我先把孩子放你们这,等会儿再来接。"许梦安也没问妹妹和妹夫是否同意帮她看孩子,拎了包就走到门口。

老贾本还想客气客气,说什么都要留大姐吃晚饭,硬是被许梦心给拉住了:"随她吧,看她风风火火那样,八成是工作上的事。"

许梦安匆匆赶到了小荷说的餐厅,发现阿木也在那。

"许总监……"小荷吞吞吐吐的。

"到底出什么事了?"许梦安追问。

"你说吧,你来说。"小荷转向阿木。阿木皱着眉道:"许总监,我们听到了个小道消息,不知真假,是关于'云上'项目的。"

许梦安听了这话,显得更着急了。要知道,正因为"云上",在于海收购新苗后,她还坚持留在公司。也是因为这个项目,哪怕公司眼下架空了她,让她看起来成了个大闲人,她都隐忍至今。

"于总其实并不看好这个项目,他想终止……"阿木缓缓说道。

3

晚自习结束了,李云阶懒懒地收起了课本。这时,后桌两个女孩正窃窃私语。而在李云阶前桌的钱依依则笑盈盈地站了起来,朝门口走去。李云阶抬头往门口看,刘思明正杵在那。她忙低头。

刘思明的胆子可真够大的,老师前脚刚走,他就来找钱依依了。

"喂,李云阶,我有事找你。"是刘思明的声音。

是他?他什么时候走进教室了?李云阶再次抬头,发现刘思明确实就站在她跟前,而那钱依依呢,则愤愤地站在门边,一双眼直视着她。

"你……你来找我的?"李云阶心内有些忐忑。

"你们班我就跟你熟,当然是来找你的。"

"我……"

"走吧,我还约了何璐、朱可馨和王哲,我请你们吃夜宵。食堂的砂锅米线特别好吃。"

"算了吧……"

"李云阶,你不搭理我没关系,何璐他们,你也不搭理了吗?走啦。"刘思明说着,伸手就去拽李云阶的书包。

李云阶掰开他的手:"别拉拉扯扯的。"

"你要是不跟我走,我就一直在这跟你拉拉扯扯,直到你同意为止。"

小伙伴们虽然都考上了同一所高中,但像这么聚在一起的机会毕竟少,大家都挺开心的。何璐他们回忆起初中的生活,那时的种种不愉快,如今提起来,好像也都没什么大不了的。只是,当他们说起现在在学校里的生活时,李云阶就有些插不上话了。先说王哲,他即便是在人才济济的一中,仍不改学霸本色。在这次高一年级段摸底考试中,他的成绩是全年级第二,和第一名仅仅相差两分。这两分还是因为他涂错了答题卡丢的!至于朱可馨,她这回真正放松了下来,除了学习,也关注起了社团活动。比如,她参加了在李云阶看来很是枯燥乏味,且非常小众的数独社。而且,她在班里的人缘很好,如今不但是寝室长,还是副班长。何璐就更不必说了,整天跟英语协会那帮人待在一起,不是研究什么原版英语电影,就是在读原版英语小说。她还想拉着李云阶入伙,但李云阶对这些实在没什么兴趣。刘思明嘛……只是在食堂吃个砂锅米线,居然有五六拨同学向他打招呼。他现在果然是一中炙手可热的人物……

"你多吃点,要是不够,我再给你叫一份!"刘思明看着微微发怔的李云阶。

李云阶心里憋着的那股子气,可不是一份砂锅米线就能消的!

吃完了,他们几个仍恋恋不舍,便一同从食堂往宿舍走。这段路很长,何璐、朱可馨和王哲他们笑闹着跑在了前面,刘思明和李云阶都低着脑袋,走得很慢。夹道种着桂花树,扑过来的是满口满鼻的香甜。

其实,在何璐的点拨下,刘思明意识到李云阶的反应或许是吃醋,他的心情是激动的。不,不止激动。此刻他正偷眼看李云阶。从他这个角度,视线所及,是她的侧脸。她的长发拢在脑后,扎成清爽的马尾,露出极为可爱的耳朵来。

"你看着我干吗?"李云阶发现了。

"你不看我,怎么知道我在看你?"刘思明嘴上是调侃,脸却红了大半张。

"好老土的话!无聊!"李云阶飞快往前走着,刘思明迅速挡在了她的面前:"李云阶,我们能不能像以前那样,有什么高兴的、不高兴的,全都说出来……"

"我没有不高兴。"

"行,那你不说我说!我自己来说。何璐都告诉我了,什么钱依依、刘依依的,这些全都是误会,我现在觉着自己可冤了!"

"你讲的这些……这些和我有什么关系!"

刘思明站定,李云阶往前蹿了一步,差点撞到他的怀里。她慌慌张张地推开他,他只是纹丝不动,像一座山挡在她的面前。

"我跟钱侬侬真的不熟!"刘思明这话说得斩钉截铁。

"哦。"

"我……我上次之所以跑到女生宿舍楼下,是因为她说我送她去医务室那次,她特别感谢,托人送了礼物给我。我这是做好事,怎么能收礼物呢,我找她,就是为了把东西还给她的。"

"那……那她都送了你什么呀?"

"礼物盒我都没拆,你要不相信,我同寝室的都可以作证!我刘思明对天发誓,我……"

"行了行了,你犯不着发誓。"

"你相信我了?"

"我相信不相信的……你喜欢谁,谁喜欢你,这种事,都跟我没有关系……"

"我一直以为,你知道我是怎么想的。"

"我不知道。"

"谁呢?! 谁在那?!"像是哪个老师的声音。

"不好,是王老师!"李云阶撒腿要跑。

王老师是李云阶他们班的班主任,整天板着个脸,明明只是 30 岁出头,看着却像个严肃古板的半老头儿。要是被王老师看到大晚上的李云阶跟一个男生在一块儿,他一定会大发雷霆的。

还没等李云阶反应过来,刘思明拉住她的手就往边上的小树林里钻。

"你疯了吧……"李云阶压低声音,却掩饰不住声音里的紧张。

"难道你想被抓住当典型?"刘思明不由分说,只是拉着李云阶继续走。

晚自习结束是 10 点,按照规定,宿舍 11 点就得熄灯。这会儿应该就快 11 点了,他们俩还在校园里晃荡,要是被抓到,后果确实不堪设想。

两人很快找到了一个僻静的角落,刘思明靠着一棵树就坐下了,还硬拉着李云阶坐到他边上。

"这是咱俩上高中以来,靠得最近的一次了。"刘思明慢慢说道。

李云阶没有说话。他们不远处是学校的人工湖，月光下，湖水波光粼粼的。

刘思明继续说着："还记得吗？有一回我跟你说过，咱俩都得考上一中，这样就能一直待在一起了。"

"我没心情听这些，咱们还是赶紧回宿舍吧。"

"李云阶，我是有苦衷的。你可能觉得上了高中，我们俩就疏远了。可是吧，我……这不是我的本意。你是没有心情听，我呢，我说这些话的时候，我的心情可复杂了。"

"什么乱七八糟的……"

"我答应过你爸爸的，我们不能早恋。"

"神经病，谁要跟你早恋！"

"我答应他，我要跟你上同一所高中，以后，还要上同一所大学。他说，如果那个时候，我还那么喜欢你，我就可以追求你了。但是现在不行。这是我和他的君子之约。为了遵守这个约定，我……李云阶，你可能不会了解我的感受，就是吧，我一旦靠近你，就忍不住想告诉你我喜欢你……所以，我宁愿高中这三年跟你保持距离，直到我们考上大学。"

"你……"李云阶哽咽了。

"该说的我都说完了，我们回吧。你先回，我看着你走。"

"我……"

"走吧。"

李云阶缓缓站起，不知怎么的，她突然朝刘思明鞠了一躬，之后便像只慌张的小鸟一样，头也不回地飞走了。刘思明只是木然地站在树下，看着那只小鸟越飞越远，直到完全消失在他的视线里……

姐姐是很晚才过来抱孩子的。她到的时候，许梦心已经哄着小葡萄睡下了。老贾之前让许梦心打电话去催许梦安，问问她到底什么时候才能忙完。倒不是因为别的，而是他们这里没有小葡萄的奶粉，孩子饿得直哭。没有办法，许梦心便吩咐老贾连夜去买奶粉。但是，这孩子一直喝的那个牌子不好买。还是老贾机灵，在奶爸群发了信息，问别人家借了点。

许梦心不给姐姐打电话,是因为她舍不得打扰姐姐。以前的许梦心不懂生活艰辛,更不知在社会上摸爬滚打事事处处都身不由己。她曾羡慕姐姐是个职业女性,能够独当一面。如今她被迫走出舒适圈,也要赚钱养家了,才知其中酸楚。如果不是有事,姐姐怎么会这么晚才过来?

"要不就让孩子在这住一晚吧?"许梦心试探着问姐姐。

"不用了,我明天还有事,没时间来接他的。"

"你要是明天有事,孩子就更应该放在这了。这样,我现在陪你回家,把孩子吃的用的都拿过来,明天我们来给你看孩子。"

许梦安轻轻摇头,她怎么能够给妹妹添麻烦?而今妹妹辞职了,看起来确实是自由了,可她这代购的工作,要花的时间和精力只会比以前更多。耽误她的时间和精力,就是耽误她赚钱。再说了,老贾虽然是全职奶爸,可他们家的小西瓜刚刚学会走路,这个阶段的小孩是最难带的。

许梦心送姐姐和小葡萄上了车,看着姐姐的神情,不知怎么,许梦心总有些惴惴不安。

"大姐,没出什么事吧?"许梦心一只手扶在姐姐的方向盘上,注视着她。

"就是工作上的一点烦心事,没什么的。"

"明天要是忙不过来,孩子就送到我们这。"

"别闹了,你们俩自己都忙得脚不沾地。"

"要不然就送到妈那边,办法总比困难多。"

办法总比困难多。许梦安从没想过,这样一句话会从妹妹嘴里说出来。她说得是那么自然,语气里有种淡淡的自信和从容。这一年来,她经历了生二胎、产后抑郁、丈夫破产,可她也完成了属于她的蜕变。而今的她,不但是她这个小家的当家人,不知不觉之间,也成了许家这个大家庭的主心骨。

许梦安不敢低头,只是盯着前路,她怕自己一低头,眼泪就会落在方向盘上。她有无数的感慨,因了妹妹,也因了她自己。可是,她到底还是那个不愿示弱的大姐许梦安。她绷着的那根弦,时时刻刻都不能松……

"好了,我们该回家了,你赶紧上楼。"许梦安对妹妹说道。

妹妹按了按许梦安的手:"行,有事随时联系我。"

"知道啦！你什么时候变得这么啰唆了……"

许梦安驶入主路，却又一个转弯，将车子开进了一条僻静的小道。车子打了双闪，她和她的车，以及躺在婴儿安全座椅里的儿子，一切都显得安安静静。

她现在需要安静，安静下来思考前因后果，安静下来理清楚应对方案。总之，"云上"项目，她必须想办法保下来并继续推进。

其实，仔细想来，从于海收购新苗起，所有的事情早已在他的掌控当中。包括他痛痛快快地给许梦安放了个漫长的产假，包括许梦安产后回公司被架空。是，他一开始就不看好这个项目。前几天在于海的海边小餐厅里，许梦安一度以为这些年自己小看了于海、错看了于海，如今想来，他还是他。他是个生意人，利益在他那里必须是最大化的。但是"云上"呢，跟它的名字一样，此时仍云遮雾罩。这个项目毕竟之前从来没有人做过，无先例可循，所需要承担的风险自然是比一些已有成熟样板的项目要高。

不管怎么说，明天，许梦安都必须回公司一趟。可是，她要去公司了，儿子怎么办？左思右想，她决定明天上午先把孩子送去许家小院，让兰香帮忙照看一天。

次日上午，许梦安抱着小葡萄进了门，迎上来的只有许富贵，倒不见父母和兰香。过了好一会儿，许母才急匆匆从屋里跑出来，看到许梦安，她显得有些不耐烦："你怎么来了？来之前也不打个电话，真是的。"

"兰香呢？"

"大萍那边人手不够，兰香请了假过去帮忙，昨天晚上就走了。"

许梦安吸吸鼻子，闻到了一股子跌打酒的味道。

"妈，这是……"

"什么这是那是的，我风湿痛嘛，擦点药酒活活血。"

许梦安皱眉："我爸呢？"

许母笑着："你爸在屋里睡觉呢。你忙自己的去吧，你看，我等会儿还有事，就不留你吃饭了。"

"是不是我爸出什么事了？"

"怎么可……哎，大姐，你别往屋里蹿，我说了，你爸在睡觉！"

许母哪还拦得住,许梦安已经抱着小葡萄一个箭步走进了父母的卧室。

许父半躺在床上,看到许梦安来了,后面还跟着一脸紧张的许母,他厉声对许母道:"多嘴!你,多嘴!"

"我爸到底怎么了?"许梦安看向许母。

"早上出去遛弯儿,摔了一跤嘛……"许母知道瞒不过了,"看过医生了,那个给你爸做康复的也来过了,不是什么大问题,就是崴了脚。"

"就算没有什么大问题,也应该给我打个电话吧?"

"你们都忙,这点小事……我们自己能解决嘛。"

"出去!"许父一指许梦安。

"我们走吧,你看,你爸也烦你来。"许母拉着许梦安出了房门。

许梦安深知父亲的脾气,听他声音洪亮、中气十足,想来也不会有什么大碍,便只得顺从。

"妈,以后再有这样的事,你一定要给我打电话。"

"知道了知道了……对了,你今天回来,是有事?"

"我……"许梦安笑着,"我就是路过,回来看看。"

"在这吃饭吧,我出去买点菜。"

"别,妈,我还有事呢。"

"你不是请假了吗,能有什么事?"

"真有事,你别忙了。"

本想把小葡萄放在小院的,但此刻,这样的话,许梦安实在说不出口。

当许梦安抱着孩子出现在公司时,大家都觉得很诧异,她只微笑应对。到了办公室之后,她做的第一件事情就是召集"云上"项目组的几个人开会。

于海走进许梦安的办公室,笑道:"刚才他们说许总监把孩子带来上班了,我还不信呢。"

其他几个人看到老板来了,自然找借口先离开了办公室。

许梦安抬眼看了看于海:"小点声,我儿子睡着了。"

"梦安,你这是何苦?最近你们手上好像也没有什么特别要紧的事,而且,你不是请假了吗?有什么事需要你火急火燎地来公司,还是抱着孩子来的?"

许梦安沉默了一会儿，才道："于总，你应该知道我为什么还会留在新苗吧？"

"总之不是为了我。"

于海说完这话，见许梦安的表情仍是严肃，他便笑道："只是句玩笑话，你看你，一点面子都不给我，起码总要笑一下嘛。"

"我在跟你聊工作，这是在公司，而且，我并不认为我们要谈的话题有什么可乐的。"

"许梦安啊许梦安，我明白了，你是为了那个项目，才急匆匆抱着孩子来公司的吧？"

既然于海都说破了，许梦安也没必要再绕弯子，她坐下，也请于海坐了，这才缓缓道："于总，我曾预想过你并不会看好'云上'。"

于海没有否认，他耸了耸肩："不看好，不代表不关注。这段时间，我一直在关注你们前期推出的公众号。遗憾的是，要是以公众号的流量来看，我认为，这个项目其实已经可以宣告失败，没必要在它身上再耗费时间、精力和金钱。"于海说着，站起来推开了窗，"你大概从没好好站在这里欣赏过窗外的景致吧。"

许梦安摇头："窗外不过就是高楼大厦，没什么好看的。"

"10年前，不远处那一片还全都是田地。你看，那座体育馆是新建的，特别大，能够容纳……"于海扭头，"我没有转移话题的意思。梦安，在我的办公室也能看到那座体育馆……"

"你什么时候对体育那么感兴趣了？"

"更高、更快、更强。这个说的不仅仅是体育，我把它理解为人的精气神。落后就要挨打，只有不停往前跑，才能始终保持领先。我没有工夫停下来，把时间和金钱消耗在一个并没有什么价值的项目上。"

"还记得你说过，你厌倦了这样的生活。"

"确实厌倦，但是，要是我停下来了，我会厌恶自己的。"

"好，我们回归正题吧。于总，我认为'云上'是有价值的。"

"要是你不相信我的预判，行，我给你个机会，你准备好这个项目的所有资料，过几天在股东会上向大家阐述你的观点吧。要是股东们的想法跟你一样，那项目继续推进，该怎么支持你，我绝对不会含糊。可要是他们的想法跟我一样……"

"哪天？"

"嗯？"

"股东会。"

"你就那么急吗？"

"是。"

"那就定在后天吧，要是时间太紧，还可以往后……"

"后天，我同意了。"

于海无奈地笑着："其实我准备了新的项目交给你，你真的不打算听听看吗？"

许梦安点头："抱歉。"

于海的表情有些复杂，但此时的许梦安并没有心思再去琢磨老板的想法了，她满脑子都是"云上"。后天……这样的话，她就只剩一天时间了。她要用这一天时间收集整理数据、完善方案，她还要保持最好的精神状态。

小葡萄醒了，发出了啼哭声。这声啼哭，将许梦安拉了回来，让她意识到，她除了是这个项目的负责人，还是两个孩子的妈，而小的那个，正哭哭啼啼地要她抱、要她哄。她恨不得把自己劈成两半，一半照顾孩子，一半加班加点……

许家小院，许母正跟在许梦心屁股后面："心心，不是我不跟你们说，是你爸不让我说……心心，你可别生气……"

"要不是熊熊吵着要过来，我们都还不知道呢！"

"没下回了，你别生气……"

许梦心突然一个转身："你刚才说大姐上午来过？"

"来过啊，抱着孩子来的，慌慌张张的。"

"她说什么了没有？"

"跟你一样，说了我一顿，说你爸摔了也不告诉她喽。"

"就没说点别的？"

"没有啊。怎么了，大姐是不是遇到什么事了？"

"我也纳闷呢……"

"准备吃饭了!"老贾忙忙地从厨房里探出半个秃脑袋。

"浩文真是越来越能干了。"许母笑着。

许梦心脸上溢着一丝小得意:"那当然,我培养得好。"

"你也别什么活都让他干。"

"我们家没那么多规矩,说好的,谁有时间谁干。妈,别叨叨了,赶紧吃饭,吃完了我还有事呢。熊熊你干什么呢,妹妹在逗狗呢,你护着点!要是许富贵没个轻重咬伤妹妹了,你是全责!"许梦心说着,走到儿子和女儿身边。

小西瓜看到妈妈来了,小小的人儿扑进了妈妈怀里。

熊熊冷着脸站在一边:"妈,你偏心!"

"你要是比小西瓜小,我也让小西瓜护着你!还男子汉呢,心眼也太小了吧?来,你过来。"许梦心笑着。

"我不。"

"过来!"

熊熊这才走到妈妈身边。许梦心蹲下,一手揽过熊熊,一手搂着小西瓜:"妈妈不偏心,你们俩也不许让妈妈担心。"

"亲亲。"小西瓜指指自己的脸蛋。

许梦心先亲了熊熊一口,才去亲了亲小西瓜。

熊熊毕竟是半大的孩子了,嘴里嚷着:"咦,谁要你亲我了!"

"谁让你是我儿子!走了,牵好妹妹的手,吃饭去!"

饭菜很丰盛,许梦心只催促老贾他们尽快吃,待吃完饭,便领着一家大小匆匆离去。许母立在门边看着那一家人的背影,不知怎的,她的视线渐渐变得模糊。或许,小女儿像以前那样当个富太太是福分,可如今,看着他们一家相携,日子虽然清贫简单了些,但谁又敢说这不是另一种福分呢?

许梦心让老贾带着孩子们先回家了,她只身来到了许梦安家。来之前她没打电话,许梦安似乎有些诧异,但还是让她上了楼。客厅的茶几上摆着两台笔记本电脑,边上是一摊子杂乱的文件。小葡萄正躺在沙发上,看样子已经睡着了。许梦安穿着套皱巴巴的家居服,蓬着个头,一脸焦灼。

"还没吃吧?"许梦心递过来一个饭盒,"我们今天在妈那边吃的,给你打包的。"

"谢谢谢谢。"许梦安虽然接过了饭盒,但她看起来并不打算马上就吃。

"你饿着可以,你儿子可不能饿。"

"喂过了。那个,你先坐,随便坐,我这还有事,我……"

"大姐……"许梦心拉过姐姐的手,"你的手心怎么这么烫?"

"我没事,我……"

"你坐下!"

"心心,我真的没事。"

"坐下,我给你量量体温!你是没事,你要是感冒发烧传染给了孩子,到时候怎么办?大姐,你不是第一次当妈了,怎么也糊涂了!"

第二十七章
失业的中年妇女

1

　　每个人都有自己的固执。这种固执，少走一寸是坚定，多走一分就是偏执。

　　许梦安这个人，平时很少下决心，也很少去做没有什么把握的事情。她的性格跟妹妹本是截然相反的。譬如养狗这事。当年许梦心还没把狗抱回家，就连狗叫什么名字、给狗吃什么都想好了。而许梦安想的却是，这只狗来了，谁来照顾，它会不会破坏院子里的花花草草。

　　许梦安喜欢深思熟虑，只有深思熟虑才能更好地做决断。"云上"项目的雏形是她刚离开杂志社时就构思好了的，反反复复，光是这个架构，她自己就推翻了好几次。新苗未被于海收购前，她的老板是老张。不管怎么说，在这个项目上，老张是给了她绝对权限的。且不论前期已经投入的人力、物力，就是这些年她在里面耗费的心血……

　　妹妹在屋子里走个不停，又是给许梦安敷退热贴，又是找感冒药。要不是妹妹突然上门，许梦安都不知道自己发着高烧。她的心里有股子亢奋，还想用余力跟于海斗一斗，尽管，她耳朵里有个声音一直在告诉她，她不一定会赢。

　　"小葡萄我抱走了。"妹妹说得斩钉截铁，根本没打算给许梦安留任何回绝的余地。

"心心……"

"你要折腾自己，不知死活，是你的事。但小葡萄是我外甥，你不管他，我得管。"

"只是事情紧急，我这里有一堆的工作要处理，而且……我也没发现自己在发烧。"

"大姐，我理解你。但你这要工作不要命的劲头……你自己不觉得有些可怕吗？好了，赶紧把药吃了，孩子我抱走。"

"等等……"

"等什么等，我没闲工夫跟你扯皮。"

"你把孩子抱回去，你们管不过来的。"

"这是我的事。"许梦心不由分说，已将小葡萄的奶粉、尿不湿和衣服等裹作一堆，打包妥当。

妹妹前脚刚将小葡萄抱走，小荷和阿木就来了。那两人手里还拎着外卖和咖啡，说是要跟许梦安一起加班。三个人整理资料、完善方案，一直忙到第二天中午。要不是这两个家伙主动请缨，发着高烧的许梦安还不知该如何应对。

"嗯，万事俱备了。就是……"阿木吞吞吐吐。

"怎么了？"许梦安问她。

小荷摇摇头，从包里掏出一面小圆镜："许总监，你看你都憔悴成什么样了。明天可是要提案的，你就这么出现在股东们面前啊？"

透过小圆镜，许梦安看到了一张稍显蜡黄的憔悴的脸。

"好好睡一觉，然后收拾一下自己吧。"小荷微笑着，"我们一定能赢的。"

"必胜！"阿木打着胜利的手势。

送走他们之后，许梦安沉沉睡了一觉，醒来时已是黄昏。恍惚中，她想起了小荷的话，挣扎着爬起来。摸摸头，好在高烧已经退了，她便换了衣服走出门去。

许梦安去了趟理发店。自从怀二胎后，她就没有好好拾掇过自己了，头发长长后也没打理过，只草草地扎在脑后。理发师见她的头发已快齐肩，便给她稍微修剪成形。打理完毕后，这头披散在双肩的黑色中长发，让她多了几丝温婉。

从理发店出来，许梦安还去做了美容。美容师柔软的手指划过她的脸时，她感受到了久违的轻松。

"您很久没去角质了吧?"美容师问得小心谨慎。

是,要不是她问,许梦安都忘记什么叫"角质"了。

许梦心是在自家楼下见的姐姐,她认为姐姐的感冒还没完全好,不应该接触小葡萄。

"你这是……"许梦心看着焕然一新的姐姐。

"明天有个提案,这项目对我来说很重要。"

"那就回去吧,回去好好休息。"

"孩子……"

"大姐,我知道你想说什么。以前都是你为我付出,你为我着想,现在你就不能踏踏实实地接受我的帮助吗?哪怕一次。再说了,孩子在我家好着呢,熊熊和小西瓜特别喜欢小葡萄。"

"我都不知道说什么好了……"

"那就什么都别说。"妹妹笑着。

次日一早,许梦安就出现在了公司里。她穿了条内敛的灰色连衣裙,加之剪了新发型、化了利落的妆容,整个人看起来特别精神。

会议上,许梦安展示完她的方案,博得了阵阵掌声。到了提问环节,有股东问她最初的构想。

"每个职业女性,背后都有着属于她们的故事。一开始,我也只是想挖掘这些故事。但是我发现,比起讲故事本身,这些故事的主人公,她们更需要的是一个平台。简单、纯粹的,以供她们分享、交流的平台。我认为,她们是充满着能量的一群人……"许梦安娓娓道来。

"许总监,情怀、梦想、故事,这些东西听起来固然很美,但你要知道,任何一个项目,对我们来说,首先要做的就是创造效益。比起你的构想,我更想听听这个项目可预期的发展。"另外一位股东发问了。

"刚才我在 PPT 里也展示了,'云上'最终会是一个独立的交流平台,除了社交外,在平台里,有各行业的学习资料,包括文字、音频、视频等等,还有相关讲座和论坛的直播,甚至还可以有家长里短、职场八卦。"

"许总监,你不觉得这样会显得杂而不精吗? 当然,我个人是非常欣赏你的。不过嘛,从你们前期运营的公众号来看,数据并不好看,似乎不值得公司投入过多的精力来做这件事……"那位股东转向于海:"于总,你认为呢?"

"这本来就是一个长线运营的项目,想短期获利几乎不可能,它……"许梦安有些急了,于海摆摆手,示意她噤声:"股东们的意思非常明确了,这个项目暂时搁置吧。"于海很是干脆。这种干脆,让许梦安将准备好的用来应对的腹稿全都烂在了肚子里。同时烂掉的,还有她这些年的执着和努力。

她不记得自己是怎么走出那间会议室的,当她意识到自己彻底败下阵来时是在洗手间。她在里间清楚地听到了两个女同事的对话,她们说,今天这个会就是于总策划出来好让许总监死心的。她们还说,这个项目公司其实一早就放弃了。

许梦安从里间出来,重重地甩着门,径直走到那两人面前。那两人吓得不轻,慌忙离开。许梦安瞧着洗手台大镜子里的自己——她还好,她很冷静。

于海似乎预料到许梦安会来他的办公室,他甚至已经为她准备好了一杯咖啡。"坐吧,我们来谈谈你马上就要接手的新项目。"他说。

她也不客气,坐到了他的面前,一口气将咖啡饮尽,笑了笑:"我想跟你谈点别的。"

"没问题,只要你接手新项目,其他条件都好谈。"

"我要辞职。"

又到了周末,李云阶跟何璐他们几个还没出校门,远远地,就看到了小姨夫。他的头发又稀疏了不少,脑门锃亮,怀里抱着小西瓜,正笑眯眯地看着李云阶。

"小姨夫,你怎么来了?"李云阶诧异。

"来接你啊。"

"接我?"

小姨夫指指路边一辆车:"喏,你小姨刚买的,非让我来接你,说是顺便带你兜兜风。"

何璐他们被各自家长接走,李云阶便上了小姨夫的车。

"这车是二手的,怎么样,还不错吧?"小姨夫一边开车,一边跟李云阶说着话。

"不对啊,我们家不是这条路。"

"谁跟你说是回家了,今天我们都去你外婆家吃饭。"

"那我妈呢?"

"你爸回来了,他们俩家里有点事,正忙着呢。"

"搞半天,还不就是因为他们没时间来接我,才让你来的嘛。"

"你这孩子,嫌弃我,还是嫌弃我的车啊?"

"才没有!我只是生气。"

"姨夫要是跟你说了实话,你可不许急眼。"

"怎么了啊?"

"你弟弟生病了,你爸妈在医院呢,所以抽不出身,让我先接你回外婆家。"

小葡萄在许梦安把他从妹妹家里接过来的第二天生病了,腹泻不止,送去医院才知道是出血性大肠杆菌肠炎。妹妹很是自责,但许梦安又怎么能够怪她?说起来,应该感到自责的分明是许梦安这个当妈的。

这天,李临正好处理完老家的事,一听说孩子病了,下了高铁就往医院跑。夫妻俩在医院见面了,两人都消瘦了不少。尤其是李临,胡子拉碴的,满脸沧桑。许梦安看看丈夫,又看看在打吊针的儿子,瞬时泪如雨下。

"你不是请假了吗,怎么能把孩子送去心心家呢?"李临不无责备。

是啊,看到儿子受罪,除了责备妻子,他又能说什么呢?

"和心心没关系。"

"我知道跟她没关系,她也是好心。我是在问,你不是请假了吗?许梦安,你就那么喜欢当劳模吗?你的工作比你儿子还重要吗?"李临红了眼睛。

"工作……我已经没有工作了。"

李临听了这话,微微诧异。

许梦安拉住儿子的手,转向丈夫:"李临,我辞职了。"

许梦安离开了新苗。上一次她辞职是从杂志社出来,是她想改变自己的生活状态。而且,她也找好了在当时来说极为稳妥的下家,算是被老张高薪挖走的。

她那时的心境，有丝丝对未来的忧虑，然而更多的却是憧憬。她实在是厌烦了杂志社里死气沉沉的气氛，更恐惧那种一眼就能看到头的所谓的稳定。传统纸媒日渐没落的当时，作为一本无甚特别之处的期刊，其实，它本身没有未来，更不能真正带给许梦安和她的同事们稳定。

果然，她出来不到一年，杂志社改制，上面也开始鼓励留下的人自主创业了。说是自主创业，其实就是让大家去自谋出路。没有单位会再养闲人，哪怕，这家杂志社的工作人员曾经都算是体制内的。早前走了的，如于海，如许梦安，总归算是明智的。尤其是于海，不得不承认，他是个极有先见之明的人。

这次辞职，也是许梦安主动提出的。她知道，于海这人公私分明。于公，他否了她的提案，中止了她那个还未来得及大展拳脚的"云上"项目，这是出于公司利益的考虑。可是，于私的话，这么多年的交情，他断然不会辞退她。相反，不但不辞退，他还会对她委以重任。只是，他所谓的重任是需要她对他唯命是从的，她最好不要有自己的观点和想法，而是他指哪儿她就打哪儿。

她离职前，他开出了极为优渥的条件。甚至，他给的那个新项目非常成熟，她不用费什么力就能居功，就能为公司创造效益。有那么一瞬间，她也犹豫。毕竟，现在家里有两个孩子要养育，特别是小的这个，还远远没到需要用大钱的年纪。等儿子大些了，择校、辅导班、兴趣班，如此种种，育儿成本简直无法预估……但是，许梦安不愿低头。这段时间以来，于海有意无意地用了各种办法来促使她低头。要是她不低头，暂时失去的只是"云上"项目；要是她低了头，输掉的可就不止这些了。她跟于海，这么多年以来，两人都没明说，但内里实则都在较劲。

许梦安的较劲，并不是针对于海，而是于海所代表的那个方阵。那个总以为理想和情怀是笑话，那个唯利是图的方阵。年过不惑的她，竟还怀着如此初心，要理想、要情怀，这是她仅余的初心了。她的行为，在许多人眼里，怕都是个笑话。既然是笑话，索性就让他们笑个够吧。所以，离职时，许梦安没有要之前她在新苗的股份，她只要了一样东西——"云上"项目。她要把它带走。于海有些不可思议，但是他答应了。"你这可是裸辞。"于海说。

"多谢提醒。"这是许梦安离开他办公室时说的最后一句话。

病房里变得非常安静，李临听完许梦安的话，沉默了很久。

许梦安也不想再说什么,只是紧握着儿子的手。那吊针扎在儿子身上,比扎在她自己身上要疼百倍、千倍。儿子腹泻,先是水便,然后就有了血便,她差点急得撞墙。好在送医及时,才没有酿成大错。

而今,她是个失了业的中年女人,还是个粗心大意的母亲。细细想来,她简直一无是处。所以,在丈夫这里,她真的没有什么可说的了。

"梦安……"李临终于出声了,"如果你愿意的话,暂时就在家照顾儿子吧。其他的事,你不用操心。学校里,评职称的公示已经下来了。今年,我总算是评上教授了。工作,我会努力。家里,你多尽心。"

儿子年幼体弱,需要人照顾;丈夫得以升职,他将更忙碌。而为人母、为人妻的许梦安,她只能点头说"好的"。

好的。也许,什么都会慢慢变好的。

许梦安没有想到女儿会来医院。

李云阶手里拿着个小猪佩奇的玩偶,悄悄地走进病房。

"他没事吧?"李云阶问父母。躺在病床上的弟弟小脸苍白,因为手上的血管太细,吊针是扎在脑门上的,看起来很是让人心疼。

"你怎么来了?"李临拉住女儿的手。

好几天没见到老爸,他竟然瘦了一圈。

"爸……"李云阶心里有些不好受,"你们都在医院,我肯定要来的嘛。"

"这是你给弟弟的?"许梦安接过女儿手里的玩偶,"挺可爱的。"

"我……我顺路买的。小孩子不都喜欢小猪佩奇吗?"

"妈妈替弟弟谢谢你。"许梦安将玩偶塞进小葡萄怀里。

小葡萄还在睡觉,却伸伸手,将玩偶给搂紧了。

"你看,弟弟真的很喜欢呢。"李临道。

李云阶也笑了:"我就是随便买的,他喜欢就好。"

许梦安揽过女儿的肩膀:"走吧,妈妈送你到门口,给你打个车,你还是回外婆那儿。明天是周末,刚好陪陪外公和外婆。"

"可是……"

"这里有我们呢。"李临点点头。

母女俩出了病房，一路说着话。

"妈，我听外婆说……她说你辞职了？好好的，你为什么要辞职？"

"怎么说呢，因为妈妈跟上司的意见不太一样，所以，妈妈决定离开公司。"

"你的上司不是于海叔叔吗？"

"对。"

"你们不是很好的朋友吗？"

"对。"

"朋友之间，有什么意见不一样的地方，可以说出来，可以沟通的呀。"

许梦安笑了："云阶，不是每件事情都能通过沟通来解决的。"

"挺可惜的。"

"为什么会觉得可惜？"

"你辞职了，那你跟于海叔叔友谊的小船也就打翻了吧？"

"傻丫头。工作是工作，交情是交情，两者不一样。"

"你跟我说过的，最好的朋友也有可能会分开……"女儿的神色更黯淡了。

许梦安顿了顿，才问："你是不是遇到什么不开心的事了？"

"没有啊，没有。"

"云阶，妈妈以前工作忙，你又多了个弟弟，难免地，对你的关心就少了。但是你要相信，妈妈还是那个无论什么时候都愿意听你说话、陪你说话的妈妈。好多事吧，你不说出来，爸爸妈妈是不知道的，特别是你现在又住校……"

"老妈，你刚才也说过，不是每件事情都能通过沟通来解决的。"

"鬼灵精，都知道以其人之道还治其人之身了。"

2

许梦心和老贾一家在小院吃过晚饭，便匆匆往自家赶。这辆二手车虽然不怎么样，遮风挡雨是足够了。车上坐了两个孩子，老贾开得特别平稳。待开到小区门口，许梦心忙让老贾停车。

"哟，我的货到了。"许梦心道，"你先带两个孩子上楼，我去车库查收一下这批货。"

老贾凑过脑袋往车窗外看："这就是你上家？"

拐弯处停着辆黑色 SUV，正打着双闪，车窗没开，看不清开车的人。

"对啊，我跟你说过的，冬子哥。"

"冬子哥，叫得够亲的啊。"

"贾浩文你什么意思？"

"开句玩笑嘛，行了，我停好车就带孩子们先上楼。"

他们租的房子本来是带地下车库的，但眼下这个车库被许梦心用来当仓库了，便只能在地面上租个车位。老贾回家安顿好了两个孩子，左思右想，还是没能管住自己的脚，鬼使神差地就到了地下车库。车库里光线昏暗，但远远地，老贾还是看到了许梦心和冬子。他还是第一次见冬子真身，以往许梦心没少念叨这个人，说冬子靠做代购发了大财，还说他的货源很有保障，不像她之前合作的那家，真货假货掺着卖，差点把她给坑了。对了，下个月冬子还要带她去日本，说是为她以后独立购货打基础。

毕竟离得远，老贾只看到那冬子身材修长，发量……发量应该不会少，瞧着像是比老贾年轻不少。可许梦心明明说冬子和老贾是同龄人嘛。

"老贾！"是许梦心的声音，她显然发现他了。

"唉……那什么，我怕你忙不过来，就下来看看。"老贾心虚得很，极力稳住，云淡风轻地走了过去。

老贾走近了，见那冬子不只是身材修长、头发茂密，还是个实打实的帅哥。浓眉大眼不说，人家还把自己收拾得特别精致，衬衫外面套着薄针织开衫，那开衫别说起毛球，就是线头都没有一根。相比之下，老贾的穿着就真的随意过了头……

"您就是贾哥吧？幸会幸会！"嗯，这家伙还特别有礼貌，他微微弯腰，伸出了他的大手。

老贾轻轻握了下冬子的手，才道："别用您，也别叫我哥，咱们年龄差不多。你就跟心心一样，叫我老贾就行。我呢，也就直接叫你冬子了。"

"怎么都成。"冬子笑着，"总听心心提起你，说你对她特别好……"

"她是我老婆嘛，我不对她好，还能对谁好。"

"那是，那是。"

许梦心打断了这两人的寒暄："赶紧卸货入库吧，别磨叽了。老贾，你搭把手，冬子哥等会儿还有事呢，不能耽误他。"

因为老贾帮忙，货物很快清点完毕，冬子便也驱车走人了。小两口回到家，老贾刚想跟妻子说点什么，她就忙忙地冲进卫生间洗澡了。待许梦心走进卧室，见老贾一边拖着地，一边冲她笑。

"别说啊，这冬子看着可够年轻的。"老贾说。

许梦心抓过梳妆台上的一片面膜，撕了包装："那是人家保养得好，一礼拜去五次健身房呢。"

"长得帅，又能赚钱，他老婆应该也很优秀吧？"

"他还没结婚呢。"

"没结婚？他这岁数也不小了……"

"你这是什么逻辑，现在三十来岁没结婚的男男女女多了，哪像我们似的，说结就结了。"

"你这话才有问题呢，说得好像你嫁给我有多后悔似的。"

"贾浩文你还有没有良心了！"许梦心轻轻拍打着敷了面膜的脸，"我怎么听着你这话里话外暗藏着玄机呢？"

"我哪有什么玄机嘛。"

"有话就说！少在这跟我绕弯弯。"

"我这不是……看到人家冬子那么优秀，一时自惭形秽了嘛。"

"你过来。"许梦心看着老贾。

老贾慢慢走过去，许梦心撕了面膜，笑着："吃醋？有危机感了？"

"哪有……没有的事。"老贾拉了妻子的手，"那以前，比冬子强有力的竞争对手又不是没有过，我还不是过五关斩六将把你给娶进门了吗？我贾浩文什么都不怕。"

"这就对了，我就喜欢你这股子劲。好好保持。"

老贾把嘴凑到许梦心耳边："既然你喜欢，那我们今天晚上是不是……"

"今天不行，我累着呢。累一天了。"

"心心，我……"

"明天吧，乖，乖嘛。"

"好好好，都听你的还不行吗？"

小葡萄出院是一周之后的事了。这天是周五，李临请了半天假在家陪儿子，许梦安才得以回新苗办理最后的离职手续和工作交接。

人走茶凉，这种事情对许梦安来说并不陌生，她也着实做好了准备。但让她没想到的是，她一到办公室，就发现部门的人早已在等她。阿木带头送了礼物给她，紧接着便是小荷等人，大家都准备了礼物。那阿木吞吞吐吐，表达着各种感谢，许梦安听得云里雾里。边上那些家伙便笑，一边笑一边拿眼去看小荷。

"什么情况呀？"许梦安问他们。

"许总监，你问阿木和小荷好了。"他们笑得更厉害了。

"哎呀，我自己来说。"小荷大大方方抬头，竟拉过了阿木的手，"许总监，阿木要谢你的是这个。"

"我们俩……"老油条阿木的脸居然红了，"我跟小荷在一起了。"

这倒真让许梦安意外，她笑着："我没想到……好事好事，祝贺你们。以后要是结婚了，得请我喝杯酒。"

"那是肯定的。"阿木忙道。

小荷还是日常怼阿木："结婚就不一定了，看你表现。"

想来，这两人日久生情，绝不是这一两天才发生"化学反应"的。许梦安觉得自己怪粗心的，居然什么都不知道。仔细回忆，其实从她放产假回来后，就发现阿木比早前有趣了许多，而小荷呢，也沉稳了不少。

许梦安看着这对紧拉着手的冤家，一时有些感慨："这么说，我让你们一起做项目，项目没成，你们成了。总之，是意外之喜，我很高兴。"

众人听得"项目"二字，皆沉默了下来。许梦安便摆手："项目的事，包括我离职，这些都跟你们没有关系。你们不要受影响，以前怎么工作，现在还怎么工作。

放心吧,于总,还有公司,都不会亏待你们的。"

"许总监,那你以后到了新公司……有什么需要的话,尽管开口。"小荷道。

"我暂时不会到别的公司去上班,你们也知道,我儿子还小,正是最需要人照顾的时候。我呢,也刚好可以专心陪伴,当个称职的妈妈。"许梦安笑着。

小荷了解许总监,她才不是那种会闲下来的女人。可她自己都这么说了,小荷也不好再讲什么。

"许总监,你原来就是个称职的妈妈。"阿木说。

许梦安玩笑:"我都不是你领导了,就不要来这套了啊。"

阿木看着倒是很认真:"我说真的。你看,工作上你没耽误,家庭生活也很幸福,如果你都不算是称职的妈妈,这对妈妈的要求也太苛刻了吧?"

"谢谢你的谬赞,我收下了。大家的礼物呢,我也全都收下了。接下来,该交接工作了。都别愣着了,赶紧的吧。"

交接完工作,一行人又浩浩荡荡送许梦安到公司门口。门口那儿,立着于海,像是等候多时了。他晃着手里的车钥匙:"我送许总监。"

老板要送,底下人哪敢多言,众人便目送着于海和许梦安进了电梯。

"我开车来的。"许梦安进了电梯才道。

于海便笑:"你开你的,我送我的。"

"随便你吧。"

"我是在告别。跟过去,跟我们相爱相杀的 20 年告别。"

"说实话,这一辞职啊,我别的都不担心,就是担心你的病。于海,你这病得下猛药了。"

"梦安,我玩笑时你以为认真,我认真时你又当玩笑。也罢,我都习惯了。"

电梯门开了,抱着纸箱的许梦安径直走出去,于海跨步上前,夺过了她怀里的纸箱:"我来。至少,让我把你送上车。"

"那就谢谢你了。"

"不客气。"

许梦安的车就停在公司楼下的露天停车场,于海把纸箱往她车子的后备厢一放,自己也一屁股坐了进去。

"下来!"许梦安摇头,"干吗呢!"

于海满不在乎,嘴里念叨着:"送你的时候,正是深秋,我的心向那秋树,无奈飘洒一地……汪国真的《送别》,还记得吧?"

"你先出来,我得回家了。"

"无奈飘洒一地,只把寂寞挂在枝头。你的身影是帆,我的目光是河流。多少次,想挽留你,但终不能够。因为人世间,难得的是友情,宝贵的是自由……"

许梦安又气又好笑:"记得记得,大学毕业时,你写在我毕业纪念册里的。"

"当时我抄了汪国真的这首诗,多少有那么点强说愁的意思。因为我知道,咱俩不会分开的……"

"打住打住。"

"你误会我的意思了嘛,我是说,咱俩的友情,不会分开。这辈子做不了夫妻,做朋友总行吧,总不会分开吧。没想到啊……所以,我今天再读这首诗呢,真正读出愁来了。许梦安,你现在恨死我了吧?"

"因为项目没成,所以恨你?"

"不是吗?"

"于海,"许梦安正色,"这么多年,我学会了一件事,那就是不要把自己的意愿强加给别人。你有你的格局,我也有我的。我尝试过、努力过,也曾以为'云上'这个稍显理想化的项目能在你的支持下顺利推进,但是……我失败了。输了就要认,我认了。就这么简单。"

于海靠着纸箱:"你看到的是一个项目,我看到的是公司全局。我得对股东和员工负责。我也很想一掷千金,给你最大的权限和支持,让你放手去做。但是……"

"我懂。"

"嗯,你懂……"于海苦笑,"我想过你会冲我发火,你会哭哭啼啼,你会来求我,你会说:'于总,于海,这个项目对我来说很重要,你一定要支持我……'"

许梦安莞尔。于海继续道:"你这么做的话,我没准真的会心软的。可是……你不是别的女人,你是许梦安啊。你永远都是那么理智、客观……"

许梦安抬手看表:"诗朗诵了,长篇大论也发表了,该放我走了吧?"

于海总算站起来了,他伸出手:"还是朋友?"

许梦安握了握他的手："当然。"

"好在还是朋友,要真是敌人,我不一定干得过你。"

"要是有机会,可以试试看。"许梦安笑看着于海。

李临自从老家回来后,更是一刻都不得闲。这带孩子的半天假期,还是梅一朵顶了他的课得来的。这段时间,也多亏了这个老同学。实验室那边也好,手上的课题也好,人家都帮了大忙。如今,李临已经是正儿八经的教授了。只是,马不停蹄的他,好像还没享受过"多年媳妇熬成婆"的喜悦。梅一朵发现李临列了张表单,上面满满当当地写着他未来 5 年的工作规划,这规划看着不像是用来应付领导的,倒像是他列了鞭策自己的。

"你什么时候也变得这么急功近利了?"梅一朵不解。

李临不愿多解释,他从未觉得时间变得如此重要,要是可以,他希望自己能够活得争分夺秒。

唯一能让他停下来的大概就是孩子们了。此刻,他怀里抱着的是儿子,女儿呢,则在一边喋喋不休地说着学校里的种种。

"爸爸,你怎么不说话啊,又在想工作的事?"

李临摇头:"我一直在听你说话呀。"

"骗鬼呢。"

"爸爸没想工作,工作太多,真要想,也想不过来嘛。"

"那你是在担心姑姑他们? 姑姑还会回来吗?"

"她现在就是想来也不能够了……"李临想起李静,刚刚走的神这才找回来,"你姑父的身体刚刚好转,医馆里好多事都要你姑姑打点的。"

这趟在老家,李临很是见识了姐姐的本事。她不但搞定了那起医闹事件,也安抚了后来知道真相的李老爷子,让他老人家服服帖帖,暂时把医馆交到了她手里。而所谓去帮忙的李临,也无非是跑跑腿,别的什么都没帮上。在象牙塔里待久了的李临,面对种种琐碎,那些需要抽丝剥茧的复杂,他委实处理不来。只是,这些年,他身边幸好有个跟姐姐一样有本事的许梦安,和他一起应对了生活中的大部分艰难……

他正想着,许梦安抱着纸箱回家了。那箱子她只是随意一放,但他知道,这里面是她在新苗这些年的点点滴滴。关于这突如其来的离职,她没有流露出什么不快,如果在儿子病床前的眼泪不算的话。他知道,以妻子的能力,分分钟都能找到一份更好的工作。可是,当他提出让她暂时在家照顾孩子时,她极为痛快地答应了。她这么做,不仅仅是为了孩子,还是为了孩子的父亲。而身为孩子父亲的李临,他能够为这个家做的,总是少之又少。

这个社会有些很奇怪的论调。比如,大家对优秀女人的标准往往是事业家庭双丰收,对男人,则宽容得多,事业丰收即可。李临建议妻子回归家庭,潜意识里也是希望妻子能够轻松一些。

世界上,没有完美的丈夫,那便不该苛求会有完美的妻子。

世界上,没有完美的孩子,那便不该苛求会有完美的母亲。

只是,这些道理,大多数人不懂。生命本身虚无,生命体本身残缺,在虚无与残缺里,与他人相处融洽、和美,远比所谓完美要重要得多……

"晚上想吃什么?我给你们做。"许梦安微笑着询问李临父女。

李临站起来:"今天不做饭了,我们去外面吃。"

"好啊,好久没到外面吃饭了。我想吃火锅!"李云阶很开心。

3

郊区的农庄里,一群孩子正围坐着,有唱歌的、跳舞的,有雀跃的、哭闹的,有游戏的、发呆的,各有各的小天地。边上则是一群大人,确切地说,是一群全职奶爸。奶爸们互相交谈着,目光不时地在自家孩子身上兜兜转转。今天是阳光奶爸微信群的线下亲子聚会,老贾和小西瓜也在其中。奶爸们交流着育儿经验,也会说说生活琐碎,总之,这还算是一个极有归属感和凝聚力的群体。

跟老贾说话的是老胡。这老胡之所以叫老胡,是因为他真的老。他的情况跟李临差不多,也是中年得了二胎。这个节骨眼,碰上他公司搞内斗,斗来斗去,把他给直接斗回了家。他夫人是律师,工作极为繁忙,自然就把孩子交给了他。他呢,早就厌烦了职场种种,倒也乐得在家带孩子。

两人正聊着呢,老贾余光瞥见了小刘,见他独自一个人坐在不远处发呆。小刘也是全职奶爸,可他比老贾和老胡年轻,人家还不到 30 岁。之前的聚会,他永远是最活跃的那个,今天他这闷闷不乐的样子让老贾觉得有些奇怪。

"小刘这是怎么了?"老贾问老胡。

这时,小西瓜正好蹒跚着跑到了老贾身边:"爸爸,抱。"老贾抱起了女儿。

"你还不知道吧?"老胡顺手拿过小西瓜抓着的一只玩偶,"喏,小刘啊,这样了……"老贾低头看那玩偶,是只极可爱的绿毛乌龟……绿毛!乌龟!老贾心里一颤:"啊?"

"小两口说好的,小刘暂时先在家带孩子,他老婆出去打拼。本来蛮好的,谁能想到,他老婆打拼着,就打拼出事情来了,说是跟合伙人好上了……女人心,海底针,最是捉摸不透……可怜小刘,年纪轻轻……"老胡叹着气,"离吧,舍不得,孩子都有了。不离吧,忍不了……还是人小刘脾气好,换了我,早把那男的打得生活不能自理了。"

"这也太突然了……"

"老贾啊,这种事,你不想它突然都不能够嘛。噢,谁家老婆出轨,会事先通知老公的?你呀,还是太年轻。"

"和我……和我有什么关系……"

"你紧张什么。"老胡乐了,"不过,我要是你,我也紧张。就小刘那老婆长得……可以说是一言难尽了,根本没法跟你老婆比。你老婆那么漂亮,她……"

"老胡你给我住口啊。"

"开开玩笑嘛……"

"那也不能开这种玩笑的!"

老胡不想自讨没趣,便说要去跟自家孩子玩了。老贾把小西瓜往老胡怀里一塞,让他帮忙看着。

"你上哪儿去啊?"老胡问。

"小刘都那样了,我陪他聊聊,开解开解。"老贾取了杯果汁。

小刘正唉声叹气,见老贾来了,便苦涩一笑:"传得可真够快的,你也知道了？"

老贾把果汁递给小刘："想开点。"

"想不开又能怎么样？"

"毕竟有孩子……"

"孩子还小，她的收入也稳定，判给她的概率比较大。"

"不是，真要离啊？"

"不离，我这辈子都会记得这事，怎么过？"

"怎么就会弄成这样嘛……"

"嫌我窝囊，嫌我没用呗。我不工作是顾家，是带孩子，怎么就没用了？你说啊，这女人的要求怎么这么高？一开始都还好好的，后来啊，她的事业越做越大，收入越来越高，她的心也变大了、变野了……"

小刘心里是真的憋屈，拉着老贾说了半天话。老贾愈听愈不是滋味，要不是小西瓜来找他，他都忘记自己今天是来参加线下聚会的了。

"玩!"女儿这是要让老贾陪她玩游戏。

老贾拍拍小刘的肩膀，抱着女儿往前走，走了好一会儿，他才看到女儿手里还拿着那个绿毛乌龟玩偶。他一把将玩偶夺过。

"爸爸，要。"女儿自是不情愿的。

"这玩具有什么好的，丑死了。"老贾把绿毛乌龟丢进了一边的垃圾桶。

许梦心明天就要去日本了，这是她第一次以代购的身份出国。许母和兰香张罗了一顿晚饭，非要给许梦心送行。许母不但邀请了许梦心一家，还请了许梦安一家作陪，搞得兴师动众。

深秋的夜晚，虽凉意十足，院内长桌上的红泥小炉却烧得火热。许梦心是最喜欢吃牛肉火锅的，此时正毫不客气地享用着。

比起妹妹，许梦安的情绪要复杂得多。这些天，许梦安成了彻头彻尾的全职太太。跟她请产假时不同，那时，她知道自己早晚都有回去继续上班的那一天。可是现在，情况好像不太一样了。儿子由自己 24 小时悉心照料，他的气色都好了不少，小脸粉嘟嘟的，很是可爱。女儿呢，虽然住校，但因为许梦安如今有时间和精力关注她了,母女俩动辄就在微信上互发表情包,时不时还语音、视频聊天什么的,两人又恢复了早前的亲昵。至于丈夫,如今更是一门心思放在工作上,加班晚归成了家常便饭,每天都风风火火的。连以往不远不近的同小区的全职太太们,她们都跟许梦安亲近了不少,各种聚会没少请她参加。还是因为她们,许梦安才知,现在美甲店都提供上门服务了。比如昨天,一群太太就聚在何璐家,由何璐妈妈牵头,弄了个"美甲派对",众人很是开心。要是那些家长里短、八卦逸事许梦安也能插得进嘴,嗯,她也会觉得很开心。短短两三个小时,许梦安便知道了原先很多不知道的故事:4号楼的王家,夫妻俩其实并没有看起来那么恩爱,两人早就在闹离婚了,只是为了孩子才僵持着。别墅区一位周太太,大家从没见过她家先生,最近传出来,说是这位周先生竟然还有个太太……除了八卦,还有信息共享。哪家超市的鱼新鲜,哪家超市的牛肉便宜,还有啊,附近的两三家健身房,长得好看又热心的教练都叫什么名字。再有美容院性价比最高的套餐、养生会所哪家好、中医馆的膏方能不能服用等等,信息量又大又密集。

当然,在这个"美甲派对"上,太太们除了闲聊,也没忘记各显身手。比如,1号楼的刘太太,她最拿手的菜是开水白菜。这道菜听来简单,程序却极为繁复。光是原料里头就得备有老母鸡、排骨、干贝等等。当然,这些还只是配料,炖汤后只取其汤,汤还须滤得澄澈如水,毕竟人家这菜名就叫开水白菜。这道菜,从采购原料到出成品,至少需要半天。再比如,6号楼年轻的陈太太,她的技能比较受欢迎,那就是烘焙。烘焙里学问也不少,什么样的奶油、什么样的黄油、什么样的面粉,烤箱也是有讲究的,模具就更不用说啦,一笔账算下来,自家烤个普通花样的蛋糕,成本要比店里贵好几倍。可陈太太说了,烘焙嘛,玩的就是个情趣。还有何璐妈妈,她也很是让许梦安大开眼界。她分享的各种婆媳相处之道、驭夫术等等,太太们听了很受用,大家议论纷纷,拓展开来,各抒己见。

许梦安以前就知道当全职太太不比职业女性清闲,她心里更是敬重她们。可敬重是一回事,轮到她自己当了,却又完全是另一回事。她既不会烹饪、烘焙,也不精通驭夫术,论起来,她这个全职太太只能算是及格。

"既然生了二胎,就专心在家照顾孩子嘛。孩子年纪小,这个时候是最需要妈妈的。我跟你说啊,这奶奶带大的孩子跟妈妈带大的孩子……差别太大了。你看我家何瑞就是奶奶带大的嘛,这孩子的很多坏习惯啊,都是我一点一点纠正过来的。"何璐妈妈很是语重心长。

连许母都劝许梦安,说是这样就蛮好的,让她不要再出去工作了。

总之,现在的情况就是这样,自从许梦安当了全职太太,身边这些人全都欢欣鼓舞。只是,他们谁也没问过她的感受。

"大姐,你怎么不吃啊?"许梦心夹了块牛肉给许梦安。

"噢……我减肥呢。"

"你最近已经瘦了很多,就别太为难自己了嘛……"许梦心笑着,"姐夫也真是的,怎么到现在还没到,我们都快吃好了!"

李临说是要加班,要晚点才能过来。

"人家是大教授了,工作能不忙吗?"许母这话说得风轻云淡,神情里却透着股子骄傲,甚至还瞥了老贾一眼。

姐夫当上教授了,老贾心里挺高兴的。但是,也正因为这事,丈母娘似乎对他又有了看法,无非是觉得他没有上进心,如今彻底被李临给比下去了。像今天这顿晚饭,一开始丈母娘和老丈人一定要等李临到了再开饭。要不是许梦心不同意,大家现在还饿着肚子等呢。老贾这些天本来就有些不痛快,瞧着丈母娘又开始话里带话地激他,更是没心情吃饭。他撂下筷子,抱着小西瓜,说是要出去溜达溜达,消消食。待老贾抱着女儿出了门,许梦心才转向许母:"妈,你这又是干吗呢,非得夸一个贬一个?"

"我说什么了?你说他……他这天天在家待着,像什么呀,总得找点出路……"

"我也天天在家待着,你怎么不说我呢?"许梦安把碗筷一放,"我吃饱了,你们慢用。"她从兰香手里抱过小葡萄,转身就去了里屋。

许梦心对许母摊手:"你看吧,祸从口出,你这叽叽叽的,一口气得罪两个人。"

"大姐什么时候也变得这么多心了?我又没说她。再说,她和老贾能一样吗?"

"大姐她……"

"吃饭!"许父一边拿筷子敲碗,一边往门口张望。

大女婿如今是教授了,许父自然得意,可这得意里隐隐总有些不安。在许父看来,李临变了,许梦安也变了。以前吧,许父跟李临虽然没什么话题,但不管许父说什么,李临都还算能耐心倾听。现在呢,许父每每想跟李临说两句话,这李大教授脸上便有些不耐烦起来。再说许梦安吧,她也一样,整个人变得有些毛躁,性子不再那么沉稳。可是这些,许父又不好挑明了跟他们夫妻沟通。真的要沟通,也不知从何说起……

李临拎着包埋头往巷子里走,差点撞上抱着小西瓜的老贾。

"姐夫,你怎么也不看着点路……"老贾叨叨着。

"你吃好了?"

"本来是要等你的,可这……"老贾笑笑,"放心,妈那么疼你,她老人家给你留饭菜了。"

"不,我不是这个意思。"李临说着,继续埋头往前走,根本没打算跟老贾多寒暄。老贾在李临身后直摇头。看来,这人哪,不管多老实可靠,一旦升了官发了财……他都会变!

"老贾……"李临突然回头。老贾不解,往前走了几步:"怎么了?"

"有个事想跟你说。"

"说呗。"

"我……咳,要不算了,我不说了。"李临吞吞吐吐的。

老贾实在憋不住了,便道:"姐夫,有话就说吧。"

"要不是我最近手头紧,我也不会提这事。老贾啊,这……"

"我还以为是什么事呢,我知道,你上回借了我10万块。"老贾虽落魄但志气还是要的,"现在家里也不是我管钱,我等下回去就跟心心说,这10万块钱,我们就是砸锅卖铁也会还给你的。"

"言重了言重了。我就是这么一问,要真的有困难,其实也没关系……"

"别,姐夫,这钱你借给我,我收下了,就没想过要赖账。"

"还有个事,我得叮嘱你,就是吧,你要真把钱还我了,这事别跟你大姐提,让心心也别说。"

"这个……"

欠债还钱,天经地义。可是李临这句话,怎么听怎么别扭。是,这是他的私房钱,当初是他偷偷借给老贾的。许梦心自然是知道的,她知道了,许梦安怎么可能会不知道嘛。哦,现在李临讨债来了,这事还得瞒着许梦安……

"老贾,这毕竟是我的私房钱,我也没别的意思,就是……"

"姐夫,你的情分我都记着。放心吧,钱我会尽快还,至于大姐那边,我和心心都不提这事就行。"

"这就对了,我自己会找机会跟你们大姐说的。"

"但愿吧。"老贾小声嘀咕。

老贾一回家,就赶紧跟许梦心汇报了李临讨债的事。

"等这批货出了,差不多能凑够,先还给他吧。"许梦心按着计算器,眉头紧锁。

"能凑够吗?"老贾也是忧心忡忡。

"凑不够也得想办法。"

老贾坐下,顿了顿,才问道:"心心,你给分析分析,姐夫拿了这钱,他是要干吗?"

"钱是他的,早晚都得还他。他要怎么花,这个……我们俩管不着吧?"

"我不是那个意思,我是说……"老贾捧着许梦心的脸蛋,盯着她的眼睛,"你不觉得这里面有蹊跷?"

"蹊跷?"

"10万不算小数目啊。他们家里都是大姐管钱,大大小小的开支都是从她那里出去的……姐夫瞒着大姐,他这是要置办什么呢?如果是正常开销,怎么就不能知会大姐了?"

许梦心这才听明白,拿开老贾的手,凝神道:"别说,姐夫最近是有点不对劲。这钱……不会是……"

"不会是什么?"

"不可能不可能,姐夫不是那种人。"

"你是说,姐夫这钱可能会花在外人身上……"

"你别说出来呀!"

"不是,这里就咱俩,怎么就不能分析了? 我这不也是为大姐担心嘛!"

许梦心叹口气:"姐夫整天加班,忙得跟什么似的,就是有这份心也没时间精力吧?"

"加班……"

"加班……"许梦心重复着老贾的话,两人对视了一眼,异口同声:"梅一朵!"话毕,两人又再次异口同声:"不可能!"

"哎呀,我们别瞎想了。"许梦心嘟囔着,"这是他们两口子的事嘛。我们要接受教训,就上回,我们去海边找大姐,怀疑她跟于海……这事我一想起来就脸红!"

"是是是,我们俩又瞎操心了。"

话是这么说,但两人的神情都很是忧虑。

"姐夫终于当上教授了,可大姐却失业了,两人的差距一下就拉大了。大姐现在在家带孩子,她虽然什么都没说,但我能觉出来,她啊,多少有些不适应。要是这种时候姐夫在外面有什么花头……大姐不得崩溃啊?"许梦心忍不住又绕了回来。

"受伤的都是我们这些在家带孩子的。"

"怎么这也能往你自己身上扯呢?"

"我……我没说自己。是我们奶爸群的小刘,小伙子你见过的,多好,人挺精神,对孩子也有耐心。可就是他这样的,居然还会被他老婆嫌弃……他老婆那什么了。"

"那什么? 那什么是什么?"

"出轨了呗。"

"怎么会……他老婆我们也见过的,人挺好的。"

"人家还能把'出轨'两个字贴脑袋上? 说是跟她的一个合伙人好上了。唉,这工作归工作,工作上怎么合作都成,可是工作以外,还是得保持点距离的。"

许梦心笑了笑,一指头戳到老贾脑门:"这是在给我打预防针?"

"你多心了嘛。"

"自从我订了去日本的机票,你就神神道道的。我算是看出来了,说半天,姐夫啊、大姐啊、小刘啊,那都是无关紧要的,要紧的在这呢。喏,我来画一下重点,你这费半天劲,不就是让我跟冬子哥保持距离吗?"

"不是不是……"

"行啊,既然你这么不相信我,日本我不去了。"

"真不去了?"

"不去了。你把行李都拿出来,归置好。噢,你最好把行李箱也给扔了,顺便把我的机票退了。"

老贾知道许梦心这是恼了,他再也不敢吭声。

只听许梦心还在那说话:"然后呢,你再拿一条大铁链把我锁家里,最好再请两个人看着我,免得我在外面给你披一身绿。"

"我错了,我真的错了。那什么,心心啊,我再去给你检查一下行李,看还有什么没带的,我都给你装上。"

"嗯,给我装个 GPS 定位仪吧,再装个窃听器什么的。"

"哎哟,我给你跪下了,我错了还不行吗?"老贾这就要下跪。

"起来! 谁要你下跪了。"

"那你别生气啊。"

"你这脑子里能不能想点正事啊! 贾浩文,你愁死我了,你……"

老贾忙揉捏起了许梦心的肩膀:"我改,我全都改。"

许梦安家,卧室内,李临也正跟妻子说话。

"梦安,我跟你商量个事。"

"嗯。"许梦安刚哄小葡萄睡下,已是身心疲惫,只随口应着李临。

"过几天我要出趟差。"

"去哪儿啊?"

"北京。一个会,这个会是……"

许梦安对这些不感兴趣,背了个身,只问:"去几天啊?"

"说不准。"

"说不准?"

"我的意思是,日程还没定。不过,怎么也得十天半个月吧。"

"那么久?"

"是啊,这次会议是关于我研究的课题的。你也知道,我那专业冷门,是很需要出去跟人交流的。你放心啊,会一开完我就回来,我……"

李临话还没说完呢,许梦安便已发出了轻微的鼾声。

"对不起……"李临按了按妻子放在被子外边的手。

第二十八章
妈妈相信我一次

1

　　老贾起了个大早,给许梦心和孩子们做好早饭。吃了饭,将两个孩子送到丈母娘那,这才驱车把许梦心送到机场。机场里,冬子早就等在那了,他边上还站着两三个女孩。老贾这才知道,这趟许梦心去日本,不是跟冬子单独出行。许梦心什么也没说,只拿眼看老贾。老贾脸上红一阵白一阵的,心里愈发愧疚了。要不是妻子,这个家都不知道会变成什么样。而他老贾呢,竟然还怀疑起了她的忠诚。可他也明白,这种怀疑跟他自己眼下的境况有关,他实在没有资本跟冬子这样的男人相较,甚至连相较的勇气他都没有。

　　"心心,你放心去,家里有我呢。"老贾很是舍不得妻子。妻子以前没少出国旅行,但是,这次是因为工作。"旅行"和"工作"是两个概念。何况代购这一行,事无巨细,一多半的活都是在跑腿,还不知道她能不能适应……

　　许梦心笑着:"不仅仅是家里的事,你还是我的客户关系主管嘛。"

　　"我知道,联系客户、发货,这些事我都能干好。"

　　"对了,"许梦心将老贾拉到一边,"姐夫的钱,先还 5 万,等会儿你就去银行取了现金送给他。另外 5 万,我从日本回来再还给他。"

　　"现金?"

"取了现金送去，显得我们有诚意。再一个，你当面见到他了，也探探口风，探探这钱的去处……明白了吧？"

妻子现在考虑问题确实成熟了不少，连老贾都有些甘拜下风了。

送走了妻子，老贾去银行取了钱，联系了李临。李大教授果然是个大忙人，周末还加班呢，说是在学校。老贾兴冲冲地赶到李临的办公室，谁知李临却改了主意，说这笔钱暂时不用还了。

"不要了？"老贾纳闷，"姐夫，这钱是你借我的，我自然是要还给你的，怎么就不要了？再说，你不是急等着用钱吗？"

"你们也不容易，我这边……我自己再想办法吧。"

"姐夫，"老贾的表情变得有些严肃，"这钱你无论如何都得收下。剩下那5万，等心心从日本回来，回款了，我们再还你。"

"唉……"李临长叹了口气，"行吧。"

老贾把钱塞进了李临办公桌的抽屉，问道："你是不是摊上什么事了？"

"没有，就是……"李临道，"就是一个朋友问我借钱，挺好的朋友。"

这时，梅一朵突然走进李临办公室，笑着："机票都订好了，下周三出发，你准备一下吧。"

李临看了老贾一眼，梅一朵似乎心领神会，转身就走了。

"姐夫，这……你要出差啊？"老贾看着李临。

李临点点头，表情有些不自然起来："嗯，我跟梦安说过的，要去北京开会。"

"你一个人？"

"啊……对啊，我一个人。"

"不对吧，我刚才听得清清楚楚，梅一朵跟你说，机票都订好了。你们俩要一起去北京？"

"我……"

"姐夫，你下回再撒谎，得事先考虑周全了。要么不撒谎，这决定撒谎了，就得滴水不漏。"老贾愤愤，站起来就要走。

李临忙拉住老贾："不是你想的那样。"

"我什么都没想！"老贾甩开李临的手，"我也不怕得罪你，你让我还钱，这事还不许告诉大姐，我就知道这里面有问题了。今天，我就把话搁这，谁要是欺负大姐，那就是欺负我家心心；欺负心心呢，就是跟我过不去。我现在是落魄了，但也比某些得了志就忘本的人要光明磊落！"

老贾憋着气来到许家小院，见大姐正忙着给小葡萄换尿不湿，看起来，她还什么都不知道。

"大姐，你也在啊？"

"哦，我等会儿有点事，托妈照顾一下小葡萄。没办法，你姐夫又加班。"许梦安道。

"他……他怎么老是加班啊。要我说，你就应该去他学校看看，看看他到底在干吗。"

"不至于。对了，心心出发了？"许梦安笑着问老贾。

"嗯……"

"你这是怎么啦？舍不得心心啊？"许梦安打趣。

"不是我自己的事，是……"老贾犹豫着。

"哟，到时间了，我该走了……妈！"许梦安喊着许母，"我走了，孩子先放你这了。"

老贾抱过许梦安怀里的小葡萄："孩子先给我，你赶紧去忙吧。"

待许梦安拿了包出门，许母才急匆匆从屋里跑出来："这倒好，把我这当托儿所了。"

老贾笑了笑："我这就带熊熊和小西瓜回家。"

"没说你。我是说大姐。"

"大姐怎么了？"

"既然辞职了，就在家安心带孩子嘛，只是……我看她的心思不在家里。你姐夫现在工作那么忙，她还……"

"妈，那美国总统还忙呢，回到家了，他照样是老公是老爸。哦，姐夫还只是个教授呢，就可以忙得家都不要了？"

"浩文啊，你是不是又多心了？"

"我没多心，我就是……说得难听点，谁知道姐夫在外边忙什么呢！"

"你看,你这说的都是什么!"

"我说的什么……等出了事,你就知道我说的是什么了!"

许母皱眉:"你是不是有事瞒着我?"

"我……"老贾不愿多嘴,"没有!"

许梦安是去赴约的,约她的人是黄思思。

黄思思看起来干练了不少,见许梦安走来了,便缓缓站起:"好久不见。"

许梦安确实很久没见黄思思了,但这个女人的名字仍然不时出现在她的耳边。黄思思带着凌美川从新苗出去,两人自立门户,做得是风生水起。眼下,她们的思美传媒已经拿到了好几轮融资。

"黄总好。"许梦安坐下。

"给你点了曼特宁,尝尝看,这个算是这里的招牌咖啡吧。"

许梦安轻触了一下面前那杯曼特宁,还是温热的:"谢谢。"

"许总监……"

"别,我已经离职。"

"好,那我还是叫你梦安姐吧,如果你不介意。"

"当然不介意。"

"梦安姐,大概,你也能猜到,我今天请你过来,不仅仅是喝咖啡来着。"

许梦安只在咖啡里加了一点点奶,端起来品了一口:"咖啡不错。"

"听说你离开新苗了,我很惊讶,但是仔细想来,其实这也是意料之中的事。于海跟你的理念确实不太一样。"

"也许吧。"

"那你接下来有没有别的打算?"

许梦安不语,只是笑看着黄思思。

黄思思也笑了:"你愿意来我们思美传媒吗?"

黄思思开门见山,她的邀约是如此直接,倒让许梦安有些意外。眼下,许梦安要考虑的事情太多了。按照李静和许母的意思,她们希望她能在家里照顾孩子,如果真的要出去工作,至少得等小葡萄上幼儿园。这是其一。其二嘛,许梦安想过，如果要继续手里的"云上"项目，最好的办法是她自立门户，这样也不用受制于人。当然，要是自己创业，她就会面临各种压力。等小葡萄上幼儿园，最起码还有两年时间，两年说长不长，说短不短，两年后，大环境会发生什么变化、业内又会有什么趋势，还有她自己，到时是否已经跟社会脱节……

"我知道你是带着'云上'出来的，如果你愿意加盟思美，这个项目，我们会全力支持。"黄思思似乎看透了许梦安的心思。

"让我考虑考虑吧。"

"行，你慢慢考虑，不管考虑多久，我们都等你。"

"为什么？"

"什么为什么？"

"为什么会选我？"

"因为欣赏，因为尊重。而且，我也知道你要做的是什么。"黄思思缓缓道，"梦安姐，上面这些，是我从个人角度说的。站在公司的角度嘛，思美还很年轻，我也好，凌美川也好，怎么说呢，我们俩都太显山露水，不知道收敛锋芒。公司需要一个沉稳老练的人来坐镇。"

"这么说来，我是占了年龄优势？"

"我可没有说你老的意思……"黄思思摇头，"再说了，谁都会老。"

"还记得刚从杂志社出来，我到了新苗，有件事让我觉得特别诧异。那就是，我发现，在写字楼里上班的好像都是年轻姑娘。我就纳闷，这上了年纪的女人，难道在写字楼里就没有容身之处了？她们都在哪呢？"

"别的女人我不知道，但是，你这样的，可不能窝在家里带孩子。"

许梦安一笑，继续道："那时，我就有了做'云上'的想法。与其等着社会对女性更为宽容，给予更多的就业机会，还不如，我们自己来创造这样的机会。"

"那你还有什么可考虑的，你早点过来思美，我们也好早点启动项目。"

"但是，我现在是两个孩子的母亲。"许梦安盯着面前那杯咖啡，再不作声，"时候不早了，我该回家了。"

黄思思站起，微笑着："梦安姐，你什么时候想明白了，就什么时候联系我。思美永远有你的一席之地。"

"谢谢。"许梦安也站了起来。就在她微微侧头时,她看到了靠窗坐着的两个人,那两个人的身形她是如此熟悉。

"怎么,遇到熟人了?"黄思思循着许梦安的目光看去。

"没有,看错了。"许梦安脸上仍带着笑意,但她拿包的手却在颤抖。

靠窗的位置,对坐的男女,正是李临和梅一朵。许梦安怎么可能不认识他们?她本想过去打招呼的,但她想起了老贾那句"你就应该去他学校看看,看看他到底在干吗"。走出咖啡馆,跟黄思思道别后,许梦安给李临打了一个电话。隔着窗,她看到丈夫接起了电话。"你还在学校?"她问。

"对,这几天事情特别多。"他的语气是如此自然,"有事?"

"没什么……忙完早点回家。"

"好。"

许母和兰香做好了晚饭,一直在等许梦安。李云阶饿得不行了,带着熊熊去巷子口的小店买零食。熊熊看表姐比前段时间开心了不少,便又缠着她给他讲高中的趣事。李云阶感叹,想起自己像熊熊这么大的时候,也希望快快长大。而"长大"到底是怎么回事,怕是只有已经长大的她和她的小伙伴们才会明白。

姐弟俩刚从小店出来,就碰到了许梦安。只见许梦安看起来恍恍惚惚的,浑然没发现他们姐弟。她的神情有些憔悴,手里紧紧攥着她的包,一瘸一拐的。再一看,她的其中一只高跟鞋,鞋跟都掉了。

"妈!"李云阶忙上前拉住老妈,"你这是怎么了?"

"我没事。"

"你的车呢?"

"车……我忘记开回来了。"

"你走着回来的?"

"我想随便走走,没想到,一走就走到这了。"

李云阶给熊熊使了个眼色,熊熊会意,跟阵风似的往小院跑。

"妈,我们慢慢走回去。"李云阶扶着老妈,"别着急。"

许梦安低头,这才回过神来,发现身边站着的是女儿。自己不能在女儿面前失态,李临的事更不能让女儿知道……

"云阶,妈没事。"

离开咖啡馆,给李临打完电话后,许梦安就这么一直不停地走。她不知道自己要去哪儿,只希望离那个咖啡馆越远越好。这一路上,她脑子里不断闪现着她跟李临的过往。当年,是她选了他,是她一定要嫁给他的。他也曾信誓旦旦,文绉绉地说着"得成比目何辞死,愿作鸳鸯不羡仙"。他说,鸳鸯是这个世界上最忠贞的物种。很多年后,许梦安读到一篇科普的小文,才知道,其实鸳鸯并不像古诗中描绘的那样忠贞。鸳鸯跟大多数鸟类一样,不会"从一而终",它们之所以结伴仅仅是繁殖的需要。甚至,营巢、孵卵、养育子女等全部是由雌鸟独自完成的,雄鸟从不过问。她还曾拿这篇小文打趣李临,李临说,人和人不一样,鸳鸯和鸳鸯也不一样,如果他是鸳鸯,肯定是忠贞不贰的那一只。

忠贞不贰……自从李临评上教授,他就早出晚归,忙得晕头转向。许梦安知道,丈夫手里的几个课题都很重要,完成它们一直是他的心愿。他曾埋怨学校提供的条件不够好,希望成为教授后,能够放开拳脚。所以,她只能无条件支持他,把家和孩子看顾好。她心里也有怨言,更是有着她自己的追求。她为他做了让步,可是他呢,他都做了些什么?

"大姐!"老贾出来了,"你这是……"

许梦安定了定神,又是那个四平八稳、波澜不惊的女人了。她笑了笑:"想着离这不远,就走着回来了。"

"妈还等着你回来吃饭。她给你打电话了,你也没接。她都担心坏了。"

"走吧,回去。"

待进了院,许梦安换了鞋,整理了妆发,跟什么都没发生似的,坐下来跟大家一起吃了饭。只是,吃饭的时候,她默不吭声,什么也没说。她不说话,其他人便只面面相觑,也不好再问什么。

"我吃好了。"许梦安放下碗筷,"老贾,你跟我来一下,我有点事要跟你商量。"

"唉,唉……"老贾也连忙放下碗筷。

"把你知道的都告诉我吧。"许梦安对老贾道。

老贾只是装糊涂:"我……我能知道什么呀。大姐,我都不知道你在说什么。"

"你姐夫,李临。"

"大姐……"

"你不说也行,你要不说,我自己去问他。"

"别,别,大姐,我把我知道的全都告诉你。但是,你千万要冷静。再说了,这些……其实也说明不了什么,没准这里面有误会。"

"你看我这样子,像是不冷静?"

老贾只得全盘托出,再不敢隐瞒。

"我这该说的不该说的,现在全都告诉你了,你可别冲动。"老贾道。

许梦安也想冲动,但是,她知道冲动没用,冲动解决不了任何问题。也许,若干年前的她,遇到同样的事,立刻就会去质问李临,要他给个说法,要一探究竟。可如今她人到中年,又是两个孩子的母亲,她深知,一旦跟李临撕破脸,等着她和孩子们的会是什么。

许梦安看着老贾:"这些事,再也别告诉第三个人,包括爸妈。"

"这个我明白……大姐,接下来,你打算怎么办?"

"什么也不做。"

"什么也不做?"

"是。"

"可是他们下周就要一起去北京了,他们……"

"我先带着孩子们回家了。"

"大姐……"

"对了,心心那里,你也别提今天的事,免得她在外面干着急。"

"好……"

2

李云阶和小葡萄跟着老妈回了家。挺晚了,老爸居然还没回来。李云阶要给老爸打电话,被老妈给拦下,说是该回来的时候他自然就会回来。

老妈去洗澡了,本来还乖乖躺着的小葡萄大哭起来。李云阶没了主意,又不愿打扰老妈。虽然她不知道到底发生了什么事,但她能感觉到,老妈的情绪很不正常。而且,老妈还装作若无其事的样子,她愈是这样,李云阶就愈是担心。

"好啦,别哭了,我抱抱你。"李云阶抱起了弟弟。没想到,弟弟被她这么一抱,哭得更厉害了。

李云阶吸吸鼻子,弟弟怕不是拉臭臭了吧?她无奈地把他放平到床上,屏住呼吸,手忙脚乱,学着老妈平时的样子,给弟弟换上了尿不湿。

小人才那么点,拉出来的大便却臭不可闻。李云阶都快崩溃了,她宁可做10张卷子也不愿干这样的苦差事,真不知道老妈是怎么熬过来的。

"这下行了吧,别哭了,乖一点。妈妈本来就不高兴,今天我们俩可不能惹她生气了。听到没有啊?"李云阶摸摸弟弟的脑袋。弟弟倒是没再哭了,抓住李云阶的手,一双大眼睛盯着她看,嘴里则咿呀个不停。

"睡觉!"李云阶道。弟弟嘴巴一扁,看起来又要哭了。

李云阶叹气:"好吧好吧,我在这陪你一会儿,给你讲个故事什么的。不过,我可是跟你说好了,等妈妈洗好澡我就走的。你就像个鼻涕虫,黏完了妈妈又来黏我,烦不烦啊!"

"云阶……"是老妈的声音。

"哎呀,老妈,你可算是洗好了。你都不知道,我刚才给弟弟换尿不湿了,臭得我呀,都快窒息了!"

老妈什么也没说,走过来,紧紧抱住了李云阶。

"妈……"李云阶很久没和老妈拥抱了,一时有些无措,"妈!你干什么呢!"

"没什么,就是觉得,我的云阶真的长大了。"

"你今天到底怎么了嘛?你总说我有心事不告诉你,那你自己有心事,怎么也不告诉我呢?"李云阶挣脱老妈的怀抱,"妈,我和熊熊在巷子口遇到你时,你那个样子都快把我给吓死了,看起来……看起来失魂落魄的……"

"妈妈只是累了。"

"累了就休息嘛,你快睡觉吧。"

"我在等你爸。"

"是不是……"李云阶看着老妈,"你们俩吵架了?"

"没有。"

"没吵架就好。我们班一个同学,爸爸妈妈吵架了要离婚,她难过得请了好几天假,太可怜了。结婚挺好的,可干吗非要有离婚这种事呢?"

"《婚姻法》规定,结婚自由,离婚也是自由的。"

"搞不懂你们这些大人。如果结婚就是为了离婚,那当初为什么要结婚? 结婚也就算了,为什么还要生小孩? 你们大人倒是好,离婚自由,说离就离了,想过小孩的感受吗?"

许梦安不禁笑出声来。

"你为什么要笑? 很好笑吗?"李云阶不悦。

"没有,我是在笑,云阶现在真的是个大人了。妈妈是高兴。"

"我确确实实是大人了,但是,弟弟还是小孩呢。再说了,不管我多大,一旦父母离了婚,这个家就先没了。没有家的人是最可怜的。不过,好在我们家不会发生这种事。对吧,妈妈?"

"对。"许梦安点头,"你回房间吧,我来照顾弟弟。"

"妈……"李云阶并没有离开的意思,继续说着,"最近爸爸工作忙,我看出来了,你很辛苦,而且,因为弟弟,你也没法出去上班……你心里肯定很难过的。你放心,我会找时间跟爸爸谈谈的,我得告诉他,要是他还整天这么晚回家,那我们几个就都不搭理他了!"

"你这哪是谈话,你这是威胁嘛。"

"威胁就威胁,怎么了!"

"威胁什么呀?"李临走了进来。

"你可算是回来了! 你看,妈妈都累成什么样了!"李云阶站起来,冲李临道。

"云阶……好了,你先回房间吧。"许梦安柔声说着。

李临笑着:"我给你们买了夜宵,云阶,你先吃了再睡……"

李云阶没好气地看着李临:"我不吃!"说毕,她便气冲冲地走了。

"这孩子,她是怎么了?"李临看着许梦安。

许梦安给小葡萄盖了盖小被子："你回来了？"

"噢，我回来了，我买了你喜欢吃的……"

"李临，"许梦安正色道，"我想起来你昨晚跟我说要去北京。时间都定了？"

"今天刚定，下周三走。"

"是很要紧的会？"

"对。"

"非去不可？"

"嗯……"

"黄思思来找过我，想让我去她公司上班。"

"梦安，"李临挨着妻子坐下，"你上班的事不急，等小葡萄大一点吧，行不行？"

"所以，你的工作是工作，我的就不是，对吗？所以，这二胎是我们俩一起决定生的，到现在，彻底变成了我一个人的事，对吗？"

"我不是这个意思。只是，我现在手上的工作确实很多，而且时间也很紧迫。等熬过这段时间就好了，真的，你相信我。你再给我半年时间，完成这个课题，到时候，就算你让我在家带孩子，我都没有半句怨言。"

"到时候……我们还有到时候吗？"

"什么？"

"李临，我再问你一遍，最后一遍。北京之行，你就真的非去不可？"

"这是工作……"

"你回答我。"

"是，机票都订了。"

李临是许梦安的第一个男朋友，当然，也是最后一个。除此之外，许梦安便再也没有恋爱经验。她不知何为失恋，也从未体验过何为背叛。她看起来什么都能解决，什么都可以面对，但是，在处理这种问题时，她的经验库里是拿不出任何应对方案的。她想揭穿李临的谎言，告诉他，她知道他带着私房钱跟梅一朵去北京，她甚至亲眼看到他们俩在咖啡馆约会。但是，揭穿之后呢？是，揭穿之后，大概他

们就不会去北京了。不过,他能就此跟梅一朵断绝来往吗?她许梦安可以以妻子的名义,用法律和道德来约束丈夫的行为,让他做到形式上的忠诚,让他记得他还有家庭、有妻子、有孩子。可是,她能让他不再惦记梅一朵吗?如果梅一朵真的走进了他的心里,便是一百个许梦安也拦不住的。

当然,要是任由事态发展,那么结果就是离婚。离婚,对年轻的没有孩子的夫妻来说,还不至于伤筋动骨。但对许梦安和李临而言,除了伤筋动骨,还是10级地震。双方的长辈、一对儿女、共同的交际圈,还有房产和钱。这些人、事、物,本就是组成他们婚姻的每一环,早已长在了他们的血肉里。要去除、要分割、要处理,就等于是把一个又一个环从血肉里取出。

如此想来,于海的前妻婉真是真正勇敢的女人。她干脆、利落、果断。而许梦安呢?此刻的许梦安,除了深深的无助感和挫败感,便再无其他。她看着睡熟的儿子,实在没有办法想象儿子失去父亲或者母亲之后的生活。还有女儿,高中对她来说十分重要,一旦父母失和,她所承受的……

许梦安完全不知道接下来应该怎么办。身侧的丈夫正打着呼噜,她扭头去看他。漫长的婚姻生活,种种琐碎之下,让她极少再关注他的长相。是啊,他分明还很年轻。那张脸,仍是棱角分明。相比起来,她已有了老态。

"梦安……"丈夫嘟囔着,突然抓住了她的手,"你怎么还没睡?"他睁开眼,看着她。她将自己的手抽离出来,冷冷转身,默不作声。

接下来几天,一切如常。但许梦安却是数着分钟度过的,她一直在等,等着周三,等着李临跟梅一朵双双赴京。她多希望在这几天里,李临能够告诉她,他哪儿都不去。直到,他开始收拾起了行李。

其实,许梦安有那么一瞬间觉得是自己错怪了李临。因为,他看起来十分坦然。她拐弯抹角地查,查到李临口中的那个会议根本就是子虚乌有。及至这一刻,她真的死心了。

"明天你不用送我了,我自己叫个车去机场。"李临正悉心整理着行李箱,脸上带着笑意。

"好。"

"等事情办完了我会早点回来的。"

"好。"

李临盖上行李箱,伸手去抱许梦安怀里的儿子。

"爸爸抱,真是个乖孩子。你看这眼睛长得,跟你妈妈一模一样。"李临轻轻摇晃着儿子,"像你妈妈就对了。"

"爸……爸爸。"小葡萄扯着李临的眼镜。

"你听到没有,我儿子会叫爸爸了!"李临看起来很激动。

是啊,这是儿子第一次叫爸爸。

"是,我听到了。"许梦安觉得鼻子发酸。

"小葡萄,你再叫一声,来啊,再叫一声。"李临逗着儿子。

小葡萄却张开双臂要妈妈抱,再也不肯叫了。许梦安抱紧了儿子,眼泪止不住地往外涌。但她只是背转身去,快步走出房间。

这个夜晚,对许梦安来说是煎熬。透过窗帘缝,她看着天一点一点变亮。闹铃响了,急促而短暂。然后,是丈夫悄悄起身的动静。

他终究还是要走。哪怕,他的儿子会叫"爸爸"了。可是,那又如何? 也许,这在他心里,根本比不上梅一朵的一颦一笑。

许梦安想象着梅一朵在机场等李临的场景,这个衣着鲜艳、长相妖媚的女人,雀跃地扑向他,两个人旁若无人地拥抱……此刻的许梦安悲愤无比,却还是如一块石头般沉沉地卧着。因为,她已经留过他了,问他是不是一定要去。而他,也已经给了她回答。

李临离开家不久,许梦安强迫自己入睡,却被老贾的电话惊扰。

"大姐,我不知你是怎么想的,我总觉得,不管怎么样,姐夫都不能去北京! 要是他不去,这事总还不至于太那么……可他要是真的跟那个女人去了……"

"随便他吧。"

"不能随便! 大姐,你听我说,我现在就在你家楼下,你赶紧下来,我们去机场!"

"去了机场又能怎么样?"

"拦住他们,问清楚,让姐夫给个说法!"

"算了……"

"大姐,就算是你打定主意要离婚,这个婚也要离得明明白白吧!要是事情真的跟我们想的一样,你也能够抓个现行,让姐夫理亏。你就这么不闻不问……这不行啊!"

"老贾,我……"

"快点下楼,先把小葡萄送去妈那边,然后我们去机场。快点啊,要不然真的来不及了!"

许梦安犹豫了一会儿,才快速换了衣服,抱着儿子下了楼。老贾果然在那等着,看起来比她还着急。早高峰,路特别堵,老贾一边开车,一边不时看表。待把小葡萄送到小院,两人这才往机场赶。

"大姐,时间还来得及。不管怎么样,先拦住他们,把事情问清楚。要是里面有误会,这也没什么。要是姐夫真的做了对不起你的事,我第一个不轻饶他。"老贾愤愤。

许梦安看着车窗外,她无法确定自己这样的举动是否理智。或许,有些事,仅仅有理智是不够的……这时,许梦安的手机响了,来电话的是女儿的班主任王老师。许梦安微微诧异,接起了电话。

手机那头,是王老师有些气急败坏的声音:"云阶妈妈,你赶紧来学校一趟!"

"王老师,是云阶出什么事了吗?"

"出什么事了?李云阶夜不归宿!"

夜不归宿……女儿怎么可能夜不归宿……

"跟她一起的还有隔壁班的刘思明。"王老师继续说着。

"这不可能!"

"怎么不可能,两个孩子都认了。你赶紧过来!"

许梦安蒙了。

"大姐,怎么了?"老贾回头。

"不去机场了,掉头,去云阶的学校。"

"可是……"

"掉头!"

许梦安都不知道自己是怎么离开年级主任办公室的。她只觉得自己后背上粘满了眼睛,那些眼睛的主人全都在说,她许梦安不是一个称职的母亲。如果称职,她的女儿就不会夜不归宿,而且,是跟一个男生在黑网吧里窝了一夜。

　　思明妈妈也在,她在办公室里哭闹个不停,说他们家刘思明是个规矩孩子,肯定是李云阶不对。她还说了些更难听的话,难听得许梦安直接拿水泼了她。两个孩子倒是很安静,他们不辩解,甚至,他们连话都不说。

　　"学校这边的处理结果是记过、通报批评,另外就是停课一周。"年级主任不苟言笑,看起来,这个处理结果是没有任何商量余地的,"行了,你们俩各自把孩子带回去吧。该怎么教育就怎么教育。这学校教育是替代不了家庭教育的,我希望你们这些当家长的都能明白这一点。"

　　许梦安拉着李云阶出了办公室,思明妈妈追了出来。

　　"许梦安你给我站住!我这件衣服是刚买的,你看看,被你拿茶水泼的……"

　　"多少钱?"

　　"啊?"

　　"我问你,这件衣服多少钱!"

　　"不是钱的事!"

　　"思明妈妈,我跟你说,刚才在办公室里我已经极力忍耐了,你现在最好别再惹我!"

　　"管好你们家女儿。我们思明好不容易考上一中,怎么还会跟你们家女儿当同学……就他们初三那会儿,也是因为李云阶,思明差点被通报批评记大过……"

　　"妈,你差不多行了!事情是我做的,是我带着云阶去黑网吧的。"刘思明横在两个家长中间,看着自家老妈,"你给我听清楚了,这件事,跟云阶没有关系!"

　　"你……我从这跳下去算了!"思明妈妈一指楼下,"把我气死你就开心了!"

　　"跳啊,你现在就跳,我绝对不拦着。"

　　思明妈妈气极,蹲在地上就痛哭起来。

　　刘思明对许梦安鞠了一躬:"阿姨,错全在我,希望你回家后不要指责云阶。不关她的事。"

李云阶木木地站在一边，一双眼睛早就哭红了。

"到底是怎么回事，我回家会问清楚的。李云阶，你还愣着干什么？走啊，回家！"许梦安拉扯着女儿。

老贾原是等在校门口的，看到许梦安气冲冲地拉着李云阶出来了，忙迎上去。那母女俩，母亲黑着脸，女儿红着眼，老贾便不好再问什么。

"回家，回家再说……"老贾忙道。

一到许家小院，不顾众人的诧异，许梦安就将女儿拉进了一间屋子，将门给反锁了。许母急了："这是怎么了？云阶不是在学校吗，怎么回来了？"

"我也不知道，我都不敢问……"

"哎哟，你还能干点什么！梦安啊，"许母砸着门，"你开开门，让我进去！"

兰香和许父也被惊动了，两人忙忙地过来。

"跪下！"屋里传来许梦安的声音。

"作孽啊！"许母都快哭了，"你折腾孩子干什么！开门，快开门！"

"开门！"许父拿拐杖敲着门，"开门！"

兰香是看着李云阶长大的，对她自然是心疼得不得了，此刻已然哭开了："有什么话好好说嘛，云阶啊，你不要怕，表姑在这呢……"

门果然开了，许梦安探出大半个身子，对众人道："李云阶是我女儿，我管教女儿，谁也不许插手！"话毕，那门便又锁上了。

老贾无奈，只得将二老和兰香劝散："大姐憋着火呢，咱先别惹她。再说，云阶是她亲生女儿，她能对云阶怎么样嘛……咱们别劝了，越劝啊，她这火就越往上蹿。"

屋内，李云阶直直地跪着。

"我跟你说的话，你全都忘记了，是吗？"许梦安盯着女儿的眼睛。

"没忘。"

"女孩子，要学会保护自己，不要去乱七八糟的地方。女孩子，要明白男女有别，不要……"

"不要早恋。"

"原来你都记得。"

"是,我记得,所以,我没有早恋。"

"那你跟刘思明是怎么回事?"

"就是,无聊了,想出去玩来着,就去黑网吧了。事情就是这么简单。"

"无聊了?想出去玩?李云阶,你眼里还有没有学校的纪律了?"

"我错了,也认错了。学校的处分我都接受,如果你要处罚我,我也接受。"

许梦安胸口像是有团火在烧,女儿那张脸上写着理直气壮,可一点都不像是在认错。

"你这个样子,是认错的态度?"许梦安揪起跪着的女儿。

女儿掰开许梦安的手,仍然跪下:"那你想要什么样的态度?你说得出来,我就一定照做。"

许梦安不可思议地看着女儿,甩手就给了她一耳光。

女儿的眼里闪过一丝惊恐,但她很快就恢复了平静,将另一边的脸凑过去:"如果打我你会解气,好,你继续吧。"

"你……"许梦安转身打开房门,哭着跑了出去。

门一开,许家二老、兰香、老贾等人赶紧走了进来。

李云阶正跪在地上,左脸通红。见来人了,她再也憋不住,失声大哭起来。

"大姐怕是疯了吧!兰香,你快去拿冰块……"许母扶起李云阶,让她坐下,自己便也跟着哭。

许父叹气:"大姐,不像话!"

"云阶啊,这到底是怎么回事,你能告诉小姨夫吗?你妈啊,她今天心情本来就不太好,你看你们这闹的……"老贾轻声细语。

"你把她给我找来!"许母拍着胸口,"我也这么甩她一巴掌,她就老实了!云阶这脸多嫩啊,便是孩子真的做错了什么,也不能说打就打吧?"

许母话音刚落,许梦安便进门了。李云阶看到老妈,直往外婆身后躲。

许梦安走过去,一把拉过女儿,紧紧抱住了她:"你为什么不跟我说实话!对不起,是妈妈不好……"

"我……"

"刘思明刚才给我打电话了……"

"我该怎么跟你说呢？说我在学校里被人欺负了，被褥被她们给泼湿，没地方睡觉了？所以，刘思明才带着我去黑网吧对付了一晚上？还是说，我太没用了，连告诉老师的勇气都没有？"

"云阶……"

"我即便跟你说了这些，又有什么用？你能陪着我去学校上课，你能保证我以后就不会被人欺负了？我说了真相，只会让你更担心。妈，你已经够累的了……"

"傻不傻，你傻不傻啊！"

许母要说话，被许父给拦住了，他领着众人出了房门。

"对，让她们娘俩说话吧。"老贾会意。

"我明天去学校！"许母很气愤，"这都是什么事啊！"

"妈，你去了也没用。这事该怎么解决，等大姐冷静下来，自然会有主意的。"

许母再道："大姐也是的，不问清楚就发那么大脾气！我看她这哪是冲孩子啊，分明是在别的地方受了气往孩子身上撒呢！"

"唉……"老贾长叹了口气。

3

话说钱侬侬见刘思明对自己爱搭不理，很是气恼，自然就将矛头对准了同班的李云阶。她先是想办法换到了李云阶的宿舍，然后鼓动同宿舍的女生孤立李云阶。拿水泼李云阶的被褥，便是她怂恿并带头干的。

一个宿舍有六个人，除了李云阶，剩下还有五张嘴。李云阶知道自己这是吃了暗亏，便是她再怎么说，别人也不会相信那是钱侬侬她们故意为之。用钱侬侬自己的话来说，那是她们"不小心"。

李云阶从没受过这样的欺负，自是委屈。她跑出宿舍楼，在楼下就遇到了刘思明。刘思明一听这事，气得当场就要去找钱侬侬理论。李云阶生怕刘思明惹出什么事来，硬是给拦住了。

被褥湿了，李云阶算是没地方睡了。刘思明想起了学校附近的黑网吧。他虽然没去过,但听闻不少男生会悄悄去那里包夜打游戏。学校每晚都查寝,但那么多寝室,难免会有疏漏的嘛。谁能想到,偏偏是这一晚,刘思明和李云阶就给揪出来了。夜不归宿、去黑网吧,这两条就相当于触碰了高压线。何况,他们又是孤男寡女。除了认错、认罚,两个孩子是再也没有别的办法了。

李云阶之所以不跟老妈说实话,一个是怕老妈担心,再一个,她实在不愿意承认自己被人欺负了。想她李云阶这十数年,从来都是被人喜欢着、被人宠溺着的,如今被室友孤立、被组团欺负……

许梦安很是自责,为自己的粗心,更为自己的粗暴。看着女儿被自己打得红肿的脸,她的挫败感再次汹涌来袭。毫无疑问,现在的她是个彻头彻尾的失败者。职场上,她手里的项目无法推进,不得不用辞职来表明姿态;婚姻里,她的丈夫跟女同事双双飞去了北京,而她竟然连质问都不敢;还有对女儿的教育……她只教女儿与人为善,却从未教过她如何真正保护自己。

女儿哭,许梦安也哭,两个人皆是泣不成声。兰香怀里的小葡萄也哇哇大哭起来,挣扎着要去找妈妈。许母见状,也是泪眼迷离。她这半辈子,只知偏疼小女儿,对大女儿总是十万个放心。她揪着老贾问了很久,老贾才磕磕绊绊地,挤牙膏似的把李临的事给说了,还让她千万保密。保密? 她眼下分分钟都想撕碎李临!什么玩意儿,当个破教授就了不起了吗? 这些年要不是大女儿,这个大女婿能有今天这份出息? 还有啊,一想起许梦安当年生李云阶时,李临还在读研,是个什么都不管的甩手掌柜,许母就更觉可气了。

"妈,这事你可千万别说……等姐夫从北京回来……到时候再……"老贾知道丈母娘的急脾气。

"等他从北京回来……到时候……到时候这个家就散了!"

"别,这事现在也没实锤不是……"

"还要什么锤,信不信我一锤子锤破他李临的脑袋!"

"妈,算我求你了。你看,不说别的,爸这身体刚好点,别给他添堵。这事啊,就咱俩知道就行。我想,该怎么办,大姐自己自然是知道的……"

"你以为她许梦安真是什么女强人啊? 要真是女强人,会坐在那儿哭成那样吗?"许母拭泪,"都是我不好,她从小啊,我就没有惯过她,什么都得靠她自己……可她这心里……她心里的苦也是没处倒的……她处处为别人着想,我们这些人,谁为她着想过?"

老贾听了这些,眼睛都红了。

许母瞧了他一眼:"你哭什么?一个大男人,像什么样!"

"妈,我心里也苦。"

"行了行了,你是怎么想的,妈能不知道?你就是觉得妈瞧不上你了,因为你现在赚不到钱了。说起来,是钱的事,但其实,又不是钱的事。你心眼好,妈都明白。可你看心心现在,长得好看,会赚钱,一下子就把你给比下去了……妈担心的是这个,你懂了吧?"

"嗯,懂了。"

"浩文,这两口子过日子,说复杂也不复杂,说简单也不简单。古话讲,相敬如宾,举案齐眉……可咱们小老百姓过日子,哪来的相敬如宾?要我说,夫妻俩王八看绿豆就挺好。怕就怕,一个还是王八,一个却变成了龙眼……"

"你这比喻……"

"话糙理不糙,你能听明白就行。"

"妈,我听明白了。大姐和姐夫的事,我觉得你还是先别过问了……"

"我知道!再有气也得先忍下来,难道我还怕没机会收拾那姓李的了?"许母凝神,"你那些朋友里,有律师没有?"

"你找律师干吗?"

"大姐要真的离婚,房子、钱、孩子,这些不全都得攥在手里?"

"妈,你这思路比我都清晰。"

"不是我俗气,是我太了解大姐了。我们不帮她打算这些,除了孩子,她敢什么都不要的!要不是她,就靠李临,他们家能置下那几套房子?该是大姐的,就得拿回来。这不是她的,我们分文不要。俗气要有,骨气也是要有一点的。再说了,他李临犯错在先,按说都该净身出户!"

"没到那一步,没到那一步。万一这里面有误会什么的……"

"怎么,你还在帮他说话?"

"不是不是……"

"你现在给他打个电话,告诉他,他女儿被人欺负了。"

"现在?"

"对,现在!他让你大姐不痛快,我们也不能让他痛快。大姐都哭成什么样了,接下来,少不了又是她去处理云阶在学校的事,那小葡萄被她带得那么黏人,更是分分钟离不开她。噢,他李临就这么不管不顾了?家还没散呢,就算散了,他也是孩子们的爹!"

许梦安接到李临电话的时候,刚哄小葡萄睡下,正给女儿做冰敷。她直接就把电话给挂了。

"是爸爸吗?"女儿问得小心翼翼。

"是。"

"你干吗不接?"

"我正忙着呢,等会儿再给他打回去。"

手机又响了,许梦安深吸一口气,走出房间后,这才接起。

"刚才老贾给我打电话,说你们都在小院这边,还说云阶在学校里被人给欺负了……"李临说着。

"我会去处理的。"

"梦安,到底什么情况……"

"跟你说了有用吗?跟你说了,你就能马上飞回来?"

"我这边的事情确实比较多,暂时不能回来……"

许梦安好不容易止住的眼泪又不争气地流了出来,她只极力稳住自己的情绪:"既然你不能回来,以后也不用再打电话过问这件事了。"

"梦安,我……"

许梦安直接把电话给挂了,她一扭头,见女儿正倚在门边。

"妈,你还说你们俩没吵架。"

"跟你没关系。你快睡觉吧,明天我去一趟学校。"

李云阶摇头:"夜不归宿本来就是我的错,你去了,学校也不会取消处分。还有,我不是熊熊,那些欺负我的同学,她们也不是小孩子了。像小姨那样去学校,吓一吓那些同学和家长是没有用的。妈,不管我愿不愿意去面对,一星期后,我还是得去学校上课,还是得跟她们一个宿舍……"

"云阶……"

"你听我说完吧。我总说自己已经长大了,这件事,就让我自己去解决,行吗?"

"你怎么解决?"

"你看,你还是不相信我。妈,你就不能相信我一次?"

许梦安犹豫了一下,才点头道:"我相信你。"

许母辗转反侧了一夜,许父问她,她只什么都不言语。好不容易熬到天亮,兰香来敲门,说是许梦安带着两个孩子一大早就走了。

这就是许母教育出来的大女儿,不管发生什么,许梦安总不愿意麻烦父母。许母登时心如刀绞,恨不得大女儿如今遭受的煎熬都由她这个当妈的来承受。

日子总不太平。先是小女婿落了难,如今,事业有成的大女婿却又成了负心汉。当年,看着两个女儿先后长成,到了婚嫁的年龄,作为母亲,许母奢求的不多,就希望她们能像她们的名字一样,这辈子可以活得"安心",富贵还是其次。

许梦安他们刚到家没多久,许母就不请自来了。老太太拎了一堆菜蔬和水果,进了门,什么都不说,就直奔厨房去了。

"妈,你不在家好好照顾爸,跑这来干吗?"许梦安跟进厨房。

许母洗着一把芹菜:"那边有兰香,她能应付。接下来我就住你这了,等会儿啊,我就让老贾把我的衣物送过来。"

"我自己能行。"

"大姐,你就别再逞强了。走开,别在我跟前碍眼,我这干活呢。"

"妈……"许梦安无奈,"要不这样,你回家,让兰香来,让她陪我几天。等一星期后,云阶回学校了,再让兰香回你那。"

"兰香照顾你们,当然很好。但我是你妈,是两个孩子的外婆,她能跟我比?"许母把手里的芹菜一甩,甩了许梦安一身水,"你出去玩去!"

"不是,我去哪儿啊?"

"两个孩子我会给你看着,你爱去哪儿就去哪儿。"

"妈……你这是唱的哪出？"

"打扮打扮，出去逛街，喜欢什么就买什么。买回来了，妈给你报销。"

"我自己有钱！"

"对，妈不能给你报销，你得花李临的。他工资卡还在你这吧？你把里面的钱全都给花了，一分都别剩。"

许梦安觉得好笑，但隐隐觉着母亲话里有话，难道她全都知道了？

"妈，你是不是听到什么了……"

"妈耳背，什么都没听到。只是想着，你辛辛苦苦带孩子，你花他的钱，那是应该的！"

一定是老贾跟母亲说的。许梦安立在门边，看着母亲："你别听老贾瞎说，我跟李临好着呢。"

"大姐，"许母的手一直没停，仍在洗菜，"你们夫妻的事，妈不懂。我只知道，我不能让我的孩子受委屈。咱们虽然只是普通人家，我跟你爸这辈子也没什么本事，但是，我们不惹事，却也不怕事。不管出了什么事，横竖还有我们。"

许梦安良久不语，只是看着母亲的手翻飞着，听着哗哗的水声。

"去吧，去逛街！"许母关了水龙头，看向许梦安。

"我留下陪你。"

"这一家子，老老少少的，你为我们做的已经够多了。你总得给妈个机会，让妈也为你做点什么吧？哪怕只是买菜做饭带孩子。"

许梦安背转过身去："那我……那我走了。"

"什么都别操心，家里有我！"许母强调着。

熙熙攘攘的街道上很是热闹，但许梦安其实根本无处可去。大概是见她神情恍惚，有两个女孩走过来，要拉着她去广场参加一个免费心理咨询活动。许梦安看了看她们别在身上的徽章，原来是顾大均心理诊所的人，便笑着跟她们去了。妹妹许梦心产后抑郁时，好在有顾大均帮忙，许梦安对他一直印象不错。

到了活动场地，顾大均果然在那。他正耐心地跟人说着，说心理疾病不是妖魔鬼怪，不要讳疾忌医。而且，心理健康和生理健康是息息相关的。上次在他的诊所,许梦安就听他提起过,做心理咨询推广一直是他的志向所在。

那顾大均见了许梦安,神色变得略微有些不自然,点点头算是跟她打了招呼。

"你看,我这挺忙的,咱们改天再聊。"顾大均道。

"顾医生!"许梦安叫住了他。

"怎么?"

"以往咱们每次见了面,不管是在你的诊所,还是在外面,你总会问起李临。"

"噢,李教授最近还好?"

"他去北京了。"

"噢……"

"你知道这事?"

"我……我不知道。"

"跟他一起去的还有梅一朵。"

顾大均不语了。

许梦安笑了笑:"你看,连你都知道了。你们所有人都知道了。"

"梦安,你别太难过……"

"我别太难过?顾医生,我的老公他背叛了我,你让我怎么可能不难过?"

"什么?"

"你不是什么都知道吗?"

"不是,你以为……你以为李临和一朵他们俩……不,不是这样的。"

"你别替他们辩解了。我知道,李临是你多年的朋友。至于梅一朵,你一直就对她……对不起,顾医生,我没有你这么高尚,李临不但是我的丈夫,还是我两个孩子的父亲。"

"事情不是你想的那样,你冷静点。"

"我已经足够冷静……"

顾大均犹豫着,过了好一会儿才道:"梦安,你想当然认为的跟我所知道的,它们完全不是一回事。"

"还有什么是瞒着我的?"

"我不知该不该告诉你。我要是告诉你,李临的良苦用心也就……"

许梦安冷笑："是啊,为了跟梅一朵在一起,李临可不就是用心良苦吗?"

"我这么跟你说吧,"顾大均顿了顿,"本来,陪李临去北京的人是我。"

"什么……"

"你等等,这里不方便说话。你先去广场西面那家茶馆,在那等我。我忙完手边的事就过来。"

"可是我……"

"我知道你急,但是,有些事急也没用。"

许梦安都喝了两道茶了,顾大均才到。他已脱了那身白大褂,穿着件半旧的毛衣,看起来更亲切了,倒像是个熟识的老友。

"我来这的路上,一直都在犹豫,犹豫着是不是要告诉你。但是,与其让你在这里揣测,还不如由我来跟你说明。"顾大均坐下。

许梦安给他倒了杯茶:"到底出什么事了?"

"李临前些年的车祸,你总没忘吧?"

许梦安听了这话,缓缓抬头。

"当时确实无大碍,但是……他的脑部创伤留下了后遗症。"顾大均尽量用平和的语调来说明,"颅底骨折造成了颅神经损伤,他面临失明的风险。"

"他从来没有告诉过我!"许梦安豁然站起。

"他自己也是不久前才知道的,之前他还以为自己的近视严重了。好像是上次他回老家,做了个检查才知道的。要不是一朵发现了他的病历,这事他还想瞒着我们。这种损伤很难恢复,他自己呢,也确实没办法接受可能失明的现实……他是怕我们担心……我能理解。北京那边的医生是我帮他联系的,但是我这边确实走不开,才让一朵陪他去的。"

许梦安握着茶杯的手哆嗦着:"我是他老婆!"

第二十九章
不再娇弱的公主

1

北京某酒店房间,李临立在窗边。门外传来了敲门声,他转身去开门,看到了梅一朵。梅一朵吸了吸鼻子,有些鄙夷:"你在抽烟?"没等李临说话,她便径直走进门去,将茶几上的烟和打火机全都扔进了边上的垃圾桶。

"抽烟能解决问题吗?"梅一朵看向李临。李临笑了笑:"总以为自己是能把生死置之度外的那种人,也一直觉得自己活得挺超然、挺洒脱的,什么都能看开。没想到,真的摊上事了,什么超然、洒脱,全都不见了。"

梅一朵坐下:"李临,没有孩子之前,我也活得特别自在。孩子,确实是负担,但是……在美国最艰难的那几年,就是我女儿支撑着我走过来的。如果一个人想孑然一身,就不应该结婚生子。当然,我一点都不后悔曾经走入婚姻,因为它给了我这个世界上最美好的礼物,那就是我的女儿。不过,你比我幸运。除了孩子,你还有许梦安。"

"就是因为这样,我才更害怕。"

"她全都知道了。"

"什么?"

"大均告诉她的。要不是大均,许梦安还以为咱俩怎么着了呢!如果我们两真的有事,我倒也不怕。问题是,我这羊肉没吃到,怎么能惹一身骚嘛。你也是的,你们是两口子,你出了事,能瞒得住一时,还能瞒过下半辈子吗?"梅一朵慢慢说着,"李临,我是不喜欢许梦安,但是,这件事,你考虑欠妥,你对不住她。我要是她,我肯定跟你急眼。夫妻之间,不就是相互扶持吗?你瞒着她,出发点是不让她担心,可是在她那,她想的就是你不信任她,你不需要她。"

"我……"李临一时语塞。梅一朵抬手看表:"这会儿她该到了。"

"她来北京了?"

"不来才怪。"

梅一朵话音刚落,李临就听到了敲门声。

"喏,说曹操,曹操到。我去开门。"梅一朵道。

"别……等等。"

"等什么啊,你不想看到你老婆?"

李临手忙脚乱,推开窗,用手扇着屋子里的烟味。梅一朵摇摇头,站起来去开了门。门外果然是许梦安,她来不及跟梅一朵打招呼,直奔李临而去。

"行,我大功告成。"梅一朵带上房门,自顾自离开。

昨天,北京这边的医院给李临做了全面的检查和诊断,结果显示,脑损伤造成的视神经萎缩已经严重伤害了他的双眼,左眼更是接近失明。视神经萎缩不可逆,也无法修复,最保守的治疗办法是保住他的右眼视力。

李临发现自己的眼睛出了问题,还是在老家时。姐夫欧阳的主治医生说起欧阳的病情,提到脑损伤可能会影响视神经,让李临想起了几年前自己遭受的那场车祸。他这才偷偷去做了检查,检查结果让他惶恐不安。老家的医院比较小,他回 H 城后又去查了一遍,结果却是同样的。要不是梅一朵无意间发现了李临的病历,或许,他到现在还在犹豫。因为他非常清楚,视神经萎缩是不可修复的,与其花时间做无谓的治疗,还不如抓紧时间完成手上的课题,然后把更多的精力用于陪伴家人。如果双目失明是迟早的事,那么,孩子们的笑脸他多看一眼也便少一眼了。还有妻子,他不知该怎么向她张口提这事……

"情况怎么样了?"许梦安直奔主题,"医生怎么说?"

李临怯怯地说:"对不起,梦安。"

"我问你,情况怎么样!你倒是说啊。"

李临便如实说了。许梦安听毕,只是沉默。

"你别太担心……"李临心里有很多话想说,思来想去,冒出的却是这一句。

门外传来梅一朵的声音:"我得走了,跟你们俩说一声。"

许梦安看了李临一眼,开门走了出去。

"谢谢你,梅一朵。"许梦安微笑着。

梅一朵理了理头发:"没什么好谢的,我陪他来北京,又不是冲着你,是因为我跟李临相识多年,如今又是同事。"

"不管怎么样,要不是你发现及时,我到现在还不知道……"

"既然你提到这个,也别怪我多嘴。你说啊,李临是你老公,你就没发现他的异样吗?"

这句话让许梦安心生愧疚。自从有了儿子,她对李临的关心是越来越少了。时间精力不够是一方面,另一方面,她总觉得反正已经是老夫老妻,对婚姻的经营也不如以前那么上心。

"是我疏忽了。"

"还有,你以后少拿小人之心度君子之腹。一听说我跟李临来了北京,你急坏了吧?搞不好啊,你连离婚协议都拟好了。是,我承认,我心里还有李临……"梅一朵顿了顿,才继续道,"心里有他是一码事,是不是非要搅和得你们离婚,是不是非要跟他在一起,那又是另外一码事。"

"梅一朵……"

"让我说完吧。许梦安,我回国也好,到李临的学校任教也好,这些呢,还真就是因为心里有他,我还有那么一丝丝妄想。可我回来后,发现你们生活得挺好的,感情和睦,儿女双全,我就是想横插一杠子都没地方落脚。我梅一朵又不是傻子,干吗要给自己找不痛快?"

"我知道你对我意见很大,以前的事,也都过去了,你回国,其实我挺开心的。"

"虚伪!我为什么对你有意见?就因为你这人总端着,总是假清高。你说啊,当年我跟你抢李临,你跟没事人似的,对我一点忌惮都没有,斗也不跟我斗一下!"

什么意思,瞧不起我这个对手?"

许梦安忍不住笑出声来。梅一朵不屑地看了许梦安一眼:"你还笑!"

"我笑,是因为这么多年了,你还没变,我替你高兴。我和李临,随波逐流,早都不是当年的我们。但是你呢,你还是那个梅一朵。"

"好啦,我没闲工夫听你的花式夸人,我得去机场了。"

"你要走?"

"我要不走,留下来陪着你们,你没意见,我还不乐意呢。"

"我送送你。"

"别,你还是赶紧去陪你老公吧。"

"梅一朵,我……"许梦安哽咽了,"不管怎么样,谢谢你。"

"快进去吧!"

许梦安曾想过,有天她和李临老了,他们会相互扶持着走下去,直到其中一个人先离开这个世界。"坐着摇椅慢慢变老",这件事听起来浪漫,却又极为现实。伴随着衰老的是病痛,而病痛又会加速衰老。坐着摇椅或者坐着轮椅的那天,早晚都会来的。但是,她没有预料到,它会来得这么早。眼下的生活虽有诸多不如意,许梦安的挫败感也越来越强烈,但她总还不至于太畏惧。谁承想,她本春风得意的丈夫却告诉她,他可能要失明了。而且,这件事,他原本是要瞒着她的……

"爱我就可以分分钟为我而死",这显然是一些不成熟小女生的爱情观。许梦安这个年纪的女人,她们要的是"爱我就应该为我好好活着",好好活着,健康地活着。父母尚需赡养,儿女还未长成,李临自己还有没能完成的心愿。还有,世界很美好,他还未带许梦安领略更多的风景。他们偶尔闲聊时,会提及老年生活。是啊,他们想象中的老年生活,是自在、随心的,是背着包、拉着手四处行走。

"可以手术,但是,手术有很大的风险。一旦失败,我可能会提前失明,而且是双目失明……如果保守治疗,至少能保住右眼。当然,左眼是肯定要失明了,眼盘情况不恶劣的话,倒是不用摘除眼球,要不然,就得摘除坏死的眼球,换只义眼。"李临像是在说别人的事,"又或者,不换义眼,摘了眼球之后戴个眼罩,像加勒比海盗那样。"

许梦安摁住了内心起伏的情绪,逼着自己藏好所有恐慌。这种时候,她需要比丈夫更淡定。尽管,她能够感受到,他所谓的淡定其实也是佯装的。

"你是怎么想的?"她看着他。他笑着:"不用手术了,就……保守治疗吧。"

"可是……"

他突然站起来,走到她的身边,将她揽进怀里:"不手术,我可能还有时间完成课题,还有时间多看看你们……"

"但也有可能会好转,不会再恶化!"

"你也说是'可能',既然是'可能',那就是不能预估的。所以,保守治疗。"

"李临……"

"这件事我已经决定了,关于它的讨论到此为止。咱俩就这样安安静静待着,你陪陪我,好吗?还有,反正我已经请假了,你也把孩子托付给了妈和兰香,不如,我们就在北京玩两天?"

"行,咱们在北京玩两天。"许梦安仰头看着丈夫,"好好玩两天!"

他们已经很久没有这么安安静静待着了。疲惫的中年夫妇,身上压着的是一重又一重的负担,他们总想做得更好,自然,他们也总是无暇停下脚步。

"爸、妈,情况就是这样。"老贾站在许家二老跟前,"你们别太担心了,吉人自有天相,姐夫肯定会好起来的。"

尽管许梦安一再嘱咐老贾保密,但经不住老丈人和丈母娘的"拷问",老贾还是"招了"。姐夫没有出轨,没有背叛大姐,这本来是件值得欣慰的事。可是,如果可以选,老贾宁可选择"姐夫出轨",而不是"姐夫即将失明"。出轨,可以改正;背叛呢,也可以浪子回头。但是失明……

"我这就给大姐打电话!"许母抓过手机。许父摆手:"别!别打。"

"老头子,这都什么时候了,我总得问问吧!"

"问……问……"许父急得说不出话来。

老贾忙对许母道:"妈,爸的意思是,问了也是这样,改变不了什么。不如,就安心在家等他们回来。"

许父点头:"是,是这意思。"

"这可怎么办啊……"许母长叹着气。

爸爸和妈妈都在北京,停课快一周的李云阶明天就要回学校了。这几天,她一直待在外婆家。外婆他们什么都不跟她说,但她能感觉到家里出事了。要是没出什么事,妈妈是绝对不会撂下弟弟出远门的。至于她自己,也有着她的烦心事。停课一周了,又受了处分,到学校后,会是何种境遇,老师和同学又会怎么看她,这都是问题。而最大的问题是,她在老妈那里承诺过,被霸凌、被欺负的事,她自己能处理。"让我自己来解决",这话说来容易,具体该怎么做,她却一点都没想好。唯一笃定的是,不管回校后将遭遇什么,她都会面对,也只能面对。

其实,校园霸凌这种事,小学和初中阶段,李云阶身边也有发生。不同的是,那时候她还不是被霸凌的对象。比如朱可馨,考试作弊后就没少被欺负。李云阶不明白,大家都是同学,为什么有些同学的乐趣要建立在别人的痛苦之上。霸凌这种事,往往又很容易从众。要是被强势的同学排挤,也就意味着要被大多数同学排挤。身为被排挤的对象,就会处于一种"怎么做都不对,怎么做都是错"的境地。一次课堂发言、一双新鞋子、一次考试……甚至一个眼神不对,都会面临嘲笑。当然,她很确定,那些嘲笑她的人,大部分只是为了证明他们是"大多数"。

小姨夫要送李云阶去学校,被她拒绝了。她刚走到巷子口,就看到了刘思明他们。刘思明、何璐、朱可馨和王哲正微笑着,站在那里等她。

"你们……你们怎么来了……"李云阶又惊又喜。

刘思明笑着:"何璐爸爸的商务车就在前边,今天,我们一起回学校。"

"对,我们一起!"何璐拉过李云阶的手。

上高中后,小伙伴们能够聚齐的机会很少。李云阶知道他们今天为何而来,所以,她的感动又多了一分。只是,她不想再做什么娇娇女、乖乖女了,不想再在小伙伴们面前示弱,她努力微笑着:"嗯,我们一起!"

前几天,刘思明说过,回学校之后要收拾钱依依那伙人。李云阶好说歹说劝住了,就怕自己再给刘思明惹麻烦。看今天这阵势,她除了感动,还有点小担忧。

"那个……到了学校你可别乱来。"李云阶小声对刘思明道。

刘思明点头:"我知道。"

到学校后,不管李云阶怎么说,何璐跟朱可馨一定要陪她去宿舍。一进宿舍,李云阶就看到了钱依依。人家正坐那修指甲,连正眼也没给李云阶她们一个。

"钱依依是吧?"何璐走近。

"你谁啊?"钱依依说话的时候,宿舍里其他几个女生很快聚拢到了她的身边,七嘴八舌地说着话——

"这是你宿舍吗,你们就往这跑!"

"咦,这不是李云阶吗? 你不是停课了吗? 啧啧啧,跟男生在黑网吧过夜,还真是看不出来啊。"

"怎么,不敢回宿舍了,还要她们送你回来?"

李云阶刚要说什么,何璐突然将手里刚买的奶茶结结实实地泼在了钱依依身上。

"啊!"钱依依从椅子上跳了起来。

李云阶知道这事要解决,她不可能一直被钱依依她们欺负。但是,她万万没想到,何璐是用这种"以暴制暴"的方式来处理的。

那钱依依气得跳脚,其他几个女生叽叽喳喳说个不停,像是在比谁的声音更大些。只是何璐的气势太强了,她一脸轻蔑,眼神里满是愤怒,手里还拿着没倒完的小半杯奶茶,仿佛随时可以朝她们泼去。

"何璐,你……"李云阶也急了,"你……"

何璐没搭理李云阶,直视着钱依依:"对不起啊,不小心把奶茶倒在你身上了。"嘴里说着"对不起",那表情分明就是"你敢不接受道歉试试"。

"什么对不起,你明明是故意的!"钱依依凑近何璐,她也很愤怒。

何璐抽动嘴角,笑了笑:"你怎么知道我是故意的? 那……你们弄湿李云阶的被褥也是故意的喽?"

"那是我们不小心!"钱依依顾不得擦身上的奶茶渍,吩咐着边上的几个女生:"你们几个快去找宿管!"

朱可馨一摊手:"行啊,等宿管来了,顺便把你们上次不小心把水倒在李云阶被褥上的事也说说。"

"你……你们……"钱依依脸色铁青。

何璐一手扶着朱可馨的肩膀，她的表情已经从愤怒、不屑变成了一种漫不经心。她漫不经心地笑着，也漫不经心地说着："记好了，她是1班的朱可馨，我呢，我是5班的何璐，我们俩跟李云阶、刘思明、噢，还有1班出了名的学霸王哲，我们几个原来都是宏远初中的。你可能不了解我们几个，我们几个呢，从初中开始就特别要好，对了，刘思明和李云阶他们俩还是小学就有的交情。你们'不小心'了李云阶，就等于'不小心'了我们。我们别的不会，可要是想'不小心'你们，那是分分钟的事。"

朱可馨拉过李云阶："云阶，收拾东西。"

"收拾东西？"

"我们跟宿管老师和你们班班主任都报告过了，你换宿舍了，换到501，也是你们班的宿舍。不过，501呢，正好就在我宿舍隔壁，以后，谁要是再想'不小心'你，可就没那么容易了。"何璐道。其实，跟宿管老师和3班班主任沟通的是许梦安。只是，她不让何璐他们道破。

钱依依冷哼了一声，领着那几个女生离开了宿舍。她们一走，何璐和朱可馨就大笑了起来。李云阶并没有整理东西，而是对何璐她们道："我虽然不跟她们一个宿舍了，但还跟她们一个班……难道我还要调到别的班去吗？好，就算我调到别的班去，那整个年级、整个学校的人很快就会知道，我李云阶胆小怕事，我没用，我认怂了，所以才会换班级。所以……到时候，我还要换一个学校吗？"

"云阶，你不能这么想。你妈她也是为你好……"朱可馨说了半截，吐了吐舌头，再不吱声。

李云阶苦笑："不用你暴露，我都知道是我妈的主意……"

何璐忙道："搬到我隔壁宿舍有什么不好！你不是一直都想着我们能整天在一块吗？以后我们可以一起去教室、一起去食堂、一起去……"

"那你的新朋友，你们的同学，他们会怎么看你？咱们到了高中，是一个新的环境，就应该走出小圈子，多结交朋友……你倒好，围着我转算怎么回事？那以后你上大学了也带着我？"李云阶问何璐。

"我跟刘思明在5班，朱可馨和王哲在1班，只有你一个人在3班嘛……"

"所以啊，我就更应该跟3班的同学好好相处。"

"怎么相处？继续被钱侬侬欺负，继续被你们班的同学孤立？"

"云阶，你就听何璐的，搬到501去吧！"朱可馨劝道。

李云阶摇头："那是他们不了解我，而我呢，也一直没给他们机会来了解我。我想……这需要一些时间吧。"

"只要你还在这个宿舍住着，你的被褥就还有可能被淋湿。也许，还会发生更严重更恶劣的事！"

"不会的，我会反抗。"

"你怎么反抗？她们能跟你讲道理？"

"这个你们就别管了。"李云阶微笑着，"我会想办法的。"

2

北京某商场的女装专柜，穿着一袭白色礼服裙的许梦安从更衣室里走出来。她很久没有穿过这么修身的裙子了，这条裙子仿佛是为她量身定做般，衬得她光彩照人。领口的那圈小碎钻，在灯光下熠熠生辉，很是华贵。最特别的是裙子上的暗纹，暗纹是云团的样子，那一团团姿态各异的云彩，透着巧思，却又不乏大气。

"漂亮，买了！"李临笑道。

"别……再逛逛吧。这裙子是好看，但是，我买了它，好像也没有什么场合适合穿啦。"许梦安转身进更衣室，想换下裙子。

"买吧，现在没场合穿，以后总还是有的。"李临拉住许梦安，悄声道，"你还是要出去上班的嘛。"

"我……"

"犹犹豫豫的干吗呢，你以前可不这样啊。"

以前，许梦安对逛街这种事并不热衷。也是因为不热衷，所以，每次出去买东西，她的速度总是特别快。看中的东西，她是一点都不磨叽的。但是现在，花不菲的价钱买一件也许根本没机会穿的礼服，她舍不得……

"女士，您穿着特别合适，您先生特别有眼光呢。"导购笑着走过来。

"就它了。"李临认真地看着许梦安,"我喜欢看你穿得漂漂亮亮的,以后……"

许梦安知道丈夫要说什么,他要说,以后他或许就看不到了。

"那就买吧。"她急忙打断丈夫的话语,"就它了。"

李临点头:"等会儿再去选一双鞋。"

"不用了……"

"今天听我的。"

这两天,李临带着许梦安在北京到处闲逛。那些常规景区他们以前就去过,再去也没什么意思,两口子就大街小巷地四处转悠,转到哪是哪。就像刚才,他们转进了这家高档商场,李临提出来要给许梦安买衣服。算起来,他得有 10 年没给她买过衣服了……等鞋子和包也搭配妥当了,两人转到首饰专柜,李临又嚷嚷着要给许梦安买项链,许梦安不要,硬是拉着他出了商场。商场外,夜色已渐渐浓重,华灯初上的街道,车水马龙,熙熙攘攘。李临走着走着,停下了脚步,只是站在街边,看着掠过眼前的浮华。这些他曾不屑的浮华,如今却是美好的流光,也许,它们是再也无法在他眼前绽放的璀璨。他低头看向妻子,略施了粉黛的她,在交织的灯光下显得格外好看。

"梦安……"他拉紧了她的手。她靠近他,依偎向他的肩头。然后,她的手机响了。

"云阶来电话了!"她适才放松的神情又变得紧张起来。

李云阶并没有搬去 501 宿舍,而是安安静静地待在本属于她的 406 宿舍里。她虽然没想好该如何应对,但逃避绝对不是自己的第一选择。想想这段时间,家里的人总是有着各自的麻烦,也在解决着各自的麻烦。譬如姑姑,姑父被打伤,医馆有人闹事,但是,也没见姑姑逃避,反而是一力承担起了重任。再看老妈,从她怀上小葡萄以来,她的麻烦就没断过,但是老妈从来没在李云阶面前叫过苦,因为她说过,这是她的选择。

是,李云阶不是孩子了,她已经满 16 岁。也许,这个世界并不像李云阶读过的那些童话故事那么美好,也许,当公主走出城堡,总是会遇到恶魔和女巫。但

是,把自己圈在城堡里的公主,她永远也感受不到外面世界的精彩。

钱依依那伙人回到宿舍,看到李云阶还在,都很诧异。

李云阶站起来,微笑着:"钱依依,我先说明,这里是我的宿舍,不管发生什么事,我都不会搬走的。还有,你们对我有看法、有意见,可以当面说,但是,请不要再用什么'不小心'的方式来表达你们的不满。我也想合群,要是真的没法合群,我也不怕。"

"你还挺横。"钱依依看着李云阶。

"我已经停课一周,受了学校的处分。所以……其实,要是真的被逼得没办法了,我也不怕再干点什么违反纪律的事。只是,事情闹大了,闹到宿管和老师那里去,对我没好处,对你也不会有好处。我之前沉默,不代表我还会沉默下去。"

"你……"

"我该去食堂吃饭了,你们自便。"李云阶说毕,昂着她的小脑袋,拎包便走。

晚自习时,带着笑容走进教室的李云阶引来一阵窃窃私语。也有不少人在议论她被停课的事,她只当什么都没听见,安然入座。课间,班主任王老师将李云阶叫到了教室外面。这王老师跟薛老师不一样,他总是不苟言笑,精瘦黝黑,不细看,根本无法分辨他脸上的表情。

"李云阶,你的家长联系过我,事情的经过我大概也了解了。但是,学校有学校的纪律,不管什么原因,夜不归宿都是违反纪律的。"王老师道。

"王老师,我已经接受处分了。"

"好,换宿舍的事我同意了……"

"我不换。"

对面的小女孩一脸倔强,倒是让王老师有些诧异。

李云阶再次强调:"我不会换的。"

"我会找钱依依谈话的。"

"我自己已经跟她谈过了。"李云阶笑了笑,"总之,我会在406宿舍,在咱们班好好待下去。"李云阶说毕,朝王老师鞠了一躬,便走进了教室。

在电话里,许梦安被女儿狠狠责备了一通。小家伙表达了她的不满,认为许梦安违背约定,不信任她。

女儿的一席话,噎得许梦安一句话都说不出来,只得把电话递给李临。

"云阶,我们很快就会回家的。"李临柔声道。

"没关系啊,我一个人能行。"

女儿说她"一个人能行",这是她第一次说这样的话。挂断电话后,李临对许梦安道:"看来,云阶真的长大了……"

许梦安点点头:"你看,你还不如你女儿勇敢呢。"

李临会意,只是笑:"我说了,保守治疗这事我已经决定了,你别再劝我。"

许梦安依偎着李临:"再说吧。"

这晚,许梦心从日本回来了。她一进家门,水都没顾上喝一口,便问起了李临的事。老贾如实说了,以许梦心的脾气,少不了要马上给大姐打电话,但被老贾给拦住了:"现在先别打,安心等他们回来吧。"

许梦心放下手机,一屁股坐下,眼里满是忧虑:"怎么会出这种事……姐夫那个车祸,要不是查出后遗症,我都快忘记它了。"

"你别急。"

"我能不急吗?要是姐夫真的失明了,大姐怎么办?两个孩子怎么办?尤其是小葡萄,才多大点的孩子……以后这生活压力全在大姐身上了!她该怎么办?"许梦心皱眉,"姐夫那剩下的 5 万块钱要还,我这几天赶紧出货回款。还有啊,我们还欠着大姐家 50 万呢,这笔钱,也要先还,能还多少是多少吧。我们什么忙都帮不上,只能先尽量把钱还上了。"

"是,我都听你的。"

"最近你干得不错呀,"许梦心的眉头慢慢舒展开来,"看来你还挺适合做我的客户关系主管的。"

"我又没做什么,就是建了几个客户微信群。"

"你那个网店的模板设计得也不错,我看,要不了多久,我们的网店就可以上线了。"

"咳,那不都是我的老本行嘛。你别忘了我原来是干什么的,我原来就是个电商嘛。"

"老公……"许梦心柔柔地唤着老贾,拉过他的胳膊,把脑袋轻轻靠在他的腰际,"这段时间辛苦你了,又要带孩子,又要给我打工。"

"瞎说什么呢,我可不是在给你打工,我这是在做我们共同的事业。"

"你真的把它当事业了?我原本还以为我这小打小闹,你看不上眼的……"

"怎么可能!心心,我们一定能把它做好的。我有信心。"

"必须做好。你知道吗?我现在突然觉得压力挺大的。你妈,还有我爸妈,他们的年纪是一天天大了。熊熊和小西瓜呢,还小,以后多的是花钱的地方……大姐家呢,又出了这种事……以前,都是他们照顾我,现在我倒是想照顾他们了,却发现自己能力有限,有心无力……"

"别这么想。"老贾搂紧了妻子,"这不是你一个人的事,是我们俩要共同承担的。我贾浩文这辈子不会就这么庸庸碌碌的,咸鱼都有翻身的机会呢,何况我一个大活人!"

"嗯!"

李云阶刚给老妈和老爸打完电话,回头就看到了王哲。她本以为这么晚了,操场上不会再有别人,看到他,便有些诧异。

"刘思明说,你们刚被学校处分,他不方便来找你。喏,他让我给你这个。"王哲递过他手里的一个纸袋。李云阶接过来,打开,里面竟然是一个毛绒玩偶,是她很喜欢的海绵宝宝。

"他给我这个干吗?"李云阶乐了。

"他说,有这个玩偶陪着,你就不是一个人了。"

"行,那我收下。"

"李云阶……"王哲吞吞吐吐的,"我也帮不上什么忙,但是,如果你有什么需要,还是可以跟我说的。"

"我没事啦。"

"我知道,跟刘思明比起来,我在你眼里并不是那么重要……"

"王哲,你……你说这些干什么?"

"我都想好了,咱俩就是朋友,一辈子的好朋友。"

"咱俩本来就是朋友啊。"

"我原本不想跟你交朋友,不对,是不仅仅跟你交朋友……"王哲低着头,"总之,现在,这些都不重要了。李云阶,我就希望你高高兴兴的,每天都能开心点。"

"嗯……"李云阶挨着跑道旁的台阶坐下,"谢谢你,王哲。"

王哲也坐下:"云阶,孤独其实也没什么不好。我上初中时,要不是你帮助我,我一开始不也被咱们班同学孤立吗?他们说我假正经,说我爱打小报告,还说我是个只知道念书的书呆子。但是,你看嘛,我这个只知道念书的书呆子,最后不是直接保送到了一中吗?在这里,我进入了新的班级,认识了好多新的同学,也交了不少朋友。然后,我还发现,这个班里有很多我这样的书呆子。初中那会儿,我总以为自己是异类,到了高中才明白,我并不是。"

"你当然不是。你、朱可馨、何璐,还有刘思明,你们都比我优秀……"

"你才是最棒的。"

"别闹。"

"刘思明为什么能考上一中?可不仅仅是因为他体育成绩好。初三最后阶段,他努力冲刺,可用功了。他之所以这样,离不开你的鼓励。还有朱可馨,作弊那件事差点毁了她,是你把她扶起来的。至于何璐,就更不用说了,那个反二胎联盟闹得那么大,也是因为你,这件事最终才没有过多地影响到她。所以,你千万不要妄自菲薄。你根本没有意识到你的力量有多强大。"王哲缓缓说道。

李云阶鼻子一酸:"嗯,我会越来越强的。"

"我们走吧,不然宿舍该熄灯了。"

"好。"

等李云阶回到宿舍,钱侬侬她们正说说笑笑,聊着她们正在追的剧集。看到李云阶进来了,几个女生极有默契地收了声,宿舍里瞬时变得异常安静。李云阶放下书包和玩偶,也没有搭理她们的意思。

钱侬侬眼尖,一下就看到了李云阶纸袋里装着的玩偶。

"真逗,多大的人了,居然还带着玩具来宿舍。"钱侬侬伸手去弄那只纸袋。

李云阶轻轻拍开钱侬侬的手,自己将玩偶拿了出来,笑道:"是刘思明送给我的,不错吧?"

钱依依的脸红一阵白一阵,嘴里嚷着:"瞎显摆什么呀。"

李云阶将玩偶端端正正摆在了床头:"我乐意。"

"你少得意。我要是你,肯定搬出这个宿舍,搞不好,还会换到别的班……"

"只可惜,你不是我。还有事吗? 没事就别站在我床边,等会儿就熄灯了,我该睡觉了。"李云阶不慌不忙去洗漱了,刚躺上床,灯就熄了,然后,她收到了刘思明发来的 QQ 消息。大概是为了让李云阶不觉得孤单,刘思明还建了个 QQ 群,那群里都是初中时玩得好的同学。

"晚安……"李云阶在群里发了个表情包,将手机放在一边,抱住刘思明送的玩偶,沉沉睡去。

这一夜,李云阶睡得很安心。走出了城堡的公主,她总会变得不再娇弱。或者说,她从来就不娇弱。这是她第一次意识到自己的身上充满了能量,但她说不出这是一种什么样的能量。不管怎么样,它的存在,已经足够帮她对抗孤独。

酒店房间内,许梦安临窗而立。窗外,是这个城市的繁华。而她身后,是已经入睡的丈夫。丈夫睡得香甜,浑然不觉被噩梦惊醒的她已经离开他的身侧。噩梦里,她踩着台阶往上爬,越来越高,却也越来越冷。接着,像是有双巨大的手将她拉下了台阶,她便坠入了无尽的虚空……

丈夫呢喃了一声,翻了个身。许梦安走过去,在他身侧坐下,看着他被长睫毛覆盖着的双眼。这双清亮的眼睛,是他身上最吸引她的地方。其实,当年的许梦安也是个颜控,她喜欢李临端正清秀的五官,喜欢他修长的身材,更喜欢他笑起来眼睛里就闪着光的样子。许梦安无法想象,丈夫有可能会双目失明;也无法想象,换上义眼之后,他会变成何种模样。她知道,爱一个人,就该接受他的缺陷。可是,她太懂他了,她能接受,他自己却未必能。看似虚怀若谷的丈夫,有着他独特的处世方法,也有着他自认为不俗的人生观和价值观。但他心里,仍是惧怕的。这份惧怕,是因为他有了家庭,有了她和孩子们……

"梦安……"他醒了,抓住了她的手。

"我在。"

"嗯……"他像个孩子,把脑袋枕在她的手上,"我们明天回家。"

"行,我听你的。"

天还没亮,李云阶就起床了,她沿着操场的跑道跑了一圈又一圈,直到全身上下都冒汗。很久之前,她看到过一句话,大意是,如果要有坚强的内心,先要有坚强的体魄。中考的体测通过后,她就极少再跑步。那之后的暑假,更是玩乐着度过的。现在,她应该继续把跑步坚持下去了,哪怕,没有老爸或者刘思明陪着。

早自习还未开始,跑完步冲过澡,精神抖擞的李云阶就进了教室。她还没来得及走到自己的课桌旁,就有个男生迎面撞了上来,她怀里抱着的书本全都掉到了地上。那男生却跟没事人似的,双脚踩踏着她的书本而过,还一脸得意。

"你站住!"李云阶朝男生高喊。

男生的绰号叫阿轲,这个绰号出自游戏《王者荣耀》,他本身呢,确实跟游戏里的阿轲一样,喜欢暗戳戳地欺负同学,出其不意来那么一下,并以此为乐。

阿轲只当没听见,这就要走。李云阶冲上前去,伸手拦住了他:"我叫你站住,你没听见吗?"

一堆同学聚拢过来,其中就包括钱侬侬他们,这些人多半幸灾乐祸,等着看李云阶的笑话。

"有事?"阿轲笑看着李云阶。

李云阶也笑着,一指地上她的书本:"捡起来,向我道歉。"

"我要是不呢?"

"我再说一遍,最后一遍,把我的书捡起来,然后,向我道歉。"

"不好意思,我这个人,从来不向别人道歉。听清楚了吗?"

"听清楚了。"李云阶话毕,径直走到了阿轲的座位旁,将他桌肚里的书全都扯到了地上,然后抬脚重重踩了下去,整套动作行云流水。

"你……你居然敢动我的书!"阿轲急忙走过来。

李云阶站在那,一动不动,沉默着看向阿轲。她的眼神里满是愤怒,就好像随时能喷出火来。

这是 103 班的人第一次见识到李云阶的愤怒。她不再是那个温吞、瑟缩的女孩,她不愿意再忍受他们的不尊重。

李云阶直到这时候才发现,钱依依、阿轲之流,不过是外强中干,他们并不敢真的对她怎么样。那阿轲虽然抬了手,作势要打李云阶,可那只手刚准备落下,就被李云阶给死死扣在了课桌上。

"你敢!"李云阶仍然怒视着他。

"松手!"阿轲试图用另一只手去拽李云阶的头发,突然,他发出了一声惨叫。

李云阶抬眼看,有个瘦瘦小小的女生正狠狠地踩着阿轲的脚背。

这个女生叫于美婷,是李云阶的同桌。听说,她是从很偏远的村镇来的,他们那个镇子,只有她一个人考上了 H 城的一中。也正是因为这样,哪怕她穿着跟大家一样的校服,也总透着股子土气。加上她的普通话说得不太标准,惹来不少嘲笑,让她显得格格不入。

平时,于美婷跟李云阶几乎没有什么交流。所以,李云阶对这个瘦小黝黑的女生也说不上了解。她们原本并不是同桌,于美婷原来的同桌嫌她身上有异味,说她老是不洗头、不洗澡,于是,换了一轮,终于将她换到了李云阶身边。

两个同样不受欢迎的女生,她们坐在一起,似乎是理所应当的。但是,李云阶一点也没闻到于美婷身上有什么异味。不过,李云阶有心接近于美婷时,这人总是躲躲闪闪的。但是此刻,于美婷竟然来帮李云阶了!

上课铃声响起,李云阶拉起了美婷就往两人的座位走去。她们刚刚坐定,老师就来了。于美婷朝李云阶笑了笑,指指课桌。李云阶看到,她被阿轲弄到地上并踩脏的书正整整齐齐、干干净净地躺在那里。

"谢谢你。"李云阶也笑了。

是老贾去机场接的许梦安和李临。等他们俩到了许家小院,才知道李静回来了。她看着比原来清瘦了许多,鬓间白发丛生,却仍是风风火火的。她一把拉过李临:"走,回家。回了家,我们保证给你治好。"

许梦安拿眼看老贾,老贾低头:"大姐,这么大的事,我总不能什么都不说吧?"

"老贾做得对,这件事,你们俩为什么要瞒着我们?"李静气恼极了。

李临环顾众人,许父、许母、许梦心两口子,还有李静和兰香,这些人都睁大眼睛看着他,好像在等着他说什么。其实,他根本不知道应该说什么。

"妈,我饿了,吃饭吧。"这是他回来后说的第一句话。

这顿饭吃得鸦雀无声,安静得连众人吞咽食物的声音都能听到。李临从来没有这么饿过,他整整吃了三大碗米饭。许梦安知道,丈夫这是在向大家证明,他很好,他很健康,他不需要他们的担心。可是,身为家人、亲人,哪有不担心的道理?

小葡萄多日未见妈妈,只赖在许梦安怀里,一双小手抓着她的头发,咿咿呀呀说个没完。兰香要抱走小葡萄,好让许梦安安心吃饭,可这孩子此刻是谁也抱不走了的。

许梦安仓促扒拉了两口饭,抱着孩子到了院子里,李静追了出去。

"情况到底怎么样?"李静自是心急如焚。

许梦安的声音压得很低:"我劝了,他不愿手术,因为手术有风险。他希望保守治疗。"

"那就跟我回老家,我们给他治。你姐夫现在虽然还在休假,但他的身体已经在慢慢恢复,他……"

"姐……"许梦安很感动,却又不得不把真相撕开,残酷地摆到大姑子面前,"李临的问题,不是吃几服中药,或者做做针灸就能好的……"

"那我就留下,陪你们去北京!去大医院治,花多少钱都没关系。"

"不是钱的事。"

"你就不能劝劝他吗?劝他去动手术!他可是你老公!"李静的语气不无斥责,见许梦安沉默,知道自己这话说重了,也沉默了。两人相对无言,末了,李静长长地叹了一口气。

李家祖上就开始行医,然而,他们还是没能留住李母。如今,李临又病了……这些,对李静来说,都像是巨大的讽刺。

"老爷子还不知道吧?"许梦安比较关心这个。

"前段时间,医馆的事,还有你姐夫的意外,老爷子全都知道了。好在,在他听说这些时,事情都已经解决。老爷子嘴上不说什么,但他也是揪着心的。这些日子,老爷子哪都不愿意去,就在我家里待着,生怕家里再出乱子……所以,李临的事,我现在可不敢跟老爷子说。"

"那就好……"

"梦安,我刚才说话有点重,也是急的,你别往心里去。"

"我知道。"许梦安看着李静,"只是,姐,你还是回老家吧,那边离不开你。"

"李临这样……我怎么放心回家啊?"

"你看,你又急了。"

李临吃完饭,背着手出去散步了。众人只拉着许梦安盘问,她不得不跟开新闻发布会似的,跟大家一一说明:李临的病因、情况、为什么要选择保守治疗、保守治疗的方案……该说的都说完了,大家才发现许父不见了。

许父是去找李临了,他在巷子深处的那口老水井边上找到了他的大女婿。巷子的名字"水井巷"便得名于这口井,它已经有些年头了。大女婿站在井边上,正往井里打量。

"李临!"许父唤着看起来心事重重的大女婿。

"爸,你怎么出来了?"李临说着,要走过来扶老丈人。

老丈人摆着手,拄着拐杖,慢慢走到了李临身边。

"我知道……我知道……"老丈人努力想说什么,但终究是中过风,即便竭力在做康复,也恢复不到以前的状态了。

"你别急,有话慢慢说。"

"写字……"

李临将老丈人兜里的 iPad 掏了出来,递给了他。

"你坐下写。"李临将老丈人扶到了边上的石凳旁,按着他坐下。

只见老丈人用手指颤颤巍巍地在 iPad 上点来点去,他点了多久,李临便等了多久。然后,老丈人将 iPad 递到了李临眼前,李临读着上面的话:"我知道你担心的是什么,你担心大姐和孩子们没人照顾。我还……"

他再也读不下去。老丈人后面写的是:我还没老,我坚持做康复,能够照顾他们。所以,你听爸的话,去做手术。做手术,有风险,但是,做手术,才有机会。

"爸……"李临慢慢蹲下,用 iPad 掩着脸,像个孩子一样啜泣起来。

傍晚,公园内。一群老太太正在跳广场舞。为了不扰民,她们每个人都戴着个蓝牙耳机,兴致勃勃地随着耳机里的音乐起舞。围观者是听不到音乐的,只瞧着她们舞得起劲,自嗨地甩胳膊甩腿,看起来很是有趣。

梅一朵也站在一边看,笑得特别开心。突然听见有人在叫她,她一回头,就瞧见了顾大均。"你怎么在这?"她问。

顾大均笑着:"我要说我只是路过这里,你肯定不信。"

"那我还是信吧,路过总比专程来找我要好。要是专程来找我,我该有心理负担了。"

"我微信上问笑笑来着,是她告诉我,说你在这的。"

"这孩子,小叛徒一个。"

"她让我请你去看电影。"

"是,我要是去看电影了,等会儿就没人监督她写作业了。她这计划还挺周全。"

"一朵,我……"顾大均话还没说完,就看到舞蹈队里一个微胖的老太太摘下了耳机,兴冲冲地朝他跑来。

"阿姨好。"顾大均当然认识这个老太太,她是梅一朵的妈妈。

这梅母已近七旬,倒是瞧不出什么老态来。她跟梅一朵一样,喜欢在穿着打扮上花功夫,越出挑越好。要不是女儿带着外孙女回国,梅母如今正在老家跟老伴安享晚年。就是因为想帮衬女儿,这才跟老伴暂时异地而居。好在,她适应环境的能力强,很快就融入了这里。当然,梅母除了跟女儿、外孙女做伴,还背负着一个艰巨的任务,那就是给女儿物色对象。眼前这个顾大均,丧偶、一表人才,跟梅一朵年龄相当,更重要的是,他还是梅一朵多年的好友,怎么看,他都是最合适的人选。所以,梅母每次看到顾大均,总是格外热情。

"顾医生,你怎么来啦?"梅母笑着。

"噢,我找一朵有点事。"

"好呀好呀,那你们去吧。"

梅一朵苦笑:"妈,你让我们去哪儿啊,就好呀好呀的。"

"随便去哪儿都行。"

顾大均忙道:"阿姨,我和一朵是要去看一个老朋友。"他说毕,转向梅一朵:"李临回来了,我就想着,咱俩去一趟他家,看看他。"

没等梅一朵说话,梅母就问了:"哪个李临?是那个李临吗?"

"妈……"梅一朵显然有点不高兴了。

"是不是你那个同学?就是他吧?他怎么了,你们要去看他?他病了?"梅母发出了一连串的问号。

"李临的眼睛出问题了。"回话的是顾大均。

"瞎了?"

"妈!差不多行了啊。"

"真瞎了?要我说,李临不是现在才瞎的,很多年前他就瞎了。你说,你多好的姑娘,结果,你们俩没成……他这还不算瞎吗?"

"够了!"梅一朵正色。

梅母转向顾大均:"瞧见没,还是这样。那个姓李的可不得了,谁也不能在一朵面前说他一句不是……行行行,我不管了,我什么都不管了。"梅母说着,戴上了耳机,迈着小碎步往舞蹈队里走去。

顾大均和梅一朵刚要离开,梅母却又折返回来了。她拉过顾大均,许是戴着耳机的缘故,声音很大:"顾医生,李临瞎,你可不能瞎!"

"阿姨,我……"

"走啦!"梅一朵拽着顾大均快步离开。

"阿姨的话,你别在意。"顾大均道。

"我在意什么,要不是请人带孩子不放心,我也不会把她弄这来给我自己添堵。"

顾大均实在太了解梅一朵了,她嘴上这么说,但她对梅母很是关心,不然也不会陪梅母来跳广场舞。这个看起来特立独行的梅一朵,她是教授,是一个光鲜亮丽的中年单身女人,可她的内心却是极为纤细敏感的。她待人好,只是有时一味逞强。跟许梦安的时时刻刻顾全大局不同,梅一朵更多时候是由着她自己的性子来的。光阴流转,让顾大均和梅一朵的生活都发生了各种各样的变故。这些变故,不知不觉之间,却又让他们再次靠近。当然,这种靠近,目前来看,是顾大均更热络些。经历了丧妻之痛的顾大均,本没有再娶的打算。可是,当他得知梅一朵要回国时,他突然发现,自己内心的那份悸动还在。尽管,他明白她不是为他而来。

这是梅一朵第二次来到李临和许梦安的家。上一次,她和李临就坐在这张沙发上,她喝了他泡的茶。也就是那次,她瞧出了他的心不在焉和为难。她的执拗在那一刻变得特别可笑,还有点可悲。但是,梅一朵彻底死心,还是在她发现李临藏在办公室的病历之后。李临告诉她,这件事不能让许梦安知道。他说,他不想让许梦安跟着担心。那时,梅一朵意识到,她在李临这里,真的就只是老同学和新同事,至多,也就是个相识多年的老朋友。这就已经到了顶了,要是她想再发展出点别的,怕是不能了。

"吃点水果。"许梦安微笑着,端了果盘过来。那果盘谈不上多精致,但里面有好几样水果,红红绿绿的,码放得很是整齐。

"我记得上回有包好茶叶的,放哪儿了……"李临喃喃着,就要站起来去找。

"你给拿书房去了。"许梦安道。

"看我这记性……"

"大均和一朵都是稀客,你多陪陪他们,我去取。"

梅一朵攥着手里的青瓷小茶杯,一言不发。倒是顾大均,问起了李临到北京检查的情况,言语里多是宽慰。等许梦安取来茶叶,李临给泡了两道,顾大均说是还有事,要先走了。梅一朵是坐他的车子过来的,自然是要跟着他走的。

顾大均和梅一朵上了车后,梅一朵才道:"谢谢你啊,大均。"

"谢我?"

"别装了。你根本就没什么急事,只是看我坐那尴尬,替我解围而已。"

"李临的病,你怎么看?"顾大均转移话题。

"我怎么看……好像并不重要吧。"梅一朵笑了笑,看向车窗外,"我刚才坐在那,看着许梦安忙里忙外,一会儿哄哄孩子,一会儿又忙着照顾我们。说实话,要是摊上这种事的是我——我老公可能要失明了……那可是失明!我真没这么淡定。我还是不喜欢她,不过,心里对她还是有点佩服的。"

"挺好的。"

"我说了那么多,你就一句'挺好的'?"

"你说得挺好的嘛。"

"我都说什么了?你在认真听吗?"

"听着呢。"

"顾大均,你可是我的心理医生,我说什么你都得听着。"

"我不想当你的心理医生了。"

梅一朵一愣,扭脸看顾大均。顾大均笑着:"我不想当你的心理医生了,你呢,也已经不再需要心理医生。"

"是吗?"

"而且……心理医生是不能和病人在一起的,所以我……"

"开车吧。"

"我……"

"开车。"

"好。"

从许家小院回来前,李临把李静撵走了。他放话,如果李静不回老家,他连保守治疗都会放弃。那神情,活像小时候他用不好好写作业来威胁她这个当姐姐的。李静气得不行,又不好发作,一怒之下离开了许家小院。这会儿,她正在酒店房间里暗暗赌气。还是许梦心懂事,送了吃的过来。她一口一个"姐姐"叫着,又说她会在这边和许梦安一起,她们慢慢劝李临,让李静安心回老家。

"我怎么能安心?"李静看着许梦心,"你们告诉我李临病了,我就愁得整晚整晚睡不着。我说我要去北京找他,你们不让,说是梦安在那边了,她会陪着李临。行,那我联系他,要问清楚他的情况,你们也不让,说是这个时候不要影响他,让他在那边好好检查和治疗。结果呢?他居然就这么回来了……"

"我一听说他们要回来,一下就急了,和老贾一商量,这才赶紧把你请过来的嘛。"

"不是我说,梦安也是糊涂了。"

听了这话,许梦心微微有些不悦:"姐,你的心情我能理解,说实话,你急,我比你更急。我姐夫真要出什么事了，大姐怎么办？云阶还没上大学呢，小葡萄还没上幼儿园呢！你真的有气，就冲我，别冲我大姐。她容易吗？"

李静凝神："心心，我们几个，谁又容易呢？"

许梦心听了这话，一时愣住。这些日子以来，许梦心倒不再想"生活是否容易"这样的问题。因为，容易与否，她都必须过下去。

第三十章
都学着珍惜当下

1

　　妻子不在家,两个孩子各种闹腾,"超级奶爸"老贾终究也是会累的。他一边辅导熊熊写作业,一边看顾着到处乱跑的小西瓜,头都大了。他不知道现在的老师都是怎么了,为什么写作业这件事,要把家长也布置到里头去。什么让家长帮着检查、帮着默写、帮着听写,花样百出。

　　熊熊皱眉:"爸,你管管小西瓜,她吵死了。"

　　正学说话的小西瓜,嘴里嚷个不停。她高声"咿呀啊"着,拖着一把小椅子,在屋里走来走去。

　　老贾也是有脾气的,刚要斥责女儿,突然听到了一阵敲门声。

　　"谁啊!"老贾提溜起了女儿,朝门口问道。门外没有声音,女儿还以为爸爸在跟自己玩游戏,嘻嘻哈哈,伸手去挠爸爸的脸。那小指甲还未来得及修剪,尖尖细细的,瞬时将老贾的脸挠出了两道小伤口。

　　"哎哟……你就不能让我省点心吗?"老贾摇头。

　　女儿笑着,在老贾的脸上亲了两口,这么一亲,老贾的脾气全都没了。

　　敲门声再次响起,老贾走过去,开了门,门边站着个男人。

　　一看到这个人,老贾就怒了:"是你小子……你还有脸来找我!"

"贾哥,贾哥,我是认错来的,真的,我是认错来的……我知道你现在过得不容易,但我有门道了……这回绝对不是骗你,我要是再敢骗你,一出门就被车给撞死!"

"撞死都算轻的!"

这男人叫徐明,原是老贾的朋友。老贾落难后,这徐明雪上加霜,骗了他一笔钱,说是去拿货,从此便一去不返。

"哥,你让我进去,咱们进去再说,成吗?"

"来还钱了?"

"不仅仅是还钱。"

"嗯?"

徐明努力点着头:"哥,你东山再起的机会来了!"

老贾半信半疑,但好歹这家伙如今肯露面,被骗走的钱总算有希望拿回来了,他只想着先把徐明稳住再说,便将这人请进了家门。

老贾把小西瓜交给了熊熊,让他看着。

"爸,我还要不要写作业了?"熊熊不乐意了。

"爸跟人谈事呢,大事。听话。"

安顿好了两个孩子,老贾这才走到客厅,打量着徐明。

"贾哥,事情是这样的,我当时真是去拿货的,不是我故意坑你,是人工厂坑我……没有我们要的货,钱也没了,我自然没脸再见你……那段时间,我愁得是茶饭不思,我……"

"说重点!"

"重点马上就来。重点就是,我把那厂子拿下来了。"

"什么意思?"

"债主们去那家厂子闹嘛,拿什么的都有,机器啊,存货啊。等我到的时候,东西都给人拿得差不多了。老板说,他就剩这间厂房了,我要是愿意,他就抵给我。厂房位置偏,哪哪都不好,我自然是不肯要的,但是收了它,总是聊胜于无……结果你猜怎么着,前几天我接到电话,那厂子要拆了!"

"要拆了?"

"哥,咱俩现在是拆迁户了!"

"什么乱七八糟的。"

徐明从包里翻出各种文件:"不信你看嘛,我都签字了。这是文件、合同、协议,盖着公章的,咱们这个厂子,要拆迁了!"

"兄弟,这上面……可没我签字的地方。"

"没有你那50万,咱能拿下这个厂子?"

"不是……"

"我问你,那单生意是不是咱俩合伙的?"

"这倒是……"

"你是不是往里边投了50万?"

"对……"

"我拿了赔偿款,是不是要分你钱?"

"比50万多?"

"哎哟我去……哥,你睁眼看看,拆迁赔偿款是500万!"

"我头有点晕……"

"别晕,你先缓缓。我刚知道的时候,也跟你一样,缓缓就能好。"

"徐明啊,你是说……"老贾坐下,"你不仅仅是要还我50万,你还要分我钱?"

"咱俩对半分啊。"

"你掐我一把,我怎么觉得自己在做白日梦呢?"

"你没做梦,贾哥,你是好人,好人有好报。你当时那么信任我,我不能当那种背信弃义的小人。"徐明顿了顿,"就是……我觉得吧,这钱呢,说少,好像也不少,但说多也不多……我想着,咱俩要借着这笔钱东山再起,就得撸起袖子再创业。当然,你要是不愿意,你那份你拿走,我呢,我自己干。"

"你要干什么呀?"

"咱的老本行就是做女装嘛,先从代加工开始,走精品路线。"

"可是我……"

"哥,我没要求你一定要加入。"

"让我考虑考虑？"

"没问题。"

"东山再起"，这四个字老贾不是没想过，但他没想到会这么戏剧化。那徐明一派赤诚，说着以前的种种。说老贾是如何照顾他，如果帮助他，又是如何信任他。所以，一得知要拆迁，徐明就冒出了要和老贾一起干一番大事业的念头。

"哥，你就真的愿意在家带孩子？"徐明问老贾。

老贾没吱声，只道他还得考虑考虑。

送走徐明后不久，许梦心就回来了。她一听说这事，也很高兴，表示这笔钱可以先还一部分债务，另外一部分就投到他们在做的网店里。她很激动，仿佛这么一来，她的代购事业就能迎来新的发展。

"心心，投到网店里也挺好的，就是……徐明说的那个项目也不错，我还是想做实业的……当然，最后怎么样，还是听你的，我就是个建议。"老贾说得很委婉。

许梦心愣了一下，才道："你不愿意跟我一起做代购？"

"不要在一棵树上吊死嘛。"

"先不说这笔钱的事，咱就说人……老贾，你要是去做代加工厂了，肯定会很忙，对吧？"

"那……那是的。"

"我也没闲着，对吧？"

"嗯……"

"孩子怎么办？你带还是我带？"

"这个……"

"所以啊，好多事情都得前思后想，想清楚了再做决定。"

老贾笑着："那我就再想想。你坐着啊，我去给你弄点夜宵。"

看着丈夫迈着有些迟缓的脚步往厨房走去，许梦心心里有些不是滋味起来。她本以为丈夫能够理解她的，现在看来，是她太乐观了。当然，丈夫想有他自己的事业，这无可厚非。可是，他也可以把她的事业当成他们共同的事业啊！说白了，他还是看不上她，觉得她这个代购是在小打小闹！没有钱时，他们的感情从未不睦,即便偶有争执也总是很快就会和好。眼下,突然掉下来一笔钱,倒是让他们俩都头疼了。

"妈……妈妈!"小西瓜摇摇晃晃地朝许梦心走来,手里还举着个东西。

许梦心抱起女儿,发现女儿拿在手上的是一块墙皮。这间出租房虽然位置好、交通便利,但房子已经有些年头,掉墙皮是常有的事。可是,此刻,看着这块墙皮,许梦心的眼圈瞬间就红了。她想起了这里常常被堵住的下水道、整天开派对的楼上邻居、关不上的卧室门……嗯,在这间房里,她还有个并不真正理解、支持和认同她的丈夫。

"哭哭!"小西瓜伸手去摸妈妈的脸,"妈妈……妈妈乖……不哭!"

"妈妈没哭。"

"爱……"小西瓜想了一会儿,"爱妈妈。"

许梦心将女儿紧紧搂在怀里:"妈妈也爱小西瓜。"

李临和许梦安商量了,次日一早,便带着小葡萄去酒店见李静。李静原本也是为着弟弟好,何况弟弟两口子抱着她最为心疼的小葡萄来了,她就是再有气也发不出来了。

"姐,我一定会听医生的话,好好治疗的。"李临向李静保证。

李静叹了口气:"真的不做手术了?"

"暂时……先保守治疗吧。"

李静转向许梦安:"你帮我盯着他点,别让他太累。要是身体垮了,什么工作,什么事业,那都没意义。"

许梦安点头,又和李临一起,说了不少宽慰李静的话,李静这才答应回老家。

送走了李静,许梦安陪着李临到了医院,医生的意思是,如果要保守治疗,前提是李临得安心静养,最好是向学校请病假。

李临支支吾吾,只说手上的课题还没完成,得过段时间才能请假。许梦安当下没有说什么,出了医院之后,她跟李临结结实实地吵了一架。

在许梦安看来,丈夫这是不把自己的身体当回事,也是对家人极其不负责任的表现。也许是看到父母在争执,小葡萄吓得大哭。正是饭点,许梦安也无心回家做饭，便抱着孩子进了附近的一家餐厅，李临只得巴巴地跟了进去。

两口子还没落座，就都愣住了。餐厅的儿童玩乐区里，站着一个他们熟悉的身影，正是许梦心。而立在许梦心边上的，是一个男人，那男人弯着腰，和小西瓜抢着一个玩具，小西瓜笑得咯咯响。

很显然，那个男人不是老贾，不然许梦安和李临也不会如此惊讶。

"要不……我们去别家吃吧。"李临道。

许梦安点点头，刚想走，突然止步。他们要真就这么走了，倒好像是觉得妹妹和那男人之间有问题。以她对妹妹的了解，妹妹对感情和婚姻极为忠诚，要不然，老贾破产后，她也不会死心塌地跟着他的。

"大姐？姐夫？"许梦心发现他们了。

许梦安挥手示意："噢……那么巧。"

许梦心抱起小西瓜，朝许梦安他们走来，许梦心边上的男人也微笑着跟了来。

"这是冬子哥，我们一起做代购的，他教了我不少东西，一直在带我来着。"许梦心向许梦安和李临介绍，两人都朝冬子点点头。

许梦心转向冬子："这是我姐、我姐夫。喏，这个小不点叫小葡萄，是我外甥。"

冬子笑着："大姐好，姐夫好。经常听心心提起你们，今天总算是见到了。你们还没点菜吧？要不我们一起吃吧。我们的菜也还没上齐呢，我再点几个。"

"那多不好意思……"李临道。

"有什么不好意思的，"许梦心说着，"我没把冬子哥当外人。"

"对，对，心心的大姐和姐夫，也就是我的大姐和姐夫。"冬子一边说着，一边张罗着，把许梦安一家子往靠窗的一张餐桌上带。

许梦安和李临对视，两人会意，就跟着冬子和许梦心去那边落了座。

餐桌上已经上了几个菜，许梦安一看，这些都是许梦心爱吃的。再瞧那冬子，一面在扫码点菜，一面只拿眼看许梦心。那眼神，不说含情脉脉，但怎么瞧都不是看普通朋友的……

"老贾在家啊？"许梦安问妹妹。

许梦心的脸上略有些不高兴："他啊，忙着呢，说是要跟朋友创业了。"

"什么时候的事,我们怎么没听说?"

"我都是刚知道的,何况你们……"许梦心喝了口水,"之前他不是被那个徐明骗了一笔钱吗?如今徐明回来了,说是当初他也是被人给坑的。不知怎么,因祸得福,这徐明拿了一个破旧小厂房,如今那厂房要拆迁了。他要分钱给老贾。"

"这不是好事吗?"

"我没说它不是好事。只是……"许梦心瞥了冬子一眼,没再往下说。冬子是个聪明人,忙站起来:"哟,想起来有件急事要处理,我先出去打个电话。"

待冬子走了,许梦心才继续对许梦安道:"老贾想拿这笔钱创业,做女装代加工。我呢,跟他想法一样,这钱肯定是要好好利用的,也应该拿出来创业,但我们的方向不一样。我的意思是,可以投到我这里,我的网店刚上线,好多地方都需要用钱。所以……唉,说白了,他就还是看不上我现在做的这些事呗。"

"那不至于……"一直沉默着的李临道,"你们俩再好好商量一下。"

"商量的结果,没准他是会听我的。可是,他听了我的,也就会怨我。以后徐明要是一个人把厂子做大做好了,老贾没了这机会,不得怨恨我一辈子?"

许梦安问:"你们俩吵架了?"

"没吵。就是没吵……才可怕。"许梦心笑笑。

饭吃到一半,小西瓜想去儿童玩乐区坐滑梯,许梦心只得带着她去了。小葡萄咿呀着要小姐姐,许梦安只得抱着他跟过去。小西瓜到底大一些了,还挺知道疼弟弟的。见弟弟来了,她也不想着坐滑梯了,只陪着他搭积木。两个孩子玩得开心,两个当妈的也都腾出手来了,有一搭没一搭地聊着天。

"这个冬子……是怎么回事啊?"许梦安不想藏着掖着,便把心里最想问的话问了出来。许梦心先是一愣,随即笑了:"你怀疑我和冬子?"

"怎么可能!我是想说,我看着,冬子对你挺好的……你是没别的想法,但是,你可挡不住人家冬子有别的想法。"

"大姐,你的意思是,冬子帮我,是因为他对我有别的想法?"

许梦安不语。许梦心一笑:"他对我好,就不能是因为他欣赏我的能力?他对我好,就不能是因为我许梦心能够和他互惠互利?你就非得跟那些庸俗的人一样,想着男人对女人好,就非得是那种事?就非得是心怀不轨?按你这么说,那于海还对你好呢！"

"行，我什么都不说了。我说一句，你回我十几句，连珠炮似的。"

"大姐，你啊，现在要操心的事可比我多，我的事，你就别管了。"

"这是你自己说的啊，好，我还乐得自在呢。"

"你？你这种性格，这辈子都不可能乐得自在。"许梦心摇摇头。

妻子带着女儿出去了，儿子又在上学，老贾一个人在家，满脑子想的都是徐明和他带来的那笔钱。他不是不愿意把钱投给妻子，而是，他以前毕竟在服装行业混了那么久，不说做服装是他的理想，但至少是他所擅长的。如今机会来了，他很想把握住。但他也明白，妻子很想把她的代购事业做大，不然也不会从商场辞职。表面上看起来，他们俩的分歧跟这笔从天而降的钱有关，但其实，从根上来说，妻子眼下最需要的还是他。他能帮忙照顾孩子，也能帮她打点一些琐碎的工作。要是他出去开工厂了，妻子的压力会更大……

就在这时，奶爸群的老胡来电话了，说是小刘已经离婚，心情不好，想约老贾一起出来劝劝这小子。小刘的妻子……不，现在应该叫前妻了。小刘的前妻出轨，这是奶爸群里大家都知道的事，老贾曾经没少为此感慨。

到了约定的餐厅，包厢内，老胡和小刘早已经在那等着了。小刘喝了不少酒，双目通红，一双手微微颤抖，一遍又一遍地说着他的耻辱和不甘。

"这夫妻啊，也跟拔河一样，一边的力气大了，另一边要么被拉过去，要么就只能放弃比赛……我这，就属于是被迫放弃的……早知道我就应该好好上班，怎么都不会辞职在家带孩子……"小刘继续给自己倒酒，拦都拦不住。

老胡看着老贾："你说，我们奶爸群里的这些人，算是新时代男性的表率了吧？尊重女性，尊重这个社会的发展规律，一直都在身体力行男女平等……结果呢？结果倒好，谁来尊重我们呢？"

"老胡，你不是挺好的吗？哪来这么多怨气！"老贾笑问。

"好……我是挺好，可也有失落的时候啊。我也想老婆孩子热炕头，可问题啊，我老婆整天加班，我那炕头早就凉了……"

"你都一把年纪了……"

"这叫什么话,一把年纪怎么了,一把年纪就没需求了?"

"你自己不脸红,我都脸红……"

"我说的不只是那件事。再说了,夫妻之间,除了那点事,这感情上的交流也是很重要的。我也希望我老婆能早点回家,我们夫妻俩能坐下来说说话什么的。"

"这倒是的。"

"对,说话……我和我前妻就是从无话可说开始的!"小刘一拍桌子,"她觉得她跟我说什么我都不懂……就是因为我不懂,才希望她什么都跟我说啊……"

"你也别太难过了。"老贾劝慰,"你还年轻,以后总能遇到合适的。"

小刘听了这话,看起来更伤心了:"问题是,我他妈心里还有她……她都这么对我,我心里居然还有她!"

这顿饭吃到了下午,老贾一看表,该去接儿子了,三个男人这才散了。小刘已是烂醉如泥,便由老胡给送回家。

熊熊出了校门口,走到老贾身边,突然后退了两步,捏着鼻子:"你喝酒了?"

"爸爸中午跟几个朋友聚了聚,稍微喝了一点。"老贾尴尬地笑着。

"妈妈不喜欢你喝酒,你这样,她该生气了。"

"没事,我回家会向她认错的。"

熊熊凑近老贾,叹了口气:"你干吗老要向妈妈认错呀?"

"你还有意见了?"

"没有,我是觉得……我还是喜欢以前的爸爸。"

"以前的爸爸?"

"嗯,以前你虽然工作很忙,但是,看起来是个爸爸。现在嘛,你变成了妈妈,妈妈变成了爸爸……总之,你们都变了。"

"说什么呢,走,回家。"老贾听了儿子的话,心里着实有些不舒服,却不得不承认,儿子的这句话差不多是他和许梦心当下婚姻状况的总结。他们,可不就是换了身份角色吗?

2

老贾和熊熊回家时，许梦心已经做好了饭菜，这让老贾有些诧异。以往，许梦心并不怎么做饭。一个，是她比他忙；再一个，他也总舍不得让她下厨。生活艰难，跟以前相比，许梦心的落差已经够大的了，老贾总希望能够在别的方面补偿她。所以，家里的家务，基本都是他包揽了去。

许梦心也闻到了老贾身上的酒味，她倒没说什么，还问他："还能喝吗？要不咱俩也喝点？"

"行啊，我去买酒。"

"酒我已经备下了。"许梦心笑着，"喏，这还是咱们从原来那个家搬出来时，我说什么都要带着的那瓶酒。"

许梦心递过一瓶红酒，老贾一看，是当年他们婚礼上用的红酒。那时，许梦心说什么都要留一瓶下来，说是有纪念意义。

"熊熊，你知道吗？这可是我和你妈结婚时喝的酒。"老贾笑着对儿子道。

"那我可以喝一口吗？就一小口。"熊熊问道。

老贾看了许梦心一眼："这得问你妈。"

"就喝一小口。准了。"许梦心今天看起来格外温柔。

碗筷摆好了，酒也倒上了，许梦心甚至还点了两根蜡烛。

熊熊咂舌："这是烛光晚餐呀。"

"嗯，因为爸爸有大事情要宣布。对吧，老贾？"许梦心笑盈盈地看着老贾。

"啊？"老贾不解。

"熊熊，你爸爸要开工厂了。"许梦心继续道。还没等老贾反应过来，熊熊就拍起了手："太好了，太好了，爸爸又是霸道总裁了！"

老贾没有想到，许梦心那么快就同意了他开工厂的事。他原以为，这件事还要周旋一些日子，两口子之间少不了还会有些争执。

熊熊吃饱后，便主动去写作业了。小西瓜呢，也睡着了。烛光晚餐终于变成了许梦心和老贾他们小两口的烛光晚餐。

许梦心喝了不少酒,言语里都是鼓励和支持的话,老贾听了,自然是感动的。是感动,却带了疑虑。大概,妻子也看出了他的疑虑。她说:"横竖我反对也没用,你已经拿定了主意,我就不当这个恶人了。"

老贾只笑:"看你说的……"

"以后,我做我的代购,你做你的女装,大家各自把事做好吧。"

"我想过了,回头我把我妈接过来,家里的事让她来料理吧。"

许梦心的眼中闪过一丝犹豫,但除了请婆婆过来,如今,他们确实没有更稳妥的选择。

"行,把妈接过来。"

"心心,我真的很感动,我都不知道说什么好了……"

"那就什么都别说了,咱俩再来一杯。"

其实,许梦心有很多话想说,只是,她现在一句都不想多言。就像她告诉大姐的那样,这件事,她可以跟老贾商量,老贾也一定会听她的,会让步。可是,她希望老贾的让步是心甘情愿的,是往后无论如何都不会后悔的。她不希望老贾后悔。

这段时间,老贾对这个家庭、对两个孩子、对她的照顾无微不至,他真真正正变成了一个超级奶爸。正因为这样,许梦心差点就忘记贾浩文也曾是个心怀抱负的男人。如果她捆着他,不让他去放手一搏,这会是他们夫妻之间的一个疙瘩,怎么都解不开的那种。这么一想,她终于释怀了。

只是,有时候,不让身边的人为难,势必就会为难自己。从生小西瓜以来,许梦心的生活就一直在犯难。用熊熊的话来说,妈妈这是在玩闯关游戏。一个又一个关卡,一个又一个 boss(大魔王)被她打倒,她能走到现在,实属不易。她都不敢去细想,难到极点的时候,到底是什么撑着她继续往下走的。好在,她都走了过来。但她并不知道,接下来,她又将走到何处……

卧室里亮着的是柔和的床头灯,床边的婴儿床上,小葡萄正睡得香甜。李临趴在婴儿床的床沿,一动不动地盯着儿子看,神情极为专注。都说女儿像爸爸的多,儿子像妈妈的多。在他们家,也确实如此。女儿李云阶的五官更像李临些,而儿子的呢,则和许梦安的极为相似。特别是那个鼻子,鼻头略有些圆,看起来憨憨的,极为可爱。许梦安一直认为自己的圆鼻头是个硬伤,但在李临眼里,这让原本长相过于锐利的她多了几分娇憨,是可爱的。

许梦安进屋,本想再劝劝丈夫,让他尽早入院治疗的,可一看到这场景,她的心瞬间柔软了不少,便将话按了下去,不再提及。

她不提,李临自己倒先开腔了:"我也不是拿自己的健康开玩笑。只是,手上的课题已经快结束了,我想善始善终。我的眼睛现在能用,要是以后不能用了,这个课题就算是毁在我手里了。"

"什么课题这么重要?"许梦安挨着丈夫坐下,"就不能缓缓吗?"

"我自从到了学校,最想做的就是两件事。一件呢,是实验室,现在它已经建成了。你可能没去过我们的实验室,当然,你也不感兴趣。我们的实验室里,有筑炉实验室,有防腐整容研究所,还有一个礼仪实训室,在国内的高校里,算是比较全面的了。还依托了校企合作,梅一朵呢,又回国了,所以,实验室的事,我是不用再操心的了。"

许梦安皱了皱眉头。李临笑着:"你看,我就说你不感兴趣吧。"

"没有,只是,你以前不太会跟我说这些。"

"我这个专业……就是这样嘛,说细了没准还会吓着你。我们再说回刚才的话题。除了实验室,我还有个想法,就是想带几个研究生。可是,现在的好苗子,会选我们这个专业的毕竟还是少。怎么说呢,其实这个专业出来的待遇并不低,只是,待遇未遇冷,遭遇却常遇冷。我的好几个本科学生,毕业后,在他们当地的殡仪馆就业,工作是不错,工资一点都不低的,只是找对象有点麻烦。人家一听说他们是干这个的,难免会犹豫。社会对这个行业并不了解,真正坚持下来,继续在这个行业待着的,真可谓是真爱了。我的课题呢,其实就是关于培养研究型人才的。说大不大,说小也不小。总之,它是我想干成的事。"

"我能理解,每个人都有自己想干成的事。"

"是……"李临点点头,"我知道,我知道你也有你想做的事。你的'云上'项目,跟我的课题一样,在我们来说,这些都是想做的事。不同的是,因为我,因为家庭和孩子的拖累,你不得不让步……"

"你知道'云上'?"许梦安讶异。

"我……"李临迟疑了一下,"你从于海的公司辞职后,我跟他见过一次。他说这个项目对你来说很重要,只可惜,他需要对股东负责,而他们并不看好。"

"黄思思来找过我,想让我去她的公司,带着项目去。"

"这些……我也知道。要不是我查出来这个病……我绝对不会让你留在家里的。我承认,是我自私。"

"等你好起来吧,等你好起来……我的机会还会有的,不在这一时。"

"你为我,为这个家,付出得已经够多了。小葡萄出生以来,我也一直在反思。只是没想到,我还没反思好,我的身体却不听使唤了。"李临拉了许梦安的手,"梦安,谢谢你,这么多年了,我从没有认认真真感谢过你一次。你为我生了一儿一女,也是因为你,我才能安安心心工作。"

"我现在……什么都没做好。"

"你怎么会这么想?"

"我……"许梦安啜泣着,"我总觉得自己什么都没做好。事业上,也就那样,要是我足够有能力,项目也不会进行不下去。还有两个孩子,云阶在学校被人欺负,我也帮不上忙。小葡萄一出生,身体就不太好,你看他多瘦……再看看心心家的小西瓜,白白胖胖的。而且,你病了,我也……我也完全不知道应该怎么办……李临,我其实是个特别没用的人……"

"你已经做得够好了。这世界上,哪有人是完美的? 家里所有人,我,两个孩子,包括父母和心心,还有我姐,我们不需要什么完美的许梦安,因为我们这些人,我们也不完美啊。"李临搂紧了妻子,"就是因为不完美,你和我才走到了一起,才有了这个家……我的话,你听明白了吗?"

"嗯……"

自从李云阶正面怼了阿轲,又和于美婷统一了阵线,班里的人倒是轻易不敢招惹她了。于美婷看似胆小,但她其实是个特别有主见的人,不然也不会在阿轲要对李云阶动手时,冲上去支援李云阶。只是,李云阶并不认为她和于美婷的境况会比之前要好。因为,他们班的人无非是换了一种方式对待她们。以前是冷嘲热讽,现在是无视,把她们俩当空气。

这是一种冷暴力。冷嘲热讽也好，冲上来打一架也好，这都能怼回去，但是冷漠和无视……它们就像是挠不到的痛痒之处，李云阶拿它们没有任何办法。

这天是周五，李云阶和于美婷在食堂吃饭的时候遇到了何璐，三个女孩围坐到了一起。不多时，朱可馨也端着餐盘过来了。几个女孩笑作一堆，因为何璐发现了不远处正观察着她们的刘思明。自从学校给了刘思明和李云阶处分后，刘思明总是这么恰到好处地跟李云阶保持着距离。这会儿，他虽然是跟几个男生坐在一起，视线却从未离开李云阶她们这边。何璐朝刘思明做了个大大的鬼脸，那家伙才不好意思地别过头去。

"哎，云阶，咱们年级的十佳歌手比赛，你报名了吗?"何璐问道。

于美婷摇头："我刚才还在跟她说这事呢，她不想参加!"

"这么好的机会，你为什么不参加?"何璐问李云阶。

李云阶苦笑："即便我上了台，底下我们班的人也会给我喝倒彩……我何必丢这个人。"

朱可馨说："我还记得那会儿我因为作弊，被所有人看不起，不想上台表演快板，是你跟我一起上台的。"

"对对对，你们俩表演得可好了。"何璐说着，"云阶，你要是不去试试，这个机会说没也就没了。你不是想让你们班的人重新认识你吗? 你这么藏着，谁能认识你?"

"再说了，底下又不是只有我们班的人，而是有我们整个年级的人呢。咱们是选高一年级十佳歌手，又不是选我们103班的十佳歌手!"于美婷说话了。

"我……让我再想想吧。"

朱可馨一拍脑袋："说起这个，我想起来一件事，也是听学生会的学姐说的，说是易天过段时间会来我们学校开见面会。"

"嗯?!"李云阶和何璐都激动了起来。

其实，易天所在的 **Y-POWER** 组合已经解散了，他如今是个人出道。可不知为什么，他个人出道后，一直都不温不火，没见有什么特别出彩的新作品。

"学姐说，这个见面会，易天会选几个人跟他一起上台唱歌。学姐自己也是易天后援会的，还是咱们学校的分会会长，她说了，就从这次高一年级的十佳歌手里选。"朱可馨继续说着。

"真的假的?"何璐兴奋地推着李云阶的肩膀,"你听到没有! 可以和易天一起唱歌!"

"我听到了……"李云阶低垂着眼睛,"怎么都不可能会是我嘛。"

"哎哟,算我求你了,你再想想吧。"何璐眨巴着眼睛,"别那么快就放弃嘛。"

这天,李云阶本来是要跟何璐一起回家的,不想刚出校门就看到了老爸。老爸来接她,是很久没有过的事了。

"云阶!"李临挥着手。

"北京好玩吗?"女儿问这话的时候,明显是带着情绪的。

"好玩啊,等你放寒假了,我们再去一趟。"

"爸,你们俩……真的是去旅游的? 我怎么觉得不是呢?"

"爸爸开会嘛,你妈带弟弟也辛苦,她给自己放了几天假过去陪我。"

李临的病,大家都极有默契地瞒着李云阶。李云阶不再追问,跟着李临回了家。一回家,她都没跟许梦安打招呼,就把自己关在了房间里。晚饭还没好,许梦安洗了水果给女儿送去。在女儿房间门口,她听到了一阵轻盈婉转的歌声。只是,这歌唱到一半,便戛然而止了。许梦安敲门,不多时,女儿开了门。

"刚才妈妈听见你在唱歌,怎么突然不唱啦?"

李云阶尴尬地摘下耳机:"我就随便哼哼。"

"随便哼哼都这么好听?"

"妈……你又笑话我。"

"妈妈没有笑话你。我从你房间门口经过,听到你在唱歌,我就走不动路啦,想着我的女儿怎么能唱得这么好听,这么动人。可是,你这首歌还没唱完,突然就不唱了,妈妈一急,就敲了门。"

李云阶有些不好意思起来,垂着手站着。

"这歌叫什么名字?"

"是……是易天的歌,叫《造梦的人》。"

"名字也好。这个易天……就是上回你们去上海跟他握手那位?"

老妈这话,一下就让李云阶想起了他们几个去上海参加易天握手会的事。

"就是他啦。"她忍不住笑了起来。

"时间过得真快,那时候你弟弟还在妈妈肚子里呢。"

"是啊,我现在都上高中了。"

"你们那么胡闹,把我们几个家长给气得不行,我们当下就开着车去找你们了。本来想把你们直接给揪出来的,刘思明拦着,你爸也拦着,说是好歹让你们跟易天把手给握了。噢,你爸的原话是,他要守护你的梦想。"许梦安微笑着,"爸爸和妈妈的心情都是一样的,希望你永远纯真美好,永远活在梦里。可我们俩都忘记了,现实生活它不是真空的,你也会遇到挫折和困难,你的身边也总会有不太好的人,或许还会发生一些不甚美好的事情……这或许就是成长吧。我们也是这么长大的,倒忘记了我们在成长的过程中,也曾怀疑过人生呢。"

李云阶只是安安静静听着。

许梦安拉过女儿的手:"学校的事,都处理好了?"

"差不多了。"

"妈妈不应该给王老师打电话,让他给你调换宿舍的。在你看来,这是我对你的不信任,只是,在妈妈这里,我总想着,你的所有委屈最好都由我来承担,我不愿意你吃苦,哪怕是一点点都不行。但矛盾的是,好些事如果你不去经历,你就得不到成长……有些时候,我倒希望你还是个小孩。"

"像弟弟那样?"

"不,最好比你弟弟大一点,能跑会跳,能陪妈妈说话,能给妈妈讲故事。大概是你四五岁时吧,那时候的你多可爱呀,我每次想起来都能笑出声。"

"现在的我不可爱了,对吧?"

"妈妈觉得,你已经不能用'可爱'来形容了,你也不会再喜欢别人用'可爱'来夸赞你。现在的李云阶啊,除了可爱,身上还有无数的优点和闪光点。比如,我不久前才发现的,李云阶是个坚强的女孩。李云阶敢于对不喜欢的事情说'不',也敢于去追求自己喜欢的事情。这些,都比'可爱'本身要重要得多。"

"夸我就夸我好了,还拐了个大弯。"李云阶笑着,"妈,我把那首歌再给你唱一遍吧,完完整整地唱一遍。"

"太好了!"许梦安鼓着掌。

许母和许父一商量，两人只问了兰香的意思，让她仍旧回许梦安那里去。兰香自然是愿意的，李临是她的远亲，如今他得了病，他家中儿子还小，需要她的照应。于是，他们也没问李临和许梦安的意思，许母亲自把兰香给送了过来。

兰香一到家，就开始收拾房间。许梦安之前没觉得家里有多不干净，兰香这么一拾掇之后，家里亮堂了许多，她才发现，自己确实有些疏于打扫。

"家里收拾干净了，心情才能好。"兰香拿着抹布，忙得不亦乐乎。

李临上午去学校照常上班了，下午的安排是去医院做针灸治疗。李静到底放心不下，让欧阳给联系了这方面的中医师，针灸治疗的方案就是那位中医师给出的。欧阳还特地打电话叮嘱李临，让他配合治疗。不管有没有效果，欧阳和李静的这份心意很让李临感动。

许梦安问了李临在市立医院的主治医生，那位医生也表示，除了西医的常规治疗和用药，用针灸来辅助也是可以尝试的。夫妻俩这才稍稍安心。

许梦安本想陪李临去做针灸的，但他说什么都不让，这下许梦安倒闲了下来。兰香瞧出许梦安睡眠不足，抱走了小葡萄，让许梦安好好补个觉。没承想，许梦安入睡后不久，便被一个电话给吵醒了。

给她打电话的是婉真，说是有急事找她。到了婉真说的茶馆，许梦安一眼就看到了于海。婉真和于海对坐着，两个人的神情都有些凝重。

"你们俩都在啊……"许梦安在两人中间的位置坐下。

"是婉真非要把你叫来。"于海撇撇嘴，表达着他的不满，"你说，这我们俩的事，跟你有什么关系嘛。"

"我是让梦安姐来评理的。"婉真怒气冲冲的。

"出什么事了？"许梦安问道。这两人都已经离婚了，真要有事，大概也是跟两人的孩子有关。

于海给许梦安倒了杯茶："你让她说。"

"我？你有脸做，我都没脸说。"婉真的情绪还是有点激动。

原来，婉真的朋友给她介绍了个对象，对方的情况跟她一样，也是离异带着孩子。婉真跟人一接触，发现两人还算谈得来，便不咸不淡地交往着。这事被于海知道了，他把那人的底细查了个底朝天。那家伙知道了，一下就恼了，把矛头对准了婉真,觉得婉真这是不信任他。

于海还挺有理:"婉真她要再婚,我确实管不着。但不管她找谁,那人都是我两个女儿的继父,她们俩以后是要跟他生活在一起的。我查查人家的底细,是为了两个女儿好。"

婉真摊手,对许梦安道:"听到没有,这都是什么歪理!"

于海为女儿好,这话不假。但唯有许梦安知道,他更多的其实是为了婉真好,又或者说,他的心里根本没有放下婉真。只是,他这个人死要面子,大概是不会在婉真面前承认这一点的。

"婉真,我是这么觉得的啊,如果那个人因为这件事就跟你不对付,那这样的男人不要也罢。"许梦安悠悠道。

婉真不悦:"梦安姐,你这可是拉偏架。"

"我可是查得一清二楚,那男的到现在还跟他的前妻不清不楚,这样的男人,你也要?"于海插嘴。

婉真白了于海一眼:"那他还觉得我跟我前夫不清不楚呢。于海,我今天让梦安姐过来,不为别的,就是希望她给我们做个见证,咱俩以后井水不犯河水,我的事,你别管!"

"行,我做见证。于海你表个态吧。"许梦安笑道。

于海一愣:"不是,许梦安,你也觉得这是我的问题?"

许梦安使了使眼色,再道:"快点,表态!"

"好,我表态……我以后再也不管她的事了。"于海会意。

婉真这才满意了,抬手看看表:"今天这茶我请,我该走了。"

"你去哪儿啊?"于海忙问。许梦安和婉真都看向了于海。

于海摇头道:"行行行,我不管,我没资格管。"

待婉真走了,许梦安才对于海说:"你要是想跟人家复婚,就得拿出诚意来,背后搞那些小动作干吗?"

"我是为了两个女儿……"于海道。

"不只为女儿,也是为婉真。你别把我们当傻子,怕是婉真心里也明白这些的。"

"要么,她带着两个女儿好好过,两个女儿的抚养费有我呢,她自己现在赚得也不少,怎么就不能过了?非要随便找个人再婚……我是一时气不过。"

"你们已经离婚了,无论她跟谁再婚,这和你可没半点关系。"

"你就非得这么怼我?"

"怎么不能怼了?你现在又不是我老板了。就算你还是,该怼我照样怼。于海,面子这东西不能当饭吃的,尤其是在感情问题上,面子能顶什么用?你要是想跟婉真复婚,想让两个女儿再跟你亲近,该低声下气就得低声下气。"

"不可能。"

"随便你。等你年纪大了,你就自己去那个海边别墅孤独终老吧。"

"没有你这样的朋友啊,这是在咒我!"

"我说了,随便你嘛。我也该走了。"许梦安站起来。

"别……"于海按着许梦安坐下,"如今难得见你一面,咱俩再喝会儿茶。"

许梦安无奈:"婉真那里,我找机会去帮你探探,看看她到底是怎么想的。可是,这种事你自己也得上心。原本你们这婚就离得稀里糊涂的,主要责任在你。你要是还这么稀里糊涂,婉真到时候跟人再婚了,你要再有想法,可就来不及了。"

"我知道了……对了,我听说黄思思来找过你?"于海转移话题。

"消息还挺灵通。"

"你要过去?"

"我还没想好。不过,就算我要过去,也不是现在。"

"怎么?"

"李临病了,我儿子又还小,我……"

"等等,"于海急了,"李临怎么了?"

"视神经萎缩……"

"怎么会这样,原来不是都好好的吗?"

"天有不测风云,人有旦夕祸福。事情没发生的时候,我们都以为自己会好好的。所以,于海,咱们都应该学着珍惜当下。这不是什么鸡汤,我也没有在矫情,而是真真切切体会到了这一点。"

于海不语,只是低头转动着手里的青瓷茶杯,转了一圈又一圈。

3

老贾的工厂开业是 11 月底的事了。

开业仪式上来了不少人,家人自不必说,还有老贾的债主,再有就是之前并无来往了的酒肉朋友。唯独许梦心没有出现。

西装革履的老贾又恢复了往日的神采,跟只蝴蝶似的满场转悠。贾母把能戴的首饰都戴上了,一身珠光宝气。她左手牵着熊熊,右手牵着小西瓜,慈眉善目里带着点傲娇,正跟许母他们说着话。

"心心也真是的,就忙成这样?浩文今天可是开业,多大的喜事,她都不露面!"贾母并未掩饰内心的不满。

许母便笑:"她也是没办法,她那个店,里里外外全指着她呢。再说了,这两口子过日子,又不在这一时。要不是她支持,浩文能这么快就起来?"

"我也没别的意思,就是想着,要是心心也在,咱们一大家子才算是热闹。"

"你……"

"妈,"许梦安挽了许母的手臂,低声道,"你就少说几句吧。"

"大姐,你给心心打个电话,让她过来嘛。"贾母不依不饶,冲许梦安大声道。

"好,我等会儿就给她打。"

贾母不再说什么,抬头看到几个熟人,便牵着两个孩子过去了。

是,许梦心是挺好的。儿子贾浩文落难时,家里全都靠她撑着,贾母很是感激。但是吧,现在的许梦心,在贾母看来,总有那么点不讨人喜欢。

以前呢,家里的事,儿子说了还能算数。如今倒好,没有一件是儿子能做主的。而且,许梦心还特别喜欢支使儿子。儿子对各种家务事那是极为熟稔了,连两个孩子的澡都是他洗的。要不是自己来了,还不知道儿子要遭多少罪呢!昨天晚上,不知为了什么,许梦心还跟儿子吵了一架。贾母有心劝架,被许梦心一句"我们俩的事你别管"给顶了回去。以前的许梦心也会跟儿子吵,也会耍小性子,但是现在的许梦心呢,她说起话来一套一套的,句句听起来都占理,贾母有心辩

驳,却发现自己根本说不过她。

许梦心说了,这是她和贾浩文的家,家里的事他们俩商量着办就行。至于贾母,她来这帮忙带孩子,他们不会亏待她的。怎么,还真把她当保姆了?贾母气得够呛。许梦心又说了:"你要是愿意呢,就帮着带;要是不愿意,我们请个保姆。"一听这话,贾母的气势瞬间就没了。贾父早逝,贾浩文的两个哥哥也都成了家,那两个儿媳妇未必比许梦心好相处……再一个,请保姆带,哪有她这个当奶奶的贴心?她只得隐忍下来。这可好,今天儿子的工厂开业,许梦心说不来就不来了!

此刻,许梦心正在车库里忙碌着。因为老顾客维护得不错,新上线的网店生意也还可以,加上有些还是习惯在微信上下单的,她一天有不少货要发。本来好些事老贾都能帮上忙的,如今他比她还忙,自然是顾不上了。没办法,她便请了个小工,临时给她帮帮忙,能帮的也多是打包、发货之类,大多数事情还是得她亲力亲为。为了节约成本,好些纸箱是他们自己拿大纸板割的。一个不留神,她的手臂便被硬纸板刮了个口子,小工忙给她贴了创可贴,让她先坐在一旁休息。

许梦心哪能闲着,一边休息,一边翻起了发货单。要是发错了、发少了,客户要退货,这来回的运费还不是得她掏吗?

"心心,忙着呢?"是冬子的声音。

许梦心忙站起来:"冬子哥,你怎么来了?"

"知道你这边缺人手,我给你带了两个人来。"

果然,冬子哥身后站着两个人。小工忙招呼那两人,想来他们都是冬子那边的,对这些事情熟门熟路,一句废话都没有,弯腰就开始帮着打包了。

"你的手臂怎么了?"冬子关切地问许梦心。

"没什么,就是被纸板给割了,小伤口。"

冬子抬手看表:"该吃午饭了,咱俩到这附近随便吃点?"

"他们……"许梦心看了看几个小工。

"我们吃完了给他们带嘛。再忙也要吃饭的。"

许梦心和冬子并肩在街上走着。街道两侧种了梧桐,这个季节,那叶子半黄半绿的,看起来别有风情。有风吹过,几片叶子掉落,有一片飘到了许梦心发间。

冬子伸手将她发间的叶子取了,许梦心惊得往后退了一步。

"有片落叶。"冬子笑着。他一笑,就会露出极为整齐的雪白的牙,整个人看起来也很是温文尔雅。

"噢……"许梦心尴尬,"吓我一跳。"

"对了,老贾今天不是开业吗?"冬子问。

"是。"

"我已经让人送了花篮去。"

"谢谢你,你有心了。"

"心心,我问你,你是没时间去,还是不想去?"

"嗯?"许梦心故作不解。

"我是说,老贾开业,按道理,你是要去的。"

"我……"许梦心低头,"我忙着呢。'双十一'购物节的货,好些我还没发出去。要是再不发,就该接投诉,等着他们给我打差评了。我这店子小,两三个差评就得玩儿完。"

"真的是这样?"冬子又问。

许梦心抬头,冬子那双乌黑的眼睛正注视着她,仿佛能够直接看穿她的内心。

"我们……我们俩吵了一架。"许梦心终于说真话了。

其实,昨天晚上,许梦心和老贾的争吵也就是为了点小事。许梦心想另外再租个仓库,因为用车库当仓库这事,已经有不少邻居投诉到物业那里了。老贾则认为,车库不算小,暂时用着完全不成问题。至于邻居那里,私下去周旋一下就可以了,没必要另外花钱。

许梦心说这事时,心下已经有了主意,仓库她是一定要另租的,不过是随口跟老贾提一嘴。可她听着老贾那语气,怎么听,都像是看不上她现在做的这个行当。她来气了,就冲他发了脾气。他不明就里,一个劲地在那里道歉。可是,道歉和认错又有什么用!

"夫妻嘛,吵架总是难免的。所以你看我,孑然一身,也就没这些麻烦事了。"冬子道。

许梦心不想继续这个话题,便问道:"你就打算这么一个人过下去啊?"

"那倒也不是，"冬子仍然看着许梦心，"如果遇到合适的，我也会考虑结婚。"

"总能遇到的。"

"是，遇到了，却发现……遇到得有点晚了。"

许梦心一怔，别过头去："就前边那家餐厅吧，那里不错。"

老贾这边的午宴是桌餐，安排在一家酒店，看着很有些气派。

一身西装革履的老贾，和徐明一起，两人举着酒杯，正一桌桌给宾客敬酒。

"贾浩文又回来了。"李临悄声对许梦安道。许梦安笑着："他能够再起来，是运气，也是他平时为人好，说是福报也不为过。这些日子，他过得很不容易。这种时候，他想搞搞气派，也是人之常情。"

"我是真为他高兴。"李临看着杯子里的果汁，"只可惜，我现在不能喝酒。"

李临这边，保守治疗的效果并不太好，还有诸多饮食上的禁忌。他的左眼视力越来越差，偶尔用眼过度，左眼到了几乎完全看不见东西的地步。只是，当着许梦安和家人的面，他一味乐观。

老贾端着酒杯过来了，许梦安和李临等人忙站起，连许父和许母都跟着起身了。

"祝贺你，老贾!"许梦安道。

"我最感谢的就是你们! 真的!"老贾显然有些喝多了，"这一桌，有我的老丈人、丈母娘，还有大姐、姐夫! 要是没有你们，我老贾就不会有今天。当然，我最想感谢的还有一个人，那就是我老婆，可惜她今天不在，她……"

李临生怕老贾说出些别的来，忙道："老贾，话不多说，我们干杯!"

"姐夫，你情况特殊，今天不喝酒，我原谅你!"

"必须原谅啊。"李临笑着，"姐夫真是打心眼里为你高兴。"

"高兴! 我也高兴!"老贾把杯中酒饮尽。

众人见了，不管杯子里装的是什么，也都跟着喝干了。

"爸，你高兴吗?"老贾问许父。许父点头，冲老贾竖起了大拇指。

"那妈呢? 妈，你高兴吗?"

许母也点头："高兴呀，哪能不高兴……"

"你们都高兴，我也高兴，但是，有一个人她不高兴，哎，她就是许梦心，她为什么不高兴呢……"老贾大笑起来，"我也不知道！我要是知道就好了！可是我什么都不知道！"

李临和许梦安架起了老贾，把他往边上拉。

许母和许父对视了一眼，许母摇头："苦日子都过来了，这会儿倒……"

许父按了按许母的手，示意她噤声。

小餐馆里，许梦心和冬子对坐。这里虽然有些小，但装修得还算别致，菜色也不错。

"你不是喜欢吃牛肉吗，怎么不吃啊？"冬子问许梦心。

许梦心笑笑："大概是累了吧，没什么胃口。没事，反正要给他们打包的，要是吃不完，就把这份牛肉也给他们带回去。"

"老贾怎么你了，把你气成这样，气得饭都不想吃了。"

"我说了，我是累的，跟他没关系。"

"心心，这夫妻之间的关系吧，就跟在职场里是一样一样的，左右不过是'要么忍，要么滚'……"冬子给许梦心夹了块红烧牛肉，"当然，我这话不好听。要是能忍呢，就互相理解，怎么都是过；要是忍不了，说真的，也不必强求。"

"你都没结婚呢，懂得还挺多。"

"人与人的关系，可不就是这样的吗？做代购前，我也上过班的，就是因为无法忍受奇葩的上司和同事，这才出来自己干的。"

"赶紧吃吧，吃完了我还要回去干活呢。"

冬子仍笑着："不好意思，我可能多嘴了，你别不开心。"

"没有……冬子哥，以后你别给我安排小工了，我能忙得过来。"

"你看，你还说没有生气……心心，我帮你不为别的，就是因为你真的很努力，很能干，而且，你也是真的不容易。你别看我现在事业做得不算小，可我也是从你这个阶段过来的，个中艰辛，我都知道，我也都理解。你也别有压力和负担，我帮你，又不图你什么。"

"可是，你自己也挺忙的，我怎么好意思……"

"不把我当朋友了,是吧?"

"没有没有……"

"行了,饭菜都凉了,再没胃口也先扒拉两口吧,下午还有那么多货要发呢。"

吃了饭,许梦心让冬子先回去了,她自己则回到了车库,整理了一下发货单,便匆匆赶往老贾办宴会的酒店。吵架归吵架,今天这个场合,不管怎么样,她还是要出席一下的。等她赶到,大多数宾客都已经散去了,就只剩下一桌人。老贾坐在上首,他身边的徐明已经喝得烂醉如泥,趴在桌上直哼哼。老贾倒还好,还能说话,说得还很是利索。

这桌都算是老贾的朋友了,有几个是他失势后便不再跟他来往的,许梦心看到他们,不免有些气恼。除了他们,还有老贾在奶爸群里的朋友老胡和小刘。

"她许梦心不是不来吗?好,很好!等我回家,我一回家就收拾她!"老贾对众人说着,"让她知道,什么叫男人是天,女人是地。没有了天,她这块地啊,就什么都不是了……我让她寸草不生!"

"你别吹了。"说话的是老胡,"你们家许梦心,你是捧在手上怕掉了,含在嘴里怕化了,你还收拾她呢……"

"就是因为我把她捧得太高了,她这才给我脸色看!"

"不管怎么说,你现在算是有自己的事业了,往后在家里也就站稳了脚跟。"小刘感慨,"我要早点有你这觉悟,也不会离婚了。"

"离婚怎么了?小刘,咱不怕!不就是离婚吗?我要是过得不顺心了,我也离!"

许梦心始终站在老贾身后,一言不发。还是老胡和小刘先发现的许梦心,两人忙岔开话题。可老贾根本不想罢休,他划拉着双手:"我跟你们说,这男人就得赚钱,赚了钱腰杆子才能挺直!"

"噢,那你现在赚了多少钱呀?"许梦心这才笑盈盈地走到老贾跟前。

"心心……"老贾傻眼了,"你……你不是不来吗?"

许梦心找了个空位坐下,给自己倒了杯酒,举起酒杯:"你还没回答我呢!你现在赚了多少钱了?说出来让大家高兴高兴呗。"

"我……心心,我错了,我就是……"老贾支吾着。

"那什么,弟妹啊,这醉话不能当真啊。"老胡打着圆场。

许梦心将酒喝尽,把杯子狠狠往桌子上一放,怒对老贾道:"你这厂子刚开,还没赚钱呢,就这么大的口气! 什么男人是天,女人是地;什么没有了天,我这块地就要寸草不生! 我告诉你,我许梦心撑到今天,即便没有你,我也什么都不怕! 你算什么呀,贾浩文,瞧瞧你现在……哪天你要是真的赚了钱,赚了大钱,还不知道会怎么对我呢!"

老胡道:"哎哟,弟妹,他这都是醉话嘛,别跟他一般见识。"

"让她说,哎,让她把话说完!"老贾站了起来。

"你不是要离婚吗? 行,咱俩明天就去离婚!"许梦心说完,把桌上的酒杯一摔,头也不回地走了。

"刚烈……弟妹这性格,可真够刚烈的。那什么,咱也喝得差不多了,你赶紧去追弟妹吧。"老胡推了老贾一把。

"我不去! 把她给惯的!"老贾坐下,"我不去,你们也不许去! 我们继续喝,不醉不休! 喝!"

第三十一章
有你在我就踏实

1

从酒店出来,许梦安陪着李临去了趟医院。趁着李临在做针灸,中医师把许梦安叫到了外边,话里话外,也是让李临去北京做手术的意思。

"虽然有风险,但是,如果不手术的话,我怕他的右眼也保不住了。我这里,包括他吃的那些西药,都只能尽量维持他现在的视力。要想不继续萎缩下去,还是得手术。据我所知,北京那家医院的手术疗法是有不少治愈案例的,起码它能控制住,不让萎缩面继续扩大。"医生的话很恳切。

"我劝了,劝了好多次,李临他自己的态度太强硬了……"

医生眉头紧锁:"我就担心……要是神经继续萎缩下去,就不仅仅是视力出问题了。我这边也侧面跟他说说,你们这些家属也都劝劝。"

许梦安何尝没有劝过,她甚至告诉李临,哪怕他真的双目失明了,她也会照顾好家里,照顾好他接下来的生活。可是,李临说了,如果真的双目失明,他宁可不活了。

待他们俩回到家中,刚进家门,兰香便走了过来,说是许梦心来了,坐沙发上哭半天了。兰香问许梦心来着,但这家伙什么都不肯说。

许梦安让李临回房间休息,随手拿了盒纸巾递给了妹妹。

"妆都花了,别哭啦。"许梦安挨着妹妹坐下。

兰香给许梦心续了杯茶水,柔声说着:"心心,有什么话别憋在心里。"

许梦心握住姐姐的手,将刚才在酒店的遭遇告诉了她。

还没等许梦安说话呢,兰香便道:"哎呀,看不出来他居然是这种人!杀千刀的,这也太没良心了吧!"

"兰香姐,你去洗点水果……"许梦安道。

"这有水果……"

"那你去做点吃的,心心大概中午饭都没吃饱呢。"

兰香才知许梦安是有意支开她,悻悻离去。

许梦安是怕兰香的话火上浇油。眼下,许梦心的情绪本来就不好,要是再听了些有的没的,还不定会怎么样。

"老贾也是的,喝点酒就发疯。"不站在妹妹的立场,妹妹一定更生气,许梦安也只能这么说。

许梦心擦着眼泪:"酒后吐真言。没准,他心里就是这么想的!"

"看一个人,别看他说了什么,要看他做了什么。这段时间,你是辛苦,但老贾也算是尽心尽力在照顾家庭,照顾孩子们了。当然,客观来说,他也是真心对你好的……"

"什么对我好,那都是装的……"许梦心吸着鼻子,"不过是因为他落魄了,没办法,这才又是带孩子又是做家务的。打心眼里,他就从来没有真正看得起我。他就是典型的大男子主义!大写加粗的大男子主义!"

"你这话偏激了啊。人哪,都一样,一旦得了势,难免就会得意些……你得理解他。"

"我还要怎么理解他?他说要办厂,我马上支持,一句废话都没有。这段时间,我为这个家付出了多少?他居然这就得意了!这就不把我当一回事了!"

"心心,他喝醉了,说的话有些不好听,你真的不用计较。"

"大姐,你又来了!"许梦心霍地站起,"反正你就是谁都能理解,什么都能理解……你能这样,我可不能!"

许梦安刚想说点什么,手机响了,是许母来的电话。

"大姐啊,你快回来一趟!"许母的声音有些焦急。

"出什么事了? 心心在我这呢……"

"那你们都回来! 是富贵,富贵出事了! 我瞧着,它快不行了。"

"啊!"许梦安挂断电话,拉着许梦心就往外走。

许梦心问:"怎么了啊?"

"富贵不行了!"

姐妹俩赶到小院时,许富贵正躺在地上,看起来已奄奄一息。但是,一贯跟许梦心亲近的它,硬是挣扎着爬起来,摇摇晃晃地走到她身边。

"富贵……"许梦心蹲下,将富贵抱在怀里,"大姐,我们赶紧送它去宠物医院!"

"呜……"许富贵把脑袋靠在许梦心手心,睁大眼睛看着她。

"这是不中用了,就别折腾它了……"许母都快哭了。

"谁说的,谁说不中用了!"许梦心抱起了许富贵,"去医院!"

许富贵的眼睛已经闭上了,只是两只前爪还搭在许梦心肩膀上。

"心心……你把它放下吧,先放下……"许梦安也劝。

许父在一边急得不行,他上去摸着许富贵的脑袋:"乖,乖,富贵乖……"

许富贵真的撑开了眼皮,最后看了许父一眼,也环顾了众人一眼,便再次闭上了眼睛。等许梦安伸手去探它的鼻息时,发现它已经断气。

许梦安几乎是用拽,才把许富贵的尸体从许梦心身上拽下来。

许梦心蹲在地上,号啕大哭起来。

也只有许梦安这个当姐姐的明白,妹妹的眼泪,是为许富贵,也是为她自己。

这只狗,陪伴着许家人,经历过不细数已然数不清的日日夜夜。它不是一只好品相的狗,甚至还有些蠢笨,它的身世也无非是被小动物保护机构收留的一只流浪狗。许梦心将它抱回来,初心并非真的喜欢,而是一时冲动。她这一时冲动,便让这只狗成了许家和这个小院的一部分。

许父和许母都哭了,许梦安的眼眶也已湿润,她只是竭力控制着不让自己的眼泪掉下来。她还不知道该怎么跟孩子们解释许富贵的离去,死亡这件事,哪怕是发生在一只宠物狗身上,它也显得格外沉重。

"让李临来，烧了吧。"许父到底是大家长，他发话了。

许梦安明白，许父的意思是，让李临把许富贵的尸体带去他的实验室烧了。

许父指着院内的那棵桂花树："埋……埋在这。"

"爸，我这就去办。"

许母找了块白布，认认真真地给许富贵包裹上，由她和许梦安抬着，将许富贵暂时搬进了储物间。许梦心越哭越大声，怎么都止不住，直到老贾出现。浑身酒味的老贾径直闯进了小院，看到痛哭流涕的妻子，他心里也觉得委屈，便道："我就知道你跑这儿来了，多大点事，你就要闹到娘家来……心心，我是喝多了，说错话了，我向你道歉。但这么点事，你真的没必要闹到这来给爸妈添堵，你……"

"你滚！"许梦心立时止了哭声，怒气冲冲地看着老贾。

"爸，你看她……"老贾看着站在一边的老丈人，老丈人叹了口气，什么都没说。

"你滚啊！"许梦心站起来去推老贾，许母和许梦安匆匆跑过来，拉开了他们俩。

"老贾啊，你少说几句吧，富贵没了，心心正难受呢。"许母小声道。

"我……我没说什么呀……什么？富贵没了……怎么会……"老贾无措地转向许梦安，许梦安也看着老贾："你先回家，晚点我再送心心回去。"

"可是……"

"一身的酒味！赶紧回吧！"

舞台上，灯光绚烂，一中高一年级十佳歌手的比赛即将拉开帷幕。

后台的化妆间里，李云阶只觉得心里直打鼓。幸好，她不是第一个上台的。坐在她不远处的钱依依正昂着下巴打量着她，一脸不屑。

"这个比赛是不是没有设置门槛，怎么什么样的人都能来参加？"钱依依的一个同伴举着鲜花过来，将鲜花轻轻地放到了她的怀里。很显然，这句话是说给李云阶听的。

"是啊，怎么什么样的人都能来参加！"李云阶整理了一下头发，直盯着镜子里钱依依的脸。等钱依依反应过来的时候，李云阶已经走出了房间。

"她……她……气死我了！"钱依依把怀里的鲜花摔到地上。

同伴笑道："就她那样，怎么可能进十佳？我怀疑她过初赛这事都有黑幕。"

"就是！也不看是跟谁比。"钱依依嘴上这么说，脸上却没有如此自信。

钱依依和李云阶的比赛顺序是挨着的，先钱依依，后李云阶。本来呢，钱依依并没有把这个不起眼的女同学当对手，直到初赛时，她才知道对方并不是闹着玩的，报名参赛也并非是要给她添堵，人家是奔着十佳来的。因为，初赛时，李云阶的表演是弹唱。虽然她的嗓音不是最美的，但她那行云流水般的钢琴演奏给她加了不少分，很受评委老师的青睐。钱依依不得不承认，舞台上的李云阶很有魅力。

本来，钱依依跟李云阶结怨，是因为刘思明。如今，除了刘思明，两人之间还有场这样的歌唱比赛。这梁子，怕是要越结越大了。

同伴推了钱依依一把，指了指边上的琴凳："依依，我有办法让李云阶出洋相。"

"你小点声！你要干吗？"

"等会儿她不是要弹唱吗？我让她既弹不成，也唱不成。"同伴将钱依依拉到一边，低声说着，"这是她的琴凳，没错吧？"

"我钱依依不搞这种小动作。"

"要是连她都进了十佳，你脸上挂得住吗？"

"既然是比赛，大家各凭本事。要是搞这种小动作，我才丢人呢。"钱依依无奈地看着同伴，"我去下洗手间，你没事就赶紧回观众席吧，比赛马上就要开始了。"

很快就轮到钱依依了，一袭红裙的她非常漂亮，连李云阶都忍不住多看了两眼。而从小就开始学民歌的钱依依，更是把一首本来并不讨喜的《小河淌水》唱得婉转动人。一曲完毕，底下掌声雷动。如此一来，李云阶的压力就变得更大了。

李云阶都不记得她是怎么上台的。当灯光聚焦到她的身上，她向观众鞠完躬，在钢琴前坐下时，她的心里才稍稍平静些。她弹唱的还是初赛时的那首歌，歌名叫《造梦的人》，原唱是易天。这首歌的歌词极美，她最喜欢其中一句"造梦的人一往无前，今天要比昨天领先"。是啊，或许，对她来说，这场比赛最重要的意义是挑战她自己。要不是弹唱到一半，琴凳突然散架，李云阶也以为自己这次真的

挑战成功了。在一片喝倒彩的声音里,她惶惶站起,茫然地看着台下。她是真的不知道应该怎么办了。

"继续啊,唱下去! 唱下去,李云阶!"一个熟悉的声音在舞台前响起。李云阶循着声音望过去,是快要爬上舞台的刘思明。有两个高年级男生过来,试图架走"扰乱"比赛秩序的刘思明。可刘思明呢,死死扒着舞台,嘴里仍在说着"唱下去,李云阶"。

是,她要唱下去,她必须唱下去。

她将散架的琴凳踢到一边,就这么站着,继续弹唱。

不管怎么样,她要把这首歌唱完。

本在喝倒彩的观众都愣住了。何璐带头鼓掌,她一边鼓掌,一边大声喊着:"李云阶! 李云阶! 李云阶!"

接着,便是此起彼伏的声浪,几乎每个人都在喊着李云阶的名字。

李云阶微微侧了脸,对着观众席露出了微笑。

虽然,最终李云阶以第十名的成绩跻身十佳歌手,算是险胜,但是,她如愿了。那些掌声,一遍遍地在她的脑子里回响。她知道,她已经把自己完整地呈现在了同学和老师们的面前。这才是她,一个不畏畏缩缩的李云阶。

而排名第一的钱侬侬,被鲜花簇拥着的她,看起来并没有李云阶想象中那么高兴。她走过李云阶身边时,低声说了句"祝贺你"。这声"祝贺你"很轻,但在李云阶这里,它却变得很重。这是来自对手的赞赏。

"谢谢你,我也祝贺你。"李云阶微笑着。

那钱侬侬似乎还有话说,却欲言又止,跟着她的伙伴们走了。而李云阶呢,则被刘思明他们和他们带来的鲜花所淹没。

许梦安在微信上收到女儿的好消息时,正陪着妹妹回家,姐俩已经快走到妹妹家的单元楼下。

"云阶现在可是他们年级的十佳歌手了。这孩子真棒!"许梦安对妹妹说道,"我还总担心她这个,担心她那个,现在看来,好多事,她自己真的能搞定了。我这个当妈的啊,也该放手啦。"

许梦心显然没心思听姐姐说话，只喃喃："云阶要是知道富贵没了，还不定多伤心呢。富贵只认三个人，一个是爸，一个是我，再有一个就是云阶。别看富贵就是一条狗，它重情重义着呢，它知道我们对它好，所以啊，它也对我们好。不像贾浩文，我对他掏心掏肺，结果他呢？"

"这你都能联系上老贾？"许梦安道，"这会儿老贾肯定悔得肠子都青了，后悔喝那么多酒，后悔酒后失态。你上了楼，也别不依不饶，差不多就行了。"

"你总护着他！"

"心心……"许梦安站定，看着妹妹，"你还记得妈说过的话吗？就是你结婚前，她对我们说的那些话。妈说，她对女婿们好，没别的，就是希望她的女婿们能明白，她之所以看中他们，厚待他们，是希望他们能对我们好。我现在的心情，跟妈是一样的。"

"就你记性好……"

"当然，要是老贾真的欺负你了，我也绝对不会轻饶他。"

"大姐，"许梦心抓住了许梦安的手，"不管怎么着，有你在，我就踏实。"

姐俩在楼下道了别，许梦心进了家门，熊熊和小西瓜一前一后拥了上来。

"妈妈，爸爸说许富贵死了，是真的吗？"熊熊抱着许梦心的腰，"我不相信！"

小西瓜则抱着许梦心的大腿："汪汪队……汪汪队！"这丫头最喜欢看的动画片就是《汪汪队立大功》，在她眼里，"汪汪队"是世界上所有狗的统称。

"孩子们别难过，富贵就是岁数大了。按照人的年纪来算，富贵今年也该90多岁了吧，算是高寿了。"许梦心弯下腰，揽着两个孩子。

"我还好……妹妹她还不懂事，还不知道是怎么回事！"熊熊道。

"汪汪队！"小西瓜气鼓鼓地看着熊熊，表示她什么都懂。

熊熊无奈地看了妹妹一眼："你别吵，要是吵得妈妈心烦，小心我揍你。"

说毕，他又转向许梦心："妈妈，我们还好，就是……你别太难过。我知道，富贵是你的狗，你一定很伤心吧……"

"妈妈没事。"许梦心看着儿子，"我的熊熊呀，自从当了哥哥，就变成了小暖男。妈妈觉得好欣慰。"

"心心，你回来了？"问话的自然是老贾。许梦心只揽着两个孩子，并未搭腔。

老贾拍了一下熊熊的脑袋："你妈累了一天了，别缠着她。你带着妹妹去房间看动画片。"

熊熊虽然不情愿，还是牵着小西瓜的手回了房间。老贾伸手要搀扶许梦心站起来，许梦心冷冷地看了他一眼，推开他，自顾自站起。

"我以后再也不喝醉了，我也是……喝点酒就那样。心心，你要租仓库也好，怎么都好，我都听你的。往后，这家里的事，跟以前一样，还是你做主。"老贾跟在许梦心屁股后头道。

许梦心摇头："我总以为，这辈子不管怎么样，咱俩之间的感情都不会变。现在看来，这世上哪有什么东西是不变的。人会变，感情也会变。"

"我没变，我们的感情也没有变。"

"我真的累了，我得回房间睡觉。"

"心心……"

"两口子吵几句没什么的，"贾母端着个碗朝许梦心走来，"吵完了，日子还得过。心心，你占着理，妈也不说什么。可还有句话叫得理不饶人……你别得理不饶人。"

"妈，这是我和心心的事，你少管。"老贾对贾母道。

贾母把端着的碗放到许梦心手里："这是燕窝，妈下午刚去买的。妈不懂这些，就让人拿了他们店里最好的。"

许梦心抬眼看贾母，微微诧异。

贾母又道："没花你们的钱，花的是我自己的钱。你只管喝，妈供得起。"

"你这是干什么……"许梦心喃喃。

"一家人身康体健，和和气气，就比什么都强。喝了它，喝完了早点睡。"

"我……那谢谢妈。"

许梦心端着燕窝进了房间，贾母对老贾使着眼色，老贾自是忙不迭跟了进去。

"心心，慢点喝，小心烫。"老贾柔声道，"我要是再惹你生气，我就是混蛋。以后我再这样，你也别给我面子了。你今天就该直接拿酒泼我，把我泼醒……"

"行了行了，别在我面前晃悠，看着更烦。"

老贾这才发现妻子手臂上的创可贴，忙问："打包的时候又弄伤了？"

"小伤口,没事。"

"我去给你拿点消毒水……"

"不用!"

"心心啊,我想过了,等我这边的厂子上了规模,一切运转都正常了,你也不要做代购了。这个代购,辛苦不说,还遭罪。要说上下班还有个休息时间,可是你呢,一天里随时都有可能要接单。还有些客户,问了你半个小时,废话连篇,却什么都不买……更别说还要经常去国外……所以……"

"所以,你让我在家当你的贾太太,是吧?"

"对啊。"

"贾浩文,"许梦心顿了顿,"别说我们现在还有负债,我们还没有自己的房子,就算是哪天,我们搬进了大别墅,你给我请了一堆保姆……我呀,我还是得有自己的工作。你看不上我做的这些事,但是对我来说,这些事很重要。"

"我没看不上,就是……"

"你根本不知道我在想什么。"许梦心笑了笑,喝光了碗里的燕窝,把空碗往老贾手里一撂。

2

到了周五,李云阶回到家中。兰香做了一桌子菜,说是要给李云阶庆祝。李云阶不好意思地拿出了十佳歌手的小奖杯,许梦安和李临轮番拿着看,大家都很高兴。等吃完了饭,许梦安才揽着女儿进了房间,告诉她许富贵没了。

"富贵没了?"李云阶皱眉,"它是不是又乱跑了? 它要是丢了,我们就去找啊。"

"不是丢了,是……"许梦安顿了顿,"富贵去世了,死了。"

"怎么可能,我上礼拜到外婆家看到它还活蹦乱跳的呢。妈,你别骗我了。"

"妈妈没骗你。明天上午,我们就要把它送到爸爸的实验室去火化了。"

"火化……"

"你外公要把富贵的骨灰埋在那棵桂花树下面。"

"我……我还是不敢相信。"

"它没有病痛,是老死的,走得很安详。"

李云阶的眼泪在眼眶里直打转。她是个特别喜欢猫猫狗狗的人,小区里的流浪猫被车轧死了她都能哭一鼻子,更何况,如今没掉的是外婆家养了这么久的狗。这只狗的年纪可能比她还大,反正,自她记事起,它就在了。

生命没有不朽。这一点,她上小学的时候就明白了。可是,她一时仍旧无法接受朝夕相处过的许富贵就这么猝然离世。

"明天我们一起送送它,送它去火化。"许梦安看着李云阶。

"嗯……"李云阶终于忍不住了,大哭起来。

次日一早,李云阶和老妈、老爸、小姨一起,将许富贵的尸体送进了老爸的实验室。这是李云阶第一次来到老爸的实验室。其实,这里并没有她想象中那么可怕,反而有种说不出的庄严和肃穆。

许富贵被放进了拣灰炉,老妈让李云阶跟它最后告个别。

李云阶也没有什么特别想说的,只摸了摸许富贵的脑袋:"富贵,走好。"

倒是小姨,哭得梨花带雨,护着许富贵不让烧。要不是老妈劝着,小姨还不定会怎么样。最后给许富贵拣骨灰的工作,还是李云阶完成的。外公说,要把这些骨灰埋在桂花树下。这么想想,李云阶觉得心里舒服多了,至少,富贵还在,它会一直在许家小院。

"妈,我不会忘记许富贵的。"

"我知道。"

"我记着它,它就还活着,对吗?"

许梦安点点头:"对。"

萨瓦特尔说,认识死亡,才能更好地认识生命。

死亡教育这堂课,身为父母的李临和许梦安,他们是迟早都要给孩子补上的。所以,让李云阶参与许富贵的火化,这堂课也就算是正式补上了。

生命的脆弱和猝然,是孩子们以后必然要面对的。这堂课,孩子们躲不过,父母们也不需要去刻意回避。

许梦心抱着许富贵的骨灰盒走了，李临便带着妻子和女儿参观他的实验室。在遗体美容实验室，他们遇到了梅一朵。梅一朵正跟她的学生们说着什么，他们身前的台子上，躺着一个人体模型。

"我一直认为，遗体美容不是技术，它更像是一种艺术。发自内心的对死亡的敬畏，对死者的尊重，这个是最重要的。"梅一朵缓缓说着。穿着白大褂的她少了那份艳丽，却多了几丝严谨。这是许梦安从未见过的梅一朵。

梅一朵一个转身，看到了李临一家三口。

"你们怎么在这?"她笑着朝他们走来。

"梅阿姨，我们是来火化许富贵的。"李云阶道。

"许富贵?"

"一只狗，养了很多年，家里人对它都很有感情。"许梦安迟疑了一下，又道，"对了，上回我听顾医生说，你在给孩子找钢琴老师，我这刚好有合适的可以推荐给你。那什么，你现在有时间吗，我把情况简单给你说说?"

"钢琴老师?"梅一朵一愣，随即笑着，"好，那……去我办公室坐坐?"

"行啊。"

李临带着李云阶继续参观，许梦安便跟着梅一朵到了她的办公室。

"有事?"许梦安一坐下，梅一朵就问了。

根本没有什么梅一朵要给孩子找钢琴老师的事，那只是许梦安想跟梅一朵单独相处的一个借口。许梦安坦言："是，李临的事。"

梅一朵给许梦安倒了杯茶："我明白，他还是不愿意做手术。干我们这行久了，对生啊死啊的，看得也就淡了。"

"你们是老同学，现在又是同事，如果方便，我想请你劝劝他。"

"我会的。"梅一朵打量着许梦安，"我从没想过，有一天会像这样，咱俩面对面坐着，喝着茶。"

"说实话，我也没想到……"

"我原来挺看不上你的。"

"我知道。"

"你大概也挺看不上我的。"

许梦安没说话，只是笑了笑。

梅一朵再道："但是，我怎么都没想到，你不但给他生了两个孩子，还选择了在家当全职太太。你为他做的，说心里话，我做不到。我比你自私。"

"等他手术成功，等我儿子上幼儿园了，我还是得回归职场的。"

"那我问你，要是他的手术不成功呢？我可是听医生说过的，一旦手术失败，李临极有可能会双目失明。"

"我想过……虽然不敢想，但不得不想。"

"想好怎么办了？"

"算是吧。既然是夫妻，不外乎就是'相携'两个字，我能照顾他。"

"还有孩子呢？"

"我也能。"

"那你自己呢？"

"我自己……"许梦安喝了口茶。

"那年你大三吧，参加学校的演讲比赛，我去看了。你说，你要做新时代的女性，独立、自主，你要实现自我。所以，你现在……你全都忘了？"

许梦安凝神："我没忘。有时候，我也会有挫败感，觉得自己什么都没有做好，觉得已经失去了自我。可是，我仔细想了想，这些'自我'已经融进了我的家庭和婚姻，它不是消失不见了，而是换了另外一种存在方式……"

"我没有你这样的领悟，所以，我还是得为自己活。"梅一朵笑道。

"你和顾医生……"

"怎么说呢？你想象一下，对方已经把你看得透透的，他知道你的过去、现在，甚至，他还能料想到你未来会做什么样的选择、会过什么样的生活……如果你跟这样的人在一起，你不怕吗？"

"我倒觉得，知根知底不是坏事。"

"许梦安，我劝你把心放在肚子里，我对李临，已经没有任何想法。"

"不是因为李临。"

"别，别说你这是为了我好。你啊，还是操心你自己的事吧。至于我，怎么都是过，怎么高兴怎么过。"

许梦心回到许家小院,跟许父、许母一起,将许富贵的骨灰埋在了桂花树下。这棵树也有些年头了,只是这时节已过了花期,显得有些凋零。

先是许梦心一家搬走,再是兰香回了许梦安家,如今,许富贵没了,小院内从此便只剩许父和许母。许梦心这么一想,更觉得心酸,不自觉地又涌出了泪水。

"爸,我再去给你抱只狗。"许梦心说。

"不,不要。"许父断然拒绝。

许母道:"我昨天就跟你爸提这事了,说再养一只。你爸的意思是,这养宠物啊,时间一久就会有感情……我们年纪大了,经不起这么折腾了。你爸嘴上不说,可他昨晚都没怎么睡觉,心里难受着呢。"

"我是想着,再养一只,给你们俩解解闷也好……"

"我们俩怎么会闷,一天天充实着呢。我还是那句话,你们姐俩的日子过好了,我们就谢天谢地了,我们啊,才能安心养老。"

"我和大姐,我们都挺好的。"

"好不好的,妈自己长眼睛了,能看到……"许母将许梦心拉到一边,"不是妈说你,昨天人老贾开业,你不该闹的。"

"我……"

"委屈也好,憋屈也好,好些事,忍忍也就过了。"

"有些事,能忍;有些事,不能。"

"老贾跟我说了,说等他厂子的效益稳定了,就不让你做代购了……"

"他跟你说过?"

"这是好事啊。看你现在累的,都瘦成什么样了。"

"妈,不管是做代购,还是做别的,总之,做什么都行,但是,想让我再回去当家庭主妇,那是绝对不可能的。"

"家庭主妇怎么了? 家庭主妇跟你有仇啊?"

"我不是那个意思。妈,我以前也在家里待过,我知道那种滋味。也许,那种生活对有些女人来说是适合的,可是,它并不适合现在的我。我好不容易找到了自己喜欢做的事,我就是想把它做好,把它坚持下去。"

"妈真的是越来越看不懂你们姐俩了……"许母挠了挠头,抓下来几根头发丝,"瞧见没,我最近这头发是一把一把地掉,就是愁的。为你发愁,也为你姐发愁。你姐那边,李临得了病,小葡萄又还小,要是李临真的看不见了,你姐该怎么办?"

"妈,大姐她还有我呢。"

"你啊……你……"许母紧紧抓住了小女儿的手。

李老爷子是次日到的 H 城,直奔儿子家去了。他赶到的时候,李临一家子才吃过早饭。

"爸,你怎么来了……"许梦安不免诧异。

李老爷子瞧了李云阶一眼:"宝贝孙女给我打的电话,我不敢不来。"

说毕,他转向李临:"把病历拿来我看。"

"爸……"李临低头,"什么病历呀?"

"人吃五谷杂粮,哪有不得病的? 你们瞒着我,是觉得我老糊涂了?"李老爷子径自坐下,"我说了,病历拿来,我看。"

许梦安和李临看向李云阶。李云阶喃喃:"昨天妈跟梅阿姨说话,我不小心听见了。我知道爸爸生病了……既然爷爷是医生,那我就应该给爷爷打电话。"

"做得好! 云阶你过来,你挨着爷爷坐。我看他们谁敢骂你!"李老爷子拍拍沙发,"你过来!"

原来,昨天在李临的学校,李云阶上洗手间时,路过梅一朵的办公室,听到了梅一朵和许梦安的谈话。小女孩这才知道爸爸生病了,一时急得没了主意,对父母的隐瞒更是愤愤,这才直接给爷爷打了电话。

李老爷子本来在苏州旅游,一听这事,连忙赶了过来。

既然瞒不住了,李临只好将病历拿给了父亲。

另一边的许梦心家,这个早上也不安宁。小西瓜撕了熊熊的作业本,兄妹俩正闹呢。老贾心疼女儿,觉得熊熊太不依不饶。而贾母呢,她向来是护着孙子的,跟老贾大吵了起来。许梦心左右为难,却接到冬子的电话,说是有批货给她,让她去他仓库一趟。许梦心这就要走,熊熊拉住她的衣服,死活都不让。没有办法,她只得把熊熊也带了出来。

"作业本的事,妈妈会给你们老师打电话的。妹妹她不是故意的,她不知道这是什么嘛,还以为是玩具呢。"许梦心安抚儿子。

熊熊噘着小嘴:"爸爸偏心眼!"

"那要这么说,奶奶也偏心眼呢。"

"哼!"

"熊熊……"许梦心蹲下,抚摸着儿子的头发,"妈妈不想说什么'你是哥哥,必须让着妹妹'这样的话,也不想说'你是男孩,你就必须让着女孩'。让不让,这要看你自己,妈妈绝对不强求。可是呀,爸爸和妈妈,包括奶奶,我们的精力都有限,有时候顾不了那么多。你要是愿意当我们的小帮手,照顾照顾妹妹,我们自然是很高兴的。你要是不愿意呢,我们也没有这样的要求。"

"我不是不喜欢妹妹……以前是不喜欢,但是,现在也没觉得她讨厌。"

"说起来,你还是生我们的气,觉得我们没顾上你,不像以前那么在乎你。"

熊熊点头:"是这样的!"

"那以后,你心里要是不舒服了,你得告诉妈妈。你不说,妈妈是不知道的。明白了吗?"

"明白了。"

"我就知道熊熊是小暖男。来,给妈妈把包拎好了,陪妈妈去看货。"

"妈,你是不是又要发财了?"

"必须的。"

"嗯,必须的!"

许梦心带着熊熊来到了冬子的仓库,冬子又是拿玩具又是拿零食的,哄得熊熊特别开心。看着本来泪水涟涟的儿子又有了笑容,许梦心这才宽下心来。

"喏,就是这批洁面仪,卖得很好,是爆款,外边可都断货了。我留了100台给你,货是不多,不过你那网店刚开张,上了这100台货,也算是给你积累点人气吧。"冬子指着边上那两个大纸箱。

"这……"许梦心很感激,但是这感激里带了点无措,"冬子哥,我知道这款洁面仪,确实是爆款……可是,你把货给我了,你自己这边呢?"

"咳,我不差这个。我说了,我也是从你这个阶段过来的,对你呢,能帮就帮。你要再说有的没的,可就见外了。对了,我这还有些面膜,进得多了点,正愁销不完,你顺便帮我带一点。这样啊,我们俩互帮互惠,这就算扯平了。"

许梦心笑着:"这个没问题!"

"什么没问题!"李临书房内,李老爷子正发火,"该手术就手术,有风险,那也说明有机会!可你要是保守治疗,只会越来越严重。治标不治本啊,李临!"

李临垂手站着:"爸,我不是不听你的,就是……我……"

"你要工作,你手上有事情没做完,是不是?"

"是……"

"工作是做不完的!可是你的身体呢?"李老爷子叹着气,"我这辈子已经体验过中年丧偶之痛了,我不想到老了,还要体验白发人送黑发人的痛苦……好些事我都不在乎了,反正,你们总当我是老糊涂。但是,有些事我不得不在乎,不得不干涉。你这病情要是再恶化,萎缩面扩大,到最后……你让我以后见了你妈,怎么跟她交代?她会恨死我的。"

一听到父亲提及母亲,李临便沉默了。

"工作上的事,该安排安排,该交代交代,请个长假,马上去北京,我陪你去!"

书房外,是悄然站立着的许梦安和李云阶。李云阶吐着舌头,面上有忧虑,也有一丝小得意。许梦安刮了下女儿的鼻子,拉着她的手,走进她的房间。

"李云阶你可以啊,都知道越级汇报了。"许梦安道。

女儿的笑容很短促,她焦急地问:"爸爸真的有可能会失明?"

"是……不告诉你,是怕影响你学习。爸爸有一只眼睛已经快看不见了,做手术,有可能保住另外一只眼睛的视力,也有可能……"

"也有可能双目失明?"

"是。"

"那要是不做手术呢?"

"不做手术,暂时还能看见东西,可时间长了,影响的就不仅仅是视神经了。云阶,人的脑部很复杂,里面有着影响各种感官能力的神经。做了手术,也许会失明,但至少不会再影响别的神经。"

"只要爸爸好好活着!"李云阶重重点着头,"嗯,只要他好好活着。就算他什么都看不见,没关系,我可以给他带路。不管他去哪儿,我都牵着他的手。"

"好孩子,"许梦安看着女儿,"妈妈替爸爸感到高兴,真的。云阶,你也听到了,既然爸爸答应了爷爷要做手术,那我们就得去北京……"

"家里有我呢! 有我,有兰香表姑,我们能照顾好小葡萄。"

"妈妈就当你答应我了,答应我,你会照顾好弟弟。"

"我答应你了!"

老妈陪老爸去北京做手术了,外婆让兰香表姑带着小葡萄住到了小院。其实,答应老妈要照顾好弟弟的李云阶,在"照顾弟弟"这件事上,似乎也插不上手。小葡萄的一应生活起居不用李云阶操心,只是,他平时最黏的就是老妈,老妈这一走,他看起来总是有些不高兴,整个人都恹恹的。

李云阶虽然已经过了黏着妈妈的年纪,但这还是她第一次跟父母分开这么久。何况,他们并不是出去旅行或者出差,而是为着老爸的病。老妈一再交代,让李云阶不要担心。李云阶嘴上也答应了,可是,她怎么可能不担心呢? 比起当下的状况,李云阶倒觉得,她之前的那些烦恼也都算不了什么了。她如今只希望家里不要再出事,希望一切都能回到她15岁之前的样子。那时候,老爸的身体很健康,老妈虽然忙了一点,但总能抽出时间来陪她。但李云阶也明白,时光倒流和穿越,这种事情只能发生在小说里。她一天天长大,父母一天天变老,而生活呢……她永远也不知道生活接下来会带来什么样的惊喜或惊悚。

父母去北京的前夜,老妈抱了被子过来,要和李云阶一起睡。她在老妈的发间,发现了几根白头发。

"你啊,以前总喜欢在作文里写我,说我的母亲长了白头发,母亲很辛苦,母亲很伟大。那时候我还没长白头发呢。"老妈笑着,"不过,我现在有了。"

"我现在不这么写作文了。不过,妈,你在我眼里,还是很伟大。"

"我不要做什么伟大的母亲,我只希望做一个真实的母亲。"

"真实?"

"云阶,你妈身上也有很多缺点。有一天,等你真正长大了,你一回头,会发现你妈只是个再寻常不过的老太太。我会累,会老,也会有手足无措的时候。"

"我也有缺点。"

"是,每个人都有缺点或者弱点。只可惜,妈妈到这个年纪才明白,人要学会接纳自己,认识到缺点和弱点本就是我们的一部分。妈妈以前太要求完美了。"

"妈……"李云阶靠在老妈的臂膀上,"我不是完美的小孩,所以,你也不必是完美的母亲。我们就这样,挺好的。"

由李老爷子和许梦安陪着,李临终究还是住进了北京的一家医院。手术安排在一周后,这一周里,多是常规检查和术前准备。许梦安知道,李临其实比他们都紧张,他的故作冷静和风轻云淡,更让她觉得心疼。

初遇李临时,吸引许梦安的固然是他出众的外表,但他身上的气质也极为让她着迷。那时她形容不出这是一种什么气质,直到前些年新出了个词叫"禁欲系",她才恍然大悟。是了,李临就属于"禁欲系"。他这人对什么都是淡淡的,对什么都不太在意,是出世和脱俗的,也是潇洒和无羁的。他跟于海是完全相反的两种男人。看着这个风一样的男子如今穿着病号服,接受着各种检查,他眼里的无助,让许梦安很是唏嘘。或许,这样的无助不是今天才有的。在他决定走进婚姻,和她建立家庭时,他应该就带了这分恐慌。毕竟,他本是个出世者,因为有了婚姻,因为有了妻子,他不得不入世。当他鼓足勇气告诉她,希望她能生下第二个孩子时,亦不知犹豫了多少次,考虑了多少遍。他可能不是个称职的丈夫和父亲,但这么多年来,他从未放弃过做一个称职的丈夫和父亲。

"没事,我在。"许梦安轻轻握了一下丈夫的手,丈夫点点头,微笑着:"我知道。"

3

H城的冬夜,有了一场短促的雨。老贾晃荡着手包,行走在雨里。他又喝醉了。这是他本周的第四个饭局,除了酒的种类和账单,他几乎不记得任何一道菜的名字。所以,此刻在路边呕吐的他,着实也吐不出什么东西来。

幸好,不管喝了多少酒,他都能记得自己住哪。

开门的是妻子,她的脸色并不好看。但他已经无暇顾及这些,看到了她,就说明到家了;到家了,就说明能倒下了。

"怎么又喝多了?"许梦心扶起了老贾,无奈道,"不是答应我了吗,以后不会再喝醉。"

贾母走了过来:"哎哟,心心啊,这男人出去应酬哪有不喝酒的,他们就是在酒桌上谈事情的嘛。"

"妈,我没有不让他喝酒,只是他不应该喝得这么醉。再说了,难道每桩生意都必须在酒桌上谈?"

"做事业不容易的,他这是办厂子,做大买卖,你不懂的。"

许梦心本搀扶着老贾的手瞬时松开了:"妈,你儿子做大买卖血本无归的时候,就是我一边上班一边做小买卖养着全家人的。怎么,你就那么瞧不上我?"

"我不是这个意思。心心,你现在也太敏感了一点……你别撒手啊,我们一起把他搬到床上去,让他休息一下。"

"要搬你搬,我可搬不动。"许梦心说着,就要走开。可她一扭头,看到贾母为难的神色,终究还是伸手帮忙了:"一身酒气,就让他睡沙发好了。"

"这个……"

"我是没关系,要是熏到你孙女了,算在谁头上?"

"好好好,听你的,就让他睡沙发。"

老贾醒来的时候,许梦心正睁大眼睛看着他。

"几点了?"他揉着眼睛,"你怎么还不睡?"

"你这样,我怎么睡?妈带着小西瓜睡着了,我总不能把她摇起来照顾你吧?以后你要是再这么喝,索性也就别回家了。你不回家,我们还能轻松点,还能睡个囫囵觉。"

"心心,我现在不比从前。从前吧,我这生意做得大,多是别人求我,酒桌上,我要是不喝,也没人硬要逼我喝。现在……我这刚起步,可以说是事事都要求人,我得把这些合作方啊、客户啊,都给伺候好了。你理解一下我,好吗?"

"我还要怎么理解你?你说,你有应酬,我忙着网店的事,熊熊的作业谁来管?妈在这,她也只能看看孩子,熊熊的作业她没法辅导吧?"

"网店那边,你请个客服,工资我出。"

"贾浩文你口气挺大啊,你知道请个客服要花多少钱吗?要是有这钱,咱们都可以租一套宽敞一点的房子了,一家五口人,老老小小的,也不用挤在这了。"

"等我谈下这笔订单,咱们就去租个大点的房子。"

"不是房子的事……"

"客服你不要,又说不是房子的事,那问题到底出在哪儿?"

"我不知道!我说了你也不懂。"

"不是,你不说出来,怎么就知道我不懂?"

"我没工夫在这跟你说绕口令。"许梦心有些不耐烦了,"你好好在这躺着吧,不许进房间!"

"别啊,这沙发睡得我都落枕了。"

"谁让你喝那么多酒,活该!"许梦心说着,就往卧室走去。

老贾跟了上去:"你看,你说着说着怎么又绕回去了呢?"

"别跟着我!"

"心心……"

许梦心恼怒了,折回客厅,又走到门边,一气拧开了门把手:"我出去转转。"

"这么晚了,你去哪儿?"

"不用你管。"

外边的雨已经停了。雨一停,便更显清冷。许梦心独自在街上走着,其实,她也不知道自己应该去哪儿。换作从前,在老贾这受了委屈,她多半就会往娘家跑,哭哭啼啼的,非得折腾得他跑来接她,向她认错才罢休。这段时日,已经习惯了自己消化负面情绪的许梦心,不愿意再让父母和大姐跟着担心。她总是提醒自己,她已经是两个孩子的母亲了。她也想哭,也想闹,也想找个人好好宣泄,可这些,对她的生活来说,并不会产生任何改变。

许梦心掏出手机,站在路灯下无聊地滑动着屏幕。她想着,等她把那些不甘、委屈统统都抛开后,再慢慢走回家。毕竟,明天一早,她还要和婆婆一起准备一家人的早餐,她还得送儿子去上学。当然,她还得工作。

一个微信群里,不断有人发着在 KTV 里狂欢的照片。这是他们代购同行的微信群,不时会有线下聚会。不过,许梦心从没参加过。她既没有这样的心情,也没有这样的时间。去 KTV 唱歌,这项娱乐活动对她来说似乎已经很遥远。别说 KTV,她都不记得自己上次睡整觉是什么时候了。她微笑着,看着群里的照片发怔,随手发了两个字:羡慕。

确实羡慕,不仅羡慕,简直嫉妒。

有人回复她了,是冬子:"心心,你也来啊,我们等你。"随后,便有人附和着发了 KTV 的定位。

也好,过去唱唱歌,总比这样站在街边吹风要好。

许梦心来到 KTV 包厢后,却发现里面只有冬子一个人。

"他们呢?"许梦心讶异地看着孤零零喝着酒的冬子。

冬子无奈地笑着:"噢,这些家伙,不是老婆来电话催了,就是老公发微信来问了,烦得他们,一个个都先回家了。"

"那……"

"他们回他们的,我们俩也可以唱的。"

"这么大的包厢,就我们俩?"

"怎么了? 我无聊的时候,还经常一个人来唱歌呢!"

"算了吧……"许梦心摇头,"冬子哥,这也挺晚了,咱俩……就咱俩在这唱歌,总是不太好的。"

"明白了。行,你说不唱就不唱。不过,我晚饭都没怎么吃,现在肚子饿得咕咕叫,咱们去吃个夜宵,这应该可以吧?"

"吃夜宵啊……"

"你放心,我带你去大排档,人多,热闹,到了那,咱俩就不是孤男寡女了。"

许梦心有些尴尬:"咳,我不是这个意思……"

在认识冬子前,许梦心是跟着另外一个人做代购的。只是,那家伙拿假货糊弄许梦心,给她造成了不少损失。在这个时候,有人给她介绍了冬子,两人这才认

识。说实话,冬子为人确实不错,是这个圈子里出了名的好人,所以,许梦心总是叫他"冬子哥",这里面有尊重,还有敬佩。

冬子带着许梦心来到了一个大排档,他倒是熟门熟路,找了个位置,邀请她入座。已是深夜,但大排档里仍然很热闹。门口支着的烧烤架上堆满了油汪汪的牛肉串、羊肉串,烟熏火燎的空气里,弥漫着浓浓的肉香味。有服务员端着餐盘穿行而过,餐盘上的菜多是小炒,只是家常菜式,不说精致,却让人极有食欲。

"哟,冬子,还是头一回看你带美女来吃夜宵呢,这是有情况了?"老板一边将油腻腻的双手往围裙上蹭,一边跟冬子说着话。

"别瞎琢磨,就是我一个普通朋友。"冬子笑道,而后转向许梦心:"我是这里的常客了,有时候忙到很晚,就来这对付一顿。别看老板油腻腻的,这里的小菜还是可以的。你喜欢吃什么,随便点。"

"我? 我不饿。"

"好。老刘,"冬子又转向老板,"就给我来一套老样子吧。"

"行。"老板搓着手走了。

"什么是老样子?"许梦心问冬子。

"四菜一汤,有鱼,有肉,有时令蔬菜,再加个汤。"

"你一个人来吃的时候,也这么点?"

"一个人怎么了,一个人也要好好吃饭啊。"冬子道,"我的原则是,不管什么时候,都要善待自己。"

"挺好的……"许梦心转动着手里的玻璃水杯,有些心不在焉。

"出事了?"

"什么?"

"我说,你是不是遇到什么难处了? 看你这样,魂不守舍的。"

"没有……真没有。"

"你叫我一声哥,你的事就是我的事。你要是心里有什么不痛快,我帮不帮得上忙另说,至少,你可以先跟我说说吧? 也许,说出来就好了呢?"

许梦心迟疑了一下,才道:"其实也没什么,就是家里那点烦心事。以前老贾帮着我里里外外打点的时候,我们的日子虽然连现在都不如,但两个人有商有量,我也不觉得有多苦。如今呢,他的厂子开业了,他三天两头在外面应酬,不是晚归就是醉酒,或者干脆晚归加醉酒,我说他几句,他就说这些应酬推不掉,没办法。我和他根本没法沟通,没说两句就得吵架。老是吵架,对孩子也不好。不怕你笑话,我今天晚上就是因为跟他吵了架,才从家里跑出来的。"

"那你赶紧给他发个微信,就说你在外面吃夜宵,等会儿就回家。要不然,他该着急了。"

"他才不会。"

"既然是创业,就没有不难的,你啊,也理解理解他。"

冬子话音刚落,服务员就端着菜来了。

"先吃点东西,你看,这酱肘子多香啊,一个下去,保证烦恼全无。"冬子给许梦心夹了块酱肘子。

许梦心话匣子已经开了,便收也收不住。她用筷子翻了下碗里的酱肘子,继续说着:"他的意思是,我这代购最好别做了,让我在家带孩子。"

冬子正给许梦心盛汤呢,他拿着汤勺的手微微一抖,停了下来:"那……那你自己是怎么想的?"

"我做得好好的,干吗不做!"

冬子笑了:"这么想就对了!"

老贾给许梦心打电话,她一直不接。他急了,就穿了外套下楼去找。他沿着小区附近的街道转了两圈都没看到她的人影,就在他折回小区,想着是不是要打车去许家小院看看时,许梦心出现了。而且,她不是一个人。许梦心和冬子正面对面站着,两人好像在说话。

"我去……"老贾只觉得双腿跟灌了铅似的,他想走过去,却怎么都迈不动步子。妻子近期的易怒、冷淡、阴晴不定,种种反常,在此刻,老贾都找到了缘由。原来她……她……老贾不敢再继续想下去,他用尽力气往前走了好几步,蹿到了许梦心和冬子面前。

"老贾,你来得正好,我刚把心心送到这……"冬子看到老贾出现了,便笑道。

老贾一把将许梦心拉到自己身边,打断了冬子的话:"许梦心是我老婆!"

许梦心和冬子都愣了一下。

"我告诉你,冬子,你少打我老婆的主意,你别以为我不知道你是怎么想的!"老贾再道。

许梦心这才反应过来,本来被风吹得有些冰凉的脸瞬间就滚烫了。她撒开老贾的手:"贾浩文,你有病吧!"

"我本来还只是有点怀疑……"老贾看着许梦心,"我都不敢相信!"

"你怀疑什么,你不敢相信什么? 贾浩文,你把话给我说清楚!"许梦心急了。

冬子倒是淡定,只说着:"老贾,你冷静点。这里风大,你先带心心回家。"

老贾上前,一把拽住了冬子的衣领:"以后别再让我看到你! 你要是再跟我老婆来往,小心我打断你的腿!"

"老贾,有话好好说,你何必这样?"冬子并未反抗。

许梦心狠狠踹了下老贾的大腿,老贾痛得撒开了冬子的衣领。

"你……你踹我?"老贾不可思议地看着许梦心。

"我们走!"许梦心对冬子道。

"心心,这……"冬子一脸为难。

见冬子没挪步,许梦心自顾自往街道另一侧走去。冬子犹豫了一下,大踏步跟上。老贾整个人都石化了,他看着许梦心和冬子越走越远,直到消失在他的视线里。他缓缓地蹲了下来,脸上有泪水滑落。风太大了,那泪水很快就被吹干,他只觉得脸上火辣辣地疼。

许梦心快步往前走着,冬子不紧不慢地跟着。他不知道她要去哪里,便只能这么一路护着。突然,许梦心一个回头:"冬子哥,今天的事对不住了,我不知道贾浩文发什么失心疯,会说出那样的话来……你赶紧回家吧。"

冬子站定,仍跟许梦心保持着距离,不过,他的一双眼正灼灼地盯着她:"其实,老贾说得也没错。"

"不是,你……"

"我确实对你有好感,也许,还不仅仅是好感。"

"冬子哥,你别开玩笑了。"

"对不起,现在不是说这些的时候。许梦心……"冬子低声说着,"我只是想让你明白,只要你需要我,我随时都在。"

不远处,有一辆出租车驶来,许梦心连忙伸手去拦。车停下了,冬子没再说什么,而是帮许梦心打开了车门。许梦心急急上车,不敢再多看冬子一眼。

"你这是去哪儿?"冬子并未将车门关上。

"我……我去我妈家。"

"好。"

车门关上的瞬间,许梦心才稍稍冷静下来。她并没有去许家小院,而是去了大萍和小树的家。那小两口还没睡,正忙着准备次日要卖的卤味,见许梦心来了,两人都有些诧异。

"小姨,你这是……"大萍是跟着李云阶称呼许梦心的,"你怎么来了?"

"跟你小姨夫闹了点别扭,今天晚上……我想住你们这,方便吗?"许梦心直言。她出门时没带身份证,住不了酒店,也不想去娘家打扰父母,左思右想,想到了大萍他们这。

大萍忙把许梦心请进门:"方便,方便!"一面给许梦心拿拖鞋,一面对厨房里的小树说着:"小姨来了,你把手里的活停一停。对了,把刚卤好的东西,各种切一点,拼个盘,端出来给小姨吃……"

"我不饿。"许梦心道。

"刚卤好的,香着呢,解解馋嘛。"

不多时,小树便端了个卤味拼盘出来,还极贴心地加了碗酸汤饺子,说是给小姨开胃。

大萍和小树这里并不大,但收拾得很是齐整。小两口脸上都是笑盈盈的,守在一边看许梦心吃东西。

"小姨,你实话告诉我,是不是小姨夫欺负你了?"大萍还是这么心直口快。

小树推了大萍一把:"你让小姨先吃东西嘛。就你话多!"

"我只是关心小姨……"大萍话还没说完,小树就塞了块卤牛肉到她嘴里。

"你烦死了!"大萍含糊不清地说着。

小树笑了,伸手给大萍理了理她有些凌乱的额前碎发。

小两口只是寻常举动,但此刻,在许梦心看来,这一幕很是甜蜜。而这种甜蜜,她和老贾已经许久没有过了……

此时此刻的北京,病房里很是安静。李临已入睡,窝在陪床椅上的许梦安正滑动着手机,手机屏幕透出的微光照在她的脸上,让她的脸色显得很是苍白。

明天就是李临做手术的日子了。这一天,许梦安盼着它快点来,却也盼着它慢点来。她是矛盾和纠结的,李临也一样。不同的是,李临似乎准备好接受一切结果了。而她,还没有。

许梦安的手机忽然微微振动起来,屏幕上跳出了老贾的来电,只振了两下便停止了。许梦安纳闷,悄声站起,走出病房。

"噢……大姐,我没别的事,就是不小心拨错电话了。"是老贾的声音,那声音略有些沙哑。

"你还没睡啊?"

"最近比较忙嘛。"

"心心呢? 她睡了吗?"

"她啊,她已经睡着了。刚才我们还在聊,说明天是姐夫动手术的日子了,大姐,姐夫一定能扛过去的。"

"谢谢你们。"

"那……那我挂电话了啊。"老贾挂断电话,坐在沙发上,长叹了一口气。这通电话他并没有拨错,确实是想打给大姐的。他想让大姐联系一下许梦心,问问她在哪儿。可是,电话一拨出去,他就后悔了。姐夫就要动手术了,大姐心里怕也是没着没落,这种时候,他实在不应该打扰她。在这之前,他给许母打过电话,旁敲侧击,得知许梦心并不在小院那边。正因如此,他才这么着急。而许梦心那边,不管他怎么打电话、发微信、发信息,她都没有任何回应。

"浩文啊,你们这是怎么了?"贾母披了件衣服,从房间里走了出来。

老贾低头:"妈……你怎么起来了……"

"我听到动静了。心心是不是跑出去了? 你去找了吗?"

老贾点点头。

"找不到啊?"贾母挨着老贾坐下,"这大半夜的,她能跑哪儿去? 她妈那边问过了吗? 还有,她平时有没有什么要好的小姐妹,她……"

"妈,你就别在这烦我了。"

"浩文,心心是有点耍小性子,但是她说的那些话也没错。她让你少喝点,也是为你好。妈当着她的面,自然是护着你的。可是,这私底下,妈得跟你论论了。要不是她,这个家撑不到现在,你也等不到今天。你再有气,想想这个,也就好了。做人要有良心……"

"我知道。我和她……不是为着喝酒什么的……"

"那是为了什么?"

老贾没说话,只是撕扯着手指甲边上的倒刺。

第三十二章
当阳光化去薄雪

1

李临被送进了手术室。家属等候区内,坐着李老爷子、许梦安和欧阳。欧阳是代表李静来的,他的伤痊愈后,除了每周两次到医馆坐诊,便不太过问其他事情。现在,李静可比他要忙。

"欧阳,你去买两瓶水。"李老爷子吩咐他。

不远处分明就有饮水机,可欧阳明白,这是岳父大人要支开他,老人家怕是有话得单独跟许梦安说。

"爸,我这就去。"他总是这么毕恭毕敬。

待欧阳走了,李老爷子才对许梦安道:"你别紧张,我问过了,手术时间不会太长,等会儿你就能见到李临了。"

"爸,我还好。"许梦安微笑着。

李老爷子点点头:"梦安,这人活到我这个岁数了吧,是越来越明白什么叫'尽人事,听天命'了。"

"是。"

这几天在医院,许梦安见到了很多"尽人事,听天命"。比起医院里好些病人,李临绝对不是最严重的那种。昨天她路过急诊室,看到一个因车祸失去双腿的男孩。男孩年纪跟李云阶相仿,便更让她觉得心疼。还有同病区的一个大哥,只比李临大几岁,因为脑萎缩,连句整话都说不出来。听护士说,这个大哥并没有什么亲人,住院期间,只有个远亲偶尔会来探望。可不管怎么说,这里的所有人都在努力活着。身康体健和世上很多东西一样,只有失去了,才明白它到底有多重要。

如果……如果丈夫的手术失败了,他就再也看不到这个也许不甚完美,却始终存有温情的世界。但至少,他不会离开。

李临很喜欢"向死而生"这个词,许梦安先前不懂,如今,她有些明白了。所谓的"向死而生",是绝境里的希望,也是摧毁后的重生。是无论何时何地,内心那份对生命本身的尊重和敬畏。而身边的李老爷子,许梦安的公公,他行医大半生,还有什么是他没见过的呢? 有他在,她总归能安稳许多。

"你婆婆离开那年,李临跟云阶差不多大。李静总说我太偏爱李临,其实啊,最宠李临的就是她这个既当姐姐又当妈妈的人。可以这么讲,除了少年丧母,李临是个没怎么吃过苦头的人。我对他没什么要求,就希望他这辈子能够按照他自己的意愿去生活。也许是因为这样吧,他这人呢,比较自我,说得难听点,就是自私……"李老爷子缓缓说着。

许梦安不禁问道:"爸,你跟我说这些干什么?"

"你不说,我也知道这些年你受了多少委屈。我原本想着,李临现在有儿有女了,总能变变,可还没等他变好,却又遇上了这种事……"

"李临没你说的那么不堪。只是,他一心扑在学术上,总想做出点什么。这些,我能理解的。"

"爸知道,你也是个有事业心的……所以,我都想好了,要是李临真的看不见了,我就把他接到老家去,由我们来照顾。这事,我跟李静和欧阳都商量过的,他们同意。"

"爸……"

"你别有任何压力,听到没有?"

许梦安沉默着。李老爷子见儿媳妇不说话,就又问了一遍:"听到没有?"

"听到了,可是……"

"那就好。"李老爷子一面说着，一面抬手看表。

老贾一夜未眠，好不容易熬到天亮，刚准备出门，就听到了女儿的哭声。女儿挣扎着想离开贾母的怀抱，嘴里一直在喊"妈妈"。儿子也醒了，醒来第一件事也是找妈妈。女儿在哭，儿子在问，贾母则在一边唉声叹气。老贾只得一个个安抚，安抚完了，这才出得家门。让他没想到的是，他的车子刚驶到小区门口，就看到了冬子。冬子也开着车，车窗开着，冲老贾努努嘴，意思是让他的车跟着走。两辆车驶到附近的一个停车场，冬子下了车，走到老贾的车子旁，敲了敲车窗。

"心心在哪？"老贾开门见山。

"昨天晚上，她说去她妈妈那边了，但是我也没能联系到她。今天早上，我给她发微信，让她来拿货，才发现她已经把我拉黑了。"冬子道，"其实，我刚才是来送货的。"

"拉黑了？"

"我先声明，我们之间不是你想象的那样。要真是那样，她就不会拉黑我了。"

"我现在不想谈这些，只想尽快找到她。昨晚我给她妈妈打电话了，她并不在娘家。"

"兄弟，"冬子笑笑，"昨天晚上的事我不想跟你多解释。我对你老婆是不是有想法，这个你还真的管不着……"

"你……"

"但是，你不应该连你老婆是怎么想的都不知道。你们结婚这么多年，都有两个孩子了，她是什么样的人，你不了解吗？你啊，好好琢磨去吧。"冬子说毕，便上了他自己的车，车子很快绝尘而去。

老贾一拳头砸到方向盘上，喇叭发出了刺耳的声音。这时，有陌生来电，他接起，对方竟是小树。小树说，这通电话是他偷偷打的，就是怕老贾担心许梦心。

"小姨昨晚在我们这呢，不过，她一早就走了，说是去小院那边了。小姨夫，你赶紧去找她吧。"小树道。

老贾到了许家小院，许母迎了上来，问道："你怎么也来了？"

"妈,心心在这啊?"

"在啊,在她原来那个房间待着呢,说你们家的什么网络坏了,来我们这蹭……蹭……"

"蹭网啊?"

"是啊……你来得正好,我刚要出去买菜。这样,我买点你爱吃的,中午你也留下吃饭。"

老贾一面点头,一面朝许梦心那屋走去。他推门而入,许梦心果然就坐在那,腿上放着笔记本电脑,正敲敲打打鼓捣着,应该是在弄网店。

"出去!"许梦心正眼都没看老贾。

"我想过了,昨天晚上是我不对。我都没了解清楚,就说那些话,还对冬子动手……"老贾自顾自说着,"心心,我对不起你。"

"可能'对不起'这三个字,是你这段时间跟我说得最多的词了。"许梦心抬头,看着老贾,"你每次说这个词,我都相信你是有诚意的,也相信你会改。但是这次,它不管用了。贾浩文,你听好了,这样的日子我一天都不想过了!"

"你就算再生气,也得为孩子们想想。早上小西瓜哭着找妈妈,哭得嗓子都哑了,你不心疼?还有熊熊,他也问起你了。我说你一大早就去拿货了,这才把他给糊弄过去。"

一听到老贾提孩子,许梦心的眼睛里就起了一层雾。

老贾继续说着:"你烦我,讨厌我,哪怕你不要我了,这都可以。但是,我们的家,我们的孩子,你也不要了吗?"

这天早上,李云阶和于美婷一进食堂,就看到了等在不远处的刘思明。刘思明冲她们俩招招手,一指他边上的餐桌,那上面已经摆了一堆吃的,有清粥、牛奶、鸡蛋、包子等等,分量还不少。

于美婷冲李云阶笑:"刘思明连早餐都给你准备好啦。"

"走吧,我们一起。"李云阶拉着于美婷,两个女孩肩并肩走了过去。

自从李云阶成了十佳歌手,她在年级里也成了小小的风云人物。在比赛中,她的琴凳散架后,她临危不惧,仍然坚持弹唱完那首《造梦的人》,这事给大家留下了非常深刻的印象。也因为这个,在103班的很多同学看来,李云阶成了不好惹的人。她和于美婷少了很多困扰,最起码,她们身边不再有人冷言冷语。不过,要说她们已经彻底融入了这个班集体……好像还为时过早。

本刻意跟李云阶保持距离的刘思明,原是担心种种流言会伤到她,会搅乱她在学校的生活。不过,如今的李云阶好像不再惧怕这些,她不再是那个胆小的女生。

看着小口喝着牛奶的李云阶,刘思明想起初三时,他拿了短跑冠军的奖牌那次。他单膝跪地,向她表白,想让全世界都知道他喜欢她。她的脸当下就红透了,飞奔着逃开。跟那会儿比,李云阶不但长高了,看着结实了不少,小小的瓜子脸也圆润了起来。除了外表,她的性格自然也发生了一些变化。可不管怎么变,在刘思明眼里,她仍是那个李云阶——他想亲近的、他喜欢着的女孩。

"云阶,你多吃点。"刘思明看着李云阶。李云阶的胃口似乎不太好。

于美婷小声对刘思明说道:"今天云阶爸爸动手术,她很担心。"

刘思明递了个包子给李云阶:"李老师一定会好起来的!"

"嗯。"李云阶接过包子,她的声音比于美婷的还要小。

许家小院聚了不少人,他们都跟李云阶一样,在等李临手术的结果。

许梦心和老贾自不必说,许梦心是一早就来"蹭网"的,老贾是来找她的。没想到,贾母抱着小西瓜也来了。兰香这几天本就带着小葡萄在小院,她看着比谁都着急,嘴里一直念着"阿弥陀佛"。大萍和小树是快中午的时候才到的,大萍看到兰香这样,不免觉得有些好笑。

"妈,要是念佛有用,还要医院和医生干什么?你快别念了,念得大家都心烦意乱的。"大萍直言。兰香作势要打大萍的嘴,大萍便向小树求援:"你说我说得对不对?对不对呀?"

小树左右为难,只道:"妈喜欢念,你就让她念呗。"

许母看着许梦心:"你倒是给大姐打个电话啊,问问手术做完了没有!"

许梦心闷闷的,既生着老贾的气,又在担心大姐,语气自然就不那么好了:"有消息了大姐会给我们打电话的,你急什么!"

"我能不急吗？哎哟，你们这一个个的，全都不让我省心！"许母很是委屈。

"先吃饭！"许父喝道。众人便往餐厅走，许母一回头，发现贾母把许梦心给拽住了，那娘俩站在院内的桂花树旁，正说着什么。

许父催促着许母："走吧！"

"妈，有事啊？"许梦心说着，从贾母怀里抱过小西瓜，把她放到地上："西瓜，你先跟着外婆他们去吃饭，奶奶和妈妈等会儿就来。"

小西瓜嘻嘻哈哈地笑着朝许母跑去，许母关切地看了许梦心一眼，许梦心摆摆手，让她先走。

贾母笑着："妈能有什么事，还不是整天在为你们操心嘛……"

"那你呀，以后就少操点心。"

"看你这话说的……心心，妈知道，昨晚你和浩文闹了点不愉快。这夫妻嘛，床头打架床尾和，我也没什么好说的。就一点，你这大晚上往外跑，浩文打你电话你也不接，怎么都联系不上你，这就有点任性了吧？他愁得一晚上都没睡，不知道你在哪儿，也不知道你什么时候回家……要是换了他这样，你也会急的嘛。"

"妈，你到底想说什么？"

"我能说什么，我说了你也不听……"

"那就什么也别说了，我们去吃饭吧。"

"你……你真的是……心心，这要是在我当儿媳妇那会儿，一晚上不回家，婆婆好言好语说几句，你还顶撞……你这是要遭雷劈的呀！"

"行，那我就杵在这，等着雷来劈我。"

贾母气得脸都青了，噘着嘴，一句话都说不出来。许梦心见状，低声道："妈，你别动气，我不是针对你。我就是觉得，你数落我也好，你好言好语也罢，是不是要先了解一下实际情况呢？你怎么不去问问贾浩文，问问他我为什么不回家？"

"亲家母，心心，快来吃饭吧，饭菜都快凉了。"许母按捺不住，到底还是跑出来了。

"我们这说话呢，你别管。"许梦心道。

"我知道你们在说话，我刚才听到一耳朵，说什么回家不回家的。你们到底在说什么啊，妈怎么听不懂呢？"许母看着许梦心。

"没什么，没什么……"老贾也跑了出来，"我妈她什么都不知道，在这乱说呢。赶紧吃饭，等吃完了饭，大姐就该来电话了。"

见儿子来了，贾母才作罢，拧着腰跟许母进了餐厅，许梦心只得跟了进去。

这几个人落了座，老贾瞧着许梦心脸色不太好，知道肯定是贾母说了什么不该说的。他给贾母夹了一筷子菜，说道："妈，你也是老糊涂了，啰里吧唆的，拉着心心说个没完。你看，这菜都凉了。"

"我说什么了！"贾母抿了抿嘴，"这两口子之间有什么，说开了也就好了嘛。有必要连孩子都不管，还夜不归……"

"妈！"老贾怒了，"你别说了。"

"你说！"许父转向贾母，"说！"

"小姨不就是在我那住了一晚吗，有什么好说的啊。"大萍站了起来，"要不是小姨夫惹小姨生气，小姨能离家出走吗？熊熊奶奶，要我说，这件事，我小姨没做错！"

"你就别添乱了……"兰香拉着大萍的衣袖。

这时，许梦心晃着手机，站起来道："都别吵了，大姐来电话了！"

许梦安和李临从北京回来，已经是半个月之后的事了。李云阶只记得，那天的阳光特别好。而在头一天，H城下了一场罕见的雪。算起来，这座东南沿海城市已经有五个冬天没下过雪了。

昨天，因为这场大雪，李云阶还担心父母今天的航班会延误或者取消。不过，大雪到了夜里便停了。开窗望去，白茫茫一片，把整个夜晚都照亮了。

晨起就出了太阳，这雪后初晴，让李云阶想起了杨万里的那句"新晴天嫩绿，落照雪轻红"。当阳光化去薄雪，一切就都像是崭新的。

李云阶最害怕的事情并没有发生，老爸的手术是成功的，他保住了他的右眼视力。老妈说，这台手术，就像是拔去了老爸脑袋里面的杂草。那些杂草，是对他健康的威胁。

还好还好，生活又能回归正轨了。哪怕老妈再严厉，老爸再啰唆，弟弟再烦人……总之，比起老爸的眼睛，这些也都不算什么了。

陪着李云阶来接机的,还有小姨、小姨夫、兰香表姑,以及黏人精小葡萄。当老妈出现时,小葡萄从兰香怀里扑了过去,紧紧揽住了老妈的脖子。尽管,李云阶对父母的思念并不比小葡萄少,可是,此刻的喜悦让她变得无比宽容。

"云阶!"老爸靠近了李云阶。他瘦了不少,但看起来还算精神。

"爸爸……"李云阶犹豫着要不要给他一个拥抱。不过,老爸先伸手抱住了她,甚至试图抱起她转个圈,但是没能成功。

"你胖啦,云阶。"老爸笑着。

李云阶点头:"嗯,我胖了不少呢。我们回家吧。"

"回家!"

术后,李临仍需静养。术前就由许梦安做主,给他延了一个月的假。除了休假,李临今后的生活还有诸多禁忌,这个不能吃,那个不能做。别的都好说,可他一旦回学校上班,少不了就得对着电脑。要真遵医嘱,不能用眼过度什么的,他真就什么都不用干了。手术成功,固然是一件幸事。可是,他这心里总有些堵。

许梦安多少能感觉到李临的不快。从准备手术到现在,这期间,他吃了不少苦头。光是躺在医院里接受各种检查,就够他受的了。何况,还有病痛的折磨。她无法感知一只眼睛失去视力后,看到的世界到底是怎么样的。偶尔便用手挡了她自己的左眼,试着去感同身受。她更没有办法安慰他说,你看,幸好还保住了右眼。因为,即便是保住了右眼,他的左眼终究还是残缺了。短期内,李临根本没有办法接受这样的残缺。尽管,他左边的眼球还是完整的,却已是形同虚设。

从机场回家后,许梦安将怀里的小葡萄交给了兰香,安顿好李临后,便来到了女儿的房间。

"云阶,外婆和兰香表姑给我发微信时都在夸你呢,说你这段时间懂事了不少。"许梦安挨着女儿坐下,"妈妈得好好谢谢你。这趟去北京,是为着爸爸的手术,所以我一直没时间出去给你买礼物。这样,你想要什么,跟妈妈说,妈妈肯定给你补上。"

"首先,懂事是用来形容小孩子的,我不是小孩子了。其次,我才不要什么礼物呢。"李云阶靠在老妈的肩膀上,"爸爸平安就好。"

"真的不要礼物？"

"不要！"

"不许后悔哟。"

"怎么可能……"

接着，女儿便滔滔不绝地说起了她在学校里的事。许梦安见缝插针，说了些李临术后的注意事项，希望女儿能一起监督。母女俩就这么聊着天，倒真像是姐俩。待许梦安从女儿房间出来，就看到了等在一边的兰香。兰香一副欲言又止的样子。

"你这是怎么了？"许梦安问兰香。

兰香支支吾吾的："本来不该说这些让你担心的，可是，这事，怕也只有你才能解决了。"

"家里出事了？ 大萍还是大明？"

"不是不是，是心心。心心小两口闹了点别扭，我们也不知道到底为什么，问她她也不说。我听说，自从她租了办公室，就老是不着家，她婆婆都有意见了。"

"她租办公室这事我知道的，她微信上跟我提过。但是，她和老贾闹别扭……这事她还真的没跟我说……"许梦安皱眉，"行，我明天去找她一趟。"

"你说，你这刚回来……"兰香叹气，"我倒是有心劝和，关键是我说的话，心心也不听嘛。"

"兰香姐，我知道你为着我好，也为着我娘家人好，你有这份心，我就很感激了。"许梦安笑着，"眼下，你回来了，本来只是帮我带带孩子，可李临这病还得静养，少不了你的照顾。我刚要找你，跟你说这些的。我和李临商量过了，必须得给你加工资。"

"别，别……"兰香忙摆手，"我真不是跟你们客气。大萍和大明，那是叫你们舅舅、舅妈的。舅舅病了，他们的妈，也就是我，我能不管？你要是给我加工资，我立马收拾东西回老家！"

"兰香姐，你这是何必呢……"

"再说了，如今大萍他们的外卖生意做得那么红火，我们不差钱！"兰香看着许梦安，"加工资的事，你往后不许再提了！ 不早了，你赶紧去休息，小葡萄有我呢,你就放心吧。这小子啊,我带得多了,他如今也黏我了。"

"我都不知道该说什么好了,谢谢你,兰香姐……"

"不许见外!"兰香微怒,说毕,转身就走。

2

次日上午,许梦安便辗转找到了妹妹的办公室。这地方还真不好找,是在老城区的一栋居民楼里。大概是聚集了不少像妹妹这样的小电商,居民楼下随处可见运货的小车。

进了单元门,上了三楼,只见防盗门虚掩着,许梦安就走了进去。

说是办公室,其实就是个小两居。客厅极小,甚至可以忽略不计,堆满了杂七杂八的东西,纸箱啦,样品啦,什么都有。

"你找人啊?"突然,一个瘦瘦的男孩从那堆纸箱里探出半个脑袋来。

许梦安吓得往后退了一步,忙问:"许梦心是在这吧?"

男孩也没说什么,只是往左手边一指。许梦安点点头,往左手边走了几步,听到了键盘敲击的声音,循着声音,开着门的那间应该就是许梦心办公的地方了。

"大姐,你怎么来了?"许梦心站起。她的办公椅背后就是一堵墙,二者的间距很小,她站起来之后,不得不慢慢拉开椅子,才能从那隙缝中小心翼翼地走出来。

"兰香说你在这租了间办公室。我刚才到附近的超市采购,路过这,就想着来看看你。"许梦安道。

从姐姐家到这边,至少要横跨半个 H 城,一听就知道不是"路过"。

"你……"许梦心尴尬地笑着,"你看,我这连坐的地方都没有,要不,你坐我这?"

"不用!"

"要不然,我带你去我的库房看看,就在隔壁。这套房子其实挺大的,就是吧,我把原来的主卧拿出来当库房了,我这间办公室呢,其实就是个小客卧。"

"行啊。你带我参观参观。"

库房虽不大，但货品码放得还算齐整。靠窗的地方支了张行军床，上面有块凌乱的毯子。

"坐啊。"许梦心一指那张行军床。

许梦安坐了上去："别说，还挺舒服。"

许梦心笑着，自己不知从哪变出一张小小的折叠凳，拉开来，坐下。

"你这里有模有样的了，真不错。"许梦安道。

"是啊，慢慢地，也算是做出点名堂了。"

"那是什么？"许梦安这才发现，库房一侧还挂了块类似影楼拍照的背景布。

"现在网购，都流行店家直播。有时候，我搞促销活动，也做做直播。"

"你自己上啊？"

"不然呢？"

"你可真行。"

"我算是想明白了，这人啊，其实都是逼出来的。换作以前，我哪知道自己还有这些能力。哎，不说别的，就说打包，专业的都没我打得好。"

"客厅里那个男孩，是负责打包的？"

"哦，小凯啊，算是吧。除了打包，乱七八糟的活也少不了他。小伙子话不多，但还算卖力。还是小树给介绍的呢，是他老乡。我现在，也还请不起更多人。所以，这里暂时就一个将军，"许梦心指指自己，随后又指指外边，"一个兵喽。"

"也好，慢慢来吧。"

妹妹的状态比许梦安想象的要好，这让许梦安略宽心了些。

"心心，我听说，你跟老贾，你们……"既然来了，许梦安还是得问问。

"兰香姐跟你说的？"

"她也是关心你。"

许梦心笑了笑："我和老贾……怎么说呢，我要是告诉你，我直到现在才发现，我跟他根本不是一路人……会不会很打脸？"

"比现在难的时候都过来了，有什么是不能解决的？"许梦安缓缓道，"你们俩，算是一起享过福，也一起吃过苦的。这多少夫妻，享福可以，但是大难临头各自飞。也有不少呢，一起打拼着熬了过来，到该享福的时候，因为各种诱惑，说散就散了的。按说，你们俩之间不会有这些问题。"

"不是这些，而是贾浩文根本不知道我现在想要的是什么。"许梦心一面说，一面摆弄着一个倒在地上的纸箱，"以前的我……怎么说呢，我们住着大排屋，我们开着豪车……那时候，也许，他给我买个包，给我买件首饰，我都能高兴好几天。可是现在……大姐，我不会说什么太深刻的道理，也不知道自己为什么会变成这样。但是，我特别特别能理解你了，就是，我理解你为什么那么努力地去工作了。一个人活在这个世界上，是要有他的价值的。哪怕，我现在只是个小代购、小电商，我能做的事不多，也赚不了什么大钱，但是吧，我每天总觉得很踏实，很踏实很踏实……我这么说，你能明白吗？"

"我能明白。"许梦安点头道。

许梦心笑着："老贾呢，刚接了笔大订单，看着挺顺风顺水的，我也替他高兴。也许是因为这样，他就更希望我能把心思放在家里了。我这边刚有起色，好多事不能说放就放的。再说了，就这么不干了，我不甘心的。"

"这些话，我找合适的机会，我跟他说。"

"他还怀疑我跟冬子哥呢。"

"啊？"

"上回差点没把冬子哥打一顿。"

"他这也是在乎你。"

"不，根本不是，他只在乎他的感受。弄得我现在都不敢从冬子哥那拿货了。过段时间他们还去日本，我呢，我找了个借口，给推了。"

"老贾也是，太冲动了。"

"没事，我总归是要自立门户的，大不了，日本我自己去嘛。"

"对了，兰香姐说你最近在这边忙，你婆婆意见很大……这也是真的？"

"对啊，我每天都很晚回家，忙是真的，但是，我心里有气也是真的。他贾浩文不是也每天很晚回家吗，那我就跟他一样呗。看谁熬得过谁！"

"别小孩子气。你们俩都不回家，你婆婆多辛苦……"

"她确实是我婆婆，但她也是贾浩文的妈，亲妈！还有，熊熊和小西瓜除了有妈妈,他们也是有爸爸的。凭什么要我让步和妥协,而不是贾浩文?就因为他是男人,就因为他的事业看起来要比我做得大?"

"可是……"

"大姐,你就别可是了。你啊,就是喜欢什么事情都为别人考虑,到头来委屈了你自己。我跟你不一样,我就是得把我的底线和原则拿出来,摆在所有人面前,告诉他们,有些事我可以退一步海阔天空,但有些事,我非得斤斤计较,寸步不让。"

"我发现,我现在都说不过你了。"许梦安苦笑。

许梦心也苦笑:"好像你以前就说得过我似的。"

"你有底线,你有原则,你想怎么着我都不拦着。但是有一点,不管你跟老贾怎么折腾,不能委屈了熊熊和小西瓜。"

"这个我知道……"

"熊熊不用我说,他已经算是个大孩子了,家里什么事他都看在眼里呢,你和老贾这么闹,他会没有一点察觉吗?还有小西瓜,别觉得她小,就什么都不知道。孩子再小,那父母的情绪,好的坏的,她都是能够感觉到的。"

"好啦好啦,看把你急的。我会注意的。至少,当着孩子的面,我和老贾还都算和和气气。"

"不是和气的事……这父母的感情好不好,那是直接影响孩子的,是……"

"这都几点了,你不用回家照顾姐夫啊?"许梦心有些不耐烦了,"赶紧回去吧。改天我有空了,我请你吃饭,咱俩好好聊。"

"心心……"许梦安无奈。

"啰唆半天了,你不累我还累呢。"许梦心说着,硬是把许梦安拉了起来,轻推着她出了门。

得知李临和许梦安回来,家里前前后后来了不少亲戚朋友,都是来探病的。李临向来不喜欢应对这些,能躲则躲。反正他是病人,怎么着别人都不会觉得他失礼。这么一来,迎来送往这些事,又全都落在了许梦安身上。

这天是周六,于海和婉真都来了。说来也巧,他们并未相约同来,却是前后脚到的,连送来的东西都差不多。于海送来的是两盒包装得相当高大上的冬虫夏草,婉真呢,则拎着两盒铁皮石斛。行,既然送来了,就都收着吧,许梦安也没跟他们客气。结果倒好,这两人就"冬虫夏草和铁皮石斛哪个更好"吵了起来。于海说铁皮石斛根本不滋补,就是炒作出来的。婉真便讥笑,讲冬虫夏草没有传说中那么管用,又讲于海这两盒搞不好根本就不是正宗的冬虫夏草。给于海气得呀,当场就要拆开来验明真伪。许梦安实在无力招架,想办法把他们俩给"请"了出去。

这两人刚走,家里又来人了,许梦安就让李云阶去开门。李云阶无精打采地去了,才知道来人是刘思明。她犹豫了一会儿,才给他开了单元门,让他上楼。很快,提着水果、抱着鲜花的刘思明就出现在了李云阶跟前。

"你来干吗……"李云阶笑着。

"我来看看李老师。不对,现在应该叫李教授了。"

客厅里传来许梦安的声音:"是谁来啦?"

李云阶扭头:"噢,是刘思明。"

"快让他进来。"

"我妈让你进屋呢。"李云阶的脸微微有些泛红,接过了刘思明拿着的水果,"你赶紧换鞋。"

"唉。"刘思明说着,将鲜花摆在换鞋凳一侧,麻溜地换上了拖鞋。

许梦安正逗着小葡萄,小葡萄看到来人了,哇哇叫了一通,笑得很是开心。

"阿姨好,我是来看李教授的。"刘思明恭恭敬敬的。

"他买了水果,"李云阶轻轻晃了下手里的水果篮,"还有鲜花呢!"

"哦,花……"刘思明连忙折返到门边去拿鲜花。

"刘思明还挺有心的。"许梦安冲李云阶笑。李云阶吐了吐舌头:"他本来就是个懂礼貌的家伙嘛。再说了,他以前还跟我爸赛跑呢,他们俩聊得可好了。"

"是吗?"许梦安仍笑看着李云阶。

"我……我去给刘思明拿点喝的!"李云阶转身就去了厨房。

初三时个子就长到了一米七九的刘思明,如今看着,都快有一米八五了吧。他跟李云阶一样,上了高中后,都壮实了一些。不同的是,李云阶的脸圆润了不少,刘思明的倒是棱角分明起来。这两个孩子站在许梦安面前,再次让她意识到,他们真的不是孩子了。所以,许梦安又多了一层忧虑。高中的学习压力只会更大,目标更明确,其结果对他们将来的人生走向影响也更深远。考一所什么样的大学,选择什么样的专业,所有的所有,都是一环扣着一环的。然而这个年纪的少年正值青春期,对他们过度施压,也许只会适得其反。关于男女、关于情感,那些家长们努力去屏蔽的敏感词、敏感点,孩子们也能在别的渠道获取相关信息。早恋这种事,对他们而言,根本不稀奇,也没有任何神秘感。家长们试图回避的种种,在孩子们看来,怕是个笑话。许梦安看过一篇某专家写的文章,说是恋爱本无早晚。是,恋爱无早晚。问题就在于,这帮孩子看起来什么都懂,但心智并未完全成熟。恋爱过程中,难免有矛盾,难免有冲突,总有那些个百转千回的心绪,这些复杂的心绪势必会影响他们的学业……

“妈,那个……我能请刘思明去我房间待会儿吗?”女儿突然问道。

“啊?”许梦安假装没听清。

女儿再问:“我想请刘思明去我房间,可以吗?”

“噢……”许梦安顿了顿,“记得把房间门打开,透透气。”

“嗯。”女儿说着,便领着刘思明进了房间。

两个孩子进房后不久,许梦安就让兰香送点水果进去。兰香心领神会,送完水果,又进去送了一次甜点,最后一次是送茶水的。

“我妈……”李云阶把声音压得很低很低,对刘思明道,“我妈还是不放心咱俩。”

刘思明扑哧就乐了:“反正房门开着……”

“你小点声!”

“反正房门开着,我们又没干什么坏事……”

“闭嘴!”

“说正经的,”刘思明打开随身背着的书包,“我给你带了个东西。”

“是什么?”

刘思明从书包里掏出个盒子:“你打开看看不就知道了。”

李云阶笑着打开盒子,看到里头的东西,很是激动:"话筒!"

"我想着,你过段时间可能就要跟易天同台演唱了,我啊,就给你准备了这个。那什么,我攒的钱也不多,只能买这个档次的了,说好不好,但说差也不差吧。总之,你,李云阶,往后就有自己的专属话筒了。"

"还专属话筒呢……"

"当然,你看哪个歌手没有自己专用的话筒?好些女歌手,那话筒 bling bling(闪闪发光)的,一上台,不说她唱得有多好,最起码,装备就先把人镇住了。"

"这话筒一定不便宜。"

"还行吧。"

"太贵重了,我不能收……"

"就当是我提前给你的生日礼物!等我生日了,你也送我一个我用得着的。"

"那你想要什么?"

"我想想啊……要不然,你送我一对护膝得了,我跑步用得上。"

"护膝才多少钱啊,你就不能说点贵的?"

"礼物又不在钱多钱少,关键是用得上,用得着。"刘思明笑着,"你把话筒好好收着,不许还给我。"

"云阶,让刘思明留下吃晚饭吧!"房间外边传来了许梦安的声音。

刘思明忙冲李云阶摆手:"不吃了不吃了,我再在你家待下去,你妈都没心思干别的了。"

李云阶作势要揪刘思明的耳朵,刘思明笑得直往后躲。

"妈,刘思明等会儿就走!"李云阶大声回道。

许梦安又道:"那行,我现在刚好有空,我送送他。"

"你妈这就要送客啦?"刘思明还笑。李云阶无奈:"赶紧走!"

刘思明嘟囔着站起来:"说是来看李教授的,连他的面都没见着……"

"你走不走!"

"走就走嘛,反正明天咱们都得回学校,又不是见不着你了。"

吃了晚饭,李临进了卧室,才看到妻子梳妆台上玻璃瓶里插着的鲜花。这花姹紫嫣红的,他见了,顿觉心情大好。据说,人的感官是很微妙的。譬如视力不行了,听力和嗅觉等就会变得敏锐。这花香,此刻闻起来很是芬芳。

"你买花啦?"李临问许梦安。许梦安笑了笑:"不是我,是刘思明。"

"这花是刘思明送的? 他来过?"李临问道。

"还有水果呢。"

李临道:"这小子可以啊,算他有良心。这样,我们过几天请他来家里吃个饭。对了,你今天就应该留他吃晚饭的,怎么没留?"

"还吃晚饭呢……你还以为他真的是来看你的? 他啊,主要还是冲着你女儿来的。我看他那书包,来的时候还鼓鼓囊囊的,离开的时候包就瘪了,怕是来给云阶送什么东西的吧。云阶那里,我也没好问,怕她不高兴。"

"你看你这个妈当的,累不累? 人家两个孩子不是挺好的吗? 又没越界,循规蹈矩的。再说了,我跟刘思明谈过的,我把话说得很透了,意思是,如果他真的喜欢云阶,那就等他们俩都考上大学再说。他也答应我啦。"

"答应归答应……我就是觉得,我们当家长的,也要警惕一点。"

"我说刚才吃饭的时候云阶看起来怪怪的呢,原来她是在生你的气。梦安,孩子大了,我们又钻不到他们肚子里去。他们怎么想,我们可管不住。只要不出格,好些细节,你也就别揪着了……"

"你……"许梦安本想再跟李临辩辩,却也只是摆手,"算了算了,我不跟你聊这些了。"

"那正好,让我清静会儿,我看书。"李临说着,便爬上了床。

许梦安跟了过去:"又看书,医生说了,这段时间最好不要看书……"

"我就随便翻翻。"李临已经翻开了书本。

"我给你下载一个听书的 App 吧,用听的,不伤眼睛。"许梦安柔声道。

李临皱眉:"这阅读阅读,就是得用眼睛看,听算怎么回事? 我不习惯。"

"有什么不习惯的。现在听书的 App 那么流行,就说明很多人都选择了这样的阅读方式。"

"算了,我也不看什么书了,"李临把手里的书往床头柜上一撂,"我睡觉,这总行了吧?"

李临已经闭上了眼睛，也不再吱声。但许梦安知道，他根本就没有入睡。照顾病人是个苦差事，这还不算病人的日常起居。人一旦体弱，心思也会变得敏感许多。有的话，旁人说重了不行，说轻了也不行。

"早点休息，我去看看儿子。"许梦安说着，便将台灯关了，轻手轻脚地走出卧室。卧室门刚关上，隔着门缝，就看到了里头透出的光线。李临到底还是没有听许梦安的，又把台灯打开了。

许梦心刚做完一场直播，促销的几款面膜还挺受欢迎的，不出一个小时就售罄了。等她回到家中，贾母和小西瓜已经睡了，老贾还没回来。小书房里灯还亮着，里面住着熊熊。自从贾母来了，这间两居室就重新做了分配。许梦心和老贾仍在主卧，本跟着他们睡的小西瓜，晚上一般都跟着贾母了，这一老一小住次卧。那间原本堆放杂物的小书房，许梦心给收拾出来了，让熊熊从次卧搬了过去。这间房的锁坏了，一直还没来得及换，所以，许梦心轻轻一推就进去了。

熊熊正趴在窄小的书桌上奋笔疾书，见妈妈来了，连忙用手臂遮住作业本。

"怎么还没睡？今天作业很多？"许梦心皱眉，"你们老师是怎么回事嘛，才上小学，负担就这么重……这可都11点了！"

"我……我快写完了。"

许梦心见儿子用手臂挡着作业本，察觉到事情不对，便伸手去扒拉，硬是将作业本抽了出来。一看，那封面上写着别人的名字，这根本不是熊熊的本子。

"什么情况？是不是谁又欺负你了，让你给写作业呢？"许梦心盯着儿子的眼睛。

"没有，没有人欺负我……这同学之间，互帮互助嘛……"

"互帮互助？替人写作业，这叫互帮互助？我这就给你们老师打电话！"

"妈妈……"熊熊拽着许梦心的手臂，"这作业我不白写……他们给我钱的。"

"什么？"许梦心震惊。

"代写作业，这是我最近刚拓展的新业务！"

"熊熊！"许梦心的神情变得很严肃，"谁让你做这个了！爸妈没给你零花钱吗？你怎么这么不懂事呢！"

"妈妈，我知道你给我零花钱了……"熊熊低头，"我就是想着，我要是能赚钱，你和爸爸就不会每天都这么晚下班了。我都想好了，以后，你不要再给我零花钱了，我自己能赚。"

许梦心听了这话，心里惭愧极了："就靠给同学写作业啊……"

"嘿嘿……"熊熊笑得有些尴尬。

"我先不说给人写作业这事是不对的，就说一点，你为了这个，这么晚还不睡，对身体也不好。所以，妈妈不许你再这样了。要是你不改，小心我告诉老师。到时候，你倒霉不说，那些让你给他们写作业的家伙，他们也得倒霉。"

"我……"

"别你你我我的，这事没得商量。"许梦心抓过儿子书桌上的作业本，"还真别说，你这字倒是越写越好看了。"

"妈，你就不能早点回来吗？稍微早点，就早一点点？"

"行，"许梦心摸摸儿子的脑袋，"妈尽量。"

"赚钱就那么重要啊？"熊熊看着许梦心，"其实，不住大房子也没什么的。"

"不仅仅是为了赚钱，也不仅仅是为了大房子。怎么说呢，每个人啊，都有他的任务。比如，小西瓜的任务就是健健康康长大，该吃吃该睡睡。你呢，你是小学生了，你的任务就是好好学习。爸爸和妈妈，我们的任务就是努力工作。家里每个人都有自己的任务，大家努力完成任务，这个家才会越来越好。"

"妈，我错了……"

"要是再让我看到你给人写作业，我真的会揍你！"

"不会了！绝对不会有下次！"

门外传来脚步声，这脚步声略有些凌乱。

"妈，是爸爸回来了。"熊熊道。

早些日子，老贾醉酒而归时，许梦心还会碎碎念，还会说他两句。但次数多了，两人又有了可大可小的嫌隙，她便不愿再多说什么。

对老贾来说，又何尝不是这样？妻子每天都很晚才回家，连晚饭都极少回来吃。接送熊熊上学这事，她压根儿就不过问了，每天都是他在负责。大多时候，他接了熊熊回家后,又匆匆赶回工厂。最近,工厂接了个大单子,正加班加点出货。这对老贾和徐则来说,是个天大的机遇。只有这批货保质保量出来了,那他们的口碑才算是立起来了。

"我回来了。"老贾将手包扔到沙发上,一脸疲惫。

许梦心点点头:"好。"

他们之间的对话越来越简短,也越来越不带感情色彩。有时,老贾觉得苹果手机里的智能语音助手 Siri 的情绪都比许梦心要饱满。他刚开厂那阵子曾想过,要是许梦心不闹、不折腾、不跟他对着干,那该有多好。如今,他真的如愿了。

老贾脱了外套:"明天,我尽量早点回家。"

"好。"

妻子好像只会说这一个字了。老贾苦笑着进了卫生间,等他洗好澡进主卧,妻子已经睡着。不同的是,以往他们盖的是同一床被子,现在,则是各有各的被窝。他躺上床,伸手摸了摸她的头发。她头一偏,他的手便滑落在了枕头上。枕头很软,可这一下,他却觉得这只手没来由地生疼,像是被电击了一般。

自从老贾那晚揪着冬子的衣领警告了他之后,老贾再也没有听妻子提过这个人。或多或少,老贾从侧面了解到,妻子已经不再从冬子那里拿货,他们俩再无什么来往。当然,老贾也明白,他到底还是错怪妻子了。信任这东西,要在两个人中间建立是很艰难、很漫长的。可是,要击垮那样的信任,却异常轻易。一旦被击垮,要重建,需要付出百倍千倍的努力。

"心心,咱们之间真的就无话可说了吗?"黑暗里,老贾这样问道。这句话,既是在问似乎已经入睡的许梦心,也是在问他自己。

许梦心并没有回答,而老贾……他自己其实也回答不了。

3

大明星易天要来一中举办粉丝见面会的消息不胫而走。据说,时间已经定了,就在平安夜。作为跟易天握过手,还有可能要跟他同台献唱的粉丝,李云阶是激动的。只是,她把这份激动藏在了心底,不想表露出太狂热的样子。何璐鼓捣着为易天打 call 的灯牌时,李云阶脸上还有那么点满不在乎。何璐知道李云阶是装的,却也没有揭穿她。毕竟,到底谁有机会跟易天同台,现在还是未知数。就好比何璐当时总说自己学英语是为了追美剧,自己对学习其实没有兴趣之类的话,可是,只有她自己明白,那些满不在乎,正是因为太过在意。

这天晚自习,数学老师临时过来抽查作业,李云阶没带作业本,便折回宿舍去拿。她进了宿舍,一开灯,才发现对床的钱依依居然没去教室。

本躺在床上的钱依依被这亮光刺激了一下,顺势用手挡住了眼睛。她床边的地上有个水杯,杯子里的水洒了一地。李云阶这才记起来,今天的晚自习钱依依是请了假的。这落在地上的水杯,怕是钱依依没够着宿舍电灯的开关,摸着黑去拿杯子,杯子没拿到,反而被她给不小心推翻在地的。

李云阶想起十佳歌手比赛那天,钱依依曾向她道贺,便清了清嗓子,问道:"钱依依,你是要喝水?"

钱依依没说话,只短促地点了一下头。

"我给你倒吧。"说毕,李云阶捡起地上的杯子,洗净了,给钱依依倒了杯热水。

"那个……我可不知道你躲在宿舍里。我是回来取作业的,看到你这样,我顺手帮个小忙而已。"李云阶说着,取了作业就要走。

"喂……"钱依依说话了,"好人做到底,帮我拿一颗止痛药吧!"

"在哪儿啊……我赶着去教室呢……"

"写字台的抽屉里。"

宿舍里的床都在上铺,床下则是每个人的写字台和柜子。

"你是那个来了吧?"李云阶皱皱眉,"吃药不好,我这有暖宝宝,给你一个。"

"别,我不想欠你的。"

"我也不想你欠我……"李云阶说毕,从自己的柜子里拿了一片暖宝宝,扔给了钱依依。

晚自习刚结束,朱可馨就匆匆来到了 103 班的教室。李云阶问了半天,她才吞吞吐吐地说,和易天同台献唱的人选已经定了,但是,这个人不是李云阶……而

是钱依依。

李云阶耸耸肩："我本来也就没准备好要上台，无所谓的。"

可朱可馨明明看到李云阶的眼睛都泛红了。

"我真的搞不懂，钱依依上次唱的分明是民歌嘛，你唱的才是易天的歌。"朱可馨忍不住抱怨。

"但我是十佳歌手的最后一名，钱依依是第一名啊，她的分数最高。"

"我觉得你还是得去争取一下。"

"输了就是输了，我不想胡搅蛮缠。"

"这怎么能是胡搅蛮缠呢……"

"可馨，这件事到此为止，以后……我们谁也别提了。"

朱可馨顿了顿，问道："那易天的见面会，你还去吗？"

"必须的啊，我可是跟他握过手的！你都不知道，那会儿我和何璐，还有刘思明，我们几个为了参加他的握手会，可以说是历尽千辛万苦。刘思明差点让他妈妈给生吞了！"李云阶说着说着，就笑了起来。

朱可馨被手舞足蹈的李云阶感染了，也笑道："那我让学姐给咱们安排前边一点的位置！"

"太好了！"

好吗？其实一点都不好……虽说比赛就是比赛，输了就是输了，李云阶也承认，钱依依的歌声确实无与伦比。别说是参加这种年级段的比赛，就是去参加选秀，她也是能够脱颖而出的那种女生。但是啊，能够跟易天同台献唱，这是可以吹一辈子牛的大事呀。还有，为了这个，刘思明还特意送了话筒给她呢。那话筒她偷偷试过，握在手里不轻不重，很有质感。而且，它出来的声音也好，清亮极了。

平安夜很快就到了。这晚，学校的小剧院门口挤满了人。这情形，让李云阶回忆起了他们去上海参加易天握手会那天。那天也像现在这样，刘思明和何璐都站在李云阶身边。不过，此刻除了他们，李云阶的身边还多了王哲、朱可馨和于美婷。能和小伙伴们一起听易天唱歌，多少减轻了李云阶不能登台的失落感。

舞台上，易天还是那么好看。坐在第二排的李云阶他们尖叫着，挥动着手里

的荧光棒。何璐举起了准备已久的灯牌,她比李云阶还要激动。

"下面,我要和你们学校的一名女生同台献唱!"易天的话音刚落,全场便响起了雷鸣般的掌声。在这样的氛围下,钱依依从后台走了出来。追光打在她的身上,让本来就漂亮的她更为夺目了。她朝底下的同学和老师鞠躬,也朝易天鞠躬。

"准备好了吗?"易天看着钱依依。

"我……"钱依依抿了抿嘴唇,"对不起,请等我一下。"说着,她跑下了台。

全场哗然。众人的目光紧随着钱依依,那束白色的追光仍打在她的身上。只见她快步走到第二排,一把拉起了李云阶。李云阶都不知道自己是怎么上台的,她就这么被钱依依拉着走,等她反应过来的时候,人已经站在台上了。

钱依依打开话筒,似是深呼吸了一下,才道:"易天,她叫李云阶……她是你的粉丝,而且,她会唱你的歌。我想,我们可以和你一起完成这首《造梦的人》。"

全场观众都屏气凝神,看着易天,看着钱依依,看着李云阶。

"钱依依她想干吗?她是不是憋着坏呢!"唯有何璐,她不满地撇撇嘴,对身边的刘思明道。

"看着不像使坏啊……"刘思明也纳闷。

台上,易天微笑着:"当然可以!"

这是李云阶又一次无限接近易天,和去年相比,易天留了些许小胡子,整个人看起来成熟了很多,略有些小沧桑。

她想问问易天,问他是否还记得她。不过,她只是杵在那,一句话都说不出来,直到音乐声响起。音乐声响起,就该放声歌唱了……

H城的夜晚,因为平安夜的缘故,街道上车来人往,颇为热闹。其实,何为平安夜,好多人并不在意这个,他们只是想给自己的狂欢找一个借口。庸常的生活,有时候是需要一点仪式感的。

商场里在搞促销活动,男男女女拎着大包小包,收银台后边排起了长队,队伍里钻出两个小孩,大的不过八九岁的样子,小的则刚刚学会走路,走得还不太稳。大孩子背了个双肩包,紧紧牵着小的那个。

"饿饿!"小的那个嘟囔着。

"哥哥不是正要带你去买吃的吗？喏，前面就有一家比萨店。妈妈带我去过的，我记得！"

"痛！"

"那我们歇一会儿再走。"

"抱抱。"

"小西瓜，出来的时候你是怎么答应哥哥的？你答应哥哥要听话的呀，全都忘记了？"

小西瓜似乎想了一下，然后便是满脸的小倔强："走……"

"这就对啦。"熊熊说着，握着妹妹的手更用力了，"我们走。"

"哎，这两个小孩……"队伍里，一个女人皱着眉，"我们排队呢，你们应该绕着队伍走，怎么从这里钻出来啦？你们的家长呢，怎么也不管管！"

熊熊白了女人一眼，拉着小西瓜就往前走。

音乐停的瞬间，掌声便响了起来。掌声里夹杂着尖叫声，震得李云阶耳朵都快聋了。这首《造梦的人》，之前她和易天、钱依依从未排练过，但是，他们把它完美地演绎出来了。易天的说唱洒脱不羁，钱依依的高音部分宛如天籁，还有李云阶，她不算清亮，却满是赤忱的演唱，也为这首歌加了分。

李云阶和钱依依鞠躬谢幕，易天则留在台上跟观众互动。谢幕后，钱依依往后台走去，李云阶便跟了过去："你为什么帮我？"她说出了心里的疑惑。

钱依依一面摘着头饰，一面微微侧头，似乎有意避开李云阶的视线。

"大概，是觉得你可怜吧。"钱依依道。

李云阶先是一愣，随即微笑着："不管怎么样，今天能够跟易天同台，我也算是实现了一个心愿。我谢谢你。"

"不必。"

"那我们以后……"

"别，我不想跟你交朋友。"

"好……"李云阶说着，转身离去。

得知熊熊和小西瓜失踪的消息时，许梦安都已经睡着了。是许梦心来的电话，说这天她答应了熊熊回家吃晚饭，陪孩子们过平安夜。本来一切都好好的，她和老贾还分别送了礼物给孩子们。但是，饭后他两口子拌了几句嘴，一个没忍住吵了起来，贾母怕孩子们吓着，带着熊熊和小西瓜出去散步了。结果，贾母回来了，孩子们却不见了。老贾斥责了贾母几句，贾母当即就晕了过去。

　　"这是怎么了……你要出去？"李临迷迷瞪瞪醒来，看着在换衣服的许梦安。

　　"熊熊和小西瓜丢了！"许梦安说着，拿了大衣和包就要往外跑。

　　李临见状，也赶紧跳下床，披上羽绒服跟了出去。

　　"你就别去了！"许梦安转头。

　　"赶紧的啊！"李临推着许梦安，"先去报警！"

　　"他们已经报警了……"

　　"那就去找！这大冷天的，两个孩子能去哪儿啊！"李临急出了一脑门的汗。

　　派出所里，老贾和许梦心仍在争执，要不是民警拉着，他们俩都快打起来了。孩子丢了，这对当父母的来说，可是要命的事。只是瞧着这对夫妻，怕是孩子还没找到，他们就先想要了对方的命。

　　民警们一番劝说，许梦心将老贾推到一边，就势蹲在地上，仪态全无："要不是你和我吵架，妈也不会带着两个孩子下楼散步……那么冷的天，散的哪门子步啊！要是孩子真的出了什么事，我马上就跟你拼命！我现在就跟你拼命！"许梦心说毕，双手捂着脸痛哭，就是想和老贾拼命，她也腾不出手来。

　　老贾喃喃道："真不是我想和你吵架，这不是话赶话，味道就变了嘛……现在妈还躺在医院里，孩子们又不知道在哪……要是他们真的怎么了，不用你跟我拼命，我第一个就先不活了！"

　　"我们已经出动警力去找了，也调了好几个路段的监控。你们两个都冷静点。"一个民警说道。

　　"唉，唉，谢谢你们了，真的谢谢你们了，民警同志，你们辛苦了……"老贾鞠着躬，就差跪下了。

　　"要是熊熊和小西瓜被人贩子给拐走了……"许梦心哽咽着，"那可怎么办

第三十二章　当阳光化去薄雪

231

啊……就算没有坏人,这么冷的天,两个孩子不管在哪儿,不得冻感冒啊……熊熊很怕冷的,小西瓜又那么点大……孩子们能去哪儿?你们说,孩子们是不是被绑架了?"

有个女民警拍了拍许梦心的肩膀,扶她起来:"你冷静点,孩子要是被绑架了,这回该有人联系你们,问你们要赎金了。"

女民警话音刚落,许梦心的手机就响了。

"绑匪来电话了……一定是绑匪来电话了……"许梦心哆嗦着拿出手机,跟从裤兜里摸出了一块烫手山芋似的,一把扔给了女民警。

"冬子?"女民警看着手机屏幕,"是一个叫冬子的人打来的,应该是你朋友吧?"

还没等许梦心说话,老贾就跳将起来:"搞不好……孩子就是冬子绑架的!"

冬子当然没有绑架熊熊和小西瓜,相反,他给许梦心打电话,就是想告诉她,他在商场里遇到两个孩子了。

这晚,冬子跟一帮朋友过平安夜,看完电影路过商场里的这家比萨店,一眼就看到了两个孩子。熊熊说,他这是带着妹妹来吃饭的。冬子问起许梦心和老贾,熊熊的眼神躲躲闪闪。冬子一再追问,熊熊才说了真话。这孩子,带着妹妹跑来这,就是故意要让父母着急的。

真的是虚惊一场。

许梦安和李临是在去派出所的路上得到消息的,说是孩子们已经回家。两口子便掉了头,直奔许梦心家。他们到了那,许梦心正揍熊熊呢。熊熊一声不吭,硬气得很,见大姨来了,他才红了眼圈。反倒是小西瓜,一直用小手拽着许梦心的衣服,意思是让她不要打哥哥。

"别打了!"许梦安和李临拉开了熊熊。

熊熊扑进许梦安怀里,本来倔强的小表情多了几丝哀怨,更多的却是恐惧。

"你过来!"许梦心喝道。熊熊直往许梦安身后躲:"我不!"

"老贾呢?"李临抱起了小脸蛋上还挂着眼泪的小西瓜,问许梦心。

"我婆婆血压上来了,老贾在医院陪她呢。"

许梦安看着李临："你带两个孩子进房间,我跟心心聊聊。"

"有什么好聊的!"许梦心一屁股坐下,情绪仍然很不稳定。

待李临带着孩子进了房间,许梦安这才挨着妹妹坐下："孩子没事就是最好的,你发那么大的脾气干吗?"

"你还不知道吧,熊熊这孩子是故意的!他奶奶带他们下楼玩,趁着她老人家不注意,他带着妹妹,坐公交车去的商场!兄妹俩在商场逛了一晚上,他不但请妹妹吃了东西,还给妹妹买了平安夜礼物呢!气得我都快炸了……大姐,你摸摸我这胸口,我的心脏现在还在剧烈跳动,都是被他给吓的!"

"按说,熊熊再皮,也不至于这样……"许梦安唯恐再气到妹妹,放慢了语速,也压低了声音。

"幸好冬子在商场遇到了他们。你知道他怎么跟冬子说的吗?"

"怎么说的?"

"他说是故意的,故意要让我们着急。"

"好端端的,熊熊干吗要这样?心心……这事你没给我说全吧?"

"我……"许梦心的脸一下红了,"就是我跟老贾,吃完晚饭,因为一点小事,两个人吵了几句嘴……熊熊就跟冬子说,说这个家一点都不温暖,爸爸妈妈要离婚了……"

"就是简单地吵了几句嘴吗?"

"我太生气了嘛,就说,我要跟老贾离婚……我以为熊熊没听见……"

"我早就跟你说过的,让你注意……"许梦安也不好过多斥责,只道,"你让我怎么说你好呢?这事起因在你和老贾,你居然拿孩子出气。这个年纪的孩子,心思是很敏感的。他为什么要带着妹妹离家出走?那就是想告诉你们,他不希望你们离婚,他希望你们好好的。"

"大姐……"许梦心自知理亏,一句话也说不出来了。

"别的话,我也不多说了。"许梦安站起来,"你在家好好照顾孩子,千万别再冲熊熊发火了。我跟你姐夫,我们俩去趟医院,看看你婆婆。"

"那有老贾呢,再说,都这么晚了……"

"老太太怕是吓得不轻,我们应该去看看她的。"

"对不住了,我又给你和姐夫添麻烦了……"

"你知道就好!好在你没给爸妈打电话,不然那老两口也得进医院!"

许梦安两口子到了医院,贾母已无大碍,医生让再观察一晚,便暂时住进了病房。见许梦安来了,贾母拉着她的手,不免是一通抱怨。虽然,贾母的话里多少有夸大的成分,但这些话,让许梦安意识到,妹妹的婚姻确实出了问题。这些问题,怕不是妹妹和妹夫坐下来聊聊就能解决的。

老贾送许梦安他们出来的时候,看起来垂头丧气的,甚至还说出了"这日子不好过,过不下去了"这样的话。许梦安没说什么,李临劝了老贾几句。

回家路上,李临对许梦安道:"老贾都那样了,你也不说几句话安慰安慰他。"

"都说一个巴掌拍不响,这些事,能是心心一个人作出来的吗?贾浩文固然是个好人,可好人,未必就能经营好婚姻和家庭。他没破产前,在家里是占绝对主导的,心心就是作,也作不出他的五指山,毕竟,经济大权在他那。他破产之后,心心生怕他失了志,什么时候、什么事情都小心翼翼的。他去上班,不顺心了,心心就让他辞职;他在家带孩子,心心好话哄着,一点气都没让他受。我们只看到了心心的强势,却不知,这段婚姻里,最强势、最固执的人分明是他贾浩文。现在好了,他一朝翻身得了志,就更大男子主义了。他就没把心心的付出真正当一回事!我为什么要劝他?我不骂他都算是好的!"

许梦安一边开车,一边说着这番长篇大论。李临笑着:"你倒是看得透。"

"看得透,未必要说透。这话,我也只能在你跟前说说。"

"那接下来,心心应该怎么办?老贾又该怎么办?"

"我是有心管的,却又不能管。我们干涉太多,反而容易火上浇油。熊熊这孩子,虽然任性,但今天晚上闹的这一出,也算是给他爸妈上了一课。接下来,他们能反省就反省,要还不反省……"许梦安无奈一笑,没再继续往下说。

"停车,停车!"李临突然道。

"怎么了?"许梦安把车子停了下来。

李临匆匆下了车,走到车前不远处。许梦安看到,路边有个小姑娘,正抱着一桶花在卖。那姑娘瞧着跟李云阶差不多年纪,正忙忙地将整桶鲜花递给李临。

许梦安也下了车,朝他们走去。小姑娘微笑着,转向许梦安:"平安夜快乐!"

"谢谢,你也快乐。"许梦安也笑着。

"我本来还以为,我这些花卖不掉了,幸好有这位叔叔帮忙。"小姑娘说罢,微微鞠躬,然后转身,欢快地跑进了夜色里。

"喏,给你的。"李临将那桶花放到了许梦安怀里。

"还真难得。"

"我本来是最不喜欢这些节日的,不过,既然是平安夜,应个景吧。平安就好。"

"是啊……平安就好。"许梦安盯着怀里的鲜花,一时有些出神。

第三十三章
我们得从长计议

1

一辆擦得锃亮的车子驶进了一个高档小区。驾驶座的车窗开了,从里头扔出来一条烟,那烟划出了个极流畅的弧度,落到了门口保安的手里。

"哟,老板你老是这么客气,弄得我们都怪不好意思的了……"保安一面说,一面将那条烟藏到了身后。按照小区规定,没登记过的车辆是不能入内的。不过,这个财大气粗又仗义的老板是个例外。每次来,他都不会空着手。保安队里流传着一个很是香艳的故事,说这老板肯定在小区里金屋藏娇了。

车窗里又递出了一篮子新鲜水果,全都不是时令水果,一看就知很贵。

"今天是圣诞节,祝你们圣诞节快乐!"车里的男人笑道。

保安室里陆陆续续跑出来好几个小伙子,一篮子水果很快就被瓜分掉了。

"那……哥几个给我放个行呗。"

"差点把您的正事给忘了!拉杆,拉杆,我这就去拉杆。"

男人进了小区,停好车,提了一个礼物盒,径直走入一栋楼。楼里刚好有人出来,他伸手轻轻一挡,便从本是带锁的单元门里钻了进去。

电梯上了9楼,一梯两户,男人走到901室门前,轻轻叩门。

门很快就开了,有个小姑娘探出头来:"怎么是你呀?"她看起来略有些失望。

门内传来一个声音："婉婉,谁来了?"

"你自己出来看看不就知道了吗?"婉婉转对门内道。

不一会儿,婉真便走了过来,她定睛一看,来人是于海。

"你怎么上来了?"婉真不悦。

按照他们俩后来的约定,于海是可以来探视两个女儿的。但是,每个月最多两次,每次还不许上楼。一般都是由婉真带着女儿们下去,交到他手里,再由他带出去吃饭什么的。

"不方便? 家里有别人?"于海一手撑着门,侧头看着婉真,这个姿势可以说是很潇洒了。

"不是不方便,是不欢迎!"大女儿婉婉越来越牙尖嘴利,伸手就要关门。

"别呀,今天是圣诞节,我给你们准备礼物了。"于海晃着手里的礼物盒。

"你买得起的,我妈也买得起。"

"哎哟,你这孩子,你也太伤人了吧,亏我还经常带你们姐妹俩出去吃大餐呢。"

"跟你出去吃饭,那是没办法,是我做女儿的义务。怎么说呢,跟你吃饭,对我来说,它就是无可奈何的应酬。身不由己!"

于海不可思议地看着婉婉,随后转向婉真:"不是,你平时都是怎么教育女儿的……她对我,怎么就跟对敌人似的……"

"爸爸!"真真跑了出来。

真真还小,她什么都不知道,只知道爸爸和妈妈暂时分开住了。她每回见到于海,都还挺亲热的。

"爸爸你回来了?"真真笑了,"太好了! 我刚在圣诞树前许愿来着,说希望爸爸能出现!"

婉真无奈,对于海道:"看在真真的面子上,我放你进来。"

"妈!"婉婉不乐意了。

"行啦,你就当今天也是应酬吧。"婉真对婉婉道。

于海终于得到了"特赦",可以进门了。这还是他第一次来到婉真买的新房子,大平层,欧式装修,很是奢华,跟如今的婉真倒是很相称。

真真缠着于海:"礼物,礼物呢?"

"都在这呢。"于海索性坐到地上,打开礼物盒,从里面拿出了三个小盒子,"给你妈买的手表,给你和你姐姐买的项链,带钻的,灯光下面一照,璀璨夺目。"

"你给两个孩子买这东西干吗?"婉真皱眉。

"她们是我女儿,我就想给她们买点好的。现在不戴,放着以后戴也行啊。要是不喜欢戴,就收着,以后还能当嫁妆呢。"

"戴,戴!"真真打开了首饰盒,里面果然是一串极美的钻石项链。

婉真被磨得没办法,只好给真真戴上了。婉婉瞥了一眼项链,似乎也被吸引了。但她唯恐妈妈因为这个不高兴,便道:"俗气! 我才不戴。"

"你先带妹妹回房间,妈妈有话跟爸爸讲。"婉真对婉婉道,婉婉便乖乖拉着真真进了房间。

"项链是给女儿的,可以收下。这块表,你拿回去吧。"婉真对于海说。

于海坐在地上抬头看她:"你先打开看看嘛。"

"不需要。"

"你也坐,咱俩坐下说话。"

"我不坐。"

"坐吧……"于海伸手去拉婉真,婉真撇开于海的手,无奈地坐下了。他们俩就这么席地而坐,面对面,大眼瞪小眼。

"地暖不错。"于海没话找话,"这地板也好呀,纯实木的吧? 啧啧……"

"想说什么就赶紧说,我没工夫跟你废话。"

"唉,家里真就你们几个啊?"

"什么意思?"

"看你,我又没说别人,我是说,保姆不在家啊?"

"去买菜了。"

"噢……我今天来,一个是陪你们过圣诞节,再一个,也想把咱俩之间的误会化解化解。"

"咱俩之间有误会吗?"

"没有吗?"

"那是误会吗？"

"不是，婉真啊，都到今天了，你还觉得我当初真的跟黄思思有什么？"

"这种事，对我来说，其实没那么重要。"

"没那么重要？你可是因为这个跟我离婚的。"

"其实……"婉真笑了笑，"好像是因为黄思思，又好像不是因为黄思思。"

"你可以啊，你现在说的话，我都听不懂了。"

"我还以为，你心里是知道的呢，知道我为什么跟你过不下去了。"

"我还真不知道。"于海摇摇头，"你这样，你现在别当我是孩子爸，也别当我是你前夫，就把我当一个普通朋友，咱俩不带任何情绪，不带任何个人感情色彩，把离婚这件事，从头到尾都给捋顺了。"

"离都离了，还有意思吗？"

"总结经验嘛。"

"别，离婚这种事一次就够了，谁要总结这样的经验，难不成你还想再离一次？"

"我就是想离，也得先结吧。"

"赶紧结。"

"我发现你很是狡猾啊。你自己想再婚了，就也怂恿我再婚。怎么，是不是我再婚了，你才能心安理得地跟那个男人结婚呀？"

"哪个呀？"

"还有哪个，就是被我查得底裤都不剩的那个呗。"

"噢。"

"噢？"

"那个人，没什么好提的，我跟他分了。"

"够残忍的啊。说分就分啊？"

"你不是都查了吗，他跟他前妻不清不楚。他的条件呢，也没他展示出来的那么好……我就是要凑合，也不会跟他这样的凑合吧。"

于海的眉头舒展开来了，点着头："这就对了，不能凑合。"

"是啊，不能凑合。当年你要不想着跟我凑合，咱俩也不会结婚，自然就不会离婚了。"婉真说得风轻云淡。

"我可没跟你凑合……"于海说着,低头摆弄了下腕上的表。

"瞧瞧,都不敢正眼看我了,心虚了。"

"没有……"

"我们俩过不下去,不是因为别的,而是因为……你心里没有我。当然,你心里也没有黄思思。"婉真顿了顿,"说白了,要不是许梦安嫁给了李临,你会跟我结婚吗?"

"婉真……"

"是不是特别一针见血?"婉真笑了笑。

婉婉房间里,婉婉看着真真脖子上的项链道:"挺好看的。"

"姐姐,你也戴。"真真说道。

"我不戴。我要是戴了,妈妈该不高兴了。"

"为什么?"

"我说了你也不懂。"

"爸爸回家了,你不高兴吗?"

"我没有不高兴……"婉婉双手托腮,"我其实挺高兴的。我也希望爸爸和妈妈能够住在一起。"

"那就让他们住在一起呀!"

"要不怎么说你是个小孩子呢……不过,小孩子真好,小孩子呀,什么烦恼都没有……"

客厅里,于海和婉真仍在对话。于海在笑:"我从来不知道你是这么想的。"

"在你眼里,我又蠢又笨。"婉真也笑。

"我确实喜欢过许梦安,这件事,好多人都知道,李临也知道。你……你自然也是知道的。"

"'喜欢过'是过去时,'喜欢着'是进行时,相差一个字,可就是千差万别了。"

"没有,不是你想的那样。"

"别,我甚至都不用想,就几件事,就能说明……你对黄思思有那么点好感,还不就是因为她跟年轻时的许梦安有那么点像吗?你后来收购新苗,不就是想跟许

梦安共事吗？还有啊,每次她出点什么事,你比谁都急！别以为我不知道,就李临那个病,你还专门跑去咨询了一位名医,就怕李临真的失明了。大爱啊,于海,真的是大爱。一般人做不到你这种程度,也没有你这么高的思想境界。"婉真叹了口气,"我要不是你前妻,我都能被你感动。"

"婉真,我应该怎么跟你说呢……"

"你还能说什么,话都已经被我说尽了。"婉真说着,站了起来,松动了一下筋骨,笑道,"你要是想带婉婉她们出去过圣诞节,我这就给她们换衣服。"

"除了她们姐俩,我还想带上你……"于海也站了起来。

"我就算了。离婚协议上没写这一条,说咱俩离婚了,我还得陪你过节。"

"可离婚协议上也没写,咱俩离婚之后,就不能在一起过节吧？"

"胡搅蛮缠了。"

"我这个人,一直把面子看得比什么都重,"于海苦笑,"好些话,我总以为我不说,你就能懂……"

"我不听,我也不想懂。你现在巴巴地来找我,找女儿,不也就是因为,你离婚后,在那万花丛里滚了一圈,发现滚来滚去,还是得有个家吗？我已经被你'凑合'过一次,要是再来一次,我会看不起自己的。"

"咱俩离婚后,我可没交女朋友,我是清白的!"

"行行行,你是清白的,你就是一朵出淤泥而不染的白莲花。于海,我根本没兴趣过问这些!"婉真沉吟着,"是,我总是给婉婉灌输一些负面的东西,这一点,确实是我的错。你放心,我会改的。我会跟她好好聊聊,告诉她,她爸爸没有那么不堪。这父母之间有矛盾,不应该让她这个当女儿的为难。不管你以后成不成家,会不会再有孩子,婉婉和真真,她们都是你的女儿,她们不会让你孤独终老的。"

"你能这么说……"于海眼睛一热,泪水盈满了眼眶,"我很感激。"

"婉婉、真真,"婉真转向大女儿的房间,说着,"你们该换衣服了,爸爸要带你们去过圣诞节!"

这个圣诞节虽然是周六,但是李云阶并没有回家,而是留在了学校。她跟小伙伴们打算去远足来着。H城北郊有个大峡谷,景致非常不错,李云阶上一回去,还是初一学校组织冬游时。这次的行程是刘思明安排的,同去的除了李云阶,还有何璐、王哲、朱可馨和于美婷。当然,这种事,势必是要瞒着家长的。要是家长知道,少不了会啰唆。于是,大家统一口径,就说是圣诞节学校安排了活动,本周末不回家。去大峡谷的大巴车上,刘思明看着一脸高兴的李云阶,心里自然也是美滋滋的。不过,要是他知道他妈妈此刻正在李云阶家里,他怕是美不起来了。

对思明妈妈的突然来访,许梦安也觉得很意外。两个妈妈自从上回孩子们跑去上海参加易天的握手会之后就有些不和睦。前段时间,刘思明和李云阶在黑网吧过夜,双双被学校记过处分,思明妈妈堵着的这口气还没发散出来呢。她本想找许梦安谈谈的,后来听何璐妈妈说,云阶爸爸病了,一来二去,这事暂时就压了下来。直到昨天晚上,思明妈妈在儿子房间发现了一张购物小票……儿子买了支话筒,居然花了6000多块钱!

刘思明擅长的是跑步和街舞,他的爱好跟话筒可没有什么关系。随后,思明妈妈翻看儿子的微博,看到了儿子跟一个女孩的互动。那女孩说是感谢他送的礼物,晒出来的照片正好是一支话筒!再翻翻那女孩的微博,嚯,她不就是李云阶吗?思明妈妈这个气啊,都没跟许梦安打招呼,拿着小票就来了。

许梦安十分佩服思明妈妈的"侦查能力"。原来,这思明妈妈为了随时关注儿子的思想动态,注册了个微博,一直"潜伏"在她儿子的粉丝中。再看许梦安,别说是李云阶的微博了,就是她的朋友圈,她这个当妈的都被分组屏蔽了。

"思明妈妈,你也别急。这话筒的钱,我会给你的。"许梦安道。

"我不是来要钱的!送了也就送了,这没什么。"思明妈妈叹了口气,"你放心,我今天来这,不是来跟你吵架的。咱俩吵破天,孩子们的事情也解决不了,没用!"

"说得是啊……"

"咱们得一起想办法,把两个孩子之间的那点小萌芽给它掐了……要是不掐,他们这一天天在学校……他们哪,不像初中那会儿,走读,每天都能回家……现在他们是一礼拜回家一次,我们哪能看得住……"

坐边上的李临本来是一直沉默着的,这时,他突然打断了思明妈妈:"我觉得两个孩子都没问题,是你们这些当大人的有问题。"

思明妈妈一愣:"李老师……你这个话不对呀。"

"你刚才说,要把两个孩子之间的那个什么小萌芽给掐了……我想问问,小萌芽指的是什么?"李临看着思明妈妈。

思明妈妈已然有些不悦:"早恋呀,还能是什么。"

"只有我们那代人才把早恋看作是一项罪名,是犯错,是过失,要惩罚,搞不好还要挨一顿打。你们要是关注现代教育,就会发现,现在'早恋'这个词已经没什么意义了。什么叫早恋?那从人性自由的角度来看,恋爱这件事,它本身就没有早晚。"

"不对啊,李老师,你把我给绕进去了。你刚才不是说自由吗?行,我也跟你说说这个。你说,就那么大点儿的孩子,就算咱们给他们自由了,他们能拿自由来干什么?要让他们现在选择要过什么样的生活,他们中的一多半,说不准都不上学了!"

"就是……"许梦安接嘴,"高中课业负担重,高考可就在眼前了。现在这个时候,任何事情都应该为高考让步。"

"所以啊,我跟思明聊过,我也答应他了,等他和云阶都考上大学了,他们爱怎么样就怎么样,我们谁也不会管。"

思明妈妈一下站起:"以后怎么样还说不准呢。要我说,他们的事,咱们现在就应该管。要是不管,就不是合格的家长!就这么任由他们发展,万一影响了学业,谁来负责?李老师,你能负责吗?"

"我……"

许梦安按了按李临的手,转对思明妈妈道:"我们不是说了吗,今天是聊孩子的事,我们谁也不激动。"

"我没激动!可是你看李老师说的这些话,就好像他是个开明的家长,我呢,我就是个不懂教育的粗人。是,我是没有你们俩有文化。但再怎么样,我也把儿子培养进了一中!"思明妈妈的脸都涨红了,"我说句不好听的,我们家是儿子,你们家是女儿……要是怎么着了,吃亏的是你们家!"

"哎,思明妈妈,你怎么说话呢,你……"李临的情绪也上来了。

许梦安忙道:"李临,你先去书房,我跟思明妈妈再说两句。"

"不是,梦安,你……"

"去吧。"

等李临去了书房,思明妈妈总算冷静了下来。虽然思明妈妈刚才说的"吃亏论"让许梦安有些难堪,但她不得不承认,这话说到了点子上,一击即中,打到了她的心口。儿子和女儿,确实不一样。养育女儿,要更精心,也会更操心。

"云阶妈妈啊,咱们总得想个办法吧。"思明妈妈唉声叹气。

"你别急,这件事,我们得从长计议……"

2

圣诞节这天,许梦心没有去办公室,而是留在了家里。上午,她跟老贾一起,把贾母从医院接回了家。很久没下厨的许梦心不知是怎么了,竟做出了一桌子丰盛饭菜,惊得老贾一愣一愣的。待一家子吃完午饭,许梦心又忙着收拾餐桌,说她负责洗碗。老贾跟进了厨房,要给她帮忙,她也没说什么。两口子默默地在厨房忙碌着,老贾用一块抹布把抽油烟机和煤气灶足足擦了三遍,而许梦心的碗,似乎总也洗不完。

"心心……"老贾耐不住,终于打破了尴尬的沉默,"昨天我的话说得有些重了,我跟你赔不是。从今往后,咱俩合理分配时间精力。家里的事,我不会撂挑子,能管的绝对不会往你那儿推。既然你还是想做你的事,我也支持,我再不说让你回家带孩子这样的话了。不过,我也希望你每天都能早点回家。"

"还有别的话吗?"许梦心一双手在水龙头下面来来回回地冲着。

"我知道,你想让我表态,这就是我的态度。"

"可是你心里,压根儿就不是这么想的。"

"我没有……"

"你向来看不上做小买卖的,也从来没觉得我许梦心能干出什么大事业来。"

"你是我老婆,是熊熊和小西瓜的妈妈,这个才是最重要的。"

"是,这些很重要。可是,我首先是我自己,我是许梦心!"

"心心,我话都说到这个份上了,你还想让我怎么样?"

"我就是想让你明白,我也有事业!"

"你别跟我逞强了,行吗?我懂,你这是在跟我胡闹,在跟我唱反调……你说,就以前,你没工作的时候,在家里管管孩子,闲了出去逛逛街,那时候的你,不也挺开心的吗?难道说,那个你就不是你了?"

"我跟你说不清楚!"

"心心,我真的不想跟你吵架,也不想因为这点事,咱俩没完没了。你现在,要么是不搭理我,把我当空气;要么你就揪着点小事,跟我大吵大闹……"

"贾浩文,你……"许梦心强迫自己冷静下来,"好……既然咱们俩谁也不愿意让步,那就……那就暂时分开吧。"

"暂时分开?什么叫暂时分开?"

"我带着孩子搬到办公室那边去住。"

"我没听错吧?你一个人,带着两个孩子,又要工作,又要照顾他们?你确定?"

"我没问题。"

"是,你没问题……你是没问题,但孩子们呢?他们做错什么了,要跟着你去吃那种苦头。"

"那就……小西瓜留在这,让妈来照顾。我呢,我带着熊熊走。"

"你这是……你这是暂时分开吗?你就是摆明了不想跟我过!"

"咱们俩与其整天这么不对付,还不如分开一段时间,各自冷静下。这样,对孩子们来说,也未必是坏事。孩子们那里,我会跟他们说清楚的。"

"我不同意!"老贾把手里的抹布扔进了水池,水花溅起来,溅了许梦心一脸。

许梦心关了水龙头,伸手擦了把脸,笑着:"我没在跟你商量,既然我说出口了,这就是我的决定。"

"你凭什么做这个决定?"

"那你又凭什么拦着我,不让我走?"

"行,行啊,"老贾在狭小的厨房里来回走了两步,"你走吧,你走,你走,我不拦着。但是,你别想带走我的孩子,一个都不能带走!"

"你的孩子?贾浩文,他们也是我的孩子!"

"他们俩姓贾!"

送走思明妈妈后,许梦安忍不住上了微博,注册了一个小号,关注了李云阶。她从头到尾翻看着女儿的微博,女儿的喜怒哀乐全都在里边。比如,她刚怀小葡萄那会儿,女儿的态度是纠结的、犹豫的,女儿觉得父母不再爱自己。再比如,小葡萄出生后,女儿试图去接受这个突如其来的弟弟……再看李云阶跟刘思明的互动,虽然很频繁,各种点赞、评论、转发什么的,但这两个孩子更像是很好的朋友,而不是什么恋人。就在许梦安略放下心来时,发现女儿更新了一条微博。差不多同一时刻,思明妈妈打来了电话。她听起来特别着急:"我们都被骗了,他们根本没在学校,而是去了大峡谷!"

是,女儿最新那条微博的定位就在大峡谷。在她晒的照片里,尽管只是一群孩子的背影,但是许梦安清晰地辨认出了女儿、刘思明、何璐等人。

"你先别急,我先给云阶的班主任打个电话,了解一下情况。"许梦安对思明妈妈说道,接着,她马上联系了王老师。

"圣诞节活动?"王老师似乎很纳闷,"云阶妈妈,学校有好几年没搞类似的活动了。现在都提倡重视传统节日,不提倡过这些洋节的。怎么了,李云阶还在学校?她没回家吗?"

"这个……"

"你别急啊,我这就联系宿管,看看她在不在宿舍里。"

"王老师,你等会儿……"许梦安忙道,"噢……是这样的,我刚收到云阶外婆发来的微信,说云阶在她那儿呢。"

"那就好……"王老师说着,"李云阶最近在学校的表现挺好的。刚开学的时候,她可能有点不适应高中生活,有那么点不合群。但这个问题,现在基本都已经解决了。不过,有句话我还是得说。我这个班主任,全班几十个学生,不可能随时关注每个学生的动态,也没法面面俱到。好多工作,还需要你们家长配合。"

"是,我们一定配合。"

"要是没别的事，我就先挂电话了。"

"好的，谢谢王老师，王老师再见。"

"出什么事了？"李临走到许梦安身边。

许梦安无奈地看了李临一眼："我都不知道怎么跟你说……"

这次大峡谷之行，刘思明事先就在景区的酒店订好了房间。他和王哲，两个男生一间房。李云阶、何璐、朱可馨、于美婷，四个女生呢，她们非要挤在一起，所以，她们住另外一间。为了相互照应，两个房间是相邻的。

吃过晚饭，小伙伴们便凑在女生那间房玩《狼人杀》。这间房的饮料喝完了，李云阶和刘思明就去另外一间拿。他们俩进房间没多久，家长们就闯了进来。为首的是思明妈妈，后面跟着的是思明爸爸和许梦安。还没等李云阶和刘思明反应过来，"啪啪"两声，思明妈妈已经甩了刘思明两个耳光。

李云阶已经不记得他们是怎么从大峡谷回来的了，她只知道，她从来没有受过这么大的委屈。他们做错什么了吗？他们无非是想出来放松一下心情，自由自在地玩上两天。如果真的有错，也就是事先没跟家长打招呼。可要是跟家长说了，他们能同意吗？更让李云阶伤心的是，老妈看她的眼神，分明就是笃定了她和刘思明同处一室，笃定了他们……不管何璐他们怎么解释，老妈都黑着一张脸，死死拽着李云阶的手，就好像她随时会逃走似的。

"你知道你错在哪儿了吗？"一回到家里，老妈就这样问李云阶。

李云阶面无表情："错在事先没跟你们说。"

"就是这个？"

"不然呢？"

"你再好好想想！"

"没有的事，我怎么想！"

李临和兰香见许梦安火气很大，两人在一边少不了劝说。他们越劝，许梦安就越觉得可气。

"走，去你房间！"她拉着李云阶的手。

李云阶冷冷站定："不管去哪儿，我都想不出来，我还有哪个地方做错了。"

"你……"

"妈，要我说，你们才有错。你和思明妈妈，你们在微博上偷窥我们的生活，这就像是在偷看我们的日记！那是我们的隐私，你们不知道吗？"

"隐私……隐私是晒到网络上，给所有网友看的吗？"

"对，就是给全世界的网友看，也不想给你们这些家长看！"

"李云阶！"许梦安一边喊着女儿的全名，一边甩手过去就是一巴掌，李云阶登时跌倒在地。

李临走过去，抓住了许梦安的手："你疯啦！谁允许你打我女儿的！"

"都是你给惯的，你还怨我？"许梦安睁大眼睛看着李临。

兰香去扶摔倒在地的李云阶："哎哟，作孽呀，打孩子干吗……"

李云阶稳稳地站起，直视着许梦安的眼睛，一字一顿地说："我恨你！我恨你！我恨你！"说毕，她转身就进了房间。李临去拧门把手，发现房门已经被女儿给反锁了。他深吸了一口气，转对许梦安道："你到底想要怎么样！刚才几个孩子给我打电话了，说事情不是你们看到的那样。梦安，他们就是去大峡谷玩了一趟，这件事，犯不着上纲上线。"

"在你眼里，什么都是小事，什么都不用上纲上线！是，确实是一群孩子一起出去的，不单单是云阶和刘思明。他们俩只是去那个房间拿饮料，他们之间什么都没有发生……可是李临啊，你想想看，你女儿现在会为了出去玩就跟我们撒谎，那以后呢？还有，她和刘思明眼下是什么事情都没有，那以后呢？你敢保证吗？"许梦安问道。

"那你打算怎么做呢？接下来，把女儿关在家里，不让她去学校，不让她跟刘思明接触？"

许梦安疲惫地靠着墙："我没说要这样！我怀小葡萄的时候，每次去产检，好几次都在妇产科看到了跟云阶差不多大的女孩，有个别的，年纪比她还小！你知道她们为什么要去妇产科吗？那些女孩，年纪都小，正处在青春期，对异性充满了好奇，对性也充满了好奇……她们的生理是成熟了，可是，她们的心理呢？要是有一天，云阶也遇到了这种情况，我们对得起她吗？那时候，我们就是最最失职的父母！一辈子都没脸见她！为什么？因为我们没有保护好她啊……"

"你别这样,我没说不管……"

"是啊,你没说不管,可你真的管过吗?噢,你以为你跟刘思明聊聊天,刘思明就能真的听你的,遵守你们之间的那个约定?这些孩子,他们有思想、有行动力的,他们真的要背地里做点什么,我们能知道吗?教育孩子不是嘴上说说的!"

"所以,在你眼里,我就是一个什么都不管的父亲?"

许梦安不语。

李临笑了笑:"你知道吗?我特别喜欢一句话,说人的愤怒都是源于自己的无能。我要是你,我会好好检讨一下自己,问自己是不是一个合格的母亲!"

"李临,你……"

"我知道你有气。云阶,你打也打了,骂也骂了。孩子都说出那种话来了,她说她恨你……现在,你又把矛头对准我了?我有心跟你商量对策,你却在这冷嘲热讽,这是解决问题的态度吗?"

"好,很好……"许梦安苦笑着,抓过自己的外套和包,"我现在是吃力不讨好,在这个家里,千般万般地讨人嫌了。我走还不行吗?我现在就走。"

一旁本就无措的兰香连忙拉住她:"有话好好说,你别走啊,这大晚上的……"

"兰香姐,你让她走!"李临一脸气愤,"她自己的教育方法有问题,我才说了两句,她就这样……你别拉着她,让她出去冷静冷静!"

"不是,李临,你不能这样……"兰香有心劝和。

这时,许梦安甩开了兰香的手,接着,她头也不回地朝门口走去。

许梦心刚做完直播,点了份夜宵在吃。不过,晚上的这次直播效果不太好,没卖出去多少东西。也是,她的精神状态这么差,苦着张脸,即便有笑容,那都是皮笑肉不笑,连她自己看了都觉得烦,何况是顾客?白天她和老贾吵完架,她想暂时搬出来住的事始终没商量出个结果,可这边的直播是早就在顾客群里预告出去了的,不能不播。她只能往办公室这边来,硬着头皮上镜。

夜宵还没吃完,她就听到了敲门声,以为是老贾来找了,心下想着,还算他有点良心。不料,她一开门,发现门外站着的是大姐。大姐披头散发,脸上的妆全都花了,脚上就穿了双居家的棉拖鞋。因为外面下着细雨,她的棉拖鞋上都是泥。

"大姐……"许梦心诧异地看着许梦安。

"方便收留我一晚吗?"许梦安的嘴唇微微哆嗦着。

"什么?"

"我说,我今天晚上住你这。"

"不是……你……那你先进来吧,进来再说。"

挨了老妈一巴掌的李云阶躲在自己的房间里,老爸站在门口喊了很久她都没有开口。后来,她听到了咿咿呀呀的声音,是弟弟小葡萄。

"云阶,弟弟在找你呢,你开开门,好吗?"老爸说着。

"呀,呀……"小葡萄一只小脚在踢门。李云阶擦掉眼泪,把门打开了。

小葡萄也乖巧,看到姐姐开了门,就伸手要姐姐抱。本是老爸弯腰扶着小葡萄站立的,小葡萄一急一伸手,竟摔倒在地,但他没哭。不过是 8 个月大的孩子,还不会走,便慢慢爬到了姐姐身边。

"小葡萄……"李云阶抱起了弟弟。

老爸微笑着:"别难过了,爸爸相信你。你妈只是一时冲动……"

"我不想提她!"

"好,我们先不提她。兰香表姑给你做了好吃的,你先吃一点,好吗?"

"我不饿!"

"好好好,你不饿,那等你饿了再吃。"

"她呢?"

"谁?"

"我妈。"

"不是不提她吗?"

"我……"

"她出去了。随她吧,让她出去冷静冷静。她呀,火气太大了。"

李云阶没吱声,慢慢坐下,把小葡萄放在腿上,紧紧地搂着他。

3

许梦心拧了热毛巾给许梦安,又找干净的衣服和鞋子让她换上,还给她泡了杯热气腾腾的速溶咖啡。

半杯咖啡下去,许梦安的脸色总算好一些了。许梦心什么也不问,只跟许梦安东拉西扯。到末了,还是许梦安自己把今晚的原委告诉妹妹的。

"我打熊熊,被你说了一顿⋯⋯现在倒好,你居然打云阶⋯⋯大姐,你让我说你什么好。"

"云阶太不让我省心了!"

"她开微博,就是想找个地方宣泄宣泄,这就跟我们小时候写日记一样。你不记得啦?你的日记还是锁在抽屉里的呢,有次被妈翻到,你当场就跟她急眼了。"

"我也不是故意要看她微博的⋯⋯"

"是不是故意,你都看了。你啊,其实是个特别矛盾的人。一边呢,想当特别开明的妈妈,一边又不相信云阶。我要是云阶,我也生气。"

"你就别火上浇油了。"

"我不是火上浇油。大姐,虽然咱俩已经是三四十岁的人了,可我们也是从云阶那个年龄过来的。在父母跟前撒点无伤大雅的小谎,这样的事情我们没少干。我也不是让你不管云阶,可就算是要管,也要注意方式方法嘛⋯⋯"

"行,反正全是我的错。"

"你看你⋯⋯忠言逆耳嘛。"

许梦安将杯子里的咖啡全都给喝了,用毯子包裹着自己,躺到了库房那张行军床上。

"你真要睡这?"许梦心无奈地问道。

"不行吗?"

"不是不行,只是你睡在这,我睡哪儿啊?"

"你回家呀。"

"你这话有意思,那你怎么不回家?"

"我不是跟你姐夫吵架了嘛。"

"噢,你跟姐夫吵架了,就躲到我这。我还跟老贾吵架了呢,你让我躲哪儿去?"许梦心顿了顿,"我打算暂时跟他分开住,然后,我得把熊熊带出来,他的作业得有人辅导。你都不知道,现在学校布置的那些作业全都要家长配合,我……"

"等会儿!"许梦安一下坐起,"你刚才说什么?"

"我说,小学生的作业越来越难了……"

"上一句!"

"把熊熊带在身边啊,我们娘俩搬出来住。"

"许梦心,你这是……你干吗非要搬出来呢?"

"一言难尽。你别劝我了,劝也没用。我打算另外租一套房子,大点的,至少得有间卧室,我们娘俩能住。这件事,我明天就办。"

"老贾能同意吗?"

"他不同意又怎么样,他还能限制我的人身自由? 你是没看到他那副样子,我说要带孩子出来住,他说,孩子是他的,孩子姓贾。我承认啊,我不是好妈妈,特别是熊熊刚出生那会儿,又有保姆又有熊熊奶奶的,这孩子我就没怎么带……但再怎么样,两个孩子都是我怀胎十月生出来的! 听他那意思,要是有一天我跟他离婚了,孩子我一个都带不走!"

"离婚? 你想离婚?"

"就现在的情况来看,不排除有这个可能啊。"

"你说得倒轻松啊,离婚离婚的。真的要离婚,前前后后好多事情都得考虑清楚……你们结婚不是一两年了,多少大风大浪都过来了,'离婚'这两个字,它不能老是挂在嘴边的。"

许梦心看着许梦安:"你的意思是,要是有一天我跟老贾真的过不下去了,我也得忍着?"

"我……"

"大姐,我发现你现在整个人都变了,也不知道你是从什么时候开始变的。要说以前,你叱咤职场、雷厉风行。当然,你在家里,那也都是说一不二的,不管在咱们许家,还是在李家,你都是顶梁柱。可是再看你现在,磨磨叽叽的,我瞧着……"

我瞧着你还有点怨妇的气质了……"

许梦安抓起手边的抱枕，一下扔到许梦心身上："你赶紧回家！让我在这清静清静！"

你变了……许梦安咀嚼着妹妹的话。或许，妹妹说得没错，她许梦安确实是变了。大概，这种变化，从她决定生下小葡萄就开始了。

这一年多来，她的生活发生了各种各样的变故。这些变故并不是突如其来的，而是一个极其缓慢的过程，是由无数的细节堆叠起来的。意外怀孕、职场遇挫、父亲中风、决定生下孩子、女儿中考、漫长的产假、产后的艰辛、项目流产、愤然离职、丈夫生病，如今……她身边最亲近的人，她的丈夫和女儿，他们却并不理解她。丈夫甚至让她检讨，质问她是否真的是合格的母亲。而女儿那几句"我恨你"，更是狠狠地击痛了她。

这是怎么了？这到底是怎么了？

窗外，夜雨越下越大。裹着毯子的许梦安就睡在妹妹这间狭小的库房内。这是妹妹逃脱家庭琐事的港湾，却也让许梦安得以在此暂时避风。过了今夜，生活仍得继续。她走出这里之后，还是李临的妻子，还是李云阶和许木子的母亲，唯独……她不知道自己去了哪里。那个四平八稳，却又有着理想和抱负的独立女性，她在哪儿呢？

手机铃声骤然响起，是丈夫来的电话。许梦安滑动了一下手机屏幕，挂断、静音。她确实需要清静，需要好好想一想接下来的生活。

李云阶没有想到小姨会来。小姨提着很多李云阶爱吃的东西，笑盈盈地走进了她的房间。

"热奶茶，就是新出的那种脏脏茶。喏，还有这种脏脏包……"小姨从袋子里取出了各种吃的喝的，"对了，我还买了蛋挞、烤翅、冰激凌、啤酒……哟，这啤酒可不能给你，是我自己要喝的。"

"小姨……我不想吃。"李云阶看看一桌子的食物，又看看小姨。

小姨还是笑着："干吗不吃？我心情不好的时候，就喜欢吃吃吃，怎么顺心怎么来。我跟你说，不管什么时候，你都不能委屈了自己的肚子。再说，就算你要生气,也得吃饱了才有力气生气嘛。"

"你怎么知道我在生气?"

"你妈都对你动手了,那么大的事,你要不生气才怪呢!别说你,我都气炸了。所以,我就马不停蹄地过来了。这事我得管呀!"小姨说着,打开了一罐啤酒,自顾自喝了一口。

"谁跟你说的啊?"

"你爸啊。你爸给我打了电话。"

"噢……"

"你妈还真下得了手,居然打了你!"小姨挨着李云阶坐下,她打了个嗝,一股子酒味,"来,让小姨看看,伤在哪儿了? 我啊,我明天就跟你外婆说,让她好好批评一下你老妈! 你要是觉得不解气,我就让外婆打她! 她是怎么打你的,我就让外婆怎么给你报这个仇!"

李云阶往后躲:"别,你别告诉外婆,不然她要担心的。"

"真不用打小报告?"

"不用……"

"那这样,你有什么委屈,只管告诉我,我帮你出头。"

"我就是想跟同学去大峡谷玩两天,这件事,我事先没跟她说,是我不好。可是她呢,她居然去翻我的微博! 小姨,这个微博,怎么说呢……你可能不理解吧,就是我不希望我的父母啊长辈啊,你们发现它的存在……"

"我懂我懂。实话告诉你吧,我发朋友圈的时候,也经常屏蔽你外公外婆呢。"

"真的?"

"那还有假!"

"我继续说啊。她翻我的微博不说,还和刘思明的父母赶去大峡谷找我们。当时啊,我刚好跟刘思明去他房间拿饮料,谁能想到,他们就来了。他们一进门,那眼神,那表情,就好像我和刘思明做了什么不得了的事情!"

"刘思明我见过啊,长得不赖……"

"小姨你别捣乱,你这样我可什么都不说了。"

"好，我不捣乱了，你说嘛。"

"学校的生理卫生课我上过，我知道不爱惜自己会有什么恶果。刘思明是我的小学同学、初中同学，如今又是高中同学。他是挺好的，我也喜欢他，但是……"李云阶迟疑了一下，才继续道，"但是我们说好的，除非考上大学……唉，我也不知道应该怎么表达啦。我就想着，要是他真的喜欢我，我也真的喜欢他，那何必在乎现在能不能在一起呢？以后的日子不还长着吗？"

"这些……你跟你妈说过吗？"

"我怎么说呀？我说了也没用。刘思明来我们家一趟，是来看我爸的，我妈呢，就跟防贼似的盯着我们俩。我原本还以为她跟别人家的妈妈不一样，现在看来，她们都是一样一样的！"

"你这话说的……云阶啊，我们这些当妈的，又不是生下来就会当妈的喽。我们呀，只知道到了法定年纪，就可以跟自己喜欢的人结婚。我还以为结婚后的每一天都跟婚礼那天一样美好呢。结果呢？当了人家的老婆、人家的妈，除了操心这个，操心那个，我们的生活好像也就不剩什么了……要是能够时光倒流，我呀，在生小孩之前，一定要去上一个'妈妈大学'……"

"什么是'妈妈大学'？"

"这是小姨我想象中的一所学校。世界上所有的妈妈在怀孕之前，都应该送去那里接受教育。在这所学校，会有老师教我们孩子调皮怎么办，孩子不爱学习怎么办，孩子……"小姨坏笑着，"孩子未满 18 岁就有喜欢的对象了，又应该怎么办。"

"你好烦啊……"

"你说，会有这样的'妈妈大学'吗？"

"应该不会有吧，反正，我从来都没有听说过。"

小姨撕开一盒冰激凌，递给李云阶，继续说道："我和你妈妈呀，其实都一样，我们都没有学习过怎么当妈。所以，有些时候，我们也会犯错。"

"唔……"李云阶挖了一勺冰激凌送进嘴里。

"但是，错了就是错了！她活该睡在我库房！"

"她……她睡在你的库房？"

"对啊,我平时要午睡,在那摆了一张行军床。我跟你说啊,到了晚上,搞不好那里还会有老鼠出没……"

"那……"李云阶犹豫着,"那得多恐怖啊。"

"所以我说她活该呀。我跟她说了,她要是没有认识到自己的错误,就继续在那住下去。"

"我是……我是无所谓,就是小葡萄很黏她的,她要是不回家,小葡萄该哭鼻子了。"

"是吗?"

"嗯……"

"这样的话就麻烦了。她回来,你一准还是得生气;她要不回家,小葡萄又会哭闹……"

"反正我明天就要回学校了。"

"那行,那我让她明天就回来。"许梦心又喝了一大口啤酒,"行,你早点睡觉吧,我得去跟你爸谈谈。"说毕,出了李云阶的房间,来到了客厅。

李临正坐在客厅沙发上,本来是两眼放空不知在想什么,听到许梦心出来的动静,他随手拿起了一张报纸,有模有样地看了起来。

"姐夫,"许梦心走了过去,"还没睡呀?"

"哦,你不是还没走吗,哪有家里有客人,我却去睡觉的道理。"李临咳嗽了一声。

"大姐在我那,没事,就让她先在那对付一晚上吧。你别担心。"

"我没担心呀。她都四十几岁的人了,还跟小孩子似的闹离家出走,我有必要担心她吗?"

"噢,我还以为你坐在这,是因为担心她。看来是我想多了。行,我这就过去告诉她,这几天都别回家了。反正这个家里啊,根本就没人关心她。"

"心心……"李临放下报纸,"你看,你这么说就有些极端了。"

"承认你在担心她,就这么难啊?"

"不是,我……"

"等会儿我把我那边的地址发给你,明天上午,你去把她接回来。"

"她自己长脚了。"

"是,她确确实实是长着脚,可你要是不搬一把梯子给她,她怎么下来?"

"那……那明天再说吧。"

"哎哟,我真是服了你了……姐夫呀,我姐什么人你最清楚了。你们结婚这么多年,她哪次说生了气会夜不归宿,会闹到家都不回的?她这次之所以这样,说明她是气极了的……"

"她有什么好生气的!"

"那得问你!"

"你小点声!"

许梦心摇摇头:"反正,明天你爱去不去吧。"

这时,厨房里突然传出一阵响动,像是有什么东西碎了。

"是兰香姐吧?"许梦心循着声音走进去,"兰香姐,你还没睡吗?"

兰香果然在厨房,她脚边是一个破碎的玻璃杯。

"你看我,毛手毛脚的……我就是渴了,出来倒杯热水喝。"

许梦心看了兰香一眼,这大冷的天,兰香竟是满头的汗,那扶着料理台的手在微微颤抖。

"我给你倒吧……"许梦心小心翼翼地绕过玻璃杯碎片,走到兰香身边,"兰香姐,你是不是不舒服?"

"没有啊,我就是渴了。"

"不对啊,你这脸都青了。"

兰香吞吞吐吐的:"咳,说出来都丢人……我嘛,我已经……已经绝经大半年了,想着是更年期到了,也没管它。谁能想到,今天居然来事了……就是肚子有点疼,别的倒还好。"

"那我给你弄点姜茶。"

"别,心心,我可不能劳动你。你给我倒杯水……倒杯热水就好。"

许梦心刚拿过一个干净的水杯准备倒热水,就看到兰香的身体软软地瘫了下去。

"姐夫!姐夫!你快来!"许梦心一惊,手里的杯子也落了地。

第三十四章
幸福就是有选择

1

大萍和小树赶到医院后不久，许梦安也到了。她忙拉过许梦心，急急问道："什么情况？"

"我们……"许梦心压低声音，"我们这边说话。"

姐妹俩走到走廊尽头，远远离开病房了，许梦心才开口说话。

"刚才医生给拍了片子，说是子宫里长了个瘤子。"许梦心摇摇头，"现在还不知道是良性的还是恶性的，且得化验呢……"

"不管是什么，都得治！"

"看你，没人说不治。好在你之前劝她买了社保和医保，那医保总能减轻一点压力。要是钱不够，我们再想办法给她凑。大萍和小树也说了，他们的妈辛苦了大半辈子，他们不会不管……"

"那就治啊！"许梦安低吼着。

"你这是怎么了……"

"我怎么了，我……"许梦安就势蹲了下去，双手捂着脸，"我就是难过……我特别难过。兰香姐这么好的人，前半辈子，因为那个不争气的老公，遭了那么多罪。现在眼见大萍和小树的日子过好了，大明也马上要上大学了，她怎么就……"

"还没化验呢,你别这样……大姐,我求你了,你这样,要是让大萍小两口看到,他们不得急死?"许梦心说毕,一扭头看到了李临,刚才李临一直在忙着办医院的手续。一发现兰香晕倒,他和许梦心就打了 120,及时把兰香送到了这。本来他还担心儿子在家没人照顾,女儿倒是懂事,说弟弟可以跟她睡。

"姐夫……"许梦心张嘴叫李临。李临冲许梦心摇摇头,示意她噤声。

那许梦安浑然不觉,就这么蹲在地上,捂着脸痛哭。

"你先走……"李临用口型跟许梦心说话。许梦心不安地看了大姐一眼,这才悄然离去。

"心心,我就是觉得兰香姐太可怜了……"许梦安边哭边说,"我们女人都可怜。付出了那么多,结果呢? 我也不说付出了就一定要什么回报,对家人好,那都是应该的。可是,最起码的尊重呢? 我的要求也不过分啊……"

妻子絮絮叨叨地说着,越说越哭,越哭越说。李临只是安安静静地站在她身后,他知道,此刻的她,很崩溃。而她的崩溃,并不仅仅为着兰香的病。他有时都忘记妻子也是一个有情绪的女人了,在他眼里,她是什么都能应对的。

他们从北京回来后,因为他自己的缘故,就没怎么跟她好好说过话。不但如此,他还有点烦她。他知道自己的眼睛不好了,却始终不愿意承认自己是个术后康复的病人。她的每一句关切、每一种体贴,在他看来,只是在不断印证他已经是个残障人士这个事实。他内心里,是希望她把自己当成正常人,希望他们的生活回归正轨的……可他从未想过,他的冷淡和粗暴,他的拒她于千里之外,会对她造成什么样的伤害! 特别是今天,他甚至斥责她不是一个合格的母亲! 他有什么资格斥责她呢? 他有什么资格!

"心心,要是有下辈子,我一定不做女人了! 我不做女人了!"许梦安哽咽了。

"行,那我做女人,换我来照顾你的生活。"是李临的声音。

许梦安缓缓站起,李临伸手去扶,被许梦安甩开了。

"对不起,对不起……"李临也哽咽了。

"不许哭!"丈夫还在术后康复期,是不能流眼泪的。

"好,我不哭,我没哭……梦安,我没有考虑过你的感受,是我不对,我向你道歉。"

许梦安擦拭着自己的眼泪："光道歉有什么用……"

"我就是心里这个坎迈不过去。我一只眼睛是瞎了，可我不愿意你真的像照顾一个瞎子那么照顾我……"

"可是，有什么比活着更重要的呢？只有你尽快康复了，我们俩才能继续走下去，不是吗？"许梦安泪眼迷离地看着李临。

许梦心本想留在医院里照顾兰香的，可她和许梦安、李临，都被大萍给撵了出来。待她目送着姐姐和姐夫上了出租车，才发现老贾的车子驶了过来。

"心心！"老贾开了车窗，朝许梦心招手。

许梦心也不搭腔，只是一动不动地站在路边。老贾只得把车子开到她身边，又下得车来，给开了副驾驶的车门，她这才面无表情地坐了进去。

"我也是刚听说的，是姐夫给我发的微信……你说，这好好的，兰香姐怎么突然就病了……真的是天有不测风云……"老贾踩了油门。

车子慢悠悠地在街道上行驶着，像是老贾在故意放慢速度。

"嗯。"许梦心的回应很是冷淡。

"幸好啊，大萍和小树都在 H 城，他们能照顾兰香姐……"

许梦心打断老贾："兰香姐虽说是保姆，可不管她在大姐那，还是在妈那边，谁真的把她当保姆看了？这些年，她里里外外帮了我们多少忙？我们许家可不是忘恩负义的人家，如今她病了，怎么可能不管她！"

"我不是这个意思，我什么时候说不管她了？对了，兰香姐这事，我们总得跟大萍爸爸说一声吧？"

"跟他说了有什么用，我看，兰香姐的那个瘤子，多半就是被那个男人给气出来的。贾浩文，我把话跟你说在前头啊。大姐肯定会给兰香姐一笔医药费的，我们俩呢，也得给。"

"这个我知道。我是那种抠抠搜搜的人吗？"

"是，你多大方啊，每个月，你光请人喝酒就得花不少钱呢。"

"你……你怎么绕到这上面了呢？"老贾笑着。

"别嬉皮笑脸的。"

车子驶过 H 城的一座跨江大桥,老贾突然靠边停了车,开了前排的两个车窗。夜雨才停不久,冷风卷着凉意扑面而来。

"你干吗?"许梦心捂紧了衣领,"冻死了。"

"咱俩认识的时候,还没这座桥呢。"老贾顺手从裤兜里掏出了烟和打火机,"我想抽支烟。"

许梦心没有说话,而是看向了车窗外。桥下的江水被两岸的灯光照得斑驳陆离,有着说不出的美感。

老贾点了烟,刚吸了两口,许梦心俯过身来,拿走了他手里的烟,将香烟放到了自己的唇边。

"你什么时候学会抽烟的?"老贾诧异。

许梦心笑笑,深吸了一口香烟:"这玩意儿有用吗?"

"压力大的时候,抽两支;累的时候,也抽两支。反正,就是那么回事吧。"

"抽完了烟,压力也还是在,问题也还是没有解决,不是吗?"

"是……"

许梦心轻微咳嗽着,将香烟还给了老贾。老贾接过烟,犹豫了一下,顺手把这大半截香烟扔出了车窗。

"这就跟咱俩吵架、冷战一样,我们总以为吵一吵、冷一冷,我们之间的问题就可以迎刃而解。其实,不是这样的。"许梦心缓缓说道。

老贾试图关闭车窗,许梦心将手压在副驾驶那侧的车窗上:"吹着吧,吹着风,咱俩就能清醒一点。"

"心心,我想跟你过下去,从我第一眼看到你,我就没想过撒手。"老贾道,"过日子嘛,总会有这样那样的问题……"

"是啊,过日子总会有这样那样的问题。接下来,小西瓜要上什么样的幼儿园,熊熊能不能考个好点的初中……往后,要不要留你妈下来,我们给她养老……再往后,小西瓜该上小学啦,熊熊该考高中啦……再再再往后,两个孩子的工作、婚嫁……这辈子可不是就有这么多解决不完的问题吗?可是,"许梦心扭头看老贾,"在解决问题之前,咱俩都得先把各自的问题解决了。"

"我没听明白……"

"你的理想,我的理想……也许,我们这样的普通人,'理想'两个字不应该放在我们身上。但我们俩,又确实都是有理想的,对吧?贾浩文,我很抱歉,我抱歉的是,直到我成了两个孩子的妈,才明白自己想要的是什么。我也知道,我能够选择的,能够做的,都已经很有限了。但我总想试试……"

"心心……"

"你先听我说完吧……我想表达的是,不管因为什么,不论什么时候,我都不可能把我现在在做的这些在你眼里微不足道的生意给撂下。你要做大生意,要让一大家子人重新住上大房子,这或许是你的理想。我的呢?没那么远大……我也不是说,非要成为什么女强人,成为什么霸道女总裁,要别人高看我一眼之类的。就是吧,我挺想让你和孩子们为我骄傲的。"

老贾又从裤兜里拿出了一支烟,但他没有点燃,而是夹在手指间,就这么夹着。"其实,我现在就挺为你骄傲的。"他微笑着。

"你没有。"许梦心也笑,"你娶我,或许是因为我长得不错,再或许,是因为那时的我还算可爱。咱俩结婚后,你对我有求必应,不管我要买什么,我要做什么,只要不出格,你就从来不拦着。我后来要出去上班,你也是被我磨得没办法。甚至,你加入那个什么奶爸群,但你打心眼里,就没真正看得起那些奶爸……老贾啊,我们之间从来就不平等呀。哪怕我生了两个孩子,哪怕我对你不离不弃,哪怕我为这个家庭付出了很多你想象不到的东西……你只喜欢那个娇滴滴的许梦心,她呀,就像只小猫咪,哪怕伸出小爪子挠了挠你,也是无伤大雅的、有趣的……而我,不想做你的小猫咪啦。"

"我竟然无话可说了。"

"因为,我刚才说的每一个字,连标点符号都没有错。"

"然后呢?"

"还是那个建议,咱俩先分开一段时间。"

"没有更好的办法了?"

"没有了。"

"我说什么都没用了?"

"是。"

"小猫咪醒了。"老贾笑了笑。

"不，是许梦心醒了。把车窗关上，我们走吧。"

"是得走了，回家的话，还有很长一段路……"

许梦安轻轻拧开女儿的房门。女儿大概是因为害怕，并没有关灯，而是留着一盏台灯。微黄的灯光下，女儿和儿子都已沉沉入睡。只见女儿一只手把儿子搂在怀里，另一只手则放在被子外面，替儿子轻轻摁住被脚。

许梦安本想把儿子抱走的，可她实在不愿意将孩子们惊醒。见女儿的脚露在被子外面，便走到床尾，将被子往后拉了拉。

"嗯……"是女儿的声音，"谁！"

几乎是迅雷不及掩耳，女儿便掀开被子，跳了起来，手里还拿着一根擀面杖。

"是我是我……"许梦安忙道。

李云阶按住胸口，她实在被吓得不轻，指着老妈："你吓死我了！"

"嘘……"老妈指指熟睡的小葡萄，"我把他抱走吧？"

"不用！"李云阶压低声音，"你走吧，把门带上。"

"好。"许梦安转身。李云阶想了想，从床上爬下来："等一下。"许梦安回头。

"兰香表姑……她到底是怎么了？"120 救护车呼啸而去之后，李云阶便很是担心。

"就是一点小毛病……"

"瞧吧，还说我骗你，你才是大骗子呢。你骗我多少回了？我都数不过来！"

"她的子宫里长了个瘤子。"

"瘤……那她……她会死？"李云阶心口一紧。

"还得化验，化验之后才能知道是恶性的还是良性的。现在医疗条件好，即便是不太好的那种，也能痊愈的。"

"这个……你没骗我吧？"

"当然没有。"

"好了，你走吧，我该睡觉了。"

许梦安点点头，走到门边，却又回头看了一眼。只见女儿还站在那，也在看

着她。

"妈妈不该打你的……"许梦安轻声说着。

"如果没记错的话,这已经不是你第一次打我了。就在前段时间,我在宿舍里被人欺负,被褥被她们给泼湿了,刘思明带我去黑网吧待了一晚上。因为这个,你也打我了。"

"我太担心你了,云阶。但不管怎么说,妈妈打你,就是妈妈不好。"

"每次都是这样,每次你都不给我说话和解释的机会。"

"这一次,我意识到自己身上的问题有多严重了。"

"你说过,人都有缺点……"李云阶坐到床边,"我也没要求你一定要做个什么都如我愿的妈妈。小姨说,你们不是生来就当妈妈的,所以,你们也会犯错。不过,我也是第一次当女儿呀,我犯一点错,就真的那么不可饶恕,你就非要对我动手吗?"

"这些话,我都记住了。"许梦安走到女儿身边,"脸还疼吗?"

"不疼。"

"你要是不生气了,也不困的话,妈妈能再跟你聊聊吗?"

"随便吧。"

"那咱俩就说说刘思明。我其实并不反感刘思明,相反,这个刘思明很优秀,也很有意思……"

"行了吧,"李云阶摇了摇头,"你又来这一套了。先演我闺蜜,套我的话,掌握情报,然后把我一锅给端了。这一套,对我已经不管用了。我已经一而再、再而三地声明,我不要和我妈成为朋友。妈就是妈。我不缺朋友。"

"我没套你话。好,那我就以妈妈的身份跟你说几句。我希望你以后的人生能幸福,但幸福这东西,它是建立在有选择的基础之上的。拿高考分数来举例,这上了一本线的,要是自己高兴,也可以去读二本。可二本线的要想读一本,那就不可能了。很残酷,很现实,却又是你必须去面对的。你将来工作了,也是这个道理。优秀的人呢,他们的选择更多,机会也就更多啦。那么,爱情其实也一样……"

"我没听错吧……你居然跟我聊这个……"

"我不聊,你不也知道吗?"

"也是……"

"当你成熟了,准备好了,明白你要的是什么的时候,不管你跟谁谈恋爱,跟谁结婚,在这段感情里,你就都是自由的。你也许会遭受感情的困惑,可是,你不会慌乱。因为你知道,你自己是有能力应对这些的。所有所有的前提,都是建立在你已经是个成熟女性的基础之上。妈妈不知道你到底什么时候才会成熟,或者是18岁,或者是24岁,或者跟你小姨一样,到了30来岁才成熟……"

李云阶看向了许梦安。

许梦安继续说着:"只要你准备好了,到时候,妈妈一定是支持你的。不管你的那个他是刘思明、王思明还是陈思明,我都相信你的选择。"

"那我问你,我还可以跟刘思明当朋友吗?"

"可以。"

"他要是来咱家,你不会再跟盯着贼一样盯着我们了?"

"这个……"

"你看……"

"我尽量吧。"

"我们几个去大峡谷的事,你没跟老师说?"

"没有。而且,我也跟思明妈妈说过了,这件事,本来就和学校没有关系。我们谁都不会告诉老师的。"

"好,那我勉强可以睡个好觉了。"

"睡吧,我明天带你去医院看表姑。"

李云阶钻进了被窝,突然问道:"表姑生病了,那小葡萄怎么办?"

"妈妈会想办法的。"

许梦安从女儿房间出来之后,心里不免也开始犯难。是啊,女儿说得没错,兰香这病可不是一两天就能好的。她皱着眉头走进了卧室,一屁股坐到床边。

"在想什么呢?这都半夜两三点了,快睡觉吧。"李临按了按许梦安的肩膀。

在妹妹的小库房里,许梦安考虑过接下来的生活,她要做的第一件事就是走出家门,她得去上班。但是现在……

"梦安,我都想好了,再过一个星期,我就回学校。"李临说道。

"那么快吗?"许梦安心不在焉。

李临笑着:"我不能一直请假吧? 再说了,这请着假,工资也就缩水了。我们俩要都在家里,不得坐吃山空? 以前我不太考虑这些事,但病了这一场,好些东西也都想明白了。要是只有一个云阶也就罢了,我们怎么都能把她培养出来,还可以给她备份嫁妆。现在多了个小葡萄,这小子还没上幼儿园呢。"

"是啊,葡萄还小呢。"

"睡吧。"

"噢,我先洗把脸。"许梦安慢慢走进卫生间,大镜子里,是一张表情略有些惶惶的脸。她终究没能张嘴告诉丈夫她的想法,她真的变了。

幸福就是有选择,而现在的许家两姐妹,她们似乎都没有太多的选择。或许,她们已经没有过多的时间和精力去深究属于她们的幸福到底何时才会来。因为,每天一睁开眼,摆在她们面前的,就是一个又一个的麻烦。

兰香也睁开了她的眼睛,她看着病床旁的女儿和女婿,脑子里冒出来的第一个念头就是:完了,要耽误这小两口做买卖了。

"你们在这待着干什么! 昨天晚上我就说了,我没事。要不是李临和心心送我来这,我跟你们说,打死我我都不会进医院的。为这么点小毛病,我还住院……这不是开玩笑吗?"兰香并不知道自己长了瘤。

大萍忙道:"妈,还得检查呢,你就安心在这住着吧。"

"我怎么安心? 这七七八八的检查,又得花钱。"

"有医保呢。"小树接嘴。

"那有的检查它要是没进医保呢?"

"你担心这些做什么!"大萍冷了脸,"让你住,你就踏踏实实住着,怎么话那么多!"

"大萍!"小树呵斥着。

"你不懂,我要是不这么说话,她就不会听咱们的。她向来就不把自己的身体当一回事。但凡她爱惜一点自己,也就不会这样……"

"大萍,你够了!"小树唯恐大萍说出丈母娘的真实病况。

"哎哟,好了好了,我住着,我踏踏实实住着……"兰香笑着,"我听你们的。你们哪,别为这个吵架。不就是花钱吗,我自己有钱,该怎么检查就怎么检查,我绝对不跟医生讨价还价……"

"你当这是菜市场呢,还讨价还价。钱的事,用不着你操心。"

"我……"

"不要再说了! 好好躺着!"大萍说着,扭脸跑出了病房。

小树忙对丈母娘道:"妈,大萍说话没个轻重的,我回头一定说她。"

"小树啊,"兰香敛了笑容,"我不会是得了什么不能治的病吧?"

"怎么可能,不可能。"

"那大萍干吗哭呢?"

"她哭了?"

"刚才她那眼圈都红了。"

"妈,她就那样,一使小性子就着急,一着急就哭。"小树说着往门边走,"我去找她,这回,我非得狠狠说她一顿不可!"

这天下午,许梦安便带着李云阶赶往医院了。

"到了医院,要是表姑问起,你可不能提妈妈跟你说的那些事。表姑还不知道自己长了瘤子的。"许梦安一边开着车,一边嘱咐女儿。

李云阶心领神会:"我懂,这个,得先瞒着她。"

"嗯,这就对了。她说什么,你都应着……"

"顺着她,跟她说说笑话。"

"对。表姑最疼的就是你,你是应该好好陪陪她的。"

母女俩到了病房,兰香一看到李云阶,果然就眉飞色舞起来,倒是丝毫看不出她是个病人。

"别跟你妈生气了,这当妈的,哪有不为孩子好的?"兰香拉着李云阶的手。

"表姑,我知道啦。"

"你大萍姐早上还给我脸色看呢,说我不配合医生做检查。"兰香笑着,"不过,我知道她是为我好,我不生气。"

大萍尴尬:"妈……你说这个干什么……"

兰香还是冲着李云阶在说话:"表姑这乱七八糟的检查,还不知道要查几天。你都 16 岁了,要在我们乡下,在我们以前,家里家外,好多活你就都能做了……什么砍柴、喂猪、做饭,对了,有些啊,都已经当小媳妇了……"

"妈,你还说个没完了……"大萍插嘴。

"就让你妈说吧。"许梦安看了大萍一眼。

兰香继续道:"所以,云阶你就算是个大人了。表姑不在家,你这周末回家之后,得帮帮你妈。"

"没问题,我都记住了。"李云阶点着头。

这时,小树匆匆跑了进来:"大萍,你跟我出来一下。"

"怎么了?"大萍问。

"你先出来。"

小树拉着大萍的手,两口子一直走到了医院门口。大萍定睛一看,那门口蹲着个男人,不正是她那混蛋父亲吗?

"他来干什么!"大萍推了小树一把,"他从哪儿来的,你就让他回哪儿去。这里不欢迎他,也不需要他。让他少在这儿假惺惺。"

小树瞧了一眼风尘仆仆的老丈人,转对大萍道:"人都来了,说是要见妈,我们总不能拦着吧?"

"不见!"

"那就先问问妈的意思?"

"妈怎么可能会见他?"

"大萍,"大萍爸爸缩手缩脚地站了起来,他在女儿面前头都没敢抬,"要是不方便,不让我见你妈也行……我没关系的。"

"当然不会让你见。"

"就是,这治病得花钱……"

"放心,不会让你掏一分钱。我跟你说,我们这些人,全都跟你没什么关系了。至于我妈,她和你,也就差一张离婚证。这件事,等她病好了,我立马催她去办。"

"钱……我带了……"

"什么？我没听错吧？"

"我本来上午就到了，就是找地方取钱，才来晚了……"大萍爸爸从怀里掏出个纸袋，"我凑了两万，先用着。"

大萍错愕地看着小树。小树对大萍爸爸道："爸……钱的话……"

"谁是你爸？"大萍怒道。

"不是，我……"

"瞎叫什么呢！"

小树无奈，只得看着大萍爸爸："钱我们有，这个，你就拿回去吧。"

"干吗要拿回去。"大萍上前一步，一伸手，将她爸爸手里的纸袋拿了过来，"好了，现在你可以走了。"

"大萍，你这样就有点过分了……"小树没忍住。

"我过分？他打我妈，把我妈打得遍体鳞伤就不过分？他欺负了我妈半辈子，就不过分？要不是他，我和你的孩子也不会就这么没了……你别被他这副样子给骗了！你善良，他可从来不知道'善良'这两个字是怎么写的！"大萍说着，转身就进了医院。

大萍爸爸对小树苦笑："没事，孩子，钱送到就行。我先回去了。我估摸着，这病得动手术。我再回去凑点钱……"

"你……你等一下。"小树顿了顿，"你真的想见我妈？"

2

"你要搬走，还要把我孙子带走？"贾母不可思议地看着许梦心，"心心，浩文怎么你了？还是说你对我有意见？"

许梦心把她的打算告诉了婆婆，婆婆的反应倒是和她想象的一样。

"妈，我一时半会儿跟你说不清楚……"许梦心微笑着，"但是，我和老贾，我们俩做这个决定，绝对不是说我们不想过了。恰恰就是因为我们还想把日子过下去,我们不愿意就这么散了,才决定暂时分开住的。"

"不想散,所以分开住?妈没文化,听不懂这些。"贾母拉住许梦心的手,"你跟妈说实话,是不是因为我住在这,惹得你不高兴了?"

"没有!自从你来了,帮我们做家务、带孩子,我都不知道有多开心。"

"真的?"

"我骗你干吗!妈,我和老贾,最近没少吵架,天天在家里这么闹,影响你的心情,对孩子们也不好。等我和他都冷静下来了,到时候,我再搬回来。"

"就算我不同意,我也不能把你绑在这。只是,你要带熊熊走……不说别的,妈就担心啊,你一边工作,一边还要管孩子,忙得过来吗?"

"你就放心吧。对了,我跟老贾商量过了,每到周末,我就把熊熊送回来,你不会见不到你大孙子的。"

"心心,妈还是不懂,妈也理解不了。要说你以前也倔,但以前的倔跟现在的不一样。"

"我不是倔……"

"妈有个要求,"贾母将许梦心的手抓得更紧了,"你们俩冷静一段时间,这没问题。就是,妈想问你们要一样东西。"

"你想要什么?我这就去给你买。"

"不用买,家里就有。"

"家里就有?"

"把你们俩的结婚证给我,我来保管。"

"哎哟,妈……"

"哎哟什么哎哟,把结婚证给我,我就同意你带着熊熊,你们娘俩先出去住一段时间。要是不给……"贾母撒开许梦心的手,"我能比你还倔!"

许梦心自己怎么都能对付,可是带着孩子搬出去,母子俩挤在那个她现在用来堆货、发货的小两居里怕是不行了。她本来也没想到那么快就能找到房子,不过她的助理小凯说了,那套房子原来的房客要回老家,急着转租,不但随时可以住进去,而且房租也划算。更重要的是,那套房子离熊熊的学校不算远,接送孩子也方便。

是老贾送许梦心和熊熊过去的,大包小包,东西还不少,装了满满一后备厢。到了那边,老贾本来是想送他们娘俩上楼的,不过小凯早早就等在那了。小凯是个勤快人,扛着大包小包就往电梯口走。老贾要跟着他们,小凯非说不用,说是楼上还有帮忙的,要不了那么多人手。老贾看向许梦心,没想到,许梦心也是这个意思,让老贾忙自己的去。

老贾回到停车的地方,探头一看,发现不远处有辆车特别眼熟,那是冬子的车! 暂时分开、搬家、不让上楼、冬子的车……这些关键词在老贾的脑子里转了一圈又一圈。他足足抽了五支烟,才决定折返回电梯口。他要上楼,他要看看到底发生了什么。可是,当电梯门打开时,他却犹豫了……

"你……你怎么在这儿……"许梦心一进门,就看到了正领着人打扫卫生的冬子。

小凯放下手里的东西,挠头:"就我自己,我……我肯定找不到这么合适的房子。"

"噢,这是我原来一个朋友租的,他不是回老家了吗,我就做主给你拿下来了。地方大,也够敞亮……"冬子说着,拉了熊熊的手:"叔叔带你去看看,你的房间也不错。"

"我的房间? 我有自己的房间?"熊熊有些不敢相信。

"当然,走。"冬子说毕,索性抱起了熊熊。

许梦心看着小凯:"你怎么也不跟我提前说一声!"

"时间紧、任务急,既然有人帮忙,干吗不要!"小凯还有理了。

"先别收那些东西,房子……我还想再找找!"

"心姐,我没听错吧,你还上哪儿找这么合适的房子? 再说了,你那租金不都打给人家了吗? 这房子你又不白住!"

"你不懂……"

"那边的货啊什么的,可全都在这了。还有,那边的房子也已经退了……为难我也就算了,你这不是在为难你自己吗?"

许梦心不语。从一间房里,传来了熊熊的笑声。

"我一直想要一个这样的高低床！太好了！"熊熊说着。

"你喜欢这里吗？"

"嗯！"

小凯看了许梦心一眼："心姐，咱这……还要搬走吗？"

许梦心沉吟了一会儿，才道："先留在这吧。"

"这就对了！"小凯说着，又欢快地干活去了。

小树趁着大萍回家给她妈炖汤的工夫，将她爸带进了病房。

兰香看到久违的丈夫，好像并不惊讶。

"妈，他说过来看看你……"小树很是小心翼翼。

"噢……"兰香从病床上坐起身来，"小树，你出去买点水果什么的。"

小树看了眼床头柜上的水果盘，仍点了点头："唉，我这就去。"

待病房里就剩夫妻俩之后，大萍爸爸搓着手，站也不是，坐也不是。

兰香伸手一指："那有凳子，你先坐。"

"哦，哦。"

"他们把你都给叫来了？"

"噢……我就是……我……"

"这么说，我这病还挺严重的。"

"没有……"

"我要是得了小毛病，他们不至于劳动你。"

"没人让我来，我是自己要来的。"

"也是，好歹夫妻一场，最后一面还是要见的。"

"兰香，你没得什么大病。"

"大萍爸，我这大半辈子，干的都是伺候人的活。我不认识多少字，也没见过什么世面。但是，我这病是怎么回事，自己多少也猜到了一点。"

"还得检查呢。"大萍爸爸低头看着自己的鞋。

"是，还得检查。好的坏的，都是命。我见过那种做完化疗头发全都掉光的，掉头发倒无所谓，关键是……到了那种程度，我肯定得吃不少苦头。我不想吃苦了，这大半辈子，我已经够苦了。"

"你在说什么啊，别瞎说。"

"云阶外公那毛病，是要定期来医院复查的。我常陪着来，所以，我也见过不少这里的事。治不治，怎么治，我要是自己清醒，我还能说了算。要是我不清醒了，就得由你来决定。用梦安的话来说，我和你，在那个法律上吧，我们还是夫妻。医院才不管我们是不是过不下去了，人家就认法律。该你签字决定的事，你可千万不能手软。冲着我给你生了一儿一女，临到了，你得给我个痛快。"兰香拢拢自己的头发，看着大萍爸爸，"我说了这么多，你应该听明白了吧？"

大家在整理东西，许梦心走进了一个房间。房间是朝南的，光线自然不错，还有个大大的落地窗。这房间原先大概是个大书房，长书桌后面就是个类似展示柜的书架。书架上，零零散散摆放着许梦心现在在卖的几款主打产品，多是面膜、口红、香水之类。书桌对面，布置着一个小小的供她直播的场景。

"心心……"是冬子在说话。许梦心转身："又给你添麻烦了。"

"哎，这有什么。怎么样，这里还不错吧？"

"是挺好的，不过，这里发货什么的好像不是很方便，所以，我想再找找别的房子……那个，我……"

"你别误会，"冬子笑着，"我就是听小凯说你在找房子，顺手帮了个忙。这段时间以来，你不接我电话，删了我微信好友，不再从我这拿货……总之，你的意思已经很明确了。我又不是橡皮糖，一定要黏着你，让你甩都甩不开。好啦，你这边有小凯收拾整理，也没我什么事了，我先走了。"

"那什么，冬子哥，不管怎么样，我还是得谢谢你。"

"真要谢我，就别弄得我和你好像真的有什么，我们不得不老死不相往来似的。"

"我……"

"这男女之间就非得是那种关系？就不能有纯粹的友谊吗？"

许梦心只得干笑着。冬子继续道："至少，你把我微信加回去啊。就算我们做不了朋友，做个网友还不行吗？"

"好……"

"这房子,你就踏踏实实住着,别想那么多。"冬子说着,转身便走了。许梦心只得跟出去,送他到了电梯口。

冬子一出电梯,就看到了叼着半截香烟的老贾。老贾拧着眉头:"你果然在这。"

"怎么,你在找我?"

"你到底想干什么?"

"助人为乐,不行吗?"

"许梦心不需要你的帮助。"

"你先别管她是否需要我的帮助,倒是你,你别给她添堵就行了。"

老贾抬手:"信不信我真的揍你一顿!"

"别光说不练,来,"冬子把脸凑过去,"朝这来。我告诉你,心心她就在楼上。要是她知道你打了我,你说,她会怎么想你? 老贾,你们俩的日子已经过成这样了,我要是你,我现在立刻就回家,回到家里啊,好好想想为什么会变成这样。"冬子说毕,将老贾的手轻轻一推,笑着离去。

许梦心走进了熊熊的房间,房里不但有高低床、写字台,还随处摆放着男孩喜欢的玩具。熊熊正坐在地上翻看着绘本,见妈妈来了,便老老实实地站了起来。

熊熊带着小西瓜闹离家出走,被许梦心给揍了一顿之后,母子俩其实就没好好说过话。这次许梦心要带熊熊搬出来住,也还没时间问过他的意见。

"熊熊,"许梦心挨着儿子坐下,"在看什么书呢?"

"《狐狸村传奇》,冬子叔叔送我的。"

"噢……熊熊,妈妈有话跟你说……"

熊熊拿绘本挡了脸:"妈妈,你别说了,我都知道了。"

"你知道什么呀?"许梦心拿开儿子手上的绘本,看到儿子在流眼泪。

"我有后爸了……"熊熊嘴巴一撇,眼泪便无声地往下掉。

"什么东西?"

"我知道,你和我爸离婚了。"熊熊哽咽,却又极力控制,"妹妹跟爸爸,我跟你，这叫分割财产。然后，你要嫁给冬子叔叔了，所以，我有后爸了。"

"离婚……分割财产……宝贝，我和你爸要是真的离婚，你和妹妹跟谁，那也不叫分割财产呀，你们又不是财产。还有，你愿意冬子叔叔当你的后爸啊？你愿意，我还不愿意呢。"

"我……"熊熊再也忍不住，哭得肩膀一耸一耸的，"我有什么办法！我只是个小孩，我只能随波逐流……"

"还随波逐流呢，熊熊，你真是……"许梦心笑出声来。

"你还笑……妈妈，你是魔鬼吗？"

"好了好了，"许梦心伸手擦掉儿子的眼泪，将他搂进怀里，"我和你爸没离婚。"

"你就是魔鬼，不但是魔鬼，你还是个骗子！"

许梦心笑："真没离。不信的话，你可以打电话问你奶奶，爸爸妈妈的结婚证还在她那放着呢。"

"真的？"

"真的。是妈妈不好，事先没跟你说清楚。这几天啊，妈妈实在太忙了。忙着找房子，忙着处理一些乱七八糟的事。我带着你搬到这，不是因为别的……不是因为我和你爸离婚什么的。"

"那是因为什么？"熊熊从许梦心怀里抬起头，仰脸看着她。

儿子的大眼睛和长睫毛遗传了许梦心的，忽闪忽闪，眼里又盈着泪光，看着很是让人心疼。

"最近我跟你爸总吵架嘛。要不是我们这样，你也不会带着妹妹离家出走。我就想着，先跟你爸分开住，分开住，就没机会吵架了。怎么说呢，妈妈打个比方，就好比你跟你同桌总打架，老师也会把你们分开坐的吧。"

"这样说的话，我就有点明白了……"熊熊顿了顿，"我确实不喜欢你们吵架。"

"还有，冬子叔叔就是妈妈的一个朋友，你以后可别乱说了。"

"他人不坏，但是我已经有爸爸了。"

"当然！"

"那妹妹能来这吗？还有,我能回家吗?"

"可以啊。你跟妈妈过来,"许梦心牵着儿子站了起来,"你不是一直想了解妈妈到底是怎么工作的吗？我现在就带你看看。"

"好!"熊熊总算笑了。

李临刚骑着自行车出小区,就看到了老贾的车。车子在李临身边停下,车窗一开,露出了老贾那张有些哭丧着的脸:"姐夫,你这是去哪儿啊?"

"随便转转。"

"别骑车了,你上车来,我带你去转转。"

"你今天这么清闲?"李临下了自行车,"没去厂里?"

"我心烦得很,一两句话说不清楚。"

"你和心心又吵架了?"

"大姐没跟你说啊,心心都带着熊熊搬出去住了。"

李临尴尬一笑,很显然,他是知道的。

老贾摇摇头:"这就是你们知识分子和我这个大粗人的区别。你明明什么都知道嘛。"

"咳……"

"别磨叽了,快上车,咱俩喝一杯。"

"我不能喝酒嘛……"

"那我喝,你就陪我说说话,这总可以吧?"

老贾让李临陪他说话,然而,两人到了附近的餐馆,找了包间坐下后,他却什么都没说,只是一杯又一杯地喝着酒,一支又一支地抽着烟。

李临出门前,其实刚和许梦安吵完架,他的头上也带着一朵愁云。若不是要遵医嘱,他早就给自己倒上酒了。说起来,李临和妻子的争执就是为了点小事。这种小事,在他看来根本就不值得大动肝火。兰香住院,许梦安就得独自带孩子了。李临有心帮忙,结果却是吃力不讨好。夫妻俩为着孩子洗澡水的温度吵了起来,李临不愿自讨没趣,这才下楼溜达。

李临理解许梦安的越来越情绪化,他也知道,她的压力很大。可是,在他看来,情绪化并不能解决任何问题。

"姐夫,你说,许梦心到底想要干什么呀?"老贾倒光了瓶子里最后一滴酒。

李临没吱声。他连许梦安想要干什么都不知道,更何况许梦心?

半个月后,李临结束了他有些漫长的病假,终于回校。领导和同事少不了开他的玩笑,说这已经是 1 月份,再过几天,就该放寒假了。不过,李临倒是不在意这些,他更在意的是手上的课题。

"真正做学问的人是没有假期的。"梅一朵这样总结。

坐在办公桌后面的李临,被桌上层层堆放着的书籍遮住了大半张脸,只露出他的那双藏在眼镜片后的眼睛。不了解情况的人,并不知道这其中一只眼睛已经无法看到任何东西。

"李临,"梅一朵走了过来,一本一本拿开那些书,"你的生活里不只有这些。"

"你没去吃午饭?"

"你不去吃饭是加班,我没去,是想问你讨一顿饭吃。"

李临抬手看表:"走,我请你吃食堂。"

"谁要吃食堂。我是想说,你和许梦安,从我回来那天起,就说要请我到你们家吃饭。这都多久了,也没见你们请。四十来岁的人了,说出来的话还不作数,没意思。"

"那行,那改天。"

"别改天了,明天是周六,就明天晚上,我带女儿到你们家吃饭。"

"这么突然?"

"人生需要一点突如其来。明天见。"

"一朵……"

"走啦。"

"我把顾大均也叫上吧?"

"随便。"

3

许梦心从办事大厅走出来,看到了站在门口等她的姐姐。姐姐抱着小葡萄,她已经留长的头发仍是乌黑,在阳光下泛着一层亮光。

"今天这太阳真好啊,晒得身上暖洋洋的。"许梦心笑道。

许梦安回头看着妹妹:"那是当然,今天是你的好日子嘛。怎么样,都办好了?"

"办好了。"许梦心晃着手里的文件袋。

今天,许梦心是过来办理营业执照的,这个证照一拿到手,她就是企业法定代表人了。自从国家开始实施《电子商务法》,开始对代购进行监管,要做代购,不仅仅需要本国的营业执照,还需要采购国的。以许梦心目前的实力,她还没有资格获取采购国的执照。好在她之前售卖化妆品的网店经营得还可以,她和一家国内的日化公司达成了初步合作,打算做他们的代理商。如今,她的营业执照已到手,就差跟对方签合同了。等合同一签,她的网店就要面临全面升级,主营这家公司的产品了。从商场导购到代购,从代购变成了国产化妆品的代理商。连许梦安都不得不承认,妹妹是个能在危机中把握机会的人。

"真的要做代购,也做不过那些大平台。原先呢,也就是想着,通过这个,积累一点客户。"许梦心对姐姐说着,"马上要合作的这家公司,虽然是三线品牌,但只要产品性价比高,我就不愁打不开销路。我跟你说啊,我最近在录美妆教程……"

"美妆教程?教别人化妆啊?"

"就是一些日常妆,这个我拿手,反响还不错呢……"许梦心说着,抱过姐姐怀里的小葡萄,"等过了年,我的公司正式开张,我也搞个开业庆典。"

"都已经是公司了,总不能再在小区里办公了吧?"

"你自己看嘛,执照上不是有地址吗?"

许梦安拿过妹妹手里的文件袋,翻出营业执照。

"电商创业园区?"许梦安很是欣慰,"你要搬到园区去啦?"

"对啊,那里各种配套设施齐全,库房、物流,什么都方便。我租了一层办公楼,已经在装修了。"

"一整层?"

"你这是看不起谁呢!放心,我不问你借钱,我申请了创业贷款。再说了,我这种小电商,创业园区那边是有扶持政策的。"

"许总,失敬失敬。"

许梦心满意地点点头:"走着,许总请你们娘俩吃饭去。"

到了餐厅,许梦心把菜单往许梦安跟前一放,让她随便点。

许梦安不禁感慨,以前她们姐妹俩每次出来吃饭,随便点菜的权利可都是妹妹的。而身为姐姐的她,基本都是负责买单的。那时候的妹妹并不缺钱,可妹妹就喜欢这种被人呵护和疼爱的感觉。

"对了,你注册了公司,这事老贾还不知道吧?"许梦安问道。

"我会告诉他的。我原本就打算等全部手续办完了再跟他说的,要是我一早就说了,他少不了就得指手画脚。毕竟,电商这一块,他经验比我丰富。"

"你知道他经验比你丰富,你还不请教他?"

"他有他那套,我有我这套,大家各凭本事就好。"

"你呀……"许梦安忍不住笑起来,"那你什么时候搬回家去住?"

"还能不能好好吃饭了?问东问西的,比妈还啰唆。"

妹妹似乎不愿多说,许梦安便也没再追问。这时,她的手机突然响了起来。她看了眼手机屏幕,脸色一变。

"谁啊?"许梦心问姐姐,"你倒是接电话呀。"

"是大萍,怕是兰香姐的检查结果出来了。"

"那么快?"

"不快了……"

"接吧,好的坏的,早晚都得知道。"许梦心摁了摁姐姐略微有些颤抖的手。

许梦安点点头,接起了电话。

从兰香入院到出检查结果,这个时间确实不长。但因为中间是跨了年,又加上等待过程的煎熬,对许梦安来说,就显得长了一点。

一干人等都只是跟兰香说,她不过是长了子宫肌瘤,是小问题,只等安排手

术。做检查,不过就是在为手术做准备,如果手术条件允许,微创是最好的。他们说着,她也就听着,倒从没有当面质疑过这些。

许梦安姐妹俩赶到了医院,病房外,大萍早就站在那等她们了。

大萍一看到许梦安,嘴里叫着"舅妈"就冲了上去,抱住了她。

"舅妈,"大萍哽咽着,"你们可算是来了……"

"你哭什么……"许梦安轻拍着大萍的背,"别哭了。"

抱着小葡萄的许梦心笑道:"大萍这是高兴的。"

检查结果出来了,排除了子宫内膜癌合并子宫肌瘤。也就是说,兰香真的只需要做个手术,取出肌瘤便可。虽然她免不了还是要吃点苦头,但和癌症相比,这就已经不算什么了。

"静姨的意思是,让我妈回老家做手术,说是到了那边,她会照应。"大萍止了眼泪,"他们过两天就要来接。"

"那你妈是怎么说的?"

"她啊,她前几天嘴上没说,但心里一定在犯嘀咕了,以为自己得了什么不治之症。我和小树刚才把检查结果告诉她的时候,她一下就放松下来了。这会儿吃了药,在里面睡觉呢。"

"等她醒了,你问问她自己的意思。"

"她一定会答应的。我了解她,她不愿意留在这给我们小两口添麻烦,更不愿意给你们添麻烦。只是……"大萍犹豫着,"我总觉得接她回去,听着不像是静姨的意思,倒像是那个人在生事。"

"那个人……你说的是你爸啊?"

大萍没说话,算是默认了。

"他想把你妈接回去,由他来照顾。怕你不同意,所以托了人来说?"

"其实,他来看过我妈,还给我们送了钱。我本来是不想让我妈跟他见面的,没想到小树偷偷安排他们俩见了。这事,也是小树十分钟前才告诉我的。他走的时候跟小树讲,要是我妈的情况不好,他就陪着她看病,不管怎么样,都要给我妈治好。如果检查结果出来是好的,他就要把她接回老家,说是不让她再出来打工了……"大萍苦笑,"这话是好听,可我怎么还是不信他呢?"

"他如今在医馆里上着班,听说管着后勤,还算得力。有静姐他们两口子在,我料想他也不敢再对你妈怎么样了。况且这一趟,他及时赶过来,就说明他有悔意了,对他自己以前的所作所为,也有了清醒的认识。但是,你妈是不是能够原谅他,你是不是会原谅他,这也不是一两天的事,要看你们愿不愿意给他机会。"许梦安道。

大萍抿了抿嘴:"我妈一直拖着不跟他办离婚,多半也就是心里还有牵挂。这个时候,我要是跳出来拦着,倒是我多事了。小树说了,他们有他们的日子,我们也有我们的日子,让我别管太多……"

"小树这话我同意。"

许梦心接嘴道:"要是他不好好对你妈,别说你,我们这些人就先跟他急。"

小树从病房里小跑着出来了:"大萍,妈醒啦,说是肚子很饿,想吃东西!"

"想吃东西就对了。"许梦安说着,跟着大萍和小树走进了病房。

许家老两口一听说"警报解除",比谁都高兴,一定要在小院里摆一桌,把大家都叫上。没办法,大萍只得跑到主治医生那边,给兰香请了假,兰香这才跟着女儿和女婿回到了小院。

比起"到"小院吃饭,兰香更喜欢用"回"这个字眼。她做着保姆的工作,但她认为,许家众人从未真的拿她当保姆使唤过。说来也怪,初在李临和许梦安家那几年,她还没有这种感觉。但是自从到小院照顾过中风的许父后,她就觉着,她跟这一大家子人再也分不开了。

兰香看着李云阶长大,看着许梦心生下小西瓜,紧接着,许梦安有了小葡萄,便又帮着照顾这两个孩子。眼见孩子们一点点长大,小西瓜会说话了,小葡萄都能扶着墙站稳了。说起来,她最舍不得的,还是这些孩子。她在老家,在她那段婚姻里,没找到的温情,没得到的尊重,到了这里,他们都给了她。如今,她要回老家动手术,按大萍的说法,这一趟她是回去养老,往后要是再来这边,到了小院,到了李临和许梦安家,到了贾浩文和许梦心家,那她就是客人了。所以,兰香一看到许母,眼泪就开始在眼圈里打转。只是,她的泪水还没掉下来,许母就先哭开了,嘴里直说着兰香受苦了。边上的人好一通劝,才算是把她们给劝住。

既然是聚餐,老贾也接到了邀请。他能够领会丈母娘的意思,她这是给他机会,好让他跟许梦心见上一面。自从许梦心搬出了家门,除了周末送熊熊回家,或者来接小西瓜出去玩,她和老贾,他们夫妻几乎就没怎么见过面。

饭吃到一半,许梦心拿出了她的营业执照。在欢呼声中,这张营业执照从每个人手里都过了一遍。老贾也看了,那上面清清楚楚写着"安心化妆品贸易有限公司",法定代表人是许梦心。总之,看起来跟他贾浩文没有半毛钱关系。

"祝贺你!"老贾举杯。他承认,他这句祝贺有些言不由衷。他几乎不敢相信,妻子居然注册了一家公司,还是在他没有提供任何帮助的前提之下。她已经不再需要他了。这一点,让他有些无法接受。

许梦心也举起了杯子:"谢谢。"

孩子们吃得差不多了,便都开始闹腾。这里面最年长的李云阶,领着弟弟妹妹们在玩着大人们看不懂的游戏。小院子里满是欢声笑语,这欢声笑语听来很是岁月静好。

"日子会越来越好的。"许梦安笑着,"我们所有人,都一样,都会越来越好。"

"那……我也敬大家一杯吧。"李临给自己倒了小半杯白酒。

许梦安忙道:"李临,你不能喝……"

"你别管!"许父下了命令,"让……让他喝!"

从小院回来后,李临已是微醺。等许梦安哄了小葡萄入睡,李临才凑过来,柔声道:"明天不是周六吗,我想请梅一朵和顾大均到家里吃顿饭。"

"你要撮合他们俩?"

"也不仅仅是这个原因。你想啊,梅一朵回国都那么久了,我们都没请人家到家里吃过饭。我请病假期间,实验室里好多事都是她帮我做的,还有我的课题,她也帮了不少忙。不管从哪个角度来说,请顿饭,这是最基本的嘛。"

"我又没说不同意。"

"那行,明天一早我去买菜。"

"算了吧,你在家看孩子,我去买。你到了超市,怕是都不知道应该买什么。"

到了次日傍晚,顾大均和梅一朵一起过来了,梅一朵还带着她的女儿笑笑。

"吃你们家一顿饭可真不容易。"梅一朵根本没打算寒暄,她吸着鼻子,"做什么好吃的了?赶紧开饭吧。"

许梦安准备了满满一桌子菜,倒都合梅一朵的胃口。比起梅一朵的毫不客气,顾大均拘谨了很多。

李云阶本来对这个打扮得花枝招展的梅阿姨有些反感,可看她今天这样,觉得她这人还挺有意思的。

许梦安见孩子们都吃得差不多了,便嘱咐李云阶带笑笑和小葡萄进房间,想着让孩子们自己玩。笑笑很开心,说着:"姐姐你等我一下,我先把礼物给你。"说毕,笑笑看向梅一朵。梅一朵从包里取出一本书,递给了笑笑。

"这是我和妈妈一起选的,是英文原版的《小王子》。"笑笑晃着手里的书,"希望姐姐看到它,就能想到我。"

"我要是想你了,就请你过来玩。"李云阶道。

"嗯……"笑笑歪着头,"过完春节,我和妈妈就要去日本了呢。"

"去日本……"许梦安转向梅一朵。梅一朵耸耸肩:"学校有个去日本交流的项目,机会很好,我不想留给李临,所以,我捷足先登了。"

"我怎么不知道?"顾大均问梅一朵。

"是不是我的事每一桩每一件你都得知道啊?"

"没有,我就是觉得……这也太突然了吧。"

许梦安看了看李云阶,李云阶从老妈怀里抱过小葡萄,领着笑笑进了房间。

"这个交流项目我知道,至少得出去一年。"李临道。

梅一朵莞尔:"是一年半。"

"你才回国没多久,又要出去,还是带着笑笑……"许梦安说着,"这一来,孩子又要适应新环境了。"

"你们可别低估了孩子的适应能力。再说了,也不看看她是谁的女儿。我们家笑笑,绝对没问题。我带着她出去,她还能见见世面。搞不好这一年半里,她还多学了一门日语。"梅一朵笑着。

"可是……"顾大均欲言又止。

"这菜都吃得差不多了,要不我去下点馄饨吧?"许梦安站起来,"李临,你来帮把手。"

"我啊？"李临还没弄清楚状况。

"起来啊！"

待李临和许梦安去了厨房，顾大均才压低声音对梅一朵道："你这又是何必呢？"

"什么何必？我不懂你这话的意思。"

"好些事情，不能总是逃避。"

"我逃避什么了？"

"你自己心里清楚。"

"我还真不清楚。"梅一朵喝下了满满一杯红酒，"干吗什么事情都要搞得那么清楚。我就稀里糊涂过了，我乐意。"

"你回来，是因为他……"顾大均指了指厨房的方向，"你走，是因为我……"

"顾大均，没想到你脸皮还挺厚。"

"你要是不嫌弃，我的脸皮还能更厚一点。"

"行啦，天下无不散之筵席。我不为谁来，我也不为谁走，我就为我自己。你还喝不喝了，不喝全给我了。"梅一朵摇着酒瓶。

厨房里，许梦安正跟李临嘀咕："这个什么交流项目，你们就非得派人去啊？难道还是强制的不成？"

"那倒不是，我们学院只有一个名额，想去的人多了。不过，如果是梅一朵主动请缨，那自然也就轮不到别人了。"李临说着。

"梅一朵不愿在这里待着了？"

"我也不清楚。"

"不会是因为你吧？"

"许梦安你……"李临苦笑，"你这么说就有点那什么了。"

"哪什么？"

"以小人之心度君子之腹啊。从她回国到现在，我跟她可都是清清白白的。不管她是因为什么回来的，至少，她这回要去日本，真的跟我没有任何关系。"

"那就是因为顾医生？"

李临凝神:"大均跟我说过一嘴,说他差不多跟梅一朵表达过那种意思。"

"梅一朵和我谈过这个。"

"你们俩? 谈这个?"

"你是不是觉得我们俩就非得谈你?"

"又来了……"

"她说,顾医生以前是她的心理医生,她的事,就没有顾医生不知道的。她不喜欢这种感觉。"

"是这样?"

"馄饨好了吗?"梅一朵的声音传来。许梦安两口子回头,见她就倚在厨房门边,笑嘻嘻地看着他们。

酒足饭饱之后,梅一朵还没有要走的意思。顾大均肩负着送梅一朵回家的任务,便也只得留下,跟李临两个人喝茶。

见许梦安在厨房洗碗,梅一朵自顾自走了进去。

"你真就打算这么过下去啊?"梅一朵问许梦安,"做个家庭主妇?"

许梦安笑了笑:"这都是暂时的。"

"好多女人生了孩子,为了照顾孩子,放弃了工作,她们哪,一开始也是这么说的,是暂时的,等孩子上幼儿园就行了,就可以出去上班了。但是,孩子大了,你的好多机会也就没了。许梦安,我没有资格对你指手画脚,就是,我回国这些日子以来,我发现你人还不错,所以,在我走之前,我不得不跟你啰唆几句。当然,你要是介意,我就不说了。"

"没什么不能说的。"

"你可不是会安心在家里待着的那种女人。李临也好,孩子也好,他们真的没你想的那么需要你……OK,我话可能说重了。我的意思是说,你要把注意力多放一点到你自己身上来。你要是把自己都弄丢了,什么婚姻啊、家庭啊,就都会成为你的枷锁。再甜蜜、再幸福,那也是枷锁……"

"梅一朵,我……"

"好,该说的我都说完了! 不用谢!"

第三十五章
行侠仗义李云阶

1

这个周日,何璐约了李云阶去看电影。两人一见面,何璐就迫不及待地向李云阶炫耀她戴在脖子上的一块玉。

"又是你爸给你买的吧?"李云阶问道。

"不是。你猜!"

"不是你爸给买的,就是你妈给买的,这还有什么可猜的。真受不了你,你这属于变相炫富。"

"谁炫富了? 是我奶奶给我的。"

"你奶奶给的? 这……我还真没猜到。"

"我也没想到她会把这东西给我。这块玉,她戴着很久很久了,说是她的妈妈传给她的。"

"你平时还老跟她吵架呢,我觉得她其实对你挺好的。"

"自从反二胎联盟的事之后,她对我的态度就变了。还有我妈,我妈也变了。特别是上了高中后,每个周末我回家,一个个全都嘘寒问暖的。"何璐笑着,"就昨天,何瑞突然给了我一盒小饼干,说是他们幼儿园发的,他舍不得吃,留着给我的。"

"以前是你羡慕我，现在换我羡慕你了。"

"你弟弟不是挺可爱的吗？"

"和我弟弟没关系，是我爸妈……怎么说呢，我总觉得家里最近变得有些不对劲，但我又说不出哪里不对劲。我爸和我妈倒也不吵架，但是，我能感觉到……"李云阶顿了顿，"我妈不开心，我爸好像也不开心。"

"哪个大人是开心的？"何璐笑了。

"唉，我不跟你说这些了。说了也没用。"

"这就对了，我们说点高兴的事。不如，我们说说刘思明吧……"

"你……"李云阶学着何璐的招牌翻白眼动作，"无聊！"

两人到了电影院，电影还没开始，便来到了候场区。见边上有娃娃机，何璐兴致来了，说要给李云阶夹一个最好看的娃娃。她们正说笑着走过去，就看到不远处有几个女孩围成圈，正骂骂咧咧地说着什么。何璐喜欢看热闹，非要拉着李云阶过去瞧瞧。

"看你买的都是什么，不是说了半糖、少冰吗？我们让你去买奶茶，那是因为我们看得起你……"

"告诉你，等到了学校，我们有的是机会收拾你！"

"你以为你是谁啊，长得漂亮有什么了不起的，一中漂亮的女生多了去了！"

一中……李云阶跟何璐对视了一眼。

那何璐本就是个天不怕地不怕的，她上前几步，扒拉开一个女孩，终于看到了几乎快被围殴的人。那也是个女生，她瘫坐在地上，边上是洒了一地的奶茶。

"你们在干吗啊！这么多人欺负一个人，还要脸吗？"何璐叫着。

女孩们纷纷转头看何璐，何璐发现，她们确实是一中的学生，不过，一多半都是高年级的。其中一个倒也是高一的，还是李云阶她们班的，不但同班，还同宿舍呢。那女孩很快就认出了何璐身后的李云阶，便朝李云阶冷冷地笑着。

"孙蕊……"李云阶直视着她，"是你啊。"

"李云阶，你们少管闲事！"孙蕊看起来有些气急败坏。

听到李云阶的名字，那瘫坐在地的女孩猛然抬起了头。

"钱侬侬！"何璐惊叫。李云阶跟何璐，她们无论如何都没有想到，向来在高一年级横行霸道的钱依依，竟然被一群女孩围在这里……

"你起来！"李云阶大步走过去，一把拉起钱依依，"我们走！"

"李云阶是吧？"一个女孩拦住了她们，"我知道你，就是那个跟男生去黑网吧过夜的女生嘛，你可有名了。"

"是吗？那你最好别招惹我。"李云阶看着对方的眼睛。其实，这一刻，她也不知道自己是哪里来的勇气。

"让开！"何璐抓住那女孩的手，动了动下巴，"看到没有，那边有保安。如果有必要，我还会报警。"

"你们……"很显然，这个女孩就是她们中间带头的，"等着瞧！"

这群女孩一走，钱依依就撒开了李云阶的手，她也要走。

"你去哪儿啊？"李云阶再次拉住钱依依。

"不用你管……"

"这到底是怎么了……"

"我说了，不用你管！"

何璐扔给钱依依一包纸巾，示意她先擦擦衣服上的奶茶渍："钱依依，没你这样的啊。要不是我们俩，你都不知道被欺负成什么样了。"

"那也跟你们没关系。"钱依依倒是个嘴硬的。

"那个孙蕊，她跟你不是挺好的吗……"李云阶摇头，"我实在想不明白，她干吗要这么对你……"

"我不想说。我要回家了。"

"可你也不能就这么回家吧？你头发上、身上，全都是奶茶……我们陪你去趟洗手间，清理干净……"

"算了吧，李云阶，我知道你们这是在看我的笑话。"

李云阶愣了一下，随即吼道："钱依依，这种事情很好笑吗？我们为什么要笑话你！被别人欺负，或者欺负别人，这样的事情一点都不好笑！你要是觉得好笑，行，那你回家笑个够！"

何璐拉了一下李云阶的袖子："别管了……"

钱依依沉默了一会儿，才慢慢说道："我渴了，你们有水吗……"

李云阶把包里的矿泉水拿出来,拧开,递给了钱依依。

"其实……"钱依依喝了一口水,"也没什么。就是孙蕊和我闹掰了,她整天跟在那些学姐屁股后面,觉得有她们罩着,就可以随便欺负我了……"

"就算你们俩闹了什么不开心的事,她也没必要这样吧。"

"知道你十佳歌手比赛的时候,琴凳为什么会坏吗?"

"是你……真的是你?"

"是孙蕊,但是,这件事说到底也是因我而起。我让她不要干这样的事,可她还是没有听我的。她说,这是为了我好,怕你抢了我的风头……李云阶,那张琴凳虽然不是我亲手弄坏的,但是,这件事跟我有直接关系。而且,这么做,也是真的过分了……"

"所以,你觉得对不起我,才拉着我上台,跟易天一起演唱?"

"是啊。也是因为这个,孙蕊对我的意见很大,觉得我跟她不再是一国的了。"

"她孤立了你,原因在这?"

钱依依点点头:"也没什么。反正,整天搞小团体,欺负这个,欺负那个,这些事,做多了其实特别没劲。"

"对不起啊,钱依依。"

"你们去看电影吧。"

"可是……"

"我的事,你们以后别再管了。"钱依依说完,转身朝洗手间跑去。

女儿上午就出门看电影了,直到下午才回家。她看起来有些不太高兴,一回家就把自己关在了房间里。李临敲了半天门,她才把房门打开。

"这是怎么啦?"李临问,"电影不好看?"

"那倒不是。"

"不愿意告诉爸爸?"

"告诉你也没用嘛,"女儿似乎很无奈,"你又不是我们学校的老师。"

"是你们学校里的事呀?"

"你就别问那么多啦。"

"好,你不想说,我就不问了。李云阶是大人了,大人就会有心事,很正常。"李临说着,转身要走。

"那个……"女儿吞吞吐吐的,"我们今天去看电影,碰到钱依依了。"

"她就是……"

"嗯,她就是以前老是欺负我的那个女同学。"

"她又不老实啦?"

"正相反,她也被人给欺负了。"

"唔……"

女儿犹豫了一下,才道:"爸,我想管管这事……"

许梦安带着儿子去育婴馆洗澡了,她刚从育婴馆出来,就遇到了婉真。婉真带着两个女儿,她们要去楼上的舞蹈培训班上课。

婉婉和真真穿着舞蹈服,头发都高高地梳在头顶,看起来非常精神。

真真一看到软萌的小葡萄,开心得不得了,手舞足蹈的。

"妈妈,让小葡萄跟我们一起玩嘛。"真真眨巴着眼,看着婉真。

婉真便笑:"弟弟还小呢,还不能学跳舞。"

"那就等我们练完舞蹈,我请弟弟吃汉堡!"

"弟弟也不能吃汉堡呢。"许梦安笑。

真真嘴巴一扁,这就要哭了。

婉真摇头:"真的拿她没办法。梦安姐,你要有时间,咱们一起吃个晚饭吧。就是……她们俩的舞蹈课要一个小时,我们得先去边上的咖啡馆坐坐……"

许梦安点头:"行啊,我没问题。"

"太好啦!"真真鼓掌。

"婉婉,你带妹妹上楼吧。我和梦安阿姨就在老地方,下课了你们过来。"

许梦安跟着婉真到了咖啡馆,婉真对这里很是熟门熟路,找了个安静的角落坐着,一坐下就顺手从包里掏出了笔记本电脑。

"梦安姐,你先点东西喝,我得发个邮件。"婉真笑道。

眼前的婉真，真的不再是那个在婚姻里自怨自艾的女人了。

婉真发完邮件，才发现许梦安一直在看着她。

"我呀，每次送她们来跳舞，总喜欢在这等着。这里还算安静，待着还能做点事情，不耽误工夫。"婉真解释道。

"说实话，你带着两个女儿，还要工作，我都不知道你是怎么熬过来的……"

"如果非要用'熬'这个字，好像，忙忙碌碌的，也就熬过来了。但是，我不太喜欢这个字。有她们在我身边，怎么都是好的，每一天都很充实。"

"所以，我很佩服你。"许梦安注视着婉真，"对了，上回那个对象，最后没成吧？"

婉真不禁笑起来："还说呢，被于海这么一搅和，能成就怪了。不过，那家伙人品太差，好在于海查了他的底细，不然我现在还蒙在鼓里。"

"我总觉得你们俩的缘分还没尽。"

"谁和谁？"

"你和于海。"

婉真合上笔记本电脑，也看着许梦安："从一开始，他就是在和我凑合着过。我要是和他复婚，不过是重蹈覆辙。"

"你怎么会这么想？"

"梦安姐，有些话，我原本不想说。不过，现在说说也无妨了。其实，这么多年了，他还是没有忘记你。"

许梦安一愣。

婉真继续道："我没有责怪你的意思，这是他单方面的事情，和你无关。"

"不不不，婉真……"许梦安一激动，惊动了她怀里已经睡着的小葡萄。

小葡萄不安地睁开眼睛，许梦安轻轻拍着他的后背："葡萄乖……"

孩子咿呀了两声，闭上眼睛，又睡着了。

"婉真，"许梦安压低声音，"如果你是这么想的，那你真的想错了。你错怪于海了，于海不是那种会跟谁凑合着过日子的人。"

"你看，你比我还了解他。"

"我只是旁观者清。就算于海曾经喜欢过我，可是，陪在他身边，给他生儿育

女的不是只有你吗？你说他对你是凑合，我并不这么觉得。他亲口跟我说过，说你们离婚之后，他才发现他离不开你。"

婉真喝了口咖啡："梦安姐，你不用替他解释什么。"

"我为什么要替他解释？我只是实话实说。你要是不相信……对了，他在海边买了幢别墅，装修得特别好，说是以后你们养老可以住。你要不信，可以去看。那幢别墅里，挂满了你和孩子们的照片。"

婉真抬眼看许梦安，露出不可置信的表情。

"于海只是太要面子了。要是他真的不在乎你，为什么要去查你那个男朋友的底细？真的仅仅就是为了两个女儿吗？他心里怎么可能没有你！现在的问题不是这个，而是你心里还有没有他……"

"我……我不想提他了。"

"好，那我们就不提这些。"

漫长而略有些尴尬的沉默之后，婉真试图找寻一个新的话题。

"对了，梦安姐，你真的不打算上班了？"

"我想……但是有很多客观存在的困难。我不想丢下孩子不管，毕竟生二胎是我深思熟虑过的。这个后果，我曾经想到过，我也必须去承担。"

"那你就回于海的公司，让他给你一个清闲的职务，让他……"

"刚才不是说不提他了吗？"许梦安笑。

婉真也乐了。许梦安接着说道："婉真，于海的事业做到这一步，有很多事情难免身不由己，我那个项目公司并不看好，和他个人并没有什么关系。再者，就算我得了份闲差，三天打鱼两天晒网……那又有什么意义呢？"

"你就不能给小葡萄找个合适的保姆？"

"哪有这么容易……我也正找着呢，就是吧，合适的总不太好找。"

"我想起来了……"婉真掏出手机，"我前几天看到一个广告，有这种家庭托儿所……"

"家庭托儿所？"

婉真把一则关于家庭托儿所的广告发给了许梦安，许梦安对这个还真有些好奇，便想着有时间了要去看看。其实，她之前也看过相关的新闻报道，说是在美

国，像这种家庭托儿所一般被称为 Home Daycare，也就是家庭日托服务。这种托儿所设在居民家中，接收、照管婴儿和学龄前儿童，为社区内没有时间照顾孩子的父母减轻压力。

妹妹许梦心有了自己的公司，婉真的工作也是越来越出色。这两个原来是全职太太的女人，不约而同地选择了走出家庭。而许梦安呢，她则是离开职场，回归家庭。自从放开二胎以来，就有鼓励女性回归家庭的舆论导向。一直以来，许梦安都是很尊重全职太太的。特别是在她真正回归家庭后，很是体会了一把全职太太的艰辛。但这种事，就像梅一朵说的那样，也许，"回归"本身并不适合许梦安。撇除了自身个性、婚姻状况、家庭情况来谈"回归家庭"，那都是不够客观的。像在日本，那里的女性婚后很多都选择了回归家庭，同时，这些女性也被隔在了就业市场外。这种现象本身已给日本社会带来了一些负面影响。有些女性不愿离开职场，想在职场里实现自我价值，那么，她们往往也就选择了晚婚、晚育，甚至不婚、不育。

与其倡导女性回归家庭，还不如引导男女双方来共同承担家庭责任。以一种相对公平的方式，根据夫妻双方的情况来合理分配。比如，之前老贾加入的那个奶爸小圈子，就是这方面新的尝试。

老贾和许梦心正陪着两个孩子在游乐场玩。熊熊是大孩子了，很多项目都能玩，一边的小西瓜看着特别眼馋，用哭闹表达着她的不满。

"好啦，我们的小西瓜以后也会长大的。"许梦心笑着，"这样，等哥哥从海盗船上下来，我们带你去坐小火车！"

"呜呜呜……"小西瓜模仿着小火车前进的声音。

老贾抱起女儿："对，呜呜呜。"

周末尽量抽时间陪两个孩子，这一点，是老贾和许梦心分居的前提条件。他们俩倒也很默契，每每到了周末，总会找一天带着孩子们出去吃个饭什么的。今天是熊熊的生日，所以跟以往的周末又不一样些，一切以满足他的要求为主。来游乐园玩，这也正是熊熊的意思。

"是啊……"许梦心不知道什么时候接起了电话，"你怎么知道我在找客服？

噢,对……我当然需要你们的推荐了,如果有合适的,你让他们直接联系我就行……当然是越快越好了。哎,等一下,你顺便帮我留意一下美工……好,好,那麻烦你了。"

"许总挺忙?"老贾看着许梦心。许梦心四下看看,故意装糊涂。

老贾一笑:"我在叫你呢,许总。现在,你大小也是一家公司的老板了,我可不得叫你许总吗?"

"哟,那我谢谢你了。只是,你这话听着怎么有那么点不服气呢?"

"你开公司当老板,正儿八经做起了电商,这本来是一件特别值得高兴的事。可是,我就是想不明白,咱俩现在还是两口子,电商这一块,我这么多年的经验摆在这,你事先跟我商量一下,没准我能给你很多好的建议……我没说要干涉什么,就是……有什么事我们凑在一起商量商量,这都不行?"

"你那个工厂,大大小小的事情那么多,也没见你拿出来跟我商量呀。"

"我发现你就是喜欢跟我抬杠。不过,既然你不需要我帮忙,就说明有别人在帮你……没关系啊,我无所谓。只要你如愿就行。"

许梦心回味了一下老贾这句话,才反应过来:"我就非得靠谁帮忙,我就不能靠自己?"

"我没这么说。"

"你是没这么说,但你刚才那句话,可不就是这意思吗?"

"你想多了……"

"贾浩文,到底是我想多了,还是你想多了?"

老贾拍拍怀里的小西瓜:"当着孩子面呢,我不想跟你吵架。"

"我没跟你吵架,就是,这个道理我今天必须跟你说清楚。"

"你想说清楚啊?"

"对啊。"

"你想说,我还不想听呢。"老贾说着转向小西瓜:"走,爸爸现在就带你去呜呜呜。"

"呜呜呜!"小西瓜比了个胜利的手势,"冲!"

不一会儿,熊熊从海盗船上下来了。

"妈妈，"熊熊笑着，"晚饭我想吃大餐！"

"行啊，今天你最大，不管你想吃什么，妈妈都带你去。"

"我想回家吃大餐。"

"你想回家吃啊……行，那妈妈买菜，自己做。"

"不是回咱俩那，而是回我们的家，原来那个家。"

许梦心听了这话，没来由地鼻子一酸。

熊熊继续说着："奶奶说，她给我们准备了好多好吃的。"

"嗯，那我们回家吃。"

"爸爸和小西瓜呢？"

"他们坐小火车去了。"

"那我们赶紧去找他们啊。"熊熊说着，拉起许梦心的手就要走。

"你先去吧，我等会儿就来。"

儿子笑嘻嘻地走了，看着儿子小小的身影，许梦心的心情很是复杂。她这么拼命，不过就是为了证明自己。如今，公司已经注册，所有的事情就像绷在弦上的箭，就等着她发力了。她要是想回头，可真的没那么容易了。

此刻的她，无比理解曾经像劳模一样工作着的姐姐许梦安。事业、家庭、抱负、孩子，这两组词语在男人那里永远都不会是反义词，但是，在女人这里，它们似乎总是两两相对，不可调和……

贾母见许梦心和熊熊果然跟着老贾回家了，高兴得像个孩子，一面急急地端出各色菜肴，一面跟许梦心说着话。

"孩子的生日，就是当妈之人的受难日。心心啊，"贾母手里端着的是一锅汤，"妈给你炖了这个人参鸡汤，给你补补。"

"我要吃鸡腿！"熊熊道。

"鸡腿腿……腿腿！"小西瓜紧跟而上。

"你们俩，今天谁都不许抢这对鸡腿，这是我给你们妈妈留的。好啦，开饭吧！心心，你别愣着了，赶紧去洗手啊！"

"唉……妈，我……我这就去。"

周日晚上,晚自习第一节课刚下课,孙蕊就走到了李云阶座位旁。

"你出来。"孙蕊像是在命令李云阶,于美婷没好气地看了孙蕊一眼。

"怎么呢?"李云阶仍是坐着。

孙蕊笑了笑:"你不是很喜欢管闲事吗?挺好,我们挺欣赏你的。所以,我想跟你说几句悄悄话。"

"既然是欣赏我,又要让我出去说话,麻烦你先加个'请'字。"

"你……你……"孙蕊一下急眼了。

"你别跟她去……"于美婷拉了拉李云阶的衣角。

"美婷你放心,她要是不好好跟我说话,我是不会跟她出去的。"

孙蕊跺了一下脚:"好!李云阶同学,请你出来一下,好吗?"

"好啊!"李云阶慢悠悠地站了起来。

这段时间,李云阶找到了一些对付他们那帮人的办法。那就是,他们横,她就比他们还横。这些家伙,基本都是欺软怕硬的。

于美婷一脸紧张地看着已经跟着孙蕊往门外走的李云阶,她的视线扫到了坐在不远处的钱依依,钱依依也正盯着门外。

门口走廊,李云阶和孙蕊面对面站着。

"也没什么大事,就是吧,姐想找你聊聊。"孙蕊道。

李云阶笑着:"我跟你们这帮人又不熟,有什么好聊的?"

"随便聊聊呀,怎么,你不敢?"

"没什么不敢的。"

"好。实验室那栋楼,有个楼顶,你知道吧?晚自习结束后,我们在那等你。"

实验室有八层楼,那楼顶学校自然是不让上的,通往楼顶的大铁门更是紧锁着。

"去那干吗?再说了,学校也不让上啊。"

"这个你就别管了,我们常常在那玩,让你去,就说明那个大铁门我们有办法

打开。"

"好。"李云阶答应了，她想着，到时候让刘思明和何璐陪着一起去。

"你一个人来，记住没有？还有，这件事，不许告诉任何人。这是我们之间的秘密。"

"我就是理解不了，为什么非得是我一个人来？"

"刚才不还胆子挺大的吗？怎么，现在又不敢了？"

"如果要说什么，在哪不行，非要去那？"

"噢……我还以为你有多仗义呢，看来，你是不想为钱侬侬出头了。"

"这件事跟钱侬侬有什么关系？"

"很简单，你既然要为钱侬侬出头，那就得谈判。你听说过随便找个地方就能谈判的吗？"

李云阶忍不住笑出声来："楼顶？天台？拜托，现在连警匪片都不这么拍了。我发现你们好幼稚。"

"那随便你吧，爱来不来。你不来，反正也有钱侬侬陪我们玩，我们无所谓啊。"孙蕊说着，再次警告李云阶，"你给我听清楚了。这事，你要是敢告诉别人，不但你不好过，还会连累他们。"

许梦安一面用 iPad 查阅着资料，一面轻拍着儿子哄他入睡。

李临凑过头来："还以为你在追剧呢，原来是在看新闻。"

"也不是什么新闻，就是一些家庭托儿所的资料。"

"怎么研究起这个来了？"

"我今天跟婉真见了一面，她说现在有这样的机构，可以帮助双职工父母减轻负担，可以……"

李临拿掉许梦安手里的 iPad："我们不是说好了吗？你再辛苦两年，等小葡萄上了幼儿园……"

"两年？"许梦安笑得极为不自然，"两年后，你还是人人尊敬的李教授，但是我呢？"

"你永远都是人人尊敬的妈妈呀。"

"那咱俩换一下,你来当人人尊敬的爸爸?"

"你看,你又敏感了。梦安,你别心急,这些事,我都想着的。"

"我还没决定要把小葡萄送托儿所呢,你就这样……咱俩到底是谁在急?"

"小葡萄还未满周岁,就算他已经满了周岁,把他放到托儿所,你能放心吗?"李临皱眉,"与其这样,还不如找个保姆……"

"我累了,这个话题暂时到此为止吧。"

"我知道你急着去上班,也知道你害怕在家里待久了,就会跟社会脱节……可是,你就不能再等等吗,等孩子再大一点。你就不能……"

"李临,我刚才说了,我累了,你没听见吗?"

"我……"

窗外传来一阵雷声,透过薄窗纱,有闪电掠过。许梦安忙俯身捂住儿子的耳朵,还好,儿子睡得很熟,只是轻轻呢喃了两声。

"要下雨了,你赶紧去检查一下家里的窗户,都给关上吧。"许梦安转向李临。

要下雨了。一中实验室的楼顶上,有两个女孩紧挨着蓄水池站着。楼顶上除了蓄水池,再没别的设施。好在,这蓄水池顶部向四面各延伸出来了十几厘米。只是,这十几厘米根本遮挡不了风雨。

"李云阶你是不是傻?"说话的女孩是钱依依,"你把自己当什么啦?行侠仗义、路见不平啊?你可真够圣母的。"

"你再站过来一点啦,"李云阶双手抱在胸前,人都在微微颤抖,"马上就要下雨了。"

其实,晚自习下课后,李云阶并没有如约去楼顶。但她回到宿舍后,发现钱依依和孙蕊都不在,这才急了。又因走得匆忙,她连手机都没来得及拿。

李云阶赶到和孙蕊约定的地方,孙蕊和几个学姐果然在那,钱依依也在。还没等李云阶反应过来,她们便将她和钱依依反锁在了楼顶。

"我没带手机也就算了,怎么你也不带手机……"李云阶的脸被风吹得生疼。

钱依依披散着头发,那头发遮住了她的半张脸,她什么话也没说,只是仰头看着不时被闪电照亮的夜空。

李云阶将钱依依拉近自己："你不怕啊？"

"我……我怕……"钱依依"哇"的一声哭了出来。

"你别这样啊……你刚才看着不是挺视死如归的吗？"

"走！"钱依依拉着李云阶的手，哽咽着，"我们朝楼下喊……用力喊……总会有人听到的……"

"这栋楼有八层呢，我们就是喊破喉咙也不会有人听见的……"李云阶话音刚落，豆大的雨点便从天上砸落了下来。

那个有着雷电和风雨，被困在楼顶的冬夜，李云阶已经不愿意再去回忆。她依稀只记得，就在她和钱依依即将被淋透，根本分不清脸上哪些是雨水、哪些是泪水时，刘思明他们带着老师出现了，是刘思明横抱着她离开那里的。如果不是于美婷机警，跑到406宿舍，发现李云阶和钱依依不在，及时向查寝老师汇报了情况，她们没准真的会在楼顶上困一整晚。只是，待宿管老师和班主任王老师从孙蕊口中问出真相，并找到李云阶她们时，她们已经在那里待了整整三个小时。

李临和许梦安知道这一情况已是次日，他们是在医院里看到女儿的。女儿发着高烧，她的意识都有些模糊了。愤怒让许梦安失去了理智，向来极有风度的李临也已经失控。他们不接受任何人的道歉，要求学校严惩孙蕊她们。他们决定起诉校方，这件事，校方是要负主要责任的。

李云阶和钱依依在医院里住了三天，这三天里，来看她们的人络绎不绝。学校的老师、同学，各自家里的亲戚、朋友。感冒和发烧都会好，可是，这事定然会在她们的内心留下阴影。许梦安和钱依依的家长商量着，要是学校不给出让他们满意的处理结果，他们便让两个孩子留在家里，暂时休学。李临请了顾大均帮忙，让他给孩子们做心理干预，尽量将伤害降到最低。

学校想息事宁人，希望能够缩小影响。但许梦安认为，息事宁人就是对校园暴力的纵容，这件事，必须闹大，越大越好。这场学校和家长之间的拉锯战，一直到放了寒假都没能终止。于是，李云阶在她的学习生涯中，第一次缺席了期末考。不喜欢考试的她，却并未因此感到快慰。

在这期间，兰香表姑被接回了老家。来接她的是姑姑、姑父和大萍姐的爸爸，连大明都来了。姑姑他们虽然什么都没说,但李云阶能够感觉到,他们看她的眼神满是心疼。每每触到这样的眼神,就像是有只大手出现,又将她拉进了那个可怕的雨夜。

"云阶,记得给表姑发微信啊。你教过我在网上买东西,可是我还没学会呢。"兰香表姑拉着李云阶的手。

"我都给你画好了……"李云阶拿出一个本子,递给兰香,"这上面我给你画好步骤了。"

"太好啦,还是云阶对我最好。"

接着,李云阶从许梦安手里拿过一个盒子:"表姑,这个也是给你的。"

"这是……这是手机呀?"

"对,屏幕超级大。"

"哎哟,这个东西我可不能收,我……"

大萍笑道:"妈,你就别假客气了,赶紧收下吧。我知道的,你想换一个新手机想很久啦。"

"你这孩子……"兰香喃喃。众人都乐了。

"行了,那我们就下楼吧。兰香这是转院,老家那边联系好的那家医院,他们还等着接收呢。"李静道。

李云阶把手机放在兰香怀里:"表姑,我就不下楼了。那个,我还有点事……"

"你回房间吧。"许梦安柔声道。

许梦安知道,女儿这是舍不得兰香。

没有人是喜欢分别的,女儿是这样,许梦安又何尝不是这样?只是,她很清楚,兰香早晚是要离开的。她本以为等大萍当了妈妈,兰香会过去照顾他们,自然,也就由大萍两口子给兰香养老。但是,她没有想到,大萍爸爸会真的改过自新,一意要接兰香回老家。

一行人到了楼下,兰香少不了还是要跟许梦安他们这些人逐一道别。大萍对她爸的态度仍是淡淡的,她爸便叫了小树去说话。这时,许梦心拖家带口地来了。许家二老和贾母都给兰香准备了礼物,许梦心两口子也不例外。

"心心，一定要好好的啊。"兰香握着许梦心的手，"我知道你现在工作忙，但是身体第一。"

"我记住啦。"

"还有，你们……"兰香压低声音，"你们小两口，你们就别再闹了。你妈上回还跟我念叨起这事。你爸妈虽然嘴上什么都不说，但他们很担心的……做父母的，都盼着儿女们把日子过好……"

趁着大家跟兰香依依不舍，李静把许梦安叫到了一边。

"要是方便，过年回老家吧，云阶喜欢回老家呢。"李静道。

许梦安点点头："学校那边的事情还得解决，到时再看吧。"

"这家里的事情，桩桩件件的，都得慢慢解决。不管怎么样，你得先把自己的身体顾好。"李静拉着许梦安的手，"这段时间，我管着医馆，好些事，也看透了不少。该抓的抓，抓不住的就放手，没什么大不了的。"

"我明白的。"

"我和你姐夫，我们都说好了，等华华大学毕业，我们哪，马上就退休，把手里的这些事全都交给他，我们老两口跟老爷子似的，到处旅游去。"

"真的啊？"

"实话跟你说，"李静凑到许梦安耳边，"管理医馆……我啊，我就不是这块料。"

"别闹啊，我都听姐夫说了，说你管得井井有条。"

"那是没办法。我没结婚前，管着老爷子、李临，结婚后，管着你姐夫、华华，时不时地，还要把我这魔爪伸到你这，管管你……梦安，这管来管去的，管的都是别人！我啊，我也该花时间管管自己了。"

"你这么说，我就懂了。"

欧阳、兰香、大萍爸爸、大明，他们几个已经上了车，欧阳招呼着李静，李静笑着小跑了过去。车子慢慢驶出小区，大萍和小树便一路跟着车走。直到车子驶入主路，他们俩才停下脚步。

"对了，他都跟你说什么啦？"大萍问道。

"爸他……噢，那什么，那个人……他给了我一个药方，"小树道，"说是他问

李老爷子要的,喝了这药,能早点怀孕什么的。"

"他管得可真宽。"大萍接过药方,作势要撕掉。

"哎……别呀……"

大萍瞪小树一眼,将药方一折,塞进了裤兜里,转身就跑,小树笑着追了上去。

兰香回老家做手术,有大萍爸爸照顾,加之又有李静和欧阳的关照,许梦安和李临也就都放宽了心。相处了这么多年,兰香把他们当家人,他们其实也一样。

"想再找个兰香姐这样的保姆,怕是难了。"李临不免感叹。

许梦安叹了口气:"我还是想去家庭托儿所看看。"

"行吧。"李临终于松口了。

这段时间,许梦安一直在奔波,忙着跟学校交涉,忙着找律师,她整个人都瘦了一圈。

"还有,黄思思那边又找我了,说是我的项目,她找到投资方了。不过,人家看中的不仅仅是我的项目,还有黄思思的平台。所以,她想跟我合作。不是雇佣关系,而是合作关系。"许梦安看着李临,"这对我来说,是个机会。你怎么看?"

"这件事,其实你已经决定好了吧?"

"基本上是这样。"

"嗯。"李临随手拿起了一张报纸,不再言语。

3

送走了兰香,许梦心便独自前往她的公司。公司年后正式开张,这段时间正在紧锣密鼓地装修中。不过,为了节省成本,办公楼里的大部分原装修,她都不打算大改,主要在软装上下些功夫。

刚走进门口,许梦心就遇到了小凯。小凯说冬子送了套沙发来,现在正在许梦心给她自己准备的办公室里,说是要亲自监督工人组装这套沙发。

冬子的各种示好让许梦心很为难,她的为难,并不是心思有了摇摆,恰恰是因

为她只拿他当朋友。更尴尬的是,她已经跟他表明过这一点,但他仍然我行我素。

大概是因为许梦心今天穿了软底平跟的小羊皮鞋,她走到门边时,冬子和工人并未发现她,那两人正热络地说着话。

"对女人,无非就是投其所好。她想要什么,就给她什么;她需要什么,就奉献什么。这有什么难的。"是冬子的声音。

那工人一边忙碌着,一边说道:"冬子哥,咱俩认识也得有七八年了吧。这么些年下来,我发现,就没有你拿不下来的女人。"

冬子不禁发出了笑声,这笑声,在许梦心听来,多少有些陌生。她轻轻地往左后方退了一步,躲到了门框一侧有墙挡着的地方。

"那……这回这个女人……"工人笑得意味深长,"你可下了不少功夫啊。"

"她和她们不一样。怎么说呢,我以前喜欢的那些,好多事啊,用钱就能打发。买买包、吃吃饭,再不然就是带出去旅旅游,那都容易。但是这位……"冬子停顿了一下,"她缺钱,但她要的又不是钱。总之,她可不是花钱就能搞定的。"

"不花钱,那就多花心思呗。"

"对喽,你看,你也不笨,一点就通。"冬子很是得意,"这位要的是认同感,就是我得时时刻刻告诉她,她特别厉害,特别牛。她在家里啊,她老公没法给她这个。但是我不一样,我能做到啊。"

"这可比花钱要难。"

"那是……要不那些演员,他们的收入怎么就比普通人要高呢?演戏啊,它确实累。"

"不是,等会儿,我刚没听清楚……这女的,她有老公?"

"有啊。"

"那你们岂不是……"

"说你傻你还真傻。难不成我最后还要把她娶回家?我要想结婚,还等现在?"

"你可真行。不过我瞧着,这女的,你应该是还没得手?"

"不然我让你来这帮什么忙啊……"

很快,沙发便组装好了,冬子带着工人走出了办公室。他们经过略有些昏暗的公共办公区时,冬子突然看到了一个人影。那人就站在窗边,似乎也在打量着他。

"是心心吗?"冬子通过身形,判断出了那人是许梦心。

"对啊。"

"干吗不拉窗帘也不开灯?"

"噢,昨天刚装的窗帘,我试试看这轨道滑不滑。"

那工人见状,拍了下冬子的肩膀,便先行离去了。他离开之前,还很体贴地带上了门。冬子摸着墙上的开关,有盏壁灯亮了,昏黄的灯光下,许梦心正冲着他甜甜微笑。

"我听说你送了套沙发给我?"她问他。

"我瞧着吧,这套沙发用的木头不错,风格也是你喜欢的,就自作主张给你送过来了。"

她盯着他的眼睛:"你怎么知道我喜欢什么风格?"

"我先带你去看看呗……"

"不用看,你选的,我放心。"

冬子笑了:"心心啊,我看到你这办公的地方这么好,年后又要开张了,我是真心替你高兴。这就说明,我一直就没有看错你。"

"是吗?"许梦心摆弄着窗帘。

"《电子商务法》一施行,好多小代购就都遇到麻烦了。只有你,从一开始做代购的时候,就想到了做电商。代购那边的客户往网店里带,网店的呢,又往代购那边带,相辅相成。如今海外代购管控得严,要求也高,结果你呢,分分钟注册了一个公司,做了万春的独家代理。就你这能力,不佩服你都不行。"冬子滔滔不绝,而他口中的"万春"就是许梦心即将合作的日化公司。

"其实,我也没你说的那么有能力。"

"万春的代理可不好拿啊,何况还是独家……"

"大概是我比较真诚吧。"许梦心笑了笑,"我喜欢真诚。"

"是,你是实在人,我也是……我们……"

"冬子哥……"许梦心拉开了窗帘,阳光一下直射进来,这间大办公室瞬间变

得亮堂堂，"你真的是个实在人吗？"

阳光给许梦心镀了层金黄色的光晕，光晕里，本就明眸皓齿的她显得更加动人。虽然她剪着极短的发，穿着也有些随意，但这些，似乎都无法掩盖她身上的女人味。此刻，她的魅力，看起来就像是特意为冬子散发的。冬子情不自禁地走向了许梦心，伸手托起了她的下巴："我当然是……要不然，你给我个机会，也给你自己一个机会，咱们俩，再加深一下认识呗？"

许梦心仍旧看着冬子的眼睛，那眼神里的魅惑渐渐消失，变成一种审视，一种极其严肃的审视。

"你怎么不说话呢？"冬子一只手还托着许梦心的下巴，另一只手正试图去揽她的腰。许梦心往后一躲，冬子还以为这是她的欲拒还迎，便又凑了上去。

许梦心伸手，轻轻一推："抱歉，我本来以为自己也可以是个好演员，但是很显然，我的功底没你深。"

"我听不懂你在说什么……"

"是啊，你不懂我，我呢，也是今天才懂了你。"

"我有什么难懂的，这些日子以来，我对你怎么样，你感觉不到吗？"

"冬子哥……我还叫你一声哥，是因为我觉得人与人还是要有一点尊重的。你曾经给我供过货，也带我去探过代购的门路，说心里话，即便到了现在，我还是感激你。我感激你，感谢你，所以，我也还是想给你这点尊重。"

"你这是怎么了嘛？"冬子是在装糊涂。

许梦心摇摇头又点点头，说道："我很真诚，也很坦诚，我也拜托你，希望你能真诚，你能坦诚。"

"你还要我怎么做？许梦心，"冬子甚至做出了微怒的表情，"我从来没有对一个女人这么上心过！我甚至都不在乎你是不是单身，也不在乎你带着孩子。我主动给你送货，把爆款留给你。还有，咱们去日本的时候，我那么照顾你……"

许梦心哑然失笑："拜托你别再说这些了。也许，五六年前，或者两三年前，我的生活里突然出现一个像你这样的男人，我真的会回过头去反思自己的婚姻。因为，你看起来实在是太完美了，完美得有些可怕。"

"为什么要是五六年前、两三年前，现在不行吗？你愿意继续跟贾浩文过下去？我知道你已经不爱他了，要不然，你也不会搬出来。"

"那我马上去跟贾浩文离婚，跟你过？买一送二，我还带着一儿一女呢，你赚到了。"

"我不是这个意思，我没有叫你马上去跟他离婚……"

"噢，是这样啊。"

"你们毕竟有孩子嘛。虽然你已经不爱他了，但是，有孩子在，怕是他也不会轻易同意跟你离婚的……"

"我倒是没考虑到这一层呢，还是你想得周到。"

"所以啊，"冬子又凑近许梦心，"你先别去想离不离婚这种事。人生苦短，有时候啊，就应该及时行乐……"

"离我远点。"

"心心……"

"离我远点！"

"你这样……你这样我就看不懂了……"

"谁跟你说我不爱贾浩文了？我告诉你，我和他暂时分开，是因为我们这段婚姻需要一个缓冲期。正是因为我心里还有他，我还想跟他继续过下去，我才这么做的！"

"别逗了，就他那样的，他能给你什么？他懂得欣赏你吗？"

"那你又能给我什么？或者说，你打算给我什么呢？"许梦心笑了笑，"你别再演了，你跟你那个朋友说的话，我全都听见了。你不过是无聊，想找一个不需要你负责任的女人打发打发时间而已。对不起，你找错人了。"许梦心说完，慢慢走到一张办公桌前，拿起了她放在上面的包。

"这都是误会，心心，我可以解释的。"冬子挡在了许梦心面前。

许梦心抬手看了看表："我让小凯去买咖啡了，估摸着，再过两三分钟，他就该上楼了。你这样，可不太合适……"

"你……"冬子被噎得话都说不出来了。

"本来吧，我还觉得挺不好意思的。你看，你对我这么好，对我儿子也好，我却总是拒人于千里之外。我也想过，这男女之间确实也可以有纯友谊的……不过，

很遗憾,现在看来,这种纯友谊不会在你我之间产生了。"许梦心笑了笑,"那套沙发,怎么来的,你就怎么拿走吧。还有啊,往后我们就别联系了。毕竟,你是演艺圈的,我可只是个普通人呢。贵圈太乱。"

许梦心刚到楼下,就碰到了拿着两杯咖啡的小凯。

"心姐,你这就要走啊?"

"你也别上去了。"许梦心拿过一杯咖啡。

"等下还有些家具要送来,我还得验货呢。"

"那行,忙完这几天,我就给你放假。"

"真的假的?"

"当然是真的。"

"别人家可没这么早放假,至少要发货到腊月二十几呢。"

"今天我高兴。所以,提前放假。"

小凯看着许梦心:"你这么一说我才看出来,心姐,你现在看着确实挺喜气的,那眼睛里都带着笑。是不是咱们发大财了?"

"比发大财还高兴。"许梦心喝了口咖啡,往前走着。

小凯跟了上去:"还有比发财更高兴的事?"

"你知道那个成语吗?醍醐灌顶。"

"这个我知道,它跟茅塞顿开、如梦初醒的意思差不多!"

"对,这个词好,如梦初醒。以前,我总想向别人证明自己,证明自己是对的,证明自己很优秀,证明这个,证明那个……就好像,这样一来,别人就会尊重我了。我打个比方啊,有的人出去旅游,就是为了拍点照片发朋友圈和微博,告诉别人他有闲有钱……"

"就是臭显摆呗。"

"然而另外一种人,同样是旅游,他就只是为了旅游,只是为了享受这个过程。别人怎么看,怎么说,一点都不会影响他的心情……很显然,我就是那个迫切需要别人来认可的人……这一点都不酷。"

"我觉得你挺酷的。"

"真正酷的那种人,他是不怕别人的否定的。哪怕所有人都看不起他,抛弃他,背叛他,他也能在一次又一次的绝望中继续坚定他的理想。甚至说,为了他心中的那个理想,他可以忍受一切。即便他身边的人否定他,不认可他,他也知道自己的坚持没有错……"

"反正我不认识这种人,这得多强大啊。"

"我认识呀。"

"谁啊?"

"我老公啊。"许梦心笑着,"还有我姐姐,他们都是这样的人。"

梅一朵和笑笑春节前就要去日本了,说是早点过去适应环境。她们要走,李临夫妇当然是要送行的。等李临和许梦安到了机场,一眼就看到了梅一朵身边的顾大均。顾大均拖着好大一个行李箱,满脸笑容。

许梦安道:"没想到顾医生这么早就来送……"

"我不是来送行的,我也去日本。"顾大均说毕,扭脸看向梅一朵。

"跟我有什么关系!"梅一朵摇头。

许梦安和李临对视一眼,两人都笑了。

梅一朵忙道:"不是,你们笑什么,他去日本真的跟我没关系!"

"顾叔叔说,他要照顾我和妈妈。"笑笑插嘴。

"小孩子别乱说话,谁要他照顾!"

"我呢,刚好也要去学习深造,"顾大均道,"你们说巧不巧?"

"随便他吧。"梅一朵转对许梦安道,"你和李临,你们俩好好的啊,多的话我就不说了。说少了没意思,说多了又显得我虚情假意。赶紧都回去吧,我也不习惯有人送行。"

顾大均笑道:"你们放心吧,有我保驾护航……"

"过安检啦,还在这废什么话。"

目送走了梅一朵他们,李临问许梦安:"你说他们俩能成吗?"

"顾医生这么有心,梅一朵早晚会明白的。"许梦安道。

"但愿吧。"

这晚，李云阶正准备睡觉，老妈捧着台笔记本电脑进来了。

"你睡吧，妈妈就在边上陪着你，保证不会打扰你。"老妈笑着，在写字台旁坐下。这些日子，老妈每天晚上都像这样，带着她的电脑和工作过来陪李云阶，直到李云阶沉沉入睡后，老妈才离开。老妈说，过完春节，她就打算去上班了。但是，在上班前，她还有些功课要做。这种事，她白天根本没时间做，只有到了晚上，等小葡萄睡着了，她才可以腾出这一小段时间。时间在老妈这里，是一种特别特别宝贵的东西。

"妈，其实我一个人能睡着……"李云阶实在不忍心看着老妈小心翼翼地操作电脑，生怕影响她入睡的样子。

"没事，我喜欢陪着你。"

老妈和老爸从来没问过李云阶，那天晚上，在楼顶上的她到底经历了什么。也从没问过，那天晚上，雷声、风声、雨声夹杂着，她究竟有多害怕。他们总是能够巧妙地避开这个话题。就好像李云阶只是比别的同学早几天放了寒假。但是，当天的细节，李云阶其实已经跟顾大均叔叔说过好多遍了，每说一遍，她都会觉得轻松许多。李云阶坐了起来："老妈，我没那么脆弱啦。"

老妈微微侧头，看着李云阶："我知道。"

"你陪我说说话吧？"

"好啊，没问题。"

"一开始，我也觉得是我做错了什么。但是，从开学那天开始……直到今天，我仔仔细细想了一遍，我并没有做错。所以，她们这么对我，不是我的错。"

老妈合上笔记本电脑，坐到李云阶身边："你当然没有做错。这整件事，有错的是学校、那些同学，还有我们家长。我和你爸，我们没有保护好你。"

"那接下来，我们真的要跟学校打官司吗？"

"起诉不是目的，是方式。妈妈想通过这种方式让学校认识到，他们在学生管理上存在疏漏，这是他们无法推卸的责任。要是拿点赔偿，私下里随随便便就解决了，那学校就永远意识不到他们在犯错，这也是对校园霸凌现象的纵容。你爸跟我说，说你要不是为了替钱依依出头，也不会发生这样的事。可是，你要是也想尽可能地解决这样的问题，就必须要让犯错的人认错。"

李云阶点点头。老妈继续说："我们和钱依依的父母商量过了,我们要求学校在媒体上向我们公开道歉,并公布关于整肃校园风气、反霸凌的相关举措。还有,为首的那个学姐,必须做出开除处理。我们建立了一个微信群,这几天,陆陆续续进来了好些家长。他们从自家孩子那里了解到,就是你们的这个高年级学姐,也曾带着人欺负过这些孩子。只是,原来你和钱依依的事还没有出,其他同学也都敢怒不敢言,更不敢告诉父母。"

"这么说来,这件事也不算是坏事了?"

"对。"老妈揽过李云阶的肩膀,"而且,我从来没想到,我的女儿居然这么勇敢,这么有正义感。"

这时,李云阶的手机响了,打电话来的是刘思明。

老妈站起来,别过头:"嗯,看起来,你确实是不需要我陪着了。"

"老妈,你差不多行了啊。"李云阶低头笑,"又开始假开明了,烦不烦?"

"我走啦,你快接电话吧,聊完了早点睡觉。"老妈抱起笔记本电脑就走了。

没放寒假前,李云阶虽然没去学校,和钱依依一起休了学,但是,何璐、刘思明他们都组团来看过她。而且,王哲和朱可馨这两个学霸还不时给她打视频电话,说是在线补课。所以,她从没觉得自己孤单。在家里的这些天,让她感触最深的还是老妈。她知道老妈辛苦,但是没有想到这一天到晚,老妈居然有这么多的事情要做。光是给小葡萄准备辅食,就要耗费好多时间。9个月大的小葡萄,李云阶抱起他已经很是吃力。可是老妈呢,她居然能一手抱孩子,一手做家务,什么都没耽误。李云阶曾为着家里多了个弟弟而感到委屈,可是,她那点委屈,跟老妈如今承受的辛苦相比,根本就不算什么啊。

第三十六章
儿女双全的福气

1

　　许梦安从女儿房间出来后便钻进了书房。她手上有很多案头工作要做,除了对"云上"项目的整体策划案做进一步的整合和修改,还要深入了解思美传媒,也就是黄思思和凌美川那个公司。她并不质疑思美传媒的诚意,只是,如果是合作,她总是想选择最合适、最稳妥的对象。如今,双方已经有了初步的合作方案,这个合作方案,也需要许梦安慢慢去斟酌。

　　手上这些事,很细、很杂,甚至还有点乱。这对已经很久没有对着电脑工作的许梦安来说,是个新的挑战。但是,每次一到夜深人静,等丈夫和孩子们都入睡了,她便觉得整个世界都是她的了。这个属于她的世界很安静,让她得以专注,让她得以思考。

　　"别弄得太晚了。"是李临的声音。

　　许梦安抬头看,只见李临端着杯热牛奶朝她走来。

　　"没事……其实我就是想让自己尽快进入工作状态。"许梦安笑得有些无奈,"我刚才翻阅思美传媒提供的公司资料和相关数据,发现在他们那,员工的平均年龄是 32 岁。我一加入,别的先不说,光是在年龄上,就给他们拖了后腿。"

　　"你想太多了。"李临把牛奶递给许梦安,许梦安喝了一口,说:"对了,明天我分别约了中介和家庭托儿所,中介那边给推荐了几个保姆,得安排面试。还有家庭托儿所那边,我们得实地去看,去了解情况。到时候综合考量一下,是把保姆请进来,还是把孩子送到托儿所,总是要做个决定的。"

"你来安排就行,我全力配合。"

"嗯,你又这样了,我来安排就行……"许梦安嘟囔。

次日上午,许梦安刚要抱着小葡萄出门,便被李云阶拦住了。

"妈,我爸不是也放寒假了吗,让他和我一起在家照顾弟弟吧。你这抱着弟弟出门办事,多不方便。"李云阶说着,顺手就抱过了小葡萄。

李临正夹着包出来,一听这话,忙道:"我还得去学校呢。"

"学校里有什么十万火急的事等着你去处理吗?"李云阶问道。

"倒也不是什么十万火急的事……"

李云阶走到李临跟前,将小葡萄硬塞到他怀里:"抱着!"

许梦安看到这一幕,便觉得有些好笑。她强忍着笑意,故作深沉道:"噢,那你们好好照顾小葡萄,我先出去了。"

"唉……"李临看看怀里的儿子,又看看许梦安。

李云阶把许梦安往门外一推:"老妈,再见!"

"云阶,爸爸是真有事……"李临无奈。

"现在几点了?"

"9点左右吧。"

"那这个点的话,你应该带小葡萄去楼下散步了。"李云阶看起来一本正经的,"不对,我看了一下,冰箱里没什么好吃的了……这样,你顺便去趟超市,买点菜,然后再给我买点零食。"

"不是,我这……"

"你要是不愿意去,那也行……你现在就去学校吧,把我弟弟给我,我们姐弟俩就在家里待着,反正,饿个一两顿也不会怎么样。"

"我去还不行吗?我抱着他去超市,给你买好吃的!"

"这还差不多。"李云阶乐了。

许梦安先是去了中介,给推荐的几个保姆看着倒都不错,其中有个年纪跟兰香差不多的,许梦安很中意。不过,人家不愿意住家。许梦安只说再考虑考虑,便驱车去了婉真说的那家家庭托儿所。

托儿所离景华苑倒不算远,设在一座别墅内,远远地就看到了他们的招牌。因为是预约过的,已经有人在门口等,那人带着许梦安进了门。

进门粗粗一看,装修陈设等,跟居家生活没什么大的区别。不同的是,一楼的客厅被划分成了好几个区域,其中一个区域内堆满了玩具,有两个三四岁的小孩在地上坐着。他们身侧,则蹲着个年轻姑娘,想必就是看顾他们的育儿师了。

"许女士,我先给你介绍一下我们的基本情况。我们是一家连锁机构,目前在国内已经开设了二十多家这样的托儿所。在本市呢,这里还是头一家。我们采用的是托班加早教的形式,接收各个年龄段的学龄前儿童。您看那边有 3 岁左右的,楼上还有育婴房,是给月龄宝宝准备的。就是呢,以我们目前的规模,最多只能接收十五个孩子。您要是有意向把孩子送到这来,得先预约。"

"噢,还得预约……"许梦安凝神。

"这样,我先带您参观一下……"

这时,有个微胖的女人从楼上下来,朝许梦安走来:"梦安,你还记得我吗?"

"白曼!"许梦安喜出望外,"怎么是你?"

白曼曾经是许梦安的月嫂,她的专业和爱心,给许梦安留下了非常好的印象。

"好久不见!"白曼也很欣喜,"这是我跟几个朋友一起做的项目,目前,我在这里负责日常运营。我也算是从月嫂顺利转型到这一行了。"

"我是从朋友那了解到你们这家家庭托儿所的,今天先过来看看。"

"你要把小葡萄送到这来?"

"你还记得我儿子的名字呀?"

"每一个我照顾过的孩子,我都记得他们的名字。"

"我要上班了,又一直没找到合适的保姆。"

"这样,你先把孩子抱来,看看他能不能适应我们这儿。"

"本来我心里还有点犯嘀咕,不过,看到你在这,我就放心了。"

李临和小葡萄一从超市回来,李云阶便忙忙地走过来,一边检查着李临采购的东西,一边说着话:"这样啊,老爸,现在你得给小葡萄换尿不湿了。换完尿不湿,先让他睡觉。等他睡着了啊,你再做午饭。午饭的话,小葡萄一般是吃蔬菜泥、肉泥这些,有时候我看老妈也喂他吃点面条之类的。具体怎么做,你可以打电话问老妈。至于我们,我们是大人嘛,可以吃得随便一点,反正我妈也不回来吃中饭,咱俩准备个四菜一汤差不多了。"

"就你和我,我们俩,我还得做四菜一汤?"

"嗯,得有肉、有鱼、有蔬菜,你看着搭配。老妈说了,我还得长个子呢,总归是要均衡一下营养的。"

"这叫随便?"

"赶紧去忙吧,吃完了饭,就该做别的了。洗衣、拖地、擦桌子……老妈早上走得急,这些活,她可是一样都没干呢。"

李临只得依着女儿的意思,把她口中说的这些,桩桩件件地做了下来。不做可不行,这丫头跷着二郎腿坐在沙发上监工呢。

等儿子睡醒,李临给喂了饭,他满以为儿子吃饱了就该继续睡觉了,不承想,这个小家伙精神头特别足,满屋子爬,时不时还扶着东西要站立。儿子这是刚学站立,李临唯恐他摔着碰着了,只能片刻不离地护着。

如此一番折腾,等李临想起来自己中饭还没吃时,到餐桌那一看,饭菜全都已经凉了。及至这时,他看着女儿强忍着笑容的脸,才算是明白了她的用意。

"老爸,你总说要换位思考,可是这话光说没有用。现在,你知道我妈每天有多累了吧?"李云阶看着李临,"这才只过去半天时间呢,下午劳动量更大。"

"我知道她很辛苦……"

"知道和真正体验,那是两码事。我就是想着,老妈已经够辛苦的了,要是工作能够让她更开心,我们就应该支持她。"李云阶说毕,抱起在地上爬的小葡萄,"弟弟我来照顾,你赶紧吃饭吧。"

李临沉默着,惶惶坐下,只觉着脸上火辣辣的,这还是他第一次在女儿面前这么窘迫。

"先把饭菜热热!"女儿又道。

"唉……"

白曼请许梦安到附近的餐厅吃饭,两人久未见面,不免就多聊了几句。这白曼之前有段婚姻,因为产后抑郁等原因,在她生下孩子后不久,她的婚姻就出现了危机,最终以离婚收场。当时的她根本没有能力抚养孩子,便忍痛割爱,把孩子留给了她的前夫。或许正是因为这样,她特别喜欢孩子。

"放开二胎以来,有不少像你们这样的双职工家庭要了二胎,但是,你们也面临着一个很现实的问题。比如你们双方的父母年纪大了,没有精力给你们带孩子,又或者,你们希望给孩子请一个更专业的保姆。再不然,就是你们其中一方辞职在家带孩子了。做出这种选择的,往往都是妈妈。"白曼道。

"是啊,这是很多二胎家庭面临的问题。"许梦安点点头。

"孩子未满 3 岁,不能进幼儿园,这就意味着,一个妈妈,从怀孕到孩子入园这期间,至少要花费四年的时间。我还见过备孕期间就辞职在家的,也是没办法,身体条件不是很允许再生育,但是,夫妻俩又很想再要一个孩子。四五年的时间,对孩子来说,是一天天成长。但是,对为了养育孩子,暂时离开职场的妈妈来说,四五年却是十分漫长的……"

许梦安对这番话很是感同身受:"所以啊,你们这个针对 0—3 岁幼儿的家庭托儿所还是很有市场前景的。"

"对,我们规模虽然不大,但是一应设施、人员都是专业的,人员配备差不多是一个育儿师照顾两个孩子。而且,我们接下来还打算为一些全职太太提供工作岗位……"

"这个怎么说?"

"我这么说吧,有些妈妈,生了孩子之后,本身就打算回归家庭了。我们让这些妈妈带着孩子来我们的托儿所,在我们的帮助和指导下,她不但能照顾好自己的孩子,也可以帮忙照顾其他妈妈的孩子。这种模式类似互助小组。当然,我们会给这些妈妈经济上的支持,这也是她们应得的。"

"你这个想法太好了!"

"其实,这些在国外也都有先例。"

"这样啊,白曼,我们家小葡萄就先在你这里预约了啊。"许梦安举杯。

"没问题。"

老贾的办公桌上摆着一份盒饭,那饭只扒拉了两口,一双筷子胡乱扔在一边。他正在办公室里来回走着,不时拿起手机发几句微信语音。

那门是敞着的,有人站在门边,象征性地敲了一下。

老贾抬头:"有什么事等会儿再说。"

"贾总,有人找你。"

"没看我这忙着吗? 不管谁来,你都让他在外面等,等我处理完这些事。"

"可是……"

"上次那批货发过去之后,其中有一部分啊,对方不满意,我正跟人交涉呢。"

"是你太太来了。"

"谁? "

"你太太,她现在就在外边等着呢。"

老贾一怔,手机差点掉在地上。

"那什么……5 分钟之后……不……3 分钟之后,你带她进来。"

那人一走,老贾就赶紧把门关上了。他先是把办公桌上的那份饭给藏起来了,然后顺手拿出了一套茶具,好一通手忙脚乱。等许梦心进来的时候,她看到的是一个靠在大班椅上,优哉游哉品着茶、抽着雪茄的老贾。

"哟,许总,稀客。"老贾笑着,慢悠悠地站了起来。

许梦心从没来过老贾和徐明的工厂,确实是位稀客。

"不错啊,"许梦心毫不客气地坐到了老贾对面,"你这里,像是那么回事。"

"能够得到许总的肯定,是敝厂的荣幸。"

"你看你现在啊,一手拿着紫砂壶,一手拿着雪茄,一看就是个成功人士。"

老贾也坐下了:"是吗? 我只是比别人更注重生活品质一点。"

"噢,那么注重生活品质,怎么办公室里还有股子韭菜炒蛋的味道呢?"

"怎么可能!"

"你仔细闻闻,再好好品品,除了韭菜炒蛋,怕是还有两块香煎带鱼吧?"

老贾忙伸手到办公桌底下,想将那份没吃完的盒饭隐藏得更深一点。不料手一偏,这盒饭就掉到了地上,什么韭菜炒蛋,什么香煎带鱼,连白米饭都撒了一地。

"咳……"老贾尴尬地笑着。

许梦心扫了那盒饭一眼:"忙完没有啊?"

"我不忙啊,不忙。"

"我到外面等你,你忙完了,我请你到附近吃个饭。"

"许总你真是太客气了……"

"别多想,我只是路过,请你吃顿好的,就当是做慈善、献爱心了。"

"献爱心好啊,我需要爱心。"

许梦心没好气地看了看老贾,转身就出了门。不多时,两人都上了老贾的车。

"那什么……你今天不忙啊?"老贾问许梦心。

"你那股子拽天拽地的劲儿呢?别说,你刚才那样,确实有点土味霸道总裁的意思。"

"我在许总面前,我哪敢拽……你看,我现在不是在给你当司机吗?"

"你……"许梦心顿了顿,"在厂里就吃那些啊?"

"我们伙食其实不错,就是这天天吃一样的,吃什么都会腻……"

"噢,天天吃一样的,就会腻……"

"不是不是,我说的就是饭,没说别的。"

"我有在说别的?"

"没有没有。"

"贾浩文,有个事我必须得跟你说。"

一个急刹车,车子停下了。许梦心皱眉:"你停车干吗?"

"那个……你要说的事,是不是特别有杀伤力……"

"你以为我要说的是什么?"

"我不敢以为,我也不想以为……"老贾低头,"我就希望,你什么也别说。你什么都不说,就相当于是个无期徒刑,不管怎么样,我至少还活着。你要说了,可就是给我判了死刑。所以,你最好别说。"

"你以为我要说的是离……"

"别说！"

"我不是说这个！"

"啊……"老贾扭头看许梦心。

"大姐不是有一套房子在出租吗？原先的租客不想续租了，我想着，我们把它给租下来。"

"我们？"

"那是套三居室，刚好呢，位置就在你的厂子和我的公司中间……"

"你是说……咱俩不分居了？"

许梦心轻轻点了下头。

许梦安回到家已是傍晚，一进家门，就闻到了很浓的鸡汤味。她张嘴刚想叫李临，一扭头，却发现他在客厅沙发上睡着了，而小葡萄，也正睡在他的怀里。

李云阶从房间出来，许梦安示意她别出声，娘俩相拥着走进厨房。

"你爸炖的汤？"许梦安指了指汤锅。

李云阶点点头："他啊，忙一天了，说是累得话都不想说了。"

"好了，剩下的事交给我吧。"

"我来洗菜、切菜！"

"你会吗？"

"我爸就是被你这么给惯坏的。什么会不会的，你放手让我们去做，我们就什么都能学会。"

"行啊，现在都会教训你妈了。"

"忠言逆耳。"

"谢谢你啊，小宝贝儿……"

"别，你见过 100 多斤的小宝贝儿吗？"

"你有 100 多斤啦？"

"嘘……别说了！"

李临醒来时，发现饭菜都已经做好了，而原本睡在身侧的儿子也被抱进了房间。妻子和女儿忙着榨橙汁，橙黄的果肉混合着汁水在透明机身的榨汁机里翻腾着,让周遭的一切都显得欢快又明亮。

这世上的万物,都是用眼睛去看的,但万物背后还有些不易被察觉的美好,却不是只用眼睛就能解锁查看的。

"老爸!"女儿笑着,"洗手,准备吃饭!"

"好嘞。"

2

临近春节了,团团圆圆、整整齐齐的家,总能让人感到年味十足,而那些没能团团圆圆、整整齐齐的,比如婉真,她的办法是让自己变得比往日更忙碌。

公司举办年终客户答谢会,已经晋升为售楼部主管的婉真一身盛装,正朝酒店门口走去。都快走到门口了,她发现脚后跟隐隐作痛,便停下了脚步,优雅地张望了一会儿,才躲到大门门口的石柱子后面,脱下一只高跟鞋,发现脚后跟都被磨破了。她抬手看表,时间来不及了,现在必须马上进门。她忍着痛,重新套上了高跟鞋。可还没来得及直起身子,眼前就出现了一只拿着创可贴的大手。

"鞋子不错,挺好看的。"是于海。婉真一愣,接过创可贴:"谢了。"

当年还是杂志社小实习生的婉真对衣着打扮没什么追求,也根本不讲究,只要干净清爽即可。所以,她最常穿的就是球鞋。她人生中的第一双高跟鞋还是于海送她的礼物,那也是他们正式确立恋爱关系后,他送给她的第一件礼物。不太会穿高跟鞋的她,闹了很多笑话,自然,那双脚也饱受摧残。于海便让她别穿了,她自己却喜欢上了踩着高跟鞋行走的感觉。所以,他们每次出来约会,他便总是随身带着创可贴。他这人,用现在的话来说,其实就是个很典型的"直男"。随身带着创可贴这事,让她感觉到了他难得的温柔和贴心。

婉真一手扶着柱子,一手脱鞋,想贴上创可贴。那柱子有点滑,她差点跌倒。

"我来吧。"于海蹲下,"我给你贴。"

"别……"

"有什么不好意思的,咱俩都有两个孩子了。"

第三十六章 儿女双全的福气

319

"滚蛋。"

"我不滚,待会儿,我还得进去参加酒会呢。虽然我还没在你们这买过房,但我是潜在客户。"

婉真还在错愕,创可贴已经服服帖帖地趴在了她受伤的脚后跟上。

"另外一只,抬脚。"于海用命令的口吻道,见婉真没动,便伸手将她另外一只脚轻轻抬起,又慢慢脱下了她的高跟鞋,"噢,这只好像还好,不用贴。"

陆陆续续有人朝门口走来,石柱子可藏不住一个穿着明艳礼服的女人和蹲在地上给她穿鞋的西装革履的男人。

"这不是于总吗?"有人认出了于海。

"好久不见。"于海给婉真穿好鞋,终于直起了身子,"你别误会,她是我孩子的妈。"

"噢,是于太太啊……"

婉真沉着脸,待那人走了,才对于海道:"你别胡说八道。"

"我胡说八道什么了?"

"谁是于太太! 反正我不是。"

"我没说你是我太太,我说你是我孩子的妈,这话没毛病啊。"

"你……"

于海微微鞠躬,手一摆:"请吧,孩子妈。"

"混蛋!"

夜深了,许梦安跟往日一样,把自己关进了书房。不多时,李临也跟了进来。

"儿子睡了?"许梦安问。

"睡啦,睡得很踏实。"今天晚上,是李临主动提出要哄儿子入睡的。

"我给你揉揉肩膀。"

"不用了吧,无事献殷勤……"

李临也不管,走到许梦安身后:"我原来想着,请个保姆帮忙,你就在家里待着。其实这话没有不支持你出去上班的意思,可能我不会表达吧……我想的是,你从跟我结婚那天起就没有轻松过。本来以为,在家带孩子应该比上班轻松……"

"结果呢？"

"你还记得上回吗？上回你让我带过小葡萄一天，就你和云阶去海边玩那次。但他那会儿还小，加上又有梅一朵和老贾帮忙，我也没觉得辛苦。可是今天……我儿子未免也太皮了吧！"

"是啊，带孩子可不是一件简单的事。"

"云阶小时候，我几乎没管过。小葡萄呢，我说了要替你分担，然而，我什么都没分担，还给你添了不少堵。云阶说得对，有时候就得换位思考。"

"你不是也忙吗？而且，你现在还在恢复期……"

"你从来都是在体谅我，但是我呢，我并没有真正体谅过你。"

"说这些干吗……"许梦安伸手，拉住了李临盖在她肩膀上的手，"我们是夫妻，是两口子。"

"明天我不去学校了。"

"真的不去了？"

"都已经放寒假了，我老是待在办公室里也怪没意思的。既然工作永远都是做不完的，也不差这一时半刻的了。这样，我带你们出去转转。"

"去哪儿啊？"

"爬山。"

"我们能爬，你儿子可还不会走路。他那么沉，你抱得动吗？"

"抱啊，抱不动也得抱。要不怎么有个成语叫拖儿带女呢？梦安……"李临俯下脑袋，亲了亲妻子的额头，"儿女双全，这不知道是多少人想要的福气。你给我这样的福气，我应该好好珍惜。"

腊月二十四了，按照习俗，这天是扫尘日，家家户户都会掸尘扫房子，有祛除病疫、祈求新年安康的意思。不过，对许梦安来说，这天有比扫尘更重要的事。她要和一中校园霸凌的受害者家长们一起，去跟学校和解。

家长们和学校最大的分歧点就在于，学校不愿向媒体公开校园霸凌事件。一中不但是有着近百年历史的名校，还是一级重点中学和一级普通高中特色示范学校。这么好的学校，却因疏于学生管理，姑息着一系列对学生身心造成恶劣影响的霸凌事件,无疑会是一个抹不掉的污点。但是,随着事件的发酵,各方媒体的介入,是否公开,早就由不得校方了。在有关部门的施压下,校方如今终于同意了家长们的合理诉求:开除涉事学生,在媒体上公开向全体学生及学生家长致歉,采取一系列举措杜绝类似事件的再次发生。

不过,校方也有自己的诉求。他们认为,除了校方,家长也需要担负相关责任。在这一点上,校方会加强对父母的培训、对家庭教育的指导。这些,家长们也都欣然接受。

这件事一解决,许梦安的心里,也就像扫去了一层尘土般。等她带着好消息回到家中,李临和李云阶正忙着打扫卫生。不知他们俩是谁出的主意,在小葡萄的手和膝盖上绑了抹布,让喜欢爬行的他当起了"人肉拖地机"。

一家人正笑闹呢,许梦安的手机响了,竟是久违的瑞秋来电,说她带着她老公,就在楼下,要来看许梦安一家。许梦安忙叫李云阶下楼去迎。

这个瑞秋是许梦安原来的同事,曾是新苗的人事总监。当时,瑞秋和她丈夫是一对坚定的丁克,两人结婚之初就约好了不要孩子的,不料婚后她丈夫反悔,中间又有婆婆挑唆,夫妻关系一度岌岌可危。甚至,她丈夫后来还出轨了。或许是因为爱,或许是因为不甘,总之,到最后,瑞秋并没有离婚,而是在新苗被于海收购前,和丈夫一起离开了这里,选择开始新的生活。

那次一别,许梦安就只能在朋友圈里看到瑞秋了。他们两口子似乎长年在外面旅行,国内、国外,哪儿好玩就去哪儿,过着神仙眷侣般的日子。

许梦安是真心为瑞秋高兴,从她晒的那些照片上可以看得出来,如今的她,过着她真正喜欢的生活。虽然陪在她身边的人曾经背叛过她,但是她用自己的大度、包容和智慧,把他留了下来。

瑞秋夫妻还出版了一本关于旅行的书,文字是瑞秋写的,照片是她丈夫拍的。这本书的销量据说还不错,瑞秋送了一本给许梦安,许梦安将它摆在了他们家书房的最显眼处。

"老妈,瑞秋阿姨他们来啦!"女儿先跑进了家门。

许梦安快步走到门口,瑞秋笑着走了进来,两人不禁相拥。

瑞秋黑了不少,也丰满了不少,她一笑起来,便露出了她极具标志性的小虎

牙。这笑容，让许梦安想起了她们共事的那段时光。

好友重聚，这种时候，美食是最应景的。许梦安张罗着吃火锅，众人围坐着，听瑞秋说着她的那些旅行见闻。她说到有趣之处，把一本正经的李临都逗得哈哈大笑。吃了饭，大家总觉得还不尽兴，就泡了茶继续畅谈。小葡萄呢，则一直被瑞秋的丈夫抱在怀里，瑞秋还时不时逗逗这孩子。坐在一旁的许梦安还疑惑呢，这瑞秋原来可是不太喜欢孩子的。就在这时，瑞秋起身去洗手间。看着她的背影，许梦安突然想到了什么。

瑞秋刚从洗手间出来，就被许梦安给拽进了书房。

"你可是胖了不少啊……"许梦安看着瑞秋。

"被你看出来了？"

"从后面看，你连腰都快没了。"

瑞秋只是笑而不语。许梦安问得小心翼翼："你……你不会是怀孕了吧？"

瑞秋神秘一笑，随即点头。

"让我看看……"许梦安打量着瑞秋的身形，又摸了摸她的肚皮，"这得 5 个月了，我没猜错吧？"

"是，已经 5 个月了，是我们在巴黎的时候怀上的。"

都 5 个月了，看来，这个孩子瑞秋是决定要生下来的。

"真是没想到。"许梦安笑着，"我怎么都没想到你有一天也会当妈妈。"

"我老公说，巴黎那么浪漫，这个孩子长大了一定会很有意思。一开始，我们也不打算要的。但是说来也怪，没怀孕前，我一点都不觉得小孩子可爱。可是一知道自己怀孕了，整个人都变了，变得矫情，变得敏感，变得爱心泛滥……"

"既然孩子来了，就顺其自然。"

"是。大概人都是会变的，当初我那么坚定要做丁克，发誓这辈子都不生小孩。可是，如今我怀孕了，这些坚定，那些誓言，早就被我抛到脑后去了。"

"可见，你之前也不是那么坚定。"

"我犹豫过的，犹豫了大概半个月。这半个月里，前思后想，差不多把自己已经过去的人生都想了一遍。是，也许，这个世界不全是美好的。我和孩子的父亲呢，我们也未必就能成为一对合格的父母……但是，有好多事情，它本来就是发生在我们毫无准备的前提之下的。这个孩子,或许是个机会……一个让我重新认识自己、认识婚姻,甚至认识这个世界的机会。"

"果然是旅行作家了,出口成章。"许梦安忍不住再次抚摸了一下瑞秋的肚子,"那这一次回来,是不是以后就要安定下来了?"

"这个……"瑞秋笑道,"这个我们倒是还没想好。我们还想带着孩子一起去旅行呢。"

"带孩子可没那么容易,何况还是让孩子跟着你们满世界转悠。等你生出来,手把手地带上几天,你就知道我这话是什么意思了。"

"对,这个,你是有发言权的。"两人都笑了起来。

许梦心和老贾搬家,居然就安排在春节前一天。贾母说,虽然还是租的房子,但也是乔迁,怎么都应该选个好日子的。但是,儿子和儿媳并不相信那老皇历上所谓的"好日子"。他们选在这一天,就是为着辞旧迎新。

其实,老贾并不知道妻子为什么突然决定结束尴尬的分居生活。她没有提,他也就不去问。事事都求个究竟,嗯,究竟太累。只要她回来了,那他就有信心把将来的每一天都过成"好日子"。

许梦心呢,她有时觉得自己恍如做了一场梦。那场梦里,她是个锦衣玉食的富太太,烫着卷曲的长发,养着修长的指甲。各种各样的化妆品摆满了整个梳妆台,再走两步,就是那堆着华服的衣帽间。它们都很美,它们也总能让她变得更美。因为它们,每次她一出门,就能接收无数艳羡的目光。她喜欢这样的目光,那时的她,也需要这些目光带来的肯定。

物质,确实能够装点和矫饰外表,但是,强大了内心的又是什么?是苦难和困顿吗?许梦心并不全然这样认为。她觉得,强大了她内心的,是一种"懂得"。她懂得了陪伴在他身边的人,也懂得了喜忧参半的生活。

贾浩文是不是肯定她的价值,贾浩文是不是认可她的能力,贾浩文是不是尊重她的选择……这些,她仍在乎。不过,她更在乎的是能否让她自己变得更坚定。人,还是要有信念的。有了信念,才不会去计较旁人的否定。急需别人肯定那些价值,美貌也好,才能也好,财富也好,它们大抵也是脆弱的、速朽的,更是不堪一

击的。

　　大姐的这套房子,之前就曾说过要给许梦心一家暂住的。当时的许梦心拒绝了。那会儿,她甚至以为大姐是看不起她,是在用这样的方式奚落她,现在想来都觉得自己可笑。不过,她和老贾都商量好了,之前欠下的债务慢慢还,等债务还清,他们早晚会有属于自己的房子。这段日子,他们虽体察了人情冷暖,但"暖"的时候总比"冷"的时候多。就拿老贾那些债主来说,并不见他们为难过他,而是相信,"贾浩文能挺过来"。

　　"妈妈,小西瓜又在撕我的作业本了!"熊熊气呼呼地跑过来,"她真的很讨厌!"

　　许梦心正从纸箱里往外拿东西,头也没抬:"没看到我在忙吗? 我们刚搬过来,有很多活要干的。"

　　"那可是我的寒假作业! 没有作业,老师会批评我的!"

　　"寒假作业怎么了,寒假作业那么多,又不差那一本。"

　　"没有你这样的妈,还嫌我作业多。"

　　"不好意,你很幸运,你妈啊,就是这样的。一边儿去,别挡着我整理东西。"

　　"心心,你怎么跟孩子说话呢?"老贾走了过来,"孩子爱学习,怎么到你这还不对了呢?"

　　"我就是忙着,懒得搭理他嘛。"

　　"撕……哥哥,撕……"小西瓜跌跌撞撞跑过来,当着熊熊的面又撕了一本。

　　"哎呀!"熊熊抓着头发,"这样一来,我的寒假作业可就不剩几本了。"

　　"西瓜啊,不是爸爸说你,你也太皮了一点。"老贾蹲下来,正色教育着女儿,"这是哥哥的作业本,不能撕的。"

　　"来来来,"贾母抱起孙女,"奶奶那有擦玻璃的废报纸,随便你撕。"

　　小西瓜咯咯笑着,冲老贾做了个鬼脸。

　　"这孩子……"老贾无奈地道。

　　"爸,你说可气不可气,是不是特别可气!"

　　"我回头再批评她。"

"那我作业的事……"

"我会给你们老师打电话,把情况说……"

许梦心打断了老贾的话:"你还真信啊?"

"怎么了?"

"你的宝贝儿子,和你的宝贝女儿,刚才在那演戏呢。"

熊熊忙转身要走。

"你给我站住!"许梦心呵斥,"我可是亲耳听到你教唆和利诱小西瓜,说是撕一本作业本给两块巧克力的。"

"我是冤枉的……"熊熊低头。

许梦心看了老贾一眼:"别愣着了,赶紧的啊。"

老贾点头会意,上去提溜起熊熊,作势就要打他屁股。

"我不敢了,我不敢了!奶奶,救命啊!"

贾母抱着小西瓜进来,看着熊熊:"你妈说了,他们教育你的时候我不能插手。"

"我真的不敢了,我好好写作业还不行吗?"

老贾把熊熊放了下来:"要再有下次,我绝对饶不了你!"

熊熊点头如啄米,然后哧溜就跑回了房间。小西瓜挣扎着从贾母怀里下来,一路叫着"哥哥"跟了过去。

"看到没有,他们俩,现在是个小团伙了。"许梦心摊手。

老贾对许梦心说道:"你也是的,知道他们这是'组团诈骗',你不阻止,还非得等作业本都撕完了才说。"

"这你就不懂了。这种事,就得等他们犯了,我们才能说。撕作业本是小事,撕也就撕了,再买两本给他就是了。借着这个小错误,以作警示,让他们下次不敢再犯……"

老贾摇头:"反正都是你有理。"

"气死你。"

贾母轻拍了下许梦心的嘴:"说什么呢!明天就过年了,别说这种不吉利的话。"

"百无禁忌,大吉大利!"许梦心冲贾母笑。

贾母也忍不住笑了起来:"你呀……"

"妈,我想着,明天啊,我和老贾去小院那边一趟,把我爸和我妈接过来,跟我们一块过年。你说行吗?"

"行啊,怎么不行!把大姐他们一家也叫上。大家热热闹闹过个年!"贾母顿了顿,"这样,咱俩现在就把年夜饭吃什么商量出来,拟个菜单。"

"好!"

"等等……"老贾苦笑,"拟菜单什么的,能不能先把东西收拾完再讨论?"

"不影响啊,你收拾你的,我们商量我们的。"

"哎……许梦心你……"

"还不快去!"贾母瞪了儿子一眼。

家还是那个家,鸡零狗碎、柴米油盐。小两口吵吵闹闹,孩子们跑跑跳跳,好像就没有片刻是安静的。可是,贾母觉得,这样的家挺好。这样的家才像个家,就像儿子最喜欢吃的烤红薯——它就非得在炭灰里焖个透,一身是灰、滚滚烫烫地扒出来,把外边那层皮一剥,香甜就来了。

3

以往的春节,许梦安要不是在许家小院过,就是跟李临回老家。今年,妹妹和妹夫发出了邀请,许梦安自然要携家带口过去的。本来,许梦安打算坐享其成,掐着点过去,直接吃年夜饭。却又担心妹妹没有张罗过这些,到底还是起了个大早,打点一番,一家四口喜气洋洋地去了。到了那一看,许父和许母比她还积极,许母都已经上手在包饺子了。

"大姐,你这房子,我给你收拾得不错吧?"妹妹凑过来,揽住了许梦安的肩膀。

"踏踏实实住着。"

"我听老贾说,他给你房租,你推三阻四的。"

"最后我不是收下了吗?"

"这就对了。"

"说起来,这套房子啊,是我和你姐夫的婚房。时间过得可真快,云阶都上高中了……"

"是啊,过了这个年,你都42了。"

"嗯?"

"当我什么都没说……"许梦心笑着。

"早晚有一天,你也会老的!"

"'老'这个字可是你自己说的。"许梦心笑得更厉害了。许梦安伸手就要拧妹妹的胳膊,女儿李云阶走了过来:"妈,我能出去一趟吗?"

许梦安看着女儿:"你要去哪儿?"

此时此刻,另外一对母女也在对视。

婉婉站在婉真面前,小女孩的眼神躲躲闪闪的。

"你要去哪儿?"婉真问大女儿。半分钟前,大女儿告诉婉真,她要出去一趟。

"我……"婉婉吞吞吐吐的,"反正我们年夜饭也是去酒店吃,现在还早呢,在家待着怪没意思的。"

"是不是你爸来了?"

"妈,我就是想……我……"

"我说过,虽然我和他分开了,但你们还是他的女儿。这段时间,他要带你们出去吃饭也好,带你们出去玩也好,我都没拦着。我再也不会因为你们跟他走得近就生气了。"

"妈妈,我知道的……"婉婉顿了顿,"今天不是过年吗,他想带我们去他的别墅……我想,要是我和妹妹真的跟他走了,那你一个人……我就没同意……没想到,他又联系我了……说是人就在楼下……"

"他可真行,不达目的不罢休。"

"你放心,我们肯定会陪你的,我就是觉得,他一个人过年,多少有点……有点可怜吧。他都到楼下了,我去见见他……"

婉真站起身来，将长发扎到脑后，整理了一下身上的衣服，才道："你让他上来。"

"啊？"

"你就说，我有话跟他说。"

"好，那我这就去……"婉婉走了几步，却又回头，"不过你得答应我，不能生气，不能发火，过年呢……"

"好，我答应你，快去吧。"

不一会儿，于海就进了门，手里晃着一把车钥匙："那什么，我来看看你们。"

婉真没有搭理于海，而是转对两个女儿道："你们过来！"

两个女儿的神情都有点紧张，却还是老老实实地走到了婉真身边。

这时，婉真才问于海："听说你想带她们出去玩？"

"过年嘛……不只是她们俩，我想把你也带上。"

"打算去哪儿呢？"

"去海边。"

"这个时候去海边？"

"我在那有个房子，一直想带你们去看看……前几天请人打扫了一遍，弄得喜气洋洋的，特别好，你一定会喜……"

"好了好了。"婉真摆手，看着两个女儿，"你们俩愿意跟爸爸去吗？"

两个女儿都沉默着，看起来，她们很为难。

"妈妈本来想跟几个小姐妹去旅行的，但是不方便带你们俩，正犹豫呢。如果你们愿意和爸爸一起过年，那就去好啦。这样一来，我就可以出去玩了。"

"旅行？今天出发？去哪啊？"于海来了个三连问。

婉真一笑："这就不用向你汇报了吧。"

"那我们还会快乐吗？"真真看着婉真。

"嗯？妈妈没听明白，真真能再说一遍吗？"

"新年，要团圆才能快乐，你要是不去，那我们就不团圆了……"

"真真，你不要乱说话！"婉婉打断了妹妹的话。

于海摸着真真的小脑袋："小宝贝，团圆这种事，不在这一两天。只要你妈高

兴,就由着她去吧。你妈啊,忙了一年,也累了一年,应该出去放松放松。再说了,她还不知道要去哪疯玩呢,怎么可能不快乐? 不过你放心啊,你们俩跟着爸爸过年啊,保证也很快乐。爸爸还准备了节目呢。"

"还有节目呀?"真真又好奇又期待,"爸爸要给我们跳舞吗?"

"比跳舞要精彩……我啊,我准备了……"

"行啦,既然要走,你们就早点出发,我去给孩子们收拾行李。"婉真说道。

"孩子妈,你真不去啊?"于海看着婉真。

"我不是说了吗,我自己有安排。"

厨房里,许梦安心不在焉地用小刷子刷着一只螃蟹。

"大姐,你也是的,云阶都这么大了,好多事情,你别管太宽了。她想出去跟同学玩,这很正常啊。"许梦心在一边剪虾须,"你看这虾,这可是我和老贾一大早就去海鲜市场选的,特别新鲜,个头也大。"

"我没有不让她出去,可今天不是过年吗?"

"放心啦,等到吃年夜饭的时候,她一准就回来了。"

许梦安手里的螃蟹突然举着爪子"抗议",她一个不留神,手指头被轻轻夹了一下,手一松,螃蟹就掉到了地上,从厨房一路逃窜到了客厅。

"爬……爬……"小西瓜特别兴奋,要去抓螃蟹。

"我来!"熊熊自告奋勇,"姨妈,让我来!"

"行行行,你们去抓吧,小心着点,别被它给夹了。"许梦安笑着。

李临怀里的小葡萄见小哥哥和小姐姐满屋子乱蹿,挣扎着就要下地。

"好,那爸爸扶着你,对,像这样慢慢站稳了……"

"呀啊!"小葡萄抖动着肩膀,试图甩开爸爸的手。

李临双手一松,这个小家伙竟然稳稳当当地站住了。

"我儿子自己能站了!"李临惊呼。

这年的除夕,阳光出奇地好,明明春天还未来到,却暖和得像是暮春时节。往日里人来人往的市民广场,在这个大家忙着团圆的日子里,显得空旷了许多。唯

独广场正中间,那里聚着一群少年,李云阶和她的小伙伴们也站在人群中间。

音乐响起,有两个男孩瞬时双肘撑地,跳起了街舞里的地板动作。紧接着,上来两个女孩,她们潇洒地将外套甩掉,长发在空气中划着优美的弧度。一伸手,一抬腿,全身上下好像充满了力量。人群渐渐散成一个大圈,以便这些舞者更好地施展他们的舞技。舞者们的动作跟随着音乐越来越快,也越来越有力。又或者说,是音乐在跟随这些舞者。

突然,一个穿着黑色帽衫的高个男孩蹿到了最中央。他的动作幅度并没有那么大,跳的是POPPING(震感舞)。这是需要调动全身肌肉,靠肌肉的收缩和放松产生震动的舞蹈,对身体的控制能力要求很高。再看这个帽衫男孩,他的眉梢、眼角、耳朵都在微微震动,顺着下去,像是有一股电波流经他的身体,他的手臂、手肘、手掌,甚至每个手指,都在动……

"刘思明!刘思明!"人群沸腾了。

"刘思明!"李云阶忍不住跟着人群呐喊,"刘思明!"

成年人有庆祝新年的方式,少年们也有。这场并不算隆重的街舞表演,就是刘思明他们迎接新年的仪式。刘思明喜欢这样的仪式感。就好像,那年他决定跟自己喜欢的女孩表白,便在拿了长跑冠军奖牌后,在终点线上,单膝下跪,双手奉上奖牌,告诉她,他喜欢她。但是,现在的他,对"喜欢"有了新的理解。因为这样的喜欢,他对未来充满了希望和期待。

"李云阶,新年快乐!"他朝那个正微笑着的女孩大喊。

她看着他:"刘思明,新年快乐!"

在距H城5小时车程的一个小城,有个年轻人敲开了家门。

"妈,我回来啦!"他笑着。

"是华华!"李静开了门,转向屋里喊,"爸、欧阳,华华回来了!"

"妈,我不是一个人回来的。"

华华的话音刚落,从他背后探出了个脑袋,是一个长相清秀的女孩。

"阿姨,过年好。"

"好好好,我很好!快进来!"李静喜不自禁。

同样是在这座小城,兰香和她丈夫已经备下了一桌饭菜。

"开吃吧,别等了。"他们的儿子大明早就已经饿了。

"别急,再等等……你给他们打电话了吗?"大萍爸爸问兰香。

"打了啊,可是……他们不是忙嘛。要不我们先吃?"兰香说着,站起来,"哟,还有条鱼忘记做了,不行啊,过年必须有鱼的……"

"你身体刚好点,就别老是动来动去的了,我去做。"

"我去做吧!"有人进了门,说话的是小树,"做饭我拿手。"

"姐夫!姐姐!"大明雀跃着跑上前去,"你们俩总算是回来了!"

大萍拍了下弟弟的肩膀:"怎么又胖了!噢,那什么,我们买不到回你姐夫老家的票,然后……也只能回这了。"

"回来就好,回来就好!"兰香喃喃,"我和你爸,我们就盼着你们回来。"

"我这就去做鱼。"大萍爸爸搓着手。小树忙道:"我来我来。"

"那个……爸,你就让小树去吧……"

"啊……我……唉,唉,那行,那我就尝尝我这女婿做的鱼。"

许梦心家,充盈着的除了饭菜的香气,还有孩子们的笑声。

"下面是最激动人心的时刻……"老贾站了起来,"孩子们都过来,别跑来跑去的了。小西瓜别皮了,不许抓哥哥的头发!哎哟,都过来!"

孩子们玩得正开心,根本不管老贾在说什么。

"发红包了!"老贾喊道。

"好啊好啊!"熊熊很快牵着小西瓜,兄妹俩齐刷刷地站定。

"从大到小,这个是给云阶的,"老贾递给李云阶一个红包,"小姨夫希望你天天开心!"

"加一个好好学习。"许梦心道。

老贾摆手:"今天不说学习的事!"

"我不是小孩了,不应该收红包了。"李云阶笑道。

"收着!"

许梦安也笑着:"云阶,你就收着吧。"

"那谢谢小姨夫。"

很快,孩子们就都拿到了老贾的红包,小葡萄还不知道这是什么,见哥哥姐姐们眉开眼笑,他便也跟着笑。

"我……"许父也站了起来,"我也有……红包。"

"对对对,你们外公啊,早就准备了红包,就等着今天了。孩子们有,大姐、李临、心心、浩文,你们也有。"

"我们也有啊,太好了!"许梦心忙伸手。

许母打了下许梦心的手:"我们的这个红包啊,也是从大到小这么发的。大姐,这是你的!"

"那我……那我就拿着了?"许梦安接过红包,"谢谢爸妈。"

看着大小孩子们都拿到了自己发的红包,许父很是高兴,那心中的千言万语,只化作了一句"新年快乐"。

"孩子们,新年快乐!"随着于海的这句祝福落下,沙滩上空,升腾起了五彩斑斓的烟花。

"是烟花!是烟花呀!"真真激动得从座位上跳了起来。

"好美啊!"婉婉感叹。

吃完年夜饭,爸爸便开着车子带她们姐妹俩来到了这片沙滩,说是他准备的节目马上就要开始了。没有想到,爸爸说的节目居然是这个!那原本黑暗的夜空被绚烂的烟花映衬得璀璨夺目,也喧哗了沉寂的海面。

"爸爸,我想下车!"婉婉说,"下车看!"

于海笑道:"外面冷……"

"下车,下车!"真真拽着于海的手。

"好好好,那就下车看,不过,下了车,只能在外面待一小会儿。要是你们俩感冒了,你们的妈妈,她……"

"妈妈!"真真突然道,"妈妈来了!"

"别瞎说,她去旅行啦。"婉婉说着。

"真的是妈妈!"真真手一指。

　　车子不远处,在被灿烂烟花装点的夜空下,一个穿着红色大衣的女人就站在那里。于海开了车门,飞奔着朝她跑去。

　　"妈妈!"真真要跟着下车,婉婉一把拉住她:"你等会儿!"

　　"可是妈妈来了呀!"

　　"傻瓜,你还想不想让爸爸和妈妈和好了?"

　　"想啊。"

　　"想的话,就老老实实坐在车上。"

　　"为什么啊?"

　　"跟你说了,你也不懂。"

　　婉真笑看着朝她跑来的于海,于海张开双臂,试图拥抱她。

　　"站好了别动!"她命令他,"我可不是冲着你来的,我是担心孩子们。"

　　于海站定,两人中间隔着一只手掌的距离。

　　"不去旅行了?"于海笑。

　　"航班延误了。"

　　"骗鬼呢? 要我说,你啊,根本就没有什么跟朋友出去旅行这码事。我还在想呢,这会儿你怕是一个人躲在家里抹眼泪,正准备拍点烟花的视频给你,刺激刺激你。"

　　"无聊。"

　　"孩子妈,"于海转向夜空,"现在啊,零点刚过,已经是春天了。你低头看看这片海,再抬头看看这片天……有没有一点面朝大海、春暖花开的意思?"

　　婉真没说话,只是看向夜空。烟花仍在燃放,漫天的艳红,像是一道道朝霞。

　　"我本来的计划是,带着你们母女三个,我们一起看烟花。然后,在这面朝大海、春暖花开的时刻,我啊,从怀里掏出个钻戒,向你求婚。"

　　"是吗?"婉真悠悠问道,"钻戒呢?"

　　"你不是不来吗,钻戒,我扔了。"

　　"你……"

　　于海笑着,一伸手,将婉真搂进怀里。婉真一个恍神,便发现左手无名指被套上了一枚戒指。她伸开左手,看了一眼:"你可真够抠的,这不还是你当年向我求婚的那枚戒指吗?"

"离婚的时候你非要还我啊。"

"你还好意思提离婚……你反思了吗? 我们俩为什么会离婚?"

"反思啊,必须反思,深刻反思。就是,孩子妈啊,我能不能等看完烟花再反思啊?"

婉真轻轻转了转手指上的钻戒:"请叫我于太太。"

"国内首个职业女性成长共享平台——云上,正式启动!"台上,主持人不无激昂地宣布。在掌声中,许梦安款款上台。从台下到台上,这段路很短,其实,它又很漫长。这种漫长,是无数的艰辛、困顿、犹豫,也是差点被抛诸脑后的理想。而这个世界呀,它最美好的地方就在于,坚定的人总是能找到属于他们的荣光。就算,他们并不完美。

上台前,许梦安收到了一束鲜花,藏在鲜花里的是一张小小的卡片。那卡片上写着——

　　　　我不是完美的丈夫,所以,你也不必是完美的妻子。

　　　　我不是完美的小孩,所以,你也不必是完美的母亲。

　　　　我们爱你,只因你就是你。

"我是许梦安……"她终于走到了台上,拿过了主持人手中的话筒。

后 记

写完这本书的最后一个字时，我长舒了一口气。

说真的，当第一卷完结时，故事里的人物便不再由我掌控。还好，最后，每个人都找到了他们内心的坚定。

有位老师跟我说，之于作家，每完成一个作品就是为自己做了一次心理疏导，也是完成了一次自我成长。

回顾我这十来年的作品，其实就是"找寻自我"到"肯定自我"的过程。这种肯定，包括对自己性别的认同。身为女性，是一件值得骄傲的事，它是我在完成《老妈有喜》时的最大感受。

起了念头，要写这样一个故事的时候，是 2018 年 1 月份从北京回浙江的路上。如今，完稿的这一刻，我又刚好从浙江来到了北京。这真是一种微妙而有趣的体验。

其实，我挺舍不得就这么完稿的，但故事总得有结局。我写的这些人物，在这本书中，就暂时先说到了这里。然而，我们的现实生活中，我们身边，还有很多很多像许梦安这样的女性。她们的人生还在继续，她们的故事比小说要精彩。

青春叛逆期的我，跟母亲的关系并不和睦。那时，我不理解她，她也没法理解我。我们是出生在不同年代的两个人，有着不一样的成长环境，自然，也有不一样的性格。

有一次，我们再次为了一点小事争执。她说了一句话。她说："我生下你时，也才 20 来岁，我也不懂怎么做母亲呀。"

那个瞬间，我突然明白过来。我的母亲，她并非生来就是母亲。在母亲这个角色之前，她先是妻子，而成为妻子之前，她先是女儿。她有着各种各样的角色，我们也总是用那些角色去定位她。可我们这些生活在她身边的亲人，谁也没想到，背负着所有角色的她，首先是她自己。

我为自己对她的苛刻感到羞愧。这份羞愧，随着我成家，有了自己的另一半后，逐渐加深。因为，我终于明白，在婚姻与家庭里的女性，她到底要付出和牺牲什么，才可以看起来四平八稳。

我从没见过什么真正完美的女性，就好像我也没见过真正完美的男性。我写这本书，就是想说，我们应该学着去宽容。宽容不完美的另一半，宽容不完美的亲人，宽容不完美的朋友。宽容他人的同时，我们也不必苛责自己。

有人让我用一句话来讲述《老妈有喜》的故事。这故事，可以用"高龄产妇许梦安生二胎"来概括。但是，我更喜欢的描述是"李云阶和妈妈共同成长"。

我们都不完美，但是，我们都在成长。

谢谢喜欢这本书的朋友们。

蒋离子

2018 年 9 月

图书在版编目(CIP)数据

老妈有喜 / 蒋离子著.—杭州：浙江文艺出版社，
2019.5
ISBN 978-7-5339-5672-1

Ⅰ.①老… Ⅱ.①蒋… Ⅲ.①长篇小说-中国-当代
Ⅳ.①I247.5

中国版本图书馆 CIP 数据核字(2019)第 072434 号

选题策划　柳明晔
责任编辑　徐　旼
封面设计　荆棘设计
版式设计　吕翡翠
责任印制　张丽敏

老妈有喜

蒋离子　著

出版　浙江文艺出版社
网址　www.zjwycbs.cn
经销　浙江省新华书店集团有限公司
制版　浙江新华图文制作有限公司
印刷　杭州杭新印务有限公司
开本　710 毫米×1000 毫米　1/16
字数　868 千字
印张　57
插页　3
版次　2019 年 5 月第 1 版　2019 年 5 月第 1 次印刷
书号　ISBN 978-7-5339-5672-1
定价　118.00 元(全三册)